Mastering Microsoft SQL Server 2005

SQL Server 2005 从入门到精通（中文版）

Mike Gunderloy
［美］ Joseph L. Jorden 著
David W. Tschanz

曲丽君 李军田 毛 选 等译

電子工業出版社
Publishing House of Electronics Industry

北京 • BEIJING

内 容 简 介

本书主要内容包括：集成 SQL Server 与. NET Framework；了解分布式应用程序框架 Service Broker；利用. NET 的数据访问组件 ADO. NET 编程；设置传递个性化信息给移动设备的服务 Notification Services；使用 SQL Server Management Studio 替代企业管理器；利用新增的 Business Intelligence Development Studio (BIDS)，使设计变得更容易；打印多页报表；精通 Transact-SQL 编程语言。

另外，本书包含了大型商业应用的许多真实示例和关于 SQL Server 2005 增强型连通性的重要信息，并用一整章的篇幅讨论了故障诊断。Microsoft SQL Server 的新用户也可以从本书中快速、系统地获得 Microsoft SQL Server 2005 的入门知识。

不管是系统管理员、数据库应用开发人员还是 IT 顾问，都可以从这本全部和综合的学习指南中快速获得 Microsoft SQL Server 2005 的知识。

版权贸易合同登记号　图字：01-2006-1343

图书在版编目(CIP)数据

SQL Server 2005 从入门到精通（中文版）/（美）恭德罗依（Gunderloy, M.）等著；曲丽君等译. —北京：电子工业出版社，2006. 9

书名原文：Mastering Microsoft SQL Server 2005

ISBN 7-121-02999-5

Ⅰ. S…　Ⅱ. ①恭…②曲…　Ⅲ. 关系数据库—数据库管理系统，SQL Server 2005　Ⅳ. TP311. 138

中国版本图书馆 CIP 数据核字(2006)第 089453 号

责任编辑：吴　源　李红玉

印　　刷：北京天竺颖华印刷厂

出版发行：电子工业出版社

北京市海淀区万寿路 173 信箱　邮编：100036

北京市海淀区翠微东里甲 2 号　邮编：100036

经　　销：各地新华书店

开　　本：787×1092　1/16　印张：53. 625　字数：1330 千字

印　　次：2006 年 9 月第 1 次印刷

定　　价：83. 00 元

凡购买电子工业出版社的图书，如有缺损问题，请向购买书店调换。若书店售缺，请与本社发行部联系。联系电话：(010) 68279077。质量投诉请发邮件至 zlts@phei. com. cn，盗版侵权举报请发邮件至 dbqq@phei. com. cn。

献　辞

谨以本书献给我的所有博克伙伴。

——M. G.

谨以本书献给我的家人和朋友，特别是我的妻子 Rachelle。

——J. L. J.

谨以本书献给我的两个儿子 Karl 和 Eric。

——D. W. T.

作者简介

Mike Gunderloy 是世界上第一流的数据库开发人员，也是《SQL Server 2000 从入门到精通》、"Visual Basic Developer's Guide to ADO"和"SQL Server in Record Time"的作者，并参加过《Access Developer's Handbook》的编写（曾参加过几个版本），这些图书均由 Sybex 出版。

Joseph L. Jorden 是《SQL Server 2000 从入门到精通》的合著作者，并且一直担任几本 Sybex 图书的技术编辑。

David W. Tschanz 一直从事与 Web 可访问信息有关的各种项目，同时也担任计算机安全联络员。

译 者 序

Microsoft SQL Server 的第一版发布于 1988 年。在经过将近 20 年的发展以后，SQL Server 终于可以扬眉吐气、傲视群雄了，它比任何一个关系型数据库产品都灵活、可靠且有更高的集成度。SQL Server 2005 不仅仅是 SQL Server 的一个升级版本，与前一个版本有着很大的差别，而且比前一个版本更完善。Microsoft 在 SQL Server 的几乎所有方面都进行了仔细检查和翻新。

本书的作者 Mike Gunderloy 是世界上第一流的数据库开发人员，也是“SQL Server 2000 从入门到精通”、“Visual Basic Developer's Guide to ADO”和“SQL Server in Record Time”的作者。Joseph L. Jorden 是“SQL Server 2000 从入门到精通”的合著作者。David W. Tschanz 一直从事和 Web 可访问信息有关的各种项目，也是一名计算机安全联络员。

本书分为六个部分。其中，第一部分简单地介绍了数据库技术和 SQL Server 本身的主要概念。第二部分介绍了 Transact-SQL 编程语言，从简单的 SELECT 语句到包括游标、分布式游标在内的高级概念。Transact-SQL 是许多 SQL 开发的核心，对有效利用数据是至关重要的。第三部分比较深入地讨论了 SQL Server 的核心构件，包括如何使用 SQL Server Management Studio 处理数据。第四部分全面介绍了 SQL Server 的所有基本管理任务，从进行备份到计划自动化作业再到安全设置。第五部分主要针对开发人员，介绍了使用 SQL Server 的最重要技术，比如.NET、SMO、RMO 和 SSIS。第六部分讨论了一些高级课题，包括加锁、优化、复制、分析服务、通知服务、报表服务、服务中介等。

参加本书翻译工作的人员有曲丽君、李军田、毛选、魏海萍、韩滨、于晓菲、王锐东、倪健、黄玮、冯宏、党新宇和郭德利。其中，曲丽君翻译了第 1 章至第 8 章，李军田翻译了第 9 章至第 15 章，其余人员翻译了本书的剩余部分。毛选审校了全书的内容。由于译者水平有限，加之时间仓促，书中难免有错误和不当之处，恳请广大读者和同行批评指正。

致谢

和 SQL Server 2005 一样，本书也酝酿了一段很长的时间。在 Sybex 出版了“SQL Server 2000 从入门到精通”之后，我和 Joe Jorden 休息了一段时间后才开始着手计划编写关于这个产品的新书。但是几年之后，有迹象表明 Microsoft 没有停滞不前，SQL Server 的新版本正处于开发之中。从那时开始，我们每隔几个月就通过电子邮件与 Sybex 的编辑交换一次意见，设法推测这个新版本何时问世。在此期间，我们邀请了 David Tschanz 加入编写团队，改换了编辑，看到了 Sybex 与 Wiley 的合并，经历了这个产品的多次修订，也安装了这个产品的许多测试版本。这无疑不是沉闷的 5 年。

虽然本书是一个修订版本，但仍得益于原来的编辑团队：Melanie Spiller、Denise Santoro-Lincoln、Ronn Jost、Kylie Johnston 和 Acey Bunch。现在，它还得益于一个新的编辑团队：Tom Ciritin、Rachel Gunn、Tiffany Taylor 和 Rick Tempestini。基于所有这些帮助以及合著作者所付出的大量劳动，本书无疑是团队合作的结晶。然而，我仍清醒地认识到 SQL Server 2005 是个大型和复杂的产品，而且不管我们付出多大努力，我们仍有可能会犯错误。如果真是这样，请不要责怪编辑，应该责怪我。

有许多人在我的数据库教育方面提供过帮助，我在此感谢所有这些人。有些人在 Microsoft的 Access 和 SQL Server 团队工作，有些人是以前的商务伙伴或客户，有些人是合著作者，而许多人只是在 Internet 上有过帮助的开发人员。感谢过去 20 多年里在数据库方面帮助过我的每个人。

但是，需要特别感谢一组人，他们就是我的家人。我的妻子理解我整天在计算机前工作，我的孩子虽然不理解，但他们都容忍我的这种行为。Dana Jones 提供爱心、支持、午餐和我要求的其他任何东西，并操持农场工作、膳食、家庭教育、技术支持和我们的幸福生活所必需的其他任何事情。Adma、Kayla 和 Thoma 提供大量的欢笑、拥抱和混乱。某一天，他们将会明白爸爸需要版税来支付买新鞋的费用。

——Mike Gunderloy

在短短的 5 年前，我和 Mike 完成了编写“SQL Server 2000 从入门到精通”的艰巨任务。此后我休息了一段时间，然后我和 Mike 邀请 David 重新组成了一个编写团队并开始了我们的工作。

但是，这次容易了一些，因为基础工作在此前已经完成，而且完成原始工作的所有人仍是值得感谢的。因此，感谢 Melanie Spiller、Denise Santoro-Lincoln、Ronn Jost、Kylie Johnston 和 Acey Bunch，谢谢你们的努力工作。特别感谢使这个项目获得成功的所有人：Tom Ciritin、Rachel Gunn、Tiffany Taylor 和 Rick Tempestini，当然也要感谢 Microsoft 开发了一个如此优秀的产品。

如果没有我的朋友和家人，真不知道我现在会怎么样。他们之中的许多人值得我特别感谢，谢谢你们支持和告诉我写书是一件多么酷的事情（尽管他们不十分明白写书究竟是怎么回事）。首先感谢我的家人：Mary（也是我妈妈）、Buddy 与 Shelly Jorden 和 Janet、Colin 与 Leian

McBroom,谢谢你们所有人。还要感谢我的私人朋友,谢谢你们在整个写书期间设法帮助我保持头脑清醒(很可惜,不是人人都能做到这一点):Zerick Campbell 和我还有他的新婚妻子 Tanya 和孩子 Jostin 与 Brenton 一起度过了许多美好的时光。不用说,还要感谢 Timothy、Rebecca 和 Aiden Calunod。感谢 Dan Rosman 和 Jelly Belly 公司的整个 IT 部门,谢谢你们雇用了我,感谢 Suc Hernandez,谢谢你使我的工作变得如此轻松。然而,我最想感谢的人是我的妻子 Rachelle Jorden,谢谢你让我花时间写另一本书。最后,感谢阅读本书的所有读者,希望本书对你们能有所帮助。

——Joseph L. Jorden

这是本大部头的图书,而且需要许多人的帮助和支持才能完成,因此我有许多要感谢的人。

首先,感谢 Mike Junderloy 邀请我参加这个项目。我知道 Mike 是名编辑已有几年的时间,而且一直乐意接受和感激他的帮助、支持和鼓励。还要感谢 Jose Jorden 对我的帮助和进行的宝贵指导,他们是两位出色的合著作者。

还要感谢 Sybex 的采编与开发编辑 Tom Ciritin,他在协助这个项目获得成功方面发挥了重要作用;感谢 Rachel Gunn 一边监督截止日期,一边记录零零碎碎的杂事。当然也要感谢 Microsoft 开发了一款如此优秀的产品。我相信我们将需要花费很长的时间来深入研究 SQL Server 2005。

有许多私人朋友、同事和家人在写书期间一直支持我,并帮助解决了写书期间出现的一些困难。在此,我想提一提我的父亲 Alfred Tschanz,他像我的其他家人(Cyndy、Karl 和 Erick Tschanz)一样鼓励我坚持写作。同事、伙伴和朋友也给了我极大的支持,他们要么鼓励我,使我保持头脑清醒,要么一直忍受我在写书期间不干其他事情。他们所有人都是不可或缺的,而且每个人在这个项目中都做出了直接或间接的贡献:Khalid G. Al-Buainain、Salah Al-Dughaither、Bob Miller、Ahmed Ghanim、Jacqueline Mullen、Aisha Alireza、Emad Al-Dughaither、Paul Sauuser、Rob Lebow、John Bischoff、Dick Doughty、Everett Richardson、Mike Flynn 和 Nadia El-Awady。最后,还需要感谢 SAMSO 的 Eric T. McWilliams 博士和 Bahrain Defence Forces 的 Faud Abdul Khader 博士,如果没有他们的技能,我就无法完成本书。

——David W. Tshcanz

前　言

Microsoft SQL Server 的第一版于 1988 年(和 Ashton-Tate 与 Sybase 一起)推出,那时它只是数据库中的一个侏儒,在其他的数据库服务器面前抬不起头来。

而现在的 Microsoft SQL Server 2005 则可以傲视群雄。在经过将近 20 年的发展以后,它终于可以扬眉吐气了。请看下列原始数据:

- 最大数据库长度大约为 1 000 000TB,足以把地球上每个人的 100MB 数据都存放到单个 SQL Server 数据库中(如果有足够的磁盘空间)。
- 单台计算机上可同时运行多达 16 个 SQL Server 实例,从而在运行复杂的 Internet 站点时大有用场。
- 单个实例支持多达 64 个处理器(如果在一台装有支持 64 个处理器的 Windows 操作系统的计算机上运行企业版 SQL Server 2005)。
- 最多可支持操作系统允许用户安装的物理内存量。就 SQL Server 2005 的 64 位版本来说,这意味着用户可在 Windows Server 2003 Datacenter x64 版本上安装 1TB 的物理内存,但可以预计的是,这个限制将来能被突破(只要用户能买得起那么大的物理内存)。

显然,SQL Server 2005 能适应很大的规模。到本书编写时为止,运行在高端 HP 系统上的 SQL Server 2005 测试版保持着每分钟处理 100 多万个事务的行业标准 TPC-C 基准程序记录,而处理每个事务的代价不到 Orcale 最佳结果的 35%。

然而,除了上述数据之外,这个最新版本还具有下列新增的特性:

- 支持用.NET 语言编写存储过程、触发器和用户定义函数;
- 包含了一个新增的本机 XML 数据类型;
- 包含了新增的 Service Broker——SQL Server 中用于可靠分布式应用的一项新技术;
- 包含了经过彻底改进的管理与开发工具;
- 包括了新增的 Reporting Services。

除了上述新增的特性之外,SQL Server 的这个最新版本还使用了很多技术,本书将介绍所有这些技术和其他相关技术。如果用户过去使用过 SQL Server,则可以学习新版本;如果是首次接触 SQL Server,那么一定会为这个企业级数据库服务器的博大精深而赞叹。

本书的组织

本书可以作为 SQL Server 新用户的参考资料或者老用户的速查手册,它重点介绍如何迅速安装和运行 SQL Server 2005,不管你是数据库管理员、开发人员还是最终用户。由于 SQL Server 2005 是为 Windows 接口设计的,因此我们强调凡是在图形工具适用的时候就用图形工具。当然,在命令行或 T-SQL 编程语言更适合的时候,我们也会及时指出。本书不可能介绍该产品的所有边边角角,否则要增加 5 倍的篇幅,我们只提供让用户熟悉 SQL Server 2005 和开始使用 SQL Server 管理数据所需的重要信息。

本书分为六个部分:

第一部分(第 1 章～第 4 章)简单介绍数据库技术和 SQL Server 本身的主要概念，新的 SQL Server 用户应该先学习这个部分。

第二部分(第 5 章～第 8 章)介绍 Transact-SQL 编程语言，从简单的 SELECT 语句到包括游标、分布式游标在内的高级概念。Transact-SQL 是许多 SQL 开发的核心，了解 Transact-SQL 对有效利用数据是至关重要的。

第三部分(第 9 章～第 15 章)比较深入地介绍了 SQL Server 的核心构件，包括如何使用 SQL Server Management Studio 处理数据，如何查看表、视图、存储过程和其他 SQL Server 对象处理数据的方式。

第四部分(第 16 章～第 18 章)介绍 SQL Server 的管理，如果你的责任是让 SQL Server 软件顺利运行，则要认真学习这一部分。我们介绍所有基本管理任务，从进行备份到计划自动化作业再到安全设置。

第五部分(第 19 章～第 22 章)针对开发人员，介绍使用 SQL Server 的最重要技术(.NET、SMO、RMO 和 SSIS)。

第六部分(第 23 章～第 30 章)介绍各种高级课题，包括加锁、优化、复制、分析服务、通知服务、报表服务、服务中介和故障诊断。本书的这个部分将介绍 SQL Server 的一些较高级的功能，为今后的进一步深造奠定基础。

作者的联系方式

本书是在 2004 年和 2005 年用 SQL Server 的各种测试版本编写而成的。虽然我们已经尽力让本书做到准确无误，但不可避免的是，我们所使用的测试版本与最终发布的正式版本之间将存在一些差异。因此，将会有一些更改这个软件的更新程序、服务包和发布版本。如果你在软件使用过程中遇到了怪事，或者在本书中发现了错误，请通过电子邮件告诉我们。我们的邮件地址是 MikeGl@larkfarm.com、jljorden@comcast.net 和 dtschanz@sahara.com，我们始终乐意收到读者的来信。

目　录

第一部分　SQL Server 简介

第二部分 Transact-SQL

第三部分　深入 SQL Server

第四部分 管理SQL Server

第五部分 用 SQL Server 开发

第六部分 高级课题

第一部分　SQL Server 简介

这一部分包括：

◆ 第 1 章：SQL Server 2005 简介

◆ 第 2 章：数据库概念综述

◆ 第 3 章：SQL Server 概述

◆ 第 4 章：数据库设计与规范化

第1章 SQL Server 2005 简介

欢迎使用 SQL Server 2005。本书将帮助了解 SQL Server 的基本与高级特性，以及比较复杂的技巧。SQL Server 是 Microsoft 的标志性数据库，要好几年才能学齐，本书不可能面面俱到，只能介绍如何快速安装与运行它，以及如何处理让数据保持可靠、安全和可供用户使用的日常任务。

SQL Server 2005 不仅仅是 SQL Server 的一个升级版本。按照原来的计划，这个版本应该在 2003 年发布，但经过两年的额外工作，Yukon（Microsoft 为 SQL Server 2005 所使用的开发代码名称）最终产生了一个与前一个版本有很大差别并比前一个版本更好的产品，因此我们可以认为这两个版本仅有的共同之处仅在于 SQL 的名称和用法。

这不只是广告宣传或一种市场营销手段。Microsoft 在 SQL Server 的几乎所有方面都进行了仔细检查和翻新。我们今天所拥有的这个产品比任何一个关系数据库产品都更灵活、更可靠并具有更高的集成度。

在深入探讨 SQL Server 的细节之前，我们先要对这个产品做一番简单介绍。读者也许是个刚出道的数据库管理员（DBA），急于管理供别人使用的数据库；也许是个开发人员，准备编写程序，从别人维护的数据库服务器中抽取信息；也许是个普通用户，只需浏览一些数据，没时间等待 IT 部门建立应用程序。

无论是哪种人，《SQL Server 2005 从入门到精通（中文版）》都会有用。本章将简要介绍可能使用 SQL Server 2005 的各种方式，无论你是数据库管理员、开发人员还是普通用户。特别是，作为用户，应该阅读本章的内容，即使不打算编写程序或管理数据库。只有知道了能用 SQL Server 2005 做些什么，才能更充分地跟 IT 人员讨论需要的解决方案和帮助。也许，甚至能够发现 SQL Server 2005 可以解决一直没有解决的数据处理问题。

在本章中，我们还将简要介绍 SQL Server 2005 中的大部分新增特性。当然，我们无法突出 SQL Server 2005 中的所有特性或所有变化，但足以让读者对这个数据库管理系统产生兴趣。

SQL Server 2005 的各种版本

由于 SQL Server 2005 由大量不同类型的人员使用，包括企业、学校、政府部门等，因此它分成不同的版本，以满足具有不同需要以及各种需求的所有人员。每个版本以一组人员为目标，以便产生一个合适的解决方案来满足组织和个人所特有的性能、运行时间和价格需求。SQL Server 2005 的 5 个版本如下：

- Microsoft SQL Server 2005 企业版
- Microsoft SQL Server 2005 标准版
- Microsoft SQL Server 2005 工作组版
- Microsoft SQL Server 2005 开发版
- Microsoft SQL Server 2005 学习版

最常用的版本是企业、标准和工作组版本，因为这些版本在生产服务器环境中工作得最好。

Microsoft SQL Server 2005 企业版(32 位和 64 位)　这个版本分 32 位和 64 位。如果需要既能支持企业级在线事务处理(OLTP)、高复杂性数据分析、数据仓库系统和网站，又能适应无限大小的 SQL Server 2005，那么这是最理想的版本。

用最简单的话来说，企业版具有全部功能，并且完全能够提供全面的"商业智能"(BI)和分析学能力。它包含高可用性特性，比如故障转移群集和数据库镜像。这个版本最适用于需要一个能够处理复杂状况的 SQL Server 2005 的大型组织或环境。

Microsoft SQL Server 2005 标准版(32 位和 64 位)　标准版含有建立电子商务、数据仓库和事务级解决方案所需要的基本功能度，但缺少一些高级特性，比如"高级转换"、"数据驱动订阅"和使用 Integration Services 的"数据流集成"。标准版最适用于需要一个完整的数据管理与分析平台，但不需要可在企业版中发现的许多高级特性的中小规模组织。

Microsoft SQL Server 2005 工作组版(仅 32 位)　工作组版是适用于小型组织的数据管理解决方案，这些组织需要数据库，并且在用户的规模或数量上没有限制。工作组版仅包含这个产品系列的核心数据库特性(例如，它不含有 Analysis Services 或 Integration Services)。它的设计意图是个易于管理的输入级数据库。

Microsoft SQL Server 2005 开发版(32 位和 64 位)　开发版具有企业版的全部特性。但是，它只容许用做一个开发与测试系统，不容许用做一个生产服务器。这个版本对需要建立和测试应用程序，但不打算支付企业版费用的人或组织来说是个不错的选择。

Microsoft SQL Server 2005 学习版(仅 32 位)　SQL Server 学习版是个使用容易和管理简单的免费数据库。它缺少可在其他版本中发现的许多特性，其中包括 Management Studio、Notification Services、Analysis Services、Integration Services 和"报表生成器"，这些仅仅是说得出名称的几个特性。SQL Server 学习版可用做客户数据库，或者用做基本的服务器数据库。当只需要 SQL Server 2005 的最小版本时，SQL Server 学习版是个不错的选择，这个选择一般适合低端服务器用户(比如小型企业)、正在创建 Web 应用程序的非专业开发人员和正在创建客户应用程序的计算机业余爱好者。关于学习版的较详细信息，请参见由 Mike Gunderloy 和 Susan Harkins 所撰写的"Mastering SQL Server 2005 Express Edition"(由 Sybex 于 2006 年出版)。

关于 SQL Server 2005 的各种版本之间差别的较详细信息，请访问 Microsoft 网站的 SQL Server 部分(http://www.microsoft.com/sql/2005/productinfo/sql2005features.mspx)。

SQL Server 2005 的管理

内建在 SQL Server 2005 中的关键元素之一是开发与管理方面的高度集成。Microsoft 设计师已经消除了横亘在这两者之间的障碍，并使它们的协作成为了可能。

如果以前用过 SQL Server 2000，应该注意到的第一件事情是"企业管理器"已经被彻底翻新成 SQL Server Management Studio，这个新工具执行"企业管理器"的大部分功能以及许多新的功能。

我们将首先介绍如何使用这个界面来管理数据与服务，以及怎样跟踪服务器上正在发生的事情。这将是个简短的浏览，我们将在第 3 章中再简要介绍 SQL Server Management Studio。此外,整个第 9 章还将专门介绍这个重要的工具。

打开 SQL Server Management Studio

要启动 SQL Server Management Studio,从 Windows 的“开始”菜单上选择“程序”➤ Microsoft SQL Server ➤ SQL Server Management Studio。Management Studio 在安装 SQL Server 2005 时安装。它在打开时,要求连接到一个 SQL Server 实例。一旦连接成功,这个 SQL Server 实例将立即出现在“对象资源管理器”中。

在“对象资源管理器”中,可以展开一个树状视图,并从服务器进入到数据库,再进入到对象,然后用列表视图检查各个对象。图 1.1 显示了经过几层之后 Management Studio 看上去的样子。在本例中,我们正在检查默认服务器组中一个名为 GARAK 的服务器上的 AdventureWorks数据库中的各个表。

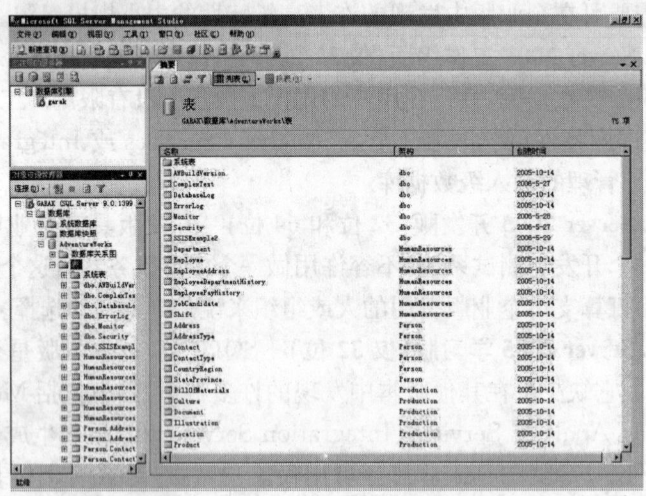

图 1.1 SQL Server Management Studio

说明:AdventureWorks 数据库是 SQL Server 2005 携带的样本数据库。在本书的许多示例中,我们将使用 AdventureWorks 样本数据库作为通用的数据库示例。我们还将使用 AdventureWorks 样本数据库创建能够模拟具体数据库需求的示例数据库。

即使完全不了解 SQL Server Management Studio,也能够从这个界面中看到它可以操纵各种对象:

数据库	警报
数据库关系图	操作员
表	作业
视图	备份
存储过程	进程信息
用户	数据库维护计划
角色	SQL Server 日志
规则	复制
默认值	登录名
用户定义数据类型	服务器角色

用户定义函数	Performance Analyzer
全文目录	Analysis Services 多维数据集
Integration Services 包	链接服务器
Metadata Services 包	远程服务器
Data Transformation Services 元数据	Notification Services 订阅
凭据	共享计划

而这仅仅是一个样本,后面几章将介绍其中的大部分对象。

创建登录

数据库管理员的主要任务之一是保障 SQL Server 的安全性。我们将在第 18 章中比较详细地讨论安全措施,目前只介绍其中的一个部分:创建登录。SQL Server 登录是让网络上的 Windows 用户能够使用 SQL Server 数据所必需的一部分。

创建新登录的方法有多种,最容易的方法是从 Management Studio 中使用“安全性”文件夹下的“登录名”文件夹。打开“对象资源管理器”,展开服务器实例,然后展开“安全性”文件夹。右击“登录名”文件夹,并选择“新建登录名”。“登录名-新建”属性窗口打开(如图 1.2 所示)。

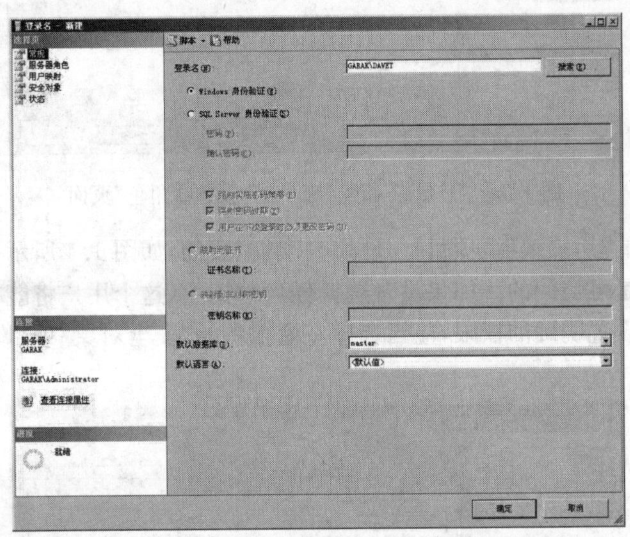

图 1.2　“登录名-新建”窗口的“常规”页面

在窗格的上部分,选择身份验证方式。SQL Server 能用两种不同的方法验证用户的身份:

◆ “Windows 身份验证”比较用户与他们在 Windows 2000/2003 用户数据库中的证书。

◆ “SQL Server 身份验证”提示用户输入一个将由 SQL Server 本身验证的密码。

大多数情况下,应当选择“Windows 身份验证”,因为在这种情况下,用户将不必提供单独用于 SQL Server 的密码,而且管理员不必用两组密码进行审查与协调。但是,管理员可能需要 SQL Server 账户,以便执行通过因特网接入数据库之类的操作。也就是说,“Windows 身份验证”仅当 SQL Server 正运行在 Windows 2000 或 Windows 2003 操作系统上时有效。

在“登录名”文本框中,指定打算为哪个 Windows 用户创建登录(假设在前面选择了

“Windows 身份验证”方式)。可以手工键入域名和用户名,也可以通过单击“搜索”按钮搜索该用户。

在“状态”部分,可以给用户授予访问服务器的权限,也可以否定用户访问服务器的权限。一般情况下,对于明确不需要访问服务器上的数据的每个用户,应该否定他们的访问权限。让不速之客插手数据库是没有任何好处的。

现在,单击左窗格中的“服务器角色”项目,打开“服务器角色”页面,如图 1.3 所示。在这里,可以选择这个用户应该拥有哪些服务器级的安全权限。

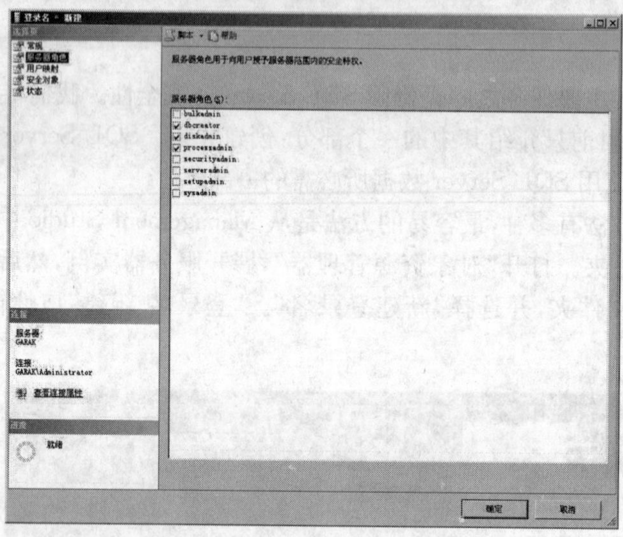

图 1.3　“登录名-新建”窗口的“服务器角色”页面

单击左窗格中的“用户映射”项目打开“用户映射”页面,如图 1.4 所示,然后选择哪些数据库对这个指定登录是可访问的。如果没有选择任何数据库,这个用户将能登录,但什么事情也做不了。如果需要设置明确的权限,应当选择左窗格中的“安全对象”项目,然后选择和设置明确的权限。

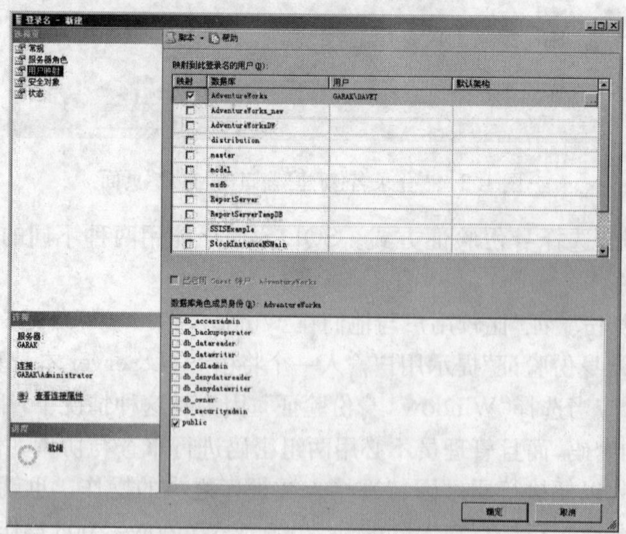

图 1.4　“登录名-新建”窗口的“用户映射”页面

如果一切顺利，单击“确定”按钮创建这个登录。这就是创建一个登录的全过程。

使用 Configuration Manager

管理员可能要执行的另一项任务是修改 SQL Server 实例的启动方式，或者对 SQL Server 配置进行调整。为了完成这两类任务，需要使用另外一个不同的服务器工具：SQL Server Configuration Manager。要启动这个服务器工具，单击 Windows 的“开始”➤“程序”➤ Microsoft SQL Server ➤“配置工具”➤ SQL Server Configuration Manager。

SQL Server Configuration Manager 打开为一个“Microsoft 管理控制台”(MMC)插件。从图 1.5 中可以看出，它包含许多树。

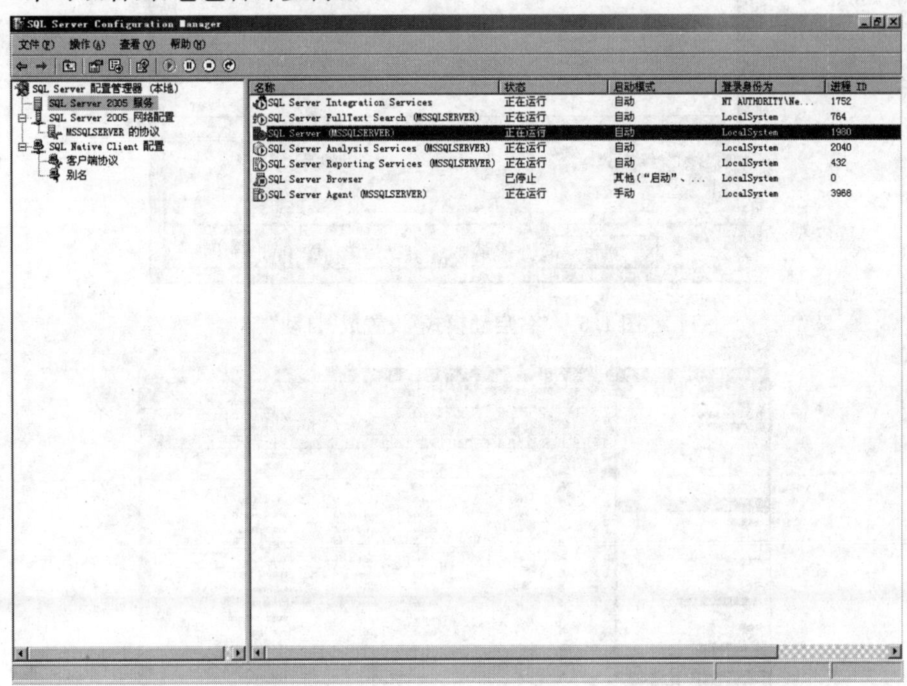

图 1.5　SQL Server Configuration Manager

现在，让我们用 SQL Server Configuration Manager 将 SQL Server 设置成自动启动。选择“SQL Server 2005 服务”。接着，在“详细信息”窗格中，右击要自动启动的 SQL Server 实例，然后单击“属性”。

在 SQL Server“属性”对话框中，单击“服务”选项卡，并将“启动模式”设置为“自动”，如图 1.6 所示（由于这是默认值，所以它应该已设置成“自动”）。单击“确定”按钮，然后关闭 SQL Server Configuration Manager。

查看当前活动情况

有时，我们可能需要了解数据库上正在发生的事情。为此，可以从“对象资源管理器”窗口中选择“管理”下面的“活动监视器”节点快速浏览 Management Studio。右击并从弹出的菜单中选择“查看进程”选项，该选项打开“活动监视器”“进程信息”页面。图 1.7 显示了一个轻载服务器上的典型活动情况。

在这个页面上，可能会发现自己不认识的运行进程。如果情况果真如此，双击不认识的一

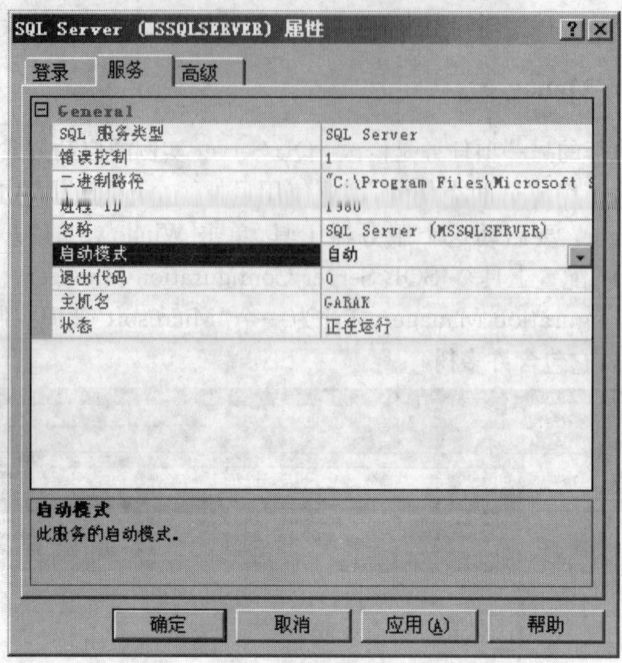

图 1.6　将"启动模式"设置成"自动"

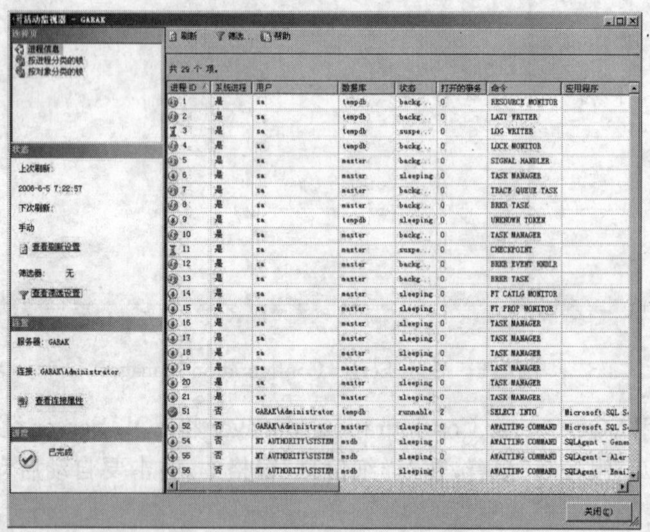

图 1.7　查看当前活动情况

个进程将可以浏览由这个特定进程所提交的最后一组 T-SQL 命令。如果仍看不明白,可以从 Management Studio 中直接发送一条消息给启动该进程的用户或计算机。

Management Studio 中的其他节点允许数据库管理员轻松地检查当前锁和检测可能正在损害性能的死锁情况。

开发工具

SQL Server 开发人员比较关心他们能够利用数据库做些什么,而不太关心数据库的设计和维护。为此，SQL Server 2005 携带了可供开发人员使用的各种工具，其中包括"ActiveX 数据对象"(ADO)、SQL-DMO、SQL-NS、Integration Services、Analysis Services 和 Bulk Copy Program(BCP)。本书的第五部分和第六部分将介绍其中的许多开发工具，因此我们不打算在这里详细地介绍它们。目前，我们只集中介绍一个工具：Business Intelligence Development Studio(BIDS)，并让用户知道设计和开发现在已经变得多么简单。

Business Intelligence Development Studio

Business Intelligence Development Studio(BIDS)是用于开发 Business Intelligence(商业智能)解决方案的 SQL Server 2005 工作室环境，这些方案包括多维数据集、数据源、数据源视图、报表以及 Integration Services 包。

要打开 BIDS，单击 Windows"开始"➤"程序"➤ Microsoft SQL Server ➤ SQL Server Business Intelligence Development Studio。我们将用 BIDS 开发项目，因此单击"文件"➤"新建项目"打开"新建项目"窗口，如图 1.8 所示。

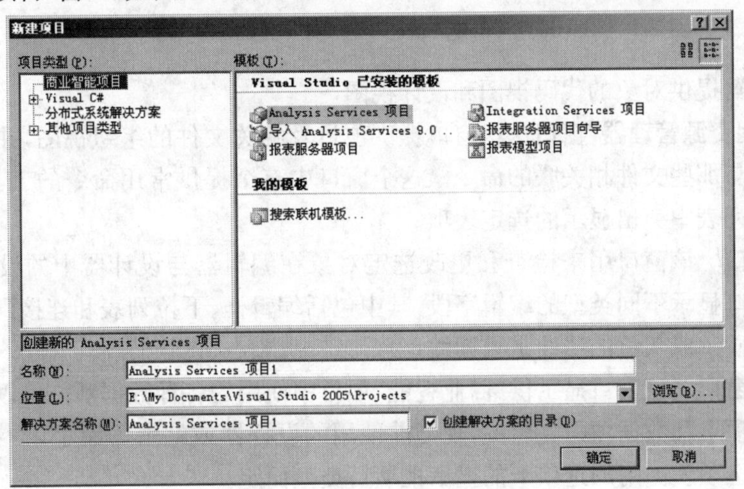

图 1.8　BIDS 的"新建项目"窗口

需要注意的是，这里有 6 个项目或向导，它们涉及到 3 项可供选择的不同技术。项目或向导包括 Analysis Services 项目、导入 Analysis Services 9.0 数据库、Integration Services 项目、报表服务器项目向导、报表模型项目和报表服务器项目。

现在，让我们来看一看 BIDS 中的 AdventureWorks Sample Reports，如图 1.9 所示。(如果愿意，可以亲自打开这个项目——假设已经安装了这个样本；具体的打开步骤是单击"文件"➤"打开项目"，导航到 C:\Program Files\Microsoft SQL Server\90\SamplesReporting Services\Report Samples\AdventureWorks Sample Reports\AdventureWorks Sample Reports.sln，然后选择"报表"文件夹中的 Sales Order Detail.rdl 项。)

从图 1.9 中可以看出，这个 BIDS 项目由 4 个主要窗口组成。

"设计器"窗口　该窗口显示为居中窗格，它的左侧是"工具箱"窗口，而右侧是"解决方案资源管理器"与"属性"窗口。"设计器"窗口提供对象的图形视图，并用来创建和修改"商业智能"对象。3 个 SQL Server 2005"商业智能"构件的每一个都提供创建 Integration Services 包的设计表面，而"报表设计器"在创建和预览报告时具有同样的作用。有些对象类型，比如数据源视图对所有"商业智能"项目都是可使用的，而且"数据源视图设计器"包含在所有项目类型

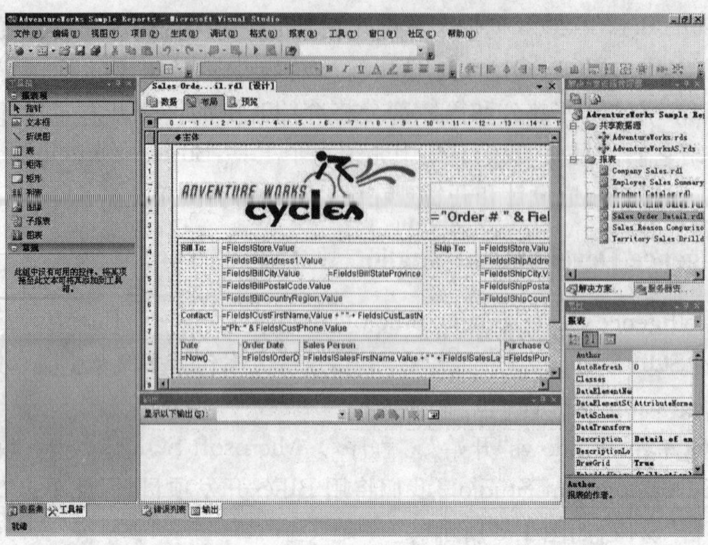

图 1.9 Business Intelligence Development Studio 中的样本项目

中。这些设计器提供对象的代码视图和设计视图。

"解决方案资源管理器"窗口 该窗口提供项目及相关文件的组织视图,并使开发人员能够轻松地访问与那些文件相关联的命令。这个窗口中有个提供常用命令的工具栏,并且这些命令可作用于列表中突出显示的选定表项。

"属性"窗口 该窗口用来检查和更改选定对象在编辑器与设计器中的设计时属性与事件。"属性"窗口显示不同类型的编辑字段,其中包括编辑框、下拉列表和连接到定制编辑器对话框的链接。显示成灰色的属性是只读的。

"工具箱"窗口 该窗口显示供"商业智能"项目中使用的各种数据项。可以从"工具箱"窗口中获得的选项卡和数据项是变化的,视当前使用的设计器或编辑器而定。"工具箱"窗口始终显示"常规"选项卡。附加选项卡的显示视项目类型而定。

BIDS 还含有用于检查搜索结果与错误和查看输出信息的其他窗口。窗口及其内容是变化的,视当前项目的类型而定。

所有 BIDS 项目都是在同一个解决方案内开发完成的。一个解决方案就是一个独立于服务器的容器,并且这个容器能够含有多个 Integration Services 项目以及若干个 Analysis Services 与报表项目。

当我们在第 22 章、第 26 章和第 28 章中介绍 Integration Services、Analysis Services 和 Reporting Services 时,将比较详细地讨论 BIDS 和它作为强大开发工具的使用方法。

新增与改进的特性

SQL Server 2005 中已经发生了很多变化,而且本章迄今为止所介绍的内容应该足以让用户相信 SQL Server 中的事物与原来有很大的差别,尽管可能熟悉 SQL Server 的较早期版本。正如新的 Management Studio 中所反映的,该产品的深度和灵活性应该足以让用户相信,仅具有 SQL Server 2000 的知识不足以真正掌握 SQL Server 2005。

要列出和解释 SQL Server 2005 中的每个变化、每个新特性和每个增强,我们可能需要另写一本书。在接下来的几小节中，我们将介绍在最常用的构件中可能会见到的那些新特性。

集成服务

正如我们将在第 22 章中介绍的，SQL Server Integration Services（SSIS）实际上完全重写了原先的 Data Transformations Services。由于修改规模是如此之大，所以我们在此只能简要介绍其中的几项修改。关键差别包括：图形工具的引进，比如“SSIS 设计器”到 BIDS（如图 1.10 所示）和“SQL Server 导入和导出向导”；因使用自定义的任务、源、目标和转换而增强的灵活性；以及对体系结构的修改。

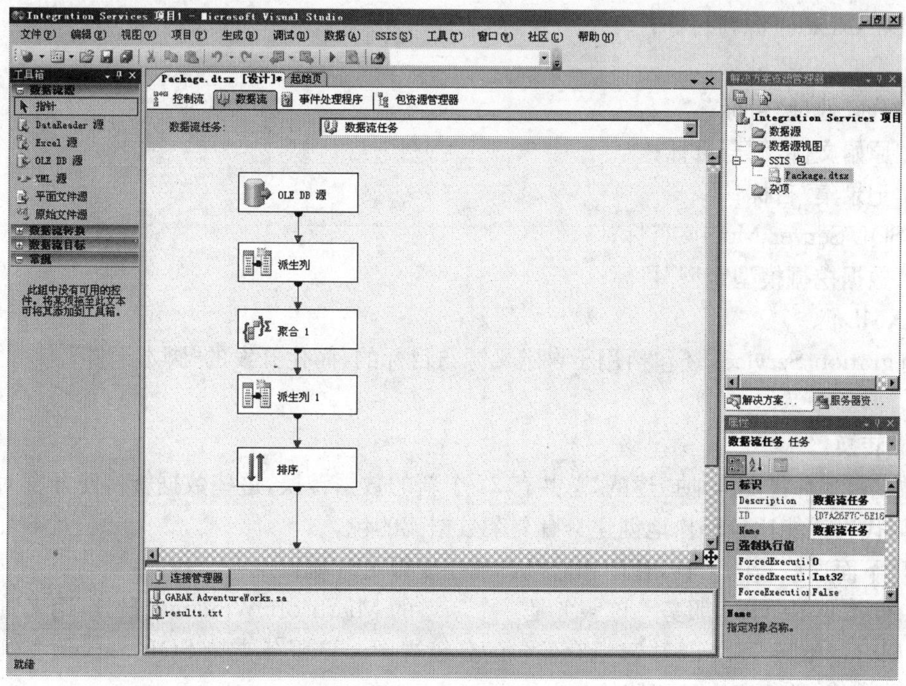

图 1.10　SSIS 设计器

数据流和控制流已经分解成两个截然不同的引擎：Integration Services 运行时引擎和 Integration Services 数据流引擎。这一分解提供了更为充分的包执行控制权，提高了数据转换的可视性，而且通过简化自定义任务与转换的创建和实现增强了 Integration Services 的可扩展性。

对 Microsoft .NET Framework 的支持，让创建自定义的 Integration Services 任务、转换和数据适配器变得更加容易。

新的任务

新增的任务包括如下这些：

◆ 用于查询 Windows Management Instrumentation（WMI）数据的“WMI 数据读取器”任务；

◆ 用于监听 WMI 事件的“WMI 事件观察器”任务；

◆ 用于操作文件系统中的文件和文件夹的“文件系统”任务；

◆ 用于访问 Web 服务的“Web 服务”任务；

◆ 用于处理 XML 文档的 XML 任务;

◆ 用于运行 DDL 脚本的"Analysis Services 执行 DDL"任务;

◆ 用于查询数据挖掘模型的"数据挖掘查询"任务。

新的数据源与目标

除了 SQL Server、OLE DB 和平面文件源与目标之外,SSIS 现在还使用下列新的数据源和目标:

◆"数据挖掘查询"目标;

◆ DataReader 源与目标;

◆"维度处理"目标;

◆"分区处理"目标;

◆"原始文件"源与目标;

◆"记录集"目标;

◆ SQL Server Mobile 目标;

◆"数据挖掘模型定型"目标;

◆ XML 源。

Integration Services 还包括用于自定义源与目标的、简化开发的"脚本组件"。

新的数据转换

正如第 22 章将要详细描述的,总共有 22 个新的数据转换,这些数据转换使开发人员不必编写任何代码就能比较轻松地创建具有复杂数据流的包。

利用下面这些新的工具,管理和监视包现在变得更容易:

Integration Services 服务 该服务是一个新增的 Microsoft Windows 服务,用来管理包存储并在 Management Studio 中显示存储包的分级视图。该服务支持 SQL Server 实例或文件系统中的 msdb 数据库内所存储的包。

DTUTIL dtutil 命令行实用工具允许复制、删除、转移和标记 SQL Server 实例或文件系统中的 msdb 数据库内所存储的包。

运行包列表 该工具在 Management Studio 中显示运行包的一个列表。

包日志记录选项 SSIS 含有多个日志记录提供者、一个日志记录方式(从中可以选择待记录信息的类型)以及一个灵活的日志记录模型(支持包级别和任务级别的日志记录配置)。

包重启动能力 校验点可以设置成允许从故障任务处重新启动一个包,因而不必重新运行整个包。

安全特性 新的安全特性包括如下这些:

◆ 可以将角色用于 SQL Server 实例中的 msdb 数据库内所存储的包。

◆ 可以用各种加密级别加密包,以保护敏感数据。

◆ 现在,可以用数字形式给包加标记。

新增和更新的 Integration Services 向导 Integration Services 含有一组新增和更新的向导,以帮助数据库管理员完成复杂的任务,比如部署、导入和导出包,或者将 SQL Server 2000 Data Transformation Services(DTS)包从 SQL Server 2000 格式迁移到 SQL Server 2005,以及帮助完成表 1.1 中所列举的其他任务。

表 1.1　Integration Services 向导

向导	说明
SQL Server 导入和导出向导	创建能够在源与目标之间复制数据的包
包配置向导	创建能够随同包一起部署的配置
包安装向导	部署包和更新的包配置
包迁移向导	将 SQL Server 2000 DTS 包迁移到 SQL Server 2005 Integration Services 包

复制

复制指的是将数据和数据库对象从一个数据库复制并分布到另一个数据库，然后在数据库之间执行同步以维护一致性的过程。如果没有配置一个合适复制形式，当有多个人同时访问同一个数据库时，或者存在数据库的多个副本时，数据库管理员迟早会遇上麻烦。

下面让我们来看一个简单例子。假定你在自己的家庭网络上已有一个含有全部私人 DVD 的数据库，然后将该数据库复制到你的笔记本电脑上并去度假。在假期的第 3 天，你购买了更多的 DVD，并将它们输入到笔记本电脑上的数据库中。可是，你不知道的事情是，在你离开后的当天，你儿子购买了一张新的 DVD，并将它添加到家里的数据库上。你返回家中，并将笔记本电脑上的数据库复制到家中的数据库上。此时，你用最新的文件"更新了"该数据库。令人遗憾的是，该数据库现在是错误的，因为你已经擦除了你儿子所做的全部输入，只保留了你自己所做的那些输入。DVD 只是一种物品，请设想一下，如果那些输入是你的金融记录，或者是公司的库存数据库，情况会怎么样。如果你没有做复制，那么最终就会发生偏差；与其拥有一个数据库，倒不如拥有许多数据库，并让每个数据库含有稍微不同的数据。

通过使用复制，可以借助于局域或广域网络、拨号连接、无线连接和因特网，将数据分发到不同的位置和远程或移动用户。

由于 Microsoft 已经认识到复制在良好的数据库健康中所起的重要作用，所以他们已经在 SQL Server 2005 中添加了几个新的特性和增强。正如我们将要在第 25 章中介绍的，借助于许多增强，数据库管理员可以更轻松地使数据库保持正确的同步和复制，即使对非 SQL Server 2005 数据库来说也是如此：

简化的用户界面　"新发布向导"比它的 SQL Server 2000 对应物少了 40%的页面。

现在，"推送订阅向导"和"请求订阅向导"已合并成"新建订阅向导"，这个新的向导提供一种方便的订阅创建方法，使数据库管理员能够创建多个具有不同属性的订阅。

"复制监视器"经过了彻底的重新设计(图 1.11 所示)。

不同数据库类型之间的改进复制　现在，数据库管理员可以从 Oracle 数据库发布到 SQL Server 2005。此外，数据库管理员现在还可以使用快照和事务性复制，将数据发布到 Oracle 和 IBM DB2。

"复制管理对象"(RMO)　RMO 是个 Microsoft .NET 库，这个.NET 库提供一组公共语言运行时(CLR)类，以用于配置、管理和脚本化复制，以及用于同步订户。换句话说，程序能够在个别类上面工作，比如发布或订阅类，因而不必遍历顶层类。

用于合并复制的业务逻辑处理器　业务逻辑处理器构架允许数据库管理员编写可以在合并同步期间进行调用的托管代码程序集。也就是说，如果销售人员从掌上设备上输入订单，那么库存量会在同步期间被检查，如果该产品已经售完，那么销售人员会得到通知。

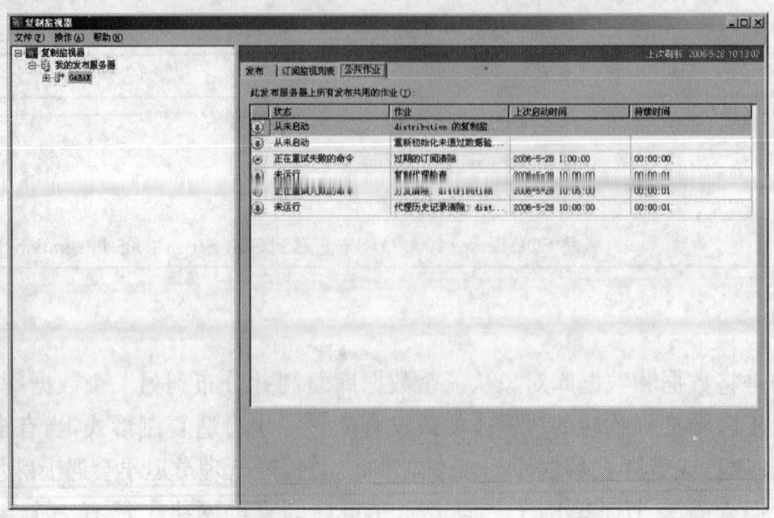

图 1.11 “复制监视器”已针对 SQL Server 2005 经过了彻底的重新设计

对事务性复制的修改

◆ 对等的事务性复制;
◆ 从备份中初始化事务性订阅的能力;
◆ 无需重新初始化即可修改事务性文章的调用格式的能力;
◆ 事务性发布中容许的列数量增加;
◆ 用于事务性发布的追踪器权标;
◆ 事务性发布对并发快照的默认使用。

其他增强 除了已经列出的那些增强之外,SQL Server 2005 还给它的复制能力添加了下列特性:

◆ 改进的身份范围管理;
◆ 并行快照准备;
◆ 可恢复快照传送;
◆ 改进的监视统计信息,针对合并订阅;
◆ 对快照的改进,针对使用参数滤镜的合并发布;
◆ 声明性订购,针对合并发布中的文章;
◆ 条件性删除处理,针对合并发布中的文章;
◆ 架构修改的复制;
◆ 逻辑记录的复制;
◆ 改进的错误消息。

分析服务

Microsoft 设计师已经对 Analysis Services 做了许多修改,这些服务有时仍称为业务分析。正如我们将在第 26 章中讨论的,Analysis Services 这个题目是非常庞大的。

基于 Analysis Services 在 SQL Server 2000 中的出发点,Microsoft SQL Server 2005 Analysis Services(SSAS)另外提供了对“商业智能”的附加支持,因而给“商业智能”解决方案提

供加强的可伸缩性、可用性和安全性，同时使它们变得更容易创建、部署和管理。许多新的特性和对现有特性的改进已经添加到 Analysis Services 上，如下列各表中所示。

SSAS 带有许多新增和高级的设计器。表 1.2 描述了这些设计器。

表 1.2　新增和改进的 SSAS 设计器

设计器	说明
多维数据集设计器	现在提供对维度使用、翻译、MDX 脚本和"关键性能指标"(KPI)函数的支持
数据挖掘模型设计器	用来定义、查看和测试 BIDS 中的挖掘结构与挖掘模型
数据源视图设计器	提供一个基于图表的简单环境，用于定义 Analysis Services 对象所基于的数据源视图中的表和关系
维度设计器	增强后提供对基于表征的维度定义、用户定义的表征分级结构、转换以及维度反写的支持

新增和改进的向导让用户、开发人员和数据库管理员执行许多 SSAS 任务变得更加简单。表 1.3 概括了这些向导。

表 1.3　新增和改进的 SSAS 向导

向导	说明
商业智能向导	提供高级的"商业智能"特性，比如货币转换、帐户智能、时间智能和维度反写支持
多维数据集向导	指导数据库管理员完成多维数据集的设计与原型制作的整个过程。提供包括自动生成技术在内的几个增强，以帮助智能地分析和确定维度和分级结构，并从基础数据源的表和关系中测得分组(请参见图 1.12)
挖掘模型向导	基于关系数据或者多维度数据，创建以后能够使用"数据挖掘设计器"进行修改的新挖掘结构
数据源视图向导	快速、自动地检索出数据源的关系架构，并构造 Analysis Services 对象(比如维度和多维数据集)能够用做基础的表和关系
维度向导	将变化缓慢的维度支持、维度反写、账户智能和时间智能添加到 Analysis Services 中的数据库维度的设计上
迁移向导	将数据库从 Analysis Services 的以前版本迁移到 SSAS 实例
架构生成向导	允许数据库管理员基于现有的 Analysis Services 对象创建关系架构。能够用来先定义维度，然后基于维度和多维数据集设计数据源视图。这个数据源视图能够用来明确创建和填充关系型数据库，以支持具体的商业智能解决方案

SSAS 的 Analysis Services 服务已经加强和扩展成包含表 1.4 所描述的修改和增强。

表 1.4　SSAS 修改和改进

特性	说明
故障转移群集	支持 32 位系统上的 8 节点故障转移群集和 64 位系统上的 4 节点故障转移群集
语言与校对支持	同时支持实例级别和数据库级别的语言与校对设置
多实例支持	在 Microsoft SQL Server 2005 企业版中最多能够在单台计算机上安装 Analysis Services 服务的 50 个实例的能力。在 SQL Server 2005 的其他版本中最多能够安装 Analysis Services 服务的 16 个实例
孤立事实表行	使用一维中的每个分级结构的设置来确定怎样处理孤立事实表行的能力
主动的高速缓存	用来提高维度、分区和聚合的性能
处理支持	附加的灵活性，其中包括对并行处理的直接支持
脚本支持	用 Analysis Services 脚本语言(ASSL)脚本化数据库和从属对象的能力
XML 支持	XML for Analysis (XMLA) 1.1 规范的完全实现

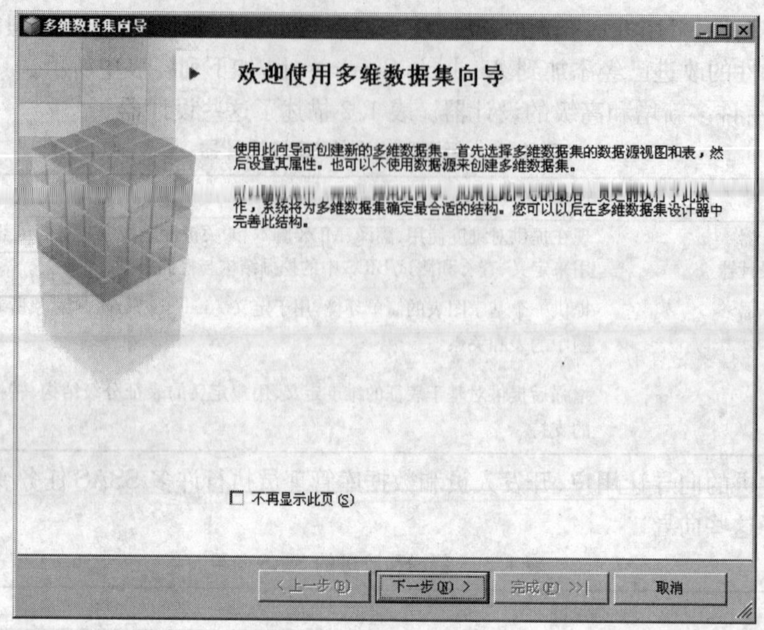

图1.12 多维数据集向导

表1.5描述了可以从SQL Server 2005中获得的SSAS管理增强和新特性。

表1.5 SSAS管理增强

特性	说明
部署引擎	Analysis Services现在包含它自己的部署引擎，以用于部署Analysis Services项目和解决方案
安全性	Analysis Services提供增加的安全特性，其中包括更充分的访问控制、加密和监视工具
SQL Server Profiler集成	Analysis Services现在支持SQL Server Profiler，以用于监视和捕获由Analysis Services实例所产生的任何事件，供将来分析和回放

SSAS包含表1.6所描述的多维数据集、维度和数据挖掘增强与新特性。

表1.6 SSAS多维数据集、维度和数据挖掘增强

题目	项目	说明
多维数据集	关键性能指标	KPI是公司用来跟踪性能和改善性能的可定制业务度量形式
多维数据集	多事实表	单个多维数据集内的多个事实表是利用测量组来支持的
多维数据集	透视	新增的透视允许定义多维数据集的可查看子集，并能够在多维数据集上提供聚焦的、业务特定的或者应用特定的视点
多维数据集	半累加测量	半累加测量允许合计按账户设置的账户维度。然后，业务用户不必编写定制的累加公式就能建立反映公式账户结构的多维数据集
维度	表征	维度现在基于表征，而表征对应于一个维度的各个表中的列。每个表征含有一个维度表列的各个成员
维度	链接式测量组和维度	来自不同数据源的数据可以通过链接一个多维数据集到另一个多维数据集中的一个测量组来加以使用，其中第二个多维数据集要么存储在同一个数据库中，要么存储在SSAS实例上的一个不同数据库中。也可以链接一个多维数据集到另一个数据库中的维度

(续表)

题目	项目	说明
维度	多分级结构	多分级结构仅在单维中得到支持
维度	简易维度类型	两个维度类型，即标准和链接取代了 SQL Server 2000 Analysis Services 中的 4 个维度类型
数据挖掘	Microsoft 关联算法	该算法建立描述哪些项目很可能会一起出现在同一个事务中的规则
数据挖掘	Microsoft 线性回归算法	该算法提供线性回归支持
数据挖掘	Microsoft 逻辑回归算法	该算法提供对数回归支持
数据挖掘	Microsoft Naive Bayes 算法	该算法用来探测输入列与可预测列之间的数据并发现它们之间的关系
数据挖掘	Microsoft 神经网络算法	该算法通过构造神经元的多层感知器网络，创建分类与回归挖掘模型。最适合非线性模型
数据挖掘	Microsoft 顺序分析和聚类分析算法	该算法以一种能够用来预测事件的可能排序的次序，标识排序相似的事件聚类，其中预测事件的次序基于一些已知特征
数据挖掘	Microsoft 时序算法	该算法分析时间相关的数据，比如月销售数据或年利润，以便得出预测下一个阶段的值所使用的模型

对多维数据集、维度和数据挖掘的其他修改包括如下这些：

- 现在，数据和元数据仅在需要时才装入，因而本质上允许维度有无限大小。
- 几个能够用来创建完整数据挖掘解决方案的任务已经添加到 SSAS 上。
- 对维度的成员组要求已经消除。
- 现在，提供对以下各项的支持：
  - 通过“事实维度关系”，支持事实维度。
  - 通过使用关联表，支持事实表与维度表之间的多对多关系。
  - 通过使用“引用维度关系”，支持引用维度；在引用关系中，引用维度通过另一个维度与测量组间接地耦合在一起。
  - 支持“角色共享维度关系”——将维度表与事实表之间的多个关系表示为一个统一的维度。

开发人员和程序员将会很高兴地看到，他们没有被遗忘。SSAS 引进了表 1.7 所概括的这些开发增强和新特性。

表 1.7　SSAS 开发修改与改进

特性	说明
ADOMD.NET	以前是 SQL Server 2000 ADOMD.NET SDK 的一部分，现在已完全集成到 SSAS 中
分析管理对象(AMO)	AMO 取代了决策支持对象(DSO)对象模型
Microsoft .NET Framework 支持	SSAS 现在与 Microsoft .NET Framework 完全集成在一起
多维表达式的增强	多维表达式(MDX)语言已经添加了对脚本、作用范围与上下文控制以及增强型子多维数据集处理的支持
持久性计算	多维数据集的计算成员或计算单元的结果现在能够持久在每个多维数据集的各自高速缓存中
存储过程	SSAS 在存储过程方面提供更强的可扩展性和可编程性，存储过程指的是用 C#、C++或 Visual Basic 等语言编写的外部例程，这些例程能够用来扩展 SSAS 功能度

通知服务

Notification Services(通知服务)是一个新增平台,用于开发和部署能够生成和发送通知的应用程序。Notification Services 能够使用各种各样的设备,发送适时的个性化消息给数千或数百万个订户。例如,当一支股票达到某一价格时,可以使用 Notification Services 将一条关于这个股票价格的文本消息发送给一部移动电话。

Notification Services 2.0 是 SQL Server 2000 的一个可下载构件,并且是在 2002 年发布的。在 SQL Server 2005 中,Notification Services 已经集成到 SQL Server 中。

对于数据库管理员来说,主要的好处是 Notification Services 现在已经完全集成到 SQL Server Management Studio 中。利用对象资源管理器,数据库管理员能够执行他们以前需要在命令提示符处使用 NSCONTROL 实用程序执行的大部分任务。现在,他们可以启动和停止 Notification Services 的实例。

对于开发人员来说,他们可以将 Management Studio 用做他们的 XML 和 T-SQL 编辑器来编辑 Notification Services 实例。他们可以轻松地编辑实例配置文件(ICF)、应用程序定义文件(ADF)以及用于控制安全性和管理该实例的 T-SQL 脚本,然后可以使用“对象资源管理器”部署该实例。

在 Notification Services 2.0 中,应用开发人员定义用来生成通知的整个 T-SQL 操作,而订户只能为这个操作提供参数。现在,Notification Services 有一个新的操作类型,即条件操作。现在,订户可以通过数据集完整地定义他们自己的订阅。

Microsoft SQL Server Notification Services 包含了一个新增的管理 API,即 Microsoft.SqlServer.Management.Nmo。开发人员可以使用这个 API 开发和管理 Notification Services 实例和应用程序。

为了使用 MDX 查询从 SSAS 数据库中收集事件数据,Notification Services 已经添加了一个新的标准事件提供者。

添加或修改了下列视图,以简化应用程序的开发与故障诊断:

- ◆ <EventClassName>——为应用程序中的每个事件类都创建这些视图当中的一个视图。在编写事件驱动(而不是预定)的通知生成查询时,一般从这个视图中选择事件。现在,也可以将事件数据插入到这个视图中。
- ◆ <NotificationClassName>——为每个通知类都创建这些视图当中的一个视图。可以使用这个视图检查由应用程序生成的通知。

现在,Notification Services 提供 3 个视图,用于查看和管理订户与订阅数据:

- ◆ NSSubscriberView 列举出一个 Notification Services 实例的所有订户。这个视图可以用来管理订户数据。
- ◆ NSSubscriberDeviceView 列举出一个 Notification Services 实例的所有订户设备。这个视图可以用来管理订户设备数据。
- ◆ NSSubscriptionClassNameView 列举出一个预定类的所有预定。这个视图可以用来管理基本的事件驱动预定,但不能用来管理预定的或基于条件的预定。

第 27 章将比较详细地讨论 Notification Services。

报表服务

如果说存在一项将由每个访问 SQL Server 2005 实例的人都大量使用的技术，那么最有资格当选的技术就是 Reporting Services(报表服务)。

如果不能以任何人都能使用的一种形式从数据库中获得数据，那么即使这个数据经过了精细的编程、完美的管理、精巧的复制、格外的开发和聪明的分析，它依然是没有价值的。对于大多数用户来说，报表制作仍是数据库管理的核心任务。

SQL Server 2000 最初没有携带 Reporting Services 构件。但是，由于受到来自 SQL Server 社区的压力，Microsoft 在 2002 年发布了 Reporting Services 作为一个免费附件，并且几十万人下载了这个附件。

虽然 Microsoft 已经对 Reporting Services 做了许多改进，但是影响最深远的那些改进毫无疑问是新增的报表生成器、新增的模型设计器和增强的报表设计器，其中报表设计器已经完全集成到 BIDS 中：

报表生成器　报表生成器可以证明是 SQL Server 2005 中最热门的添加。由于它的设计意图是供没有丰富技术知识的终端用户使用，所以它用来从一个基于 Web 的界面中生成特定的报表。报表生成器可以从一个 URL 中或者从报表管理器中访问到。

模型设计器　SQL Server 2005 中增加的一个新项目类型是“报表模型”。报表模型由报表生成器用来生成特定的报表。报表模型使用 BIDS 中的模型设计器来创建。模型设计器含有几个帮助指定数据源与数据视图和生成报表模型的向导。

报表设计器　增强的报表设计器运行在 BIDS 中，并含有对前一个版本的许多修改和改进：

- ◆ 表达式编辑器现在含有供表达式创建者使用的函数，还含有 Intellisense 特性。
- ◆ 用户现在能够动态地指定数据源，因而在运行时基于用户在表达式中指定的条件提示用户切换数据源。
- ◆ 一个新增的 Analysis Services 查询生成器帮助用户创建 MDX 查询。
- ◆ 一个新增的数据处理扩展允许用户从 SSIS 包所生成的数据中创建报表。

报表功能　在对用户有特殊利益的报表功能方面，SQL Server 2005 Reporting Services 含有几个改进：

- ◆ 报表中的交互式分类；
- ◆ 打印多页报表的能力；
- ◆ 使用多值参数的能力。

Reporting Services 配置　这个新增的工具从用做报表服务器的计算机上的“开始”菜单上运行。从图 1.13 中可以看出，除了别的以外，它还可以用来将报表服务器配置成创建和使用远程 SQL Server 实例上的报表服务器数据库。这个工具还可以用来指定用于 Microsoft Windows 与 Web 服务的账户、虚拟目录和电子邮件传递。在群集节点上部署多个报表服务器(以前称做报表服务器网站)，现在专门通过这个配置工具或者通过配置脚本来处理。

当然，从第 28 章内关于报表服务的详细讨论中将会看到，这仅仅是冰上一角。

服务中介

SQL Server 2005 引进了一项叫做 Service Broker(服务中介)的崭新技术。Service Bro-

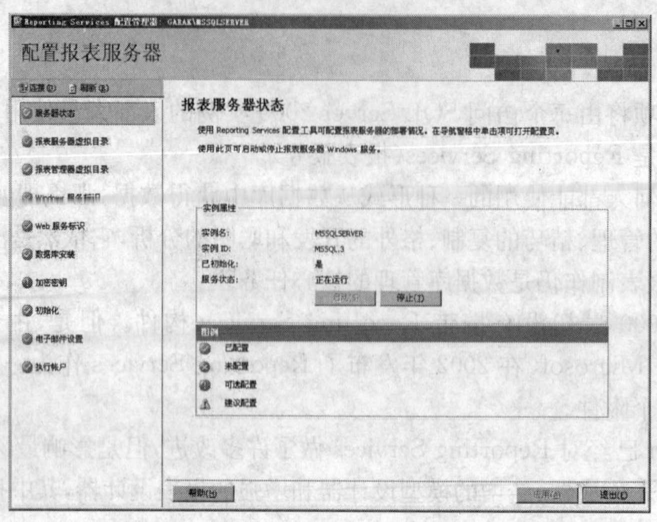

图 1.13　Reporting Services 配置工具

ker 的作用是帮助创建安全的、可靠的和可伸缩的数据库密集型分布式应用程序。

作为 SQL Server 数据库引擎的一部分，Service Broker 提供了在 SQL Server 数据库中存储消息队列的实用工具。此外，Service Broker 还提供了应用程序用来收发消息的新增 T-SQL 命令。每条消息都是对话的一部分，而这个对话是两个参加者之间的一条可靠而又持久的通信隧道。

Service Broker 带给 SQL Server 2005 的其他东西如下所示：

◆ 一个允许数据库应用程序在资源变得可用时执行任务的异步编程模型；

◆ SQL Server 实例之间的可靠消息传递(通过使用 TCP/IP)；

◆ 一个可用于消息的一致编程模型，无论它们是在同一个实例内，还是在多个实例之间，因而改进了应用程序伸缩的能力。

由于 Service Broker 为了实现 SQL Server 数据库引擎内的消息传递而经过精心的设计，所以消息队列是 SQL Server 数据库的一部分，并且能够利用该数据库引擎的执行能力。此外，Service Broker 还自动处理消息排序与分组之类的问题，而且一种内建的锁定能力只允许一次仅有一个读取器读取一个会话组中的消息。

最后，Service Broker 将消息队列存储为数据库的一部分。因此，它们被备份起来，并在数据库恢复时被恢复。数据库安全特性可以用来保障应用程序的安全。相似的是，消息传递操作变成任何一个含有数据库数据的事务的一个完整部分，因而意味着不再有管理分布式事务的必要；这与以往的情形有所不同，也就是说，如果消息队列由一个独立于数据库引擎的统一服务来管理，则必须管理分布式事务。

第 29 章将详细讨论 Service Broker。

小结

SQL Server 并不能包医百病，但可以肯定的是，目前版本对几乎每个计算机用户都有一定的用处。SQL Server 既适用于单用户的简单客户数据库，又适用于 TB 级的大型数据库，比如 Microsoft 公司的 TerraServer(http://www.terraserver.microsoft.com)。

本书余下部分将介绍 SQL Server 的各个方面：

◆ 第一部分将介绍基本的 SQL Server 与数据库概念。

◆ 第二部分将介绍 Transact-SQL。

◆ 第三部分将介绍基本的 SQL Server 对象和 Management Studio。

◆ 第四部分将介绍管理性任务。

◆ 第五部分将回顾 SQL Server 携带的开发工具。

◆ 第六部分将介绍一些高级题目和新技术。

希望对本章的阅读已经激起探索 SQL Server 的更大兴趣。下一章将介绍一些基本的数据库概念。

第2章　数据库概念综述

在介绍Microsoft SQL Server之前，首先要介绍数据库技术的一些基本概念。视读者的经验而定，也许已经熟悉本章的内容，但不妨浏览一遍，看看熟悉哪些术语，不熟悉哪些术语。另一方面，对于过去从未接触过数据库的读者来说，这是该领域的入门知识。数据库中存放什么？能对数据库执行哪些操作？我们将从广义上回答这些问题。可以先阅读本章，了解其概貌，然后在学到有关章节时再回头温习。

本章介绍的所有概念都将在本书后面的各章节中针对SQL Server的上下文环境加以讨论。例如，本章首先介绍的概念之一是数据库表的表示方式，第11章将专门介绍SQL Server所实现的表。因此，在阅读本章的过程中，如果需要了解某个特定数据库构件的工作机制，可以按照参考信息查阅相关章节。下面，我们将从总体概述开始介绍。

数据库

数据库是存放数据的地方。假设经营一家小公司，并且需要存储与该公司有关的所有数据。数据不只是一大堆零散的事实(至少，它不应该是一大堆零散的事实，如果希望能够查找所需要的东西)。自然需要将那些事实组织成一个层次结构。

例如，请考虑这样一个事实：公司的某个员工是1993年10月17日招聘来的。通过将这个事实和其他事实放在一起，可以把这个数据库组成4个层次：

◆ 员工雇佣日期；

◆ 该员工的所有重要事实；

◆ 所有员工的所有重要事实；

◆ 整个公司的所有重要事实。

按照数据库术语，这4个组织层次可以表示为4个专业术语：

◆ “字段”保存单个事实，在本例中为员工雇佣日期。

◆ “记录”保存一个实体的所有事实，在本例中为单个员工的所有事实。

◆ “表”保存一组相似实体(比如所有员工)的所有事实。

◆ “数据库”保存一个关联整体(比如这家公司)内的所有实体的所有事实。

严格地说，如果一个数据库允许保存记录、字段和表，那就是它需要跟踪的一切。一些简单的数据库就是如此。但是，许多数据库厂家增加了其他对象的存储功能。特别是，Microsoft SQL Server能够在数据库中存放除了数据之外的许多数据项目。在阅读本章时，将会遇到这些数据项目(比如视图和存储过程)，它们通称为“数据库对象”。但是，首先需要弄清楚数据库的类型。具体地说，将会经常碰到数据库领域中的3大课题：

◆ 文件服务器与客户/服务器数据库；

◆ 关系型数据库；

◆ OLTP与OLAP数据库。

说明：要想详细了解创建与管理SQL Server数据库的机制，请参见第10章。

文件服务器与客户/服务器数据库

文件服务器与客户/服务器数据库之间有一个重要差别。从根本上说，这两个术语指数据处理的两种不同方式。

在文件服务器数据库中，数据存放在文件之中，数据的各个用户直接从文件中取得他们所需要的东西。当有修改发生时，应用程序打开文件并写入新数据。当需要显示现有数据时，应用程序打开文件并读取数据。如果一个数据库有 20 个不同的用户，那么所有 20 个用户均读取和写入这个相同的文件。

同文件服务器数据库的情形相反，在客户/服务器数据库中，虽然数据仍然存放在文件中，但文件访问由一个统一的主程序(服务器)控制。当一个应用程序需要利用现有数据时，这个应用程序(客户)向服务器发送一个请求。服务器查找相应的数据，并将这个数据发回到应用程序。当一个应用程序需要向数据库中写入新数据时，它将该数据发送到服务器，然后由服务器执行实际的写入操作。只有一个统一的程序对数据文件执行读取和写入操作。

一般说来，面向单用户桌面的数据库(比如 Microsoft Access 与 Microsoft FoxPro)都是文件服务器数据库，而面向部门、公司或企业用户的数据库(比如 Oracle，Sybase 或 Microsoft SQL Server)都是客户/服务器数据库。客户/服务器数据库在大型环境中有几个重要优势，其中包括如下这些：

- 由于只有一个统一的程序读取和写入数据，所以破坏关键数据的意外修改或瘫痪的可能性更小。
- 这个统一的服务器程序可以充当一个监视所有客户的看门人，从而使安全政策的建立和执行变得更容易。
- 由于线路上只有请求流和结果流，所以客户/服务器数据库会比文件服务器数据库更有效地利用网络带宽。
- 由于只有所有的读取和写入都由一台统一的计算机来完成，所以升级这台计算机来提高数据库性能变得更容易。
- 客户/服务器数据库往往提供保护数据的特性，比如日志事务和磁盘或网络错误的恢复。严格地说，文件服务器数据库也会提供这些特性，但实际上，这些特性只在比较昂贵的客户/服务器市场上才能发现。

关系型数据库

关系型数据库将数据存储在多个表中，同时还跟踪那些表的相互关系。有时，会看到用于关系型数据库的术语 RDBMS，这个术语代表关系数据库管理系统(Relational Database Management System)。

例如，请考虑这样一个数据库：它用来跟踪一所大学里的学生。也许，打算收集关于学生、课程和老师的信息。这些信息可以分别存放在 3 个独立的表中，它们可以有下列名称：

- 学生；
- 课程；
- 老师。

此外，RDBMS 还跟踪将这些表相互联系起来的那些事实。例如，每个学生可以参加一门或几门课程，每个老师可以教一门或几门课程。

说明:SQL Server 是个关系型数据库。

OLTP 与 OLAP 数据库

另一个重要差别是在联机事务处理(OLTP)与联机分析处理(OLAP)数据库之间。这个差别不像文件服务器与客户/服务器数据库之间的差别那样泾渭分明。事实上,大多数数据库在它们的生命周期内既用做 OLTP 产品,又用做 OLAP 产品。

OLTP 指的是一种涉及数据的快速插入、删除和更新的使用方式。这种使用方式在许多应用中是很常见的。例如,假设读者正经营一家旅行社并有 20 个代理机构,而且这些代理机构都更新一个客户旅行信息数据库。这就是典型的 OLTP 应用。快速查找和修改数据的能力是至关重要的,否则这个数据库可能会成为整个经营的一大瓶颈。

另一方面,假设读者是这家旅行社的经理,那么可能对查看来自许多登记簿的汇总信息感兴趣。也许,会从中发现这样一种倾向:女士比较喜欢去希腊旅游,而男士比较喜欢去西班牙旅游。了解这种倾向后,就可以更有针对性地做广告宣传。这种分析是 OLAP 应用的典型特点,其中涉及数据库中的全部或大部分数据的汇总。

让服务器同时有效地支持 OLTP 与 OLAP 数据库应用是非常困难的。适合快速更新的数据结构不适合合计查询。为了解决这个问题,Microsoft 将两个服务器捆绑在了一起。首先,Microsoft SQL Server 2005 主要是个 OLTP 服务器,能够执行汇总查询,但对这种查询来说不是最佳的。那是第二个程序,即 Microsoft SQL Server 2005 Analysis Services 的工作。SQL Server 2005 企业版、开发版和标准版的每个拷贝都带有这个程序,而且这个程序设计用来创建供 OLAP 应用程序使用的有效数据结构。

说明:要详细了解 Microsoft SQL Server 2005 Analysis Services,请参见第 26 章。

事务日志

客户/服务器数据库中的另一个常见特性是"事务日志"。这是一个独立的文件(或者说另外一个独立的存储区),数据库服务器在这里跟踪它正在执行的各个操作。例如,假设将一条新记录添加到一个表中。在将这条新记录添加到这个表中之前,数据库服务器先在事务日志中建立一个项目,其中含有信息"将这条新记录添加到此表中"以及来自这条记录的数据。只有在这个事务日志项目已得到保存之后,数据库服务器才实际保存对数据库的这项修改。

事务日志是保护数据的一个重要部分。通过使用事务日志跟踪一些操作,数据库服务器使得从各种灾难中恢复数据变成了可能。例如,假设存放数据库的硬盘发生了故障。如果已经保存了备份,并且事务日志存放在一块单独的硬盘上(两者都是值得做的和聪明的预防措施),那么可以轻松地恢复数据:首先恢复备份,然后让服务器重新应用它在建立备份之后写入到事务日志中的所有修改。

表

表是实际存储数据的对象。数据库的基本准则之一是,每个表只应该存储一个特定实体的相关信息,这就是所谓的"规范化"原则。第 4 章将比较详细地讨论规范化。

图 2.1 显示了一个员工信息表。在这个特定的示例中,表存储在 Microsoft SQL Server 上,并且这个屏幕图形是在 SQL Server Management Studio 中获取的。SQL Server Management Studio 是 Microsoft SQL Server 所携带的实用程序之一(第 9 章将比较详细地介绍这个工具)。

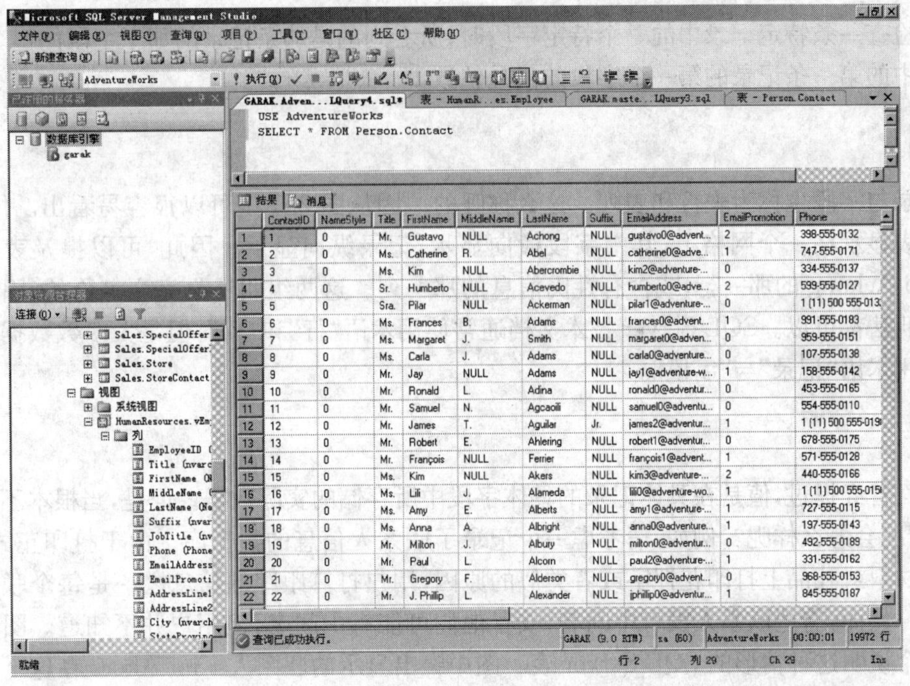

图 2.1 员工信息表

利用数据库所做的大部分工作都跟表有关。每个数据库都支持下面这 4 个基本操作:

◆ 将信息插入到表中;

◆ 更新表中现有的信息;

◆ 从表中删除信息;

◆ 浏览表中所包含的信息。

一般来说,这些操作是通过执行 SQL 语句来完成的。SQL 代表结构化查询语言(Structured Query Language),这是一种处理数据库内容的标准计算机语言。本章的后面部分和本书的通篇将比较详细地讨论 SQL。

记录、字段与值

每个表都由记录与字段构成。一条记录含有表中的某个实体的所有信息。一个字段含有表中所存储的一段特定信息。例如,在如图 2.1 中,第一条记录是员工 Gustavo Achong, Contact ID 1 的所有信息。图中仅列出了这个信息的一部分;其余部分隐藏在最右边,并且是不可见的。另一方面,还有一个名为 ContactID 的字段,这个字段的值 1 到 22 在图中是可见的(这个表很长,它的许多部分在插图中没有显示出来)。

视正在做的事件而定,有时操纵字段比较方便,有时操纵记录比较方便。例如,如果想知道数据库中存储的某个特定员工的全部信息,则应该从相应的表中检索该员工的记录。但是,如果想了解所有员工的电子邮件地址,则需要检查同一个表中的所有记录的 EmailAddress 字段的内容。

警告:请注意术语"字段"的歧义性。它有时指的是一段单独的信息,有时指的是表中的每一段相似信息。当含义不明确时,如果必须区分这些信息,我们将使用“记录字段”和“表字段”加以区分。

在检查一条特定记录中的一个特定字段时,所看到的是那条记录的那个字段的值。例如,这个表中的第一条记录的第一个字段的值是整数 1。

行与列

记录与字段也称为表行和表列。这么称呼的原因从图 2.1 中可以很容易看出。传统上,数据库表显示在一个网格上,其中字段横向显示,记录纵向显示。因此,可以提及表中用于 Gustavo Achong 的那一行,或含有姓氏信息的那一列。这两组叫法是完全等价的,因而使用哪一组叫法都可以。SQL Server 技术文档通常使用术语“行”和“列”,但是大多数数据库文献常常使用术语“记录”与“字段”。

空值

前面曾经提过,值是在具体记录的具体字段中所存储的实际数据。但是,当根本不存在数据时,情况会怎么样呢?例如,请考虑一个记录了联系人信息的数据库。由于打印正式邀请、在宣传材料或礼品上打印花押字或者类似的原因,用户打算跟踪的信息之一是每个联系人的中间名。然而,有些联系人没有中间名,或者他们可能有中间名,但用户并不知道。图 2.2 显示了一个说明这种情形的 SQL Server 表。图中突出显示的联系人 Kim Akers 在这个数据库中就没有中间名信息。

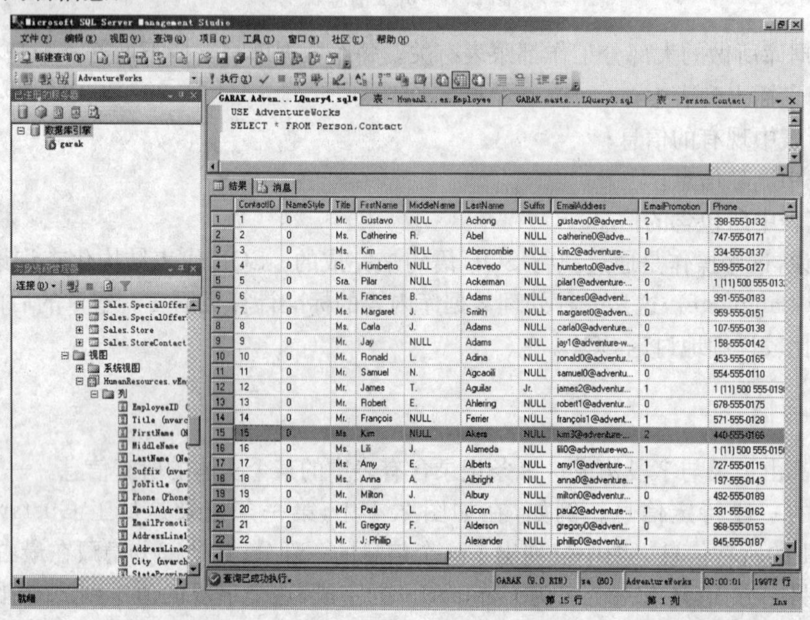

图 2.2　没有中间名信息的联系人

从图 2.2 中可以看出,这个问题的解决方法是显示 NULL。这是 SQL Server 显示空值的方式。空值表示没有信息。可以将空值理解为表中的一个占位符值,这也是数据库告诉用户它不知道该字段中含有什么数据的方式。

由于空值表示缺少信息,所以它们导致所谓的空值传播(Null propagation)。如果在计算中使用含有空值的字段，那么结果将始终是空值。例如，假如通过将数量与单价相乘来计算一列项目的总和，如果一条特定记录的数量是空值，那么答案也将是空值。如果不知道自己要购买多少，自然也无法知道总价钱将是多少。

字段属性

不是所有字段都被创建得相等。如果静下心来想一想，就会明白其中的原因。例如，电话号码看起来与出生日期有很大的差别，而出生日期看起来与姓氏又有很大的差别。像 SQL Server 这样的成熟数据库允许通过指定字段属性来捕获这种差别。

图 2.3 显示了查看 SQL Server 数据库中的 Person. Contact 表的另一种方式。这个视图显示该表的架构信息，而不是显示该表中所含有的数据。数据库的架构是一种查阅所有设计信息的手段，这些设计信息约束该数据库中能够存放什么内容。

图 2.3　Person. Contact 表的设计视图

这个视图显示了表中每个字段的 4 个重要属性：

◆ 列名；

◆ 数据类型；

◆ 长度；

◆ 允许空值。

说明： 对于当前选定的字段（插图中的 LastName，由其左边的箭头表示），这个视图在对话框的底部还显示了其他属性。第 11 章将比较详细地介绍这些属性和其他属性。

字段（即列）的列名提供一种引用该字段的手段。一般说来，应该给字段指定一个有含义的名称。

字段的数据类型限制该字段中可以存放的数据。LastName 字段保存 nvarchar 类型的数据,这是个 SQL Server 数据类型,指可变长度的 Unicode 数据,这些数据存储为字符。其他字段数据类型包括 int(整数)、datetime(日期或时间信息)和 binary(图形之类的信息)。

字段的宽度属性指定字段中能够存储的最大数据量。

字段的允许空值属性表示该字段中是否允许存放空值。如果该字段不允许空值,那么用户必须为每条记录中的这个字段提供一个非空值,然后才能保存这条记录。

使用字段属性来区分各个字段,将有助于使数据库保持整洁和有序。这也是数据库与电子报表的差别之一。利用数据库,可以用字段属性来设置数据库自动实施的规则,从而使实际存储的数据更有意义。

关键字与关系

如果再仔细看一看图 2.3,可以发现 ContactID 列的左侧有一个小钥匙符号,它表示这个列是该表的主关键字。主关键字(Primary key)是一个惟一性标识信息,可以用来查找表中的一条特定记录。同一个表中的任何两条记录在主关键字字段中都不能有相同的值。主关键字可以由单个字段构成(比如本例中的情形),也可以由多个字段构成。例如,假设有一个学生表,其中含有代表姓氏和名字的字段。也许,有许多学生的名字都是 Mary,而且有许多学生的姓氏都是 Jones,但只有一个 Mary Jones。如果学生没有重名,那么可以选择姓与名的组合作为这个表的主关键字。

有时,表数据内就会含有一个很适合的主关键字。例如,如果跟踪月球表面的环形山,就会发现每个环形山的名称都是惟一性的,在这种情况下,可以使用环形山名称作为主关键字,这种关键字叫做"自然关键字"。在其他情况下,必须给数据增加某些东西后才能提供一个主关键字。例如,如果正在创建一个报纸数据库,将会发现许多名为邮报(The Post)的报纸。在这种情况下,可以给每份报纸都指定一个任意编号,并将这个编号存放在一个名为 NewspaperID 的字段中,这个字段称为合成关键字。

除了主关键字之外,数据库理论中还有另一个重要的关键字,称为外部关键字(Foreign key)。外部关键字的用途是允许将来自两个或多个表的记录匹配起来。例如,请看一看图 2.4 中的 Sales. Salesperson 和 Sales. Customer 表。

在 Sales. Salesperson 表中,主关键字是名为 SalespersonID 的字段,这个字段为 17 个销售员当中的每一个都包含一个惟一性值。在 Sales. Customer 表中,主关键字是 CustomerID 字段,这个字段为每个客户都包含一个惟一性值。但是,需要注意的是,Sales. Customer 表也含有一个名为 CustomerID 的字段,并且这个字段中的值是从 Sales. Salesperson 表中抽取来的。例如,在 CustomerID 字段中有值 20 的订单在 SalespersonID 字段中有值 283,Sales. Salesperson 表中的一条记录的 SalespersonID 字段中也是这个值。

我们说 Sales. Customer 表中的 SalespersonID 字段是个外部关键字,其用途是允许查找一个特定客户的销售员。用数据库术语来说,这称为这两个表之间的一种关系;Orders 表与 Customers 表是通过它们的主/外部关键字连接被关联起来的。

说明:第 4 章将比较深入地讨论关键字与关系。

索引与约束

表的其他特性可以约束表中能放入什么数据,索引与约束就是此类特性当中的两个。

从概念上看,表上面的索引与图书中的索引非常相似。图书中的索引提供一种快速查找

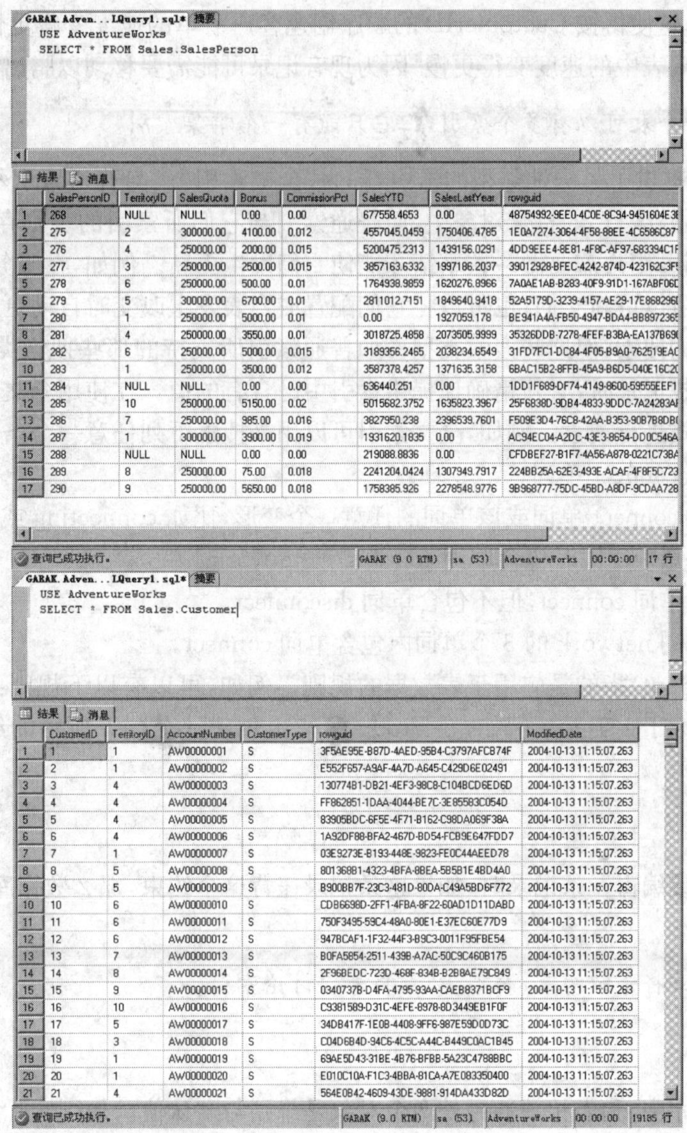

	SalesPersonID	TerritoryID	SalesQuota	Bonus	CommissionPct	SalesYTD	SalesLastYear	rowguid
1	268	NULL	NULL	0.00	0.00	677558.4653	0.00	48754992-9EE0-4C0E-8C94-9451604E3
2	275	2	300000.00	4100.00	0.012	4557045.0459	1750406.4785	1E0A7274-3064-4F58-88EE-4C6586C87
3	276	4	250000.00	2000.00	0.015	5200475.2313	1439156.0291	4DD9EEE4-8E81-4F8C-AF97-683394C1F
4	277	3	250000.00	2500.00	0.015	3857163.6332	1997186.2037	39012928-BFEC-4242-874D-423162C3F
5	278	6	250000.00	500.00	0.01	1764938.9859	1620276.8966	7A0AE1AB-B283-40F9-91D1-167ABF06D
6	279	5	300000.00	6700.00	0.01	2811012.7151	1849640.9418	52A5179D-3239-4157-AE29-17E868296
7	280	1	250000.00	5000.00	0.01	0.00	1927059.178	BE941A4A-FB50-4947-BDA4-BB8972365
8	281	4	250000.00	3550.00	0.01	3018725.4858	2073505.9999	35326DDB-7278-4FEF-B3BA-EA137B69
9	282	6	250000.00	5000.00	0.015	3189356.2465	2038234.6549	31FD7FC1-DC84-4F05-B9A0-762519EA
10	283	1	250000.00	3500.00	0.012	3587378.4257	1371635.3158	6BAC15B2-8FFB-45A9-B6D5-040E16C2
11	284	NULL	NULL	0.00	0.00	636440.251	0.00	1DD1F689-DF74-4149-8600-59555EEF1
12	285	10	250000.00	5150.00	0.02	5015682.3752	1635823.3967	25F6838D-9DB4-4833-9DDC-7A24283A
13	286	7	250000.00	985.00	0.016	3827950.238	2396539.7601	F509E3D4-76C8-42AA-B353-90B7B8DB
14	287	1	300000.00	3900.00	0.019	1931620.1835	0.00	AC94EC04-A2DC-43E3-8654-DD0C546A
15	288	NULL	NULL	0.00	0.00	219088.8836	0.00	CFDBEF27-B1F7-4A56-A878-0221C73BA
16	289	8	250000.00	75.00	0.018	2241204.0424	1307949.7917	224BB25A-62E3-493E-ACAF-4F8F5C723
17	290	9	250000.00	5650.00	0.018	1758385.926	2278548.9776	9B968777-75DC-45BD-A8DF-9CDAA728

	CustomerID	TerritoryID	AccountNumber	CustomerType	rowguid	ModifiedDate
1	1	1	AW00000001	S	3F5AE95E-B87D-4AED-95B4-C3797AFCB74F	2004-10-13 11:15:07.263
2	2	1	AW00000002	S	E552F657-A9AF-4A7D-A645-C429D6E02491	2004-10-13 11:15:07.263
3	3	4	AW00000003	S	130774B1-DB21-4EF3-98C8-C104BCD6ED6D	2004-10-13 11:15:07.263
4	4	4	AW00000004	S	FF862851-1DAA-4044-BE7C-3E85583C054D	2004-10-13 11:15:07.263
5	5	4	AW00000005	S	83905BDC-6F5E-4F71-B162-C98DA069F38A	2004-10-13 11:15:07.263
6	6	4	AW00000006	S	1A92DF88-BFA2-467D-BD54-FCB9E647FDD7	2004-10-13 11:15:07.263
7	7	1	AW00000007	S	03E9273E-B193-448E-9823-FE0C44AEED78	2004-10-13 11:15:07.263
8	8	5	AW00000008	S	801368B1-4323-4BFA-8BEA-5B5B1E4BD4A0	2004-10-13 11:15:07.263
9	9	5	AW00000009	S	B900BB7F-23C3-481D-80DA-C49A5BD6F772	2004-10-13 11:15:07.263
10	10	6	AW00000010	S	CDB6698D-2FF1-4FBA-8F22-60AD1D11DABD	2004-10-13 11:15:07.263
11	11	6	AW00000011	S	750F3495-59C4-48A0-80E1-E37EC60E77D9	2004-10-13 11:15:07.263
12	12	6	AW00000012	S	947BCAF1-1F32-44F3-B9C3-0011F95FBE54	2004-10-13 11:15:07.263
13	13	7	AW00000013	S	B0FA5854-2511-439B-A7AC-50C9C460B175	2004-10-13 11:15:07.263
14	14	8	AW00000014	S	2F96BEDC-723D-468F-834B-B2B8AE79C849	2004-10-13 11:15:07.263
15	15	9	AW00000015	S	0340737B-D4FA-4795-93AA-CAEB8371BCF9	2004-10-13 11:15:07.263
16	16	10	AW00000016	S	C9381589-D31C-4EFE-8978-8D3449EB1F0F	2004-10-13 11:15:07.263
17	17	5	AW00000017	S	34DB417F-1E0B-4408-9FF6-987E59D0D73C	2004-10-13 11:15:07.263
18	18	3	AW00000018	S	C04D6B4D-94C6-4C5C-A44C-B449C0AC1B45	2004-10-13 11:15:07.263
19	19	1	AW00000019	S	69AE5D43-31BE-4B76-BFBB-5A23C4788BBC	2004-10-13 11:15:07.263
20	20	1	AW00000020	S	E010C10A-F1C3-4BBA-81CA-A7E083350400	2004-10-13 11:15:07.263
21	21	4	AW00000021	S	564E0B42-4609-43DE-9881-914DA433D82D	2004-10-13 11:15:07.263

图 2.4　用外部关键字关联两个表

个别页的方法,表上面的索引提供一种快速查找个别记录的方法。在建立表索引时,可以选择要索引哪个或哪些字段。例如,可以按 EmployeeID 字段索引员工表,这样,一旦知道了 EmployeeID 字段的值,就可以非常快速地查找到个别员工的记录。也可以按 FirstName 与 LastName 字段的组合检索同一个表,这样,在知道了员工的姓与名时,就可以轻松地查找到个别员工的记录。

索引可以是惟一性的或非惟一性的。惟一性索引用来约束表中能放入什么数据。例如,如果在一个名为 VendorNumber 的字段上创建了一个惟一性索引,那么该表中的任何两条记录都不能共有相同的厂家编号;数据库不允许用户使用一条现有记录的厂家编号重复保存一条新记录。

索引也可以是群集的或非群集的。这个术语表示数据库表的物理存储顺序。如果在 Customers 表的 CustomerID 字段上面创建了一个群集化索引,那么记录按 CustomerID 的顺序存储在磁盘上,这使得按 CustomerID 的顺序创建客户清单的速度变得更快,但将会使添加记录到 Customers 表中的速度变得更慢,因为现有记录可能需要移动以腾出插入的空间。

提示:尽管一个表可以有多个索引,但它只能有一个群集索引。

SQL Server 提供了另一种类型的索引,称为"全文索引"。与普通索引不同的是,全文索引存储在一个叫做"编目"的特殊对象中,而普通索引与它们所索引的表则存储在一起。全文索引并不自动更新,用户需要做一些事情才能使它们发生更新。例如,在服务器上运行一个特殊的索引作业就可以更新它们,也可以将它们配置成当表发生改变时自动更新。然而,全文索引提供特殊类型的搜索,但这些搜索类型不如普通索引所支持的那些搜索类型那么精确。在使用普通索引查找记录时,必须精确地提供索引中已含有的值。在使用全文索引时,可以用一种比较自然的方式进行搜索。例如,全文索引可以用来搜索下列任意一个条件为真的记录:

- 记录包含 connect 单词。
- 记录包含 connect 单词或该单词的任意一个变形,比如 connecting 或 connects。
- 记录以任意顺序同时包含单词 connect 和 network。
- 记录包含单词 connect,但不包含单词 disconnect。
- 记录在单词 network 的 3 个单词内包含单词 connect。

约束(Constraint)指的是应用于表数据的规则。例如,可以有以下规则:输入产品时所有产品的单价必须大于 1 美元。例如,在 Products 表上创建一个如下所示的约束,就可以实施这个规则:

```
([UnitPrice] >= 1)
```

在尝试添加或编辑一条记录时,如果这条记录违背这个约束,那么数据库服务器就会拒绝这个尝试。

说明:第 11 章将介绍约束,而第 12 章将专门讨论索引。

规则与默认值

在一些数据库中,和表相关的另外两个对象是规则与默认值。规则实际上就是表达式,在使用一个特定字段的值计算这些表达式时,它们可以得出 True(真)或 False(假)。例如,可以使用一个规则断言一个字段的值在 0 和 100 之间。如果将这个规则与一个特定字段关联起来,服务器就会禁止用户向该字段中键入超出这个值范围的值。

默认值是一个独立的对象,只指定单个值,比如 0。通过将默认值与表中的列关联起来,在向表中插入新记录时,可以使该列的默认值等于这个默认值的值。

虽然 SQL Server 既支持规则,又支持默认值,但这么做只是为了兼容于该软件的较早期版本。在新开发的软件中,规则已换成了约束,而默认值已换成了字段的默认值属性。由于规则与默认值已经过时,本书将不介绍它们。

视图

虽然数据库中的所有数据都存放在表中,但表常常不按用户所希望的方式呈现数据。例如,假设数据库中含有 Customer、Employee、Order 和 Order Detail 表。查看一个表可以获得每个客户或每个订单的所有信息。但是，可能希望利用这些信息做其他一些事情：

◆ 生成一个特定订单的发票，其中含有总价格；

◆ 查看按国家分组的所有客户；

◆ 列出员工及其出生日期，但不列出他们的其他信息。

为了执行这样的任务，数据库提供了一个叫做视图的工具对象。视图在行为上与表非常相似，含有可以显示为行和列的记录与字段，允许检索一条特定记录中的一个特定字段的值。然而，与表不同的是，视图并不存储任何数据，而是存储发送给数据库服务器的指令，这些指令通知数据库服务器如何检索该数据。在用户打开视图时，数据库服务器就执行这些指令，并从视图中生成一个虚拟表。这个虚拟表只是在用户使用它的时候才会存在，并不真正存盘。

SQL

生成视图的指令是用一种叫做结构化查询语言(SQL)的语言编写的。美国国家标准委员会提出了一个叫做 ANSI SQL 的标准，这个标准有时也叫做 SQL-92(其中的 92 是这个标准的最后修订得到广泛接受时的年份)。和大多数标准的情形一样，个别数据库厂家在开发他们的产品时开发了他们自己的扩展和修改。Microsoft SQL Server 的 SQL 版本叫做 Transact-SQL，有时简称 T-SQL。

本书的第二部分(第 5 章到第 8 章)将介绍 SQL。但是，本节将提供 SQL 的几个例子，以便先睹为快。视图用 CREATE VIEW 语句来创建。每条 CREATE VIEW 语句都有一个核心：即一条以 SELECT 关键字开头的 SQL 语句。例如，图 2.5 所示的视图是用下列选择查询创建的：

```
SELECT EmployeeID, Gender, MaritalStatus, Title FROM HumanResources.Employee
```

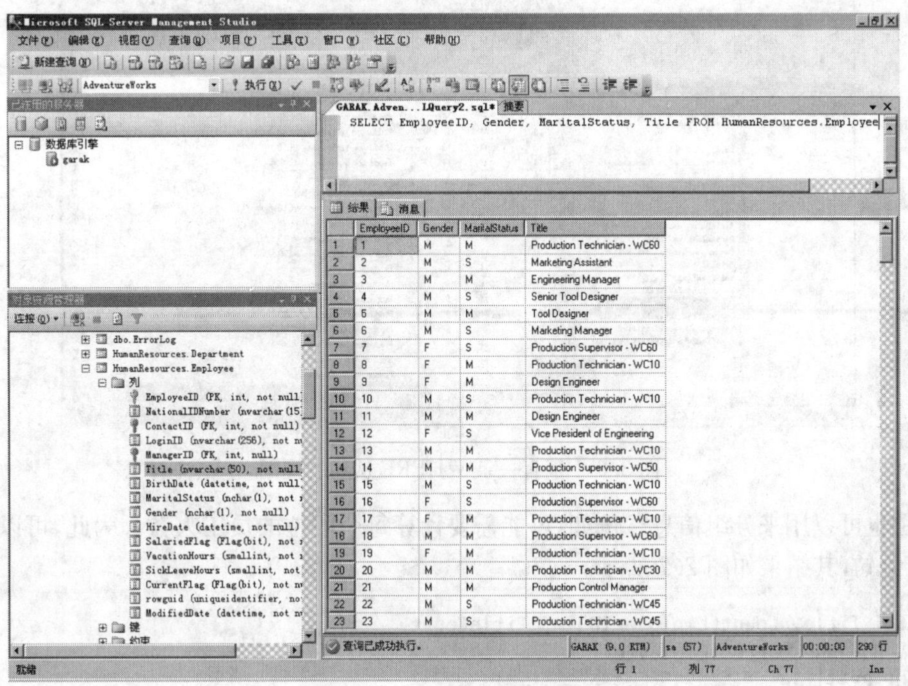

图 2.5　一个简单的选择查询

说明: 图 2.5 到图 2.8 是从一个叫做 SQL Server Management Studio 的工具中获取的，这个工具允许用户交互地测试 SQL 语句以查看它们所返回的结果。按照惯例，SQL 语句中的 SQL 关键字用大写字母表示，但是，无论它们是不是用大写字母表示的，服务器都能理解它们。

可以将 SQL 语句作为普通英语来理解，并且能够了解它们的大部分或全部含意。在本例中，这条语句命令 SQL Server 从 HumanResources.Employee 表中选取 EmployeeID、Gender、MaritalStatus 和 Title 字段的内容，并显示这些内容。从图 2.5 中可以看出，其他字段没有显示出来。这有两个好处。第一，由于它向屏幕传递的数据较少，因此服务器传递数据的速度会更快。第二，通过消除多余字段，视图能让用户将注意力集中在所需要的数据上。

视图也可以用来消除多余记录。也许，只对其收入在每小时 25 美元以上的员工感兴趣。假如这样的话，可以在上述 SQL 语句中添加 WHERE 关键字(因而产生一条 WHERE 从句)，以检索出更加明确的记录集：

```
SELECT EmployeeID, Gender, MaritalStatus, Title FROM HumanResources.Employee
WHERE BaseRate > 25
```

这个语句产生更加具体的结果，如图 2.6 所示。

提示: 无论 SQL 语句是放在一行还是多行上对服务器来说都是一样的。一般而言，可以在 SQL 语句中随意添加制表符、空格和回车符来增强 SQL 语句的可读性。

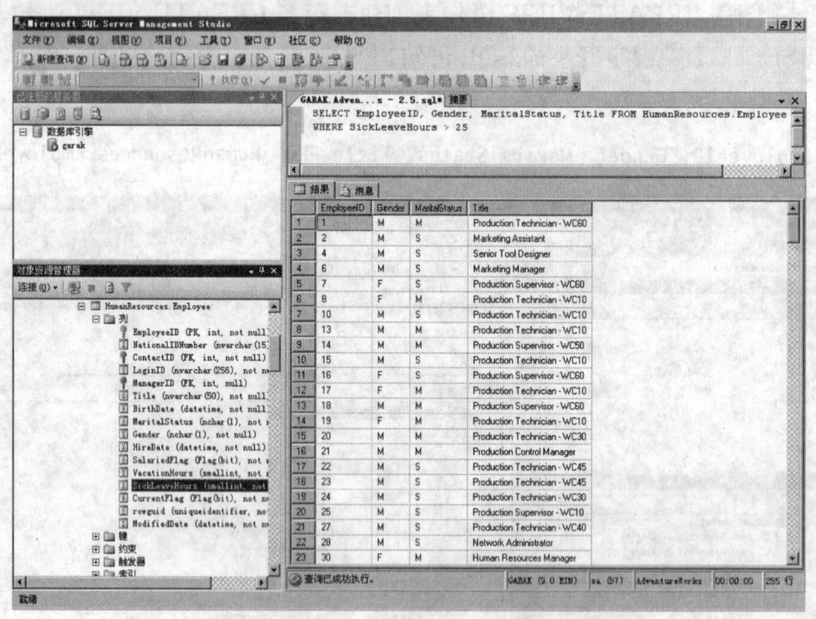

图 2.6　带有一条 WHERE 从句的视图

视图也可以用来分组信息。例如，可能需要计算每个职位的员工人数。为此，可以使用下列 SQL 语句，其结果如图 2.7 所示。

```
SELECT Title, Count(EmployeeID) AS TitleCount
FROM HumanResources.Employee
GROUP BY Title
```

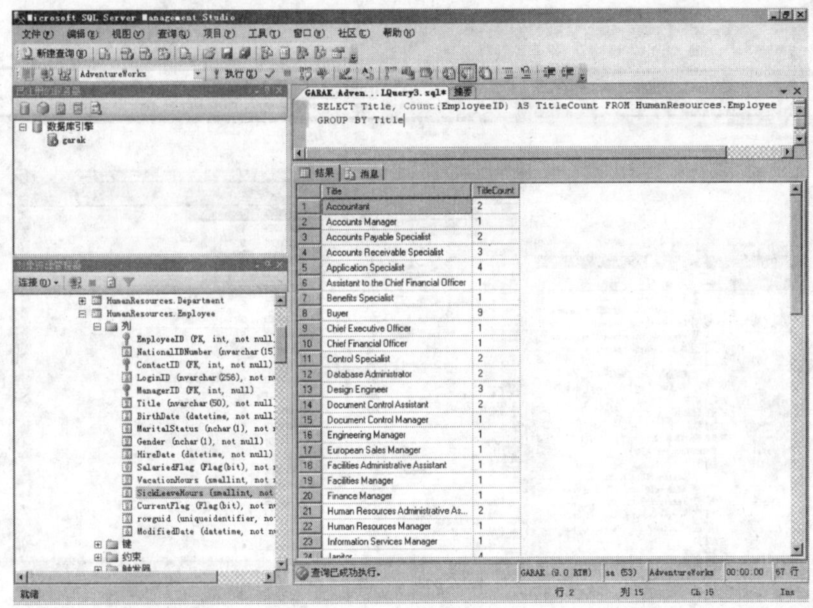

图 2.7　带分组从句的选择查询

要想查看多个表中的数据，必须在 SQL 语句的 WHERE 从句中执行一个连接(JOIN)操作。顾名思义，连接就是通过指定两个表之间要连接的表列来组合来自那两个表的输出。图 2.8 显示了如何使用 CustomerID 列组合来自 Sales. Customer 和 Sales. Store 表的数据。该视图是由下列 SQL 语句生成的：

```
SELECT Name, SalesPersonID, AccountNumber, CustomerType
FROM Sales.Customer
JOIN Sales.Store ON Sales.Customer.CustomerID=Sales.Store.CustomerID
ORDER BY Name
```

SQL 语句不仅可以选择要显示的数据，还可以向表中插入新数据(使用 INSERT 关键字)、从表中删除数据(使用 DELETE 关键字)，修改现有数据(使用 UPDATE 关键字)，以及执行其他操作。修改数据的 SQL 语句称为“操作查询”。第 7 章将详细介绍操作查询。

锁定

允许多个用户修改数据的数据库必须有某种机制来保证那些修改维持一致性。大多数数据库(包括 SQL Server)使用锁定机制来达到这一目的。

锁定的基本概念是：用户有时需要独占地访问一个表，因此服务器为该用户锁定那个表。当用户使用完那个表时，锁被释放，因而重新使那个表中的数据对其他用户是可用的。

锁定通常分为保守式锁定(Pessimistic locking)和开放式(Optimistic locking)锁定。如果使用保守式锁定，当用户一开始修改数据时，锁立即被加上；当用户完全修改完数据时，锁才被释放。这就保证了在第一个用户修改数据的时候，别的用户都无法修改该数据。另一方面，如果使用开放式锁定，只有当那些修改已全部完成并且数据库准备将其写入到表中时，锁才被加上。开放式锁的锁定时间通常比保护式锁的锁定时间短得多。

开放式锁定有可能会引起写入冲突。例如，假设两个不同的用户选择修改同一条记录，并且他们都选择使用开放式锁定。在第一个用户还在工作的时候，第二个用户可能已工作完毕

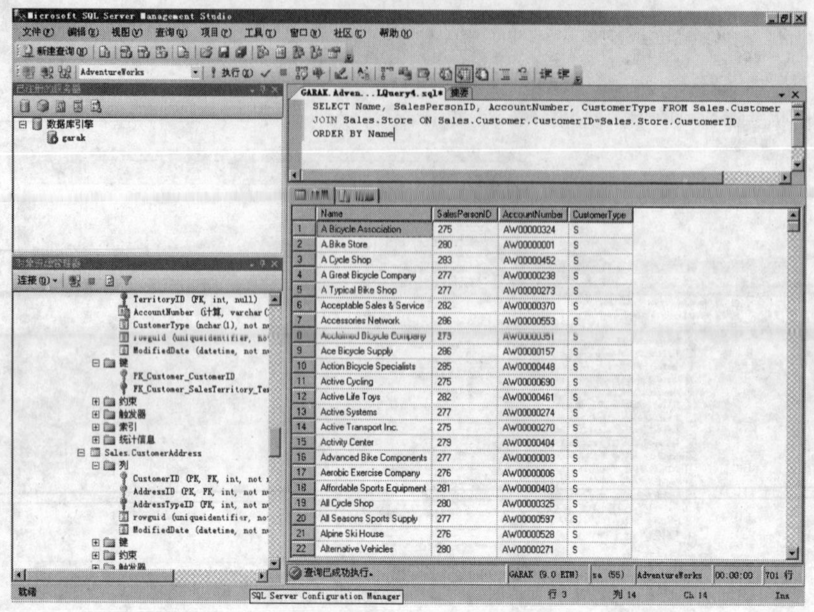

图 2.8 组合来自两个表的信息的复杂视图

并将修改结果写入到了数据库中。这样,当第一个用户将修改结果写入到数据库中时,该用户正在修改的数据并不是要改变的数据。大多数数据库能够检测到这种情形,并允许用户或应用程序开发人员决定他们的修改是否应该覆盖其他用户所做的那些修改。

SQL Server 含有一个丰富而又复杂的加锁系统,这个加锁系统已设计成尽可能少地锁定资源,同时仍保护用户的数据。第 23 章将比较详细地讨论 SQL Server 数据。

DDL 与 DML

在学习 SQL 语言时,将会发现对数据定义语言(DDL)和数据操纵语言(DML)的参考。DDL 所关心的是如何创建数据库中的新对象,而 DML 所关心的是如何使用数据库中的现有对象。本章前面所介绍的所有 SELECT 语句都是 DML 语句,它们都操作现有表中的数据。

最简单的 DDL 语句是 CREATE TABLE 语句。例如,可以用下列语句创建一个名为 Cust 的新表:

```
CREATE TABLE Cust
(CustID int NOT NULL,
CustName varchar(50) NOT NULL)
```

这条语句创建一个含有两个列的表。其中,第一列名为 CustID,并使用 int 数据类型;第二列名为 CustName,并使用 varchar 数据类型和 50 个字符的最大宽度。这两个字段均不接受空值。

在大多数数据库中,DML 语句的使用量比 DDL 语句的使用量大,因为对象只需要创建一次,但它们将被使用许多次。第 10 章到第 15 章将讨论常用的 DDL 语句,并且将比较深入地讨论基本的数据库对象。

查询方案

假设需要在一本复杂而又非常厚的图书中查找一些有用的信息。用户可能选择一页一页地翻找所需的信息，也可能选择使用索引来查找到正确的页，或者使用目录来寻找相应的章节，然后在那里搜索所需要的信息。

与此相似的是，数据库服务器也有许多种查找表中信息的方法。它们可以查看每条记录来寻找所请求的信息。它们也可以用索引来快速寻找所请求的信息，或者先用二分查找法查找出一组记录，然后顺序地搜索那些记录。

当用户保存视图时，数据库服务器还保存如何寻找该视图的那些记录的信息。这个附加的信息就叫做视图的“查询方案”。通过在保存视图时，而不是在执行视图时计算这个查询方案，数据库服务器通常可以在结果被请求时更快地传送结果。

SQL Server 提供了一些用来检查和修改查询方案的工具。Management Studio(第 9 章将详细讨论它)可以用来查看 SQL Server 为任一给定视图所制定的查询方案。查询提示(SQL 语句中定义视图的的特殊从句)也可以用来命令数据库服务器使用一个不同的查询方案。查询提示提供了一种调节查询性能的强有力机制，第 8 章将比较详细地讨论这个题目。

存储过程

SQL 语句也是存储过程(Stored procedures)的主要成分。SQL 是一种完整的编程语言，不仅含有面向数据的语句(比如上一节中的 SELECT 语句)，还含有控制结构(比如 IF...THEN)与循环、过程声明、返回值等。因此，用 SQL 编写整个过程并将其保存在数据库服务器上是完全可行的。

存储过程可以接受输入值，也可以简单地按名调用(如果它们不需要任何输入值)。存储过程可以不返回信息，返回单个值，或者在输出参数中返回多个值。存储过程甚至可以返回整个虚拟表，从而使之更像视图。事实上，可以编写存储过程来执行以前用于视图的任意一条 SQL 语句。

SQL Server 在保存存储过程时执行存储过程的语法分析，并用一种最优化的形式保存存储过程。因此，存储过程可以提供一种更有效地执行 SQL 代码的方法(跟执行从客户发送来的 SQL 代码相比)。此外，存储过程还可以按名调用，从而免除了客户必须将所有相关 SQL 语句都发送到服务器的需要。

本书将会经常提到这个话题。从客户发送到服务器或从服务器发送到客户的信息越少，应用程序将运行得越有效。

存储过程用 T-SQL CREATE PROCEDURE 语句来创建。例如，使用下列语句可以创建一个简单的存储过程来返回指定客户的信息：

```
CREATE PROCEDURE GetName
@LName char(50)
AS
SELECT * FROM Person.Contact
WHERE LastName = @Lname
```

其中，@LName 是个要传给存储过程的输入参数。存储过程将这条 SELECT 语句的结果返回给调用应用程序。使用下列 EXECUTE 语句可以调用这个存储过程：

```
EXECUTE GetName 'Achong'
```

图 2.9 显示了执行这条语句的结果。

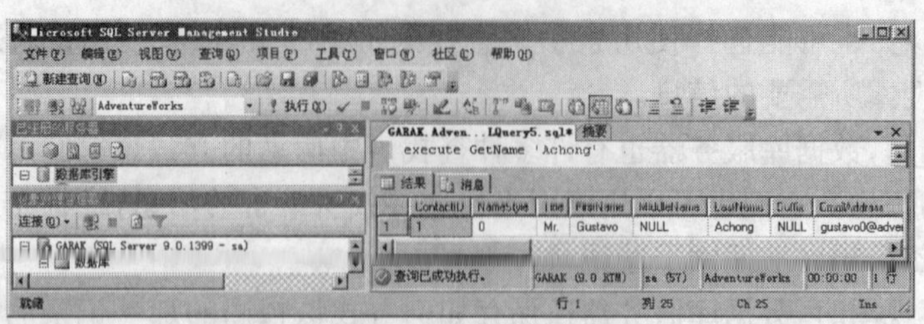

图 2.9　使用存储过程所检索的结果

存储过程用定义视图的相同 T-SQL 语言来定义,但是存储过程比视图更灵活。存储过程可以按一种特定的顺序显示记录,返回多个记录集,甚至执行与记录完全无关的数据库操作(比如启动备份)。

触发器与事件通知

触发器(Triggers)是存储过程的一种特殊类型。它们不是由用户执行,而是在表上发生某些操作时由数据库服务器执行:

- 每当新记录被插入到表中时,插入触发器运行;
- 每当现有记录从表中被删除时,删除触发器运行;
- 每当表中的现有记录被修改时,更新触发器运行。

触发器可以让数据库自动响应用户操作。例如,在从工作表中删除记录时,用户可能希望在一个独立的档案表中保存一个副本,以保留一个审核跟踪。为此,可以在第一个表上创建一个删除触发器。在删除期间,这个触发器将被调用,此时,它将完全能够访问所有已删除的数据,并且能够将其复制到别的地方。

触发器还可以用做一种更复杂、更灵活的约束形式。约束只限于处理单个表中的信息,而触发器可以访问整个数据库。例如,如果希望只允许没有拖欠账款的客户下新的订单,那么可以编写一个插入触发器,并让它使用 Invoices 表上的一个视图来确定是否应该接受这个订单。

有些产品在一个表上只支持每种类型的单个触发器,而其他产品(包括 SQL Server)允许同一个表上有多个插入、删除和更新触发器。SQL Server 还支持代替触发器(Instead-of),代替触发器代替而不是添加调用了它们的那个操作。例如,代替触发器使防止数据删除变得更容易。

SQL Server 2005 已经超出了传统触发器的范围,并将它们扩充为包含其他操作,比如对数据库或数据库服务器架构的修改。正如其名称所暗示的,DDL 触发器可以在发生 CREATE、ALTER 和 DROP 之类的 DDL 操作时激发。它们可以作为一种手段用来实施针对数据库对象的开发规则和标准,而且可以辅助其他活动,其中包括对象登记/注销、版本控制以及日志管理。DDL 触发器还可以用来审核和记日志。

事件通知是 SQL Server 2005 中的一个新增特性。它们类似于触发器,但实际的通知不执行任何代码。取而代之的是,关于事件的信息将被发送给 SQL Server Service Broker(BBS)服务,并被放置在另一个进程能够从中读取它的消息队列上。触发器与事件通知之间的另一个关键差别是,事件通知除了响应 DDL 与 DML 语句之外,还响应跟踪事件。事件通知的主要价值是它们作为企业审核工具的价值。

事务

功能强大的数据库服务器(包括 Microsoft SQL Server)都支持将操作分组成事务。事务可被理解为数据库中的一个不可分割的修改单元。每个事务都必须要么被整个完成,要么被整个放弃,不能被部分地完成。

例如,假设有一个数据库,并用它跟踪银行账户和那些银行账户中的金额。用户可能需要将一笔钱从一个支票账户转到一个储蓄账户。这一过程包含两个操作:

◆ 减少支票账户中的余额;

◆ 增加储蓄账户中的余额。

如果这两个操作当中的任意一个执行失败,那么这两个操作都不应该被完成。否则,银行或者客户将不高兴。这两个操作共同组成一个事务,并且这个事务必须作为一个单元运行成功或失败。

事务是通过两个叫做提交与回退的机制来支持的。首先,应该通知数据库服务器用户正开始一个事务,然后执行该事务中的各个操作。如果这些操作当中的任意一个执行失败,则应该通知数据库服务器,它应该回退整个事务。这将致使服务器放弃全部已完成的工作,并将数据库恢复到它在事务开始之前所处的状态。如果所有操作都已成功地完成,则应该通知服务器,它应该提交该事务。然后,它将保存各个操作所做的全部修改,从而使那些修改变成数据库的一个永久部分。

SQL Server 还支持分布式事务(Distributed transactions)。分布式事务中的不同操作在不同的数据库服务器上完成,但这些事务仍必须作为一个单元提交或回退。

说明: 第 8 章将比较详细地讨论事务。

系统存储过程

大多数支持存储过程的数据库(包括 SQL Server)都携带一些已经编写好的存储过程。这些存储过程执行常见的任务,并且已由数据库设计人员进行过优化。系统存储过程执行下面这样的操作:

◆ 列出已登录到服务器上的所有用户;

◆ 列出数据库中的所有表或视图;

◆ 向服务器中添加操作员或订户之类的对象;

◆ 配置服务器;

◆ 删除不再需要的作业;

◆ 显示数据库对象与操作的帮助信息;

◆ 直接从数据库中发送电子邮件;

◆ 管理对象的安全性。

数据库管理员将会发现充分了解系统存储过程可以使服务器或服务器组的管理变得非常轻松。我们将在第 14 章中讨论一些比较重要的系统存储过程。

所有权与安全性

数据库服务器管理数据的访问权。在某些情况下,这意味着将数据传给任何一个请求它的人。但是,大多数数据库服务器(包括 Microsoft SQL Server)都含有一个安全模型,以允许数据库管理员保护敏感数据。

就 SQL Server 来说,这个安全模型依赖于几个实体间的交互:

◆ 登录;

◆ 用户;

◆ 角色;

◆ 所有者;

◆ 权限。

登录是用户用来连接到 SQL Server 的账户。SQL Server 提供了两种验证用户身份的不同方法。较旧的身份验证方法是通过随同 SQL Server 本身一起保存的用户名和密码。较新的身份验证方法是 SQL Server 安全性已经与 Windows NT 安全性集成在了一起。这使得用户在连接到服务器时只需要登录一次,以后就不再需要给 SQL Server 提供单独的验证凭据。

虽然登录是个横跨整个数据库服务器的概念,但用户指的是个具体数据库内的身份。每个登录可以映射到不同数据库中的不同用户。在数据库内,用户身份控制着能做些什么。

角色允许数据库管理员将用户集中到用户组中,进而使管理变得更容易。例如,利用角色,可以标识财务部门的工作人员应该能够执行哪些操作。然后,可以通过将该部门的工作人员分配给该角色来处理他们。如果某个数据库中有大量用户,这将可以节省大量时间。SQL Server 还含有一些针对管理任务(比如数据库备份)的内部角色。

数据库中的每个对象(表、视图、存储过程等)都有一个所有者。在默认情况下,对象的所有者就是创建该对象的用户,只有这个用户能够使用该对象。所有者可以给其他用户授予权限。对象上的权限控制着能对该对象做些什么。例如,用户可能拥有通过视图读取数据的权限,但没有修改这个数据的权限。

所有者是 SQL Server 对象的完整命名方案的一部分。到目前为止,我们一直用简单的名称(比如 Person. Contact)来引用对象。但是,对象的完整名称实际上有 4 个部分:

```
server.database.owner.object
```

例如,如果 Person. Contact 表是由 Garak 服务器上的 AdventureWorks 数据库中的 dbo 用户创建的,那么该对象的完整名称应该是:

```
Garak.AdventureWorks.dbo.Person.Contact
```

视环境而定,通常可以省略该名称中的附加部分,只用简单名称来引用该对象。但是,如果对象不在当前数据库中,或者简单名称会引起歧义,则需要使用完整名称。

作业、警报与操作员

随着数据库服务器变得越来越复杂,管理它们的必要性也大大增加。SQL Server 特别提供了一个由作业、警报与操作员组成的构架,以帮助自动化日常操作和响应异常条件。

作业是能由 SQL Server 执行的一系列步骤。任务可以包含 T-SQL 语句、Windows 命令、可执行程序或 ActiveX 脚本的执行。作业可以在要求时从控制台中运行,按照预定的时间表运行,或者根据其他条件运行。作业还可以包含条件逻辑,以处理个别任务的运行故障。

作业最适合用来自动化日常的数据库操作。例如,执行数据库维护的作业可以检查数据的完整性,并在每晚定期将数据备份到磁带上。

警报指的是对错误条件的自动响应。在某些情况下，SQL Server 可能会产生错误，比如在磁盘无任何可用空间而数据又正被写入的时候。通过给这个特定事件关联一个警报，可以让一个作业在警报做出响应时立即运行。

操作员由电子邮件地址标识。SQL Server 可以配置成通过电子邮件或传呼机通知操作员。

说明：第 16 章到第 18 章将比较详细地介绍 SQL Server 的这些和其他管理特性。

复制

随着近 10 年来计算机网络的不断普及和发展，新的数据库功能也变得越来越重要。其中的一个重要功能就是复制(Replication)。复制的基本概念是让完全相同的数据在多个位置上是可同时获得的。

复制为什么是重要的呢？假设一家公司有两个分支机构，每个分支机构有 20 个用户，并且这两个分支机构之间的连接是通过一条低速而租借费又很高的电话线(或者说一条不安全 Internet 连接)。如果在一个分支机构安装了一个数据库服务器，那么另一个分支机构的所有用户将必须通过那条低速、昂贵而又不安全的线路发送数据请求。如果利用复制，可以在每个分支机构都安装一个数据库服务器，并用复制同步那两个服务器的内容。用户总是从他们的本地服务器上检索数据，而且那条线路上的通信量仅限于两个服务器维护彼此间的同步所使用的通信量。

复制涉及发布者、分发者和订阅者。发布者是让信息变得可获得的数据库，信息由文章(表或从具体表中抽出的视图)组成，文章被组织成刊物(文章组)。分发者是收集刊物并让它们可供其他数据库使用的数据库。其他数据库是订阅者：它们从分发者那里获取信息，并用该信息更新它们自己的数据库副本。

建立一个双向关系也是可能的，在这种情况下，每个数据库既是发布者，又是订阅者。这么做可以使同一个数据库的两个副本保持同步，即使两个副本都正在发生修改。这时，数据库必须意识到冲突可能会出现。当同一个表的两个副本中的同一条记录被更新时，冲突就会出现。一个叫做冲突解决的进程用来决定这时哪个信息将被保留下来。

订阅可以分成推订阅和拉订阅。在推订阅中，发布数据库决定它用来使订阅者可以获得更新的时间表。在拉订阅中，订阅者决定它们用来从发布者那里请求更新的时间表。

复制可以是同构的或异构的。在同构复制中，所有相关数据库均由同一个产品管理。在异构复制中，有多个数据库产品被牵涉进来。例如，Microsoft 世界中的一个常见异构复制是从 SQL Server 向 Microsoft Access 复制数据。

SQL Server 支持多种复制方法与拓扑结构。可以使用默认或定制的冲突解决，而且可以选择何时和如何同步相关服务器之间的数据。第 25 章将详细介绍复制。

小结

本章介绍了数据库的基本概念与术语。尽管本书的焦点是 Microsoft SQL Server，但这些术语将有助于理解各种数据库。有了这些背景知识之后，下面将深入介绍 Microsoft SQL Server 用来实现这些基本概念的体系结构。

第 3 章　SQL Server 概述

一旦安装并运行了 SQL Server，就需要知道如何使用 SQL Server 所携带的各种程序。如果检查“开始”菜单上的 SQL Server 2005 组，将会看到 SQL Server 所携带的许多程序。本章的第一部分将介绍这些程序的用途与用法。

可以肯定地说，安装 SQL Server 的目的是为了存储数据，因此需要了解数据库的结构。本章将介绍数据库的各个组成部分及其用途。还需要了解那些数据库在磁盘上是如何存储的，因此本章还将介绍用来存储数据的各种结构。本章的内容主要包括：

- ◆ 如何使用随同 SQL Server 一起安装的程序：
  - ◆ SQL Server 联机丛书；
  - ◆ SQL Computer Manager；
  - ◆ SQL Profiler；
  - ◆ SQLCMD；
  - ◆ SQLCMD Bulk Copy Program(BCP)；
  - ◆ SQL Server Management Studio；
- ◆ 应用程序接口(API)；
- ◆ 数据库的各个组成部分：
  - ◆ 表、视图、存储过程、用户定义数据类型和用户定义函数；
  - ◆ 数据库用户账户与数据库角色；
  - ◆ 规则、约束与默认值；
  - ◆ 全文目录；
  - ◆ XML 与 SQL Server；
- ◆ SQL Server 存储概念：
  - ◆ 页面与盘区。

随同 SQL Server 一起安装的程序

要有效地使用 SQL Server，就需要了解随同 SQL Server 一起安装的那些程序。如果检查“开始”菜单上的 Microsoft SQL Server 2005 组，将会看到许多有用的程序。其中的一个程序就是“SQL Server 联机丛书”。

SQL Server 联机丛书

这几年，“SQL Server 联机丛书”经历了一系列改进，使它从过去的一个无足轻重的工具变成了当今的一个非常巨大的疑难解答资源。在这个新的版本中，“SQL Server 联机丛书”包含了关于 SQL Server 的丰富信息，因此用户肯定能从中找到许多问题的答案。

要访问“SQL Server 联机丛书”，首先从“开始”菜单上的“程序”组中打开 SQL Server 2005 菜单。在打开该程序之后，窗口的右边将会出现一个欢迎屏幕，而窗口的左边将会显示一个目录窗格，从目录窗格中，可以执行搜索和访问数据。

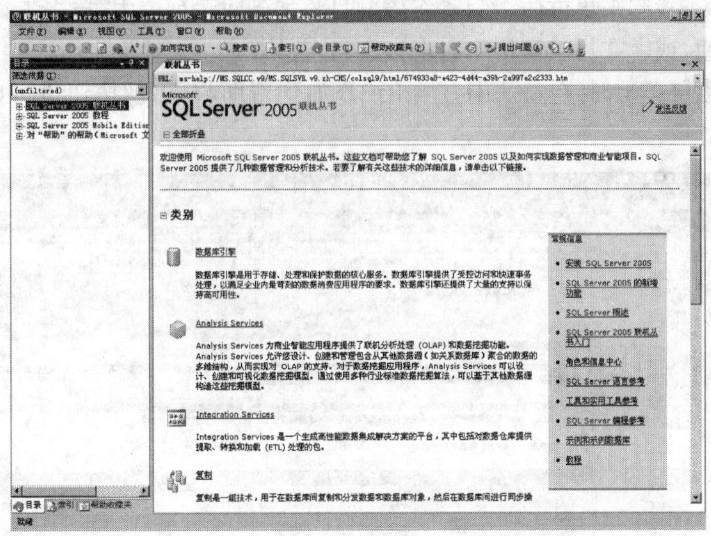

从这个开始屏幕中，可以阅读目录窗格上所列出的任意一个题目，也可以转到索引窗格去查看主题索引表(类似于图书最后面的索引)，并从那里选择某个主题。如果没有看到所需要的主题，单击工具栏上的"搜索"按钮。

几乎任何一个关于 SQL Server 的问题都能在"SQL Server 联机丛书"中找到答案。例如，假设需要帮助开发数据的汇总报表。单击工具栏上的"搜索"按钮，然后将会在目录窗格中看到一个搜索页面。在"查找内容"文本框中，键入"汇总数据"，并单击"搜索"按钮。在目录窗格中，将会在左边的列中看到现有主题的列表，并在右边的列中看到联机帮助源的一览表。第一个列出的题目应该是"汇总数据"。在阅读完这个题目之后，假设注意到 CUBE 与 ROLLUP 用于汇总数据。由于这些题目都是超级链接，因此可以单击其中的某个题目，并直接跳到这个新题目。

提示：当第一次执行搜索时，搜索引擎可能会询问希望使用联机帮助还是本地帮助作为主帮助源。如果打算使用联机帮助作为主帮助源，最好是有一条宽带的 Internet 连接。

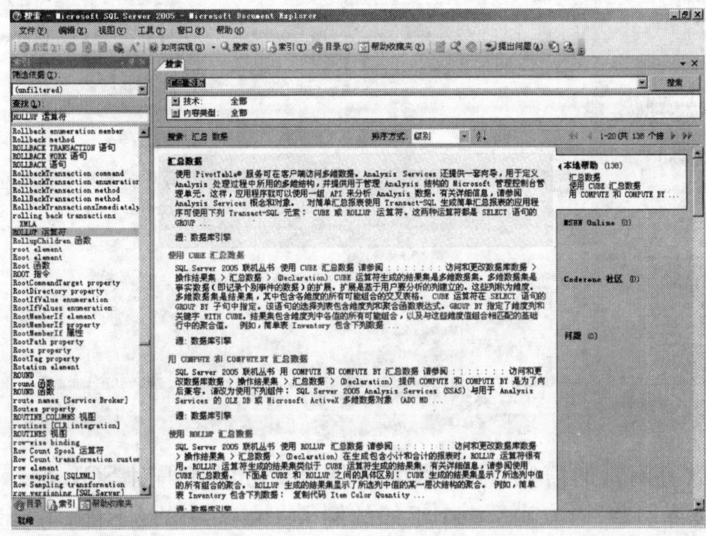

当查找到"使用多维数据集汇总数据"之后,可能希望用"收藏夹"标签将该题目收藏起来,以便今后参考时查找起来更方便。为了将该题目添加到收藏列表中,单击工具栏上的"添加到帮助收藏夹"按钮,或者在目录窗格中右击该题目上的任意一个地方,并选择"添加到帮助收藏夹"。当处在搜索屏幕上时,单击工具栏上的"添加到帮助收藏夹"按钮也可以将搜索添加到"收藏夹"标签上。

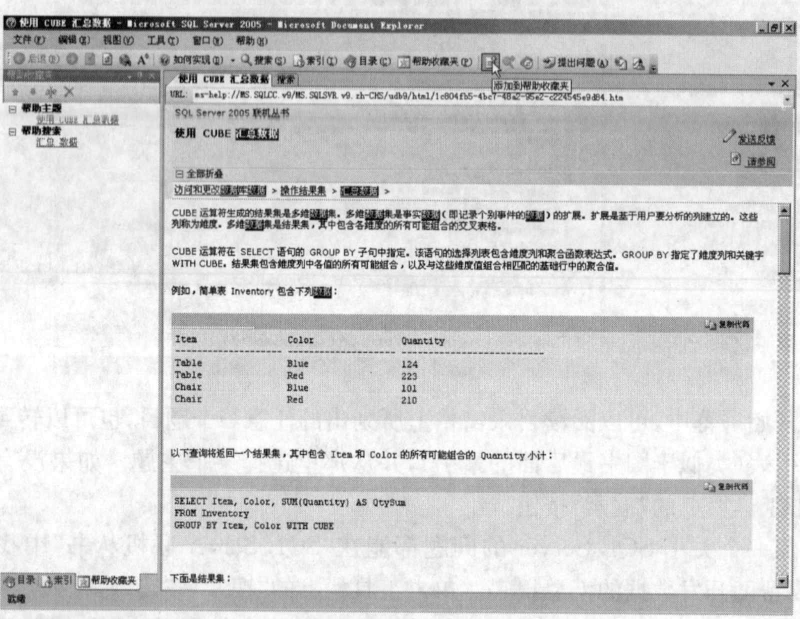

如果确切知道自己正在查找的东西,则可以使用"索引"标签。例如,如果需要了解 ntext 数据类型的定义,只需从"索引"标签上的列表中选择"ntext 数据类型",即可得到 ntext 数据类型的定义。

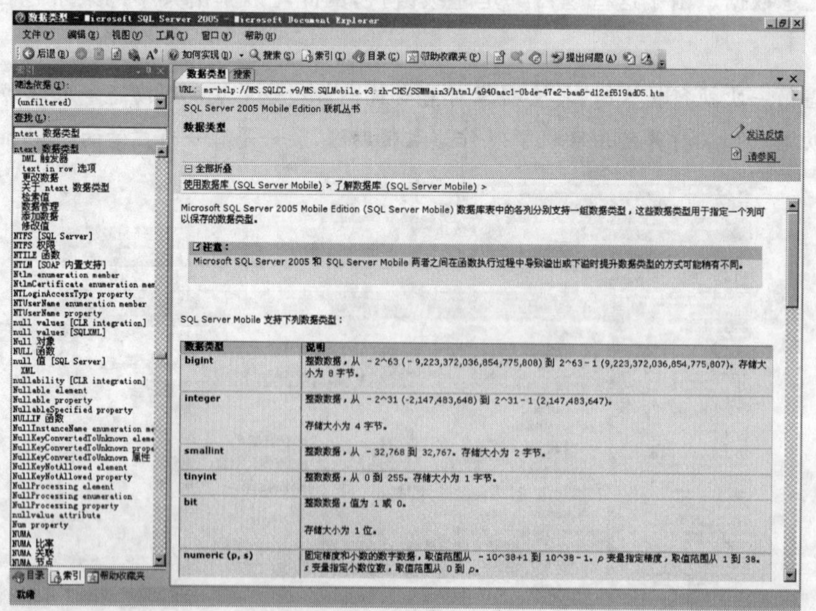

"目录"标签含有丰富的信息,仔细阅读这些信息可以获得对 SQL Server 的大致了解。"SQL Server 数据库引擎"一节就是一个很好的例子。在这一节的下面,将会发现另外几个涉及数据库引擎的题目,比如“在 SQL Server　中使用 XML”与“管理数据库引擎”。如果已经确切知道这些主题已在里面,也可以在“索引”或“搜索”标签中轻松地搜索这些题目。这个标签对首次了解 SQL Server 非常有用。

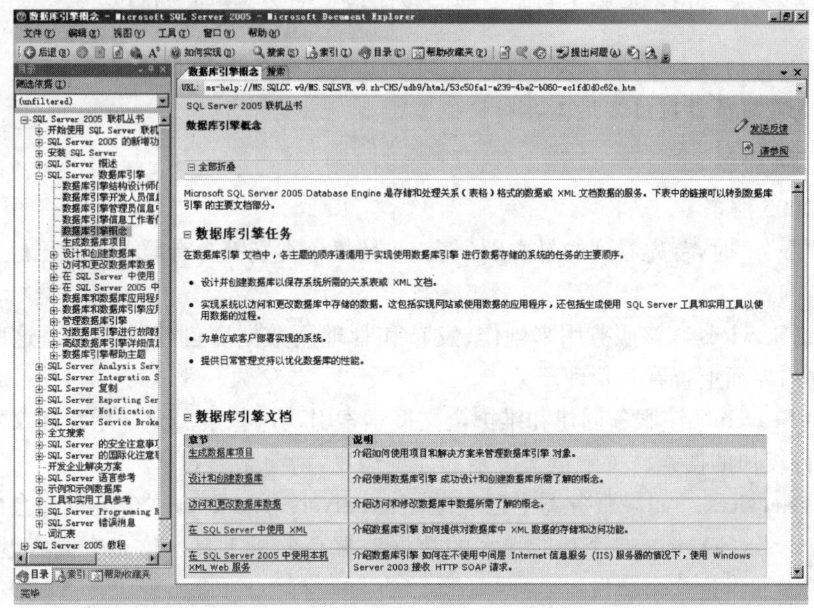

工具栏上还有一个使用方便的新增“如何实现”按钮。当首次单击这个按钮时,一个简单的屏幕将打开,要求从一个列表中选择默认的“如何实现”页面。在选择了这个默认页面之后,随时都可以单击“如何实现”按钮,而且将会直接得到一个答案列表。这个列表中的答案是按题目组织的。例如,如果需要知道如何管理数据库,则可以单击“如何实现”按钮,并选择“管理”下面的“数据库引擎”。这将转到由论及数据库引擎管理的一些题目所组成的一个列表。

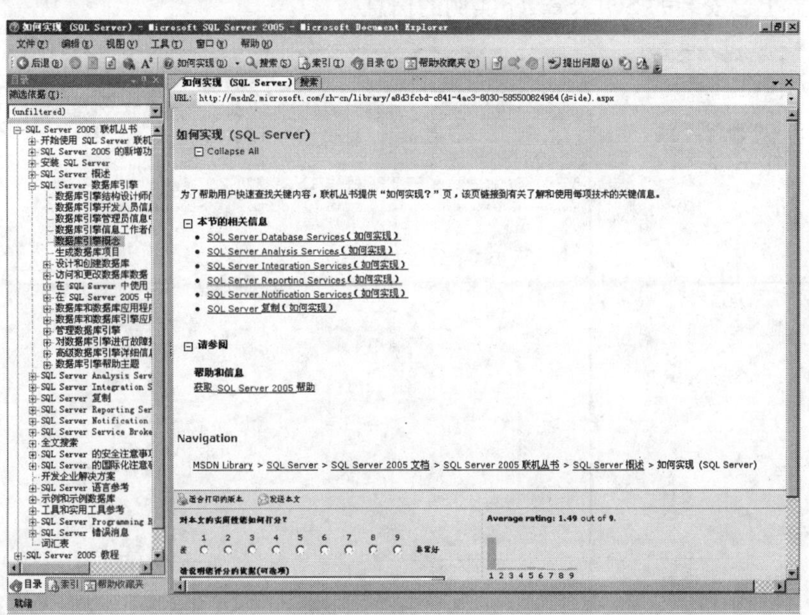

SQL Configuration Manager

SQL Configuration Manager 提供服务器的基本配置服务。利用这个工具,不仅可以配置计算机上的服务,还可以配置客户与服务器网络协议。下面首先介绍服务。

说明:在以前的版本中,SQL Computer Manager 包含 3 个独立的工具:客户端网络实用工具、服务器网络实用工具和服务管理器。

SQL Server 2005 服务

当展开"服务"时,首先看到的是类别列表,并且每个类别都含有服务器上已经安装的一个或多个服务:

Reporing Services　该服务用来创作、发布和管理用数据库创建的报表。这些报表可以在基于 Web 的界面上查看和管理。

FullText Search　该服务创建和维护全文搜索索引。这些索引允许用户在文本数据类型的字段上执行较快的搜索。关于全文搜索的详细信息,请参见第 8 章。

Analysis Services　如果服务器上已安装了 Analysis Services,这个类别将会出现在类别列表上。Analysis Services 是个功能强大的数据挖掘与分析工具。这是个高级题目,我们将在第 26 章中详细讨论这个题目。

SQL Server Agent　该服务控制自动化操作,我们将在第 17 章中详细讨论这个服务。SQL Agent 执行任务(比如备份数据库),并在出现问题时发送电子邮件。

SQL Server　该服务是 Microsoft SQL Server 的心脏,因为它执行诸如运行查询、管理数据访问权和分配系统资源(比如 RAM 和 CPU 时间)之类的功能。

SQL Server Browser　该服务监听正在申请网络上的 SQL Server 资源的进入请求,并提供关于服务器上已安装的 SQL Server 实例的信息。

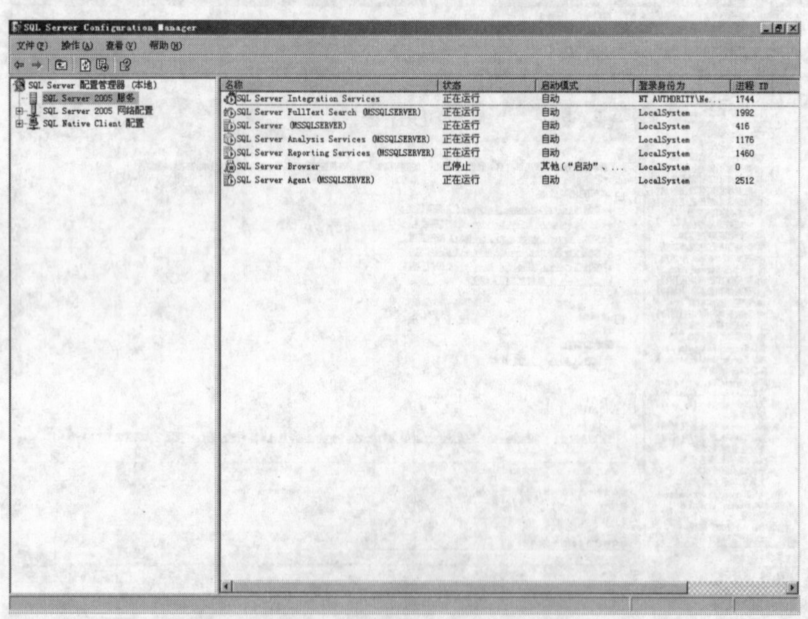

当选择了这些类别当中的某个类别时,右窗格中将会出现所有相关服务的列表。右击要

管理的服务(或者使用菜单栏上的“操作”菜单),可以启动、停止或暂停该服务。选择“属性”菜单项可以修改该服务的配置属性。例如,可以修改服务账户的用户名和密码,或者修改该服务的启动模式。

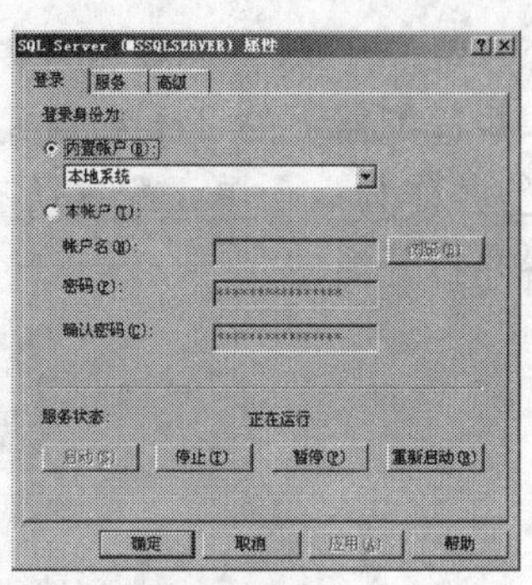

SQL Server 2005 服务器网络配置

要让客户能够通过网络跟 SQL Server 进行通信,双方都必须正在运行一个公共网络库。服务器“网络配置”工具显示服务器上安装了哪些网络库,并允许数据库管理员配置那些网络库。

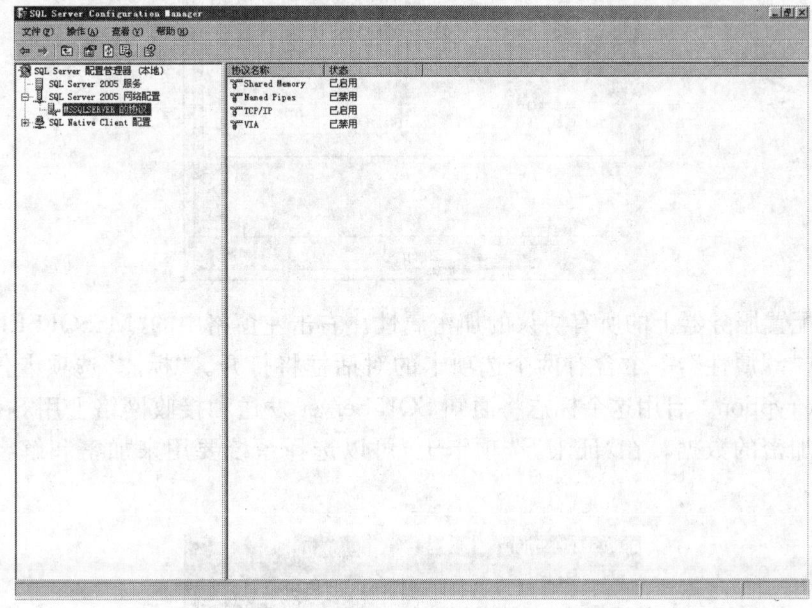

当展开“MSSQLSERVER 的协议”类别时,将会看到一个协议列表,其中含有服务器可以监听的各个协议。要配置某个库的属性,右击这个库,并选择“属性”菜单项。每个协议都有它自己的属性集。

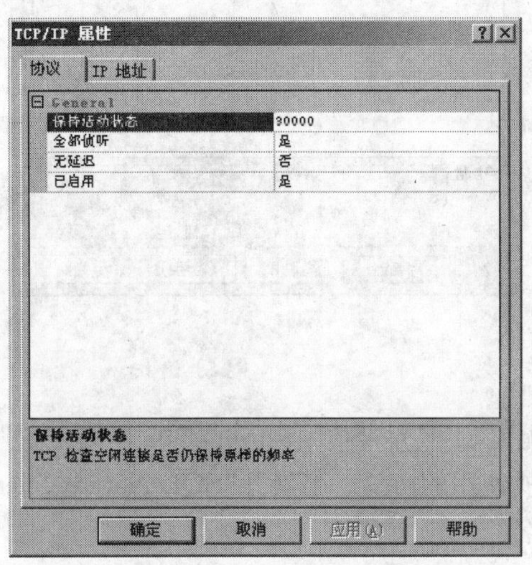

单击 Tcp,将会在目录窗格中看到每个网络适配器的单独清单。这意味着可以禁用一些适配器上的 Tcp 和启用其他适配器上的 Tcp。也可以使用特殊的 IPAll 适配器设置,并作为一个单元配置所有适配器的 Tcp 设置。要个别地配置适配器设置,右击适配器并打开属性。

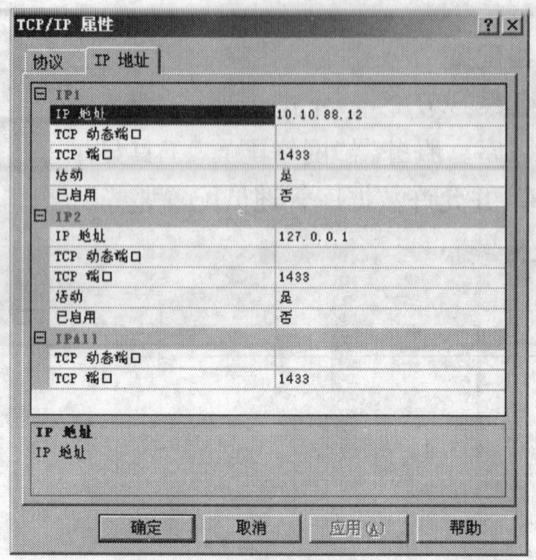

也可以配置服务器上的所有协议的加密属性。右击左窗格中的"MSSQLSERVER 的协议"节点并选择"属性",一个含有两个选项卡的对话框将打开。"标志"选项卡仅有一个选项:Force Encryption。启用这个标志将通知 SQL Server 发送和接收网络上用 Secure Socket Layer(SSL)加密的数据。在"证书"选项卡上,可以选择系统要用来加密和解密数据的证书。

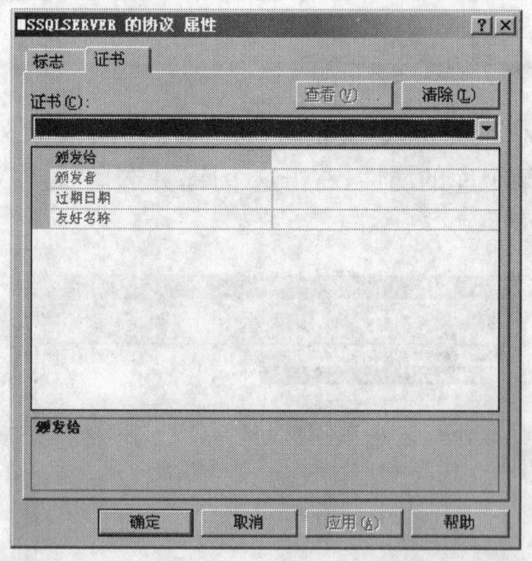

SQL Native Client 配置

"SQL Native Client 配置"工具是"SQL Server 2005 网络配置"工具的对应物。它用来配置客户跟服务器进行通信所使用的协议。当展开"SQL Native Client 配置"时,将只看到两个选项:"客户端协议"和"别名"。

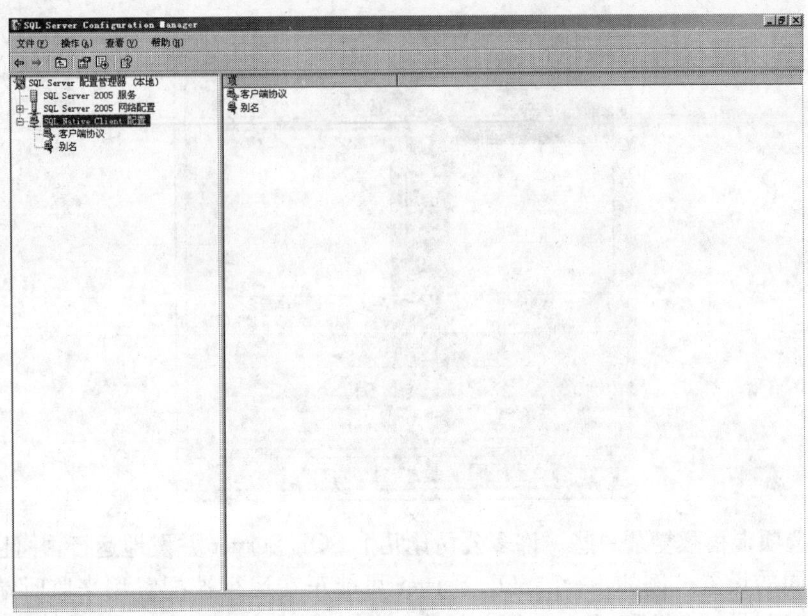

选择“客户端协议”，目录窗格中将出现有效协议的列表。和使用“SQL Server 2005 网络配置”工具的情形一样，通过右击协议并选择“属性”，可以配置每个协议。

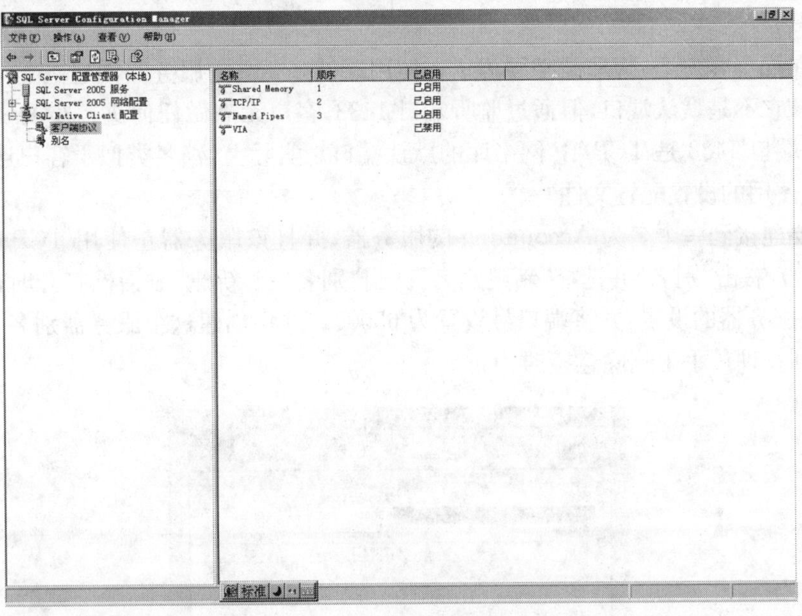

这两个工具之间的一大差别是每个客户协议都有一个序号：Shared Memory 是 1，TCP/IP 是 2，而 Named Pipes 是 3。这是客户连接到服务器的尝试顺序；客户首先尝试 Shared Memory，然后尝试 TCP/IP，最后尝试 Named Pipes。如果客户和服务器正运行在同一台计算机上，这是最佳顺序；但是，如果正在使用 TCP/IP，应该改变这个顺序，让 TCP/IP 排第一。要改变这个顺序，右击“客户端协议”并选择“属性”。窗口的左边就会出现禁用协议的列表，窗口的右边将会出现启用协议的列表。从“禁用的协议”列表中选择一个协议并单击“启用”按钮，可以启用这个协议；相反，从“启用的协议”列表中选择一个协议并单击“禁用”按钮，可以禁用这个协议。要修改启用协议的顺序，选择想要移动的协议，并单击“向上键”或“向下键”按钮。

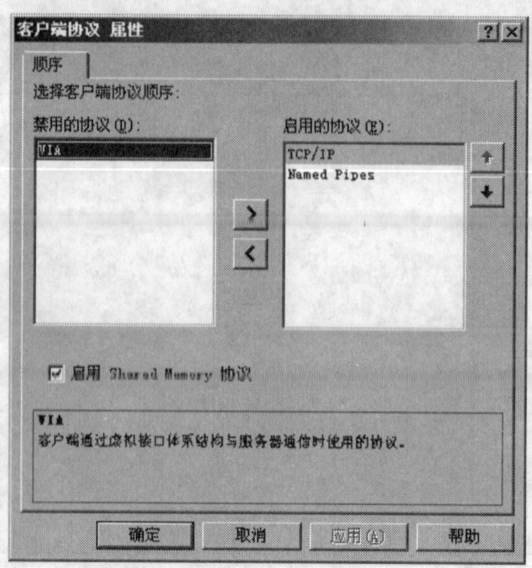

“别名”选项卡稍微复杂一些。许多公司让几个 SQL Server 并发地运行,并且那些服务器每个都有不同的设置。例如,一个 SQL Server 可能正在运行被配置用来监听端口 1433 的 TCP/IP 网络库,另一个 SQL Server 可能被配置为监听 TCP 端口 37337(这么做通常是出于安全性目的)。其他服务器可能有不同的配置,以便各种不同的客户能够正确地连接。如果贵公司的情形也是如此,则需要为公司内没有被设置成网络库的默认值的每个服务器都创建一些服务器别名。

例如,在每个客户上,管理员必须为正在使用端口 37337 的服务器创建一个别名。需要别名的原因是,它不是默认端口,但通过监听端口 1433,客户无需做任何进一步的修改即可连接到服务器。端口 1433 是 TCP/IP 网络库的默认端口。实际上,别名类似于客户连接到网络上的服务器所使用的设置配置文件。

例如,要连接到一个名为 Accounting 的服务器,并且该服务器正使用 TCP/IP 网络库监听端口 65000,右击“别名”并选择“新建别名”。当“别名 - 新建”对话框打开时,添加连接到 Accounting 服务器的设置,并将端口号设置为 65000。这将创建这个服务器别名,并且客户能够连接,直到管理员手工删除连接时为止。

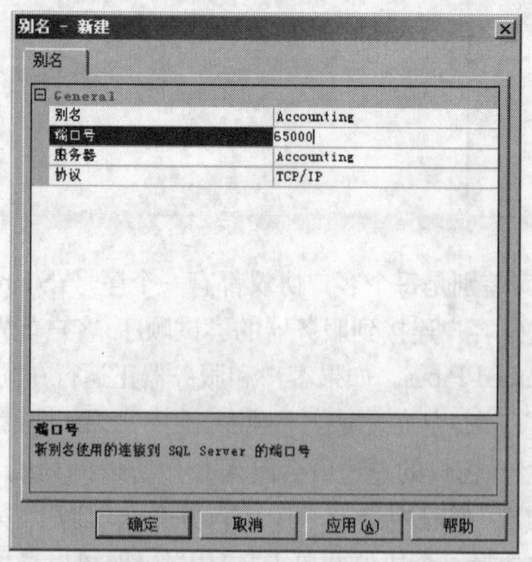

SQL Server Profiler

一旦顺利地设计与部署完数据库,并且用户正定期地访问它们来插入、更新与删除数据,管理员需要立即监视服务器,以保证它像预期的那样工作。因此,需要知道这样一些事情:服务器运行得快慢,用户正访问何种类型的数据,以及是否有人正试图攻击服务器。“开始”➤“程序”➤ Microsoft SQL Server 2005 组中有一个名为 SQL Server Profiler 的程序,这是个功能强大的监视工具,能够显示所有这些信息和许多其他信息。

要使用 SQL Server Profiler,需要设置称为跟踪(traces)的事件监视协议。事件就是运行系统上所发生的任何一件事情,比如登录成功或失败,正确发送查询和取回结果,或者运行报表。每个跟踪都可以设计成检查系统的指定方面,详情请参见第 26 章。通过监视事件,可以知道系统的使用情况,并确定是否需要通过调整来获得更高的效率。

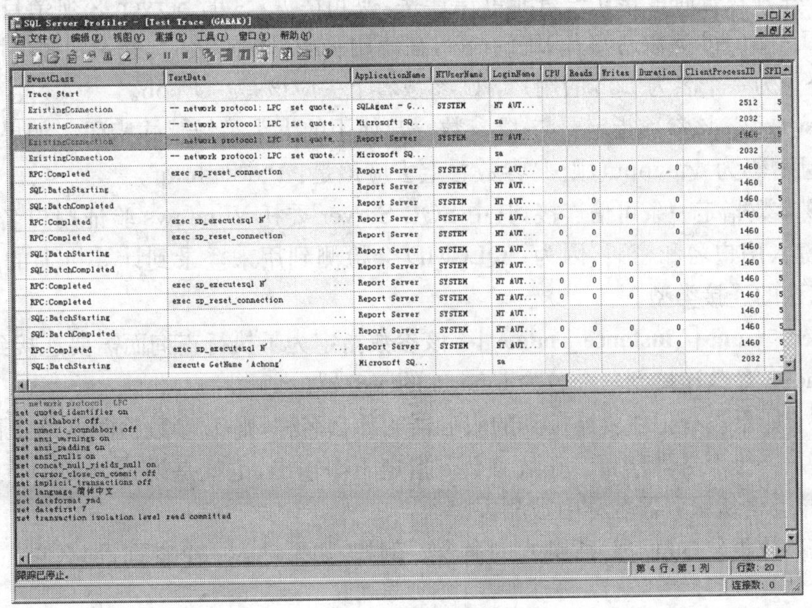

SQLCMD

SQLCMD 是个命令行工具,用来执行 Transact-SQL 代码和显示结果,并且类似于 SQL Server Management Studio 中的查询工具。除了 SQL Server Management Studio 是个图形工具而 SQLCMD 是个命令行工具这一点之外,两者仅有一个很小的差别:SQLCMD 无法分析查询和显示执行速度信息。除此之外,这两个工具的功能基本相同。这自然就引出这样一个问题:“既然有了 SQL Server Management Studio,为何还用 SQLCMD 呢?”答案是任务执行计划。

假设有一名销售经理需要了解日销售数据,由于无法安排 SQL Server Management Studio 自动运行命令,因此需要教会那名经理如何在 SQL Server Management Studio 中执行查询,使他每晚能够手工提取出该数据。然而,许多经理根本抽不出这段时间。可以考虑的另一个办法是创建一个作业来自动化这项任务。作业就是一系列能由 SQL Server 自动执行的步骤。其中的一个步骤会是提取经理所需数据的那个查询,但没有办法从一个作业中将该数据交给经理。SQLCMD 可以用来运行该查询并将数据存放到一个文本文件上。这条命令也可以计划成(使用 Windows AT 命令或 SQL Server 作业之类的工具)自动运行。然后,经理就可以在他需要的时候阅读那个文本文件。

说明:SQLCMD 的运行方式有两种:交互式或批处理方式。交互式方式与 SQL Server Management Studio 非常相似,因为它允许管理员在提示符处键入命令。当工作完毕后,键入 EXIT。批处理方式将单条命令发送给服务器,并返回一个结果集。批处理方式用于自动化操作。

有几个变元可以用来控制 SQLCMD 程序的表现行为。这些变元都是大小写敏感的,也就是说,大写的 E 与小写的 e 是完全不同的。下面列举了可以使用的各个变元:

-U login _ id　要将查询发送到 SQL Server,必须通过登录取得访问权。登录的方式有两种。一种方式是通过使用一条可信连接,换句话说,SQL Server 委托 Windows 验证用户名和密码。另一种方式是通过建立一条非可信连接,换句话说,SQL Server 必须亲自验证用户名和密码。-U login_id 参数通知 SQL Server,在使用一条可信连接时,登录到哪个用户。因此,如果需要登录为一个名为 Bob 的用户,-U 参数看上去应该是:-U bob。

-P password　该参数指定要与-U 参数一起使用的大小写敏感式密码。如果正登录为用户 Bob,并且密码为 doughnut,则-P 参数看上去应该是:-P doughnut。

-E　该参数指定一条可信连接,其中 SQL Server 委托 Windows 验证用户名和密码。因此,不需要键入用户名和密码,因为 SQLCMD 会检测到用来登录到计算机上的用户名和密码。这是默认的连接类型。

-S server _ name [\instance _ name]　该参数指定为了执行查询而需要连接到的服务器。例如,-S london 参数连接到一个名为 london 的服务器。

-L [c]　如果没有记住要连接到的服务器叫什么名称,则-L 参数检测网络上的所有 SQL Server 并显示一个服务器清单。任选参数 c 指定干净输出,也就是说,Servers:首部不显示出来,并且前导空格从服务器名称中被删去。

-e　该参数重复(或回显)所键入的命令。例如,如果键入一个查询,那么它在结果集的第一行上被重复。

-p [1]　该参数打印已执行查询的性能信息它显示执行时间、每秒提取的记录个数和网络包大小。如果指定了任选参数 1,输出结果将显示为一个由冒号分隔的值系列,以便那些值能被导入到表或电子表格中。

-d db _ name　该参数设置正要使用的数据库。例如,如果需要查询 pubs 数据库中的某个表,则这个参数应该是:-d pubs。

-Q "query"　该参数执行双引号内的查询并立即退出 SQLCMD 程序。需要注意的是,查询必须放在双引号内。

-q "query"　该参数也是执行双引号内的查询,但在执行完毕后不退出 SQLCMD 程序。在查询执行完毕后,仍留在交互方式中。

-c cmd _ end　最初,当工作在交互方式中时,必须单独在一行上键入 GO 来通知 SQLCMD,已经将代码输入完毕,它应该马上执行代码,这叫做命令终止符(Command terminator)。利用这个参数,可以设置一个不同的命令终止符。

-h headers　在默认情况下,结果集中的列名仅在结果集的顶端打印一次。如果需要多次打印列标题,则可以使用-h 命令比较经常地打印它。例如,参数-h5 将每 5 行重复打印一次列标题。

-V level　该参数限制 SQLCMD 报告错误的严重程度。如果出现的错误低于-V 参数所指定的级别,那么 SQLCMD 将不报告这个错误,并且命令继续运行。

v var ="value"　该选项用来将变量传递给正在运行的 T-SQL 批处理。如果值含有字符,必须将变量的值放在双引号内。

W　该选项删除列中的结尾空格。

-w column _ width　在默认情况下,单个输出行上显示 80 个字符。-w 参数可以用来改变单行上显示的字符个数。例如,-w70 仅在单个输出行上显示 70 个字符。

-s col _ separator　在默认情况下,屏幕上的列由一个空白区分隔。由于这种格式对某些人阅读不方便,因此可以用-s 参数修改分隔符。例如,-s>参数使用>符号将各个列彼此分隔开。

-t timeout　如果命令在运行期间发生故障(例如,SQL Server 关闭),那么命令在默认情况下将无限期地运行。为了改变这种行为,可以指定一个超时参数。例如,-t5 通知 SQLCMD 在等待一个响应 5 秒钟之后中止运行。

-m error _ level　SQL Server 识别从 1 到 25 的错误严重级别,其中 1 为最低级别(由 SQL Server 保留),10 为信息性级别(发生了某种情况,但情况不太严重),25 为最高级别(服务器瘫痪)。-m 参数通知 SQLCMD 显示哪个错误严重级别。例如,-m10 显示 10 级和 10 级以上的所有错误,但不显示低于 10 级的任何错误。

-I　在交互式方式中,通常将文本字符串放在单引号内。当设置了这个选项时,可以将文本字符串放在双引号内。

-r {0 | 1}　不是所有错误消息都被打印到屏幕上,但可以使用这个参数将错误消息重定向到屏幕上。-r0 参数显示 17 级或 17 级以上的错误消息,-r1 显示所有错误消息。

-H wksta _ name　利用这个参数,可以指定正用来建立连接的计算机。默认值是计算机名。但是,如果这是一台 Windows 计算机,并且它既有计算机名(由其他 Microsoft 计算机使用),又有主机名(由 UNIX 计算机和其他 TCP/IP 主机使用),那么可以通知 SQLCMD 用主机名而不是计算机名建立连接。

-R　不同的设置控制着将币值、日期与时间值转换成要在屏幕上显示的字符数据的过程。-R 设置通知 SQLCMD 使用客户设置而不是服务器设置做这个转换。

-i input _ file　如果使用-i 参数,SQL Server 可以将文本文件作为输入参数来接受,也就是说,可以将所有设置和查询键入到一个文本文件中(使用 Notepad 之类的文本编辑器),然后指定一个输入文件,而不是每次都在命令行上键入所有这些信息。

-o output _ file　该参数将结果集复制到一个文本文件中,而不是复制到屏幕上(这是默认设置)。例如,-oc:\output. txt 参数将来自查询的结果集复制到一个名为 output. txt 的文本文件中。

-u　该参数和-o 参数联合用来指定输出文件应该存储为 Unicode 数据而不是 ASCII(显示 256 个字符的标准字符集)。该参数对使用多种语言保存数据的公司有用。

-a packet _ size　该参数指定 SQL Server 每次从 SQLCMD 中接收和向 SQLCMD 发送的数据量(以 KB 为计量单位),每次收发的数据叫做数据包。默认长度为 512KB,适用于大多数传输。但是,如果正在执行从大型文本文件到数据库表的批量数据插入,则可能需要将长度增加到 8192(Microsoft 经过测试后推荐这个值)。

-b　该参数通知 SQLCMD 在遇到问题时退出到 DOS 并返回 DOS 错误级别 1。DOS 错误级别可以在批处理文件中用于查错。

-l timeout　该参数指定 SQLCMD 等待登录通过验证的时间量，如果没有指定这个参数，则 SQLCMD 将无限期地等待。

-?　该参数以列表形式显示可在 SQLCMD 中使用的所有有效开关。

-A　该选项使用一条专用管理员连接(Dedicated Administrator Connection)登录到 SQL Server，专用管理员连接是一条用来排查服务器错误的特殊连接。

-X[1]　该参数禁用 ED 和!! 命令，这些命令对系统可能有威胁。如果没有指定可选参数 1，那么遭到禁用的这两条命令仍是可识别的，而且 SQLCMD 显示一条错误消息并继续运行。如果指定了可选参数 1，SQLCMD 识别遭到禁用的命令，显示一条错误消息，然后退出。

-f <codepage>|i:<codepage>[,o:<codepage>]　该参数指定输入与输出代码页面。

-k[1|2]　该参数从输出结果中删除所有控制符(比如制表符和换行符)，同时仍保留列格式化。如果指定了 1 参数，那么控制符将换成单个空格。如果指定了 2 参数，那么连续的控制符将换成单个空格。

-y display_width　该参数限制大型可变数据类型的返回字符个数。如果显示宽度为 0，输出结果将不被截断。发生截断的数据类型如下：

- Varchar(max)；
- Nvarchar(max)；
- Varbinary(max)；
- Xml；
- 用户定义数据类型。

-Y display_width　该参数限制下列数据类型的返回字符个数：

- Char；
- Nchar；
- Varchar(n)；
- Nvarchar(n)；
- Sql_variant。

好在不必指定这里所列出的每个参数，也能让 SQLCMD 工作起来。下面，我们将使用 SQLCMD 运行一个查询并将结果保存到一个文本文件上：

1. 要转到命令提示符窗口，单击“开始”按钮，选择“程序”，然后单击“命令提示符”图标。
2. 要用 SQLCMD 执行查询，在命令提示符处键入下列命令：

```
SQLCMD -S server_name -d AdventureWorks -Q "select * from Purchasing.Vendor"
-U sa -P password
-ooutput.txt
```

3. 用 Edit 之类的文本编辑器打开 output. txt 文件。结果集应该显示 AdventureWorks 数据库中的 Purchasing. Vendor 表中的所有记录。

迟早有用的另一个命令行工具是 Bulk Copy Program(BCP)。

Bulk Copy Program

一旦在 SQL Server 中创建了数据库，就需要给它们填充数据。一种流行的数据填充方法是将文本文件导入到数据库表中。如果选择这种方法，则可以使用 Bulk Copy Program (BCP)，该命令行工具的惟一作用是以每秒大约 2000 行的速度（相当于 Trekkies 游戏中的 Warp 9.9 的速度）在文本文件与数据库表之间导入和导出数据。这个程序仍保留在 SQL Server 2005 中是为了向下兼容，而且现在已由速度更快的导入方法所取代，比如 Bulk Import Transact-SQL 命令。第 14 章将比较详细地讨论这条命令。

SQL Server Management Studio

SQL Server 中的许多管理性任务都是使用 SQL Server Management Studio 来完成的。利用这个工具，可以创建数据库和它们的所有相关对象（表、视图等），执行 Transact-SQL 语句集（称为查询），执行维护任务（比如数据库备份与恢复）。此外，利用这个工具，还可以维护服务器与数据库的安全性，浏览错误日志，以及执行更多任务。首次打开 SQL Server Management Studio 时，窗口看上去类似于图 3.1。

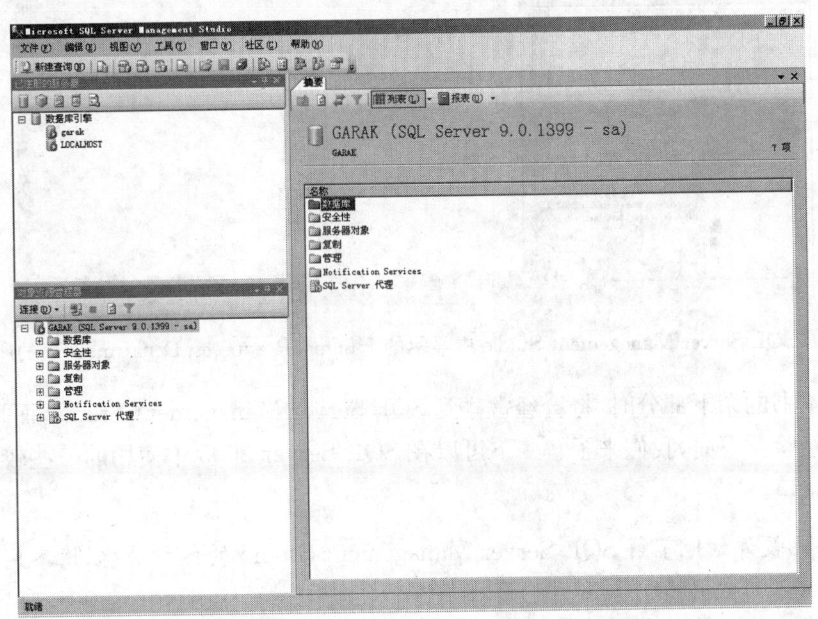

图 3.1　许多管理新任务都用 SQL Server Management Studio 来完成

提示：SQL Server 的早期版本所携带的“查询分析器”工具现在已并入到 SQL Server Management Studio 中，因此它现在已不再是一个可独立使用的工具。

在默认情况下，SQL Server Management Studio 有 3 个窗格：右边的目录窗格和左边的“对象资源管理器”与“已注册的服务器”窗格。“已注册的服务器”窗格在功能上跟 SQL Server 2000 中的同一个窗格非常相似。该窗格可以用来注册服务器，以便在以后的会话中能够更方便地连接和管理它。

在连接到服务器之后，“对象资源管理器”窗格中将会显示可用对象的列表。SQL Server 上的一些常见对象是“数据库”、“安全性”、“管理”、“服务器对象”、“复制”和“SQL Server 代理”。如果连接到 Analysis Services 实例，那么“对象资源管理器”窗格中将会显示一个 Analysis Services 类别，这种情况也同样适用于 Reporting Services 或已插入到 SQL Server Management Studio 中的其他应用程序。

在“对象资源管理器”窗格中单击容器对象旁边的加号(+)图标,可以逐步展开到比较深的细节层次。检查目录窗格可以浏览容器对象中所包含的对象。例如,单击“数据库”旁边的加号图标,单击 AdventureWorks 旁边的加号图标,展开“表”,然后展开 HunmanResources. Department,最后选择“列”,此时将会看到 HunmanResources. Department 表的所有列的一览表,如图 3.2 所示。

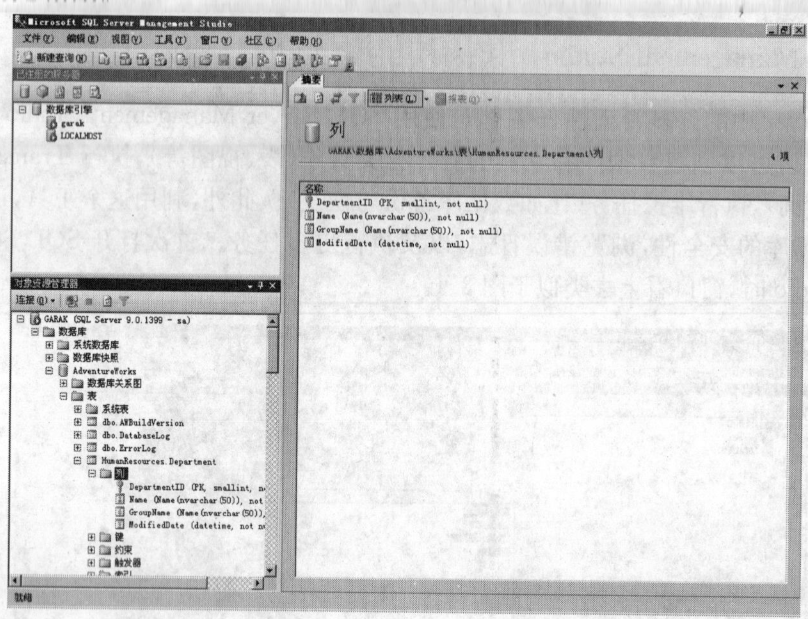

图 3.2 SQL Server Management Studio 中显示的 HunmanResources. Department 表的所有列

在学习本书的余下部分时,将会经常碰到 SQL Server Management Studio,而且会获得使用它的大量经验。下面,我们来了解一下可以在 SQL Server 2005 中使用的一些较高级工具,即应用程序接口。

说明:要比较详细地了解 SQL Server Management Studio 的各种功能,请参见第 9 章。

应用程序接口

所有数据库服务器都提供一个或多个应用程序接口(API)。应用程序接口是一种跟数据库服务器进行通信并让它完成一些有用工作的手段。前面曾经提过最重要的 SQL Server 应用程序接口之一:T-SQL 编程语言。然而,SQL Server 是个灵活的数据库服务器,还支持许多其他应用程序接口,其中包括:

◆ OLE DB/ActiveX 数据对象;

◆ SQL 管理对象;

◆ SQL 命名空间;

◆ Data Transformation Services。

OLE DB 是 Microsoft 开发的标准应用程序接口,可用于从多种数据源中检索数据。这些数据源不仅包括数据库,还包括文件系统乃至电子邮件存储器。ActiveX 数据对象(ADO)是个对象库,与 OLE DB 协同工作。通过将应用程序接口抽象成一系列自含对象,对象库使编写跟应用程序接口打交道的应用程序变得更加方便。第 20 章将比较详细地讨论 ADO。

SQL 管理对象(SMO)可以用来以程序方式执行 SQL Server 上的管理与配置任务。例如,SMO 可以用来创建新的表,列出现有视图,或者启动数据库备份。SMO 是面向对象的应用程序接口,允许控制 SQL Server 应用程序的几乎每个方面。第 21 章将详细介绍 SMO。

SQL 命名空间(SQL-NS)是暴露 SQL Server 的部分管理功能的另一个应用程序接口。和 SQL-DMO 不同的是,SQL-NS 仅暴露 SQL Server 的用户界面元素。例如,可以使用 SQL-NS 启动 SQL Server 提供用来创建新对象的任何一个向导。第 21 章将讨论 SQL-NS。

Data Transformation Services(DTS)允许以程序方式控制 SQL Server 的数据仓库功能。DTS 可以用来将数据从一个数据源转移到另一个数据源,即在异构或同构服务器之间转移数据。数据在转移时可以被变换,并且可以用一个内部调度引擎定期地执行这些操作。第 22 章将介绍 DTS。

在大致了解了各种可用工具之后,需要了解这些工具可以用来做些什么事情。下面就来了解数据库的各个组成部分。

数据库的组成部分

按照 Microsoft 的描述,数据库是对象,包含表和组合起来简便数据检索的其他对象。从本质上说,这个描述是正确的,但可以将数据库理解成更像一个工具箱。如果拥有许多工具,可能不希望它们散落得到处都是,否则在需要它们时,就没有办法找到它们。相反,应该将它们全部归置到一个工具箱中。钳子放到钳子抽屉中,改锥放到改锥抽屉中,以此类推。一旦按这种方式组织了工具,当需要某个特定的工具时,就需要确切地知道去哪里寻找它。

数据库很像工具箱,因为数据库本身并没有什么价值。但是,当在数据库中存放了其他对象(表、视图等)之后,通过有机地组织那些对象,数据库就会发挥作用。现在,当需要数据时,确切地知道去哪里去寻找它。例如,如果需要财务数据,则转到 Accounting 数据库,并挖掘那些财务表来查找所需的数据。

由于数据库主要是由对象堆集而成的,所以需要先了解那些对象,然后才能成功地使用数据库。下面,让我们简要介绍其中的部分对象,首先从表开始。

表

表是数据库中实际存储数据的对象。由于数据库中的其他所有对象都依赖于表,因此可以将表理解为数据库的构件块。表中存放的数据又进一步组成字段与记录。字段是表中的纵向元素,包含同一类型的信息,比如姓氏和邮政编码。字段组成记录。记录是表中的横向元素,含有单个表行内的所有字段所保存的信息。例如,员工表中的一条记录可能包含一个员工的姓氏、名字、地址、社会保险号和雇佣日期。图 3.3 所显示的电子报表可以帮助直观地理解字段与记录。

表中的每个字段只能包含一种类型的数据,比如字符或数字数据。字段的这个方面称为列的数据类型。从图 3.3 所给出的例子中可以注意到,地址列的数据类型为 char(30),表示该列保存 30 个字符。如果在该列中存放任何数字值,将无法对它执行任何算术运算(比如加法或减法),除非先把该字段中存放的值换算成数字数据。

一旦在数据库中创建了表(详情请见第 11 章),就可以开始创建基于表的其他对象,比如

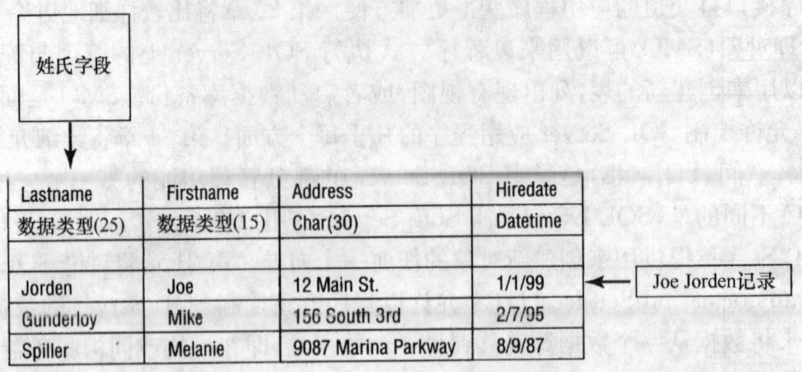

Lastname	Firstname	Address	Hiredate
数据类型(25)	数据类型(15)	Char(30)	Datetime
Jorden	Joe	12 Main St.	1/1/99
Gunderloy	Mike	156 South 3rd	2/7/95
Spiller	Melanie	9087 Marina Parkway	8/9/87

图 3.3 表由字段与记录组成

视图与存储过程。

视图

视图与表非常相似，也是由字段与记录组成。与表不同的是，视图不包含任何数据。视图总是基于表，用来提供一种观看表数据的不同视角。例如，假设有一个人力资源数据库，其中含有员工姓名、地址、电话号码、社会保险号和工资。姓名、地址、电话号码通常是公开信息，而社会保险号和工资则是不能随便公开的信息。要想保护这个数据，以便只有授权人员才能浏览它，一种办法就是创建一个不包含后两个字段的视图，并在表和视图上设置权限。这样，只有拥有适当特权的人才能浏览表本身，其他人员只能浏览视图。利用视图方法，数据只需存储一次(在表中)，但有两种观看数据的方式。图 3.4 可以帮助直观地理解这一情形。

Lastname	Firstname	Address
Jorden	Joe	12 Main St.
Gunderloy	Mike	156 South 3rd
Spiller	Melanie	9087 Marina Parkway

Lastname	Firstname	Address	SSN	Payrate
Jorden	Joe	12 Main St.	555-66-7777	1.00
Gunderloy	Mike	156 South 3rd	666-77-8888	1.00
Spiller	Melanie	9087 Marina Parkway	888-99-0000	1.00

图 3.4 视图可以显示从单个表中选取的字段

视图提供的另一个重要服务是将来自两个或两个以上表的数据组合成一种易理解格式的能力。例如，假设有两个表，其中一个表含有姓名、地址等客户信息，另一个表含有客户的订单。如果需要显示客户的姓名、地址和订单细节，则可以创建一个视图，让它合并这两个表并同时显示所有数据，因而避免了执行两个单独的查询。图 3.5 描述了基于多个表的视图。

提示: 为什么不按照以后查看数据的格式保存数据呢？因为对人最合适的组织方式对快速和无差错的数据存储与检索来说不一定是最合适的。这种表示方法称为规范化，第 4 章将比较详细地讨论规范化。

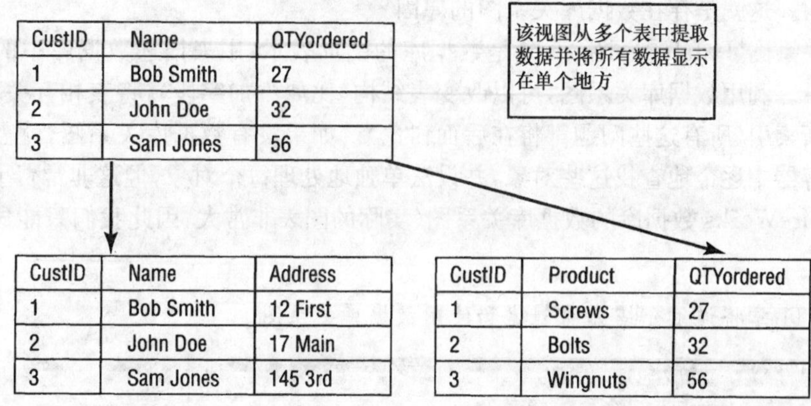

CustID	Name	QTYordered
1	Bob Smith	27
2	John Doe	32
3	Sam Jones	56

CustID	Name	Address
1	Bob Smith	12 First
2	John Doe	17 Main
3	Sam Jones	145 3rd

CustID	Product	QTYordered
1	Screws	27
2	Bolts	32
3	Wingnuts	56

图 3.5　基于多个表的视图

存储过程

前面已经提过，数据存放在表中，需要通过执行查询来读取表中的数据。但是，这些查询应该存放在哪里呢？存放查询的一个地方是在服务器上的数据库中。这种已存储的查询称为存储过程。查询也可以存放在客户计算机上的代码中，用户也可以使用 SQL Server Management Studio 中的查询窗口创建查询，这类查询称为特别查询(Ad hoc queries)。由于特别查询的自发性所固有的一些问题，存储过程通常是保存查询的首选方法。

特别查询所引起的第一个问题是所有用户都要通过执行查询来获取表中的数据，所有这些查询都要通过网络，而且这将增加网络上的通信量。如果每个查询都包含多行文本，那么它们可能会使网络带宽严重不足。

特别查询所引起的另一个问题是它们会使 SQL Server 的运行速度变慢。当特别查询第一次发送到 SQL Server 时，数据库服务器不能立即执行它，必须先编译它。为了编译查询，SQL Server 必须读取该查询，并比较该查询与可用索引，以找出最快的执行方法。查询的编译过程需要占用系统资源(CPU 时间、内存等)，从而使系统的运行速度变慢。

说明：SQL Server 使用索引来加快查询处理速度。索引之所以能够加快数据访问速度，是因为索引以列表形式保存表的一个或几个字段的所有数值和指向相关记录(含有这些值)的存储位置的指针。第 12 章将详细讨论索引。

与用户相关的一个有趣事实是大多数用户需要查看相同的数据，换句话说，这些用户都通过网络向 SQL Server 发送相同的查询。与其让每个用户通过网络多次发送同一个查询，倒不如将该查询存放在服务器上，并让用户发送一条简单的命令让 SQL Server 执行这个存储过程。这样，用户就不必通过网络发送多行文本来浪费带宽，只需发送一条单行命令即可：execute stored_procedure。这些存储过程是经过预编译的，因而大大节省了系统资源。

说明：第 14 章将详细讨论存储过程。

图表

当在本章的较前面查看 AdventureWorks 数据库中的表容器时，可能发现它查看起来不是非常容易。这是大多数人的自然反应：大多数人不喜欢凝视很长的列表，设法从中找出他们所需要的东西。这就是存在数据库关系图的原因。

数据库关系图(Database diagram)是数据库的图形表示,用来描述数据库中的所有对象及其相互关系。利用数据库关系图,可以改变表结构(比如添加字段),将表相互关联起来,乃至创建表的新索引(所有这些问题都将在后面讨论)。如果没有数据库关系图,就需要在每个对象的各自容器中逐个地查找这些对象,并设法单独地处理每个对象,但这非常费事。下图显示了 AdventureWorks 数据库的数据库关系图(实际的图表非常大,因此我们只能显示它的一部分)。

说明:第 11 章将详细介绍如何创建和使用数据库关系图。

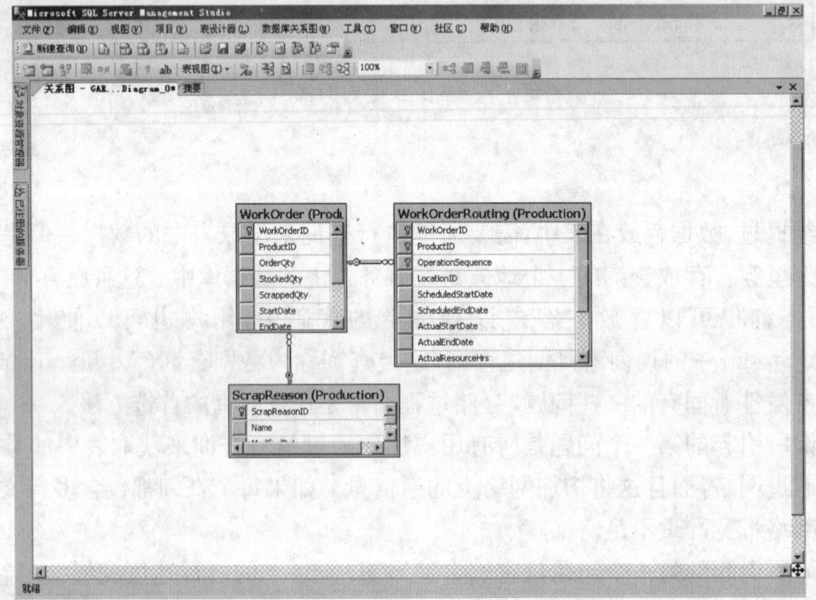

数据库用户账户

前面曾经提过,大多数公司都存有不打算对公司普通员工公开的数据。例如,不是每个人都可以浏览工资与社会保险号。如何防止不该看的人偷看呢?答案是利用数据库用户账户。

要访问 SQL Server,用户必须拥有一个登录账户。数据库管理员可以授予用户的登录账户有两种类型:标准与集成。集成账户也叫做可信连接,因为对于这种类型的登录,SQL Server 委托 Windows 验证用户名与密码。这种类型的登录仅适用于 Microsoft 客户。标准账户不委托 Windows 验证用户名与密码,因此适用于没有 Windows 账户的客户,比如 Macintosh 或 UNIX 客户。这两种类型的登录账户都允许用户访问整个 SQL Server,而不是个别数据库。

要给用户授予访问个别数据库的权限,必须在他们要求访问的每个数据库中均为他们创建一个数据库用户账户。例如,假设用户 Bob 要求访问 Accounting 数据库,但不能访问 Sales 数据库。为了给 Bob 授予访问 Accounting 数据库的权限,可以在 Accounting 数据库中创建一个数据库用户账户。这个数据库用户账户允许 Bob 访问 Accounting 数据库。由于 Bob 不能访问 Sales 数据库,因此不需要在 Sales 数据库中为他创建数据库用户账户,而且 Bob 将不能访问 Sales 数据库。当然,这只是个概述,第 18 章将详细讨论安全性。

数据库角色

许多大公司有几千个用户，这些用户在编制上属于不同的部门。不同部门的人每个都要求访问相同的信息段。例如，财务工作人员都要求访问财务数据，销售人员都要求访问销售数据，以此类推。给用户授予他们所需要的访问权有两种方法。第一种方法是为那些用户当中的每个人均创建一个用户账户(管理员无论怎样都要做的一项工作)，然后逐个地给每个用户授予权限。第二种方法容易得多，就是创建那些用户账户并将它们赋给数据库中的角色。

数据库角色就是管理员能够将用户添加到里面的一个预定义权限集。一旦用户成为了一个角色的成员，他们就继承该角色的所有权限，管理员不必逐个地给他们分配权限。例如，如果财务部门的每个人都要求能读取财务表中的数据，那么可以将各个用户的账户分配给一个已拥有相应权限的角色，然后他们就可以读取所需的数据。

系统数据类型

前面曾经介绍过，表中的每个字段只能含有某一种类型的数据(称为数据类型)。SQL Server 有一些内部数据类型，其中包括：

bit 该数据类型只能包含一个 0 或 1 值(或者空值)。它非常适合用做一个状态位——打开/关闭、是/否、真/假。

int 该数据类型能够包含从 -2^{31}(−2 147 483 648)到 $2^{31}-1$(2 147 483 647)之间的整型数据。它占用 4 个字节的磁盘空间，适合用来存储数学函数中所使用的大整数。

bigint 该数据类型包含从 -2^{63}(−9 223 372 036 854 775 808)到 $2^{63}-1$(9 223 372 036 854 775 807)之间的整型数据。它占用 8 个字节的磁盘空间，适合用来存储 int 型字段无法存储的巨大整数。

smallint 该数据类型包含从 -2^{15}(−32 768)到 $2^{15}-1$(32 767)之间的整型数据。它占用 2 个字节的磁盘空间，适合用来存储比 int 型字段所存储的整数稍微小一些的数值，因为 smallint 类型比 int 类型占用更少的空间。

tinyint 该数据类型包含从 0 到 255 之间的整型数据。它占用 1 个字节的磁盘空间，而且在有用性方面是有限的，因为它最多只能存储 255 个值。tinyint 类型对产品类型码之类的东西可能有用，如果产品的种类少于 255 种。

decimal 该数据类型包含从 $-10^{38}-1$ 到 $10^{38}-1$ 之间的固定精度与标量值数据。它使用两个参数：精度和标量。精度指的是字段中能够存放的总位数，而标量指的是小数点后面能够得到保存的位数。因此，如果有一个 5 的精度和一个 2 的标量，那么字段有格式 111.22。该数据类型应该在存储分数(带小数点的数)时使用。

numeric decimal 的同义词。

money 该数据类型包含从 -2^{63}(−922 337 203 685 477.5808)到 $2^{63}-1$(922 337 203 685 477.5807)之间的货币数据值，精确到货币单位的万分之一。它占用 8 个字节的磁盘空间，适合用来保存大于 214 748.3647 的总金额。

smallmoney 该数据类型包含从 −214 748.3648 到 214 748.3647 之间的货币数据值，精度为货币单位的万分之一。它占用 4 个字节的磁盘空间，适合用来存放比 money 型字段中所存放的总金额小的总金额。

float 该数据类型包含从 −1.79E+308 到 1.79E+308 之间的浮点精度值数据。有些数值在小数点后面不终结——π就是一个很好的例子。对于这样的数值,必须取小数点后面的近似值,这就是 float 类型要做的事情。例如,如果设置一个 float(2)数据类型,π将被保存为 3.14,因为只取小数点后面的两个数。

real　该数据类型包含从－3.40E＋38 到 3.40E＋38 之间的浮点精度值数据。这是一种 float(24)的快捷方式——float(24)是一个在小数点后给出 24 个数的浮点类型。

datetime　该数据类型包含从 1753 年 1 月 1 日到 9999 年 12 月 31 日之间的日期时间数据,值以.000、.003 或.007 秒的递增量进行舍入。该数据类型占用 8 个字节的磁盘空间,应该在需要跟踪非常具体的日期和时间时使用。

smalldatetime　该数据类型包含从 1900 年 1 月 1 日到 2079 年 6 月 6 日的日期时间数据,精度为 1 分钟。该数据类型占用 4 个字节的磁盘空间,应该用于比 datetime 类型小的日期和时间。

timestamp　该数据类型用于给记录标上插入与更新时间。它适合用来跟踪数据上所发生的修改。

uniqueidentifier　NEWID()函数用来生成可能具有如下形式的全局惟一性标识符:6F9619FF-8B86-D001-B42D-00C04FC964FF。这些惟一性数值可以存放在 uniqueidentifier 型字段中。它们可以用来生成不可能出现重复的跟踪号或序列号。

char　该数据类型包含最大长度为 8000 个字符的定长非 Unicode 字符数据。它适合用来保存将始终是相同长度的字符数据,比如 State 字段,因为该字段在每条记录中将总是只包含 2 个字符。无论该字段中实际存储多少个字符,该数据类型都使用相同数量的磁盘空间。例如,char(5)总是使用 5 个字节的空间,即使字段中仅保存了两个字符。

varchar　该数据类型包含最大长度为 8000 个字符的变长非 Unicode 字符数据。它适合在数据不总是有相同长度时使用,比如用在名字字段中,因为该字段中的每个名字都有不同数量的字符。当字段中的字符越少时,该数据类型使用越少的磁盘空间。例如,如果有一个 varchar(20)型字段,但正在保存一个只有 10 个字符的名字,那么该字段将只占用 10 个字节而不是 20 个字节的空间。该字段最多接受 20 个字符。

varchar(max)　该数据类型和 varchar 类型差不多;但是,在指定了一个(max)的大小后,该数据类型可以保存 $2^{31}-1$(2 147 483 647)个字节的数据。

nchar　该数据类型包含最大长度为 4000 个字符的定长 Unicode 字符数据。和所有 Unicode 数据类型一样,该数据类型适合用来保存将由使用不同语言的客户读取的小段文本(比如一些客户使用西班牙语,一些客户使用德语)。

nvarchar　该数据类型包含最大长度为 4000 个字符的变长 Unicode 字符数据。它与 nchar 数据类型基本相同,仅有一点除外:当字段中存放越少的字符时,nvarchar 类型使用越少的磁盘空间。

nvarchar(max)　该数据类型和 nvarchar 类型差不多,但是在指定了(max)大小时,该数据类型保存 $2^{31}-1$(2 147 483 647)个字节的数据。

binary　该数据类型包含最大长度为 8000 个字节的定长二进制数据。它被翻译成一个位串(比如 11011001011),适合用来存放任何一个用二进制或十六进制表示的内容,比如保险标识符。

varbinary　该数据类型包含最大长度为 8000 个字节的变长二进制数据。它与 binary 数据类型基本相同,仅有一点除外:当字段中存储越少的位时,varbinary 类型使用越少的磁盘空间。

varbinary(max)　该数据类型和 varbinary 类型有相同的特征,但在指定了(max)大小时,该数据类型能够包含 $2^{31}-1$(2,147,483,647)个字节的数据。这非常适合用来保存像 JPEG 图像或 Word 文档那样的二进制对象。

xml　该数据类型用来存放整个 XML 文档或片段(缺少顶层元素的文档)。

identity　这实际上不是数据类型,但起到一个很重要的作用。它是个属性,通常和 int 数据类型联合使用。每当一条新记录被插入时,它就递增列的值。例如,表中的第一条记录会有一个 1 的标示值,下一条记录是 2,然后 3,依次类推。

sql_variant　和 identity 一样,这不是实际的数据类型,但它实际上允许存储不同数据类型的值。它不能存储的值仅有 varchar(max)、nvarchar(max)、text、image、sql_variant、varbinary(max)、xml、ntext、timestamp 或用户定义的数据类型。

说明:在 SQL Server 的这个版本中,text、ntext 和 image 数据类型已经过时。应该用 varchar(max)、nvarchar(max)或 varbinary(max)替换这些数据类型。

说明:可能已注意到,这些数据类型当中的一部分用来包含 Unicode 数据。Unicode 是个能够显示和存储 65536 个不同字符的字符集,而标准字符集只能存储和显示 256 个不同的字符。这是因为标准字符集仅用 1 个字节(8 位)存储字符,而 Unicode 字符集用 2 字节(16 位)存储字符。Unicode 对使用多种语言存放数据的跨国公司是非常有用的。

对于这些内部数据类型,每次使用它们时,都必须指定所有相关参数。例如,如果需要给几个表增加一个电话号码列,则必须在每个表中创建一个具有 character(10)数据类型的列。然后,需要在每个不接受字母和符号的列上创建一个约束,因为电话号码中不允许有字母和符号(不必考虑电话号码中的括号与连字符,这些符号只是显示给终端用户,并不存放到数据库中)。一种比较容易的方法是创建用户定义类型。然后,创建一个列并将它赋给新建的电话号码数据类型,而不是创建具有字符数据类型的列并每次都提供参数。

说明:第 11 章将详细介绍如何使用数据类型。

用户定义函数

函数是一组可以复用的 Transact-SQL 语句。SQL Server 含有大量的内部函数,但它们不一定能满足用户的全部需要。由于这个缘故,SQL Server 允许用户创建他们自己的函数,即所谓的用户定义函数来执行他们所要求的任何任务。将两个数相乘的函数就是一个很好的例子;创建此类函数的代码如下:

```
CREATE FUNCTION Multiply
' Input parameters to be multiplied
  (@First int, @Second int)
RETURNS int 'Results of multiplication
AS
BEGIN
  RETURN (@First * @Second)
END
```

要调用这个新函数并让它计算 2 乘以 3,执行下列语句(返回结果 6):

```
Table_name.Multiply(2,3)
```

说明:第 5 章将详细讨论用户定义函数。SQL Server 2005 还允许用户使用一种像 C# 那样的.NET 语言创建用户定义函数。第 9 章将详细介绍 SQL Server 的这一功能。

规则与约束

在某些情况下,仅仅将字段约束到数据类型可能是不够的。例如,假如设计了一个用来存放州名的字段,情况会怎样呢? 这是个限于存放两个字符的字符型字段,除了一个问题以外,这个字段工作得很好:如果有个用户键入了 XZ 作为州名,SQL Server 会接受这个数据,因为它是个字符值。通过使用约束,可以命令 SQL Server 对照一个可接受值列表(约束)检查用户正键入的数据;当 SQL Server 遇到 XZ 时,由于这个数据不是有效的州名缩写,所以 SQL Server 将拒绝这个更新。

规则和约束有相同的作用,但规则主要用于向下兼容。规则优于约束的一个地方是可以将规则与数据类型关联起来,而约束只能关联到列。也就是说,可以创建自己的数据类型,然后利用规则通知 SQL Server,在应用了该数据类型的列上接受什么数据。

例如,假设有一个包含几个表的公司数据库:一个表用来存放员工信息,一个表用来存放经理信息,一个表用来存放客户信息。这些表每个都需要有一个已约束成只接受有效电话号码的字段。因此,必须在每个表中的每个电话号码字段上定义这个约束——将定义这个相同的约束 3 次。如果利用一个规则,只需键入代码一次,并将该规则关联到一个用户定义数据类型(用户亲自创建的一个数据类型)。现在,无论什么时候给表中的一个字段应用这个新的用户定义数据类型,这个字段将自动受该规则的约束。

默认值

默认值用来填写用户忘了键入的数据。使用默认值的一个有利时机是当某个字段在每条记录中的大部分值都保持不变的时候。例如,假设有一个员工信息表,该表有一个居住州字段,而且所有员工都居住在加里福尼亚。在这种情况下,可以用一个默认值自动填充州字段。以后,每当用户键入新的员工记录或修改现有记录时,州字段中将自动填入 CA,因而节省用户的一些键入时间。有两种可供选用的默认值类型。

对象默认值 这些默认值在创建表时定义,通常是在表设计器中定义。对象默认值定义在表列上,并且只影响这个列。例如,如果在客户信息表的州字段上定义了一个对象默认值,那么只有客户信息表的州字段将受到影响,其他表的其他字段将没有任何已定义的默认值。

定义默认值 这些默认值被关联到用户定义数据类型,换句话说,可以定义一个定义默认值一次,并将它关联到一个数据类型(比如命名为 state)。以后,每当在某个表中创建一个 state 型字段时,这个字段将自动包含正确的定义默认值。

使用对象默认值的最佳时机是当每个表都有默认值,但要填入的默认值却不相同的时候。例如,如果员工均居住在加里福尼亚,而客户当中的大部分人居住在亚里桑那,那么需要为每个表填入不同的默认值。但是,如果员工和客户均居住在加里福尼亚,则可以使用一个定义默认值,将它关联到一个数据类型(比如命名为 state),然后将它同时应用到那两个表。

全文目录

SQL Server 2005 的最佳特性之一是全文搜索功能。全文搜索功能可以从一页页的文本中寻找相互靠近的单词和短语。例如,可以在某个文本型列上执行全文搜索,寻找 SQL 与

book 相互靠得很近的句子,返回的结果之一可能是"Mastering Microsoft SQL Server 2005, a great new book from Sybex"。可以看出,在这条语句中,SQL 与 book 相互靠得很近。第6章将介绍如何创建这种查询。

如果需要运行全文目录查询,必须首先创建一个全文索引。全文索引是一种特殊索引,只在寻找查询中可能使用的单词时才索引文本型列。这类索引不是数据库的一部分,因为它们存放在它们自己的磁盘文件中,但对它们的管理是通过数据库进行的。

下面是创建全文搜索编目的步骤:

1. 打开 SQL Server Management Studio,在"对象资源管理器"中展开"数据库",展开 AdventureWorks,展开"存储",右击"全文目录"并选择"新建全文目录"。
2. 在"新建全文目录"屏幕上,键入下列信息:
   - ◆ 全文目录名称:Test
   - ◆ 目录位置:c:\temp
   - ◆ 文件组:"＜默认值＞"
   - ◆ 所有者:dbo

   另外选择"设置为默认目录"。

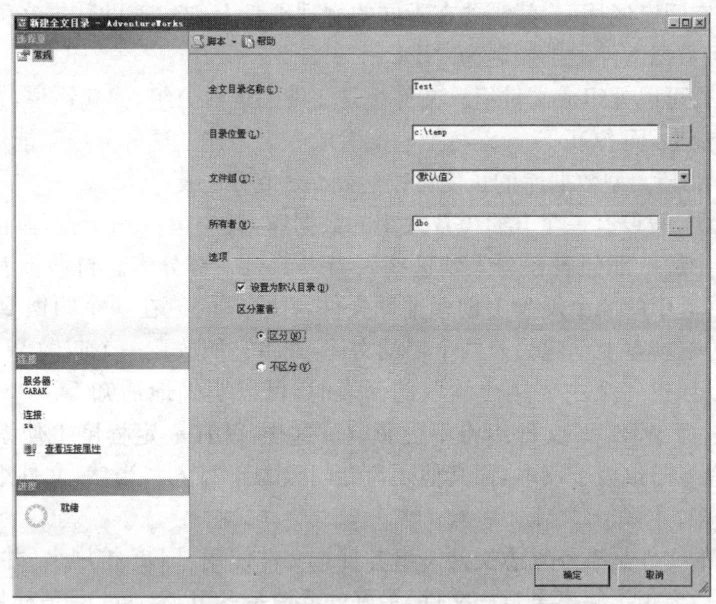

3. 单击"确定"按钮创建该编目。

XML 与 SQL Server

SQL Server 2005 与 XML 集成得非常紧密,比它的任何早期版本集成得都紧密。在这个新版本中,SQL Server 现在提供一个 xml 数据类型,该数据类型允许将 XML 文档或片段存放在表列中。XML 数据类型的表列可以基于架构进行类型化,以后,这些列将只存放匹配于该架构的 XML 文档。它们也可以是无类型的,这样就可以存放任何一种类型的文档。

为什么在表中存储 XML 数据呢? 为什么不只在表中存储不带 XML 标记的数据呢? 考虑在表中存储 XML 数据有几个很充分的理由:

- ◆ 可能需要使用 SQL Server 所携带的那些可用工具管理和处理 XML 数据。

◆ 可能需要使用 SQL Server 所提供的那些有效工具保存、共享、查询和修改 XML 数据。

◆ 可能需要 SQL Server 数据库与应用程序中的 XML 数据之间的互操作性。

◆ 可能需要 SQL Server 保证数据是结构合理的,并对照架构验证数据的有效性。

◆ 可能需要索引 XML 数据以获得较快的查询处理速度。

◆ 可能需要 ADO. NET、SOAP 和 OLE DB 能够访问可用 XML 发布的同一个数据。

既然对 SQL Server 存放在数据库中的一些东西有了比较充分的了解,就应该知道它是怎样存放这些东西的。下面,我们就来深入了解 SQL Server 的存储方法。

SQL Server 的存储原理

和计算机上所保存的任何数据一样,用 SQL Server 创建的数据库也要存储在硬盘上。SQL Server 用 3 种不同类型的磁盘文件存储数据库:主数据文件、辅助数据文件和事务日志文件。

主数据文件的扩展名为. MDF,是数据库中产生的第一批文件,可以包含用户定义对象,比如表和视图,以及 SQL Server 为跟踪数据库而需要的系统表。如果数据库变得太大,并且第一个硬盘上的空间已经用完,就需要在不同的物理硬盘上创建辅助数据文件来提供更大的数据库空间,辅助数据文件的扩展名为. NDF。

辅助数据文件可以分组成文件组。文件组是文件的逻辑分组,换句话说,文件可以在系统中的任何一个磁盘上,而 SQL Server 将把它们看成一个整体。这种分组功能对超大型数据库(VLDB)非常有用,超大型数据库的长度可以达到 GB 或 TB 级。

为了举例说明,假设有一个几百 GB 大小的数据库,其中包含几个表,而且用户十分频繁地读取这些表当中的一部分表和写入到这些表当中的另一部分表。再假设有多个硬盘驱动器。那么,可以在其中的两个硬盘上创建辅助文件,并将它们放在一个叫做 READ 的文件组中。接着,在另外的硬盘上创建另外两个辅助文件,并将它们放在一个叫做 WRITE 的文件组中。现在,当需要创建一个主要用于读取的新表时,可以明确地通知 SQL Server 将其放在 READ 文件组上,而 WRITE 文件组将不受影响。这样,就在一定程度上使系统保持负荷平衡,因为一些硬盘专门致力于读取,而其他硬盘专门致力于写入。当然,文件组的使用比这里所介绍的复杂得多。

第三种类型的文件是事务日志文件。事务日志文件使用. LDF 扩展名,并不实际包含表、视图之类的对象。要想了解事务日志文件,最好先弄清楚 SQL Server 是怎样将数据写入到磁盘上的。

当用户需要对表中的数据做修改时,SQL Server 并不将这个修改直接写到数据文件上,而是从数据文件中取出用户要修改的数据,并将其放进内存中。一旦数据进入到内存中,用户就可以做修改。SQL Server 不时地(每隔 5 分钟左右)将内存中的所有修改写到事务日志文件上。在将那些修改写到事务日志上之后,SQL Server 再将它们写到数据库文件上。这个过程称为写优先日志,因为 SQL Server 先写日志,后写数据库。

有人可能会问:“我们为什么要这么做?”原因有两个,第一个原因是速度。内存的速度比硬盘的速度快 100 倍左右,因此,如果从磁盘上取出数据并在内存中做所有修改,那么这种修改的速度比在磁盘上做修改的速度快 100 倍左右。需要使用事务日志的第二个原因是为了获得可恢复性。例如,假设在前一天晚上的 10 点左右备份了数据,并且含有该数据的硬盘在第二天上午的 11 点钟发生故障。如果只将修改写到数据文件上，就会丢失从前一天晚上 10 点到次日上午 11 点之间所做的所有修改。由于已将那些修改写入到事务日志文件上(该文件应该在另一个硬盘上)，因此可以恢复故障发生之前的所有数据。事务日志文件实时地存放数据和数据修改，并用做一种初级备份。

现在，请设想一下这些数据库文件的内部。假如它们没有次序和组织，换句话说，SQL Server 将数据写到它所找到的任何地方，那么会发生什么情况呢？当用户要求数据时，SQL Server 将会花费非常长的时间来寻找数据，因而整个服务器的速度将会变慢。为了防止这种情况发生，SQL Server 在数据文件内使用了更小的数据存储单元，称为页面和盘区(如图 3.6 所示)。

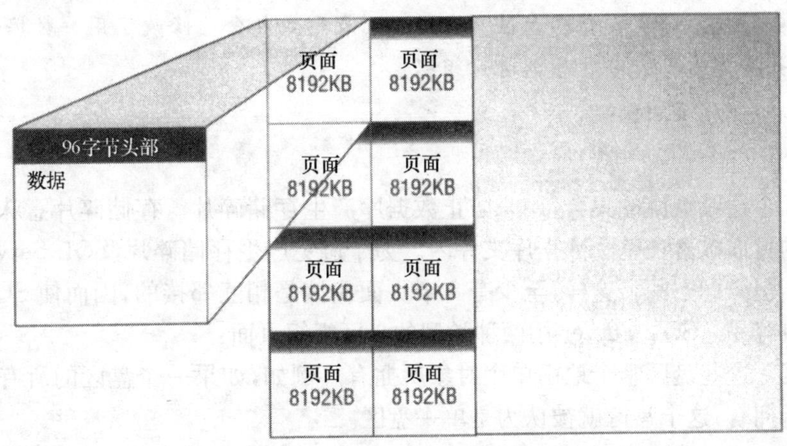

图 3.6　数据库中的空间划分成页面和盘区

页面

页面是 SQL Server 数据文件中的最小存储单元。页面的大小为 8192 个字节，页面含有一个 96 字节长的头部，因而每页面可以保存 8096 个字节的数据。页面有几种不同类型，每种类型的页面保存不同类型的数据。

数据页面　这种类型的页面包含用户键入到表中的大部分数据。在用户键入的数据中，只有文本与图像数据不存放在数据页面中，因为文本与图像数据通常很大，要存放在它们各自的页面中。

全局分配图(Global Allocation Map，简称 GAM)页面　当表在它所驻留的数据文件内需要更多的空间时，SQL Server 不是一次一个页面地分配，而是分配 8 个连续页面，称为一个盘区(Extent)。全局分配图(GAM)页面类型用来跟踪哪些盘区已经分配和哪些盘区仍然可用。

索引页面　索引将一个表列(或多个表列的一个组合)的所有值保存在一个列表中，并给那些值关联一个记录号，从而加快了数据访问速度。索引与数据分开存放，它们存放在各自的页面类型中。

索引分配图(Index Allocation Map，简称 IAM)页面　GAM 页面跟踪哪些盘区正在使用中，但不跟踪这些盘区正用于什么目的。索引分配图(IAM)用来跟踪盘区正用于什么目的，更具体地说，这个盘区已分配给表还是索引。

页面自由空间(Page Free Space)页面　这种类型的页面不是空页面，而是特殊页面，用来跟踪数据库中的其他所有页面上的自由空间。每个页面自由空间页面可以跟踪多达8000个其他页面上的自由空间。这样,在新数据需要插入时,SQL Server 知道哪些页面还有自由空间。

文本/图像页面　char(max)、varchar(max)和 varbinary(max)数据类型可以用来保存大到2GB的大对象。当图形和大型文档之类的大型对象存放在表字段中时,它们检索起来是很困难的,因为在查询时 SQL Server 需要返回整个对象。为了将这些大型对象分解为更小的易管理块,char(max)、varchar(max)和 varbinary(max)数据类型存储在它们各自的页面上。这样,当用户请求 SQL Server 返回图形和大型文档时,它可以一次返回文档的若干个小块,而不是一次返回整个文档。

说明: 事务日志不分成页面和盘区。它们以列表形式包含已修改了用户数据的事务,其中事务按先来先服务的原则进行组织。

盘区

盘区是8个连续页面的集合,用来防止数据库产生存储碎片。存储碎片意味着属于同一个表或索引的页面散落在整个数据库文件内。为了避免产生存储碎片,SQL Server 以盘区为单位给表和索引分配空间。这样,至少有8个页面应该是相互邻接的,因而使 SQL Server 寻找它们变得更容易。SQL Server 用两种类型的盘区组织页面:

单一盘区　这些盘区整个地由单个对象所拥有。例如,如果一个盘区的所有8个页面都由同一个表所拥有,这个盘区就被认为是单一盘区。

混合盘区　这些盘区用于太小以至于用不完8个页面的对象。在这种情况下,SQL Server 在该盘区中存放多个对象。

图3.7显示了单一盘区与混合盘区之间的差别。

单一盘区

表1	表1
表1	表1
表1	表1
表1	表1

混合盘区

表2	表2
表2	表3
表3	索引1
索引1	索引1

图3.7　SQL Server 使用单一盘区与混合盘区进一步地组织数据文件内的空间

小结

本章包含了大量信息,我们首先介绍了 SQL Server 所携带的每个程序,以及那些程序的用途:

SQL Server 联机丛书　这是文档与教程的汇编,可以用来回答关于 SQL Server 的许多问题。

SQL Computer Manager　该工具用来配置服务器上所安装的服务,以及用于客户－服务器通信的客户与服务器网络协议和库。

SQL Profiler　该工具用来监视数据库引擎中发生的事件,比如登录失败或查询完成。

SQLCMD 该工具用来执行 Transact-SQL 代码，但 SQLCMD 以命令行方式工作。

Bulk Copy Program(BCP) 该工具用来将文本文件导入到表中和从表中将数据导出到文本文件上。

SQL Server Management Studio 管理员的大部分日常管理工作都是通过这个工具来完成的，比如备份与恢复、安全维护等。

在讨论了管理员用来跟 SQL Server 打交道的程序之后，我们讨论了构成数据库的各种对象：

表 作为数据库的构件块，表是包含数据的结构，分成字段与记录。

视图 用来按不同格式显示表中包含的数据。视图只适合用来显示表的一部分或同时显示来自多个表的数据。

存储过程 存储在服务器上(而不是客户上)的查询。存储过程比存储在客户上的查询运行得更快，而且不经过网络，从而节省带宽。

数据库关系图 通过创建整个数据库的一个图形化视图及所有表的相互关系，使数据库管理变得更为容易。

数据库用户账户 在用户利用他们的登录账户登录到 SQL Server 上之后，用来给用户授予数据库的访问权。

数据库角色 控制用户对数据库中的数据与对象的访问。

系统数据类型 Microsoft 提供了多种可以用来将数据存储到表列和内存变量中的数据类型。

规则与约束 用来限制用户能在字段中插入什么数据。

默认值 用来填充用户忘了键入的信息或重复性信息。

全文目录 这些特殊索引用来加快对大型字符型字段(比如 varchar(max)与 nvarchar(max)型字段)的访问速度。

XML 用户可以将 XML 数据存放在 xml 数据类型的表列中，这与存储 XML 数据到磁盘文件上相比有几个好处。当 XML 数据存储在表中时，用户能够更有效地索引、查询和访问它。

最后，我们介绍了构成数据库的文件及那些文件的组织方式：

数据库文件 构成一个数据库的文件最多有 3 种：主数据文件、辅助数据文件和事务日志文件：

◆ 主数据文件是数据库中生成的第一批文件，用于存放系统表和用户数据。

◆ 辅助数据文件用来将数据库扩展到另外的物理硬盘上和包含用户数据。

◆ 事务日志文件跟踪修改数据的所有用户事务，以便在万一发生灾难时，数据能够恢复到灾难发生前的状态。

页面 数据文件中的最小存储单元是 8KB 页面。页面有几种类型：

数据页面 除了 char(max)、varchar(max)和 varbinary(max)类型的数据之外，这种类型的页面包含所有用户数据。

全局分配图(GAM) GAM 类型的页面跟踪哪些盘区已分配和哪些盘区仍可用。

索引页面 这种类型的页面只存放索引信息。

索引分配图(IAM) IAM 页面跟踪盘区正用于什么目的，更明确地说，这个盘区已分配给表还是索引。

页面自由空间页面　这种类型的页面跟踪数据库中的其他所有页面上的自由空间。

文本/图形页面　这种类型的页面只存放 char(max)、varchar(max)和 varbinary(max)类型的数据。

盘区　8 个连续页面组成的块，帮助防止数据文件内的空间发生碎裂现象。有两种类型的盘区：

◆ 单一盘区整个由同一个对象所拥有。

◆ 混合盘区由多个大得不足以占满整个盘区的对象所拥有。

有了这些知识之后，就可以转入数据库设计的课题了。

第4章　数据库设计与规范化

如果做过其他领域的软件开发，设计的概念可能会让读者想到如下情景：将应用程序分解为基本函数，编写那些函数的代码，然后创建一个让用户使用这个应用程序的用户界面。尽管这些活动在开发成熟的 SQL Server 应用程序时非常重要，但数据库开发还需要另一层设计。这就是必须先设计数据库中存放数据的逻辑组织，然后才能设计应用程序的用户界面。

为数据设计一种优化组织方式的过程在技术上叫做规范化(Normalization)。本章将介绍规范化的基本概念，以及 SQL Server 提供用来实现这些概念的各种工具。本书的后面将介绍如何用这些工具开发数据库。

什么是规范化

规范化就是将数据库中要存放的所有数据分解到各个表中的过程。除非打算将所有数据只存放在单个表中(这可能不是最好的主意)，否则就要进行这个决策过程。通过定义几个范式(构造数据库表的方式)，规范化可以帮助得到有效的存储结构。

这里所说的"有效"并不是指长度最小，而是指将数据库构造成使数据保持有序、易于修改且不会造成副作用。有时，存储长度最小化是规范化的结果之一，但不是主要目标。

规范化的关键概念

规范化主要为了保持数据的完整性。不管对数据库做什么操作，都应该尽力防止插入和生成无意义的数据。规范化能识别 4 种类型的完整性：

- 实体完整性(Entity integrity)；
- 域完整性(Domain integrity)；
- 参考完整性(Referential integrity)；
- 用户定义完整性(User-defined integrity)。

本节介绍这 4 种类型的完整性，并简要介绍可以用来实施它们的 SQL Server 工具。

实体完整性

实体就是现实中的一个对象或一个概念。数据库中存放的就是实体的信息。实体可以是实物(比如图书)，也可以是概念体(比如公司)。实体甚至可以是事件，比如与医生的预约。将数据组织到数据库中的步骤之一就是确定数据库所涉及的实体。

实体完整性的基本思想是数据库中存放的每个实体必须能被惟一地标识，这有助于防止冲突或冗余信息。数据库中的实体代表决定存放到数据库中的现实实体。这个实体可能是：

- 对象，比如公司销售的产品；
- 主体，比如与公司做生意的客户或厂家；
- 事件，比如向客户销售产品。

例如,假设正在开发一个数据库,以跟踪农场的牲畜及其饲料,那么这个数据库中的实体可能包括:

◆ 各种动物;
◆ 各种饲料;
◆ 这些饲料的各个供应商;
◆ 饲料最近发往农场的日期。

确定实体是一门艺术。实体介于数据库中要保存的最小事实与相似实体的较大集合之间。下面来考虑一个小农场上的所有动物。这些动物可以从不同的详细程度加以考虑。从最大到最小,可以像下面这样来考虑:

◆ 所有动物作为一个组;
◆ 所有同种动物(鸭子、猪)作为一个组;
◆ 一个个别动物(某一头牛);
◆ 关于动物的一个事实(牛的肤色)。

选择哪一项作为一个实体取决于要对该数据执行什么操作。一般说来,应该将最有可能作为一个单元来处理的那些对象选为一个实体;由于一个实体的所有信息都存放在一起,因此在单个操作中取出所有这些信息常常是方便的。

有时,通过考虑需要回答的各种问题,可以确定一个实体是什么。如果问题是"农场上的每种动物有多少?"和"上个月所有牛吃掉多少草料?",则可以决定这个实体是一个特定品种的所有动物。另一方面,如果问题是"这头牛何时出生?"和"那只鸡 5 月份吃掉多少饲料?",则可以将单个动物作为一个实体。

确定实体之后,还要采取两个步骤。首先,需要确定描述这个实体的事实。如果选择单个动物作为实体,那么它的事实可能包括:

◆ 名称;
◆ 品种;
◆ 出生日期;
◆ 性别;
◆ 肤色。

其次,需要确定由同一组事实描述的相似实体所构成的组。在本例中,那就是农场上的所有动物。每个动物都有名字、品种、出生日期等。

图 4.1 描述了这个逻辑组织与第 2 章介绍的基本数据库概念之间的对应关系。实体对应着表中的行或者说记录,事实对应着表中的列或者说字段。相似实体的组构成一个表。每个实体在每个特定字段中都有一个值。这些值的集合定义关于该实体的一切。

存放在数据库中的每个实体都需要有个主关键字,这个主关键字由一个或一组将该实体与其他同类型实体区分开的惟一性特征所组成。例如,如果有农场上所有动物的列表,则可能会选择使用动物的名称或一个对应于标志或牌子的编号作为列表的主关键字。

如果仅用表中的一个列就能标识记录,表就被说成有简单主关键字。如果必须用多个列才能标识记录,表就被说成有复合主关键字。例如,请考虑一个包含农场上所有动物的表。假设农场上只有下列 4 种动物:

◆ 羊,名叫 Fred;
◆ 牛,名叫 Bossy;

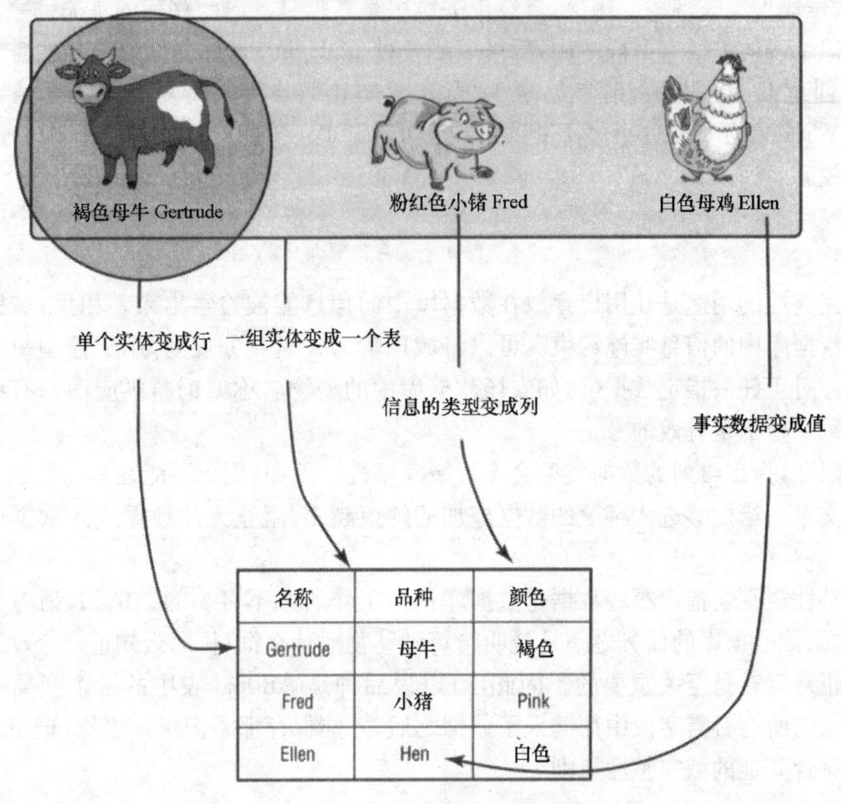

名称	品种	颜色
Gertrude	母牛	褐色
Fred	小猪	Pink
Ellen	Hen	白色

图 4.1　组织数据库中的信息

◆ 鸭子,名叫 Mildred;

◆ 马,名叫 Danny。

在本例中,可能会选择定义一个含有品种和名称列的表。在这 4 种动物的数据中,品种或名称可以用做简单主关键字,因为任意一列中都没有重复的值。然而,任意一列都是合适的选择吗?如果打算购买新动物,这两个列也许都不是合适的选择。例如,如果买了一头名为 Millie 的牛,则品种再也不能用做主关键字,因为有两头牛。但是,如果买了一只名为 Fred 的猫,则名称再也不能用做主关键字,因为有两个 Fred。这种情况下,最好是用这两列的组合作为主关键字。这样,就可以添加所有羊或所有名为 Herman 的动物,同时表中不会有重复主关键字的记录。一般说来,选择主关键字时,不仅要考虑当前数据,还要考虑未来可能出现的数据。

在开发表示实际问题的数据库架构(一组相关表)时,应该创建一个表来存放每个实体,并创建一个字段(或字段组)来存放每个实体的主关键字。

惟一地标识每条记录的主关键字为什么会那么重要呢?因为主关键字是数据库服务器用来检索指定信息的关键“句柄”。通过标识主关键字,可以通知数据库服务器用户要使用哪个信息。如果主关键字不是惟一性的,数据库就无法知道返回哪条记录。主关键字是数据库用来实施实体完整性的主要机制,是能够检索数据库中现有信息的基础。

在数据库文献中有时会遇到的最后一个差别是自然主关键字与代理主关键字之间的差别。有时,现有的数据中没有合适的主关键字。例如,假设有 200 只小鸡,不想花功夫给它们起名字。数据库中仍有一种办法可以用来区分这些小鸡:给每只小鸡指定一个编号,比如 Chicken 1、Chicken 2 等(也许在小鸡的腿上绑上号牌)。这样,就创建了原先并不存在的主关键字,这就是代理主关键字。相反,自然主关键字是数据自身内已存在的主关键字。

在标识了表的关键字字段之后,就可以用各种 SQL Server 特性实施实体完整性。可以在该字段上创建惟一性索引(请参见第 12 章),以防止用户键入重复的关键字值。也可以用 PRIMARY KEY 与 UNIQUE KEY 约束或 IDENTITY 属性实施实体完整性。这些特性将在本章的较后面讨论。

域完整性

实体完整性的用途是让用户存放在数据库中的信息能被检索出来。相反,域完整性对用户存放在数据库中的信息实施约束。可以将域理解为一组业务规则,用于控制每个表列中的允许数据。对于任一指定数据(比如农场数据库中的动物名称或饲料供应商),有些值域对该字段中的每一项都是有效的。

最低限度,指定给列的数据类型会实行域完整性。例如,用户不能在具有数值数据类型的列中输入文本。给能够进入字段的数据施加的约束越多,阻止无效数据进入数据库的可能性就越高。

域完整性规则还指定哪些数据是数据库正常工作所必不可少的。例如,请考虑农场动物数据库,如果该数据库的任务之一是说明给每种动物喂什么饲料,那么知道每个动物的品种对数据库的正常运转是至关重要的。因此,可以说品种是 Animal 表中的一个必需字段。只有在一条记录的所有必需字段中都键入了数据之后,才能保存那条记录。当然,记录中的所有字段还必须符合其他的域完整性规则。

说明:当数据库保存记录时,它必须保存每个字段中的内容,即使该字段不是必需的。SQL Server(和大多数其他数据库产品一样)能够存储一个叫做空值的特殊值。空值是个代表未知数据的占位符,它不等于别的任何东西,甚至不等于另一个空值。在为数据库考虑域完整性规则时,应该考虑列是否允许空值的特殊情况,也就是说,在用户创建新记录时是否要求他们键入一个值。SQL Server 使用 CREATE TABLE 语句中的 NOT NULL 从句指定一个特定列不该接受空值。如果在字段上指定 NOT NULL,那么只有在给该列提供了值之后才能保存当前记录。

SQL Server 提供了实现域完整性的多种工具,其中包括:

- 数据类型;
- 用户定义数据类型;
- DEFAULT 约束;
- CHECK 约束;
- 规则;
- FOREIGN KEY 约束;

第 11 章将详细介绍这些工具。

参考完整性

考虑农场数据库时可以注意到,有些列的可接受值是根据其他表的列来定义的。例如,假设正在跟踪农场的动物品种和那些动物的饲料。更明确地说,假设每种动物都有几种类型的饲料,如表 4.1 所示。

表 4.1　动物品种与饲料

品种	饲料
马	草料、甜食、苹果
美洲驼	驼饲料、驼用饮料、驼补品
山羊	复合饲料

通过在数据库中创建两个表,即一个动物品种表和一个饲料表,就可以捕获表 4.1 所列举的信息。另外,这两个表之间还存在一定的联系;对于每种饲料,可以识别出吃该饲料的动物。要捕获这个信息,可以在饲料表中包含品种的名称作为一个指向品种表的指针(也可以包含除品种名称之外的信息)。最后,可能会得到表 4.2 所示的 Breed 表和表 4.3 所示的 Feed 表。

表 4.2　Breed 表

品种	腿数	皮肤
马	4	毛发
美洲驼	4	绵状毛
山羊	4	毛发

表 4.3　Feed 表

品种	饲料
马	草料
马	甜食
马	苹果
美洲驼	驼用饮料
美洲驼	驼补品
美洲驼	驼饲料
山羊	复合饲料

如果数据库包含了这两个表,就能回答关于品种和饲料的问题。例如,可以确定吃复合饲料的动物的腿数。为此,从 Feed 表中找到复合饲料行,它对应的品种为山羊,然后从 Freed 表中找到羊行。因此,可以说这两个表通过共享列(即品种列)相互关联了起来。

参考完整性的目的就是保证两个表中的关联行即使在用户对数据做修改时仍保持相互关联。当数据库实施参考完整性时,它阻止数据库用户的某些动作。在本例中,为了保护 Breed 与 Feed 表之间的参考完整性,数据库必须约束或者说限定几个可能的数据库操作:

◆ 用户不能在还没有键入品种时添加对应饲料。这个规则保证数据库始终能回答与品种相关的、关于特定饲料的问题。

◆ 用户不能修改 Freed 表中的现有行上的品种名称。如果数据库允许用户违反这个规则,那么饲料表中可能会出现孤行,因而它不再指向 Freed 表中的行。

◆ 用户不能删除一个在 Feed 表中还拥有行的品种。同样,这个规则也是防止 Feed 表中出现孤行所必不可少的。

这些规则不是随意的。基本思想是无论在数据库中执行什么操作,都必须始终能使每种饲料匹配于一个对应的品种。参考完整性要求数据库的表之间存在需要强行维持的、不能改变的关系。

SQL Server 提供了几个用来维护参考完整性的工具:

◆ FOREIGN KEY 约束;

◆ CHECK 约束;

◆ 触发器与存储过程。

第12章将介绍这些工具。

用户定义完整性

实体完整性、域完整性和参考完整性都是正规的数据库概念,这些完整性在每个数据库中都有。虽然特定的数据库可能没有利用SQL Server提供的域完整性或使用参考完整性来约束两个表所共享的数据,但对这些完整性的支持是固有的。

用户定义完整性实施不适合上述概念的其他业务规则。例如,自然放养的任何动物还必须有备用饲料,以供不能放养时食用。这样的规则无法用其他类型的完整性规则来表示,只能用数据库中存储的触发器、规则或存储过程来实现,或者通过用来从数据库中检索与操作数据的客户应用程序中所实现的逻辑来实现。例如,如果总是使用一个Visual Basic客户程序来处理农场数据库中的数据,那么该程序就可以包含实施用户定义完整性的业务规则。

大多数情况下,应该尽量将用户定义完整性和数据库其余部分一起存放在服务器上,因为这样可以用许多不同的客户程序来访问由SQL Server存储的数据。这些程序的范围从SQL Server中提供的简单工具(比如第5章介绍的SQL Server management Studio)到用Microsoft Access、Visual Basic、.NET、C#或其他编程语言编写的定制应用程序。如果将业务规则存放在客户端,则必须在每个客户程序中复制与维护它们。如果将它们存放在服务器上,那么只需维护它们的一个备份即可,不管用多少个客户程序来操作数据。

第一范式

前面介绍了不同类型的数据完整性,下面来介绍范式。每种范式都有如何组织数据的规则。不同的范式通过编号来指出,比如第一范式、第二范式,依次类推。后一个范式建立在前一个范式的基础上,因此符合第三范式的数据自动符合第一范式和第二范式。

为了更充分地理解规范化的过程,最简单的方法是完成一个示例。我们仍以前面讨论过的农场动物数据库为例。表4.4给出了该数据库中可能保存的一些样本数据。

表4.4 要规范化的原始数据

名称	品种	饲料	供应商
Danny	马	草料	Jones, Endicott
Danny	马	甜食	Grange, Colfax
Tango	美洲驼	草料	Jones, Endicott
Tango	美洲驼	驼饲料	Grange, Colfax
Scotty	美洲驼	草料	Jones, Endicott
Scotty	美洲驼	驼饲料	Grange, Colfax
Genghis	山羊	复合饲料	Costco, Spokane

虽然这个表包含要跟踪的数据,但不是规范化的。接下来的几节将介绍这种数据组织方式所涉及的一些具体问题及如何规范化这个数据。

说明: 当然,在实际农场中,需要跟踪的数据比这个数据多得多。也许,需要跟踪购买,设法添加新动物和删除现有动物,给同一种饲料使用多家供应商等。但是,只要理解了本例中的规范化规则,就不难将它们应用到更复杂的情形。

定义第一范式

第一范式的规则很简单:表中的每个字段必须只包含一种类型的数据,并且每个数据必须只存放在一个地方。这个要求有时也称为原子数据要求，换句话说，每个字段就像一个原子，是不可分的。非规范化数据库设计中违反第一范式的情况通常有两种。首先，相关的数据都集中在一个字段中。例如，表 4.4 的供应商字段就同时包含供应商的姓名和供应商所位于的城市。按照第一范式的规则，这个字段需要分解为两个字段(姓名和城市)。

违反第一范式的另一种常见情况是重复字段。例如，假设用户正在创建一个跟踪发票信息的数据库。用户可能定义一个包含如下字段的 Invoice 表：Quantity1、Part1、Amount1、Quantity2、Part2、Amount2、Quantity3、Part3 和 Amount3。这样的结构会有麻烦，因为它不够灵活，浪费空间，而且对快速检索数据来说是个效率很低的数据结构。例如，如果某个发票只需要一栏，则所有空列的空间都将被浪费掉。如果它需要 4 栏，则还要增加列，因为第 4 栏没有地方存放。为了暂时解决这个问题，可以在表中输入多行。但实际的解决方案是分解出一个 InvoiceLine 表，并用参考完整性让它关联到 Invoice 主表。

和其他规范化规则的情形一样，让数据库符合第一范式需要进行判断。不仅要考虑数据在外形上的安排，还要考虑使用数据的业务场合。以人名为例，如果只用姓名作为客户标识符，而且几乎不会遇到重复业务或需要查找特定客户，那么只用一个 Name 字段或许就能侥幸成功。但是，当需要按名字的字母表顺序对人排序或者按姓氏搜索某个人时，则必须设立 FirstName 与 LastName 字段。本例中的业务需求表明，只用一个 Name 字段是不行的，而在其他情形下，比如保存公司名，只用一个 Name 字段却是可行的。

表 4.5 显示了符合第一范式的样本农场数据。表中的每列只包含一种类型的信息，每种类型的信息仅有一个对应的列。为了创建这个表，我们将表 4.4 中的供应商分解为两个单独的列：一列用于保存供应商名称，另一列用于保存供应商所位于的城市。

表 4.5　符合第一范式的样本数据

名称 *	品种	饲料 *	供应商名称	供应商城市
Danny	马	草料	Jones	Endicott
Danny	马	甜食	Grange	Colfax
Tango	美洲驼	草料	Jones	Endicott
Tango	美洲驼	驼饲料	Grange	Colfax
Scotty	美洲驼	草料	Jones	Endicott
Scotty	美洲驼	驼饲料	Grange	Colfax
Genghis	山羊	复合饲料	Costco	Spokane

用这种格式存储表仍然有问题。可以注意到，表中含有重复的信息(例如，驼饲料总是来自 Colfax 市的 Grange 公司)。如果开始从另一家供应商那里购买驼饲料，怎么办？这需要更新表中的两行。更糟的是，如果不慎忘了更新其中的一行，数据就会处于不一致的状态。此类重复信息的存在充分表明，该数据还没有完成规范化。

标识主关键字

从表 4.5 中可以注意到，名称和饲料列的标题带有星号。这两个字段构成了这个表的主关键字。如果知道这两个列的值，就可以确定同一行中其他每个列的值。换句话说，表中的任何两行在这两个字段中都不会有重复的值。这两个主关键字字段的惟一性可保证这个表的实体完整性。

主关键字的选择是门艺术，需要知道如何标识可能的主关键字及如何选择最佳主关键字。

可选关键字

表中可以用做主关键字的任何一个列集合都称为可选关键字。在表 4.5 中,可选关键字是如下这些列集合:

- 名称,饲料;
- 名称,饲料,品种;
- 名称,饲料,供应商名称。

还有许多其他可选关键字选项。一般说来,任何中等复杂程度的表都可能有一个以上的可选关键字。从所有可能的可选关键字中选择最佳主关键字是数据库设计师的工作。

选择最佳主关键字

在选择将哪个可选关键字用做主关键字时,应考虑下列这些因素:

稳定性　如果列中的值可能会变化,这个可选关键字就不适合用做主关键字。这是因为在将表相互关联起来时,前提是以后始终能通过查找主关键字值来跟踪这个关系。

最小性　主关键字中的列越少越好。名称与饲料列组成的主关键字优于名称、品种与饲料组成的主关键字。多增加一列并不能使关键字的惟一性变得更高,只会使涉及主关键字的操作运行得更慢。

熟悉性　如果数据库用户习惯了一类实体的特定标识符,则这个可选关键字适合用做主关键字。例如,零件号或许可以用来标识零件表中的行。

代理关键字

有时,表中的自然数据没有包含特别合适的主关键字。例如,假设有一个针对产品的客户表,其中包含姓名、电话号码和地址字段。这些字段没有任何一个是特别稳定的。人员会流动,电话会变更,甚至连姓名也会变化。

在这种情况下,应当考虑为该表创建一个代理关键字,并将其用做主关键字。代理关键字是用来标识表行的惟一性标识符,平常不是表数据的一部分。例如,就客户表的情况来说,可以给每个客户均指定一个惟一性编号,然后用这个客户编号(代理关键字)作为客户表的主关键字。

第二范式

为了实现第二范式,必须保证表已经符合第一范式,而且它们每个都含有一个且只含有一个实体的数据。操作时,只需保证能标识每个表的主关键字,而且所有非关键字段都依赖于这个主关键字,而不是依赖于其他字段,就可以做到这一点。

第二范式的一些违反情形是很容易发现的。例如,在发票数据库中,可能决定将客户和供应商放在同一个 BuzinessParty 表中,因为他们共享相同的字段(Name、Address、City、State等)。然而,这个结构违反第二范式,因为第二范式要求分开的 Customer 与 Supplier 表。更重要的是,如果没有将这两个表分开,某些基础性操作实现起来会非常困难。例如,可能希望给用户提供一个容易的操作,让他们能轻松地从数据库内的一个供应商列表中选择某一发票的供应商。如果客户和供应商都集中存放在同一个表中,怎么才能实现这个操作呢?

当表有一个复合主关键字时,第二范式的违反情况发现起来是比较困难的。例如,在表 4.5 中,也许认为仅在这个表中包含供应商名称就没有问题了,因为它依赖于饲料列。然而,它不依赖于整个主关键字,仅依赖于主关键字的一部分。要验证这一点,只需核实在主关键字的第一列(名称)上有相同值的不同行可以在供应商名称字段有不同的值。由此可见,为了让这个表符合第二范式,必须将其分解为多个表。

事实上,只需将本例分解为表 4.6 和表 4.7 所示的两个表,我们就能将它规范到第二范式。

表 4.6　符合第二范式的动物表

名称 *	品种
Danny	马
Tango	美洲驼
Scotty	美洲驼
Genghis	山羊

表 4.7　符合第二范式的饲料表

品种 *	饲料 *	供应商名	供应商城市
马	草料	Jones	Endicott
马	甜食	Grange	Colfax
美洲驼	草料	Jones	Endicott
美洲驼	驼饲料	Grange	Colfax
山羊	复合饲料	CostCo	Spokane

从这两个表中可以看出,原表中的所有信息在新表中依然存在。事实上,新表中仍有重复信息(品种名称)。规范化数据不一定会最小化它的存储空间。相反,规范化的意义在于使用一种有效形式组织数据来最大化它的可用性。

外部关键字与关系

在将一个表分解为两个表时,需要知道如何将那些新表组合起来重新生成原数据。例如,通过匹配动物表中的品种列与饲料表中的品种列,就会明白这一点。品种是饲料表主关键字的一部分,另一个表中的对应字段称为外部关键字。通过标识外部关键字和它所对应的主关键字,就可以将那两个表之间要维护的参考完整性通知数据库服务器。

主关键字与外部关键字之间的关系可以有几种形式。它可以是一对多,比如本例中的情形,一个品种可以对应于动物表中的多行,也就是说,可以存在一种品种的多个动物。它可以是一对一,在这种形式中,每个表中的一行精确地对应于另一个表中的一行。它也可以是多对多,在这种形式中,可以有多种匹配(请设想一个医生表和一个病人表,其中每个病人可以看多个医生,每个医生可以看多个病人)。

提示:要在 SQL Server 中实现多对多关系,需要用一个中间连接表将该关系分解为两个一对多关系。例如,如果农场主从多个供应商那里购买了每种类型的饲料,那么他们可能会用一个购买表说明该关系,其中一个供应商可能销售多种产品,而一种饲料也可能来自多个供应商。

第三范式

第三范式的规则是数据库必须符合第二范式,而且所有非关键字字段都必须直接依赖于主关键字。违反第三范式的最明显情形是计算字段。如果一个 Invoice 表包含 Quantity、Price 与 TotalPrice 字段(其中 TotalPrice 是 Quantity 乘以 Price),那么这种情形违反了第三范式。只要知道一条记录的 Quantity 与 Price 值,随时都可以求出 TotalPrice。如果存储 TotalPrice,无论何时修改这些字段当中的某一字段,都必须做多个修改,以使记录保持一致性。

第三范式还有助于了解某些表需要分解成多个表。例如,在动物饲料示例的第三范式中,如果一个供应商搬到一座不同的城市,则需要修改饲料表中的多个行。这是一个低效而又可能容易出错的过程。最好的办法是将供应商与城市的列表转移到它们各自的表中。表 4.8、表 4.9 和表 4.10 显示了符合第三范式的动物饲料数据库。

考虑第三范式的另一种方法是让每个表只包含一件东西的信息。在这些表的第二范式版本中,饲料表同时包含了饲料的事实和供应商的事实。现在,那些供应商事实存放在它们自己的表中。饲料表中仍有一个供应商名字段,因为我们仍需要跟踪那些表之间的关系和保护参考完整性。另外,还可以用动物表中的品种字段和饲料表的品种字段来跟踪动物与饲料之间的关系。例如,美洲驼吃草料和驼饲料。

表 4.8 符合第三范式的动物表

名称 *	品种
Danny	马
Tango	美洲驼
Scotty	美洲驼
Genghis	山羊

表 4.9 符合第三范式的饲料表

品种 *	饲料 *	供应商名
马	草料	Jones
马	甜食	Grange
美洲驼	草料	Jones
美洲驼	驼饲料	Grange
山羊	复合饲料	CostCo

表 4.10 符合第三范式的供应商城市表

供应商 *	城市
Jones	Endicott
Grange	Colfax
CostCo	Spokane

Boyce-Codd 范式

符合第三范式的饲料表仍有一个问题。虽然饲料表中的供应商名称字段确实依赖于该表的主关键字(也就是说,只要知道品种和饲料,就可以推导出供应商名称),但该字段只是关键字的一部分。因此,如果决定从一个不同的供应商那里购买一种类型的饲料,则可能需要修改表中的多个行。

Boyce-Codd 范式(简称为 BCNF)增加了一个约束:不在主关键字中的每一列都必须依赖于整个主关键字。表 4.9 中的情况不是这样,因为供应商只依赖于饲料列。同样,解决这个问题的方法仍是进一步分解那些表。表 4.11 到表 4.14 显示了符合 BCNF 的饲料数据库。

表 4.11　符合 Boyce-Codd 范式的动物表

名称 *	品种
Danny	马
Tango	美洲驼
Scotty	美洲驼
Genghis	山羊

表 4.12　符合 Boyce-Codd 范式的饲料表

品种 *	饲料 *
马	草料
马	甜食
美洲驼	驼饲料
美洲驼	草料
山羊	复合饲料

表 4.13　符合 Boyce-Codd 范式的饲料供应表

饲料	供应商
草料	Jones
甜食	Grange
驼饲料	Grange
复合饲料	CostCo

表 4.14　符合 Boyce-Codd 范式繁的供应商城市表

供应商 *	城市
Jones	Endicott
Grange	Colfax
CostCo	Spokane

如果检查这些表并考虑数据库中可能要修改的信息，则可以看出，任何可能的修改将一次只影响一个表中的一行。这是规范化的最终结果：不必一次修改一个以上的数据就能够轻松地进行更新的一组表。

高级规范化

值得一提的是，Boyce-Codd 范式不是规范化的终点。数据库研究人员还提出了另外的范式，其中包括第四范式与第五范式。然而，对大多数日常数据库来说，让所有表都符合 Boyce-Codd 范式已经足够了。事实上，如果数据库比较简单，那么在将它设计成符合 Boyce-Codd 范式时，它可能已经符合第五范式。如果数据库很复杂，涉及第四范式与第五范式的问题，那么可能需要请教规范化专家以获得指导。

第四范式

第四范式解决在存在实体集合的相关性时出现的那些问题。例如，假设正在为大学数学系所使用的数据库设计一个跟踪课程分配的表。一种方法是创建一个如图 4.15 所示的单一表。

表 4.15 不符合第四范式的表

教员 *	课程 *	教材 *
George	代数	Fundamentals of Algebra
George	代数	Advanced Algebra
Phyllis	代数	Fundamentals of Algebra
Phyllis	代数	Advanced Algebra
Ethel	几何	Plato's Solids
Ethel	几何	Mickey Does Geometry
Adam	几何	Plato's Solids
Adam	几何	Mickey Does Geometry

这个表符合第三范式,但是在尝试为一门采用多种教材的现有课程插入一名新教师时,它仍有问题。例如,如果为几何课程增加另一名教师,则必须给该表添加两行:给几何课程所采用的每种教材都添加一行。

这时,该表包含一个所谓的多值相关性。课程不能惟一地确定一名教师,而是确定一个教师集合。课程与教材之间的关系也是这种情况——课程不能惟一地确定一种教材,而是确定一个教材集合。

要实现第四范式,需要将这个单一表分解为两个表:为第一个表中所隐含的每个关系都创建一个表。表 4.16 和表 4.17 给出了这两个表。

表 4.16 符合第四范式的课程教师表

课程 *	教员 *
代数	George
代数	Phyllis
几何	Ethel
几何	Adam

表 4.17 符合第四范式的课程教材表

课程 *	教材 *
代数	Fundamentals of Algebra
代数	Advanced Algebra
几何	Plato's Solids
几何	Mickey Does Geometry

这时,只需使用一个插入操作,就可以给一门课程指定一名新教师,或者给一门课程指定一种新教材。此外,还维持了让一名教师教多门课程的灵活性,如果使用课程教师表中的教师字段作为主关键字,则达不到这个结果。

第五范式

第五范式解决这样一个问题:一个表分解成两个表会丢失信息,但分解成两个以上的表却不丢失信息。演示这种情况的例子往往是人造的,而且理解起来很困难,所以我们不打算给出这样的例子。需要特别指出的是,第五范式主要是个学术概念,在实际的数据库设计中很少使用。在任何一个实际的数据库中很难发现这样的相关性,而且这种相关性所产生的低效率在实践中不是很高。换句话说，除了这里所介绍的内容，没有必要了解第五范式的更多细节。

逆向规范化

规范化以一种允许用户无冗余地做修改的方式安排数据，而逆向规范化(Denormalization)却在数据中故意引入一些冗余度。当然，从理论上说，决不应该逆向规范化数据。然而，现实生活中的事情并不那么简单。有时，为了提高性能，可能不得不逆向规范化数据。过份规范化的数据库在网络上会显得速度缓慢，因为从多个表中检索数据需要执行许多连接(JOIN)操作。例如，在农场数据库中，假设需要知道自己购买某一种特定动物的饲料所到过的所有城市。这将需要从数据库的所有表中检索信息。

提示：当由于性能缘故而不得不逆向规范化数据时，务必为这个决策提供证明文件，以便其他开发人员不会认为这是错误的。

虽然我们无法准确地告诉在所有情况下怎样(或是否)逆向规范化表，但可以提供一些指导准则。如果经过规范化的数据模型产生具有复合主关键字的表，特别是那些关键字包含 4 个以上的字段并用在与其他表的连接中，则应当考虑通过引入代理关键字来逆向规范化数据。识别列与 UNIQUE 关键字组合起来提供了一种生成代理关键字的方便方法。然后，可以在连回到主表的表中添加任意外部关键字，并对代理关键字强行实施这种连接。这种方法常常提供一个巨大的性能好处，因为 SQL Server 能够更快地解析表与表之间的各种关系，如果那些关系被表示在单个字段中。

如果产生最高历史价之类的计算值将会涉及带多个连接的复杂查询，则应当考虑通过给表添加保存这些值的计算列来逆向规范化数据。SQL Server 支持将计算字段定义为表的一部分(比较详细信息，请参见第 11 章)。

如果数据库含有巨大的表，则应当考虑通过创建多个冗余表将数据逆向规范化。可以按列或按行进行。例如，如果 Employees 表含有许多列，并且表中的一些列(比如雇佣日期)很少使用，那么将不常用的列移到一个单独的表中可能有助于提高性能。通过减少主表中的数据量，可以使数据的访问速度大大加快。如果 Employees 表是全球性的，并且大多数查询只需要来自一个地区的员工的信息，则可以通过为每个地区单独建立一个表来加快数据访问速度。

如果数据不再有用并正用于存档，或者是别的只读数据，那么通过将计算值存放在字段中做数据的逆向规范化可以使某些查询运行得更快。在这种情况下，还可以考虑用 Microsoft Analysis Services 存放非有用数据，以加快分析速度。第 26 章将介绍 Microsoft Analysis Services。

提示：如果按行将一个表分解为多个表，那么仍可以用 Transact-SQL UNION 操作符查询所有数据。第 6 章将介绍 Transact-SQL UNION 操作符。

如果一个表上的查询经常只用另一个表中的某一列，则应该考虑将这个列包含在第一个表中。例如，可以选择在饲料表中包括供应商城市字段，即使这个表已包含了供应商名称字段，因为购物清单总是按每个饲料商店所在的城市组织的。当然，在这种情况下，将需要编写一段代码，以保证每当供应商名称字段被修改时，供应商城市字段也被更新。用来更新供应商信息的这段代码可以采取存储过程的形式。

警告：需要记住的是，不要无缘无故地逆向规范化数据。不负责任的数据逆向规范化可能会破坏数据的完整性并导致更低的性能。例如，如果逆向规范化太过分，每个表中最终会含有许多多余的字段，并且将这些多余数据从应用程序的一个地方转移到另一个地方也需要时间。

权衡利弊

那么，在熟悉了规范化的各个规则和逆向规范化的各种概念之后，如何在规范化与逆向规范化之间取得平衡呢？虽然我们无法给出设计完美数据库的秘诀，但下面这个策略对许多人来说是非常管用的：

1. 检查要存放到数据库中的数据。此时，务必与终端用户进行交流，以了解他们的真实需求。不仅要问清楚他们认为需要存放什么，还要问清楚他们需要对数据做什么。最后这一步常常有助于发现需要存储的额外数据。
2. 将数据库设计规范化到 BCNF。
3. 在完成了数据库的 BCNF 设计之后，检查用户希望对数据进行的各种操作。应当保证有足够的数据执行每个操作。还应当保证无任何操作要求同时更新同一个表中的多行(否则说明数据库没有完全规范化)。
4. 实现数据库的 BCNF 版本。开发允许用户处理数据的必要用户界面。
5. 部署该应用程序的一个试验版本。
6. 在程序试运行期间，用 SQL Server Profiler 工具收集所有已执行操作的信息。
7. 利用这些 SQL Server Profiler 信息调整数据库中的索引。检查这些 SQL Profiler 信息找出瓶颈。第 3 章已介绍了 SQL Server Profiler 工具，第 24 章将讨论索引调整。
8. 跟用户面谈，找出数据库在哪些操作执行期间运行得不够快。
9. 用来自第 7 步和第 8 步的信息选择性地逆向规范化数据库。
10. 重复第 5 步到第 9 步，直到数据库达到足够的性能时为止。

提示：如果必须维护含有许多表的大型数据库的设计，或者经常参与数据库设计项目，就会发现有些第三方设计产品是很有用的。这些产品能让技术人员集中考虑数据库的逻辑设计，并自动产生相称的物理设计。这类工具包括 Computer Associates 的 AllFocus Erwin Data Modeler(http://www3. ca. com/Solutions/Product. asp? ID=260)和 Microsoft Visio Professional(www. microsoft. com/office/visio/productinfo/default. mspx)。

SQL Server 中的规范化工具

SQL Server 提供了几个帮助维护数据库符合某一范式的工具。这些工具帮助保证表中只插入合理的数据，以及只能发生合理的修改。任何时候都能在数据库服务器上做规范化，不必编写应用程序代码来执行规范化。这对大多数数据库都大有好处。

本节将简要介绍下面这些工具：

◆ 标识列；

◆ 约束；
◆ 规则；
◆ 声明性参考完整性；
◆ 触发器；
◆ 数据库图表。

本书的余下部分将比较详细地介绍这些工具，但在深入了解这些工具的细节以前，让我们对它们先有个大致了解。

标识列

实施实体完整性的一个简单工具是标识列。标识列是表中由 SQL Server 自动供给值的列。在默认情况下，第一个值为 1，每个后续值比前一个值多 1，但开始值(种子)和递增量都可以由数据库设计人员指定。

标识列提供了一种在表设计中包括代理关键字的方便方法。代理关键字常常能改进数据库链接，原因是它用小数字列而不是比较自然的文本数据来关联两个表。

说明：第 11 章将介绍如何创建标识列。

约束

SQL Server 用约束来实施对表列数据的限定。约束就是一些用来控制一个特定表列能够接受什么数据的规则。UNIQUE、DEFAULT 与 CHECK 约束可以用来实施实体、域和用户定义完整性。此外，SQL Server 还提供了用来实施参考完整性的 PRIMARY KEY 与 FOREIGN KEY 约束。本章的后面将介绍这两种类型的约束。

第 11 章将介绍如何在建立数据库的表时创建约束。

提示：如果一个约束被违反，违反该约束的命令将终止运行，并且不产生结果。但是，如果这条命令是某个批处理事务的一部分，该事务继续执行。如果事务中的语句违反了约束，应当检查@@ERROR 全局变量的值；如果@@ERROR 变量不等于 0，则执行一条 ROLLBACK TRANSACTION 语句。第 8 章将比较详细地介绍如何在 SQL Server 中使用事务。

UNIQUE 约束

UNIQUE 约束指定某个给定列中的所有值必须是惟一性的，也就是说，这个列在表的每一行中必须有一个不同的值。同一个表可以有多个 UNIQUE 约束，并且这些约束在每一行上都必须得到满足。UNIQUE 约束对表实施实体完整性，因为它们保证每一行都是不同的。主关键字仅由单个列构成的任何一个表也应该对该列应用 UNIQUE 约束。如果使用 SQL Server 的声明性参考完整性，SQL Server 将自动在这个列上创建惟一性索引。

警告：如果曾经用过 Microsoft Access，可能会以为 SQL Server 也会给表添加一个自动实现实体完整性的标识列，但情况并非如此。可以在标识列中插入重复的值。要实施实体完整性，还应当对这个列应用 UNIQUE 约束。

DEFAULT 约束

DEFAULT 约束提供了一种为任何表中的一列提供默认值的手段，更具体地说，当没有用别的方式为这一列指定默认值时,DEFAULT 约束提供随新记录一起存储到表中的默认值。这个约束通过为新记录提供合理的值来帮助实施域完整性。DEFAULT 约束还有助于克服一些用户定义完整性问题:例如,所有新客户都可以从 0 账户余额开始。

CHECK 约束

CHECK 约束允许通过求解表达式的值来控制用户键入到某个特定列中的数据。这个表达式必须返回布尔值。如果返回值为 False,该约束已遭到违反,造成该违规的命令终止运行。CHECK 约束适合用来给可接受数据设置限制,以实施域完整性,也适合用来实施比较复杂的用户定义完整性规则。

规则

规则提供了另外一种在数据库中实施域完整性与用户定义完整性的方法。规则可以理解为可复用约束。规则是单独的 SQL Server 对象,可以关联到一个或几个表中的一列或几列。

提示:一列只能有一个关联规则。如果某一列需要多个约束,则应当改用 CHECK 约束。

但是,规则已经比较过时,约束可以实现规则的所有功能。

声明性参考完整性

声明性参考完整性(简称 DRI)是一个允许开发人员通知 SQL Server 在表之间实施参考完整性,并让 SQL Server 自动实施这些关系的进程。在实现 DRI 之前,使参考完整性得到实施需要先编写触发器代码,以使每个表在开发人员控制下采取适当的行动。由于 SQL Server 能自动做这项工作,所以性能已得到提高,开发人员有更多的时间从事应用程序的其他部分。

说明:触发器是一段使一个操作启动另一操作的代码。第 14 章和第 15 章将讨论触发器。

和其他完整性支持的情形一样,DRI 是通过在表上实施约束来实现的。有两种类型的约束可供使用:PRIMARY KEY 与 FOREIGN KEY。稍后,我们将一一介绍它们。第 11 章将详细介绍 PRIMARY KEY 与 FOREIGN KEY 约束。

主关键字

在 SQL Server 数据库中,表的主关键字有两个作用。第一,由于它保证在每条记录上都是惟一性的,因此实施实体完整性。第二,它充当来自其他表的参考完整性关系的拉桩。

外部关键字

外部关键字和主关键字联合起来提供 SQL Server 的参考完整性实现的另外一半。外部关键字是父表主关键字的一个副本,被插入到子表中用来创建两个表之间的关系。和主关键字一样,外部关键字也是用 CONSTRAINT 从句实现的。和主关键字不同的是,同一个表可以有多个外部关键字。

提示:外部关键字中的列宽度和数据类型必须与主关键字中的对应列完全一致。

级联参考完整性

SQL Server 2000 是引入级联参考完整性的第一个版本。这个特性在保留了表间参考完整性的同时,还允许更加广泛的操作。

为了理解级联参考完整性的作用,请考虑两个相互关联的表:Customers 和 Orders。Customers 表的主关键字为 CustomerID。Orders 表的主关键字为 OrderID,而且还有一个是外部关键字的 CustomerID 列,用来关联到 Customers 表。因此,可能有一个其 CustomerID 为 A4511 的客户,然后在 Orders 表中可能有多个对应的行,其中每一行的 CustomerID 列都包含 A4511,而且每一行的 OrderID 列都包含一个惟一性值。

在参考完整性很严格的情况下,对 Customers 表中的记录能够做的操作受到限制。特别是,不能修改 CustomerID 列中的值,因为这会造成订单没有相应客户。如果客户有订单,也不能删除 Customers 表中的相应行,因为这也会造成 Orders 表中存在孤立的记录。这两个操作均会破坏这两个表之间的参考完整性。

有两种类型的级联可以用来解决这些问题:

◆ 如果两个表之间的关系已定义成包含级联更新,那么在父表主关键字的值发生改变时,子表中的所有相关记录的外部关键字列的值也发生相应的改变以保持一致。

◆ 如果两个表之间的关系已定义成包含级联删除,那么在父表中的记录被删除时,子表中的所有相应记录也被删除。

警告:虽然能将关系定义成使用级联更新与级联删除,但不一定非要这么做。例如,如果表的主关键字是完全不可修改的,那么定义级联更新是毫无意义的。如果需要随时能从数据库中检索历史信息(包括已存档的记录),则不能使用级联删除。

在 SQL Server 2005 中,用 ALTER TABLE 或 CREATE TABLE 语句创建外部关键字时,可以用可选的 CASCADE 关键字定义级联更新与级联删除。第 11 章将比较详细地介绍这些关键字。

触发器

触发器是能够在表发生某个事件时运行的 Transact-SQL 代码段:

◆ 每当一行或几行被更新时,更新触发器运行。

◆ 每当一行或几行被删除时,删除触发器运行。

◆ 每当一行或几行被插入时,插入触发器运行。

触发器可以被编写得很复杂,因此是用来实施业务规则和用户定义完整性的理想工具。第 15 章将比较详细地讨论触发器。

提示:在 SQL Server 2000 之前的版本中,触发器是创建支持级联的关系所必需的。现在,由于 SQL Server DRI 支持级联,所以应当为所有表间关系使用 DRI,而将触发器用于比较复杂的情形。

小结

本章介绍了数据库规范化的基本原理,规范化是个关键的设计构件。如果对这个题目感兴趣，可以从专门讨论该主题的参考书中获得更丰富的信息。但是，对于大多数日常用途来说，将数据规范化到 BCNF 就足够了。另外，还应当考虑本章所介绍的、根据需要优化和逆向规范化数据库的那些建议。

本章还介绍了 SQL Server 提供用来实施数据库规范化的一些工具。接下来的几章将比较详细地介绍这些工具。但是，应该先学会 SQL Server 本身所使用的语言：Transact-SQL。

第二部分　Transact-SQL

这一部分包括：

◆ 第 5 章：Transact-SQL 的概述与基础

◆ 第 6 章：SELECT 查询

◆ 第 7 章：操作查询

◆ 第 8 章：Transact-SQL 的高级讨论

第 5 章　Transact-SQL 的概述与基础

既然对 SQL Server 和数据库设计过程已经有了广泛的了解，现在该是学习如何在 SQL Server 数据库中工作的时候了。SQL 代表结构化查询语言(Structured Query Language)。本章将首先介绍如何在应用程序中使用这个语言。Transact-SQL 是个很庞大的题目，本书将用大部分的篇幅详细介绍它。除了本章中的这个简介之外，下列几章也将大量介绍 SQL 内容：

- ◆ 第 6 章和第 7 章将介绍一些常见的 SQL 查询。
- ◆ 第 8 章将讨论 SQL 的一些高级题目。
- ◆ 第 10 章将介绍如何用 SQL 构造数据库对象。

什么是 Transact-SQL

Transact-SQL 就是 Microsoft 对标准结构化查询语言(SQL)的实现。它有时也称为 T-SQL，但通常直接称为 SQL(至少使用 Microsoft 产品的开发人员是这么称呼的)。这个语言实现了询问数据库问题的一种标准化方式。然而，需要特别注意的是，这个标准并不完全符合标准。尽管理论上存在一个标准化的 SQL，但在现实生活中情况要复杂得多。

ANSI SQL

SQL 标准的官方推动者为美国国家标准委员会(ANSI)。ANSI 组织负责标准化从水管安装到计算机语言的各方面内容，其成果之一就是 SQL 标准。SQL 的当前标准通常称为 SQL-92，因为它是在 1992 年定稿的。比较新的标准称为 SQL3 或 SQL-99，它是在几年前定稿的。标准与产品之间还有一段很长的路；在近年内，还不可能受到 SQL3 的影响。

提示：如果想要进一步了解 SQL 标准，可以访问 ANSI 的 Web 站点(www. ansi. org)。但是，将会发现所有 ANSI 标准都是受版权保护的，而且它们当中没有一个是可在线获得的。ANSI SQL 的整个副本需要几百美元。

SQL 方言

纸上的标准并不等于实际中的标准。如果每个数据库产品厂家都支持完全相同的 SQL，那么开发人员的日子会过得比较轻松，但市场人员的日子会比较难过。因此，每个实际的数据库产品与标准之间都有或大或小的差距。有些特性实现得不同于标准规定，而其他特性则是厂家对该语言的完全非标准的特有扩展。更为复杂的是，SQL-92 本身不是一个标准，而是好几个标准，因为对该标准的遵守程度有许多不同的定义级别。

那么，SQL Server 2005 符合 ANSI SQL-92 标准吗？这个问题很难回答。到 1996 年之前，美国国家标准与技术委员会有一个测试数据库是不是符合 FIPS-127 的官方项目，FIPS-127 是个包括了 SQL-92 的联邦标准。当时，SQL Server 符合该标准的初级。此后，这个联邦标准测试项目没有继续下去，而且 SQL Server 也经过了两次修订。

但是，作为使用 SQL Server 的一名开发人员，至少应该知道不同数据库产品的最基本

SQL 是相同的。SQL Server 所实现的 SQL 与 SQL-92 标准非常接近，因此只要学会了 T-SQL，即使将来改用不同的数据库产品，也能很快地适应。

SQL 配置选项

近几年来，SQL Server 越来越符合 SQL-92 标准。这就给依赖旧版本中的非标准特性的数据库管理员带来了一些麻烦。为此，SQL Server 提供了几个机制，用来调整它的 SQL 在某些情况下的行为。如果正尝试使用为 SQL Server 的某个早期版本而编写的应用程序，这几个机制(SET 语句、sp_dboption 存储过程和 sp_dbcmptlevel 存储过程)可能是非常重要的工具。

用 SET 语句实现 ANSI 兼容性

SET 语句是 SQL 语言的动力之一。在 SQL 脚本中使用 SET 语句可以更改许多服务器行为。具体地说，SET 语句可以用来更改 SQL Server 处理中的一些默认值，以便符合 SQL-92 标准。

下面首先介绍与 ANSI 兼容性有关的 SET 语句之一：

```
SET ANSI_WARNINGS ON
SET ANSI_WARNINGS OFF
```

不难想象，这条语句的第一种形式打开 ANSI 标准所要求的某些警告消息，而第二种形式关掉那些警告消息。如果使用更紧凑的表示形式，SET ANSI_WARNINGS 语句的语法可以定义如下：

```
SET ANSI_WARNINGS {ON|OFF}
```

其中，大括号表示必须选择大括号内由竖线分开的选项之一。稍后，我们将比较详细地介绍如何阅读这种形式的 T-SQL 语法图。

当 ANSI_WARNINGS 选项处于打开状态(ON)时，任何一条产生除数为 0 或溢出错误的语句均回退(或者说撤销)，并生成一条警告消息。任何一条包含空值的聚合语句(比如试图打印一个包含空值的列的合计)也生成一条警告消息。当 ANSI_WARNINGS 选项处于关闭状态(OFF)时，这些事件之中没有一个会产生警告消息和回退。

由于这是我们第一次深入介绍 SQL 语句，因此学会如何跟踪 SQL 语句是十分必要的。最简单的 SQL 测试工具是 SQL Server Management Studio，从“开始”菜单中选择“程序”➤ Microsoft SQL Server 2005 ➤ Management Studio 就可以启动该工具。在启动 SQL Server Management Studio 时，需要提供在 SQL Server 上的用户名和有效的身份验证信息。提供完这些内容之后，将会出现服务器汇总页面和其他几个窗口。其中的一个窗口是“对象资源管理器”窗口，这个窗口用一个树形视图显示 SQL Server 的结构及其内容。展开这个树形视图浏览服务器上的数据库，然后右击一个数据库(建议使用 AdventureWorks 样本数据库)，并选择“新建查询”。一个新的查询窗口出现。在查询窗口中，可以键入 SQL 语句，然后单击“SQL 编辑器”工具栏上的“执行”按钮或者按 F5 键浏览结果。

说明：本章后面的“执行 T-SQL 语句”一节将比较详细地介绍如何使用 SQL Server Management Studio 执行查询。第 9 章将详细介绍 SQL Server Management Studio 的其他功能。

图 5.1 显示了在 SQL Server Management Studio 中测试一些 SQL 语句的过程。上层窗格含有要执行的一组 SQL 语句。本例中有 11 条不同的语句：

◆ CREATE TABLE 语句创建新表。

◆ INSERT 语句将一些测试数据插入到表中。

◆ PRINT 语句在结果窗格中回显输出结果。

◆ SET 语句开关 ANSI 警告消息。

◆ SELECT 语句用来检索数据。第 6 章将详细讨论 SELECT 语句。

下层窗格显示运行上层窗格中的 SQL 语句集(通常称为 SQL 脚本)的结果。从本例中可以看出，打开警告时，这条 SELECT 语句警告用户聚合函数碰到空值，而关闭警告时，这条警告消息将禁止出现。

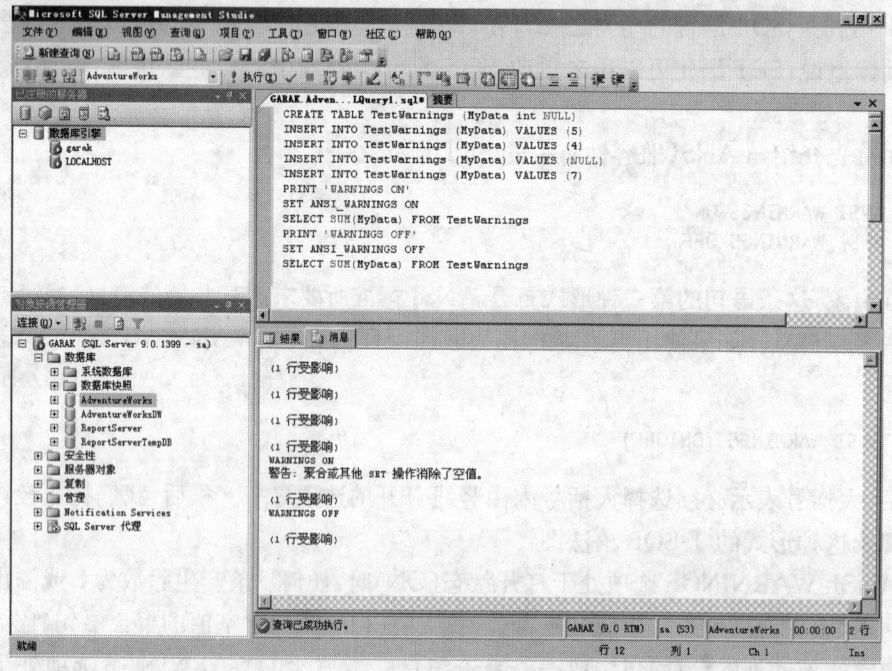

图 5.1 利用 SQL Server Management Studio 测试 SET ANSI_WARNINGS 语句

sp_dboption 存储过程(在下一节中讨论)也可以用来打开或关闭 ANSI 警告。如果将 ANSI_WARNINGS 选项设置为 ON，该选项优先于 sp_dboption 设置。

前面刚刚介绍了如何执行简单的 SQL 语句，下面介绍 SET 语句与 ANSI 兼容性有关的另外 8 个变种：

SET ANSI_PADDING {ON|OFF} 这条语句控制在将数据插入到定长或变长列中时对后缀空格或后缀 0 进行怎样的处理。表 5.1 显示了这个选项的效果。

表 5.1 SET ANSI_PADDING 语句的作用

数据类型	SET ANSI_PADDING ON	SET ANSI_PADDING OFF
char(n) NOT NULL	后面填充空格，直到填满列宽	后面填充空格，直到填满列宽
binary(n) NOT NULL	后面填充 0，直到填满列宽	后面填充 0，直到填满列宽
char(n) NULL	后面填充空格，直到填满列宽	删除尾部的所有空格
binary(n) NULL	后面填充 0，直到填满列宽	删除尾部的所有 0
varchar(n)	不删除或填充值	删除尾部空格但不填充
varbinary(n)	不删除或填充值	删除尾部 0 但不填充

SET ANSI_NULLS {ON|OFF} 这条语句控制相等操作符能否用来测试空值。SQL Server的早期版本允许使用WHERE ColumnName=Null检查列中是否包含空值。这不符合ANSI标准,因为ANSI标准将空值看成一个完全未知的值,不等于任何其他东西。设置ANSI_NULLS为ON将使所有包含空值的比较都返回空值。

SET ANSI_NULL_DFLT_ON {ON|OFF} 这条语句控制用CREATE TABLE与ALTER TABLE语句创建的列是否自动设置为允许空值(如果这个选项处于打开状态,它们允许空值)。

SET ANSI_NULL_DFLT_OFF {ON|OFF} 这条语句也控制用CREATE TABLE与ALTER TABLE语句创建的列是否自动设置为允许空值(如果这个选项处于打开状态,它们允许空值)。

警告: 在任何时候,ANSI_NULL_DFLT_ON和ANSI_NULL_DFLT_OFF之中只能有一个处于打开状态。如果将两者都设置为OFF,则应该改用相应的sp_dboption设置。最简单的方法是在使用CREATE TABLE语句时明确地使用NULL或NOT NULL,而不是依赖于这些设置之中的任何一个设置。

SET CONTEXT_INFO {binary|@binary_var} 这条语句可以用来将128位的二进制信息关联到一条与数据库的特定连接。以后,会话就可以通过检查master. dbo. sysprocesses表中的context_info列检索这个信息。

SET CURSOR_CLOSE_ON_COMMIT {ON|OFF} 这条语句控制在提交游标上的变化时打开游标会发生什么。如果将这个选项设置为ON,则游标自动关闭。(第8章将详细介绍游标。)ANSI默认值是SET CURSOR_CLOSE_ON_COMMIT ON。

SET IMPLICIT_TRANSACTIONS {ON|OFF} 如果将该选项设置为ON(也是ANSI默认值),这条语句使某些SQL语句(包括CREATE、SEL-ECT、INSERT和UPDATE)一执行时就自动启动事务。如果将这个选项设置为ON,则需要显式地提交或回退所有这类语句。最好不要将这个选项设置为ON。

SET QUOTED_IDENTIFIER {ON|OFF} 如果将该选项设置为ON,这条语句强制SQL Server遵守引号标识符(对象名称)的ANSI规则。打开该选项可以用SQL Server保留字作为对象名,只要将其放在双引号中即可。

提示: 尽管可以创建一个名为SELECT的表,但这显然不是什么好主意。不用保留字作为对象名可以使代码更容易理解。

SET ANSI_DEFAULTS {ON|OFF} 这条语句等效于另外一组设置,并提供一种强制SQL Server完全遵守ANSI标准的便利方法。它包括下列组合:

◆ SET ANSI_NULLS ON;
◆ SET ANSI_NULL_DFLT_ON ON;
◆ SET ANSI_PADDING ON;
◆ SET ANSI_WARNINGS ON;
◆ SET CURSOR_CLOSE_ON_COMMIT ON;
◆ SET IMPLICIT_TRANSACTIONS ON;
◆ SET QUOTED_IDENTIFIER ON。

提示: 通常,SQL Server 的默认行为是 SET ANSI_DEFAULTS ON,后跟 SET CURSOR_CLOSE_ON_ COMMIT OFF 和 SET IMPLICIT_TRANSACTIONS OFF。这是 SQL Server ODBC 驱动程序与 SQL Server OLE DB 供给器在连接到服务器时做出的选择。由于所有内部工具(比如 SQL Server Management Studio)都使用 SQL Server OLE DB 供给器,因此这是最常见的行为。在本书的例子中,除非另有说明,否则我们将采用这个默认环境。这也是在使用 SQL Server 时要使用的一组好默认值。

用 ALTER DATABASE 语句更改选项

在 SQL Server 2005 中,还可以用 ALTER DATABASE 语句永久地改变用 SET 语句设置的默认值(和许多其他设置)。这是我们迄今为止所介绍的最复杂的一条 SQL 语句,而且下面仅仅是其语法的一部分:

```
ALTER DATABASE database_name
SET
{SINGLE_USER|RESTRICTED_USER|MULTI_USER} |
{OFFLINE|ONLINE|EMERGENCY} |
(READONLY|READWRITE) |

{READ_ONLY|READ_WRITE} |
CURSOR_CLOSE_ON_COMMIT {ON|OFF} |
CURSOR_DEFAULT {LOCAL|GLOBAL} |
AUTO_CLOSE {ON|OFF} |
AUTO_CREATE_STATISTICS {ON|OFF} |
AUTO_SHRINK {ON|OFF} |
AUTO_UPDATE_STATISTICS {ON|OFF} |
AUTO_UPDATE_STATISTICS_ASYNC {ON|OFF} |
ANSI_NULL_DEFAULT {ON|OFF} |
ANSI_NULLS {ON|OFF} |
ANSI_PADDING {ON|OFF} |
ANSI_WARNINGS {ON|OFF} |
ARITHABORT {ON|OFF} |
CONCAT_NULL_YIELDS_NULL {ON|OFF} |
NUMERIC_ROUNDABORT {ON|OFF} |
QUOTED_IDENTIFIERS {ON|OFF} |
RECURSIVE_TRIGGERS {ON|OFF} |
RECOVERY {FULL|BULK_LOGGED|SIMPLE} |
PAGE_VERIFY {CHECKSUM|TORN_PAGE_DETECTION|NONE}[,...n]
```

可以看出,ALTER DATABASE 语句包括 SET 语句的大部分功能和许多其他功能。但是,在用 ALTER DATABASE 做修改时,修改是永久性的(至少在再次使用 ALTER DATABASE 语句将该修改结果改回来之前)。只有数据库所有者、创建者与系统管理员才有权执行 ALTER DATABASE 语句。

下面比较详细地介绍了 ALTER DATABASE 语句的各个选项有什么作用:

◆ SINGLE_USER 将数据库置于单用户方式。该方式只允许一个用户访问数据库,别人均被锁住。RESTRICTED_USER 只允许 db_owner、dbcreator 与 sysadmin 角色的成员使用数据库(第 18 章将详细介绍角色)。MULTI_USER 将数据库返回到正常运转状态。

- OFFLINE 可以用来使数据库完全脱机和不可访问。ONLINE 则逆转这个状态,使数据库再次可用。EMERGENCY 将数据库置于一种特殊的只读状态,在这种状态中,只有 sysadmin 角色的成员能够访问数据库。
- READ_ONLY 禁止对数据库的任何修改。用户能够读取数据,但不能写数据。例外情况是主数据库。如果将主数据库置于 READ_ONLY 方式,系统管理员仍然可以做修改(这是件好事,否则他们将无法关闭这个标志)。当然,READ_WRITE 将数据库返回到正常运转状态。
- CURSOR_CLOSE_ON_COMMIT 与对应的 SET 语句有相同的作用。
- CURSOR_DEFAULT LOCAL 使游标变成对默认地创建它们的存储过程是本地的。CURSOR_DEFAULT GLOBAL 使游标默认为全局的。
- AUTO_CLOSE ON 使数据库在最后一个用户退出后干净地关闭。
- AUTO_CREATE_STATISTICS ON 通知 SQL Server 生成一个查询在优化时所需要的任何统计信息。
- AUTO_SHRINK ON 通知 SQL Server,如果数据库不需要已分配给它的所有空间,可以缩小它(例如,如果用户删除了大量数据)。
- AUTO_UPDATE_STATISTICS ON 通知 SQL Server,在优化期间根据需要更新统计信息。
- AUTO_UPDATE_STATISTICS_ASYNC ON 允许查询在新的统计信息仍在生成时进行编译。
- ANSI_NULL_DEFAULT、ANSI_NULLS、ANSI_PADDING、ANSI_WARNINGS 和 QUOTED_IDENTIFIERS 与对应的 SET 语句有相同的作用,但它们的结果是永久的。
- ARITHABORT ON 通知 SQL Server,如果在查询处理期间出现溢出或除数为 0 错误,终止这个查询。
- CONCAT_NULL_YIELDS_NULL ON 使任何涉及空值的字符串连接操作均返回空值。
- NUMERIC_ROUNDABORT 通知 SQL Server,如果某个查询表达式中出现任何精度损失,终止这个查询。
- RECURSIVE_TRIGGERS 通知 SQL Server 使用触发器的结果触发其他触发器。
- RECOVERY FULL 告诉 Server,在日志中记录足够多的信息,以预防任何介质故障。RECOVERY BULK_LOGGED 通知 SQL Server 压缩某些批量操作(比如 SELECT INTO 等操作)的日志信息。RECOVERY SIMPLE 保留最少量的日志空间,同时仍允许恢复所有常见故障。
- PAGE_VERIFY 通知 SQL Server 使用哪个方案检测由磁盘 I/O 故障造成的讹误数据。PAGE_VERIFY CHECKSUM 在磁盘上保存每个页面的检查和。PAGE_VERIFY TORN_PAGE_DETECTION 使用字节的 1 位标记已成功地写入的页面。PAGE_VERIFY NONE 关闭所有页面检测。最好不要使用 PAGE_VERIFY NONE 设置。

sp_dboption 存储过程

SQL Server 含有几十个系统存储过程,它们是内置在服务器中的 SQL 代码块。大多数系统存储过程操作系统表,根本无法知道它们的内部工作情况,可以将它们当作 SQL 命令来对待。

和 ALTER DATABASE 语句一样,sp_dboption 存储过程可以用来设置数据库选项。这些选项当中的一部分影响 ANSI 兼容性,其他选项则不影响 ANSI 兼容性。在形式上,这个存储过程的语法如下:

```
sp_dboption [[@dbname=] 'database_name']
  [, [@optname=] 'option_name']
  [, [@optvalue=] 'option_value']
```

在这个语法图中,方括号表示可选项目,而斜体字表示在运行该存储过程时需要替换的变量。表 5.2 列出了这个存储过程的全部选项名,其中的许多选项不是 ANSI 兼容选项,但出于完整性考虑,这里也列出了它们。当然,database_name 变量代表正在里面设置选项的数据库,option_value 可以是 true、false、on 或 off。

例如,图 5.2 显示了如何在 SQL Server Management Studio 中使用 sp_dboption 存储过程修改数据库的 ANSI 兼容性选项。EXEC 关键字通知 SQL Server 运行一个存储过程。和使用 SET 语句所做的修改不同(它们仅在当前会话内有效),使用 sp_dboption 存储过程所做的修改是永久的。

表 5.2　sp_dboption 存储过程的完整选项

选项	打开时的作用
auto create statistics	在优化期间根据需要生成优化所需要的任何统计信息
auto update statistics	在优化期间根据需要更新优化所需要的任何统计信息
autoclose	最后一个用户退出后干净地关闭数据库
autoshrink	定期检查数据库的自由空间,可能时收缩数据库
ANSI null default	CREATE TABLE 遵守默认值的 ANSI 规则
ANSI nulls	与空值的比较产生空值
ANSI warnings	在出现溢出、除数为 0 和聚合中有空值等错误时,发出警告
arithabort	在出现溢出或除数为 0 错误时,批处理终止
concat null yields null	字符串与空值的连接返回空值
cursor close on commit	修改结果提交后关闭打开的游标
dbo use only	只有数据库所有者能够处理数据库
default to local cursor	游标定义默认为 LOCAL
merge publish	数据库可以用于合并复制
numeric roundabort	当操作引起精度损失时,产生一个错误
offline	数据库脱机(即不可用)
)published	数据库可以用于复制
quoted identifier	标识符可以放在双引号中
read only	修改不能写到数据库中
recursive triggers	触发器可以引起其他触发器激发
select into/bulkcopy	允许 SELECT INTO 和快速批量复制操作
single user	一次只能有一个用户使用数据库
subscribed	为了复制,数据库可以是订阅的
torn page detection	自动探测不完整的数据页面
trunc. log on chkpt.	每出现一个系统检查点时,事务日志被截尾

警告:按官方说法,sp_dboption 存储过程在 SQL Server 2005 中被认为是过时的,因为凡是它能做的事情,本机的 SQL ALTER DATABASE 语句也能做。我们之所以包含本节,是因为在现有数据库中可能会遇到 sp_dboption 存储过程。如果在新的数据库中需要这个功能,则应当考虑改用本机的 SQL ALTER DATABASE 语句。

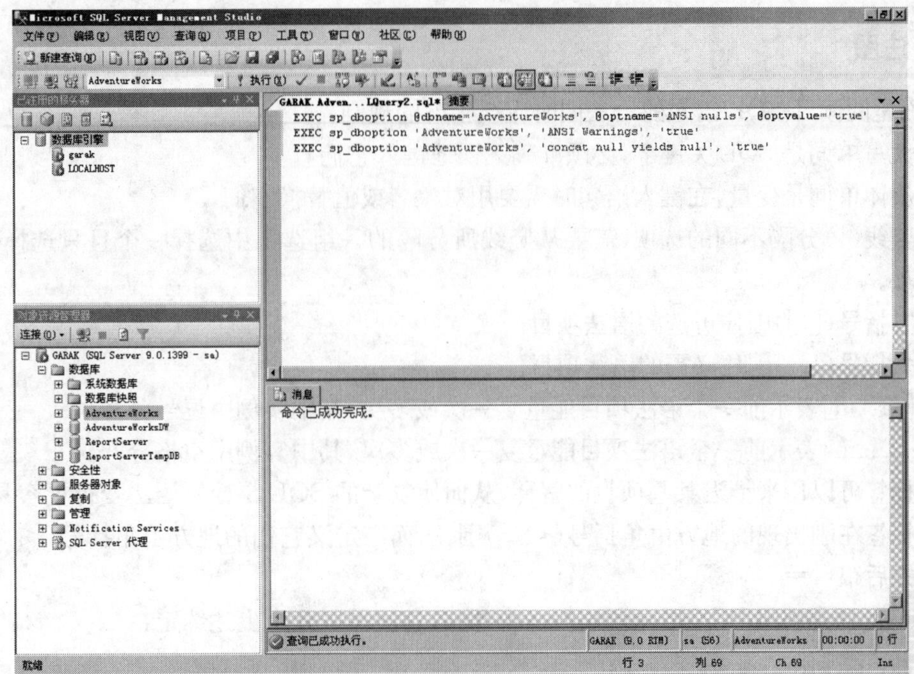

图 5.2 使用 sp_dboption 存储过程

sp_dbcmptlevel 存储过程

对服务器的行为有重要影响的另一个存储过程是 sp_dbcmptlevel 存储过程:

```
sp_dbcmptlevel [[@dbname=] 'database_name']
 [,[@new_cmptlevel=] version]
```

其中,version 参数可以设置为 90、80 或 70。sp_dbcmptlevel 存储过程的用途是让 SQL Server 表现得好像是它的一个早期版本。例如,如果执行下列语句:

```
sp_dbcmptlevel 'AdventureWorks', 80
```

那么 AdventureWorks 数据库将表现得好像正运行在 SQL Server 2000 上,而不是运行在 SQL Server 2005 上。

改变兼容性级别将会改变许多事情,从哪些标识符能作为保留字到某些查询的行为。如果需要了解完整的清单,请参见"SQL Server 联机丛书"。

提示: sp_dbcmptlevel 存储过程应当只用于从 SQL Server 的早期版本中移植过来的应用程序。在新的应用程序中不宜使用它。

T-SQL 语法与约定

前面刚刚介绍了 T-SQL 语法的一些示例,下面将比较更正式地介绍语法图中所使用的各项约定。在本节中,我们将介绍本书中定义 SQL 语句所使用的语法,并了解 SQL Server 对象的命名规则。

阅读语法图

下面是阅读 T-SQL 语句的语法图时应该了解的规则：

- 大写单词是 SQL 关键字，必须准确无误地键入它们。
- 斜体单词是变量，在键入语句时需要用对象名或值替换它们。
- 竖线(|)分隔不同的选项，需要从竖线所分隔的一组选项中选择一个且只选择一个选项。
- 方括号([ ])围住可选的语法项目。
- 大括号({ })围住必需的语法项目。
- [,... n]表示前一个语法项目能重复一次或多次，其中实例由逗号分开。
- [␣... n]表示前一个语法项目能重复一次或多次，其中实例由空格分开。
- 标签可以用来推迟某些项目的解释，从而使复杂的 SQL Server 语法变得更容易阅读。标签在刚出现的地方由角括号(<>)围住，而在定义它们的地方由角括号(<>)围住并后跟::=。

例如，下面是 SELECT 语句语法的一小部分，它演示了几个上述约定：

```
SELECT [ALL|DISTINCT]
 <select_list>
<select_list>::=
 {*
  |{table_name|view_name|table_alias}.*
  |{column_name|expression|$IDENTITY|$ROWGUID}
  |udt_column_name {.|::} {{property_name|field_name}|
  method_name(argument [,...n])}
    [[AS] column_alias]
  |column_alias=expression
 } [,...n]
```

可以看出，SELECT 语句从必需的 SELECT 关键字开始，后跟可选的 ALL 或 DISTINCT 关键字(但不能两者都选)，然后跟一个选择列表(select_list)。选择列表定义为一个星号、一个表名、一个视图名或一个表别名，后跟一个星号、一个列名、一个表达式、IDENTITYCOL 或 ROWGUID 关键字、一个用户定义数据类型列名、一个公共语言运行时(CLR)表达式(它后面可以跟一个列别名，并且列别名的前面可以任选地前缀 AS 关键字)或者一个由等号分隔的列别名/表达式对。选择列表的这些构件能够重复多次。

可以看出，语法图比对应的文字解释更容易阅读和理解。

有效标识符

SQL Server 中的标识符就是对象的名称。这个名称可能是表名、视图名、列名、用户名或许多其他东西的名称。定义有效标识符的一组规则如下：

- 第一个字符可以是 Unicode 字符集中的一个字母，包括英文 a-z 和 A-Z 字母以及外国字母。
- 第一个字符也可以是下划线(_)、位置符号(@)或磅符号(#)。以位置符号开头的标识符只能用于局部变量，以磅符号开头的标识符只能用于临时表或过程名称。以两个磅符号开头的标识符只能用于全局临时对象。

◆ 标识符可以长达 128 个字符，除了局部临时表的名称之外，这种名称只能长达 116 个字符。

◆ 第一个字符后面的字符可以是 Unicode 字母，十进制数字，或者@、$ 、_和#符号。

◆ 标识符不能是 SQL Server 保留字，不论是大写保留字还是小写保留字。

◆ 标识符不能含有嵌入的空格或除上述字符以外的特殊字符。

尽管这些规则定义有效标识符，但 SQL Server 中的对象也可以不用有效标识符。实际上，可以用任何一个长达 128 个字符的 Unicode 字符串作为对象名。但是，如果字符串不是有效标识符，需要将其放在双引号或方括号中。

例如，字符串 New Customers 不是有效的 SQL Server 标识符，因为其中含有一个空格。因此，下列语句不是一条有效的 SQL 语句：

```
SELECT * FROM New Customers
```

但是，可以将其放在双引号或方括号中，因此下列语句是有效的 SQL 语句：

```
SELECT * FROM "New Customers"
SELECT * FROM [New Customers]
```

说明：由于 QUOTED_IDENTIFIER 选项的设置会影响引号的解释，因此本书采用方括号引用，建议在自己的代码中也采用方括号引用。

引用对象

对象的标识符不是引用对象的惟一方法。事实上，对象名称有 4 个可能的部分：

◆ 对象所在的服务器的名称

◆ 对象所在的数据库的名称

◆ 对象的所有者的名称

◆ 对象的标识符

例如，假设服务器 MOOCOW 包含数据库 AdventureWorks，而 AdventureWorks 又包含由用户 dbo 所拥有的对象 Sales。那么，这个对象的完全限定名应该是：

```
MOOCOW.AdventureWorks.dbo.Sales
```

也可以省略这个信息的一部分或全部。对惟一地标识对象不是必需的中间信息都可以省略。如果引用同一个数据库中的对象，则可以省略前面的信息。因此，根据不同的环境，下列任意一个标识符都可以标识这个对象：

```
MOOCOW. AdventureWorks.. Sales
MOOCOW..dbo. Sales
MOOCOW... Sales
AdventureWorks.dbo. Sales
AdventureWorks.. Sales
dbo. Sales
Sales
```

请注意，前导圆点总是省略，但中间圆点不能省略。

保留字

SQL Server 保留了一些供它自己使用的关键字。例如，不能将对象命名为 SELECT(除非使用引号标识符),因为 SQL Server 在 SELECT 语句中使用了 SELECT 关键字。“SQL Server 联机丛书”含有一个很长的保留字清单(在“联机丛书”中搜索“保留关键字(Transact－T)”主题可以显示整个保留字清单)。

SQL Server Management Studio 可以用来检查一个特定的关键字是不是保留字。图 5.3 显示了如何对一条 SELECT 语句做这样的检查。第一条语句通知 SQL Server 选择常量 1 并使用别名 Foo 报告它。第二条和第三条语句尝试同一件事情,但使用别名 WHERE。由于 WHERE 是保留字,因此第二条语句运行失败,而第三条语句运行成功(因为它使用了引号标识符)。

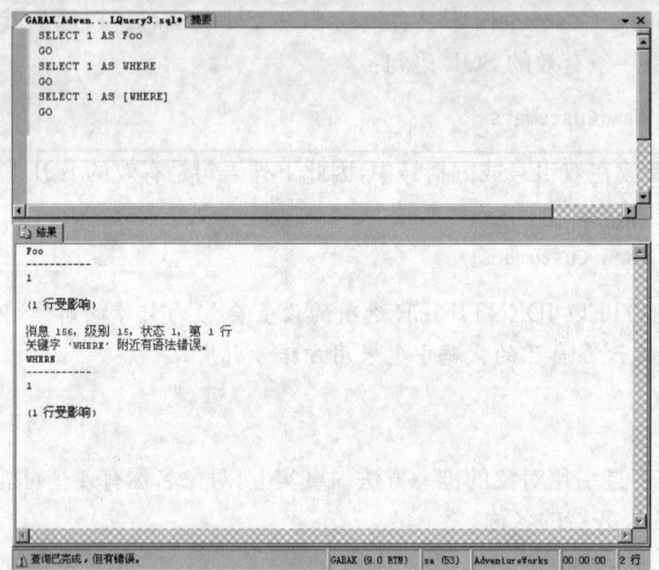

图 5.3　用 SQL Server Management Studio 检查保留字

GO 关键字通知 SQL Server Management Studio 将语句作为一个批处理执行到该点为止。如果尝试运行所有 3 条语句,中间不插进 GO 关键字,则整个批处理运行失败,因为第二行中有语法错误。

数据类型

T-SQL 的构件之一是数据类型。SQL Server 表中存放的每种数据(数字、字符串、整数等)都由它的数据类型定义。大多数时候,设计人员可以使用由 SQL Server 自身所定义的数据类型。他们也可以定义自己的数据类型。第 11 章将介绍用户定义数据类型。

本节将讨论 SQL Server 内部提供的各种数据类型,其中包括用来代表它们的关键字和它们能够存放的数据的类型。

整数

SQL Server 提供了 5 种能够存储整数的不同数据类型:bit、tinyint、smallint、int 和 bigint。这 5 种数据类型由它们能够保存的值范围区分。

提示:一般说来,应该选择与预计要处理的数据相适应的最小数据类型。如果其他所有条件都相同，较小数据类型上的操作比较大数据类型上的操作执行得快。

bit 这种数据类型的列能够存放 1、0 或空值。空值是个特殊值，用来表示值是未知的。SQL Server 将多个 bit 字段组合成字节，以节省尽可能多的存储空间。

tinyint 这种数据类型的列能够存放 0 到 255 之间的值或空值。

smallint 这种数据类型的列能够存放−32 768 到 32 767 之间的值或空值。

int 这种数据类型的列能够存放-2^{31}到$2^{31}-1$之间的值或空值，取值范围从−2 147 483 648 到 2 147 483 647。

bigint 这种数据类型的列能够存放-2^{63}到$2^{63}-1$之间的值或空值，取值范围从−9 223 372 036 854 775 808 到 9 223 372 036 854 775 807。

文本

SQL Server 提供了 4 种能够存储文本数据的数据类型：char、varchar、nchar 和 nvarchar。对于这些数据类型，在定义列时必须指定长度和数据类型。例如，可以定义 char(10)列——将保存 10 个字符的列。

char 这种数据类型的列保存固定数量的非 Unicode 字符。例如，char(30)列将总是保存 30 个字符，即使赋给该列的字符串不到 30 个字符长。char 型列的最大宽度为 8000 个字符。

varchar 这种数据类型的列保存可变数量的非 Unicode 字符。例如，varchar(30)列将保存多达 30 个字符。varchar 型列的最大宽度为 8000 个字符。还可以使用特殊形式的 varchar(max)，它将存储多达2^{31}个字符。

nchar 这种数据类型的列保存固定数量的 Unicode 字符。例如，nchar(30)列将总是保存 30 个字符，即使赋给该列的字符串不到 30 个字符长。由于 nchar 型列使用 Unicode 字符集，因此能够比普通 char 型列保存范围更宽的字符。然而，由于每个 Unicode 字符需要两个字节的存储空间，因此 nchar 型列的最大宽度为 4000 个字符。

nvarchar 这种数据类型的列保存可变数量的 Unicode 字符。例如，nvarchar(30)列将保存多达 30 个字符。由于 nvarchar 型列使用 Unicode 字符集，因此能够比普通 varchar 型列存储范围更宽的字符。nvarchar 列的最大宽度为 4000 个字符。还可以使用特殊形式的 nvarchar(max)列，它将存储多达2^{30}个字符。

提示：对于长度可变的数据，varchar 与 nvarchar 数据类型比 char 与 nchar 数据类型提供更高的存储效率。对于长度可能相同的数据，char 与 nchar 数据类型比 varchar 与 nvarchar 数据类型更快。应该将 varchar(max)与 nvarchar(max)类型留给长过 8000 个字符的数据。一般说来，只有当数据可能含有特殊字符时，才应该使用 Unicode 数据类型(nchar、nvarchar 和 nvarchar(max))。

说明：SQL Server 的早期版本含有用于长字符数据的 text 和 ntext 数据类型。这两种类型已由 varchar(max)和 nvarchar(max)数据类型取代。

十进制数

SQL Server 仅提供了一种处理不带舍入的精确浮点数的数据类型，但该数据类型有两个名称：decimal 或 numeric。

decimal 或 numeric 在定义 decimal 或 numeric 类型的列时，必须同时指定精度与标量：

◆ 数据类型的精度指的是它能够存储的总十进制位数。

◆ 数据类型的标量指的是小数点后面能够保存的十进制位数。

例如,定义为 decimal(5,3)的列能够保存 12.345 这样的值。

decimal 型列的最大精度默认为 38。列的最大标量为该列的精度。

说明:就 SQL Server 中的数据类型而言,numeric 是 decimal 的同义词。

币值

SQL Server 提供了两种存放币值数据的本机数据类型:smallmoney 与 money。两者之间的主要差别在于它们能够保存的最大数据长度。

smallmoney　用 smallmoney 数据类型定义的列能够保存从－214 748.3648 到 214 748.3647 之间的值。smallmoney 型列中保存的数据总是精确到小数点后面的 4 位。

money　用 money 数据类型定义的列能够保存从－922 337 203 685 477.5808 到 922 337 203 685 477.5807 之间的值。money 型列中保存的数据总是精确到小数点后面的 4 位。

浮点数

SQL Server 提供了两种保存浮点数的数据类型。和 decimal 数据类型不同的是,浮点数据类型中存储的信息可以四舍五入,如果它在 SQL Server 中内部地使用的二进制算法中无法表示。

float　这种数据类型的列能够保存从-1.79×10^{308}到1.79×10^{308}之间的数据,如果列定义为具有最可能大的精度定义。在定义 float 数据类型的列时,需要指定用来存储数值的位数,并由此而定义了精度。这个数值的取值范围从 1 到 53。因此,float(53)是最可能精确的浮点存储(并相应地使用最多的存储空间)。

real　在 SQL Server 中,real 是 float(24)的同义词,因此 real 数据类型的列能够保存大约从-3.4×10^{38}到3.4×10^{38}之间的数据。

日期

SQL Server 提供了两种存放日期的不同数据类型:smalldatetime 与 datetime。两者之间的差别在于它们存储日期所使用的日期范围和精度。

smalldatetime　用这种数据类型定义的列能够保存从 1900 年 1 月 1 日到 2079 年 6 月 6 日之间的日期,精度为 1 分钟。

datetime　用这种数据类型定义的列能够存放从 1753 年 1 月 1 日到 9999 年 12 月 31 日之间的日期,精度为 3.33 毫秒。

二进制数据

SQL Server 提供了两种存放任意二进制数据的数据类型:binary 和 varbinary。

binary　用 binary 数据类型定义的列能够保存多达 8000 个字节的二进制数据。定义时必须指定列的宽度,比如 binary(100)。binary 类型的列被填充,使它们总是保存列定义所规定的字节数。

varbinary　用 varbinary 数据类型定义的列保存多达规定宽度的二进制数据。例如,varbinary(12)列能够保存从 0 到 12 个字节之间的任意长数据。

说明:SQL Server 的早期版本含有用于长二进制数据的 image 数据类型。现在,这个数据类型已由 varbinary(max)数据类型取代。

专用数据类型

SQL Server 还提供了 6 种特殊用途的本机数据类型:cursor、sql_variant、table、timestamp、uniqueidentifier 和 xml。

cursor 这种数据类型是 SQL Server 本机数据类型当中不能用来定义表列的惟一数据类型。它用来定义存储过程或 SQL 语句的输出,其中存储过程或 SQL 语句必须返回一个指向记录集的指针。关于 cursor 数据类型的较详细信息,请参见第 8 章。

sql_variant 这种数据类型是通配符数据类型,能够保存除了 varchar(max)、nvarchar(max)、timestamp 和 sql_variant 以外的任何其他数据类型。例如,用 sql_variant 数据类型定义的列可以在表的一些行中保存整数,而在另外一些行中保存 varchar 型数据。与其他语言(比如 Visual C ++或 Visual Basic)中的变体一样,SQL 中的变体也占用较大的存储空间,而且处理起来比它们能够保存的简单数据类型慢,因此只有在绝对需要它们所提供的灵活性时才使用它们。

table 这种数据类型用来临时保存函数、存储过程或批处理执行期间的结果集。不能将现有表中的列定义为 table 数据类型。但是,如果在批处理期间需要跟踪数据选择,table 数据类型是非常有用的。下面是 T-SQL 语句的一个简单批处理,它演示了 table 数据类型的用法:

```
DECLARE @T1 TABLE
    (PK int PRIMARY KEY, Col2 varchar(3))
INSERT INTO @T1 VALUES (2, 'xxx')
INSERT INTO @T1 VALUES (4, 'yyy')
SELECT * FROM T1
```

这些语句生成一个名为 T1 的 table 数据类型变量,在这个临时表中插入两条记录,然后从这个表中选择所有记录。如果在 SQL Server Management Studio 中运行这个 T-SQL 语句批处理,将会看到它从表中打印这两条记录。

timestamp 用 timestamp 数据类型定义的列是 8 个字节的二进制列,保存由 SQL Server 生成的惟一性值。任何表只能有一个 timestamp 型列。每当行中的某个日期发生改变时,该行上的 timestamp 型列中的值就由 SQL Server 自动更新。这使得 timestamp 数据类型非常适合用来检测在一个用户处理数据期间另一个用户是否已修改了该数据。

uniqueidentifier 用 uniqueidentifier 数据类型定义的列能够保存全局惟一标识符(GUID)。在 SQL Server 中,可以用 NEWID()函数生成 GUID。这些 GUID 保证是惟一的,即使在不同计算机上的不同数据库中,同一个 GUID 也决不会被生成两次。

xml xml 是 SQL Server 2005 中新增的数据类型。它可以用来保存整个 XML 文档。xml 数据类型提供一些高级功能,比如借助于 XQuery 语法执行搜索。如果应用程序需要巧妙地处理 XML,xml 数据类型在大多数情况下将比 nvarchar(max)数据类型合适得多。

数据类型的同义词

ANSI 标准为数据类型规定了一些公认的名称,SQL Server 将它们识别为内部数据类型的同义词。这些名称可以和相应数据类型的本机名称互用。表 5.3 列出了现有的数据类型同义词。

表 5.3　数据类型同义词

ANSI 数据类型	SQL Server 等效数据类型
binary varying	varbinary
char varying	varchar
character	char(1)
character(n)	char(n)
character varying	varchar(1)
character varying(n)	varchar(n)
dec	decimal
double precision	float
integer	int
national char(n)	nchar(n)
national character(n)	nchar(n)
national char varying(n)	nvarchar(n)
national character varying(n)	nvarchar(n)
national text	ntext
rowversion	timestamp

操作符

SQL 支持许多操作符。操作符就是引起操作得以执行的符号。例如，＋是加法操作符。一般说来，凡是在允许表达式的地方，都可以将 SQL 操作符与对象名、常量及变量一起使用。

可用的操作符

表 5.4 列出了 T-SQL 中实现的操作符。

表 5.4　T-SQL 操作符

操作符	含义
＋	加
－	减
*	乘
/	除
%	求模（例如，13%3＝1，即 13 除以 3 的余数）
＝	赋值
&	位与
|	位或
^	位异或
＝	相等比较
＞	大于
＜	小于
＞＝	大于或等于
＜＝	小于或等于
＜＞	不等于
！＝	不等于
！＞	不大于
！＜	不小于
ALL	一组比较均为真时为真
AND	两个布尔表达式均为真时为真
ANY	一组比较中的任一比较为真时为真

（续表）

操作符	含义
BETWEEN	操作符在指定范围内时为真
EXISTS	子查询包含任何行时为真
IN	操作数在列表内时为真
LIKE	操作数符合模式时为真
NOT	取反其他布尔操作符的值
OR	两个布尔表达式中的任意一个为真时为真
SOME	一组比较中的一些比较为真时为真
+	字符串连接
+	强制为正值
−	强制为负值
～	返回一个数的 1 补数

操作符优先顺序与分组

在 T-SQL 中，可以构造相当复杂的表达式。在涉及多个操作符的表达式中，操作符按其优先顺序求值。操作符分为优先顺序组。先从左向右求值较高优先顺序组中的所有操作符，然后求值较低优先顺序组中的操作符。优先顺序组如下（从高到低排列）：

- ◆ 正、负、1 补数（+、−、~）
- ◆ *、/、%
- ◆ +（加或连接）、−、&
- ◆ =（比较）、>、<、>=、<=、<>、! =、! >、! <
- ◆ ^、|
- ◆ NOT
- ◆ AND
- ◆ ALL、ANY、BETWEEN、IN、LIKE、OR、SOME
- ◆ =（赋值）

如果需要，可以用括弧强制一个不同的求值顺序，或者使复杂表达式中的求值顺序更容易理解。例如，虽然可以用上述规则确定 3+5 * 4 将怎样求值，但写成 3+(5 * 4)更容易理解，也不会引起误会。

通配符

LIKE 操作符用来比较字符串与模式。这些模式可以包含通配符。通配符是特殊字符，用来匹配原字符串中的特定字符模式。表 5.5 列出了 T-SQL 通配符。

表 5.5　T-SQL 通配符

模式	含义
%	0 个或多个字符组成的任一字符串
_	任一字符
[a−d]	a 到 d 范围内的任一字符（包括 a 和 d）
[aef]	单个字符——a、e 或 f
[^a−d]	除了 a 到 d 范围内的字符（包括 a 和 d）之外的任一字符
[^aef]	除了 a、e 或 f 之外的任一字符

变量

SQL Server 在 T-SQL 中支持两种类型的变量。第一种是系统定义和维护的全局变量，第二种是用户定义用来保存中间结果的局部变量。本节先介绍系统全局变量，然后介绍如何定义与使用局部变量。

系统全局变量

SQL Server 的全局变量以两个@符号开头。使用如图 5.4 所示的简单 SELECT 查询，就可以检索任一全局变量的值。在本例中，我们用@@CONNECTIONS 全局变量检索自从 SQL Server 启动以来它上面已建立的连接数量。

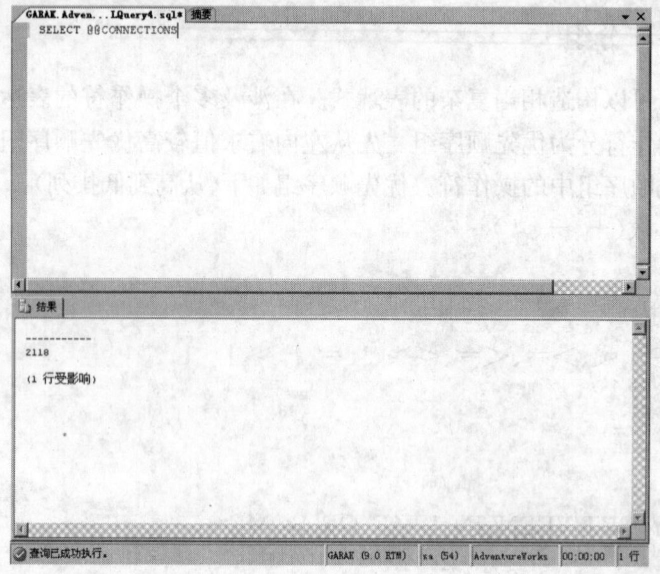

图 5.4 检索全局变量的值

表 5.6 列出了所有 SQL Server 系统全局变量。

表 5.6 SQL Server 全局变量

全局变量	含义
@@CONNECTIONS	自服务器上一次启动以来它上面已建立的连接数
@@CPU_BUSY	自 SQL Server 启动以来系统已经工作的毫秒数
@@CURSOR_ROWS	最新打开游标中的行数
@@DATEFIRST	SET DATEFIRST 参数的当前值，用来控制每周第一天的日期
@@DBTS	上一次使用的 timestamp 值
@@ERROR	最新 T-SQL 错误的错误号
@@FETCH_STATUS	上一个 FETCH 操作执行成功时为 0；有错误时为－1 或－2
@@IDENTITY	最新插入的标识值
@@IDLE	服务器自上一次启动以来已经空闲的毫秒数
@@IO_BUSY	服务器自上一次启动以来已经用于输入与输出活动的毫秒数
@@LANGID	当前所用语言的语言 ID
@@LANGUAGE	当前所用语言的名称
@@LOCK_TIMEOUT	到当前会话中的锁定发生超时之前的毫秒数

（续表）

全局变量	含义
@@MAX_CONNECTIONS	这个服务器上允许的最大并发连接数量
@@MAX_PRECISION	decimal 或 numeric 数据类型的最大精度
@@NESTLEVEL	当前执行存储过程的嵌套级别
@@OPTIONS	表示几个选项的状态的一个位映射值
@@PACK_RECEIVED	服务器自上一次启动以来从网络上接收到的信包数量
@@PACK_SENTSENT	服务器自上一次启动以来向网络发送的信包数量
@@PACKET_ERRORS	自服务器上一次启动以来发生网络错误的次数
@@PROCID	当前执行存储过程的存储过程 ID
@@REMSERVER	正在运行存储过程的服务器的名称
@@ROWCOUNT	最新 SQL 语句所影响的行数
@@SERVERNAME	本地服务器的名称
@@SERVICENAME	本计算机上的 SQL Server 服务的名称
@@SPID	当前进程的服务器进程 ID
@@TEXTSIZE	来自 SET TEXTSIZE 语句的当前值，用于指定从 text 或 image 型列中返回给 SELECT 语句的最大字节数量
@@TIMETICKS	当前计算机上每个刻度的毫秒数
@@TOTAL_ERRORS	自服务器上一次启动以来发生磁盘读与写故障的次数
@@TOTAL_READ	自服务器上一次启动以来发生磁盘读的次数
@@TOTAL_WRITE	自服务器上一次启动以来发生磁盘写的次数
@@TRANCOUNT	当前连接上的打开事务数量
@@VERSION	SQL Server 版本信息

提示：@@VERSION 变量用来显示已给服务器应用了哪个服务包，因为每当应用一个服务包时，该变量都会发生改变。

局部变量

和其他任何一种编程语言一样，T-SQL 允许用户在运行一批 SQL 语句时创建和使用局部变量作为临时存储器。

要创建局部变量，使用 DECLARE 语句，其语法如下：

```
DECLARE
{@local_variable data_type|
  @cursor_variable CURSOR
} [,...n]
```

说明：关于游标变量的详细信息，请参见第 8 章。

所有局部变量名均以位置符号(@)开头。例如，要创建一个局部变量来保存长达 16 个字符的 Unicode 数据，可以使用下列语句：

```
DECLARE @user_name varchar(16)
```

要给局部变量赋值，可以使用 SET 或 SELECT 语句：

```
SET @local_variable = expression
SELECT @local_variable = expression [,...n]
```

说明: SET 或 SELECT 语句中还有许多从句。但是,这里仅给出了给局部变量赋值的形式。

在这个上下文环境中,SET 和 SELECT 语句是等效的,因此可以选择最习惯、最喜欢的语句。

一旦声明了局部变量,并且该变量包含了数据,就可以在需要数值的任何地方使用它。例如,可以将它用在 WHERE 从句中。图 5.5 显示了一个 SQL 语句批处理,它声明一个局部变量,将一个值放到它里面,然后用这个值帮助检索表中的记录。

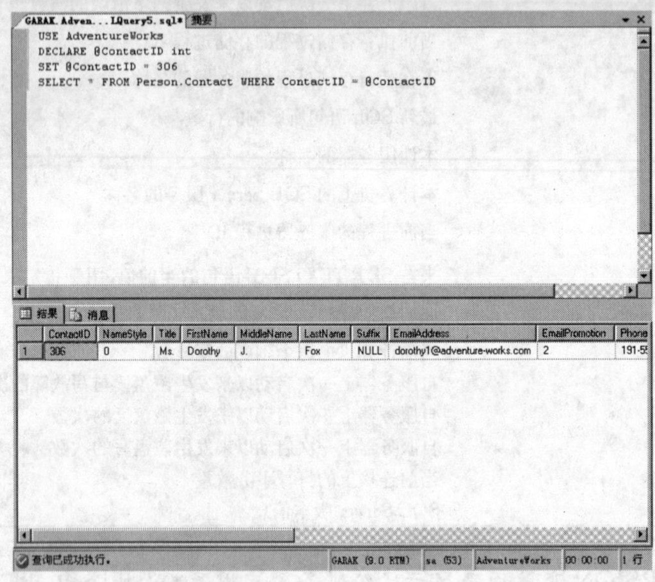

图 5.5　使用局部变量

函数

T-SQL 还含有大量函数。这些函数可以在计算或以其他方式处理数据时使用。广义地说,T-SQL 函数分为 4 类:

- 行集函数可以用来代替 SQL 中的表名。第 8 章将详细介绍行集函数。
- 聚合函数从一个字段的所有值中算出一个数(比如总和或标准偏差)。第 6 章将详细介绍聚合函数。
- 窗口函数操作 FROM 从句的结果。它们将这些结果划分成一组分区,然后给每个分区单独应用一个聚合函数。第 6 章将详细介绍窗口函数。
- 标量函数操作零个、一个或几个值并返回单个结果。这些函数可以用在表达式中。本节的剩余篇幅将专门介绍标量函数。

SQL Server 实现了大量函数。表 5.7 列出了 SQL Server 提供的函数类别,我们不打算详细介绍所有这些函数,而是在本节中演示几个较常用函数的用法。在"SQL Server 联机丛书"的"Transact-SQL 参数"中搜索"函数",可以发现 SQL Server 函数的完整清单。

表 5.7　SQL Server 函数类别

类别	内容
配置函数	返回服务器当前配置信息的函数
游标函数	返回游标信息的函数
日期与时间函数	处理日期与时间的函数
数学函数	执行数学运算的函数
元数据函数	返回数据库对象信息的函数
安全函数	与用户和角色有关的函数
字符串函数	处理文本数据的函数
系统函数	低级对象处理函数
系统统计函数	返回服务器活动统计信息的函数
文本与图形函数	处理大型(text 与 image 型)列的函数

生成 GUID

下面用一个简单的示例介绍 NEWID()函数。这个函数不接受变元，并返回一个 GUID。前面讨论 uniqueidentifier 数据类型时曾经提到过，GUID 是全局惟一性标识符。这些数值是通过一个复杂的公式产生的，这个公式包含计算机的硬件特征、一个随机种子以及日期与时间信息——最终结果是 GUID 在任何时候和任何计算机上都是惟一的。

图 5.6 显示了如何使用 NEWID()函数。这里显示的 SQL 批处理首先用 uniqueidentifier 数据类型声明了一个局部变量，然后用 NEWID()函数给该变量赋一个值。最后，这个批处理打印该变量的新值。

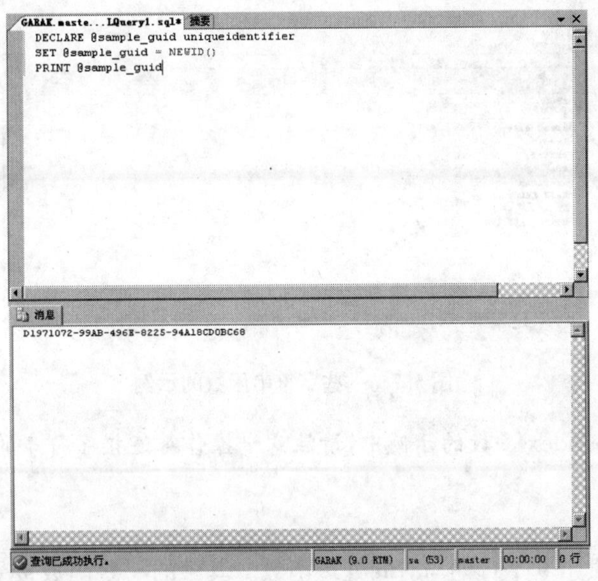

图 5.6　使用 NEWID 函数

说明：当然，如果在计算机上运行这个相同的 SQL 批处理，结果可能会稍有不同，因为 NEWID()函数在每次运行时都产生一个不同的 GUID。

字符串函数

SQL Server 支持 20 多个字符串处理函数。下面仅介绍最常用的几个字符串函数：

◆ LEFT 函数选择字符串左边的字符。例如，LEFT('abcdefg', 4)返回字符串'abcd'。

◆ LEN 函数返回字符串的长度。

◆ LOWER 函数将字符串转换成小写。

◆ LTRIM 函数删除字符串的前导空格。

◆ REPLACE 函数用一个字符串替换另一个字符串的所有实例。例如，REPLACE ('abc ', 'b ','c ')返回'acc '。

◆ RIGHT 函数选择字符串右边的字符。

◆ RTRIM 函数删除字符串的后缀空格。

◆ SOUNDEX 函数返回字符串的 Soundex 码。Soundex 码设计用来使发音相近的两个名称返回一致的代码。

◆ SUBSTRING 函数返回字符串中从指定位置开始数起的指定个数的字符。例如，SUBSTRING ('abcde ', 2, 3)返回'bcd '。

◆ UPPER 函数将字符串转换成大写。

图 5.7 使用 SQL Server Management Studio 工具演示了上述函数当中的几个函数。

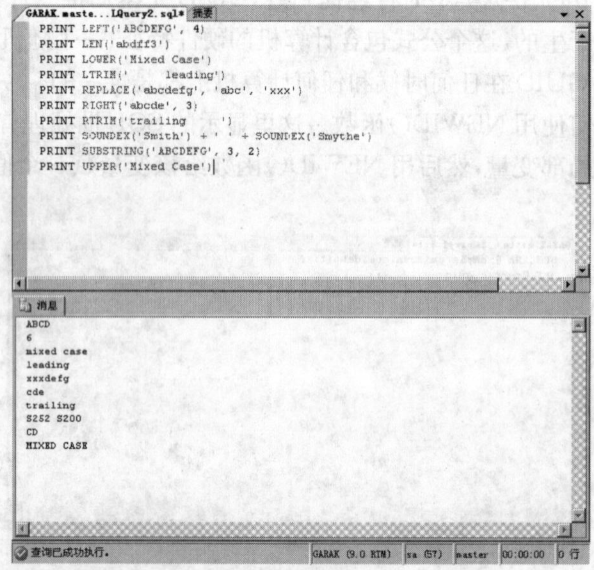

图 5.7 一些字符串函数的示例

说明: 在演示 Soundex 函数的示例中，请注意+操作符连接字符串的使用方法。

日期与时间函数

SQL Server 提供了 9 个日期与时间处理函数。其中的一些函数接受 datepart 变元，这个变元指定函数处理日期与时间所使用的时间粒度。表 5.8 列出了 datepart 变元的可能设置。

表 5.8 SQL Server datepart 常量

常量	含义
yy 或 yyyy	年
qq 或 q	季
mm 或 m	月
wk 或 ww	周
dw 或 w	周日期

（续表）

常量	含义
dy 或 y	年日期(1 到 366)
dd 或 d	日
hh	时
mi 或 n	分
ss 或 s	秒
ms	毫秒

例如，DATEADD()函数接受一个日期单元、一个数量和一个日期作为变元，并返回给指定日期添加上指定数量的日期单元后的结果。因此，要在当前日期上增加 3 天，可以使用下列表达式：

```
PRINT DATEADD(d, 3, GETDATE())
```

警告：datepart 常量不是字符串，因此不能将它放在单引号内。

下面是日期与时间函数的完整列表：

- ◆ DATEADD()给日期添加时间。
- ◆ DATEDIFF()报告两个日期之间的日期单元数量。
- ◆ DATENAME()从日期中抽取出文本名称(比如 February 或 Tuesday)。
- ◆ DATEPART()返回指定日期中的指定日期单元。
- ◆ DAY()返回日期中的日。
- ◆ GETDATE()返回当前日期与时间。
- ◆ GETUTCDATE()返回 UTC 标准时间的当前日期与时间。
- ◆ MONTH()返回日期中的月。
- ◆ YEAR()返回日期中的年。

数学函数

SQL Server 提供了 20 多个用于处理整数与浮点值的数学函数。这些数学函数包括可在任何编程语言中发现的所有常用函数。表 5.9 列出了 T-SQL 中现有的数学函数。

提示：SQL Server 使用弧度作为三角函数中的角度单位。

表 5.9　T-SQL 中现有的数学函数

函数	含义
ABS	绝对值
ACOS	反余弦
ASIN	反正弦
ATAN	反正切
ATN2	由两个角定义的角的反正切
CEILING	大于指定表达式的最小整数值
COS	余弦
COT	余切
DEGREES	将弧度变成角度
EXP	指数
FLOOR	小于指定表达式的最大整数值
LOG	底数为 2 的对数

(续表)

函数	含义
LOG10	底数为 10 的对数
PI	常量 π
POWER	指数操作符
RADIANS	将角度变成弧度
RAND	随机数产生器
ROUND	按指定精度舍入浮点数
SIGN	表达式符号
SIN	正弦
SQRT	平方根
SQUARE	平方
TAN	正切

系统与元数据函数

系统与元数据函数返回 SQL Server 及其所存数据的内部信息。大多数系统与元数据函数相当难理解,或者仅用在专业化环境中。在"联机丛书"的 T-SQL 帮助中,可以找到这些函数的完整清单。下面是数据库中常用的几个系统与元数据函数:

- ◆ CONVERT()函数将一种数据类型的数据转变为另一种数据类型的数据(比如整数变成字符)。
- ◆ CURRENT_USER()函数返回当前用户的名称(运行当前 SQL 批处理的用户)。
- ◆ ISDATE()函数报告它的输入是不是一个有效日期。
- ◆ ISNULL()函数用一个指定替换值替换任何空值。
- ◆ ISNUMERIC()函数报告它的输入是不是一个数值。

图 5.8 用 SQL Server Management Studio 演示了这些函数的用法。

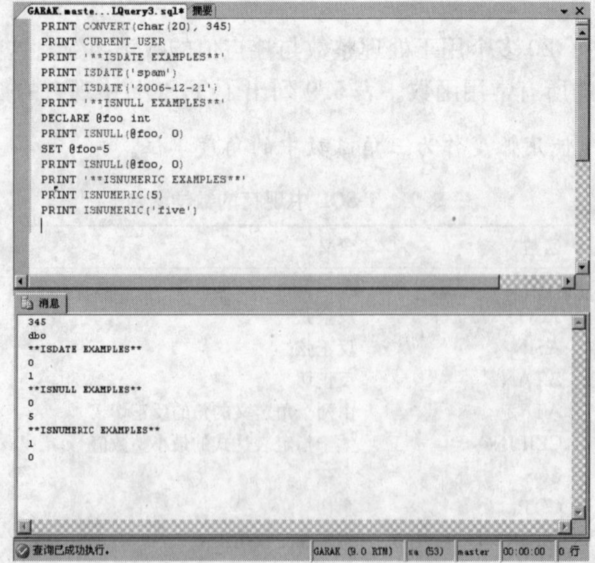

图 5.8 一些有用的系统与元数据函数

用户定义函数

SQL Server 2005 还允许用户定义他们自己的函数，以便用在允许使用系统函数的任何地方。为此，可以使用 CREATE FUNCTION 语句：

```
CREATE FUNCTION [schema_name].function_name
(
 [{@parameter_name data_type [=default_value]} [,...n]]
)
RETURNS data_type
[AS]
{BEGIN function_body END}
```

说明：这个定义已经过一些简化。具体地说，我们省略了用来从用户定义函数中返回表的那些从句。详情请参见"SQL Server 联机丛书"。

例如，可以按如下方式定义一个名为 TwoTimes 的函数：

```
CREATE FUNCTION TwoTimes
(@input int=0)
RETURNS int
AS
BEGIN
 RETURN 2 * @input
END
```

在该函数建成之后，就可以在 SELECT 语句中调用它：

```
SELECT SalesOrderID, dbo.TwoTimes(OrderQty) AS Extra
FROM sales.SalesOrderDetail
```

图 5.9 显示了这个查询的结果集。需要注意的是，即使在创建该函数时没有指定所有者，在调用该函数时，仍需要指定函数的所有者(默认为创建用户——本例为数据库所有者 dbo)。

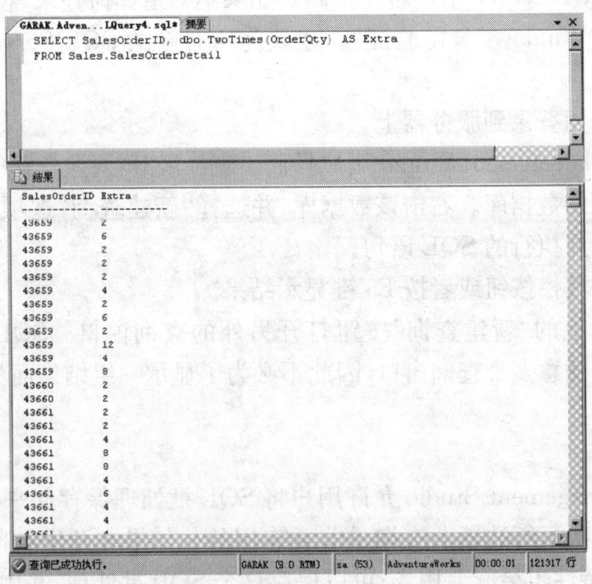

图 5.9 调用用户定义函数

说明:第 6 章将比较详细地介绍 SELECT 语句。

说明:SQL Server 2005 引进了一个新的函数类型,即 CLR 函数。这些函数允许调用使用.NET 公共语言运行时(CLR)编译的代码。第 19 章将详细讨论这些函数。

执行 T-SQL 语句

到现在为止,前面用来演示 SQL 语句的几个示例一直使用 SQL Server Management Studio。本节将比较详细地介绍 SQL Server Management Studio,然后考虑执行 T-SQL 语句的两个替代工具:OSQL 和 SQLCMD 命令行实用程序。

使用 SQL Server Management Studio

除了执行查询之外,SQL Server Management Studio 还提供了其他一些功能,从而使它变得更强大、更容易使用。本节将介绍怎样创建、保存与检索查询,怎样以几种格式浏览结果,以及怎样浏览查询的执行计划。查询方案是 SQL Server 为了交付查询结果而采取的一系列动作的一份清单。此外,本节还介绍怎样创建视图和存储过程。

创建查询

前面已介绍过如何创建查询来测试 SQL 语句。下面先回顾一下那些步骤:

1. 从"开始"菜单中选择"程序"➤ Microsoft SQL Server 2005 ➤ Management Studio,启动 SQL Server Management Studio。
2. 从组合框中选择要连接到的 SQL Server。这个组合框显示最近连接过的服务器。要显示网络上的其他服务器,从这个组合框中选择"<浏览更多...>"选项。也可以用专用名称(local)连接到当前计算机上的某个服务器。
3. 选择"身份验证"组合框中的"Windows 身份验证"选项,或者选择"SQL Server 身份验证",并提供 SQL Server 用户名和密码。如果不知道如何登录,在请教数据库管理员以前,先试一试"Windows 身份验证"。建议为所有新的 SQL Server 安装都采用这个选项。
4. 单击"确定"按钮登录到服务器上。
5. SQL Server Management Studio 用户界面出现。展开"对象资源管理器"中的树形视图并查找要使用的数据库。右击该数据库,并选择"新建查询"选项打开一个新的查询窗口。键入多条要执行的 SQL 语句。
6. 单击"执行"工具栏按钮或者按 F5 键显示结果。

也可以用工具栏上的"新建查询"按钮打开另外的查询窗口。SQL Server Management Studio 允许用户打开任意多个查询窗口,因此不必为了显示一组结果而失去另一组结果。

保存查询

SQL Server Management Studio 允许用户将 SQL 批处理保存起来供以后使用。这个特性对以后可能需要再次运行的复杂查询是非常有用的。如果在开发期间需要跟踪一个 SQL 批处理的版本,这个特性也会派上用场;可以保存这个 SQL 批处理,并用 Visual Sourcesafe 之类的源代码控制工具保存它。例如,可以创建一个查询,并让它连接销售数据库中的 5 或 6 个表来计算合计销售结果。在建成了这个查询之后,不妨将其保存起来,以免下次需要浏览当前结果时再次键入复杂的SQL代码。

要保存查询,从SQL Server Management Studio菜单栏中选择“文件”➤“保存”菜单命令,或者单击“保存”按钮。SQL Server Management Studio将推荐一个默认文件名,但可以键入任意一个名称。默认情况下,SQL Server Management Studio用.SQL作为查询的扩展名。

打开保存的查询

要打开以前保存的查询,从SQL Server Management Studio菜单栏上选择“文件”➤“打开”命令或单击“打开”按钮。浏览要打开的查询并单击“确定”按钮。该查询将出现在当前查询窗口中,并随时可以执行。

浏览结果

SQL Server Management Studio提供了两种浏览结果的格式。第一种格式,即“以文本格式显示结果”是本章前面的大多数示例所使用的格式。这种格式最适合仅返回少量信息的查询。

另一种格式将结果显示在一个网格中。这种格式对返回记录集的查询比较适合。图5.10显示了SQL Server Management Studio网格中的一个结果集。

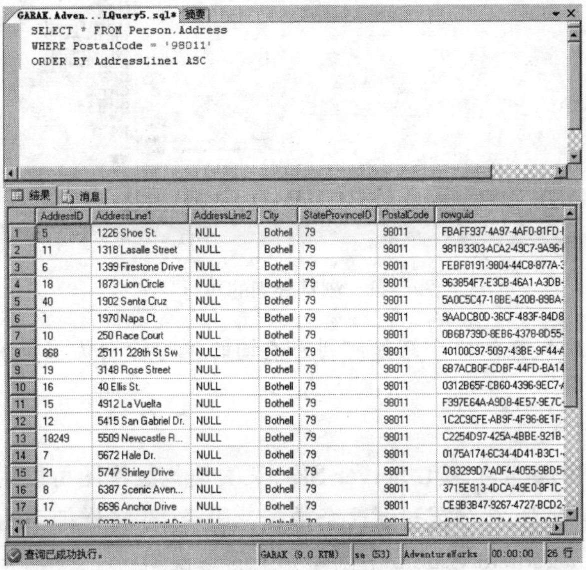

```
SELECT * FROM Person.Address
WHERE PostalCode = '98011'
ORDER BY AddressLine1 ASC
```

	AddressID	AddressLine1	AddressLine2	City	StateProvinceID	PostalCode	rowguid
1	5	1226 Shoe St.	NULL	Bothell	79	98011	FBAFF937-4A97-4AF0-81FD-I
2	11	1318 Lasalle Street	NULL	Bothell	79	98011	981B3303-ACA2-49C7-9A96-I
3	6	1399 Firestone Drive	NULL	Bothell	79	98011	FEBF8191-9804-44C8-877A-3
4	18	1873 Lion Circle	NULL	Bothell	79	98011	963854F7-E3CB-46A1-A3DB-
5	40	1902 Santa Cruz	NULL	Bothell	79	98011	5A0C5C47-18BE-420B-89BA-
6	1	1970 Napa Ct.	NULL	Bothell	79	98011	9AADCB0D-36CF-483F-84D8
7	10	250 Race Court	NULL	Bothell	79	98011	0B6B739D-8EB6-4378-8D55-
8	868	25111 228th St Sw	NULL	Bothell	79	98011	40100C97-5097-43BE-9F44-A
9	19	3148 Rose Street	NULL	Bothell	79	98011	6B7ACB0F-CDBF-44FD-BA14
10	16	40 Ellis St.	NULL	Bothell	79	98011	0312B65F-CB60-4396-9EC7-4
11	15	4912 La Vuelta	NULL	Bothell	79	98011	F397E64A-A9D8-4E57-9E7C-
12	12	5415 San Gabriel Dr.	NULL	Bothell	79	98011	1C2C9CFE-AB9F-4F96-8E1F-
13	18249	5509 Newcastle R...	NULL	Bothell	79	98011	C2254D97-425A-4BBE-921B-
14	7	5672 Hale Dr.	NULL	Bothell	79	98011	0175A174-6C34-4D41-B3C1-
15	21	5747 Shirley Drive	NULL	Bothell	79	98011	D83299D7-A0F4-4055-9BD5-
16	8	6387 Scenic Aven...	NULL	Bothell	79	98011	3715E813-4DCA-49E0-8F1C-
17	17	6696 Anchor Drive	NULL	Bothell	79	98011	CE9B3B47-9267-4727-BCD2-

查询已成功执行。 GARAK (9.0 RTM) sa (53) AdventureWorks 00:00:00 26 行

图5.10 用网格浏览结果

要从一种格式切换到另一种格式,从SQL Server Management Studio菜单栏中选择“查询”➤“将结果保存到”➤“以文本格式显示结果”或“查询”➤“将结果保存到”➤“以网格显示结果”菜单命令。

提示:从图5.10中可以看出,空白区在T-SQL语言中通常是没有意义的。为了让SQL代码更容易理解,可以插入换行符、空格和制表符。

如果不想在屏幕上立即浏览查询结果,可以选择“查询”➤“将结果保存到”➤“将结果保存到文件”菜单命令将结果直接存盘。

浏览查询的执行计划

SQL Server Management Studio 还可以显示任一查询的估计执行计划。执行计划是 SQL Server 用来执行查询的一系列步骤。这个信息很有用,因为每一步均显示它的估计相对成本(时间成本)。该工具可以用来发现应用程序中的瓶颈和帮助修改查询使之执行得更快。要显示查询的执行计划,选择"查询"➤"显示估计的执行计划"菜单命令,或者使用 Ctrl+L 快捷键。

图 5.11 显示了一个查询的执行计划。每一步由一个图标代表。如果将鼠标停留在某个图标上,将会看到该步骤的详细信息。

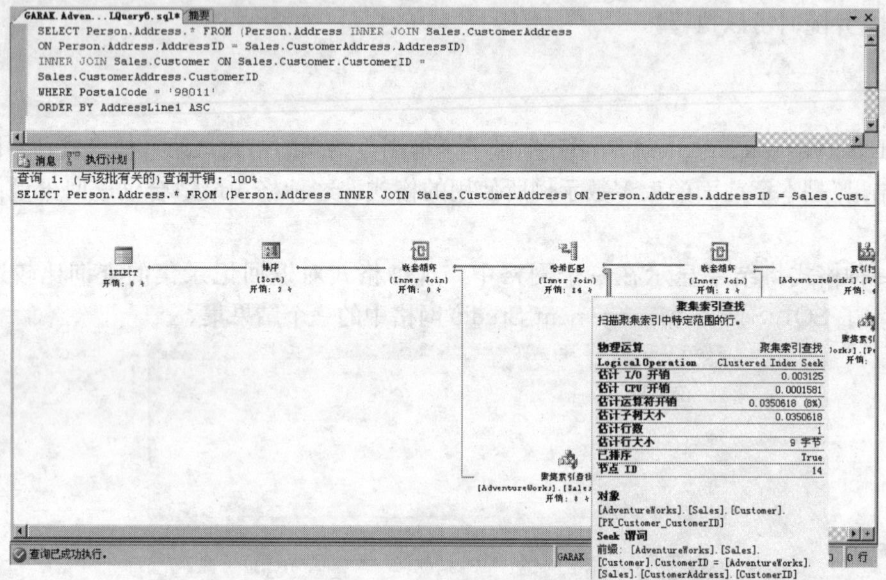

图 5.11　浏览查询的执行计划

说明:第 24 章将比较详细地介绍如何利用查询的执行计划优化查询。

创建视图

视图就是数据库中保存的 SQL Server SELECT 语句。视图可以用来检索一个或几个表中的数据,还可以用来汇总、排序或过滤这个数据。第 13 章将详细介绍视图。下面仅介绍如何在 SQL Server Management Studio 中创建一个简单视图:

1. 在要查询的数据库的树形视图中,浏览到"视图"节点。
2. 右击"视图"节点,并选择"新建视图"选项。
3. 在视图编辑器的上层窗格中,给视图指定一个名称。
4. 在视图编辑器的下层窗格中,键入创建该视图的 SQL 语句。
5. 单击"保存"按钮创建视图。请注意,这实际上创建一个数据库对象,而不是创建一个外部文件(比如前面创建的已保存查询)。

图 5.12 显示了 SQL Server Management Studio 中的一个简单视图。

视图设计器由两个窗格构成:

◆ 标题窗格显示视图的元数据。

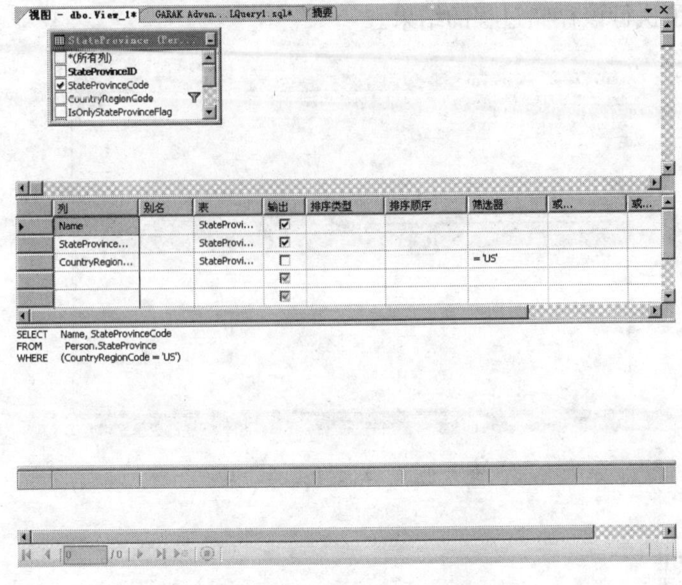

图 5.12　SQL Server 视图

◆ SQL 窗格显示创建视图的 SQL 语句。

这两个窗格之一内的修改将会反映在另一个窗格中。例如，如果在 SQL 窗格中添加了一个新字段，这个字段将会在保存视图时出现在标题窗格中。

创建存储过程

SQL Server Management Studio 也可以用来创建执行任意 SQL 语句的存储过程。与视图不同的是，存储过程可以包含多条 SQL 语句，因此与 SQL Server Management Studio 中看到的查询相似。第 14 章将详细介绍存储过程。

要创建并执行一个简单的存储过程，按照下列步骤进行：

1. 在要查询的数据库的树形视图中，浏览到“存储过程”节点。它是“可编程性”节点的子节点。
2. 右击“存储过程”节点，并选择“新建存储过程”选项。
3. 在视图编辑器的上层窗格中，给存储过程指定一个名称。
4. 键入构成该存储过程的 SQL 语句。如果要检查 SQL 代码是不是正确，单击“分析”工具栏按钮。图 5.13 显示了定义该存储过程的这一步。

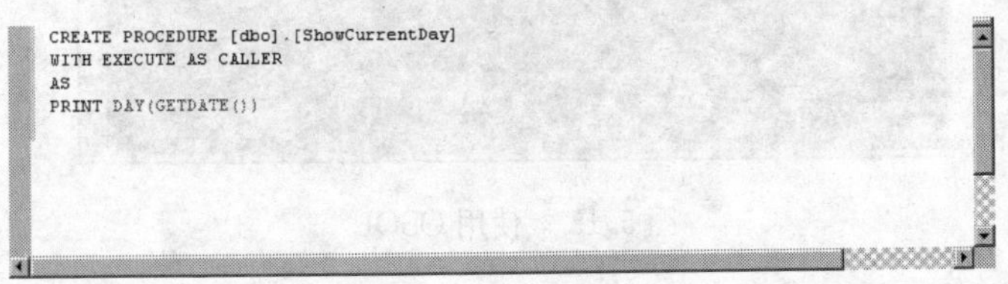

图 5.13　定义存储过程

5. 单击“保存”按钮保存存储过程。
6. 在刚才用来创建存储过程的数据库中，打开一个新的查询窗口。
7. 在这个查询窗口中键入存储过程的名称并执行该存储过程。

图 5.14 显示了执行该存储过程的结果。

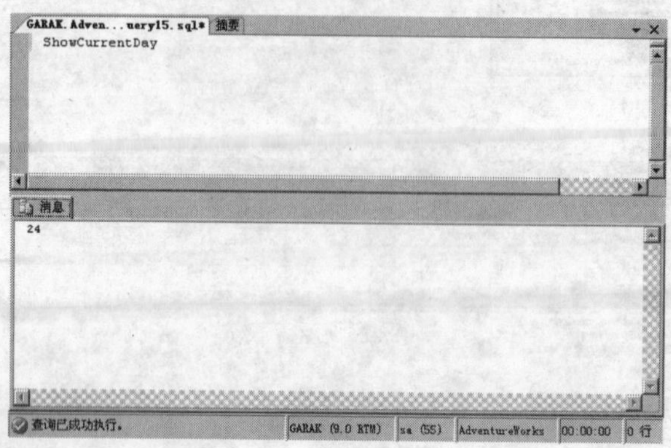

图 5.14　存储过程的结果

使用命令行工具

有时,可能需要显示 SQL 语句的结果,但不喜欢图形化工具所产生的系统开销。在这种情况下,可以使用两个命令行工具之一,即 OSQL 或 SQLCMD 执行 SQL 语句。这两个工具都接受文本作为输入,并将它们的结果发送到命令提示符处。如果已经熟悉 OSQL,则可以继续使用它。如果这是第一次学习命令行工具,建议从 SQLCMD 开始。

使用 OSQL

图 5.15 显示了怎样用 OSQL 检索在 AdventureWorks 数据库中的一个查询结果。其中,-d 变元用来传递数据库的名称给 OSQL,-Q 变元包含要执行的 SQL 语句,-E 变元指定 OSQL 应该使用 Windows 集成安全性。

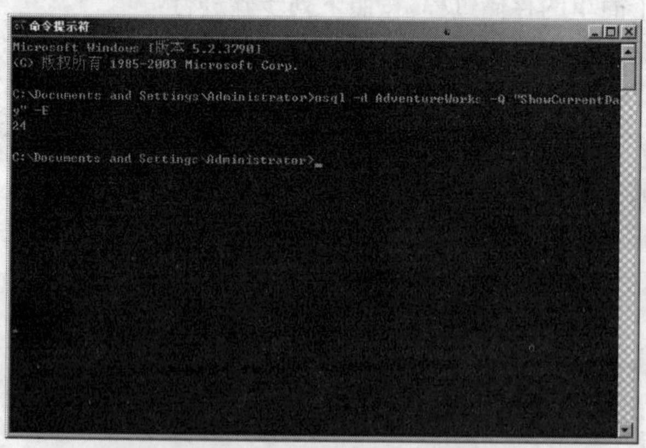

图 5.15　使用 OSQL

OSQL 是个功能强大的实用程序,但前提是需要记住它的所有命令行选项。从本例中可以看出,如果选项要求较多信息,则直接在变元后面供给。表 5.10 列出了可以跟 OSQL 一起使用的所有变元。

表 5.10　OSQL 变元

变元	含义
-a packet_size	指定在与服务器进行对话时要使用的包长度。如果要发送的批处理很长，则可能需要加大这个设置(默认长度为 512)
-b	在出现错误时中止批处理并返回一个 DOS ERRORLEVEL
-c command_terminator	指定批处理结束标志。默认标志为 GO
-d database	使用指定的数据库
-D datasourcename	使用指定的 ODBC 数据源名(DSN)连接到数据库。DSN 应该指向一个 SQL Server 数据库
-e	将输入回显到输出上
-E	使用 Windows NT 集成安全
-h rows	设置在重复列标题以前要打印的行数
-H workstation	设置在与服务器进行通信时要使用的工作站名
-I input_file	指定含有待执行 SQL 语句的文件
-I	设置 QUOTED_IDENTIFIER ON
-l timeout	设置等待登录完成的秒数
-L	列出已知服务器
-m error_level	设置要显示的最低严重级别
-n	指定输出行不能编号
-ooutput_file	指定要用结果创建或覆盖的文件
-O	禁用新特性，使 OSQL 充当已废弃的 ISQL 实用程序
-p	在查询完成时打印性能统计信息
-P password	设置 SQL Server 密码
-R	在显示数字、日期和币值时使用本地客户设置
-q "query"	执行供给的查询，但不退出 OSQL
-Q "query"	执行供给的查询，并立即退出 OSQL
-r0	将错误消息发送到屏幕，即使在将结果传输到文件的时候
-s separator	设置要用在列之间的分隔符。默认分隔符为空格
-S server	设置要连接到的服务器。如果不设置，OSQL 使用本地服务器
-t timeout	设置中止批处理之前等待结果的秒数
-u	用 Unicode 显示结果
-U login_id	指定 SQL Server 登录 ID
-w width	设置换行之前要打印的列数
-?	显示一个语法摘要

警告：OSQL 变元是区分大小的。

使用 SQLCMD

OSQL 已经有好几个版本。SQL Server 2005 提供了较新的实用工具，这就是设计用来替换 OSQL 的 SQLCMD。如果已经熟悉 OSQL，虽然没有必要停止使用 OSQL，但 SQLCMD 是未来的方法；应当学会将它用于新工作。

图 5.16 显示了怎样使用 SQLCMD 检索在 AdventureWorks 数据库中的一个查询结果。其中，-d 变元用来传递数据库的名称给 SQLCMD，-Q 变元包含要执行的 SQL 语句，-E 变元指定 SQLCMD 应该使用 Windows 集成安全性。

与 OSQL 一样，可以通过许多命令行变元定制 SQLCMD。表 5.11 列出了可以跟 SQLC-MD 一起使用的所有变元。

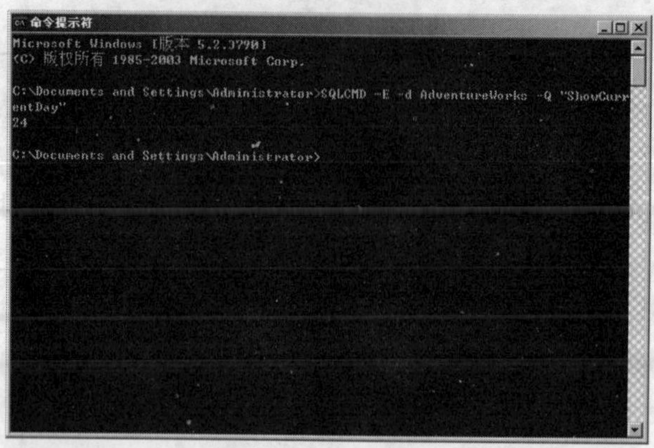

图 5.16　使用 SQLCMD

表 5.11　SQLCMD 变元

变元	含义
-a packet_size	指定在与服务器进行对话时要使用的包长度。如果要发送的批处理很长，则可能需要加大这个设置(默认长度为 512)
-A	用一条专用管理员连接(DAC)登录以排除故障
-b	在出现错误时中止批处理并返回一个 DOS ERRORLEVEL
-c command_terminator	指定批处理结束标志。默认标志为 GO
-d database	使用指定的数据库
-e	将输入回显到输出上
-E	使用 Windows NT 集成安全
-f <codepage>	指定同时用于输入和输出的代码页
-h rows	设置在重复列标题以前要打印的行数
-H workstation	设置在与服务器进行通信时要使用的工作站名
-i input_file	指定含有待执行 SQL 语句的文件
-I	设置 QUOTED_IDENTIFIER ON
-l timeout	设置等待登录完成的秒数
-L	列出已知服务器
-m error_level	设置要显示的最低严重级别
-o output_file	指定要用结果创建或覆盖的文件
-p	在查询完成时打印性能统计信息
-P password	设置 SQL Server 密码
-q "query"	执行供给的查询,但不退出 SQLCMD
-Q "query"	执行供给的查询,并立即退出 SQLCMD
-r0	将错误消息发送到屏幕,即使在将结果传输到文件的时候
-R	在显示数字、日期和币值时使用本地客户设置
-s separator	设置要用在列之间的分隔符。默认分隔符为空格
-S server	设置要连接到的服务器。如果不设置,SQLCMD 使用本地服务器
-t timeout	设置中止批处理之前等待结果的秒数
-u	用 Unicode 显示结果
-U login_id	指定 SQL Server 登录 ID
v var="value"	创建能够在脚本中使用的变量
V	设置错误报告的最小严重级别
-w width	设置换行之前要打印的列数
-X	禁用一条从批处理文件中运行时可能会威胁系统安全的命令
-y, Y	限制用于宽列的字符个数
-?	显示一个语法摘要

警告:SQLCMD 变元是区分大小写的。

SQLCMD 实用程序使用.NET OLEDB 供给器工作,而 OSQL 则使用较旧的库。有时,这可能会使这两个实用程序产生不同的结果。

小结

本章介绍了 Transact-SQL 编程语言的基础,这是 SQL Server 的本机语言。我们介绍了 SQL 标准与兼容性,以及怎样配置 SQL Server 以获得不同级别的兼容性。我们还介绍了 T-SQL 数据类型与函数,以及可以用来执行 T-SQL 批处理的几个工具。

下面将要转到 SQL 语言中最重要的语句,即 SELECT 语句。SELECT 语句用来从数据库表中检索数据,既复杂又灵活。下一章将详细讨论这条功能强大的语句。

第 6 章　SELECT 查询

前面介绍了创建数据库并给它们填充数据所需要的知识。但是，如果不能以一种有意义的方式，即一种组织合理和易于理解的方式取回那些数据，那么这些知识是毫无用处的。为此，必须了解 SELECT 语句及其各种选项。

在本章中，我们将讨论使用连接(JOIN)从一个或几个表中取回数据的各种方法，还将介绍如何用 WHERE 从句限定要返回的数据。一旦获得了所需要的数据，我们还将介绍如何使用 GROUP BY、HAVING、TOP N、ROLLUP、CUBE 和 OVER 之类的从句来组织那些数据。

在掌握了 SELECT 查询之后，我们将转入“全文搜索”，这是一个准确地搜索海量文本的强大工具。我们还将介绍在数据横跨多个服务器时，如何使用链接服务器查询检索数据。最后，我们将介绍 SQL Server 2005 中新增的 XML 查询功能。开始吧。

使用基本的 SELECT 查询

前面曾经介绍过，SELECT 查询是读取表中数据的主要方法。这些查询可能很简单，也可能很复杂。最简单的 SELECT 查询就是从单个表中取回所有数据并以非特殊顺序显示它。事实上，我们首先要介绍的就是一个这样的查询。下面的示例显示 AdventureWorks 数据库的 Person. Contact 表中的所有记录(AdventureWorks 是 SQL Server 携带的测试数据库，并含有一家虚构公司的生产与销售信息)：

1. 从“开始”菜单上选择“程序”➤ Microsoft SQL Server 2005 ➤ Management Studio 打开 SQL Server Management Studio。
2. 使用“Windows 身份验证”建立连接。
3. 单击“标准”工具栏上的“新建查询”按钮。
4. 键入下列代码：

```
USE AdventureWorks
SELECT * FROM Person.Contact
```

提示：AdventureWorks 数据库中的所有表名都含有一个圆点，该圆点是表名的一部分。因此，Person. Contact 仅是单个表的名称。更准确地说，Person 是所有者，而 Contact 才是该表的名称，但是将 Person. Contact 看成该表的全名可能更容易理解。

5. 单击“SQL 编辑器”工具栏上的“执行”按钮或者按 F5 功能键执行。然后，应该看到图 6.1 所示的结果。

说明：本章的示例均查询 AdventureWorks 数据库。这个数据库是 Microsoft 特意创建的，以方便用户试验和测试他们的 SQL 技巧。需要执行 SQL Server 的完全安装才能获得那些样本数据库；SQL Server 的默认安装不包含它们。

该查询返回 Person. Contact 表中的每条记录和每个字段。如果确实需要了解所有这些

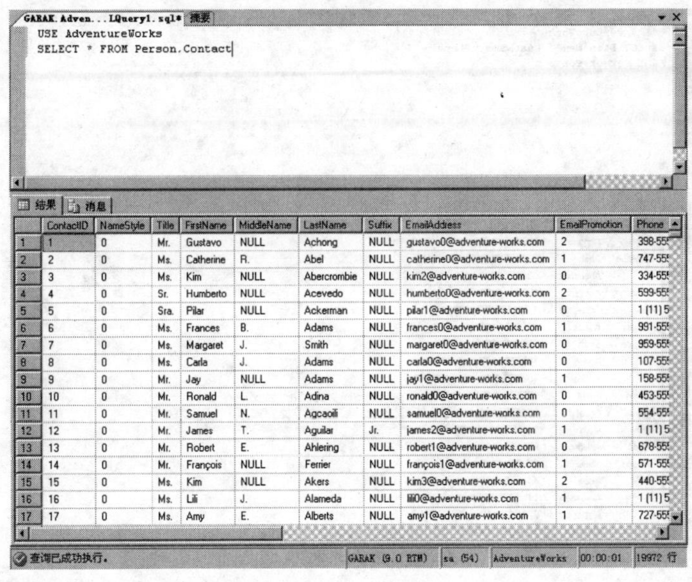

图6.1 SELECT * FROM Person.Contact是基本的SELECT查询

信息，这么做当然很好，但这种情况是很少见的。建议不要经常使用这样的查询，因为它们会使SQL Server执行全表扫描。当SQL Server必须读取一个表中的每条记录来返回结果集时，就会出现全表扫描，这会给服务器造成不小的压力。最好是将SELECT查询所返回的信息限定于需要查看的那些数据。要限定的第一个信息是在结果集中返回的列数。下面的步骤演示了怎样通过给SELECT查询添加一个字段列表来限定该查询返回的列数：

1. 打开一个新的SQL Server查询窗口，或者重新使用已经打开的查询窗口。
2. 键入下列代码：

```
USE AdventureWorks
SELECT FirstName, LastName, Phone
FROM Person.Contact
```

3. 单击“SQL编辑器”工具栏上的“执行”按钮或者按F5功能键执行。然后，应该看到图6.2所示的结果。

比较图6.2与图6.1中的两个结果集，并注意它们之间的差别。这次，我们仅列出了需要查看的列：FirstName、LastName和Phone。由于我们提供了列清单，SELECT语句只返回指定的列中包含的信息。现在，情况有所改善，但显示的信息仍然太多，因为SELECT语句返回表中的每条记录——接近2000条。通过采用WHERE从句，可以限定返回的记录数量。

说明：使用TABLESAMPLE从句也可以限定记录数量。这条从句可以用来返回结果集中的一个随机记录集，而且最适合不用等待庞大结果集的测试工作。例如，可以用SELECT * FROM Person.Contact TABLESAMPLE (10 ROW)随机地取回10行，或者用SELECT * FROM Person.Contact TABLESAMPLE (10 PERCENT)随机地取回结果集的10%。

用WHERE从句限定记录

前面介绍了如何限定SELECT查询所返回的列数，下面介绍怎样限定它们所返回的记录

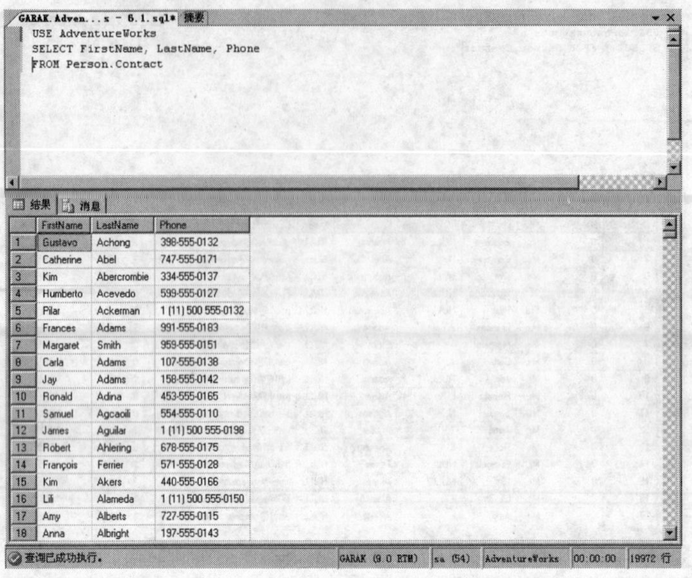

图 6.2 限定 SELECT 查询所返回的列可以使结果集更容易阅读

数量,因为可能不需要了解所有记录。通过给 SELECT 查询添加上 WHERE 从句,让 SQL 只返回满足某些条件的记录,可以限定返回的记录数量。例如,假设只想了解姓氏为 White 的联系人。利用 WHERE 从句,可以让 SQL 只返回那些记录。下面就来试一试这条从句:

1. 打开一个新的 SQL Server 查询窗口,或者重新使用已经打开的查询窗口。
2. 键入下列代码:

```
USE AdventureWorks
SELECT FirstName, LastName, Phone
FROM Person.Contact
WHERE LastName = 'White'
```

3. 单击"SQL 编辑器"工具栏上的"执行"按钮或者按 F5 功能键执行。然后,应该看到图 6.3 所示的结果。

图 6.3 所显示的结果集应该只包含 77 条记录,即 LastName = 'White'的那些记录。利用 WHERE 从句,可以将记录数量限定于需要查看的那些记录。现在,让我们利用 WHERE 从句做些文章。这次,打算查找除了 White 之外的每个人:

1. 打开一个新的 SQL Server 查询窗口,或者重新使用已经打开的查询窗口。
2. 键入下列代码:

```
USE AdventureWorks
SELECT FirstName, LastName, Phone
FROM Person.Contact
WHERE LastName <> 'White'
```

3. 单击"SQL 编辑器"工具栏上的"执行"按钮或者按 F5 功能键执行。然后,应该看到图 6.4 所示的结果。

滚动结果集(如图 6.4 所示),并注意能否发现姓氏为 White 的人。他们都不在结果集中,是吗?那是因为使用了<>(不等于)操作符的缘故。实质上,命令 SQL Server 返回里面的 LastName 字段不等于 White 的每条记录,而且情况也确实如此。

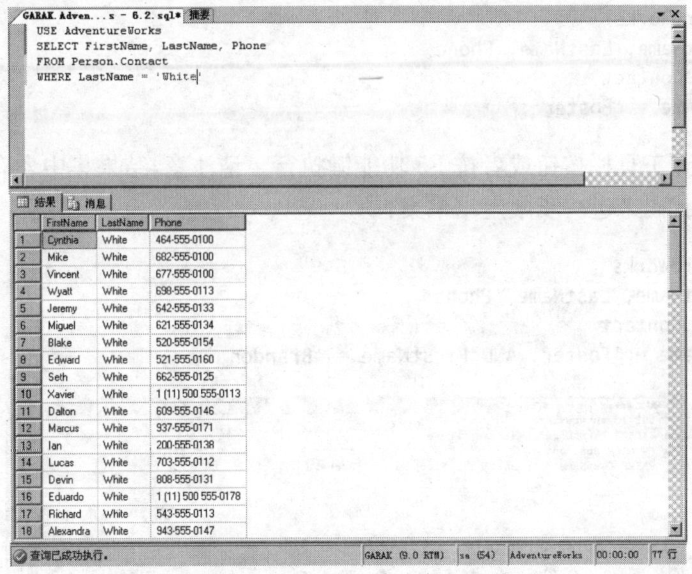

图 6.3　用 WHERE 从句限定 SELECT 查询返回的记录数量

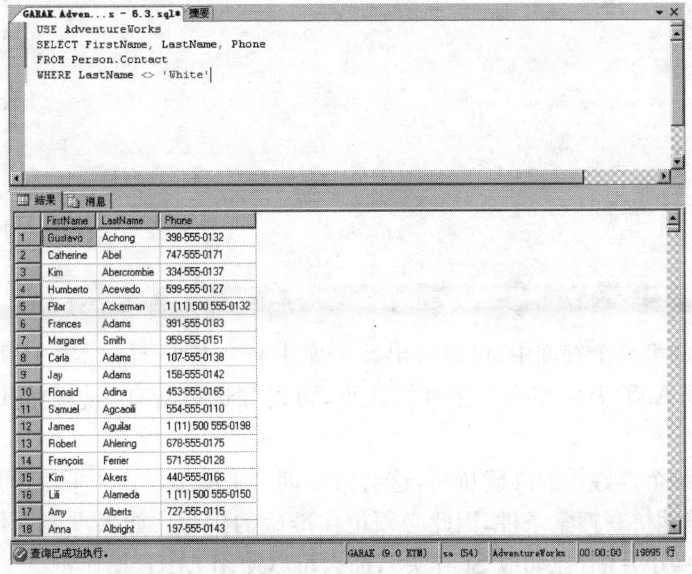

图 6.4　<>(不等于)操作符和 WHERE 从句可以用来进一步细化 SELECT 查询

如果一个查询基于多个列，情况会怎么样？例如，假设需要查找 Brandon Foster，但数据库中有多名姓氏为 Foster 的联系人。如果查询仅基于姓氏列，数据库中所有姓氏为 Foster 的联系人都将被返回，这不是非常巧妙的解决方案。如果查询需要基于多个列（比如姓氏和名字），则需要使用 AND 从句。在下面这个示例中，我们将先通过查询单个列（LastName）核实数据库中有多名姓氏为 Foster 的联系人，然后使用 AND 从句对两个列（FirstName 和 LastName）执行查找来缩小搜索范围：

1. 打开一个新的 SQL Server 查询窗口，或者重新使用已经打开的查询窗口。

2. 键入下列代码：

```
USE AdventureWorks
SELECT FirstName, LastName, Phone
FROM Person.Contact
WHERE LastName = 'Foster'
```

3. 单击“执行”工具栏按钮或者按 F5 功能键执行。请注意,结果集中含有 113 条记录。

4. 执行下列代码来进一步限定结果集:

```
USE AdventureWorks
SELECT FirstName, LastName, Phone
FROM Person.Contact
WHERE LastName = 'Foster' AND FirstName = 'Brandon'
```

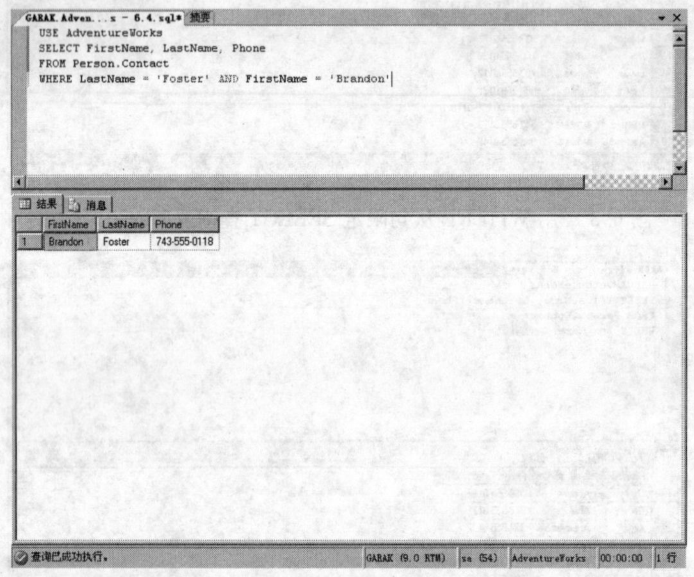

在上面列出的第一个查询中,可以看出数据库中有多名 Foster。由于只对 Brandon 感兴趣,因此通过使用 AND 从句组合名字和姓氏列,可以筛选掉所有不想要的记录。但是,请等一等,还没有完。

也许记不住某个人姓氏的准确拼写,这会给查询带来麻烦。由于前面所用的操作符(<>和=)均要求准确地拼写搜索条件,因此必须记住准确的拼写。如果没能记住准确的拼写,但能记住其中的一些小片断(比如以 St 开头),那么可以使用 LIKE 操作符。

LIKE 操作符与通配符协同工作,其中通配符用来替代没有记住的字符。%通配符可以用来替代任意个数的字符,并可以用在这条从句中的任何地方。例如,如果在开头处使用%通配符(%st),那么查询将检索任何以 ST 结尾的值,不管 ST 的前面有多少个字符。也可以将通配符放在前面和后面(%st%),并返回它们里面的任何地方有 ST 的值。下划线(_)通配符用来替换数据中的单个字符。例如,如果查找 ST_,查询将返回 STY 和 STU,但不返回 STIE,因为后者有 4 个字符,而明确查找以 ST 开头的 3 字符值。

在下列示例中,我们将明确地查找以 ST 开头的任何东西,以演示 LIKE 操作符的能力:

1. 打开一个新的 SQL Server 查询窗口,或者重新使用已经打开的查询窗口。

2. 键入下列代码:

```
USE AdventureWorks
SELECT FirstName, LastName, Phone
FROM Person.Contact
WHERE LastName LIKE 'ST%'
```

3. 单击“执行”工具栏按钮或者按 F5 功能键执行。请注意，结果集中含有 141 条记录(如图 6.5 所示)。

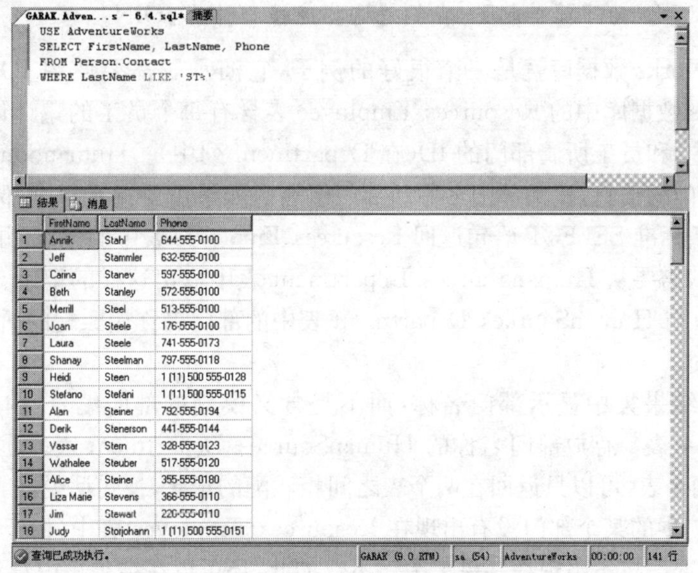

图 6.5　在没能记住准确拼写时使用 LIKE 操作符

从图 6.5 所示的结果集中可以看出，查询返回了许多条记录。结果集的 LastName 字段中的所有姓氏均以 ST 开头，因为用 LIKE 操作符返回姓氏以 ST 开头的任何人。值中的其余字符(由%符号代表)可以使用其他任何内容。

前面介绍了如何从单个表中一次读取全部数据。由于大多数数据库是由多个表构成的，因此还需要知道如何从多个表中一次取回全部数据，并将结果集变成有意义的内容。为此，必须弄懂 JOIN 从句。

使用 JOIN 从句

数据库通常由多个以某种方式相互联系的表组成。人力资源数据库可能就是个很好的例子，它可能包含工资表、员工信息表、病事假表等。在这样的数据库中，可能需要从多个表中同时取回数据，并将结果集变成有意义的内容。例如，如果想知道哪个员工的病假超过了 15 天，则需要同一个结果集中含有病假表和员工信息表中的信息。这样的情形就需要使用 JOIN(连接)从句，JOIN 从句用来从多个表中同时取出数据并将其放在单个结果集中。有几种类型的 JOIN 从句，其中最简单的是 INNER JOIN(内连接)。

说明：如果不明白为什么不将所有信息放在一个统一的表中并检索它，请阅读第 4 章，其中讨论了为什么需要尽最大努力分解数据——一个称为规范化的概念。

说明：AdventureWorks 样本数据库包含几乎 70 个表。

INNER JOIN

INNER JOIN(也称为 JOIN)在 SELECT 语句中用来从多个表中返回单个结果集。JOIN 在一个共有列上链接(或者说连接)表,并返回在那个列上匹配的记录。

说明: INNER JOIN 也称为 EQUI-JOIN,因为它从 JOIN 从句内的每个表中返回相同数量的记录。为了简单起见,我们将这些连接都称为 JOIN。

AdventureWorks 数据库就是一个很好的例子,它演示了需要使用 JOIN 操作的原因。AdventureWorks 数据库中的 Resources. Employee 表含有每个员工的累计休假时间(在 VacationHours 列中)和员工所属部门的 ID(在 Department 列中)。HumanSources. Department 表含有公司各部门的信息,比如部门名称和部门组名。如果需要查看每个部门的累计休假时间,则可以用一条标准 SELECT 语句返回 Resources. Employee 表中的记录,并按 DepartmentID 计算它们。然后,需要从 HumanSources. Department 表中取出这样的记录:第一个结果集中的DepartmentID 与 HumanSources. Department 表中的部门名称相匹配的所有记录。这个查询既麻烦,又费时。

由于需要在结果集中显示部门名称,而不是含义模糊的部门编号,因此需要连接 Resources. Employee 表与存放部门名称的 HumanSources. Department 表。通过在Department ID 列上连接这两个表,可以只返回在两个表之间相匹配的记录,换句话说,如果 HumanSources. Department 表中的某个部门没有出现在 Resources. Employee 表中(由于无员工被分配到该部门),那么该部门将不出现在结果集中。不仅如此,还可以在结果集中看到部门名称,而不是含义模糊的部门 ID。步骤如下:

1. 如果 SQL Server Management Studio 还没有打开,请打开它,并用"Windows 身份验证"创建登录。
2. 执行下列查询从 Resources. Employee 表与 HumanSources. Department 表中返回数据:

```
USE AdventureWorks
SELECT HumanResources.Employee.VacationHours,
  HumanResources.Employee.LoginID,
  HumanResources.Department.Name
FROM HumanResources.Employee
INNER JOIN HumanResources.Department
ON HumanResources.Employee.DepartmentID =
HumanResources.Department.DepartmentID
```

3. 然后,应该看到图 6.6 所示的结果。

滚动图 6.6 所示的结果集可以注意到,HumanResources. Employee 表与 HumanResources. Department 表之间在 DepartmentID 列上相匹配的所有记录均被提取了出来。换句话说,SQL Server 检查了 HumanResources. Department 表中每条记录的 DepartmentID 列,并将其与 HumanResources. Department 表的 DepartmentID 列进行比较,当 SQL Server 在两者之间发现一个匹配时,对应的记录就被添加到结果集中。例如,Production 部的第一个员工有 21 个小时的累计休假时间。如果某个部门没有任何员工,那么它在 HumanResources. Employee 表中就不会有记录,因此也不会出现在结果集中,因为只有在两个表之间有匹配的记录才会出现在结果集中。如果需要列举出每个部门,不管它有没有员工,则需要使用一条 OUT-

ER JOIN(外连接)从句。

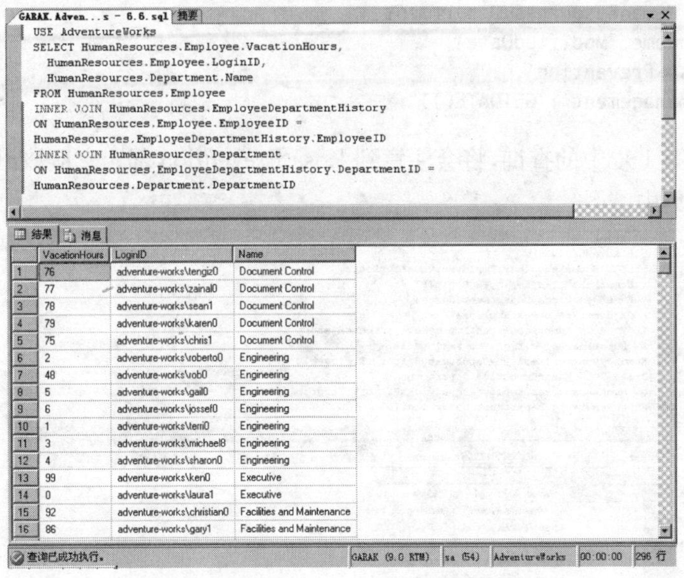

图 6.6　连接两个表可以使结果更容易理解

OUTER JOIN

有 3 种类型的 OUTER JOIN。如果需要了解 JOIN 从句最右边的表中的所有记录,而不管它们在左边表中是否有匹配的记录,则可以使用一条 RIGHT OUTER JOIN 从句(通常简称为 RIGHT JOIN 从句)。要了解 JOIN 从句最左边的表中的所有记录,而不管它们在右边表中是否有匹配的记录,则可以使用一个 LEFT OUTER JOIN 从句(通常简称为 LEFT JOIN 从句)。如果需要同时查看左表和右表中的所有记录,而不管它们在另一个表中是否有对应的记录,则可以使用一条 FULL OUTER JOIN 从句(通常简称为 OUTER JOIN 从句)。在上一个示例中,要列举出每个部门,不管它们有没有已休过假的员工,则需要使用一条 RIGHT JOIN 从句,该从句返回 JOIN 从句右表中的所有记录。下面,通过运行上次的同一个查询来演示 RIGHT JOIN 的用法,但这次显示 HumanResources. Department 表中的所有部门,不管它们有没有员工:

1. 给上一个练习中的查询添加上 RIGHT JOIN 从句,使之变成下面这样:

```
USE AdventureWorks
SELECT HumanResources.Employee.VacationHours,
  HumanResources.Employee.LoginID,
  HumanResources.Department.Name
FROM HumanResources.Employee
RIGHT JOIN HumanResources.Department
ON HumanResources.Employee.DepartmentID =
HumanResources.Department.DepartmentID
```

2. 初看起来没有什么变化(如果运行该查询,仍会取回 290 行)。现在,通过在一个新的查询窗口中执行下列 SQL 语句,给 HumanResources. Department 表添加一条记录,但不给 HumanResources. Employee 表添加一条匹配的记录:

```
USE AdventureWorks
INSERT INTO HumanResources.Department
(Name, GroupName, ModifiedDate)
VALUES ('Loss Prevention',
'Inventory Management', GETDATE())
```

3. 再次执行第1步中的查询,将会注意到Loss Prevention部。它应该出现在图6.7所显示的结果集中。

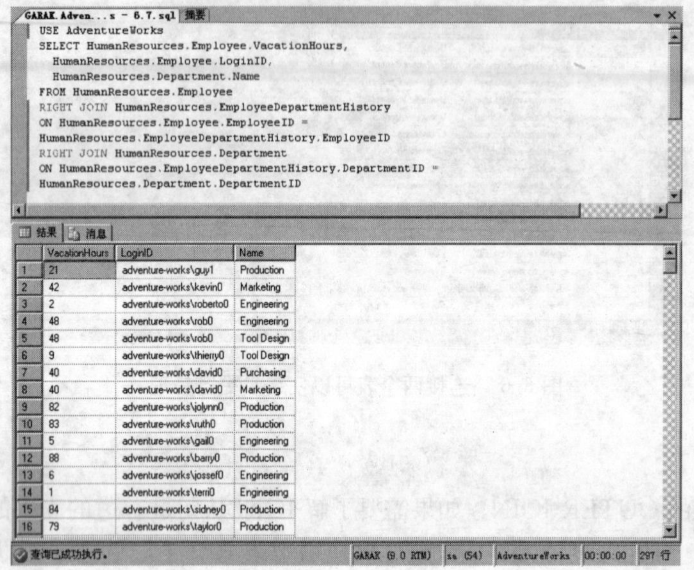

图6.7 使用一条RIGHT JOIN从句将显示这条从句右表中的所有记录

说明:关于INSERT语句的完整讨论,请参考第7章。

在第1步的查询中,应该注意不到变化,因为HumanResources.Department表中的所有部门在HumanResources.Employee表中都有匹配的记录。这就是第2步中增加Loss Prevention记录的原因;它在HumanResources.Employee表中没有匹配的记录,也就是说,Loss Prevention部没有员工。在给HumanResources.Department表添加了那条新记录并再次运行查询之后,应该看到Loss Prevention记录的VacationHours与LoginID列中均显示为空值。这些空值表示左表(HumanResources.Employee)中不存在匹配的记录,但右表(HumanResources.Department)中的那些记录仍被返回。

到目前为止,显示的部门名称只跟LoginID相关联,比如adventureworks\guy1正工作在Production中。虽然显示LoginID有帮助,但显示部门名称和员工姓名(而不是LoginID)会更有帮助。要显示员工的姓名以及他们所属部门的名称,则需要涉及存放员工姓名的表,换句话说,需要添加另一个连接。

连接多个表

在下一个查询中,我们将显示员工的姓名和员工所属部门的名称。为了显示员工姓名,而不是含义模糊的员工ID,需要访问存放员工姓名的Person.Contact表。由于HumanResources.Employee表有ContactID列,Person.Contact表也有匹配的ContactID列,因此可以在ContactID列上连接这两个表。为了获取部门名称,再次在DepartmenID列上连接HumanResources. Employee 表与 HumanResources. Department 表。有了这些连接之后,就应该看到员工姓名,后跟部门名称和每个员工的累计休假时间量:

1. 在 SQL Server Management Studio 中,执行下列查询连接那3个表:

```
USE AdventureWorks
SELECT Person.Contact.FirstName, Person.Contact.LastName,
  HumanResources.Department.Name,
  HumanResources.Employee.VacationHours
FROM HumanResources.Employee
INNER JOIN HumanResources.Department
ON HumanResources.Employee.DepartmentID =
HumanResources.Department.DepartmentID
INNER JOIN Person.Contact
ON HumanResources.Employee.ContactID = Person.Contact.ContactID
```

2. 然后,应该看到图6.8所示的结果集。

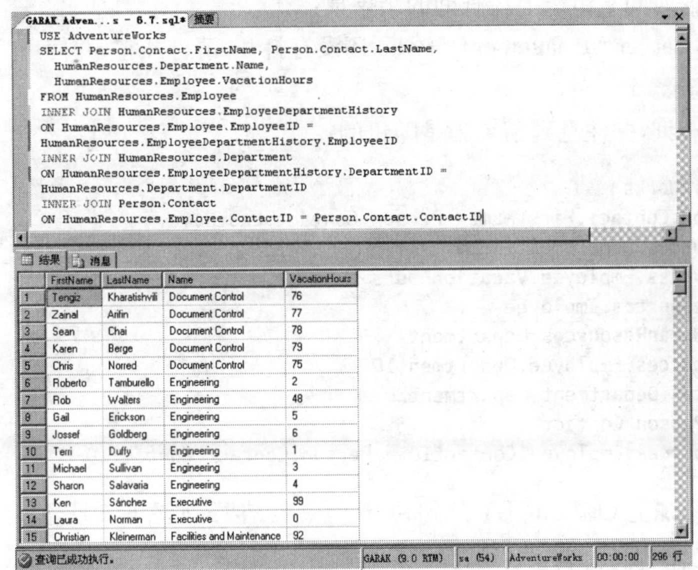

图 6.8 连接两个以上的表可以进一步调整查询

注意到第二个连接的作用了吗? 以前看到的那些莫名其妙的 LoginID 已换成了员工姓名,因而使结果集更容易理解。然而,仍有问题:迄今为止所显示的所有结果集都是随机的,没有一定的顺序,因此查找特定的记录是很困难的。下面将介绍几种给结果集排序的方法,使结果集观看起来像有组织的报表,而不是一堆无序的信息。

将结果集变为报表

如果曾经参加过婚礼、生日或奇特的舞会,则可能看到过每个人都要在上面签名的来宾登记簿。要在来宾登记簿中查找一个指定的姓名,必须浏览每一页上的每一行。SQL Server 返回的默认结果集也是这样:它们没有任何顺序,因此必须浏览结果集中的每一行来查找一条指定的记录。这是很麻烦的。但是,跟聚会用的来宾登记簿不同的是,可以组织结果集,使之更容易理解。本节将介绍几个可以用来实现这种组织的工具,首先从 ORDER BY 从句开始。

警告:读者可能注意到某些结果集中的明显顺序,即使没有使用 ORDER BY。这样的顺序是 SQL Server 处理特定查询的方式所产生的副作用,而且不保证这样的行为在不同的版本之间保持不变。如果需要保证一种特定的顺序,应该总是使用 ORDER BY。

使用 ORDER BY

顾名思义,ORDER BY 从句基于指定的列组织结果集。在上一个涉及部门、员工和休假时间的示例中,可能已经注意到结果集并没有真正的顺序。利用 ORDER BY,可以基于部门名称或休假时间量,甚至按员工的姓氏组织结果集。为了演示如何组织结果集,我们将通过对 HumanResources. Employee 表的 VacationHours 列使用 ORDER BY 从句,并基于哪个员工有最大的累计休假时间来组织上述查询的结果集:

1. 如果 SQL Server Management Studio 还没有打开,请打开它,并使用"Windows 身份验证"创建登录。
2. 执行下列查询,并注意到结果集是随机的:

```
USE AdventureWorks
SELECT Person.Contact.FirstName, Person.Contact.LastName,
  HumanResources.Department.Name,
  HumanResources.Employee.VacationHours
FROM HumanResources.Employee
INNER JOIN HumanResources.Department
ON HumanResources.Employee.DepartmentID =
HumanResources.Department.DepartmentID
INNER JOIN Person.Contact
ON HumanResources.Employee.ContactID = Person.Contact.ContactID
```

3. 在最后面添加上 ORDER BY 从句,并注意观察结果(如图 6.9 所示):

```
USE AdventureWorks
SELECT Person.Contact.FirstName, Person.Contact.LastName,
  HumanResources.Department.Name,
  HumanResources.Employee.VacationHours
FROM HumanResources.Employee
INNER JOIN HumanResources.Department
ON HumanResources.Employee.DepartmentID =
HumanResources.Department.DepartmentID
INNER JOIN Person.Contact
ON HumanResources.Employee.ContactID = Person.Contact.ContactID
ORDER BY HumanResources.Employee.VacationHours
```

从图 6.9 中可以注意到,结果集现有是有组织的,其中 VacationHours 列中的最小值位于结果集的最上面。如果需要将最大值而不是最小值放在结果集的最上面,只需给 ORDER BY 从句添加上 DESC 从句(代表降序)即可逆转结果集的顺序。使用 DESC 从句时,较大值(比如 100)位于结果集的顶部,较小值(比如 1)位于结果集的底部。字母 Z 位于顶部,字母 A 位于底部。总之,将会看到较高的值而不是较低的值位于结果集的顶部。DESC 从句用在 ORDER BY 从句的尾部,如下所示:

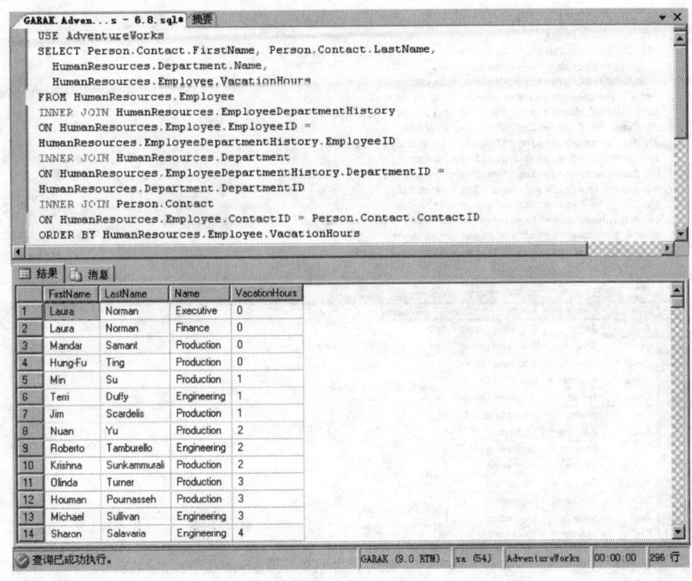

图 6.9　使用 ORDER BY 从句组织结果集

```
USE AdventureWorks
SELECT Person.Contact.FirstName, Person.Contact.LastName,
  HumanResources.Department.Name,
  HumanResources.Employee.VacationHours
FROM HumanResources.Employee
INNER JOIN HumanResources.Department
ON HumanResources.Employee.DepartmentID = HumanResources.Department.DepartmentID
INNER JOIN Person.Contact
ON HumanResources.Employee.ContactID = Person.Contact.ContactID
ORDER BY HumanResources.Employee.VacationHours DESC
```

说明：还有一个对应的 ASC 从句，用于强制执行升序排列，但由于这是默认设置，所以不必指定 ASC 从句。

前面曾经提过，ORDER BY 从句可以用于多个列，这可以使结果集变得更容易理解。例如，如果需要先显示较大的休假时间，并按部门组织它们，则可以键入下列查询：

```
USE AdventureWorks
SELECT Person.Contact.FirstName, Person.Contact.LastName,
  HumanResources.Department.Name,
  HumanResources.Employee.VacationHours

FROM HumanResources.Employee
INNER JOIN HumanResources.Department
ON HumanResources.Employee.DepartmentID = HumanResources.Department.DepartmentID
INNER JOIN Person.Contact
ON HumanResources.Employee.ContactID = Person.Contact.ContactID
ORDER BY HumanResources.Department.Name,
  HumanResources.Employee.VacationHours DESC
```

请注意图 6.10，部门名称是按字母表顺序列出的，而每个部门中的休假时间是按最高到最低的顺序列出的。

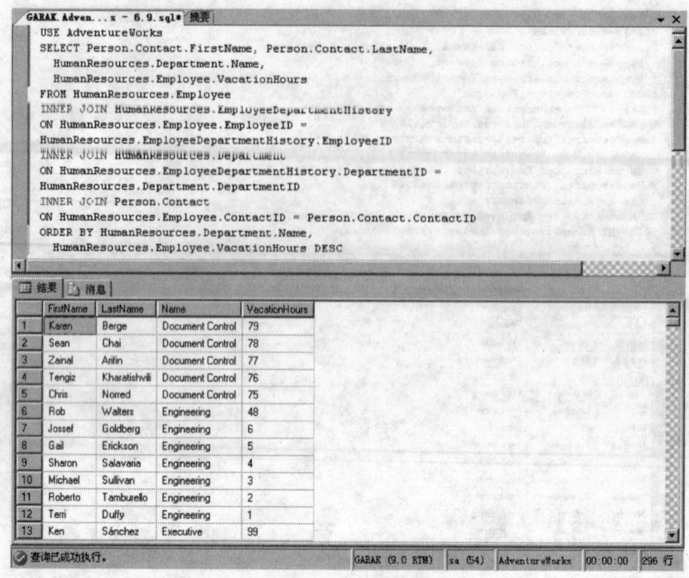

图 6.10 ORDER BY 从句可以用在多个列上

ORDER BY 从句是对付无序的有力武器,但还不够。许多报表不仅需要顺序,还需要汇总。利用 HAVING 与 GROUP BY 从句可以提供这些汇总。下一节将介绍如何使用这两条从句。

使用 HAVING 与 GROUP BY

通常,许多报表不仅要求按字母或数字顺序排序,还要求附加上总计信息。在前面介绍的查询中,我们显示了每个员工的休假时间,并基于谁有最长时间组织了报表。如果需要知道每个部门的总休假时间,则必须使用 GROUP BY 从句。GROUP BY 从句在跟聚合函数一起使用时,可以在报表尾部给出总计信息。聚合函数提供某一种总计值,比如某一列中的所有值的平均值或总和。

为了更好地理解 GROUP BY 的作用,下面举一个例子。在这个查询中,我们将通过按部门名称分组,提供每个部门的累计休假时间的总和:

1. 如果 SQL Server Management Studio 还没有打开,请打开它,并使用“Windows 身份验证”创建登录。
2. 执行下列查询,并注意到根本没有办法轻松地看出每个部门有多少累计休假时间:

```
USE AdventureWorks
SELECT HumanResources.Department.Name,
  HumanResources.Employee.VacationHours
  AS TotalVacation
FROM HumanResources.Employee
INNER JOIN HumanResources.Department
ON HumanResources.Employee.DepartmentID =
HumanResources.Department.DepartmentID
```

3. 添加 SUM 函数和 GROUP BY 从句来组织结果集。应该看到图 6.11 所示的结果:

```
USE AdventureWorks
SELECT HumanResources.Department.Name,
  SUM(HumanResources.Employee.VacationHours)
  AS TotalVacation
FROM HumanResources.Employee
INNER JOIN HumanResources.Department
ON HumanResources.Employee.DepartmentID =
HumanResources.Department.DepartmentID
GROUP BY HumanResources.Department.Name
```

在第一个查询中,我们选择部门名称和休假时间,同时用一个列别名(TotalVacation)表示 VacationHours 列。和昵称一样,列别名(由 AS 关键字引入)仅仅是一种用另一个名称引用列的手段。这是引用长列名或汇总列(上面使用了聚合函数的列)的最简单方法。第一个查询没有真正的顺序,因此我们在第二个查询中做了一些改动。

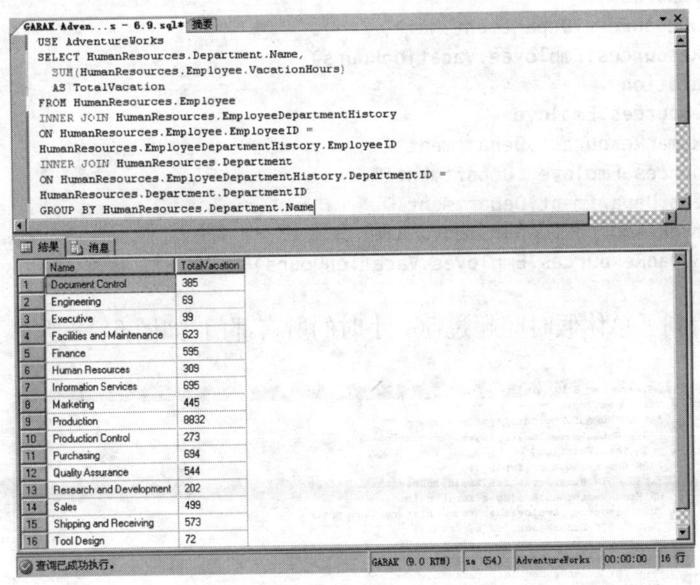

	Name	TotalVacation
1	Document Control	385
2	Engineering	69
3	Executive	99
4	Facilities and Maintenance	623
5	Finance	595
6	Human Resources	309
7	Information Services	695
8	Marketing	445
9	Production	8832
10	Production Control	273
11	Purchasing	694
12	Quality Assurance	544
13	Research and Development	202
14	Sales	499
15	Shipping and Receiving	573
16	Tool Design	72

图 6.11　GROUP BY 从句用来提供结果集的汇总信息

首先,使用聚合函数 SUM 累加 VacationHours 列中的值。如果仅仅这样, SUM 函数将会累加该列中的所有值。但是,我们只需要它累加每个部门的值并计算出每个部门的休假时间的总和,这就是添加 GROUP BY 从句的原因。通过使用 GROUP BY 从句,确保了只累加每个部门的那些值并返回部门总和。这可以理解为创建每个部门的一个分类架,将记录分类到那些分类架上,然后计算每个分类架上的所有记录的总和。现在,已知每个部门的休假时间的总和。例如,Marketing 部有 396 个小时的总休假时间。但是,如果只对总休假时间超过 500 小时的部门感兴趣,怎么办? 这就需要用到 HAVING 从句。

HAVING 从句与前面介绍的 WHERE 从句十分相似,而两者之间的主要差别在于 HAVING 从句能使用聚合函数,而 WHERE 从句不能使用聚合函数。这就是说,我们可以先让 SELECT 查询累加某一列中的所有值,然后利用 HAVING 从句只显示感兴趣的总计值。下面举一个例子。本例将使用 HAVING 从句生成一个由总休假时间超过 500 小时的所有部门所构成的结果集:

1. 我们先来证明 WHERE 从句不能使用聚合函数。在 SQL Server Management Studio

中,尝试执行下列代码,并会注意到这个错误:

```
USE AdventureWorks
SELECT HumanResources.Department.Name,
  SUM(HumanResources.Employee.VacationHours)
  AS TotalVacation
FROM HumanResources.Employee
INNER JOIN HumanResources.Department
ON HumanResources.Employee.DepartmentID =
HumanResources.Department.DepartmentID
WHERE SUM(HumanResources.Employee.VacationHours) > 500
GROUP BY HumanResources.Department.Name
```

2. 将代码改成使用 HAVING 从句并执行它:

```
USE AdventureWorks
SELECT HumanResources.Department.Name,
  SUM(HumanResources.Employee.VacationHours)
  AS TotalVacation
FROM HumanResources.Employee
INNER JOIN HumanResources.Department
ON HumanResources.Employee.DepartmentID =
HumanResources.Department.DepartmentID
GROUP BY HumanResources.Department.Name
HAVING SUM(HumanResources.Employee.VacationHours) > 500
```

现在,应该得到了总休假时间超过 500 小时的所有部门,如图 6.12 所示。

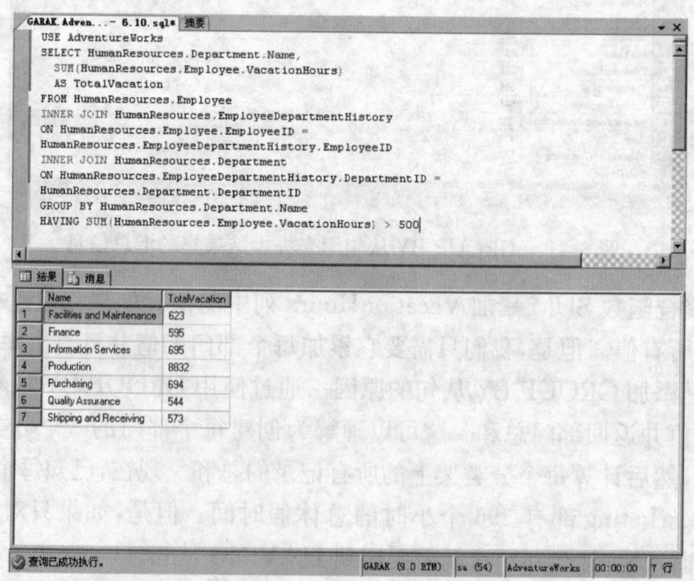

	Name	TotalVacation
1	Facilities and Maintenance	623
2	Finance	595
3	Information Services	695
4	Production	8832
5	Purchasing	694
6	Quality Assurance	544
7	Shipping and Receiving	573

图 6.12　使用 HAVING 从句仅返回大于 500 的值

3. 现在,通过使用 WHERE 从句更进一步地限定查询,看一看 WHERE 与 HAVING 从句如何合作。请注意,这次只返回 Finance 与 Production 部门的记录(如图 6.13 所示):

```
USE AdventureWorks
SELECT HumanResources.Department.Name,
  SUM(HumanResources.Employee.VacationHours)
  AS TotalVacation
FROM HumanResources.Employee
INNER JOIN HumanResources.Department
ON HumanResources.Employee.DepartmentID =
HumanResources.Department.DepartmentID
WHERE HumanResources.Department.Name IN ('Finance', 'Production')
GROUP BY HumanResources.Department.Name
HAVING SUM(HumanResources.Employee.VacationHours) > 500
```

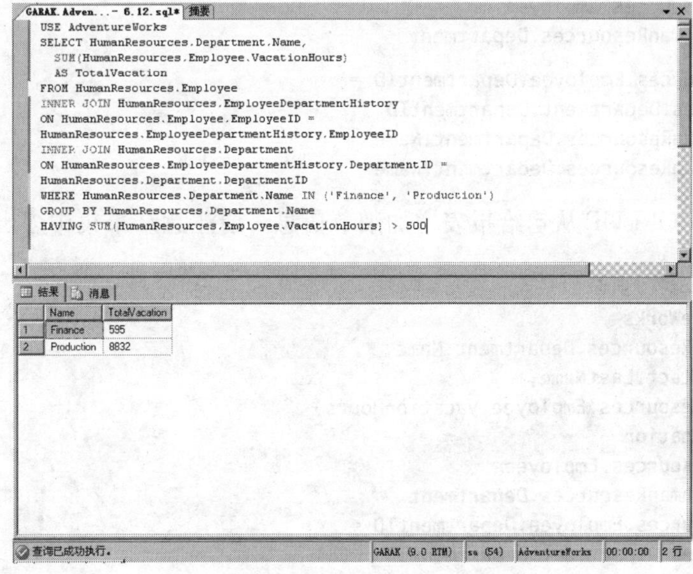

图 6.13　组合 WHERE 与 HAVING 从句

请注意最后这一系列步骤的作用。首先，明确证明了 WHERE 从句不能使用聚合函数，因此不能用来显示汇总信息。

接着，利用 HAVING 从句(由于它能使用聚合函数)限定 GROUP BY 从句返回的记录。具体地说，就是命令 HAVING 从句扫描 GROUP BY 从句所返回的记录，并过滤掉 TotalVacation 列的值小于 500 的每条记录。

最后，组合了 WHERE 与 HAVING 从句的功能。利用 WHERE 从句限定了这条语句的 SELECT 部分所返回的记录，然后利用 HAVING 从句进一步限定 GROUP BY 从句所返回的记录。

这些从句是制作报表的强大工具，但对制作报表来说，仅有这些工具可能是不够的。许多时候，可能需要报表中包含详细信息，而不只是汇总信息，这时就需要使用 ROLLUP 与 CUBE 从句。

使用 ROLLUP

在前面介绍的查询中，我们显示了报告每个部门已经累积了多少总休假时间的汇总信息。但是，除了总休假时间的汇总信息之外，有时可能还需要确切地知道，每个员工已经累积了多少休假时间的详细信息。这样，不仅可以知道 Finance 部门有 595 个小时的总休假时间，还可以看到一个分段输出,其中显示 Finance 部门的每个员工的累积休假时间。为了在报表中获得这样的细节信息,就需要使用 ROLLUP 从句。ROLLUP 从句专门设计用来提供细节和汇总信息。请考虑下列一系列步骤,并注意使用 ROLLUP 从句时的详细程度:

1. 在 SQL Server Management Studio 中,执行下列查询获取总休假时间的汇总信息。请注意,没有细节信息.

```
USE AdventureWorks
SELECT HumanResources.Department.Name,
  SUM(HumanResources.Employee.VacationHours)
  AS TotalVacation
FROM HumanResources.Employee
INNER JOIN HumanResources.Department

ON HumanResources.Employee.DepartmentID =
HumanResources.Department.DepartmentID
GROUP BY HumanResources.Department.Name
ORDER BY HumanResources.Department.Name
```

2. 通过添加 ROLLUP 从句给报表增加细节信息。请注意结果集中多出的那些行,如图 6.14 所示:

```
USE AdventureWorks
SELECT HumanResources.Department.Name,
  Person.Contact.LastName,
  SUM(HumanResources.Employee.VacationHours)
  AS TotalVacation
FROM HumanResources.Employee
INNER JOIN HumanResources.Department
ON HumanResources.Employee.DepartmentID =
HumanResources.Department.DepartmentID
INNER JOIN Person.Contact
ON HumanResources.Employee.ContactID = Person.Contact.ContactID
GROUP BY HumanResources.Department.Name, Person.Contact.LastName
WITH ROLLUP
ORDER BY HumanResources.Department.Name, Person.Contact.LastName
```

检查图 6.14 的结果集可以注意到,结果集的第一行在 Name 与 LastName 列中有空值,在 TotalVacation 列中有 14678。第一行是所有部门的集体总和,表示所有部门共累积了 14678 个小时的休假时间。

在集体总和下面,可以注意到 Name 列中有 Document Control,LastName 列中有空值,而 TotalVacation 列中有 385。这一行是 Document Control 部门的汇总信息,表示 Document Control 部门共累积了 385 个小时的休假时间。

在 Document Control 部门的汇总信息下面,我们开始进入 Document Control 部门的员工的细节信息。例如,Arifin 已累积了 77 个小时的休假时间,而 Berge 则为 79 个小时。在浏览这个清单时,应该注意到每个部门在清单的最上面都有一个汇总行(借助 Name 列中的空值来识别),而细节信息则位于清单的较下面。如果还需要更详细的信息,可以使用 CUBE 从句。

使用 CUBE 与 GROUPING

假设需要查看所有部门的总休假时间、每个部门的总休假时间以及每个员工(不管部门)

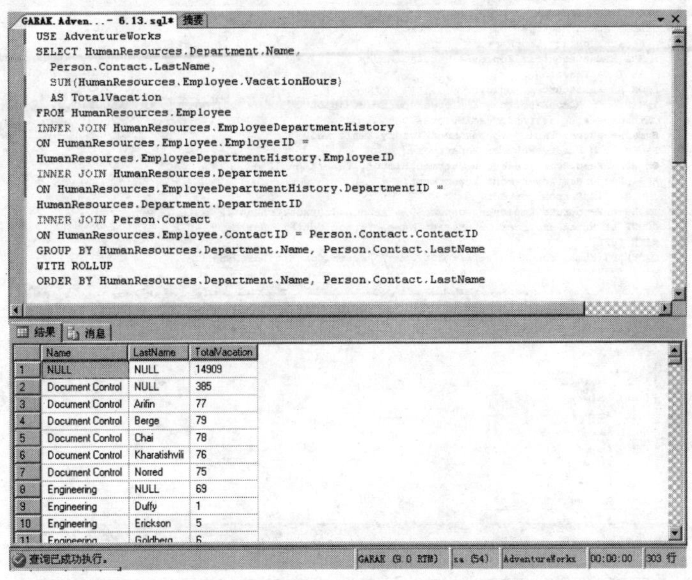

	Name	LastName	TotalVacation
1	NULL	NULL	14909
2	Document Control	NULL	385
3	Document Control	Arifin	77
4	Document Control	Berge	79
5	Document Control	Chai	78
6	Document Control	Kharatishvili	76
7	Document Control	Norred	75
8	Engineering	NULL	69
9	Engineering	Duffy	1
10	Engineering	Erickson	5
11	Engineering	Goldberg	6

图 6.14　ROLLUP 从句显示汇总信息以及细节信息

的总休假时间。在这样的情况下，就需要使用 CUBE。CUBE 操作符设计用来提供结果集中每种可能列组合的汇总信息。为了更好地理解 CUBE 操作符的作用，请在 SQL Server Management Studio 中执行下列代码(请参见图 6.15)：

```
USE AdventureWorks
SELECT HumanResources.Department.Name,
  Person.Contact.LastName,
  SUM(HumanResources.Employee.VacationHours)
  AS TotalVacation
FROM HumanResources.Employee
INNER JOIN HumanResources.Department
ON HumanResources.Employee.DepartmentID = HumanResources.Department.DepartmentID
INNER JOIN Person.Contact
ON HumanResources.Employee.ContactID = Person.Contact.ContactID
GROUP BY HumanResources.Department.Name, Person.Contact.LastName
WITH CUBE
ORDER BY HumanResources.Department.Name, Person.Contact.LastName
```

仔细观察结果集中多出的所有记录(如图 6.15 所示)。最顶端的记录(在前两列中有 NULL 以及在 TotalVacation 列有 14678)是所有员工和部门的集体总和，类似于 ROLLUP 的情形。最大的差别是现在有更多的汇总。仔细观察结果集中的第二行，即在第一列中有 NULL、在第二列中有 Abbas 以及在 TotalVacation 列中有 20 的行。该行是已经给任何部门内姓氏为 Abbas 的任何员工分配了多少休假时间的总汇。

结果集顶部多出的那些汇总在需要细节信息时会派生很大用场，但初看起来很难分清楚哪个是汇总，而哪个是细节信息。GROUPING 操作符可以使这项任务更容易。GROUPING 操作符(跟 CUBE 或 ROLLUP 一起使用时)用来插入额外的列，以指出前一列是细节(0 值)还是汇总(1 值)。执行下列代码应该有助于更直观地理解这一点(如图 6.16 所示)。

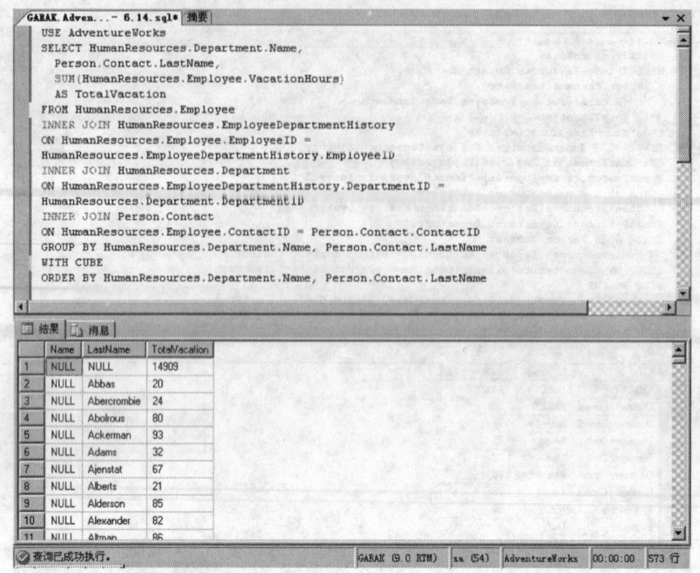

图 6.15　CUBE 用来提供结果集中每种可能列组合的汇总信息

```
USE AdventureWorks
SELECT HumanResources.Department.Name,
  GROUPING(HumanResources.Department.Name),
  Person.Contact.LastName,
  GROUPING(Person.Contact.LastName),
  SUM(HumanResources.Employee.VacationHours)
  AS TotalVacation
FROM HumanResources.Employee
INNER JOIN HumanResources.Department
ON HumanResources.Employee.DepartmentID = HumanResources.Department.DepartmentID
INNER JOIN Person.Contact
ON HumanResources.Employee.ContactID = Person.Contact.ContactID
GROUP BY HumanResources.Department.Name, Person.Contact.LastName
WITH CUBE
ORDER BY HumanResources.Department.Name, Person.Contact.LastName
```

图 6.16 所示的结果集包含另外两个充满 1 和 0 的列。1 指示汇总信息,0 指示细节信息。仔细观察结果集中的最上一行,可以注意到第二列和第四列均为 1,这表示第一列和第三列含有汇总信息。第二行在第二列中有 1,而在第四列中有 0,这表示它是第三列的汇总,即 Abbas 员工的总休假时间。

不难看出,GROUPING 在跟 ROLLUP 或 CUBE 组合起来时可以提供细节报表。惟一的缺点是这些报表较难解读,特别是如果忘记了哪个值代表细节和哪个值代表汇总。在某些情况下,或许可以使用一个比较简单的工具,即 TOP N 查询提取出所需要的信息。

说明: 如果需要详细了解功能比较强大的 CUBE 计算能力,包括临时地重新排列分组级别的能力,应该研究 SQL Server Analysis Services。第 26 章将详细讨论这方面的内容。

说明: 除了 ROLLUP 和 CUBE 之外,还可以使用 COMPUTE 与 COMPUTE BY 生成带汇总信息的结果集。这两个关键字在结果集的底部,而不是交错地生成汇总信息。但是,由于它们不符合 ANSI 标准,Microsoft 不鼓励使用这两个关键字。若想了解

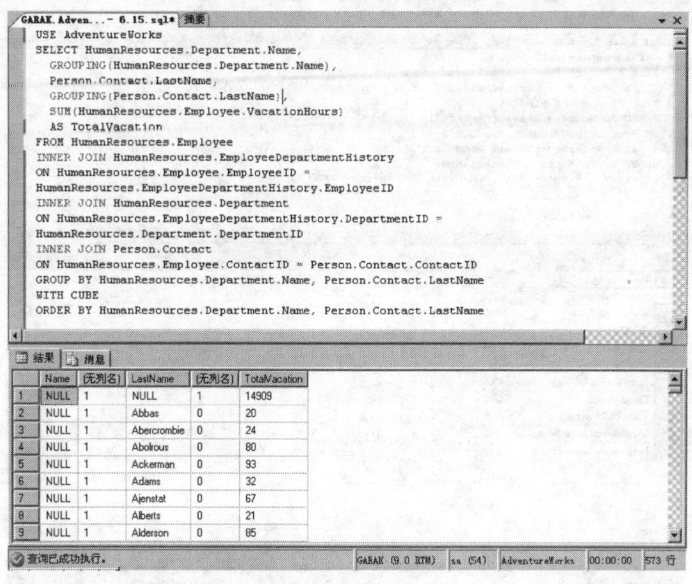

图 6.16 使用 GROUPING 区分结果集中的细节与汇总信息

这方面的信息,请参见“SQL Server 联机丛书”。

使用 TOP N 与 TOP N%

销售部门对报表的一项常见要求是,报表需要显示公司中业绩最佳的销售员,以便发奖金。另一项常见要求是了解正在出售的最销售产品,以便补充库存。也许,人力资源部需要了解用完所有病假天数的前几个员工。所有这些报表都可以用 GROUP BY 与 HAVING 之类的语句和从句来生成,但它们将会包含所有记录,而不只是排位最靠前的那些记录。如果正在查找某些东西中排位最靠前的 5%,比如排位最靠前的 5 个值,则需要使用 TOP N 从句。

TOP N 从句中的 N 是一个代表数值的占位符。例如,在用 5 替换它时,可以检索出正在查找的任何东西中排位最靠前的 5 个。作为选择,可以使用 5%检索出记录中排位最靠前的 5 条记录,不过后面仍跟有许多记录。TOP N 本身不提供组织,只是扫描那些表,并取回它发现的东西。因此,应当将 TOP N 与 ORDER BY 组合起来。当使用 ORDER BY 组织结果集时,就会看出 TOP N 的真实意图。下面举一个例子,它取回 AdventureWorks 所销售的前 10 个最畅销产品(请参见图 6.17):

1. 如果 SQL Server Management Studio 还没有打开,请打开它,并使用“Windows 身份验证”创建登录。
2. 执行下列查询:

```
USE AdventureWorks
SELECT TOP 10 Production.Product.Name,
  SUM(Sales.SalesOrderDetail.OrderQty)
FROM Production.Product
INNER JOIN Sales.SalesOrderDetail
ON Production.Product.ProductID =
  Sales.SalesOrderDetail.ProductID
GROUP BY Production.Product.Name
ORDER BY SUM(Sales.SalesOrderDetail.OrderQty) DESC
```

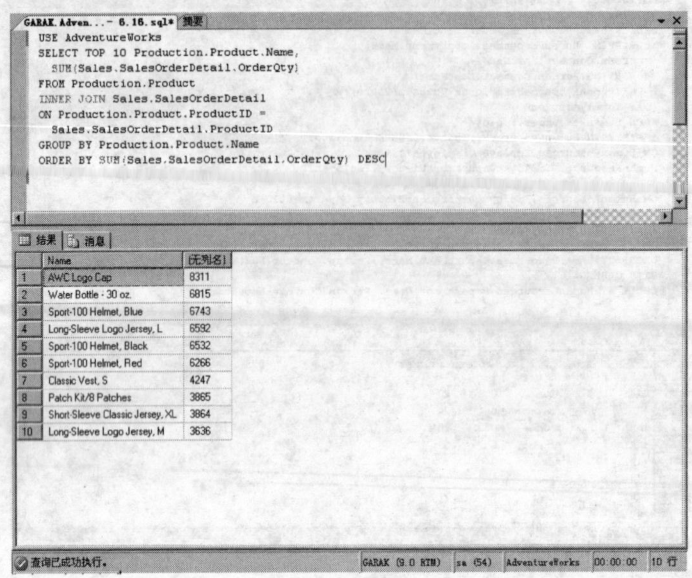

图 6.17　使用 TOP N 返回查询中的最靠前记录

从该查询所返回的结果集(如图 6.17 所示)中可以看出,现在知道所有售出产品中在数量上排位最靠前的 10 个产品。ORDER BY 从句中必须包含 DESC(降序)从句,因为没有它,最先看到的是排位最低的 10 个产品(默认情况下,最小值出现在结果集的最前面,因此 SQL Server 先从 1 开始,然后一直继续下去)。为了获取排位最靠前的 10%而不是 10 个产品,只需对 TOP 从句稍做修改即可:

```
USE AdventureWorks
SELECT TOP 10 PERCENT Production.Product.Name,
  SUM(Sales.SalesOrderDetail.OrderQty)
FROM Production.Product
INNER JOIN Sales.SalesOrderDetail
ON Production.Product.ProductID =
  Sales.SalesOrderDetail.ProductID
GROUP BY Production.Product.Name
ORDER BY SUM(Sales.SalesOrderDetail.OrderQty) DESC
```

这个 TOP 10 查询还有一个潜在的问题。请注意,结果集中的最后一条记录显示已经有 3636 件长袖运动衫售出。问题是其他产品可能也售出了相同的数量。如果存在一个与结果集中的最后一个值排位相等的同数,SQL Server 并不显示它。要 10 条记录,就得到 10 条记录。如果希望知道与结果集中的最后一个值排位相等的同数,则需要使用 WITH TIES 从句,如下所示:

```
USE AdventureWorks
SELECT TOP 10 WITH TIES Production.Product.Name,
  SUM(Sales.SalesOrderDetail.OrderQty)
FROM Production.Product
INNER JOIN Sales.SalesOrderDetail
ON Production.Product.ProductID =
  Sales.SalesOrderDetail.ProductID
GROUP BY Production.Product.Name
ORDER BY SUM(Sales.SalesOrderDetail.OrderQty) DESC
```

说明:在这个特定的示例中,WITH TIES从句不起作用,因为不存在排第10位的同数。

利用 WITH TIES,可以显示与结果集中的最后一个记录有相同值的每条记录。这是一种快速报告排位靠前者而又不丢失垫底竞争者的杰出方法。

有时,准确知道一条特定记录位于一个记录集中的什么地方可能会有帮助。这就需要使用 SQL Server 2005 中新引进的 OVER 从句。

使用 OVER

假设需要按数量分类某个特定客户所发的订单,然后给那些行编号。当然,可以用手工做这件事情,但现在有一种更容易的方法,即联合使用 RANK()函数与 OVER 从句:

1. 如果 SQL Server Management Studio 还没有打开,请打开它,并使用"Windows 身份验证"创建登录。
2. 执行下列查询(图 6.18 显示了结果):

```
USE AdventureWorks
SELECT Sales.SalesOrderHeader.CustomerID,
  Production.Product.Name,
  Sales.SalesOrderDetail.OrderQty,
  RANK() OVER (PARTITION BY Sales.SalesOrderHeader.CustomerID
    ORDER BY Sales.SalesOrderDetail.OrderQty DESC) as Rank
FROM Production.Product
INNER JOIN Sales.SalesOrderDetail
ON Production.Product.ProductID =
  Sales.SalesOrderDetail.ProductID
INNER JOIN Sales.SalesOrderHeader
ON Sales.SalesOrderDetail.SalesOrderID =
  Sales.SalesOrderHeader.SalesOrderID
WHERE Sales.SalesOrderHeader.CustomerID = 697
ORDER BY OrderQty DESC
```

RANK()函数用来为结果集生成等级号。对于每一行,该函数返回结果集中高于该行的行数。OVER 从句通知 SQL Server 怎样分割结果集以满足排序意图。就本例而言,通知它怎样针对每个客户个别地做排序,以及怎样用 OrderQty 生成等级。在图 6.18 中,我们用一条 WHERE 从句将结果集限于单个客户的记录,以便能够清晰地看到正在发生什么。例如,对于该客户,最流行的产品(Full-Finger Gloves, L)被赋予 1 等级。请注意,有两个产品的等级均为 5,因为它们在数量上是相等的;下一个产品的等级为 7,因为它的前面有 6 个产品。

图 6.19 显示了没有使用 WHERE 从句的同一个查询。

现在,结果集包含所有客户,但等级的计算是分别针对每个客户进行的。例如,对于客户302,Classic Vest 产品被赋予等级 1,即使其他行在总结果集中高于它,因为对于那个特定客户,它是最高的行。

这些 SELECT 查询和所有相关从句可以用许多种格式从数据库中检索出所需的几乎任何数据,但仍有一定的局限性。SELECT 查询不适用于 text 数据类型的列,因为这些列通常包含大量文本。如果需要查找 text 列中的内容,则需要全文搜索(Full-Text Search)功能。

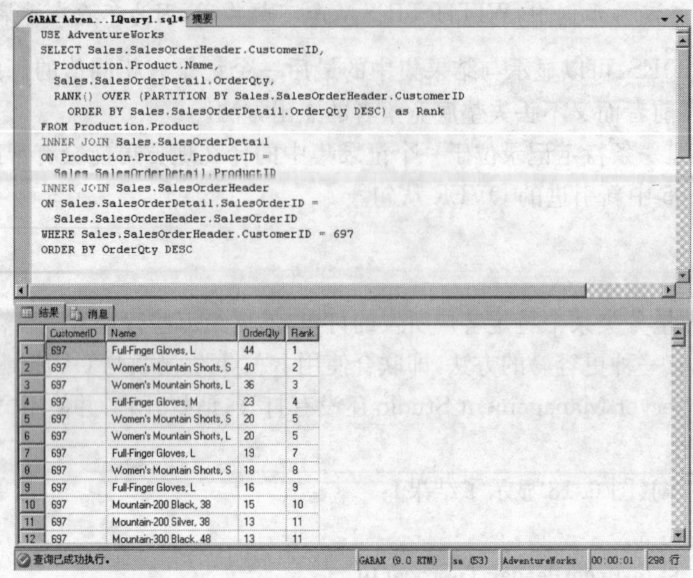

图 6.18 使用 RANK()与 OVER 显示结果的排序

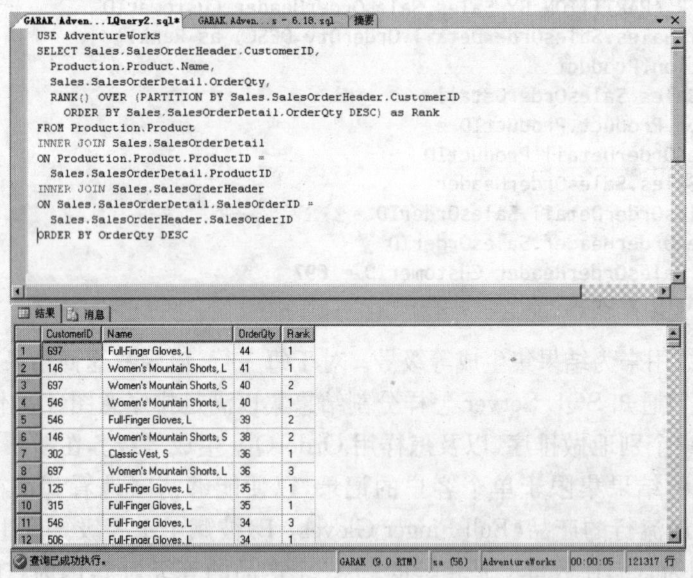

图 6.19 使用 RANK()与 OVER 显示分割式结果集的排序

全文搜索

在数据库刚开始投入使用时,人们通常在他们的表中存放少量的数据。但是,随着时间的推移,人们发现数据库是各种数据的优秀容器,其中包括大量文本。许多公司将整个公司文档库存放在它们的数据库中。要将数量这么大的文本存放在数据库中,就需要使用 text 数据类型。在 text 数据类型首次出现时,人们仍用标准 SELECT 查询从 text 型列中检索数据,但 SELECT 的设计目标不是处理这么大数量的文本。例如,如果需要在 text 型列中的某个地方查找一个短语,SELECT 则无法胜任这项工作;如果需要在文本中查找两个相互接近的单词,SELECT 也干不了。因此,Full-Text Search(全文搜索)应运而生。

提示: 在 SQL Server 2005 中,text 数据类型已经由 varchar(max)类型取代,但相同的原理继续适用。

全文搜索是个完全独立的程序,并运行为一个服务。Windows 提供了一个称为 Microsoft Search(MSSearch)的服务,该服务可以用来索引来自大多数 Microsoft 服务器(甚至非 Microsoft)产品的各种信息。例如,全文搜索可以索引 Exchange 2003 中的整个邮箱,从而使查找邮件中的文本变得更容易。为了完成这项任务,全文搜索作为一个独立服务运行在服务器产品能够从中请求数据的后台。

SQL Server 2005 以 MSSearch 为基础,并安装它自己的服务 MSFTESQL。MSFTESQL 服务在 SQL Server 安装期间自动安装,提供 SQL Server 特有的搜索服务。MSFTESQL 服务完全独立于 MSSearch,所以对 MSSearch 的修改不影响 SQL Server 全文搜索。因此,在执行这些全文搜索之一时,正要求 SQL Server 产生一个 MSFTESQL 服务请求。

由于全文搜索功能是单独的程序,因此在默认情况下没有安装,需要在安装和配置它之后才能使用它。

安装和配置全文搜索

当然,在可以开始使用全文搜索的强大功能以前,需要安装和配置它。要安装全文搜索引擎,最简单的方法是执行一个定制安装,并将它选为要安装的组件之一。另外,也可以使用控制面板中的"添加或删除程序"工具将它添加到 SQL Server 安装上。

当简短的安装任务完成以后,随时可以配置全文搜索以供使用。需要做的第一件事情是创建一个全文搜索索引。全文索引使用 SQL Server Management Studio 之类的 SQL Server 工具来创建,但它们由 MSFTESQL 服务维护,并作为独立于数据库的文件存储在磁盘上。为了使全文索引便于组织,它们存储在数据库内的编目中。只要愿意,可以在数据库中创建任意多个编目来组织索引,但这些编目不能横跨数据库。

当全文索引刚建成时,它们是无价值的。由于这些索引由 MSFTESQL 服务管理,所以必须明确命令该服务给全文索引填充要搜索的那些 text 型字段的信息。全文索引的这种填充称为组装索引(Populating index)。当数据随着时间的推移而发生变化时,将需要命令 MSFTESQL 服务重建全文索引以匹配变化后的数据,这个过程称为重组装。

在下列步骤中,我们将为 AdventureWorks 数据库中的 Production. ProductDescription 表创建一个编目与索引。我们选择这个表的原因是它有一个存放了一些长文本的 varchar 型列。下面是创建这个编目和索引的具体步骤:

1. 如果 SQL Server Management Studio 还没有打开,请打开它,并使用"Windows 身份验证"创建登录。然后,运行下列查询创建一个用于 AdventureWorks 数据库的编目:

```
USE AdventureWorks
CREATE FULLTEXT CATALOG AdventureWorks_FullText
```

2. 展开"对象资源管理器"树,并查找到 Production. ProductDescription 表。右击该表,并选择"全文索引"➤"定义全文索引"菜单命令。
3. 在"全文索引向导"的第一个屏幕上,单击"下一步"按钮。

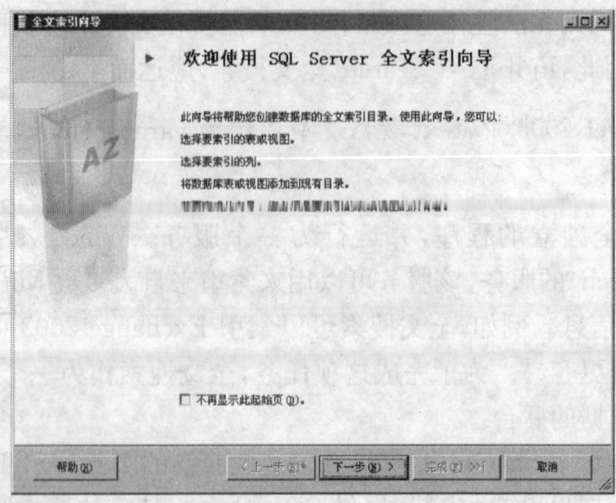

4. 上面建有全文索引的每个表都必须已有一个与它相关联的惟一性索引，全文搜索才能工作。在本例中，选择默认的 PK_ProductDescription_ProductDescriptionID 索引，并单击“下一步”按钮。

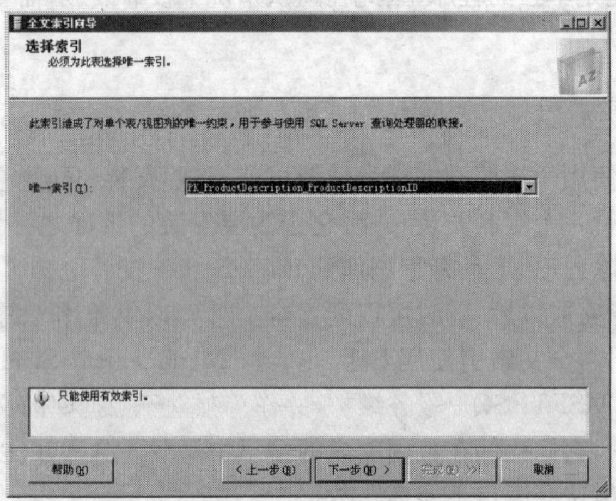

5. 在下一个屏幕上，选择要全文索引的列。由于 Description 是要索引的 varchar 列，所以复选该列旁边的方框来选中它。另外，还可以指定一个要在确定词根时使用的语言。然后，单击“下一步”按钮。

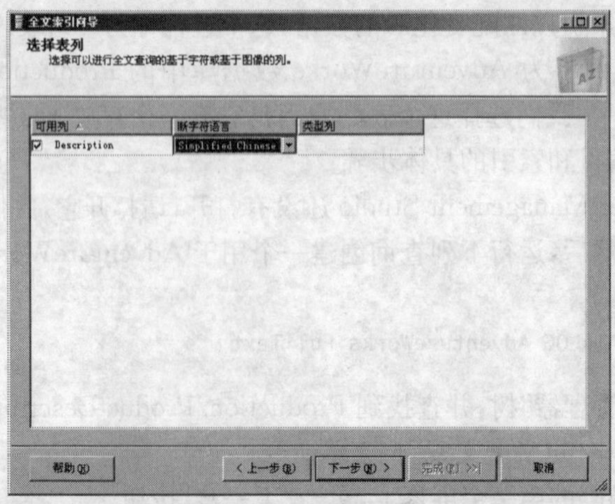

6. 在下一个屏幕上，可以在自动与手工修改跟踪之间进行选择。这个设置控制索引在数据发生变化时是否更新，或者是否需要以手工方式重新组装索引。选择默认的“自动”设置，并单击“下一步”按钮。

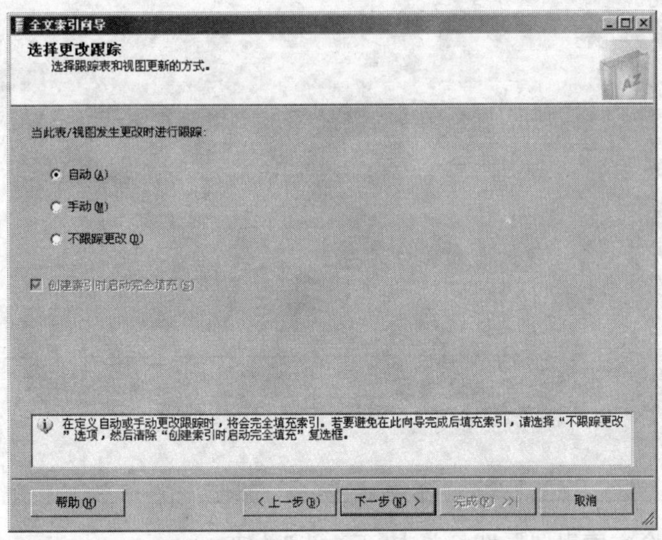

7. 在下一个屏幕上，选择用来存放这个新索引的编目。选择 AdventureWorks_FullText 编目，并单击“下一步”按钮。如果还没有使用 SQL 创建该编目，则可以在这里创建它。

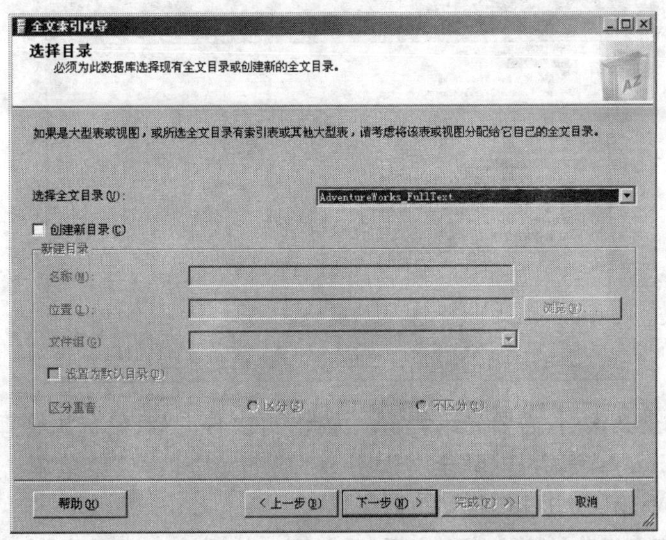

8. 在下一个屏幕上，创建一个用来自动重新组装全文索引的执行计划。如果数据经常更新，则需要经常重新组装全文索引，也许一天一次。如果数据的读取频率高于它的修改频率，那么重新组装全文索引的频率应该较低。可以将重新组装计划成每次对单个表或整个编目发生。在本例中，单击“新建目录计划”按钮，然后将重新组装设置成仅对整个编目发生一次。

9. 在“新建全文索引目录计划”屏幕上，键入 Populate AdventureWorks。将“计划类型”

改成“重复执行”,并单击“确定”按钮。

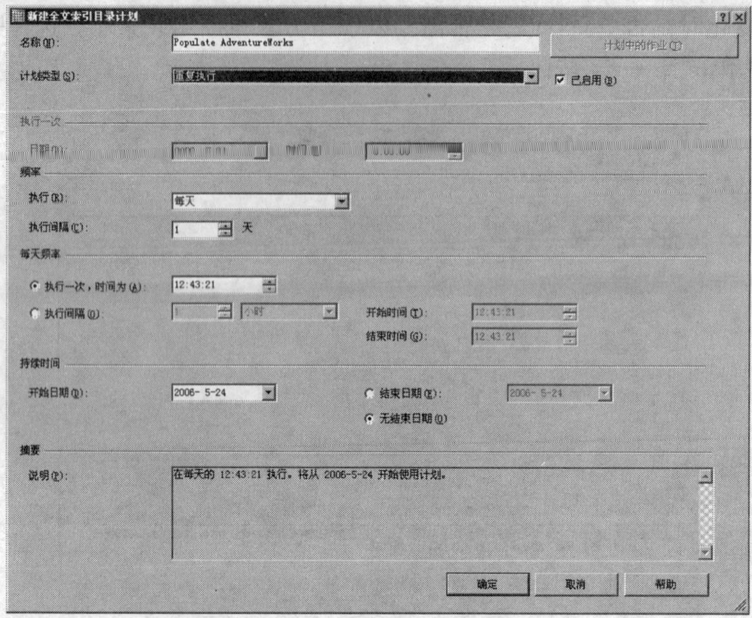

10. 在返回到“全文索引向导”时,单击“下一步”按钮。

11. 向导的最后一个屏幕上显示选项的汇总信息。单击“完成”按钮创建索引。

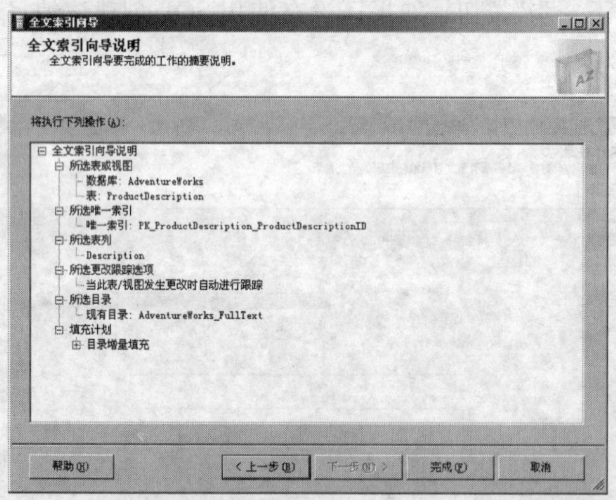

要使用新建的全文索引,需要先组装它。为此,再次右击“对象资源管理器”中的 Production. ProductDescription 表,并选择“全文索引”➤“启动完全填充”菜单项。SQL Server 在第一次创建索引时将显示一个进度对话框。

在有了新的、完全组装的全文索引之后,随时可以使用全文搜索功能。为此,需要知道如何修改 SELECT 查询来使用扫描新索引的 MSFTESQL 服务。下面,让我们来看一看用来执行全文搜索的一些新从句。

执行全文搜索

进行全文搜索并不是什么新鲜事。全文搜索功能只是使用全文操作符的 SELECT 查询。查找全文索引的全文操作符有 4 个:

CONTAINS 与 CONTAINSTABLE 用于从文本列中取出准确或近似的单词和短语。近似的意思指如果查找 cook，则也可找到 cooks、cooked、cooking 等。

FREETEXT 与 FREETEXTTABLE 不如 CONTAINS 操作符那么精确；它们返回查找字符串中短语的含义。例如，如果查找字符串“SQL is a database server”，则会接收到包含 SQL、database、server 及其派生词的结果。

CONTAINS/FREETEXT 与 CONTAINSTABLE/FREETEXTTABLE 之间的差别在于，后者不返回正常结果集，而是创建一个供搜索的新表。这些操作符通常用在要求连接原始表与新表的复杂查询中，其中新表来自 CONTAINSTABLE/FREETEXTTABLE 查询。

为了演示如何使用 CONTAINS/FREETEXT 操作符，下面执行几个查询：

1. 打开 SQL Server Management Studio，并使用“Windows 身份验证”创建登录。
2. 执行下列代码：

```
USE AdventureWorks
SELECT DESCRIPTION FROM Production.ProductDescription
WHERE CONTAINS (Description, 'Aluminum')
```

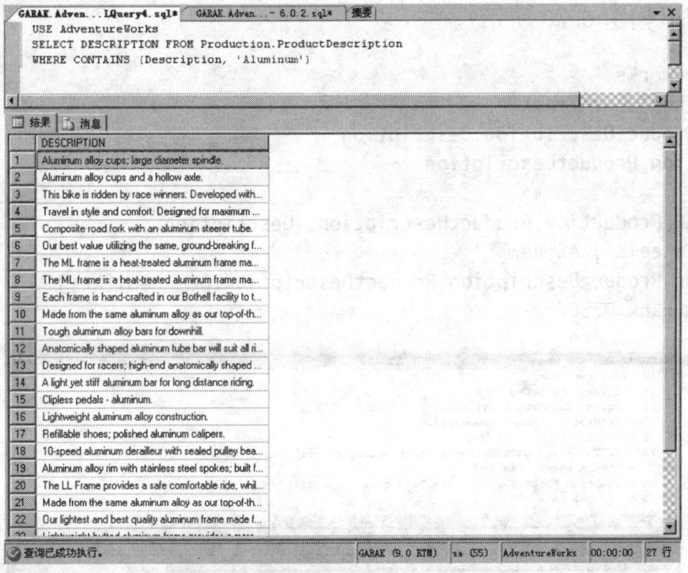

3. 在结果集中，请注意返回的每条记录都包含 Aluminum 字样。现在，执行下列代码测试 FREETEXT 操作符：

```
USE AdventureWorks
SELECT DESCRIPTION FROM Production.ProductDescription
WHERE FREETEXT (Description, 'Aluminum wheels')
```

4. 在结果集中，请注意每条记录都包含 Aluminum 或 wheel 的某种形式。

FREETEXTTABLE 与 CONTAINSTABLE 操作符与它们的对应操作符有很大的不同。这两个操作符搜索全文索引，并创建一个含有两个列的全新表：关键字和等级。关键字列给出匹配于当前查询的那条记录的编号；因此，如果被查询表中的第 3 号记录匹配于当前查询，则关键字列包含值 3。等级列给出那条记录与当前查询的匹配程度：1000 表示完全匹配，而 1 表示很小的匹配可能性。JOIN 操作中 FREETEXTTABLE 操作符所创建的新表可以用来了解表中的每条记录与当前记录的匹配程度。例如，如果想要知道公司的哪些产品装有登山轮，则

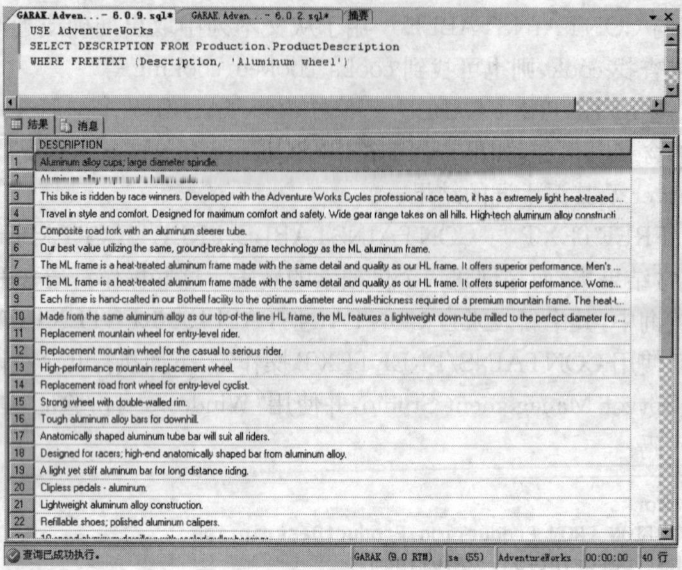

可以使用下列查询(如图 6.20 所示)。

```
USE AdventureWorks
SELECT new.[key], new.rank,
Production.ProductDescription.Description
FROM Production.ProductDescription
INNER JOIN
FREETEXTTABLE(Production.ProductDescription, Description,
  'mountain wheels') AS new
ON Production.ProductDescription.ProductDescriptionID = new.[key]
ORDER BY new.rank DESC
```

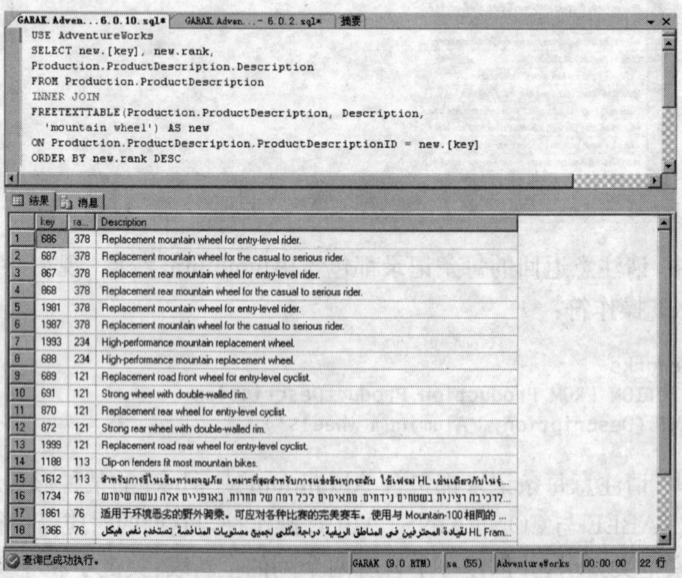

图 6.20 FREETEXTTABLE 生成一个含有 rank 列的新表

下面仔细分析一下上述查询所返回的结果集,如图 6.20 所示。首先,该查询命令 SQL 从 FREETEXTTABLE 操作符所创建的表中选择 key 和 rank 列。key 列给出匹配记录的主关键字,而 rank 列给出记录与查询的匹配程度。请仔细观察第一条记录:key 为 686,表示主关键字是 686;rank 列为 174,这是表中的最高匹配记录。下面看一看 Description 列,并注意到它含有短语 mountain wheel。当继续浏览结果集时,后续记录与搜索短语的匹配情况越来越糟糕。

提示:可以使用与全文搜索有关的其他技巧,其中包括查找词尾变化的词形和接近于其他单词的单词。详情请参见"SQL Server 联机丛书"中的"全文搜索"题目。

这些全文搜索查询是从大型文本列中查找数据的非常强有力的工具。但是,如果不维护它们,它们则是毫无价值的。下面将介绍管理新建索引需要做些什么工作。

管理全文搜索

管理全文搜索涉及的工作不多。最重要的工作是重新组装全文索引,而且可以在最初创建编目时计划这项任务。但是,如果低估了数据更新的频率,则可能需要修改任务计划。要修改重新组装计划,右击"对象资源管理器"中的被索引表,并选择"全文索引",然后选择"属性"选项。"属性"对话框的"计划"选项卡允许修改现有任务计划或创建新的任务计划。

如果刚刚对表做了大量修改,比如批量插入,则可能没时间等待索引按计划的时间进行重新组装。要强制索引的重组装,右键单击该表并选择"全文索引",然后选择"启动完全填充"或者"启动增量填充"。完全重组装将重建整个全文索引,而增量重组装只更新自从上次组装以来对索引的修改。

管理全文搜索的另一项任务是备份索引本身。虽然全文索引通过 SQL Server Management Studio 来管理,但它们实际上不是 SQL Server 数据库结构的一部分。事实上,它们存放在 SQL Server 外面的一个独立目录中,该目录由 MSFTESQL 管理。要备份这些索引,必须先停止 MSFTESQL 服务,然后才能对含有索引的数据库执行完全备份。SQL Server 将自动把这些索引文件包含在该备份中。

利用前面介绍的所有工具,可以从数据库服务器上获取所需要的任何数据。但是,许多公司将数据分布在许多服务器上。要访问这样的多服务器数据,必须链接服务器并执行链接服务器查询。

链接服务器查询

越来越多的公司需要从多个服务器上提取数据来制作报表。使用前面介绍的查询是很难完成这项任务的,因为所有这些 SELECT 语句一次只能处理单个服务器。要用标准查询方法从多个服务器中获取数据,需要先在每个服务器上执行 SELECT 查询,然后用手工方式设法将结果合并成有意义的东西。为了简化从多个服务器上提取数据的过程,可以使用链接服务器查询(也称为分布式或异构查询)。

在用 SQL Server Management Studio 执行查询时,每次都需要登录。链接服务器的进程允许一个 SQL Server 登录到另一个数据库服务器,登录方式与用 Management Studio 进行登录的方式相同。这样,SQL Server 就可以代表终端用户执行远程服务器上的查询。这个数据库服务器甚至不必是 SQL Server,也就是说,这种类型的查询可以用来查询 Access 与 Oracle 数据库。有两种类型的链接服务器查询:永久和特别。

如果某个特定的链接服务器查询不常使用,则应该使用特别链接服务器查询。特别查询不占用数据库中的空间,而且编写简单。执行特别链接服务器查询的代码涉及 OPENROWSET 命令的使用。OPENROWSET 命令从外部数据库中创建一个新的临时表,而那些外部数据库则可以用标准 SELECT 语句来查找。OPENROWSET 命令的语法如下:

```
OPENROWSET('provider_name','data_source','user_name','password',object)
```

例如,下列代码以 Microsoft Access 版的 Northwind 数据库为背景运行一个特别查询:

```
SELECT Access.*
FROM OPENROWSET('Microsoft.Jet.OLEDB.4.0',
'c:\MSOffice\Access\Samples\northwind.mdb';'admin';'mypwd', Orders) AS Access
GO
```

这段代码表示已经从 Access 版 Northwind 数据库的 Orders 表中选择了所有记录。

如果需要经常执行一个链接服务器查询,则不能用 OPENROWSET。对于经常性链接服务器查询,需要用 sp_addlinkedserver 存储过程永久地链接服务器。这个存储过程允许用户登录到的本地服务器登录到远程服务器并保持登录状态。利用 OPENROWSET 时,每次查询完毕之后,链接自动断开。例如,要链接一个名为 Washington 的 SQL Server 服务器,可以使用下列代码:

```
sp_addlinkedserver 'Washington', 'SQL Server'
```

要查询 Washington SQL Server 计算机上的 AdventureWorks 数据库,只需按如下所示给 SELECT 查询添加上服务器名即可:

```
SELECT * FROM Washington.AdventureWorks..HumanResources.Employee
```

链接到非 SQL Server 服务器也很容易,只需多键入一些内容即可。下面是如何永久地链接到一台 Access 计算机的方法,其中这台计算机的名称为 Marketing,要访问的数据库为 Northwind:

```
sp_addlinkedserver 'Marketing','Microsoft.Jet.OLEDB.4.0', 'OLE DB Provider for
Jet', 'C:\MSOffice\Access\Samples\Northwind.mdb'
```

要查询刚刚链接的 Access 数据库,只需使用下列代码即可:

```
SELECT * FROM Marketing.Northwind..Employees
```

XML 查询

在 SQL Server 2000 发布以后的这几年中,另一种类型的数据在各种数据处理应用程序中已变得越来越重要。这就是 XML 数据。第 5 章曾经介绍过,SQL Server 2005 包含了一个本机的 xml 数据类型。用这个数据类型定义的列能够保存整个 XML 文档。

随同这个数据类型一起,SQL Server 还提供了一种新方法,用来从 xml 型列所保存的 XML 文档中获取所需的数据。利用 XQuery 表达式,可以检索出 XML 存储文档的某一指定部分,而不是整个内容(类似于简单的 SELECT 语句)。为此,可以使用 xml. query 函数。

例如,AdventureWorks 样本数据库中的 Production. ProductModel 表含有一个名为 Instructions 的 xml 型列。该列可以任选地保存一个含有产品汇编指令的 XML 文档。图 6.21

显示了这些 XML 文档之一(已将它提取到一个磁盘文件上)。

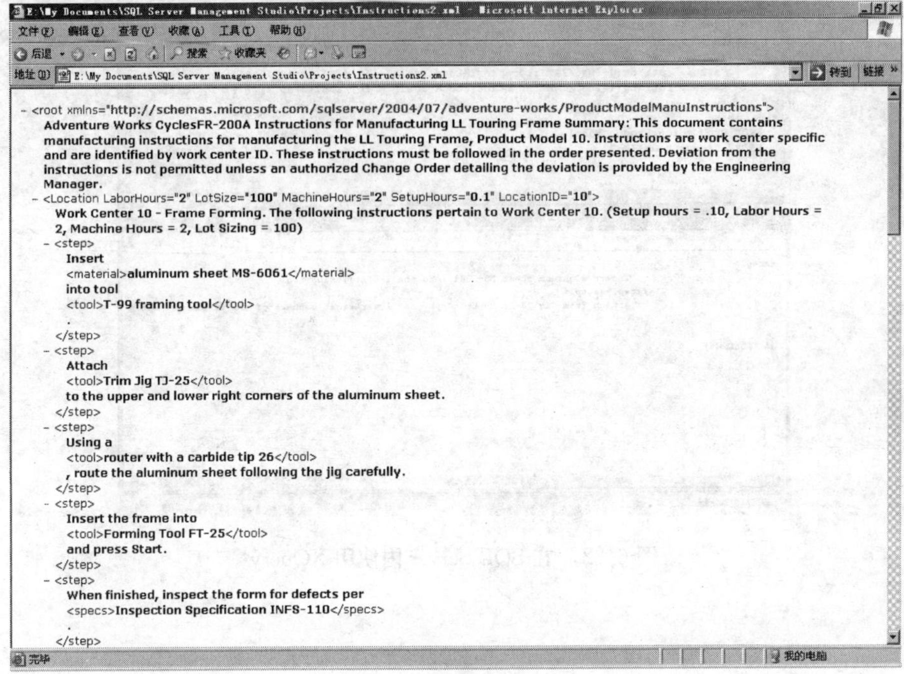

图 6.21　xml 型列中保存的 XML 文档

由于这个文档同时含有数据和元数据(以 XML 标记的形式),所以使用适当的 XQuery 表达式可以提取出所需的任何一部分。下列 SQL 查询使用 XQuery 表达式提取并格式化指令中的前两个步骤:

```
USE AdventureWorks
SELECT Instructions.query('
 declare namespace AWMI="http://schemas.microsoft.com/sqlserver/2004/07/
➥ adventure-works/ProductModelManuInstructions";
 for $Inst in /AWMI:root
 return
    (
    <step1> {string(($Inst/AWMI:Location[@LocationID =
➥ 10]/AWMI:step[1])[1]) } </step1>,
    <step2> {string(($Inst/AWMI:location[@LocationID =
➥ 10]/AWMI:step[2])[1]) } </step2>
    )
') AS x
FROM Production.ProductModel
WHERE ProductModelID=7
```

图 6.22 显示了运行这个查询后的结果。

说明: XQuery 是个非常复杂的语言,XQuery 表达式的详细描述也超出了本书的范围。若想了解 XQuery 的入门知识,请参见 XMLcom 的文章“What is XQuery?”(http://www.xml.com/pub/a/2002/10/16/xquery.html);若想了解 XQuery 的较详细信息,请研究 W3C 的 XQuery 网页(http://www.w3c.com/XML/Query)。

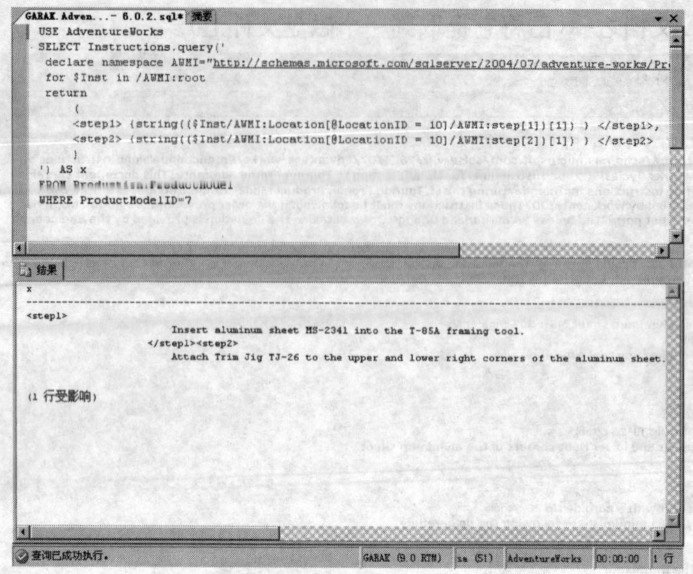

图 6.22　在 SQL Server 内使用 XQuery

小结

本章的内容很丰富,但这些内容都是 SQL Server 专业人员经常用到的。我们首先介绍了如何使用基本的 SELECT 查询从数据库的单个表中获取数据。在仔细分析了基本查询返回的结果集之后,我们发现其中显示的信息太多,因此介绍了如何使用 WHERE 从句限定结果集中返回的内容。

接下来,由于大多数数据库含有多个表,所以我们介绍了如何利用连接将来自多个表的信息合并到单个结果集中。

然后,我们发现结果集在显示时没有任何特定的顺序,因此介绍了怎样使用 ORDER BY 从句组织它们。

但是,即使利用 ORDER BY 从句,结果集看起来仍不像报表那样容易理解,因此我们介绍了如何将 GROUP BY 从句跟 HAVING、ROLLUP 和 CUBE 操作符联合用来添加汇总与细节信息。

然后,介绍了如何适当地使用 TOP N 从句检索一组值中排位最前的几个值,比如公司中销售业绩最佳的 5 名销售人员。RANK()和 OVER 最终允许给结果集的一个子集计算等级顺序。

此后,我们发现全文搜索通过允许查找文本字段中的单词和短语,可以极大地提高 SELECT 查询的性能。

最后,介绍了链接服务器查询的价值,它们允许用户在同一个查询期间同时从多个服务器上获取数据。最后,介绍了 XQuery 从 xml 型字段中检索信息的部分能力。

在讨论了 SELECT 查询之后,下面将介绍操作查询。

第7章 操作查询

第6章已经介绍过，利用SELECT查询，可以用灵活的方式从数据库中检索数据。然而，人们使用数据库的目的不只是为了检索现有的数据，他们还可以对数据库执行另外3个基本操作：

◆ 从表中删除现有数据；

◆ 修改表中的现有数据；

◆ 在表中插入新数据。

为此，T-SQL语言提供了一种完成所有这些任务的机制。这个机制就是操作查询。本章将介绍如何构造与使用操作查询来完成这3个基本操作。

什么是操作查询

操作查询(Action queries)是修改现有表中的一条或多条记录的SQL语句。这些SQL语句包括如下这些：

◆ DELETE语句，删除表中个别记录或每条记录；

◆ TRUNCATE TABLE语句，删除表中每条记录；

◆ UPDATE语句，修改表中的一条或多条记录的一列或多列；

◆ INSERT语句，在现有表中插入一行或多行；

◆ SELECT INTO语句，从现有数据中创建一个完整的新表。

本章的余下部分将逐个解释上述这5种语句类型的语法，并介绍如何在具体的应用程序中使用这些语句。

说明：操作查询作用于现有表。要创建新表，可以使用CREATE TABLE语句；要完全删除一个表，使用DROP TABLE语句。第11章将介绍如何创建与删除表。

删除查询

有两条不同的SQL语句可以用来从现有表中删除记录。其中的DELETE语句比较灵活，允许准确指定要删除哪些记录。如果要删除表中的每条记录，则TRUNCATE TABLE语句执行得较快，占用的系统资源也较少。

DELETE语句的语法

DELETE语句有许多选项，但其基本语法很直截了当：

```
DELETE
[FROM]
{
 table_name [WITH (table_hint [...n]])
 | view_name
 | OPENQUERY | OPENROWSET | OPENDATASOURCE
}
[FROM table_source]
[WHERE search_conditions]
[OPTION query_hints]
```

下面逐一列举了 DELETE 语句的语法构件:

◆ DELETE 关键字标识这条 SQL 语句。

◆ 可选的 FROM 关键字可以用来使这条 SQL 语句更容易理解。

◆ 必须指定一个表名,视图名,或者由 OPENQUERY()、OPENROWSET()或 OPENDATASOUCE()函数返回的结果作为待删除行的来源。第 8 章将讨论 OPENQUERY()、OPENROWSET()或 OPENDATASOUCE()函数。

◆ 可选的 WITH 从句可以用来提供表的优化器提示。第 8 章将讨论优化器提示。

◆ 这里的 FROM 从句与 SELECT 语句中的 FROM 从句有相同的语法和选项。详情请参见第 6 章。

◆ 这里的 WHERE 从句与 SELECT 语句中的 WHERE 从句有相同的语法和选项。

◆ OPTION 从句可以用来提供更进一步的提示。第 8 章也将讨论这些提示。

总之,DELETE 语句与 SELECT 语句非常相似。事实上,只要 SELECT 语句不包含任何聚合函数,只需将 SELECT 关键字换成 DELETE 关键字,并从 SELECT 从句中删去任何显式的列名,就可以建成一条删除对应行的 DELETE 语句。

DELETE 语句的局限性

如果 DELETE 语句使用视图而不是表作为待删除行的来源,该视图必须是可更新视图。可更新视图不包含聚合函数和计算列。此外,DELETE 语句中的视图还必须在它的 FROM 从句中确切地包含一个表(用来创建该视图的 FROM 从句,而不是 DELETE 语句中的 FROM 从句)。

说明:第 13 章将详细讨论可更新视图。

如果从 DELETE 语句中省掉 WHERE 从句,这个语句将删除目标表中的所有行。如果包含 WHERE 从句,这个语句只删除 WHERE 从句选择的那些行。

DELETE 语句无法从外连接的可空端上的表中删除行。例如,请考虑一条含有下列 FROM 从句的 DELETE 语句:

```
FROM Person.Contact LEFT JOIN Sales.SalesOrderHeader ON
Person.Contact.ContactID = Sales.SalesOrderHeader.SalesOrderID
```

其中,Sales. SalesOrderHeader 表是可空的,更确切地说,对于没有下过订单的客户所对应的行,该表的那些列将含有 NULL 值。在这种情况下,这条 DELETE 语句就不能用来删除 Sales. SalesOrderHeader 表中的行,只能用来删除 Person. Contact 表中的行。

如果 DELETE 语句试图违反触发器或参考完整性约束,这条语句将会运行失败。即使正被删除的行集中只有一行违反这个约束，这条语句也将取消，SQL Server 返回一条错误消息，并且无任何行被删除。

如果在已经定义了 INSTEAD OF DELETE 触发器的表上执行 DELETE 语句，DELETE 语句本身将不被执行，而是该触发器中的操作将被执行(针对表中已被删除的每一行)。第15章将详细讨论触发器。

DELETE 语句的举例

最简单的 DELETE 语句删除目标表中的所有行，为了安全起见，我们将使用 SELECT INTO 语句(本章的后面将介绍它)建立 Person. Contact 表的一个副本，并利用这个副本工作：

```
SELECT * INTO Person.ContactCopy FROM Person.Contact
DELETE Person.ContactCopy
DROP TABLE Person.ContactCopy
```

如果运行这些语句，将会看到来自 SQL Server 的下列消息：

```
(19972 row(s) affected)
(19972 row(s) affected)
```

第一条消息表示 SQL Server 正在创建 Person. ContactCopy 表，而第二条消息指出 SQL Server 正在从新表中删除所有 19972 条记录。

说明： DROP TABLE 语句在这些语句运行完毕时删除 Person. Contact 表的临时副本，以你能为下一个示例建立新副本。

如果希望这条 SQL 语句更容易理解，可以包含 FROM 关键字：

```
SELECT * INTO Person.ContactCopy FROM Person.Contact
DELETE FROM Person.ContactCopy
DROP TABLE Person.ContactCopy
```

要删除某一行，需要包含一条指定这一行的 WHERE 从句：

```
SELECT * INTO Person.ContactCopy FROM Person.Contact
DELETE Person.ContactCopy
WHERE ContactID = 1
DROP TABLE Person.ContactCopy
```

也可以使用一条约束较弱的 WHERE 从句删除多行，但行数小于整个表：

```
SELECT * INTO Person.ContactCopy FROM Person.Contact
DELETE Person.ContactCopy
WHERE LastName LIKE 'Whit%'
DROP TABLE Person.ContactCopy
```

提示： 要核实 DELETE 语句将删除打算删去的行，可以使用 SQL Server Management Studio 检查相应 SELECT 语句的结果(上例中为 SELECT * FROM Person. Contact WHERE LastName LIKE 'Whit%')

利用第二条 WHERE 从句，还可以根据一个表中的行删除另一个表中的行。请考虑这样一种情形：已经在共有的 ContactID 列上连接了联系人与订单。在这种情况下，可以使用下列语句删除位于 206 电话区号内的所有联系人所下的全部订单：

```
SELECT * INTO Person.ContactCopy FROM Person.Contact
SELECT * INTO Sales.SalesOrderHeaderCopy
FROM Sales.SalesOrderHeader
DELETE FROM Sales.SalesOrderHeaderCopy
FROM Person.ContactCopy INNER JOIN Sales.SalesOrderHeaderCopy
ON Person.ContactCopy.ContactID = Sales.SalesOrderHeaderCopy.ContactID
WHERE Person.ContactCopy.Phone LIKE '206%'
DROP TABLE Sales.SalesOrderHeaderCopy
DROP TABLE Person.ContactCopy
```

提示:就本例而言,对应的 SELECT 语句只是从 Sales. SalesOrderHeader 表中检索数据:SELECT Sales. SalesOrderHeader. * FROM Person. Contact INNER JOIN Sales. SalesOrderHeader ON Person. Contact. ContactID = Sales. SalesOrderHeader. ContactID WHERE Person. Contact. Phone LIKE '206%'。

子查询也可以用做正从中做删除的表(子查询就是另一个 SELECT 查询中嵌入的 SELECT 查询)。例如,如果需要从按字母顺序分类的表中删除前 10 个项目,则可以用下列语句:

```
SELECT * INTO Person.ContactCopy FROM Person.Contact
DELETE Person.ContactCopy
FROM (SELECT TOP 10 * FROM Person.ContactCopy
ORDER BY au_LastName) AS t1
WHERE Person.ContactCopy.ContactID = t1.ContactID
DROP TABLE Person.ContactCopy
```

其中,括弧内的 SELECT 语句就是子查询,它返回供 DELETE 语句操作的基本行集。这个子查询的结果取别名为 t1。WHERE 从句指定如何匹配 t1 与 Person. Contact 永久性表中的行。然后,DELETE 从句自动删除所有匹配的行。

最后,如果需要删除所有没有下订单的联系人,则可以用左连接,并在 Orders 表上设置一个条件:

```
SELECT * INTO Person.ContactCopy FROM Person.Contact
DELETE Person.ContactCopy

FROM Person.ContactCopy LEFT JOIN Sales.SalesOrderHeader ON
Person.ContactCopy.ContactID = Sales.SalesOrderHeader.ContactID
WHERE Sales.SalesOrderHeader.ContactID IS NULL
DROP TABLE Person.ContactCopy
```

LEFT JOIN 从句为每个联系人都创建两行,而且对于任何一个在临时连接表中没有信息的联系人,将来自 Sales. SalesOrderHeader 表的那些列都填上空值。

TRUNCATE TABLE 的语法

另外一条可以用来删除行的语句是 TRUNCATE TABLE。TRUNCATE TABLE 语句的语法很简单:

```
TRUNCATE TABLE table_name
```

在功能上,TRUNCATE TABLE 等效于不带 WHERE 从句且作用于单个表的 DELETE 语句。但是,如果只需要删除表中的所有数据,则 TRUNCATE TABLE 语句更有效,因为

DELETE 语句一次一个地删除行，并在事务日志中为每一行都生成一个项目。相反，TRUNCATE TABLE 语句通过重新分配该表所占用的数据页面来删除所有行，而且只有这些重分配页面才记录在事务日志中。

警告： TRUNCATE TABLE 是非日志化语句，因此在使用 TRUNCATE TABLE 之前必须建立完全备份，以保证在用完它之后数据库万一遇到麻烦时能够恢复而又不丢失数据。

TRUNCATE TABLE 的局限性

在使用 TRUNCATE TABLE 语句从含有标识列（Identity）的表中删除所有行时，标识计数器复位，因而添加的下一行在标识列中获得初始种子值。如果需要保留计数器，使添加的下一行获得下一个还没有分配的可用值，则应该使用 DELETE 语句替代 TRUNCATE TABLE 语句。

如果一个表已被另一表中的外部关键字约束引用，则不能使用 TRUNCATE TABLE 语句删除该表中的行，只能使用 DELETE 语句。

通过 TRUNCATE TABLE 语句所做的删除将不激活该表上所定义的删除触发器。在某些情况下，可以用这种方法来克服 DELETE 的局限性，但必须慎重：如果正期望删除触发器在行删除期间采取一些自动整理或日志操作，则不能用 TRUNCATE TABLE 语句。

如果表属于一个视图，而该视图又经过索引，则不能对该表使用 TRUNCATE TABLE 语句。否则，会出现错误消息 3729（"无法对'tablename'执行 TRUNCATE TABLE，因为对象'Viewrame'正引用它。"）。

TRUNCATE TABLE 语句的举例

要删除 Person.Contact 表中的所有数据，只需执行下列语句：

```
TRUNCATE TABLE Person.Contact
```

警告： 如果尝试这条语句，应当保证被删除的数据不会造成严重后果。表中的所有行均被删除，不会有任何警告。

更新查询

在大多数数据库中，表中存放的数据不是静态的。当然，有些数据（比如美国州名清单）很少或从不变化，但其他数据（比如客户地址信息）是动态的。UPDATE 语句给用户提供了修改表中任意或全部数据的手段。UPDATE 语句可以被编写成只影响单行上的单个字段，也可以被编写成计算每一行上的某个字段中发生的变化，甚至可以被编写成修改每一行上的多个字段。

除了 UPDATE 语句外，还有两条专用语句，用于处理 text、ntext 和 image 型列中存放的大量数值。WRITETEXT 语句将这些列之一中的某个值换成一个崭新的值，而 UPDATETEXT 语句可以对这样的列进行局部修改。WRITETEXT 与 UPDATETEXT 语句遭到反对，更确切地说，它们将会从该产品的某个未来版本中被完全删除，并且 Microsoft 现在也不鼓励使用它们。在需要使用这些语句和 text、ntext 或 image 型列的场合，应该使用标准 UP-

DATE 语句和 varchar(max)、nvarchar(max)或 binary 型列来代替。本书不打算介绍 WRITETEXT 与 UPDATE-TEXT 语句；如果用户正在使用的遗留应用程序使用了这些语句，请参考"SQL Server 联机丛书"中的相关内容。

UPDATE 语句的语法

UPDATE 语句的语法很复杂，下面是最常用的从句：

```
UPDATE
{
 table_name [WITH (table_hint [...n])]
 | view_name
 | OPENQUERY | OPENROWSET
}
SET
{
 column_name = {expression | DEFAULT | NULL}
 | @variable = expression
 | @variable = column = expression
 | column_name { .WRITE (expression , @Offset , @Length)
} [,...n]
{
 [FROM {table_source} [,...n]]
 [WHERE search_condition]
}
[OPTION (query_hint [,...n])]
```

下面简要介绍 UPDATE 语句的各个语法构件：

- UPDATE 关键字标识这条语句。
- 必须指定一个表名，视图名，或者 OPENQUERY()或 OPENROWSET()函数的返回结果作为待更新行的来源。第 8 章将讨论 OPENQUERY()和 OPENROWSET()函数。
- 可选的 WITH 从句可以用来提供针对该表的优化器提示。第 8 章中将讨论优化器提示。
- SET 关键字引入待进行的修改。
- 可以将列设置为等于表达式、列默认值或空值。
- 可以将局部变量设置为等于表达式。
- 可以组合地将列和局部变量设置为等于同一个表达式。
- 通过指定偏移量和长度，可以使用. WRITE 从句修改 varchar(max)、nvarchar(max)或 binary 型列的指定部分。
- 可以在单条 SET 从句中设置多个列。
- 这里的 FROM 从句与 SELECT 语句中的 FROM 从句有相同的语法和选项(关于 FROM 从句的较详细信息，请参见第 6 章)。
- 这里的 WHERE 从句与 SELECT 语句中的 WHERE 从句有相同的语法和选项。
- OPTION 从句可以用来提供更进一步的提示(请参见第 8 章)。

UPDATE 语句的局限性

如果正使用 UPDATE 语句彻底更新视图，该视图必须是可更新视图。此外，UPDATE

语句只能影响视图中的基础表之一。

UPDATE 语句不能用来更新视图中的标识列。如果需要更新标识列，必须先用 DELETE 语句删除当前行，然后用 INSERT 语句将修改后的数据作为新行插入。

在 UPDATE 语句中，只能使用返回单个值的表达式。

如果使用 SET 从句的 SET @variable = column = expression 形式，则变量和列均设置为等于表达式的结果。这不同于 SET @variable = column = expression = expression(将变量设置为列的更新前值。一般说来，如果 SET 从句含有多个操作，则这些操作的计算顺序为从左到右)。

一般说来，如果 UPDATE 语句违反表上的约束，无论这是一个实际的约束、规则、列的可空性规则还是列的数据类型设置，那么这条语句都将由 SQL Server 取消，并且 SQL Server 返回一条错误消息。如果 UPDATE 语句更新多行，则无任何修改发生，即使只有一行违反表上的约束。

如果 UPDATE 语句中的表达式产生算术错误(比如除数为 0)，则 SQL Server 不执行该更新，并返回一条错误消息。此外，这样的错误还取消该 UPDATE 语句所在的整个批处理。

UPDATE 语句是日志化的，也就是说，它们的所有数据都记录到事务日志上。但是，由于. WRITE 从句的使用，将会产生一个异常，进而导致最小的日志记录。

如果 UPDATE 语句含有列和变量并更新多行，则变量将只包含已更新行之一的值(而且哪个行将提供这个值是不确定的)。

如果在已经定义了 INSTEAD OF UPDATE 触发器的表上执行 UPDATE 语句，UPDATE 语句本身将不被执行，而是该触发器中的操作将被执行。

UPDATE 语句的举例

UPDATE 语句的最简单用法是仅对表中的每一行做单项修改。例如，可以使用下列语句将 Production. Product 表中存放的每本书的价格改成 $ 20.00：

```
UPDATE Production.Product
SET ListPrice = 20.00
```

警告：如果在 AdventureWorks 数据库中执行这条语句，则会修改数据。下列旁注“事务内的更新”将介绍一种允许试验 UPDATE 语句而又不更改原始数据的技巧。

比较常见的情况是，需要将更新限定在几行上。下列语句影响所有以字母 s 开头的产品：

```
UPDATE Production.Product
SET ListPrice = 20.00
WHERE Name LIKE 's%'
```

事务内的更新

在学习 SQL 语言时，能够既试验 UPDATE 与 DELETE 语句又不实际更改数据是很有帮助的。要达到这个目的，可以使用事务。第 8 章将详细讨论事务，但简单地说，事务就是 SQL Server 工作单元。BEGIN TRANSACTION 语句可以用来通知 SQL Server 何时开始这个工作单元。当这个工作单元结束时，可以用 COMMIT TRANSACTION 语句通知 SQL

Server 结束这项工作,或者用 ROLLBACK TRANSACTION 语句通知 SQL Server 抛弃这项工作。ROLLBACK TRANSACTION 可以理解为只影响自最近一条 BEGIN TRANSACTION 语句以后的所有操作的“撤消”。

例如,下面演示了怎样实际使用这一技巧在 AdventureWorks 数据库中试验一条 UPDATE 语句:

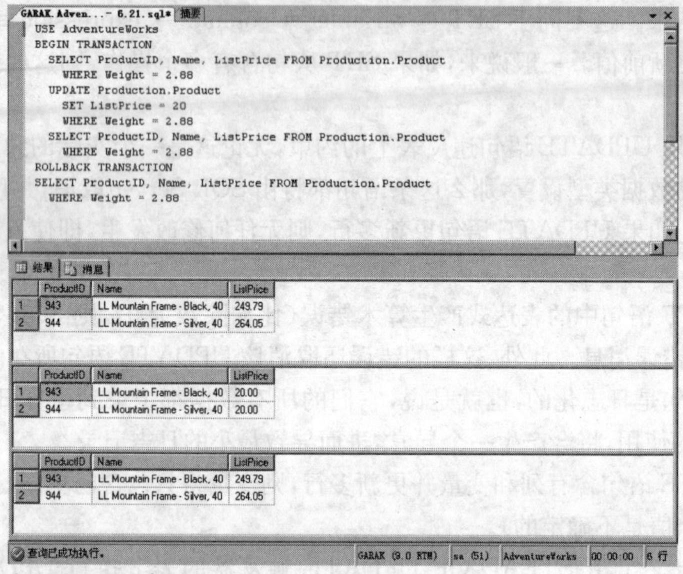

这组 SQL 语句执行下列步骤:

1. BEGIN TRANSACTION 语句通知 SQL Server 开始一个工作单元。
2. 第一条 SELECT 语句在记录被修改前先取出两条记录。
3. UPDATE 语句修改那两条记录。
4. 第二条 SELECT 语句取出那两条记录,并显示它们已被修改。
5. ROLLBACK TRANSACTION 语句通知 SQL Server 抛弃它自最近一条 BEGIN TRANSACTION 语句以后所完成的所有工作。
6. 最后一条 SELECT 语句显示那两条记录已被还原成它们的原始内容。

下面是来自这个批处理的完整输出。从该输出中可以看出,UPDATE 所做的那些修改是临时的:

```
ProductID    Name                                  ListPrice
-----------  ------------------------------------  ----------
943          LL Mountain Frame - Black, 40         249.79
944          LL Mountain Frame - Silver, 40        264.05

(2 行受影响)


(2 行受影响)
ProductID    Name                                  ListPrice
-----------  ------------------------------------  ----------
```

```
943          LL Mountain Frame - Black, 40          20.00
944          LL Mountain Frame - Silver, 40         20.00

(2 行受影响)

ProductID    Name                                   ListPrice
------------ -------------------------------------- ------------
943          LL Mountain Frame - Black, 40          249.79
944          LL Mountain Frame - Silver, 40         264.05

(2 行受影响)
```

如果使用这一技巧,应当保证在完成之后回退已启动的每个事务,以避免在表上留下多余的锁。

更准确地说,这条语句仅更新具有指定 ProductID 的单个产品:

```
UPDATE Production.Product
SET ListPrice = 20.00
WHERE ProductID = 327
```

另外,通过使用逗号分隔更新操作,一次可以更新多个列:

```
UPDATE Production.Product
SET ListPrice = 20.00, ProductNumber = 'LI-5800a'
WHERE ProductID = 418
```

需要说明的是,更新多个列不需要重复 UPDATE 或 SET 关键字。

彻底更新视图与彻底更新查询一样容易。下面的例子将用到 AdventureWorks 样本数据库中的 Sales. vStore 视图,这个视图将来自 6 个表的信息集中在一起。在本例中,UPDATE 语句查找具有职位 Owner 的所有联系人并只修改那些行:

```
UPDATE Sales.vStore
SET ContactType = 'President'
WHERE ContactType = 'Owner'
```

当然,除了设置一个列等于一个简单的值之外,还可以做更复杂的操作。可以设置一个列等于一个表达式的结果,其中包括引用列的表达式。例如,下列 UPDATE 语句将每个产品的价格提高 10%:

```
UPDATE Production.Product
SET ListPrice = ListPrice * 1.1
```

当 SQL Server 遇到不是关键的单词时(比如本例中的 ListPrice),它设法将单词标识为 SQL Server 对象的名称。在本例中,由于 UPDATE 语句处理 Production. Product 表,所以 SQL Server 清楚地知道仅有一个这样的对象,即该表中的 ListPrice 列。

可以用特殊关键字 DEFAULT 设置一个列等于默认值:

```
UPDATE Production.Product
SET Size = DEFAULT
```

说明:如果列是可空的(也就是说,列中可以键入 NULL 值)且没有显式默认值,设置列为 DEFAULT 则等效于设置列为 NULL。如果列不是可空的且没有显式默认值,设置列为 DEFAULT 将会产生 SQL Server 错误 515:"不能将值 NULL 插入列 calamn_name,表 table_name;列不允许有空值。UPDATE 失败。"。

要显式地设置可空列为空值,可以使用 NULL 关键字:

```
UPDATE Production.Product
SET Size = NULL
```

说明:即使这条语句看上去含有一个"等于空值"句法结构,但不受 ANSI Null 设置的影响,因为这是等号操作符代表赋值操作而不是比较操作的用法。

UPDATE 语句也可以用来给局部变量赋值。例如,下列批处理创建一个局部变量,给它赋一个值,并打印结果:

```
USE AdventureWorks
DECLARE @Name nvarchar(50)
UPDATE Production.Product
  SET @Name = 'Fake'
PRINT @Name
```

图 7.1 显示了运行这个批处理的结果。

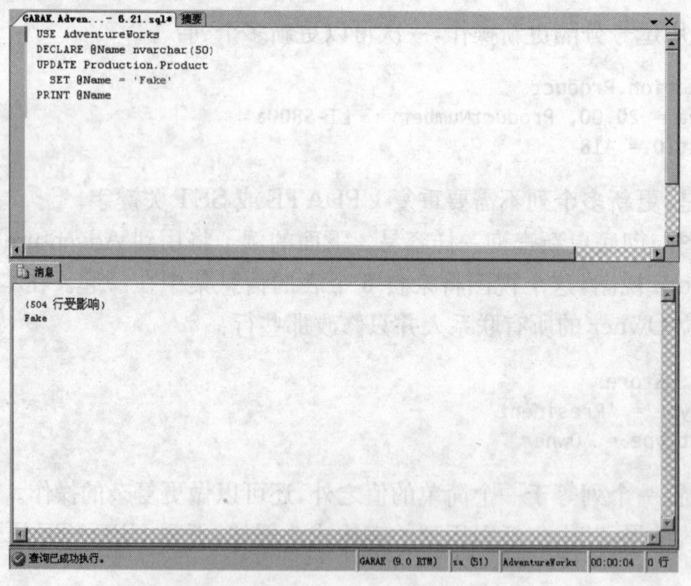

图 7.1 用 UPDATE 语句给局部变量赋值

这里需要说明的是,SQL Server 处理了表中的所有 504 行,即使 UPDATE 语句没有修改表中存放的任何数据。为了使该更新更有效,可以添加一条仅选择单个记录的 WHERE 从句:

```
USE AdventureWorks
DECLARE @Name nvarchar(50)
UPDATE Production.Product
  SET @Name = 'Fake'
  WHERE ProductID = 418
PRINT @Name
```

也许,认为通过选择表中的0条记录,可以使这个过程更有效。例如,可以试一试下列语句:

```
USE AdventureWorks
DECLARE @Name nvarchar(50)
UPDATE Production.Product
  SET @Name = 'Fake'
  WHERE ProductID IS NULL
PRINT @Name
```

然而,如果 UPDATE 语句不选择任何行,它将不设置局部变量(请亲自在查询窗口中试一试并注意观察结果)。

提示:要给局部变量赋值而又不引用表,应该像第5章中所讨论的那样使用 SET 语句。

利用 UPDATE 语句,还可以同时更新表中的行并将结果赋给局部变量。例如,请考虑下列示例(另见图7.2)。

```
USE AdventureWorks
BEGIN TRANSACTION
DECLARE @newprice money
UPDATE Production.Product
 SET @newprice = ListPrice = ListPrice * 1.1
 WHERE ProductID = 741
PRINT @newprice
SELECT ProductID, ListPrice FROM Production.Product
 WHERE ProductID = 741
ROLLBACK TRANSACTION
```

从图7.2中可以看出,运行 UPDATE 语句后,@newprice 和表中的实际行有相同的值。PRINT 语句将变量的内容打印到屏幕上。

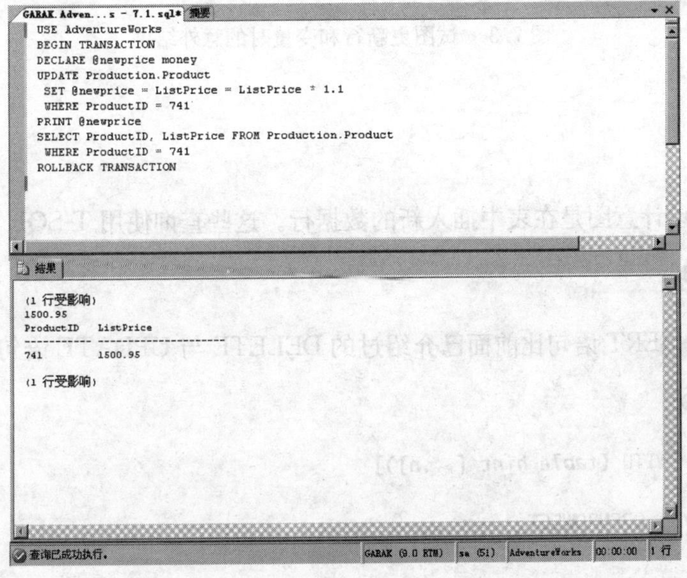

图7.2 同时更新行和变量

如果将上一条语句分解成在 SET 从句中使用两个赋值,则可能会得到出乎意料的结果。图7.3表明,结果是旧值进入了局部变量中,而新值进入了列中。由此可见,多列式 UPDATE

语句中的各项修改是按这些修改在 SET 从句中出现的相同顺序来处理的：

```
USE AdventureWorks
BEGIN TRANSACTION
DECLARE @newprice money
UPDATE Production.Product
 SET @newprice = ListPrice, ListPrice = ListPrice * 1.1
 WHERE ProductID = 741
PRINT @newprice
SELECT ProductID, ListPrice FROM Production.Product
 WHERE ProductID = 741
ROLLBACK TRANSACTION
```

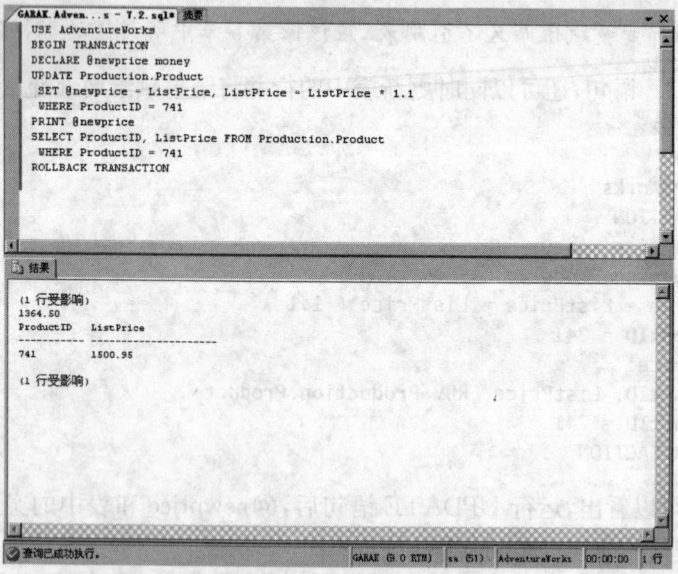

图 7.3　试图更新行和变量时的意外结果

插入查询

插入查询的设计意图是在表中插入新的数据行。这些查询使用 T-SQL INSERT 语句。

INSERT 的语法

总的说来，INSERT 语句比前面已介绍过的 DELETE 与 UPDATE 语句简单：

```
INSERT [INTO]
{
 table_name [WITH (table_hint [...n])]
 | view_name
 | OPENQUERY | OPENROWSET
}
{
 [(column_list)]
 {
  VALUES
```

```
( { DEFAULT | NULL
  | expression }[,...n] )
| derived_table
| execute_statement
}
}
| DEFAULT VALUES
```

下面简要介绍 INSERT 语句的各个语法构件：

◆ INSERT 和可选的 INTO 关键字引入这条语句。INTO 只用来加强可读性。

◆ table_name 变元提供目标表。

◆ 可以随意地包括表提示。

◆ 也可以指定一个视图名或 OPENQUERY()或 OPENROWSET()函数的返回结果作为插入目标。

◆ column_list 是个可选的、由逗号分隔的字段列表，这些字段将接收插入的数据。

◆ 待插入值可以由 DEFAULT 或 NULL 关键字或表达式提供。

◆ 作为选择，可以使用 SELECT 语句创建一个派生表作为插入源。

◆ 也可以用包含存储过程的执行语句或 SQL 批处理创建待插入的数据。

◆ DEFAULT VALUES 从句为新行中的每一列使用表的默认值。

如果使用了一个派生表或一条执行语句的结果来提供待插入的数据，INSERT 语句则可以插入多行数据。

INSERT 语句的局限性

当然，如果通过视图而不是表插入数据，则该视图必须是可更新的。此外，只通过一条 INSERT 语句，就可以将数据插入到视图所引用的基础表之一中。

如果没有提供一个列列表，INSERT 语句按数据的供给顺序将数据插入到表的每一列中。不管有没有一个列列表，INSERT 语句仅当 SQL Server 能够确定将什么值插入到表内的每一列中时才工作。换句话说，对于每一列，下列条件当中至少有一个为真：

◆ INSERT 语句提供了一个值；

◆ 该列是标识列；

◆ 该列有一个默认值；

◆ 该列具有 timestamp 数据类型；

◆ 该列是可空的。

如果要在标识列中插入一个特定值，表的 SET IDENTITY_INSERT 选项必须是打开的，而且 INSERT 语句中必须显式地提供这个值。

如果提供了 DEFAULT 关键字，而且列没有默认值且是可空的，那么列中将插入空值，否则 INSERT 语句产生错误，而且无任何数据插入。

如果正将数据插入到含有 uniqueidentifier 型列的表中，则可以用 NEWID()函数为该列提供新的惟一值。

如果表有一个 INSTEAD OF INSERT 触发器，则触发器中的操作将被执行，而试图将行放入到该表中的 INSERT 语句本身将不被执行。

INSERT语句的举例

INSERT的最简单情形是每列都有默认值的表。由于AdventureWorks样本数据库中没有这样的表,因此我们创建一个这样的表,以便于试验:

```
USE AdventureWorks
CREATE TABLE Person.Preferences (
  PreferenceID int IDENTITY(1, 1) NOT NULL,
  Name nvarchar(50) NULL,
  Value nvarchar(50) NULL)
```

提示:若要了解CREATE TABLE语句,请参见第11章。

这个表有一个具有IDENTITY属性的列,而其余的每个列都是可空的。因此,只需指定DEFAULT VALUES从句,就可以在该表中插入一行:

```
INSERT INTO Person.Preferences
 DEFAULT VALUES
```

当然,如果愿意,也可以在做插入时为一组列提供值:

```
INSERT INTO Person.Preferences
 (Name, Value)
 VALUES ('Connection', 'Fast')
```

列的顺序不必与它们在表中出现的顺序相同,只要将列列表与值列表对应起来即可。例如,下列语句插入与上述语句相同的行:

```
INSERT INTO Person.Preferences
 (Value, Name)
 VALUES ( 'Fast', 'Connection')
```

在给含有标识列的表做插入时,不能像平常那样指定该列的值。但是,通过先使用SET IDENTITY_ INSERT,就可以指定标识列的值:

```
SET IDENTITY_INSERT Person.Preferences ON
INSERT INTO Person.Preferences
 (PreferenceID, Name, Value)
 VALUES (17285, 'Details', 'Show All')
```

如果正在给每一列都插入值,则可以省略列列表。但是,这么做会使语句更难读懂。建议总是包括一个默认的列列表。请注意,如果表含有一个标识列,则不能包含默认的列列表。

也可以插入SELECT语句的结果。例如,可以复制AdventureWorks样本数据库中的一个位置:

```
INSERT INTO Production.Location
 ('NewName', CostRate, Availability)
 SELECT Name, CostRate, Availability
  FROM Production.Location
  WHERE Production.Location.LocationID = 5
```

请注意,这只适用于LocationID列为一个标识列的情形。在插入重复的信息时,SQL Server自动为该列创建一个新值。

SELECT INTO 语句的语法

第 6 章已经介绍过基本 SELECT 语句的语法。SELECT INTO 语句是基本 SELECT 语句的一种变形。SELECT INTO 语句的语法看上去像下面这样：

```
SELECT select_list
INTO new_table_name
FROM table_source
[WHERE condition]
[GROUP BY expression]
HAVING condition]
[ORDER BY expression]
```

SELECT INTO 语句的大部分构件与基本 SELECT 语句一致。特别是，SELECT、FROM、WHERE、GROUP BY、HAVING 和 ORDER BY 从句的详细描述可以在第 6 章中发现。

重要的新元素是 INTO 从句。在这条从句中，可以指定一个表名（通过使用任何一个有效的 SQL Server 标识符），执行 SELECT INTO 语句将创建这个表。这个表将为 SELECT 语句的结果中的每一列都包含一个对应的列。这些列的名称和数据类型将与 SELECT 列表中的对应列的名称和数据类型相同。

换句话说，SELECT INTO 获取 SELECT 语句的结果并将那些结果变成一个永久性表。

提示： 用 SELECT INTO 语句创建的表没有索引、主关键字、外部关键字、默认值和触发器。如果需要表中有这些特性，则应该用 CREATE TABLE 语句创建该表，然后用 INSERT 语句给该表填入数据。这通常比用 SELECT INTO 语句创建表之后再用 ALTER TABLE 语句调整其他特性容易得多。

也可以用 SELECT INTO 语句创建临时表。为此，需要保证表名的第一个字符为 # 符号。在长触发器或长存储过程的中间处理 SQL 代码并需要在此期间跟踪信息时，临时表会派上用场。当临时表被利用完毕后，SQL Server 自动删除它们。

SELECT INTO 语句的局限性

SELECT INTO 语句是不是完全安全取决于数据库当前采用的恢复选项。SQL Server 2005 允许数据库使用 3 个不同的恢复模型之一：

- ◆ 完全；
- ◆ 批量日志；
- ◆ 简单。

可以使用 ALTER DATABASE 语句设置数据库的恢复模型（请参见第 5 章）。在默认情况下，每个新数据库在刚建成时均使用和模型数据库相同的恢复模型。模型数据库默认为完全恢复。

这些恢复模型之间的差别在于它们需要多大日志空间，以及万一发生硬件故障时有多大长度的数据损失。

在完全恢复模型下，受损数据文件上的任何工作都不会丢失（损坏日志文件会要求重复自上一个日志备份以来的所有工作）。也可以将数据库恢复到任意一个时刻。这种能力允许撤消用户错误所产生的后果。

在批量日志恢复模型下,数据库性能因批量操作而得到提高(这些批量操作包括 SELECT INTO、BULK INSERT、CREATE INDEX、BCP、WRITETEXT 和 UPDATETEXT)。但是,这个性能提高是有代价的:如果受损数据文件包含批量操作所做的修改,那些修改必须重做。利用这个日志模型,可以将数据库恢复到它在任何一个备份结束时所处于的状态。

在简单恢复模型下,性能得到更进一步的提高,而且日志文件大小是最小的。但是,万一某个数据文件发生损坏时,自从最新数据库或差异备份以来的所有修改都丢失。

SELECT INTO 语句在数据库使用完全恢复模型时记录到日志上,在批量日志恢复模型下部分地记录到日志上,而在简单恢复模型下不记录到日志上。

除非正有严重的性能问题,否则建议为所有数据库都采用完全恢复模型。

说明:不能在事务的中间执行 SELECT INTO 语句。

SELECT INTO 语句的举例

使用 SELECT INTO 语句的一个适当例子是创建试验用的临时表。例如,可以使用下列语句为 AdventureWorks 数据库中的 Person. Contact 表建立一个准确的副本:

```
SELECT *
INTO [copy_of_Person.Contact]
FROM Person.Contact
```

如果在 SQL Server Management Studio 中运行这个语句,则会出现一条声称 19972 行受到影响了的消息。这些行均复制到了新表中。这个结果可以用下列语句验证:

```
SELECT *
FROM [copy_of_Person.Contact]
```

也可以使用 SELECT INTO 语句创建临时表供以后使用。例如,可能需要选择 Purchasing. vVendor 视图中厂家在 Bellevue 市的所有行,随后显示按姓氏排序的那些行。为此,可以用下列批处理:

```
USE AdventureWorks
SELECT *
INTO #temp_vv
FROM Purchasing.vVendor
WHERE City = 'Bellevue'
GO
SELECT *
FROM #temp_vv
ORDER BY LastName
GO
```

图 7.4 显示了执行这个查询批处理的结果。

当然,也可以用下列语句创建这个相同的结果集:

```
SELECT *
FROM Purchasing.vVendor
WHERE City = 'Bellevue'
ORDER BY LastName
```

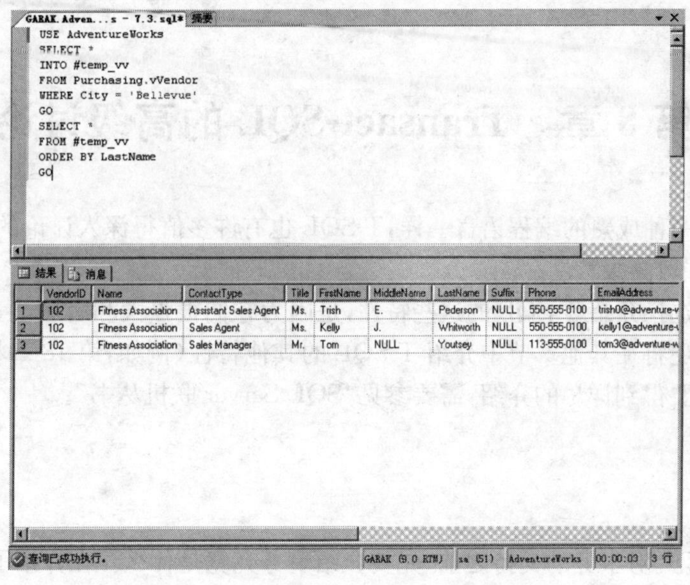

	VendorID	Name	ContactType	Title	FirstName	MiddleName	LastName	Suffix	Phone	EmailAddress
1	102	Fitness Association	Assistant Sales Agent	Ms.	Trish	E.	Pederson	NULL	550-555-0100	trish0@adventure-w
2	102	Fitness Association	Sales Agent	Ms.	Kelly	J.	Whitworth	NULL	550-555-0100	kelly1@adventure-w
3	102	Fitness Association	Sales Manager	Mr.	Tom	NULL	Youtsey	NULL	113-555-0100	tom3@adventure-w

图 7.4 使用 SELECT INTO 创建临时表

当用户正将一个非常大的数据集简化成一个便于分析的较小数据集时，使用 SELECT INTO 创建临时表是很有用的。如果有 1 000 000 行数据，并需要显示一个用 3 种方法排序的 400 行子集，则可以用 SELECT INTO 语句创建一个只包含 400 行的临时表，然后用这个临时表做其余的工作。

小结

作为 T-SQL 编程语言的一部分，SQL Server 提供了删除、更新与插入数据的方法。这些方法包括：

- ◆ 删除数据的 DELETE 与 TRUNCATE TABLE 语句；
- ◆ 更新数据的 UPDATE 语句；
- ◆ 添加新数据的 INSERT INTO 语句；
- ◆ 创建新表的 SELECT INTO 语句。

利用这些工具，可以让数据库保持最新，进而保证当前结果对第 6 章介绍的 SELECT 语句总是可用的。在介绍完 T-SQL 编程语言中的 4 个基本操作之后，下面将转入更高级的课题。

第 8 章　Transact-SQL 的高级讨论

和其他任何一种成熟的编程语言一样，T-SQL 也有许多值得深入讨论的特性。本章将介绍 T-SQL 的一些较高级特性。

我们之所以选择介绍 T-SQL 的这些特性，是因为它们很强大和有用，但这个语言还有更多的特性。本书还将在其他章节中介绍 T-SQL 的其他特性(例如，第 18 章将介绍 T-SQL 的安全特性)，但是要得到详尽的介绍，需要参见"SQL Server 联机丛书"。

事务

在介绍 T-SQL 对事务的支持之前，先要介绍事务究竟是什么。在介绍了事务的基本概念之后，我们将讨论本地与分布式事务。

什么是事务

事务的概念是现代数据库理论的核心概念之一。理解事务的最简单方法是将事务看成一个工作单元。如果类比一下，事务就像是数据库的夸克：不再可分的基本粒子。

例如，通过 UPDATE 查询更新表行就被 SQL Server 作为单个事务来对待。假设执行下列查询：

```
UPDATE Production.Product
  SET SafetyStockLevel = 1000,
    ReorderPoint = 10
  WHERE ProductID = 321
```

当运行这个查询时，SQL Server 认为用户的意图是在单个行动中同时修改 SafetyStock-Level 列和 RecordPoint 列。假设 RecordPoint 列上存在一个防止任何再订购点低于 50 的约束。在这种情况下，对 SafetyStockLevel 和 RecordPoint 列的更新都无法实现。由于这两个更新位于同一条 UPDATE 语句中，所以 SQL Server 将这两个更新作为同一个事务的一部分来对待。

如果希望这两个更新能被独立地考虑，则可以将上一条 UPDATE 语句改写成如下所示的两条 UPDATE 语句：

```
USE AdventureWorks ;
UPDATE Production.Product
  SET SafetyStockLevel = 1000

  WHERE ProductID = 321
UPDATE Production.Product
  SET ReorderPoint = 10
  WHERE ProductID = 321
```

经过改写之后，即使对 RecordPoint 列的更新没能成功，但对 SafetyStockLevel 列的更新仍能进行。

稍后将会介绍，也可以用 T-SQL 语句创建跨多条语句的事务。例如，可以执行下列批处理：

```
DECLARE @SSL_err int, @RP_err int
BEGIN TRANSACTION
UPDATE Production.Product
  SET SafetyStockLevel = 1000
  WHERE ProductID = 321
 SET @SS_err = @@ERROR
UPDATE Production.Product
  SET ReorderPoint = 10
  WHERE ProductID = 321
 SET @RP_err = @@ERROR
 IF @SS_err = 0 AND @RP_err = 0
  COMMIT TRANSACTION
 ELSE
  ROLLBACK TRANSACTION
```

BEGIN TRANSACTION 语句通知 SQL Server，它应该将下一条 COMMIT TRANSACTION 或 ROLLBACK TRANSACTION 语句以前的所有事情作为单个事务。如果 SQL Server 遇到一条 COMMIT TRANSACTION 语句，那么保存自最近一条 BEGIN TRANSACTION 语句以后对数据库所做的所有工作；如果 SQL Server 遇到一条 ROLLBACK TRANSACTION 语句，则抛弃所有这些工作。

ACID 属性

在形式上，我们可以说事务由 ACID 属性标识。ACID 是 4 个属性的首字母缩写词：

- 原子性(Atomicity)；
- 一致性(Consistency)；
- 隔离性(Isolation)；
- 持久性(Durability)。

原子性

原子性是谈及事务是工作单元这一概念的极富想象力的方法。当事务结束时，事务内的所有工作在数据库中要么都得到完成，要么都没有得到完成。数据库不能处于事务只有一部分得到完成的状态。

一致性

在提交或回退事务时，所有东西都必须处于一致状态。换句话说，事务内的任何操作都不能违反数据库的任何约束或规则。如果事务的任何一部分使数据库处于不一致状态，则事务不能被提交。

隔离性

如果两个事务正在同时进行之中(例如，不同计算机上的两个用户可能正在修改同一个表)，则这两个事务不会相互干扰，因为每个事务是相互隔离的。当一个事务去数据库中读取数据时，它看到的一切东西要么都处于其他事务开始前的状态，要么都处于其他事务提交后的状态。一个事务决不会遇到另一个事务中的中间状态。

说明:从理论上说,一个事务决不会遇到另一个事务内的状态,但实际上,SQL Server 允许通过选择隔离级别来改变这种情况。

由于事务是相互隔离的,如果从数据库的一个崭新副本开始,并按最初执行所有操作的相同顺序再执行它们一遍,保证能得到相同的结果。这正是能够从备份与事务日志中还原事务的原因所在。

说明:第 16 章将详细讨论数据库恢复。

持久性

最后,一旦提交了事务提交,它们就变成永久的。事务所完成的工作得到永久保存。如果提交一个事务以后计算机瘫痪,那么重新启动计算机后,该事务的结果将依然是存在的。

使用事务

Transact-SQL 使用下列 4 条语句管理事务:

- ◆ BEGIN TRANSACTION;
- ◆ COMMIT TRANSACTION;
- ◆ ROLLBACK TRANSACTION;
- ◆ SAVE TRANSACTION。

此外,还有两个全局变量可以用在事务处理中:

- ◆ @@ERROR;
- ◆ @@TRANCOUNT。

本节将逐一介绍这些语句的语法,以及如何在 T-SQL 批处理内使用事务处理。

BEGIN TRANSACTION 语句

BEGIN TRANSACTION 语句用来命令 SQL Server 开始一个新事务:

```
BEGIN [TRAN | TRANSACTION] [transaction_name | @name_variable]
 [WITH MARK ['description']]
```

- ◆ 可以使用 BEGIN、BEGIN TRAN 或 BEGIN TRANSACTION 作为基本语句。许多人更喜欢较短的形式,但我们觉得长形式更易于理解。
- ◆ 直接提供一个事务名,或者提供包含事务名的一个变量的名称,以便在提交或回退事务时按名称引用这个事务。
- ◆ WITH MARK 从句使用供给的描述和当前时间作为标识符,在事务日志中插入一个代表数据库的位置标志。这样,就可以在恢复数据库时使用 RESTORE 命令将数据库恢复到事务开始之前的状态或事务提交之后的状态。位置标记的描述可以是 255 个字符长(如果正在使用 Unicode 名称),也可以是 510 个字符长(如果正在使用 ANSI 名称)。

警告:虽然事务名遵守 SQL Server 标识符的正常规则,但这些名称只有前 32 个字符有效。

事务可以是嵌套的,也就是说,可以在发布了一条 BEGIN TRANSACTION 命令之后发布另一条 BEGIN TRANS-ACTION 命令,然后或提交或回退等待处理的事务。这样就在第一个事务之内嵌套了第二个事务。原则是必须先提交或回退内层事务,然后提交或回退外层事务,换句话说,一条 COMMIT TRANSACTION 或 ROLLBACK TRANSACTION 语句对应最近的一条 BEGIN TRANSACTION 语句。

提交一个嵌套事务并不将来自该事务的修改永久地写入到数据库中,只是让那些修改可供外层事务使用。假设有下列 SQL 批处理:

```
BEGIN TRANSACTION
UPDATE Production.Product
  SET SafetyStockLevel = 1000
  WHERE ProductID = 321
  BEGIN TRANSACTION
  UPDATE Production.Product
    SET ReorderPoint = 10
    WHERE ProductID = 321
  COMMIT TRANSACTION
ROLLBACK TRANSACTION
```

在本例中,COMMIT TRANSACTION 语句通知 SQL Server,已经使用完自己启动的第二个事务。但是,ROLLBACK TRANSACTION 语句回退自第一条 BEGIN TRANSACTION 语句以后的所有工作,其中包括内层嵌套事务。

事务名看上去像是增强了代码的可读性,但它们与嵌套事务的交互性很差。事实上,只有批处理中的最外层事务才能按名称引用。建议在打算嵌套事务时避免为事务使用名称。

COMMIT TRANSACTION 语句

COMMIT TRANSACTION 语句的语法与 BEGIN TRANSACTION 语句非常相似。由于同样的目的,也有一条替代语句:

```
COMMIT [TRAN | TRANSACTION] [transaction_name | @name_variable]
COMMIT [WORK]
```

在发布一条 COMMIT TRANSACTION 语句时,SQL Server 将最近的一个已启动事务标记为准备提交。只有在提交一个嵌套事务系列中的最外层事务时,SQL Server 才将所有修改才都写入到数据库中。当然,如果只有一个打开的事务,SQL Server 则立即将修改写入到数据库中。

用户的责任是保证在做完了所有预期的修改之后再发布 COMMIT TRANSACTION 语句。一旦提交了一个事务,就再也不能回退它。

虽然可以在 COMMIT TRANSACTION 语句中使用事务名,但 SQL Server 并不尝试将这个名称与 BEGIN TRANSACTION 语句中的名称匹配。事务名的作用仅是增强代码的可读性。

COMMIT 语句(不管是否使用 WORK 关键字)仅仅是不带事务名的 COMMIT TRANSACTION 语句的同义词。这个语句形式与 ANSI SQL-92 标准是兼容的。

ROLLBACK TRANSACTION 语句

ROLLBACK TRANSACTION 语句也有两种形式:

```
ROLLBACK [TRAN | TRANSACTION]
 [transaction_name |
 @name_variable |
 savepoint_name |
 @savepoint_variable]
ROLLBACK [WORK]
```

ROLLBACK TRANSACTION 语句抛弃自最近一条 BEGIN TRANSACTION 语句以后的所有修改。同样,可以用常量或变量形式提供一个事务名,但 SQL Server 将其忽略。

也可以通过提供一个保存点名称来回退事务的一部分。下一节将介绍保存点。如果事务是分布式事务(影响多个服务器上的数据库),则不能回退到保存点。

ROLLBACK(不管是否使用 WORK 关键字)是这条语句的 SQL-92 兼容形式。但是,在这种形式中,无法回退嵌套事务系列中的单个事务。ROLLBACK WORK 总是回退到嵌套事务系列当中的第一个事务(最外层事务)。

警告:ROLLBACK WORK 回退所有嵌套事务,并将@@TRANCOUNT 变量设置成 0。

如果在触发器中调用 ROLLBACK TRANSACTION 命令,同一个批处理中的后续 SQL 语句则不再执行。另一方面,如果在存储过程中调用 ROLLBACK TRANSACTION 命令,则同一个批处理中的后续 SQL 语句则照常执行。

SAVE TRANSACTION 语句

SAVE TRANSACTION 语句允许部分地提交一个事务,同时仍能回退这个事务的其余部分:

```
SAVE [TRAN | TRANSACTION] {savepoint_name | @savepoint_variable}
```

需要注意的是,在发布 SAVE TRANSACTION 时,必须给事务提供一个名称。这个名称将为一条后续的 COMMIT TRANSACTION 或 ROLLBACK TRANSACTION 语句提供参照点。

下面举例说明 SAVE TRANSACTION 语句的用法。考虑下列 T-SQL 批处理:

```
BEGIN TRANSACTION
  UPDATE Production.Product
    SET SafetyStockLevel = 1000
    WHERE ProductID = 321
  SAVE TRANSACTION SSsaved
  UPDATE Production.Product
    SET ReorderPoint = 10
    WHERE ProductID = 321
  ROLLBACK TRANSACTION SSsaved
COMMIT TRANSACTION
```

其中,ROLLBACK TRANSACTION 语句删除对 RecordPoint 列的更新结果,同时保留对 SafetyStockLevel 列的更新以备提交。然后,COMMIT TRANSACTION 语句提交事务中没有回退的部分(本例中为 SafetyStockLevel 列中的更新)。

@@TRANCOUNT 变量

@@TRANCOUNT 是系统全局变量,用来报告当前等待处理的嵌套事务数量。如果没有等待处理的事务,这个变量则包含 0。例如,这个变量适合用来确定在 T-SQL 批处理所启动的一个事务的中间是否有正在执行的触发器。

@@ERROR 变量

@@ERROR 也是系统全局变量,用来保存来自任何一条 T-SQL 语句的最新错误号。每当一条不引起错误的语句执行完毕时,这个变量就包含 0,换句话说,每当一条语句成功地执行完毕时,该变量就复位到 0。因此,如果需要在以后的某个时候检查语句是否引起错误,则需要将@@ERROR 变量的值先保存到局部变量中。

事务的举例

本节用一个比较复杂的 T-SQL 批处理演示以上所介绍的各种事务处理语句:

```
DECLARE @SS_err int, @RP_err int
BEGIN TRANSACTION
 UPDATE Production.Product
  SET SafetyStockLevel = 1000
  WHERE ProductID = 321
 SET @SS_err = @@ERROR
 SAVE TRANSACTION SSsaved
 UPDATE Production.Product
  SET ReorderPoint = 10
  WHERE ProductID = 321
 SET @RP_err = @@ERROR
 IF @RP_err <> 0

  ROLLBACK TRANSACTION SSsaved
IF @SS_err = 0 AND @RP_err = 0
 BEGIN
  COMMIT TRANSACTION
  PRINT 'Changes were successful'
 END
ELSE
 ROLLBACK TRANSACTION
```

下面逐一说明这个批处理的每个组成部分:

1. DECLARE 语句设立两个局部变量。
2. BEGIN TRANSACTION 语句开始一个事务。
3. 第一条 UPDATE 语句对 SafetyStockLevel 列做一项修改。
4. 第一条 SET 语句用来保存@@ERROR 变量的值,以便以后能检查第一条 UPDATE 语句是否执行顺利。需要注意的是,这条语句必须紧跟在 UPDATE 语句的后面。
5. SAVE TRANSACTION 语句设置一个保存点。
6. 第二条 UPDATE 语句对 RecordPoint 列做一项修改。
7. 第二条 SET 语句保存@@ERROR 变量的值,以便以后能检查该 UPDATE 语句是否执行顺利。
8. 如果第二条 UPDATE 语句上发生错误,第一条 ROLLBACK TRANSACTION 语句则将事务退回到保存点。
9. 如果没有错误,事务则得到提交,一个消息打印出来。请注意 BEGIN 与 END 的使用,它们用来将两条 T-SQL 语句分组到同一条逻辑语句中。这是必要的,因为在默认情况下 IF 语句只引用紧跟后面的那条语句。

10. 如果发生错误,则第二条 ROLLBACK TRANSACTION 语句回退所有工作。

分布式事务

到目前为止,我们一直在讨论本地事务:仅在单个数据库中做修改的事务。SQL Server 还支持分布式事务:对多个数据库中存放的数据做修改的事务。这些数据库不必是 SQL Server 数据库,也可以是其他链接服务器上的数据库。

说明:第 6 章已详细介绍过链接服务器。

分布式事务可以用代码来管理,而代码中使用的 SQL 语句跟用来管理本地事务的 SQL 语句完全相同。但是,在分布式事务中发布 COMMIT TRANSACTION 语句时,SQL Server 自动调用一个称为两步提交(有时也称为 2PC)的协议。在第一步中,SQL Server 要求每个相关数据库准备事务。各个数据库核实它们能够提交该事务并保留做这件事情所需要的所有资源。第二步只有当所有相关数据库都通知 SQL Server 它随时可以提交该事务时才开始。在这一步中,SQL Server 通知每个相关数据库提交该事务。如果任何一个相关数据库无法提交该事务,SQL Server 则通知所有相关数据库回退该事务。

Microsoft DTC 服务

分布式事务由一个称为分布式事务协调程序(Distributed Transaction Coordinator,简称 DTC)的 SQL Server 构件来管理。这是个独立服务,在 SQL Server 安装期间安装。如果打算使用分布式事务,则应当将这个服务设置为自动启动。图 8.1 显示了在 SQL Server Service 管理工具中选择的这个服务。

BEGIN DISTRIBUTED TRANSACTION 语句

BEGIN DISTRIBUTED TRANSACTION 语句用来显式地通知 SQL Server 启动分布式事务:

```
BEGIN DISTRIBUTED TRAN[SACTION]
 [transaction_name | @name_variable]
```

这条语句有别于普通 BEGIN TRANSACTION 语句的惟一地方是 DISTRIBUTED 关键字的包含。

如果在事务期间修改远程服务器上的数据,本地事务则自动上升为分布式事务。例如,如果在远程服务器上执行 INSERT、UPDATE 或 DELETE 语句,或者调用远程存储过程,同时又正处于事务的中途,那么这个事务将变成分布式事务。

事务提示

事务要占用服务器上的资源。具体地说,当用户修改事务中的数据时,这个数据必须被锁定,以确保它在事务提交完毕时是可用的。因此,一般说来,应当让事务保持在有效状态,以避免给其他用户带来麻烦。下面是一些要考虑的要点:

◆ 不要在事务内做任何一件要求用户交互的事情,因为这会在应用程序等待用户键入期

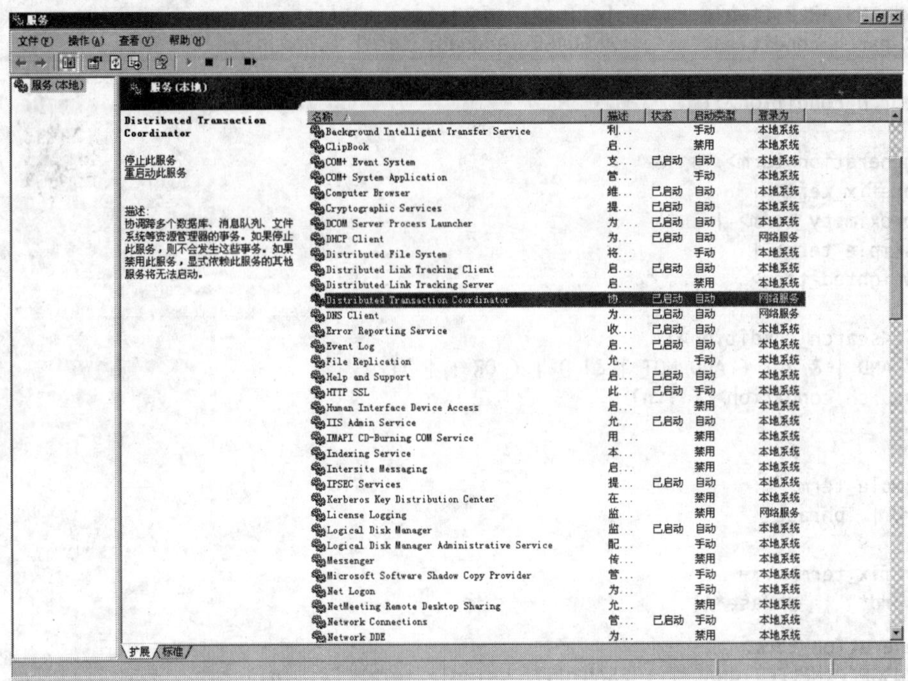

图 8.1 检查 Microsoft DTC 服务的状态

间引起长时间的锁定。

◆ 不要为单条 SQL 语句使用一个事务。

◆ 在事务期间修改尽可能少的数据。

◆ 不要在用户正浏览数据时启动事务，应当等到用户准备实际修改数据时再启动。

◆ 应当使事务尽可能短。

行集函数

行集函数指的是返回对象的函数，其中对象可以用来替代另一条 SQL 语句中的表。例如，第 7 章曾经介绍过，一些行集函数可以用来给 INSERT 语句提供要插入的行。SQL Server 2005 中有 6 个行集函数：

◆ CONTAINSTABLE()；

◆ FREETEXTTABLE()；

◆ OPENQUERY()；

◆ OPENROWSET()；

◆ OPENDATASOURCE()；

◆ OPENXML()。

CONTAINSTABLE

CONTAINSTABLE 语句允许使用全文搜索的结果构造一个虚拟表。这条语句的语法比前面介绍过的大多数语句都复杂：

```
CONTAINSTABLE (table_name, {column_name | (column_list) | *},
 '<search_condition>' [ , LANGUAGE language_term] [,top_n])

<search_condition>::=
{
 <generation_term> |
 <prefix_term> |
 <proximity_term> |
 <simple_term> |
 <weighted_term>
}
| {(<search_condition>)
 {( AND | & ) | ( AND NOT | &! ) | ( OR | | )}
 <search_condition> [...n]
 }

<simple_term> ::=
word | "phrase"

<prefix_term> ::=
{"word*" | "phrase*"}

<generation_term> ::=
FORMSOF((INFLECTIONAL | THESAURUS), <simple_term> [,...n])

<proximity_term> ::=
{<simple_term> | <prefix_term> }
{{NEAR | ~} {<simple_term> | <prefix_term>}} [...n]

<weighted_term> ::=
ISABOUT (
{{
  <generation_term> |
  <prefix_term> |
  <proximity_term> |
  <simple_term>
 }
[WEIGHT (weight_value)]
} [,...n])
```

提示:CONTAINSTABLE 语句只能用于已启用了全文索引的表。关于全文索引的描述,请参见第 6 章。

如果仔细研究这个语法,应该看出 CONTAINSTABLE 语句的基本概念是允许做“模糊”搜索,这种搜索返回可能不完全匹配的项目。下面再做一些语法方面的解释:

- 用星号(*)指定列将通知 CONTAINSTABLE 语句搜索所有已做过全文搜索登记的列,它们不一定是表中的所有列。
- 权值(weight values)是 0 到 1 之间的值,用于指定每个匹配在最终虚拟表中的重要程度。
- 可以通过在 top_n 参数中指定一个整数来限定返回的结果数量。这在搜索非常大的源表并只希望了解最重要的匹配项时是有用的。

CONTAINSTABLE 语句返回一个包含两个列的虚拟表,这两个列的名称总是为 KEY 与 RANK。例如,请考虑下列语句:

```
SELECT * FROM
CONTAINSTABLE(Production.ProductDescription, Description,
'ISABOUT(titanium WEIGHT(.8), aluminum WEIGHT(.2))')
```

假设已经对 AdventureWorks 样本数据库内的 Production. ProductDescription 表中的 Description 列启用全文搜索,这个语句则返回图 8.2 所示的结果。本例中的 ISABOUT 搜索条件指定,包含 titanium 字样的结果应该比包含 alumium 字样的结果更重要。

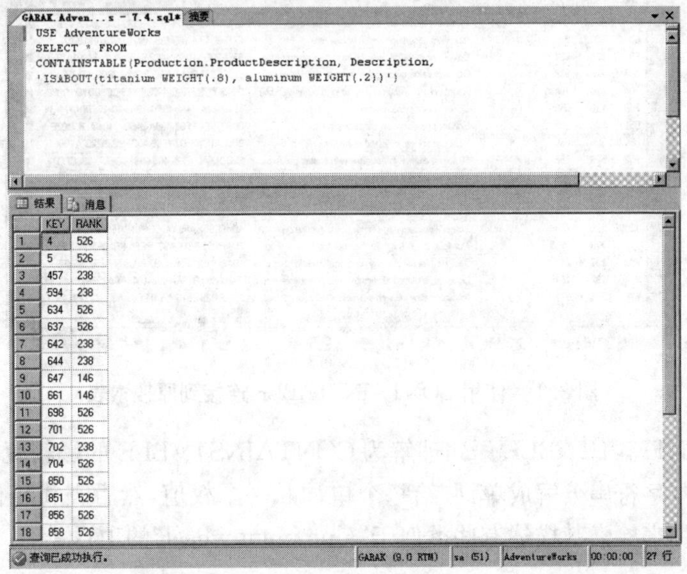

	KEY	RANK
1	4	526
2	5	526
3	457	238
4	594	238
5	634	526
6	637	526
7	642	238
8	644	238
9	647	146
10	661	146
11	698	526
12	701	526
13	702	238
14	704	526
15	850	526
16	851	526
17	856	526
18	858	526

图 8.2　使用 CONTAINSTABLE 语句生成一个虚拟表

KEY 列包含的值总是来自被作为主关键字而标识给全文索引服务的那个列。为了让这条语句更有用,可能需要用这个列连接到原表。图 8.3 显示了下列语句的结果:

```
SELECT * FROM
CONTAINSTABLE(Production.ProductDescription, Description,
'ISABOUT(titanium WEIGHT(.8), aluminum WEIGHT(.2))')
AS C
INNER JOIN Production.ProductDescription
ON Production.ProductDescription.ProductDescriptionID =
C.[KEY]
ORDER BY C.RANK DESC
```

说明: 虚拟表必须采用别名才能被包含在连接中。此外,还必须在连接名称的两边加上方括号,因为 KEY 是个 SQL Server 关键字。

FREETEXTTABLE

和 CONTAINSTABLE 一样,FREETEXTTABLE 语句也基于全文索引信息生成一个虚拟表。但是,FREETEXTTABLE 的语法简单得多:

```
FREETEXTTABLE (table_name, {column_name | (column_list) *},
 'freetext' [, LANGUAGE language_term ] [,top_n])
```

提示: FREETEXTTABLE 语句只能用于已启用了全文索引的表。关于全文索引的描述,请参见第 6 章。

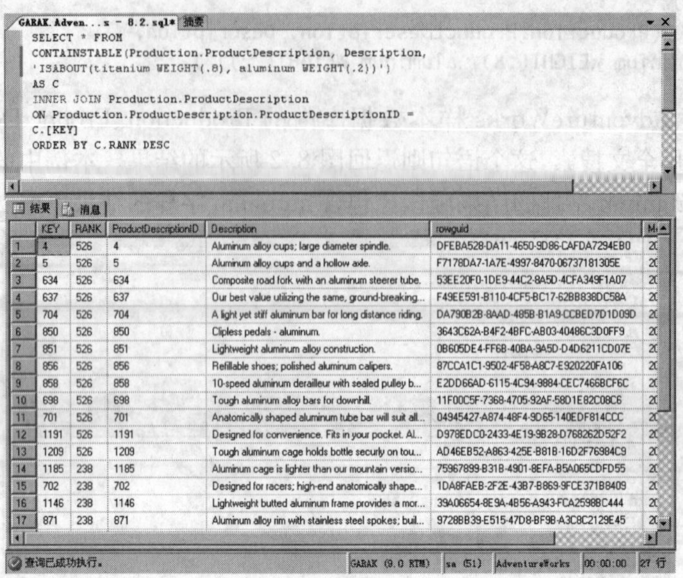

图 8.3　使用 CONTAINSTABLE 连接到原搜索表

可以将 FREETEXTTABLE 语句理解为 CONTAINSTABLE 的黑箱版本。在内部,SQL Server 将自由文本字符串分解成单词,给每个单词赋一个权值,然后查找相似的单词。例如,用下列语句可以用来检索其描述有些类似于"aluminum wheel"的项目:

```
SELECT ProductDescriptionID, Description, RANK FROM
FREETEXTTABLE(Production.ProductDescription, Description,
'aluminum wheels')
AS C
INNER JOIN Production.ProductDescription
ON Production.ProductDescription.ProductDescriptionID =
C.[KEY]
ORDER BY C.RANK DESC
```

和 CONTAINSTABLE 语句一样,FREETEXTTABLE 语句也返回一个总是包含 KEY 与 RANK 列的虚拟表。图 8.4 显示了这个语句的结果。

提示:如果搜索条件由用户键入,FREETEXTTABLE 语句可能会比 CONTAINSTABLE 语句有用,因为用户不必了解 SQL Server 用于全文搜索的确切语法。

OPENQUERY

OPENQUERY 语句允许使用链接服务器上的任何查询(返回行集的 SQL 语句)返回一个虚拟表。OPENQUERY 的语法如下:

```
OPENQUERY(linked_server, 'query')
```

说明:关于创建链接服务器的详细描述,请参见第 6 章。

图 8.5 在 SQL Server Management Studio 中显示:Aircastle 服务器知道一个名为 Sandcastle 的链接服务器,Sandcastle 服务器也是个 Microsoft SQL Server。如果直接连接到

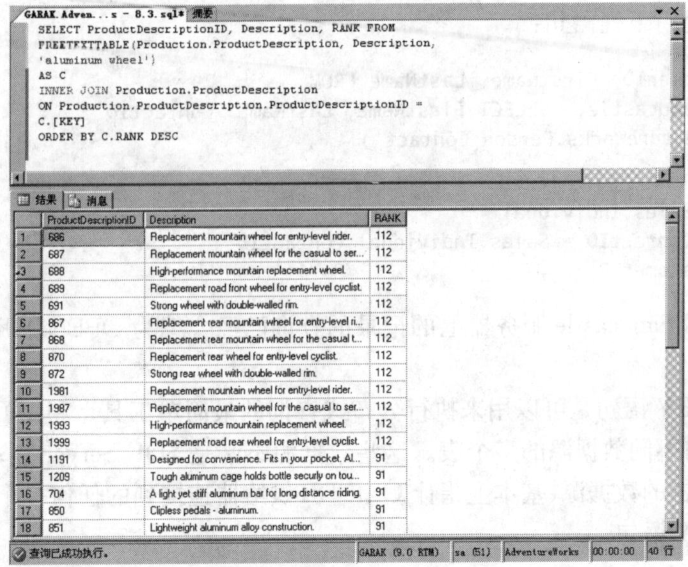

图 8.4　使用 FREETEXTTABLE 语句查找产品

Sandcastle 服务器，则可以运行如下查询：

```
SELECT *
FROM AdventureWorks.Person.Contact
```

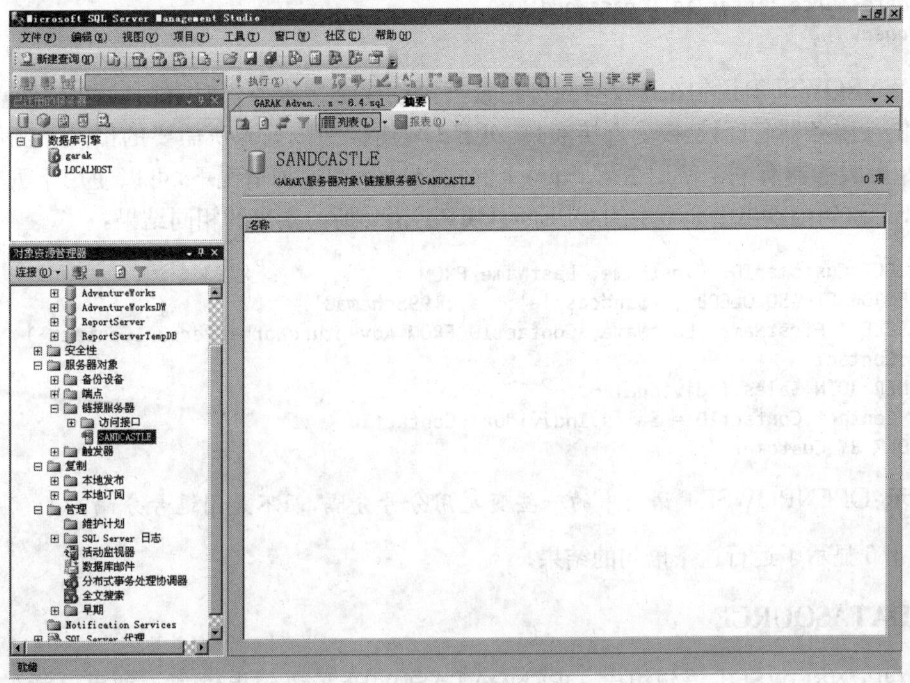

图 8.5　检查链接服务器的属性

该查询返回 AdventureWorks 数据库内由 Person 拥有的 Contact 表中的所有行。直到此时，还不需要 OPENQUERY 语句。但是，假设需要将 Sandcastle 服务器上的 Person. Contact 表连接到 Aircastle 服务器上的 Sales. Individual 表。在这种情况下，可能就需要连接到 Aircastle 服务器并运行下列语句：

```
SELECT CustomerID, FirstName, LastName FROM
OPENQUERY(Sandcastle, 'SELECT FirstName, LastName, ContactID
➥ FROM AdventureWorks.Person.Contact')
AS Contact
INNER JOIN Sales.Individual
ON Contact.ContactID = Sales.Individual.ContactID
ORDER BY CustomerID
```

请注意，检索 Sandcastle 服务器上的记录的查询已经合编为 OPENQUERY 语句的参数之一。

OPENQUERY 语句是可以用来执行分布式查询的最简单工具。利用 OPENQUERY 语句，可以连接来自不同数据源的多个表。这些数据源不必是 SQL Server 表；只要它们是能被表示为链接服务器的数据源(基本上指让 OLE DB 供给器连接到的任何一个数据源)，就能用于 OPENQUERY 语句。

OPENROWSET

OPENROWSET 语句也可以在 SQL Server 语句中使用来自不同服务器的数据。就 OPENROWSET 语句而言，需要提供直接通过 OLE DB 建立连接所要求的信息：

```
OPENROWSET ('provider_name',
 'datasource';'user_id';'password',
 'query')
```

OPENROWSET 语句在还没有为特定数据源创建链接服务器时有用。这条语句不是使用一个链接服务器名，而是接受直接通过 OLE DB 连接到数据源所需要的信息。例如，假设 Sandcastle 服务器有一个使用密码 Sql＃1 的用户 sa。在这种情况下，可以使用下列 OPENROWSET 语句检索出上一节中的 OPENQUERY 语句所检索出的相同结果：

```
SELECT CustomerID, FirstName, LastName FROM
OPENROWSET('SQLOLEDB', 'Sandcastle';'sa';'99Schema@',
 'SELECT FirstName, LastName, ContactID FROM AdventureWorks.Person.Contact')
AS Contact
INNER JOIN Sales.Individual
ON Contact.ContactID = Sales.Individual.ContactID
ORDER BY CustomerID
```

提示：OPENROWSET 语句中的一些变元用分号分隔，而不是用逗号分隔。

图 8.6 显示了运行这条语句的结果。

OPENDATASOURCE

与 OPENROWSET 语句相比，OPENDATASOURCE 语句提供了一种更灵活的连接建立方法，用于建立与 OLE DB 数据源的临时连接。这条语句接受整个 OLE DB 连接字符串作为它的变元之一：

```
OPENDATASOURCE(provider_name, connection_string)
```

OPENDATASOURCE 语句比 OPENROWSET 灵活的原因在于，OPENDATASOURCE

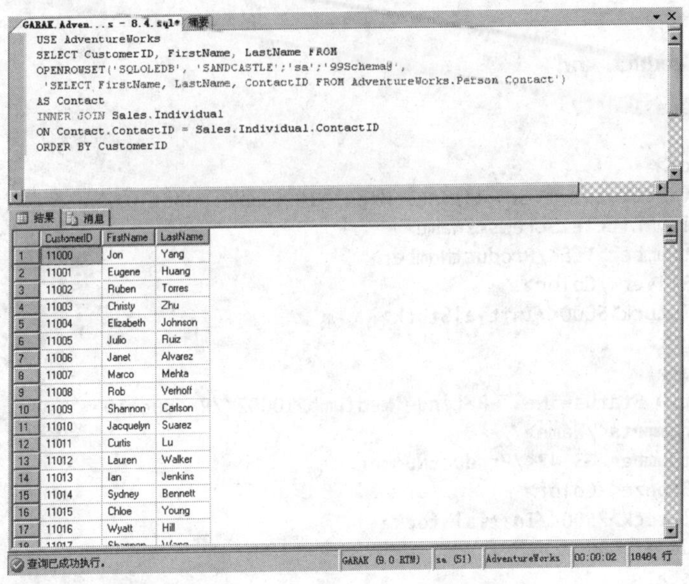

图 8.6　使用 OPENROWSET 语句

可以用来代替链接服务器名，因此它不必引用其他服务器上的任何一个特定数据库或表。OPENDATASOURCE 可以用来引用任意一个表。

例如，利用下列 OPENDATASOURCE 语句，可以执行前面的 OPENROWSET 示例中所介绍的同一个查询：

```
SELECT CustomerID, FirstName, LastName FROM
OPENDATASOURCE('SQLOLEDB',
 'Data Source=Sandcastle;User ID=sa;Password=Sql#1'
 ).Adventureworks.Person.Contact
AS Contact
INNER JOIN Sales.Individual
ON Contact.ContactID = Sales.Individual.ContactID
ORDER BY CustomerID
```

提示： OPENROWSET 与 OPENDATASOURCE 语句只能用于不经常查询的数据源。如果需要经常连接到某个特定的数据源，比较有效的办法则是给数据源连接使用一个链接服务器。

OPENXML

前面曾经提过，SQL Server 2005 给该数据库服务器引进了 XML 特性。利用 OPENXML 语句，可以将 XML 文件内的节点集作为类似于表或视图的行集数据源来对待。为此，需要指定 XML 文档，提供用来选择节点的 XPath 表达式，并指定 XML 与最终行集之间的列映射。

XPath 简介

在介绍 OPENXML 语句的语法以前，需要先介绍 XPath 的基本知识。XPath 本身并不是一个 XML 标准（也就是说，XPath 表达式不是构造合理的 XML 文档），而是一种用来谈论 XML 的语言。通过适当的 XPath 表达式，可以选择 XML 文档内的特定元素或表征。更具体地说，我们将使用清单 8.1 所示的 XML 文档。

清单 8.1 NewProduct. xml

```
<?xml version="1.0" ?>
<ROOT>
  <NewProduct>
    <ProductID Status="New" Rating="High">10001</ProductID>
    <Name>Tiny Little Screws</Name>
    <ProductNumber>TLS</ProductNumber>
    <Color>Silver</Color>
    <InitialStock>5000</InitialStock>
  </NewProduct>
  <NewProduct>
    <ProductID Status="New" Rating="Medium">10002</ProductID>
    <Name>Grommets</Name>
    <ProductNumber>GS-42</ProductNumber>
    <Color>Bronze</Color>
    <InitialStock>2500</InitialStock>
  </NewProduct>
  <NewProduct>
    <ProductID Status="Restock" Rating="High">10003</ProductID>
    <Name>Silvery shoes</Name>
    <ProductNumber>SS-14A</ProductNumber>
    <Color>Silver</Color>
    <InitialStock>27</InitialStock>
  </NewProduct>
  <NewProduct>
    <ProductID Status="Restock" Rating="Low">10004</ProductID>
    <Name>Flying wingnuts</Name>
    <ProductNumber>FWN</ProductNumber>
    <Color>Black</Color>
    <InitialStock>1000</InitialStock>
  </NewProduct>
  <NewProduct>
    <ProductID Status="New" Rating="High">10005</ProductID>
    <Name>Winged helmet</Name>
    <ProductNumber>WH-001</ProductNumber>
    <Color>Red</Color>
    <InitialStock>50</InitialStock>
  </NewProduct>
</ROOT>
```

从清单 8.1 中可以看出,该文件保存了 5 个新产品的信息,我们可以将它与 AdventureWorks 样本数据库结合起来使用。该信息的一部分,比如每个产品的颜色存放在 XML 元素中。其他信息,比如产品的状态存放在 ProductID 元素的表征中。

要理解 XPath,将 XML 文档理解为信息树会有帮助。就 NewProduct. xml 文件的情况而言,信息树从 ROOT 元素开始,而 ROOT 元素又含有 NewProduct 等元素。该 XPath 语法中有两个部分对我们比较重要:标识元素和标识表征。它们是 XML 文件中能够由 OPENXML 语句处理的两个部分。完整的 XPath 标准比这里介绍的广泛得多。关于该标准的详细信息,请参考 www. w3c. org/TR/XPath. html 网站上的 W3C XPath 推荐标准。

要用 XPath 标识一组元素,使用沿着树形结构下降到那些元素的路径,同时使用正斜杠(/)分隔标记。例如,下列 XPath 表达式选择 NewProduct. xml 文件中的所有 NewProduct 元素：

```
/ROOT/NewProduct
```

与上述表达式相似，下列 XPath 表达式选择所有 InitialStock 元素：

```
/ROOT/NewProduct/InitialStock
```

XPath 表达式选择一个元素集，而不是选择单个元素。这使得它们大致上类似于表或视图中的字段。

XPath 标准允许用单个正斜杠指定整个 XML 文档的根元素。SQL Server 不允许在它所使用的 XPath 表达式中出现这种用法。它要求按名称指定根元素。在某些情况下，这个名称将是 ROOT，但 XML 文档可以为根元素使用任意一个名称。需要使用 XML 文件中直接跟在 XML 声明后面的第一个元素的名称。

要标识一组表征，使用沿着树形结构下降到那些表征的路径，这和标识元素的方法相似。标识表征与元素的惟一差别是表征名称必须前缀一个@字符。例如，下列 XPath 表达式选择 NewProduct.xml 文件中的所有 Status 表征：

```
/ROOT/NewProduct/ProductID/@Status
```

XPath 还提供了一种谓词语言，以便能够指定 XML 文档中的较小节点组乃至个别节点。这种谓词语言可以理解为一种类似于 SQL WHERE 从句的过滤功能。它允许指定特定节点的确切值。要查找所有具有 10001 值的 ProductID，可以使用下列 XPath 表达式：

```
/ROOT/NewProduct/ProductID[.="10001"]
```

其中，圆点(.)操作符代表当前节点。另外，还可以使用当前节点内的元素或表征的值做过滤。例如，要查找里面的 Color 元素有 Silver 值的 NewProduct 节点，可以使用下列 XPath 表达式：

```
/ROOT/NewProduct[Color="Silver"]
```

要查找其 Rating 表征有 Low 值的 ProductID，使用下列 XPath 表达式：

```
/ROOT/NewProduct/ProductID[@Rating="Low"]
```

XPath 中的元素与过滤表达式之间没有正斜杠。

此外，还可以在指定中使用操作符与布尔表达式。例如，要查找 InitialStock 量在 10 到 100 范围内的产品，使用下列 XPath 表达式：

```
/ROOT/NewProduct[InitialStock>=10 and InitialStock<=100]
```

完整 XPath 标准包含了用来从 XML 树中查找某一特定节点的祖先、子孙和同胞的操作符。由于本书不使用这些操作符，所以不介绍它们。

OPENXML 语法

在介绍了 XPath 的工作方式之后，现在介绍 T-SQL OPENXML 语句。OPENXML 语句与两个存储过程协同工作：sp_xml_preparedocument 和 sp_xml_removedocument。其中的第一个存储过程将表示为文本字符串的 XML 转换成一个树，并将其保存在 SQL Server 的内存中。第二个存储过程在 XML 文档的这种解析版本完成使命时从 SQL Server 内存中删除它。

sp_xml_preparedocument 存储过程的语法如下：

```
sp_xml_preparedocument hdoc OUTPUT
  [, xmltext]
  [, xpath_namespaces]
```

该存储过程有 3 个参数：

◆ hdoc 是个整数变量,包含返回的文档句柄。该文档句柄是调用 OPENXML 语句和 sp_xml_removedocument 存储过程所必需的；它将特定 XML 文档标识给 SQL Server。

◆ xmltext 是由该存储过程要解析的 XML 文档的文本。

◆ xpath_namespace 允许指定一个名称空间,用于定义 XML 文档的附加信息。

sp_xml_preparedocument 存储过程用 MSXML 语法分析程序解析 XML 文档,并占用 SQL Server 总内存的很大一部分来完成这项工作。需要特别注意的是,在利用完这部分内存时,不要忘了调用 sp_xml_removedocument 存储过程来释放它：

```
sp_xml_removedocument hdoc
```

在该存储过程中,惟一的参数是原先从 sp_xml_preparedocument 存储过程中返回的文档句柄。

在 sp_xml_preparedocument 与 sp_xml_removedocument 存储过程的调用之间,可以使用 OPENXML 语句检索 XML 文档中的数据。下面是 OPENXML 语句的语法：

```
OPENXML(idoc, rowpattern, [flags])
  [WITH (SchemaDeclaration | TableName)]
```

OPENXML 语句的参数描述如下：

◆ idoc 是 sp_xml_preparedocument 存储过程返回的文档句柄。

◆ rowpattern 是个 XPath 表达式,用来指定应该作为结果行集中的行来对待的节点。

◆ falgs 是个指定如何将 XML 文档处理成列的值。表 8.1 列出了这个参数的可能值。

◆ SchemaDeclaration 指定 XML 文档与结果行集之间的列映射。我们将在本节的稍后部分比较详细地讨论这个参数。

◆TableName 是一个现有表的名称,该表包含应该被创建的行集的结构。

表 8.1　flags 参数的可能值

值	含义
0(默认值)	以表征为中心的映射
1	以表征为中心的映射
2	以元素为中心的映射
8	加到其他任意一个值上以废除不适合某一列的数据,而不是将它保存在元属性中

如果省略可选的 WITH 从句,结果则用边表(Edge table)格式返回。边表提供位于 XML 语法分析树边缘的所有节点的完整描述。表 8.2 列出了用边表格式返回的列。

表 8.2 边表格式

列	含义
id	本节点的惟一性标识符
parentid	本节点的父节点的标识符
nodetype	1 代表元素，2 代表表征，3 代表文本
localname	本节点的名称
prefix	本节点的名称空间前缀
namespaceuri	本节点的名称空间 URI
datatype	本节点的数据类型
prev	本节点的前一个同胞的标识符
text	文本形式的节点内容

虽然边表完全描述了 XML 文档，但如果需要使用数据，而不是检查它的架构，那么它不是非常有用。在大多数情况下，需要使用 WITH 从句提供架构定义。架构定义就是一个字段字符串，用于按下列格式输出行集：

```
ColName ColType [ColPattern | MetaProperty]
  [, ColName ColType [ColPattern | MetaProperty]...]
```

架构定义使用下列 4 个参数：

◆ ColName 是要用于行集中的输出列的名称。

◆ ColType 是列的数据类型。

◆ ColPattern 是个 XPath 表达式，用来描述要映射的数据，它与 OPENXML 语句的 rowpattern 参数有关系。

◆ MetaProperty 是 OPENXML 元属性的名称。元属性允许在输出行集中使用节点的名称空间之类的信息。关于 OPENXML 元属性的较详细信息，请参考“SQL Server 联机丛书”。

OPENXML 的举例

最简单的 OPENXML 查询从 XML 文件中检索出边表格式的信息：

```
DECLARE @idoc int
DECLARE @doc varchar(2000)
SET @doc ='
<?xml version="1.0" ?>
<ROOT>
  <NewProduct>
    <ProductID Status="New" Rating="High">10001</ProductID>
    <Name>Tiny Little Screws</Name>
    <ProductNumber>TLS</ProductNumber>
    <Color>Silver</Color>
    <InitialStock>5000</InitialStock>
  </NewProduct>
  <NewProduct>
    <ProductID Status="New" Rating="Medium">10002</ProductID>
    <Name>Grommets</Name>
    <ProductNumber>GS-42</ProductNumber>
    <Color>Bronze</Color>
    <InitialStock>2500</InitialStock>
  </NewProduct>
```

```
  <NewProduct>
    <ProductID Status="Restock" Rating="High">10003</ProductID>
    <Name>Silvery shoes</Name>
    <ProductNumber>SS-14A</ProductNumber>
    <Color>Silver</Color>
    <InitialStock>27</InitialStock>
  </NewProduct>
  <NewProduct>
    <ProductID Status="Restock" Rating="Low">10004</ProductID>
    <Name>Flying wingnuts</Name>
    <ProductNumber>FWN</ProductNumber>
    <Color>Black</Color>
    <InitialStock>1000</InitialStock>
  </NewProduct>
  <NewProduct>
    <ProductID Status="New" Rating="High">10005</ProductID>
    <Name>Winged helmet</Name>
    <ProductNumber>WH-001</ProductNumber>
    <Color>Red</Color>
    <InitialStock>50</InitialStock>
  </NewProduct>
</ROOT>'
EXEC sp_xml_preparedocument @idoc OUTPUT, @doc
SELECT *
FROM OPENXML (@idoc, '/ROOT')
EXEC sp_xml_removedocument @idoc
```

这看起来好像是个很长的 SQL 代码,但它的大部分是设置和拆卸。首先,我们将 XML 文档放到一个变量中。然后,使用 sp_xml_preparedocument 存储过程将该文档解析到内存中,在内存中,该文档能被 OPENXML 语句读取。最后,使用 sp_xml_removedocument 存储过程释放内存。在其余的示例中,我们将省略那些设置和拆卸步骤,仅给出 OPENXML 语句。图 8.7 显示了运行该查询后的结果。

结果 | 消息

	id	parentid	nodetype	localname	prefix	namespaceuri	datatype	prev	text
1	0	NULL	1	ROOT	NULL	NULL	NULL	1	NULL
2	4	0	1	NewProduct	NULL	NULL	NULL	NULL	NULL
3	5	4	1	ProductID	NULL	NULL	NULL	NULL	NULL
4	6	5	2	Status	NULL	NULL	NULL	NULL	NULL
5	49	6	3	#text	NULL	NULL	NULL	NULL	New
6	7	5	2	Rating	NULL	NULL	NULL	NULL	NULL
7	50	7	3	#text	NULL	NULL	NULL	NULL	High
8	8	5	3	#text	NULL	NULL	NULL	NULL	10001
9	9	4	1	Name	NULL	NULL	NULL	5	NULL
10	51	9	3	#text	NULL	NULL	NULL	NULL	Tiny Little Screws
11	10	4	1	ProductNumber	NULL	NULL	NULL	9	NULL
12	52	10	3	#text	NULL	NULL	NULL	NULL	TLS
13	11	4	1	Color	NULL	NULL	NULL	10	NULL
14	53	11	3	#text	NULL	NULL	NULL	NULL	Silver
15	12	4	1	InitialStock	NULL	NULL	NULL	11	NULL
16	54	12	3	#text	NULL	NULL	NULL	NULL	5000
17	13	0	1	NewProduct	NULL	NULL	NULL	4	NULL
18	14	13	1	ProductID	NULL	NULL	NULL	NULL	NULL
19	15	14	2	Status	NULL	NULL	NULL	NULL	NULL
20	55	15	3	#text	NULL	NULL	NULL	NULL	New
21	16	14	2	Rating	NULL	NULL	NULL	NULL	NULL
22	56	16	3	#text	NULL	NULL	NULL	NULL	Medium
23	17	14	3	#text	NULL	NULL	NULL	NULL	10002

图 8.7　边表格式的 NewProducts. xml 文件

要检索出一个带 ProductID 和 Name 信息的记录集,可以使用下列查询:

```
SELECT * FROM OPENXML(@iDoc, '/ROOT/NewProduct', 2)
  WITH (ProductID varchar(5), Name varchar(32))
```

从上面的查询中可以看出，如果行集中的列名与 XML 文档中的标记名称相同，则没有必要在 WITH 从句中提供 ColPattern 参数。另外请注意 2 作为标记值的用法。如果省略这个参数，仍会获得一个含有 5 行的记录集；但是，所有值都将是空的，因为 OPENXML 正寻找名为 ProductID 和 Name 的表征，而不是元素。如果需要检索表征，改用 3 作为标记值。图 8.8 显示了运行上述查询后的结果。

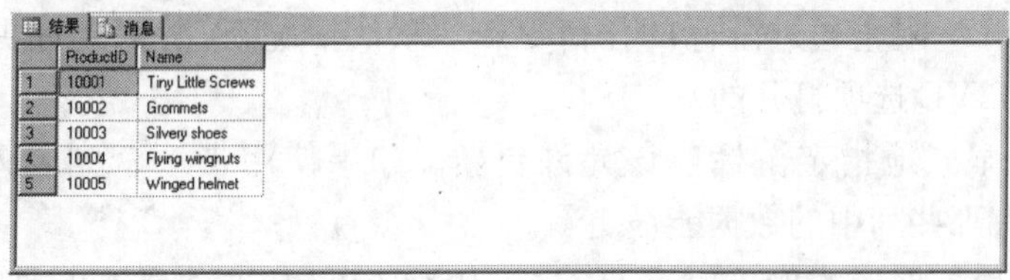

图 8.8　作为行集的 XML 数据

游标

传统上，SQL 为数据提供一种面向集合的外观。例如，执行 SELECT 语句时，它们返回一个行集。这个集合是个整体，不是单个行的选集。虽然这是一种适合许多传统批处理应用程序的视图，但对用户希望一次处理一行的交互式应用程序却没什么吸引力。

为了解决这个问题，SQL Server 引进了游标。如果已经在 Access 或 Visual Basic 之类的产品中用过记录集，则可以将游标理解为服务器端记录集。游标是一个行集，并带有一个标识当前行的指针。T-SQL 提供了允许用户移动指针和处理当前行的语句。本节余下的部分将介绍下列语句：

- DECLARE CURSOR；
- OPEN；
- FETCH；
- CLOSE；
- DEALLOCATE。

警告：游标常常比基于集合的传统 SQL 数据检索方法慢。只有当用尽了解决查询问题的其他所有方法之后，才应该采用游标。

DECLARE CURSOR

DECLARE CURSOR 语句用来为游标保留存储空间并设置游标基本属性。有两种不同形式的 DECLARE CURSOR 语句，第一种形式是标准的 ANSI DECLARE CURSOR：

```
DECLARE cursor_name [INSENSITIVE][SCROLL] CURSOR
 FOR select_statement
 [FOR {READ ONLY | UPDATE [OF column_name [,...n]]}]
```

在这种形式的 DECLARE CURSOR 语句中：

- DECLARE 与 CURSOR 关键字是声明游标所必需的。
- cursor_name 是任意一个 SQL 标识符，用来标识后续 T-SQL 语句中的这个游标。
- INSENSITIVE 通知 SQL Server 建立一个仅用于这个游标的临时表。其他用户在游标打开期间所做的修改不会反映在游标的数据中，并且将无法通过游标做任何修改。

- SCROLL 指定应该得到支持的所有 FETCH 语句选项。如果省略 SCROLL，则只有 FETCH NEXT 选项被支持。
- select_statement 变元是一条为游标提供行的标准 T-SQL SELECT 语句。这条语句不能使用 COMPUTE、COMPUTE BY、FOR BROWSE 或 INTO 选项。
- READ ONLY 阻止通过游标的任何更新。默认情况下，游标允许更新(除非它是用 INSENSITIVE 选项打开的)。
- UPDATE 显式地指定游标应该允许更新。如果使用带一个列名列表的 UPDATE OF，则只有那些列中的数据能被更新。

另外，还有一种扩展形式的 DECLARE CURSOR 语句，这种形式不是 ANSI SQL 兼容的：

```
DECLARE cursor_name CURSOR
 [LOCAL | GLOBAL]
 [FORWARD_ONLY | SCROLL]
 [STATIC | KEYSET | DYNAMIC | FAST_FORWARD]
 [READ_ONLY | SCROLL_LOCKS | OPTIMISTIC]
 [TYPE_WARNING]
 FOR select_statement
 [FOR UPDATE [OF column_name [,...n]]]
```

在这种形式的 DECLARE CURSOR 语句中：

- DECLARE 与 CURSOR 关键字是声明游标所必需的。
- cursor_name 是任意一个 SQL 标识符，用来标识后续 T-SQL 语句中的这个游标。
- LOCAL 关键字使游标的使用只限于里面创建了它的批处理、存储过程或触发器。
- GLOBAL 关键字使游标可供当前连接上的任何语句使用。
- FORWARD_ONLY 指定只有 FETCH 语句的 NEXT 选项被支持。
- SCROLL 指定 FETCH 语句的所有选项都应当被支持。如果指定了 SCROLL，则不能指定 FAST_FORWARD。
- STATIC 使游标返回的行集反映数据库在游标打开时的状态，而且永远不被更新。不能通过静态游标做修改。
- KEYSET 指定游标应该是可更新的——可以由连接和其他用户更新。但是，其他用户所添加的新行将不反映在游标中。
- DYNAMIC 指定游标应该是完全可更新的，并且应该反映新行。
- READ_ONLY 指定游标应该是只读的。
- SCROLL_LOCKS 指定通过游标进行的更新或删除应该总是成功的。SQL Server 通过一旦行被读取到游标中就立即锁定该行来保证这一点。
- OPTIMISTIC 在用户试图通过游标修改行时使用开放式锁定。
- TYPE_WARNING 通知 SQL Server 在选定的游标选项无法得到满足时发出警告。
- select_statement 变元是一条为游标提供行的标准 T-SQL SELECT 语句。这条语句不能使用 COMPUTE、COMPUTE BY、FOR BROWSE 或 INTO 选项。
- FOR UPDATE 显式地指定游标应该允许更新。如果使用带一个列名列表的 UPDATE OF，那么只有那些列中的数据才能被更新。

OPEN 与@@CURSOR_ROWS

OPEN 语句用来将它所引用的记录填充到游标中：

```
OPEN {{[GLOBAL] cursor_name} | cursor_variable_name}
```

如果正在引用由 GLOBAL 关键字声明的游标，则必须使用 GLOBAL 关键字。可以直接使用游标的名称，也可以使用游标变量的名称（游标变量用 DECLARE 语句声明，并用 SET 语句设置成等于游标）。

当然，要先声明游标，然后才能发布 OPEN 语句。

如果游标是用 INSENSITIVE 或 STATIC 关键字声明的，OPEN 语句则在 tempdb 数据库中创建一个临时表保存那些记录。如果游标是用 KEYSET 关键字声明的，OPEN 语句则在 tempdb 数据库中创建一个临时表保存那些关键字。不必担心这些表，SQL Server 会在游标关闭时删除它们。

一旦游标已经打开，就可以用@@CURSOR_ROWS 全局变量检索游标中的行数。例如，请考虑下列 T-SQL 批处理：

```
DECLARE contact_cursor CURSOR
 LOCAL SCROLL STATIC
 FOR
  SELECT * FROM Person.Contact
OPEN contact_cursor
PRINT @@CURSOR_ROWS
```

从图 8.9 中可以看出，PRINT 语句显示 Person. Contact 表的所有 19972 行都在游标中。

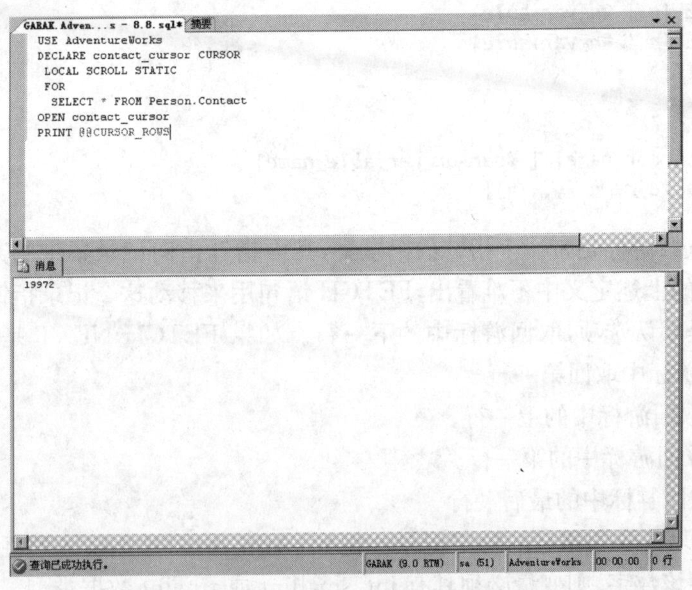

图 8.9　计算游标中的行数

警告：@@CURSOR_ROWS 变量总是引用最新打开的游标。如果以后需要使用该变量的值，可以在 OPEN 语句的紧后面将该变量的值保存起来。

使用@@CURSOR_ROWS 时要小心，因为在某些条件下，它并不反映游标中的实际行数。这是因为 SQL Server 可能会决定异步读取数据到游标中，以便在游标仍被填充的同时处理能够继续下去。

如果游标是用 STATIC 或 KEYSET 参数声明的，而且 SQL Server 估计行数将超过某一个阈值，那么 SQL Server 将会异步填充游标。这个值可以用 sp_configure 系统存储过程来设置；该选项的名称是游标阈值(Cursor threshold)。默认情况下，该值设置为－1——通知 SQL Server 总是同步填充游标。

说明：第 14 章将详细介绍 sp_configure 系统存储过程。

根据不同条件，@@CURSOR_ROWS 可能返回下列值之一：

- 负数表示游标正被异步填充并显示迄今为止已被检索的行数。例如，－57 表示游标中有 57 行，但 SQL Server 还没有填充完游标。
- －1 值是个特殊情况，对于动态游标，@@CURSOR_ROWS 总是返回这个值。由于其他用户可能正在添加和删除数据，所以 SQL Server 无法确定动态游标中的行数，或者游标是否已被填满。
- 0 值表示没有打开的游标。
- 正数表示游标已被填满那么多行。

FETCH 与@@FETCH_STATUS

FETCH 语句用来从游标中将数据检索到变量中，以便用户能够使用这个数据。这条语句有几个选项：

```
FETCH
[[ NEXT | PRIOR | FIRST | LAST
  | ABSOLUTE {n | @n_variable}
  | RELATIVE {n | @n_variable}
 ]
 FROM
]
{{[GLOBAL] cursor_name} | @cursor_variable_name}
[INTO @variable_name [,...n]]
```

前面曾经提过，游标是带一个指针的记录集，其中指针指向记录集中的某一条特定记录。从 FETCH 语句的上述定义中不难看出，FETCH 语句用来移动这个记录指针：

- NEXT 是默认选项，取回游标中的下一行。如果 FETCH NEXT 是第一条发布的语句，则从游标中取回第一行。
- PRIOR 取回游标中的上一行。
- FIRST 取回游标中的第一行。
- LAST 取回游标中的最后一行。
- ABSOLUTE 取回指定的特定记录。例如，ABSOLUTE 5 取回第五个记录。如果用变量保存该数字，则变量必须具有 int、smallint 或 tinyint 数据类型。
- RELATIVE 取回当前行前面或后面指定位置处的一条记录。例如，RELATIVE 5 取回当前行后面的第五行，RELATIVE－5 取回当前行前面的第五行。如果用变量保存该数字，则变量必须具有 int、smallint 或 tinyint 数据类型。
- INTO 指定要用来保存取回数据的变量。必须提供足够的变量来保存游标中的所有列。变量将按列顺序被填充，并且变量数据类型必须与游标中的列数据类型一致，或者是能够从游标中的列数据类型被隐含地转换来的数据类型。

视游标的声明方式而定,并非所有的 FETCH 选项都被所有游标支持。下面是规则:

- ◆ 如果游标是用不带 SCROLL 的 SQL-92 语法声明的,则只有 NEXT 选项被支持。
- ◆ 如果游标是用带 SCROLL 的 SQL-92 语法声明的,则所有选项都被支持。
- ◆ 如果游标是用带 FORWARD_ONLY 或 FAST_FORWARD 的 SQL Server 语法声明的,则只有 NEXT 选项被支持。
- ◆ 如果游标是用带 DYNAMIC SCROLL 的 SQL Server 语法声明的,则除了 ABSOLUTE 以外的所有选项都被支持。
- ◆ 如果游标是用 SQL Server 语法声明的,并且不属于上述两个类别,则所有选项都被支持。

@@FETCH_STATUS 全局变量含有最新 FETCH 操作的信息。如果值为 0,则取数是成功的。如果值不为 0,则 FETCH 语句由于某种原因而操作失败。

作为 FETCH 语句的一个简单例子,下面演示了如何打印游标第一行中的一些数据:

```
DECLARE @FirstName nvarchar(50), @LastName nvarchar(50)
DECLARE contact_cursor CURSOR
 LOCAL SCROLL STATIC
 FOR
  SELECT FirstName, LastName FROM Person.Contact
OPEN contact_cursor
FETCH NEXT FROM contact_cursor
 INTO @FirstName, @LastName
PRINT @FirstName + ' ' + @LastName
```

通常,人们需要做一些与浏览整个游标有关的事情。这可以通过组合使用 WHILE 语句和@@FETCH_STATUS 变量来实现。我们还没有介绍 WHILE 语句,但它与其他大多数编程语言中的 WHILE 语句相似。它重复执行下一条语句,直到条件不再成立时为止。图 8.10 通过执行下列 T-SQL 语句,演示了用 FETCH 检索多行的一个例子:

```
DECLARE @FirstName nvarchar(50), @LastName nvarchar(50)
DECLARE contact_cursor CURSOR
 LOCAL SCROLL STATIC
 FOR
  SELECT FirstName, LastName FROM Person.Contact
OPEN contact_cursor
FETCH NEXT FROM contact_cursor
 INTO @FirstName, @LastName
PRINT @FirstName + ' ' + @LastName
WHILE @@FETCH_STATUS = 0
 BEGIN
  FETCH NEXT FROM contact_cursor
   INTO @FirstName, @LastName
  PRINT @FirstName + ' ' + @LastName
 END
```

CLOSE

CLOSE 语句与 OPEN 语句相反,但其语法与 OPEN 语句相似:

```
CLOSE {{[GLOBAL] cursor_name} | cursor_variable_name}
```

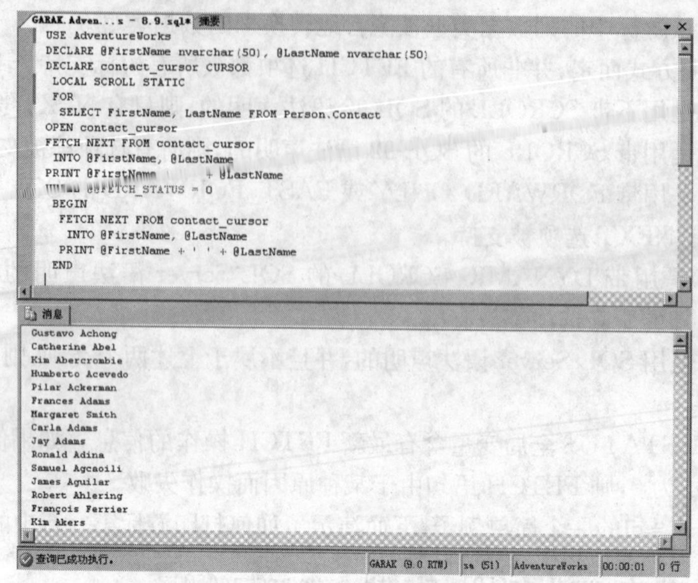

图 8.10 使用 WHILE 循环检索多行数据

利用完游标中的数据之后,应当执行一条 CLOSE 语句。这将释放游标中正被占用的行,但不销毁游标本身。通过再次执行 OPEN 语句,可以重新打开游标。当然,关闭游标之后,就不能再对其执行 FETCH 语句。

DEALLOCATE

DEALLOCATE 语句与 DECLARE CURSOR 语句相反:

```
DEALLOCATE {{[GLOBAL] cursor_name} | cursor_variable_name}
```

利用完游标之后,应当使用 DEALLOCATE 销毁游标数据结构,并从 SQL Server 名称空间中删除其名称。

游标举例

前面已介绍了足够理解复杂示例的 T-SQL 知识。请考虑下面这个批处理:

```
DECLARE @departmentid int, @name nvarchar(50)
DECLARE @nemployees int
DECLARE department_cursor CURSOR
 LOCAL SCROLL STATIC
 FOR
  SELECT DepartmentID, Name
  FROM HumanResources.Department
OPEN department_cursor
PRINT 'Results for ' + CAST(@@CURSOR_ROWS AS varchar) +
  ' departments'
Print '-------------'
FETCH NEXT FROM department_cursor
 INTO @departmentid, @name
SELECT @nemployees = (
 SELECT COUNT(*) FROM HumanResources.EmployeeDepartmentHistory
```

```
  WHERE DepartmentID = @departmentid)
PRINT @name + ' has ' +
 CAST(@nemployees AS varchar) + ' employees'
WHILE @@FETCH_STATUS = 0
 BEGIN
  FETCH NEXT FROM department_cursor
   INTO @departmentid, @name
  SELECT @nemployees = (
   SELECT COUNT(*) FROM HumanResources.EmployeeDepartmentHistory
   WHERE DepartmentID = @departmentid)
  PRINT @name + ' has ' +
   CAST(@nemployees AS varchar) + ' employees'
 END
CLOSE department_cursor
DEALLOCATE department_cursor
```

下面逐一分析上述批处理中的各条语句：

- 第一条 DECLARE 语句为两个变量留出存储空间。
- 第二条 DECLARE 语句为另一个变量留出存储空间。
- 第三条 DECLARE 语句声明一个静态游标，用于保存来自 HumanResources. Department 表中两列的信息。
- OPEN 语句获取游标所声明的那些行。
- 第一条 PRINT 语句使用@@CURSOR_ROWS 全局变量打印游标中的记录数量。请注意，在这个数字值与其他字符串连接起来以前，CAST 语句先将这个数值变成了字符格式。
- 第一条 FETCH NEXT 语句获取游标中的第一行。
- SELECT 语句使用游标中的一些数据和 COUNT 函数计算第一个部门在 HumanResources. EmployeeDepartmentHistory 表中的行数。
- PRINT 语句格式化该用户的选定数据。
- WHILE 语句通知 SQL Server 继续，直到试完游标时为止。
- BEGIN 语句标记由 WHILE 语句所控制的语句块的开始之处。
- WHILE 语句循环内的 FETCH NEXT、SELECT 与 PRINT 语句通知 SQL Server 继续检索行并打印结果。
- END 语句标记由 WHILE 语句所控制的语句块的结束之处。
- CLOSE 语句删除游标中的记录。
- DEALLOCATE 语句删除内存中的游标。

能想象出运行上述 T-SQL 批处理的结果吗？请参考图 8.11 来证实想象的结果。

使用系统表与信息架构视图

有时，我们需要从 SQL Server 中检索出元数据。元数据就是关于数据的数据。例如，数据库中的数据可能包括：

- 客户姓名；
- 订单日期；
- 员工号。

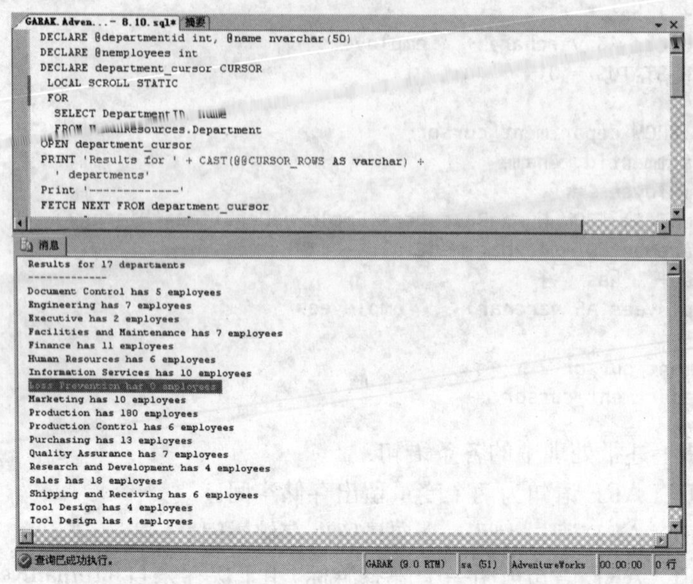

图 8.11　在 SQL Server Management Studio 中运行批处理

相反,同一个数据库的元数据可能包括:

◆ 表名;

◆ 登录名;

◆ 列宽度。

元数据往往对数据库管理员和应用程序开发人员最有用,而不是对终端用户最有用。SQL Server 提供了几个用来检索元数据的工具。本节将介绍其中的两个工具:系统表与信息架构视图。

系统表中有什么

一句话,包罗万象。系统表是一个表集合,其中的表由 SQL Server 用来跟踪关于用户、数据库、表、复制任务等的信息。如果 SQL Server 知道某个信息,这个信息很可能已存放到系统表中。

系统表分成 7 组:

◆ 主数据库包含一组存放关于数据库、登录、服务器的信息以及其他系统级信息的表。

◆ 每个数据库包含一组存放关于对象、索引、列的信息以及其他数据库特有信息的表。

◆ msdb 数据库包含一组由 SQL Server Agent 用来存放关于报警、作业以及该代理所管理的其他项目的信息的表。

◆ msdb 数据库还包含一组存放备份与恢复信息的表。

◆ 主数据库包含一组存放系统级复制信息(比如发布与订阅服务器的名称)的表。

◆ 分布数据库包含一组存放关于复制计划与事务的信息的表。

◆ 参与复制的每个数据库包含一组存放关于该数据库内的被复制对象的信息的表。

总共有接近 100 个系统表。在这些系统表当中,可能最感兴趣的系统表在前两组中:描述数据库及其所含信息以及总系统信息的那些表。表 8.3 列出了这些表。

表 8.3　重要的系统表

名称	位置	包含的内容
sysaltfiles	主数据库	用来保存数据库的文件
syscacheobjects	主数据库	当前得到缓冲的对象
syscharsets	主数据库	字符集与排序顺序
sysconfigures	主数据库	配置选项
syscurconfigs	主数据库	当前配置选项
sysdatabases	主数据库	服务器中的数据库
sysdevices	主数据库	数据库设备(现在已过时)
syslanguages	主数据库	语言
syslockinfo	主数据库	当前锁信息
syslogins	主数据库	登录账户
sysmessages	主数据库	系统错误与警告消息
sysoledbusers	主数据库	链接服务器的登录信息
sysperfinfo	主数据库	性能计数器
sysprocesses	主数据库	进程
sysremotelogins	主数据库	远程登录账户
sysservers	主数据库	链接服务器
syscolumns	每个数据库	列
syscomments	每个数据库	关于对象的注释
sysconstraints	每个数据库	约束
sysdepends	每个数据库	相关性信息
sysfilegroups	每个数据库	文件组
sysfiles	每个数据库	文件
sysforeignkeys	每个数据库	外部关键字约束
sysfulltextcatalogs	每个数据库	全文目录
sysindexes	每个数据库	索引
Sysindexkeys	每个数据库	索引中的列
sysmembers	每个数据库	角色的成员
sysobjects	每个数据库	所有数据库对象
syspermissions	每个数据库	权限
sysprotects	每个数据库	角色的权限
sysreferences	每个数据库	外部关键字的列
systypes	每个数据库	用户定义数据类型
sysusers	每个数据库	用户

当然,这些表每个都有许多列,这些列包含该表所保存的信息。我们不想在这里一一列出这些列,因为这些信息在“SQL Server 联机丛书”中是很容易获得的。在“SQL Server 联机丛书”目录窗格中打开下列图书,就可以发现这些信息:

“SQL Server 语言参考”

“Transact-SQL 参考”

“系统表”

图 8.12 显示了系统表之一的样本定义(取自“SQL Server 联机丛书”)。

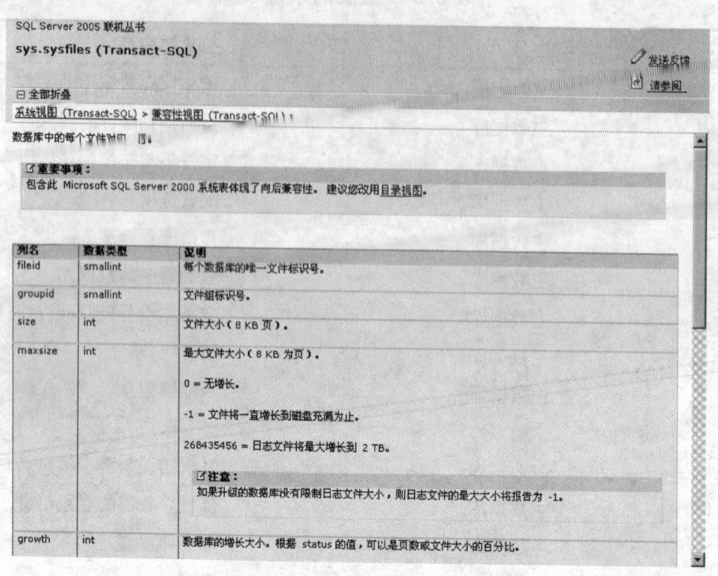
SQL Server 2005 联机丛书

sys.sysfiles (Transact-SQL)

发送反馈

请参阅

全部折叠

系统视图 (Transact-SQL) > 兼容性视图 (Transact-SQL)

数据库中的每个文件对应

重要事项：
包含此 Microsoft SQL Server 2000 系统表体现了向后兼容性。建议您改用目录视图。

列名	数据类型	说明
fileid	smallint	每个数据库的唯一文件标识号。
groupid	smallint	文件组标识号。
size	int	文件大小（8 KB 页）。
maxsize	int	最大文件大小（8 KB 为页）。 0 = 无增长。 -1 = 文件将一直增长到磁盘充满为止。 268435456 = 日志文件将最大增长到 2 TB。 注意： 如果升级的数据库没有限制日志文件大小，则日志文件的最大大小将报告为 -1。
growth	int	数据库的增长大小。根据 status 的值，可以是页数或文件大小的百分比。

图 8.12　sysfiles 系统表的定义

样本系统表查询

虽然每个人几乎都做这件事情，但是从系统表中检索信息是使用 SQL Server 的一个无支持方面。

警告： 需要再次强调的是，查询系统表是不被支持的。Microsoft 可能并且确实不断地更改这些系统表中所存放的信息。如果依赖于系统表中的信息，必须自己确定如何解决升级所带来的任何问题。

然而，查询系统表又是如此流行和简单，因此我们打算给出几个示例。这些示例都适用于 SQL Server 2005；如果正在使用较早期的版本，可能必须修改这些示例当中的某些或全部才能使它们工作。

警告： 在任何情况下，都不应该添加、删除或更新系统表中的信息。

让我们先来看一个简单的示例：通过检索 sysdatabases 表中的信息了解 SQL Server 正在使用哪些物理设备：

```
USE master
SELECT name, filename
FROM sysdatabases
```

从图 8.13 中可以看出，该查询给出了每个数据库的主文件地址。

如果需要更多的信息，通过查询任一特定数据库中的 sysfiles 表，可以检索出该特定数据库所使用的所有文件的名称：

```
SELECT name, filename
FROM sysfiles
```

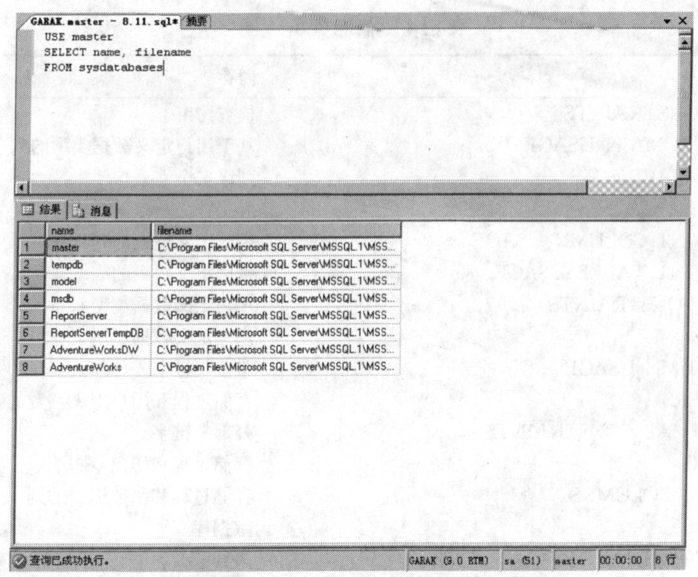

图 8.13 从 sysdatabases 中检索主文件名

要了解哪些用户正在服务器上运行最多的进程，可以汇总 sysprocesses 表中的某些信息：

```
SELECT loginame,
COUNT(loginame) AS processcount
FROM sysprocesses
GROUP BY loginame
ORDER BY processcount DESC
```

如果需要列出某个数据库中的所有表，可以从该数据库内的 sysobjects 表中获取该信息：

```
SELECT * FROM sysobjects
WHERE xtype = 'U'
ORDER BY name
```

同样，虽然查询系统表可能是获取信息的一种快速方法，但也是一种危险的方法，因为它是无支持的。如果可能，应当考虑用其他方法替代查询系统表。视查找什么信息而定，这些替代方法包括：

◆ 信息架构视图（在下一节中讨论）；

◆ 系统存储过程（在第 14 章中讨论）；

◆ SMO（在第 20 章中讨论）。

信息架构视图

可以将信息架构视图理解为从系统表检索信息的一种支持方式。虽然这些系统表中存放的信息可能会随着版本的不同而变化，但信息架构视图总是返回相同列中的相同信息。这些信息架构视图符合 SQL-92 标准中定义不同数据库中的元数据检索方法的部分。

SQL Server 在每个数据库中定义了 20 个信息架构视图。表 8.4 列出了这些信息架构视图。

表 8.4　信息架构视图

视图	内容
CHECK_CONSTRAINTS	检查约束
COLUMN_DOMAIN_USAGE	基于用户定义数据类型的列
COLUMN_PRIVILEGES	列级安全性
COLUMNS	列
CONSTRAINT_COLUMN_USAGE	带已定义约束的列
CONSTRAINT_TABLE_USAGE	带已定义约束的表
DOMAIN_CONSTRAINTS	用户定义数据类型
DOMAINS	用户定义数据类型
KEY_COLUMN_USAGE	带主关键字或外部关键字的列
PARMETERS	存储过程和用户定义函数的参数
REFERENTIAL_CONSTRAINTS	外部关键字
ROUTINES	存储过程和函数
ROUTINES_COLUMNS	存储过程和函数返回的列
SCHEMATA	数据库
TABLE_CONSTRAINTS	表约束
TABLE_PRIVILEGES	表级安全性
TABLES	表
VIEW_COLUMN_USAGE	视图中包含的列
VIEW_TABLE_USAGE	视图中包含的表
VIEWS	视图

上述每个视图的完整定义在“SQL Server 联机丛书”内的“信息架构视图”主题中是可获得的。可以用 SELECT 语句从这些信息架构视图中检索信息。需要将这些视图指定为属于 INFORMATION_ SCHEMA 用户。例如，要用这些信息架构视图之一列出当前数据库中的所有表，可以执行下列查询：

```
SELECT * FROM
INFORMATION_SCHEMA.TABLES
```

优化器提示

在创建 SQL Server 存储过程时，服务器生成该存储过程的执行计划。执行计划就是 SQL Server 为获取存储过程的结果而要采取的一系列步骤。这个方案基于服务器维护的统计信息，比如每个表的行数、每个表的惟一索引数量等。根据这些信息，SQL Server 确定哪个策略可能是速度最快的，并用这个策略作为执行计划。

这个优化系统基于概率。SQL Server 并不运行每个查询来确定最有效的策略将是什么，而是依赖它的最佳猜测。有时，这个猜测可能是错误的。假如这样的话，可以用优化器提示通知服务器，希望它怎样执行视图解析中所包括的那些步骤。

本节将介绍现有的各种优化器提示及其作用。当然，如果自己的查询比利用优化器提示能够使查询运行得更快，也可以不使用优化器提示技术。第 24 章将详细介绍如何优化查询，包括如何判断何时需要使用优化器提示。

优化器支持 3 种提示的使用：

◆ 表提示；

◆ 连接提示；

◆ 查询提示。

下面，我们将逐一讨论上述每 3 种类型。关于哪条 SQL 语句可以使用优化器提示，请参见第 6 章与第 7 章。

表提示

表提示通知优化器如何从表中检索信息，并可以用在允许表名的几乎任何地方。这些提示当中的大多数是调整表的锁定行为的方法。第 23 章将详细介绍锁定。总共有 16 条表提示：

◆ INDEX 指定使用哪个索引。如果表有一个群集索引，INDEX(0) 则强制扫描该群集索引。如果表没有群集索引，则 INDEX(0)强制表扫描。INDEX(n)或 INDEX(name)强制使用具有对应编号或名称的索引。

◆ FASTFIRSTROW 对检索结果集中的第一行进行优化，而不对检索所有行进行优化。

◆ HOLDLOCK 保持锁定，直到当前事务完成时为止，而不是在 SQL Server 利用完某个特定表时立即释放。

◆ NOLOCK 指定读取行不应该被锁定，这可能会导致正被回退的数据被错误地读取。

◆ PAGLOCK 强行实施共享式页面锁定，以取代个体共享锁或共享表锁。

◆ READCOMMITTED 强行在数据正被读取期间实施共享锁。READ_COMMITTED_SNAPSHOT 数据库选项超越这个设置。

◆ READCOMMITTEDLOCK 强行在数据正被读取期间实施共享锁，不管 READ_COM_MITTED_SNAPSHOT 数据库选项的设置。

◆ READPAST 指定在表扫描中应该跳过被锁定的行。

◆ READUNCOMMITTED 与 NOLOCK 相同。

◆ REPEATABLEREAD 强行在数据正被读取期间实施独占锁。

◆ ROWLOCK 指定用行级锁来替代页级锁。

◆ SERIALIZABLE 与 HOLDLOCK 相同。

◆ TABLOCK 指定应该采用表级锁。

◆ TABLOCKX 指定应该采用独占性表级锁。

◆ UPDLOCK 指定应该用更新锁来替代共享锁。

◆ XLOCK 指定采用独占锁，并将其保持到任何包含事务结束时为止。

连接提示

连接提示用来强制表之间的特定连接策略，并用在 JOIN 从句中。共有 4 种可用的连接提示：

◆ LOOP 指定应该使用循环连接。

◆ HASH 指定应该使用散列连接。

◆ MERGE 指定应该使用合并连接。

◆ REMOTE 指定当两个不同服务器上的表发生连接时，应该由远程服务器而不是本地服务器执行连接。

在这些提示当中，最有用的提示可能是 REMOTE。如果正连接一个大型的远程表与一个小型的本地表，REMOTE 提示可以极大地提高性能。

查询提示

查询提示适用于每个查询。共有 15 种查询提示，

◆ HASH GROUP 指定 GROUP BY 或 COMPUTE 从句中的聚合应该用散列法计算。

◆ ORDER GROUP 指定 GROUP BY 或 COMPUTE 从句中的聚合用排序法计算。

◆ MERGE UNION 指定并集应该用合并法计算。

◆ HASH UNION 指定并集应该用散列法计算。

◆ CONCAT UNION 指定并集应该用连接法计算。

◆ FAST n 指定查询应该优化成返回前 n 行。

◆ FORCE ORDER 将来自查询的连接顺序保留到优化过程中。

◆ MAXDOP n 指定执行并行式查询时要使用的最大处理器个数。

◆ OPTIMIZE FOR(@variable name = literal constant)指定优化查询时要用于局部变量的值

◆ RECOMPILE 阻止 SQL Server 高速缓冲执行计划。

◆ ROBUST PLAN 强行实施将要处理最大行宽的查询方案。

◆ KEEP PLAN 阻止查询在表有新增加的数据时生成新的查询方案。

◆ KEEPFIXED PLAN 阻止查询由于统计信息或索引修改而生成新的查询方案。

◆ EXPAND VIEW 指定应该将经过索引的任何视图换成它们的基础定义。

◆ MAXRECURSION 指定查询执行期间将允许的最大递归层次。

视图提示

视图提示通知优化器怎样处理经过索引的视图。总共有两个视图提示：

◆ INDEX 指定使用哪个索引。INDEX(0)强制执行群集索引扫描。INDEX(n)或 INDEX(name)强制使用具有对应编号或名称的索引。

◆ NOEXPAND 通知优化器将视图作为带群集索引的表来对待，而不是展开它并优化各个组成部分。

小结

前 4 章比较全面地介绍了 Transact-SQL，这是用来处理 SQL Server 上所存数据的语言。而本章介绍了使用 T-SQL 的一些较高级技巧：

◆ 使用事务；

◆ 使用行集函数；

◆ 使用游标；

◆ 检索元数据；

◆ 使用优化器提示。

至此，读者应该掌握了足以处理大多数查询需求的 T-SQL 知识和技巧。现在，该是从另一角度考虑 SQL Server 的时候了：考虑 SQL Server 所存储的对象，而不是那些对象所保存的数据。在下一章中，我们将从了解 SQL Server Management Studio 开始。

第三部分　深入 SQL Server

这一部分包括：

- ◆ 第 9 章：使用 SQL Server Management Studio
- ◆ 第 10 章：数据库
- ◆ 第 11 章：表
- ◆ 第 12 章：索引
- ◆ 第 13 章：视图
- ◆ 第 14 章：存储过程
- ◆ 第 15 章：使用触发器

第 9 章 使用 SQL Server Management Studio

为了响应许多用户请求(和抱怨),Microsoft 重新设计了 SQL Server 2005 中的任务管理与维护方式。无论是 SQL Server 的初学者还是经验丰富的内行,很快就会注意到一个经过整理的统一工具:SQL Server Management Studio,这个工具允许访问 SQL Server 中的几乎所有管理功能。现在的 SQL Server Management Studio 将以前各自为政的“分析管理器”、“企业管理器”和“查询分析器”应用程序,组合到了一个类似于 Visual Studio 2005 模型的统一界面中。另外,通过 SQL Server Management Studio 界面,还可以管理 Notification Services、复制、Reporting Services、早期版本以及 SQL Server 移动版本。换句话说,对于数据库管理员,SQL Server Management Studio 就是将要消磨几乎所有时间的地方。这是个极其丰富和强大的应用程序,因此应该熟悉和非常熟练地使用它。

本章将概述 SQL Server Management Studio 的使用方法。我们将首先讨论支持 SQL Server Management Studio 的总框架,然后将了解 SQL Server Management Studio 内的各种对象与任务,尤其是“已注册的服务器”、“对象资源管理器”、“模板资源管理器”和“解决方案资源管理器”中的那些对象与任务。

SQL Server Management Studio 简介

要启动 SQL Server Management Studio,选择“开始”➤“程序”➤ Microsoft SQL Server 2005 ➤ Management Studio(请参见图 9.1)。请注意,默认视图由 3 个窗口组成:“已注册的服务器”、“对象资源管理器”和“摘要”(在图 9.1 中,为了举例说明,我们还展开了一些节点和文件夹)。

如果熟悉 Visual Studio(VS),对 SQL Server Management Studio 的布局和感官效果应该是非常熟悉的。VS 界面正慢慢成为 Microsoft 开发应用程序中的环境选择。这主要是因为该设计既提供最大化的可视性,又兼顾到高度的清晰度和颗粒度。Management Studio 中的各个工具窗口是高度可定制的,并且可以配置成最大化开发和(或)管理工作空间。

通过一些简单的定制,不仅可以轻松地访问常用的工具和窗口,还可以控制给不同的信息和任务分配多大的空间。有多种加大编辑空间而又不影响 Management Studio 正常工作的方法:

- 所有窗口都能移动到不同的地方。
- 大多数窗口都能从 Management Studio 框架中脱离和拖出——使用多个监视程序时的一个宝贵特性。
- 所有窗口都有“自动隐藏”特性,该特性允许将窗口缩小成标签并使其隐藏在 Management Studio 主窗口边界上的某个栏内。在将光标置于这些标签之一上时,基础窗口自动显示出来。(通过单击窗口右上角的“自动隐藏”按钮——由图钉表示,可以开关某个窗口的“自动隐藏”特性。也可以选择“窗口”➤“自动全部隐藏”。)
- 无论用页面方式(构件显示为同一个停靠位置上的选项卡),还是用多文档界面(每个文档都有各自的窗口)，都可以配置一些构件。要配置这个特性，选择“工具”➤“选项”➤“环境”➤“常规”，然后选择“选项卡式文档”或者“MDI 环境”单选按钮。默认设置是“选项卡式文档”。

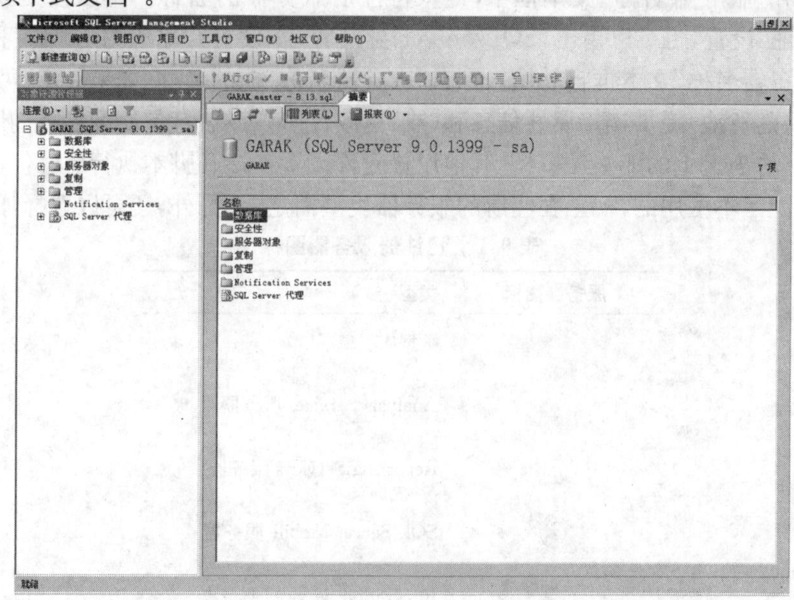

图 9.1 SQL Server Management Studio 的默认视图

值得一提的另一个特性是 Management Studio 中的各个工具已经设计成协同工作，即使我们将分别讨论它们。例如，在从“对象资源管理器”中连接到某个指定数据库的同时，可以用“对象资源管理器”注册服务器或打开“SQL 编辑器”窗口。这种访问与功能的相互缠绕使得 Management Studio 成为了一个功能强大的工具。

最后需要说明的一点是，Management Studio 不必和 SQL Server 本身安装在同一台计算机上。事实上，可能经常需要在数据库管理员的工作站上安装一个副本，因为 Management Studio 允许从一个统一的位置管理任意多个服务器。

在大致了解了 SQL Server Management Studio 之后，下面转入 Management Studio 的几个重要窗口。

已注册的服务器窗口

“已注册的服务器”窗口通常是 Management Studio 首次打开时可默认地获得的 3 个窗口之一(连同“对象资源管理器”和“摘要”窗口)。“已注册的服务器”允许组织经常访问的服务器。它还可以用来将服务器组织成服务器组，以简便服务器的访问和标识。表 9.1 列出的图标指示了服务器类型。

说明：如果“已注册的服务器”窗口没有出现，可以选择“视图”➤“已注册的服务器”菜单命令打开这个窗口。

从“已注册的服务器”窗口中，可以执行访问或管理服务器及其连接的许多不同任务。要连接到已注册的服务器，右击服务器并选择“连接”➤“对象资源管理器”菜单命令。然后，按照提示登录到服务器上。

如果正在创建新的服务器注册,根本没有可用的向导。为此,右击“数据库引擎”,并从弹出的菜单中选择“新建”➤“服务器注册”菜单命令。在“新建服务器注册”对话框中,单击“常规”选项卡。在“服务器名称”文本框中,键入待注册服务器的名称。可以接受默认的“Windows 身份验证”设置,也可以单击“SQL Server 身份验证”设置并输入“用户名”和“密码”框。“已注册的服务器名称”文本框自动填入来自“服务器名称”框的名称(如果愿意,可以更改该名称)。还可以(随意地)提供连接属性信息和(或)更改像协议或信息包长度之类的网络设置(通过“连接属性”选项卡上的那些设置)。其他设置允许设置连接和脚本执行超时值(它们可能是可用的,也可能是不可用的,视正在注册的服务器类型而定)。另外,还可以选择加密连接。

表 9.1　已注册服务器图标

服务器图标	类型
	数据库引擎
	Analysis Services 服务器
	Reporting Services 服务器
	SQL Server Mobile 服务器
	Integration Services 服务器

在任何时候,通过右击服务器,并选择“属性”打开“编辑服务器注册属性”对话框(请参见图 9.2),可以编辑或修改服务器的连接信息。在该对话框中,可以执行下列任意一个操作。

◆ 将身份验证类型从 Windows 切换到 SQL Server 或反之。
◆ 更改 SQL Server 用户名与密码。
◆ 将已注册服务器名改为新名称和可选描述。
◆ 选择要连接到的数据库的名称。
◆ 选择要使用的网络协议。
◆ 指定网络信息包长度。
◆ 键入连接与执行超时值。
◆ 选择是否加密连接。

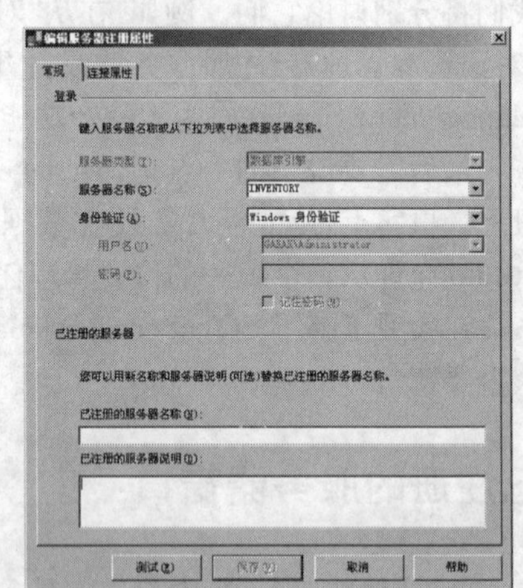

图 9.2　“编辑服务器注册属性”对话框

导入以前保存的已注册服务器信息(从另一个服务器上)提供了一种在多个服务器上创建统一标准用户界面的方法。要导入已注册服务器信息,选择“已注册的服务器”工具栏上的服务器类型。服务器类型必须和已注册服务器导出文件类型相同。然后是一个简单的操作过程:右击服务器或服务器组,并选择“导入”。在“导入已注册的服务器”对话框中,选择要导入的文件,然后单击“确定”按钮。现在,需要在注册服务器树中单击导入服务器或服务器组要放置到的地方。如果正在导入一个服务器到一个服务器组,并且这个组有一个同名的服务器,那么将会出现一条询问是否希望覆盖已有服务器的消息。如果选择覆盖服务器或服务器组,那么该节点将换成新导入的已注册服务器消息。

通过右击服务器或服务器组并选择 Rename,可以重命名它。

删除或移走服务器或服务器组也很容易。右击服务器或服务器组,并选择“删除”。单击

"确认删除"窗口中的"是"按钮确认选择。

服务器组

SQL Server 2000 引进了服务器组的概念,用做一种将大量服务器组织成易管理组的简便方法。由于服务器组只是一种管理上的简便性,所以它们对服务器的实际操作没有任何损害。服务器组的真正好处是组织上的。它们还提供了一种允许重命名服务器的方法。例如,可以将一个名为 DHA_SQL_EDHA0552_NF04 的服务器放在 Material Supplies 服务器组上,并将它重命名为 Pipeline Components。服务器组可以是嵌套的,也就是说,可以在一个服务器组内创建另一个服务器组。

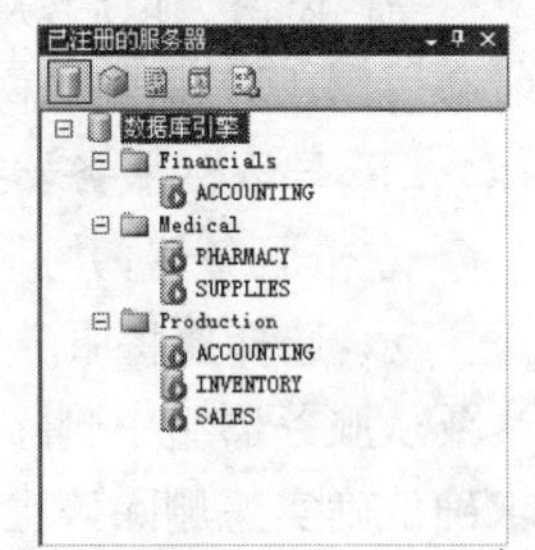

图 9.3　SQL Server 组与 SQL Server 服务器

图 9.3 显示了一个含有 3 个 SQL Server 组的组织结构:

- Production 服务器组包含 INVENTORY、SALES 和 ACCOUNTING 服务器。
- Financials 服务器组包含 ACCOUNTING 服务器。
- Medical 服务器组包含 PHARMACY 和 SUPPLIES 服务器。

创建服务器组

创建服务器组是很简单的,步骤如下:

1. 在"已注册的服务器"窗口中,选择"已注册的服务器"工具栏上的服务器类型。
2. 右击一个服务器或服务器组,并选择"新建"➤"服务器组"选项。
3. 在出现的"新建服务器组"对话框中(请参见图 9.4),在"组名"文本框中为服务器组键入惟一性名称。

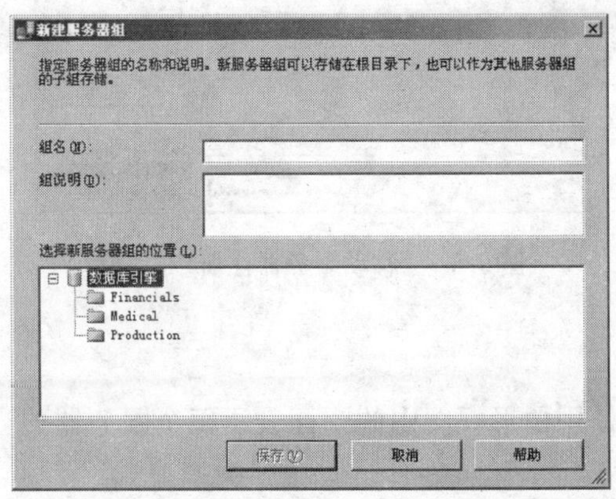

图 9.4　创建新的 SQL Server 组

4. 在"组说明"文本框中,可以为服务器组键入一个描述性名称,比如 Medical。
5. 在"选择新服务器组的位置"框中,单击用于该组的位置。
6. 单击"保存"按钮。

在注册服务器期间,还可以通过单击"新建服务器组"并完成"新建服务器组"对话框来创建新的服务器组。

说明:树形视图中的"数据库引擎"节点不是 SQL Server 组。

管理组中的服务器

服务器组建成之后,就可以处理组中的服务器。

有 3 种给服务器组添加服务器的方法:

◆ 最容易的方法是右击服务器组,并选择"新建"➤"服务器注册"选项打开"新建服务器注册"窗口。以后,从这个服务器组中创建的新服务器都放置在这个组中。

◆ 右击服务器组,并选择"导入"选项打开"导入已注册的服务器"对话框。在默认情况下,导入的服务器放置在服务器组的最上层。

◆ 右击服务器,并选择"移到"选项。在出现的"移动服务器注册"对话框中,如图 9.5 所示,选择要将服务器转移到的服务器组(最上层组或子组)或者根节点。

要从服务器组中删除服务器,右击服务器名并选择"删除"选项。Management Studio 将要求确认确实想删除该服务器。

警告: 一旦从"已注册的服务器"窗口中删除了服务器,只有运行前面概述的创建过程才能使它恢复原位。请记住,由于服务器组是个管理工具,所以已删除的所有东西只是清单——没有从计算机上删除服务器本身。

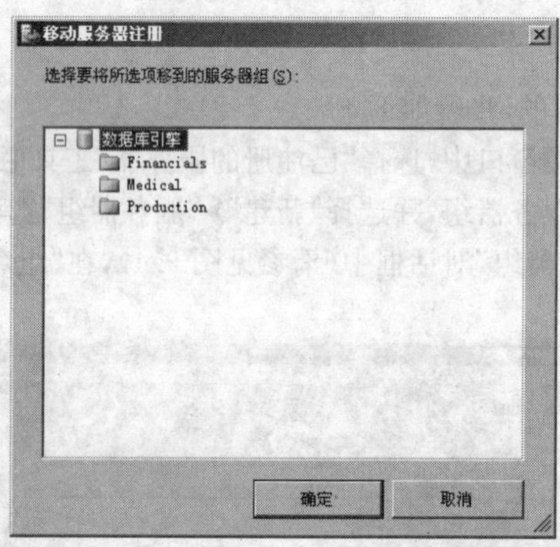

图 9.5 "移动服务器注册"对话框

服务器图标

Management Studio 使用树形视图中的图标表示每个服务器的当前状态。表 9.2 列出了这些图标及其含义。

表 9.2 Management Studio 图标

图标	含义
	服务器正常运行
	服务器停止
	服务器暂停
	服务器无法联系

Management Studio 通过轮询每个服务器收集这个信息。利用对象资源管理器(将在下

一节中讨论)，可以控制是否这个轮询是否结束以及每个服务器的轮询频率。

对象资源管理器窗口

“对象资源管理器”窗口也是随同 Management Studio 一起打开的 3 个默认窗口之一。如果没有看到“对象资源管理器”，可以选择“视图”➤“对象资源管理器”菜单命令打开它。

“对象资源管理器”连接到 SQL Server 实例、分析服务器、DTS 服务器、报表服务器以及 SQL Server 移动版本。对于 SQL Server 2005 的用户来说，“对象资源管理器”的外表是熟悉的，与较早期的“Microsoft 管理控制台”相似，尽管不一定完全相同。“对象资源管理器”的各种功能将随着服务器类型的不同而变化，但它们包括用于数据库的开发特性和用于所有服务器类型的管理特性。本章将重点介绍跟 SQL Server 实例有关的特性，其间将论及与相应章节中的其他服务器类型有关的变体。

使用对象资源管理器连接到服务器

单击“对象资源管理器”工具栏上的“连接”按钮，并从下拉列表中选择服务器类型。“连接到服务器”对话框打开，如图 9.6 所示。要建立连接，至少要提供服务器的名称和正确的身份验证信息。另外，通过单击“连接到服务器”对话框中的“选项”按钮，还可以配置另外的选项。(“连接到服务器”对话框保持上次使用的设置。任何新连接也将使用这些设置。)

单击“选项”按钮将打开一个两页对话框。“常规”选项卡允许做下列事情：

◆ 显示服务器类型；

◆ 选择服务器；

◆ 选择 Windows 身份验证或 SQL Server 身份验证。

在“连接属性”选项卡中(请参见图 9.7)，可以做下列事情：

◆ 使用“连接到数据库”从服务器上现有的、有权查看的数据库中选择；

◆ 从 Shared Memory、TCP/IP 或 Named Pipes 中选择网络协议；

◆ 选择网络信息包长度并配置该长度(如果需要更改 4096 个字节的默认值)。

◆ 设置连接超时；

◆ 以秒为单位设置执行超时(默认设置[0]表示执行将决不超时)。

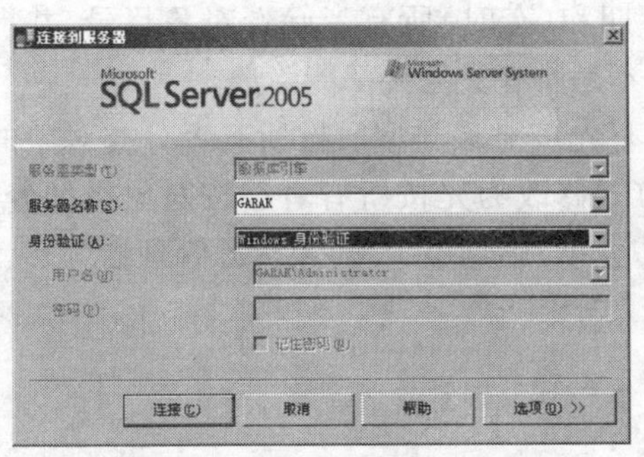

图 9.6　“连接到服务器”对话框

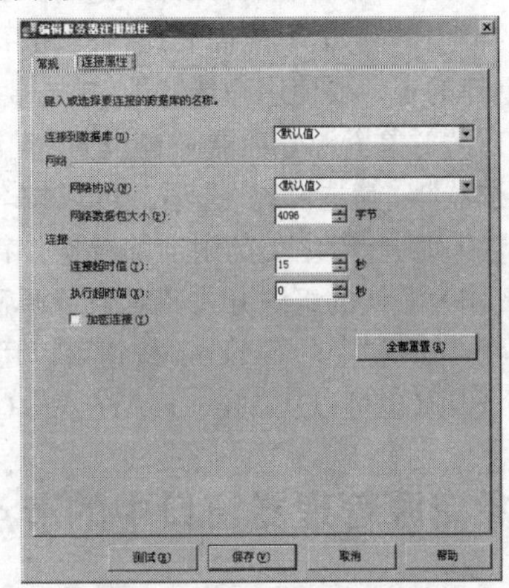

图 9.7　“连接属性”选项卡

"对象资源管理器"含有一个允许从一些选项中选择的小菜单,表 9.3 列举了这些选项。

表 9.3　Management Studio"对象资源管理器"图标

对象	说明
连接(O) ▾	连接到服务器类型
	断开与活动服务器的连接
	停止(仅在进程正运行时显示为红色)
	刷新文件夹中的对象列表
	筛选对象列表(在项目不能筛选时变淡)

文件夹结构与使用方法

"对象资源管理器"用一种树形结构将每个服务器的信息分组为文件夹。本节将介绍这个树形视图中的元素和每个服务器的各个文件夹的内容。

但是,首先介绍几个通用的内务处理与导航技巧。要展开或折叠文件夹,单击加号或者双击文件夹。通常,展开文件夹是为了查看更详细的信息。Management Studio 允许通过右击文件夹或对象来执行常见任务。

在第一次展开某个文件夹时,"对象资源管理器"查询服务器以获取填充该树所需的信息。在"对象资源管理器"填充该树期间,可以单击"停止"按钮暂停这个填充过程。所采取的任何行动,比如筛选,只适用于文件夹中已填充的部分,除非刷新文件夹,以便再次开始填充该树。

为了节省系统资源,"对象资源管理器"树中的文件夹并不自动刷新它们的内容。要刷新文件夹内的对象目录,右击文件夹并选择"刷新"选项,或者单击"对象资源管理器"菜单上的"刷新"按钮。

说明:"对象资源管理器"总共能够显示 65 536 个对象。如果超过这个对象数量,将无法再查看另外的对象。如果出现了这样的情形,应该关闭未使用过的节点,或者应用筛选以减少打开对象的数量。

"对象资源管理器"允许筛选对象目录来减少被显示构件的大小,以便于使用或减少不必要的群集。例如,可能需要在含有几百个对象的目录中查找指定的数据库用户,或者仅查看最新创建的表。要使用筛选特性,单击要筛选的文件夹,比如"表"或"视图",然后单击"筛选"按钮打开"对象资源管理器筛选设置"对话框。作为选择,也可以右击要筛选的文件夹,并选择"筛选器"➤"筛选设置"选项。可以按名称、创建日期和(有时)所有者筛选对象目录,并提供"包含"和"介于"之类的附加筛选操作符。请注意,不是所有文件夹都能筛选。

作为默认的组织方式,"对象资源管理器"树含有先按对象类型后按所有者分类对象的文件夹。工具栏上的 Schema 按钮可以用来将显示方式修改为先按所有者后按对象类型分类。这个选项(也可以从 View ➤ Arrange Objects By 中获得)影响整个"对象资源管理器"。

对象资源管理器窗口中的节点

"对象资源管理器"窗口中的每个 SQL Server 都包含下列节点:

◆ Databases(数据库);

◆ Security(安全性);

◆ Server Objects(服务器对象);

◆ Replication(复制);

◆ Management(管理);

◆ Notification(通知服务)。

此外,还有“SQL Server 代理”(本章的后面部分将讨论这个代理)。有用于其他服务器实例的不同文件夹结构。例如,Analysis Server 只包含“数据库”和“程序集”文件夹。

“摘要”页面

在“对象资源管理器”中的每个级别上,Management Studio 都显示信息,而且在某些情况下,还为通过“摘要”页面选择的、“对象资源管理器”中的每个对象都制作可用的报表。如果对象目录很大,“摘要”页面可能会花费较长时间处理这些信息。

“摘要”页面有两种视图。“详细信息”视图显示每个对象类型的几个重要信息类别。“列表”视图显示“对象资源管理器”中的选定节点或文件夹内的所有对象的简单列表。

在默认情况下,“摘要”窗口是打开的,但也可以选择“视图”➤“摘要”选项打开它。作为选择,也可以单击“标准”工具栏上的“摘要”按钮。“摘要”窗口打开(如果它还没有打开),并出现在最前面(如果它在后台是打开的)。

“摘要”页面还可以用来访问一组由 SQL Server 2005 Reporting Services(SSRS)创建的预定义报表。单击“报表”按钮上的箭头将显示可用报表的目录(如果有的话)。当被选定时,报表在“摘要”页面窗口中是打开的,如图 9.8 所示。

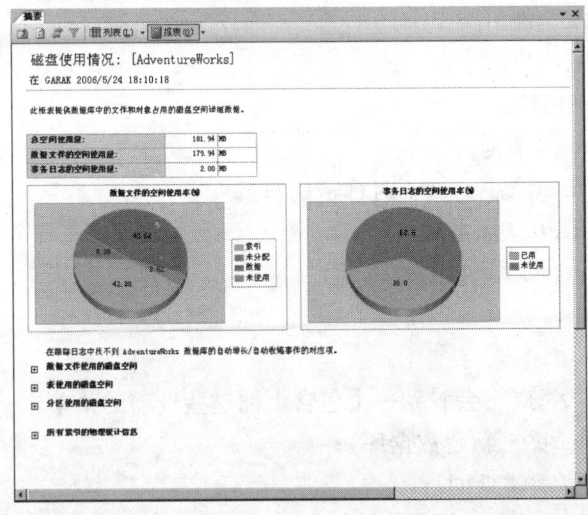

图 9.8 “摘要”窗口正显示 AdventureWorks 数据库的磁盘使用情况报表

“数据库”节点

这个节点含有“系统数据库”文件夹、“数据库快照”文件夹和用户数据库。这些用户数据库为它们所含有的每个对象类型都包含了文件夹,其中包括下列文件夹(请参见图 9.9):

◆ Tables(表);

- ◆ Views(视图);
- ◆ Synonyms(同义词);
- ◆ Programmability(可编程性);
  - ◆ Store Procedures(存储过程);
  - ◆ Functions(函数);
  - ◆ Database Triggers(数据库触发器);
  - ◆ Assemblies(汇编);
  - ◆ Type(类型);
  - ◆ Rules(规则);
  - ◆ Defaults(默认值);
  - ◆ Service Broker(服务中介):
    - ◆ Message Types(消息类型);
    - ◆ Contracts(契约);
    - ◆ Queues(队列);
    - ◆ Services(服务);
    - ◆ Routes(路由);
    - ◆ Remote Service Binding(远程服务绑定);
  - ◆ Storage(存储):
    - ◆ Full Text Catalogs(全文目录);
    - ◆ Partition Schemes(分区方案);
    - ◆ Partition Functions(分区函数);
  - ◆ Security(安全性):
    - ◆ Users(用户);
    - ◆ Roles(角色);
    - ◆ Schemas(架构);
    - ◆ Asymmetric Keys(不对称密钥);
    - ◆ Certificates(证书);
    - ◆ Symmetric Keys(对称密钥)。

图 9.9 Management Studio 中的典型"数据库"文件夹

"数据库"文件夹

如果右击该数据库名称,将会看到一个包含下面这些选项的菜单:

- ◆ New Database…(新建数据库);
- ◆ New Query(新建查询);
- ◆ Script Database As(生成数据库脚本);
- ◆ Tasks(任务):
  - ◆ Detach(分离);
  - ◆ Take Offline(脱机);
  - ◆ Bring Online(联机);
  - ◆ Shrink(缩小);
  - ◆ Back-up(备份);

    - ◆ Restore(恢复);
    - ◆ Mirror(镜像);
    - ◆ Ship Transaction Logs(传送事务日志);
    - ◆ Generate Scripts(生成脚本);
    - ◆ Import Data…(导入数据);
    - ◆ Export Data…(导出数据);
    - ◆ Copy Database(复制数据库);
    - ◆ Import or Export Data through the Data Transformation Services Import/Export Wizard(通过数据变换服务导入/导出向导导入或导出数据);
    - ◆ Rename(重命名);
    - ◆ Delete(删除);
- ◆ Refresh(刷新)。

"数据库属性"页面(如图 9.10 所示)由 8 个子页面组织:"常规"、"文件"、"文件组"、"选项"、"权限"、"扩展属性"、"镜像"和"事务日志传送"。

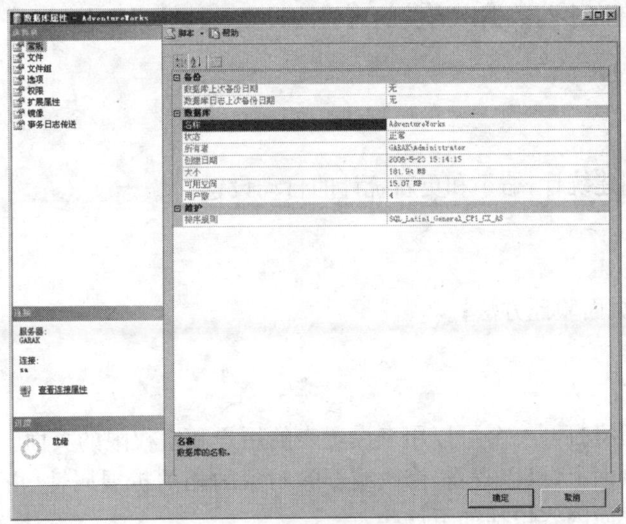

图 9.10　"数据库属性"页面

"常规"页面显示基本信息,其中包括如下信息:

- ◆ Date of last database and database log backups(最后一个数据库与数据库日志备份的日期);
- ◆ Database name(数据库名称);
- ◆ Status(状态);
- ◆ Owner(所有者);
- ◆ Date created(创建日期);
- ◆ Size(大小);
- ◆ Space available(可用空间);
- ◆ Numbers of users(用户数量);
- ◆ Collation(校勘)。

从"文件"页面上,可以查看或修改下列信息:

◆ Database name(数据库名称);
◆ Owner(所有者);
◆ Whether to enable or disable full-text indexing(启用还是禁用全文索引);
◆ Database files for the associated database(相关数据库的数据库文件):
  ◆ Logical Name(逻辑名称);
  ◆ File Type(文件类型);
  ◆ Filegroup(文件组);
  ◆ Initial size (MB)(初始大小(MB));
  ◆ Autogrowth options(自动增长选项);
  ◆ Path(路径);
  ◆ Filename(文件名);
◆ You can also add a file to or remove a file from the database(还可以在数据库中添加或删除文件)。

"文件组"页面允许给数据库添加新的文件组。

"选项"页面含有许多与数据库有关的可修改设置。这些设置包括:

◆ 校勘;
◆ 恢复模型;
◆ 兼容性级别;
◆ 用于关闭、创建统计、缩小和更新统计的自动设置;
◆ 游标行为;
◆ ANSI 设置;
◆ 恢复期间的页面验证方法;
◆ 数据库状态;
◆ 其他杂项设置。

单击"权限"按钮将打开一个可以用来设置表的用户和组权限的页面。

在"扩展属性"页面上,可以查看、修改或删除对象的相关扩展属性(由对象元数据的一个名称/值对组成)。页面内容包括如下这些:

◆ 数据库名称;
◆ 用于选定数据库的校勘;
◆ 能够在里面查看、创建或修改扩展属性的属性窗口;
◆ "删除"按钮。

"镜像"页面可以用来配置数据库镜像以及暂停或结束数据库镜像会话。这个页面还可以用来启动"配置数据库镜像安全向导"。"事务日志传送"属性页面允许将数据库配置为日志传送配置中的主数据库(如果愿意的话)。一旦启用,就可以配置事务日志备份配置、复制数据库以及 tp 是否监视服务器实例。如果数据库使用完全或批量日志恢复模型,则只能使该数据库成为日志传送配置中的主数据库。

"数据库关系图"文件夹

数据库关系图是数据库的直观描述。只要右击"数据库关系图"文件夹,并从下拉菜单中选择"新建数据库关系图"选项,就可以创建新的数据库关系图。图 9.11 显示了一个典型的数据库关系图。

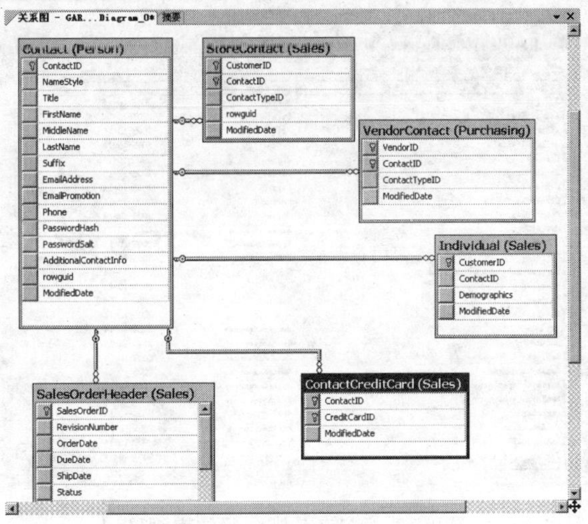

图 9.11　数据库关系图

右击某个特定的数据库关系图允许执行下列操作：

◆ 创建新的数据库关系图；
◆ 修改数据库关系图；
◆ 重命名数据库关系图；
◆ 删除数据库关系图；
◆ 刷新视图。

“表”文件夹

选择某个数据库文件下的“表”文件夹将打开一个不同的“摘要”页面，其中列出该数据库中的所有表，如图 9.12 所示。在默认情况下，每个表按架构、架构内的名称和字母顺序列出，同时列出该表的创建日期。通过单击标题（“名称”、“架构”或“创建时间”），可以对“摘要”窗口中的表进行排序。在图 9.13 中，表是按表名排序的。

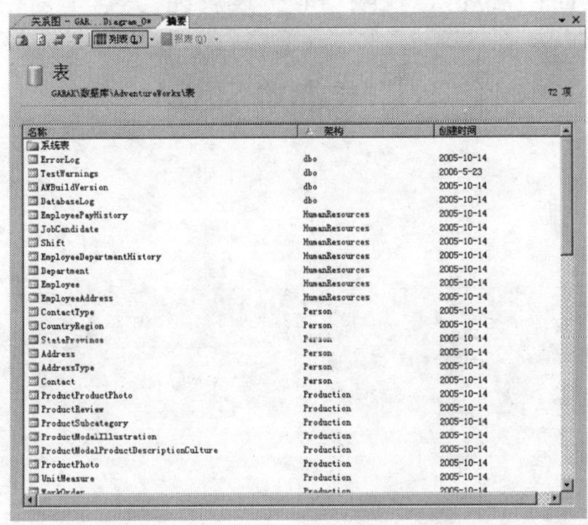

图 9.12　数据库中的表在按架构排序后的“摘要”页面视图

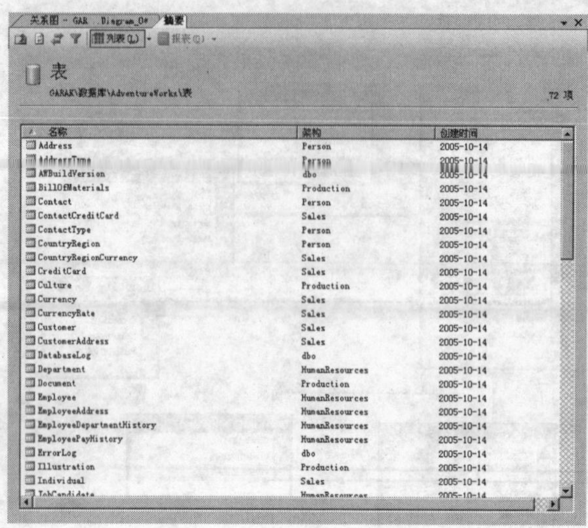

图 9.13　按表名排序后的表视图

如果右击“表”主文件夹,则可以选择创建新表。还可以应用或删除筛选并刷新视图。

右击某个具体的表(比如 HumanResources. Department)将会获得执行基本表任务的选项:

◆ 创建新表;
◆ 修改现有表;
◆ 打开表;
◆ 生成表脚本;
◆ 显示依赖关系;
◆ 给表添加全文索引或修改表的全文索引;
◆ 重命名表;
◆ 删除表;
◆ 刷新表内容。

还可以打开表的“属性”页面,如图 9.14 所示(Department 表的“属性”页面)。通过左窗格可以访问到 3 个属性页面:“常规”、“权限”和“扩展属性”。这个窗格还提供与连接和进度状态有关的信息。

“常规”属性页面提供基本的信息,其中包括如下信息:

◆ ANSI NULLs;
◆ 创建日期;
◆ 数据磁盘空间;
◆ 数据库;
◆ 文件组;
◆ 索引磁盘空间;
◆ 名称;
◆ 分区方案;
◆ 引号标识符;
◆ 行计数;
◆ 架构;

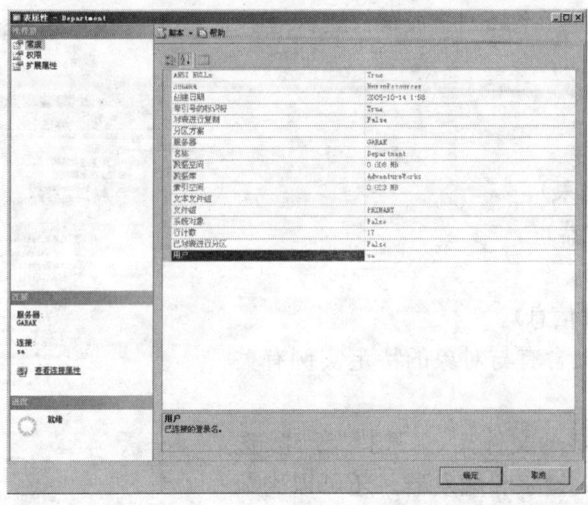

图 9.14　“表属性”对话框

◆ 服务器；
◆ 表是不是系统对象；
◆ 表是不是经过分区；
◆ 表是不是经过复制；
◆ 文本文件组；
◆ 用户。

需要说明的是，不能更改这些设置，只能从“常规”页面上查看它们。

“权限”属性页面可以用来设置表的用户与组权限。“扩展属性”页面与“数据库属性”页面一致。

右击某个具体的表(比如 AdventureWorks 数据库中的 HumanResources. Employee)，并选择“查看依赖关系”选项将打开图 9.15 所示的“对象依赖关系”对话框。如果正考虑修改对象，这个对话框特别有用。它指出选定表依赖于哪个对象，以及哪个对象依赖于选定的表。

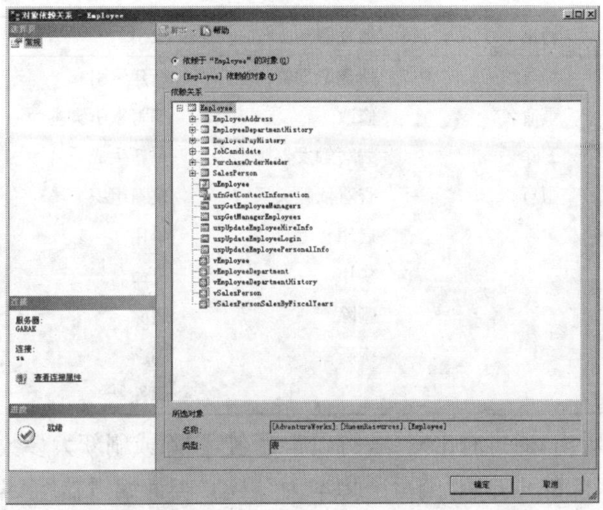

图 9.15　“对象依赖关系”对话框

双击某个特定的表(在图 9.16 所显示的示例中为 HumanResources. Department)将打开另一组文件夹：

◆ Columns(列)；

◆ Keys(关键字)；

◆ Constraints(约束)；

◆ Triggers(触发器)；

◆ Indexes(索引)；

◆ Statistics(统计信息)。

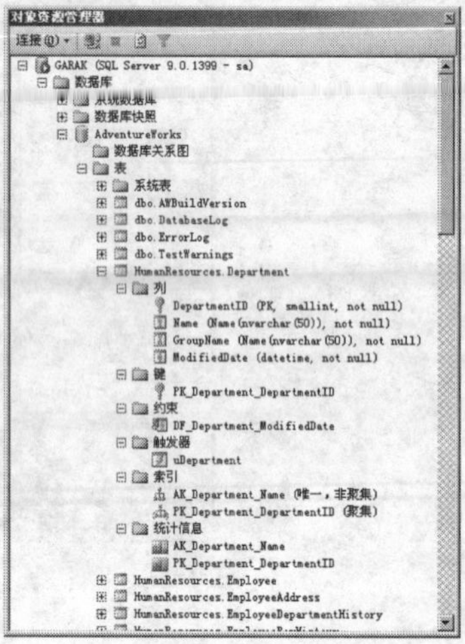

上述每个文件夹又含有与对象的特定实例有关的信息。

右击上述某个特定的文件夹，并选择“新建”选项，可以创建新的列、关键字和触发器。还可以刷新这些文件夹之中的每个文件夹。

右击“索引”文件夹允许执行下列几项任务：

◆ 创建新索引；

◆ 重建所有索引；

◆ 重组织所有索引；

◆ 禁用所有索引；

◆ 筛选；

◆ 刷新。

图 9.16　正显示构件的展开的“表”文件夹

说明：第 12 章将比较详细地介绍索引。

右击“统计信息”文件夹允许使用“属性”页面创建新的统计信息，或者删除所有统计信息。

文件夹下的每个项目都是可以右击的。右击某个项目将打开一个菜单，该菜单允许选择表 9.4 所列举的那些操作之一。

表 9.4　能在单个表构件上执行的操作 *

列	关键字	约束	触发器	索引	统计信息
新建列	编写键脚本为	编写约束脚本为	新建触发器	新建索引	新建统计信息
修改	修改	重命名	修改	编写索引脚本为	编写统计信息脚本为
重命名	重命名	删除	编写触发器脚本为	重新生成	删除
删除	删除	刷新	查看依赖关系	重新组织	刷新
刷新	刷新		启用	禁用	属性
属性			禁用	重命名	
			删除	删除	
			刷新	刷新	
				属性	

从表 9.4 中可以看出，通过右击对象，可以重命名、删除或刷新大多数构件；还可以创建新的构件(关键字和约束除外)，并用“编写…脚本为”启动“查询编辑器”来编辑除了列之外的所有构件。只有触发器提供了通过右击实例来查看依赖关系的选项。

列、关键字和触发器可以通过右击来修改。要修改列，右击单个列(比如图 9.16 中 HumanResources. Department 下的 Name)，并选择“修改”选项。一个新窗口打开，替代“摘要”页面(请参见图 9.17)。在这个窗口中，可以修改选定列的各种属性，或者通过在属性列表上面的列表中选择一个不同的列来修改同一个表中的其他任何一列。

此外，还可以查看列、索引和统计信息的“属性”页面。例如，右击 HumanResources. Department 下的 Name 列，并选择“属性”选项将打开“列属性”页面，如图 9.18 所示。“常规”属性页面允许查看许多列属性。但是，要修改它们，需要在右击指定列时使用“修改”选项。“扩展属性”页面也是可访问到的。在右击个别索引和统计信息时，类似的页面就会打开。

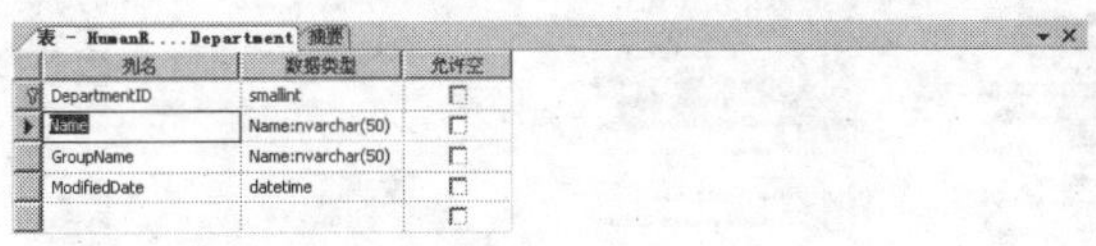

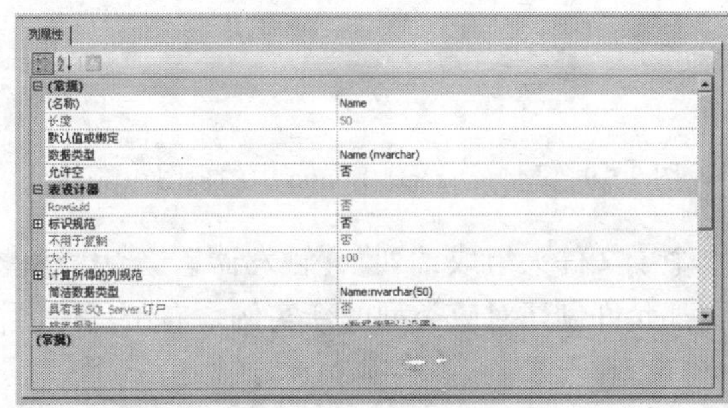

图 9.17　修改列属性

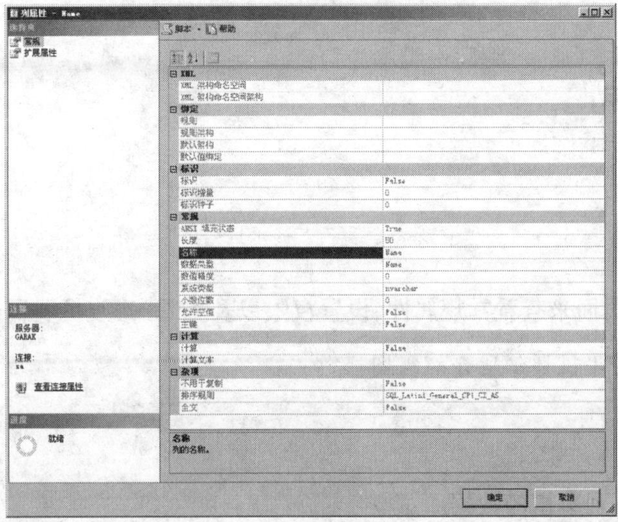

图 9.18　“列属性”页面

“视图”文件夹

如果在 SQL Server Management Studio 中选择某个数据库的“视图”文件夹，右窗格则显示当前数据库中的所有视图与创建日期的列表。图 9.19 显示了 AdventureWorks 数据库的这个列表。系统视图可以在“系统视图”文件夹中找到。相似地，右击“视图”文件夹允许创建新视图、筛选对象列表以及刷新对象列表。

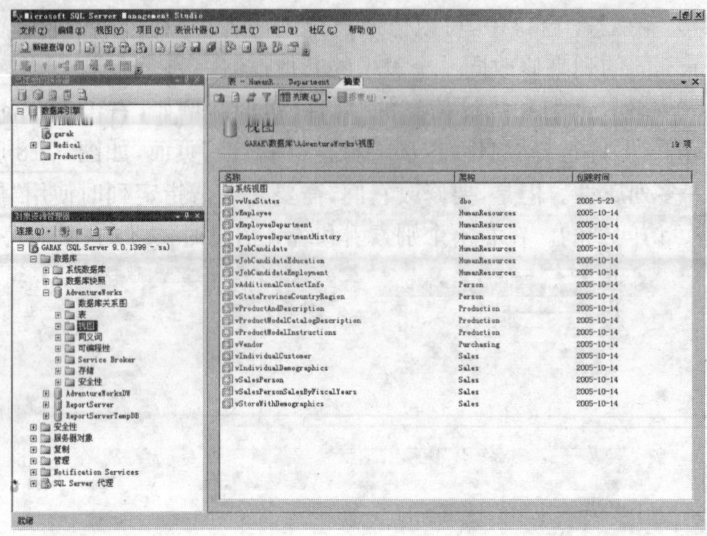

图 9.19　Management Studio 中的视图一览表

每个用户视图都由 4 个子文件夹组成:“列”、“触发器”、“索引”和“统计信息”。右击这些子文件夹当中的任意一个都允许创建对应类型的新实例。右击具体的视图将打开一个允许执行下列基本操作的菜单:

◆ 创建新视图;
◆ 修改现有视图;
◆ 打开视图;
◆ 生成 SQL 脚本(通过“编写…脚本为”);
◆ 查看依赖关系;
◆ 管理全文索引;
◆ 重命名;
◆ 删除;
◆ 刷新;
◆ 打开“属性”页面来查看常规属性、设置权限以及查看/修改扩展属性。

说明:第 13 章将比较详细地介绍视图。

“同义词”文件夹

同义词就是做下列事情的数据库对象:

◆ 为另一个数据库对象(称为基础对象)提供一个替换名。基础对象可以位于本地或远程服务器上。
◆ 提供一个抽象层,以便最小化基础对象的名称或位置的改变所造成的影响。

同义词属于架构,而且与架构中的其他对象一样,它的名称必须是惟一的。可以创建下列对象的同义词:

◆ 程序集(CLR)存储过程;
◆ 程序集(CLR)表值函数;

◆ 程序集(CLR)标量函数;
◆ 聚合(CLR)函数;
◆ 复制筛选器过程;
◆ 扩展的存储过程;
◆ SQL 标量函数;
◆ SQL 表值函数;
◆ SQL 内联表值函数;
◆ SQL 存储过程;
◆ 视图;
◆ 表(用户定义表并包括局部与全局临时表)。

要创建新的同义词,右击“同义词”文件夹打开“新建同义词”属性页面,如图 9.20 所示。在这个属性页面上,可以指定下列各项:

◆ 同义词名称;
◆ 同义词架构;
◆ 服务器名称;
◆ 数据库名称;
◆ 架构;
◆ 对象类型;
◆ 对象名称。

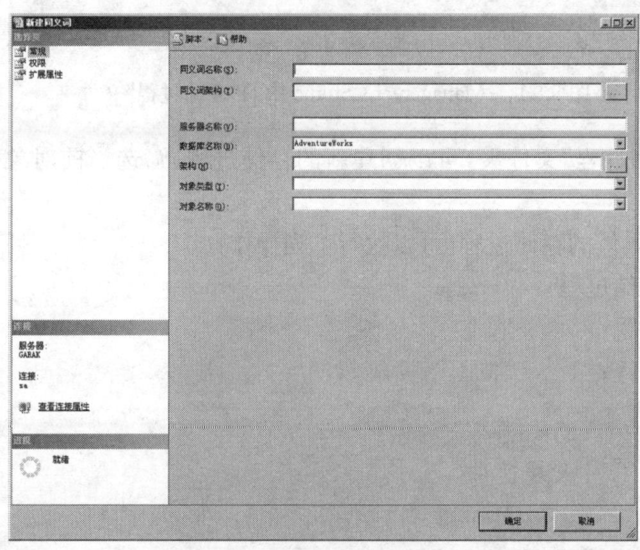

图 9.20　“新建同义词”属性页面

图 9.20 显示了怎样创建一个新的同义词 MyContacts,该同义词引用 AdventureWorks 数据库中的 Person. Contact 表。“权限”选项卡可以用来设置权限以及访问“扩展属性”页面。

右击某个具体的同义词允许做下列操作:

◆ 创建新的同义词;
◆ 生成 SQL 脚本;
◆ 删除;

◆ 刷新；

◆ 访问“属性”页面。

“可编程性”文件夹

这个文件夹是个占位符，用于一系列与 SQL Server 中的编程有关的子文件夹：

“存储过程”不难想像，当在 Management Studio 中选取“存储过程”文件夹时，“摘要”窗口中就会列举出当前数据库中的所有存储过程(包括创建日期)。图 9.21 显示了 AdventureWorks 数据库的这个列表。

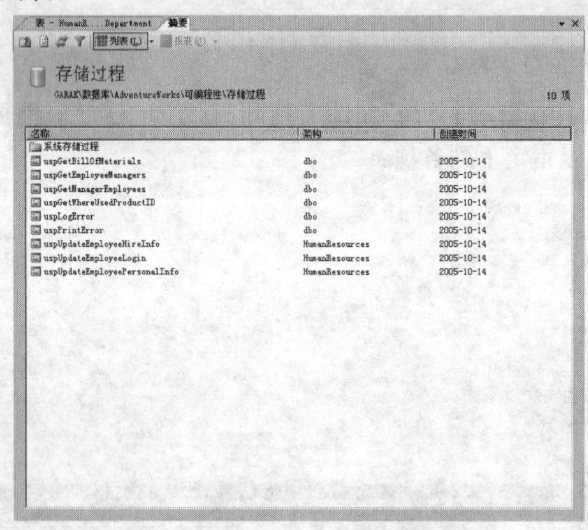

图 9.21 Management Studio 中的“存储过程”文件夹

通过右击“存储过程”文件夹，可以创建新的存储过程、筛选当前对象列表或者刷新对象列表。

通过右击某个具体的存储过程，可以执行下列操作：

◆ 创建新的存储过程；

◆ 修改存储过程；

◆ 执行存储过程；

◆ 生成 SQL 脚本；

◆ 查看依赖关系；

◆ 重命名；

◆ 删除；

◆ 刷新；

◆ 访问“属性”页面。

说明：第 14 章将比较详细地介绍存储过程。

“函数” 这个文件夹及其子文件夹(“表值函数”、“标量值函数”和“系统函数”)所包含的函数对 SQL Server 2005 中的值、对象和设置执行操作并返回它们。右击某个具体的子文件夹允许创建新的函数，或者筛选或刷新对象列表。右击“表值函数”或“标量值函数”子文件夹中的个别函数允许执行下列操作：

◆ 创建新的函数；
◆ 修改现有函数；
◆ 生成 SQL 脚本；
◆ 查看依赖关系；
◆ 重命名；
◆ 删除；
◆ 刷新；
◆ 访问“属性”页面。

“数据库触发器”　单击某个“数据库触发器”文件夹显示当前数据库内的所有数据库触发器。如果不存在任何触发器，该文件夹是空的。

“程序集”　这个文件夹包含当前数据库中的程序集。为了创建对象，管理化代码必须编写并编译成.NET 程序集。典型的情况是，开发人员使用 Visual Studio .NET 构造新的类库项目，并将其编译成 DLL 程序集。然后，DLL 程序集使用 T-SQL CREATE ASSEMBLY 命令装入。通过右击 Analysis Server 内的“程序集”文件夹并选择“新建程序集”，也可以创建程序集。

“类型”　这个文件夹由 4 个子文件夹组成：“系统数据类型”、“用户定义数据类型”、“用户定义类型”和“XML 架构集合”。

在单击“用户定义数据类型”文件夹时，Management Studio 显示当前数据库内的所有用户定义数据类型。用户定义数据类型可以理解为系统数据类型的别名。图 9.22 显示了 AdventureWorks 样本数据库中的用户定义数据类型。

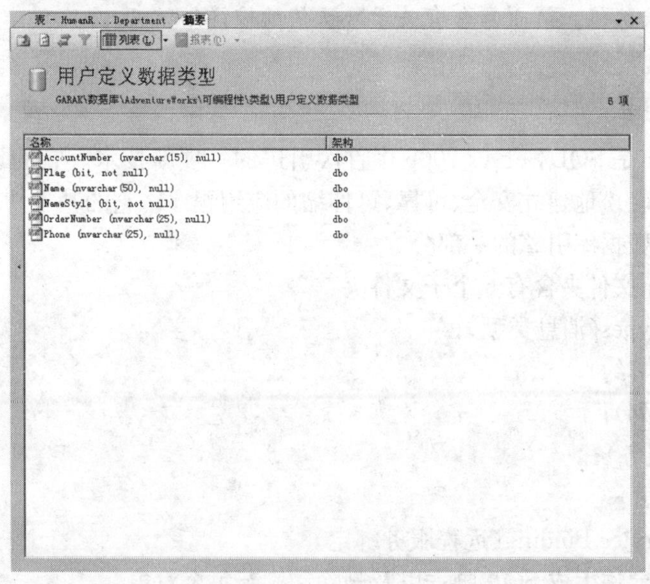

图 9.22　用户定义数据类型

通过右击“用户定义数据类型”文件夹，可以创建新的用户定义数据类型，或者刷新现有文件夹视图。右击某个具体的用户定义数据类型打开一个允许执行下列操作的菜单：

◆ 创建用户定义数据类型；
◆ 生成 SQL 脚本；

◆ 查看依赖关系；

◆ 重命名用户定义数据类型；

◆ 删除用户定义数据类型；

◆ 刷新用户定义数据类型；

◆ 访问“属性”页面。

说明:第 11 章将比较详细地介绍用户定义数据类型。

XML 架构集合是个元数据实体，类似于数据库中的表。架构在使用 CREATE XML SCHEMA COLLECTION 语句创建时导入到 XML 架构集合对象中。XML 架构集合可以用来输入 XML 变量、参数和列。右击某个具体的 XML 架构集合允许生成 SQL 脚本、查看依赖关系、删除或刷新。

“规则” 单击某个“规则”文件夹显示当前数据库中的所有规则。规则是用 T-SQL 语法表达的条件(比如@salary<20000)，它们可以用来限定表列中包含的数据。

说明:通常，在 SQL Server 2000 和 SQL Server 2005 中找不到任何规则。现在，规则被认为是过时的，并已由约束大量地取代。

“默认值” 在 Management Studio 中单击某个“默认值”文件夹时，“摘要”窗口显示当前数据库中的所有默认值。默认值是在用户没有显式地为新表中的列提供明确的值时能够赋给一个或多个列的默认数据。

提示:和规则一样，默认值被认为是过时的。大多数时候，应当在数据库设计中用默认约束替代默认值。第 4 章含有关于默认值的较详细信息。

Service Broker 文件夹

Service Broker 是 SQL Server 2005 中首次引进的一项新技术。它的设计意图是让数据库开发人员能够更轻松地建立安全、可靠、可伸缩的应用程序。它的基本功能是将查询与可靠的消息发送提供为数据库引擎的一部分。

Service Broker 文件夹含有 6 个子文件夹：

◆ Message Types(消息类型)；

◆ Contracts(契约)；

◆ Queues(队列)；

◆ Services(服务)；

◆ Routes(路由)；

◆ Remote Service Binding(远程服务绑定)。

右击个别实例允许生成 SQL 脚本以及删除和刷新每个对象。

说明:第 29 章将专门讨论 Service Broker。

“存储”文件夹

“存储”文件夹由 3 个子文件夹组成:“全文目录”、“分区方案”和“分区函数”。

右击“全文目录”文件夹允许创建新的全文目录、删除全文目录或刷新对象树。单击个别全文目录允许执行下列操作：

◆ 创建新的全文目录；
◆ 生成 SQL 脚本；
◆ 重建全文目录；
◆ 删除全文目录；
◆ 刷新全文目录；
◆ 访问“属性”页面。

从现有全文目录的“属性”页面上，可以查看常规设置、给编目赋表/视图对象以及选择符合条件的列，还可以计划全文目录何时由 SQL Server 填充内容。

“分区方案”文件夹包含用来保存表的所有分区架构。这些分区架构描述数据与文件组之间的映射方式。如果数据库中没有使用任何分区架构，该文件夹不填充内容。“分区函数”文件夹所包含的对象代表由分区架构实现的所有分区函数。如果无任何分区函数存在，该文件夹则不填充内容。

“安全性”文件夹

“安全性”文件夹由 6 个子文件夹组成：“用户”、“角色”、“架构”、“非对称密钥”、“证书”和“对称密钥”。这些子文件夹的内容只与当前数据库有关，而与整个服务器无关。

“用户”　如果单击某个“用户”节点，则会看到一个用户列表，其中包含当前数据库的所有用户，如图 9.23 所示。用户与某个数据库相关联（与登录不同，因为它们适用于整个服务器），并且是该数据库内的权限的基础。

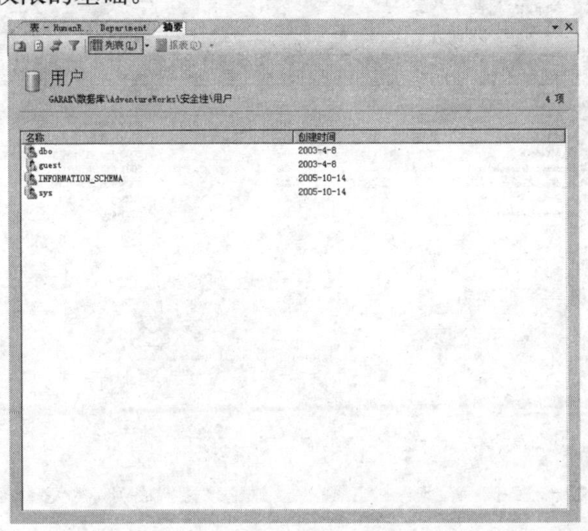

图 9.23　Management Studio 中的用户列表

右击“用户”文件夹，可以创建新用户，还可以筛选和刷新文件夹对象。右击该文件夹内包含的具体用户允许创建新用户、生成 SQL 脚本、删除该用户或刷新该用户。还可以打开“属性”页面（如图 9.24 所示），并用它指定自有架构和数据库角色成员资格。此外，还可以指定登录名和默认用户。

“角色”　角色可以用来管理用户组的权限，而不是个别用户的权限。“角色”文件夹由两个子文件夹组成，因为有两种类型的角色：“数据库角色”文件夹包含 SQL Server 用户，而“应

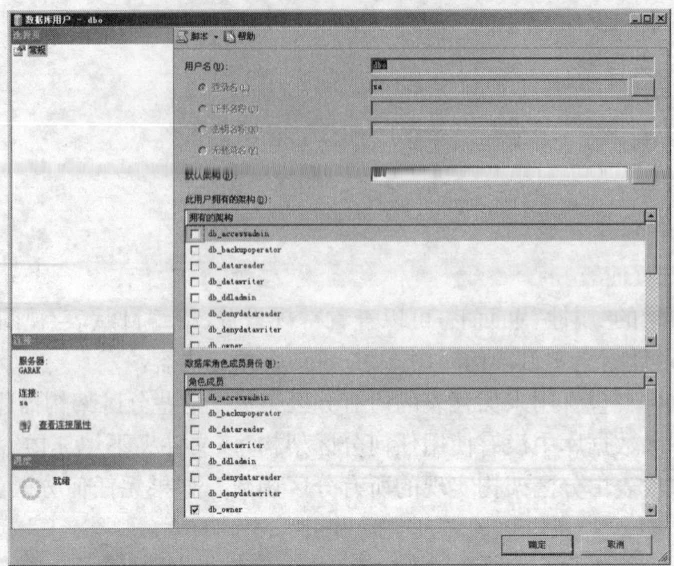

图 9.24　“数据库用户”页面

用程序角色”文件夹是为用户在客户端的身份确认而设计的。单击任意一个文件夹将在“摘要”窗口内列出当前数据库中的所有角色。图 9.25 显示了 AdventureWorks 数据库的“数据库角色”文件夹内容。

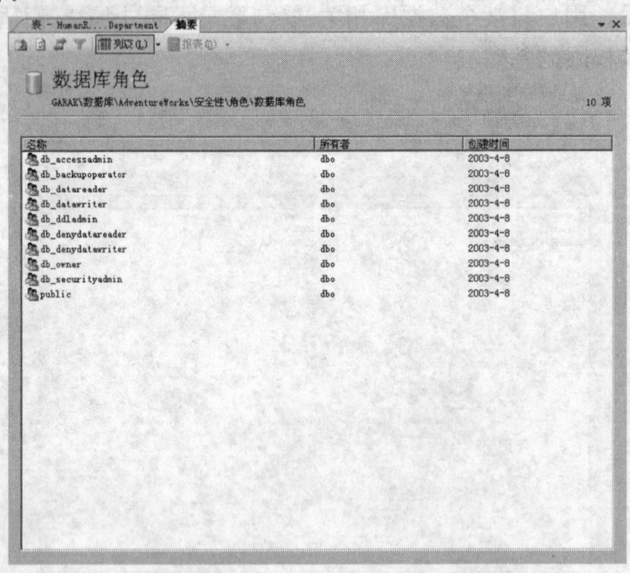

图 9.25　Management Studio 中的“数据库角色”列表

右击“角色”文件夹允许创建新的数据库或应用程序角色。右击某个具体的子文件夹允许创建该类型的新角色。单击“新建”按钮将启动一个空的属性页面(请参见图 9.26)。这个页面可以用来创建新的角色和指定所有相关联的设置。对于现有角色,这个页面可以用来查看或修改角色属性。访问这个页面的方法有两种:通过右击“对象资源管理器”中的“数据库角色”(或“应用程序角色”)并选择“新建数据库角色”(或“新建应用程序角色”)选项,或者通过右击现有角色并选择“属性”选项。在后一种情况中,有些选项是不可编辑的。

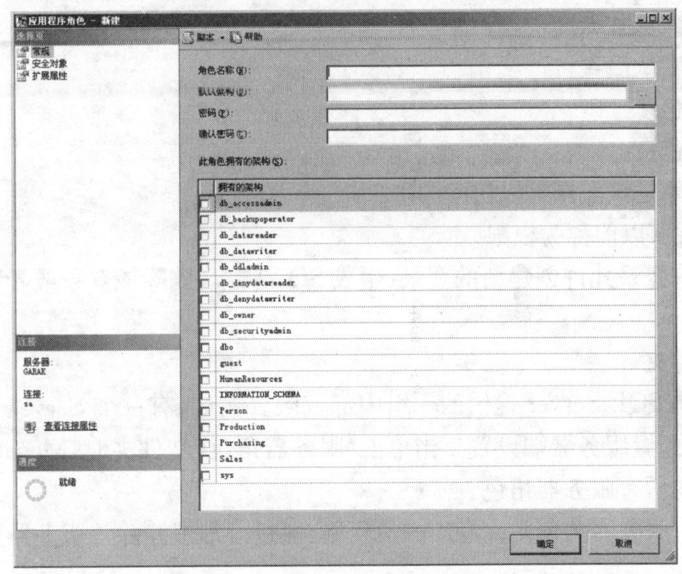

图 9.26 “应用程序角色 — 新建”页面

说明:第 18 章将比较详细地讨论角色。

“架构” 架构包含表、视图、存储过程等数据库对象。这个文件夹包含与当前数据库相关联的所有架构。右击“架构”文件夹允许创建新的架构。右击某个现有架构允许创建新的架构、生成 SQL 脚本、删除该架构或刷新该架构。单击“属性”将打开创建新架构时所使用的同一个属性页面,但有些选项(比如架构名称)是不可编辑的。另外,还可以设置权限和扩展属性。

“非对称密钥” 这个文件夹包含与特定数据库相关联的不对称密钥。如果该数据库没有关联的不对称密钥,该文件夹则是空的。

“证书” 这个文件夹包含与特定数据库相关联的证书。如果该数据库没有关联的证书,该文件夹则是空的。

“对称密钥” 这个文件夹包含与特定数据库相关联的对称密钥。如果该数据库没有关联的对称密钥,该文件夹则是空的。

“安全性”节点

服务器“安全性”节点(不要将它跟数据库“安全性”文件夹混淆起来)包含作用于整个服务器而不是特定数据库的设置。它含有 3 个子文件夹:“登录名”、“服务器角色”和“凭据”。

“登录名”文件夹

登录提供用户在 SQL Server 上的安全性上下文。当单击“登录名”文件夹时,Management Studio 列举出当前服务器已知的所有登录。右击“登录名”主文件夹允许创建新的登录、筛选对象列表或刷新对象列表。在创建新的登录时,被引导到一个空白的属性页面。

打开现有登录的属性页面(通过右击该登录并选择“属性”选项)将显示(而且在某些情况下允许修改)下列设置:

- ◆ 登录名;
- ◆ 允许还是拒绝该登录访问服务器;

◆ 该登录的默认数据库；
◆ 该登录的默认语言；
◆ 数据库角色；
◆ 服务器角色；
◆ 哪个数据库是该登录可以访问的；
◆ 可获安全的(以前称为权限)。

右击某个现有登录允许创建新的登录、生成 SQL 脚本、删除该登录或者刷新它。

"服务器角色"文件夹

服务器角色是 SQL Server 提供的一组内部权限。例如，有一个 Server Administrator 角色，它允许其成员配置服务器端设置。当单击"服务器角色"文件夹时，Management Studio 列举出该服务器上的所有服务器角色。

右击某个现有服务器角色允许管理成员资格：通过添加或删除该服务器角色的登录。

说明：与 Management Studio 中显示的大多数其他对象不同，服务器角色是不能创建或删除的。

"凭据"文件夹

凭据是包含连接到 SQL Server 外部的某个资源所需要的身份验证信息的记录。大多数凭据由一个 Windows 登录名和密码组成。在 Windows 2003 Server 和以上版本上，密码可能不是必需的。在单击"凭据"文件夹时，Management Studio 显示该服务器上的所有凭据。

在创建了凭据之后，就可以使用"登录属性"页面将它映射到一个登录。单个凭据可以映射到多个 SQL Server 登录。但是，一个 SQL Server 登录只能映射到一个凭据。右击某个现有凭据允许通过"属性"页面管理该凭据，以及创建新的凭据或删除当前凭据。

"服务器对象"节点

"服务器对象"节点包含与服务器相关的设置，以及系统级对象。该节点含有 4 个子文件夹："备份设备"、"端点"、"链接服务器"和"触发器"。

"备份设备"文件夹

在单击"备份设备"文件夹时，Management Studio 显示当前数据库已知的所有备份设备的相关信息。(备份设备是可以用来保存数据库备份副本的磁带驱动器或磁盘文件。)

从"备份设备"文件夹中，可以创建与删除备份设备，以及创建一个立即或在预定时间运行的实际备份作业。右击"备份设备"文件夹或者右击个别备份设备可以启动备份作业。

"端点"文件夹

"端点"文件提供一个收集点，用于审查 4 种类型的 HTTP 终点：

◆ 数据库镜像；
◆ Service Broker；
◆ SOAP；

◆ TSQL。

“链接服务器”文件夹

链接服务器是 Management Studio 能够理解的服务器，但不一定是 Microsoft SQL Server 数据库。例如，链接服务器可以是 Oracle 数据库或 Microsoft Access 数据库。可以连接到能够通过 OLE DB 提供者访问的任意一个数据库。

“对象资源管理器”中的“链接服务器”文件夹为已链接到当前服务器的每个服务器都包含一个文件夹。每个服务器节点又包含一个“表”节点。在单击某个“表”节点时，它显示该链接服务器上的所有表。

一个单独的“访问接口”文件夹可以用来选择和配置个别提供者设置，然后这些设置应用于使用该提供者的所有链接服务器。

说明：链接服务器主要用在 T-SQL 语句中。链接服务器无法用 Management Studio 来管理。

“触发器”文件夹

这个文件夹包含服务器级的 DLL 触发器。前面曾经提过，数据库级的 DLL 触发器显示在对应数据库的“可编程性”文件夹的“数据库触发器”子文件夹中。

说明：第 15 章将比较详细地讨论触发器。

“复制”节点

“复制”文件夹提供一个统一位置，用于组织和管理发布与订阅以及实现和管理一个分布于整个企业的完整复制环境。

该节点含有两个子文件夹：“本地发布”和“本地订阅”。

通过右击“复制”节点，可以执行下列任务：

◆ 启动“配置分发向导”；
◆ 启动“复制监视器”；
◆ 生成脚本；
◆ “更新复制密码”；
◆ 启动向导来创建“发布”、“Oracle 发布”和“订阅”；
◆ 刷新。

“本地发布”文件夹

通过右击“本地发布”文件夹，可以启动“新建发布向导”和“新建 Oracle 发布向导”。

“新建发布”/“新建 Oracle 发布”向导　这两个向导用来配置下列设置：

◆ 发布数据库；
◆ 要创建的发布类型（快照发布、事务性发布、带可更新订阅的事务性发布或者合并发布）；
◆ 要在发布中包含哪些数据和数据库对象；
◆ 用于所有发布类型的静态行筛选器和用于合并发布类型的参数化行筛选器与连接筛

选器；

◆ 快照代理计划；

◆ 发布的名称和说明。

提供发布向导访问途径的同一个菜单还允许执行下列操作：

◆ 启动“复制监视器”；

◆ 生成脚本；

◆ 启动“配置分发向导”；

◆ 刷新文件夹。

如果右击某个具体的发布，则可以启动“新建订阅向导”，启动“新建发布向导”，启动“复制监视器”，生成脚本，重新初始化所有订阅，“查看快照代理状态”，删除发布，刷新发布，或者打开图 9.27 所示的属性页面。

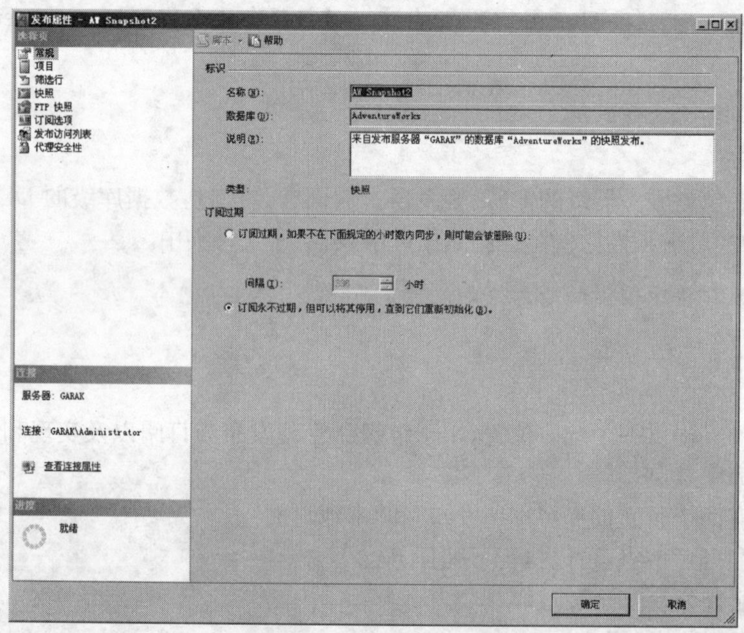

图 9.27 “发布属性”页面

“本地订阅”文件夹

通过右击“本地订阅”文件夹并选择适当选项，可以启动“新建订阅向导”。这个向导可以用来指定下列设置：

◆ 要订阅的发布；

◆ 分发代理或合并代理应该在哪里运行；

◆ 哪个订户接收发布的数据；

◆ 每个订户处将接收已发布数据的订阅数据库；

◆ 订阅是否应该被初始化，以及何时被初始化(假如需要的话)；

◆ 更新结果多长时间被传递给订户一次的代理计划；

◆ 基于发布设置的附加信息。

说明：第 25 章将比较详细地介绍复制。

"管理"节点

Management Studio 中的每个 SQL Server 都含有一个"管理"节点。这个文件夹提供访问传统数据库管理信息的途径，其中包括如下信息：

- "维护计划"；
- SQL Server 日志；
- "活动监视器"，其中包括：
  - "进程信息"；
  - "按进程查看锁"；
  - "按对象查看锁"；
- "数据库邮件"；
- "分布式事务处理协调器"；
- "全文搜索"；
- "早期"。

图 9.28 显示了 Management Studio 树形视图在"对象资源管理器"窗口中的部分。

图 9.28　Management 节点树视图

"维护计划"文件夹

当单击"维护计划"文件夹时，"对象资源管理器"显示当前服务器上保存的所有数据库维护计划。数据库维护计划包含一个任务计划，用于检查数据库完整性、收缩膨胀的文件以及备份数据库之类的操作。一般说来，维护计划用来安排一个工作流程，并使数据库正常运行。通过右击"维护计划"文件夹或者右击某个具体的维护计划，并选择相应的选项，可以在设计视图中创建新的维护计划。作为选择，也可以启动"维护计划向导"来创建核心的维护计划。一般说来，手工创建维护计划允许工作流程有更大的灵活性。

从某个"数据库维护计划"节点中，不仅可以创建维护计划或启动"维护计划向导"，还可以删除或刷新维护计划以及浏览维护计划的历史信息。这个信息显示该方案的最新执行时间，并提供该方案所完成的各项活动的相关信息。最后，可以修改维护计划。

说明：第 16 章含有关于数据库维护的较详细信息。

"SQL Server 日志"文件夹

服务器的"SQL Server 日志"文件夹为当前活动日志和此前的 6 个最新活动日志都包含了相应的节点。一旦 SQL Server 启动，它就开始将事件写到 SQL Server 日志上。这些事件的一个子集也可以在"应用程序事件日志"(可在"事件查看器"中发现的同一个日志)中找到。

选择了某个具体的日志节点,然后双击或者右击并选择“查看 SQL Server 日志”选项将打开“日志文件查看器”。在左边的窗格中,可以选择要查看的日志;右边的窗格将显示各个日志项,如图 9.29 所示。对于每个项目,Management Studio 显示日期、项目的源、它包含的消息、日志类型、日志以及日志源。

说明:第 16 章将比较详细地讨论如何解释 SQL Server 日志。

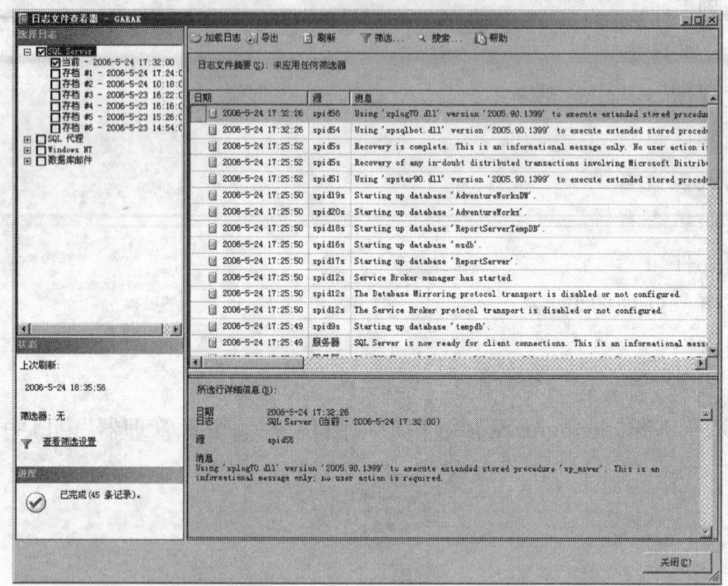

图 9.29　“日志文件查看器”中显示的日志项

“活动监视器”文件夹

“活动监视器”可以用来分析服务器性能,查看用户连接,以及解决死锁。此外,还可以给它应用筛选器并让它只显示感兴趣的项目,以及修改观看活动的刷新频率。“活动监视器”中有 3 个页面:“进程信息”、“按进程查看锁”和“按对象查看锁”。

对于每个进程,“进程信息”页面(请参见图 9.30)显示如下信息:

- ◆ 进程号(这是 SQL Server 在每个进程启动时指定给这个进程的惟一性 ID,也称为 spid);
- ◆ 系统进程;
- ◆ 用户名;
- ◆ 数据库;
- ◆ 当前状态;
- ◆ 打开事务数量;
- ◆ 最近命令;
- ◆ 拥有进程的应用程序;
- ◆ 最近等待所花时间;
- ◆ 当前等待类型;
- ◆ 进程等待什么资源;
- ◆ 使用的 CPU;
- ◆ 使用的物理 IO;
- ◆ 内存使用量;
- ◆ 进程的初始登录时间;
- ◆ 上次批命令提交时间;
- ◆ 主机名;
- ◆ 使用的网络库;
- ◆ 网址;
- ◆ 这个进程阻止的任何进程;

- 阻止这个进程的任何进程；
- 执行上下文 ID(给代表同一进程执行操作的子线程之一所指定的惟一性 ID)。

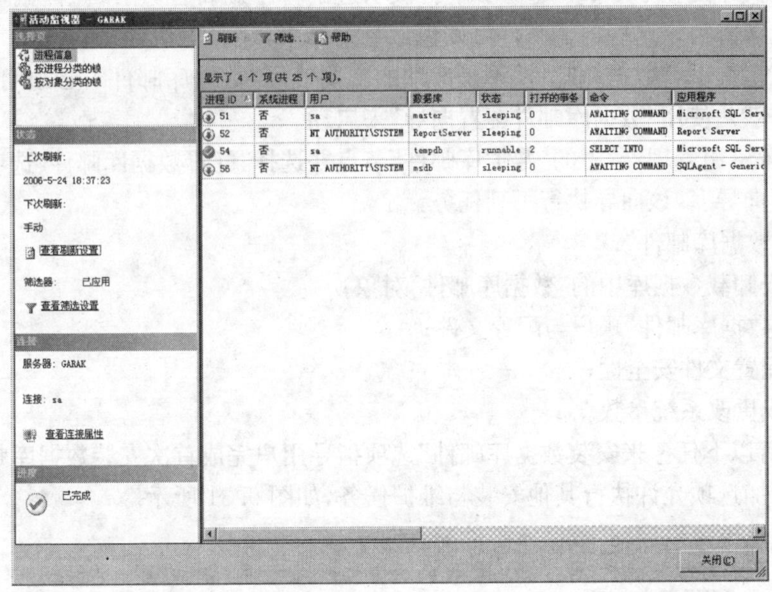

图 9.30 “进程信息”页面

双击某个进程可以显示该进程最新提交的 SQL 批处理。从相同的窗口中，还可以删除该进程。

“按进程查看锁”页面为服务器上正在运行的每个进程都包含了一个项目。对于每个锁，该页面显示如下信息：

- 对象；
- 类型；
- 子类型；
- 对象 ID；
- 说明；
- 请求模式；
- 请求类型；
- 请求状态；
- 所有者类型；
- 所有者 ID；
- 所有者 GUID；
- 数据库；
- 进程 ID；
- 上下文；
- 批处理 ID。

“按对象查看锁”页面包含具体对象的锁信息。对于每个锁，该页面显示如下信息：

- 内容；
- 批处理 ID；
- 类型；
- 子类型；
- 对象 ID；
- 说明；
- 请求模式；
- 请求类型；
- 请求状态；
- 所有者类型；
- 所有者 ID；
- 所有者 GUID；
- 数据库；
- 对象。

说明：第 23 章中含有关于锁的较详细信息。

“数据库邮件”文件夹

“数据库邮件”是 SQL Server 2005 中首次引进的一个新特性,用来允许数据库应用程序给用户发送电子邮件。这些电子邮件可以包含查询结果,还可以包含来自任意一个网络资源的文件。默认情况下,“数据库邮件”不是活动的。要使用“数据库邮件”,必须明确地启用“数据库邮件”,一般是使用“数据库邮件配置向导”来启动。

右击“对象资源管理器”中的“数据库邮件”节点并选择“配置数据库邮件”选项,将启动“数据库邮件配置向导”。该向导执行下列任务:

◆ 安装“数据库邮件”;
◆ 安装或卸载数据库中的“数据库邮件”对象;
◆ 管理“数据库邮件”账户与配置文件;
◆ 管理配置文件安全性;
◆ 查看或更改系统参数。

“通过执行以下任务来安装数据库邮件”选项指导用户完成首次安装数据库邮件所要求的所有任务。附加选项允许执行其他安装与维护任务,如图 9.31 所示。

双击该节点也可以启动“数据库邮件配置向导”。

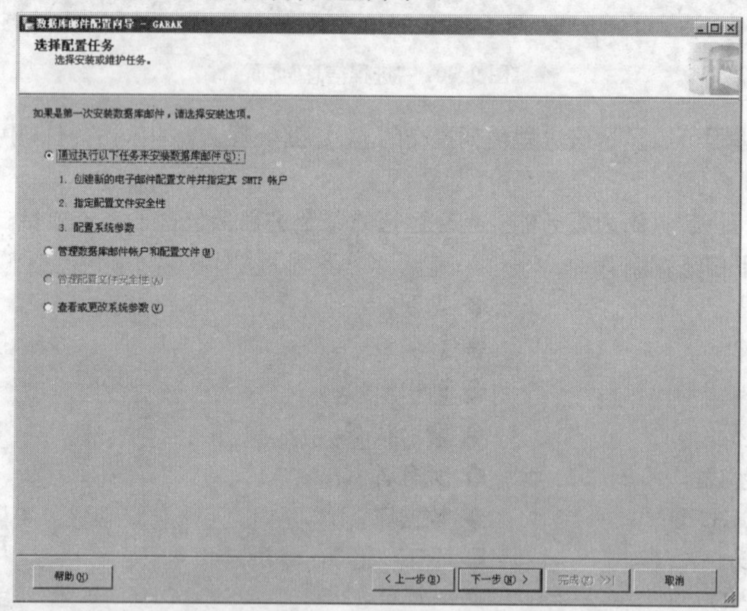

图 9.31 “数据库邮件配置向导”的“选择配置任务”页面

说明:第 17 章将比较详细地介绍“数据库邮件”。

“分布式事务处理协调器”文件夹

“分布式事务处理协调器”服务负责管理涉及多个数据库的事务。第 8 章和第 22 章含有关于事务的较详细信息。

“全文搜索”文件夹

“全文搜索”服务处理全文搜索。这个图标仅在当前服务器上已经启用了索引功能时才会出现。第 6 章已详细介绍了全文搜索功能。

“早期”文件夹

如果一直在使用版本比较旧的 SQL Server，这个文件夹可以用来顺利地跟踪和管理 3 类关键的活动：数据库维护计划、Data Transformation Services 以及 SQL Mail。

“数据库维护计划”文件夹

这个文件夹用来处理为 SQL Server 的早期版本开发的数据库维护计划。

“Data Transformation Services”文件夹

这个文件夹可以用来管理在 SQL Server 2000 中创建并需要在 SQL Server 2005 中使用的各种数据转换服务包。通过右击这个文件夹，可以执行下列操作：

◆ 打开 SQL Server 2000 Data Transformation 包；

◆ 导入 DTS 2000 包；

◆ 启动包“迁移向导”。

第 22 章将比较详细地介绍 SQL Server 2005 怎样对待来自 SQL Server 2000 的数据转换服务包。

SQL Mail

SQL Mail 服务为 SQL Server 提供一个与 Microsoft Exchange 电子邮件的接口。第 17 章将比较详细地介绍 SQL Mail 服务。

Notification Services 文件夹

顾名思义，Notification Services 就是将通知发送给有关实体的服务，至于通知中包含什么样的内容视有关实体希望知道什么而定。大多数通知基于数据修改或添加；因此，Notification Services 也描述为检查指定数据上是否已发生了事件、查看是否存在与该事件有关的订阅并发送通知的服务。

第 27 章将仔细分析 Notification Services，但我们需要先熟悉一些基本术语。事件是影响指定数据的任何操作。订户是希望在事件发生时接到通知的实体。订阅是订户所发送的、描述订户希望何时接到通知以及订户希望知道什么内容的请求。（例如，订户可能希望知道油价何时超过每桶 50 美元。）通知是订户接到她已订阅的某个事件的通知所使用的任何一种通信方式或通道。电子邮件和数据文件就是通知的典型例子。

右击 Notification Services 文件夹将打开一个快捷菜单，这个菜单允许创建新的 Notification Services 实例，注销实例，列举通知服务与实例的版本，以及刷新文件夹内容。

选择“新建 Notification Services 实例”将打开“新建 Notification Services 实例”对话框，如图 9.32 所示。要创建新实例，选择实例配置文件，然后添加或修改参数值。另外，从“加密”页面上，还可以设置加密选项。一旦实例建成，它就会出现在 Notification Services 文件夹内。

右击个别实例将打开一个快捷菜单，从这个菜单中可以执行一些关键任务：可以启用或禁用该实例，启动或停止它，刷新它，或者打开它的“属性”页面。另外一个菜单项，即“任务”允许将该实例导出到代码编辑器，进而注册（创建）NS $instance Windows 服务。另外，还可以注销该实例,其效果相当于从注册表中删除该实例并删除可能存在的任何相关 Windows 服务与性能对象。还可以更新、升级或删除该实例。

打开“实例属性”窗口后,可以从中打开 4 个页面:“应用程序”、“订阅方”、“加密”和“Windows 服务”。在“应用程序”页面上,可以启动或禁用相关构件,比如订阅、事件提供者、产生器和分发器。“订阅方”页面允许启用或禁用订户。在“加密”页面上,可以启用或禁用加密。在“Windows 服务”页面上,可以停止或启动实例相关的服务,假如该服务已被启用。

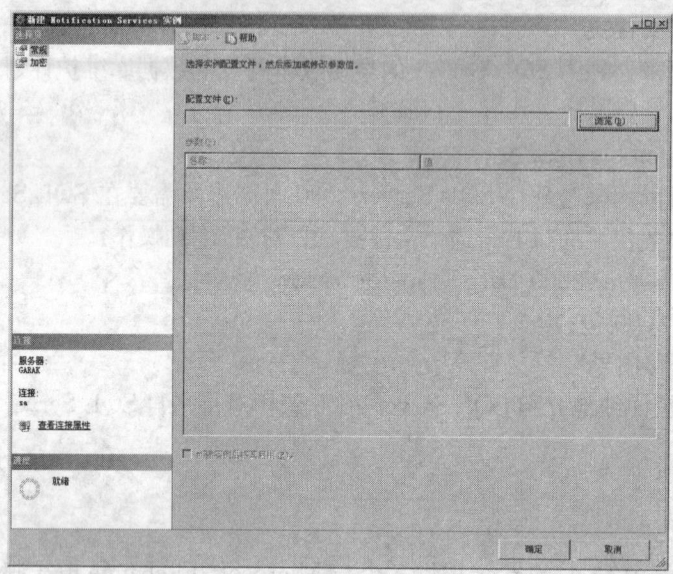

图 9.32　创建新的 Notification Services 实例

“SQL Server 代理”节点

“SQL Server 代理”节点仅显示给 sysadmin 角色的成员。这个节点基本上是一个容器,用于存放由 SQL Server Agent 服务管理的对象。“SQL Server 代理”是 SQL Server 的一个独立构件,负责管理警报、作业和操作员,而且这些对象当中的每一个在“SQL Server 代理”节点下方都有一个对应的树节点。

通过右击“SQL Server 代理”节点,可以启动、重启动和停止“SQL Server 代理”服务,或者创建新的警报、作业、操作员或执行计划。还可以查看“SQL Server 代理”错误日志(以及“日志文件查看器”中的其他日志),查看历史信息,使服务器成为多服务器管理中的主服务器或目标服务器,管理作业类别,刷新对象,或者打开“属性”页面。

“SQL Server 代理”节点包含 6 个文件夹:“作业”、“作业活动监视器”、“警报”、“操作员”、“代理”和“错误日志”。

“作业”文件夹

单击“作业”文件夹时,“对象资源管理器”窗口中列举出当前服务器上的所有作业(在选择“作业”文件夹时,所有作业的列表也显示在“摘要”窗口中)。作业是“SQL Server 代理”为了响应警报或执行计划而执行的一系列操作。

右击“作业”文件夹将打开一个快捷菜单,从这个菜单中可以创建新的作业,管理作业执行计划,管理作业类别,查看作业历史信息,筛选,或者刷新。右击某个具体的作业允许执行下列操作：

- ◆ 创建新的作业；
- ◆ 启动作业；
- ◆ 停止作业；
- ◆ 生成 SQL 脚本；
- ◆ 查看作业历史；
- ◆ 启用/禁用作业；
- ◆ 重命名作业；
- ◆ 删除作业；
- ◆ 刷新；
- ◆ 打开作业属性页面。

“作业活动监视器”文件夹

这个工具可以用来查看“SQL Server 代理”作业的当前活动与状态。使用筛选器来限定显示的作业，单击列标题来分类网格。

要修改作业，双击该作业打开“作业属性”对话框。右击网格中的某个作业可以启动它执行所有作业步骤，从某个特定作业步骤启动，禁用/启用该作业，刷新该作业，删除该作业，查看该作业的历史信息，或者查看该作业的属性。

“警报”文件夹

单击“警报”文件夹时，“对象资源管理器”在“摘要”窗口中列举出当前服务器上所配置的所有警报，以及在树形视图中显示所有个别警报。警报就是“SQL Server 代理”能够响应的一个条件（比如一个指定严重程度的错误），连同“SQL Server 代理”在该警报的条件出现时应该采取的一个操作（比如运行一个指定作业）。

通过右击“警报”文件夹，可以创建新的警报，启用所有警报，禁用所有警报，以及刷新对象列表。个别警报的快捷菜单允许创建新的警报，生成 SQL 脚本，启用/禁用个别警报，重命名，删除，刷新，或者打开警报属性页面。

“操作员”文件夹

单击“操作员”文件夹时，“对象资源管理器”在“摘要”窗口中列举出当前服务器的所有操作员。操作员就是在某些警报发生时应该接到通知的用户。

右击“操作员”文件夹，可以创建新的操作员和刷新列表。右击个别操作员所打开的快捷菜单允许创建新的操作员，生成 SQL 脚本，重命名，删除，刷新，或者打开操作员属性页面。双击某个操作员也将打开该操作员的“属性”页面。“属性”页面中有 3 个子页面：

- ◆ “常规”显示为该操作员定义的通知方法和传呼机执行计划。
- ◆ “通知”列举出该操作员接到的各个通知。
- ◆ “历史记录”显示最新的通知尝试。

“代理”文件夹

单击“代理”文件夹时，“对象资源管理器”在“摘要”窗口中列举出当前服务器的所有代理。

代理是给“SQL Server 代理”提供 Windows 用户的安全性凭据的一种手段。一个代理能够关联到一个或多个子系统，进而让利用它的作业步骤能够访问指定的子系统，就好像它正在提供该用户的凭据。

右击“代理”文件夹，可以创建新的代理或刷新对象列表。右击某个具体的代理将打开一个快捷菜单，这个菜单允许创建或删除代理、生成 SQL 脚本、刷新或者打开属性页面。这个属性页面含有 3 个子页面：“常规”、“主体”和“引用”。

“错误日志”文件夹

“SQL Server 代理”“错误日志”文件夹包含当前活动日志的节点和此前的 9 个最新活动日志的节点。

选定那些个别日志节点之一后，双击或者右击并选择“查看代理日志”选项，Management Studio 将打开“日志文件查看器”。在左窗格中，可以选择要查看的日志；然后，右窗格将显示个别日志项目，如图 9.33 所示。对于每个项目，Management Studio 显示日期、它所包含的消息、日志类型以及日志源。

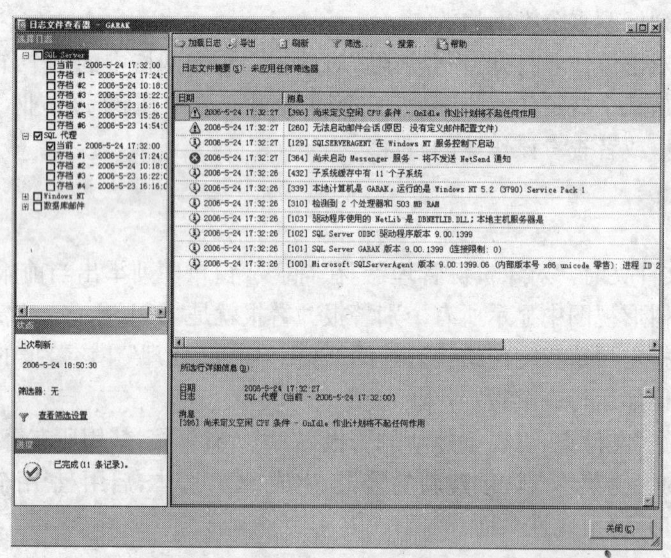

图 9.33　“日志文件查看器”中的“SQL Server 代理”错误日志

说明：“SQL Server 代理”错误日志只包含与 SQL Server Agent 服务直接相关的错误，不包含与“SQL Server 代理”的操作相关的错误。为了方便起见，“日志文件查看器”也包含 SQL Server 和 Windows NT 服务器的错误日志。

说明：第 17 章中含有关于警报、操作员、作业和代理的较详细信息。

其他服务器类型

除了平常的 SQL Server，“对象资源管理器”还能连接到其他类型的服务器实例：分析服务器、Integration Services 服务器、报表服务器和 SQL Server 移动版本。每个类型的服务器实例都有一个不同的文件夹组织结构，视服务器类型而定。

分析服务器

分析服务器实例只包含两个文件夹：

◆“数据库”文件夹包含 Analysis Services 数据库。Management Studio 可以用来管理现有数据库，创建新角色和数据库程序集，以及处理多维数据集、维度和挖掘结构。

◆“程序集”文件夹，包含服务器程序集。Management Studio 可以用来创建、删除或修改这个文件夹中的程序集。

说明：第 26 章将介绍 Analysis Services。

Integration Services(SSIS)服务器

Integration Services 服务器包含两个文件夹：

◆“正在运行的包”文件夹包含打开和运行的 SSIS 包。使用 Business Intelligence Development Studio 环境创建 SSIS 包。

◆“已存储的包”文件夹包含与文件系统上或 MSDB 中所存储的所有 DTS 包之间的链接。

说明：第 22 章将深入讨论数据转换服务(DTS)。

报表服务器

Management Studio 可以用来管理同一个工作空间内的一个或多个报表服务器。每个报表服务器均表示为对象分级结构中的一个节点。第 28 章将详细介绍 Reporting Services。

SQL Server 移动版本

SQL Server 移动版本包含一组受限制的常见 SQL Server 节点：“表”、“视图”、“可编程性”和“复制”。

SQL Server 操作

在结束本节之前，应该提一提快捷菜单。通过右击 SQL Server 实例，可以执行下列操作：

◆ 连接到服务器。

◆ 断开服务器。

◆ 注册服务器以及创建或添加服务器到已有服务器组。

◆ 打开新的查询窗口。

◆ 启动、停止、重启动、暂停或继续服务器服务。

◆ 刷新。

◆ 打开服务器的属性页面，其中含有 9 个选项卡：

　◆ 常规；

　◆ 内存；

　◆ 处理器；

　◆ 安全性(包括身份验证方法、登录审核和服务账户登录与代理账户)；

　◆ 连接；

　◆ 数据库设置；

◆ 高级设置;

◆ 权限。

说明:属性页面将随着服务器类型的不同而不同。

模板资源管理器窗口

“模板资源管理器”是 SQL Server 2005 中首次引进的一个新特性。本质上,它是由包含模板的文件夹所组成的一个集合。模板是标准化的文件,其中包含可以用来创建数据库对象的 SQL 脚本。Microsoft SQL Server 2005 携带了许多不同的模板,它们默认地安装在 C:\Program Files\Microsoft SQL Server\90\Tools\Binn\VSShell\Common7\IDE\sqlworkbenchnewitems 目录中。

要打开“模板资源管理器”窗口,选择“视图”➤“模板资源管理器”选项,或者按 Ctrl+Alt+T 组合键。

模板可用于解决方案、项目和许多类型的代码编辑器。它们还可以用来创建数据库、表、视图、索引、存储过程、触发器、统计和函数之类的对象。此外,还有通过创建扩展属性、链接服务器、登录、角色、用户等帮助管理服务器的模板,以及用于 Analysis Services 和 SQL Server 移动版本的模板。

从“文件”菜单中或者从“模板资源管理器”中,可以打开模板。要从“模板资源管理器”窗口中打开模板,选择“视图”➤“模板资源管理器”选项。一个新窗口出现在屏幕上,如图 9.34 所示。请注意,“模板资源管理器”窗口在文件夹列表下方包含了一个小窗格,这个窗格含有 3 个最近所用模板。

“模板资源管理器”含有 3 种服务器类型的快捷方式:SQL Server、分析服务器和 SQL Mobile。默认情况下,每种服务器类型都有与之关联的不同文件夹。

“SQL Server 模板”文件夹内含有下列文件夹:

◆ Aggregate
◆ Assembly
◆ Backup
◆ Certificate
◆ Database
◆ Database Mail
◆ Database Trigger
◆ Default
◆ Earlier Versions
◆ Endpoint
◆ Event Notification
◆ Extended Property
◆ Full Text
◆ Function
◆ Index
◆ Partition Function
◆ Partition Scheme
◆ Recursive Queries
◆ Restore
◆ Role
◆ Rule
◆ Service Broker
◆ SQL Trace
◆ Statistics
◆ Stored Procedure
◆ Synonym
◆ Table
◆ Trigger
◆ User
◆ User-Defined Data Type

- ◆ Linked Server
- ◆ Login
- ◆ Notification Server
- ◆ User Defined Type
- ◆ View
- ◆ XML Schema Collection

“分析服务器”文件夹包含下列子文件夹：

- ◆ DMX
- ◆ MDX
- ◆ XMLA

“SQL Mobile 模板”文件夹包含下列子文件夹：

- ◆ Database
- ◆ Index
- ◆ Table

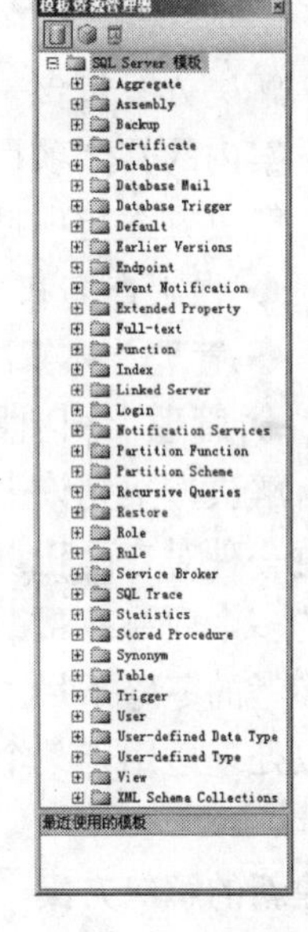

图 9.34　“模板资源管理器”

右击这 3 个服务器根文件夹当中的任意一个、任意一个子文件夹或任意一个模板，可以创建新的文件夹或模板，启动一个搜索，剪切，复制，粘贴，删除，或者打开属性页面。右击某个具体的模板还可以在快捷菜单上访问到编辑功能。双击某个模板将在相应的代码编辑器中打开它。

在“模板资源管理器”中，可以按如下步骤创建新的定制模板：

1. 右击一个文件夹、子文件夹或模板，单击“新建”选项，然后选择“模板”选项。
2. 右击新模板，并选择“编辑”选项。
3. 按照提示连接到 SQL Server（这是任选的），单击“连接”按钮。
4. 在后续窗口中，使用“查询编辑器”创建脚本。
5. 右击“模板”选项卡，并单击“保存”＜模板名＞。

此外，还有一些创建新查询的可选方法（比如通过选择“文件”➤“新建查询”选项或通过从工具栏中选择“新建查询”）。按照如下步骤，可以将任意一个查询变成模板：

1. 创建脚本。
2. 选择“文件”➤“＜窗口名＞另存为”选项，这将打开“另存文件为”对话框。
3. 在“保存于”框中，导航到模板目录，该目录默认为 C:\Program Files\Microsoft SQL Server\90\Tools\Binn\VSShell\Common7\IDE\sqlworkbenchnewitems\。
4. 在“文件名”框中，键入用于该模板的名称，其间按＜文件名＞. sql 格式使用扩展名。
5. 单击“保存”按钮。

解决方案资源管理器窗口

“解决方案资源管理器”窗口是 SQL Server 2005 中的另一个新增特性。这个工具允许查看和管理项目以及执行解决方案或设计中的项目管理任务。“解决方案资源管理器”还提供访问 Management Studio 编辑器的途径，以便能处理脚本设计内所包含的项目。

说明：默认情况下，“解决方案资源管理器”窗口不是打开的。要打开它，选择“视图”➤“解决方案资源管理器”选项或者按 Ctrl＋Alt＋L 组合键。

Management Studio 提供了两个用来管理脚本、查询、数据连接、文件等数据库对象的容器:项目(Projects)和解决方案(Solutins)。这两个容器包含的对象称为条目(Item)。“解决方案资源管理器”设计用来将脚本和连接分组到脚本设计中。

解决方案

解决方案包含一个或多个项目,另加任意数量的个别文件和定义总体解决方案(相对于解决方案内的具体项目)的元数据。复杂的数据库应用程序可能需要多个解决方案。

解决方案与项目(通过构造信息容器)可以用来做下列事情:

- 强制查询和(或)脚本上的源控制;
- 管理总体解决方案的设置;
- 管理个别项目的设置;

解决方案允许采用一种比较系统的方法来管理和维护项目文件、脚本与连接。可以使用任意一种对自己正设法完成的任务有意义的方式组织零碎元素。例如,可以添加对解决方案中的多个项目有帮助的零碎条目,也可以添加对该解决方案有用且它里面的每个项目中都没有参考的零碎条目。此外,还可以访问和处理独立于解决方案或项目的文件和其他条目。还可以处理适用于某个特定项目的相关条目,并控制源文件。

创建新的解决方案

在创建新的解决方案之前,应当先创建一个新的项目:

1. 选择“文件”➤“新建”➤“项目”选项打开“新建项目”窗口。
2. 有 3 个可供选择的脚本类型:“SQL Server 脚本”、“Analysis Services 脚本”和“SQL Mobile 脚本”。在本例中,选择“SQL Mobile 脚本”类型。
3. 在上层“名称”框中,键入 Sample Project One。
4. 接受默认位置。
5. 确保“创建新解决方案”出现在“解决方案”框中,如图 9.35 所示。

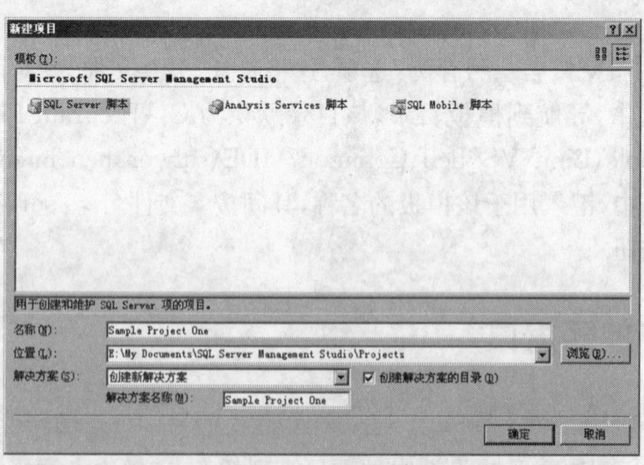

图 9.35 在 Management Studio 中创建新的解决方案和项目

6. 在下层“解决方案名称”框中,键入 Sample Solution One。
7. 单击“确定”按钮。“解决方案资源管理器”窗口打开,如图 9.36 所示,同时显示 Sample Solution One 和 Sample Project One。

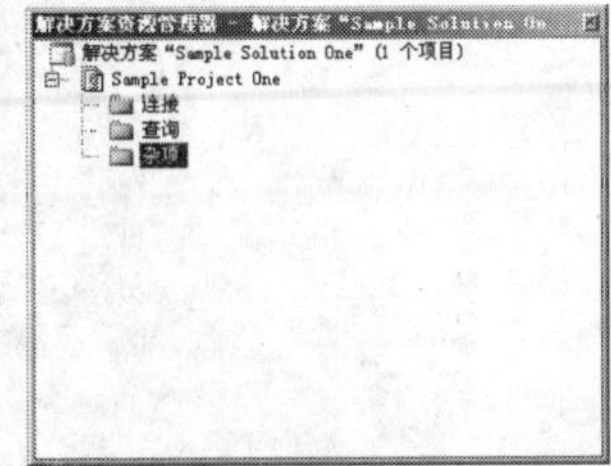

图 9.36　Sample Solution One 解决方案的树形视图

Management Studio 将一个解决方案的定义保存在两个文件中：解决方案定义文件和解决方案用户选项文件。解决方案定义文件(.sqlsln)保存元数据以及解决方案相关项目的列表。用户定义的选项存储在解决方案用户选项文件(.sqlsuo)中。

说明： Management Studio 不支持 Visual Studio 或 Business Intelligence Development Studio 解决方案或项目。

项目

每个解决方案都有一个或多个项目。项目是容器，其中存放相关文件以及与正在从事的具体活动有关的其他条目(比如数据连接信息)。右击某个解决方案并选择 Set StartUp Projects 选项将打开 Solution Property 页面，从这个页面中，可以指定哪个(些)项目(假如有的话)在 Management Studio 打开时自动运行(即启动项目)。作为选择，也可以在指向某个解决方案时选择 Project ➤ Set StartUp Projects 选项，或者在指向某个具体项目时选择 Project ➤ Set As StartUp Projects 选项。

右击某个具体的项目可以打开一个快捷菜单，从这个菜单中，可以创建新的项目或添加现有项目。如果添加新项目，比如“创建数据库”之类的现有模板，那么“解决方案资源管理器”将它放到适当的文件夹中，并添加连接之类的任何附加文件，如果它们还不存在的话(请参见图 9.37)。还可以保存、剪切(并粘贴)或删除解决方案中的项目，或者打开属性页面。从属性页面上，可以查看各种各样的配置和其他设置。

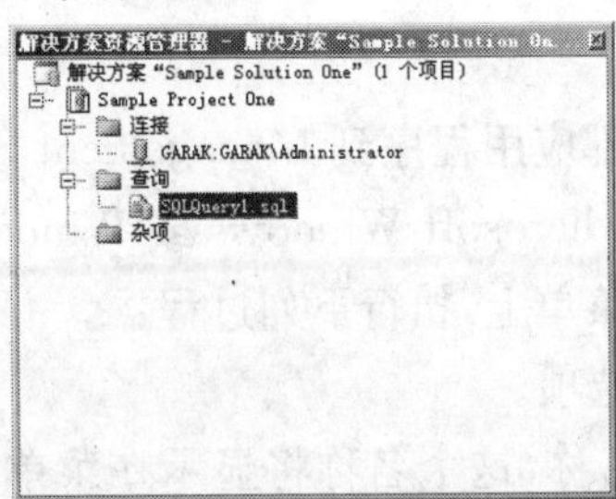

图 9.37　“解决方案资源管理器”正显示连接和填充项目的查询

如果右击“连接”文件夹，可以创建新的连接或浏览“连接”文件夹的属性页面。右击某个具体的连接允许创建新的查询，删除连接，或者打开属性页面。在属性页面上，可以浏览和(在某些情况下)修改下列设置：

- 身份验证方式；
- 创建日期；

◆ 执行超时;
◆ 初始数据库;
◆ 是否处置;
◆ 登录超时;
◆ 要用的协议;
◆ 要连接到的服务器;
◆ 类型;
◆ 用户。

右击“查询”文件夹将打开一个允许创建新的查询或打开属性页面的快捷菜单。右击某个具体的查询允许打开、剪切、复制、删除、重命名该查询或打开该查询的属性页面。

右击“杂项”文件夹允许打开属性页面。杂项文件指的是那些不是从“解决方案资源管理器”中创建的文件。它们一直存放在“杂项”文件夹中,直到将它们转移到某个设计中时为止。

说明: 需要说明的是,单击 SQL Server、分析服务器或 SQL Mobile 中的解决方案或项目内的这些条目都将打开相同的快捷菜单,不管服务器类型是什么。

转移项目

在“解决方案资源管理器”中,查询和杂项文件可以在项目之间转移。连接不能转移。要转移项目,在“解决方案资源管理器”中选中它。从菜单栏上选择“编辑”➤“剪切”选项。选择目标文件夹,然后选择“编辑”➤“粘贴”选项。

作为选择,也可以在“解决方案资源管理器”窗口内拖放项目。有时,如果在项目之间拖放查询,那些查询在目标项目中可能被归类为杂项。另外要注意的是,转移某个连接的查询并不将该连接也转移到目标项目中,也就是说,该查询在转移时丢失了它的连接。

外部工具

通过添加“记事本”之类的外部应用程序到 Management Studio 的“工具”菜单上,可以在 Management Studio 中启动任何 Microsoft Windows 或 Windows .NET 应用程序,如图 9.38 所示。要添加外部工具到“工具”菜单上,执行下列过程:

1. 选择“工具”➤“外部工具”选项。
2. 在“标题”框中,键入工具名称,这个名称将显示在菜单栏上(提示:如果在工具名称中的某个字母前面放上“与”符号(&),该字母将用做加速键)。例如,&Notepad 将 Notepad 显示“工具”菜单上,并让字母 N 成为加速键。
3. 在“命令”窗口中,键入到达可执行文件的路径。
4. 在“参数”框中,指定要传递给该工具的任何值或命令行开关(如果有的话)。
5. 在“初始目录”框中,指定该工具的工作目录。
6. 设置下列选项(如果可用):“使用输出窗口”、“提示输入参数”和“退出时关闭”。
7. 单击“确定”按钮。然后,这个新的程序就添加到“工具”菜单上。

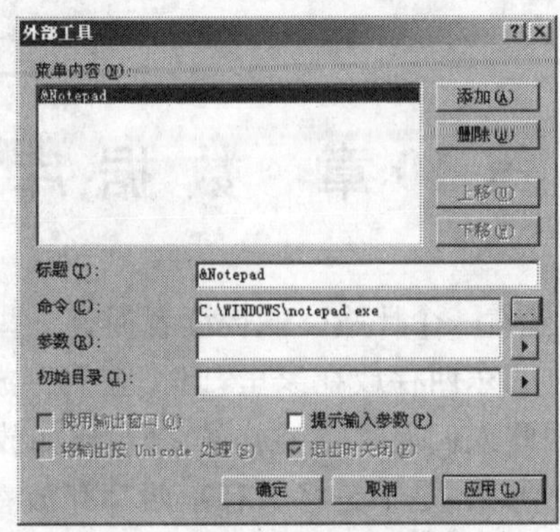

图 9.38　使用“外部工具”窗口将“记事本”添加到“工具”菜单上

小结

本章介绍了内容丰富而又功能强大的 SQL Server Management Studio。这个工具模仿 Visual Studio 的外观，是所有 SQL Server 操作的主控制面板。从本章的介绍中可以看出，不必离开 SQL Server Management Studio 窗口就能执行许多常见的 SQL Server 操作。

除了显示 SQL Server 对象与操作的相关信息外，SQL Server Management Studio 还慷慨地提供了执行基本任务的多种方法。数据库管理员需要做的几乎每件事情，都能通过“对象资源管理器”、“模板资源管理器”、“解决方案资源管理器”和“已注册的服务器”窗口中的快捷菜单来完成。最后，我们还介绍了如何添加外部工具，使访问“记事本”之类的其他应用程序变得更轻松。

下面将比较详细地介绍 SQL Server Management Studio 中的各种对象。下一章将首先从数据库本身开始。

第 10 章　数 据 库

在开始介绍数据库之前，先看一个比喻。假设读者拥有一些物品——衣服、食物、录像机、工具等。大多数人将他们拥有的东西存放在家里，但将它们存放在哪里呢？如果将它们随便放置，寻找起来就会很麻烦，因此人们通常归类放置它们，比如放在柜子里或衣橱里，以便在需要时能够很容易地找到它们。那么，是不是将所有东西都存放在同一个容器内呢？请设想一下，如果将工具、食物和衣服都存放在同一个柜子里，则根本无法找到需要的东西。这些道理也同样适用于 SQL Server。

SQL Server 中的物品包括表、视图、存储过程和其他对象。和衣服、食物与工具的情形一样，存放这些对象需要容器。就 SQL Server 而言，这些容器就是数据库。同样，是不是将所有对象都存放在同一个数据库中呢？当然不是。正如将所有个人物品都存放在同一个柜子中一样，如果将所有对象都存放在同一个数据库内，那么以后查找所需要的数据就会非常困难。因此，需要有多个数据库，每个数据库专用于一项具体的任务，比如保存所有财务对象和数据的财务数据库，或者保存所有销售对象和数据的销售数据库。

需要指出的是，在开始创建表和视图之类的对象之前，必须先创建用来存放这些对象的数据库。这就是本章将要讨论的内容：创建、配置和管理数据库。首先从介绍数据库如何工作的基础知识开始。

数据库基础

和了解任何事情一样，首先需要掌握基础知识，然后才能研究比较高级的题目，数据库的情形尤其是如此。第 3 章曾经提过，数据库就是硬盘上的一系列文件。这些文件就是硬盘上的预分配空间，用来保存表、视图等其他 SQL Server 对象。硬盘上的这些文件具有 3 种类型之一：主数据文件、辅助数据文件或事务日志文件。

主数据文件(带有扩展名 MDF)是 SQL Serve 为数据库创建的第一个文件。这个文件可以用来存放两种类型的对象：用户对象和系统对象。用户对象是表、视图、存储过程以及用于修改或保存用户输入信息之类的东西。系统表包含 SQL Server 使数据库保持正常运转所需要的信息，比如表名、索引地址、数据库用户账户以及其他系统对象的相关信息。系统表必须驻留在主数据文件内，而用户信息和其他对象则可以转移到辅助数据文件中。

当含有主数据文件的硬盘上没有可用空间时，可以在一个分开的硬盘上创建辅助数据文件(带有扩展名 . NDF)。一旦建好了辅助数据文件，就可以使用它存放用户数据，比如表、索引和视图，但不能存放系统对象(它们只能驻留在主数据文件内)。

与这些数据文件相比，第三种类型的文件需要多做一些解释。第三种类型的文件就是事务日志文件，它们的作用类似于存放事务的固定联机备份。事务是一组包含在 BEGIN TRAN... COMMIT 块中并作为一个单元执行的数据修改命令(比如 INSERT、UPDATE 和 DELETE)，换句话说，一个事务中的所有命令要么都应用于数据库，要么都不应用于数据库。SQL Server 支持两种类型的事务：隐式和显式事务。隐式事务在用户给 SQL Server 发送一条数据修改命令而又没有明确地将它包含在BEGIN TRAN...COMMIT块中时出现。在这种情况下，SQL Server将自动添加这个块。显式事务在用户明确地将命令语句包含在BEGIN TRAN…COMMIT中时出现。典型的显式事务看起来可以像下面这样：

```
BEGIN TRAN
  INSERT RECORD
  DELETE RECORD
COMMIT TRAN
```

SQL Server将INSERT和DELETE命令看成一个单独的修改单元。它们要么都发生，要么都不发生，如果用SQL Server术语来描述，它们要么被前推，要么被回退。如果INSERT没有发生，DELETE也不能发生，反之亦然。SQL Server中用来修改数据的每条命令都作为一个事务来对待，每个事务都有BEGIN TRAN与COMMIT语句，无论用户有没有放上BEGIN与COMMIT语句（如果没有添加BEGIN与COMMIT语句，SQL Server将自动替用户添加它们）。

也许，读者以为这些事务每个都被直接写入到数据库中，其实不然。当用户试图修改数据库中的记录时，SQL Server从数据库中查找到包含待修改记录的数据页面（请参见第3章关于数据页面的介绍）。一旦SQL Server找到该页面，就将它装入到内存中，更明确地说，装入到内存中的一个称为数据高速缓存的特殊区域内，SQL Server用这个区域存放待修改的数据。这时，对页面的所有修改都在内存（即随机存取存储器，简称RAM）中进行，因为RAM比硬盘快100倍左右，而且速度才是至关重要的。

说明：第3章曾经介绍过，页面的大小是8KB，而且页面是SQL Server数据库中的最小存储单元。

但是，让这些更改过的记录留在内存中并不好，因为内存是易失的，也就是说，内存中的所有内容在计算机每次断电时都被擦除。如果计算机断电，就会丢失数据缓存中的所有修改。因此，SQL Server不是任由内存摆布这些修改过的记录，而是将数据缓存中发生的修改同时写入到事务日志中。现在，在内存中和硬盘上的事务日志文件内各有数据的一个副本。如果服务器现在断电，数据缓存中保存的所有修改将会丢失，但仍可以从事务日志文件中恢复。从这种意义上说，事务日志就像是数据缓存的一个永久联机备份。

那么，为什么不直接从数据缓存中将所有修改写入到数据库文件上？为什么要在中间插一个事务日志呢？请设想一下，如果没有事务日志，当服务器在从内存中将修改写入到数据文件上的中途发生瘫痪时，数据库内将会发生什么情况呢？事务将会被部分地写入到磁盘上，原始事务将会从内存中被擦除，而且无任何恢复的希望。但是，由于事务先被写到事务日志上，即使服务器发生瘫痪，原始事务仍将得到保留，而且不会发生将事务部分地写到数据库中的事情。

如果发生瘫痪，SQL Server则读取每个数据库的事务日志，进而查找还没有应用于数据文件的完成事务。如果SQL Server发现任何完成的事务，则将其前推，进而将它们写到数据文件上。任何未完成事务（没有对应COMMIT的BEGIN TRAN）均被回退，或者说从事务日志上被删去。这样，就可以将数据库恢复到瘫痪发生时的状态。

由于事务日志带来的好处，它们对每个数据库来说都是必不可少的，换句话说，可以没有主数据文件，但不能没有事务日志。事务日志文件（带有扩展名.LDF）和数据文件应当放在不同的物理硬盘上。如果含有数据文件的硬盘发生故障,仍可以用事务日志文件和最新有效备份在新硬盘上重建数据文件。事务日志文件应该是数据文件的总大小的10%到25%左右,才能容纳白天发生的事务。如果用户不经常对数据做大量修改,则可以使用较小的事务日志文件(至少10%);相反,如果用户经常对数据做修改,则应该使用较大的事务日志文件(也许高达30%)。

提示:SQL Server 不强制这3种类型的文件必须带MDF、NDF和LDF扩展名,但使用它们指出文件类型是个良好的文件命名习惯。

说明:由于所有修改先被写到事务日志文件上之后再写到数据文件上,因此事务日志文件也称为写优先日志。

既然已知道这些文件如何工作,就需要知道应该让它们有多大才是合适的。下面先从容量规划开始。

规划容量

俗话说"勤俭节约,吃穿不缺"。这个道理也适用于SQL Server上的硬盘空间。由于数据库是硬盘上存放的文件,如果让它们太大,则可能会浪费硬盘空间。但是,如果让数据库文件太小,SQL Server将必须扩大数据库文件,否则可能需要创建辅助数据文件来容纳增长的数据——会让用户觉得速度变慢的一个过程。这两个选择都没有吸引力,因此需要在太大与太小之间找到一个令人满意的大小,这就要做一些计算。下面是估计数据库大小的一般步骤:

1. 计算可疑表的记录大小。这可以将表中每列的宽度累加起来计算出来。
2. 用8092除以第1步中计算出的行大小,并向下舍入到最近的整数。8092是单个数据页面能保存的实际数据量,而且由于一行不能跨页,所以向下舍入。
3. 用预计拥有的行数除以第2步中计算出的结果。这将得出需要为该表使用的数据页面数量。
4. 用第3步中计算出的结果乘以8192(单个数据页面的字节大小)。这将准确地得出该表在磁盘上将占用的字节数量。

第11章将介绍如何规划数据库:确定在数据库内放什么表,使用什么数据类型,以及表中的字段应该是多大,因此这里不进行这方面的讨论。本节将假设这个规划阶段已经完成,并创建了一个包含3个表的Sales数据库:一个表保存客户信息,一个表保存产品信息,一个表保存订单细节信息。要计算新数据库的大小,用下列步骤计算客户表在保存了10000条记录时的大小:

1. 假设已经规划好数据库,将客户表中的所有字段大小累加起来。需要说明的是,nvarchar数据类型占用两倍于给它指定的空间,因此nvarchar(20)实际上是40个字节。下面是表布局(应得出235个字节):

Custid	int(注:4个字节的存储空间)
Fname	nvarchar(20)
Lname	nvarchar(20)
Address	nvarchar(50)
City	nvarchar(20)

State　　　　char(2)
Zip　　　　　char(9)

2. 用 8092 除以 235,并向下舍入到最近的整数来得出单个数据页面上能存放这些行当中的多少行。在每种情况中,都向下舍入,因为单行不能跨页。答案应该是 34。
3. 用 10000(该表中的估计行数)除以单个数据页面上的行数(34),并向上舍入到最近的整数。这里向上舍入是因为一个不完整的行将移到新的数据页面上。答案应该是 294。
4. 用 294(保存 10000 条记录所需要的页面数量)乘以 8192(磁盘上的单页大小)。最终得出该表在磁盘上占用的字节数量应该是 2 408 448 个字节。

因此,就 10000 条记录而言,Sales 数据库中的客户表将需要大约 1.5MB 的硬盘空间。通过对数据库中的每个表重复这些步骤,可以计算出在最初创建该数据库时需要给它分配的大致空间。

完成这些计算之后,随时可以开始创建数据库。

创建数据库

前面曾经介绍过,一个数据库至少包含两个文件:主数据文件(带有扩展名.MDF)和事务日志文件(带有扩展名.LDF)。如果含有主数据文件的硬盘已满,则可能还需要辅助数据文件,但这些文件将放在本章的较后面介绍。

要开始使用数据库,必须先建立主数据文件和事务日志文件。完成这项任务有 3 种不同的方法:

◆ 直观地使用 Management Studio;
◆ 通过 Transact-SQL 代码。

我们将逐一介绍这两种方法,首先从使用 SQL Server Management Studio 开始。

提示: 新的数据库实际上是 Model 数据库的副本,因为 Model 数据库有任何数据库正常工作所需要的所有系统对象。也就是说,如果想让所有数据库都包含一个标准对象(比如一个数据库用户账户),只要将这个对象添加到 Model 数据库中,这个对象将在所有新数据库中自动存在。

使用 SQL Server Management Studio 创建数据库

在 SQL Server 中,最容易的数据库创建方法是通过 SQL Server Management Studio。为了帮助体会用 SQL Server Management Studio 创建数据库的方法,我们将用下面这些步骤创建 Sales 数据库,以后再给该数据库填充表、视图以及一个销售部门应该有的其他对象:

1. 从“开始”菜单上选择“程序”➤ Microsoft SQL Server 2005 ➤ Management Studio 选项打开 SQL Server Management Studio,并使用“Windows 身份验证”建立连接。
2. 在“对象资源管理器”中展开服务器,然后展开“数据库”图标。
3. 右击“数据库”,并选择“新建数据库”选项。
4. 在左窗格中,应该看到“选择页”列表。确保位于“选项”选项卡上,并填入下列信息:

数据库名称:Sales

所有者:sa

排序规则:<服务器默认值>

恢复模式:“完整”

5. 在“数据库文件”列表中,应该看到两行:一行是数据文件,而另一行是日志文件。将数据文件的初始大小改为 10。
6. 对于数据文件,单击“自动增长”列中的省略号按钮,单击“限制文件增长”单选按钮,并将最大大小改为 20。如果将这个设置保留为“不限制文件增长”,则数据文件会填满整个硬盘驱动器,进而在数据文件与其他程序(比如 Windows 操作系统)位于同一个硬盘上时,会使计算机瘫痪。

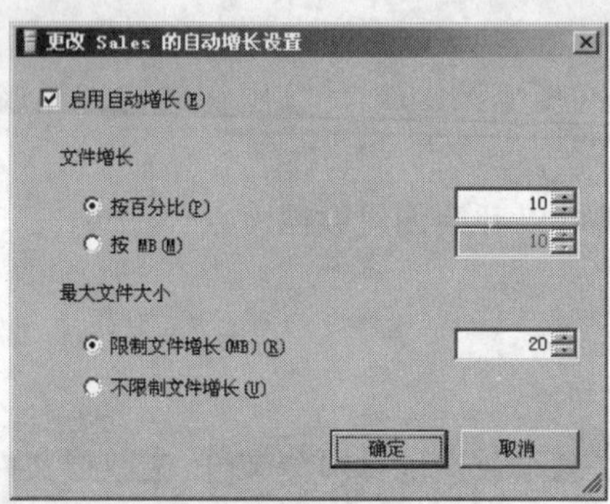

7. 对于日志文件,单击“自动增长”列中的省略号按钮,单击“限制文件增长”单选按钮,将最大大小改为 2,并将“文件增长”改为 10%。

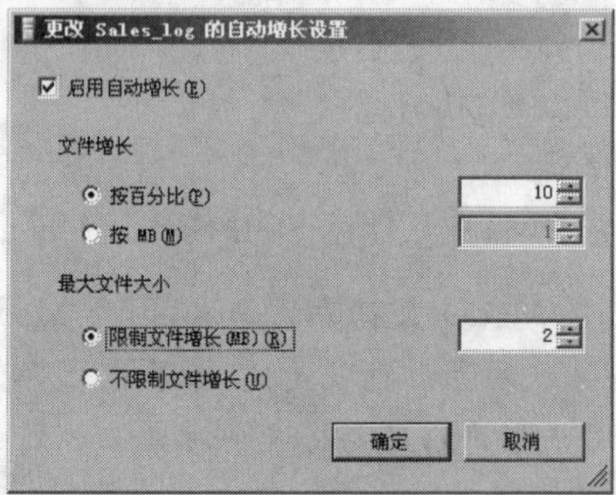

8. 如果将“使用全文索引”保留为复选状态,“常规”页面看起来应该像图 10.1 所示。
9. 单击“确定”按钮创建这个新的数据库。
10. 现在,新数据库应该出现在 SQL Server Management Studio 内的“对象资源管理器”窗口中。单击这个新的 Sales 数据库浏览它的属性。

提示:在 SQL Server 中创建新的对象时,它可能不会立即出现在“对象资源管理器”窗口内。这时,右击新对象应在位置的上一层并选择“刷新”菜单项,即可强制 SQL Server 重新读取系统表并显示数据库中的任何新对象。

现在,随时可以给 Sales 数据库填入其他对象(比如表或视图),并且它也没有花费很长的创建时间。但是,后台发生了什么呢?在介绍完数据库创建的下一种方法时,就会知道后台究竟发生什么:使用 Transact-SQL。

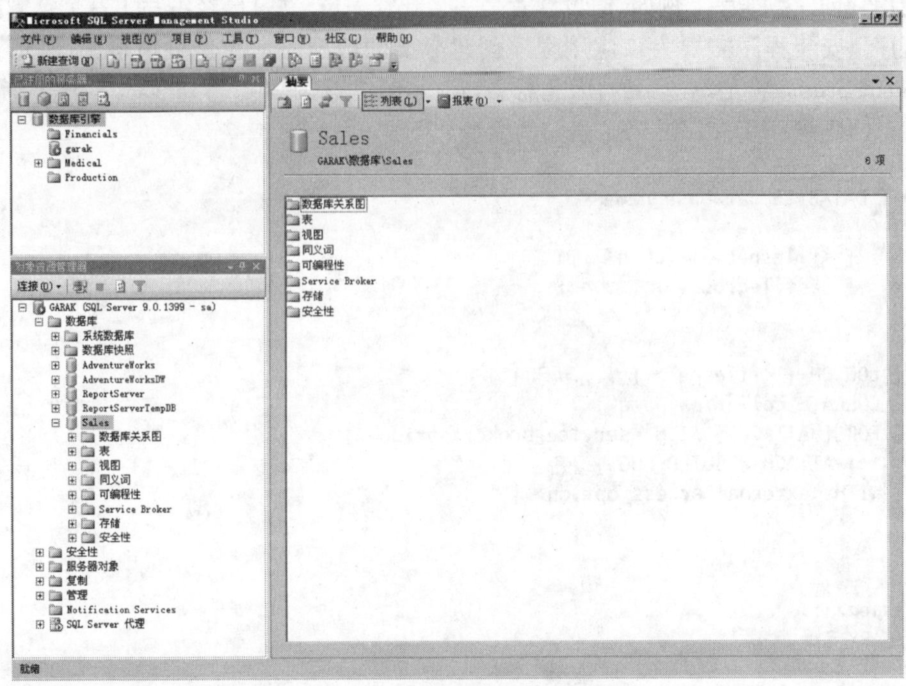

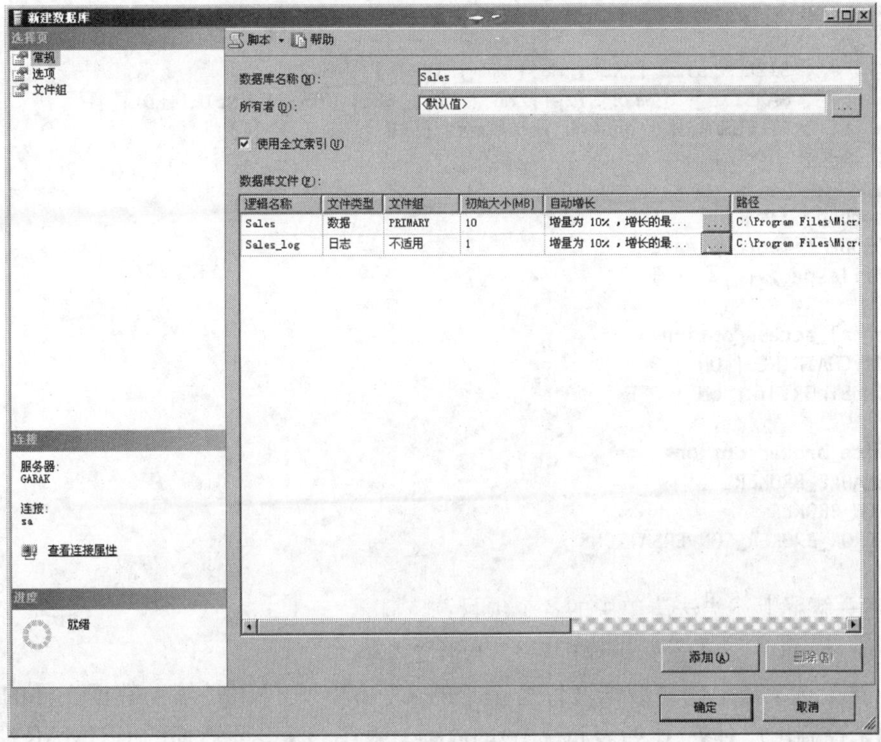

图 10.1　完成后的"常规"页面

用 Transact-SQL 创建数据库

虽然使用 SQL Server Management Studio 是创建数据库的一种有效而又容易的方法，但未必总能用它创建数据库。例如,假设读者是一名开发人员,并且已经编写了一个定制的数据库应用程序。安装程序需要为该应用程序创建必要的数据库。在这种情形中,SQL Server Management Studio 将是不适用的,因此需要知道如何使用 T-SQL(Transact-SQL 的简写)创建数据库．CREATE DATABASE 语句的语法如下:

```
CREATE DATABASE database_name
    [ ON
        [ <filespec> [ ,...n ] ]
        [ , <filegroup> [ ,...n ] ]
    ]
[
    [ LOG ON { <filespec> [ ,...n ] } ]
    [ COLLATE collation_name ]
    [ FOR { ATTACH [ WITH <service_broker_option> ]
        | ATTACH_REBUILD_LOG } ]
    [ WITH <external_access_option> ]
]
[;]

<filespec> ::=
[ PRIMARY ]
(
    [ NAME = logical_file_name , ]
    FILENAME = 'os_file_name'

        [ , SIZE = size [ KB | MB | GB | TB ] ]
        [ , MAXSIZE = { max_size [ KB | MB | GB | TB ] | UNLIMITED } ]
        [ , FILEGROWTH = growth_increment [ KB | MB | % ] ]
) [ ,...n ]

<filegroup> ::=
FILEGROUP filegroup_name
    <filespec> [ ,...n ]

<external_access_option> ::=
    DB_CHAINING { ON | OFF }
  | TRUSTWORTHY { ON | OFF }

<service_broker_option> ::=
    ENABLE_BROKER
  | NEW_BROKER
  | ERROR_BROKER_CONVERSATIONS
```

下面逐一解释上述语法清单中的各个项目:

database_name　这是新数据库的名称,可长达 128 个字符。

ON　这个选项指定创建数据文件所基于的文件组。文件组是辅助数据文件的逻辑分组,可以用来控制用户对象(比如表和视图)的放置。跟在 ON 变元后面的 PRIMARY 选项用来指定 PRIMARY 文件组,这是所有已建成文件的默认组,也是惟一能够包含主数据文件的文件组。

PRIMARY　这个选项指定相关的＜filespec＞列表定义主文件。主文件包含数据库的逻辑开始以及所有必需的系统表。

LOG ON 这个选项指定日志文件的创建位置和日志文件的大小。如果没有指定 LOG ON，那么 SQL Server 创建的日志文件是所有数据文件的总大小的 25%；日志文件有一个系统生成名称，并且和数据文件位于相同的目录内。最好是将事务日志文件与数据文件分开，并使用 LOG ON 将它放在不同的磁盘上，以便在系统万一瘫痪时，能够访问灾难发生以前已发生过的所有事务。

COLLATE collation_name 这个选项指定数据库的默认契约，它可以是一个 Windows 契约名，也可以是一个 SQL Server 契约名。

FOR ATTACH 这个选项用来通过附加一组现有的数据库文件创建数据库。若想成功地附加一个数据库，将需要 .mdf 文件和所有 .ndf 文件；如果存在多个数据与日志文件，必须确保全部拥有它们，否则这条命令将不能成功运行。

FOR ATTACH_REBUILD_LOG 这个选项可以用来通过附加一组现有的数据库文件创建数据库，但是利用这个选项，将不需要所有日志文件。如果由于制作报表的缘故而需要在另一个服务器上保持数据库的一个只读副本，那么这条命令是很有用的。使用这个选项，就不必复制所有事务日志文件(.ndf)，但却需要所有可用的数据文件(.mdf)。

NAME 这个选项指定数据库的逻辑名称，这个逻辑名称将在 Transact-SQL 代码中用来引用数据库。这个选项在使用了 FOR ATTACH 时不是必需的。

FILENAME 这是硬盘上数据库文件的名称与路径。这必须是个本地目录(不能是网络目录)，并且不能是压缩的。

SIZE 这是数据文件的初始大小，可以使用 MB 或 KB 为计量单位。如果没有为主数据文件指定大小，那么 SQL Server 将创建与 Model 系统数据库有相同大小的文件。如果没有为辅助数据文件指定大小，那么 SQL Server 将自动让该文件为 1MB。

MAXSIZE 这是数据库允许自动达到的最大大小，可以使用 KB 或 MB 为计量单位；这个选项也可以指定为 UNLIMITED，因而通知 SQL Server 将数据文件扩大到填满整个硬盘驱动器。

UNLIMITED 这个选项指定正在定义的文件能够增长，直至磁盘填满时为止。除非文件在一个专用硬盘上，否则建议不要指定这个选项。

FILEGROWTH 这是文件增长所采用的递增量。它可以使用 KB、MB 或百分比(%)为计量单位。如果没有指定这些符号之中的任何一个符号，则 MB 为假设的计量单位。

FILEGROUP 这个选项为正在创建的文件所基于的文件组指定逻辑名称。

DB_CHAINING [ON|OFF] 如果用户从视图中选择数据，视图必须访问其基础表。视图与基础表之间的链接称为所有权链。如果这个选项设置为 ON，数据库则可以是所有权链的源或目标；如果这个选项设置为 OFF，数据库则不能参与所有权链。

TRUSTWORTHY[ON|OFF] 当这个选项设置为 ON 时，使用假冒上下文的数据库模块可以访问数据库外部的资源。只有 sysadmin 固定服务器角色的成员才能设置这个选项。

ENABLE_BROKER 这个选项指定对本数据库启用 Service Broker。

NEW_BROKER 这个选项在 sys.databases 和恢复后的数据库中创建一个新的 service_broker_guid。

ERROR_BROKER_CONVERSATIONS 这个选项使用一个错误结束所有对话，其中这个错误指出代理程序的一个副本已经建成。

利用下列步骤，可以使用 T-SQL 代码创建数据库(我们将在本章的较后面用其测试数据库删除)：

1. 打开 SQL Server Management Studio,并使用“Windows 身份验证”建立登录。
2. 选择“文件”➤“新建”➤“数据库引擎查询”菜单项。
3. 要在 C 驱动器上创建一个名为 DoomedDB 并使用一个 2MB 日志文件的 10MB 数据库,执行下列代码(请注意,应该将 C:\换成安装 SQL Server 所使用的驱动器)：

```
CREATE DATABASE DoomedDB
ON PRIMARY
(name = DoomedDB,
 filename = 'c:\Program Files\Microsoft SQL
Server\MSSQL.1\MSSQL\data\DoomedDB.mdf',
 size = 10MB,
 maxsize = 15MB,
 filegrowth = 1MB)
LOG ON
(name = DoomedLog,
 filename = 'c:\Program Files\Microsoft SQL Server\
MSSQL.1\MSSQL\data\DoomedLog.ldf',

size = 2MB,
maxsize = 3MB,
filegrowth = 10%)
```

4. 在查询窗口内的结果窗格(位于窗口底部)中,应该看到一条消息,其中指出这条命令顺利完成。要核实这个数据库已经建成,在“对象资源管理器”窗口中展开服务器,然后展开“数据库”。应该看到 DoomedDB 出现在现有数据库列表中。

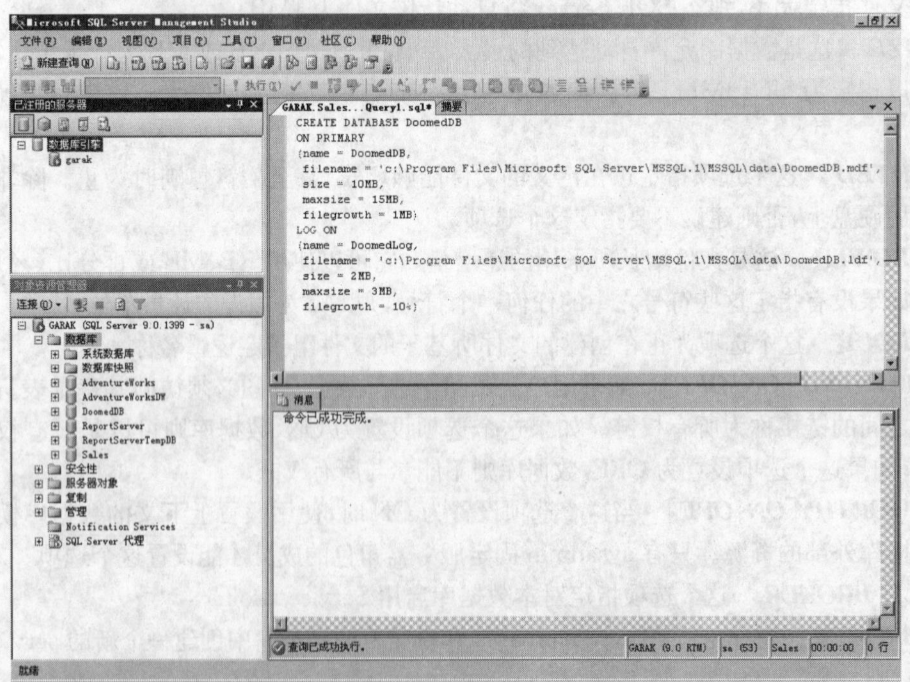

既然数据库已经建成,就可以修改一些配置来改变数据库的工作方式。

修改数据库

前面曾经说过，新数据库是 Model 数据库的副本。也就是说，所有新数据库都有一组控制其行为的标准选项。这些选项可能需要根据数据库的用途进行修改。

不仅需要修改控制数据库的选项，还可能需要修改数据库的大小，进而将其扩大或缩小。如果扩大数据库，则可能需要将它扩展到另一个物理硬盘上，换句话说，给数据库添加辅助数据文件或事务日志文件。这些辅助文件可能需要加到文件组中，以便更充分地控制对象的放置。

本节将讨论如何修改数据库的行为，如何修改数据库的大小，以及如何添加文件和文件组。

设置数据库选项

如果读者曾经买过新车或看过新车展示，则应该知道汽车带有许多选件。汽车上的选件包括收音机和防盗锁——普通车型平常不带的东西。这样的选件使汽车有不同的特色。SQL Server 数据库也带有这样的选项，设置这些选项可以使数据库表现不同。因此，在开始使用数据库之前，可能需要先考虑其中一些选项的设置。

大多数数据库选项都可以用 SQL Server Management Studio 来设置。如果右击一个数据库，选择“属性”菜单项，然后选择“选项”页面，应该看到图 10.2 所显示的窗口。

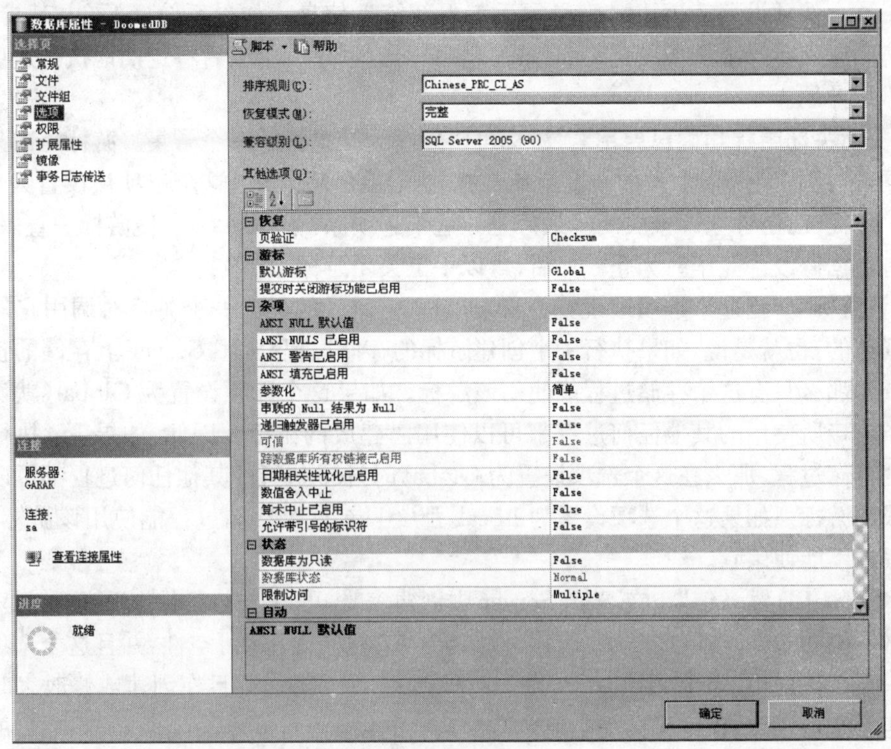

图 10.2　“选项”选项卡

下面列举了那些选项的作用以及应该何时使用每个选项：

“自动关闭”　在用户连接到数据库时，数据库必须打开。数据库在打开时，需要占用内存和 CPU 时间之类的系统资源。如果这个选项设置为 True，它在最后一个用户断开与数据库的连接时关闭数据库。由于桌面系统上通常没有太充足的可利用资源，所以这个选项在 SQL Server 学习版中的默认值是设置为 True。这样，数据库在不用时立即关闭。在 SQL Server 的所有其他版本中，这个选项均设置为 False，因为用户随时可能会打开和关闭数据库，这个设置会使系统变慢。

“自动创建统计信息”　用户将查询发送到数据库服务器时，查询由查询优化器截获，而查询优化器的作用就是寻找返回结果集的最快方法。为此，查询优化器读取 SELECT 语句中列出的每一列的统计信息(这些统计基于选定列中的惟一值个数和重复值个数)。如果这个选项设置为 True，那么 SQL Server 自动为参与索引的任何列创建统计信息；如果这个选项设置为 False，那么用户必须创建他们自己的统计信息。同样，最好是让这个选项保持打开状态，直到比查询优化器更了解如何处理 SQL Server 时为止。

“自动收缩”　SQL Server 定期扫描数据库，以检查它们是否包含 25%以上的自由空间。如果是的话，SQL Server 则可以自动减小数据库的大小，使其只包含 25%的自由空间。如果这个选项设置为 True(学习版中的默认值)，自动收缩则会发生；如果这个选项设置 False(其他所有版本中的默认值)，自动收缩则不发生。最好是让这个选项保持为默认值，因为自动收缩过程会消耗服务器上的系统资源，而且用户不希望浪费桌面上的磁盘空间。稍后，我们将讨论如何手工缩小服务器上的数据库。

“自动更新统计信息”　这个选项设置为 True 将通知 SQL Server 不时地自动更新统计信息。如果这个选项设置为 False，则必须手工更新统计信息。如果系统资源(内存或 CPU 时间)缺乏，则应该将这个选项设置为 False。稍后，可以创建一个以后将定期地执行这项任务的数据库维护计划。

“提交时关闭游标功能已启用”　游标可以理解为结果集的一个子集。游标一次只返回单行的数据，因此在结果集很大的情况下使数据检索更快速。如果这个选项被设置为 True，那么事务一被提交，游标立即被关闭。最好是让这个选项保留为 False，以使游标一直保持打开，直到所有数据修改都完毕时为止。然后，可以手工关闭游标。

“默认游标”　当这个选项被设置为 Local 时，已建成的任何一个游标对调用它的过程来说都是局部的；也就是说，如果执行一个创建游标的存储过程(SQL Server 上存储的预先编写好的查询)，那么只有这个存储过程能使用该游标。如果这个选项设置为 Global(默认值)，那么同一条连接所使用的其他任何过程都可以使用已建成的游标。因此，如果 Joe 执行一个创建游标的存储过程，那么在这个选项设置为 Global 时，Joe 执行的其他任何过程都可以使用这个刚建成的游标。如果这个选项设置为 Local，那么只有这个存储过程能使用该游标，而其他任何过程都不能使用它。

“ANSI NULL 默认值”　在 SQL Server 中创建表时，可以指定表中的列能不能是空的，即一个叫做空值的条件。在创建或修改表时，如果没有在列上指定可空性，并且这个选项又设置为 False，那么该列将不允许空值。如果这个选项设置为 True，并且在创建或修改表时在列上没有指定可空性，那么该列将接受空值。这个选项的设置与个人偏好有关；如果用户的大多数列不应该含有空值，则应当将这个选项保留为 False，即默认设置。

“ANSI NULLS 已启用”　这个选项设置为 True 时，与空值的任何一个比较均得出空值。如果这个选项设置为 False，非 Unicode 数据与空值比较得出 False，空值与空值的比较得出

True。这个选项默认地设置为 False。

"ANSI 填充已启用" 这个设置控制列保存短于列定义宽度的值应该采取的方式。如果这个选项设置为 True,那么 char(n) NOT NULL、char(n) NULL 和 binary(n) NULL 类型的列填充到列宽度;varchar(n)和 varbinary(n)类型的列不填充,并且尾部数据不被裁切掉。如果这个选项设置为 False,那么 char(n) NOT NULL 和 char(n) NULL 类型的列填充到列宽度,而 char(n) NULL、binary(n) NULL、varchar(n)和 varbinary(n)类型的列不填充,并且尾部数据被裁切掉。

"ANSI 警告已启用" 众所周知,用 0 除任何数是不可能的,但计算机必须被告知。如果这个选项设置为 False,而且试图在数学公式中用 0 除或使用空值,答案则为空值,而且将看不到错误消息。如果这个选项设置为 True,将会收到警告消息。这个选项默认地设置为 False。

"算术中止已启用" 这个选项通知 SQL Server 在万一发生溢出或用 0 除算术错误时应该做些什么。如果这个选项设置为 True,那么整个查询或事务被回退。如果这个选项设置为 False,那么整个查询或事务继续执行,并出现一条警告消息。

"串联的 Null 结果为 Null" 字符串连接使用+操作符将多个字符串合并为一个字符串。例如,Hello my name+is Joe 将返回 Hello my name is Joe。如果这个选项设置为 True,而且连接 Hello my name+null,则会得到空值(NULL)。如果这个选项设置为 False,并且连接 Hello my name+null,则会得到 Hello my name。这个选项默认地设置为 False。

"兼容级别" 这个选项的设计意图是用来强制数据库表现得好像在 SQL Server 的较早期版本中工作。该选项对于还没有迁移到 SQL Server 2005 上的旧应用程序是有帮助的。请注意这里的 4 个设置:Version65、Version70、Version80 和 Version90,其中每个设置强制数据库兼容于 SQL Server 的一个具体版本。下面是一些例子:

- 在 Version65 兼容方式中,包含 GROUP BY 从句而没有包含 ORDER BY 从句的 SELECT 语句按 GROUP BY 从句中列出的列进行排序。在 Version70 兼容方式中,如果没有包含 ORDER BY 从句,无任何排序发生。
- 在 Version65 兼容方式中,在 UPDATE 语句的 SET 从句中可以用表别名。Version70 兼容方式不允许 UPDATE 语句中有表别名——必须在 UPDATE 语句后面立即指定表名。
- 在 Version65 兼容方式中,在用 bit 数据类型的列创建或更改表时,如果没有指定列的可空性,则该列设置为 NOT NULL(表示不接受空值)。在 Version70 兼容方式中,bit 类型列的可空性由当前会话设置进行指定。
- 在 Version65 方式中,不能在 ALTER TABLE 语句上使用 ALTER COLUMN 从句。在 Version70 方式中,这是完全可以的。
- 在 Version65 方式中,如果触发器保存时没有带 WITH APPEND 选项,则同一类型的任何现有触发器均被覆盖。在 Version70 方式中,假定带了 WITH APPEND 选项,因此用户创建的任一触发器均自动附加到同类型的任一现有触发器末尾,而不是将其删除。
- 在 Version65 方式中,如果批处理或过程包含无效对象名,那么在批处理编译期间会出现警告消息,进而让用户知道被引用的对象不存在。Version70 方式使用延迟解析,也就是说,SQL Server 不寻找被引用的对象,要等到实际运行批处理时才寻找。延迟解析允许开发人员先创建一个批处理或过程，以后再创建它引用的对象。

- 在 Version65 方式中，任一空字符串(")均解释为单个空格符，换句话说，DATALENGTH 返回一个值，因为它计算字符串中的空格数。在 Version70 方式中，空字符串(")解释为空白，而不是一个空格，因此 DATALENGTH 不将空字符串计算为一个字符。
- 在 Version65 方式中，CHARINDEX 与 PATINDEX 函数只在所需的参数均为空值时才返回 NULL。在 Version70 方式中，当这些参数的任何一个设置为 NULL 时，这些命令均返回 NULL。
- 在 Version65 方式中，如果引用已插入或已删除表中的 text 或 image 型列，则会在返回时接收到空值(NULL)。在 Version70 方式中，不允许引用已插入或已删除表的 text 或 image 型列。
- 在 Version65 方式中，空值得出空值的连接是默认地关闭的，也就是说，如果试图组合一个值与空值，则会在返回时接收到空字符串。在 Version70 方式中，空值得出空值的连接是默认地打开的，也就是说，如果试图组合一个值与空值，则会在返回时接收到空值(NULL)。
- 在 Version65 方式中，可以在 INSERT 语句的 VALUES 列表中使用 SELECT 语句。在 Version70 方式中，不允许在 INSERT 语句的 VALUES 列表中使用 SELECT 语句。
- 在 Version80 方式中，如果以远程数据源为背景的传递式查询返回带重复名称的列，这些列则被忽略，除非它们在查询中已得到明确指定。在 Version90 方式中，这种情况下会出现一个错误。
- 在 Version80 方式中，字符串与长度大于 8000 个字符的 varbinary 类型参数作为 text、ntext 或 image 数据类型。在 Version90 方式中，它们作为 varchar(max)、nvarchar(max)或 varbinary(max)。
- 在 Version80 方式中，如果在 SELECT 语句的 FROM 从句中使用锁定提示，WITH 关键字是任选的。在 Version90 方式中，WITH 关键字是必需的。
- 在 Version80 方式中，如果从多个表中选择数据，并且这些表中含有重复名称的列，含义不明确的列则被忽略。在 Version90 方式中，它们不被忽略，并出现一个错误。
- 在 Version80 方式中，数值数据类型之间的比较在执行以前先将具有最低优先级的类型转换到具有最高优先级的类型，因此这两个值作为相同类型进行比较。在 Version90 方式中，数值数据类型的比较不执行类型转换。
- 在 Version80 方式中，元数据函数截短长于 4000 个字符的输入。在 Version90 方式中，如果截短会导致非空格字符的丢失，这些函数则会抛出一条错误消息。
- 在 Version80 方式中，变长列与定长列的 UNION 返回一个定长列。在 Version90 方式中，返回一个变长列。

每个版本方式还有各自的保留关键字集：

Version90：PIVOT、UNPIVOT、TABLESAMPLE

Version80：COLLATE、FUNCTION、OPENXML

Version70：BACKUP、CONTAINS、CONTAINSTABLE、DENY、FREETEXT、FREETEXT-TABLE、PERCENT、RESTORE、ROWGUIDCOL、TOP

Version65：AUTHORIZATION、CASCADE、CROSS、DISTRIBUTED、ESCAPE、FULL、INNER、JOIN、LEFT、OUTER、PRIVILEGES、RESTRICT、RIGHT、SCHEMA、WORK

“数值舍入中止”　这个选项指定数据库怎样处理舍入错误。如果它设置为 True,那么当表达式中有精度损失时,产生一个错误。如果这个选项设置为 False,那么不产生错误,并且值舍入到包含结果的列或变量的精度。

“允许带引号的标识符”　如果打算在表名中使用空格(比如 Northwind 数据库中的 Order Details),或者使用保留字(比如 check 与 public),那么通常需要将其放在方括号([])内。如果这个选项设置为 True,还可以用双引号(")。

“递归触发器已启用”　触发器是表的看门狗。它们可以定义为每当有人插入、更新或删除数据时激发(激活),以确保更复杂的业务逻辑得到应用。例如,如果数据库含有一个经理表和一个员工表,则可以在经理表上创建一个 DELETE 触发器,以确保在删除有员工的经理时,先将其员工指定给另一位经理。当这个选项设置为 True 时,它允许触发器激发其他触发器。例如,假设用户更新订单表,而这激发客户表上的一个触发器。来自客户表的触发器可以更新订单表。如果这个选项设置为 True,则原触发器(在订单表中)再次激发;如果这个选项设置为 False,则原触发器不再激发。这个选项适用于复杂逻辑,而且应该仅用在完全了解自己的所有触发器和表的时候。

“页验证”　如果出现了硬件或电源故障,SQL Server 可能无法完成写数据到磁盘上的任务。这称为磁盘 I/O 错误,并且会导致讹误数据库。“页验证”选项提供了 3 个用来控制 SQL Server 如何从这样的问题中恢复的设置:

Checksum　这是默认选项,它通知 SQL Server 为整个数据页面生成一个检查和值,并在将页面写盘时将这个值保存在页头中。当该页面后来从磁盘上被读取时,这个检查和值被重新计算,并与页头中存储的值比较。如果这两个是一致的,则该页面是有效的;如果它们不一致,该页面是坏的。这个选项能捕获大多数页面错误。

TornPageDetection　这个选项通知 SQL Server,在将页面写盘时,将一个反向位写到页面内的每个 512 字节扇区的页头中。如果在页面后来从磁盘上被读取时这个位处于错误状态,则该页是坏的。当磁盘 I/O 错误主要由碎裂的页面引起时,应当考虑使用这个选项。

None　这个选项指定在页面被写到磁盘上或从磁盘上被读取时无任何操作发生。

Low-Level Versioning　在这个选项设置为 True 时,SQL Server 将在 tempdb 数据库中创建每个已修改行的一个副本。这允许使用快照隔离级别、多个活动结果集以及支持 ONLINE 选项的索引操作。如果将这个选项设置为 False,则无法使用这些新选项当中的任何一个。应当理智地使用这个选项,因为它会使数据库中的所有数据修改对资源的需求增大。

“数据库为只读”　顾名思义,这个选项使数据库变成只读的——无任何写入能够发生。这个选项有几个值得注意的副作用。首先,只读数据库在自动恢复期间被忽略——自动恢复是个在系统启动时核实所有已提交的事务已经写到所有数据库中的过程。其次,SQL Server 给标准数据库中正被读取的数据加锁,让用户无法读取其他用户正在修改的数据。但是,由于只读数据库上无任何写操作能够发生,所以数据上没有加锁,因而提高数据访问速度。因此,只读数据库适用于不常发生修改的数据库,比如档案数据库和决策支持数据库。

“数据库状态”　这个非编辑选项显示数据库的状态。常见值如下:

Emergency　由于故障诊断的缘故,数据库已经被系统管理员设置为 Emergency 方式。在这个方式中,数据库是只读的,日志特性遭禁用,而且只有系统管理员能够访问数据库。

Inaccessible　收容该数据库的服务器已经关闭,或者在网络上是不可访问的。

Normal　人人都特别喜欢的值。Normal 表明一切顺利。

Offline 数据库正常关闭,不能修改。

Suspect 数据库遇到麻烦。它将需要检查,可能需要从备份中恢复。

"限制访问" 这个选项用来控制哪些用户能够访问数据库,其中包括 3 个选项:

Multiple 这个设置允许所有拥有适当权限的用户访问数据库。它是默认设置。

Single 顾名思义,这个选项只允许一次有一个用户能够连接到数据库。这个用户可以是任何人,谁是正在设置该选项的人,这个用户就是谁。应该在刚刚恢复或重命名数据库之后立即设置这个选项,因为不想让任何人(包括 db_owner 角色的其他成员)在这些活动期间使用数据库。

Restricted 每个数据库中都有一个名为 db_owner 的特殊组,其成员对相应的数据库有管理控制权。dbcreator 是数据库内具有特权的另一个特殊组。Sysadmin 是个对服务器上的每个数据库都有管理控制权的特殊组。当这个选项设置为 True 时,只有这 3 个组的成员能够访问数据库。已经使用数据库的用户不会被断开,但一旦他们退出,就再也不能重新连接。应当在初始数据库开发期间,或者在需要修改数据库中的某个对象的结构(比如在表中增加列)时使用这个选项。

说明: 这些选项当中的有些选项涉及 Unicode 数据——用 2 个字节(即 16 位)而不是标准单字节(8 位)存储字符的数据。这样,就可以在 Unicode 中存放 65536 个不同的字符;相反,标准 ANSI 字符集中只能存放 256 个不同的字符。

在知道如何修改适当的选项来改变数据库的行为之后,就可以开始给它填入数据。一旦用户开始使用数据库,可能就需要调整数据库的大小。下面将介绍如何调整数据库的大小。

修改数据库的大小

一旦数据库投入使用,并且用户开始给它填入数据,最终将需要调整数据库的大小:如果它开始受到欢迎,应该让它变得更大;如果它不像预期的那样受人爱戴,应该让它变得更小。下面先介绍如何扩大原始数据库文件。

扩大数据库文件

如果创建的数据库发展为比预期的更受欢迎,用户不断给它添加数据,则可能需要加大数据库的大小。当然,最容易的方法是让数据库自动增长,就像前面在 Sales 数据库上使用 MAXSIZE 与 FILEGROWTH 选项那样。但是,当数据库大小命中设定的限额时,则可能需要更进一步地继续扩大它。这时,可以采用两种方法之一:扩大现有数据文件的大小或添加辅助数据文件。

要扩大 Sales 数据库的大小,使用下列步骤:

1. 打开 SQL Server Management Studio,在"对象资源管理器"窗口中展开服务器下的"数据库",右击 Sales 数据库,然后选择"属性"菜单项。
2. 在"选择页"列中选择"文件"页面。
3. 在 Sales 数据文件行(Data 类型的文件)的"初始大小"列中,键入 15。
4. 在 Sales_log 日志文件行(Log 类型的文件)的"初始大小"列中,键入 3。
5. 单击 Sales_log 行的"自动增长"列中的省略号,并将最大文件大小改为 4。
6. 单击"确定"按钮修改数据库的大小。

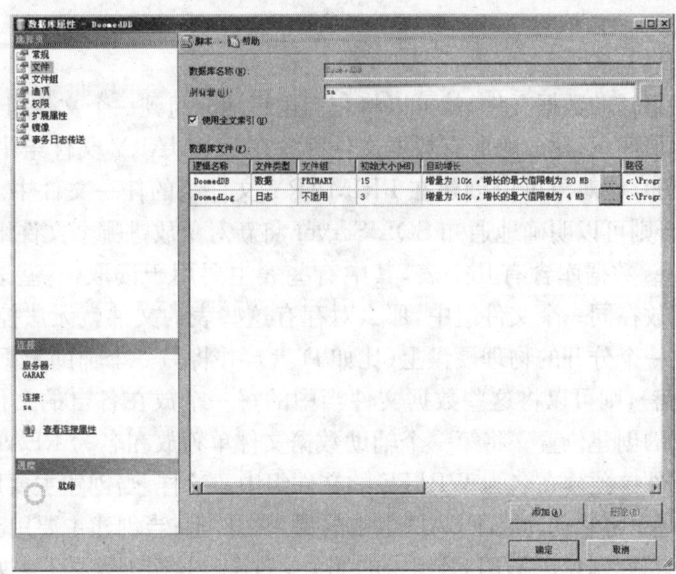

增加辅助数据文件与事务日志文件

如果大型数据文件已将硬盘占满,则可能需要在另一个硬盘上添加辅助数据文件。本例将给 DoomedDB 数据库添加一个辅助数据文件:

1. 在 SQL Server Management Studio 中,右击 DoomedDB 数据库并选择“属性”选项。
2. 选择“文件”页面,并单击“数据库文件”列表框底部的“添加”按钮。这将给该列表框添加第三行。
3. 在第三行的“逻辑名称”列中键入 **doomed_data2**。其余字段将自动填入。
4. 再次单击“添加”按钮添加另一个新行。
5. 在这个新行的“逻辑名称”列中键入 doomed_log2,并将文件类型改为 Log。

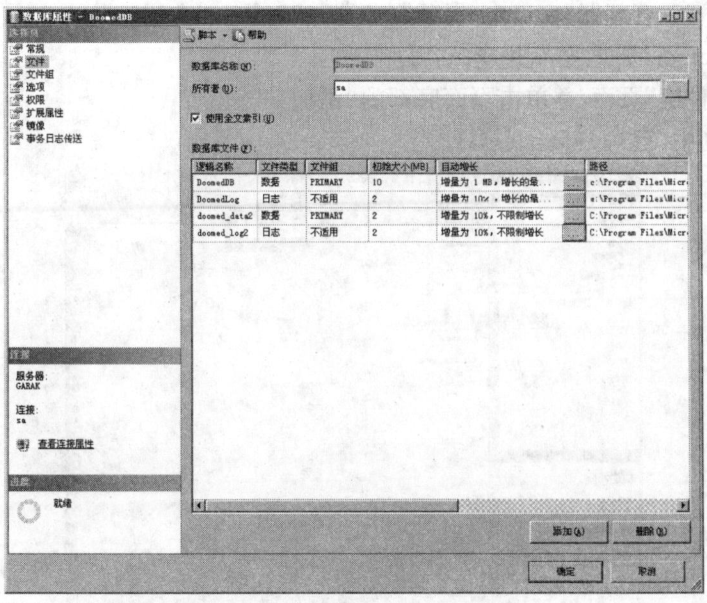

6. 单击“确定”按钮添加辅助数据文件和日志文件。

添加文件组

一旦创建了一组辅助数据文件,就可以将它们逻辑地分组到一个文件组中,以帮助管理磁盘空间分配。默认情况下,建成的所有数据文件都放在 PRIMARY 文件组中,因此,在创建对象时(比如表或视图),该对象可以创建在 PRIMARY 文件组的任一文件中。但是,如果已创建了另外的文件组,则可以明确地通知 SQL Server 将新对象放进哪个文件组中。

例如,假设 Sales 数据库含有几个表,其中有些表主要用于读取,有些表主要用于写入。如果所有这些表都放在同一个文件组中,那么对存有这些表的文件就无法控制。如果将一个辅助数据文件放在一个分开的物理硬盘上(比如 D 盘),并将另一个辅助数据文件放在另一个硬盘上(也许是 E 盘),则可以将这些数据文件当中的每一个放在各自的文件组中,从而允许更充分地控制对象的创建位置。将第一个辅助数据文件单独放在名为 READ 的文件组中,将第二个辅助数据文件单独放在名为 WRITE 的文件组中。这样,当创建主要用于读取的表时,可以通知 SQL Server 将它创建在 READ 组中的那个文件上;当创建主要用于写入的表时,可以通知 SQL Server 将它创建在 WRITE 组中的那个文件上。这个配置看上去如图 10.3 所示。

图 10.3　文件组可以用来更有效地分配磁盘空间

下面为 DoomedDB 数据库创建一个辅助数据文件,并将这个辅助数据文件放在一个名为 DoomedFG1 的文件组中:

1. 选择"开始"➤"程序"➤ Microsoft SQL Server 2005 ➤ Management Studio 打开 SQL Server Management Studio。
2. 在"对象资源管理器"窗口中,展开服务器,然后展开"数据库"。
3. 右击 DoomedDB 数据库并选择"属性"选项。
4. 选择"文件组"页面,并单击页面底部的"添加"按钮。
5. 在名称列中,键入 DoomedFG1。

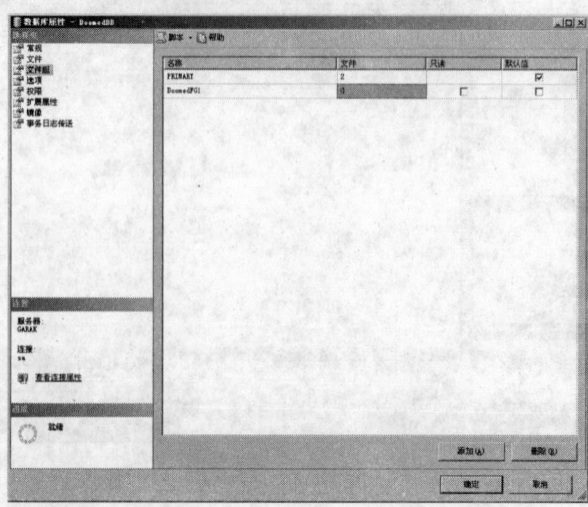

6. 选择“文件”页面，单击“数据库文件”列表框底部的“添加”按钮。
7. 在新行的“逻辑名称”列中，键入 Doomed_data3。
8. 在“文件组”列中，选择 DoomedFG1。

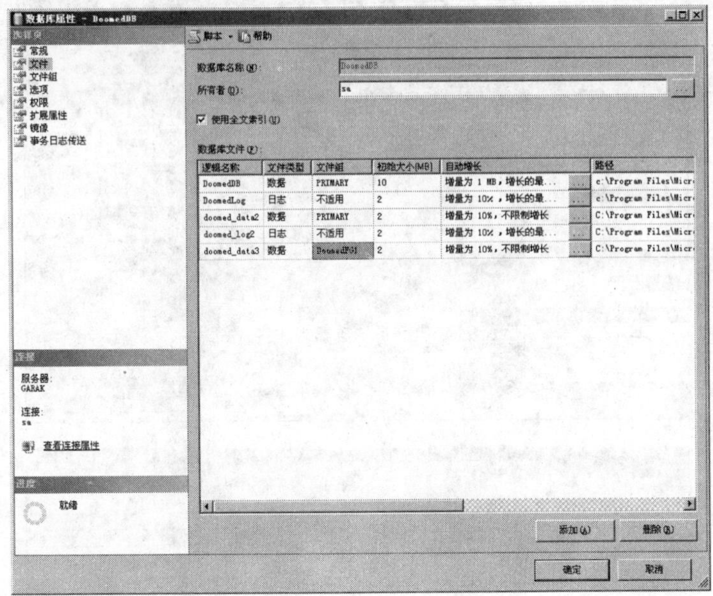

9. 单击“确定”按钮。

在这个新文件组建成以后，就可以通知 SQL Server 在新文件组上创建对象，进而控制磁盘空间分配。

既然知道如何扩大数据库，下面将介绍如何缩小数据库。

缩小数据文件

如果数据库没有发展为像原先预期的那样受人欢迎，或者随着时间的推移而作用有所减弱，则可能需要缩小数据文件。下列步骤将 Sales 数据库缩小到原先的大小：

1. 在 SQL Server Management Studio 中，右击 Sales 数据库，指向“任务”，并选择“收缩”➤“数据库”选项。
2. 在“收缩数据库”对话框中，可以重新组织数据文件，缩小它们，以及安排这项任务在以后发生。选择默认设置，并单击“确定”按钮。

缩小数据库就是那么简单。

删除数据库

如果数据库已经完全失去它的价值，则应该彻底删除它，以便为更有用的数据腾出空间。下面是如何删除 DoomedDB 数据库的步骤：

1. 在 SQL Server Management Studio 中，右击 DoomedDB 数据库，并选择“删除”选项。
2. 在“删除对象”对话框中，让删除备份并恢复历史信息的选项保留为选中状态，这将释放 msdb 数据库的空间，其中存有历史信息。还应该选中“关闭现有连接”复选框，以便断开用户与数据库的连接。
3. 单击“确定”按钮确认删除。

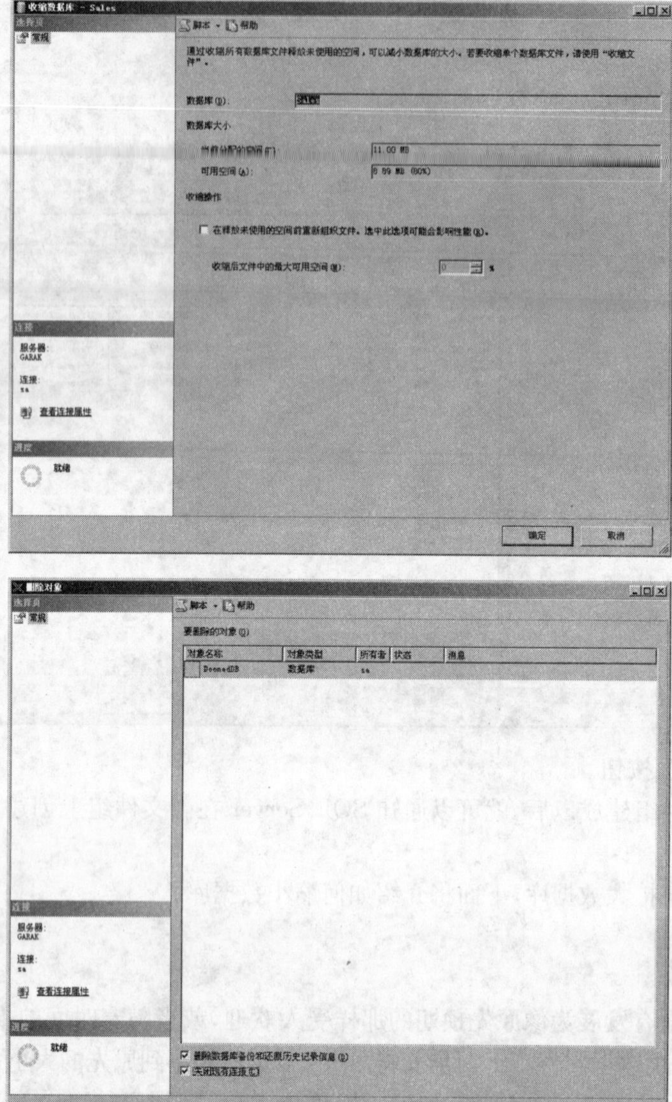

至此,DoomedDB 数据库和它所携带的所有文件均已顺利地删除。构成该数据库的任何主文件、辅助文件和日志文件均从硬盘中删除。

警告:删除是个永久性操作,因此要在确信真的不再需要数据库之后再删除它。

数据库快照

数据库快照是 SQL Server 2005 中的一个新增特性。简单地说,快照就是数据库在某一指定时刻的照片。可以将数据库快照理解为类似于现实生活中的快照。在给某人拍照时,照片中的图像就是你在拍摄这张照片时拍摄到的那个人。但是,如果照片中的人在一周以后理了发,情况会怎样呢?以前拍摄的那张照片能发生变化以反映那个人的新发型吗?如果真能那样变化,真是非常棒的,但快照却不能那样变化,也就是说,一旦拍摄了某人的照片,这张照片始终是那个人在那一时刻的同一幅图像。

数据库快照也是这样；它是数据库的一幅图像，反映数据库在被拍摄时刻的生存形态。从技术上说，在SQL Server的以前版本中，通过创建数据库的备份并将其还原到备用服务器上，也能实现这个功能，但那将占用大量资源。数据库快照没有那么资源密集，因为它们工作更有效。

当数据库快照刚刚建成时，它们是一个空壳，里面包含往回指向原始数据库页面的指针。也就是说，当某人从新快照中读取数据时，他们实际上正从原始数据库中读取数据。但是，当原始数据库上发生了修改时，事情就变得有趣。就在修改结果被写到原始数据页面上之前，该数据页被复制到快照文件内。这样，原始数据页面依然存在；因此，用户在查询快照时所看到的数据是该数据在修改发生之前的生存形态。图10.4形象地描述了这个过程。

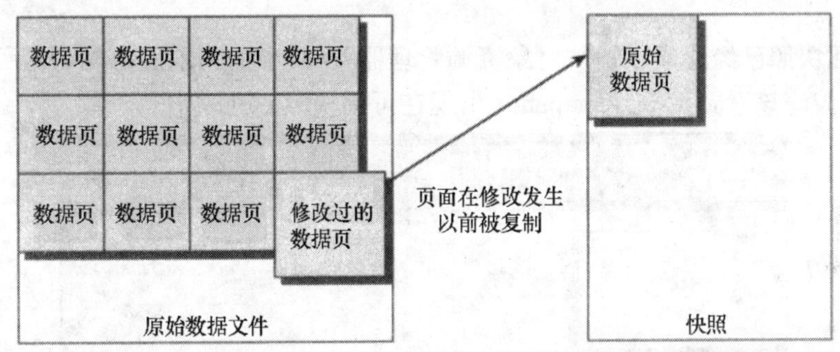

图10.4　在修改结果写盘以前，数据页面从原始数据库文件复制到快照文件上

使用数据库快照可以有多种原因：

◆ 快照非常适用于存档用户仍需要访问的历史数据。例如，可以每个季度创建财务数据库的一个快照；然后，可以在年底时访问这些季度快照来产生年度报表。
◆ 快照可以在出现用户错误或丢失数据时用来回复到数据库的一个较早期副本。
◆ 快照在用来产生报表时可以提高性能，因为在一个用户从快照中读取数据期间，其他用户可以继续向原始数据库中写数据，不必等待第一个用户先完成数据读取。

CREATE DATABASE语句可以用来创建快照。下面是语法：

```
CREATE DATABASE database_snapshot_name
    ON
    (
        NAME = logical_file_name,
        FILENAME = 'os_file_name'
    ) [ ,...n ]
    AS SNAPSHOT OF source_database_name
[;]
```

需要注意创建数据库与创建快照之间的差别。首先是AS SNAPSHOT OF从句，它通知SQL Server创建快照。其次是不存在LOG ON从句。快照是只读的，因此不需要日志。另外需要注意的一点是，上述语法中的NAME从句指的是原始数据文件的名称。

下面创建Sales数据库的一个快照：

1. 打开SQL Server Management Studio，并使用"Windows身份验证"创建登录。
2. 选择"文件"➤"新建"➤"数据库引擎查询"菜单项。
3. 要在C驱动器上创建Sales数据库的一个快照，执行下列代码(请注意，应该将C:\换成包含SQL Server安装的驱动器)：

```
CREATE DATABASE Sales_Snapshot
ON
(
   name = Sales,
   filename = 'c:\Program Files\Microsoft SQL Server\MSSQL.1\MSSQL\data\Sales_
shapshot.mdf'
)
as snapshot of sales
```

4. 在查询窗口的结果窗格中(窗口底部),应该看到一个指出这条命令已顺利完成的消息。
5. 要验证快照已经建成,展开"对象资源管理器"窗口中的当前服务器,然后展开"数据库快照"。应该看到 Sales_Snapshot 出现在可用快照的列表中。

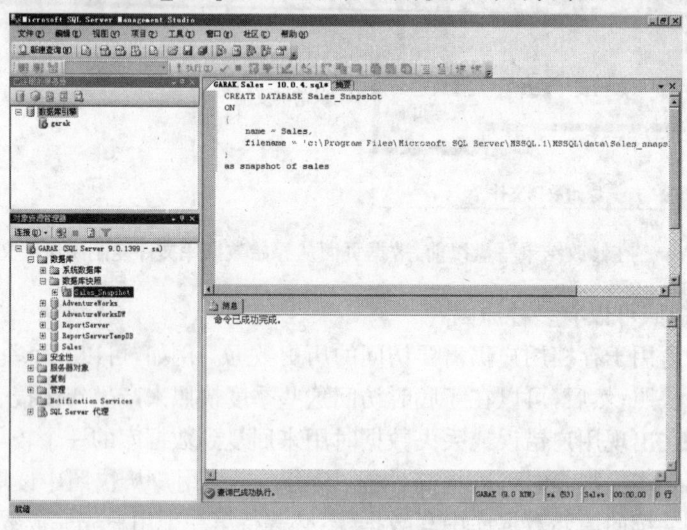

小结

现在,读者能自如地使用 SQL Server 的构件块——数据库本身,并花费了许多学习时间。首先,了解到数据库是其他对象(比如表和视图)的容器,以及不用数据库包含所有这些对象,数据就是一堆杂乱无章的信息。

然后,了解到数据库由 3 种类型的文件构成:主数据文件、辅助数据文件和事务日志文件。主数据文件用来存放用户数据和 SQL Server 访问数据库所需要的系统对象。辅助数据文件只存放用户信息,并用来将数据库扩展到多个物理硬盘上。事务日志文件用来跟踪系统上还没有写到数据文件上的所有数据修改,以便恢复到最近时间点。

由于数据库可能含有比原先预料的更多或更少的数据,因此我们介绍了如何扩大和缩小数据库的大小,还介绍了在硬盘空间用完之后如何添加另外的文件。此外,还介绍了如何将辅助数据文件逻辑地分组成文件组,以更好地分配磁盘空间。

最后,介绍了在数据库确实已失去可用性时,如何将其彻底删除,以便为更重要的数据腾出空间。

在介绍了如何正确地创建数据库和确定数据库大小之后,我们将准备给数据库填入对象。下一章将从创建表开始。

第 11 章　表

在上一章中，我们将数据库比喻为家中可以用来存放私人物品的的柜子。将该比喻再展开一点，假设要存放扳手、钳子、改锥等工具，是不是将所有这些工具都存放在工具箱的同一个抽屉中呢？也许不是，很可能将这些工具存放工具箱内的各自抽屉中：钳子在钳子抽屉，改锥在改锥抽屉，以此类推。

数据就像这个比喻中的这些工具，我们不希望将它们都堆放在同一个抽屉内，也就是说，工具箱（数据库）需要有多个用来保存数据的抽屉，而这些抽屉就是表。数据库内，需要有多个用来保存各种各样数据的表。就像工具箱中有存放钳子的钳子抽屉和存放改锥的改锥抽屉一样，数据库内的 Customs 表存放客户数据，而 Products 表存放产品信息。

本章将讨论表。我们将首先了解表的各个组成部分，然后介绍怎样创建它们。然后，详细讨论一些数据约束方法，也就是说，如何限定用户在表中存放什么样的数据，以保持数据整洁。最后，将介绍如何利用数据库关系图来简化表维护任务。

但是，在数据库中实际创建表之前，必须先规划它们的外观和行为方式。第一节就讨论这个问题——规划表。

规划表

表是数据库中用来保存所有数据的对象。如图 11.1 所示，表由两个基本对象构成：字段与记录：

字段　字段包含某一类型的信息，比如姓氏或邮政编码。字段也称为列。

记录　记录是由相关字段组成的组，里面包含一个单独实体（比如某个人）的、分布在所有字段中的信息。记录也称为行。

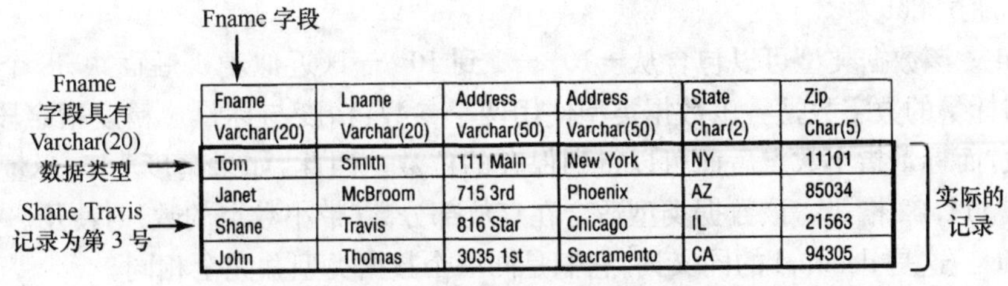

Fname	Lname	Address	Address	State	Zip
Varchar(20)	Varchar(20)	Varchar(50)	Varchar(50)	Char(2)	Char(5)
Tom	Smith	111 Main	New York	NY	11101
Janet	McBroom	715 3rd	Phoenix	AZ	85034
Shane	Travis	816 Star	Chicago	IL	21563
John	Thomas	3035 1st	Sacramento	CA	94305

图 11.1　表由字段与记录构成

创建表的第一个阶段需要用纸和笔将表画在纸上，因为这样比较直观，免得必须记住所有相关的细节。首先要确定的第一件事情是表中应该有哪些字段。

例如，如果创建一个客户表，则可能需要它包含每个客户的姓氏、名字、地址、电话与传真号码以及客户 ID 代码。在创建这些字段时，最好是尽量具体。例如，不是给客户的姓氏和名字创建一个姓名字段，而是应该创建一个姓氏字段和一个名字字段。这样，以后从数据库中搜索具体客户就会更容易，因为只需要搜索姓氏，而不是搜索姓和名的组合。地址也是这样，应该将它分解为街道地址、城市、州和邮政编码字段。这样，以后查找居住在某个城市或邮政编码的客户，甚至只基于地址查找具体客户将会更容易。在定义了尽量具体的字段后，就可以准备为字段挑选数据类型了。

内部数据类型

表中的每个字段均有一个具体的数据类型，用于约束用户能在该字段中插入什么类型的数据。例如，如果创建一个具有 int 数据类型的字段(int 是 integer 的简写，指一个整数，即不带小数点的数)，则不能在这个字段中存放字母(A－Z)或符号(比如%、、# 等)，因为 SQL Server 只允许在 int 型字段中存放数值。在图 11.1 中，可以看到第二行中列出的数据类型(请注意数据类型不显示为记录，图中这么显示只是为了加强可读性)。还可以注意到，这个表中的所有字段或者具有 char 类型，或者具有 varchar(分别代表字符和字符变量)类型，这表明这些字段不仅可以存放字符，还可以存放数字和符号。但是，如果将数值存放这些字段中，则无法用它们做数学运算，因为 SQL Server 将它们作为字符而不是数值来看待。下面列举了各种数据类型及其限制：

bit　该数据类型只能包含 1 或 0 值(或无值的空值)，适合用做状态位——on/off、yes/no、true/false。

int　该数据类型可以包含从 -2^{31}(－2 147 483 648)到 $2^{31}-1$(2 147 483 647)之间的整数数据，占用 4 个字节的硬盘空间，并适合用来存放数学函数中使用的大整数。

bigint　该数据类型可以包含从 -2^{63}(－9 223 372 036 854 775 808)到 $2^{63}-1$(－9 223 372 036 854 775 807)之间的整数数据，占用 8 个字节的硬盘空间，并适合用来存放 int 型字段中不能容纳的极大整数。

smallint　该数据类型可以包含从 -2^{15}(－32 768)到 $2^{15}-1$(32 767)之间的整数数据，占用 2 个字节的硬盘空间，适用于存放比 int 型字段小的值，因为 smallint 比 int 占用较少的硬盘空间。

tinyint　该数据类型可以包含从 0 到 255 之间的整数数据，占用 1 个字节的磁盘空间，用处有限，因为它只能存储 255 以内的值。tinyint 类型适用于产品类型码之类的东西，如果产品的品种不超过 255 种。

decimal　该数据类型可以包含从 $-10^{38}-1$ 到 $10^{38}-1$(近似于 1 后面跟 38 个 0)之间的固定精度与标量的数字数据。该数据类型使用两个参数：精度与标量。精度指字段中可以存放的总位数，而标量指小数点后面可以得到保存的位数。因此，如果精度为 5，标量为 2，那么这个字段有 111.22 格式。该数据类型适合在存放部分数(带小数点的数)时使用。

numeric　这是 decimal 的同义词，它们是同一个数据类型并完全相同。

money　该数据类型可以包含从 -2^{63}(－922 337 203 685 477.5808)到 $2^{63}-1$(922 337 203 685 477.5807)之间的币值数据，精度为币值单位的万分之一，占用 8 个字节的磁盘空间，适合用来存放大于 214 748.3647 的币值总和。

smallmoney　该数据类型可以包含从－214 748.3648 到 214 748.3647 之间的币值数据，精度为币值单位的万分之一，占用 4 个字节的磁盘空间，适合用来存放比 money 型字段小的币值。

float　该数据类型可以包含从从－1.79E＋308 到 1.79E＋308 之间的浮点精度数据。有些数的小数点后面有无限个位，比如 π。对于这样的数，必须用近似结果，这就是采用浮点数的原因。例如，如果设置 float(2)的数据类型，则 π 保存为 3.14，其中小数点后面只有两位。

real　该数据类型可以包含从−3.40E+38 到 3.40E+38 之间的浮点精度数据。这是定义 float(24)的一种快速方法——它是小数点后面有 24 位的一个浮点类型。

datetime　该数据类型可以包含从 1753 年 1 月 1 日到 9999 年 12 月 31 日之间的日期和时间，精度为 300 分之一秒，即 3.33 毫秒，占用 8 个字节的磁盘空间，适合用来跟踪非常具体的日期和时间。

smalldatetime　该数据类型可以包含从 1900 年 1 月 1 日到 2079 年 6 月 6 日之间的日期和时间，精度为 1 分钟。它占用 4 个字节的磁盘空间，适合用来跟踪不如 datetime 具体的日期和时间。

timestamp　该数据类型用来在记录插入和以后更新时给记录标注上时间。该数据类型适合用来跟踪数据上发生的修改。

uniqueidentifier　NEWID()函数用来产生如下形式的全局惟一性标识符：6F9619FF-8B86-D011-B42D-00C04FC964FF。这些全局惟一性标识符可以存放在 uniqueidentifier 类型的字段中；它们可能适合用来生成跟踪号或不允许重复的序列号。

char　该数据类型可以包含定长、非 Unicode、最大长度为 8000 个字符的字符数据。它适用于长度总是相同的字符数据，比如每条记录中只包含两个字符的 State 字段。该数据类型总是使用相同的磁盘空间量，不管字段中实际存放了多少个字符。例如，char(5)总是使用 5 个字节的磁盘空间，即使字段中只存放了两个字符。

varchar　该数据类型包含变长、非 Unicode、最大长度为 8000 个字符的字符数据。它适合在数据不总是有相同长度的时候使用，比如在每个名字都有不同长度的名字字段中。如果字段中的字符个数较少，该数据类型则使用较少的磁盘空间。例如，如果字段定义为 varchar(20)，但字段中存放的名字只有 10 个字符，那么这个字段只占用 10 个字节的磁盘空间，而不是占用 20 个字节的磁盘空间。这个字段最多接受 20 个字符。

varchar(max)　该数据类型类似于 varchar 数据类型，但是在指定了(max)大小时，该数据类型能够存放 $2^{31}-1$(2 147 483 647)个字节的数据。

nchar　该数据类型可以包含定长、Unicode、最大长度为 4000 个字符的数据。和所有 Unicode 数据类型一样，它适合用来存放由使用了多种语言的客户读取的少量文本。

nvarchar　该数据类型可以包含变长、Unicode、最大长度为 4000 个字符的数据。它和 nchar 数据类型相同，除了它在字符较少时占用更少的磁盘空间之外。

nvarchar(max)　该数据类型与 nvarchar 相似；但是，在指定了(max)大小时，该数据类型可以存放 $2^{31}-1$(1 073 741 823)个字节的数据。

binary　该数据类型包含定长、二进制、最大长度为 8000 个字节的数据。它翻译为一个位字符串(比如 11011001011)，适合用来分类在以二进制或十六进制缩写形式表示时更美观的任何东西，比如安全标识符。

varbinary　该数据类型包含变长、二进制、最大长度为 8000 个字节的数据。它和 binary 数据类型相同，除了它在位数较少时占用更少的磁盘空间之外。

varbinary(max)　该数据类型和 varbinary 数据类型有相同的特征；但是，在指定了(max)大小时，该数据类型可以存放 $2^{31}-1$(2 147 483 647)个字节的数据。它非常适合用来存放 JPEG 图像文件和 Word 文档之类的二进制对象。

xml　该数据类型用来存放整个 XML 文档或片段(缺少根元素的文档)。

identity　这实际上不是数据类型，但起重要作用。这是个属性，通常和 int 数据类型一起使用，并在每次有新记录插入时用于递增列的值。例如，表中的第一条记录将有 1 的标识值,第二条记录将有 2 的标识值,依此类推。

sql_variant 和 identity 相似,这不是一个实际的数据类型,但实际上允许存储不同类型的值。它惟一不能存储的值是:varchar(max)、nvarchar(max)、text、image、sql_variant、varbinary(max)、xml、ntext、timestamp 或用户定义数据类型。

提示:text、ntext 和 image 数据类型在 SQL Server 2005 中已视为过时。应该使用 varchar(max)、nvarchar(max)和 varbinary(max)替换这些数据类型。

说明:数据类型当中的有些类型处理 Unicode 数据;Unicode 存放多达 65 536 个不同的字符,而标准 ANSI 字符集存放 256 个不同的字符。

在添加这些数据类型时,必须指定任何必需的参数。例如,如果正在创建用来保存州缩写的字段,需要指定 char(2),然后指定相应约束(在本章的后面讨论),以确保用户只键入有效的州缩写。最后,还应该包含一个默认值,以便在用户忘了键入数据时给字段补充数据。

用户定义数据类型

如果经常创建需要州字段的表,则可以基于 char 数据类型并指定所有参数来创建自定义数据类型,其中包括任何必要的约束与默认值。用户自己设计并实现的数据类型就称为用户定义数据类型,即使这些数据类型基于系统数据类型。为了演示如何创建用户定义数据类型,下面我们将创建一个 State 数据类型,并在后面的 Customers 表中使用它。

1. 选择“开始”➤“程序”➤ Microsoft SQL Server 2005 ➤ Management Studio 选项打开 SQL Server Management Studio,并使用“Windows 身份验证”建立连接。
2. 在“对象资源管理器”窗口中,展开“数据库”➤ Sales ➤“可编程性”➤“类型”。
3. 右击“用户定义数据类型”,并选择“新建用户定义数据类型”选项。
4. 在“名称”字段中键入 State。
5. 在“数据类型”下拉列表中选择 nchar 数据类型。
6. 在“长度”文本框中键入 2。
7. 让“允许空值”保留为取消复选(因为我们需要这个字段包含数据)。
8. 在“绑定”区域,让“规则”与“默认值”保留空白设置,并单击“确定”按钮。

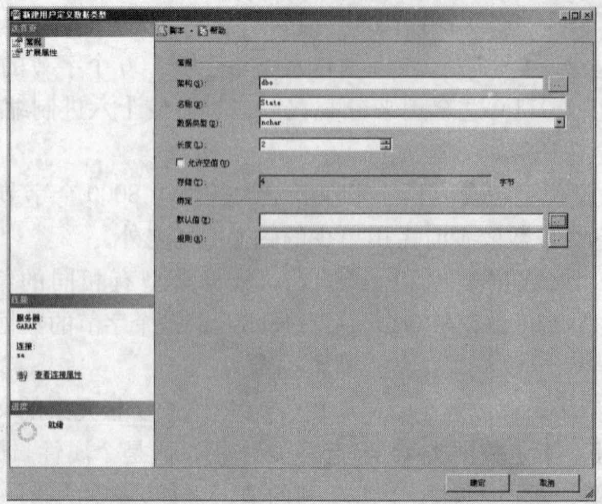

计算列

除了用户定义数据类型之外，还可以创建计算列。这些列是特殊的列，不包含它们自己的任何数据，而是显示表达式对表中的其他列执行的结果。例如，在 AdventureWorks 数据库中，Sales. SalesOrderHeader 表中的 TotalDue 列就是计算列。它不包含它自己的任何数据，而是显示 Subtotal ＋ TaxAmt ＋ Freight 列作为单个值的结果。

---

table 和 cursor 数据类型

还有另外两个无法指定给列的数据类型：table 和 cursor。这两个数据类型只能用做变量：

cursor　SQL Server 中的查询返回一个完整的行集以供应用程序使用。有时，应用程序无法使用整个行集，因此它们需要一个游标；游标是原始记录集的一个子集，具有附加的特性（比如在记录之间来回移动的能力或定位到指定行上的能力）。cursor 数据类型允许用户从存储过程中返回一个游标。用户也可以将游标存放在变量中。但是，不能使用这个数据类型将游标存放在表中。

table　这个数据类型用来从存储过程中返回表，或者将表存储在变量中以便以后处理。但是，不能使用这个数据类型将表存放在另一个表的列中。

分区表

在 SQL Server 中，表的范围可以从仅含有单条记录的微型表到含有几百万条记录的巨型表。这些大型表由于它们的巨大会让用户使用起来非常困难。要想让大型表变得更小而又不丢失任何数据，可以分割它们。

顾名思义，分割表就是将表切割成多个能独立地存储和访问而又不让用户察觉到的分区。假设有一个包含订单信息的表，并且该表含有 5000 万条左右的记录。这似乎是个很大的表，但这样的大小不是不常见的。要分割这个表，首先需要确定一个分割列和该列的一个值范围。在包含订单数据的表中，也许有一个定购日期列，这就是一个很合适的候选列。值范围可以是任意一个值；但是，由于希望让最近期的订单变得更容易访问，所以可能需要将值范围设置为订单日期不超过一年的值。现在，可以用分割列和值范围创建一个分割函数，SQL Server 将用这个函数把数据展开到那些分区上。

接下来，需要确定是否物理地保存已分区的数据；这称为“分区方案”（Partition schema）。通过将那些分区存放在不同的文件组中，可以将已存档的数据保存在一个硬盘上，而将当前数据保存在另一个硬盘上，因为文件组可以指定给不同的磁盘。

在规划完了那些分区以后，就可以使用稍后介绍的 CREATE TABLE 函数创建经过分区的表。

提示： AdventureWorks 数据库中的 TransactionHistory 和 TransactionHistoryArchive 表是在 ModifiedDate 字段上分割的。

任何发现创造的困难时期都是规划阶段，祝贺你完成了这个阶段。在将一切整理成书面材料之后,就可以开始创建表了。

创建表

在第 10 章中,我们创建了一个名为 Sales 的数据库。在本节中,我们将在 Sales 数据库中创建 3 个表。第一个表叫做 Customers,将用来保存客户信息,比如姓名、地址、客户 ID 等。第二个表叫做 Orders,将用来存放订单细节信息,比如订单号、产品 ID 和订购量。最后一个表叫做 Products 表,将用来存放产品信息,比如产品名称、产品 ID 和产品是否有库存。表 11.1、表 11.2 和表 11.3 提供了这 3 个表的所有属性的清单(在纸上,照原样列出)。

表 11.1 Customers 表字段

字段名	数据类型	包含
CustID	Int,"标识"	能在其他表中引用的、代表每个客户的惟一编号
Fname	Nvarchar(20)	客户的名字
Lname	Nvarchar(20)	客户的姓氏
Address	Nvarchar(50)	客户的街道地址
City	Nvarchar(20)	客户的居住城市
State	State	客户的居住州(本章前面建成了这个用户定义数据类型)
Zip	Nchar(5)	客户的邮政分区
Phone	Nchar(10)	客户的电话号码,不带连字符和括号(为了节省空间,它们将显示而不保存)

表 11.2 Orders 表字段

字段名	数据类型	包含
CustID	Int	引用 Customers 表中保存的客户 ID,从而不必重复每个订单的客户信息
ProdID	Int	引用 Products 表,从而不必重复产品信息
Qty	Int	订单订购的产品量
OrdDate	Smalldatetime	订单发出的日期和时间

表 11.3 Products 表字段

字段名	数据类型	包含
ProdID	Int,"标识"	能在其他表中引用的、代表每个产品的惟一编号,以避免数据重复
Description	Nvarchar(100)	产品的简要介绍
InStock	Int	产品的库存量

创建表可以使用两种方法之一:通过图形方法(使用 SQL Server Management Studio)或者通过 Transact-SQL 代码(T-SQL)。由于图形方法比较简单,本章将主要使用这个工具创建这些表:

1. 打开 SQL Server Management Studio。在"对象资源管理器"中,展开当前服务器,展开"数据库",然后展开 Sales 数据库。
2. 右击"表"图标,并选择"新建表"选项打开表设计器窗口。

3. 在第一行内的“列名”字段中键入 ProdID。
4. 在其紧右侧的“数据类型”字段中选择 int 数据类型。
5. 确保“允许空”没有复选。如果复选了这个选项，该列可以完全没有数据，而这并不是我们所需要的。
6. 在屏幕的下半部分，在位于“列属性”下方的“表设计器”部分内，展开“标识规范”，并将“(是标识)”改为“是”。
7. 在 ProdID 紧下方，在第二行内的“列名”字段中键入 Description。
8. 在其紧右侧的“数据类型”列中选择 nvarchar 数据类型。
9. 在位于“列属性”下方的“常规”部分内，将“长度”设置改为 100。
10. 确保“允许空”没有复选。
11. 在第三行内的“列名”字段中键入 InStock。
12. 在其紧右侧的“数据类型”字段中选择 int 数据类型。
13. 确保“允许空”没有复选。

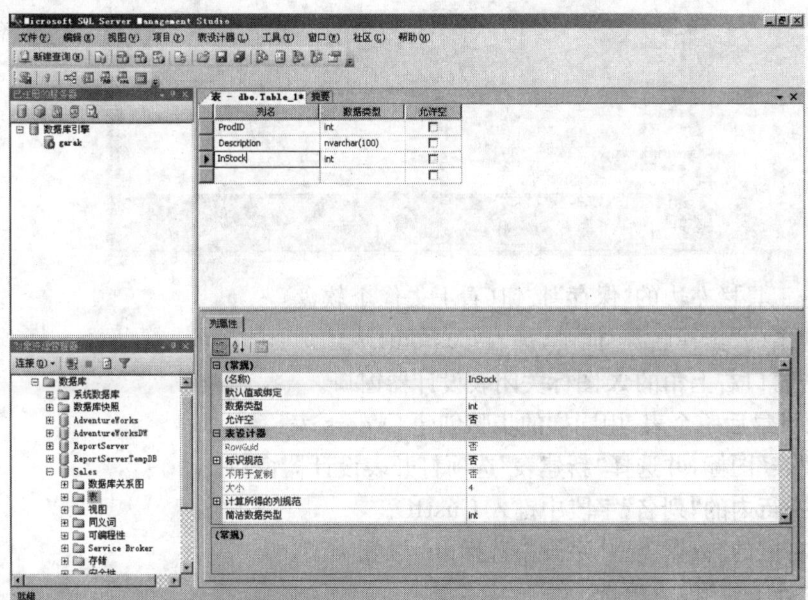

14. 单击工具栏左边的“保存”按钮(它看上去像个软盘)。
15. 在弹出的“选择名称”框中，键入 Products。

16. 单击窗口右上角的 X 图标关闭表设计器屏幕。

在建成了 Products 表之后，可以准备创建 Customers 表了：

1. 右击“表”图标，并选择“新建表”选项打开表设计器窗口。
2. 在第一行内的“列名”字段中键入 CustID。
3. 在紧右侧的“数据类型”字段中选择 Int 数据类型。
4. 确保“允许空”没有复选。
5. 在屏幕下半部，在位于“列属性”下方的“表设计器”部分内，展开“标识规范”，并将“(是标识)”改为“是”。

6. 在 CustID 的紧下方,在第二行内的“列名”字段中键入 Fname。
7. 在紧右侧的“数据类型”字段中键入 nvarchar 数据类型。
8. 在位于“列属性”下方的“常规”部分内,将“长度”设置改为 20。
9. 确保“允许空”没有复选。
10. 使用前面显示的参数填写其余列的信息(请记住,为 State 列选择新建的 State 数据类型)。确保所有列的“允许空”都没有复选。

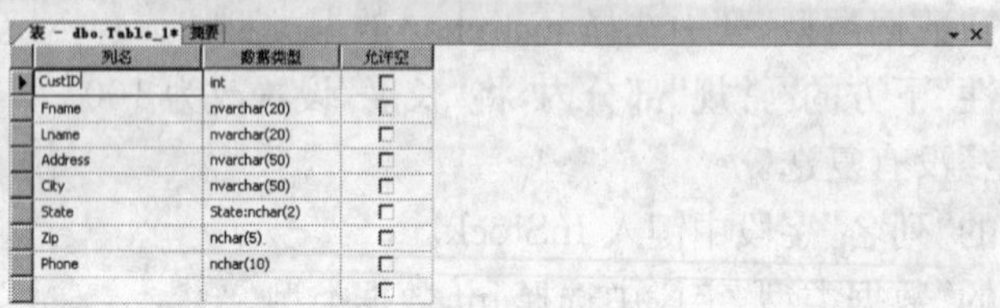

列名	数据类型	允许空
CustID	int	☐
Fname	nvarchar(20)	☐
Lname	nvarchar(20)	☐
Address	nvarchar(50)	☐
City	nvarchar(50)	☐
State	State:nchar(2)	☐
Zip	nchar(5)	☐
Phone	nchar(10)	☐
		☐

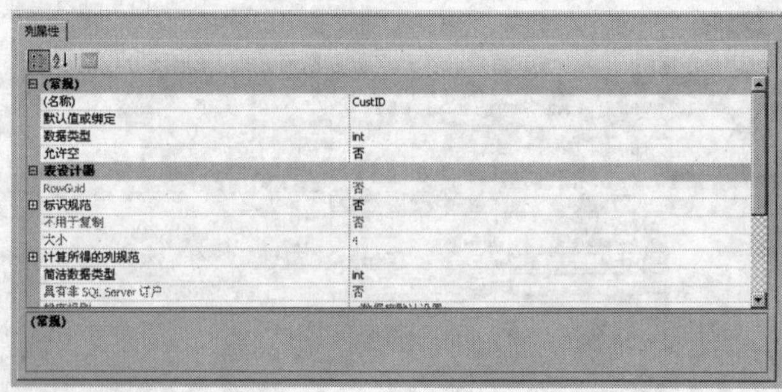

11. 单击工具栏左边的“保存”按钮(看上去像个软盘)。
12. 在弹出的“选择名称”框中,键入 Customers。
13. 单击窗口右上角的 X 图标关闭表设计器窗口。

现在,剩下最后一个表,用同样的步骤创建 Orders 表:

1. 右击“表”图标,并选择“新建表”选项打开表设计器窗口。
2. 在第一行内的“列名”字段中键入 CustID。
3. 在紧右侧的“数据类型”字段中选择 Int 数据类型。
4. 确保“允许空”没有复选。
5. 这不是个标识列(与它在 Customers 表中不同),因此不对“标识规范”设置做任何修改。
6. 在 CustID 的紧下方,在第二行内的“列名”字段中键入 ProdID,其中数据类型为 int。不修改“标识规范”设置,不允许空值。
7. 在 ProdID 的紧下方,创建一个名为 Qty 的列,将其数据类型设置为 int,不允许空值。
8. 创建一个名为 OrdDate 的列,将其数据类型设置为 smalldatetime,不允许空值。
9. 单击“保存”按钮。
10. 在弹出的“选择名称”框中,键入 Orders。
11. 关闭表设计器窗口。

要验证所有这 3 个表已存在,展开 Sales 数据库中的“表”文件夹——应该看到刚才创建的这 3 个表(可能需要右击“表”图标,并选择“刷新”选项来查看这些表)。

在创建完这 3 个表之后,几乎可以将它们提供给用户。但是,在允许用户开始使用这些表之前,必须进一步约束他们能键入什么数据。

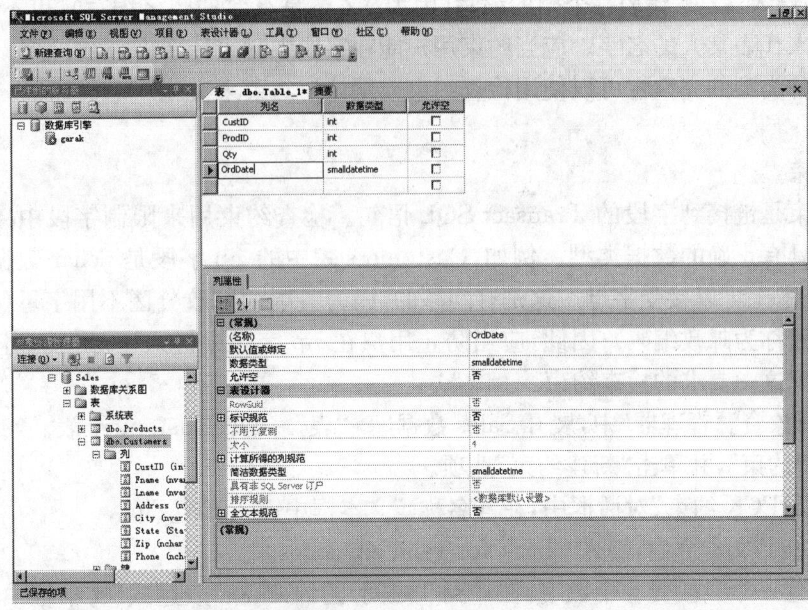

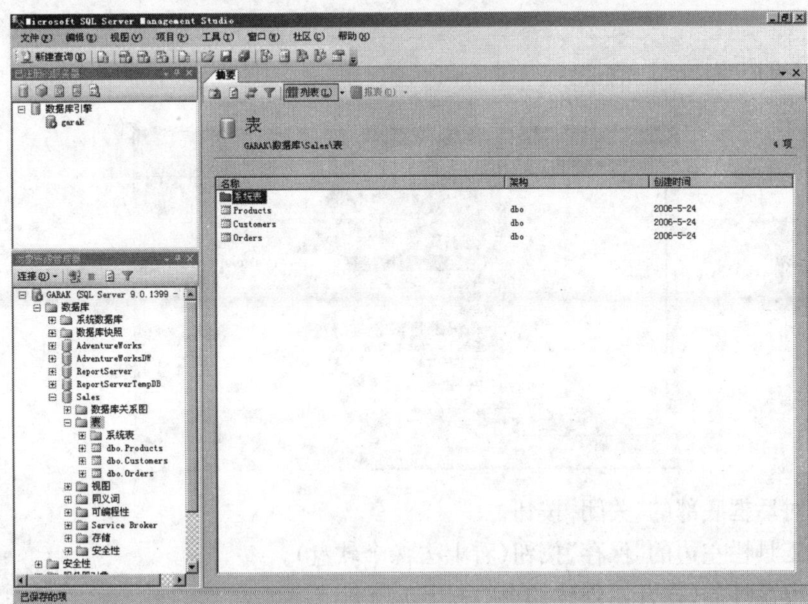

约束数据

在表刚建成时，表对用户是非常开放的。其实，用户不能违反数据类型约束，因为他们无法在 int 类型的列或类似数据类型的列中输入字符，而这实际上是仅有的约束。约束用户能在表中键入什么数据的过程称为实施数据完整性。有 3 种类型的数据完整性：域、实体和参考。下面首先了解如何通过域完整性来约束用户。

实施域完整性

可以肯定地说，不希望用户在表中想键入什么就键入什么。例如，可能不希望用户在

State 字段中键入 XZ 来代表一个州的缩写(因为 XZ 不是有效的州名缩写),也不希望用户键入一个数字来代表某人的名字。应当约束用户能在字段中键入什么内容,或者说,应当实施域完整性。这种类型的完整性可以使用检查约束或默认值约束来实施。

使用检查约束

检查约束是链接到字段的 Transact-SQL 语句。检查约束用来限制字段中接受的数据,即使该数据具有正确的数据类型。例如,Customers 表中的 zip 字段是 nchar 数据类型,这就是说,它在技术上可以接受字母。这是有问题的,因为美国的邮政分区不用字母(使用数字的邮政分区一般称为邮政编码);因此,应当防止用户在 zip 字段中键入字母。下列步骤演示了如何创建实现这一要求的检查约束:

1. 在"对象资源管理器"中,展开 Sales 数据库➤"表"➤ dbo. Customers 表。
2. 右击"约束",并单击"新建约束"选项。
3. 在"CHECK 约束"对话框中,在"(名称)"文本框中键入 CK_Zip。
4. 在"说明"文本框中,键入 Check for valid zip codes。
5. 要创建一个只接受 5 个数字(在 0 到 9 之间)的约束,在"表达式"文本框中键入下列代码:

```
(zip like'[0-9][0-9][0-9][0-9][0-9]')
```

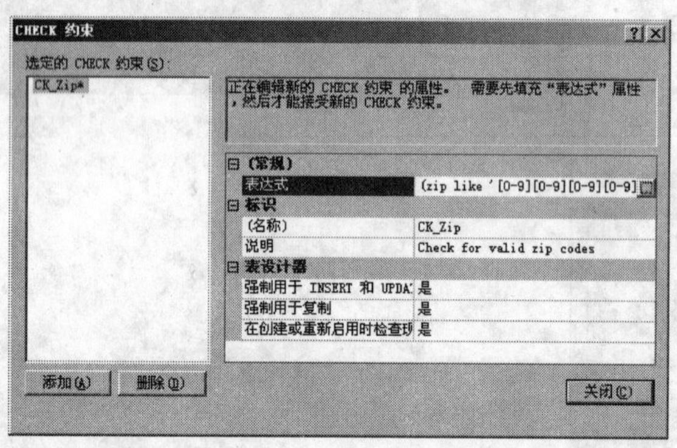

6. 单击对话框底部的"关闭"按钮。
7. 单击工具栏左边的"保存"按钮(看上去像个软盘)。
8. 关闭表设计器(在开始创建约束时打开)。

为了测试刚才创建的新约束,使用以前介绍过的 INSERT 语句在表中插入一些新记录。下面是具体操作步骤:

1. 在 SQL Server Management Studio 中,单击"新建查询"按钮,并选择"数据库引擎查询"选项。如果要求建立连接,使用"Windows 身份验证"建立连接。
2. 在查询窗口中键入下列代码:

```
USE sales
INSERT customers
VALUES ('Gary','McKee','111 Main','Palm Springs','CA','94312',' 7605551212')
```

3. 单击查询窗口上方的"执行"按钮执行该查询,并注意到成功的结果。
4. 要查看新记录,选择"查询"➤"使用当前连接查询"选项(或者按 Ctrl+Q 组合键)。

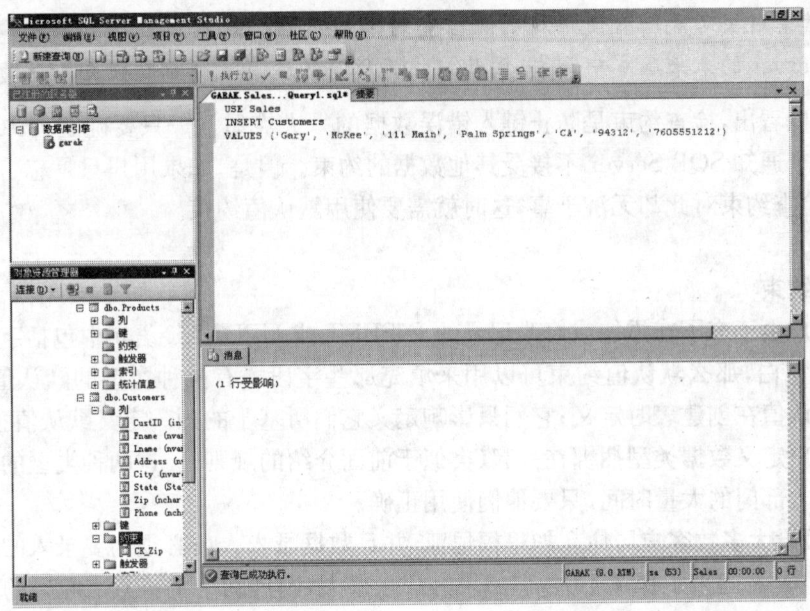

5. 键入并执行下列代码：

```
SELECT * FROM customers
```

6. 请注意，现在存在 Custid 为 1 的记录(因为前面介绍过的标识属性自动增加这个数)。
7. 要想通过在 zip 字段中添加字符来测试检查约束，选择“查询”➤“使用当前连接查询”选项。
8. 在查询窗口中键入下列代码，并注意 zip 代码字段中的字母：

```
USE sales
INSERT customers
VALUES ('Amanda','Smith','817 3rd','Chicago','IL','AAB1C','8015551212')
```

9. 请注意结果窗格，该查询违反了约束，因而运行失败。

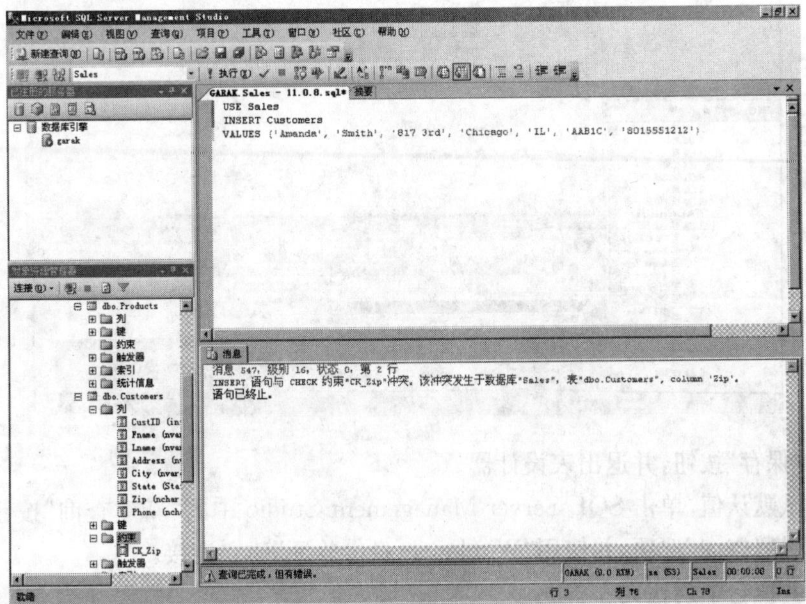

提示:读者过去可能一直使用规则做检查约束的工作。规则现在遭到抨击,将会从 SQL Server 的未来版本中删去,因此应该将所有的现有规则都转换成检查约束。

现在可以看出,检查约束是防止键入错误数据的一大克星——只要确定列中允许什么数据并创建一个通知 SQL Server 不接受其他数据的约束。但是,如果用户只是忘了在列中键入数据,那么检查约束对此却无济于事,这时就需要使用默认值约束。

使用默认值约束

如果用户由于忘了在添加或修改记录的 INSERT 或 UPDATE 语句中包括字段而让那些字段保留为空白,那么默认值约束可以用来填充那些字段。有两种类型的默认值:对象和定义。对象默认值在创建表时定义;它们只影响定义它们所基于的列。定义默认值独立于表,并设计成与用户定义数据类型捆绑在一起(类似于前面介绍的规则)。这两种类型的默认值均能节省数据录入部门的大量时间,只要他们使用正确。

例如,假设大多数客户居住在加里福尼亚,并且数据录入人员必须为要录入的每个新客户都键入 CA。这看起来工作量不大,但如果客户量很大,则这两个字符累加起来的总键入量会很大。利用默认值约束,用户可以有意让该字段保持空白,SQL Server 将会替用户填入默认值。为了演示默认值约束的这些能力,下面在 Customers 表上创建一个定义默认值:

1. 打开 SQL Server Management Studio。在“对象资源管理器”中展开当前服务器➤“数据库”➤ Sales ➤“表”➤ dbo. Customers ➤“列”。
2. 右击 State 列,并单击“修改”选项。
3. 在屏幕下半部分的“默认值或绑定”文本框中,键入'CA'(带单引号)。请注意,SQL Server 将自动把这个内容放在单引号内。

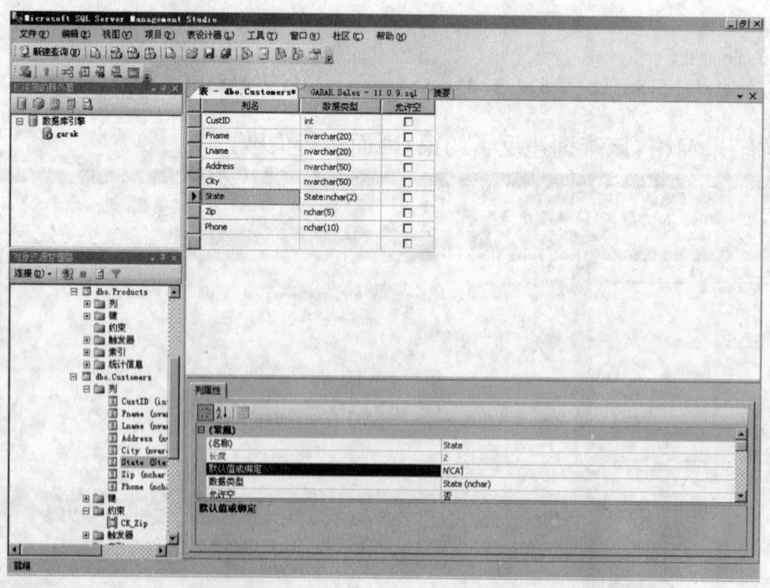

4. 单击“保存”按钮,并退出表设计器。
5. 要测试默认值,单击 SQL Server Management Studio 中的“新建查询”按钮。选择“数据库引擎查询”选项,并使用“Windows 身份验证”建立连接。
6. 键入并执行下列代码:

```
USE sales
INSERT customers (fname, lname, address, city, zip, phone)
VALUES ('Tom','Smith','609 Georgia','Fresno','33405','5105551212')
```

7. 要核实 State 字段中键入了 CA,从“查询”菜单中选择“使用当前连接查询”选项。
8. 键入并执行下列代码:

```
SELECT * FROM customers
```

9. 请注意,Tom Smith 记录的 State 字段中包含了 CA,如下图所示。

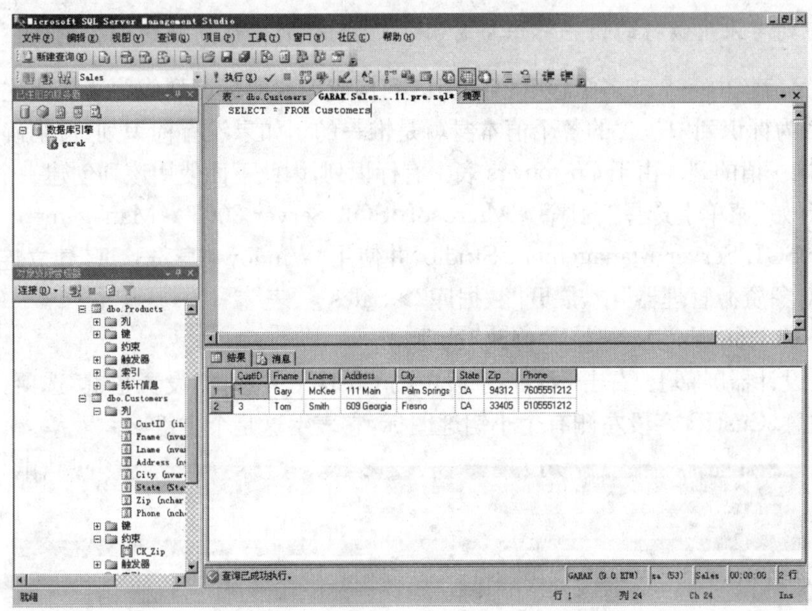

这样就实施了域完整性——控制用户能在字段中键入什么内容。可以使用检查约束强制用户键入正确的数据,并且默认值约束将填入用户忘了键入的任何数据。但是,还有另外两种类型的完整性要实施。下面,我们将讨论如何利用实体完整性防止用户键入重复的记录。

实施实体完整性

以某种方式保证表中的每条记录都是惟一的和防止用户意外地键入重复记录称为实施实体完整性。为什么需要保证表中无任何重复的记录呢?请设想一下,如果不慎将同一个客户在 Customers 表中键入了两次,因而产生了重复的数据,那么会发生什么情况呢?这时,Customers 表中就会存在一个具有两个不同 ID 的客户,因而使确定哪个客户为订单付账变得非常困难。更糟的情形是,如果某人不慎键入了两个具有相同 ID 的客户,这在制作或生成销售报表时会引起严重问题,因为不知道哪个客户实际购买了什么——他们都显示为同一个客户。为了避免这种混乱,就需要实施实体完整性。有两种实施实体完整性的方法。第一种方法是利用主关键字。

使用主关键字

主关键字用来保证表中的每条记录都是惟一的。为此,它创建一个特殊类型的索引,称为惟一性索引。索引平常用来提高数据访问速度,因为索引读取一个列中的所有值并保存一个组织有序的列表来指出包含该值的记录位于表中的什么位置。惟一性索引不仅生成这个列表,还禁止索引中存放重复的值。如果用户试图在索引字段中键入重复值,惟一性索引将返回一个错误,并且该数据修改将会执行失败。

例如,假设 Customers 表中定义 Custid 字段为主关键字,并且表中已经有客户 ID 为 1 的一个客户。如果某个用户试图创建客户 ID 为 1 的另一个客户,该用户则会接收到一个错误,并且更新遭拒绝,因为主关键字的惟一性索引中已经列出客户 ID 为 1 的客户。当然,这只是个例子,因为 Custid 字段有已设置的标识属性,该属性在每条新记录插入时自动给 ID 赋一个值,并禁止用户键入他们自己设计的 ID 值。

说明:当列可以用做行的惟一标识符时(比如"标识"列),该列就称为代理或候选关键字。

主关键字应该由一个或多个包含惟一值的列构成。这使标识列成为了变成主关键字的最佳候选列,因为标识列中包含的各个值本身就是惟一的。如果没有标识列,应当确保选择一个或一组包含惟一值的列。由于 Customers 表中有标识列,因此下面使用该列创建一个主关键字:

1. 从"开始"菜单上选择"程序"➤ Microsoft SQL Server 2005 ➤ Management Studio 选项打开 SQL Server Management Studio,并使用"Windows 身份验证"建立连接。
2. 在"对象资源管理器"中,展开"数据库"➤ Sales ➤"表"。
3. 右击 Customers 表,并选择"修改"选项。
4. 在表设计器屏幕上,右击"列名"字段中的 CustID,并选择"设置主键"选项。
5. 请注意,CustID 字段左侧有个小钥匙图标,它表示这是个主键。

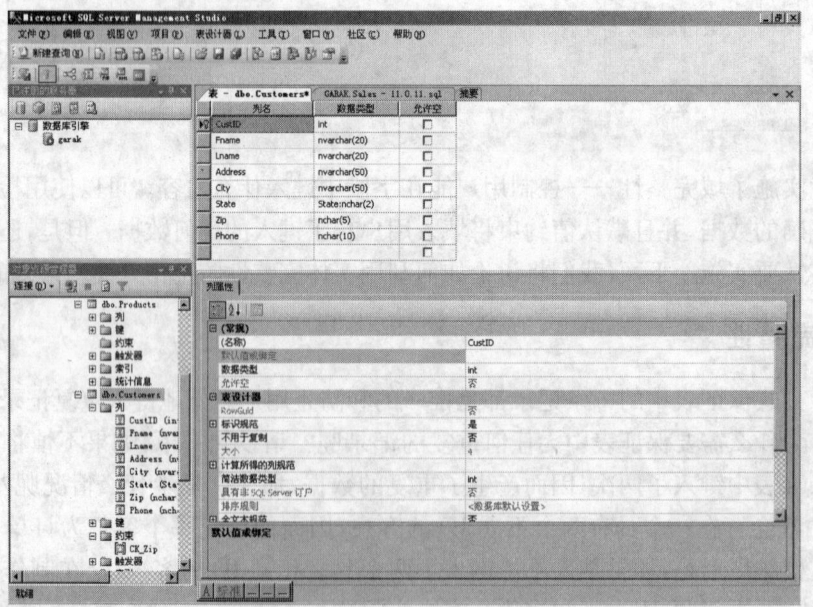

6. 单击工具栏上的"保存"图标时,SQL Server 创建惟一性索引,该索引将保证 CustID 字段中无法键入重复值。
7. 关闭表设计器屏幕。

提示:当列有大部分惟一值时,该列就说成有高选择性。当列有一些重复值时,该列就说成有低选择性。因此,主关键字字段应当具有高选择性(完全惟一的值)。

上述过程是很简单的,但假如需要在多个列上维持实体完整性,怎么办?例如,也许 Employees 表中的 EmployeeID 字段已设置为主关键字，但是 Social Security Number 字段上也需要实施实体完整性。由于每个表只能有一个主关键字，因此需要创建惟一性约束来实施这样的实体完整性。

使用惟一性约束

主关键字约束与惟一性约束之间有两大差别。第一个差别是，主关键字与外部关键字一起用来实施参考完整性(将在本章的较后面讨论)，而惟一性约束则不是。第二个差别是，惟一性约束允许字段中插入 NULL(空白)值，而主关键字则不允许 NULL 值。除此之外，两者的作用是相同的——保证字段中插入惟一性数据。

当需要保证除主关键字以外的字段中无法插入重复值时，应该使用惟一性约束。例如，Social Security Number 字段就是一个需要惟一性约束的字段，因为该列中包含的值要求是惟一的；然而，表中很可能将 EmployeeID 字段用做主关键字。由于表中没有适合实施惟一性约束的候选字段，所以我们将通过在 Phone 字段上创建一个惟一性约束来做演示：

1. 在 SQL Server Management Studio 中，单击“新建查询”按钮，并选择“数据库引擎查询”选项。使用“Windows 身份验证”建立连接。
2. 从工具栏上的数据库下拉列表中选择 Sales。
3. 键入并执行下列代码：

```
ALTER TABLE customers
ADD CONSTRAINT CK_Phone
UNIQUE (Phone)
```

4. 右击“对象资源管理器”中的 Sales 数据库，并选择“刷新”选项。
5. 展开 Sales ➤表➤ Customers ➤“键”。
6. 请注意，新的惟一性约束出现在“键”下面，并使用前面创建的主键。

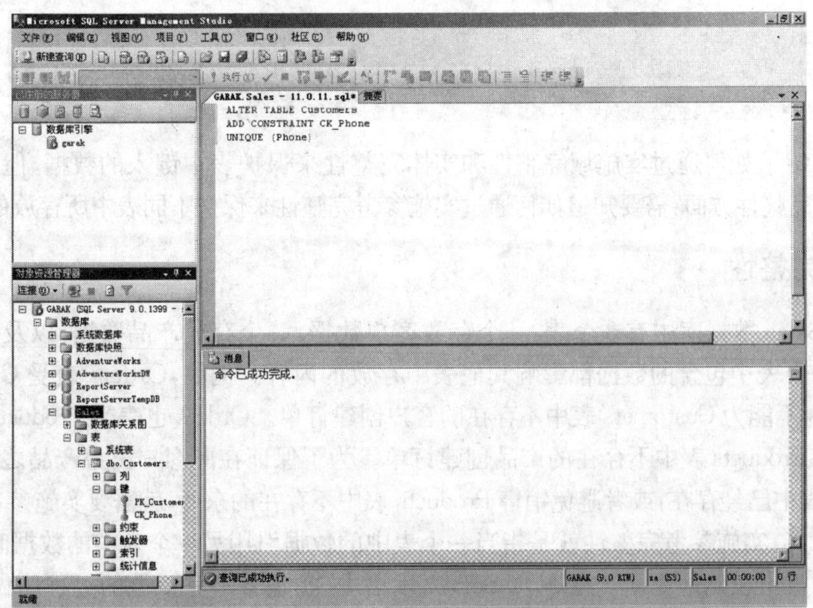

为了测试这个惟一性约束，试着使用 INSERT 语句添加一些重复的电话号码：

1. 在 SQL Server Management Studio 中，选择“查询”➤“使用当前连接查询”选项。

2. 键入并执行下列代码,以便在 Customers 表中插入一条新记录:

```
USE sales
INSERT customers
VALUES ('Shane','Travis','806 Star','Phoenix','AZ','85202','6021112222')
```

3. 选择"查询"➤"使用当前连接查询"选项,然后试着键入并执行下列代码,以便插入另一个具有相同电话号码的客户:

```
USE sales
INSERT customers
VALUES ('Janet','McBroom','5403 Western','Tempe','AZ','85103','6021112222')
```

4. 请注意,这个操作执行失败,并出现一条指出该重复电话号码违反了 UNIQUE_KEY 约束的消息。

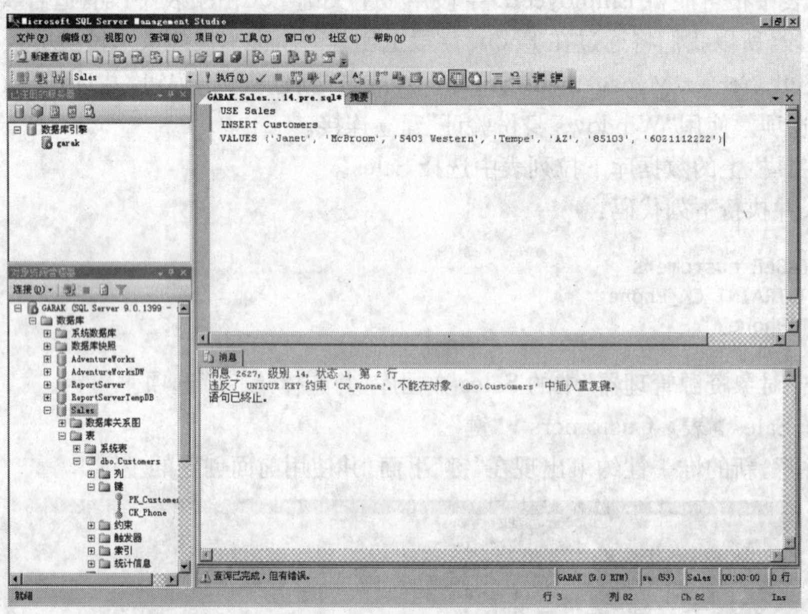

前面介绍了如何通过实施域完整性和实体完整性来保护表中键入的数据,但还有另一个需要考虑的完整性方面:需要知道如何通过实施参考完整性来保护不同表中所存放的相关数据。

实施参考完整性

目前,Sales 数据库中有 3 个表:一个存放客户数据,一个存放产品数据,以及一个存放订单数据。每个表中包含的数据都影响其他表中存放的内容。例如,Orders 表受 Customers 表的影响,因为不能为 Customers 表中不存在的客户创建订单。Orders 也表受 Products 表的影响,因为不能为 Products 表中不存在的产品创建订单。为了保证在向客户出售产品之前该客户在 Customers 表中已经存在,或者避免销售 Products 表中不存在的东西,就需要实施参考完整性。

顾名思义,实施参考完整性就是指当一个表中的数据引用另一个表中的数据时,需要防止引用的数据被不正确地更新。在 SQL Server 术语中,实施参考完整性的过程叫做"声明性引用完整性"(Declarative Referential Integrity,简称 DRI),而且是通过链接一个表的主关键字到另一个表的外部关键字来实现的。下面介绍外部关键字的作用以及怎样创建它们。

使用外部关键字

外部关键字与主关键字联合用来将两个表在一个共有列上关联起来。例如，可以将 Orders 与 Customers 表在它们共有的 CustID 列关联起来。如果用 Customers 表的 CustID 列作为主关键字（前面已经这么做），那么可以用 Orders 表中的 CustID 列作为关联这两个表的外部关键字。现在，除非启用层叠参考完整性（稍后将讨论），否则当 Customers 表中不存在匹配的记录时，就无法在 Orders 表中添加记录。不仅如此，如果 Orders 表中有匹配的记录，则不能删除 Customers 表中的记录，因为不能有订单而无客户信息。在演示这个过程之前，也许最好是先了解一下在没有实施参考完整性时会发生怎样的情形：

1. 如果仍在 SQL Server Management Studio 中，那么单击“新建查询”按钮，并选择“使用当前连接查询”选项。使用“Windows 身份验证”建立连接。
2. 要在 Orders 表中插入一条带客户 ID、产品 ID、数量和当前日期的记录（按照 GETDATE()函数的报告），键入并执行下列代码：

```
USE sales
INSERT orders
VALUES (999,5,57,getdate())
```

3. 请注意上一步，即使 Customers 表中不存在 ID 为 999 的客户，这条语句仍能执行成功。
4. 要删除错误记录，键入并执行下列代码（请注意，这条命令有潜在的危险性，因为它会删除表中的所有记录）：

```
truncate table orders
```

由于已经证明不能为不存在客户键入订单，所以需要保护数据库免遭这种错误的困扰。为此，需要在 Orders 表的 CustID 列上创建一个外部关键字，用来关联到 Customers 表的 CustID 列（它是 Customers 表的主关键字）。在创建了这个关系之后，数据在这些表之间将得到保护。下面是创建这个关系的步骤。

1. 打开 SQL Server Management Studio。在“对象资源管理器”中展开当前服务器➤“数据库”➤ Sales ➤“表”➤ Orders。
2. 右击“键”，并选择“新建外键”选项。
3. 在“(名称)”框中键入 FK_Customers_Orders。
4. 在“说明”框中，键入 Relate table on CustID。
5. 单击“表和列规范”旁边的方框，并单击框中的省略号按钮。
6. 从“主键表”下拉列表中选择 Customers 选项。
7. 从网格内的两个下拉列表框中选择 CustID，如下图所示：

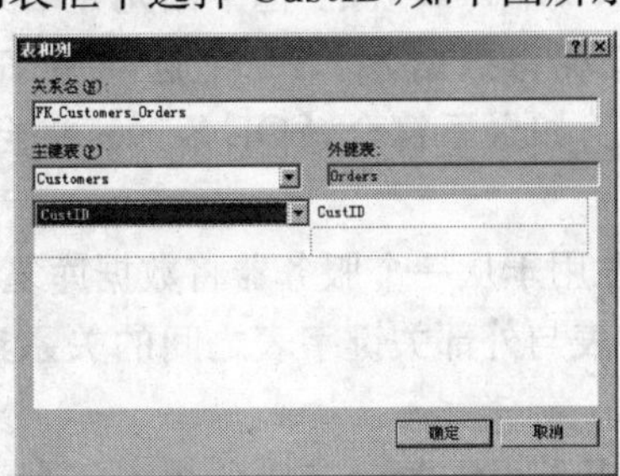

8. 单击“确定”按钮。“外键关系”对话框看上去类似于下面这样：

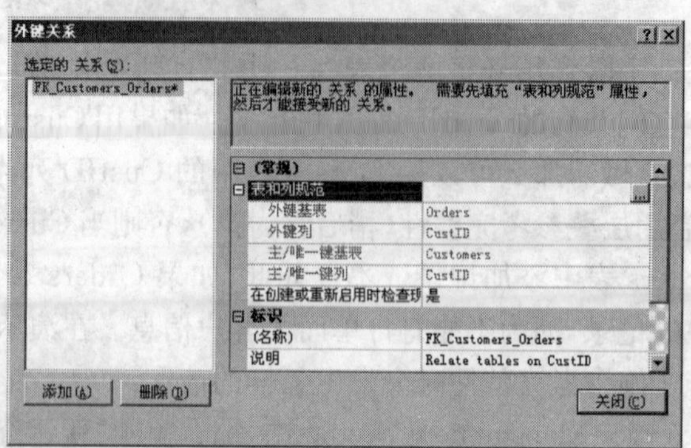

9. 单击“关闭”按钮创建关键字。

10. 单击“保存”按钮保存表，并单击“保存”对话框中的“是”按钮。

11. 在“对象资源管理器”中，右击 Orders 表下方的“键”，并选择“刷新”选项。

12. 展开“键”，应该注意到新建的关键字。

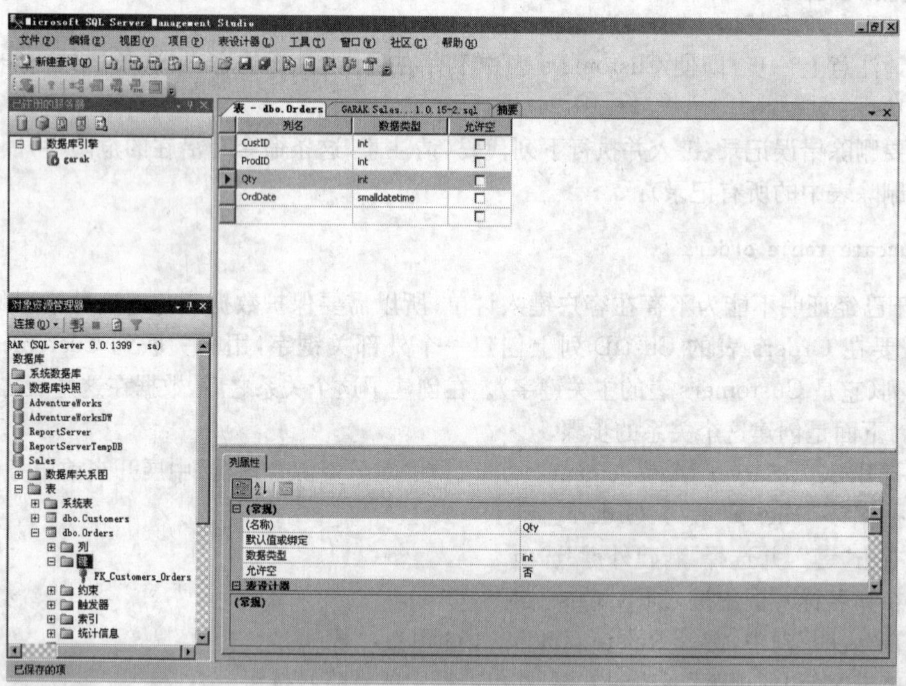

稍后将测试这个新建关系——读者也许很想知道对话框底部的那些选项有什么作用。本章的较后面将介绍 INSERT 和 UPDATE 规定，但下面先介绍其中的 3 个选项：

“在创建或重新启用时检查现有数据”　第一个选项通知 SQL Server 核实这两个表中的所有现有数据符合约束参数。如果不符合，SQL Server 将会显示一个要求使之符合的警告。

“强制用于复制”　复制特性用于从一个服务器将数据库复制到另一个服务器上。这个选项启用复制特性，以便主关键字表与外部关键字表之间的关系连同这两个表一起通过复制特性被复制到另一个服务器上。

“强制外键约束”　如果发现不再需要已建成的关系，则可以清除这个复选框来禁用这个关系，同时又让这个关系保留下来。这样，当以后再次需要这个关系时，就不必全部重建它。

现在，准备测试这个新建关系。下面，我们将尝试在 Orders 表中添加一些在 Customers 表没有对应记录的行；然后，将试着从 Customers 表中删除一个引用 Orders 表中的某一条记录的行：

1. 在 SQL Server Management Studio 中，像上一组步骤中那样试着给 Orders 表添加一条相同的记录：

```
USE sales
INSERT orders
VALUES (999,5,57,getdate())
```

2. 请注意，该添加操作执行失败，因为 Customers 表中不存在客户 ID 为 999 的客户。

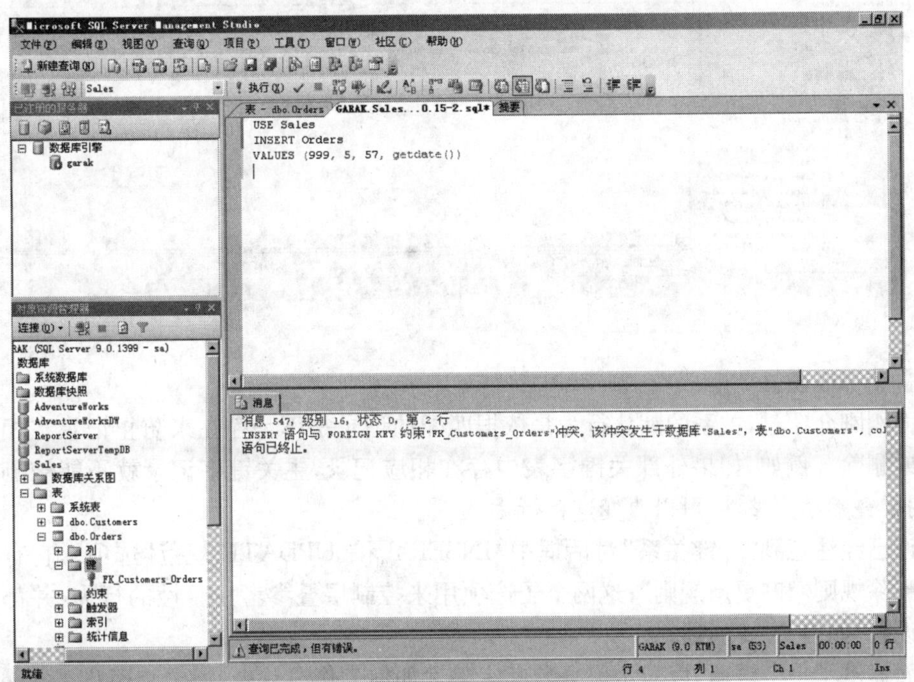

3. 为了确认这是可行的，在"新建查询"窗口中键入并执行下列代码，以便给 Orders 表添加一条有对应客户 ID 的记录：

```
USE sales
INSERT orders
VALUES (1,5,57,getdate())
```

4. 应该注意到上一段代码执行成功，因为客户 1 存在。
5. 既然在 Orders 表中有了相应记录，试着从 Customers 表中删除客户 1：

```
USE sales
DELETE from customers
WHERE custid = 1
```

由此可以看出如何保护关系表中的记录以防止不适当的更新。如果主关键字表中没有对应的记录，用户无法给外部关键字表添加记录；如果主关键字记录有相应的外部关键字记录，主关键字记录就不能被删除。请稍等片刻，还有一个需要考虑的完整性方面：层叠参考完整性。

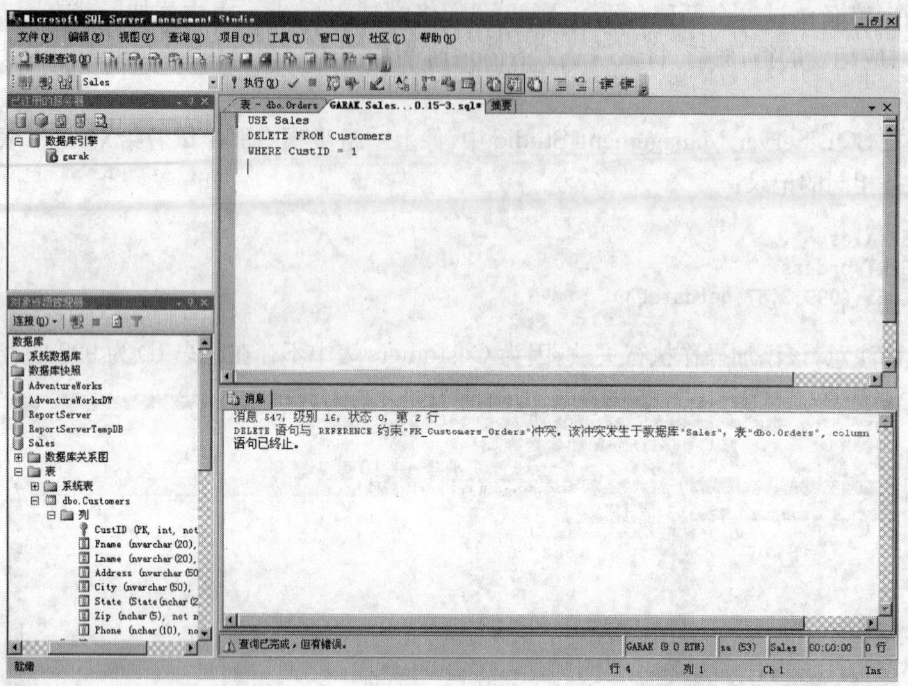

使用层叠参考完整性

前面刚刚介绍过，关系的默认行为是依据匹配的记录是不是存在来防止记录在相关表中的添加或删除。例如，如果外部关键字表中存在相应记录，主关键字记录就不能被删除。但是，利用层叠参考完整性，可以改变这种行为。

也许已经注意到"外键关系"对话框中"INSERT 和 UPDATE 规范"选项。它有两个子选项："删除规则"和"更新规则"；这两个子选项用来控制层叠参考完整性的行为，并都有 4 个可能的设置，如表 11.4 所述。

下面提供了一个试验，以演示层叠参考完整性如何工作。首先，需要禁用 Customers 表中的 CustID 字段的标识属性，因为具有标识属性的字段无法进行手工赋值，而本试验为了完整地测试层叠参考完整性又需要这么做。在这个过程完成后，我们将设置关系的这两个层叠选项，并测试各种层叠能力：

1. 打开 SQL Server Management Studio，展开当前服务器➤"数据库"➤ Sales ➤"表"。
2. 右击 Customers 表并选择"修改"选项。
3. 单击 CustID 字段。在屏幕的下半部分，展开"标识规范"，并将"(是标识)"属性设置为"否"。
4. 单击"保存"按钮，并单击"保存"对话框中的"是"按钮。
5. 右击 CustID 字段，并选择"关系"选项。
6. 展开"INSERT 和 UPDATE 规范"，并将"删除规则"和"更新规则"选项设置为"层叠"选项。

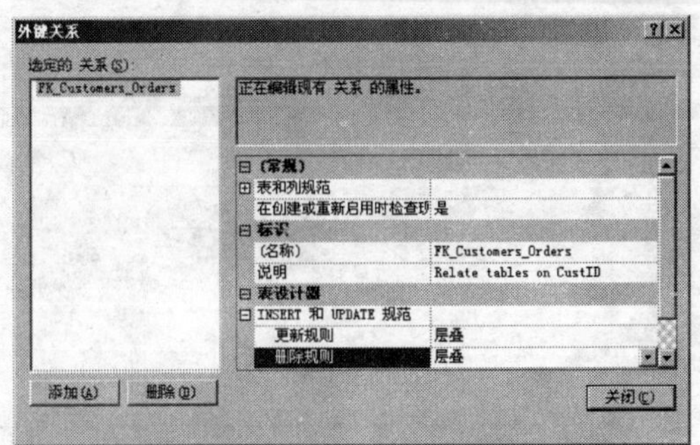

7. 单击“关闭”按钮。
8. 单击工具栏上的“保存”图标，并单击“保存”对话框中的“是”按钮。
9. 关闭表设计器窗口。

表 11.4　“INSERT 和 UPDATE 规范”设置

操作	删除规则	更新规则
“无操作”	不能从主表中删除由外部表中的行所引用的行	如果要插入到外部表中的行在主表中没有对应行，那么不能插入该行
“层叠”	如果从主表中删除由外部表中的行所引用的行，那么该外部行也被删除	如果更新主表中的关键字值，那么该值在外部表的所有行中都被更新
“设置空”	如果从主表中删除由外部表中的行所引用的行，那么构成外部关键字的那些列的值被设置为空值	如果更新主表中由外部表中的行所引用的行，那么构成外部关键字的那些列的值被设置为空值
“设置默认值”	如果从主表中删除由外部表中的行所引用的行，那么构成外部关键字的那些列的值被设置为它们的默认值。外部关键字中的所有列都必须有一个默认值才能使这个操作工作	如果更新主表中由外部表中的行所引用的行，那么构成外部关键字的那些列的值被设置为它们的默认值。外部关键字中的所有列都必须有一个默认值才能使这个操作工作

既然已经启用了 Customers 与 Orders 表之间的层叠参考完整性，下面准备测试它：

1. 在 SQL Server Management Studio 中，单击“新建查询”按钮，并选择“数据库引擎查询”选项。如果要求建立连接，使用“Windows 身份验证”建立连接。
2. 键入并执行下列代码来验证 Customers 与 Orders 表中的现有记录(请注意这两行同时执行)。结果集中应该出现 CustID 1 的 3 个客户和 1 个订单：

```
USE Sales
select * from customers
select * from orders
```

3. 要测试层叠更新特性，键入并执行下列代码：

```
UPDATE customers
SET custid = 5
WHERE custid = 1
```

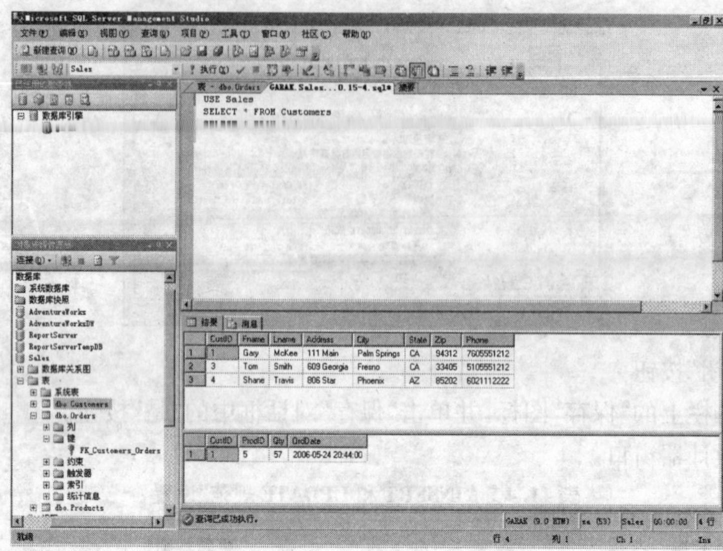

4. 再次键入并执行第 2 步中的代码。请注意,Customers 与 Orders 表中的 CustID 1 已经改成 5。

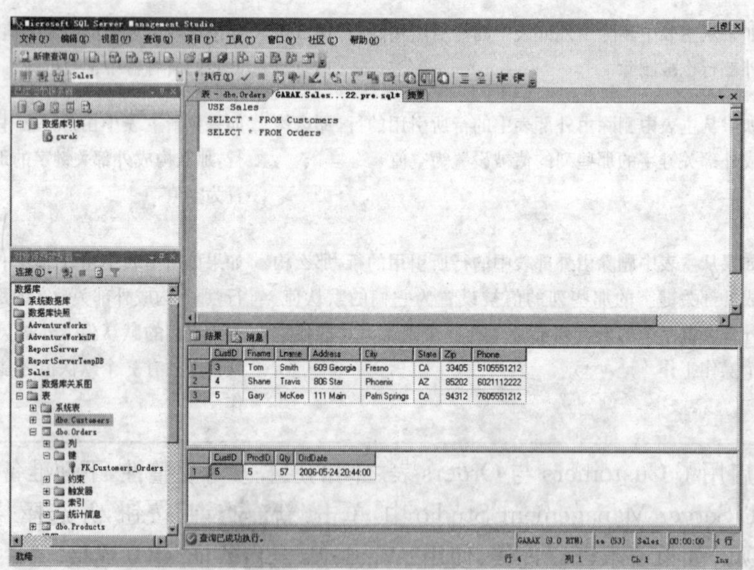

5. 要测试层叠删除特性,键入并执行下列代码来删除客户 5:

```
USE Sales
DELETE from customers
WHERE custid = 5
```

6. 再次键入并执行第 2 步中的代码。请注意,Customers 表中的客户 5 记录连同 Orders 表中的相应记录已被删除。

现在,应该知道如何声明同时拒绝和层叠更新操作的参考完整性。事实上,应该知道如何约束由用户试图键入到表中的任何数据。

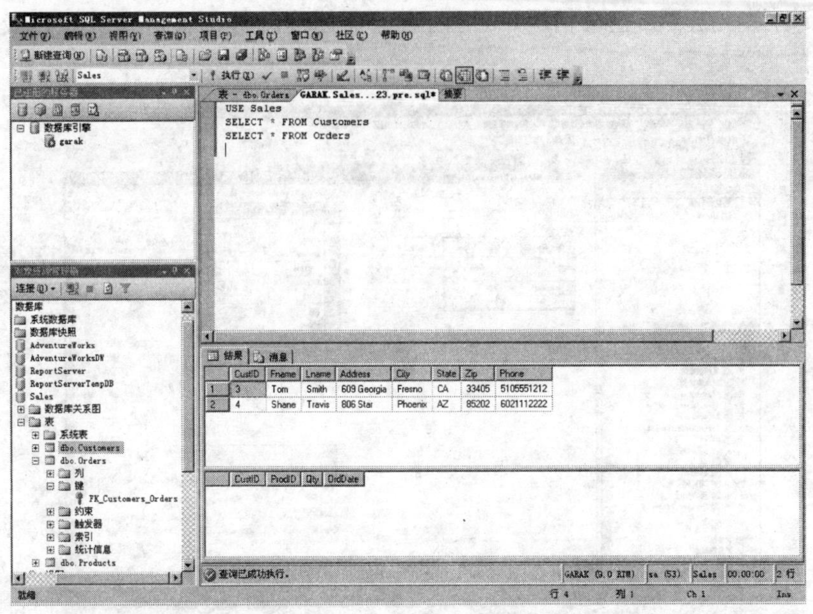

使用数据库关系图

前面所做的工作都是图形化的，换句话说，用户已经能使用 SQL Server Management Studio 工具完成所有工作，但使用 Transact-SQL 代码除外。这样虽好，但还能更好。还记得我们在上一节中创建的外部关键字关系吗？如果能够实际看到那些表，也许还能用拖放操作创建这种关系，那会更加方便。为此，SQL Server 提供了一个这样的机制：数据库关系图。用户可以使用数据库关系图创建外部关键字关系以及做许多其他事情。事实上，大部分的数据库管理任务都可以使用数据库关系图来完成。

数据库关系图是数据库的形象化描述。具体地说，它是数据库架构（整体或局部）的图形描述，进而显示表和列以及它们之间的关系。下面通过创建一个数据库关系图来了解它能做些什么：

1. 打开 SQL Server Management Studio，并展开当前服务器➤"数据库"➤ Sales ➤"表"。
2. 右击 Sales 数据库下面的"数据库关系图"，并单击"新建数据库关系图"。
3. 在"添加表"对话框中，选择 Customers、Orders 和 Products 并单击"添加"按钮。

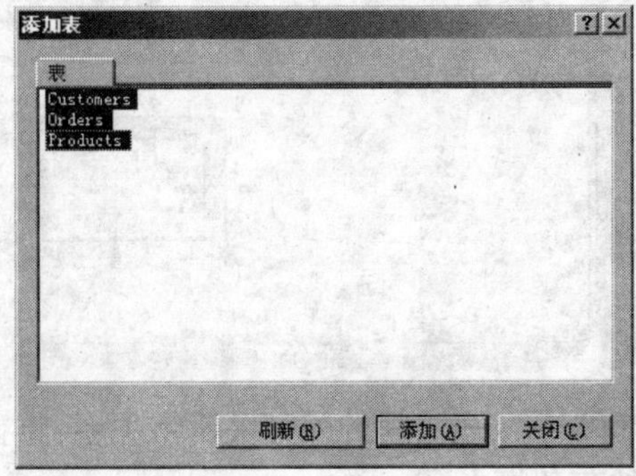

4. 在这些表添加完毕后单击"关闭"按钮，然后应该看到数据库关系图(图中的图表经过了更改，以便能看到整个情况)。请注意前面创建的外部关键字关系以及 Customers 表上的主关键字。

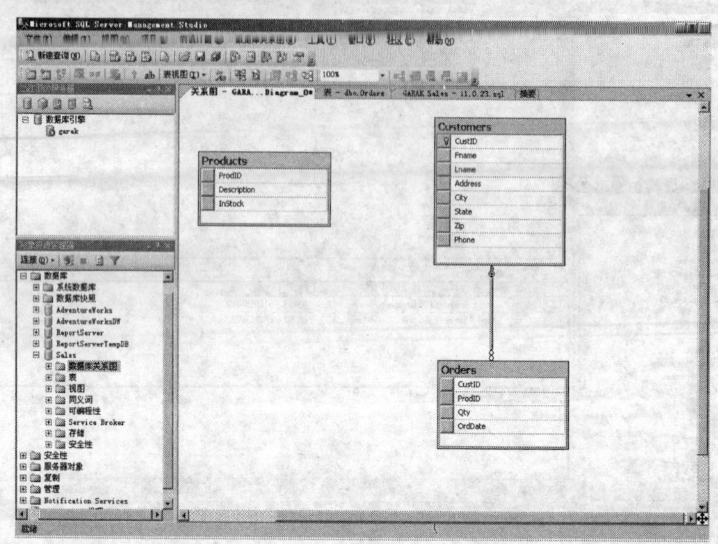

说明：数据库关系图是数据库架构的图形化描述。数据库架构是数据库的结构描述，并描述列名、数据类型、表关系以及数据库结构的所有其他构件。

由于我们已经成功地创建了 Sales 数据库的数据库关系图，所以下面来看一看数据库关系图能做些什么。在下面的步骤中，我们将在 Products 表上创建一个主关键字，然后将Products表与 Orders 表关联起来，而这一切都使用数据库关系图来完成：

1. 要在 Products 表上创建一个主关键字，右击 ProdID 列并选择"设置主键"选项(可能需要通过加大工具栏上的缩放下拉框中的百分比来放大图形，以便看到列名)。请注意列名左侧的小钥匙图标。

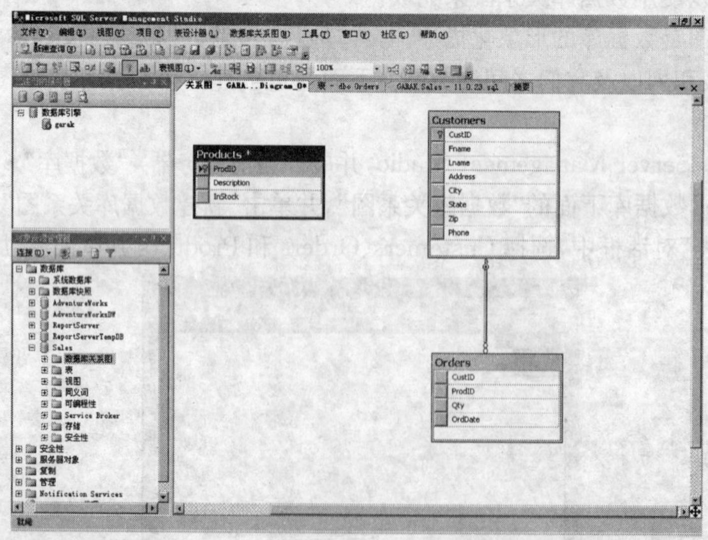

2. 要创建 Products 表与 Orders 表之间的外部关键字关系，将鼠标指针停放在 Orders 表中的 ProdID 列左侧的灰色框上。

3. 单击并拖动鼠标到 Products 表，并将图标放在 ProdID 列上。
4. 单击“确定”按钮来接受“表和列”对话框中的默认值。

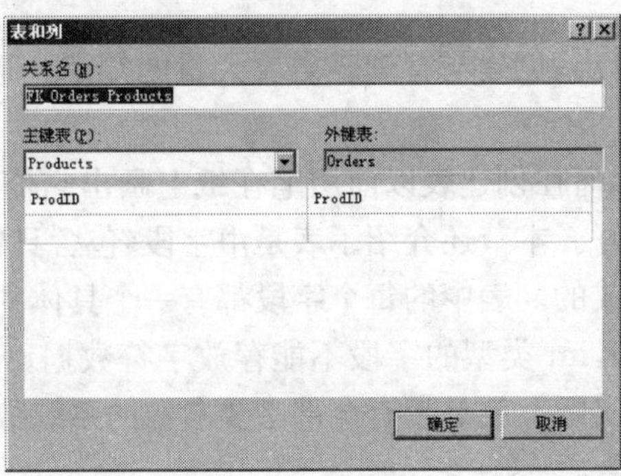

5. 单击“确定”按钮来接受“外键关系”对话框中的默认值。

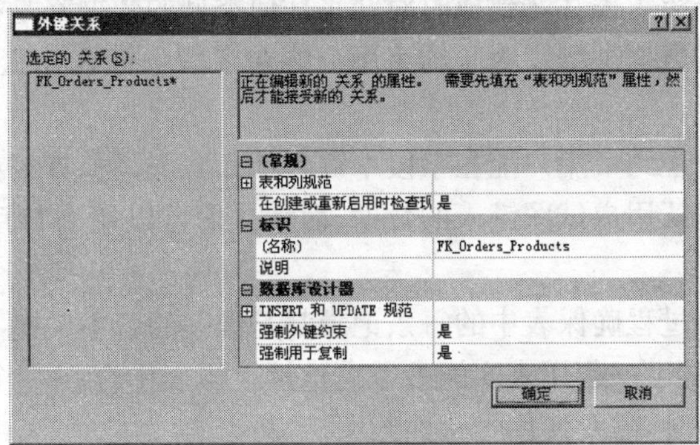

6. 请注意那条灰线，它表示 Products 与 Orders 表之间的关系。单击屏幕右上角的 X 图标关闭数据库关系图。
7. 在被要求保存该图表时，单击“否”按钮。

现在，我们已有了一个功能齐全的数据库关系图，它可以用来修改表结构和建立表之间的关系。这样的数据库关系图会非常有用，而且在逐渐了解它们后能节省大量时间。

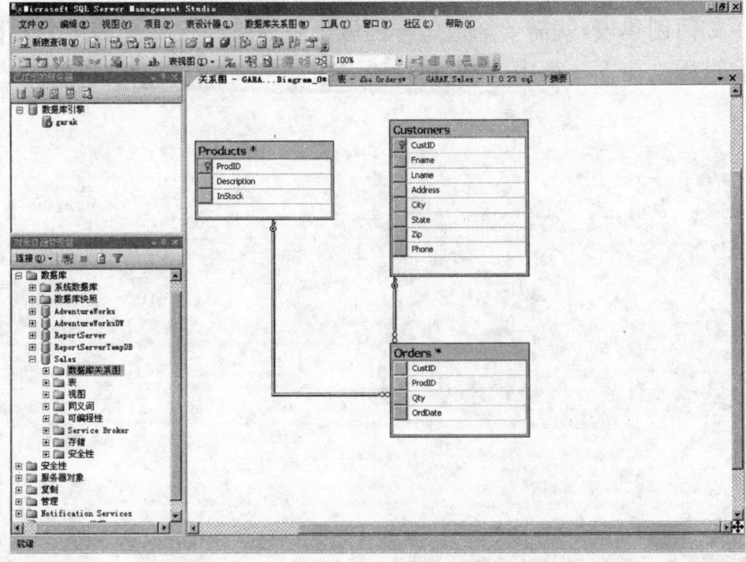

小结

从本章的介绍中可以看出,创建与管理表需要大量的知识。下面简要回顾一下本章所涵盖的内容:

规划表 本节介绍了如何在创建表以前用笔在纸上画出它们。在规划表期间,需要确定表中包含的内容,越具体越好。本节还介绍了表是由字段(包含具体类型的数据)和行(由表中的所有字段构成的实体)组成的。表中的每个字段都有一个具体的数据类型,用于约束它能够保存什么类型的数据。例如,int 类型的字段不能存放字符数据。然后,介绍了如何创建自定义数据类型,这些数据类型实际上就是带有全部必要参数的系统数据类型,不过这些参数需要事先提供。

创建表 本节介绍了在数据库中创建表的机制——不复杂但非常重要的一个题目。

约束数据 本节介绍了表在刚建成时对几乎任何类型的数据都是很开放的。惟一的约束是用户不能违反字段的数据类型。为了约束用户能在字段中键入什么数据,本节介绍了如何实施 3 种类型的完整性:

域完整性 这个过程约束用户能在字段中键入什么数据。检查约束与规则可以用来对照一个可接受数据列表确认用户试图键入的数据,而默认值可以用来替用户填充他们忘记键入的数据。

实体完整性 这个过程确保表中的每条记录都是惟一的。主关键字是完成这一任务的主要方法;它们和外部关键字一起用来实施参考完整性。当表中存在一个不属于主关键字而又需要防止重复值的字段时,需要使用惟一性约束。

参考完整性 这个过程保护不同表中保存的相关数据。外部关键字与主关键字相关联。因此,如果主表中的行在外部表中存在相应的记录,则该行不能被删除;如果要插入到外部表中的记录在主表中没有相应的记录,则该行不能被插入。避开这种行为的惟一方法是启用层叠参考完整性;这种完整性允许删除或修改主表中的记录,并将那些修改层叠到外部表。

使用数据库关系图 最后,本章介绍了数据库关系图是数据库架构的形象化描述,可以用来简化数据库管理和维护任务。

既然学会了如何创建表,就需要知道怎样提取出随后将要保存到表中的数据,以及如何加快这个数据提取过程。在下一章中,我们将讨论 SQL Server 中的索引机制。

第 12 章 索　　引

如果需要从图书中寻找“触发器”关键词，怎么查找？首先，从书后的索引（如果有的话）中寻找“触发器”关键词，这些关键词按字母顺序排列。在查找到“触发器”关键词之后，参照它右侧的页码，然后就能相当快地查找到所需要的描述。但是，假如这本图书没有经过组织——没有索引、没有目录甚至连章号和页码都没有，那么怎么查找“触发器”呢？那就只好一页一页地翻遍整本书，直至找到“触发器”时为止——相当费时又费力的一个过程。SQL Server 表的工作方式也大致如此。

在最初建成表并开始插入数据时，表中的任何内容都没有组织——信息按先来先服务的原则插入。当后来需要寻找特定记录时，SQL Server 必须从头至尾地查看表中的每条记录来寻找所需的记录。这称为表扫描，并且会使数据库服务器在速度上有明显的降低。由于用户需要快速访问他们的数据，所以需要给包含该数据的表中添加组织，其方式同使用章节、页码和索引组织图书非常相似。

要给表添加组织，就需要了解索引。本章将讨论两种不同类型的索引：群集和非群集索引，以及它们怎样加快数据访问速度。本章还将介绍何时、如何以及在何处创建索引，以便它们提供最高的数据检索效率。

然而，在实际了解索引如何加快数据访问速度之前，必须先弄清楚索引体系结构。

索引体系结构

第 3 章曾经介绍过，SQL Server 将数据保存在硬盘上，更明确地说，保存在数据库文件内的 8KB 页面上。默认情况下，这些页面和它们所包含的数据没有用任何方式组织过。为了让这种混乱变为有序，就要创建索引。一旦创建了索引，除了有数据页面之外，还有了索引页面。数据页面包含用户已插入到表中的信息，而索引页面用来存放已索引列中的所有值的一个列表（称为键值），连同每个值的一个位置指针；该指针指向包含该值的记录在索引表中的位置。例如，如果 Lastname 列上有一个索引，则一个键值可能是 Smith 520617——这个键值表示在 Lastname 列中有 Smith 值的第一条记录是在盘区 52，页面 6，记录号 17 上（盘区是数据文件中由 8 个连续页面组成的集合）。

表中可以创建两种类型的索引：群集和非群集索引。应该使用哪种类型以及用在哪里呢？要准确回答这两个问题，就需要了解 SQL Server 在没有索引时怎样存放与访问数据——这种类型的表称为堆（Heap）。

了解堆

有些城市的街道被小河、高速公路和各式各样的障碍物分割得支离破碎。每次打算寻找某个地址时，街道又被某种障碍物堵住了。为了继续寻找目的地，必须参考地图来寻找这条街道的下一段从哪里开始。街道被分割得越乱，越是要经常参考地图来寻找这条街道的下一段从哪里开始。

没有群集索引的表称为堆,它们非常像那些被割断的街道。SQL Server 在磁盘中存放表时,在数据库文件中每次分配一个盘区(8 个连续页面)。当一个盘区装满数据时,SQL Server 分配另一个盘区。但是,这些盘区在数据库文件中不是物理地相互邻接的,而是散布在许多地方,非常像一条不断开始和中止的街道。这就是使堆上的数据访问变得非常慢的部分,非常像需要不断地参考地图来寻找一条街道的各个部分。SQL Server 需要通过访问一张地图来查找它正在搜索的那个表的各个盘区。

例如,假设正在 Customers 表中查找一条名为 Adams 的记录。Customers 表可能是非常庞大的,因此 SQL Server 需要在数据库文件中查找属于该表的所有盘区,然后才能考虑查找 Adams 记录。为了查找那些盘区,SQL Server 必须查询 sysindexes 表。

不要让名称迷惑了:虽然 sysindexes 表一般用来保存索引信息,但数据库中的每个表在 sysindexes 表中都有一个对应的数据项,不管这个特定的表是不是有适当的索引。如果一个表是个堆(比如 Customers 表),它在 sysindexes 表中就有一条对应的记录,并且该记录的 indid(index identifier)列有 0 值。一旦 SQL Server 在 sysindexes 表中找到代表 Customers 表的那条记录,并在 indid 列中读取到一个 0 值,SQL Server 就明确地查看 FirstIAM 列。

FirstIAM 列通知 SQL Server 第一个索引分配图(Index Allocation Map,简称 IAM)页面在数据库中的确切位置。和用来寻找一条街道的各个部分的街道地图一样,IAM 是 SQL Server 用来寻找堆的各个区域必须使用的东西,如图 12.1 所示。这个 IAM 是将堆中的页面链接在一起的惟一东西;如果没有 IAM,SQL Server 则需要扫描数据库文件中的每个页面来查找一个表——就像在没有街道地图时必须开车走遍城里的每一条街道后才能找到某条街道。

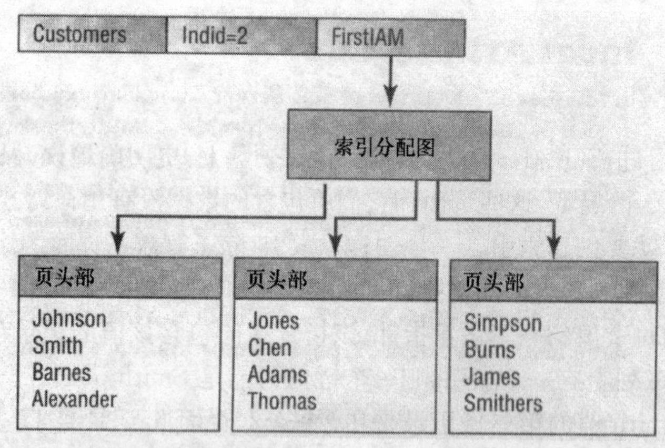

图 12.1　为了寻找一个表所关联的所有页面,SQL Server 必须参考索引分配图

即使有了这个索引分配图,数据访问一般仍比经过索引的表慢得多。应该这样来理解:如果寻找某个地址要去的街道没有中断,那么寻找目的地会容易和快捷得多。但是,由于该街道被分成多段,所以必须不断对照街道地图查找街道的下一段。同样,SQL Server 必须不断对照索引分配图来查找表的下一个盘区,以便继续搜索数据。扫描索引分配图以后再扫描表中的每个盘区来寻找所需记录的这个过程就叫做表扫描。通过在 SQL Server Management Studio 中创建一个新查询,就会明白表扫描看起来像什么:

1. 打开 SQL Server Management Studio,并使用"Windows 身份验证"建立连接。
2. 要强制 SQL Server 执行一次表扫描,需要删除一个索引。在"对象资源管理器"中,展

开当前服务器➤"数据库"➤ AdventureWorks ➤"表"➤ HumanResources.EmployeePayHistory➤"索引"。

3. 右击 PK_EmployeePayHistory_EmployeeID_RateChangeDate 索引,并选择"删除"选项。
4. 单击"删除对象"对话框中的"确定"按钮(我们将在本章的较后面重建这个索引)。
5. 单击"新建查询"按钮,并选择"数据库引擎查询"选项。如果要求建立连接,使用"Windows 身份验证"建立连接。
6. 在 territories 表(没有索引)上键入下列代码:

```
USE AdventureWorks
SELECT * FROM HumanResources.EmployeePayHistory
```

7. 在"查询"菜单上,单击"显示估计的执行计划"。这将显示 SQL Server 怎样着手查找数据。
8. 向下滚动到结果窗格的底部,并将鼠标指针停留在"表扫描"图标上来浏览该扫描的代价——这显示该扫描花费了多少 CPU 时间(以毫秒为单位)。

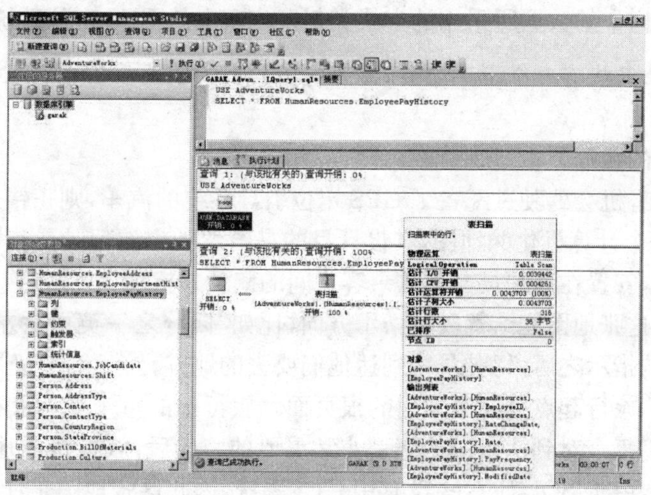

表扫描会使系统变慢,但也不一定。事实上,如果表很小(表大小大约为一个盘区),表扫描会比索引式访问快。如果在这样的小表上创建索引,那么 SQL Server 必须读取索引页面,然后读取表页面。直接扫描和利用表会更快。因此,在小表上,堆更合适。然而,在大表上,应该避免表扫描——为此应该了解索引。我们将首先从了解群集索引开始。

估计表的盘区数量

第 11 章将比较详细地讨论这个题目,但下面提供了一个简短的概述。要估计一个表的盘区数量,执行下列步骤:

1. 计算表中一条记录的大小。
2. 用 8092 除以第 1 步的结果。
3. 用估算行数除以第 2 步的结果。
4. 用第 3 步的结果除以 8——这将得出表占用的盘区数量。

了解群集索引

群集索引物理地重新排列用户插入到表中的数据。群集索引在磁盘上的排列可以轻松地比喻为字典中的排列,因为它们都使用相同的存储范型。如果需要查找字典中的某个单词(比如 satellite),怎么查找呢? 直接翻到字典的 S 部分,然后逐页翻看这个按字母顺序排列的列表,直至查找到 satellite 单词时为止。这个过程与群集索引相似。在数据库文件中,Lastname 列上的群集索引会将 Adams 物理地放在 Burns 的前面。这样,SQL Server 就会更轻松地查找到它所要的确切数据页面。

将 SQL Server 中的索引形象化成一棵倒置的树可能会帮助。事实上,索引结构称为 B 树(二叉树)结构。B 树结构的最上层是根页面;它包含下一层页面(叫做中间层页面)的位置信息。这些中间层页面又包含另外的键值,这些值又可以指向下一层中间层页面或数据页面。群集索引最底层的页面(叫做叶页面)包含实际数据,这些数据被物理地布置在磁盘上以符合索引的约束。

但是,群集索引上的数据访问比仅查找数据页面中的字母与数字复杂一些——SQL Server 访问这种结构中的数据所采用的方式类似于汽车上的 GPS 定位系统。

提示:每个表上只能有一个群集索引,因为群集索引物理地重排索引表中的数据。

访问经过群集索引的数据

如果读者从未有机会驾驶过配备了 GPS 定位引导系统的汽车,则正错过一段非常有趣的经历。GPS 系统是个计算机化的地图,其设计目的是给驾驶中的驾驶员指明方向。它看上去像个小计算机屏幕,安置在驾驶员与前排乘客之间的鹅颈式支柱上,非常像标准换档汽车上的换档杆。有趣的是这张地图能给驾驶员指示方向,比如"四分之一英里后左转"、"下一路口右转"等。在听完它的指示之后,驾驶员就到达他们要去的地方。

在这个比喻中,旅行起点是群集索引的根页面。旅行中的每个转弯和掉头都是群集索引的中间层,而且它们每个对到达目的地都是非常重要的。最后,旅行目的地是索引的叶页面,即数据本身。但是,由于 SQL Server 没有用 GPS 系统,因此这张地图是什么呢?

如果在一个列上执行查询,并且该列又是群集索引的一部分(通过使用 SELECT 语句),那么 SQL Server 必须参考每个表在里面都有一条记录的 sysindexes 表。有群集索引的表在 indid 列中有一个 1 值(跟堆不同,因为堆有一个 0 值)。SQL Server 在找到该记录之后,立即查看 root 列,它里面包含群集索引的根页面的地址。

SQL Server 在找到群集索引的根页面时,就开始查找数据。例如,如果正在查找 Smith,SQL Server 搜索整个根页面查找一个代表 Smith 的数据项。由于正在寻找的数据在表的底部附近,所以 SQL Server 在根页中很可能找不到 Smith。它在根页面的底部将要找到的是一个指向该链中的下一个中间页面的链接。

群集索引中的每个页面都有一个指针,或者说链接,该指针指向这个页面的前一个页面和它的下一个索引页面。让这些链接内建到索引页面内消除了对堆所要求的 IAM(索引分配图)页面的需要。这加快了数据访问速度,因为不必不断地往回参考 IAM 页面——直接转到链中的下一个索引页面,类似于在 GPS 比喻中听从计算机的指示到达旅程中的下一个转弯处。

然后,SQL Server 从头至尾地查看每个中间层页面,其中它可能被重定向到另一个中间层页面或最终到达叶层。群集索引中的叶层是最终目的地——在SELECT查询中所请求的数据。如果只请求了一条记录,那么在叶层上找到的那条记录就显示出来。

但是,假设请求了一个数据范围(比如从Smith到Quincy),由于数据在物理上经过了重新排列,所以一旦SQL Server找到了此次搜索中的第一个记录,它就可以读取下一条后续记录,直至它遇到Quincy时为止。没有必要不断地往回参考根页面和中间层页面来查找后续数据。这使得群集索引非常适合这样的列:经常请求一个具有低选择性的数据或列范围。选择性指一个列中的重复值数量;低选择性指列中存在许多重复值。例如,Lastname字段可能包含几百条具有Smith值的记录,换句话说,它有低选择性。而PhoneNumber列应该包含非常少的具有重复值的记录,换句话说,它有高选择性。整个过程看起来非常像图12.2。

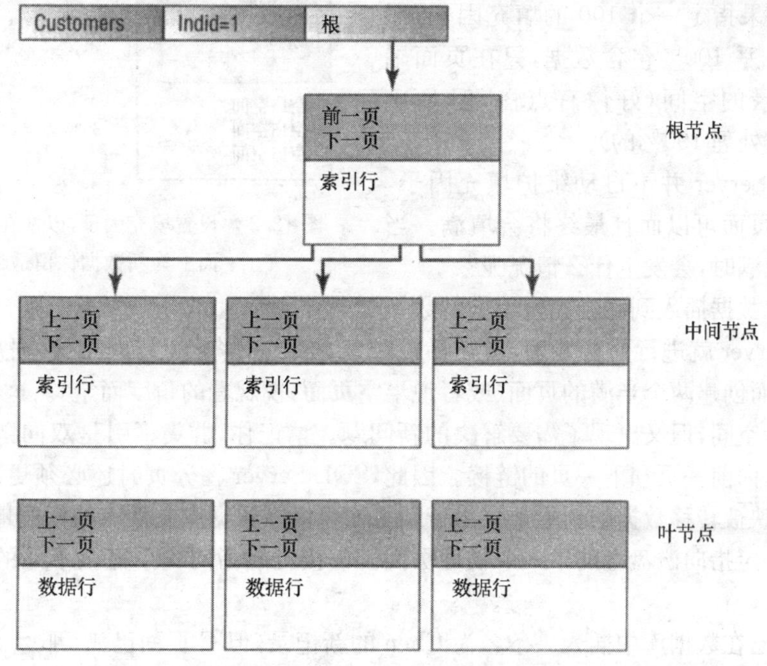

图12.2 经过群集索引的表数据被物理地重排,以便于查找

前面介绍了SQL Server怎样通过群集索引访问数据,但除此之外,还有需要了解的内容。下面需要了解数据最初是怎样到达那里的,以及数据发生变化时会发生什么情形。

修改经过群集索引的数据

要访问经过群集索引的表数据,可以使用标准SELECT语句——没有什么特别之处。修改经过群集索引的表数据也差不多——可以用标准INSERT、UPDATE或DELETE语句。使这个过程变得有趣的是SQL Server存放数据的方法;数据必须被物理地重排以符合群集索引参数。

在堆上,数据插入在表的尾部,即最后一个数据页面的底部。如果任何数据页面中都没有空间,SQL Server就分配一个新盘区并开始给它填入数据。由于在创建群集索引时已经通知SQL Server物理地重排数据,因此SQL Server再也不能随意地将数据填充在任何有空地的地方。数据必须按次序物理地放置。为了帮助SQL Server完成这项工作,需要在群集索引上的每个数据页面的尾部保留少量的空间,这个空间称为填充因子(Fill factor)。

在群集索引上设置填充因子将通知 SQL Server 在每个数据页面的尾部保留空白空间,以便有插入新数据的空间。例如,假设在 Lastname 列上有一个群集索引,同时希望添加一个姓 Chen 的新客户,并将该客户放在包含 C 数据的数据页面中。SQL Server 必须将这条记录放在 C 页面上;通过指定一个填充因子,在该页的尾部将会获得插入这个新数据的空间。如果没有指定填充因子,则 C 页面可能已完全填满,将没有插入 Chen 客户的空间。

填充因子在创建群集索引时指定,并且可以在需要时修改。填充因子越高,留下的空间越少,而填充因子越低,留下的空间则越多。例如,如果指定一个 70 的填充因子,则数据页面的 70%将包含数据,留下的 30%是空白空间(如图 12.3 所示)。如果指定一个 100 的填充因子,那么数据页面的几乎 100%包含数据,只在页面尾部留下一条记录的空间(好像有点怪,但 SQL Server 就是这样处理 100%的)。

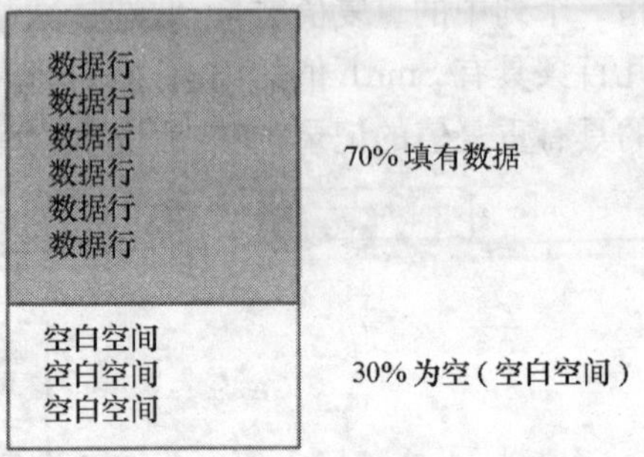

图 12.3　设置填充因子,以便在数据页面上为新数据保留适当的空间

但是,SQL Server 并不自动维护填充因子,换句话说,数据页面可以而且最终将会填满。当数据页面完全填满时,会发生什么情况呢?

如果需要将数据插入到已经完全填满的数据页面上,SQL Server 就进行分页处理,换句话说,SQL Server 将接近一半的数据从满页上转移到空页上,从而创建两个半满的页面(或者说半空页面,视观看的角度而定)。这样就有了存放新数据的大量空间,但又出现了需要解决的新问题。请记住,群集索引是双向链表,其中每个页都有一个指向前一页和下一页的链接。因此,SQL Server 在分页时还必须更新每页头部的头信息,以反映被转移数据的新地址。由于新页面可能在数据库文件内的任何地方,因此页面上的链接不一定指向磁盘上的下一个物理页面。链接可能指向一个完全不同的盘区,从而降低了系统速度。

例如,如果已在数据库中插入一条名为 Chen 的新记录,但 C 页面已满,那么 SQL Server 就进行分页。一半的数据转移到新页面上,以便给 Chen 记录腾出空间,但包含被转移数据的新页面将位于别的地方。图 12.4 演示了这种情形。

请注意,分页之前(如图 12.4 所示),所有页面都是排列整齐的:第 99 页指向第 100 页,第 100 页指向第 101 页,依次类推。然而,分页之后,部分数据必须从第 100 页上转移到第 102 页上。现在,第 102 页在链表中直接跟在第 100 页后面。这样,在搜索数据时,SQL Server 将需要从第 99 页跳到第 100 页,从第 100 页跳到第 102 页,从第 102 页跳到第 101 页,然后从第 101 页跳到第 103 页。可以看出,这样会降低系统速度,因此需要配置好填充因子,以避免过度分页。

但是,分页是否过度是个主观概念。在数据主要用于读取的环境,比如决策支持服务环境中,需要使用一个高填充因子(较少自由空间)。高填充因子将保证数据的读取会访问数据库文件内的较少页面。在有大量 INSERT 通信量的环境中,需要使用一个低填充因子(较多自由空间)。低填充因子将减少分页数量和提高写入性能。

在对群集索引的内部工作情况有了较充分的了解之后,就可以为表的每一列都创建一个群集索引——但是请不要急于尝试(即使想这么做,每个表也只能有一个群集索引)。在确定在哪里和如何创建索引之前,应当先弄清楚非群集索引。

之前

页面 99 下一页 100 前一页 98	页面 100 下一页 101 前一页 99	页面 101 下一页 102 前一页 100
数据 数据 数据 数据 数据	数据 数据 数据 数据 数据	数据 数据 数据 数据 数据

之后

页面 99 下一页 100 前一页 98	页面 100 下一页 102 前一页 99	页面 101 下一页 103 前一页 102	页面 102 下一页 101 前一页 100
数据 数据 数据 数据 数据	数据 数据	数据 数据 数据 数据 数据	数据 数据 数据

图 12.4　分页将一半的数据从满页上转移到空页上，以腾出大量空间用于存放新数据

了解非群集索引

和群集索引一样，非群集索引也是 B 树结构，有根页面、中间层和叶页面。但是，这两种索引类型有两大差别。第一个差别是，非群集索引的叶层不包含实际数据，只包含指针，而这些指针指向数据页中存放的数据。第二个差别是，非群集索引并不物理地重排数据。这非常像字典与书后索引之间的差别。

群集索引非常像字典，因为其内包含的数据被物理地重排，以满足索引的约束条件。因此，如果想在字典中查找 triggers，先要转到 T 部分，并从那里开始往下查找。非群集索引比较像书后索引。如果想在书中查找 triggers，则不能转到书中的 T 部分，然后查找 triggers，因为书中没有 T 部分。因此，需要到书后索引中查找 T 部分。一旦在索引中查找到 triggers，就可以转到那里列出的页码来找到所需的信息。如果搜索一个数据范围，则必须不断地来回参照索引来查找所需的数据，因为大多数数据在不同的页面上。下面将比较详细地介绍非群集索引是如何工作的。

访问经过非群集索引的数据

回到地图的比喻。我们当中的大多数人在某个时候都用纸质地图寻找过目的地。展开地图，找到地图上的目的地，然后找出到达那里的路线。如果路线简单，或许能够记住方向。但大多数时候，必须边走边对照地图，记住在哪里拐弯、正在寻找什么街道名字等。在对照完地图之后，大概也到了目的地。非群集索引与这非常相似。

在查找经过非群集索引的表数据时，SQL Server 首先查询 sysindexes 表，从中查找一条包含相关表名的记录和 indid 列中的值，其中这个值在 2 到 251 之间(0 表示堆，而 1 表示群集索引)。一旦 SQL Server 找到这条记录，它就检查 root 列寻找出索引的根页面(和使用群集索引的情形非常相似)。SQL Server 找到了根页面后，就可以开始查找数据了。

例如,如果正在查找 Smith,SQL Server 则查看整个根页面查找 Smith;如果在根页面上没有找到,SQL Server 则查找根页面上的最高值,并沿着该指针转到下一个中间页面。SQL Server 不断沿着中间层链接查找,直到在叶层上找到 Smith 时为止。这是群集索引与非群集索引之间的另一个不同之处:非群集索引中的叶层并不包含用户要找的实际数据。它只包含一个指向数据的位置指针,数据被包含在另一个数据页面上——非常像书后索引没有包含要找词条的具体描述,只是提供词条描述所在的页码。

如果正在查找单个值,SQL Server 只需要查找索引一次,因为叶层上的指针会将 SQL Server 直接带到正确的数据处。但是,如果正在查找一个值范围,SQL Server 则必须不断来回对照索引,以便查找出代表这个值范围内的每条记录的键值。换句话说,对于很少从中查找值范围或列范围且有高选择性的列,应该给这样的列使用非群集索引。本章的前面曾经提过,选择性指一个列中的重复值个数;低选择性表示列中有许多的重复值,而高选择性表示列中有很少的重复值。

一旦 SQL Server 查找到它所需要的叶层,就能使用指针查找到包含 Smith 的数据页面。SQL Server 如何查找到包含 Smith 的数据页面取决于是否存在一个群集索引。

如果正在搜索基于堆(没有群集索引的表)的非群集索引,SQL Server 则利用叶层上的指针直接转到数据页面并返回数据(如图 12.5 所示)。

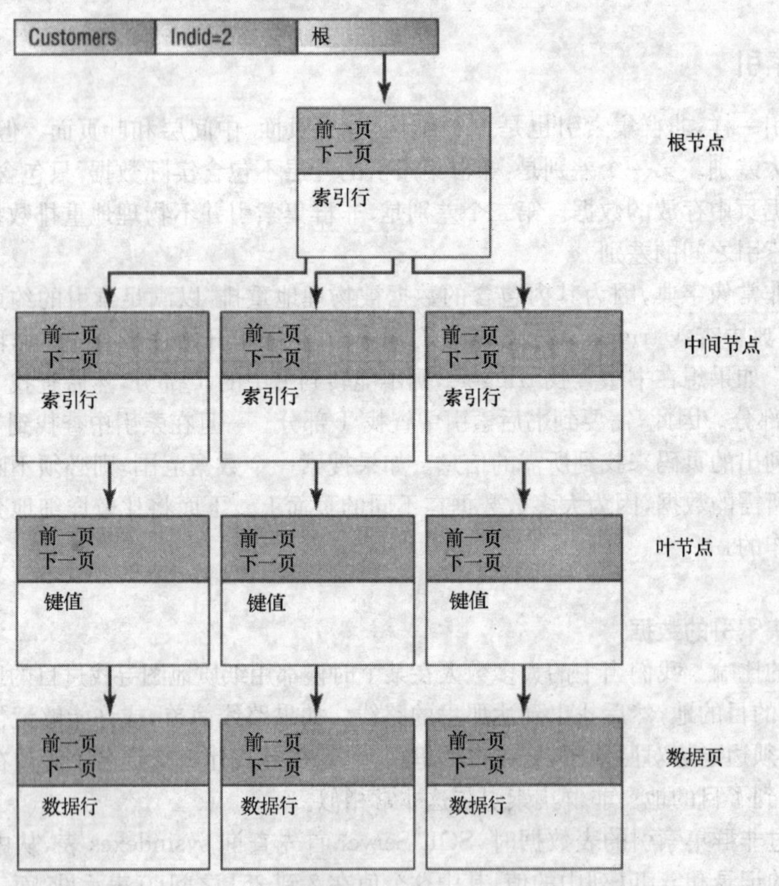

图 12.5 在使用基于堆的非群集索引时,叶页面包含指向数据的指针,而不是数据本身

如果表上已有一个群集索引,那么非群集索引的叶页面不是包含直接指向数据的指针,而是包含指向群集索引键值的指针,如图 12.6 所示。这样,SQL Server 在搜索完了非群集索引以后,还必须扫描整个群集索引。为什么查找单个值非要搜索两个索引呢?一个索引不是更快吗?不一定,秘密在于数据的更新。

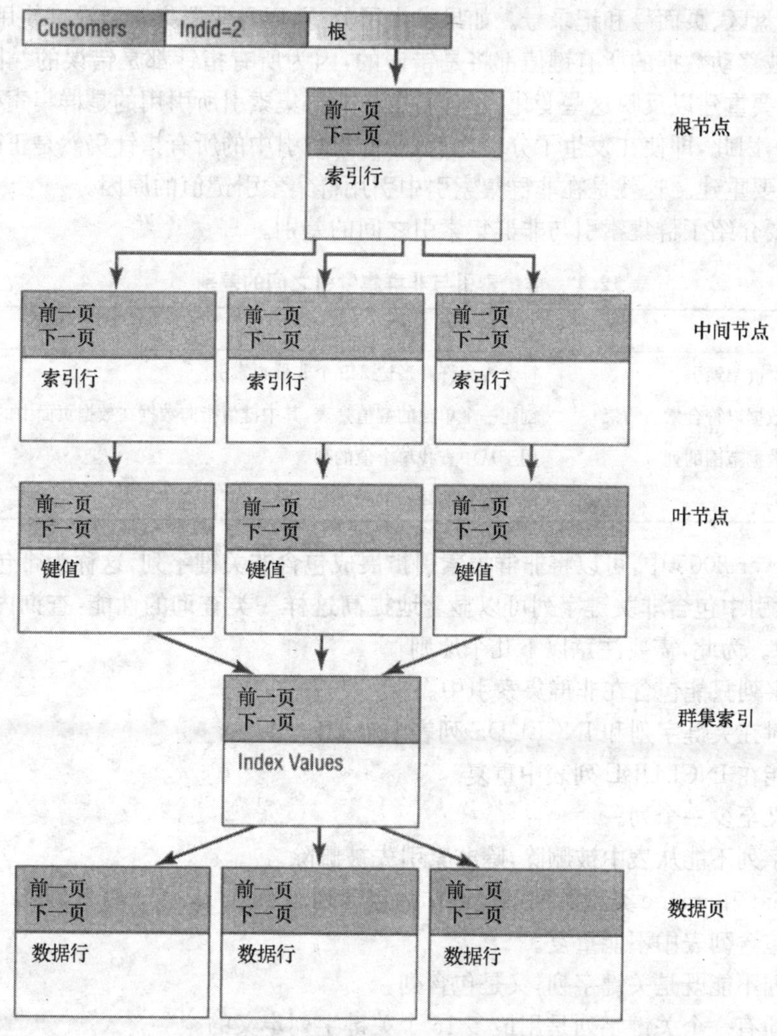

图 12.6　在使用基于群集索引的非群集索引时,非群集索引的叶页面包含指向群集索引键值的指针

修改经过非群集索引的数据

修改此类数据的命令没什么特殊之处——可以使用标准 Transact-SQL 语句(INSERT、UPDATE 或 DELETE)来完成这些任务。有趣的部分是 SQL Server 存放数据的方式。

在使用基于堆的非群集索引插入数据时,SQL Server 没有太多的工作要做。它只是将数据填入到它寻找到空间的任何地方,并添加一个新的键值来指向相关索引页面上的这条新记录。如果使用群集索引,这个过程会变得复杂一些。

在将数据插入到已有群集索引和非群集索引的表中时,SQL Server 按照群集索引的顺序将数据物理地插入到它应属于的地方,并将非群集索引的键值更新成指向群集索引的键值。

当数据页面之一填满并且仍有另外的待插入数据时,SQL Server 将执行分页。满页上的一半记录转移到一个新页面上,为另外的数据腾出空间。这个分页过程就是非群集索引的键值为什么指向群集索引而不是数据页面本身的原因。

在使用不带群集索引的非群集索引时,每个索引页面包含指向数据的键值。这个指针包含待查找数据的盘区、页面号和记录号。如果发生了分页,而且非群集索引没有使用群集索引键值,那么代表被移动数据的所有键值都将是错误的,因为所有指针都是错误的。因此,整个非群集索引都需要重建以反映这些变化。然而,由于非群集索引所引用的是群集索引的键值,而不是实际数据,因此,即使在发生了分页之后,非群集索引中的所有指针仍然是正确的,而且非群集索引不需要重建。这就是在非群集索引中引用群集索引键值的原因。

表 12.1 简要介绍了群集索引与非群集索引之间的差别。

表 12.1　群集索引与非群集索引之间的差别

群集索引	非群集索引
每个表只允许有一个群集索引	每个表允许有多达 249 个非群集索引
物理地重排表中的数据以符合索引约束	创建一个单独的键值列表,其中键值指向数据在数据页面中的地址
用于经常从中查找数据范围的列	用于从中查找单个值的列
用于有低选择性的列	用于有高选择性的列

在 SQL Server 2005 中,可以将非群集索引扩展成包含非关键字列,这称为带包含列的索引。在非群集索引中包含非关键字列可以显著地提高这样一类查询的性能:查询内的所有列都包含在索引中。为此,需要注意以下几个原则:

- 非关键字列只能包含在非群集索引中。
- 不能同时在关键字列和 INCLUDE 列表中定义列。
- 列名不能在 INCLUDE 列表中重复。
- 必须定义至少一个列。
- 非关键字列不能从表中被删除,除非索引先被删除。
- text、ntext 和 image 类型的列不允许作为包含列。
- 列名在包含列表中不能重复。
- 同一个列不能既是关键字列,又是包含列。
- 至少必须有一个关键字列是用最多 16 个关键字列定义的。
- 最多只能有 1023 个包含列。
- 非关键字列不能从表中被删除,除非索引先被删除。
- 允许对非关键字做的修改仅包括:
  - 修改非空值性(从 NULL 改到 NOT NULL 或反之);
  - 加大 varbinary、varchar 或 nvarchar 型列的宽度。

由于知道何时和在何处创建这两种类型的索引,所以需要知道如何创建它们。下一节将介绍创建索引的机制。

分区式索引

第 11 章已讨论过,由于性能和存储原因,表可以分区,因此索引也能分区。通常,最好是先分区表，然后在表上创建索引，以便 SQL Server 能够基于表的分区函数和架构分区索引。然而，索引可以单独分区。这在下列情况中是有用的：

- 基础表没有分区。
- 索引键值是惟一的，但没有包含表的分区列。
- 需要基础表参加涉及多个表且使用不同连接列的并列式连接(JOIN)。

如果决定需要单独分区索引，则需要注意以下事项：

- 表和索引分区函数的变元必须有相同的数据类型。例如，如果表是在一个 datetime 类型的列上分区的，那么索引必须在一个 datetime 类型的列上分区。
- 表和索引必须定义相同数量的分区。
- 表和索引必须有相同的分区边界。

创建索引

在索引规划的全部工作完毕之后，创建索引是件非常轻松的事情。我们将介绍两种创建索引的方法：通过 SQL Server Management Studio 和“数据库引擎优化顾问”。首先从 SQL Server Management Studio 开始。

使用 SQL Server Management Studio 创建索引

我们在本章的前面介绍堆时，曾经使用表扫描访问过 AdventureWorks 数据库的 HumanResources. EmployeePayHistory 表中的数据。现在，使用 SQL Server Management Studio 重建前面已删除的索引来改变这种状况。

1. 打开 SQL Server Management Studio，并使用“Windows 身份验证”建立连接。
2. 在“对象资源管理器”中展开当前服务器，然后展开“数据库”➤ AdventureWorks ➤ “表”➤ HumanResources. EmployeePayHistory。
3. 右击“索引”，并选择“新建索引”选项。
4. 在“索引名称”框中，键入 PK_EmployeePayHistory_EmployeeID_RateChangeDate。
5. 为“索引类型”选择“聚集”。
6. 选择“唯一”复选框。
7. 单击“索引键列”网格旁边的“添加”按钮。
8. 选择 EmployeeID 和 RateChangeDate 列旁边的复选框。

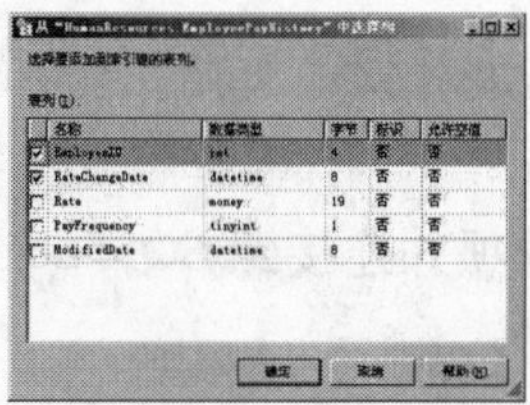

9. 单击“确定”按钮返回到“新建索引”对话框。

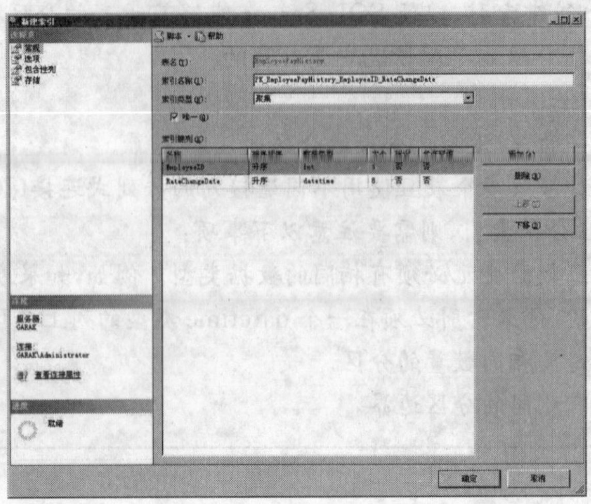

10. 选择“选项”页面。
11. 选择“设置填充因子”复选框,并设置填充因子为 70%。
12. 单击“确定”按钮创建索引。

从上述步骤中可以看出,以这样的方式创建索引是非常容易的。如果想创建非群集索引,只要让 Create as Clustered 框保留为取消复选即可——难点在于决定检索什么。如果说这种索引创建方法非常容易,另一种方法则更容易——使用“数据库引擎优化顾问”自动创建索引。

使用“数据库引擎优化顾问”创建索引

SQL Server 2005 携带了一个功能极其强大的工具,这个工具称为 SQL Server Profiler,其主要功能是监视 SQL Server。就索引来说,这个工具提供了一个有趣的额外好处。SQL Server Profiler 明确地监视 MSSQLServer 服务上发生的一切事情,其中包括正在数据库上执行的所有 INSERT、UPDATE、DELETE 与 SELECT 语句。由于 SQL Server Profiler 能够监视用户正在做什么,因此它也可以用来确定索引哪个列才能使这些操作执行得更快。现在,进入“数据库引擎优化顾问”。

说明:第 26 章将比较详细地介绍 SQL Server Profiler。

在使用 SQL Server Profiler 时,通常将所有监控事件保存到磁盘文件上,这个文件称为工作负荷(Workload)。如果没有这个文件,“数据库引擎优化顾问”将无法工作。要创建工作负荷,需要执行一个跟踪(监视过程)以捕获全天当中最大负荷时间的标准用户通信量。下面是使用“数据库引擎优化顾问”的方法:

1. 选择“开始”➤“程序”➤ Microsoft SQL Server 2005 ➤ “性能工具”,然后选择 Profiler 选项打开 SQL Server Profiler。
2. 选择“文件”➤“新建跟踪”选项并连接到 SQL Server。一旦连接建立起来,应该看到“跟踪属性”对话框。
3. 给“跟踪名称”输入 Index Trace。
4. 选择“保存到文件”复选框。
5. 在“另存为”对话框中,输入 c:\index.trc 并单击“保存”按钮。

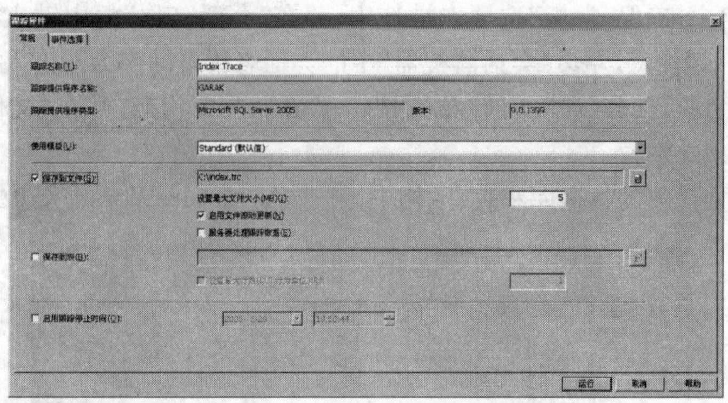

6. 单击“跟踪属性”对话框上的“运行”按钮开始该跟踪。
7. 选择“工具”➤ SQL Server Management Studio 选项，并使用“Windows 身份验证”建立连接。
8. 单击工具栏上的“新建查询”按钮，并选择“数据库引擎查询”选项。如果要求建立连接，使用“Windows 身份验证”建立连接。
9. 在查询窗口中键入下列代码：

```
USE AdventureWorks
SELECT * FROM HumanResources.Employee
```

10. 单击工具栏上的“执行”按钮执行该查询。
11. 删除上述查询，然后键入并执行另一个查询来产生较大的通信量：

```
USE AdventureWorks
SELECT * FROM Sales.SalesOrderHeader
```

12. 切回到 SQL Server Profiler 中，并单击跟踪窗口上方的红色按钮停止该跟踪。请注意，刚刚执行的两个查询被列举在跟踪中(它们可能有来自系统服务和 SQLServer-Agent 的大量信息)。

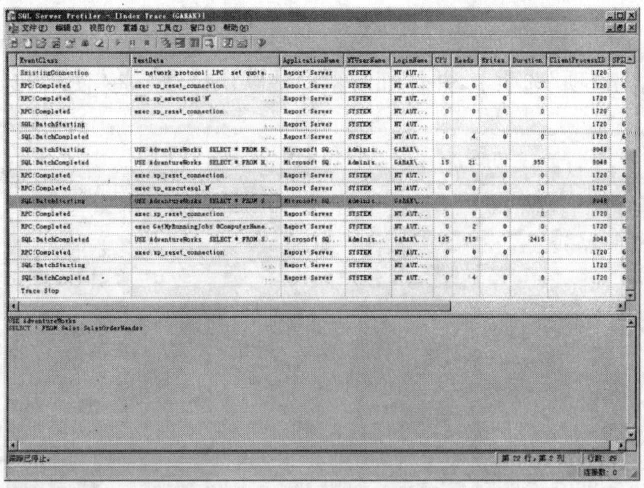

13. 从“开始”菜单上的 Microsoft SQL Server 2005 程序组中打开“数据库引擎优化顾问”，并使用“Windows 身份验证”建立连接。一个新的会话将自动生成。

14. 在右窗格中,确保“常规”选项卡被选中,并在“会话名称”框中键入 AdventureWorks Session。请注意,左边“会话监视器”中的会话名称自动变为刚键入的名称。
15. 在“工作负荷”部分,让“文件”单选按钮保留为选中状态,并在“文件”文本框中键入 C:\Index.trc。
16. 在“选择要优化的数据库和表”网格中,复选 AdventureWorks 旁边的复选框。

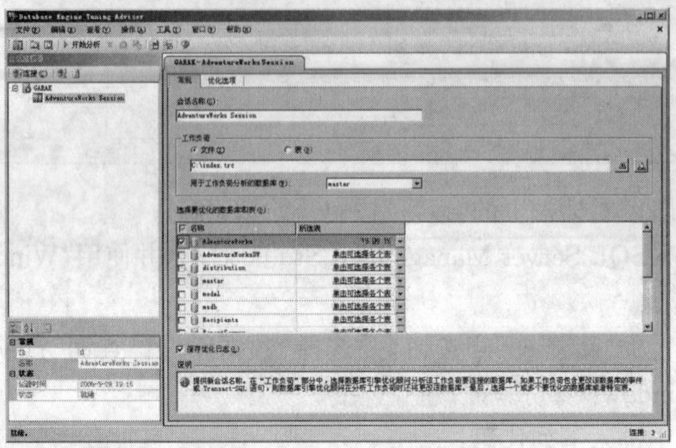

17. 在“所选表”列中,单击下箭头按钮查看所有选定的表。

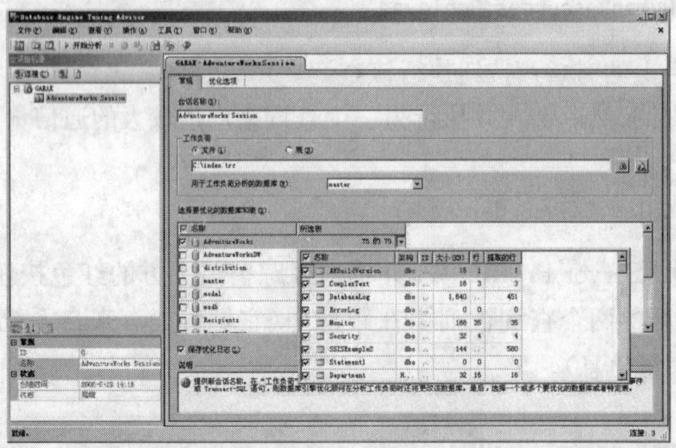

18. 切换到“优化选项”选项卡,并仔细观察那些默认设置。将“使用的分区策略”改为“不分区”。

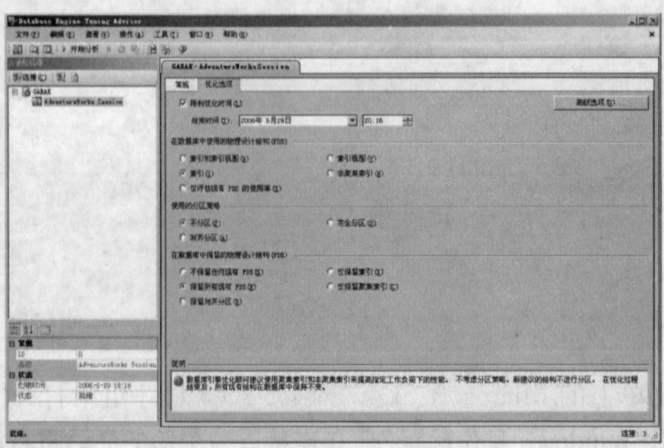

19. 单击“高级选项”按钮，同样仔细观察(但不修改)那些设置。

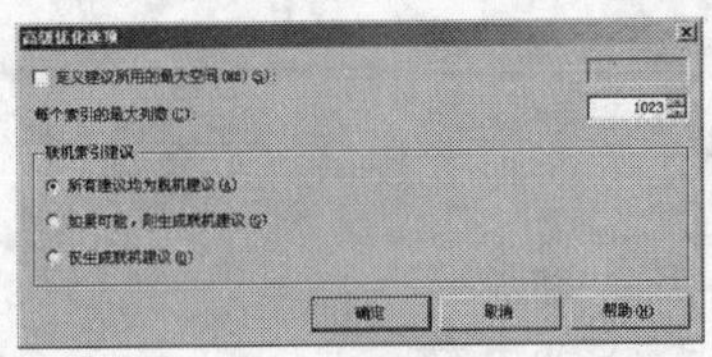

20. 单击“取消”按钮返回到“优化选项”选项卡。
21. 切回到“常规”选项卡。
22. 选择“操作”➤“开始分析”选项，并单击“开始分析”对话框中的“确定”按钮。

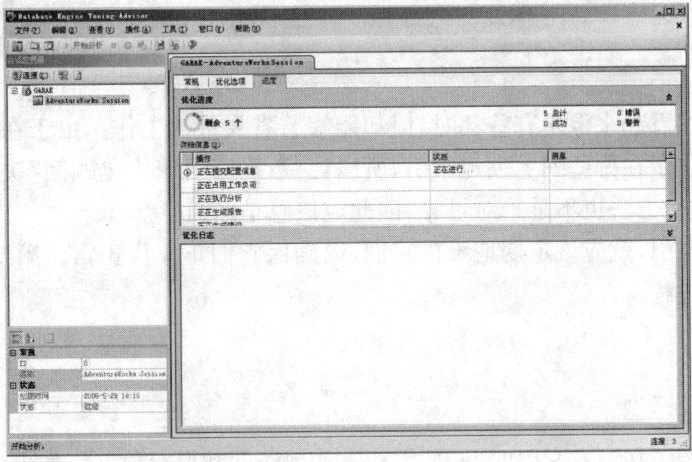

23. 当分析完毕时，应该得到一个建议列表(这里无任何有效的建议，因为样本数据库经过了调节)。

24. 切换到“报告”选项卡。从“选择报告”下拉列表中选择一个报表来查看调节报表和数据库统计信息。

虽然这个方法看起来像是有些耗时,但却能够节省大量的工作。由于在创建索引时的大部分工作涉及到决定在哪些列上创建索引,所以让“数据库引擎优化顾问”决定可以省掉许多的非议。当然,这个方法也不是绝对可靠,因此应该总是仔细检查。

一旦建成了索引,就应该定期地维护它们,以确保它们正工作正常。第 16 章将讨论索引与数据库维护的过程。

小结

本章首先介绍了在没有索引时 SQL Server 如何访问和保存数据。如果没有群集索引,表就称为堆,而且数据按先来先服务的原则存放。在访问这类数据时,SQL Server 必须进行表扫描,也就是说,SQL Server 必须读取表中的每条记录来查找所需的数据。这使大型表上的数据访问变得很慢。但是,在只有一个盘区大小的小型表上,表扫描会比索引快。

接下来,本章介绍了如何利用索引来加快数据访问速度。我们首先介绍了群集索引。这种类型的索引物理地重排数据库文件中的数据。这个属性使得群集索引最适合经常从中查找数据范围并有低选择性的列,即有一些重复值的列。

接下来,本章介绍了非群集索引。这些索引并不物理地重排数据库文件中的数据,而是创建指向实际数据的指针。这种类型的索引最适合经常从中寻找单条记录而不是记录范围并有高选择性列,即有极少重复值的列。

最后,本章介绍了两种不同的索引创建方法。第一种方法是图形化方法,即使用 SQL Server Management Studio。第二种方法是采用“数据库引擎优化顾问”,这个工具可以完成复杂的索引规划工作,并将其放到 SQL Server 上。

在具备了索引知识之后,就可以加快用户的数据访问速度。但是,如果不让用户浏览表中的所有数据,怎么办呢? 下一章将介绍如何利用视图来限制数据对用户的可用性。

第13章 视 图

描述视图是件有趣而又困难的事情。Microsoft 将视图描述为虚拟表或存储的 SELECT 查询,但可以试着将视图理解为像电视机。在看电视时,通常看到参与各种活动的人,但真的有人在电视机里面吗？也许,只有小孩会这么想,而观众知道那些人正在很遥远的摄影棚里。此时看到的人并不真的在电视里面——正在看他们的表演。

视图和电视机的工作方式非常相似。视图用来表现表中存放的数据,就像电视机用来表现正在摄影棚中的人一样。当然,视图比直接查看表中的数据有更多的好处;事实上,我们将探讨 3 种不同的视图使用方法。

有些表可能会变得相当大,进而可能包含几千条记录。由于用户可能不需要同时了解所有数据,因此可以用视图返回表中数据的子集。

有时,用户希望查看来自多个表的数据。让用户获得所需数据的一种办法是创建一个视图,并用它显示来自多个表的数据。这样,用户就可以像查询表一样查询该视图。

最后,我们将讨论使用视图修改数据需要做些什么。但是,在进入较高级的题目之前,必须先弄清楚如何创建最简单的视图。

使用视图来分区表

在现实生活中,许多公司都有极其巨大的表,这些表即使没有包含几百万条记录,仍包含几十万条记录。用户在查询这么庞大的表时,通常不希望同时看到这几百万条记录,他们只想了解少量的有效数据,或者说子集。返回数据子集有两种方法:使用带指定 WHERE 从句的 SELECT 查询,也可以使用视图。

SELECT 查询方法适合很少执行的查询(称为特别查询),但是这种方法会让那些不懂 Transact-SQL 代码的用户不知所措。例如,如果需要查询 AdventureWorks 数据库,并且只想显示电话区号为 398 的联系人的 firstname、lastname 和 phone 字段,则可以执行下列查询:

```
USE AdventureWorks
SELECT lastname, firstname, phone from person.contact
WHERE phone LIKE '398%'
```

说明:第 6 章已完整地解释过%符号和 SELECT 查询的每个组成部分。

该查询返回数据的一个小子集,但是在终端用户当中,有多少人能看懂获取这个信息所需的代码呢？也许很少。因此,可以将该查询编写到前端代码中,前端代码指用户能看到的显示(通常用 C#或类似语言编写);但是,每次访问该查询时,它都将通过网络被发送到服务器上,从而占用大量的网络带宽。如果用户经常执行该查询,应该为他们创建一个基于该查询的视图。一旦该视图建成,用户就可以像查询表一样查询该视图。视图与表之间的惟一差别是视图并不包含任何数据——视图只是展示数据(非常像电视机并不包含任何人,只是显示那些人在摄影场的图像)。

为了演示视图的价值,我们将使用"视图设计器"创建一个简单的视图。

使用"视图设计器"创建视图

辅助编辑器是老概念"向导"的新说法。大多数向导都有几个屏幕长,而辅助编辑器通常只有一个屏幕,因此它们会快得多。在下面这些步骤中,我们将使用"视图设计器"创建一个视图,该视图仅显示数据库中用 398 作为电话号码前 3 位的那些记录:

1. 从"开始"菜单上选择"程序"➤ Microsoft SQL Server 2005 ➤ Management Studio 选项打开 SQL Server Management Studio。如果要求建立连接,使用"Windows 身份验证"建立连接。
2. 在"对象资源管理器"中,展开服务器➤"数据库"➤ AdventureWorks,然后右击"视图"并选择"新建视图"选项。
3. 在"添加表"对话框中,选择 Contact (Person),并单击"添加"按钮。
4. 单击"关闭"按钮,这将打开"视图设计器"。
5. 在列网格下方的 Transact-SQL 语法编辑器文本框中,键入下列代码:

```
SELECT LastName, FirstName, Phone
FROM Person.Contact
WHERE (Phone LIKE '398 %')
```

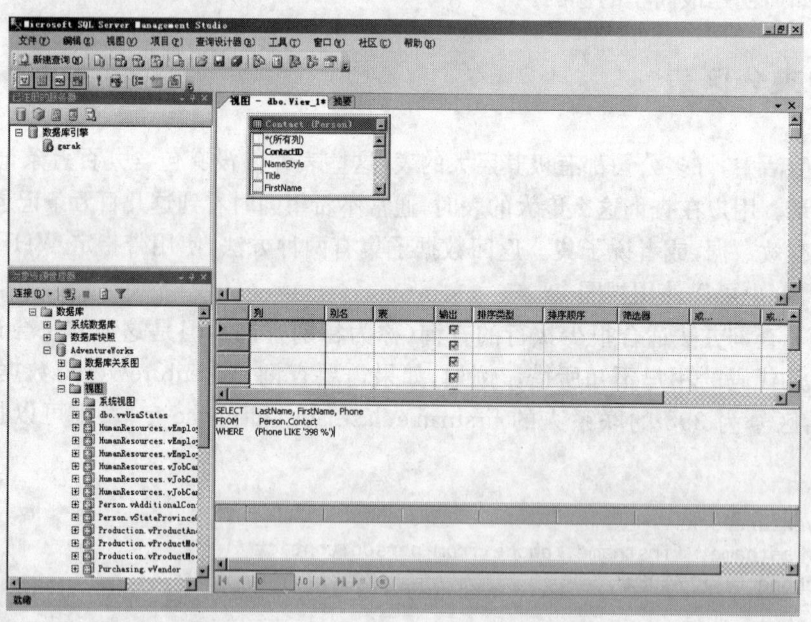

6. 选择"文件"➤"保存 视图 - dbo. View_1"选项。
7. 在"选择名称"中,键入 Contact_in_398,然后单击"确定"按钮。

这时,在 AdventureWorks 数据库中的"视图"下面,应该看到一个叫做 Contact_in_398 的新视图(还应该看到其他一些视图——那些视图是很久以前由 Microsoft 创建的,我们将在本章的后面介绍它们)。现在,可以查询该视图来测试它,以了解它做了什么,这类似于使用 SELECT 语句查询表:

1. 单击"新建查询"按钮,并选择"数据库引擎查询"选项。如果要求建立连接,使用"Win-

dows 身份验证”建立连接。

2. 要测试该视图，键入并执行下列代码：

```
USE AdventureWorks
SELECT * FROM Person.Contacts_in_398
```

3. 要验证这确实是上述 SELECT 查询已返回的数据，键入并执行产生该视图的 SELECT 查询：

```
USE AdventureWorks
SELECT lastname, firstname, phone from Person.Contact
WHERE phone LIKE '398%'
```

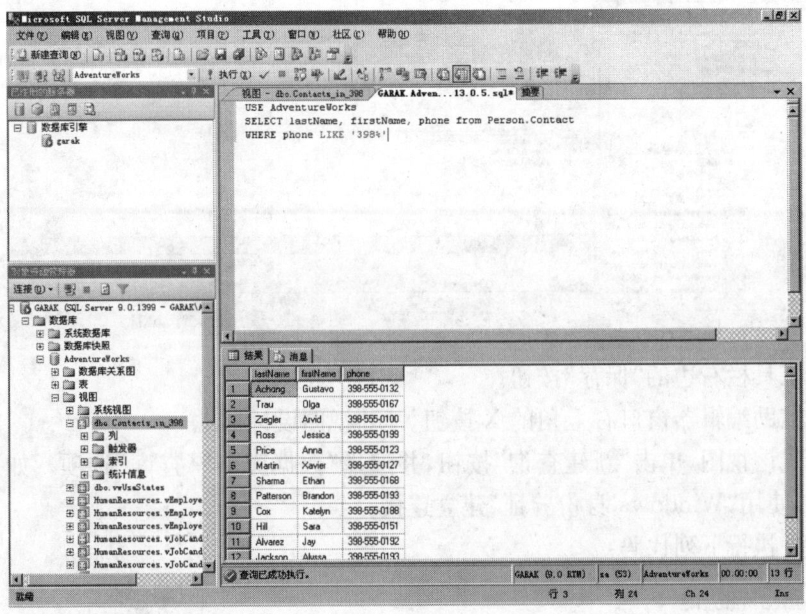

可以注意到，视图和 SELECT 查询返回了完全相同的结果——但哪个查询起来更容易

呢? 视图查询起来容易得多,因为它需要更少的代码。但是,对视图的要求可能会随着时间的推移而发生变化,因而可能需要修改视图来反映那些新要求。下一节将介绍修改现有视图的过程。

在“视图设计器”中修改视图

随着时间的推移,对视图的要求可能会发生变化,或者可能在视图辅助编辑器中意外地创建了错误的视图。不管怎样,都需要修改现有视图来显示所需的信息。例如,假设除了联系人的姓氏、名字和电话号码之外,还需要了解他们的头衔,即 Person. Contact 表的 title 字段中存放的信息。因此,必须根据这项新的要求修改 Person. Contact_in_398 视图。为此,通过 SQL Server Management Studio 打开视图设计器,这是用来修改现有视图的图形方法。

下面是修改该视图的步骤:

1. 打开 SQL Server Management Studio(如果还没有打开),并展开服务器➤“数据库”➤ AdventureWorks ➤“视图”。
2. 右击 Person. Contact_in_398 视图,并选择“修改”选项进入“视图设计器”。
3. 要给该视图添加 title 字段,修改 SELECT 查询,使它看起来像下面这样:

```
SELECT title, lastname, firstname, phone from Person.Contact
WHERE phone LIKE '398%'
```

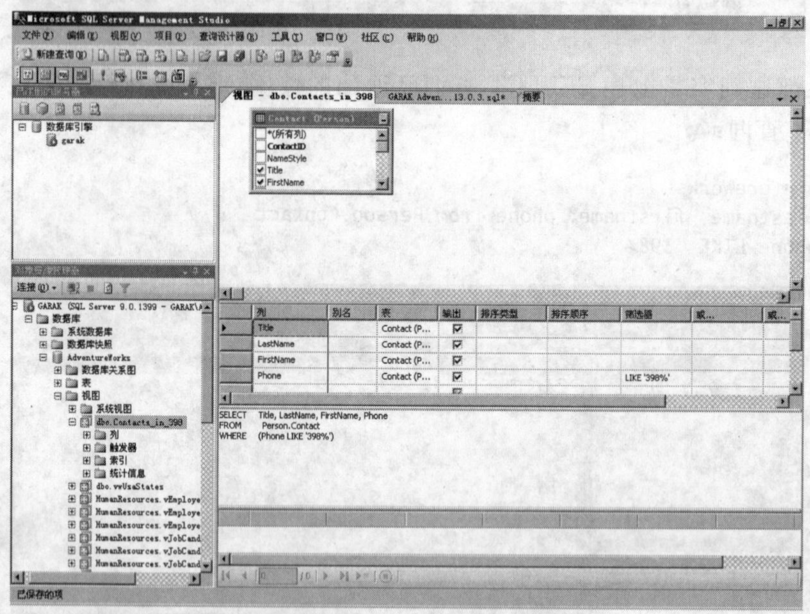

4. 单击工具栏右边的“保存”按钮。
5. 单击辅助编辑器窗口右上角的 X 按钮关闭“视图设计器”。
6. 要测试该视图,单击“新建查询”按钮,并选择“数据库引擎查询”选项。如果要求建立连接,使用“Windows 身份验证”建立连接。
7. 键入并执行下列代码:

```
USE AdventureWorks
SELECT * FROM Person.Contacts_in_398
```

8. 请注意，除了 first name、last name 和 phone 字段之外，现在还应该看到 title 字段。此时让“新建查询”屏幕保持打开状态。

至此，我们有了一个显示全部所需信息的视图，但阅读起来有点困难。下面来看一看如何利用别名让用户更容易理解这些数据。

在视图中使用别名

作为开发人员，我们往往喜欢在表中使用比较神秘的字段名称，我们自己完全理解它们，但终端用户通常感到手足无措。这方面的一个例子是 Person. Contact 表中的 FirstName 与 LastName 列，用户习惯看到两个单词分开(First Name，而不是 FirstName)，因此这种格式可能让他们不太习惯。为了让用户一眼就能看出字段中存放了什么信息，可以给字段创建别名。别名用来向用户显示一个代表字段的不同名称，但并不改变字段本身的名称。

别名就像人的昵称。例如，如果你叫 Joseph，但人们通常叫你 Joe，这在法律上并不改变你的姓名，只是让人们在与你交谈时更方便地称呼你。字段的别名也是这样，它让用户在结果集中更方便地称呼它们。下面来看一看怎样给 Person. Contact_in_398 视图中的 FirstName 与 LastName 字段创建别名。

1. 在“对象资源管理器”中，右击 AdventureWorks 数据库中的 Person. Contact_in_398 视图，并选择“修改”选项。
2. 在 T-SQL 语法文本框中，将 SELECT 查询修改成下面这样：

```
SELECT title as [Title], lastname as [Last Name], firstname as [First Name],
phone as [Phone Number] from Person.Contact
WHERE phone LIKE '398%'
```

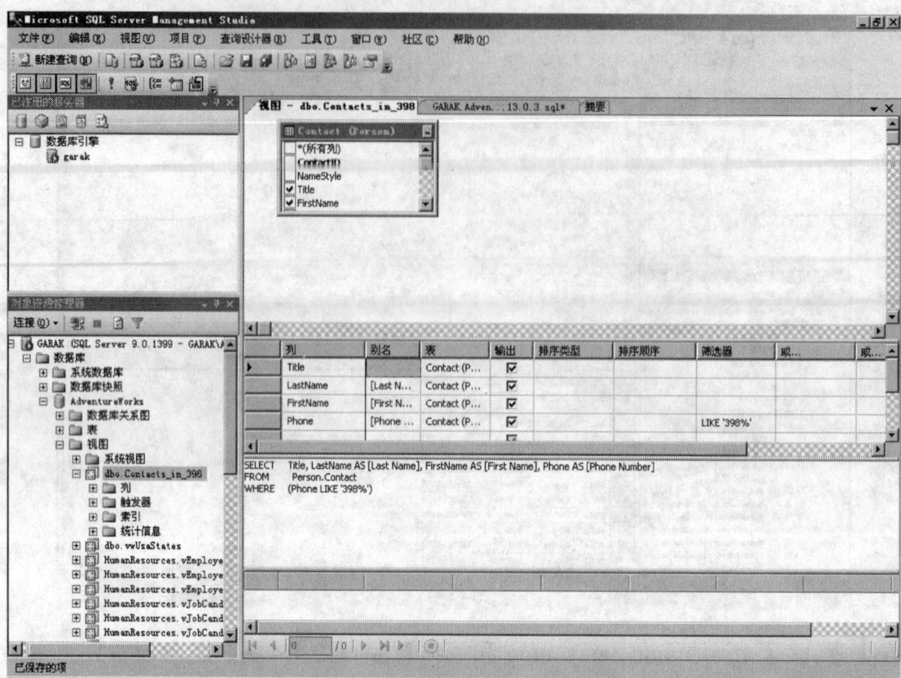

3. 单击“保存”按钮(视图设计器左上角工具栏上的软盘图标),但不要退出“视图设计器”屏幕。
4. 要测试该视图,切回到“新建查询”窗口,键入并执行下列代码:

```
USE AdventureWorks
SELECT * FROM Person.Contacts_in_398
```

5. 请注意,那些列名现在变得更容易理解。让“新建查询”窗口保留在打开状态。

组织结果集

读者可能已注意到，我们刚才从视图中收到的结果集一直是没有组织的，记录随机显示。这是因为 SQL Server 在表中按先来先服务的原则存放记录（除非像第 12 章所介绍的那样创建了群集索引），这就使得结果集阅读起来比较困难，所以需要通过给视图中的某个字段添加 ORDER BY 从句来组织结果集。这条从句将按选定字段的顺序对视图返回的结果进行排序。在下面的这些步骤中，我们将通过给 lastname 字段添加 ORDER BY 从句，给 Person. Contact _in_398 视图添加某一种组织形式：

1. 返回到 SQL Server Management Studio 中的“视图设计器”，它应该仍是打开的。
2. 在 T-SQL 语法框中，修改 SELECT 查询的代码，使它看上去像下面这样（请注意 TOP 从句）：

```
SELECT TOP 100 PERCENT title as [Title], lastname as [Last Name], firstname as
[First Name],
phone as [Phone Number] from Person.Contact
WHERE phone LIKE '398%'
ORDER BY LastName
```

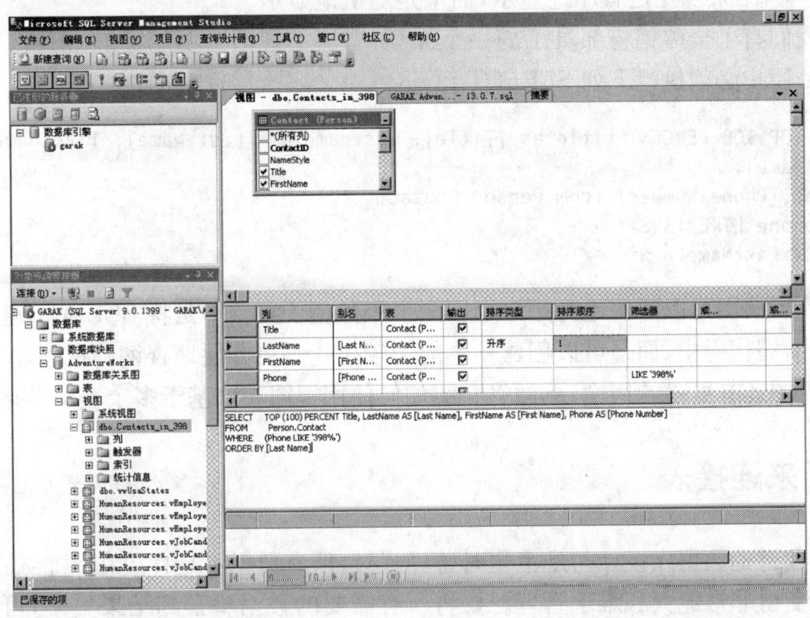

3. 单击“保存”按钮，并关闭“视图设计器”。
4. 要测试修改结果，切换到“新建查询”窗口，然后键入并执行下列代码：

```
USE AdventureWorks
SELECT * from Person.Contacts_in_398
```

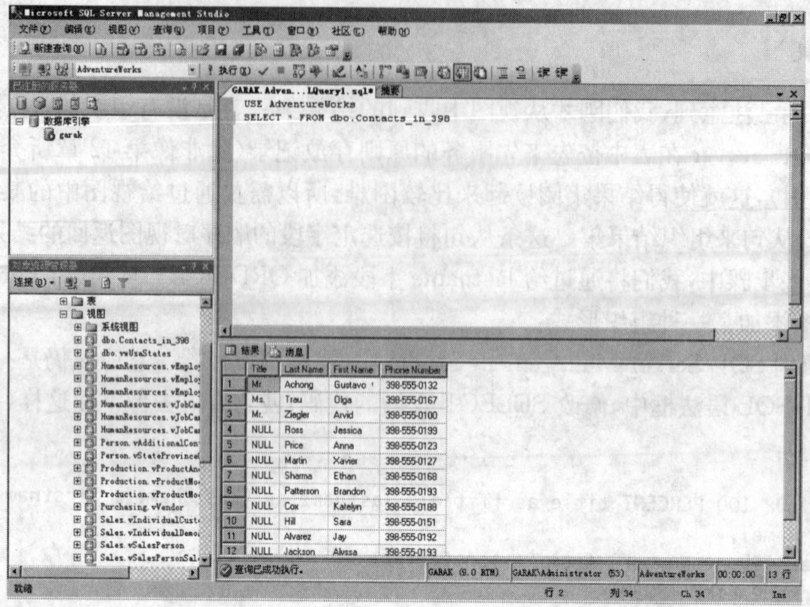

5. 请注意,结果现在是有序地显示,而不是随机地显示。

至此,我们有了全体销售部员工的一个漂亮、有序的视图。要用标准 SELECT 查询获得相同的结果,用户必须执行下列 SELECT 语句:

```
SELECT TOP 100 PERCENT title as [Title], lastname as [Last Name], firstname as
[First Name],
phone as [Phone Number] from Person.Contact
WHERE phone LIKE '398%'
ORDER BY LastName
```

可以看出,视图可以方便地为用户返回一个小数据子集。不是将 SELECT 查询编写到用户计算机的前端代码中,而是可以创建一个能用较少代码更方便地查询的视图。

然而,视图还有更多的用途,下面将介绍如何使用视图获取基于多个表的结果集。

使用视图来连接表

第 4 章在讨论数据库设计与规范化时曾经提过,所有数据不是存放在一个统一的表中,因为那会使表变得非常庞大和难于管理。要将所有需要的数据检索到结果集中,可能不得不使用带 JOIN 从句的 SELECT 语句一次查询多个表(请参见第 6 章)。例如,可以用下列查询显示电话区号为 398 的所有联系人的、按姓氏排序的统计信息:

```
SELECT TOP 100 PERCENT title as [Title], lastname as [Last Name], firstname as
[First Name],
phone as [Phone Number], i.demographics as [Demographic XML Data] from
Person.Contact c
join Sales.Individual i on c.ContactID = i.ContactID
WHERE phone LIKE '398%'
ORDER BY LastName
```

本查询在共有列(ContactID)上连接 Person. Contact 与 Sales. Individual 表并显示每个联系人的人口统计信息。虽然这是个不错的查询,但将它编写在客户计算机上的前端代码中,乃至让用户通过 SQLCMD 手工运行它都是不现实的,因为它会占用额外的带宽(特别是如果这是个受欢迎的查询)。最好的办法是将其变为一个连接那两个表的视图。

说明: Sales. Individual 表中的 Demographics 列是个 xml 型列,因此那些信息返回为 XML 数据。

使用视图连接两个表

如果需要定期访问产品销售量,则不宜使用特别查询,因为这类查询将会产生可用其他方法避免的过度网络通信量。通过创建视图,就可以节省这样的带宽,而且可以让用户的数据检索变得更容易。下面这些步骤将通过在 ContactID 共有列上连接(JOIN)Person. Contact 与 Sales. Individual 表,将 Person. Contact_in_398 视图修改成显示电话区号为 398 的所有联系人的人口统计信息:

1. 打开 SQL Server Management Studio。如果要求建立连接,使用"Windows 身份验证"建立连接。
2. 在"对象资源管理器"中,展开服务器➤"数据库"➤ AdventureWorks ➤"视图"。
3. 右击 Person. Contact_in_398 视图,并选择"修改"选项打开"视图设计器"。
4. 修改 T-SQL 语法框中的代码,使它看起来像下面这样:

```
SELECT TOP 100 PERCENT title as [Title], lastname as [Last Name], firstname as
[First Name],
phone as [Phone Number], i.demographics as [Demographic XML Data] from
Person.Contact c
join Sales.Individual i on c.ContactID = i.ContactID
WHERE phone LIKE '398%'
ORDER BY LastName
```

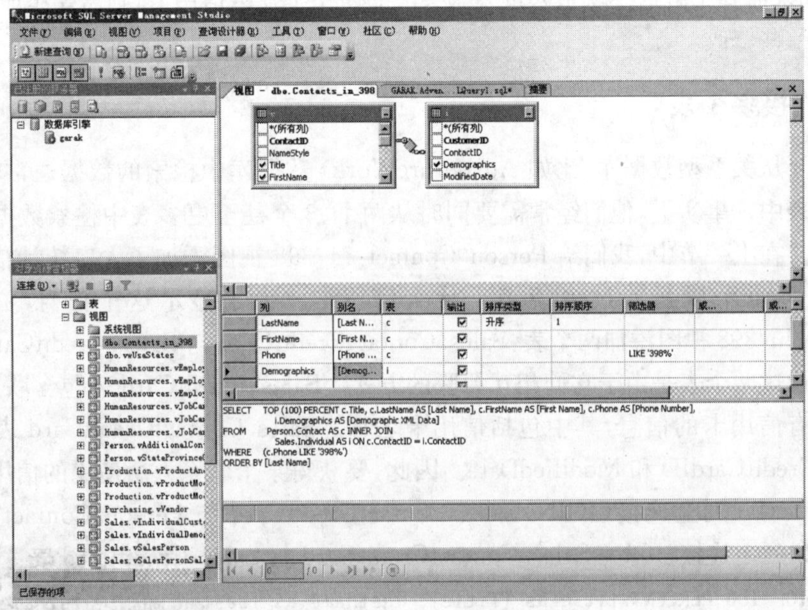

5. 单击工具栏上的"保存"按钮。
6. 要测试该视图,打开一个新的 SQL Server 查询,然后键入并执行下列代码:

```
USE AdventureWorks
SELECT * from Person.Contacts_in_398
```

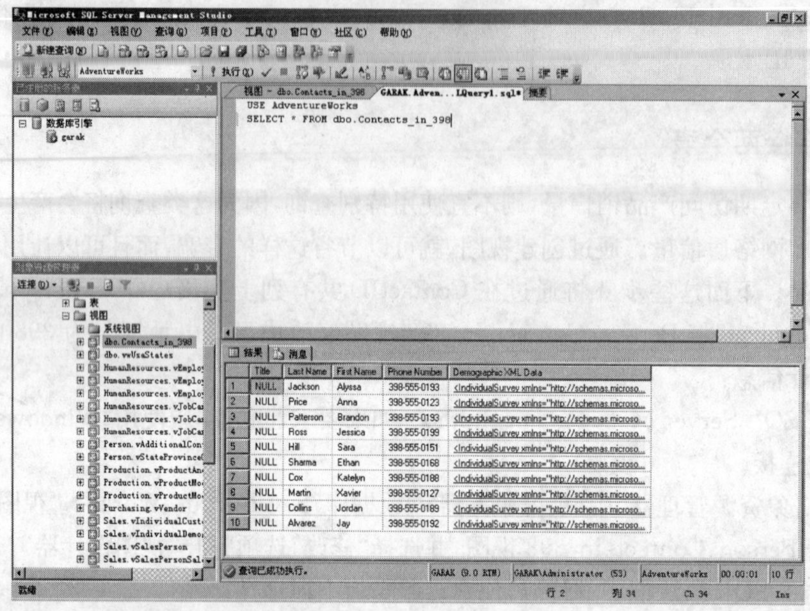

在比较第4步中的SELECT语句与第6步中的SELECT语句时,可以真实地看出使用视图替代特别查询的效果会更好。如果将第4步中的SELECT语句编写在前端代码中(也就是说,它存储在用户计算机上),那么每次运行该查询时,该查询的所有代码行都需要通过网络发送到服务器上。由于已将该查询变成一个视图,所以经过网络从客户传送到服务器的代码只有第6步中的两行。利用视图能让用户的数据检索变得更容易,同时又节省带宽。

然而,如果需要了解这些联系人过去购买产品使用了什么信用卡,则需要添加另一个表并对该视图做一些修改。

使用视图连接多个表

用户需要从关系型数据库,比如AdventureWorks数据库中检索的数据通常不是存放在一个统一的表中。事实上,他们经常需要同时从两个、3个甚至更多表中检索数据,才能使结果集有意义。在上一节中,我们给Person. Contact_in_398视图添加了人口统计信息。现在,我们需要了解每个联系人过去使用了什么信用卡。为了显示这个信息,必须给Person. Contact_in_398视图添加两个表:Sales. ContactCreditCard与Sales. CreditCard。

需要添加这两个表是由于它们相互关联的方式。Sales. CreditCard表包含联系人在系统上用过的所有信用卡的信息,其中包括信用卡名称。Sales. ContactCreditCard表包含3列:ContactID、CreditCardID和ModifiedDate。因此,要获得某个联系人所使用的信用卡的名称,必须在ContactID列上连接(JOIN)Sales. ContactCreditCard与Person. Contact表,然后在CreditCardID列上连接(JOIN)Sales. ContactCreditCard与Sales. CreditCard表:

```
SELECT TOP 100 PERCENT title as [Title], lastname as [Last Name], firstname as
[First Name],
phone as [Phone Number], i.demographics as [Demographic XML Data] , c3.cardtype
as [Card Type]
```

```
FROM Person.Contact c
JOIN Sales.Individual i on c.ContactID = i.ContactID
JOIN Sales.ContactCreditCard c2 on c.ContactID = c2.ContactID
JOIN Sales.CreditCard c3 on c2.CreditCardID = c3.CreditCardID
WHERE phone LIKE '398%'
ORDER BY LastName
```

利用上述不寻常的技术细节，可以将 Person.Contact_in_398 视图修改成显示信用卡数据：

1. 打开 SQL Server Management Studio。如果要求建立连接，使用“Windows 身份验证”建立连接。
2. 在“对象资源管理器”中，展开服务器➤“数据库”➤ AdventureWorks ➤“视图”。
3. 右击 Person.Contact_in_398 视图，并选择“修改”选项打开“视图设计器”。
4. 修改 T-SQL 语法框中的代码，使之看起来像下面这样：

```
SELECT TOP 100 PERCENT title as [Title], lastname as [Last Name], firstname as
[First Name],
phone as [Phone Number], i.demographics as [Demographic XML Data] ,
c3.cardtype as [Card Type]
FROM Person.Contact c
JOIN Sales.Individual i on c.ContactID = i.ContactID
JOIN Sales.ContactCreditCard c2 on c.ContactID = c2.ContactID
JOIN Sales.CreditCard c3 on c2.CreditCardID = c3.CreditCardID
WHERE phone LIKE '398%'
ORDER BY LastName
```

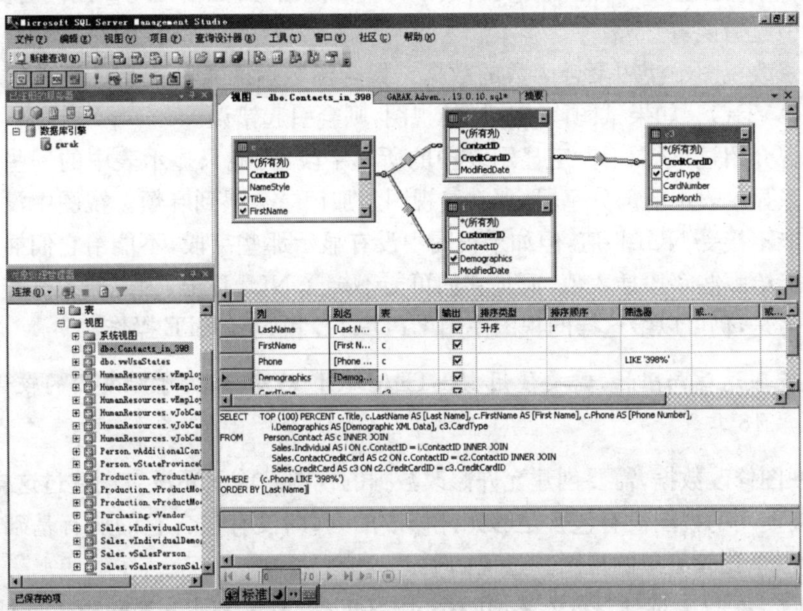

5. 单击工具栏上的“保存”按钮。
6. 要测试视图，打开一个新的 SQL Server 查询，然后键入并执行下列代码：

```
USE AdventureWorks
SELECT * from Person.Contacts_in_398
```

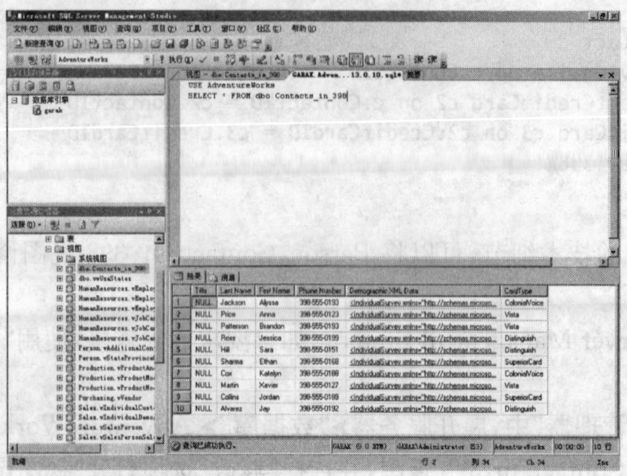

现在,可以看出视图能够提供的能力和灵活性——还不仅仅这些。视图还可以用来保证数据的完全性。

通过视图修改数据

视图不仅可以用来检索数据,还可以用来修改数据:插入、更新和删除记录。如果选择使用视图修改数据,则有几个需要注意的要点:

- 如果通过视图修改数据,则修改一次只能影响一个基础表。换句话说,如果视图展示两个表中的数据,则只能编写更新其中一个表的语句;如果语句试图同时更新两个表,则会引起错误。
- 不能修改视图中使用聚合函数的数据。聚合函数返回某种类型的汇总值,比如 SUM()或 AVG()。如果试图修改这样的视图,则会引起错误。
- 前面曾介绍过,视图不一定显示表中的所有字段,可能只显示表中的一些字段。如果视图只显示表中的部分字段,那么给视图添加记录会遇到麻烦。视图中没有显示的字段可能不接受 NULL 值,但如果视图中没有显示那些字段,不能给它们插入数值。由于不能给那些字段插入值,而且它们可能不接受 NULL 值,因此插入操作将会执行失败。但是,仍可以给这样的视图使用 UPDATE 和 DELETE 操作。

说明:要克服这些局限性,需要使用 INSTEAD OF 触发器,关于触发器的较详细描述,请见第 18 章。

要通过视图修改数据,需要创建允许修改数据的视图。前面还没有创建过这样的视图,因为我们一直在使用的视图没有包含足够允许修改的列,即没有包含它的所有基础表的列。因此,需要创建一个比较简单的视图。过程如下:

1. 从"开始"菜单上选择"程序"➤ Microsoft SQL Server 2005 ➤ Management Studio 选项打开 SQL Server Management Studio。如果要求建立连接,使用"Windows 身份验证"建立连接。
2. 在"对象资源管理器"中,展开服务器➤"数据库"➤ AdventureWorks,右击"视图",并选择"新建视图"选项。这将打开"视图设计器"。
3. 在 View Name 框中,键入 Update_Product_Location。

4. 从“架构”下拉列表中，选择 Production 选项。

5. 在 T-SQL 语法编辑器文本框中，在 AS 下面键入下列代码：

```
SELECT Name, CostRate, Availability from Production.Location
```

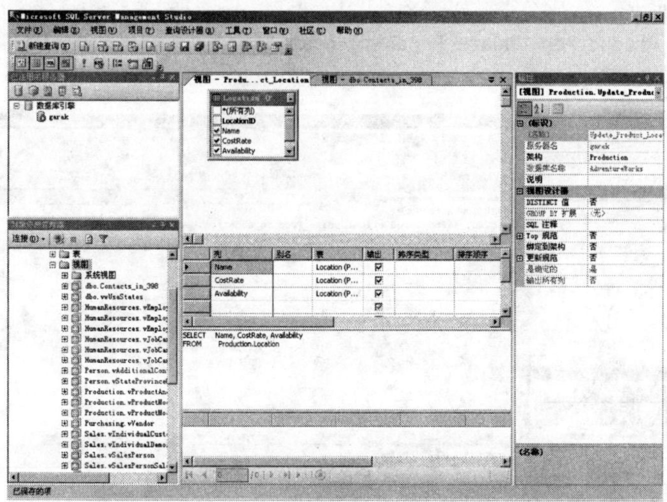

6. 选择“文件”➤保存 Save View - New 选项。

既然有了一个要处理的视图，就可以测试它以确保它如期工作。然后，就可以用它更新数据。过程如下：

1. 单击“新建查询”按钮打开“数据库引擎查询”。

2. 键入并执行下列代码来测试该视图：

```
USE AdventureWorks
SELECT * from Production.Update_Product_Location
```

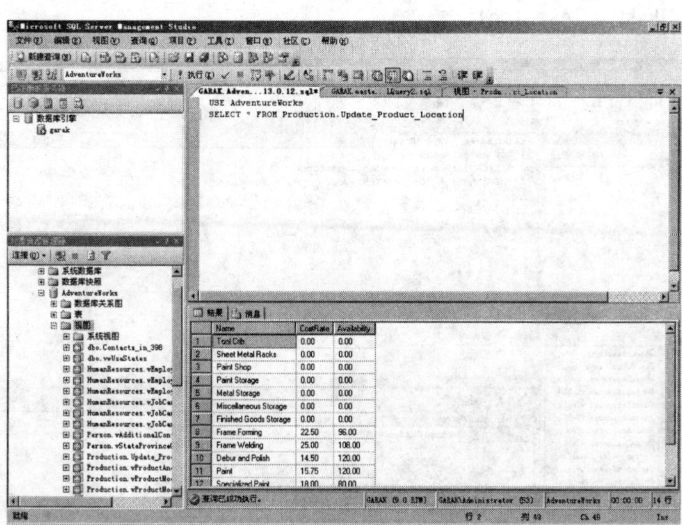

3. 由于已经确定该视图如期工作，所以我们将插入一条新记录。打开一个新的 SQL Server 查询，然后键入并执行下列代码来插入一条新记录：

```
USE AdventureWorks
INSERT Production.Update_Product_Location
VALUES ('Update Test Tool',55.00,10)
```

4. 要验证该记录已插入而且能在视图中看到它,在查询窗口中键入并执行下列代码:

```
USE AdventureWorks
Select * from Production.Update_Product_Location
where Name = 'Update Test Tool'
```

5. 要浏览基础表中插入的数据,在查询窗口中键入并执行下列代码:

```
USE AdventureWorks
SELECT * FROM Production.Location
WHERE Name = 'Update Test Tool'
```

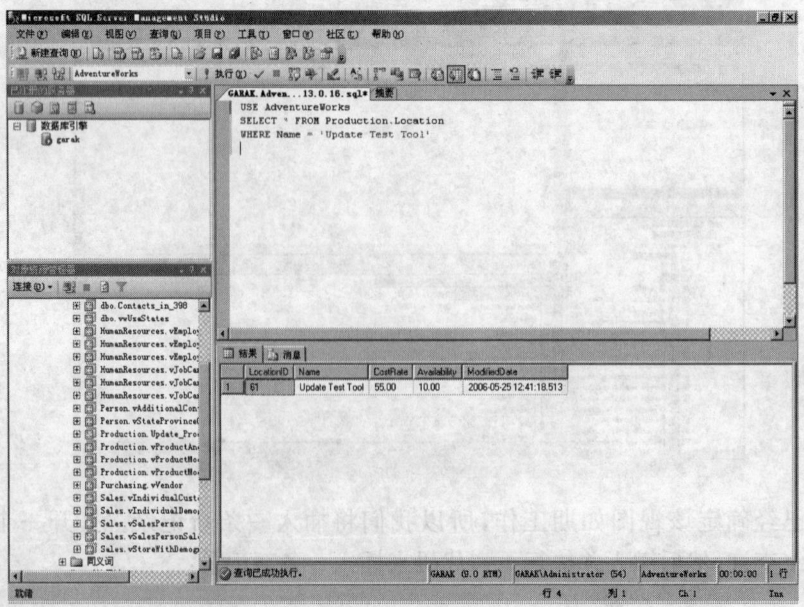

在查看 Production. Update_Product_Location 视图的结果集时，应该只看到 3 个都已填写的字段。但是，在查看基础表时，将会看到 5 个都已填写的列。在修改视图时，我们只给现有的 3 个列插入了值，而 SQL Server 填写了基础表中剩余的两列，因为它们已被应用了默认值约束（关于默认值约束的详细讨论，请参见第 11 章）。

前面创建的视图都返回相当简单的结果集。但是在现实生活中，视图将比较复杂，而且需要大量资源来返回结果集。要优化这个过程，可能需要考虑使用经过索引的视图。

使用经过索引的视图

本章前面创建的视图均返回相当简单的结果集，而且一直没有占用太多的系统资源。在现实生活中，查询将要求大量的计算与数据处理；这么复杂的查询会占用大量资源来返回结果集，因而使系统速度变慢。克服这个瓶颈的方法之一是使用索引视图。

第 12 章曾经讨论过，索引是某个指定列中的所有数值的一个列表，SQL Server 可以用它们加快数据访问速度。其中的一类索引叫做群集索引。群集索引物理地重排表中的数据，使数据符合索引的各种参数。群集索引在工作方式上很像词典，因为词典物理地重排单词，以便读者能够直接跳到它们。要加快复杂视图上的数据访问速度，可以在视图上创建一个群集索引。

在视图上创建了群集索引时，视图返回的结果集在数据库中的存放方式类似于带群集索引的表，也就是说，视图的结果集在数据库中存储为一个完全独立的对象，不必在有人每次运行 SELECT 查询时重新产生（或者说物化）。但是，先不要急于在所有视图上创建群集索引，还有几个考虑事项需要先讨论一下。

说明：关于索引的完整讨论，请见第 12 章。

考虑事项

在复杂视图上使用索引无疑是有好处的，其中的第一个好处是性能。用户每次查询视图时，SQL Server 都必须物化（或者说重新生成）视图。物化指的是为了完成返回结果集给用户而需要的所有 JOIN 操作与计算的过程。如果视图很复杂（要求大量计算与 JOIN 操作），那么在这类视图上建立索引会提高数据访问速度，因为结果集将从不需要物化——它将作为一个独立的对象存放在数据库中而且 SQL Server 可以在查询时随时调用它。

在视图上创建索引的另一个好处是查询优化器对待索引视图的方式。查询优化器是 SQL Server 中用于分析查询、比较查询与可用索引以及确定哪个索引返回结果集最快的构件。一旦在视图上创建了索引，查询优化器就会在以后的所有查询中考虑这个视图，不管用户查询什么。换句话说，其他表上的查询也可以从这个视图上的索引中得到好处。

在视图上创建索引的不利方面是它在系统上产生的开销。首先，索引视图需要占用磁盘空间。这是因为它们在数据库中存储为独立对象，看上去就像带群集索引的表。由于群集索引存储实际数据，而不是只存储指向基础表中数据的指针，因此需要额外的磁盘空间。例如，如果创建一个显示 employees 表中的 FirstName、LastName 和 extension 列的视图，随后在该视图上放置一个群集索引，那么 FirstName、LastName 和 extension 列将在数据库中被重复。

另一个考虑事项是索引视图的更新方式。在刚建成索引视图时，它基于索引创建时刻所存在的数据。但是，当视图的基础表发生了更新时，索引视图立即更新，以反映基础表上的变化。换句话说，如果在一个表上创建了索引视图，然后对该表中的记录做了修改，那么 SQL Server 将同时自动更新该视图。因此，如果表上有一个索引视图，则修改量加倍，因而系统开销也跟着加倍。

如果经过考虑后认为数据库会从某个索引视图中获得好处，那么表和视图本身应该遵守几个约束：

- 在创建该视图时，必须打开 ANSI_NULLS 与 QUOTED_IDENTIFIER 选项。为此，可以使用 sp_dboption 存储过程：

```
Sp_dboption 'ANSI_NULLS', TRUE
Sp_dboption 'QUOTED_IDENTIFIER', TRUE
```

- 创建由该视图引用的所有表时，必须打开 ANSI_NULLS 选项。
- 该视图只能引用表，不能引用其他视图。
- 任何用户定义函数的数据访问都必须是 NO SQL，外部访问属性必须是 NO。
- 该视图所引用的所有表必须与视图在同一个数据库中，必须与该视图属于同一个所有者。
- 该视图必须用 SCHEMABINDING 选项创建。该选项禁止更改基础表的架构(比如添加或删除列)。如果基础表被修改，则索引视图可能会变成废物。要修改基础表，必须先删除索引视图。
- 该视图中引用的任何用户定义函数也必须用 SCHEMABINDING 选项创建。
- 该视图中的所有对象必须按它们的两部分名称引用：owner. object。不允许一部分、3 部分或 4 部分的名称。
- SQL Server 中有两种类型的函数：确定性函数在它们每次用相同变元被调用时返回相同值，非确定性函数在它们每次用相同变元被调用时返回不同值。例如，DATEADD 函数在每次用相同变元被调用时返回相同值。GETDATE 函数在每次用相同变元被调用时返回不同值，进而使其成为非确定函数。索引视图中引用的任何函数都必须是确定性的。
- 用来创建该视图的 SELECT 语句必须遵循以下约束：
  - 列名必须在 SELECT 语句中显式指定，不能用 * 或 tablename. * 访问列。
  - 不能在 SELECT 语句中两次引用一个列，除非所有对该列的引用都是在复杂表达式中进行的(或者只有一个对该列的引用不在复杂表达式中进行)。例如，下列查询是非法的：

```
SELECT qty, orderid, qty
```

下列查询是合法的：

```
SELECT qty, orderid, SUM(qty)
```

  - 不能使用由 SELECT 语句的 FROM 从句内的括号中包含的 SELECT 语句所派生出来的表。
  - 不能使用 ROWSET、UNION、TOP、ORDER BY、DISTINCT、COUNT(*)、COMPUTE 或 COMPUTE BY。
  - 不能使用子查询和外 JOIN 或自 JOIN。

- 不能在 SELECT 语句中包含 AVG、MAX、MIN、STDEV、STDEVP、VAR 和 VARP 聚合函数。如果需要这些聚合函数提供的功能，可以用 SUM()或 COUNT_BIG()替代它们。
- 不能使用引用可空表达式的SUM()函数。
- 不能使用 CLS 用户定义聚合函数。
- 不能在 SELECT 语句中包含 CONTAINS 与 FREETEXT 选项。
- 如果 SELECT 语句中没有 GROUP BY 从句，则不能使用任何聚合函数。为了更好地理解 GROUP BY，请参见第 6 章。
- 如果使用 GROUP BY，则不能用 HAVING、ROLLUP 或 CUBE，而且必须在选择表中使用 COUNT_BIG()。

提示：SQL Server 2005 中的所有聚合函数与字符串函数都是确定性函数。

这些约束比较繁琐，但每个约束都是索引视图正常工作所必需的。了解所有这些考虑事项之后，下面来看一看怎样创建索引视图。

创建索引视图

第 12 章已经介绍过，在表上创建索引与在视图上创建索引的机制没有什么不同。但是，要证明复杂视图在经过索引时运行得更快，必须先了解视图在没有索引时的运行速度。在下列步骤中，我们将创建一个类似于 Person. Contact_in_398 的复杂视图，并可注意到它运行所耗费的系统资源：

1. 打开 SQL Server Management Studio 工具。如果要求建立连接，使用 "Windows 身份验证"建立连接。
2. 单击"新建查询"按钮，并选择"数据库引擎查询"选项。如果要求建立连接，使用"Windows 身份验证"建立连接。
3. 创建一个类似于 Person. Contact_in_398 的视图，但不带 XML 列和 ORDER BY 与 TOP 从句。添加 ContactID 字段和 SCHEMABINDING，以便该视图能够在ContactID 字段(惟一性字段)上被索引。为此，键入并执行下列代码：

```
SET QUOTED_IDENTIFIER ON
go
CREATE VIEW [Person].[Indexed_Contacts_in_398] WITH SCHEMABINDING
AS
SELECT c.ContactID, title as [Title], lastname as [Last Name], firstname as
[First Name],
phone as [Phone Number], c3.cardtype as [Card Type]
FROM Person.Contact c
JOIN Sales.ContactCreditCard c2 on c.ContactID = c2.ContactID
JOIN Sales.CreditCard c3 on c2.CreditCardID = c3.CreditCardID
WHERE phone LIKE '398%'
```

4. 要测试 Indexed_Contact_in_398 视图和了解它耗费了系统上的多少 I/O(输入/输出资源)，键入并执行下列查询：

```
USE [AdventureWorks]
SET STATISTICS IO ON
SELECT * FROM  Person.Indexed_Contacts_in_398
```

5. 单击屏幕底部的“消息”标签,应该看到如下所示的类似结果(logical reads 表示从内存中读取了多少页面):

```
(12 row(s) affected)
Table 'CreditCard'. Scan count 0, logical reads 20, physical reads 0, read-ahead
reads 0, lob logical reads 0, lob physical reads 0, lob read-ahead reads 0.
Table 'ContactCreditCard'. Scan count 10, logical reads 20, physical reads 0,
read-ahead reads 0, lob logical reads 0, lob physical reads 0, lob read-ahead
reads 0.
Table 'Worktable'. Scan count 0, logical reads 0, physical reads 0, read-ahead
reads 0, lob logical reads 0, lob physical reads 0, lob read-ahead reads 0.
Table 'Contact'. Scan count 1, logical reads 558, physical reads 0, read-ahead
reads 0, lob logical reads 0, lob physical reads 0, lob read-ahead reads 0.
```

现在,可以在 Person. Indexed_Contact_in_398 视图上创建一个索引。下面的步骤将在 ContactID 列上创建一个索引,因为它是惟一性列:

1. 选择“查询”➤“使用当前连接查询”选项打开一个新的查询窗口。
2. 键入并执行下列代码来创建该索引:

```
USE [AdventureWorks]
CREATE UNIQUE CLUSTERED INDEX
Cl_Indexed_View on Person.Indexed_Contacts_in_398(ContactID)
```

3. 要测试该索引视图,执行上一个步骤系列的第 4 步中用来测试原始视图的相同代码:

```
USE [AdventureWorks]
SET STATISTICS IO ON
SELECT * FROM Person.Indexed_Contacts_in_398
```

4. 在查询窗口的“消息”选项卡中,应该看到如下结果:

(12 行受影响)

表'Person. Indexed_Contact_in_398'。扫描计数 1,逻辑读取 3 次,物理读取 0 次,预读 0 次,lob 逻辑读取 0 次,lob 物理读取 0 次,lob 预读 0 次。

可以注意到,索引建成后的结果与索引建成前的结果完全相同。出现这种情况是因为这个查询不太复杂,因此没有从创建索引视图中得到什么好处。但是,它用一种简单的方法演示了在视图上创建群集索引的机制。在现实生活中,这个过程将会复杂得多,因此需要认真权衡利弊,然后再实现这一解决方案。

读者可能已经注意到与那些查询相关的一个小问题:它们返回一个静态结果集。例如,上一个视图只返回电话区号为 398 的客户。在这个范型下,需要为每个电话区号都创建一个单独的视图。幸运的是,可以让带参数的内联函数帮忙。

用内联用户定义函数改进索引视图

用户定义函数和视图非常相似,因为它们都返回一个结果集。内联用户定义函数的妙处是它们接受参数,而视图(无论经过还是未经过索引)则不接受参数。可能需要使用参数的一个恰当例子是上一节所创建的视图,它返回电话区号为 398 的所有客户。如果需要在视图中显示指定电话区号的客户,则需要为每个电话区号分别创建一个视图。有一种更好的方法:创建一个内联用户定义函数。

下列步骤将创建一个内部函数,用于显示 customers 表中居住在任一区域的客户:

1. 在 SQL Server Management Studio 中打开一个新的 SQL Server 查询窗口。键入并执行下列代码来创建一个内联用户定义函数,用于显示来自任一区域的客户:

```
USE AdventureWorks
GO
CREATE FUNCTION fn_Contact_Area (@Area char(3))
RETURNS TABLE
AS
RETURN (
   SELECT title as [Title], lastname as [Last Name], firstname as [First
Name],
   phone as [Phone Number], i.demographics as [Demographic XML Data] ,
c3.cardtype as [Card Type]
   FROM Person.Contact c
   JOIN Sales.Individual i on c.ContactID = i.ContactID
   JOIN Sales.ContactCreditCard c2 on c.ContactID = c2.ContactID
   JOIN Sales.CreditCard c3 on c2.CreditCardID = c3.CreditCardID
   WHERE phone LIKE @Area + '%'
    )
```

2. 要测试这个函数,单击"新建查询"按钮,然后键入并执行下列代码:

```
USE AdventureWorks
SELECT * from fn_Contact_Area('208')
```

可以注意到,利用这个内部用户定义函数,可以通过给该函数传入一个参数(这里为'208')选择所需的任意一个电话区号。内联用户定义函数证明是一个相当有用的工具。

既然能够创建各种类型的视图和使用它们管理用户数据,下面准备讨论对系统数据管理有帮助的一个较高级题目:使用分布式分区视图。

使用分布式分区视图

SQL Server 2005 中的另一个有用工具是分布式分区视图(Distributed partitioned view)。分布式分区视图使多个服务器上的表看上去像一个表,当在数据库中有大量的表,并且需要多个服务器的处理能力才能使数据库高效工作时,这个特性是非常有价值的。

平常的视图是由单个服务器上的单个数据库中的一个或多个表构成的。当这些表变得非常巨大(视硬件而定)时,可以将它们分区,并将它们分配到多个服务器上。于是,这些表就叫做成员表,而包含它们的数据库就叫做成员数据库。所有参与的服务器都叫做服务器联盟,这种状况看上去与图 13.1 非常相似。

提示:读者可能已经在 SQL Server 的以前版本中使用过局部分区视图,但包含这些视图仅仅是为了向下兼容性。

另一个可以用来让使用 SQL Server 变得更加容易的工具是信息架构视图。

使用信息架构视图

假设用户由于正在从事的应用程序而需要知道数据库中的所有表的名称。使用 T-SQL 代码获取这个信息的方法有两种。第一种方法是使用系统存储过程,具体地说,使用 sp_ta-

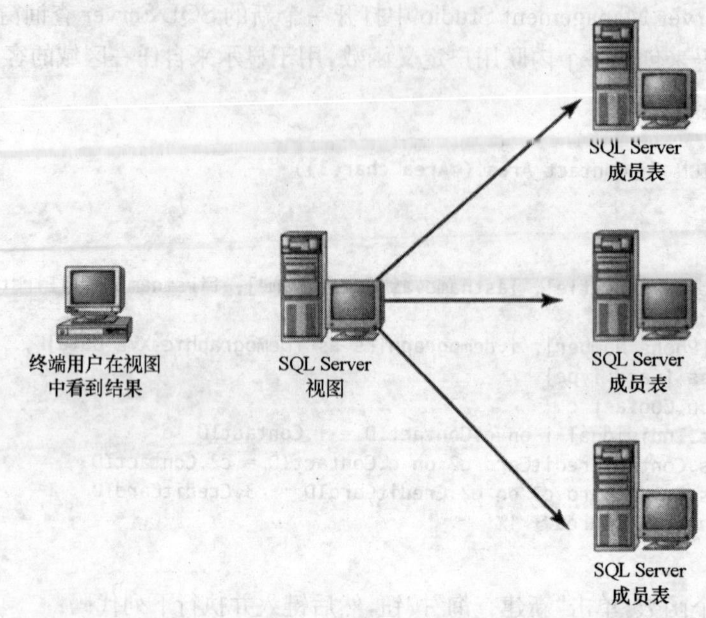

图 13.1 分布式分区视图对需要伸缩的巨型表是很有用的

bles。但是,这种方法不一定产生准确的结果,因为用户只查找表名;而 sp_tables 则返回可用在 SELECT 语句中的任何东西,其中包括视图。

说明:第 14 章将讨论存储过程。存储过程用来将查询保存在服务器上,使那些查询不必存储在客户计算机上。

要获取比较准确的结果,可以查询信息架构视图。这些视图是 Microsoft 为 SQL Server 数据库服务器实现的特殊视图,目的是为了遵守美国国家标准委员会(ANSI)的 SQL-92 标准和让 SQL Server 用户更容易读取系统信息。下面列出了每个数据库中的所有可用信息架构视图:

CHECK_CONSTRAINTS 该视图列出当前数据库服务器所拥有的每个检查约束以及该约束的准确语法。它基于 sysobjects 与 syscomments 系统表。

COLUMN_DOMAIN_USAGE 该视图列出数据库中具有用户定义数据类型的所有列。它基于 sysobjects、syscolumns 与 systypes 系统表。

COLUMN_PRIVILEGES 该视图提供当前用户已经在什么表中的什么列上被授予了权限,以及已被授予了什么权限。它基于 sysprotects、sysobjects 与 syscolumns 系统表。

COLUMNS 该视图提供当前数据库中的当前用户可以访问的每个列的广泛细节。它基于 sp_datatype_info(来自主数据库)、systypes、syscolumns、syscomments、sysconfigures 和 syscharsets 系统表。

CONSTRAINT_COLUMN_USAGE 该视图返回当前数据库用户拥有的、其上已定义了约束的每个列。它基于 sysobjects、syscolumns 与 systypes 系统表。

CONSTRAINT_TABLE_USAGE 该视图用来返回当前数据库中已被应用了约束的所有表的一个清单。它基于 sysobjects 系统表,不如 TABLE_CONSTRAINTS 视图那么详细。

DOMAIN_CONSTRAINTS 该视图返回当前数据库中的当前用户可访问的、其上已有关联规则的所有用户定义数据类型。它基于 sysobjects 与 systypes 系统表。

DOMAINS 该视图返回当前数据库中的当前用户可访问的所有用户定义数据类型。它基于 spt_datatype_ info(来自主数据库)、systypes、syscomments、sysconfigures 与 syscharsets 系统表。

KEY_COLUMN_USAGE 该视图用来显示当前数据库中已定义为主关键字、外部关键字或惟一性关键字的每个列。它基于 spt_ values(来自主数据库)、sysobjects、syscolumns、sysreferences 与 sysindexes 系统表。

PARAMETERS 该视图返回当前用户可访问的用户定义函数或存储过程中所使用的参数信息。对于函数,该视图还显示返回值的信息。

REFERENTIAL_CONSTRAINTS 该视图返回当前数据库中的所有外部关键字约束。它基于 sysreferences、sysindexes 与 sysobjects 系统表。

ROUTINE_COLUMNS 该视图用来检索表值函数所返回的列信息。

ROUTINES 该视图返回当前用户可使用的函数和存储过程的信息。

SCHEMATA 该视图返回当前用户在其内拥有权限的所有数据库。它基于 sysdatabases、sysconfigures 与 syscharsets 系统表。

TABLE_CONSTRAINTS 该视图为当前数据库中带有已定义约束的每个表返回一行。它基于 sysobjects 系统表,并比 CONSTRAINT_TABLE_USAGE 视图包含更多的详细信息。

TABLE_PRIVILEGES 该视图为当前用户所拥有或已被授予的每个表特权均返回一行。它基于 sysprotects 与 sysobjects 系统表。

TABLES 该视图为当前用户在其上拥有权限的当前数据库内的每个表均返回一行。它基于 sysobjects 系统表。

VIEW_COLUMN_USAGE 该视图告诉当前用户,在他们所拥有的数据库中有哪个列用在了视图中。它基于 sysobjects 与 sysdepends 系统表。

VIEW_TABLE_USAGE 该视图告诉当前用户,他们所拥有的哪个表当前正用做视图的基础表。它基于 sysobjects 与 sysdepends 系统表。

VIEWS 该视图为数据库中当前用户可访问的每个视图均返回一行。它基于 sysobjects 与 syscomments 系统表。

既然知道必须跟什么视图打交道,就应该知道如何跟它们打交道?例如,如果正在编写一个 SELECT 查询,并要求它用 JOIN 从句返回所需要的全部信息,但记不住表中已定义为主关键字与外部关键字的那些列的名称,那么可以打开 SQL Server Management Studio 并慢慢寻找这些信息,也可以用下列方法:

1. 在 SQL Server Management Studio 中打开一个新的 SQL Server 查询窗口。
2. 要查找表中已定义为主关键字与外部关键字的所有列的名称,键入并执行下列代码:

```
USE AdventureWorks
SELECT constraint_name, column_name
FROM information_schema.key_column_usage
```

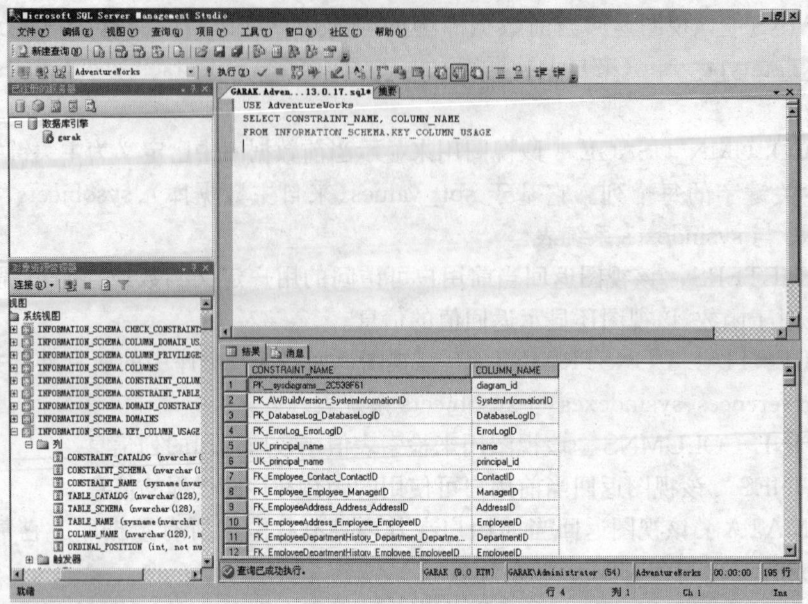

3. 可以注意到,每个列及其对应的约束均被列出。要返回相同的信息,必须查询 spt_values、sysobjects、syscolumns、sysreferences 与 sysindexes 系统表。

其他信息架构视图将证明它们在寻求编写高效程序时同样有用。在使用 SQL Server 时,有时需要系统表中的信息(称为元数组),但又记不住它们。如果没能在信息架构视图中找到所要的信息,可以求助它们的父母,即目录视图(Catalog views)。

使用目录视图

目录视图是 SQL Server 2005 中新引进的一个特性,这些视图是访问系统元数据的最通用接口。事实上,可以利用的所有编目元数据都可以通过目录视图访问到。下面是比较常用的几个目录视图:

- Sys. Configurations　该目录视图显示怎样设置各种服务器配置选项的信息,比如用户连接的数量和可用锁。
- Sys. Data_spaces　该目录视图用来查找可用文件组和分区方案的信息。
- Sys. Databases　该目录视图为服务器上的每个数据库均包含一行。利用该视图,可以查找数据库的状态、兼容级别、所有者、恢复模式以及能在数据库上设置的其他每个选项。
- Sys. Databases_files　该目录视图为特定数据库中的每个文件都返回一行,并显示文件的物理名称、状态和大小之类的选项。
- Sys. Backup_devices　该目录视图提供系统上所有可用备份设备的信息。
- Sys. Server_principals　该视图用来查找服务器级安全负责人(登录、组、角色等)的信息。关于安全性的深入讨论,请参见第 18 章。
- Sys. Columns　该视图为每个在数据库中有列的对象均每列返回一行。它可以用来查找列名、数据类型和最大宽度等信息。
- Sys. Indexes　该视图为数据库中的每个堆或表式对象(比如表或索引视图)的每个索

引均返回一行。利用该视图，可以查找索引名称、类型、惟一性、填充因子等信息。

- Sys. Tables　该视图用来查找数据库中的任何用户定义表的信息。
- Sys. Views　该视图返回数据库中的任何用户定义视图的信息。

当然，这仅仅是从现有目录视图当中抽取出的一小部分样品，但足够对它们有了概念。目录视图是查找元数据的有用工具。下面通过查询比较常用的目录视图之一来体验它们：

1. 在 SQL Server Management Studio 中打开一个新的 SQL Server 查询窗口。
2. 要查找表中已定义为主关键字与外部关键字的所有列的名称，键入并执行下列代码：

```
USE AdventureWorks
SELECT * FROM Sys.Tables
```

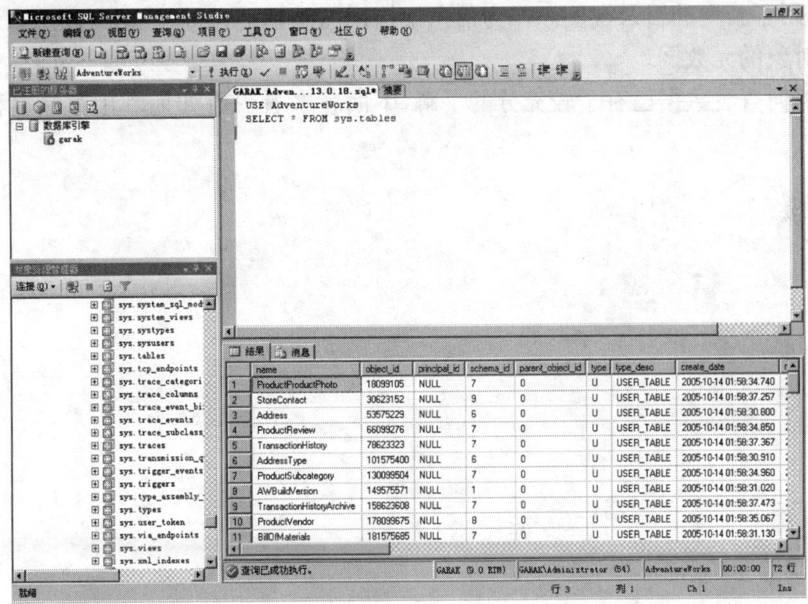

3. 可以注意到，每个表连同创建日期、表类型之类的一组元数据均被列出。

小结

本章开头介绍了什么是视图。就像电视机里面没有包含真人一样，视图中并不包含实际的数据——视图仅仅是查看表中数据的另一种手段。

接下来，介绍了如何创建最简单的视图：单表视图。通过使用“视图设计器”，创建了简单的视图并测试了它。然后，为了修改和改进视图，通过添加列、别名和 ORDER BY 从句做了修改。

接下来，深入探讨了多表视图，进而创建了引用两个表的视图。为了使视图更有用，我们进入了“视图设计器”，并增加了另外两个表(总共 4 个表)，并测试了视图。

在有了两个视图之后，我们介绍了如何用视图修改数据。用视图修改数据有几点注意事项：

- 不能通过视图同时修改多个表中的数据。
- 如果视图基于聚合函数，则不能用它修改数据。
- 如果视图的基础表包含不允许 NULL 值的字段，而视图又没有显示那些字段，则不能插入新数据,但可以更新和删除数据。

接下来,介绍了在视图上创建索引,这在视图非常复杂时特别有用,因为复杂视图的物化需要较长时间。如果在复杂视图上创建了索引,SQL Server 就不必在用户每次查询时都物化视图,因为结果集像带群集索引的表一样存储在数据库中。不可忽视的是,创建与维护索引视图有许多注意事项:除非确有必要,否则不要创建索引视图。我们还介绍了内联用户定义函数,这些函数在查询数据时迟早会派上用场,因为它们接受参数,而视图不接受。

然后,介绍了信息架构视图。这些视图可以用来帮助查询元数据。它们返回什么表已被应用了约束或什么列用在了视图定义中之类的信息。一旦开始经常使用这些信息架构视图,它们将会缩短开发周期。

最后,介绍了新增的目录视图。作为信息架构视图的基础,目录视图可以用来返回服务器上任意一个对象的元数据。

既然对如何查看数据已有了较充分的了解,下面就来看一看如何利用存储过程改进数据修改的过程。

第14章 存储过程

数据库用户关心的两个最重要问题是速度与效率。如果没有速度与效率，用户就会把他们的大部分时间耗费等待上。因此，就引出了这样的问题：如何给用户提供他们需要和应得的速度与效率？下面将介绍能够帮助完成这项任务的一个工具。

这个工具就是存储过程，它们主要设计用于提高数据检索的速度。本章将介绍用户定义存储过程、系统存储过程和扩展存储过程。

了解存储过程

存储过程是存储在SQL Server数据库中的查询，而不是存储在客户计算机上的前端代码(通常用C#或类似语言编写)中的查询。为什么要将查询存储在SQL Server数据库中呢？有3个非常充分而且与性能、编译和管理相关的理由。

存储过程怎样提高性能呢？请仔细想一想我们在本书中已经执行过的那些查询。例如，要从AdventureWorks数据库内的Production.Product表中查询2003年1月1日以后可供销售的所有产品，可以使用下列查询：

```
USE AdventureWorks
SELECT Name, Color, ListPrice, SellStartDate
FROM Production.Product
WHERE SellStartDate > '1/1/2003'
ORDER BY SellStartDate, Name
```

尽管这个查询似乎不算太大(仅有5行文本)，但是请设想一下这样一种情景：正有5000个用户全天都在网络上执行同一个查询，进而将该查询从他们的计算机上通过网络发送到服务器。这将会累积成大量的网络通信量，进而会造成通信拥挤。当有太多的网络通信量等待网络构件去处理时，就会出现网络拥挤现象。通信量的一部分会丢失，并且需要重发，因此这部分通信量实际上发送了两次，从而使网络(并由此而导致用户)的速度明显变慢。

要减轻网络拥挤并让网络全速运行，需要减少从客户计算机通过网络发送到服务器的代码量，从而改变网络上产生的通信量。为了达到这个目的，需要将查询变成存储过程，并将代码存放在服务器上，而不是存放在客户计算机上。一旦建成了存储过程，用户要获取所需的数据，只需通过网络发送下列代码即可：

```
EXEC stored_procedure_name
```

存储过程优于特别查询的另一个优点与编译有关。当SQL Server编译查询时，它读取该查询，查看JOIN与WHERE之类的从句，然后比较该查询与所有可用索引来寻找哪个索引(如果有的话)给用户返回数据最快。一旦SQL Server确定了哪个索引将工作得最好，它就立即创建一个查询执行计划(即通知SQL Server如何运行该查询的一个指令集)，并将该执行计划存储在内存中。特别查询在它们每次运行时都得经过编译，而存储过程则是经过预编译的。换句话说，存储过程已经通过了编译过程，并且有一个正在内存中等待的执行计划，因此它们比特别查询执行得快。

提示:在运行特别查询时,只要有空闲空间,SQL Server 就将查询执行计划存放在内存中。因此,特别查询可能不必在每次运行时都得经过编译。

说明:关于 JOIN 与 WHERE 从句的详细讨论,请参见第 6 章。关于索引的详细讨论,请参见第 12 章。

除了减轻网络通信量之外,存储过程还有另外一个优点:它们能够使数据库管理变得更轻松。例如,如果需要对一个现有查询做一些修改,而该查询存储在用户的计算机上,那么必须在那些用户的所有计算机上都做这些修改。相反,如果将该查询作为存储过程集中存储在服务器上,那么只需在服务器上做一次修改即可,从而节省大量的时间和精力。

当然,这并不是说应该将每个要发往服务器的查询都变成存储过程。如果一个查询将很少得到运行(比如特别查询),就没有必要在服务器上创建一个存储过程来包含它。如果这个查询经常由用户运行,则应该考虑创建一个用户定义存储过程来包含它。下面将介绍如何创建这样的存储过程。

说明:存储过程也可以用来保护数据库的安全。关于如何保护数据库安全的详细讨论,请参见第 18 章"安全性与 SQL Server 2005"。

了解用户定义存储过程

由于存储过程所提供的性能与管理好处,弄清楚如何创建和使用用户定义存储过程是很重要的。下面,我们将首先创建一个返回简单结果集的基本存储过程,然后讨论较高级选项的设置。

基本存储过程

创建和使用起来最容易的存储过程,是返回简单结果集而又不要求任何参数的存储过程(本章后面将介绍存储过程参数),比如本章开头所提及的这个查询。事实上,我们要在下列步骤中将该查询变成一个存储过程。这个存储过程将用来从 AdventureWorks 数据库内的 Production. Product 表中检索 2003 年 1 月 1 日以后可以销售的所有产品。步骤如下:

1. 打开 SQL Server Management Studio,并在"对象资源管理器"中展开服务器➤"数据库"➤ AdventureWorks ➤"可编程性"。
2. 右击"存储过程"图标,并选择"新建存储过程"选项打开 Stored Procedure Assisted Editor。
3. 在 Name 文本框中,键入 Show_Products。
4. 在 Schema 下拉列表框中,选择 Production 选项。
5. 让 Execute 保留为 CALLER;这通知 SQL Server 在运行该过程时模仿调用者。
6. 在 T-SQL 语法框中,将代码改成下面这样:

```
SELECT Name, Color, ListPrice, SellStartDate
FROM Production.Product
WHERE SellStartDate > '1/1/2003'
ORDER BY SellStartDate, Name
```

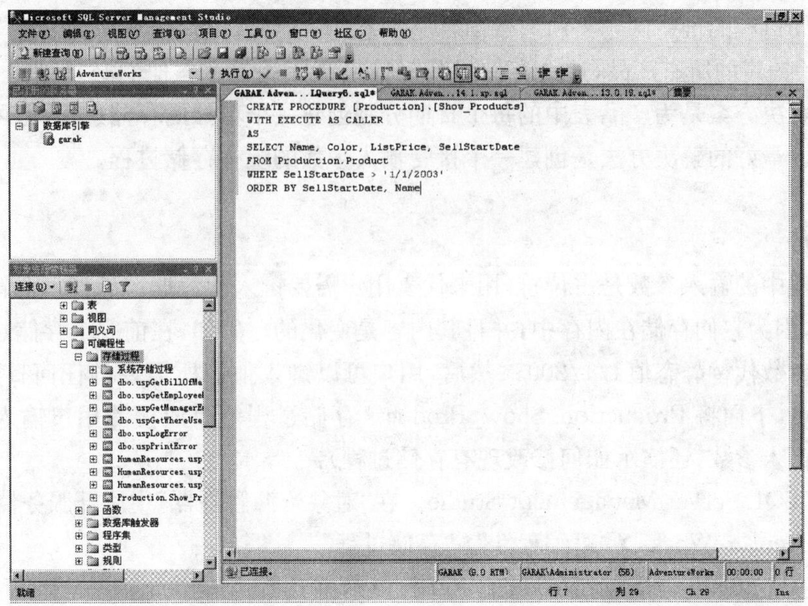

7. 单击工具栏上的保存按钮开始创建这个存储过程。
8. 要测试这个存储过程，打开一个新的 SQL Server 查询窗口，并在查询窗口中键入并执行下列代码：

```
USE AdventureWorks
EXEC Production.Show_Products
```

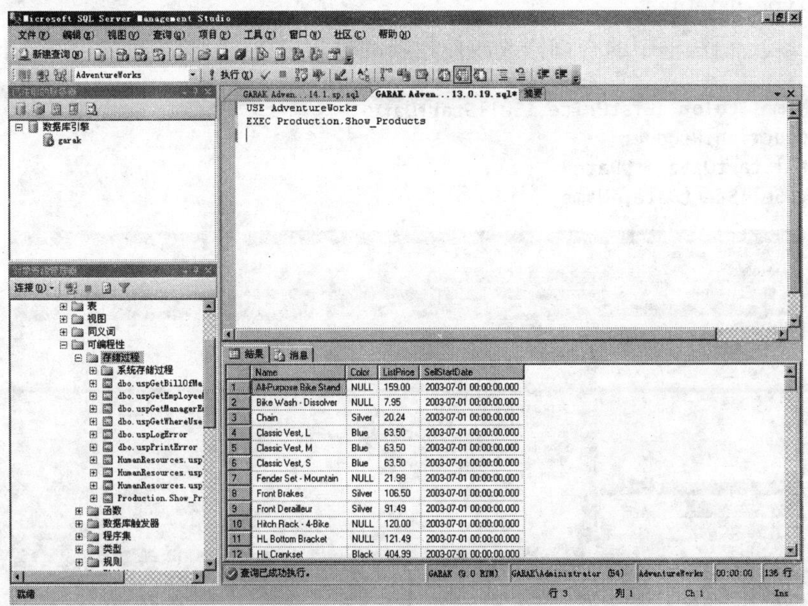

9. 关闭查询窗口。

这不是那么困难，是吗？只需在一条标准 SELECT 语句的前面添加 Create Procedure *procedure_name* EXECUTE AS CALLER AS 即可。现在，当用户需要查看 2003 年 1 月 1 日以后开始销售的所有产品时，只需通过网络发送一行代码（EXEC Production. Show_Products），而不必像原先那样需要发送 5 行代码。

这个存储过程的惟一问题是所有数值都是静态的。因此,如果用户需要了解 1998 年 1 月 1 日以后开始销售的所有产品,这个存储过程对他们毫无用处——他们必须创建一个特别查询。另一个解决方案是为产品表中的每个日期分别创建一个单独的存储过程,但可想而知,那是多么麻烦。最好的解决方法是创建一个接受输入参数的统一存储过程。

使用输入参数

存储过程中的输入参数是占位符,用来代表用户需要键入的数据。从技术上看,输入参数是内存变量,因为它们存储在内存中,并且其内容是变化的。例如,在前一个存储过程中,可以用一个输入参数代替静态值'1/1/2003';然后,用户可以键入他们所需要的任何日期。为了举例说明这一点,下面将 Production. Show_Products 存储过程修改成接受用户输入(这不仅演示如何使用输入参数,还演示如何修改现有存储过程):

1. 打开 SQL Server Management Studio。在"对象资源管理器"中展开服务器➤"数据库"➤ AdventureWorks ➤"可编程性"➤"存储过程"。
2. 右击 Production. Show_Products 存储过程,并选择 Modify 选项打开 Stored Procedure Assisted Editor。
3. 在 Parameters 列表框下面,单击 Add 按钮。
4. 使用下列信息创建参数:

   Parameter Name:@Date

   Mode:In

   Datatype:datetime
5. 将 T-SQL 语法框中的查询修改成使用新的输入参数,使该查询看起来像下面这样:

```
SELECT Name, Color, ListPrice, SellStartDate
FROM Production.Product
WHERE SellStartDate > @Date
ORDER BY SellStartDate, Name
```

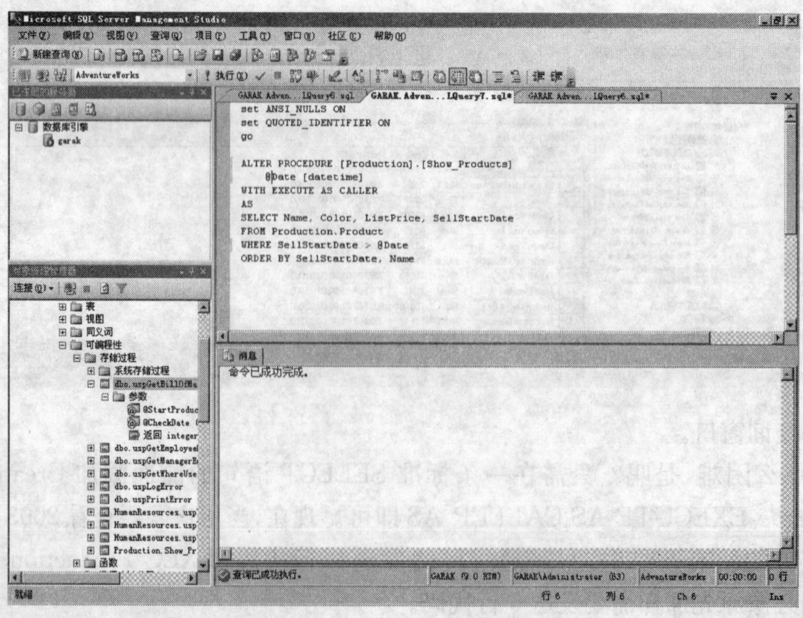

6. 单击工具栏上的“保存”按钮保存修改结果。

既然已将 Production. Show_Products 存储过程修改成接受用户的输入参数，现在就可以测试这个新功能了：

1. 要测试修改结果，在 SQL Server Management Studio 中打开一个新的 SQL Server 查询窗口，并执行下列代码：

```
USE AdventureWorks
EXEC Production.Show_Products '1/1/1998'
```

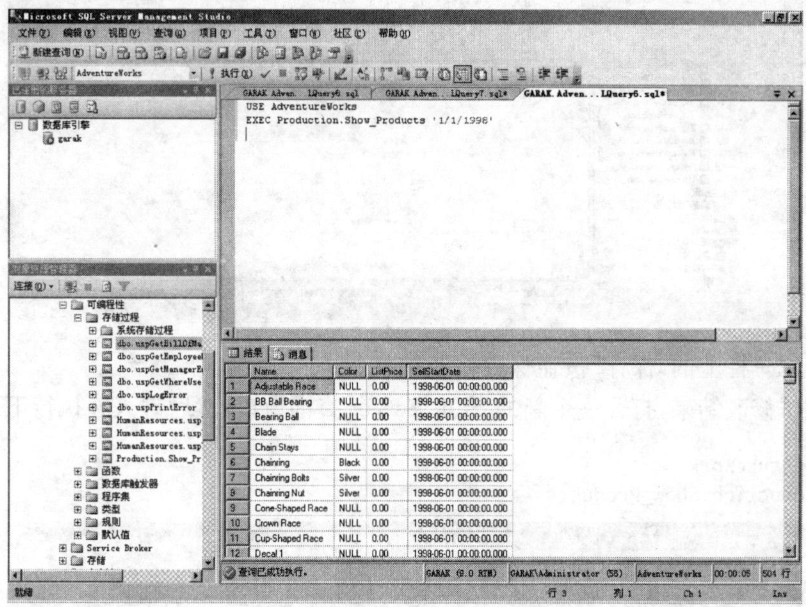

2. 使用一个不同的日期试一试：

```
USE AdventureWorks
EXEC Production.Show_Products '7/1/2000'
```

3. 关闭查询窗口。

说明：第 5 章已比较详细地讨论过内存变量。

明白我们对上述存储过程做了什么吗？现在，不是强制用户只查找 2003 年 1 月 1 日，而是给他们提供了查找任意一个日期的灵活性：为此，只是在存储过程开头添加了一个变量(@Date)。在本例中，@Date 换成了 1998 年 1 月 1 日，然后换成了 2000 年 7 月 1 日。但是，如果用户意外地忘了键入日期，或者他们在大部分时间需要查看 2003 年 1 月 1 日，只是偶尔查看其他日期，怎么办？在这种情况下，可以为输入参数提供一个默认值：

1. 打开 SQL Server Management Studio。在“对象资源管理器”中，展开服务器➤“数据库”➤ AdventureWorks ➤“可编程性”➤“存储过程”。
2. 右击 Production. Show_Products 存储过程，并选择 Modify 选项打开 Stored Procedure Assisted Editor。
3. 在 Parameters 列表框中，在@Date 参数的 Default 列中键入'1/1/2003'。

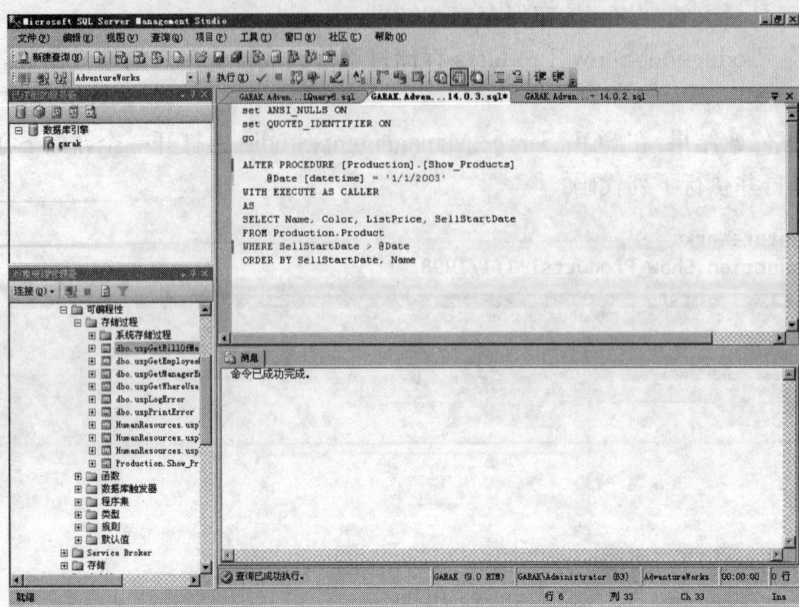

4. 单击工具栏上的“保存”按钮保存修改结果。

5. 要测试修改结果，打开一个新的 SQL Server 查询窗口，然后键入并执行下列代码：

```
USE AdventureWorks
EXEC Production.Show_Products
```

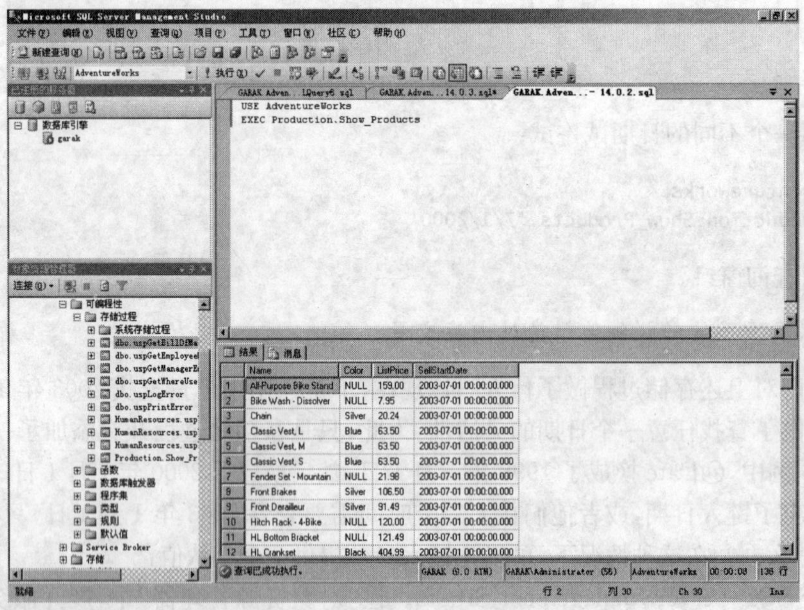

6. 使用一个不同的日期试一试，以确保仍能使用输入参数：

```
USE AdventureWorks
EXEC Production.Show_Products '1/1/1998'
```

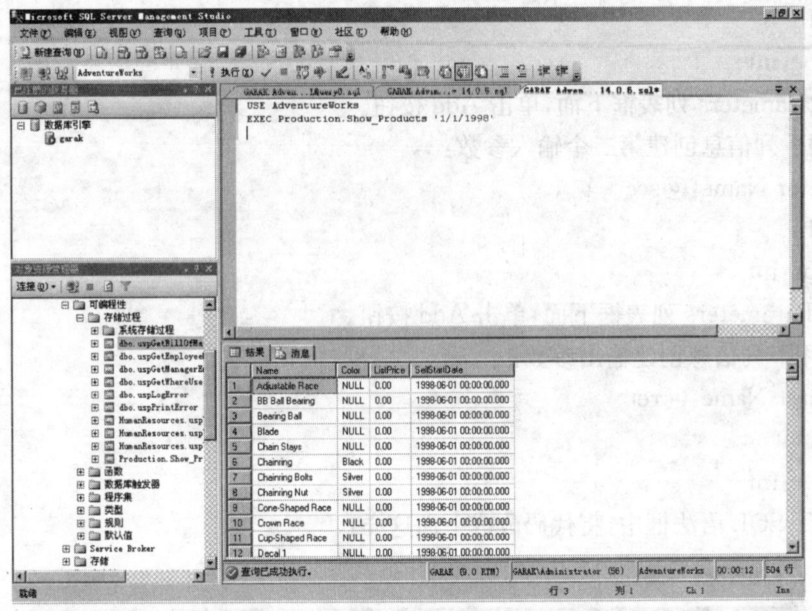

7. 关闭查询窗口。

明白做了什么吗？第二行代码通知 SQL Server，如果用户忘了为输入参数键入一个值，它应该通过添加@Date datetime = '1/1/2003'代码，假定他们想要 2003 年 1 月 1 日。然而，如果用户确实键入了一个参数（就像在上述第 6 步中那样），那么 SQL Server 改用那个值。

现在，开始体会到存储过程的真正潜力，但还有另外的能力。假设用户不是想了解从他们的查询中返回的整个结果集，而是只想了解某个数学计算的结果。这种情况在财务和会计部门是十分常见的（这些部门由于某种缘故总是有一些计算）。为了满足这类用户的要求，可以创建既使用输入又使用输出参数的存储过程。

使用输出参数

输出参数正好与输入参数相反。我们利用输入参数提供一个供存储过程使用的值；而存储过程利用输出参数返回一个要用在后续查询中的值。输出参数与输入参数创建在同一个空间内，位于存储过程名和代码的 AS 部分之间；输出参数创建中的惟一差别是输出参数之后立即加上 OUTPUT 关键字（稍后就会见到）。下面将通过创建一个简单的计算器存储过程来演示输出参数能做些什么：

1. 打开 SQL Server Management Studio。在“对象资源管理器”中，展开服务器➤“数据库”➤ AdventureWorks ➤“可编程性”。
2. 右击“存储过程”图标，并选择“新建存储过程”选项打开 Stored Procedure Assisted Editor。
3. 在 Name 文本框中，键入 Calc。
4. 在 Schema 下拉列表框中，选择 Production 选项。
5. 让 Execute 保留为 CALLER；这个设置通知 SQL Server 在运行该过程时扮演调用者。
6. 在 Parameters 列表框下面，单击 Add 按钮。
7. 使用下列信息创建第一个输入参数：

Parameter Name：@first

Mode:In

Datatype:int

8. 在 Parameters 列表框下面,单击 Add 按钮。

9. 使用下列信息创建第二个输入参数:

Parameter Name:@sec

Mode:In

Datatype:int

10. 在 Parameters 列表框下面,单击 Add 按钮。

11. 使用下列信息创建输出参数:

Parameter Name:@ret

Mode:Out

Datatype:int

12. 在 T-SQL 语法框中,将代码改成下面这样:

```
SET @ret = @first + @sec
```

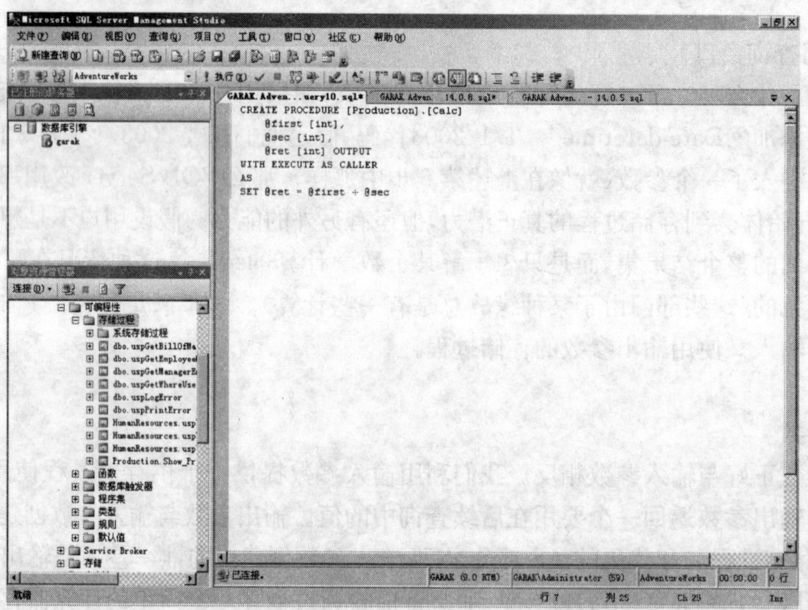

13. 单击工具栏上的"保存"按钮保存该存储过程。

一旦创建完存储过程,随时可以测试它。要从存储过程中取回输出参数,必须有个存放参数的地方;因此,在执行该查询时,必须指定这两个输入参数(一个或两个)以及一个存放输出参数的地方:

1. 要测试修改结果,打开一个新的 SQL Server 查询窗口,然后键入并执行下列代码(请注意,@answer 变量被明确指定用来保存@ret 输出参数所返回的结果):

```
USE AdventureWorks
DECLARE @answer int
EXEC Production.Calc 1, 2, @answer OUTPUT
SELECT 'The answer is:',@answer
```

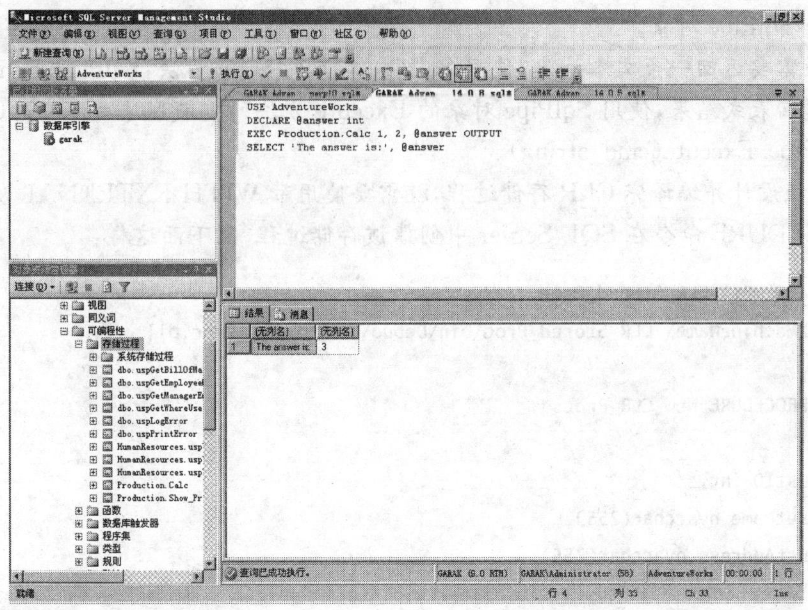

2. 关闭查询窗口。

同样,明白发生的事情吗?我们明确地创建了@ret输出参数,用于将一个值返回给调用程序。接下来,在执行存储过程之前,先使用DECLARE @answer代码创建了一个变量(DECLARE用来创建内存变量),用于保存输出参数返回的结果。在创建了用来保存输出参数的变量后,执行了存储过程,并通知它将@ret值放入到@answer内存变量中,然后使用SELECT语句显示了该内存变量。这有点像一个接力赛跑,其中一名运动员将接力棒交给下一名运动员,直到比赛结束。在本例中,@ret变量正将一个值传给@answer变量,@answer变量又显示给用户。

说明:关于CLR存储过程的较详细讨论,请参见第19章"集成SQL Server与Microsoft .NET"。

既然知道如何创建与使用存储过程,就需要了解如何让它们运行得更快。下面将比较深入地讨论它们怎样工作以及如何优化它们。

公共语言运行时(CLR)存储过程

在SQL Server 2005中,可以使用除了Transact-SQL之外的语言编写存储过程。事实上,可以使用任何一种符合公共语言运行时(Common Language Runtime,简称CLR)的语言编写存储过程,比如Visual C#、Visual Basic、.NET、Managed Visual C++等。这些存储过程称为外部存储过程。

CLR编程超出了本书的范围,但在设计CLR过程时有一些要记住的基础知识:

- 方法必须声明为PUBLIC STATIC,而且它们只能返回void或int数据类型。
- 如果方法返回int数据类型,SQL Server将该类型作为退出代码来对待(0代表成功,1代表失败)。
- 如果需要返回一个不同于int的其他数据类型,使用SqlContext.GetPipe()方法构造一个 SqlPipe 对象。

- 如果需要返回一条文本消息,使用 SqlPipe 对象的 Send 方法:SqlPipe. Send(String)。
- 要返回表式结果,使用 SqlPipe 对象的 Execute 方法的重载版本之一:SqlContext. Get－Pipe. Execute(cmd_string)。

一旦已经设计并编译完 CLR 存储过程,就需要使用带 WITH EXTERNAL 从句的 CREATE PROCEDURE 命令在 SQL Server 中创建该存储过程,像下面这样:

```
CREATE ASSEMBLY CLR_Stored_Proc
FROM '\\MachineName\ CLR_Stored_Proc\bin\Debug\CLR_Stored_Proc.dll'
GO
CREATE PROCEDURE New_CLR_Proc
(
    @CustID int,
    @CsutName nvarchar(255),
    @CustAddress nvarchar(255)
)
AS EXTERNAL NAME CLRStoredProc.CustomerImport.ImportNameAddress
GO
```

优化存储过程

要优化存储过程,最好是对 SQL Server 怎样执行查询有较深入的了解。当 SQL Server 首次执行一个查询(任何查询,包括存储过程)时,它先编译该查询。在编译过程中,SQL Server 在该查询内到处窥视,以了解用户正试图完成什么。具体地说,SQL Server 查看用户正连接(JOIN)什么表,以及他们在查询的 WHERE 从句中已指定了什么列。一旦 SQL Server 获得了这些信息,它就可以开发一个执行计划;这个方案是哪个索引返回数据最快的一张地图。在这个执行计划设计出来之后,SQL Server 将其存放在过程缓存内,过程缓存是 RAM 中专门为这一目的分配的一个区域。现在,无论何时再运行同一个查询或一个类似的查询,SQL Server 都不必创建另一个执行计划来获取数据;它使用过程缓存中保存的执行计划。

然而,这有时会替用户带来麻烦。例如,可能需要修改数据库的结构(或者说架构),因而添加了新表或给现有表添加了新列。SQL Server 自动重新编译存储过程,以使用数据库结构上的那些变化。如果只是创建了新索引,SQL Server 自动重新编译存储过程;在这种情况下,必须以手工方式重新编译存储过程,才能使 SQL Server 创建一个利用这个新索引的执行计划。

再假设有一个使用了输入参数的存储过程,并且每次运行存储过程时输入参数都变化很大。那些参数中的一些可能影响存储过程中的 JOIN 或 WHERE 从句,而且由于 SQL Server 使用那些参数创建执行计划,因此每次运行存储过程时使用同一个执行计划可能是不明智的——可能希望重新编译它。强制 SQL Server 重新编译存储过程有两种方法。第一种方法是使用 WITH RECOMPILE 语句创建存储过程。

WITH RECOMPILE 语句强制 SQL Server 在每次执行存储过程时创建新的执行计划;创建存储过程的最佳方法是创建带输入参数的存储过程,并且那些输入参数在每次使用存储过程时都有极大变化(并影响存储过程中的 JOIN 或 WHERE 从句)。例如,如果需要在每次运行 Production_Show_Products 存储过程时都重新编译它,那么创建该存储过程的代码看起来应该像下面这样：

```
CREATE PROCEDURE [Production].[Show_Products]
   @Date [datetime] = '1/1/2003'
WITH RECOMPILE, EXECUTE AS CALLER
AS
SELECT Name, Color, ListPrice, SellStartDate
FROM Production.Product
WHERE SellStartDate > @Date
ORDER BY SellStartDate, Name
```

WITH RECOMPILE 选项通知 SQL Server，在存储过程每次执行时均创建一个新的执行计划，不要将这个执行计划存储在高速缓存中。然而，如果只是偶尔修改执行计划，这么做既降低速度又麻烦。如果情况真是这样，应当使用第二种重新编译存储过程的方法：EXECUTE... WITH RECOMPILE 语句。这条语句通知 SQL Server 仅这次创建一个新的执行计划，不是每次执行该语句时均创建一个新的执行计划。如果使用这条语句，那么创建 Production_Show_Products 存储过程的代码不变，但在执行该存储过程时，代码看起来如下：

```
EXEC Production.Show_Products WITH RECOMPILE
```

利用这些 RECOMPILE 语句，可以使存储过程运行快速。但是，我们还没有防止别人窥探——现在就开始行动。

保护存储过程的安全

在创建存储过程时，只是在创建一个存储在服务器上而不是存储在客户计算机上的查询。这些存储过程包含在每个数据库的 syscomments 系统表中，并且在默认情况下是完全可访问的。换句话说，通过对数据库内的 syscomments 系统表执行一个简单的 SELECT 查询，用户就能看到用来创建存储过程的所有代码。这可能不是令人想要的，因为存储过程的主要用处之一是让用户远离基础表的复杂性和结构（而且第 18 章将会介绍，存储过程还用来保护表的安全）。通过从 syscomments 系统表中读取存储过程的定义，用户将会避开这个安全措施；换句话说，他们将攻破存储过程。为了避免这种情形，应该使用 WITH ENCRYPTION 语句创建存储过程。

WITH ENCRYPTION 语句设计用来防止窥视 syscomments 系统表中存储的定义，不仅包括存储过程的定义，还包括其中存储的每个对象（视图、触发器等）的定义。下面将在 AdventureWorks 数据库内的 syscomments 系统表上执行一个 SELECT 查询，以了解该表中存储了什么内容，因此也了解到用户能看到什么内容：

1. 在 SQL Server Management Studio 中打开一个新的 SQL Server 查询窗口，并使用“Windows 身份验证”建立登录（除非需要使用“SQL Server 身份验证”）。
2. 键入下列代码，并单击工具栏上的“执行”按钮执行它（必须连接 sysobjects 表，因为名称存储在该表中，只有 ID 存储在 syscomments 表中）：

```
USE AdventureWorks
SELECT ob.name, com.text
FROM syscomments com
JOIN sysobjects ob
ON ob.id = com.id
WHERE ob.name = 'Show_Products'
```

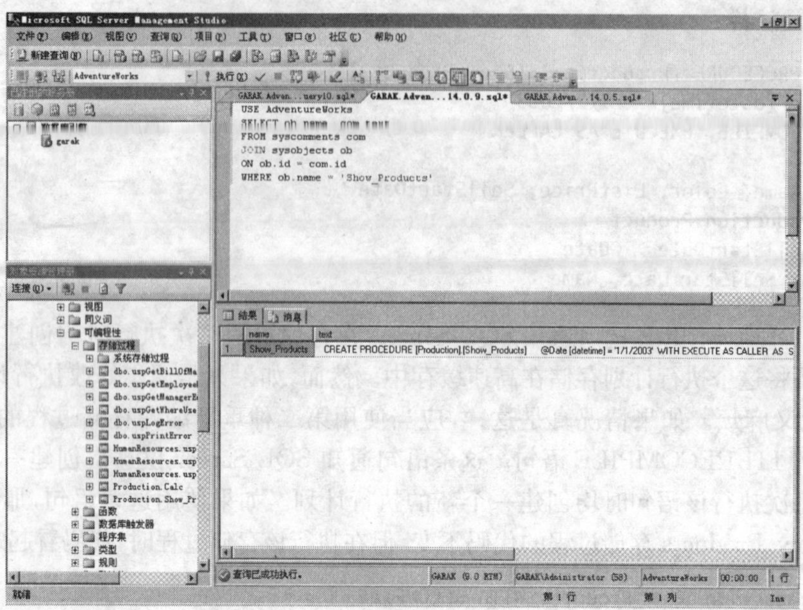

3. 请注意结果集,从中可以看到用来创建和运行存储过程的代码。
4. 要加密,打开 SQL Server Management Studio。在“对象资源管理器”中,展开服务器➤“数据库”➤ AdventureWorks ➤“可编程性”➤“存储过程”。
5. 右击 Production_Show_Products 存储过程,并选择 Modify 选项打开 Stored Procedure Assisted Editor。
6. 要加密存储过程,选择 Encrypt Text 复选框。

7. 单击工具栏上的“保存”按钮应用修改结果。
8. 右击 Production_Show_Products 存储过程打开属性,可以看到“已加密”选项为 True。

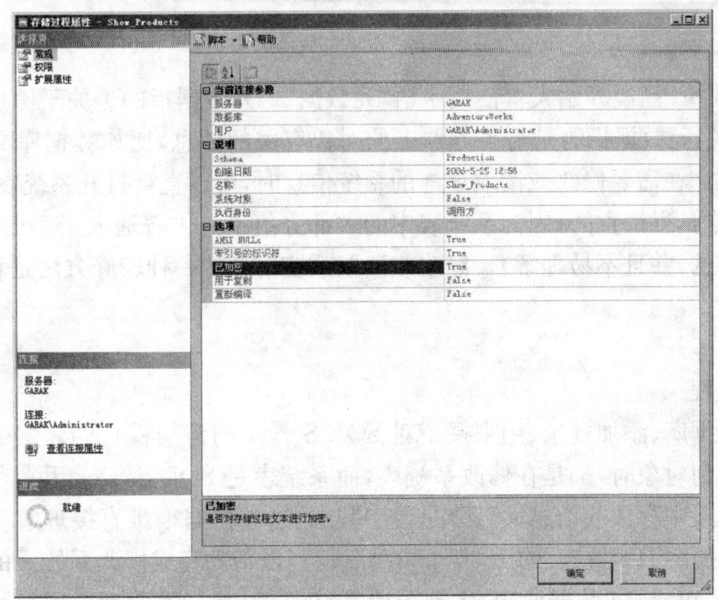

9. 打开一个新的 SQL Server 查询窗口，并再次执行第 2 步中的查询。请注意，这次无法从 syscomments 中读取文本，因为它现在是一个 NULL 值。

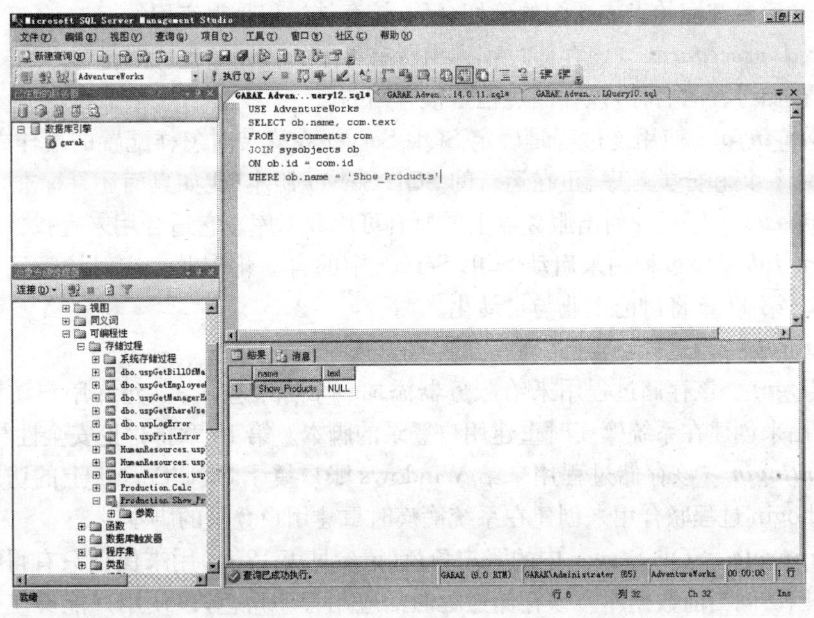

10. 关闭查询窗口。

警告：在使用 **WITH ENCRYPTION** 选项创建了存储过程之类的对象后，无法将其解密。因此，在没有确信已完成对某个对象的修改之前，不要加密和保存源代码到一个安全的地方，以防止以后需要修改它。

用户定义存储过程（即用户自己创建的存储过程）是个非常强有力的工具，但它们并不是可以使用的惟一存储过程。Microsoft 还提供了许多现成的存储过程，目的是为了帮助用户跟系统表打交道。这些存储过程称为系统和扩展存储过程。

系统与扩展存储过程

目前,Microsoft 已经开始大量使用术语“元数据”。元数据指的是关于信息的信息。对于 SQL Server 来说,元数据指的是与服务器上的对象有关的信息,比如数据库文件有多大或用户拥有什么权限。在需要修改或读取这样的系统信息时,可以直接打开系统表,并摆弄里面的数据,但后果通常是很严重的,因为系统表中的大部分值不是供普通人了解的(这些表中的大部分值都是数字的,并且不易理解)。修改或读取系统信息的一种较好方法是利用系统存储过程。

使用系统存储过程

每次添加数据库、添加登录(用来授予对 SQL Server 的访问权)、创建索引或者添加或修改服务器上的任何对象时,都是在修改系统表,而系统表是 SQL Server 用来存放对象信息的地方。这些系统表中存放的信息大部分是数字数据,这类数据很难直接理解,更不用说修改。因此,Microsoft 提供了大量(大约 1230 个)存储过程,以帮助完成修改系统表的任务。系统表都存放在 master 和 msdb 数据库中,大部分以字符 sp_开头。下面列出了一些比较常用的系统存储过程:

sp_tables　该存储过程显示可以用在 SELECT 查询的 FROM 从句中的对象。如果忘了或者只是不知道要查询的表或视图的确切名称,该存储过程是很有用的。

sp_stored_procedures　该存储过程列出所有可用的存储过程。同样,如果忘了或者只是不知道所需存储过程的名称,该存储过程是很有用的。

sp_server_info　使用该过程是确定 SQL Server 在安装时怎样配置的最佳方法,比如安装时定义的字符集和分类顺序、正在运行的 SQL Server 版本(比如桌面还是标准)等。

sp_databases　该过程列出服务器上的所有可用数据库。它适合用来查找数据库名。

sp_start_job　该过程用来启动 SQL Server 中的自动化作业。它对按需调度的作业是非常方便的。第 17 章将讨论作业与自动化。

sp_stop_job　该过程停止已经启动的作业。

sp_addlogin　该存储过程用来给服务器添加一个标准登录,以允许用户访问整个服务器。它适合用来创建在系统瘫痪时重建用户登录的脚本。第 18 章将讨论安全性与登录。

sp_grantlogin　该存储过程用来给 Windows 账户授予 SQL Server 上的访问权。它应该与 sp_addlogin 过程联合用来创建在系统瘫痪时重建用户登录的脚本。

sp_setapprole　SQL Server 中的账户角色(请参见第 18 章)用来保证只有得到批准的应用程序用可以访问当前数据库。该存储过程激活应用程序角色,以便用户能够使用已授给应用程序角色的那些权限访问数据库。

sp_password　第 18 章将介绍,标准登录账户与 Windows 登录账户之间存在差别。该存储过程用来修改而且只能修改标准登录的密码。

sp_configure　有几个全局配置选项可以用来改变 SQL Server 的行为方式。例如,可以通知服务器是否允许对系统表的直接更新或者要使用多少系统内存。该存储过程可以用来修改下面这些选项。下面列出了这些可用选项:

- Ad Hoc Distributed Queries
- affinity I/O mask
- affinity mask
- Agent XPs
- allow updates
- awe enabled
- blocked process threshold
- c2 audit mode
- clr enabled
- cost threshold for parallelism
- cross db ownership chaining
- cursor threshold
- default full-text language
- default language
- default trace enabled
- disallow results from triggers
- fill factor
- index create memory
- in-doubt xact resolution
- lightweight pooling
- locks
- max degree of parallelism
- max full-text crawl range
- max server memory
- max text repl size
- max worker threads
- media retention
- min memory per query
- min server memory
- nested triggers
- network packet size
- Ole Automation Procedures
- open objects
- ph_timeout
- precompute rank
- priority boost
- query governor cost limit
- query wait
- recovery interval
- remote access
- remote admin connections
- remote login timeout
- remote proc trans
- remote query timeout
- Replication XPs
- RPC parameter data validation
- scan for startup procs
- server trigger recursion
- set working set size
- show advanced options
- SMO and DMO XPs
- Database Mail XPs
- SQL Mail XPs
- transform noise words
- two digit year cutoff
- user connections
- User Instance Timeout
- user instances enabled
- user options
- Web Assistant Procedures
- xp_cmdshell

sp_attach_db　SQL Server 上的所有数据库在 master 数据库内的 sysdatabases 系统表中有一条对应的记录。这条记录告诉 SQL Server，数据库是否在磁盘上、它有多大等。如果丢失 master 数据库，并且没有一个有效备份(但愿不会如此)，则需要运行该存储过程，以便在 sysdatabases 系统表中为服务器上的每个数据库重建一条记录。

sp_processmail　SQL Server 不仅能够发送电子邮件，还可以接收和响应电子邮件。如果配置了 SQL Mail(请参见第 17 章)，则可以通过电子邮件将查询发送给 MSSQLServer 服务。运行该存储过程时，MSSQLServer 服务读取电子邮件中的查询，并发回结果集。

sp_monitor 该存储过程提供服务器正在怎样工作的快照,比如处理器多忙、有多少内存正在使用中等。

sp_who 如果有人正在使用数据库,管理员就无法执行一些管理任务,比如重命名或恢复数据库。要了解谁正在使用服务器上的数据库,以便能够断开他们,使用该存储过程。

sp_rename 该存储过程可以用来修改数据库中的任何对象的名称。

sp_renamedb 该存储过程可以用来修改数据库本身的名称。

sp_help 该过程可以用来查找数据库中的任何对象的信息。它返回创建日期、列名、外部关键字约束等属性。

sp_helptext 该过程用来显示创建数据库对象所使用的实际文本。该信息从 syscomments 表中读取。

sp_help* 许多其他存储过程使用 sp_help 作为名称中的前几个字符。它们提供数据库中某一类对象的具体信息。

这些系统存储过程的用法和其他任何存储过程的相似。下面举一个例子:

1. 从"开始"菜单上选择"程序"➤ Microsoft SQL Server 2005 ➤ Management Studio 选项打开 SQL Server Management Studio,并使用"Windows 身份验证"建立登录(除非必须使用"SQL Server 身份验证")。
2. 要用 sp_help 获取 AdventureWorks 数据库内的 Production. Products 表的有关信息,打开一个新的 SQL Server 查询窗口,键入并执行下列代码:

```
USE AdventureWorks
EXEC sp_help 'Production.Product'
```

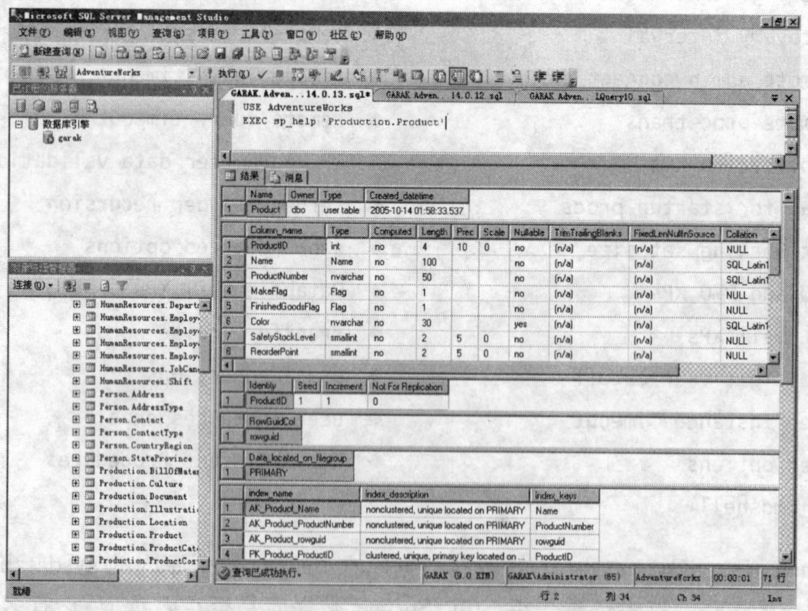

3. 要了解 SQL Server 此刻的境况,使用 sp_monitor 存储过程:

```
EXEC sp_monitor
```

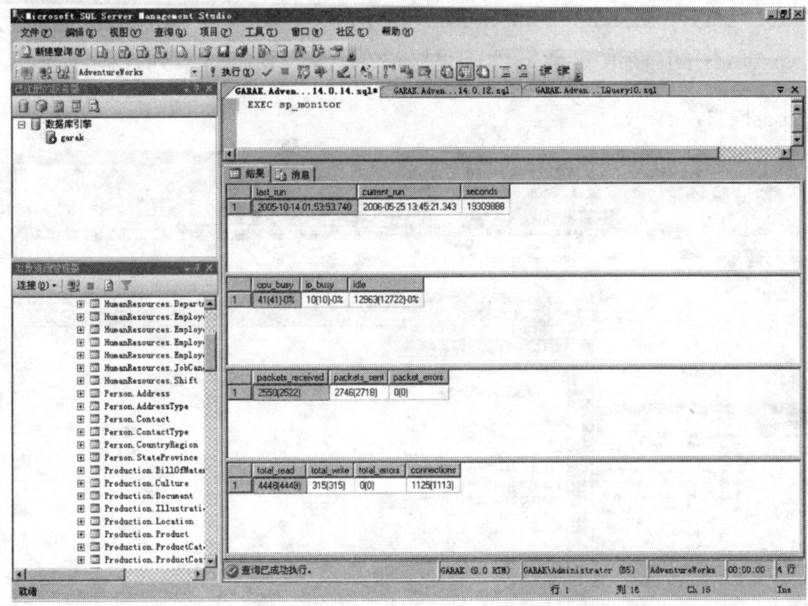

4. 关闭查询窗口。

使用扩展存储过程

另一种类型的存储过程是扩展存储过程。顾名思义，扩展存储过程扩展 SQL Server 的能力，使它能够做数据库服务器平常无法做的事情。例如，数据库服务器无法从命令提示符下执行命令，但利用 SQL Server 所携带的一个扩展存储过程(xp_cmdshell)，SQL Server 就能从命令提示符下执行命令。

扩展存储过程就是保存在动态链接库(DLL)中并从动态链接库中执行的 C++代码。大多数扩展存储过程和其他系统存储过程一起执行，因此它们很少单独使用，但下面列出了可以单独使用的扩展存储过程：

xp_cmdshell　该存储过程用来运行平常从命令提示符下执行的程序，比如 dir 命令和 md 命令(更改目录)。在需要 SQL Server 创建一个用来自动存档 Bulk Copy Program(BCP)文件或此类文件的目录时，可以使用该存储过程。

xp_fileexist　该过程可以用来测试文件是否存在，并对文件(如果存在)做些事情(比如 BCP)。下列代码演示了如何测试 autoexec.bat 文件是否存在。如果@ret 等于 1，则文件存在；如果等于 0，则文件不存在。该过程在"联机丛书"中或在 Microsoft 网站上没有正式说明，因此这里给出了它的语法。第二行声明一个保存输出参数的变量，第三行用一个输出参数调用该过程，第四行显示输出结果(请注意，这应在主数据库中进行)：

```
USE Master
DECLARE @ret int
EXEC xp_fileexist 'c:\autoexec.bat', @ret output
SELECT @ret
```

xp_fixeddrives　该存储过程显示固定硬盘的盘号和每个硬盘上的可用空间(MB)。

同样，每个扩展存储过程的执行和普通存储过程一样。现举例如下：

1. 从"开始"菜单上选择"程序"➤ Microsoft SQL Server 2005 ➤ Management Studio 选项

打开 SQL Server Management Studio,并使用“Windows 身份验证”建立登录。

2. 要用 xp_cmdshell 获取 C 驱动器的目录清单,键入并执行下列代码:

```
EXEC xp_cmdshell 'dir c:'
```

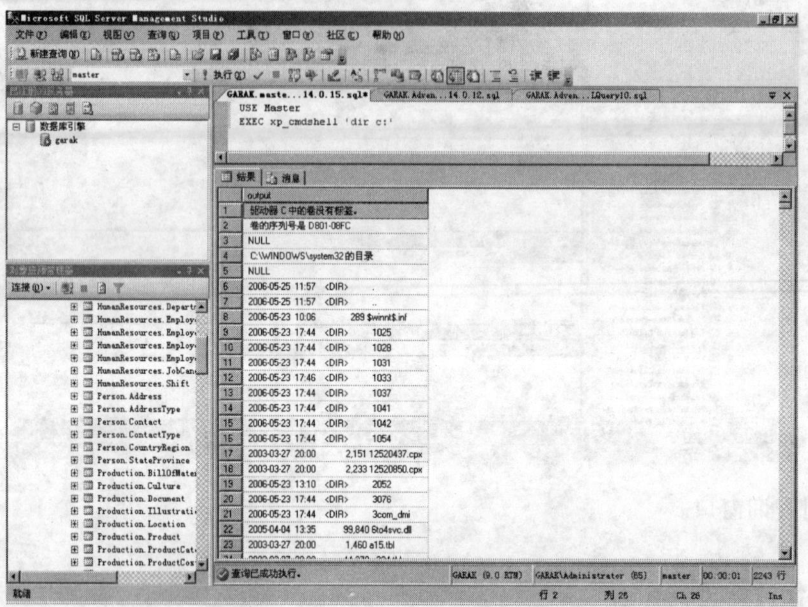

3. 要了解 C 驱动器上是否有 autoexec. bat 文件,键入并执行下列代码(如果文件存在,该代码返回 1):

```
DECLARE @ret int
EXEC xp_fileexist 'c:\autoexec.bat', @ret output
SELECT @ret
```

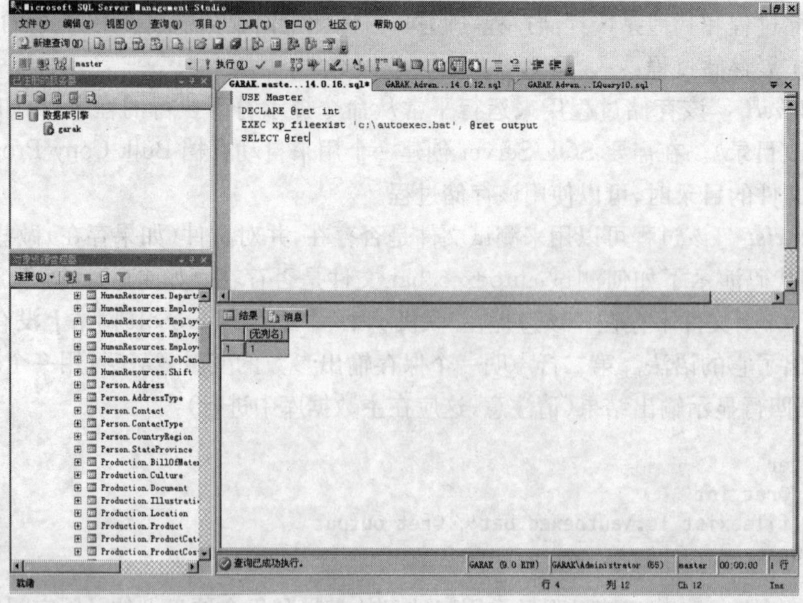

4. 关闭查询窗口。

小结

本章介绍了几乎所有类型的存储过程。首先，讨论了什么是存储过程——集中存储在服务器上等待用户执行的一个 Transact-SQL 语句集（通常称为查询）。集中存储它们的好处是，用户在执行它们时不必通过网络发送几百行代码，因而造成网络拥挤——只需要发送一行代码：EXEC stored_procedure。这些存储过程也比分散代码更容易管理，因为在需要修改代码时只需在服务器上修改一次，不必跑到每台客户计算机上去修改。

在讨论了存储过程之后，我们介绍了如何创建存储过程。首先，解释了如何使用不可变的静态参数创建一个给用户返回结果集的简单存储过程。紧接着，介绍了如何使用输入和输出参数允许用户控制他们取回的信息。

接下来，讨论了优化一些存储过程的具体方法：通过在需要时重新编译它们。然后，解释了所有存储过程在 syscomments 表中均有一条相关记录，该表含有用来创建与执行存储过程的所有文本。要保护代码的安全，可以使用 WITH ENCRYPTION 从句加密 syscomments 中的项目。

然后，了解了系统与扩展存储过程的能力。系统存储过程是修改系统数据的最容易、最理想的方法，而扩展存储过程用来扩展 SQL Server 的功能，使它能做普通数据库服务器不能做的事情。

在掌握了存储过程之后，就可以使数据访问更快速、更有效。但是，仍需要能够控制用户在数据库中放入什么内容。下一章将介绍另一种数据控制方法：使用触发器。

第 15 章　使用触发器

数据库管理员或开发人员希望能够控制用户正在表中插入、更新和删除什么数据。例如，可能不希望用户能够从一个表中删除这样一个客户账号：该客户账号在另一个表中有一个待办定单。对于这种类型的控制，一个简单的外部关键字关系就足可胜任。

另一个例子是希望用户在表中插入和更新数据，但不希望用户删除数据。在这种情况下，需要修改服务器上的安全性设置，以便否决用户在该表上的删除权限（第 18 章将讨论权限）。

但是，假设在客户表中有一个信用额度列，并且不希望用户能够将信用额度提高到 10000 美元以上，除非他们得到经理批准。再假设希望每次有人从数据库中删除客户时自动通知经理，以便经理能向删除账号的人了解详细情况。也许，希望知道用户何时插入了新客户，以便能够跟踪该用户的销售情况和以后给他发大笔奖金。在这些例子中，不能使用简单的权限或外部关键字关系——需要使用触发器。

本章准备讨论 4 种类型的触发器：INSERT，UPDATE，DELETE 和 INSTEAD OF。我们不仅介绍它们怎样工作，而且介绍如何使用它们实施数据库上的复杂业务逻辑。首先从了解触发器的基础知识开始。

了解触发器

与第 14 章介绍的存储过程非常相似，触发器也是 SQL 语句集。两者之间的惟一差别是触发器不能用 EXEC(Execute 的简写)命令调用，而是在用户执行 Transact-SQL 语句时激活（或者说激发）。数据操作语言(DML)触发器在 INSERT、UPDATE 和(或)DELETE 语句上激发（本章的后面将介绍 DDL 触发器）。例如，假设已在客户信息表上定义了一个 INSERT 触发器，并用该触发器规定用户不能添加来自美国以外的新客户。一旦有人试图插入新客户，INSERT 触发器就立即激发，并确定该记录是否符合触发器中所设置的条件。如果该记录符合，则被插入，否则不被插入。

SQL Server 能够阻止不符合严格要求的数据修改，因为 SQL Server 将触发器作为事务来对待。事务（请参见第 8 章）是 SQL Server 将其作为一个单元来对待的 Transact-SQL 代码块。代码借助于其开头处的 BEGIN TRAN 语句和结尾处的 COMMIT 语句分组成事务。这两条语句可以由用户设置（显式事务），也可以由 SQL Server 放置（隐式事务）。由于触发器被作为事务对待，所以只要在代码内的相应位置上添加一条 ROLLBACK 命令，就可以阻止记录通过触发器。ROLLBACK 命令强制数据库服务器停止处理修改操作，并禁止当前事务，进而忘了该事务曾经发生过（这个过程符合所有类型的触发器）。

要采取更进一步的措施，可以利用 RAISERROR() 命令向违反触发器的用户发一条错误消息。如果想开个玩笑，甚至可以告发他们，并让触发器将这条错误消息发送给他们的经理。

从这个意义上说，可以将触发器理解为数据库看门狗。如果没有见过行动中的看门狗，形象地描述一下可能会帮助。看门狗通常用来保卫牧场上的动物,比如牛、羊、马等牲畜。看门狗静静地坐等,什么事情也不做,直到发生某种情况,比如捕食者接近牲畜。一旦捕食者接近牲畜,看门狗立即一跃而起,又叫又咬,直到击退捕食者。触发器也是这样,静静地等待在数据库服务器上,直到用户试图修改数据,然后开始行动,实施业务逻辑。

当然,还有其他实施业务逻辑的方法。例如,第 4 章曾介绍过外部关键字关系。利用 Customers 表与 Orders 表之间已建立的外部关键字关系,可以防止用户删除还有待办订单的客户,还可以防止用户为 Customers 表中不存在的客户插入订单。

第 18 章将讨论权限,权限也可以用来否决用户的插入、更新或删除权限。例如,如果否决一些用户的插入权限,这些用户就无法插入任何记录。更新与删除权限也是一样:如果否决其中的任意一个权限,相应操作就无法发生。如果用户被授予其中的任意一个权限,他们就可以随意地执行相应操作,几乎没有什么限制。

这些方法适合实现简单的业务逻辑,比如"市场部不能删除但可以插入"或者"不能删除有待办订单的客户"。大多数公司有比这复杂得多的业务逻辑。例如,他们可能有"未经经理同意,销售部不能将用户信用额度修改为 10000 美元以上"或"用户不能删除信用额度为 10000 美元以上的客户"等规定。这些业务逻辑都是无法用外部关键字关系和表权限来实现的常见业务规则,只有通过触发器才能实现这些复杂的业务逻辑。下面先从 INSERT 触发器开始介绍。

使用 INSERT 触发器

INSERT 触发器可以用来修改,甚至拒绝接受正插入的记录。如何使用 INSERT 触发器的一个适当例子涉及到防止用户添加某些类型的记录,比如信用额度超过 10000 美元的客户。另一个适当的例子是给正插入的记录添加数据,也许给刚建成的记录添加日期,或者给正插入记录的用户添加姓名。INSERT 触发器甚至可以用来级联对数据库中的其他表的修改操作。例如,假设有两个数据库:一个客户经理数据库和一个人力资源数据库。许多公司在这两个数据库中保存相同的信息,因为他们需要将员工信息连同联系人信息一起列出。INSERT 触发器(以及 UPDATE 与 DELETE 触发器)可以将一个数据库中的更新操作级联到另一个数据库,使这两个数据库中的所有信息保持最新。

每当有人用 INSERT 语句在表中创建一条新记录时,INSERT 触发器将激发(开始执行)。一旦用户试图在表中插入一条新记录,SQL Server 就将这条新记录复制到数据库内的一个表(叫做触发器表)和内存中存储的一个特殊表(叫做插入表)。如图 15.1 所示,新记录在这两个表中同时存在:触发器表和插入表。插入表中的记录应该与触发器中的记录完全一致。

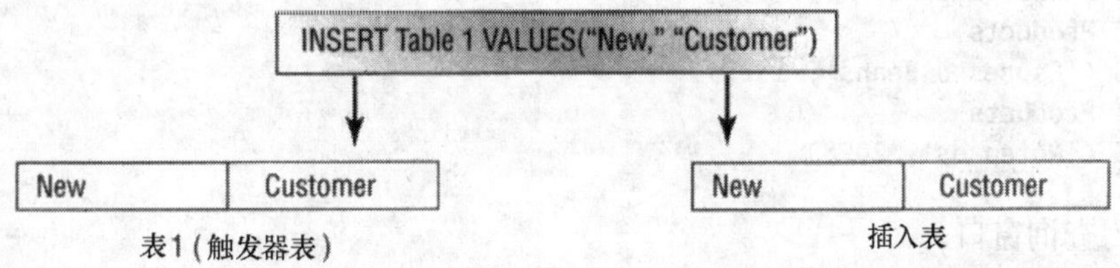

图 15.1　SQL Server 将新建记录放到触发器表和插入表中

当需要在整个数据库内将修改结果级联到其他表时,插入表是个非常重要的表。例如,假设数据库包含客户、订单细节和产品库存信息。每次向客户推销了一批产品时,都需要从产品表的库存中减去订购量,使库存保持最新。做这件事有两种方法。第一,可以将卖给客户的产品数量存放在一个内存变量中(内存中创建的一个临时存储区),并用另一条 UPDATE 语句更新产品表;但是,这需要额外的代码,进而可能会使系统变慢,因此不是理想方案。第二种方法是使用逻辑插入表。需要的值正存储在两个地方:触发器表和插入表,因此可以从插入表中取出这个值并将它应用到订单细节上。这样,就可以将代码编写到 INSERT 触发器中,让触发器根据插入表中的值自动从产品表的库存中减去订购量。这段代码看起来类似于下面这样:

```
UPDATE p
SET p.instock = (p.instock - i.qty)
FROM Products p JOIN inserted I
ON p.prodid = i.prodid
```

要创建该 INSERT 触发器和了解它如何工作,必须满足几个前提条件。首先,需要我们在第 11 章中创建的 Sales 数据库。如果没有 Sales 数据库,则可以参考第 11 章创建该数据库。接下来,需要给表填充一些数值。

1. 从"开始"菜单上选择"程序"➤ Microsoft SQL Server 2005 ➤ Management Studio 选项打开 SQL Server Management Studio,并使用"Windows 身份验证"或"SQL Server 身份验证"建立连接。
2. 需要键入一些要购买产品的客户。打开一个新的 SQL Server 查询窗口,然后键入并执行下列代码,以便给 Customers 表填入客户信息(如果已经在第 11 章中给该表添加了这些值,则可以跳过这一步;要验证该表包含这些值,只需运行 SELECT * FROM Customers 查询即可):

```
USE Sales
INSERT customers
VALUES ('Gary','McKee','111 Main','Palm Springs','CA','94312',' 7605551212')
INSERT customers
VALUES ('Tom', 'Smith', '609 Georgia', 'Fresno', 'CA', '33045', '5105551212')
INSERT customers
VALUES ('Shane', 'Travis', '806 Star', 'Phoenix', 'AZ', '85202', '6021112222')
```

3. 需要一些待销售的产品。键入并执行下列代码,在 products 表中填入客户信息:

```
INSERT Products
VALUES ('Giant Wheel of Brie', 200)

INSERT Products
VALUES ('Wool Blankets', 545)
INSERT Products
VALUES ('Espresso Beans', 1527)
INSERT Products
VALUES ('Notepads', 2098)
```

4. 关闭查询窗口。

既然已经给 Sales 数据库的这些表填充了数据,现在就可以创建一个触发器,让它自动根据销售给客户的产品数量更新 Products 表的 InStock 列。为此,将需要在 Orders 表上创建一个 INSERT 触发器,因为在向客户销售了产品时,需要在 Orders 表中插入新记录：

1. 打开 SQL Server Management Studio，并在“对象资源管理器”中展开服务器➤“数据库”➤ Sales ➤“表”➤ dbo. Orders。
2. 右击“触发器”文件夹，并选择“新建触发器”选项。
3. 在 Name 文本框中，键入 InvUpdate。
4. 清除 DML Events 下面的 Update 和 Delete 复选框。
5. 在 Transact-SQL 语法框中，插入下列代码来完成该触发器：

```
UPDATE p
SET p.instock = (p.instock - i.qty)
FROM Products p JOIN inserted i
ON p.prodid = i.prodid
```

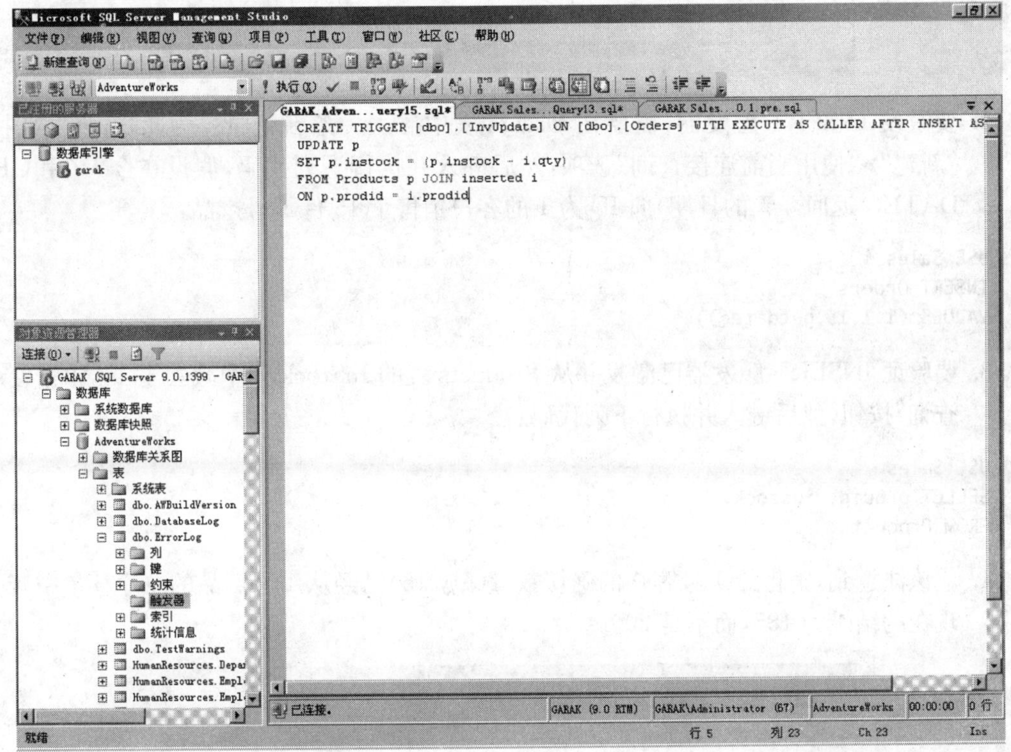

6. 单击“保存”按钮创建该触发器。

既然已经在 Orders 表上创建了 INSERT 触发器，现在就可以测试该触发器。在下列步骤中，我们将在 Orders 表中添加一条新记录(因而模拟客户所发的订单)，以便激发 INSERT 触发器。这应该更新 Products 表中的 InStock 列：

1. 打开一个新的 SQL Server 查询窗口，然后键入并执行下列代来码验证第 1 项的 in-stock 值(应为 200)：

```
USE Sales
SELECT prodid, instock
FROM Products
```

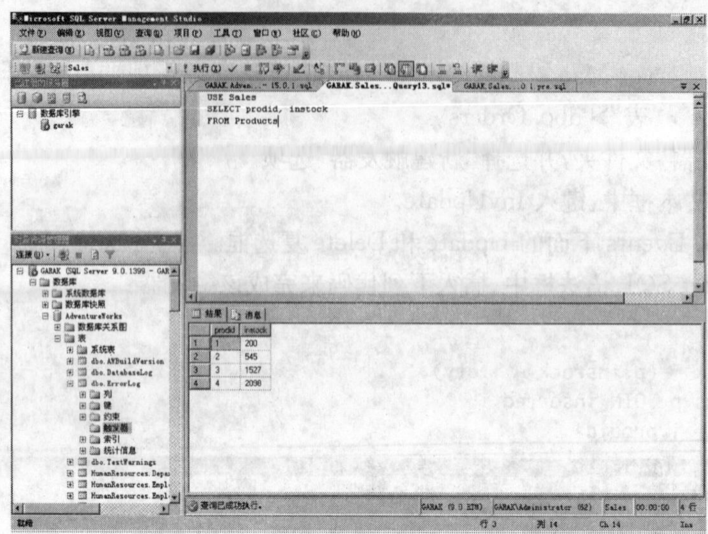

2. 要激发 INSERT 触发器,需要在 Orders 表中插入一条新记录。为此,选择“文件”➤“新建”➤“使用当前连接查询”选项,然后键入并执行下列代码,假设在今天(用 GETDATE()返回今天的日期)向 ID 为 1 的客户销售了 15 件 1 号产品:

```
USE Sales
INSERT Orders
VALUES (1,1,15,getdate())
```

3. 要验证 INSERT 触发器已激发并从 Products 表的 InStock 列中减去了 15,单击“新建查询”按钮,然后键入并执行下列代码:

```
USE Sales
SELECT prodid, instock
FROM Products
```

4. 应该注意到,销售给 1 号客户的确切数量(gty 15)已经从 1 号产品的总库存量中减去。现在的结果为 185,而不是 200。

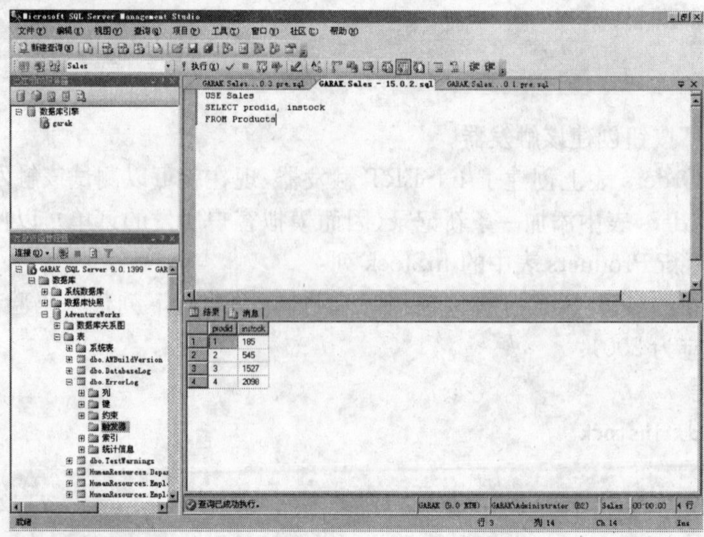

5. 关闭查询窗口。

明白这里发生了什么吗？我们创建了一个引用逻辑插入表的 INSERT 触发器。现在，每当在 Orders 表中插入新的记录时，Products 表的对应记录都将得到更新，进而从 Products 表的 InStock 列中的现有数量上减去订购数量。

下面将要介绍的另一种触发器同样功能强大。现在就深入到 DELETE 触发器中。

使用 DELETE 触发器

DELETE 触发器用于约束用户能够从数据库中删除的数据。例如，如果不希望用户能从 Customers 表中删除信用额度在 10000 美元以上的客户。再假设可能希望用户能删除这样的客户，但希望在用户每次删除这样的客户时有个电子邮件发送给经理，让经理知道谁和何时删除了客户。

通常，当用户执行 DELETE 语句时，SQL Server 从表中删除这个记录，而且该记录不再存在。这种行为在给表添加了 DELETE 触发器之后会有所不同。在添加了 DELETE 触发器之后，SQL Server 将正被删除的记录转移到内存中的一个逻辑表(称为删除表)，因此记录并没有彻底消失，而且仍可以在代码中引用它们。这对复杂的业务逻辑迟早会有用。

提示：这个特殊的删除表可以比喻为 Windows 操作系统中的回收站，已删除的文件在从系统中真正删除之前先被转移到回收站里面。两者间的最大差别在于，删除表在事务结束之后自动清除，而回收站则需要手工清除。

假设需要防止用户从 Customers 表中删除信用额度在 10000 美元以上的客户。如果没有给表添加 DELETE 触发器，用户可以随意而又顺利地删除任何记录，不管客户的信用额度是多少。但是，在添加了 DELETE 触发器之后，SQL Server 就会将该记录放到删除表中，因此仍可以引用信用额度列，并基于该列中的值让事务顺利运行。

为了亲眼看一看 DELETE 触发器如何工作，我们将创建一个 DELETE 触发器，用于防止用户删除居住在亚利桑那州的客户(这段代码与约束用户删除具有高信用额度的客户所使用的代码非常相似)：

1. 从“开始”菜单上选择“程序”➤ Microsoft SQL Server 2005 ➤ Management Studio 选项打开 SQL Server Management Studio，并在“对象资源管理器”中展开服务器➤“数据库”➤ Sales ➤“表”➤ dbo. Customers。
2. 右击“触发器”文件夹，并选择“新建触发器”选项。
3. 在 Name 文本框中，键入 AZDel。
4. 清除 DML Events 下面的 Update 和 Delete 复选框。
5. 在 Transact-SQL 语法框中，插入下列代码来完成该触发器(ROLLBACK 语句用来取消事务，如果客户居住在亚利桑那州)：

```
IF (SELECT state FROM deleted) = 'AZ'
 BEGIN
 PRINT 'Cannot remove customers from AZ'
 PRINT 'Transaction has been cancelled'
 ROLLBACK
 END
```

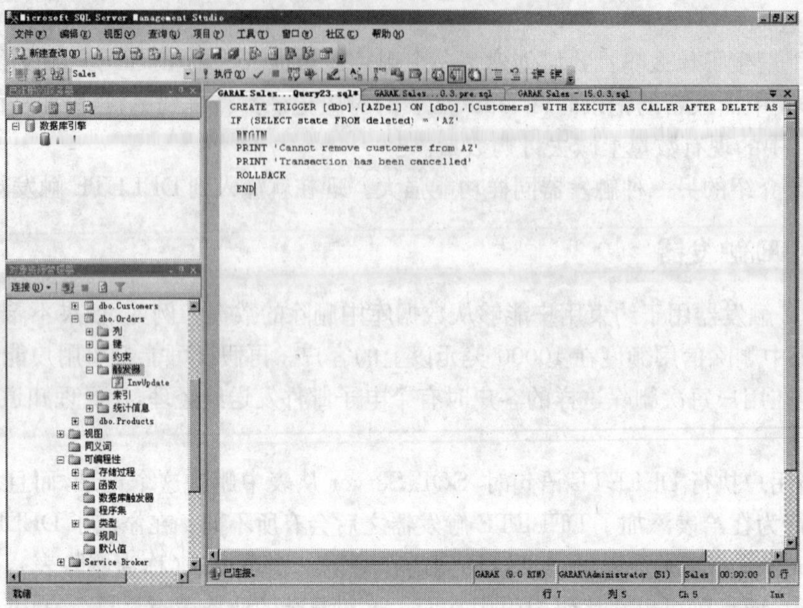

6. 单击“保存”按钮创建触发器。

由于有了这个触发器,现在可以试着删除住在亚利桑那州的客户:

1. 打开一个新的 SQL Server 查询窗口,然后键入并执行下列代来码验证有来自亚利桑那州的客户(比如 Shane Travis 应该居住在亚利桑那州):

```
USE Sales
SELECT * FROM customers
```

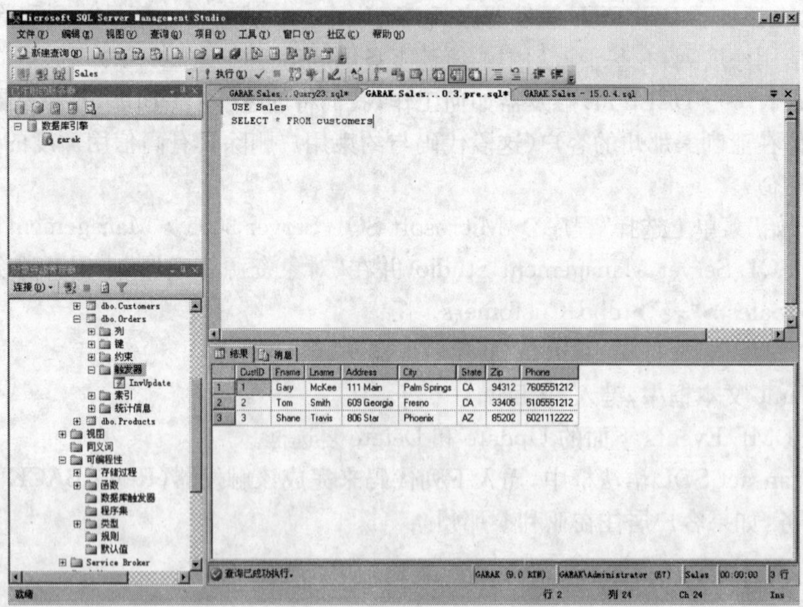

2. 要激发 DELETE 触发器,试着从 Customers 表中删除 Shane。为此,选择“文件”➤“新建”➤“使用当前连接查询”选项,然后键入并执行下列代码(执行时应该看到一条错误消息):

```
USE Sales
DELETE from customers
WHERE lname = 'Travis'
```

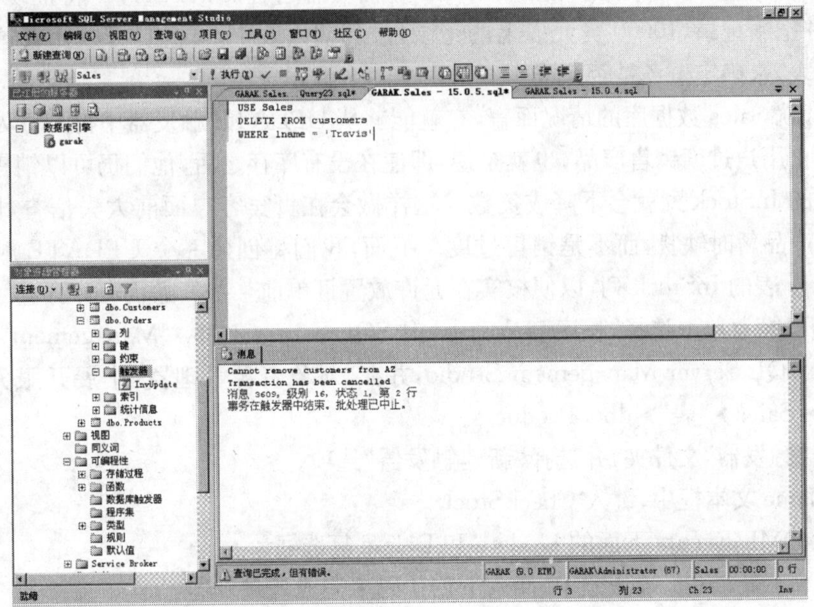

3. 要验证 Shane 还没有被删除，键入并执行下列代码(应该仍能看到 Shane)：

```
USE Sales
SELECT * FROM customers
```

4. 在证实 Shane 仍是个客户之后，关闭查询窗口。

同样，明白我们做了什么吗？创建了一个 DELETE 触发器，让它使用逻辑删除表来保证不是试图删除来自亚利桑那州的客户：如果试图删除这样的客户，则会遭到拒绝并看到一条错误消息(由触发器代码中的 PRINT 语句生成)。

既然对 INSERT 与 DELETE 触发器的内部工作方式有了充分了解，理解 UPDATE 触发器也就不会有什么困难。

使用 UPDATE 触发器

UPDATE 触发器当然用来约束用户所发布的 UPDATE 语句。这种类型的触发器专门用于约束用户能修改的现有数据。同样，如何使用 UPDATE 触发器的一个恰当例子是前面介绍的信用额度情形。由于已经确定不希望用户能够插入和删除具有较高信用额度的客户，因此大概也不希望用户能够修改有较高信用额度的客户。或者，如果可能希望用户能够加大信用额度，但希望有一条消息发送给经理，让经理知道哪个用户提高或降低了信用额度，并能够事后从用户那里获得详细情况。这就是 UPDATE 触发器要做的事情——截获数据修改操作并核实它们。

UPDATE 触发器所采用的方法组合了 INSERT 与 DELETE 触发器所采用的方法。如前所说，INSERT 触发器使用插入表，而 DELETE 触发器使用删除表，但 UPDATE 触发器却同时使用这两个表。这是因为一个 UPDATE 操作实际上分为两个操作：先删除后插入，也就是说，首先删除现有数据，然后插入新数据。在用户看来，现有数据已经得到修改，事实是它被完全删除和替换。这么设计对我们有好处。

如果用户需要将客户的信用额度改成 10000 美元以上,要是没有适当的触发器,信用额度列将会毫无妨碍地被更改。在添加了 UPDATE 触发器之后,SQL Server 将把现有记录放到删除表中,并把新记录(10000 美元以上的记录)放到插入表中。现在,可以比较这两个表(插入表与删除表)来确定事务是否完成。

事实上,就 Sales 数据库的情况而言,它就能够从 UPDATE 触发器中得到好处。目前,还没有办法防止用户过度销售产品;也就是说,即使在没有库存之后,他们仍可以销售产品,因此 Products 表的 InStock 列就会下降成负数。这样做会在贵宾客户面前大失信誉,因此希望告诉客户这个产品暂时缺货,而不是销售过度。下面,我们将创建一个 UPDATE 触发器,用于检查 Products 表的 InStock 列,以便核实在允许放置订单前某些产品仍有库存:

1. 从"开始"菜单上选择"程序"➤ Microsoft SQL Server 2005 ➤ Management Studio 选项打开 SQL Server Management Studio,并在"对象资源管理器"中展开服务器➤"数据库"➤ Sales ➤"表"➤ dbo. Products。
2. 右击"触发器"文件夹,并选择"新建触发器"选项。
3. 在 Name 文本框中,键入 CheckStock。
4. 清除 DML Events 下面的 Update 和 Delete 复选框。
5. 在 Transact-SQL 语法框中,插入下列代码来完成该触发器:

```
IF (SELECT InStock from inserted) < 0
 BEGIN
 PRINT 'Cannot oversell Products'
 PRINT 'Transaction has been cancelled'
 ROLLBACK
 END
```

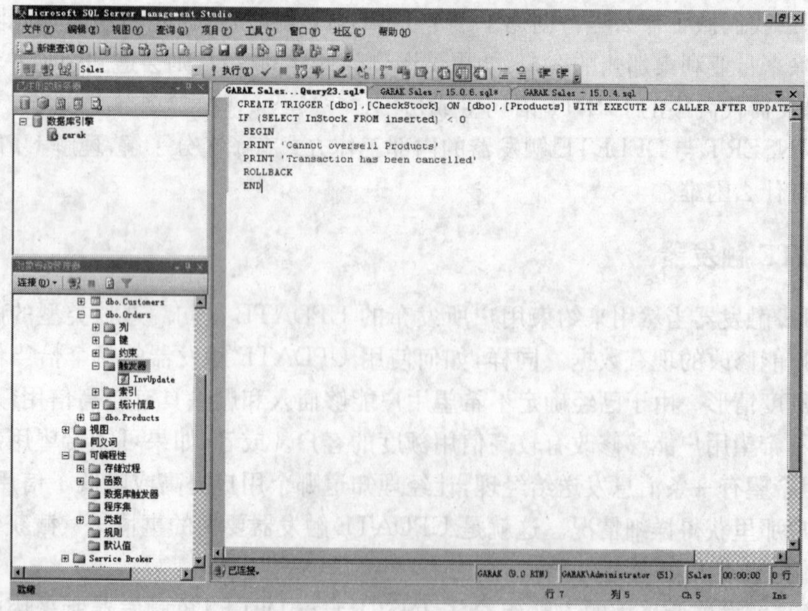

6. 单击"保存"按钮创建触发器。

在创建了 UPDATE 触发器之后,就可以通过试着过度销售某个产品来测试该触发器。下面,我们将通过直接更新 Products 表中的某一条记录来做这项测试:

1. 打开一个新的 SQL Server 查询窗口，然后键入并执行下列代来码验证现有产品的库存量(目前 prodid 2 的 instock 应该是 545)，

```
USE Sales
SELECT prodid, instock FROM Products
```

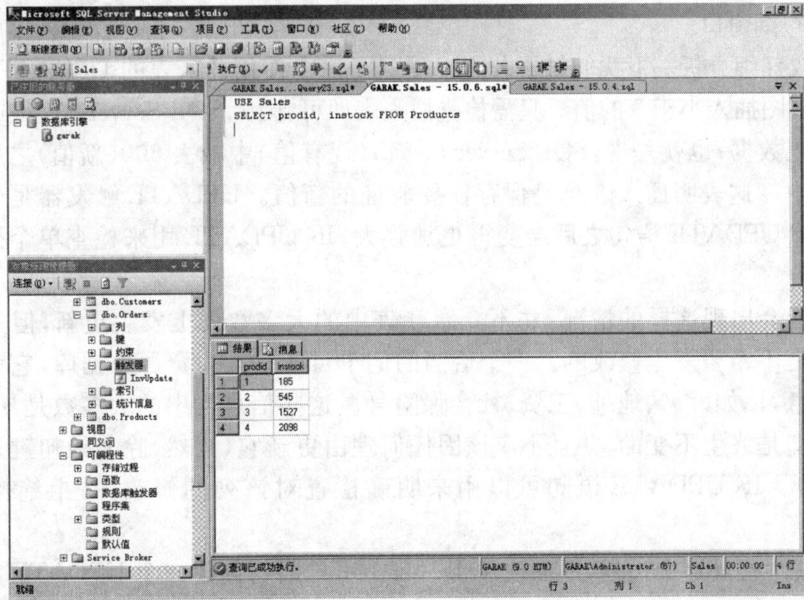

2. 要激发 UPDATE 触发器，需要试着向客户销售 600 件 prodid 2(羊毛地毯)。打开一个新的 SQL Server 查询窗口，然后键入并执行下列代码(执行时应该看到一条错误消息)：

```
USE Sales
UPDATE Products
SET InStock = (Instock - 600)
WHERE prodid = 2
```

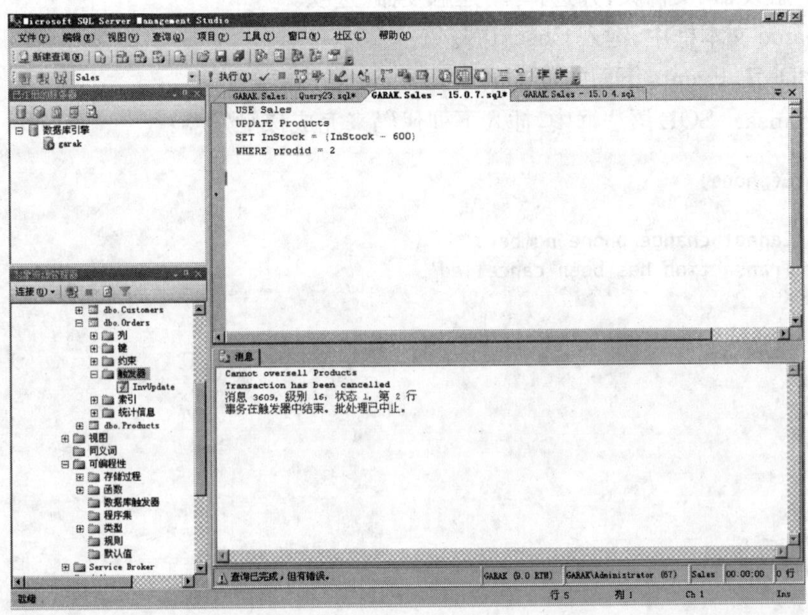

3. 要验证事务遭到了拒绝,并且库存的羊毛地毯仍有 545 件,单击"新建查询"按钮,然后键入并执行下列代码(prodid 2 应该仍是 545):

```
USE Sales
SELECT prodid, InStock FROM Products
```

4. 关闭查询窗口。

下面比较仔细分析一下我们做了什么。创建了一个使用插入表的 UPDATE 触发器,用于验证不是试图插入小于 0 的值。只需检查插入表即可,因为 SQL Server 做完必要的数学运算之后才插入数据;也就是说,SQL Server 从 545(现有值)中减去 600(新值)之后才将计算结果插入表中。这表明插入表总是保存需要验证的新值。UPDATE 触发器是个强大的工具,但带上 IF UPDATE 语句之后会变得更加强大;IF UPDATE 用来检查单个列上发生的更新。

有时可能会出现这样的情况:并不介意让表中的大多数列上发生更新,但只有一个列因某种缘故是不希望发生修改的。一个恰当的例子可能是人力资源数据库,它含有各种各样的员工信息,比如姓名、地址、工资、社会保险号。这些信息当中的大多数是易变化的,但社会保险号却是终生不变的,并且不应该因任何理由更新它(当然,除非最初键入了错误的社会保险号)。IF UPDATE 语句可以用来明确检查对该列的修改,并拒绝接受那些修改。

为了更好地理解这个过程,下面使用 IF UPDATE 语句创建一个 UPDATE 触发器。在这个 UPDATE 触发器中,我们将拒绝接受对 Customers 表中的电话号码字段的修改。需要说明的是,这不是个真实的例子,因为现实生活中的电话号码是不时地变化的,但这个例子应该能说清楚如何创建 UPDATE 触发器。

1. 从"开始"菜单上选择"程序"➤ Microsoft SQL Server 2005 ➤ Management Studio 选项打开 SQL Server Management Studio,并在"对象资源管理器"中展开服务器➤"数据库"➤ Sales ➤"表"➤ dbo. Customers。
2. 右击"触发器"文件夹,并选择"新建触发器"选项。
3. 在 Name 文本框中,键入 CheckPN。
4. 清除 DML Events 下面的 Update 和 Delete 复选框。
5. 在 Transact-SQL 语法框中,插入下列代码来完成该触发器:

```
IF UPDATE(phone)
 BEGIN
 PRINT 'Cannot change phone numbers'
 PRINT 'Transaction has been cancelled'
 ROLLBACK
 END
```

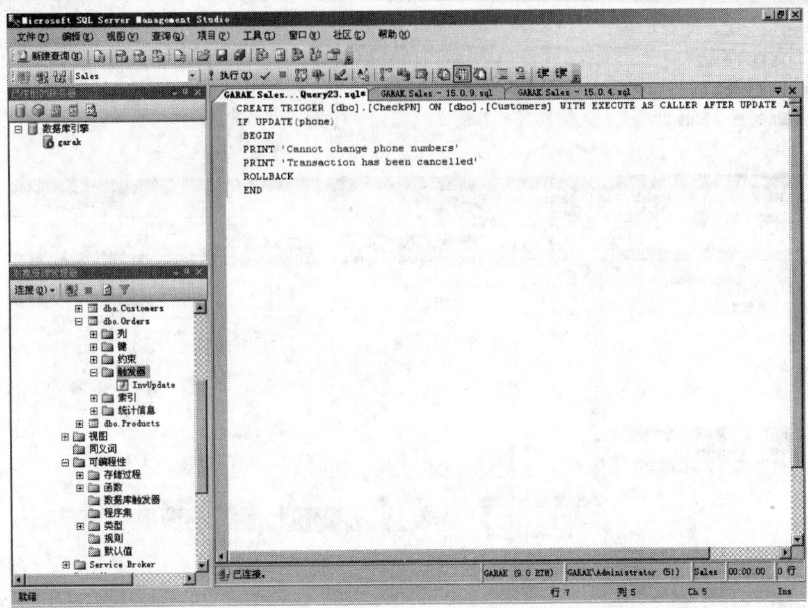

6. 单击"保存"按钮创建触发器。

在 IF UPDATE 触发器一切就绪以后，就可以测试它。在下列步骤中，我们将尝试更新某个客户的电话号码来激发这个触发器：

1. 打开一个新的 SQL Server 查询窗口，然后键入并执行下列代码来验证 Customers 表中的电话号码（Tom Smith 的电话号码应为 510－555－1212）：

```
USE Sales
SELECT fname, lname, phone FROM customers
```

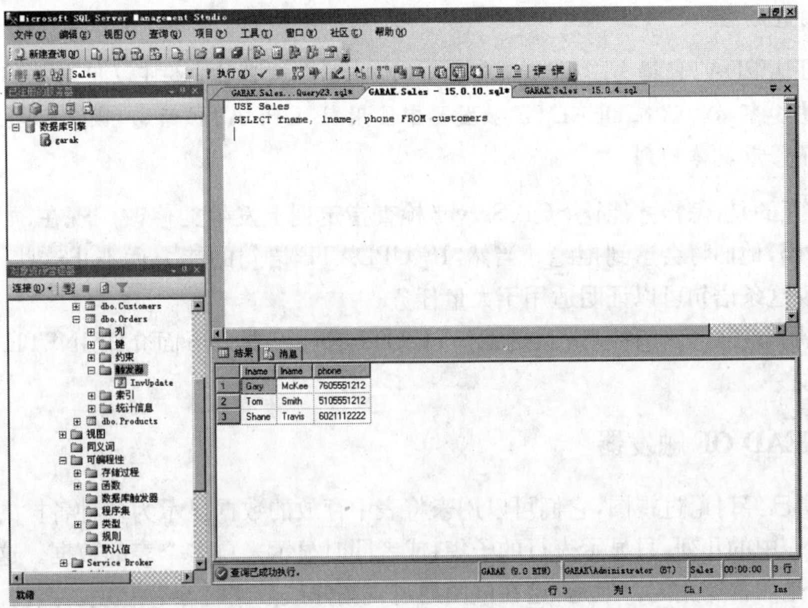

2. 要激发 UPDATE 触发器，试着修改 Tom Smith 的电话号码。打开一个新的 SQL Server 查询窗口，然后键入并执行下列代码（执行时应该看到一条错误消息）：

```
USE Sales
UPDATE customers
SET phone = '8881234567'
WHERE lname = 'Smith'
```

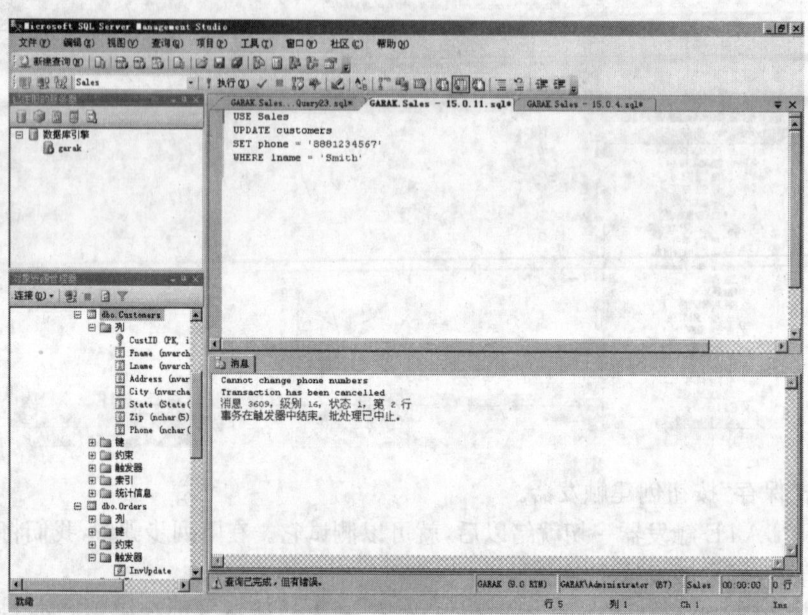

3. 要验证事务遭到了拒绝,键入并执行下列代码:

```
USE Sales
SELECT fname, lname, phone FROM customers
```

4. 关闭查询窗口。

说明:IF UPDATE 语句不仅可以用在 UPDATE 触发器中,还可以用在 INSERT 触发器中。不必尝试在 DELETE 触发器中使用 IF UPDATE 语句,因为 DELETE 语句并不修改具体的列。

需要注意的是,怎样才能让 SQL Server 检查指定列上发生的修改。现在,如果有人试图修改电话号码,他们将会遭到拒绝。当然,IF UPDATE 语句的能力远不止这些;如果多想一想,就会发现这条语句可以证明适用于大量任务。

可以证明有用的另一种触发器是 INSTEAD OF 触发器。下面介绍 INSTEAD OF 触发器。

使用 INSTEAD OF 触发器

第 13 章已经讨论过视图,它们可以用来将表中存放的数据显示为各种各样的形式。视图可以只显示表中的几列,只显示表行的子集,或者同时显示来自多个表的数据。这在只想了解数据的时候是非常有用的。但是,这在试图通过视图修改数据时会有麻烦。

由于视图可能没有显示表中的所有列,所以数据修改语句会执行失败。例如,假设有一个与 Sales 数据库中的 Customers 表相似的客户表,其中包含姓名、地址、城市、州、邮政区号等客户信息。再假设已经创建了一个视图,用于显示除了城市字段之外的其他所有字段。如果通过这个新视图更新客户表,则更新操作会执行失败,因为城市字段(必需字段)通过视图是不可获得的。利用 INSTEAD OF 触发器可以顺利地完成这种类型的更新。

下面的一系列步骤将创建一个 INSTEAD OF 触发器,用于将通过视图不可获得的值插入到表中。为了达到这个目的,首先创建一个没有显示城市字段(对更新操作是必需字段)的视图,然后尝试通过这个列进行更新。接着,创建一个能够插入缺少值的 INSTEAD OF 触发器,随后再尝试这个插入。步骤如下:

1. 创建一个没有显示 city 列的视图。要创建一个只显示来自 Phoenix 市的客户的视图,在 SQL Server Management Studio 中打开一个新的 SQL Server 查询窗口,然后键入并执行下列代码:

```
USE Sales
GO
CREATE VIEW PHX_Customers AS
SELECT fname, lname, address, state, zip, phone
FROM Customers
WHERE City = 'Phoenix'
```

2. 要验证该视图只显示要求的列,单击"新建查询"按钮,然后键入并执行下列代码:

```
USE Sales
SELECT * FROM PHX_Customers
```

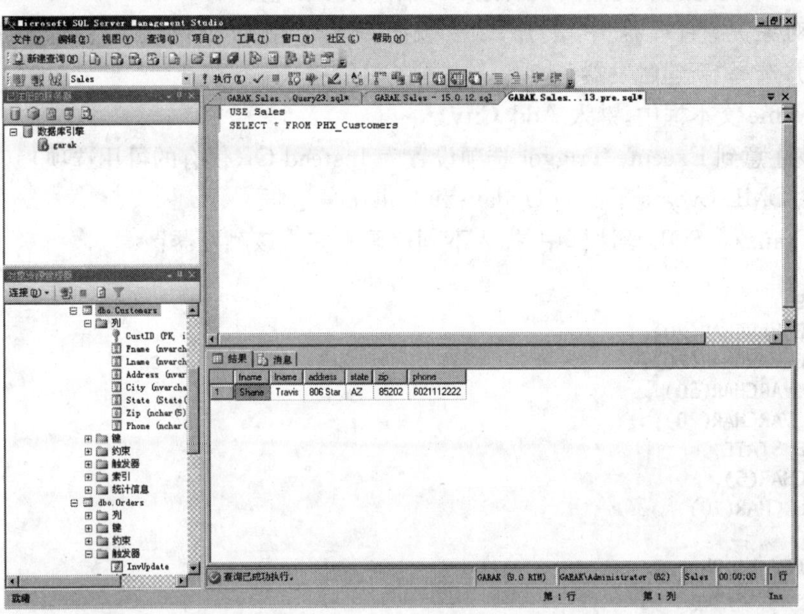

3. 尝试通过该视图插入一个新客户。为此,选择"文件"➤"新建"➤"使用当前连接查询"选项,然后键入并执行下列代码:

```
USE Sales
INSERT PHX_Customers
VALUES ('Timothy', 'Calunod', '123 Third', 'CA', '95023', '9252221212')
```

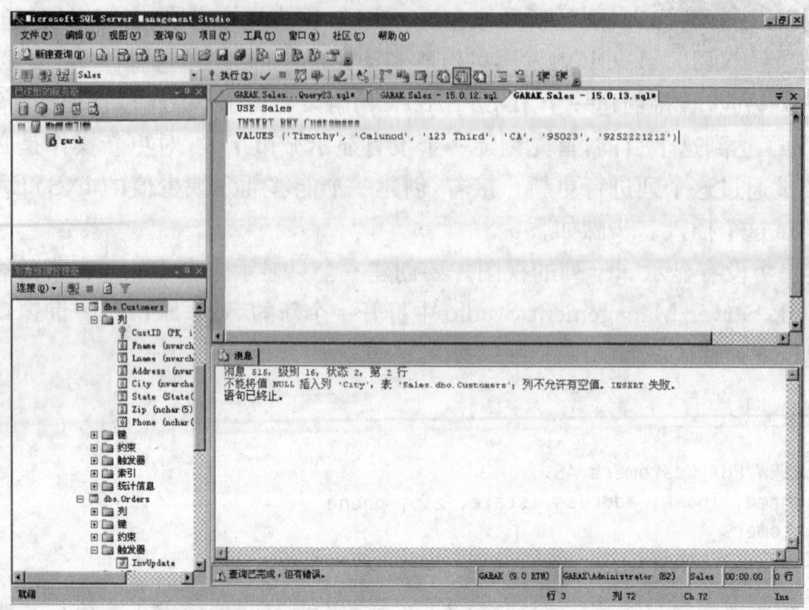

现在,我们有了一个不能通过它插入新记录的视图,因为该视图没有包括城市字段,而这个字段却是给 Customers 表添加新记录所必需的。下面的一系列步骤将创建一个 INSTEAD OF 触发器,用于在通过该视图插入新记录时插入缺少的值:

1. 在“对象资源管理器”中,展开 Sales 数据库下的“视图”文件夹,然后右击“触发器”文件夹,并选择“新建触发器”选项。
2. 在 Name 文本框中,键入 Add_City。
3. 应该注意到 Execute Trigger 选项设置为 Instead Of(仅有的可用选项)。
4. 清除 DML Events 下面的 Update 和 Delete 复选框。
5. 在 Transact-SQL 语法框中,插入下列代码来完成该触发器:

```
DECLARE
 @FNAME VARCHAR(20),
 @LNAME VARCHAR(20),
 @ADDR VARCHAR(50),
 @CITY VARCHAR(20),
 @STATE STATE,
 @ZIP CHAR(5),
 @PHONE CHAR(10)

SET @CITY = 'Phoenix'

SET @FNAME = (SELECT FNAME FROM INSERTED)
SET @LNAME = (SELECT LNAME FROM INSERTED)
SET @ADDR = (SELECT ADDRESS FROM INSERTED)
SET @STATE = (SELECT STATE FROM INSERTED)
SET @ZIP = (SELECT ZIP FROM INSERTED)
SET @PHONE = (SELECT PHONE FROM INSERTED)

INSERT CUSTOMERS
VALUES(@FNAME, @LNAME, @ADDR, @CITY, @STATE, @ZIP, @PHONE)
```

6. 单击“保存”按钮创建这个新触发器。
7. 要测试这个触发器，键入并执行下列代码（和前一个步骤系列的第 3 步中的代码完全相同）：

```
USE Sales
INSERT PHX_Customers
VALUES ('Timothy', 'Calunod', '123 Third', 'CA', '95023', '9252221212')
```

8. 要验证数据已插入到 Customers 表中和城市字段已得到填充，选择“文件”➤“新建”➤“使用当前连接查询”选项，然后键入并执行下列代码：

```
USE Sales
SELECT * FROM Customers
```

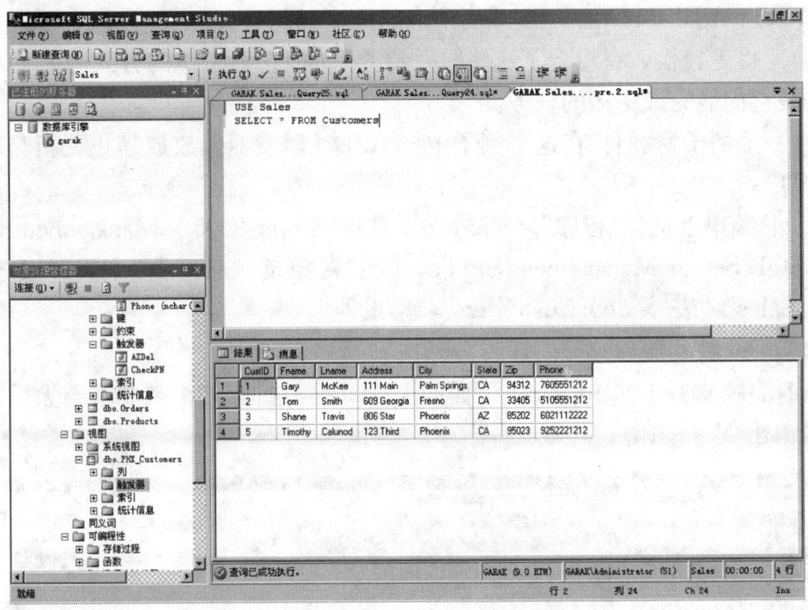

9. 关闭查询窗口。

在第一个步骤系列中，我们创建了一个没有显示城市字段的视图。接着，尝试使用 PHX_Customers 视图插入新记录，结果是失败的，因为无法通过该视图插入必需的城市字段。接着，创建了一个触发器，用于从插入表中读取你需要插入的所有值，并将它们存放在内存变量中，并且创建了一个内存变量来保存缺少的城市值。在填充了那些内存变量之后，只要使用那些内存变量中存放的值将该记录插入到 Customers 表中就可以了。

由于已经牢固地掌握了触发器如何工作的基本知识，所以可以开始考虑一些较为高级的题目。

高级考虑

和使用 SQL Server 中的任何东西一样，在使用触发器时，也有一些要考虑的高级题目。例如，INSERT、UPDATE 与 DELETE 触发器可以合并为一个触发器以便于管理。另外，除了使用 PRINT 语句发送错误消息（这是前面一直采用的做法），还可以使用一种比较高级的方法:RAISERROR()函数。最后,需要了解递归触发器,这是在一个表上的触发器执行一个激活另一个表上的触发器的操作时激发的触发器。下面从了解如何将 INSERT、UPDATE 与 DELETE 触发器组合为一个触发器开始。

组合触发器类型

假设需要确定无任何用户胡乱摆弄信用额度超过 10000 美元的客户。除了经理之外的任何人不得插入、更新和删除那些客户,无论什么理由。前面已经介绍了如何创建 INSERT、UPDATE 与 DELETE 触发器,因此可以创建 3 个不同的触发器防止这种情况发生,但是还有比这更简单的方法。

前面介绍的 3 个种不同触发器可以合并一个触发器。这 3 种触发器类型可以按任何形式进行任意组合:可以创建一个 INSERT-UPDATE 触发器,一个 UPDATE-DELETE 触发器,一个 INSERT-DELETE 触发器,或者所有这 3 者的组合;最后这种组合可以使控制触发器的管理工作变得更轻松。在组合了这些触发器类型时,它们工作的方式与它们单独工作的方式相同;只是它们能完成更多的任务。

下面来看一个例子,我们将在这个例子中把 AZDel 触发器修改成禁止更新与删除来自亚利桑那州的客户:

1. 从"开始"菜单上选择"程序"➤ Microsoft SQL Server 2005 ➤ Management Studio 选项打开 SQL Server Management Studio,并在"对象资源管理器"中展开服务器➤"数据库"➤ Sales ➤"表"➤ dbo. Customers ➤"触发器"。
2. 右击 AZDel 触发器,并选择"修改"选项。
3. 在右窗格中,选择 DML Events 下面的 Update 复选框(如果被要求删除标题中的任何注释,单击 Yes 按钮)。

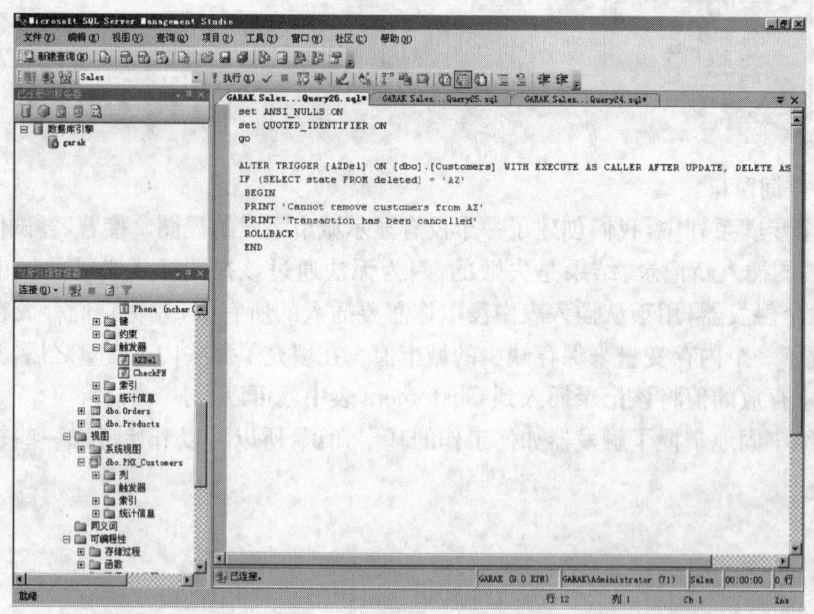

4. 单击"保存"按钮保存修改结果。
5. 要测试触发器,打开一个新的 SQL Server 查询窗口,然后键入并执行下列代码来验证仍有来自亚利桑那州的客户(其中,Shane Travis 应该居住在亚利桑那州):

```
USE Sales
SELECT * FROM customers
```

6. 要激发 DELETE 触发器，尝试从 Customers 表中删除 Shane（执行时应该看到一条错误消息）：

```
USE Sales
DELETE from customers
WHERE lname = 'Travis'
```

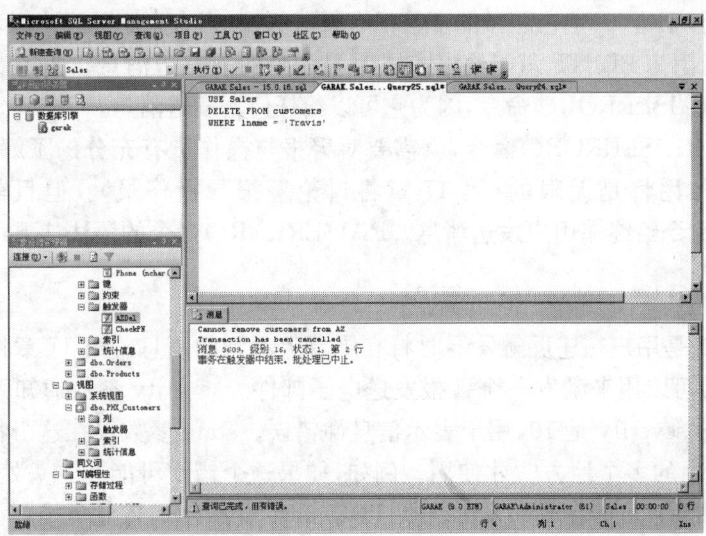

7. 要触发 UPDATE 触发器，尝试更新 Customers 表中的 Shane（执行时应该看到一条错误消息）：

```
USE Sales
UPDATE customers
SET fname = 'John'
WHERE lname = 'Travis'
```

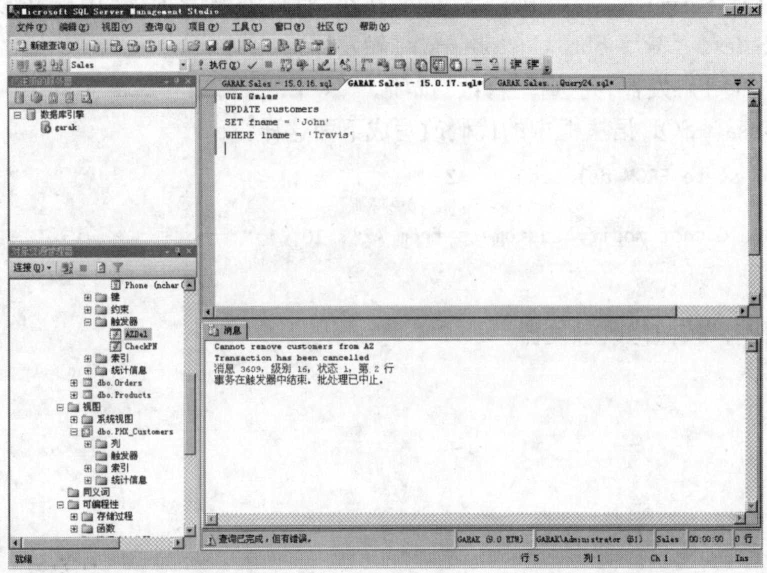

8. 关闭查询窗口。

由于可以组合触发器,所以只需用这个统一的组合触发器,而不必用两个触发器(一个 DELETE 和一个 UPDATE 触发器)。组合触发器可以使数据库管理变得更为轻松。使数据库管理更为轻松的另一件东西是在触发器遭到违反时显示容易理解的错误消息的能力。

使用 RAISERROR()命令报告错误

迄今为止,当用户违反触发器时,我们一直使用 PRINT 语句向用户显示错误消息。这种方法的效果一直很不错,只是它能做的事情很有限。例如,当有人删除客户时,无法用 PRINT 给经理发送警报,因为 PRINT 只能给发布了错误命令的人发送消息。为了获得更充分的控制权,需要使用 RAISERROR()命令,因为它可以给任何人发送消息。

要充分利用 RAISERROR()命令,就需要对警报与操作员有充分的了解;适当地利用这两者,触发器的作用将是无限的(第 17 章将讨论警报与操作员)。但目前,需要学会用 RAISERROR()命令给终端用户发送消息。RAISERROR()命令的语法如下:

```
RAISERROR('Message', severity, state)
```

Message 参数是用户在违反触发器时将在屏幕上看到的消息。第 17 章将用错误号替换这个文本,错误号可以用来激发一个警报发送电子邮件。severity 参数通知系统这个错误的严重程度;常用的 severity 是 10,用于表示信息性错误。state 参数仅在这个特定的错误可能会出现于触发器中的多个地方时才使用。例如,如果这个错误可能在开头处发出,则可以将 state 设置为 1;如果它可能在中间发出,则可以将 state 设置为 2,依此类推。

说明:错误的严重程度可以设置为 1(由 SQL Server 保留)到 25(最严重的错误)之间的某个值。

下面,我们将把 AZDel 触发器修改成用 RAISERROR()命令替代 PRINT 语句给向用户报告错误:

1. 从"开始"菜单上选择"程序"➤ Microsoft SQL Server 2005 ➤ Management Studio 选项打开 SQL Server Management Studio,并在"对象资源管理器"中展开服务器➤"数据库"➤ Sales ➤"表"➤ dbo. Customers ➤"触发器"。
2. 右击 AZDel 触发器,并选择"修改"选项。
3. 将 Transact-SQL 语法框中的代码改写成下面这样:

```
IF (SELECT state FROM deleted) = 'AZ'
 BEGIN
 RAISERROR('Cannot modify customers from AZ', 10, 1)
 ROLLBACK
 END
```

4. 单击"保存"按钮修改触发器。

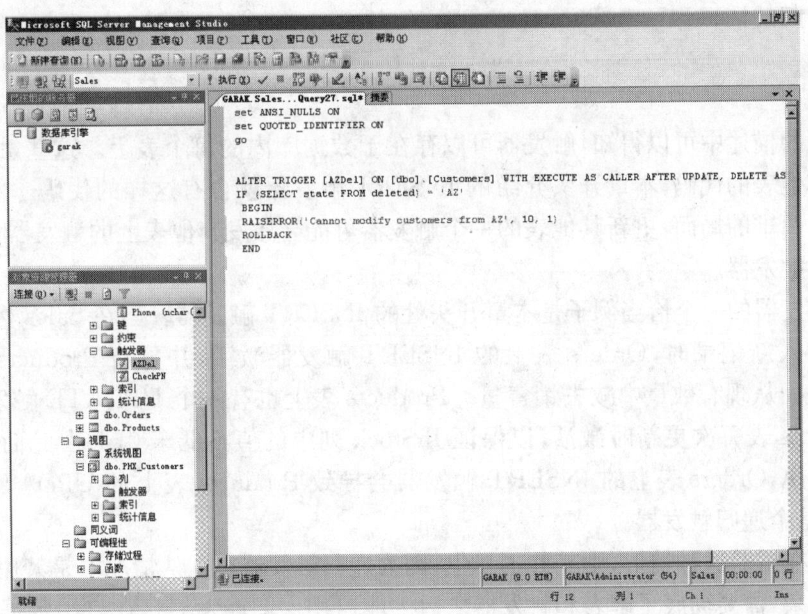

5. 要测试触发器，打开一个新的 SQL Server 查询窗口。
6. 要激发 RAISERROR()语句，尝试从 Customers 表中删除 Shane(执行时应该看到一条错误消息)：

```
USE Sales
DELETE FROM customers
WHERE lname = 'Travis'
```

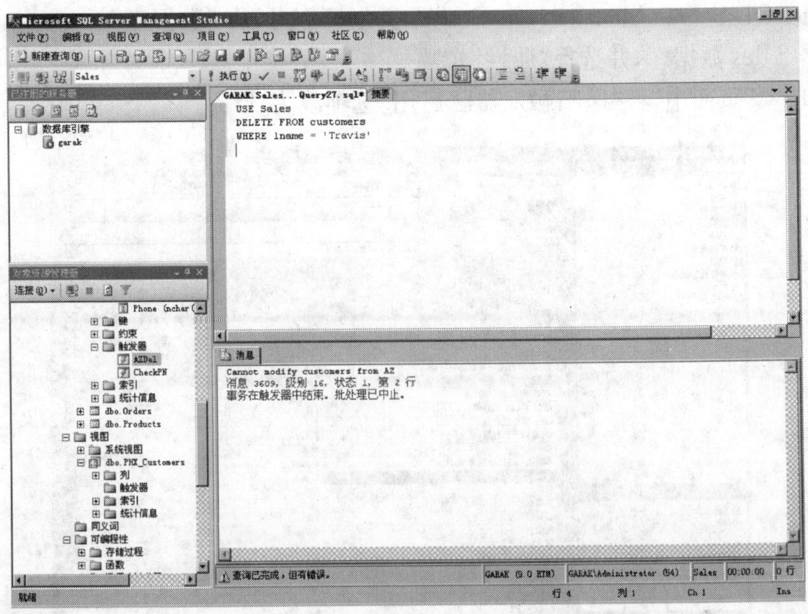

7. 关闭查询窗口。

从上述步骤中可以看出，RAISERROR()可以用来显示以前使用 PRINT 显示的相同错误消息，但现在我们准备使用警报的各种较高级特性——PRINT 无法做到的事情。

最后，还有一个与触发器的使用相关而又需要了解的高级题目。触发器可是递归的，如果允许它们递归的话。

递归触发器

从前面的描述中可以得知,触发器可以存在于数据库内的每个表上。这些触发器还可以包含更新其他表的代码;本章开头介绍的 INSERT 触发器就含有这样的代码。然而,这会产生一个进退两难的局面:更新其他表的一个触发器可能会激发其他表上的触发器,这种触发器就称为递归触发器。

递归触发器的一个恰当例子是本章开头处的 INSERT 触发器。当在 Sales 数据库的 Orders 表中插入新记录时,Orders 表上的 INSERT 触发器激活,并更新 Products 表中的 InStock 列,进而从现有数量中减去销售量。Products 表上也有一个 UPDATE 触发器,该触发器在 Products 表每次更新时激活,以保证 InStock 列中的值不低于 0,并由此而避免过度销售。这就是说,Orders 表上的 INSERT 触发器会导致 Products 表上的 UPDATE 触发器激活,因而它是个递归触发器。

如果现在试验这种情形,则其并不发生,因为递归触发器在默认情况下是禁用的。递归触发器非常复杂,需要彻底了解表和触发器之后才能启用递归触发器。在启用数据库上的递归触发器之前,必须先熟悉两个重要的问题:

- 所有触发器一起构成一个大事务。任何触发器中的任何位置上的 ROLLBACK 命令都将取消所有数据输入。所有数据均被擦除,并且无任何东西将被放到表中。
- 触发器最多只能递归 16 层。换句话说,如果递归链中的第 16 个触发器激发第 17 个触发器,则结果与发布 ROLLBACK 命令一样:一切东西都将被擦除。

根据以上描述,下面打开并测试 Sales 数据库上的递归触发器:

1. 打开 SQL Server Management Studio,并展开服务器➤“数据库”。
2. 右击 Sales 数据库,并选择“属性”选项。
3. 在“选项”页面中,将“递归触发器已启用”选项改为 True。

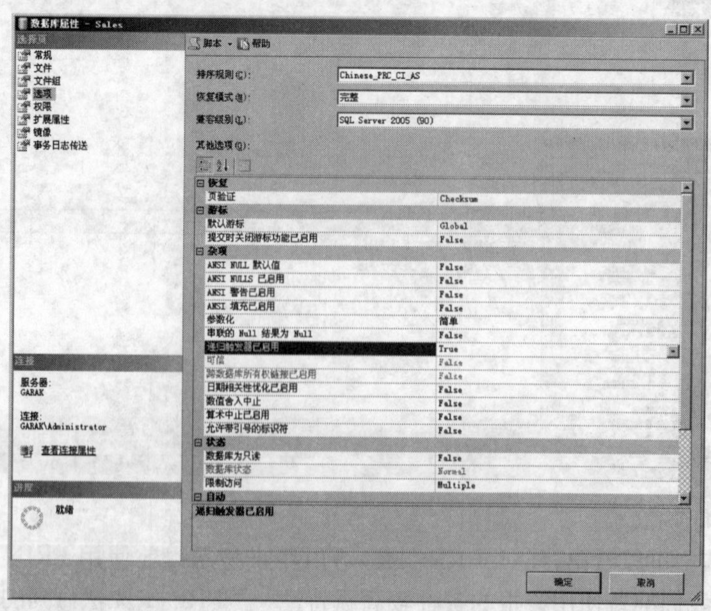

4. 单击“确定”按钮应用修改结果。

5. 要激发 Orders 表上的触发器并让它依次激发 Products 表上的触发器，打开一个新的 SQL Server 查询窗口，然后键入并执行下列代码；这段代码将添加一个订单，订单内容为今天销售给 1 号客户 600 件 2 号产品（请注意，该查询将运行失败，因为正过度销售该产品）：

```
USE Sales
INSERT Orders
VALUES (1,2,600,getdate())
```

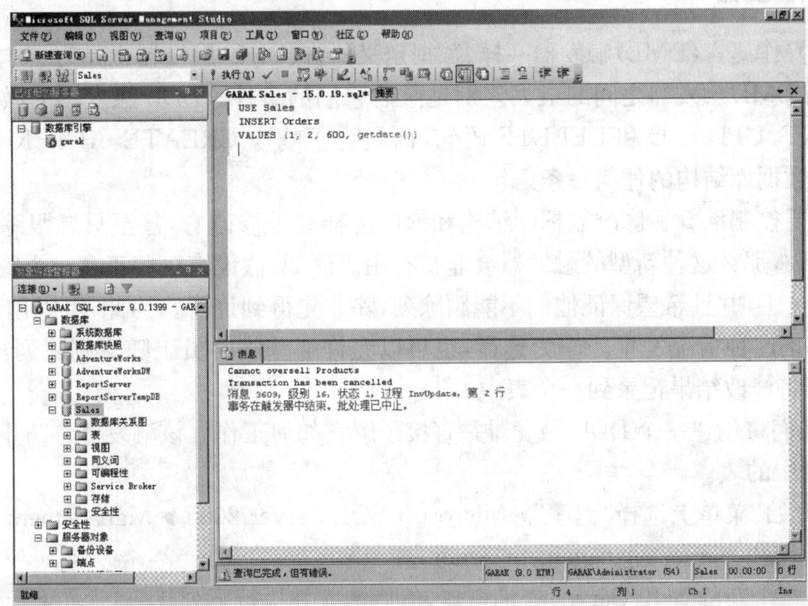

6. 要验证整个事务已被回退，检查今天为 600 件 2 号产品所放入的一个订单（应该看不到这个订单，因为整个事务已被回退）：

```
USE Sales
SELECT * from Orders
```

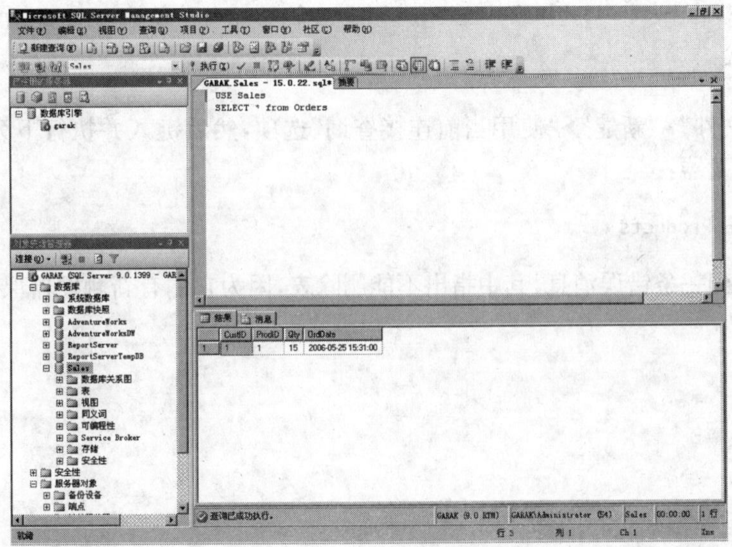

7. 关闭查询窗口。

注意到我们做了什么吗？我们在 Orders 表中插入了新记录，因而激发 Orders 表上的 INSERT 触发器。该 INSERT 触发器试图更新 Products 表，因而又激发了 Products 表上的 UPDATE 触发器。该 UPDATE 触发器发现产品正被过度销售，并回退了整个事务，进而只给我们留下一条错误消息。只要使用得当，递归触发器是个有用的工具；如果使用不当，它是相当危险的。应当先熟悉数据库之后再打开这个特性。

使用 DDL 触发器

和数据操作语言(DML)触发器一样，数据定义语言(DDL)触发器也是为了响应事件而激发。DDL 与 DML 触发器之间的最大差别是激活它们的事件。DDL 触发器的激发不是为了响应 INSERT、UPDATE 和 DELETE 语句，而是为了响应 CREATE、ALTER 和 DROP 语句——修改数据库结构的任何一条语句。

如果想要控制谁着手修改数据库结构和他们怎样着手修改它，甚至只想跟踪数据库结构上发生的修改，那么这种新型的触发器会非常有用。例如，假设有一些正在一个敏感数据库上工作的临时员工，并且希望保证他们不能删除列，除非先得到许可。为此，可以创建一个 DDL 触发器来防止这种情况发生。作为选择，也可以允许那些临时员工随意删除列，但使用一个 DDL 触发器将修改结果记录到一个表中。

下面，我们将创建一个 DDL 触发器并直接了解它如何工作。该触发器将防止删除或更改 Sales 数据库中的表。

1. 从“开始”菜单上选择“程序”➤ Microsoft SQL Server 2005 ➤ Management Studio 选项打开 SQL Server Managcment Studio。
2. 打开一个新的 SQL Server 查询窗口，然后键入并执行下列代码：

```
USE Sales
GO
CREATE TRIGGER CantDropCustomers
ON DATABASE
FOR DROP_TABLE, ALTER_TABLE
AS
   PRINT 'You must disable Trigger " CantDropCustomers" to drop or alter
tables!'
   ROLLBACK ;
```

3. 选择“文件”➤“新建”➤“使用当前连接查询”选项，然后键入并执行下列代码来测试这个新触发器：

```
DROP_TABLE Products
```

4. 应该看到一条错误消息，其中指出不能删除表，因为它们有新触发器保护。

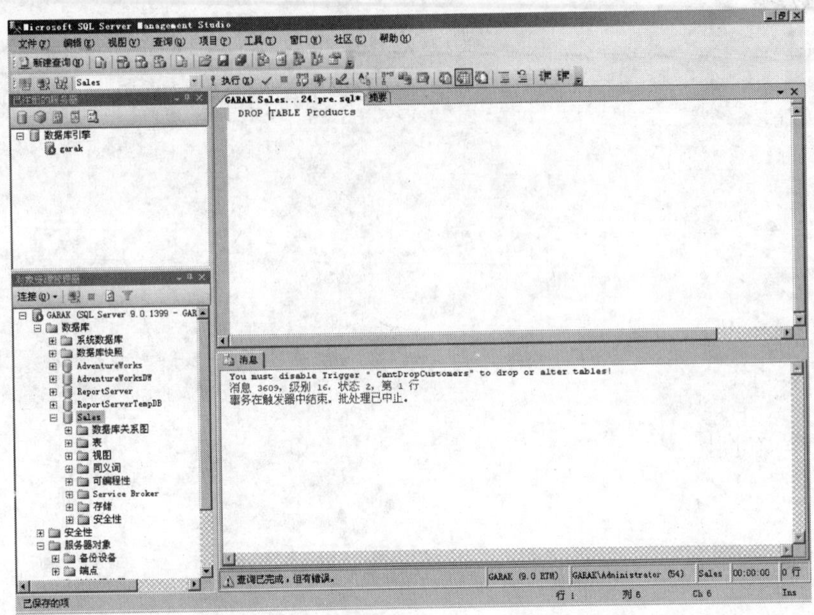

5. 关闭 SQL Server Management Studio 窗口。

小结

本章介绍了大量信息，这些信息能使读者的工作和生活变得更轻松。

首先解释了什么是触发器以及它们如何工作。触发器是数据看门狗，在用户试图执行 INSERT、UPDATE 或 DELETE 操作时激活。这 3 种类型的触发器可以按任何形式组合，每个触发器都是个隐式事务，因为 SQL Server 在事务的开始处加上 BEGIN TRAN 语句，并在事务的结束处加上相应的 COMMIT 语句。为了跟踪正被插入与删除的数据，触发器使用逻辑的删除表与插入表。

接着，创建了一些触发器：首先分别创建了每种类型的触发器，然后组合了两种类型的触发器(DELETE 与 UPDATE)。随后，讨论了如何用 INSTEAD OF 触发器通过视图更充分地控制数据修改。这种特殊类型的触发器用来替代 INSERT、UPDATE 或 DELETE 触发器的操作，使视图基础表中的数据得到保护。

接着，我们发现 PRINT 语句并不是给用户返回错误消息的最巧妙方法，因此介绍了 RAISERROR()语句，第 17 章将比较详细地讨论这条语句。

然后，介绍了可以相互激发的触发器。这些触发器称为递归触发器。只要使用得当，递归触发器是个有用的工具；如果使用不当，则相当危险。

最后，讨论了新型的 DDL 触发器。利用这些触发器，可以通过截取 DDL 语句保护数据库架构免遭意外或恶意的更新。

在了解触发器之后，可以再进一步。下一章将介绍维护数据库的一些必要过程。

第四部分　管理 SQL Server

这一部分包括:

- 第 16 章:基本管理任务
- 第 17 章:自动化管理
- 第 18 章:安全性与 SQL Server 2005

第16章　基本管理任务

如果读者买了一辆崭新的汽车，认为没有任何保养它能持续跑多长时间？也许，它能跑上几个月，甚至跑上一年，但最后一定会彻底散架，再也跑不动了。如果想让汽车以最佳的状态多跑上几年，必须定期地维护它，比如换机油、调换前后轮胎等。SQL Server 也没有什么不同，如果想让它有最佳的运行状态，就必须定期维护它。

本章将要探讨的第一项维护任务也许是最重要的任务：必须定期执行备份。如果没有备份策略，则一定会丢失数据。因此，希望密切关注本章将要讨论的 4 种备份类型(完全、差异、事务日志和文件组)，以及每种备份类型的使用方法。

本章将要探讨的另一个重要课题是如何阅读 SQL Server 错误日志，以及如何利用从中找到的信息。SQL Server 将它自己的错误日志与 Windows 日志分开保存，"事件查看器"可以用来阅读它们。因此，本书的这一部分是很有用的。

最后，本章将深入探讨索引维护。我们在第 12 章中创建了索引，现在需要知道如何通过定期维护使它们顺利运行。首先从了解备份开始。

备份数据

备份就是数据的副本，存储在计算机硬盘以外的某个地方，通常存储在某一类型的磁带上(与平常见到的磁带非常相似)；但备份也可以存储在连接到局域网的另一台计算机上的硬盘驱动器上。为什么需要将数据的副本存放在两个地方呢？有许多原因。

保持备份的第一个原因是可能的硬件故障。计算机硬件有一个以小时为计量单位的平均故障时间(MTBF)。换句话说，每隔 4000 个小时左右，就会有一个硬件发生故障，而且这是没有办法避免的事情。当然，通过提供重复硬件，可以实现容错，但这种做法并不能完全保证数据不丢失。因此，如果想在硬盘发生故障时不丢失数据，最好是备份数据。

另一个原因是可能的自然灾害。不管准备了多少冗余硬件，如果遇到台风、水灾、火灾或地震，则一切都无济于事。为了抵御这些自然灾害，需要备份数据。

还有一个原因是世道使然。许多员工对他们的公司或老板一般都心怀不满，而他们的惟一报复办法就是破坏或恶意更改敏感数据。这是最糟糕的一种数据损失，惟一的恢复方法是通过拥有一个有效的备份。

知道备份数据的一些充分原因之后，就需要知道如何做备份。下面，我们将探讨 4 种可以用来保护数据的不同备份类型，但首先需要了解备份过程是怎样工作的。

备份如何工作

所有备份类型都有一些共同之处。例如，什么时候能让用户让出足够的使用时间给管理人员执行数据库的备份。不必担心，SQL Server 中的所有备份都是联机备份，也就是说，用户可以在做备份的同时访问数据库。这怎么可能呢？原因是 SQL Server 使用了事务日志。

第 3 章曾经提到过，SQL Server 通过在数据库上发布校验点将已提交的事务从事务日志

复制到数据库中。事务日志很像平常的日记。在日记中,我们写下日期并记下身边一天所发生的每件事情。它看上去可能像下面这样:

12—21—05　　买车

12—22—05　　开新车去炫耀一番

12—23—05　　开车撞到树上

12—24—05　　开始期待新车

和日记非常相似,事务日志在每一行上放置一个日志顺序号(LSN)并记录下相应日志。事务日志看上去类似于下面这样:

147　　Begin Tran 1

148　　Update Tran 1

149　　Begin Tran 2

150　　Update Tran 2

151　　Commit Tran 1

152　　Checkpoint

153　　Update Tran 2

154　　Commit Tran 2

备份开始时,SQL Server 记录当前日志顺序号。备份完成之后,SQL Server 将事务日志中从备份开始时所记录的日志顺序号一直到当前日志顺序号为止的所有项目都备份下来。下面是它如何工作的一个例子:

1. SQL Server 校验数据,并记录最早打开事务的日志顺序号(本例中为 149 Begin Tran 2,因为该事务在校验之前还没有提交)。
2. SQL Server 备份数据库中所有包含数据的数据页面(无需备份那些空页面)。
3. SQL Server 获取事务日志中在备份期间得到记录的所有部分,也就是说,事务日志中日志顺序号比备份开始时所记录的日志顺序号大的所有日志行(本例为 149 和以上的行)。这样,在数据库备份期间,用户仍能对数据库做他们想做的任何事情。

要执行任何一种类型的备份,就需要有保存备份的地方。用来保存备份的介质称为备份设备。下面介绍如何创建备份设备。

创建备份设备

备份存放在物理备份介质上,备份介质可以是磁带驱动器或硬盘驱动器(位于本地或网络上)。SQL Server 并不知道连接到服务器的各种介质形式,因此必须通知 SQL Server 将备份存储在哪里。备份设备就是起到这种存储作用,用来代表备份介质。备份设备有两种类型:永久和临时。

临时备份设备是在执行备份时动态创建的,适合用来建立要发往另一个办公室的数据库副本,以便他们拥有数据的一个完整备份。另一方面,也可以考虑用临时备份设备建立数据库的一个副本,以便永久地存放到远离现场的某个地方(通常用做档案)。

说明:尽管可以使用复制特性(请参见第 27 章)将数据库复制到某个远程地点,但如果这个远程地点是通过低速广域网(WAN)链接(比如 56K 帧中继)连接的,那么备份到临时备份设备可能会快得多。

永久备份设备可以重复使用,甚至可以将数据附加到它们上面,因此它们最适合定期安排的备份。永久备份设备在做备份之前创建,而且和临时备份设备一样,也可以创建在本地硬盘上、局域网上的远程硬盘上或本地磁带驱动器上。下面,我们将尝试着创建一个永久备份设备:

1. 从“开始”菜单上选择“程序”➤ Microsoft SQL Server 2005 ➤ Management Studio 选项打开 SQL Server Management Studio。在“对象资源管理器”中,展开服务器,然后展开“服务器对象”。
2. 右击“对象资源管理器”窗口中的“备份设备”,并选择“新建备份设备”选项。
3. 在“备份设备”对话框的“设备名称”框中,键入 AdvWorksFull。应该注意到,文件名和路径已经自动填入。确保 SQL Server 所选择的硬盘驱动器上有足够的自由空间。

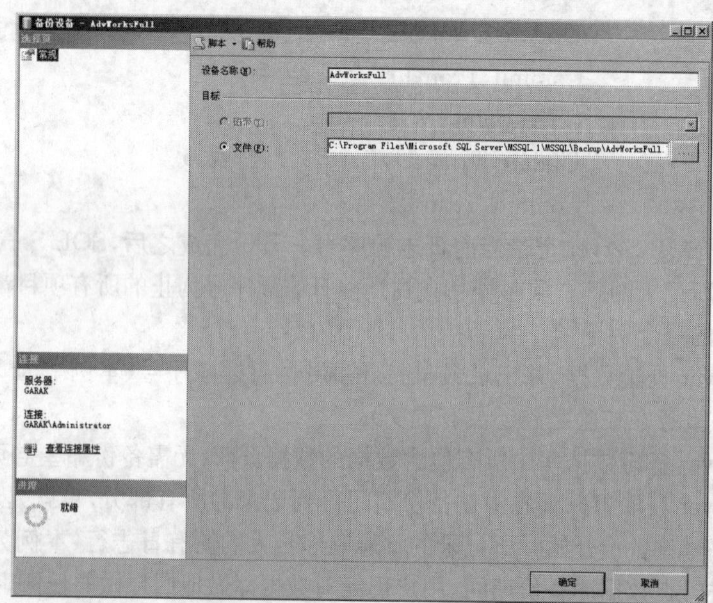

4. 单击“确定”按钮创建永久备份设备。

如果立即转到 Windows 资源管理器,并查找一个名为 AdvWorksFull. bak 的文件,有可能找不到它,因为 SQL Server 还没有创建这个文件。SQL Server 只是在 master 数据库中的 sysdevices 表上简单地添加了一条记录,这条记录在首次备份到该设备时通知 SQL Server 将备份文件创建在什么地方。

提示:如果正在使用磁带驱动器作为备份介质,那么该驱动器必须已物理地连接到当前 SQL Server 计算机。避开这个要求的惟一方法是使用第三方备份解决方案。

执行完整备份

顾名思义,完整备份就是备份整个数据库。它备份数据库文件、这些文件的地址以及事务日志的某些部分(从备份开始时所记录的日志顺序号到备份结束时的日志顺序号)。这是任何备份策略中都要求完成的第一种备份类型,因为其他所有备份类型都依赖于完整备份。换句话说,如果没有执行完整备份,就无法执行差异备份和事务日志备份。

为了创建这个基准(即备份策略中称为的完整备份),我们将在下面的步骤系列中将 AdventureWorks 数据库备份到上一节创建的永久备份设备上：

1. 打开 SQL Server Management Studio。展开服务器，然后展开“数据库”文件夹。
2. 右击 AdventureWorks，并选择“属性”选项。
3. 在“选项”页面上，将“恢复模式”改为“完整”，以便以后能够做事务日志备份。

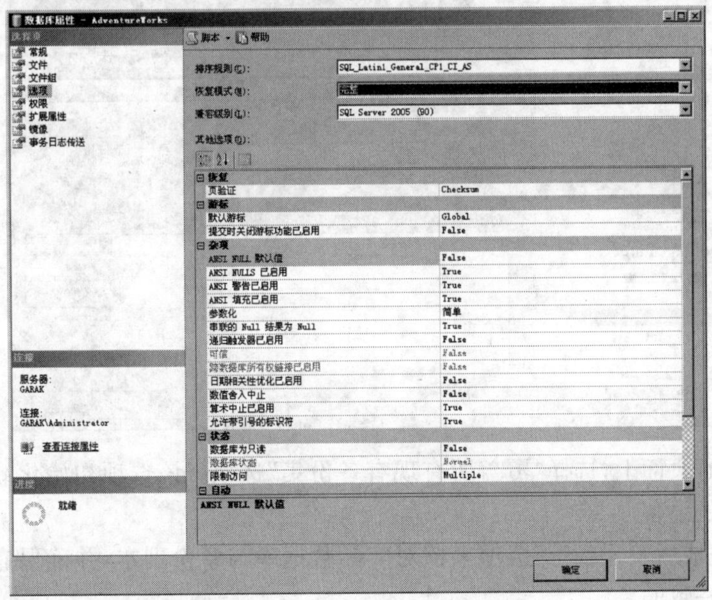

4. 单击“确定”按钮应用修改结果。
5. 右击“数据库”下的 AdventureWorks 数据库，指向“任务”，然后单击“备份”选项。
6. 在“备份数据库”对话框中，确保 AdventureWorks 是要备份的选定数据库，并且“备份类型”是“完整”。
7. 保留“名称”中的默认名称。在“说明”框中，输入 Full Backup of AdventureWorks。
8. “目标”下面可能已经列出了一个磁盘设备。如果有，选择该设备，并单击“删除”按钮。
9. 在“目标”下，单击“添加”按钮。
10. 在“选择备份目标”框中，单击“备份设备”，选择 AdvWorksFull 设备，并单击“确定”按钮。

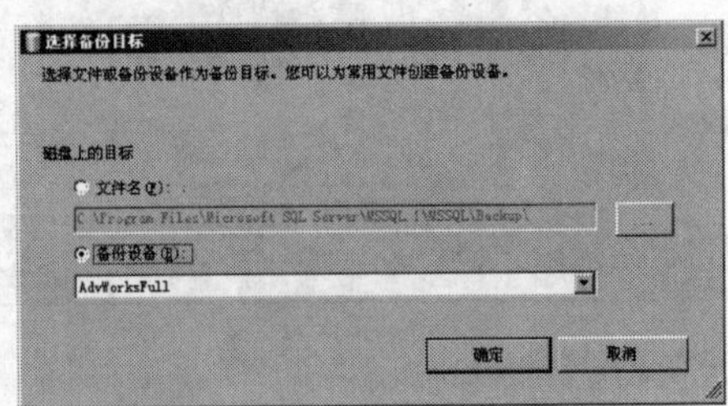

11. 现在，“目标”下面应该列出了一个备份设备。切换到“选项”页面。

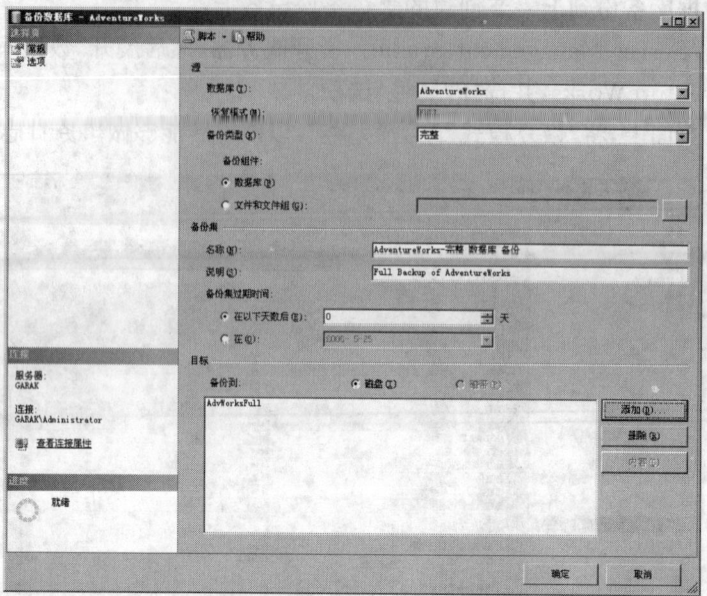

12. 在"选项"页面上,选择"覆盖所有现有备份集"选项。该选项初始化崭新的设备或覆盖现有的设备。
13. 选择"完成后验证备份"选项来核对实际数据库与备份副本,并确保它们在备份完成之后是一致的。

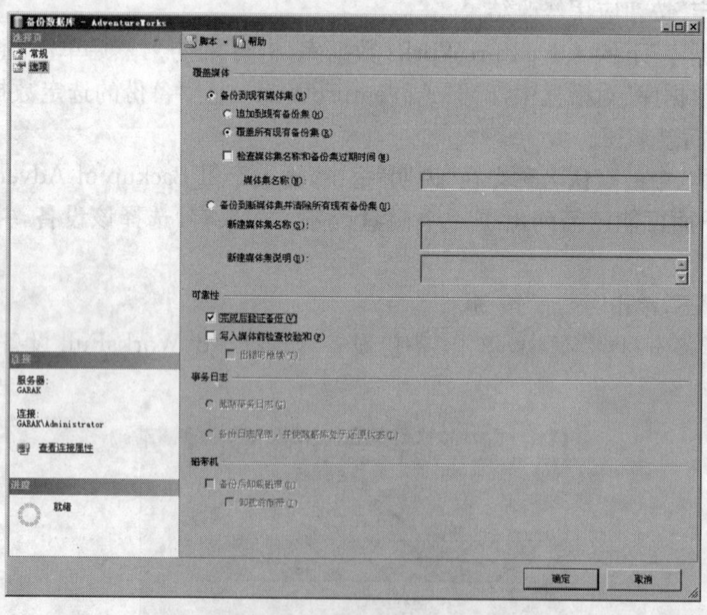

14. 单击"确定"按钮开始备份。

现在,AdventureWorks 数据库的一个完整备份已经建成。下面仔细检查 AdvWorksFull 设备的内部,以确保它里面确实有这个完整备份:

1. 在 SQL Server Management Studio 的"对象资源管理器"窗口中,展开"服务器对象"下的"备份设备"。
2. 右击 AdvWorksFull,并选择"属性"选项。

3. 在“媒体内容”页面上，应该看到 AdventureWorks 数据库的这个完整备份。
4. 单击“确定”按钮返回到 SQL Server Management Studio。

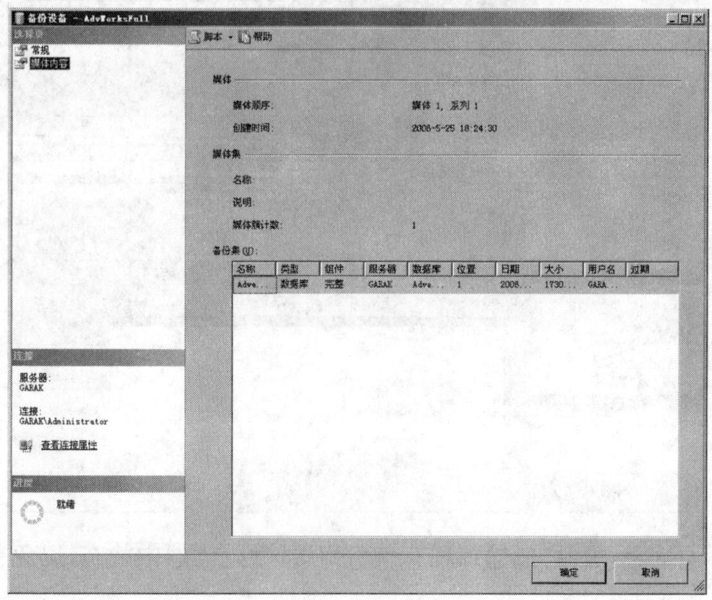

在创建了这个完整备份之后，就可以开始执行其他类型的备份。接下来，我们将了解差异备份。

执行差异备份

差异备份记录自从做完上一个完整备份以来数据库中已发生的所有变化。因此，如果在星期一执行了完整备份，并在星期二执行了差异备份，那么该差异备份将记录自星期一的完整备份以来已发生的所有修改。星期三的另一个差异备份将记录自星期一的完整备份以来已发生的所有修改。差异备份每做一次就会变得更大一些，但仍然比完整备份小得多，因此差异备份比完整备份快得多。

SQL Server 读取上一个完整备份的最后日志顺序号，并将它与数据库中的数据页面做比较，以确定备份中的哪些页面已经发生了变化。如果 SQL Server 发现了更新过的数据页面，则备份整个数据盘区(8 个连续页面)，而不是仅备份已发生变化的数据。

做差异备份的过程与做完整备份的过程几乎相同。下面，我们将在上一节创建的永久备份设备上执行 AdventureWorks 数据库的一个差异备份：

1. 打开 SQL Server Management Studio。展开服务器，然后展开“数据库”文件夹。
2. 右击 AdventureWorks 数据库，指向“任务”，并选择“备份”选项。
3. 在“备份数据库”对话框中，确保 AdventureWorks 是要备份的选定数据库，并且“备份类型”是“差异”。
4. 保留“名称”框中的默认名称。在“说明”框中，键入 Differential Backup of AdventureWorks。
5. 在“目标”下面，确保列出了 AdvWorksFull 设备。

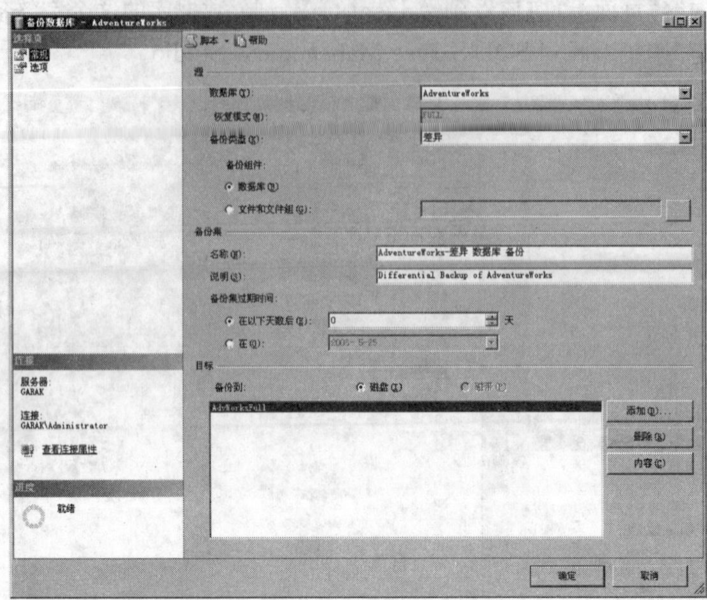

6. 在“选项”页面上，确保“追加到现有备份集”选项处于选中状态，以免覆盖现有的完整备份。

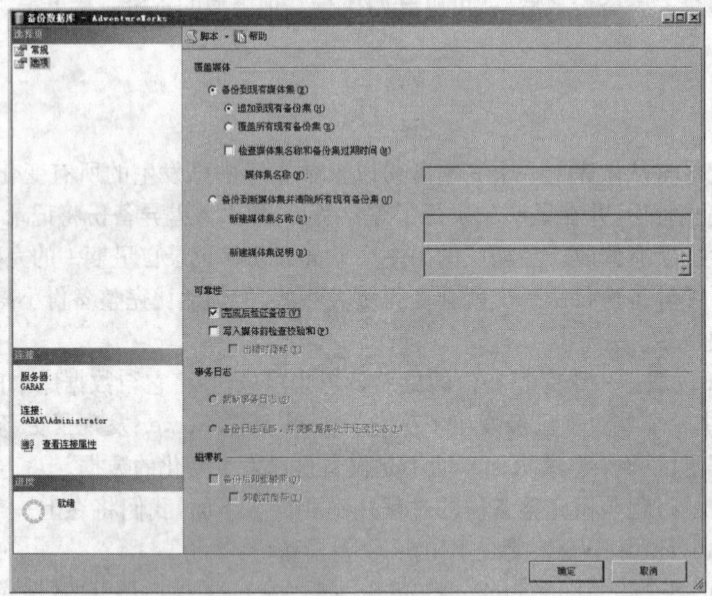

7. 在“选项”页面上，选择“完成后验证备份”选项。
8. 单击“确定”按钮开始备份。

现在，需要证实 AdventureWorks 数据库的完整备份和差异备份都在 AdvWorksFull 设备上，而且它们也应该在该设备上：

1. 在 SQL Server Management Studio 的“对象资源管理器”窗口中，展开“服务器对象”下的“备份设备”。
2. 右击 AdvWorksFull 设备，并选择“属性”选项。
3. 在“媒体内容”页面上，应该看到 AdventureWorks 数据库的这个差异备份。

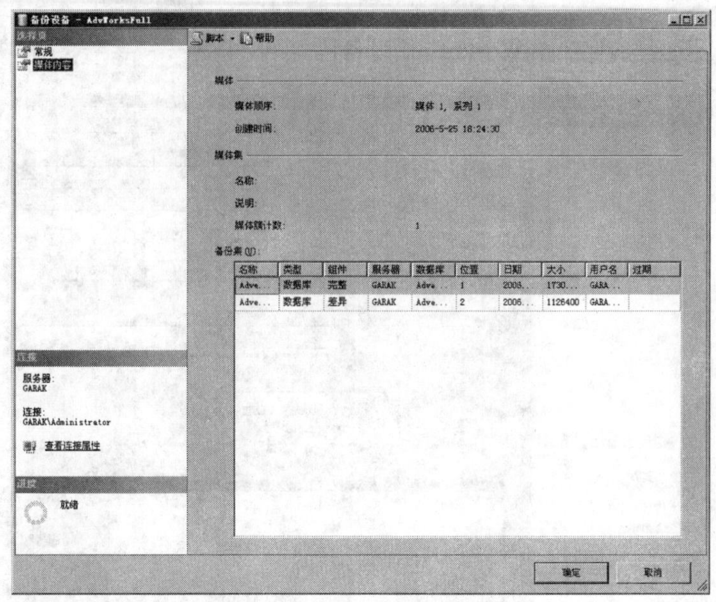

4. 单击"确定"按钮返回到 SQL Server Management Studio。

但是,只做完整备份和差异备份是不够的。如果没有执行事务日志备份,则数据库可能无法正常工作。

执行事务日志备份

尽管事务日志备份依赖于完整备份,但它们并不备份数据库本身。这种类型的备份只记录事务日志的适当部分,明确地说,自从上一个事务日志备份以来已发生了变化的部分。如果想一想 SQL Server 对待事务日志的方式,即作为一个独立的对象,就不难理解事务日志备份的重要作用。这样,SQL Server 除了需要数据库的备份之外,还需要事务日志也就顺理成章了。

除了事务日志本身是个实体这一事实之外,备份事务日志还有另外一个重要原因。在将数据库配置为使用完全或批量日志恢复模型时,事务日志备份是能够从事务日志中清除旧事务的惟一备份类型;只有将数据库配置为使用简单恢复模型时,完整备份与差异备份才能清除事务日志。因此,如果在大多数生产数据库上只执行完整备份与差异备份,则事务日志最终会填满,并且用户会被锁在数据库之外。

警告: 当事务日志最终变成 100%满时,用户无法访问数据库,直到数据库管理员清除了事务日志时为止。避开这个问题的最佳办法是执行定期的事务日志备份。

执行事务日志备份所需要的步骤不多,下面一一介绍。本节将用本章前面创建的备份设备在 AdventureWorks 数据库上执行事务日志备份:

1. 打开 SQL Server Management Studio。展开服务器,然后展开"数据库"。
2. 右击 AdventureWorks 数据库,指向"任务",选择"备份"选项。
3. 在"备份数据库"对话框中,确保 AdventureWorks 是要备份的选定数据库,并且"备份类型"是"事务日志"。
4. 保留"名称"框中的默认名称。在"说明"框中,键入 Transaction Log Backup of Adven-

tureWorks。

5. 在“目标”下面，确保 AdvWorksFull 设备已经列出。

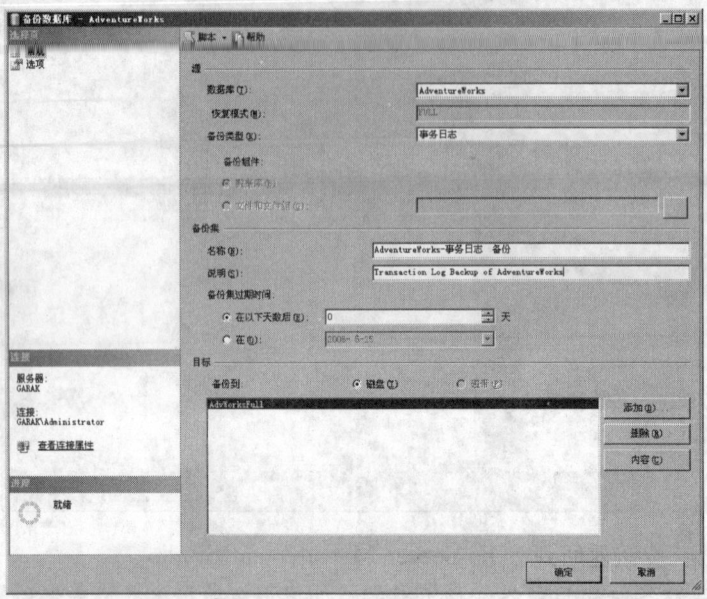

6. 在“选项”页面上，确保“追加到现有备份集”选项处于选中状态，以免覆盖现有的完整备份。

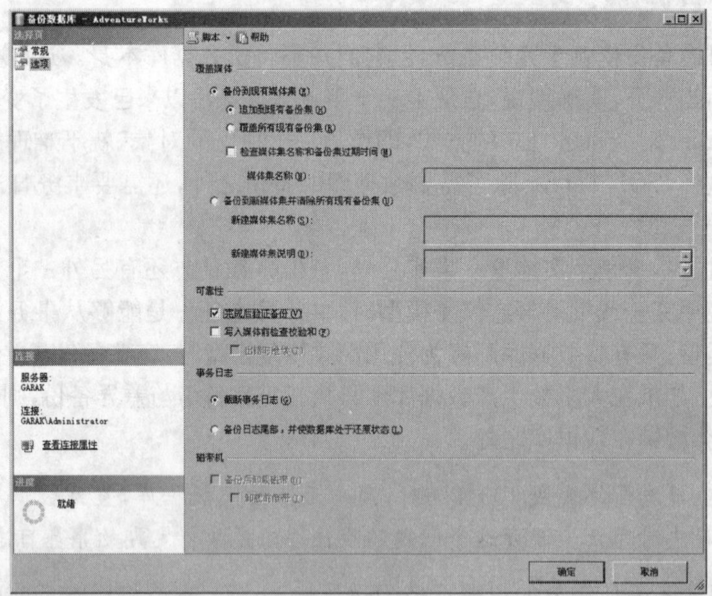

7. 在“选项”页面上，选择“完成后验证备份”选项。
8. 单击“确定”按钮开始备份。

为了谨慎起见，应当手工验证没有意外地覆盖备份设备中存储的完整备份与差异备份：

1. 在 SQL Server Management Studio 的“对象资源管理器”窗口中，展开“服务器对象”下的“备份设备”。
2. 右击 AdvWorksFull 设备，并选择“属性”选项。

3. 在“媒体内容”页面上，应该看到 AdventureWorks 数据库的事务日志备份。

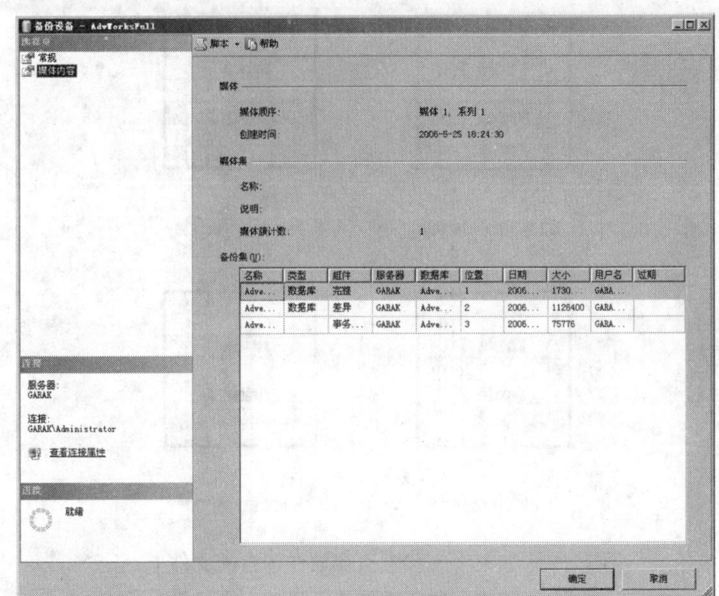

4. 单击“确定”按钮返回到 SQL Server Management Studio。

完全、差异和事务日志备份适合大大小小的数据库，但另有一种专门为 TB 级超大型数据库设计的备份类型：文件组备份。下面将介绍文件组备份，并了解如何在这种情形中使用文件组备份。

执行文件组备份

如今，有越来越多的公司拥有了 TB 级的数据库。正因如此，这些数据库称为超大型数据库(VLDB)。假设每晚或每周都要执行一个 2TB 数据库的备份，即使购买了最新、最好的硬件，备份时间也会长得惊人。Microsoft 知道管理员不愿意用这么长的时间执行一个完整的备份，因此提供了一种每次只从数据库中备份一些小部分的方法：文件组备份。

第 3 章与第 10 章已经讨论过文件组，所以这里不再展开。文件组是一种将数据库存放在多个文件上的方法，并允许控制数据库对象(比如表或视图)将存储到这些文件当中的哪些文件上。这样，数据库就不会受到只存储在单个硬盘上的限制，而是可以分散到许多硬盘上，因而可以变得非常大。利用文件组备份，每次可以备份这些文件当中的一个或多个文件，而不是同时备份整个数据库。

但是，在利用文件组备份加快超大型数据库的备份过程时，有一点需要说明。文件组还可以用来加快数据访问的速度，因为文件组允许将表存放在一个文件上，而将对应的索引存放在另一个文件上。尽管这么做可以加快数据访问的速度，但也会减慢备份过程，因为必须将表和索引作为一个单元来备份，如图 16.1 所示。换句话说，如果将表和索引存放在各自的文件中，那么这些文件必须作为一个单元来备份，不能今天晚上备份表，明天晚上再备份索引。

要执行文件组备份，就必须创建文件组。下面的这些步骤将给第 10 章中创建的 Sales 数据库添加一个文件：

1. 打开 SQL Server Management Studio。展开服务器，然后展开“数据库”文件夹。

2. 右击 Sales 数据库，并选择“属性”选项。

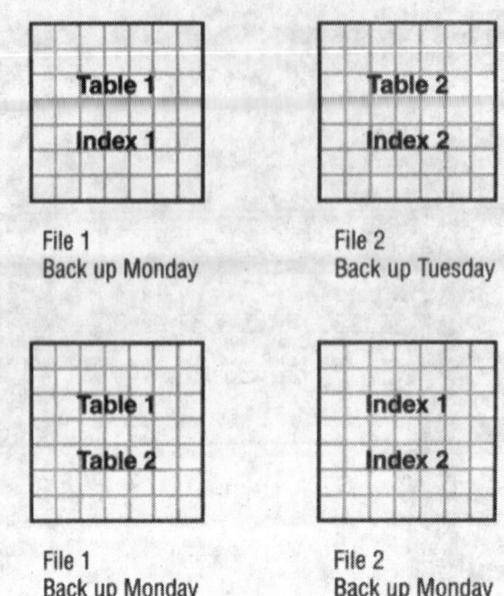

图 16.1　如果将表和索引存放在各自的文件上,必须将这些文件作为一个单元来备份

3. 在“文件组”页面上,单击“添加”按钮。在“名称”文本框中,键入 Secondary。

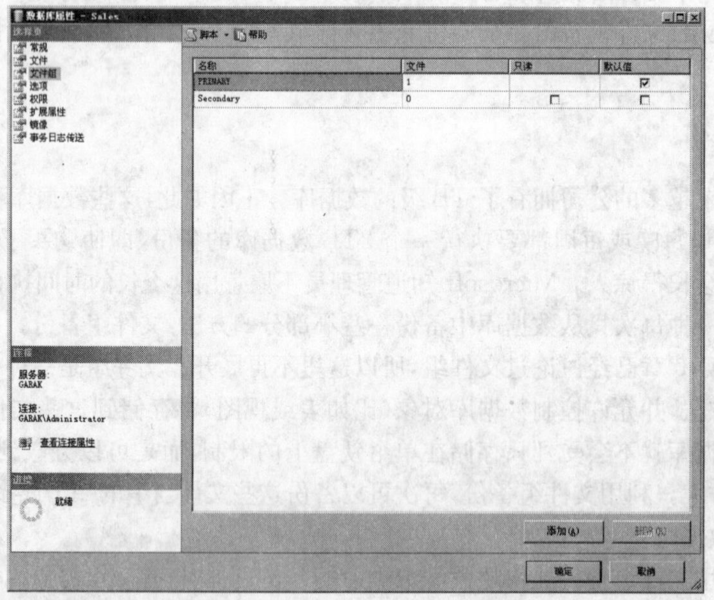

4. 在“文件”页面上,单击“添加”按钮并键入下列信息:
- 逻辑名称:Sales_Data_2
- 文件类型:数据
- 文件组:Secondary
- 初始大小:5

5. 单击“确定”按钮在 Secondary 文件组上创建这个新文件。

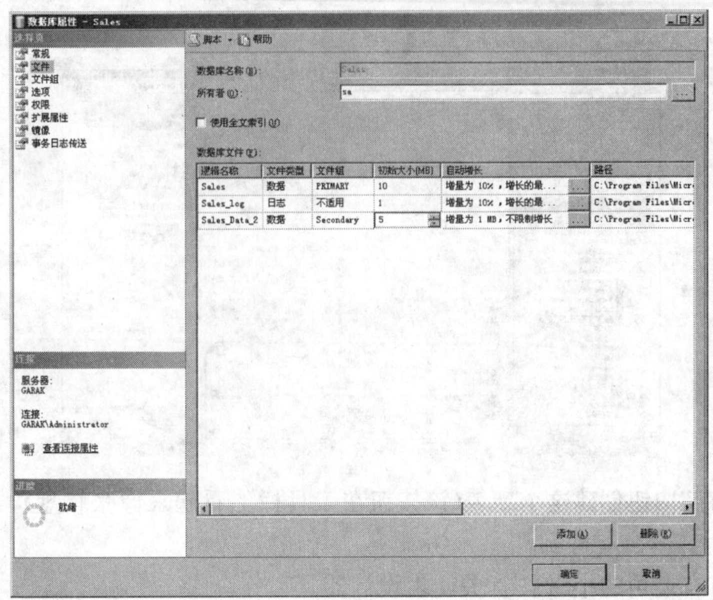

现在，需要给该文件组添加一个表，并在表中创建一条记录，以便能够测试本章后面介绍的恢复过程：

1. 在 SQL Server Management Studio 中，展开 Sales 数据库，右击“表”图标，并选择“新建表”选项。
2. 在第一行的“列名”中，键入 Emp_Name。
3. 在 Emp_Name 旁边，选择 varchar 作为数据类型。保留 50 的默认长度。
4. 在 Emp_Name 下面的第二行中，键入 Emp_Number 作为列名，选择 varchar 作为数据类型，保留 50 的默认长度。

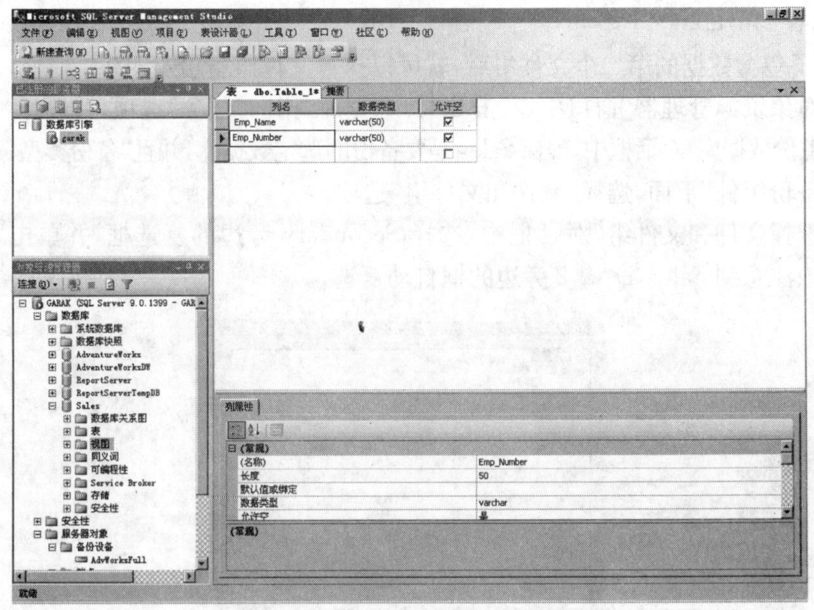

5. 选择“视图”➤“属性窗口”选项。
6. 展开“常规数据空间规范”部分，并将“文件组或分区方案名称”设置改为 Secondary。

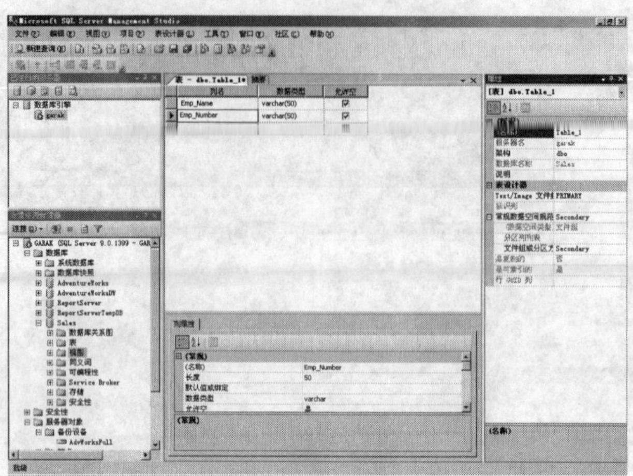

7. 单击“保存”按钮创建这个新表(该按钮在工具栏上看起来像张软盘),并键入 Employees 作为表名。
8. 单击窗口右上角的小 X 图标关闭表设计器。

现在,需要给新表添加一些数据,以便后面能够从要创建的备份中恢复一些内容:

1. 在 SQL Server Management Studio 中,单击“新建查询”按钮,并选择“数据库引擎查询”选项。
2. 为了给 Employees 表添加记录,键入并执行下列代码(请注意,第二个值是任意的):

```
USE Sales
INSERT Employees
VALUES('Tim Hsu', 'VA1765FR')
INSERT Employees
VALUES('Sue Hernandez', 'FQ9187GL')
```

3. 关闭查询窗口。

在建成了包含数据的第二个文件组后,就可以执行文件组备份:

1. 在“对象资源管理器”窗口中,右击 Sales 数据库,指向“任务”选项,并选择“备份”选项。
2. 在“备份数据库”对话框中,确保 Sales 是要备份的选定数据库,并且“备份类型”是“完整”。
3. 在“备份组件”下面,选择“文件和文件组”选项。
4. 在“选择文件和文件组”对话框中,选择 Secondary 旁边的复选框,并单击“确定”按钮(应该注意到 Sales_Data_2 旁边的框自动复选)。

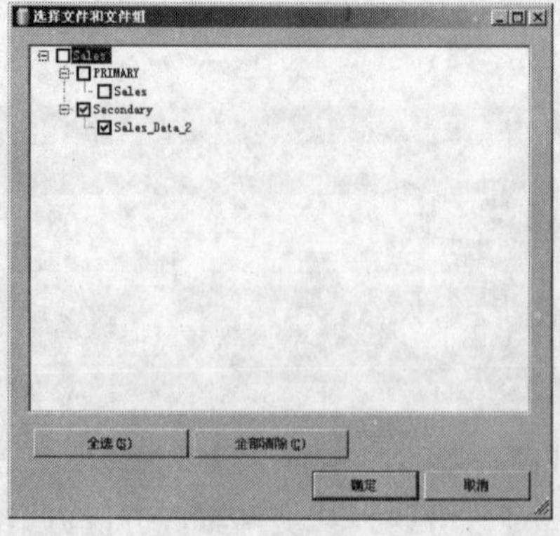

5. 保留“名称”文本框中的默认名称。在“说明”框中，输入 Filegroup Backup of Sales。
6. 在“目标”下面，确保 AdvWorksFull 设备是仅有的一个设备。

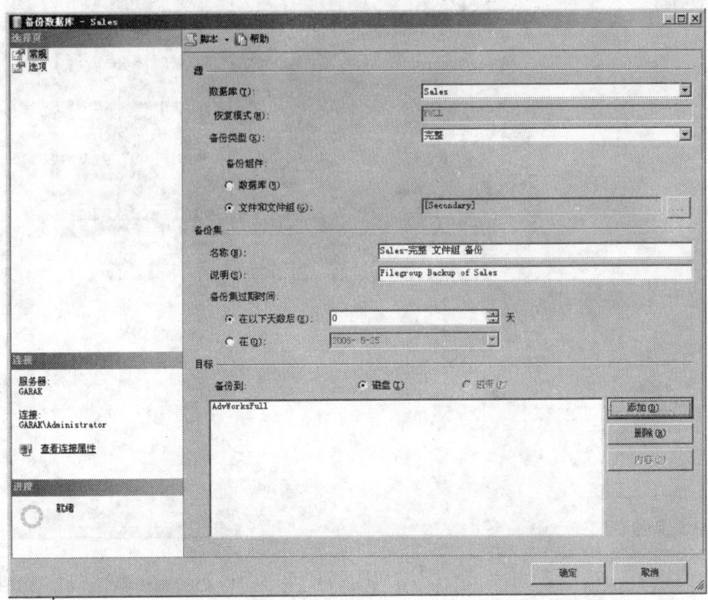

7. 在“选项”页面上，确保“追加到现有备份集”选项得到选中，以免覆盖现有的完整备份。
8. 在“选项”页面上，选择“完成后验证备份”选项。

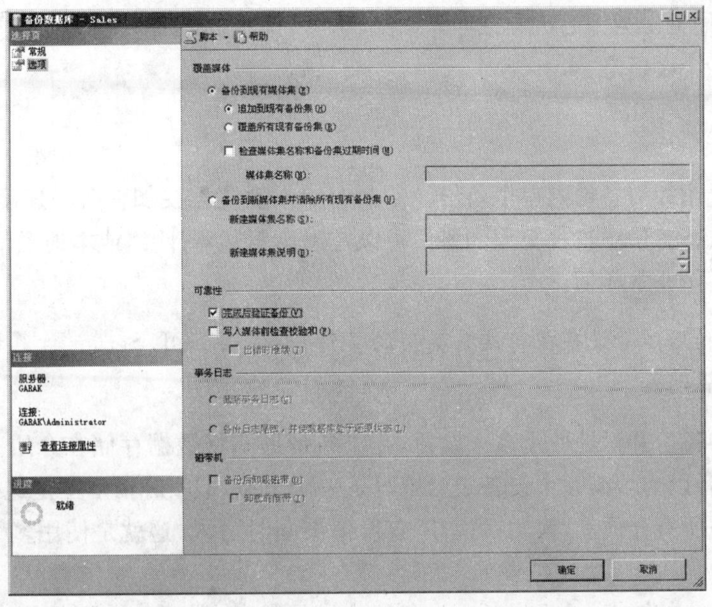

9. 单击“确定”按钮开始备份。

在备份了 Sales 数据库的一个文件后，下面验证该文件确实在备份设备上：

1. 在 SQL Server Management Studio 的“对象资源管理器”窗口中，展开“服务器对象”下的“备份设备”。
2. 右击 AdvWorksFull 设备，并选择“属性”选项。
3. 在“媒体内容”页面上，应该看到 Sales 数据库的文件组备份。

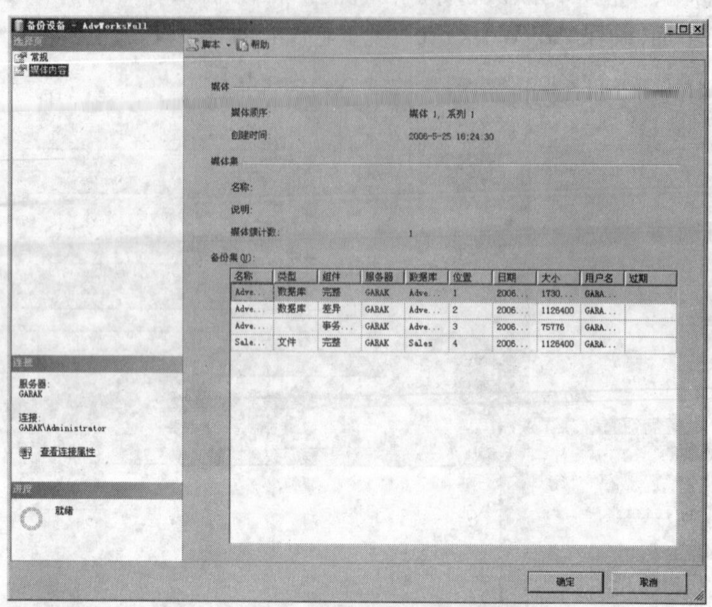

4. 单击“关闭”按钮,然后单击“确定”按钮返回到 SQL Server Management Studio。

说明:也可以将 Sales 数据库备份到另一个名为 Sales 的备份设备上;我们希望将它备份到了一个现有设备上,以便做练习的速度更快。

至此,这 4 种备份类型的机制已经介绍完毕。下面将介绍一种使备份速度更快的备份技巧——备份到多个设备上。

备份到多个设备上

前面一直介绍如何备份到单个备份设备上。如果确实需要加快备份速度,则可以同时对多个备份设备执行备份。这种类型的备份可以在硬盘驱动器、网络或本地磁带驱动器上执行,与执行平常的备份非常相似。

说明:如果利用磁带设备执行这种类型的备份,则需要 SQL Server 计算机上有多个本地磁带驱动器。

这种类型的备份并行地使用多个设备,并以条带形式将数据存储在介质上。这是什么意思呢?也许,读者以为填满一个设备之后填写下一个设备,但实际情形不是这样。数据以条带形式被同时写到所有介质上,换句话说,所有设备被同时写入;这就是使用多个设备执行备份操作会更快的原因。

仅有一个小小的缺点:一旦将备份设备组合在了一起,就不能分开使用它们。如图 16.2 所示,如果将 AdventureWorks 数据库备份到 3 个设备上(BD1、BD2 与 BD3),就不能将另一个数据库只备份到 BD3 上,必须同时用这 3 个设备执行这个备份。这 3 个设备现在被作为一个介质集来对待,并且不能分开使用,否则就会丢失这个介质集上所存储的所有备份。

说明:通过格式化介质集中的文件,可以将那些文件分散到介质集中,但这么做会使整个介质集变得毫无用处——应当格式化介质集中的所有设备。

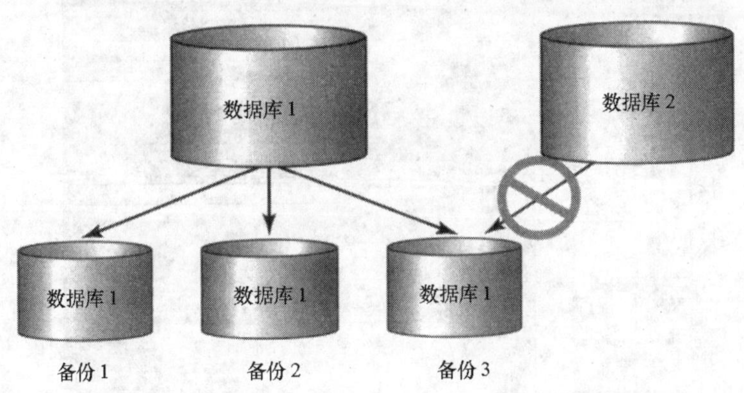

图 16.2　同一个介质集中的备份设备不能分开使用

要利用多个设备执行备份，必须再创建两个备份设备，然后执行备份。步骤如下：

1. 从“开始”菜单上选择“程序”➤ Microsoft SQL Server 2005 ➤ Management Studio 选项打开 SQL Server Management Studio。在“对象资源管理器”中，展开服务器，然后展开“服务器对象”。
2. 右击“对象资源管理器”窗口中的“备份设备”图标，并选择“新建备份设备”选项。
3. 在“备份设备”对话框的“设备名称”框中，键入 PSDev1。应该注意到，文件名和路径已经自动填入。确保 SQL Server 所选择的硬盘驱动器上有足够的自由空间。
4. 单击“确定”按钮创建该设备。
5. 右击“对象资源管理器”窗口中的“备份设备”图标，并选择“新建备份设备”选项。
6. 在“备份设备”对话框的“设备名称”框中，键入 PSDev2。应该注意到，文件名和路径已经自动填入。确保 SQL Server 所选择的硬盘驱动器上有足够的自由空间。
7. 单击“确定”按钮创建该设备。

当创建了多个设备之后，就可以执行并行条带备份。在本例中，我们将执行 Model 数据库的完整备份：

1. 右击“系统数据库”下面的 Model，指向“任务”，然后单击“备份”选项。
2. 在“备份数据库”对话框中，确保 Model 是要备份的选定数据库，并且“备份类型”是“完整”。
3. 保留“名称”文本框中的默认名称。在“说明”框中，键入 Full Backup of Model。
4. “目标”下面可能已列出一个磁盘设备。如果是，选择该设备，并单击“删除”按钮。
5. 在“目标”下面，单击“添加”按钮。
6. 在“选择备份目标”框中，单击“备份设备”选项，选择 PSDev1 设备，然后单击“确定”按钮。
7. 在“目标”下面，单击“添加”按钮。
8. 在“选择备份目标”框中，单击“备份设备”选项，选择 PSDev2 设备，然后单击“确定”按钮。

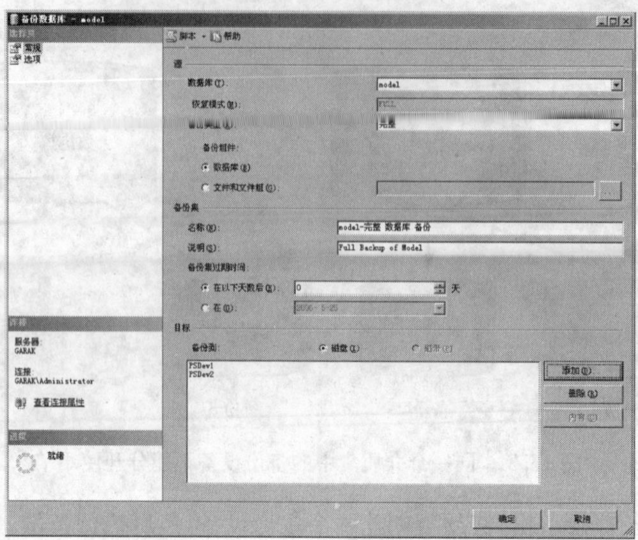

9. 在"选项"页面上,选择"覆盖所有现有备份集"选项。该选项初始化崭新的设备或覆盖现有的设备。
10. 复选"完成后验证备份"选项来核对实际数据库与备份副本,并确保它们在备份完成之后是一致的。
11. 单击"确定"按钮开始备份。

接下来,可以验证该备份确实在指定的两个设备上:

1. 在 SQL Server Management Studio 的"对象资源管理器"窗口中,展开"服务器对象",然后展开"备份设备"。
2. 右击 PSDev1 或 PSDev2(右击哪个都无关紧要),并选择"属性"选项。
3. 在"备份设备"对话框中,应该在"媒体内容"页面上看到 Model 数据库的备份。还应该注意到"媒体簇计数"属性是 2——表示这是一个多设备备份的一部分。

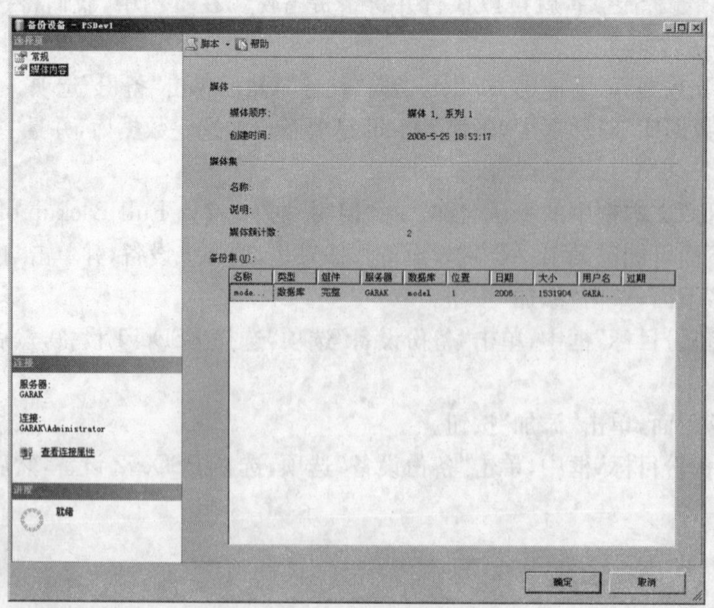

4. 单击“确定”按钮返回到 SQL Server Management Studio。

知道如何执行各种类型的备份是极其重要的，但如果不知道如何恢复，备份则毫无用处。接下来，我们将介绍恢复过程。

提示：利用 Transact-SQL backup 语句，可以给备份集或介质集设置一个保护数据的密码。如果设置了密码，那么用户必须有该密码才能备份和从受保护的备份集或介质集中恢复数据。

高级备份选项

有两个比较高级的选项可以用来帮助执行数据库备份。

仅复制数据库　有时，除了平常的备份方案之外，也需要建立数据库的一个特殊备份。例如，可能需要将数据库的副本发送到一个远离现场的某个地方保管。为了在执行备份时不丢掉备份的其余部分，可以创建一个仅复制备份，这个备份建立数据库的备份而又不以任何方式影响日志或数据库。使用 BACKUP 语句的 COPY_ONLY 选项即可达到这个目的。

局部完全与差异备份　局部备份是一种特殊类型的备份，只能与文件组一起使用。它只能备份 PRIMARY 文件组和所有读/写文件组，不能备份只读文件组。由于只读文件组是不变的，所以只是偶尔才需要备份它们。因此，局部备份执行起来比较快。要执行局部备份，可以使用 BACKUP 语句的 READ_WRITE_FILEGROUPS 选项。

说明：备份数据库的另一种方法是用“复制数据库向导”将数据库复制到另一个服务器上。本章后面将讨论这个向导。

恢复数据库

数据库管理员最怕看到的现象就是数据库瘫痪。瘫痪的数据库在 SQL Server Management Studio 中一目了然，因为 SQL Server 会在可疑数据库右边的括弧内显示 Shutdown 字样。这表明那些数据库中出现了严重情况；讹误的磁盘就是一个可能的故障原因。

但是，可疑或讹误的数据库并不是执行恢复的惟一原因。例如，可能需要将数据库之一的副本发送到总公司或分公司以实现同步；也可能需要从错误或恶意的数据更新中恢复数据。这些原因（和许多其他原因）让了解如何执行恢复变得相当重要。

标准恢复

数据库恢复的步骤并不多，但有一个很重要的设置需要先了解，然后才能承担这项任务。如果 RECOVERY 选项设置不正确，则数据库恢复的工作可能会全部白费。RECOVERY 选项通知 SQL Server，数据库恢复过程已经结束，用户可以重新开始使用数据库。这个选项只能用于恢复过程的最后一个文件。

例如，如果执行了完整备份，接着执行了差异备份，然后执行了事务日志备份，那么必须恢复所有这 3 个文件才能使数据库恢复到一致状态。如果在恢复差异备份时指定了 RECOVERY 选项，那么 SQL Server 将不允许再恢复其他任何备份；实际上，这相当于通知 SQL

Server,恢复过程已经结束,它应该允许用户可以重新使用数据库。如果有多个文件需要恢复,则必须在除了最后一个文件之外的所有文件中指定 NORECOVERY 选项。

需要说明的是,SQL Server 记住原文件在备份时的存放位置。因此,如果备份来自 D 盘的文件,SQL Server 就会将它们恢复到 D 盘上。这个特性是非常有用的,除非 D 盘已经发生了故障,并需要将数据库转移到 E 盘上。这产生了另外一个问题:如果备份了总公司服务器上的数据库,并需要将它恢复分公司服务器上,怎么办? 在这种情况下,需要使用 MOVE...TO 选项。MOVE...TO 选项允许备份一个地方的数据库,然后将它们转移到另外一个地方。

最后,SQL Server 在允许恢复数据库之前,先执行安全检查,以保证不会意外地恢复错误的数据库。SQL Server 首先比较正要恢复的数据库名称与备份设备中记录的数据库名称。如果两者不同,SQL Server 不执行恢复。换句话说,如果服务器上有一个名为 Accounting 的数据库,而用户正试图从备份设备上恢复一个名为 Acctg 的数据库的备份,那么 SQL Server 将不执行这个恢复。这是个救命的特性,除非正试图用备份中的数据库覆盖现有的数据库。如果确实需要这么做,则需要指定 REPLACE 选项。这个选项的作用是忽略安全检查。

利用以上描述,随时可以恢复数据库。首先,将某个数据库变成可疑数据库,以便确切了解 SQL Server 为了恢复该数据库将会做些什么。具体地说,我们将先搞乱 AdventureWorks 数据库。步骤如下:

1. 从"开始"菜单上打开"计算机管理"。
2. 展开"服务",并选择 SQL Server 服务。
3. 右击右窗格中的 SQL Server,并选择"停止"选项。当被问到是否希望停止 SQL Server Agent 服务时,单击"是"按钮。
4. 查找 AdventureWorks_Data.mdf 文件(通常位于 C:\Program Files\Microsoft SQL Server\MSSQL.1\MSSQL\Data\目录中)。
5. 将该文件重命名为 AdventureWorks_Data.old。
6. 查找 AdventureWorks_Log.ldf 文件,并将它重命名为 AdventureWorks_Log.old。
7. 从"计算机管理"中,重新启动 SQL Server Agent 和 SQL Server 服务。
8. 打开 SQL Server Management Studio,并展开服务器下的"数据库"。AdventureWorks 数据库应该被标记上 Shutdown 字样。

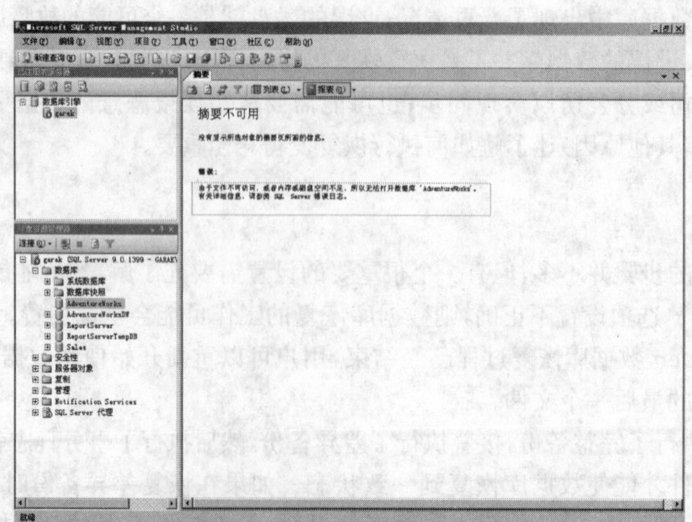

说明：必须停止所有 SQL Server 服务，因为在这些服务运行时，所有数据库都被认为是打开的文件——将无法在 SQL Server 之外使用它们。

既然有了一个可疑的数据库，就可以开始恢复它了：

1. 右击 AdventureWorks 数据库，并选择“还原数据库”选项。
2. 在“还原数据库”对话框中，从“目标数据库”下拉列表框中选择 AdventureWorks 数据库。
3. 在“还原的源”下面选择“源设备”选项。单击文本框旁边的省略号按钮(…)选择一个设备。
4. 在“指定备份”对话框中，从“备份媒体”下拉列表中选择“备份设备”选项，并单击“添加”按钮。
5. 在“选择备份设备”对话框中，选择 AdvWorksFull 设备，并单击“确定”按钮。

6. 单击“确定”按钮关闭“指定备份”对话框。

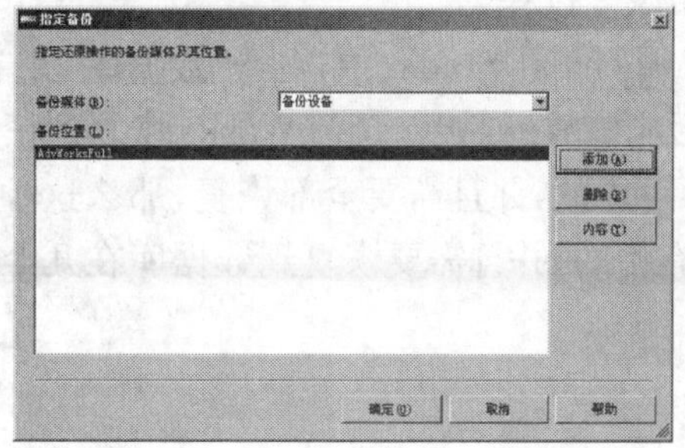

7. 在“选择用于还原的备份集”下面，复选所有 3 种备份(完全、差异和事务日志)。这么做将使数据库恢复到最新状态。

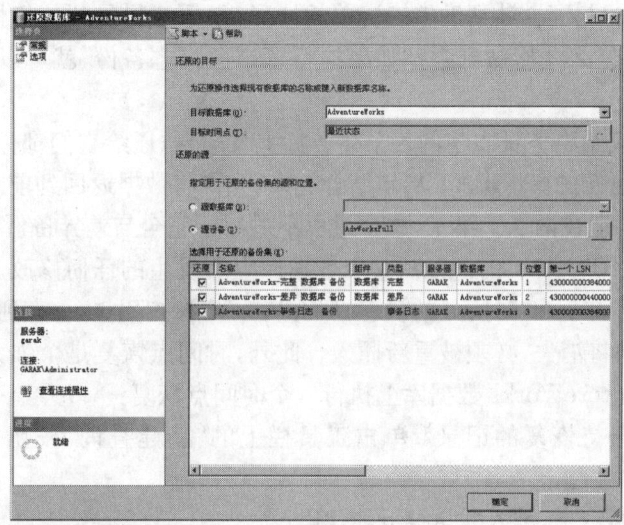

8. 在“选项”页面上,确保 RESTORE WITH RECOVERY 选项处于选中状态,因为没有另外的数据库要恢复。

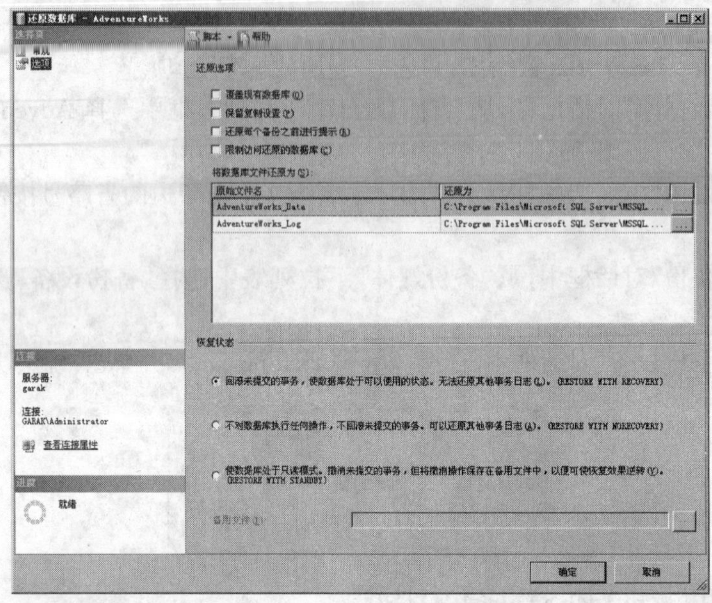

9. 单击“确定”按钮开始恢复过程。
10. 在 SQL Server Management Studio 中,右击“数据库”并单击“刷新”选项。
11. 展开“数据库”,然后应该看到 AdventureWorks 恢复到正常状态。

如果整个数据库变得不可靠的,并且需要全部恢复,那么这种类型的恢复是非常有用的。但是,如果只有几条记录是有害的,并且需要恢复到数据库在几个小时前所处的状态,怎么办呢?

时间点恢复

当会计月末结算月度账本时,管理人员通常会接到将数据恢复到前一个状态的请求。最常见的请求听起来如下:“我们忘了带账本,能帮我们将数据回复到昨天下午 2:00 左右的状态吗?”这时,管理人员想起了会计帮助签工资单的情形,很乐意尽量帮他们忙,因此告诉他们这能做到。或许会问“怎么才能做到呢?”如果执行了事务日志备份,就可以执行一个时间点恢复。

SQL Server 不仅给事务日志中的每个事务标上日志号,还给它们都标上一个时间。这个时间与 RESTORE 语句的 STOPAT 从句结合起来,允许将数据返回到前一个状态。但是,在使用这个过程时需要记住两点。第一,这个过程不适用于完全与差异备份,只适用于事务日志备份。第二,将失去 STOPAT 时间以后整个数据库上所发生的任何修改。例如,如果将数据库恢复到它在昨天下午 2:00 时所处的状态,那么从昨天下午 2:00 一直到执行数据库恢复时被修改的任何东西都将消失,必须被重新插入。此外,时间点恢复是个强大而又有用的工具。下面就用它在 AdventureWorks 数据库上执行一个时间点恢复:

1. 需要添加一条待恢复的记录。单击工具栏上的“新建查询”按钮打开一个新的 SQL Server 查询窗口。
2. 要创建一条新记录,键入并执行下列代码:

```
USE AdventureWorks
INSERT HumanResources.Shift(Name, StartTime, EndTime, ModifiedDate)
VALUES('Test Shift 1',getdate()+1,getdate()+2,getdate())
```

3. 请注意这时的时间。
4. 等待 2 分钟,清除查询屏幕,然后用下列代码插入一条新记录:

```
USE AdventureWorks
INSERT HumanResources.Shift(Name, StartTime, EndTime, ModifiedDate)
VALUES('Test Shift 2',getdate()+1,getdate()+2,getdate())
```

5. 要查看这两条记录,清除查询窗口,然后键入并执行下列代码:

```
USE AdventureWorks
SELECT * FROM HumanResources.Shift
```

6. 要执行一个时间点恢复,必须执行一个事务日志备份。打开 SQL Server Management Studio。展开服务器,然后展开“数据库”。
7. 在“对象资源管理器”中,右击 AdventureWorks 数据库,指向“任务”选项,并从弹出的菜单中选择“备份”选项。
8. 在“备份数据库”对话框中,确保 AdventureWorks 是要备份的选定数据库,并且“备份类型”是“事务日志”。
9. 保留“名称”文本框中的默认名称。在“说明”框中,输入 Point-in-Time Backup of AdventureWorks。
10. 在“目标”下面,确认 AdvWorkFull 设备已列出。

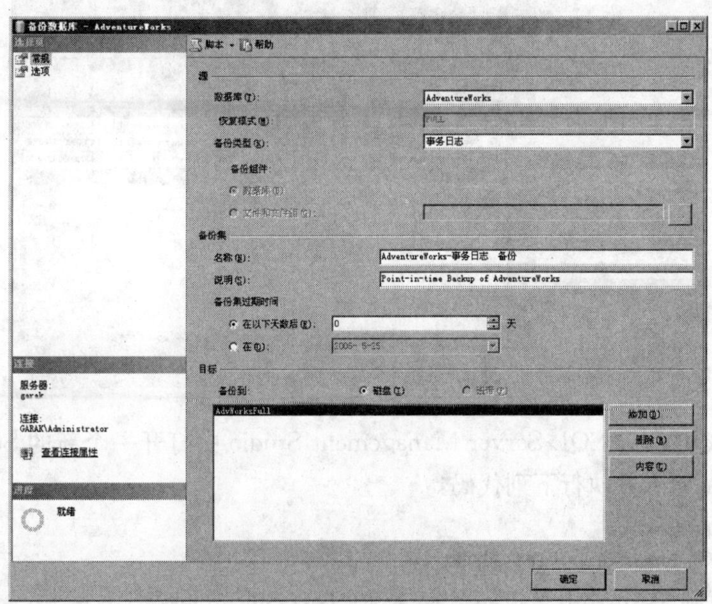

11. 在“选项”页面上,确保“追加到现有备份集”选项处于选中状态,以免覆盖现有的完整备份。
12. 在“选项”页面上,选择“完成后验证备份”选项。
13. 单击“确定”按钮开始备份。

刚才创建了两条新记录,并执行了一个事务日志备份。现在,准备将数据库退回到添加第二条记录之前的时间点,以测试时间点恢复的功能。

1. 打开 SQL Server Management Studio。展开服务器，然后展开“数据库”。
2. 右击 AdventureWorks 数据库，指向“任务”选项，转到“还原”选项，并选择“数据库”选项。
3. 单击“日标时间点”文本框旁边的省略号按钮。
4. 在“时点还原”对话框中，键入上一个步骤系列的第 3 步中的时间，并单击“确定”按钮。

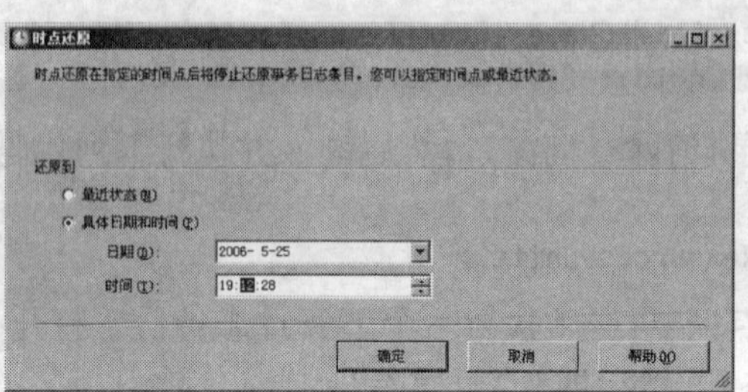

5. 确保正从 AdvWorkFull 设备上恢复。选取该设备中的所有可用备份，并单击“确定”按钮执行恢复。

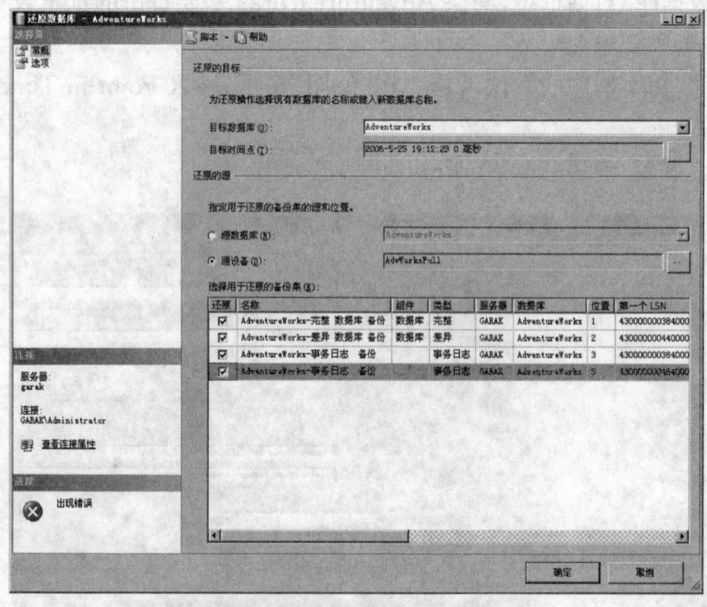

6. 要测试该恢复，在 SQL Server Management Studio 中打开一个新的 SQL Server 查询窗口，然后键入并执行下列代码：

```
USE AdventureWorks
SELECT * FROM HumanResources.Shift
```

7. 应该注意到 Test Shift 2 已不复存在，但 Test Shift 1 仍在。

还有一种对超大型数据库迟早有用的恢复类型：分段恢复。

分段恢复

分段恢复用于恢复主文件组和(随意地)一些辅助文件组，并让用户可以访问它们。剩余的辅助文件组可以随后恢复，如果需要的话。

在本章前面，我们给 Sales 数据库添加了一个文件组，给该文件组添加了一个表，在表中创建了一些记录，然后备份了这个辅助文件组。但是，必须先备份主文件组，然后才能执行分段恢复，因此我们先执行Sales数据库的一个备份：

1. 在"对象资源管理器"中右击Sales数据库，指向"任务"选项，并选择"备份"选项。
2. 在"备份数据库"对话框中，确保Sales是要备份的选定数据库，并且"备份类型"是"完整"。
3. 在"备份组件"下面，选择"文件和文件组"选项。
4. 在"选择文件和文件组"对话框中，选择Sales旁边的复选框，并单击"确定"按钮(请注意，该列表中的其他所有框均自动复选)。
5. 保留"名称"文本框中的默认名称。在"说明"框中，键入Piecemeal Backup of Sales。
6. 在"目标"下面，确保AdvWorksFull设备是列出的惟一设备。

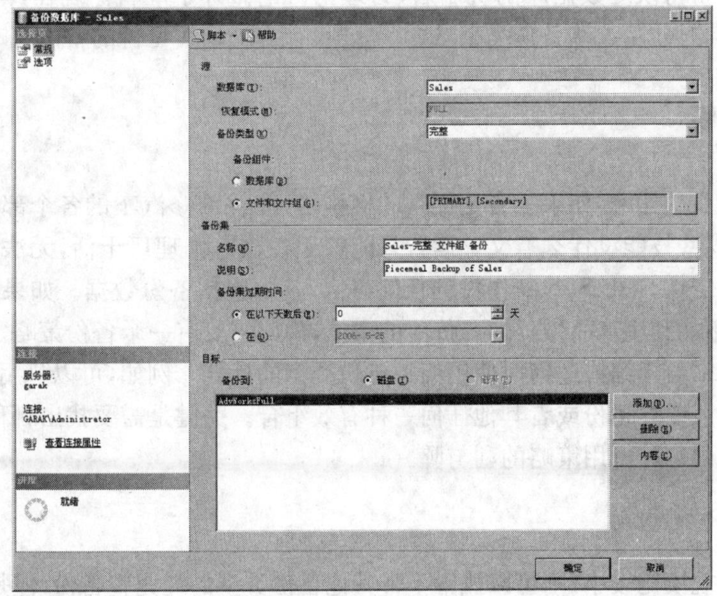

7. 在"选项"页面上，确保"追加到现有备份集"选项处于选中状态，以免覆盖现有的备份。
8. 在"选项"页面上，选择"完成后验证备份"选项。
9. 单击"确定"按钮开始备份。

下面将执行Sales数据库到一个名为sales_part的新数据库的局部恢复，以便了解分段恢复如何工作：

1. 在SQL Server Management Studio中，单击"新建查询"按钮打开一个新的SQL Server查询窗口。
2. 键入并执行下列代码将Sales数据库恢复到一个名为sales_part的新数据库上：

```
RESTORE DATABASE sales_part
  FILEGROUP = 'PRIMARY'
  FROM DISK='C:\Program Files\Microsoft SQL
Server\MSSQL.1\MSSQL\Backup\AdvWorksFull.bak'
  WITH FILE=6,RECOVERY,PARTIAL,
  MOVE 'sales' TO 'C:\sales2.pri',
  MOVE 'sales_log' TO 'c:\sales2.log'
```

3. 要测试该恢复，键入并执行下列代码：

```
USE sales_Part
SELECT * FROM Employees
```

4. 这段代码应该运行不成功,因为包含 Employees 表的文件组没有被恢复。键入并执行下列代码:

```
USE Sales_Part
SELECT * FROM Customers
```

5. 关闭查询窗口。

这个步骤系列演示了分段恢复过程的各种能力。它可以用来将主文件组和(任意地)其他文件组恢复到同一个或另一个数据库中,并让用户可以访问它们。其余文件组可以后来恢复。

在掌握了备份与恢复数据库的机制后,为理论讨论做好了准备。现在,不仅需要知道如何,还需要知道何时使用这些备份类型,这就需要设计一个切实可行的备份策略。

设计备份策略

回到本章开头的比喻,如果读者是优秀的机修工,能够维修汽车的各个部件,但却不知道如何开车,那么这些技能没什么意义。读者只能整天在汽车修理厂干活,无法开车出去兜风。这个道理也适用于在 SQL Server 中做的任何事情,其中包括备份数据。如果读者只懂技巧,而不懂理论,就不能利用产品做任何有价值的事情,因此需要有一个备份策略。

备份策略是一份详细描述何时使用何种备份类型的计划。例如,可以只用完整备份,也可以使用完整备份兼差异备份或者其他任何一种有效组合。关键是需要找出哪种组合适合具体环境。下面将探讨每种可用策略的利与弊。

纯完整备份

如果数据库规模比较小,则可以执行不带其他备份类型的纯完整备份,但是需要理解怎样才算比较小。就备份而言,数据库的规模是相对于备份介质的速度而言的。例如,200MB 的数据库比较小,但如果有一个较老式的磁带驱动器,并且它整个晚上都不能备份一个 200MB 的数据库,那么不能指望每晚都在这样的磁带驱动器上执行完整备份。相反,如果有一套在几小时内就能完成 1GB 备份的硬件,则可以考虑执行一个纯完整备份。没有一条放之四海而皆准的原则,具体情况必须具体分析。

纯完整备份策略的缺点是在与其他策略相比时提供一个相对较慢的备份。例如,如果每晚对一个 100MB 的数据库执行完整备份,则每晚需要备份 100MB 的数据。如果使用完整兼差异备份,则每晚不必备份 100MB 的数据。

纯完全策略的主要优点是恢复过程比使用其他策略快,因为它只用一盘磁带。例如,如果每晚执行一个完整备份,并且星期四数据库出现故障,那么只要利用星期三晚上的完整备份即可恢复数据库,因为只用了一盘磁带。同样情况下,其他策略需要更长的时间,因为有多盘磁带需要恢复。

纯完全策略的另一个缺点涉及到事务日志。本章前面曾经介绍过,事务日志只在执行事务日志备份时才被清除。因此,如果使用纯完整备份策略,事务日志有填满和将用户锁在数据库之外的危险。避开这个问题有两种办法。第一,可以设置数据库的“trunc. log on chkpt.”

选项，用于通知 SQL Server 在每次从日志写到数据库上时彻底清除日志（一个叫做点校验的过程）。但是，这并不是最佳解决方案；将失去最新可恢复性，因为服务器每次执行点校验时都会删除最新事务。如果数据库瘫痪，只能将它恢复到上一个完整备份的时刻。

另一个比较巧妙的选择是执行完整备份，紧接着利用 TRUNCATE_ONLY 从句执行一个事务日志备份。在使用这条从句时，服务器将不备份事务日志，只是将它清空。这样，当数据库瘫痪时，可以使用 NO_TRUNCATE 从句执行一个事务日志备份。NO_TRUNCATE 从句通知服务器不要删除日志中已有的内容，以便它的内容能够用在恢复过程中。这种方法不仅提供一个干净的事务日志，还提供最新可恢复性。

提示： 无论发生什么数据库故障，应该做的第一件事情是使用 NO_TRUNCATE 选项和事务日志备份拯救孤立的日志。

完整兼差异备份

如果数据库太大，以至于无法每晚执行一个完整备份，应该考虑在纯完全策略上增加差异策略。完整兼差异策略比纯完全策略提供一个更快的备份。如果使用纯完整备份策略，每次执行备份时都备份整个数据库。如图 16.3 所示，如果使用完整兼差异备份策略，执行备份时只备份自上一个完整备份以来数据库中发生的变化，因而比备份整个数据库快得多。

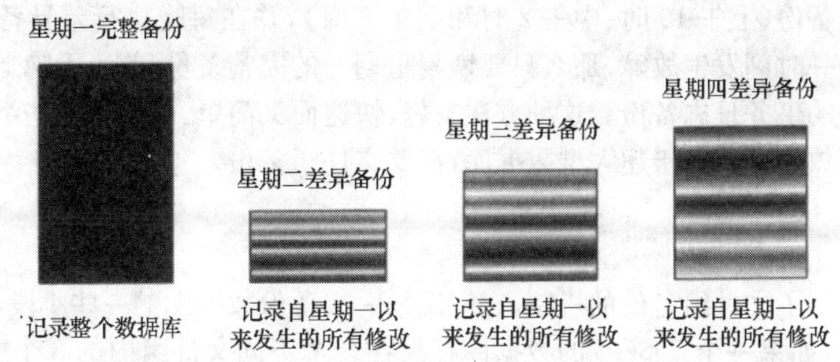

图 16.3　差异备份比完整备份快，因为差异备份只记录自上一个完整备份以来数据库中发生的变化

完全/差异策略的主要缺点是恢复过程比纯完全策略慢，因为完全/差异备份策略要求恢复多个备份。假设星期一晚上执行完整备份，星期二到星期日晚上执行差异备份，而数据库在星期三发生了故障。为了将数据库恢复到一致状态，将需要恢复星期一的完整备份和星期二的差异备份。如果数据库在星期四发生了故障，为了将数据库恢复到一致状态，将需要恢复星期一的完整备份和星期三的差异备份。如果数据库在星期五发生了故障，为了将数据库恢复到一致状态，将需要恢复星期一的完整备份和星期四的差异备份。

要了解的另一个缺点是完整/差异备份策略不清除事务日志。如果选择使用这个策略，应该使用 TRUNCATE_ONLY 从句备份事务日志，以便手工清除事务日志。

完整兼事务日志备份

不管数据库是不是超大型的，需要考虑的另一种方法是完全/事务日志备份。这种方法有几个优点。第一，它是让事务日志保持整洁的最佳方法，因为这是从事务日志中清除旧事务的惟一备份类型。

这种方法也提供一个非常快的备份过程。例如，可以在星期一执行一个完整备份，然后在一周内的其他时间每天执行 3 到 4 个事务日志备份。这是可以接受的,因为 SQL Server 执行联机备份,而且事务日志备份通常既小又快(用户应该很少察觉到)。

事务日志备份也是惟一提供时间点恢复功能的备份类型。那么,应该多长时间用它一次呢?如果公司里有不熟练的员工,可能会经常使用这个功能,因此最好是拥有时间点恢复功能,以备不时之需。

这个策略的缺点是恢复过程比使用纯完全策略或完全/差异策略稍慢。出现这种情况是因为有较多要恢复的备份,而且给恢复过程增加的工作量越多,速度就越慢。例如,假设在星期一执行完整备份,并在一周内的其他时间每天执行 3 个事务日志备份(上午 10 时、中午 2 时和下午 6 时)。如果数据库在星期二下午 3 时发生故障,那么只需要恢复星期一的完整备份和星期二上午 10 时与下午 2 时的事务日志备份。但是,如果数据库在星期四下午 3 时发生故障,那么需要恢复星期一的完整备份以及在故障出现前的星期二、星期三和星期四所创建的所有事务日志备份。因此,虽然这种备份类型可能有令人惊讶的速度,但它需要一个很长的恢复过程。比较好的办法可能是将所有 3 种备份类型组合起来。

完整、差异和事务日志备份

如果将所有 3 种备份类型组合起来,可以得到最佳效果。备份与恢复过程仍然是比较快的,而且可以利用时间点恢复功能。假设在星期一执行完整备份,在一周内的其他时间每天执行 3 个事务日志备份(上午 10 时、中午 2 时和下午 6 时),并在每晚执行差异备份。如果数据库在一周内的任一时刻发生故障,那么只要恢复星期一的完整备份、前一天晚上的差异备份和当天发生故障前的事务日志备份。这种方法友好、快速而又简单。然而,这些组合当中无任何一个适合超大型数据库。对于超大型数据库,需要文件组备份。

文件组备份

本章前面介绍了文件组备份的机制,它们用来一次备份数据库的一些小段,而不是备份整个数据库。例如,如果一个 700GB 的数据库存放在 3 个不同文件组内的 3 个文件中,这个备份类型迟早会派上用场。可以每月执行一次完整备份,然后每周备份一个文件组备份。每天,执行可获得最大可恢复性的事务日志备份。

假设包含该数据库的第三个文件的磁盘出现故障,如果使用前面讨论的其他备份策略,需要先恢复完整备份,然后恢复其他备份。如果使用文件组备份策略,则不必先恢复完整备份,只需要恢复故障文件组的备份和备份该文件组之后创建的事务日志备份。如果星期三备份的第三个文件组在星期五发生故障,那么只需要恢复星期三的文件组备份、星期四的事务日志备份以及星期五发生故障前的事务日志备份。

说明:SQL Server 完全能确定哪个事务属于哪个文件组。当恢复事务日志时,SQL Server 只应用属于故障文件组的事务。

备份有非常丰富的内容,也很重要。下面将介绍管理与维护的下一个阶段:维护数据库中的索引。

维护索引

第 12 章曾经介绍过,大多数 SQL Server 表需要索引来提高数据访问速度。如果没有这些索引,SQL Server 必须执行表扫描,因而必须读取表中的每一条记录,才能找到所要的数据。有两种类型的索引可以用来提高数据访问速度:群集索引和非群集索引。群集索引物理地重排表中的数据,而非群集索引比较像书后的索引,因而维护指向表中数据的指针。不管使用哪种类型的索引,都必须对它们执行维护,以保证它们有最高的工作效率。

首先要注意的是索引(特别是群集索引)内的分页。第 12 章已经介绍过,一旦数据页面填充到 100%,并且还有另外的数据要添加到它上面,立即发生分页。例如,假设有一个基于姓氏的群集索引,而包含以 A 开头的姓氏的页面已经填充到 100%。现在,需要添加一个姓 Addams 的客户。SQL Server 将设法将该姓氏添加到包含以 A 开头的姓氏的页面上,但是它将会失败,因为该页面上再也没有空间。由于 SQL Server 意识到以后可能还需要添加这类记录,所以从该页面上取出一半的记录,并将它们存放到一个新页面上。然后,SQL Server 将这个新页面链接到它的前一页和后一页。

分页有几个缺点。第一,新建页面是没有次序的。因此,SQL Server 在查找数据时不再是从一页到下一页,而是必须在数据库内跳来跳去,才能找到它所需要的下一个页面。这称为存储碎片。不仅如此,SQL Server 还必须花时间删除满页中的一半记录,将它们重新写到新页面上。

令人感到惊奇的是,分页在联机事务处理(OLTP)环境中有一个好处。OLTP 环境中发生大量的写入和更新操作,而且这些操作可以利用分页所提供的所有额外空间。然而,大多数时候,需要重建索引来消除分页所产生的存储碎片。此前,需要确定索引的碎裂程度是否严重到有足够的重构理由。确定这种状况的方法是通过查询 DM_DB_INDEX_PHY－ SICAL_STATS。

使用 DM_DB_INDEX_PHYSICAL_STATS

为了消除数据库存储碎片的影响,需要重新组织或者彻底重构表上的索引。这是非常费时的,因此只应该在必要时才做这件事情。了解索引是否需要重构的惟一方法是执行 DM_DB_INDEX_PHYSICAL_STATS。

提示: 在 SQL Server 的以前版本中,一直使用 DBCC SHOWCONTIG 来查找索引存储碎片,但那种方法现在已过时。

使用一条简单的 SELECT 查询,就可以从 DM_DB_INDEX_PHYSICAL_STATS 中获取信息。语法如下:

```
sys.dm_db_index_physical_stats
(
    { '[ database_name . [ schema_name ] . | schema_name ] table_name'
        | NULL
        | DEFAULT
    }
    , { 'index_name' | NULL | DEFAULT | '*' }
    , { partition_id | NULL | DEFAULT | 0 }
    , { 'mode' | NULL | DEFAULT }
)
```

下面是各个变元的含义:

- database_name 是个字符串,用于指定数据库名称。

- schema_name 是个字符串,用于指定架构名称。
- table_name 是个字符串,用于指定表名。该变元也可以是 NULL 或 DEFAULT——返回数据库中的所有表和视图。
- ındex_name 是个字符串,用于指定具体索引的名称。该变元也可以是 NULL、DEFAULT 或 *。NULL 和 DEFAULT 只返回基础表,该表可以是个群集索引或堆。* 返回表上的所有索引。
- partition_id 是待查询分区的编号(如果数据库经过分区)。NULL、DEFAULT 和 0 返回所有分区;其他任意一个非负值返回某个指定分区的数据。
- mode 是要用在数据库上的扫描级别方式。有效值是 DEFAULT、NULL、LIMITED、SAMPLED 和 DETAILED。默认值是 LIMITED。

查询时,DM_DB_INDEX_PHYSICAL_STATS 返回一个表,其中包含表 16.1 所列出的各个列。

表 16.1 DM_DB_INDEX_PHYSICAL_STATS 输出的含义

列名	数据类型	描述
TableName	nvarch	表或索引视图的名称
IndexName	nvarchar	索引的名称
PartitionNumber	Int	代表索引或表的分区号。如果表或索引没有经过分区,这个值为 1
IndexType	nvarchar	索引或分配单元类型的描述。可能的值是堆、群集索引、非群集索引、大对象(LOB)数据或者行溢出对象
Depth	Int	索引层的数量,包括页层。这个值为 1 表示堆、行溢出或 LOB 对象
AvgFragmentation	Float	逻辑碎片百分比。这个值为 0 表示堆、行溢出或 LOB 对象
Fragments	Bigint	索引中的碎片数量。这个值为 0 表示堆、行溢出或 LOB 对象
AvgFragmentSize	Float	索引的某个碎片中的平均碎片数量。这个值为 0 表示堆、行溢出或 LOB 对象
Pages	Bigint	数据页面的总数量
AvgPageFullness	Float	页面满度的平均百分比。这个值在 LIMITED 扫描方式中为 NULL
Records	Bigint	索引叶层中的记录数量。这个值为 0 表示堆、行溢出或 LOB 对象,在 LIMITED 扫描方式中为 NULL
GhostRecords	Bigint	快照隔离事务已经释放的虚幻记录数量。这个值在 LIMITED 扫描方式中为 NULL
VersionGhostRecords	Bigint	未完成的快照隔离事务已经释放的虚幻记录数量。这个值在 LIMITED 扫描方式中为 NULL
MinimumRecordSize	Int	索引叶层中的最小记录长度。这个值在 LIMITED 扫描方式中为 NULL
MaximumRecordSize	Int	索引叶层中的最大记录长度。这个值在 LIMITED 扫描方式中为 NULL
AverageRecordSize	Int	索引叶层中的平均记录长度。这个值在 LIMITED 扫描方式中为 NULL
ForwardwsRecords	Int	堆中的发送记录数量。这个值在 LIMITED 扫描方式中为 NULL,为 0 表示除了堆之外的任何对象

扫描方式每个都有优缺点,如表 16.2 所描述。

表 16.2　扫描方式

方式	描述	优点	缺点
Limited	仅读取父层页面	这是最快的方式。该方式精确，并允许扫描期间的并发访问	仅计算统计的一个子集
Sampled	读取父层页面，100%地扫描具有少于10000个页面的索引。否则，同时1%和2%地扫描它们。如果两者之间的差很接近，报告2%扫描；否则，执行10%取样	该方式比详细扫描快。它计算所有统计，并允许扫描期间的并发访问	计算出的统计可能不是100%精确
Detailed	读取父层页面和所有叶层页面	该方式基于所有可用数据计算所有统计	这是最慢的方式，并且扫描期间禁止数据修改

如果需要查找 AdventureWorks 数据库内的 Sales. SalesOrderDetail 表上的存储碎片，可以使用下列查询：

```
USE AdventureWorks;
SELECT IndexName, AvgFragmentation
FROM sys.dm_db_index_physical_stats ('Sales.SalesOrderDetail', DEFAULT, DEFAULT,
'DETAILED');
```

该查询给出 Sales. SalesOrderDetail 表中的索引名称和对应的存储碎片数量。利用这个数据，可以决定是否重新组织或重构索引。

重组与重构索引

如果索引上的存储碎片数量小于 30%，则应该重新组织索引，否则需要重构索引。要重新组织索引，使用 ALTER INDEX REORGANIZE 语句，这条语句取代 DBCC INDEXDEFRAG 函数。如果需要重新组织 Production. ProductPhoto 表上的 PK_Product_ProductPhotoID 索引，可以使用下列代码：

```
USE AdventureWorks
ALTER INDEX PK_ProductPhoto_ProductPhotoID
ON Production.ProductPhoto
REORGANIZE
```

重构表上的索引有两种有效的方法。一种方法使用带 DROP_EXISTING 选项的 CREATE INDEX 语句。要重构用做主关键字的索引，使用 ALTER INDEX REBUILD 语句，这条语句也可以修复讹误的索引和同时重构多个索引。

下面重构 AdventureWorks 数据库中的 Production. Product 表上的那些索引：

1. 在 SQL Server Management Studio 中打开一个新的 SQL Server 查询窗口。
2. 键入并执行下列代码来重构 Production. Product 表上的那些索引：

```
USE AdventureWorks;
ALTER INDEX ALL
ON Production.Product
REBUILD WITH (FILLFACTOR = 80, ONLINE = ON,
              STATISTICS_NORECOMPUTE = ON);
```

3. 查询 DM_DB_INDEX_PHYSICAL_STATS 语句来了解存储碎片是否消失：

```
USE AdventureWorks;
SELECT IndexName, AvgFragmentation
FROM sys.dm_db_index_physical_stats ('Production.Product', DEFAULT, DEFAULT,
'DETAILED');
```

4. 应该看到 0%的存储碎片。

现在,读者不仅知道如何通过备份数据库使它们免遭灭顶之灾,还知道如何在必要时通过重构索引使它们运行得更快。但是,还有一项重要的管理工作:能够阅读 SQL Server 错误日志使系统保持最佳运行状态。

阅读日志

到医院看病时,医生首先询问一系列问题,以了解症结所在,找出最佳医治方案。这是一种比瞎猜乱医有效得多的治病方法。数据库管理人员是医治 SQL Server 的医生,需要懂得望闻问切,而不是瞎猜乱医。这个望闻问切的方法就是阅读 SQL Server 错误日志。

SQL Server 在每次重新启动时都生产一个新的错误日志,并保留前 6 个错误日志的档案,用于跟踪随时间变化的趋势。这些错误日志可以使用 SQL Server Management Studio 中的"管理"查看,也可以用"记事本"之类的常见文本编辑器查看(如果要使用文本编辑器查看,可以在 SQL Server 目录的\Errorlog 目录中找到那些错误日志)。无论用哪种方法查看,都需要设置一个定期查看错误日志的执行计划。下面使用 SQL Server Management Studio 查看错误日志:

1. 打开 SQL Server Management Studio。展开服务器,然后展开"管理"。
2. 在"管理"下面,展开"SQL Server 日志"。
3. 在"SQL Server 日志"下面,右击"当前",并选择"查看 SQL Server 日志"选项。
4. 在内容窗格(右窗格)中,滚动并观察所有日志项目。

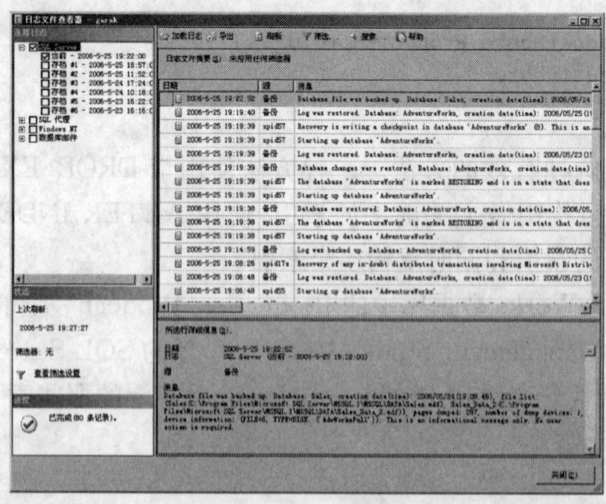

在阅读这些错误日志时,通常会看到"失败"、"错误"与"无法"之类的可疑字样。不会有东西突然跳出来说"嗨,解决这个问题",因此必须练就一双慧眼,严密监视可能会突然出现的各种蛛丝马迹。

最后要介绍的一个有用工具是"复制数据库向导"。

复制数据库

“复制数据库向导”是 SQL Server 工具库中最方便的工具之一。这个向导可以用来将数据库及其所有关联对象复制或转移到另一个服务器。为什么要复制或转移数据库及其对象呢？有几个比较充分的原因：

- 如果升级服务器，则“复制数据库向导”是一个快速转移数据到新系统的工具。
- 该向导可以用来创建另一个服务器上的数据库的副本，以供紧急情况下使用。
- 开发人员可以复制现有数据库，并使用这个副本做修改，而又不影响生产数据库。

“复制数据库向导”将证明是管理工作当中的一个重要工具，因此下面将举例说明怎样使用它。在本例中，我们将创建 Sales 数据库的一个副本。

1. 从“开始”菜单上选择“程序”➤ Microsoft SQL Server 2005 ➤ Management Studio 选项打开 SQL Server Management Studio。
2. 右击管理节点，并选择“复制数据库”选项。然后，应该看到下图所示的欢迎屏幕

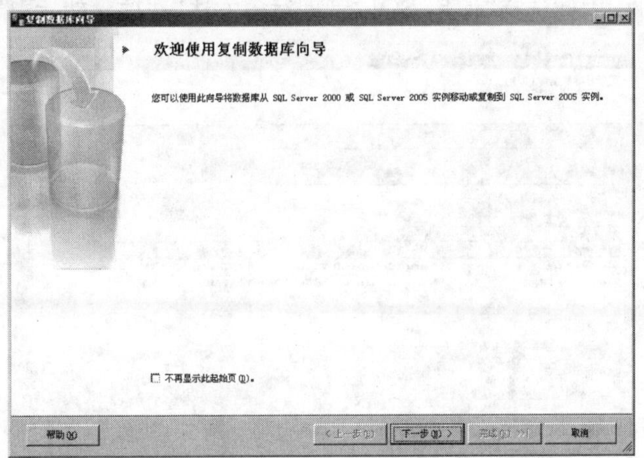

3. 单击“下一步”按钮。
4. 在第二个屏幕上，向导要求选择一个源服务器。选择服务器的默认实例和适当的身份验证类型（通常为“Windows 身份验证”），然后单击“下一步”按钮。

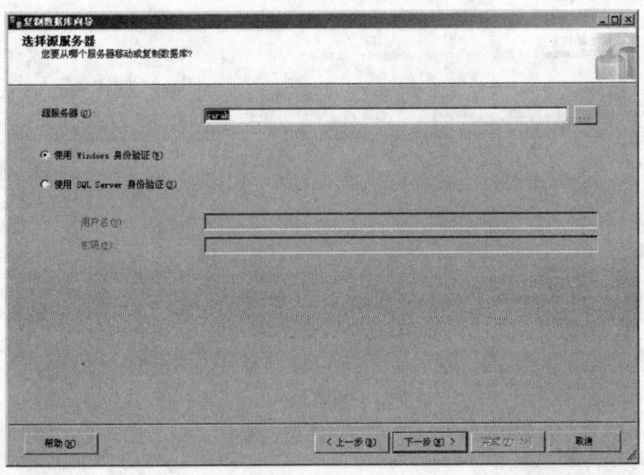

5. 在下一个屏幕上,需要选择一个目标服务器。选择服务器的“(local)”实例。选择相应的安全性,然后单击“下一步”按钮。

6. 在下一个屏幕上,向导要求选择一种传输方式。由于我们需要在同一个服务器上创建副本的灵活性,因此选择“使用 SQL 管理对象方法”选项。然后,单击“下一步”按钮。

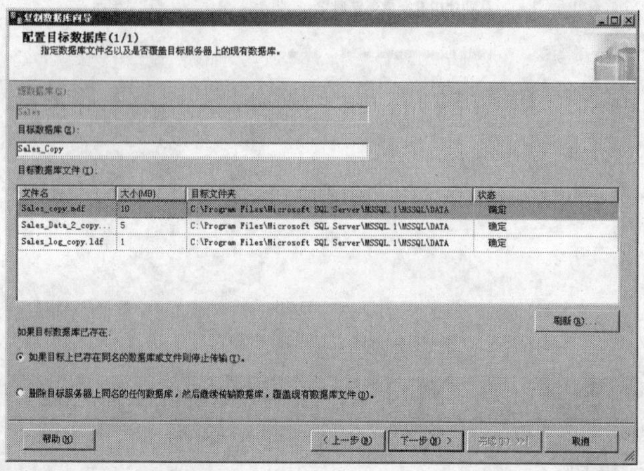

7. 在下一个屏幕上,向导要求选择要复制或转移哪个数据库,复选 Sales 数据库旁边的“复制”框,并单击“下一步”按钮。

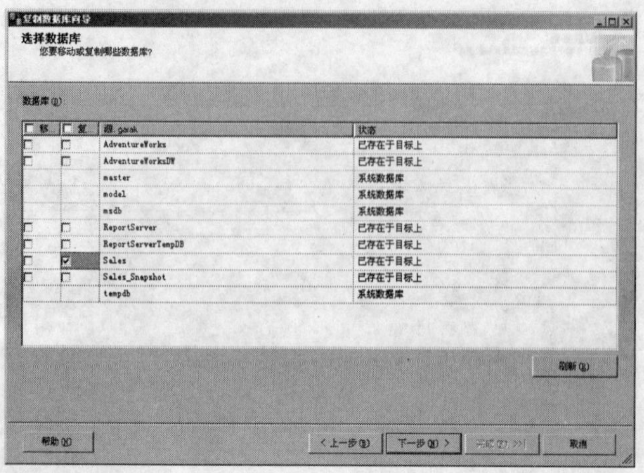

8. 在"配置目标数据库"屏幕上，需要做几项修改：

- 将目标数据库名称改为 Sales_copy。
- 单击文件名旁边的省略号按钮将 Sales_new. mdf 改为 Sales_copy. mdf。
- 单击文件名旁边的省略号按钮将 Sales_Data_2_new. mdf 改为 Sales_Data_2_copy. mdf。
- 单击文件名旁边的省略号按钮将 Sales_1og_new. ldf 改为 Sales_log_copy. ldf。

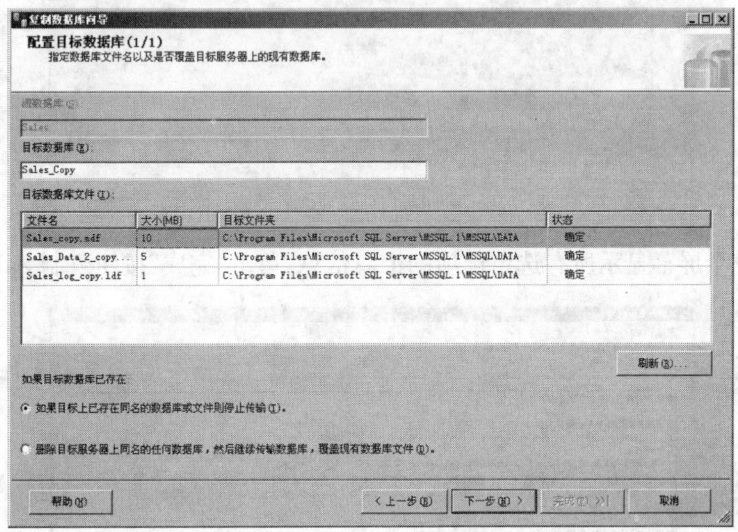

9. 单击"下一步"按钮。现在，向导允许修改将要创建的这个包的名称。这个选项仅当打算保存这个包供以后执行时才是重要的。接受默认设置，并单击"下一步"按钮。

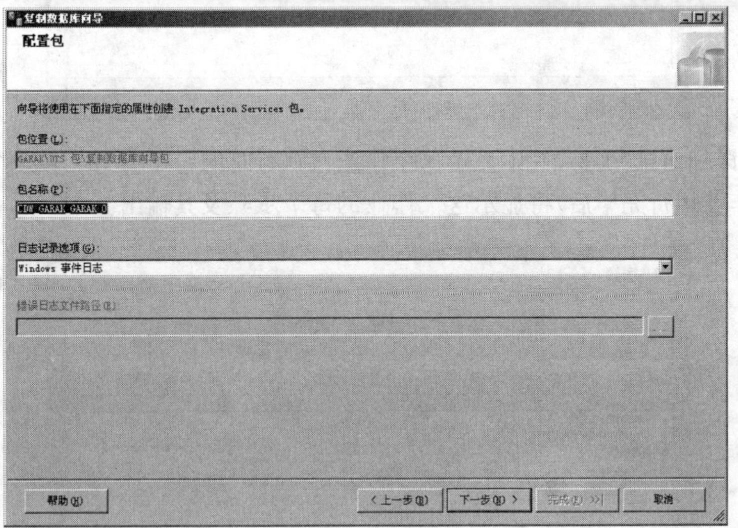

10. 在下一个屏幕上，向导要求指定何时运行它所创建的这个 DTS 作业。选择"立即运行"选项，并单击"下一步"按钮。

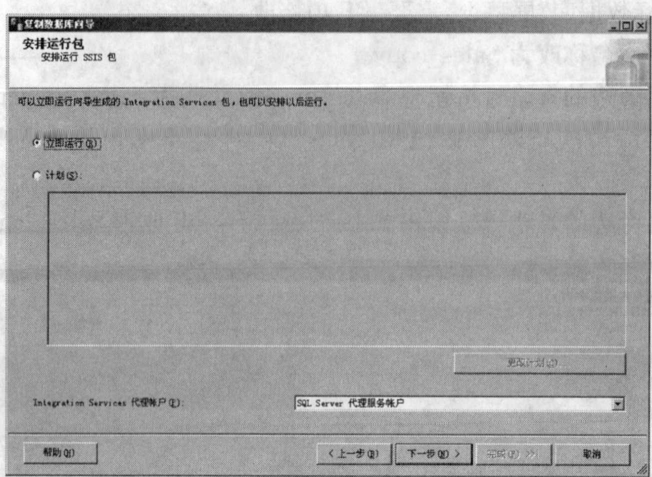

11. 最后一个屏幕显示所有选定选项的汇总信息，单击“完成”按钮复制 Sales 数据库。

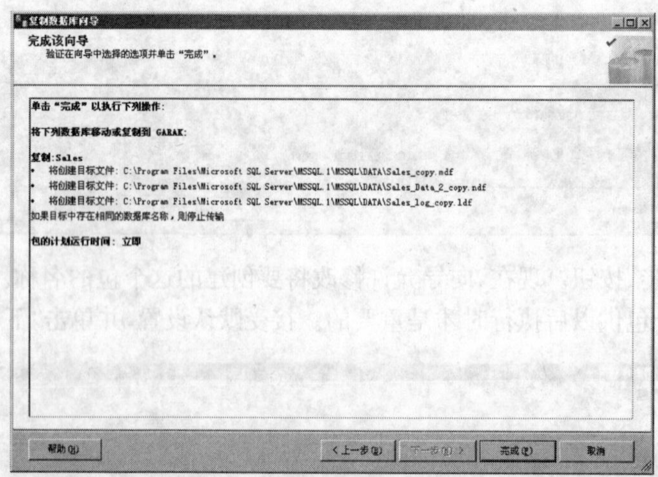

12. 出现“详细信息”屏幕，其中显示这个作业在执行时的每个部分。单击“报告”按钮(在这个作业运行完毕后)将显示这个作业的每个步骤及其输出。

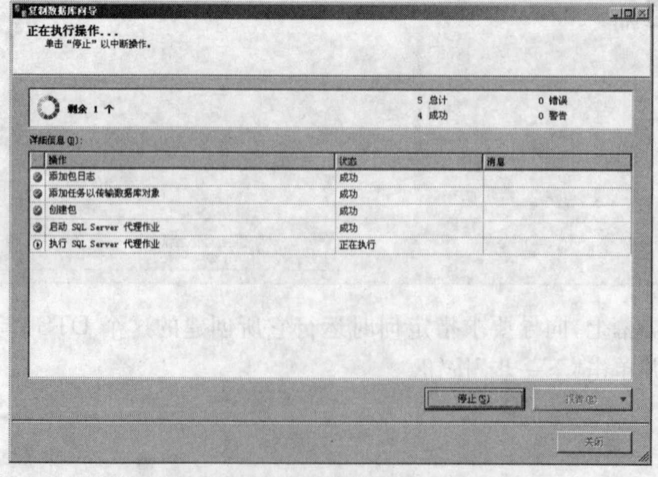

13. 单击“正在执行操作”屏幕上的“关闭”按钮结束该向导。

"复制数据库向导"是个使复杂工作简单化的简单工具。

小结

本章介绍了如何管理与维护数据库，使它们总是有最佳的工作状态。

第一个题目是备份。备份数据的原因有很多：自然灾害、硬件故障甚至人为的恶意破坏。如果定期执行备份，则可以避开这些问题。

备份有 4 种类型，可以用来帮助击败威胁数据的大敌。首先是完整备份，这是其他所有备份类型的基础，完整备份创建整个数据库的一个副本。接着，差异备份记录自上一个完整备份以来数据库中发生的所有变化。事务日志备份非常适用于快速备份策略、时间点恢复和定期清除事务日志。最后，文件组备份创建超大型数据库的部分小块的备份。

在讨论了备份之后，我们列出了索引维护的好处。使索引保持正常是十分重要的，可以使数据访问速度总是很快。为了保证索引有最佳状态，可以使用 SYS.DM_DB_INDEX_PHYSICAL_STATS 确定存储碎裂程度，然后使用 ALTER INDEX REORGANIZE、ALTER INDEX REBUILD 或带有 DROP_EXISTING 选项的 CREATE INDEX 语句重构碎裂的索引。

随后，介绍了监视 SQL Server 错误日志的重要性和监视那些错误日志的技巧。最后，介绍了"复制数据库向导"。

现在，我们知道需要执行所有这些任务，也许是每晚或者每周执行一次，但是能否让别人替我们做这些事情呢？下一章将讨论自动化；了解如何让 SQL Server 自动做许多工作，其中包括备份。

第 17 章 自动化管理

本书的前面已经讨论了许多最适合在下班后进行的管理活动。这些活动包括备份数据库、创建大型数据库、重构索引以及诸如此类的活动。这些活动当中的大多数需要定期进行，而不是仅进行一次。例如，需要每隔一段时间做一次备份。由于大多数管理员不喜欢必须站在 SQL Server 旁边启动这项任务，因此 SQL Server 提供了使任务自动化的内部功能。

本章首先要介绍的是如何在 SQL Server 中自动化任务的基础知识。我们将解释一些基本的自动化概念，以及 SQL Server Agent 服务怎样发挥作用。

在介绍完自动化的基本内容之后，我们将仔细分析"数据库邮件"，这是 SQL Server 2005 中新增的邮件处理功能。配置"数据库邮件"是必不可少的，因为只要电子邮件配置正确，SQL Server 就能在出现问题时给管理员发送电子邮件。

接下来，将解释如何配置操作员。操作员就是能够通过电子邮件、传呼机或 Net Send 从 SQL Server 那里接收到消息的人。配置操作员就是通知 SQL Server 跟谁联系以及他们何时可以接收消息。

在配置了操作员之后，就可以开始创建作业，这是自动化的核心。作业就是需要管理的活动，比如数据库备份与索引重构。我们将讨论作业的每个部分，完成作业所需要的各个步骤，以及通知 SQL Server 何时运行作业的各种执行计划。我们还将探讨创建多服务器作业的过程，这是可以创建在一个服务器上并通过网络在多个服务器上运行的作业。

接下来，将讨论怎样配置警报，它们用来提醒管理员关注服务器上已经发生的问题或事件。我们不仅解释如何配置标准 SQL Server 警报，还讨论创建用户定义警报的各种方法，这些警报可以涵盖服务器上可能发生的任何可能事件。

最后，将讨论"维护计划向导"。这个特殊向导可以用来自动化所有标准数据库维护过程，比如备份、索引重构、事务日志备份等。

我们将从介绍自动化的基础知识开始本章。

自动化基础

几乎任何一项管理任务都可以通过 SQL Server 来自动化。当然，这听起来似乎有点夸张，但先来看看我们能够自动化的几件东西：

- 任何 Transact-SQL 代码；
- VBScript 或 JavaScript 之类的脚本语言；
- 操作系统命令；
- 复制任务(详情请参见第 25 章)。

利用这个功能可以自动化的一些常见任务如下：

- 数据库备份；
- 索引重构；
- 数据库创建(针对超大型数据库，简称 VLDB)；

• 报表生成。

由于这个功能是如此强大，也就不难明白我们为什么需要使用 SQL Server 的各种自动化能力。然而，在使用这个功能之前，要先知道它是如何工作的。

SQL Server 的自动化能力的核心是 SQL Server Agent 服务（也称为代理）。自动化和复制是这个服务特有的两大功能。这个服务使用 3 个子构件完成它的自动化功能：警报、操作员和作业。

警报　警报是 SQL Server 中产生并记录在 Windows 应用程序日志中的错误消息或事件。它们可以通过电子邮件、传呼机或 Net Send 发送给用户。如果错误消息没有记录在 Windows 应用程序日志中，警报就无法激活。

操作员　当警报激活时，它们可以发送给用户。需要接收这些消息的用户在 SQL Server 中称为操作员。操作员用来配置谁接收警报和他们何时可以接收警报。

作业　作业是定义自动化任务的一系列步骤。作业还可以定义执行计划，用于规定任务何时得到执行。这样的任务可以只运行一次，也可以定期地运行。

这 3 个构件合作完成管理的自动化。下面是它们如何合作的一个例子：

1. 用户定义一个作业，并指定该作业在某个规定的时间运行。
2. 当该作业运行时，它运行失败，因此将一条错误消息写到 Windows 事件日志上。
3. 当 SQL Server Agent 服务读取 Windows 事件日志时，这个代理发现了失败的作业所写入的错误消息，并将其与 MSDB 数据库中的 sysalerts 表做比较。
4. 当代理找到一个匹配项目时，激活一个警报。
5. 该警报在激活时就会发送电子邮件、传呼机消息或 Net Send 消息给操作员。
6. 该警报也可以配置成运行另一个作业，用于修复产生该警报的具体问题。

但是，要让这个作业的任何一部分正常工作，SQL Server Agent 服务必须配置正确。首先，这个代理必须运行才能使自动化成为可能。有 3 种方法可以证实这一点：首先，可以打开 SQL Server Management Studio，并观察“SQL Server 代理”图标；如果该图标是个内有 X 的红色圆环，则该服务已经停止；如果它是个绿色箭头，则该服务已经启动。（右击该图标并选择“开始”也可以启动该服务。）使用“计算机管理”，或者使用控制面板中的“服务”工具，也可以检查和改变该服务的状态。

这个代理不仅应该正在运行，最好还让它使用一个域账户而不是本地系统账户登录，因为使用本地系统账户将不允许使用网络上的其他 SQL Server。换句话说，将无法执行多服务器作业（详情请参见本章的下文）、完成复制（详情请参见第 25 章）或使用 SQL Server 的电子邮件功能。要确定这个代理是用一个域账户登录的，打开控制面板中的“服务”工具（如果正在使用 Windows 2000/2003，可以在“开始”➤“程序”➤“管理工具”组中找到），双击 SQL Server Agent 服务，然后单击“此账户”旁边的“浏览”按钮选择一个域账户。

一旦上述一切准备就绪，就几乎可以开始使用自动化功能了。首先，应该将 SQL Server 配置成使用“数据库邮件”发送电子邮件。

配置数据库邮件

“数据库邮件”是 SQL Server 2005 中的一个新增服务，用来替 SQL Server 服务发送电子邮件。SQL Server 的早期版本含有 SQL Mail 和 SQLAgentMail，这两个服务均使用 MAPI

并要求服务器上装有 MAPI 客户(通常是 Outlook)。“数据库邮件”不使用 MAPI,而是使用标准的简单邮件传输协议(Simple Mail Transfer Protocol,简称 SMTP),因此不要求安装 MAPI 客户。

这种新方法更好的理由有许多。首先,这个处理邮件的应用程序(DatabaseMail90.exe)运行为一个独立的进程,因此,如果出了问题,SQL Server 不受影响。另外,可以指定多个邮件服务器;因此,如果其中的一个邮件服务器停机,“数据库邮件”仍然能够处理邮件。

“数据库邮件”也是可伸缩的,因为它在后台处理邮件。当创建一个发送邮件的请求时,“数据库邮件”给 Service Broker 队列添加一个请求。Service Broker 队列允许这个请求以异步方式处理,甚至保存这个请求,如果服务器在能处理它以前已经停机(关于 Service Broker 的详细信息,请参见第 29 章)。另外,“数据库邮件”的多个副本可以同时运行,而且在同一个服务器上可以有多个邮件配置文件和邮件主数据库(本章的下文将介绍这方面的内容)。

总之,“数据库邮件”比它的前任更安全、更容易管理。它有精细的控制,因此可以限定哪些用户可以发送邮件。另外,可以指定允许和禁止哪些文件扩展名作为附件,以及那些附件的最大长度。“数据库邮件”所做的每件事情都记录在 Windows 应用程序日志中,而发出的消息仍保留在邮件主机数据库中以供审核。

这听起来似乎令人很满意的。但怎样使用它呢?首先,网络上的某个地方应当有一个 SMTP 邮件服务器,并且该服务器有一个针对 SQL Server Agent 服务账户而配置的邮件账户。安装和配置 SMTP 服务器已超出本书的范围。但是,如果已经向某个因特网服务提供商(ISP)注册了一个电子邮件账户,则可以使用那个账户。这样,就可以使用配置向导配置“数据库邮件”。下面,我们将把 MSDB 配置为一个邮件主机数据库:

1. 打开 SQL Server Management Studio,并连接到服务器。
2. 在“对象资源管理器”中,展开“管理”,右击“数据库邮件”,并选择“配置数据库邮件”选项。
3. 在“欢迎使用数据库邮件配置向导”上,单击“下一步”按钮。

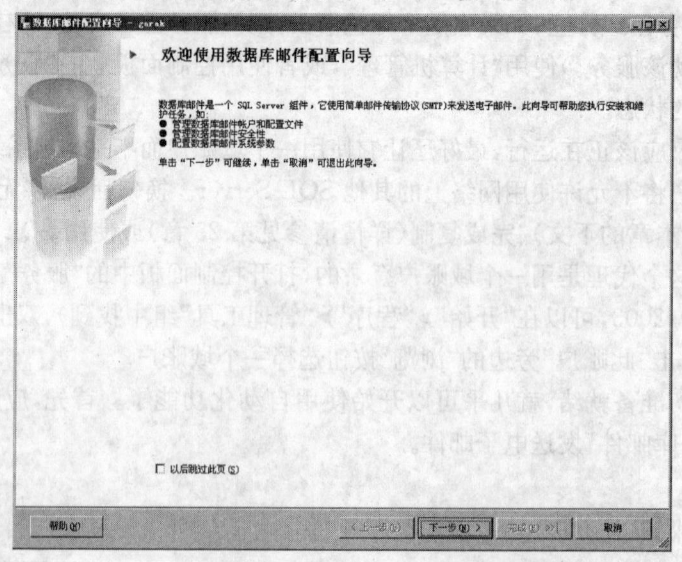

4. 在“选择配置任务”页面上,选择“通过执行以下任务来安装数据库邮件”选项,并单击“下一步”按钮。

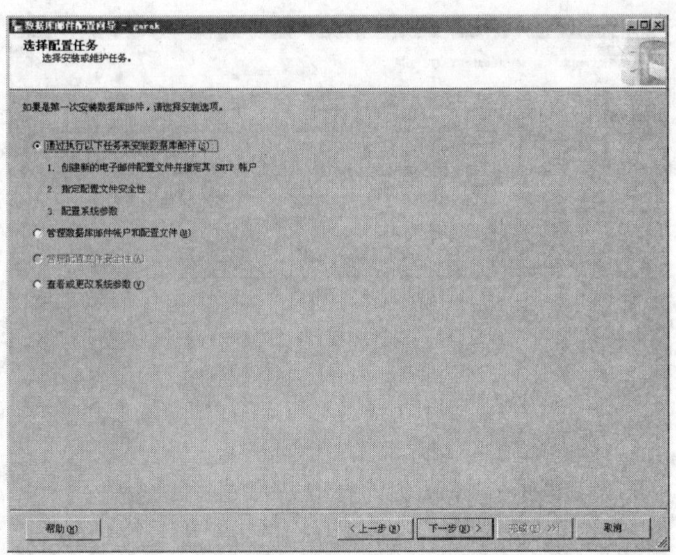

5. 在 Install Messaging Objects 屏幕上，选择 msdb 数据库，并单击“下一步”按钮。

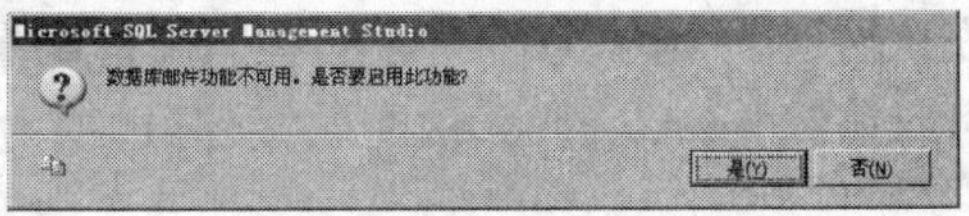

6. 在“新建配置文件”屏幕上，创建一个邮件配置文件，并将它关联到一个邮件服务器账户：

(1)在“配置文件名”框中，键入 SQLAgentProfile。

(2)在“SMTP 账户”下面，单击“添加”按钮。

(3)在“账户名”框中，键入 Mail Provider Account 1。

(4)在“说明”框中，键入 E-mail account information。

(5)使用 ISP 或网络管理员提供的信息填写“邮件发送服务器”信息。

(6)如果电子邮件服务器要求登录，则选择“基本身份验证”复选框，并键入登录信息。

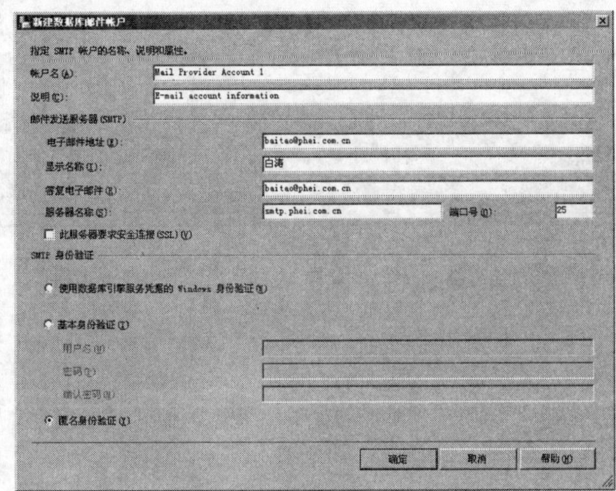

(7)单击“确定”按钮返回到向导。现在,账户应该出现在“SMTP 账户”下面。

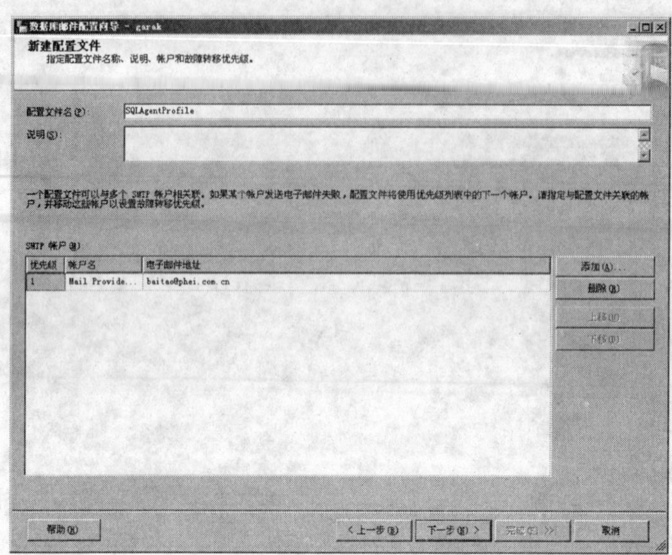

7. 单击“下一步”按钮。
8. 在“管理配置文件安全性”页面上,选择刚才创建的邮件配置文件旁边的“公共”复选框,让所有用户都可以访问它。设置“默认配置文件”选项为“是”,然后单击“下一步”按钮。

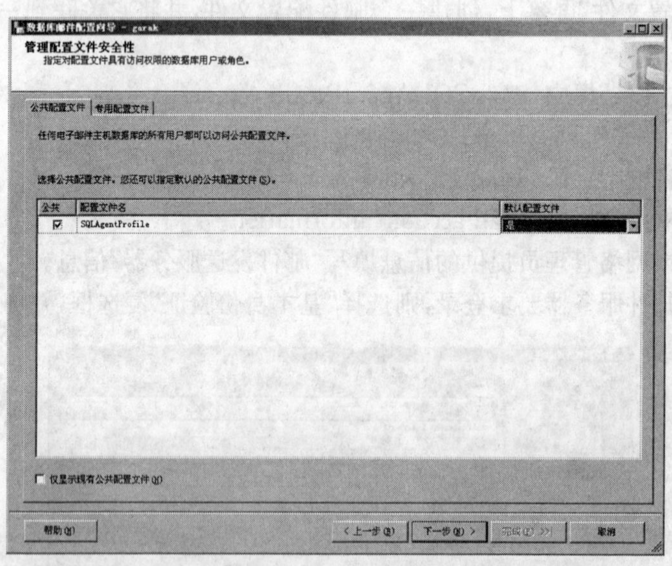

9. 在“配置系统参数”页面上,接受默认设置,并单击“下一步”按钮。

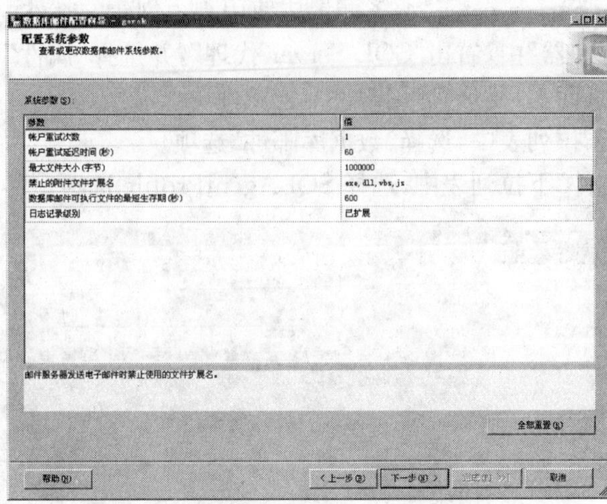

10. 在“完成该向导”页面上,检查设置,然后单击“完成”按钮。

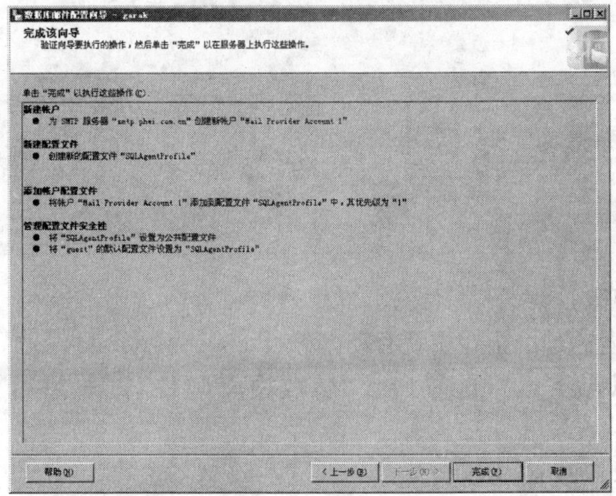

11. 当系统安装完“数据库邮件”时,单击“关闭”按钮。

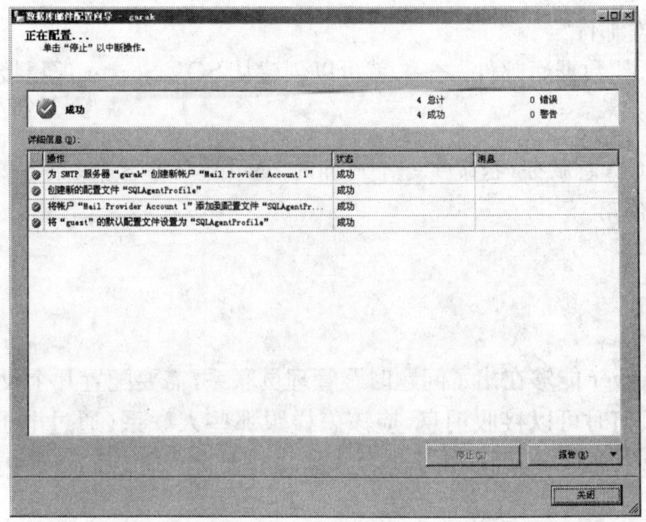

现在,需要将 SQL Server Agent 服务配置成使用刚才创建的邮件配置文件:

1. 在"对象资源管理器"中,右击"SQL Server 代理",并选择"属性"选项。
2. 在"警报系统"页面上,复选"启用邮件配置文件"复选框。
3. 从"邮件系统"下拉列表中,选择"数据库邮件"选项。
4. 从"邮件配置文件"下拉列表中,选择 SQLAgentProfile 选项。

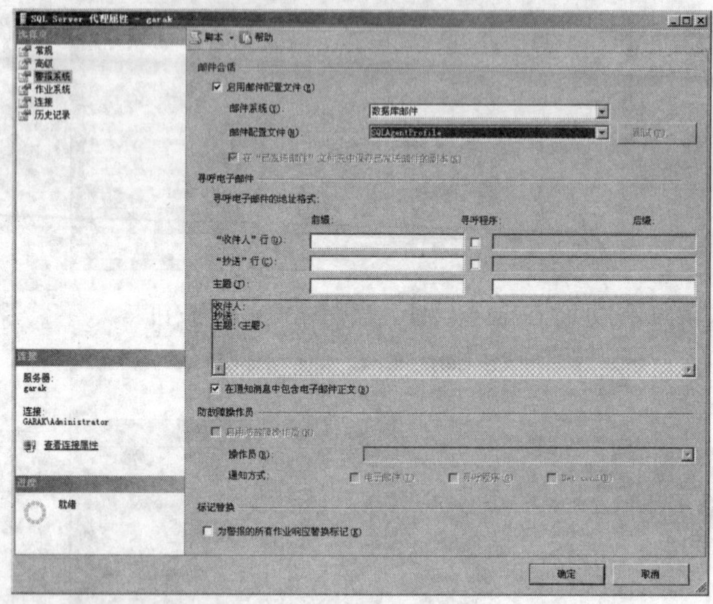

5. 单击"确定"按钮。
6. 从"计算机管理"中,停止并重新启动 SQL Server Agent 服务。

任何时候都可以再次运行配置向导对"数据库邮件"配置进行修改。例如,可能需要:

- 添加或删除账户或配置文件;
- 通过将配置文件标记为"公共"或"专用"来管理配置文件安全性;
- 浏览或修改系统参数;
- 卸载"数据库邮件"。

在顺利地配置了"数据库邮件"之后,就可以创建从 SQL Server 那里接收电子邮件的操作员。

提示:"Internet 信息服务"携带了一个内部的 SMTP 服务器,该服务器可以与"数据库邮件"一起使用。

创建操作员

为了让 SQL Server 能够在出了问题时跟管理员联系,需要配置几个设置。这样的设置包括跟谁联系,联系人何时可以接收消息,应该怎样跟那些人联系(通过电子邮件、传呼机还是 Net Send),以及应该将哪些问题通知给那些人。操作员是 SQL Server 中用来配置所有这些设置的对象。

说明：Net Send 消息指的是从源计算机发送给目标计算机的消息，这些消息以对话框的形式突然出现在用户屏幕上，并位于所有打开应用程序的最前面。

例如，假设公司中有几个人需要在 SQL Server 遇到问题时得到通知，并且他们当中的每个人需要以不同方式接到不同问题的警报。数据库管理员可能需要通过电子邮件或传呼机接到任何管理问题（比如有故障的备份或填满的事务日志）的警报。开发人员需要通过电子邮件接到编程问题（比如死锁）的警报。公司经理可能需要知道其他问题，比如从客户数据库中删除了客户的用户，并且他们希望通过 Net Send 消息接到警报。只要为每种类型的用户分别创建不同的操作员并配置相应的设置，就可以处理这些类型的用户。

下面，我们将通过配置一个操作员来演示具体的操作步骤：

1. 打开 SQL Server Management Studio。
2. 在“对象资源管理器”中，展开服务器，然后展开“SQL Server 代理”。
3. 右击“操作员”，并选择“新建操作员”选项。
4. 在“名称”框中，输入 Administrator。
5. 如果已经将系统配置成使用“数据库邮件”发送邮件，则键入电子邮件地址作为电子邮件名称；如果没有将系统配置成使用电子邮件，则跳过这一步。
6. 在 Net Send 框中键入计算机的名称。右击桌面上的“我的电脑”图标，选择“属性”选项，然后单击“计算机名”选项卡，就可以找到计算机的名称。计算机名称是完全计算机名称的第一部分（第一个圆点前面的部分）。如果完全计算机名称是 instructor.domain.com，那么计算机名称为 instructor。
7. 如果操作员携带了能够接收电子邮件的传呼机，则可以在“寻呼电子邮件名称”框中键入传呼机的电子邮件地址。
8. 在屏幕的底部，可以选择这个操作员可以接收通知的日期和时间。如果复选了某一天，操作员将在那一天的某个时间段（“工作日开始”和“工作日结束”下面指定的开始时间到结束时间之间）接到通知。现在，保留默认值。

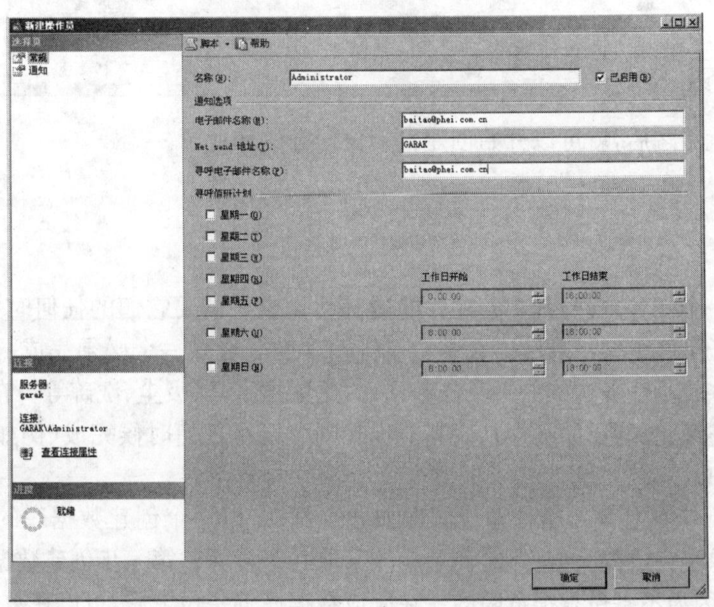

9. 要测试这个操作员，逐个单击 3 个通知方法旁边的 Test 按钮。电子邮件和传呼机测

试均发送电子邮件,而 Net Send 测试在屏幕上弹出一个对话框。

10. 随后,我们将介绍“通知”选项卡;但目前,先单击“确定”按钮创建这个操作员。

由于操作员可以在不同时间变成活动状态,所以遗忘了一小段无主时段是可能的。如果那个时段出现了错误,则没有操作员会接到警报,因为无人值班。为了避免这样的问题,应该创建一个故障保险操作员,此人负责接收无人值班时的警报。下面是如何创建故障保险操作员的步骤:

1. 在 SQL Server Management Studio 中,右击“对象资源管理器”中的“SQL Server 代理”图标,并选择“属性”选项。
2. 在“警报系统”页面上,复选“启用防故障操作员”复选框。
3. 选择“操作员”下拉列表框中的 Administrator 选项。
4. 选择 Net Send 旁边的复选框,使操作员以故障保险操作员的身份接收 Net Send 消息。
5. 单击“确定”按钮应用修改结果。

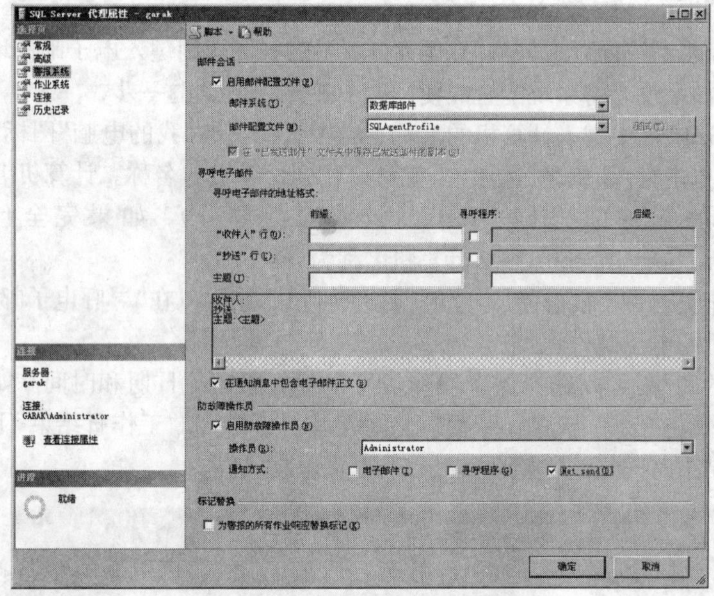

在操作员就绪之后,就可以开始创建自动化任务的作业了。

创建作业

作业就是一个任务系列,其中的任务能被自动化成在需要它们的任何时候运行。将作业想像成整理房子可能更容易理解。大多数人将整理房子看做一个必须完成的大型作业,但它实际上是由一些较小任务构成的一个任务系列,比如擦家具、吸尘、洗碗等。在这些步骤当中,有些步骤需要连续完成(比如吸尘),而其他步骤则可以在任何时候完成(例如,碗洗到一半时可以先去擦窗户)。

SQL Server 上的任何一个作业也同样如此。例如,以一个创建数据库的作业为例,它并不是一个必须单步完成的大型作业,而是应该采取几个步骤。第一步创建数据库,下一步备份新建的数据库,因为不备份是很危险的。在完成数据库的备份之后,可以在数据库中创建一些表,然后从文本文件向那些表中导入数据。这些任务每个都是独立的步骤,如果前一个步骤没有完成，下一个步骤就不能开始。但是，并非所有作业都是这样。

通过控制各个步骤的流程，可以将纠错机制内建到作业中。例如，在上述的创建数据库作业中，每一步都有一个简单的逻辑，用于规定“成功时转入下一步，失败时退出作业”。如果硬盘最终填满，则作业停止。如果在作业的末尾创建一个用于清理硬盘空间的步骤，就可以创建一个简单的逻辑，用于规定“第一步失败，转到第五步；如果第五步成功，返回到第一步”。有了这些步骤之后，就可以通知 SQL Server 何时启动这个作业。

要通知 SQL Server 何时运行作业，需要创建执行计划，而且这方面有很大的灵活性。如果一个作业只是创建一个数据库，运行这个作业多次没有太大意义，因此只需创建一个在数小时后激活该作业的执行计划即可。如果正在创建一个用来执行事务日志备份的作业，则需要一个不同的执行计划；可能希望白天（上午 9 时到下午 6 时）每隔两小时执行这些备份一次，然后晚上（下午 6 时到第二天上午 9 时）每隔 3 小时执行这些备份一次。在这种情况下，需要创建两个执行计划：一个从上午 9 时到下午 6 时处于活动状态，并每隔两小时激活作业一次；另一个从下午 6 时到第二天上午 9 时处于活动状态，并每隔 3 小时激活作业一次。

作业不仅可以计划成在一天的某些时间激活，还可以计划成只在一周的某些天激活（比如每个星期二），也可以计划成在一个月的某些天激活（比如每月的第三个星期一）。作业可以计划成每当 SQL Server Agent 服务启动时就运行一次，甚至可以计划成每当处理器空闲时就运行一次。

执行计划可以设置成在一定的时间量之后终止；因此，如果知道一个作业在几周后寿终正寝，则可以设置它的终止日期——到时它将自动禁用（而不是删除，仅仅是关闭）。

还可以收到作业的输出结果。在创建作业时，可以给作业添加在成功、失败或完成时接到通知的操作员（不管作业成功还是失败）。这在运行的作业对服务器或应用程序至关重要时是非常方便的。

由于能够改变步骤的逻辑流程、安排作业在需要时运行以及让作业在完成时发出通知，因此作业可能会变得很复杂。由于这种复杂性，最好是先用纸和笔在纸上规划好作业，然后再创建它们，这么做最终会使工作变得更容易。

SQL Server 使用了两种类型的作业：本地和多服务器作业。下面将逐一介绍这两种类型的作业，先从本地作业开始。

创建本地服务器作业

本地作业是包含一系列步骤和执行计划的标准作业。这些作业只能运行在创建它们的计算机上（因此称为本地作业）。为了举例说明，我们创建一个本地作业，用于创建一个新数据库，然后备份该数据库：

1. 从“开始”菜单上选择“程序”➤ Microsoft SQL Server 2005 ➤ Management Studio 选项打开 SQL Server Management Studio。
2. 在“对象资源管理器”中，展开服务器，然后展开 SQL Server Agent。
3. 右击“作业”图标，并选择“新建作业”选项。
4. 在“名称”框中，键入 Create Test Database（将这个页面上的其余框保持为默认设置）。

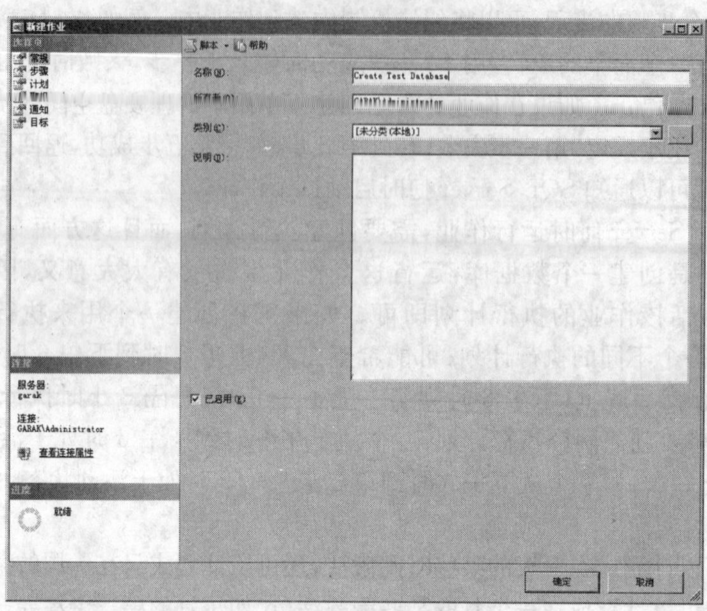

5. 转到“步骤”页面,并单击“新建”按钮创建一个新步骤。
6. 在“步骤名称”框中,键入 Create Database。
7. 让“类型”保持为“Transact-SQL 脚本(T-SQL)”,并键入下列代码在 C:驱动器上创建一个名为 Test 的数据库:

```
CREATE DATABASE TEST ON
PRIMARY (NAME=test_dat,
FILENAME='c:\test.mdf',
SIZE=10MB,
MAXSIZE=15,
FILEGROWTH=10%)
```

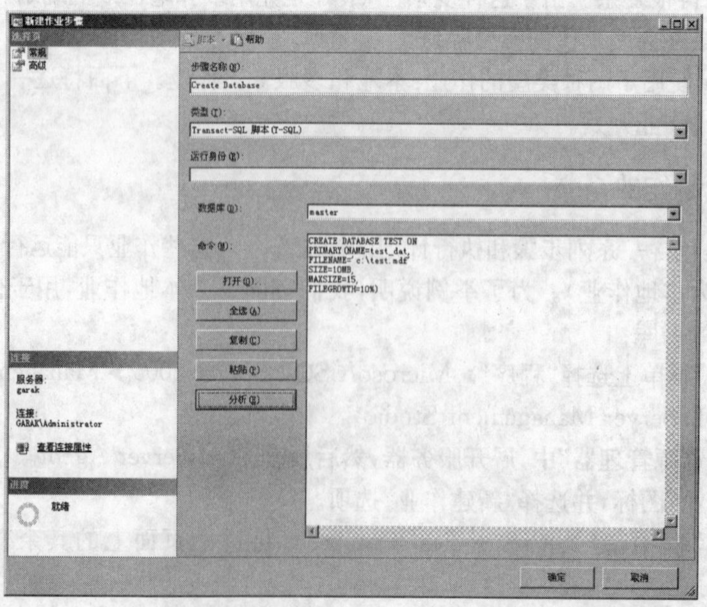

8. 单击"分析"按钮验证代码的键入是正确的，然后转到"高级"页面。
9. 在"高级"页面上，确保"成功时要执行的操作"选项设置为"转到下一步"，以及"失败时要执行的操作"选项设置为"退出报告失败的作业"。然后单击"确定"按钮。

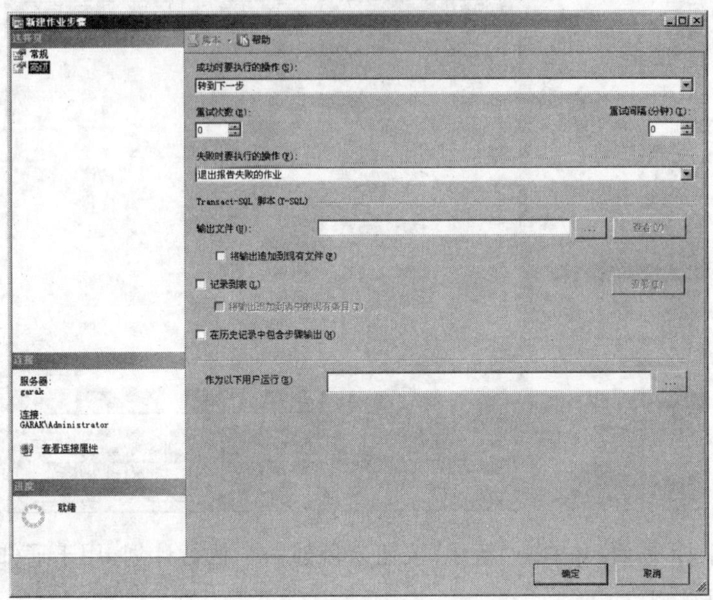

10. 要创建作业的第二步，单击"新建"按钮。
11. 在"步骤名称"框中输入 Backup Test。
12. 让类型保持为"Transact-SQL 脚本(T-SQL)"，并键入下列代码来备份刚才创建的数据库：

```
EXEC sp_addumpdevice 'disk', 'Test_Backup',    'c:\Test_Backup.dat'
BACKUP DATABASE TEST TO Test_Backup
```

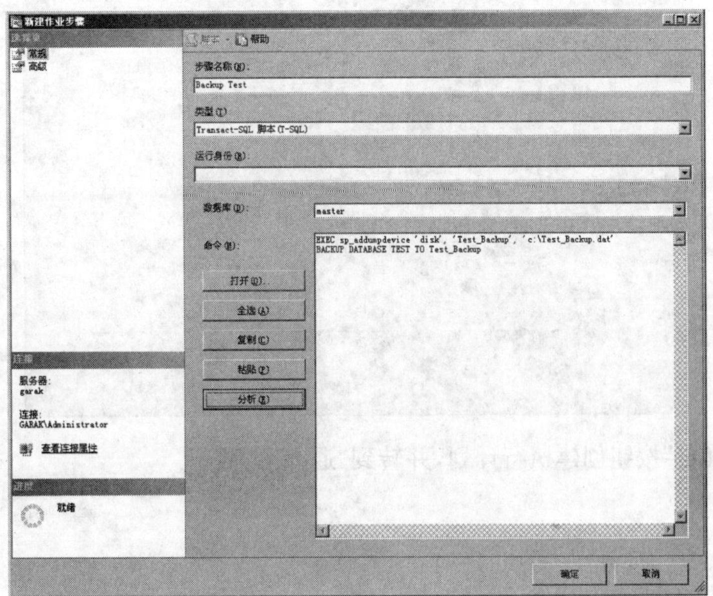

13. 单击“确定”按钮创建这一步。

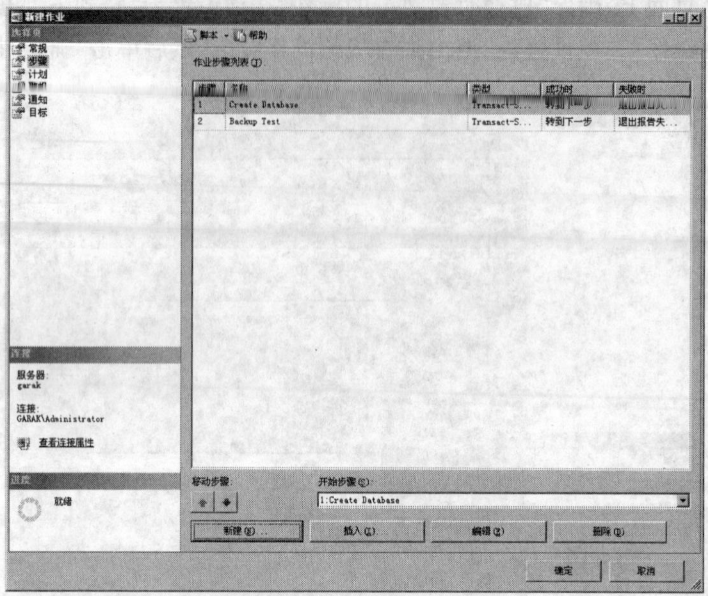

14. 转到“计划”页面,并单击“新建”按钮来创建一个执行计划,用于通知 SQL Server 何时执行该作业。
15. 在“名称”框中,键入 Create and Backup Database。
16. 在“计划类型”中,选择“执行一次”选项。将时间设置为系统通知区所显示的时间加上 5 分钟(系统通知区是“开始”栏上的凹进部分,通常位于屏幕右下角)。

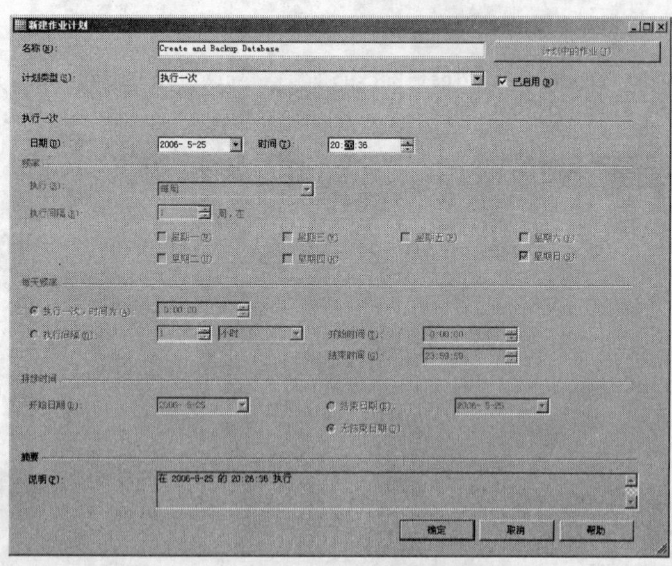

17. 单击“确定”按钮创建执行计划,并转到“通知”页面。

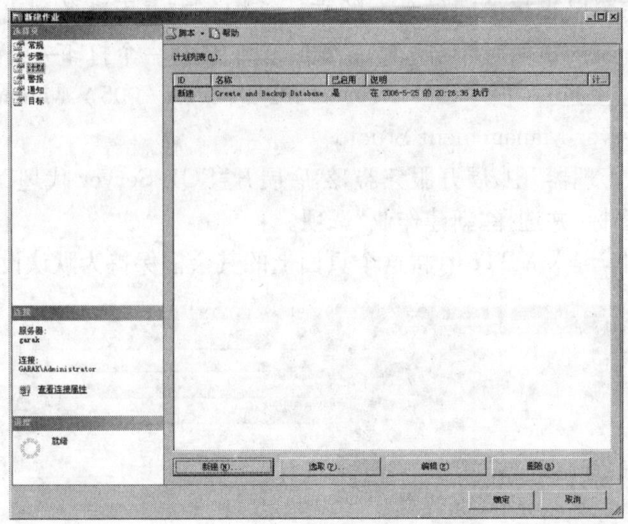

18. 在“通知”页面上，选择“电子邮件”(如果前面已配置了“数据库邮件”)和 Net Send 旁边的复选框，选择 Administrator 作为接到通知的操作员。从两者旁边的列表框中选择“当作业完成时”选项(不管作业的结果是什么，这个设置均会发出通知)。

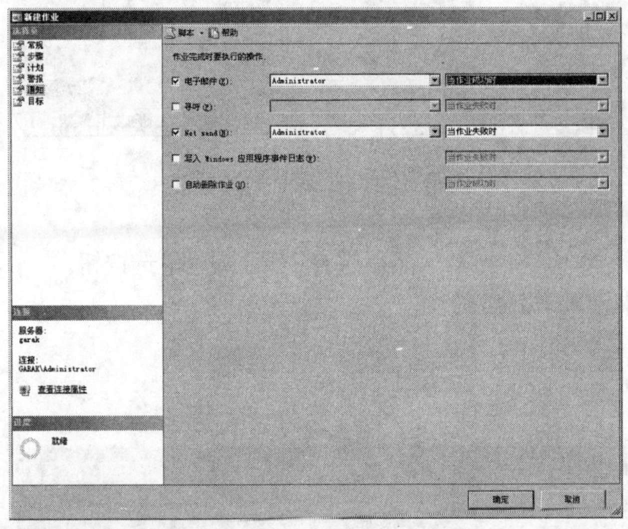

19. 单击“确定”创建作业，并等待到第 16 步中设置的时间，以验证完成情况。屏幕上应该弹出一条表示完成的通知消息。

明白刚才做的事情吗？我们创建了一个包含两个步骤的作业；第一步创建了一个名为 Test 的新数据库，而第二步将该数据库备份到了一个新的备份设备。这个作业计划成仅运行一次，并通知其完成情况(不管成与败)。这个作业中的两个步骤是 Transact-SQL 型作业，换句话说，它们是标准的 Transact-SQL 语句，和本书前面一直在使用的许多语句非常相似。可以按这种形式运行任何 Transact-SQL 语句，但这不是全部。

除了计划 Transact-SQL 语句之外，还可以计划任何有效的脚本语言：VBScript、JavaScript、Perl 等。这样就不必局限于 Transact-SQL 语言，因为脚本语言具有 SQL Server 没有实现的特性。例如，利用 Transact-SQL 无法直接访问硬盘上的文件结构(比如需要创建新的文本文件),但脚本语言可以直接访问硬盘上的文件结构。本书不准备列出脚本语言的所有优点,但为了演示 SQL Server 如何计划这样的作业,我们创建一个打印一条语句的作业:

1. 从"开始"菜单上选择"程序"➤ Microsoft SQL Server 2005 ➤ Management Studio 选项打开 SQL Server Management Studio。
2. 在"对象资源管理器"中,展开服务器,然后展开"SQL Server 代理"。
3. 右击"作业"图标,并选择"新建作业"选项。
4. 在"名称"框中,键入 VBTest(将这个页面上的其余框保持为默认设置)。

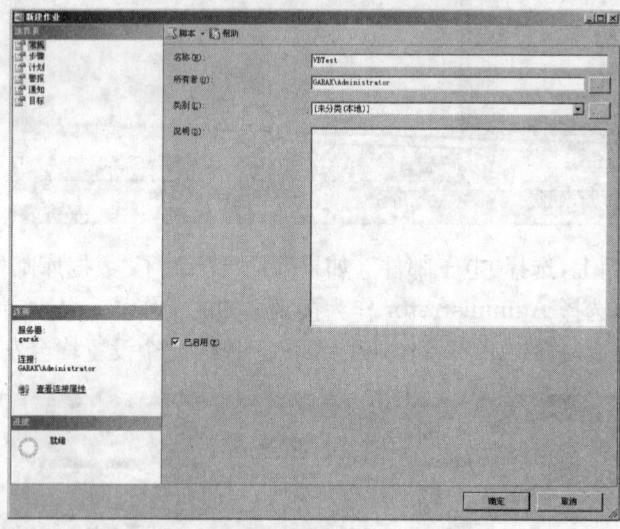

5. 转到"步骤"页面,并单击"新建"按钮创建一个新步骤。
6. 在"步骤名称"框中,键入 Print。
7. 选择"ActiveX 脚本"为"类型",然后选择 VBScript 单选按钮。
8. 在"命令"框中键入下列代码:

```
sub main()
 Print "Your job was successful"
end sub
```

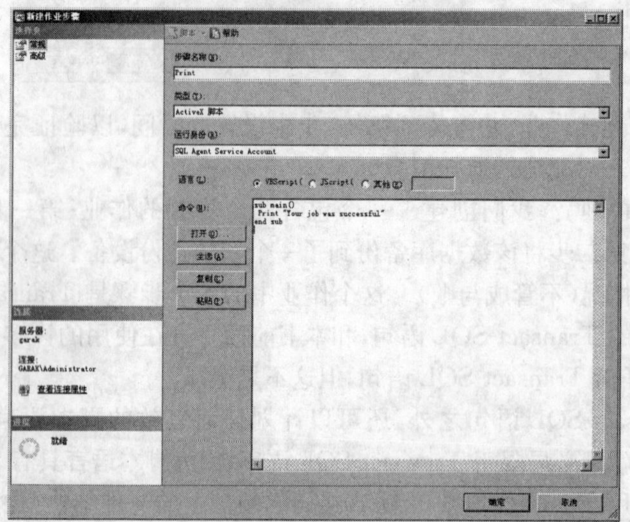

9. 单击“确定”按钮。
10. 转到“计划”页面，并单击“新建”按钮。
11. 在“名称”框中键入 Run Print。
12. 在“计划类型”中，选择“执行一次”设置，并将时间设置为系统通知区所显示的时间加上 5 分钟（系统通知区是“开始”栏上的凹进部分，通常位于屏幕右下角）。

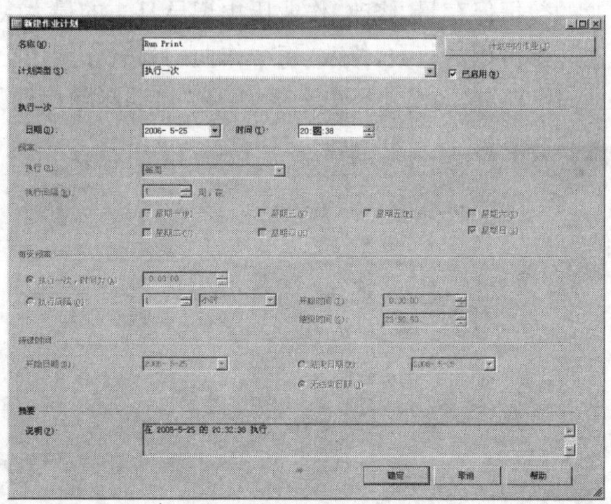

13. 单击“确定”按钮创建作业，并等待到第 12 步中设置的时间，以验证其完成情况。屏幕上应该弹出一条表示完成的消息。

既然创建了一个 VBScript 作业，就需要知道它是否运行顺利。当然，可以替自己设置一条通知消息，但有另外一种验证作业状态的方法。SQL Server 跟踪作业的历史记录，作业何时激活，它成功与否，以及每个作业的每一步骤的状态。要验证 VBScript 作业是否运行成功，可以检查作业的历史记录：

1. 在 SQL Server Management Studio 中，右击 VBTest 作业，并选择“查看历史记录”选项。
2. 要显示作业的每一步骤的状态，单击这一步旁边的加号图标。
3. 选择 Print 步骤，并在对话框底部的“所选行详细信息”框中查找“Your job was successful”。这是 VBScript 函数产生的文本。

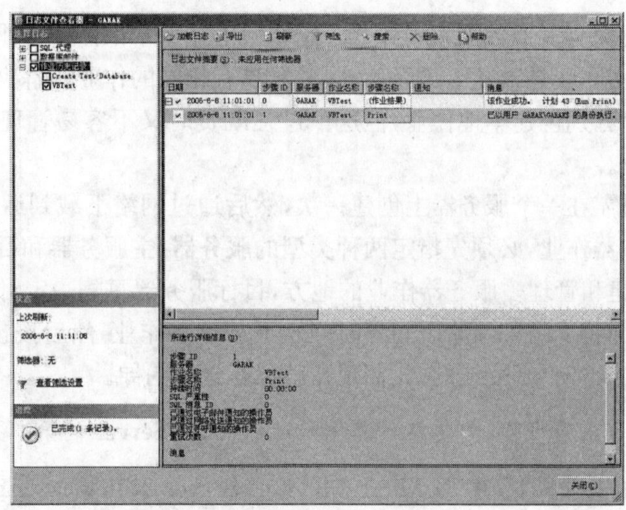

4. 单击“关闭”退出对话框。

每个作业的历史信息存放在 MSDB 数据库中。默认情况下,总共可以存放 1000 行历史记录,每个作业最多占用 100 条记录。如果需要改变这些默认值,可以执行下列步骤:

1. 在 SQL Server Management Studio 中,右击“SQL Server 代理”并选择“属性”选项。
2. 选择“历史记录”页面。
3. 要更改所有作业的数据保存量,修改“作业历史记录日志的最大大小(行)”设置。
4. 要更改每个作业能够占用的行数,修改“每个作业的最大作业历史记录行数”设置。
5. 要让“SQL Server 代理”自动清除历史记录,复选“自动删除代理历史记录”复选框。

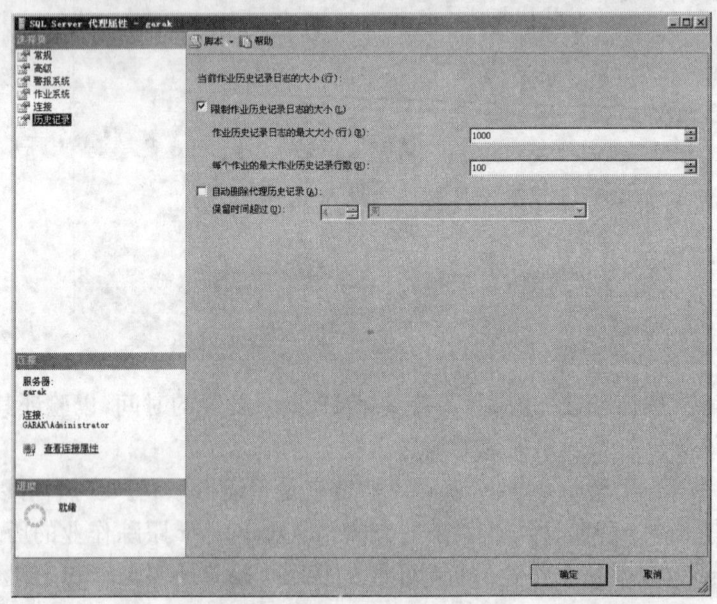

6. 完成必要的修改之后,单击“确定”按钮。

不难看出在 SQL Server 中创建本地作业的价值,但多服务器作业可以使多个服务器之间的自动化变得更加容易。

创建多服务器作业

越来越多的公司拥有多个数据库服务器。这些服务器每个都需要作业;其中,有些作业是服务器独有的,但许多作业是重复的,即每个服务器具有相同的作业。解决这个问题的一种办法是在每个服务器上分别创建本地作业,但这个过程既费时又不容易管理。一种更好的方法是创建多服务器作业。

多服务器作业只需在一个服务器上创建一次,然后通过网络下载到运行该作业的其他服务器。要创建多服务器作业,必须先指定两种类型的服务器:主服务器和目标服务器。主服务器(简称 MSX)是创建和管理多服务器作业的地方,目标服务器每隔一定时间向主服务器轮询一次作业(本章的后面将介绍如何修改间隔时间),下载这些作业,然后按预定时间运行它们。这一过程是用“主服务器向导”完成的;我们现在就运行这个向导。

说明:要执行这一系列步骤,需要在计算机上运行 SQL Server 的第二个实例。

1. 从“开始”菜单上选择“程序”➤ Microsoft SQL Server 2005 ➤ Management Studio 选项

打开 SQL Server Management Studio。

2. 在“对象资源管理器”中，展开 SQL Server 的默认实例。
3. 右击“SQL Server 代理”，并选择“多服务器管理”➤“将其设置为主服务器”选项。这将启动“主服务器向导”。
4. 在向导开始屏幕上，单击“下一步”按钮。

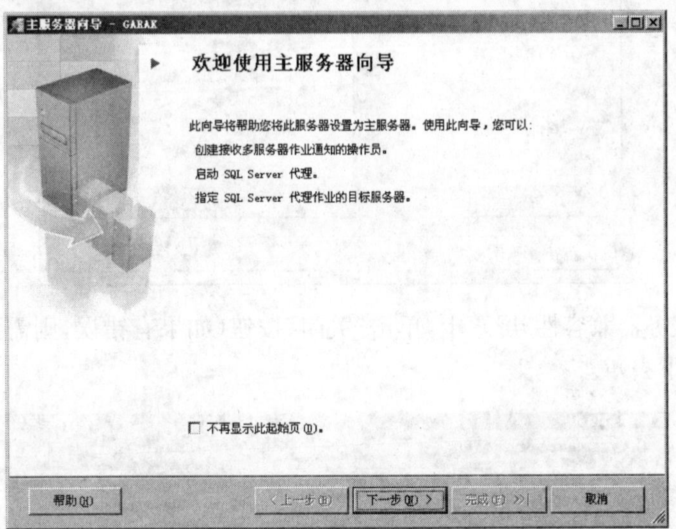

5. 填入“主服务器操作员”的信息。该操作员将接收多服务器作业的通知。如果前面已经配置了电子邮件支持，在“电子邮件地址”框中键入操作员的电子邮件地址，在“Net send 地址”中键入计算机名称，并单击“下一步”按钮。

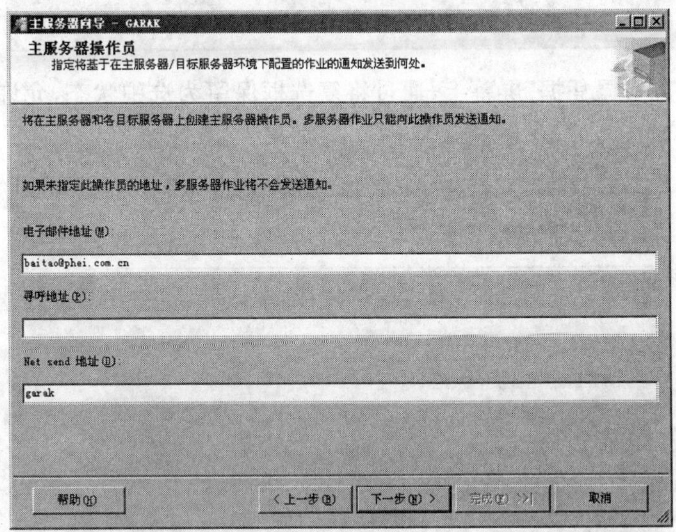

6. 在“目标服务器”对话框中，从“已注册的服务器”列表中选择“服务器名称\第二个实例”，并单击>按钮将其添加到“目标服务器”列表上。这将把该实例指定为一个目标服务器(它现在将接受来自主服务器的作业)。单击“下一步”按钮。

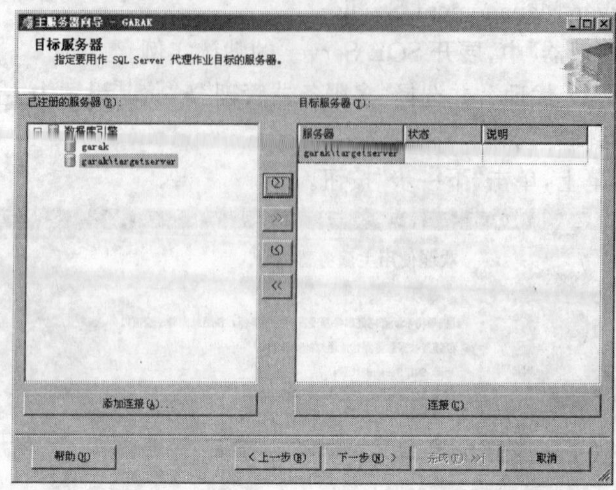

7. 在"检查服务器兼容性"屏幕上,单击"关闭"按钮(如果有错误,则需要纠正它们,然后才能继续下去)。

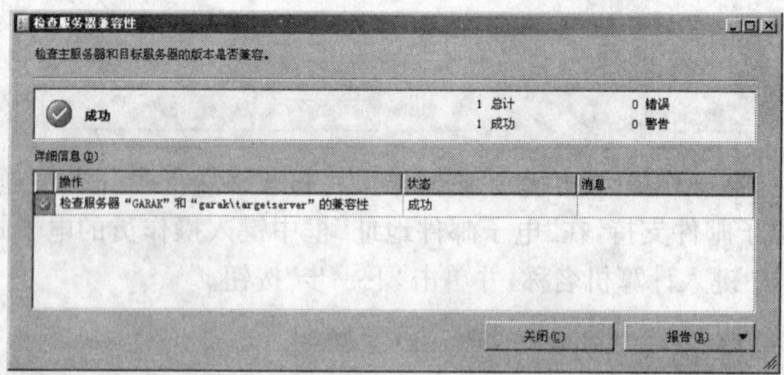

8. 在"主服务器登录凭据"屏幕上,通过将复选框保留为选中状态,允许向导在必要时创建一个账户。

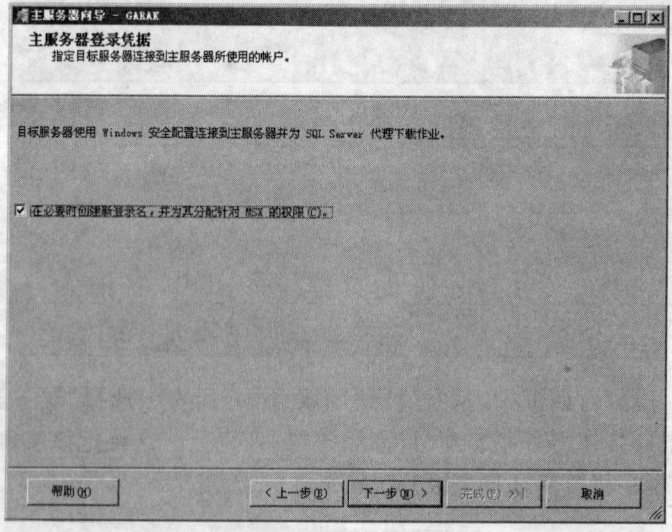

9. 在最后一个屏幕中,单击"完成"按钮创建主服务器和指定目标服务器。

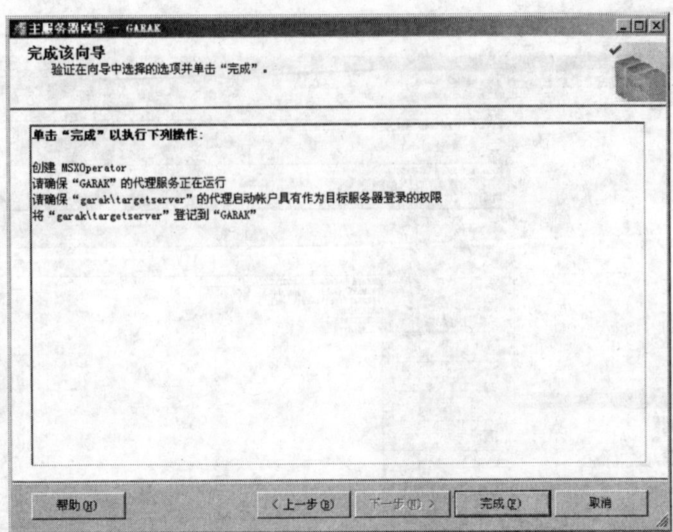

既然已经创建了一个主服务器并指定了一个目标服务器，下面就在主服务器中创建一个作业，它将在目标服务器上运行并在运行完毕时通知“主服务器操作员”：

1. 在主服务器上的“SQL Server 代理”下面，右击“作业”图标，并选择“新建作业”选项。
2. 在“名称”框中，输入 Create Database on Target。

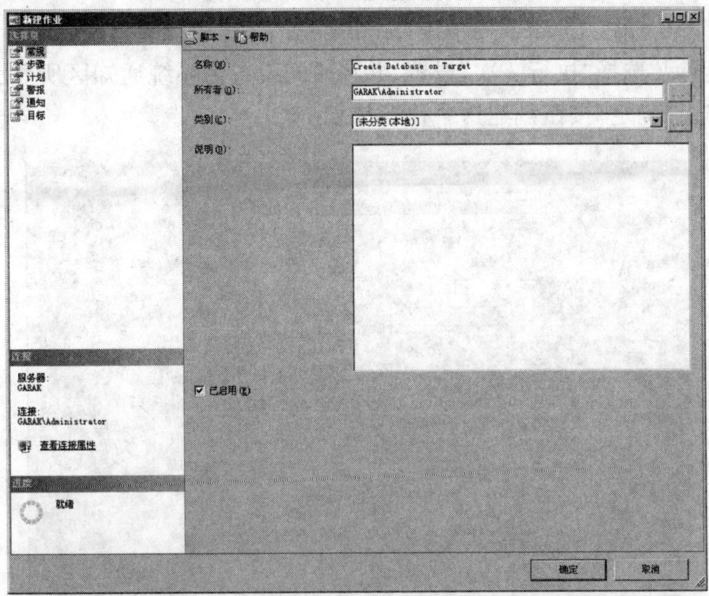

3. 在“步骤”页面上，单击“新建”按钮，并在“步骤名称”框中输入 Create Target Database。
4. 将“类型”保持为“Transact-SQL 脚本(T-SQL)”，并键入下列代码在 C:驱动器上创建一个名为 TARGET 的数据库：

```
CREATE DATABASE TARGET ON
PRIMARY (NAME=target_dat,
FILENAME='c:\target.mdf',
SIZE=10MB,
MAXSIZE=15,
FILEGROWTH=10%)
```

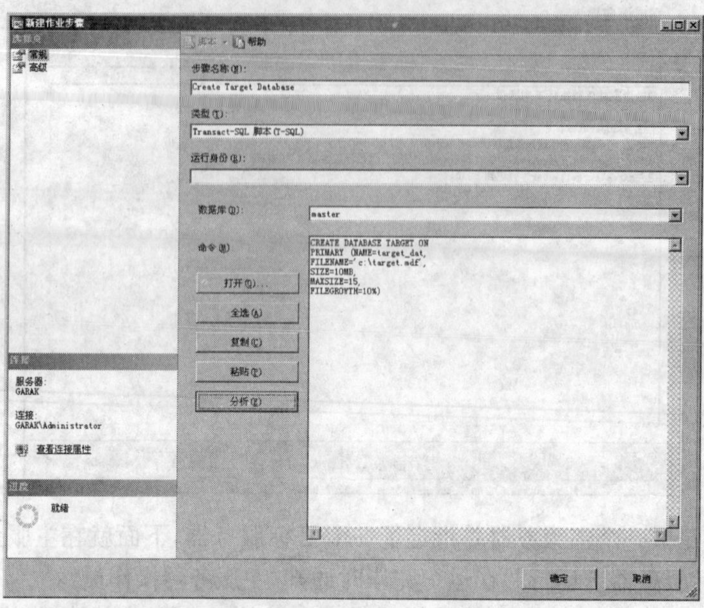

5. 单击“确定”按钮创建这个步骤。
6. 在“计划”页面上，单击“新建”按钮创建一个新的执行计划。
7. 在“名称”框中输入 Create Target Database。
8. 为“计划类型”选择“执行一次”设置，并将时间设置为系统通知区所显示的时间加上 10 分钟。单击“确定”按钮创建这个执行计划。

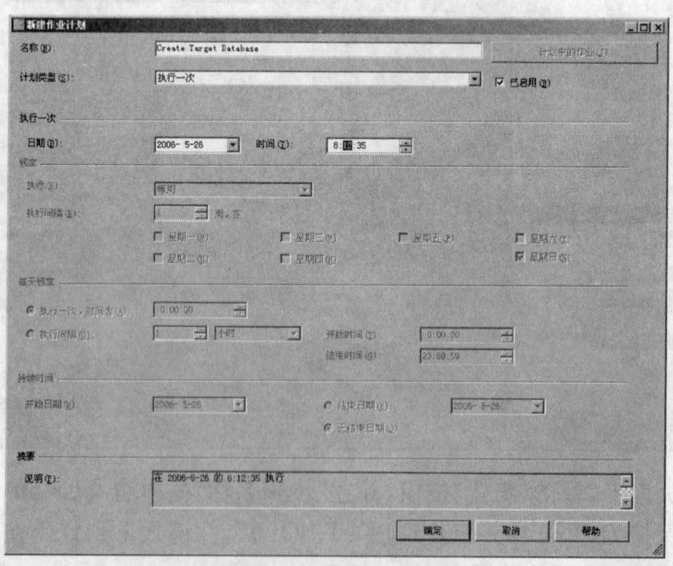

9. 在“通知”页面上，选择 Net Send 旁边的复选框，并从这两个下拉列表中选择 MSXOperator和“当作业完成时”选项。

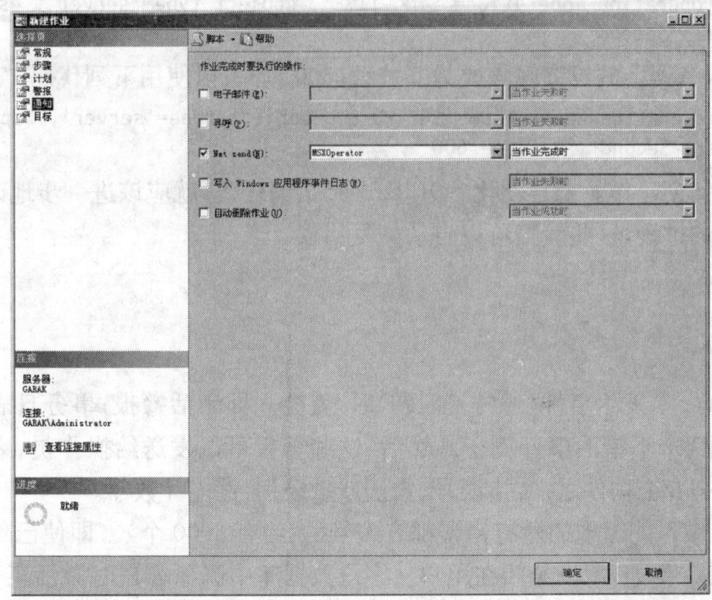

10. 在"目标"页面上，选择 Target Multiple Servers 单选按钮，并选择目标服务器实例旁边的复选框。

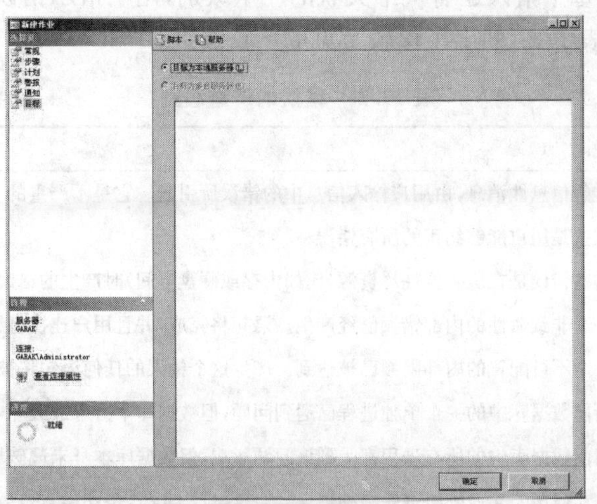

11. 单击"确定"按钮创建这个作业。等待到第 8 步中所指定的时间，然后检查目标服务器上名为 Target 的新数据库。

说明：在创建了多服务器作业之后，SQL Server 在"作业"文件夹下添加 Local 和 Multi-Server 文件夹。

明白做了什么吗？我们在主服务器上创建了一个作业，然后它被下载到目标服务器上，它在目标服务器上运行并创建了目标数据库。但是，这个作业是如何到达目标服务器呢？目标服务器已默认地配置成每隔 60 秒钟向主服务器轮询作业一次。这个时间间隔在大多数环境中可能有点太过分，因此需要了解如何配置这个设置。如果不想等待很长的轮询间隔，还需要能够强制目标服务器轮询主服务器。上述这一切都是使用 sp_post_msx_operation 存储过程来实现的。同步一个名为 Second 的目标服务器上的时钟可以使用下列语法：

```
sp_post_msx_operation @operation='SYNC-TIME', @object_type='server', @specific_
target_server='Second'
```

将 Second 服务器上的轮询间隔改为 5 分种(600 秒)可以使用下列代码:

```
sp_post_msx_operation @operation='SET-POLL', @object_type='server', @specific_
target_server='Second', @value='600'
```

既然知道如何创建作业来自动化 SQL Server 上的任务,就应该进一步地改进系统。下面将介绍创建警报的过程,这些警报可以自动修复错误。

创建警报

当 SQL Server 上发生事件(通常是问题)时,就会立即激活警报;事务日志填满或查询中的语法错误就是两个不错的事件例子。然后,这些警报可以发送给操作员,以引起他们的注意。警报基于下列 3 个构件之一:错误号、错误严重级别、性能计数器。

SQL Server 中可能出现的所有错误都有编号(大约有 3000 个)。即使已经列出了这么多种错误,仍然不够。例如,假设希望在用户从客户数据库中删除客户时激活某个警报,但 SQL Server 并没有包括与数据库的结构或用户的名称有关的警报,因此需要创建新的错误号,并针对这样的私有事件产生一个警报。警报可以创建成基于任何一个有效的错误号。

SQL Server 中的每个错误还有一个关联的严重级别,用于指示错误的严重程度。警报可以按严重级别产生。表 17.1 列出了比较常见的严重级别。

表 17.1 错误的严重级别

级别	说明
10	这是信息性消息,由用户输入信息中的错误所引起。它是不严重的
11~16	这些是用户能够纠正的所有错误
17	这些错误是在服务器耗尽资源(比如内存或硬盘空间)时产生的错误
18	一个非致命性的内部错误已经产生。语句将完成,并且用户连接将维持
19	一个不可配置的内部限额已被达到。产生这个错误的任何语句将被终止
20	当前数据库中的一个单独进程已遇到问题,但数据库本身未遭破坏
21	当前数据库中的所有进程都受到该问题影响,但数据库本身未遭破坏
22	正在使用的表或索引可能受到损坏。应该运行 DBCC 设法修复对象。(问题也可能出在数据缓存中,也就是说,一个简单的重新启动可能就解决问题)
23	这条消息通常指整个数据库不知何故已遭破坏,而且应该检查硬件的完整性
24	硬件已经发生故障。可能需要购买新硬件并从备份中重装数据库

警报也可以从性能计数器中产生。这些计数器与“性能监视器”中的计数器完全相同,而且对纠正事务日志填满(或几乎填满)之类的性能问题是非常有用的。也可以产生基于 Windows Management Instrumentation(WMI)事件的警报。本章的后面将比较详细地介绍这类警报。首先,我们将使用 SQL Server 中的内部错误和严重级别创建一些警报。

基于标准错误的事件警报

标准警报基于 SQL Server 中的内部错误消息与严重级别。要创建基于这些事件之一的警报，必须将错误写到 Windows 事件日志上，因为 SQL Server Agent 从该事件日志上读取错误。一旦 SQL Server Agent 阅读了该事件日志并检测到了新错误，它就搜索整个 MSDB 数据库查找匹配的警报。当这个代理发现匹配的警报时，该警报立即激活，进而可以通知操作员、执行作业或者同时做这两件事情。

下面，我们将创建一个这样的警报，它从错误号中激活(基于严重级别的警报也是如此，只是它们基于错误的严重级别，而不是错误的编号)。然后，为了激活该警报，将使用 RAISERROR()命令，它是专门为激活警报而设计的命令。下面，我们首先创建一个基于错误号 1 的警报，它将给操作员发送一个 Net Send 通知：

1. 打开 SQL Server Management Studio，展开服务器，然后展开“SQL Server 代理”。
2. 右击“警报”，并选择“新建警报”选项。
3. 在“名称”框中，键入 Number Alert。
4. 从“类型”列表中，选择“SQL Server 事件警报”选项。
5. 从“数据库名称”列表中，选择“＜所有数据库＞”。
6. 由于无法手工激活 13000 以下的错误，因此将使用错误号 14599，但需要修改它，以便它每次激活时都被写到事件日志上。为此，选择“错误号”单选按钮，并在“错误号”文本框中键入 14599。单击“错误号”文本框旁边的省略号(…)按钮。

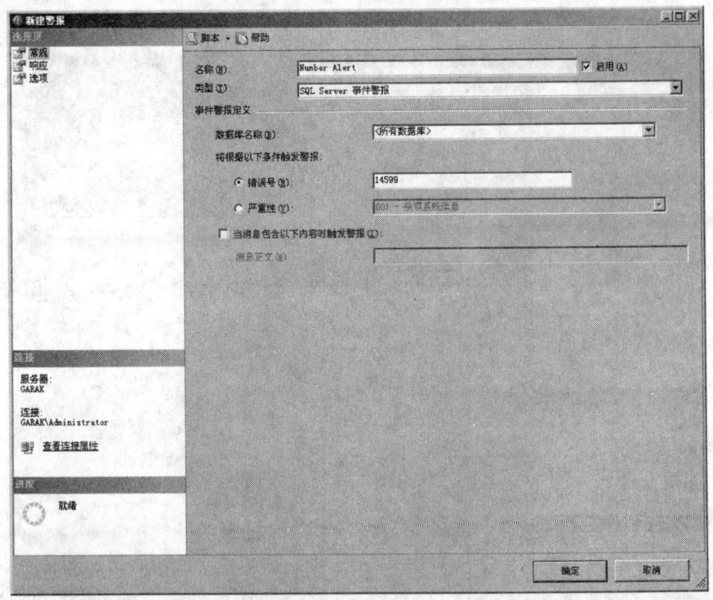

7. 在弹出的 Manage SQL Server Messages 对话框中，让那些文本框保留为空，并单击 Find 按钮找到所有消息。
8. 选择后续列表中的错误号 14599，并单击 Edit 按钮。
9. 在 Edit 对话框中，选择 Always Write to Windows NT Eventlog 复选框，并单击 OK 按钮。
10. 在“响应”页面上，选择“通知操作员”复选框，并选择 Administrator 旁边的 Net Send 复选框。

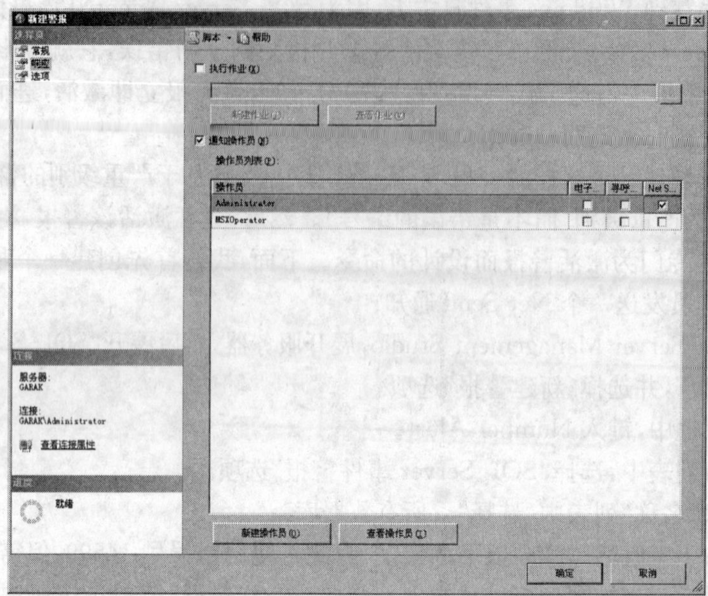

11. 在"选项"页面上,选择"警报错误文本发送方式"下面的 Net Send 复选框,然后单击"确定"按钮。

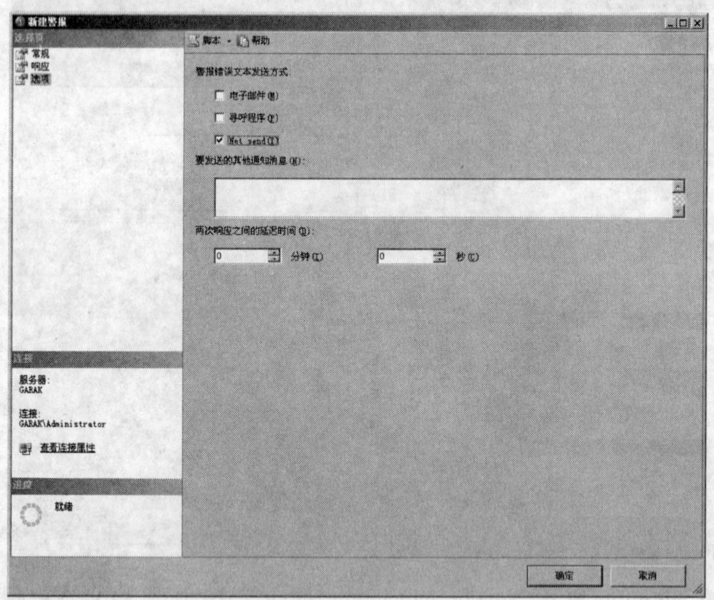

既然已经设计了一个每当出现错误号 14599 时就激活的警报,下面就用 RAISERROR()命令产生错误号 14599:

1. 在 SQL Server Management Studio 中,单击"新建查询"按钮打开一个新的 SQL Server 查询窗口。
2. 键入并执行下列代码来激活这个错误:

```
RAISERROR(14599,10,1)
```

3. 当 Net Send 消息弹出时,仔细观察它给出的细节,其中包括错误号、描述和其他文本,然后单击“确定”按钮。

下面逐步分析一下这个过程。首先，我们创建了一个基于错误号 14599 的警报；但是，由于这个错误最初没有配置成写到 Windows 事件日志上，所以需要修改它，将它写到该事件日志上（如果错误不写到 Windows 事件日志，则它的警报将永不激活）。然后，我们将警报配置成每当它激活时都通过 Net Send 消息通知操作员。最后，使用 RAISERROR()命令强制该警报激活并发送通知。

提示：我们已经创建了几个警报，它们的名称都以 Demo 开头。这些是需要得到警报的真正错误，因此在它们上设置通知并删除名称中的 Demo 字样。

许多警报都是由于用最少的 Transact-SQL 代码即可修复的问题而激活的（事务日志填满就是一个不错的例子）。由于声称“There was a problem, and it′s fixed”的消息比只说“There′s a problem, come and fix it yourself”的消息更友好，因此可以将警报配置成执行一些作业，让那些作业去修改引起警报激活的问题。下面，我们将一个现有的警报修改成执行相应的作业：

1. 在 SQL Server Management Studio 中，展开“SQL Server 代理”下面的“警报”。
2. 右击 Number Alert，并选择“属性”选项。
3. 选择“响应”页面。
4. 选择“执行作业”复选框，并在作业名称框中键入 VBTest。

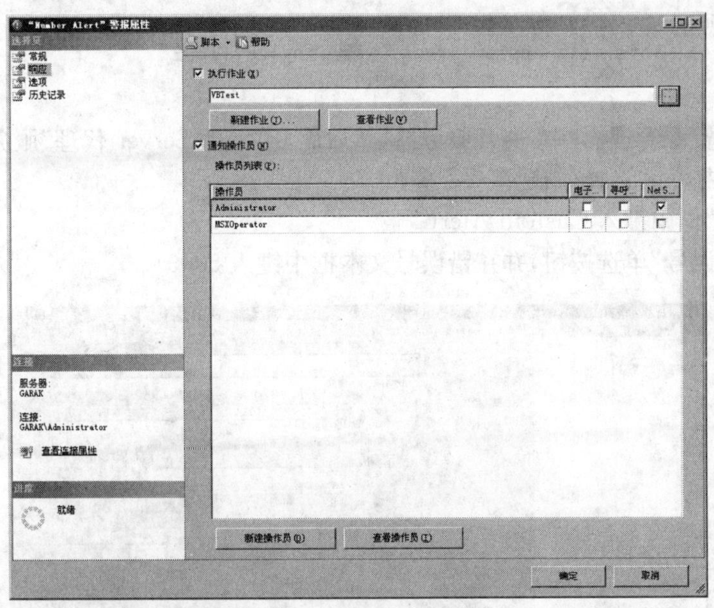

5. 单击“确定”按钮应用修改结果。

修改了警报后，下面再次激活该警报，并观察它运行 VBTest 作业：

1. 在 SQL Server Management Studio 中，单击“新建查询”按钮打开一个新的 SQL Server 查询窗口。
2. 键入并执行下列代码来激活错误：

```
RAISERROR(14599,10,1)
```

3. 当 Net Send 消息弹出时,注意底部的消息,它声称 VBTest 作业已经运行。然后,单击"确定"按钮。

不难看出,创建基于内部错误的警报不是那么困难。虽然 SQL Server 包含了接近 3700 种这样的错误,但仍不足以满足全部需要。因此,需要知道如何创建自定义的错误消息。

基于用户定义错误的事件警报

3700 种错误看起来似乎是个很吓人的数字,但它们并没有涵盖全部情况。例如,假设销售部允许客户用信用卡订购产品,而管理员需要跟踪信用情况。每当信用好的客户被删除或该客户的信用额度被降低时,销售经理可能都希望得到通知,或者他们可能希望知道客户的信用额度何时上升到 10000 美元以上。无论如何,SQL Server 中也不会存在这样的默认错误消息,必须创建一条这样的错误消息,然后才能用它激活警报。

SQL Server 允许创建任意多个错误消息,但错误号必须从 50001 开始(这是所有用户定义错误的开始号)。下面,我们将创建一个基于用户定义错误的警报,并利用 RAISERROR() 命令激活该警报:

1. 在 SQL Server Management Studio 中,单击"新建查询"按钮打开一个新的 SQL Server 查询窗口。
2. 键入并执行下列代码来创建这个新错误:

```
USE master
GO
EXEC sp_addmessage @msgnum=50001, @severity=10,
   @msgtext=N' This is a custom error.', @with_log='TRUE'
GO
```

3. 在"对象资源管理器"中,展开服务器,然后展开"SQL Server 代理"服务。
4. 右击"警报",并选择"新建警报"选项。
5. 在"名称"框中键入 Custom Alert。
6. 选择"错误号"单选按钮,并在错误号文本框中键入 50001。

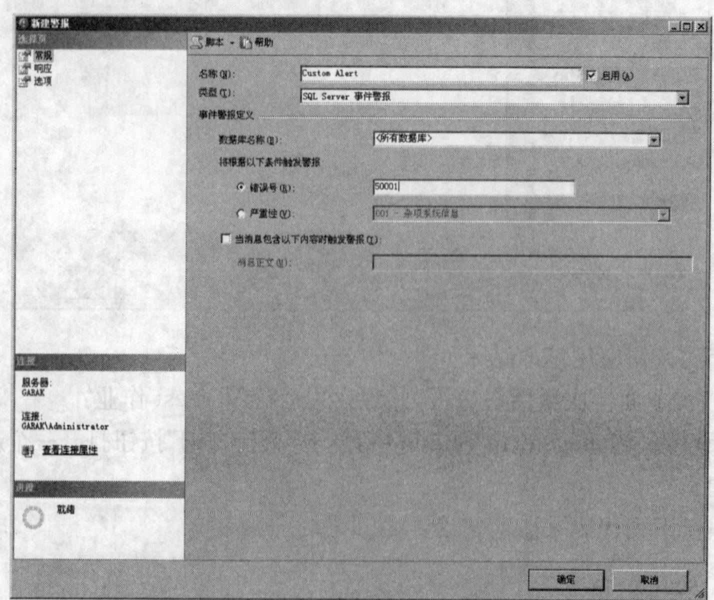

7. 在“响应”页面上，选择“通知操作员”复选框，并选择 Administrator 旁边的 Net Send 复选框。

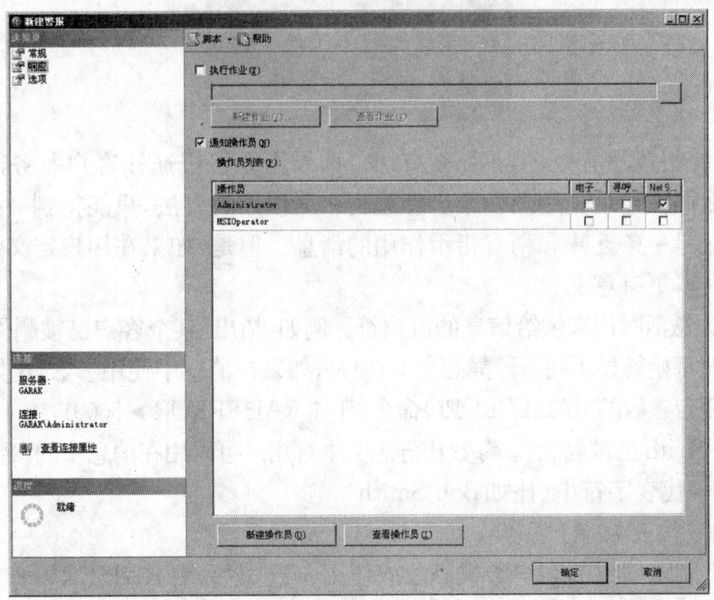

8. 在“选项”页面上，选择 Net Send 复选框。单击“确定”按钮创建该警报。

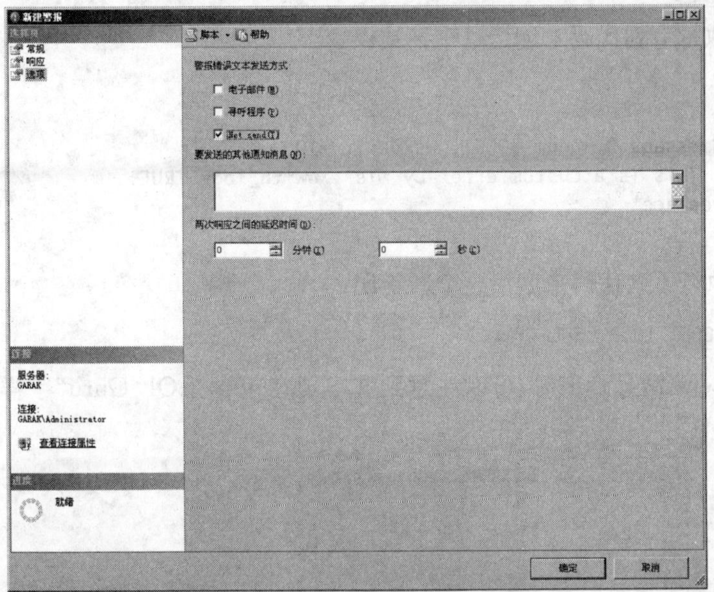

有了基于自定义错误消息的警报之后，就可以使用 RAISERROR()命令测试该警报：

1. 在 SQL Server Management Studio 中，单击“新建查询”按钮打开一个新的 SQL Server 查询窗口。
2. 键入并执行下列代码来激活这个新错误：

```
RAISERROR(50001,10,1)
```

3. 当 Net Send 消息弹出时，注意它给出的细节，然后单击“确定”按钮。

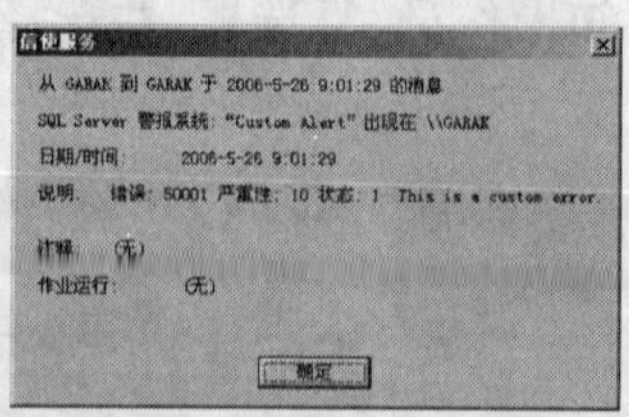

刚才创建的警报虽然有效,但不那么有用。如果需要警报通知客户服务部的经理某个客户已被删除,怎么办？如果采用上一个步骤系列中所使用的方法,只能得到一条指出客户已被删除的消息,这只是一条乏味和稍有指示作用的消息。但是,如果在用户定义错误消息中使用参数,则可以使文本更有意义。

参数是在错误激活时用来供给信息的占位符。例如,指出"某个客户已被删除"的消息在同一个错误每次激活时都始终显示同一段静态文本;但是,如果在消息中使用参数,比如"客户%ls 已被删除",则可以使用带参数的 RAISERROR()命令,比如 RAISERROR➤50001,10,1,'Bob Smith')来产生结果"客户 Bob Smith 已被删除"。参数比静态文本有用。可以用在消息中的参数如下:

- %ls 与%s 代表字符串(比如'Bob Smith')
- %ld 与%d 代表数字

下面,我们将刚才创建的客户警报修改成使用参数,然后用 RAISERROR()命令激活它:

1. 在 SQL Server Management Studio 中,单击"新建查询"按钮打开一个新的 SQL Server 查询窗口。
2. 键入并执行下列代码来创建这个新错误:

```
USE master
GO
EXEC sp_addmessage @msgnum=50001, @severity=10,
@msgtext=N' This is a custom error by %ls', @with_log='TRUE',
@replace='replace'
GO
```

3. 键入并执行下列代码来激活这个新错误:

```
RAISERROR(50001,10,1,'SQL Guru')
```

4. 当 Net Send 消息弹出时,可以注意到文本现在包含"SQL Guru"字样,替代消息文本中的%ls。

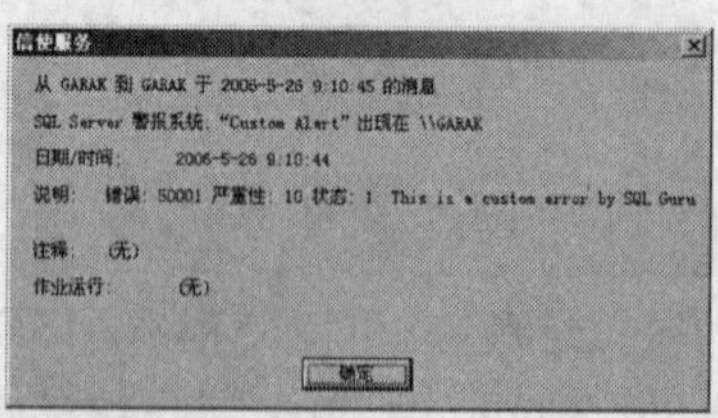

5. 单击"确定"按钮关闭 Net Send 消息。

现在,读者对基于标准和用户定义错误消息的警报已有比较充分的了解,但是在 SQL Server 2005 中,还可以创建用来修复问题的警报,使其不再成为问题。这些警报称为性能警报。

性能警报

事件警报适合处理事后的问题,但并不是所有问题都可以等到出现之后再解决。有些问题需要提前发现，以避免对系统造成损坏。这个目的可以使用性能警报来实现。

性能警报基于性能计数器，这些计数器与 Windows“性能监视器”程序中的性能计数器相同。它们提供与 SQL Server 的各种构件有关的统计信息，并对那些构件进行操作。何时使用性能警报的一个恰当例子是处理填满的事务日志错误。

当事务日志填充到100%时，任何用户都无法访问数据库，因此无法工作。有些公司只要用户有一个小时不能工作，就会造成大量经济损失，而清除事务日志使数据库恢复到可用状态需要一定的时间。因此，应当事先发现此类问题，在事务日志达到一定百分比（比如80%）时立即将其清除。

为了演示性能警报的作用，我们将创建一个在现实生活中可能见不到的警报。本例中的这个警报在 AdventureWorks 数据库的事务日志接近100%满时激活。在用户自己的系统上，应当将这个警报设置成事务日志70%满时激活，并激发一个备份（因而清除）事务日志的作业。下面是创建这个警报的步骤：

1. 打开 SQL Server Management Studio，展开服务器，然后展开“SQL Server 代理”服务。
2. 右击“警报”，并选择“新建警报”选项。
3. 在“名称”框中，输入 Performance Alert。
4. 在“类型”列表框中，选择“SQL Server 性能条件警报”选项。
5. 在“对象”列表框中，选择 SQLServer：Databases 选项。
6. 在“计数器”列表框中，选择 Percent Log Used 选项。
7. 在“实例”框中，选择 AdventureWorks 选项。
8. 确保将“计数器满足以下条件时触发警报”设置为“低于”。
9. 在“值”文本框中，输入100。

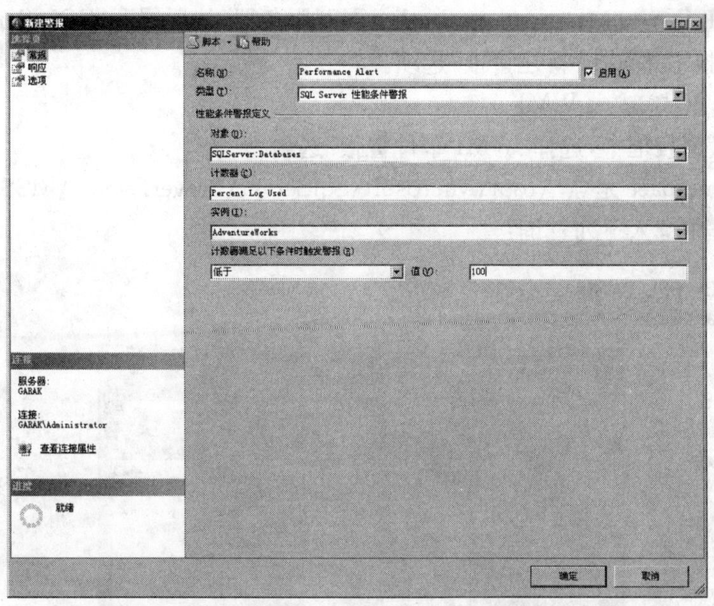

10. 选择“响应”页面，选择“通知操作员”复选框，并选择操作员名称旁边的 Net Send 复选框。
11. 单击“确定”按钮创建这个警报。
12. 当 Net Send 消息弹出时，仔细观察它给出的细节，包括错误号、描述和其他文本，然后单击“确定”按钮关闭消息。

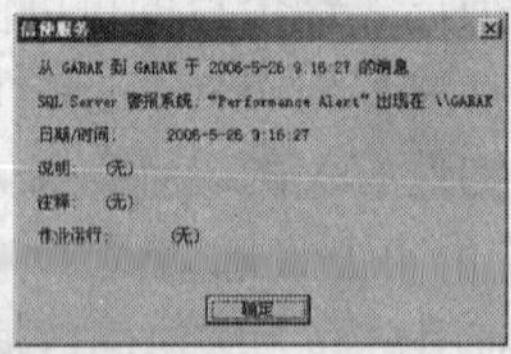

由于可能不希望这个错误消息每几分钟就弹出一次,现在将其关闭:

1. 在 SQL Server Management Studio 中,双击“SQL Server 代理”➤“警报”下面的 Performance Alert 打开它的属性页面。
2. 清除“已启用”复选框,并单击“确定”按钮应用修改结果。

SQL Server 2005 中还有一种非常有用的新增警报类型:WMI 警报。

WMI 警报

Windows Management Instrumentation(WMI)是 Microsoft 对基于的企业管理 Web-Based Enterprise Management 标准的实现,这是一个行业新标准,通过将系统、应用程序和网络之类的管理构件显示为一组常用对象使系统变得更容易管理。SQL Server 已经更新成使用 WMI 并响应 WMI 事件。但是,对于完全陌生的技术新手来说,这究竟意味着什么呢?

利用 WMI 警报,可以响应以前可能从未见过的事件。例如,可以将警报创建成在发布 ALTER LOGIN 命令时激活。这个警报对管理安全性是非常有用的。也可以将警报创建成在运行 CREATE TABLE 语句时激活,这样就可以跟踪数据库上的存储情况。惟一的限制是想像力,而且需要知道如何创建 WMI 警报。下面,我们将创建一个在有人对 AdventureWorks 数据库发布像 CREATE TABLE 这样的 DDL 语句时激活的 WMI 警报:

1. 打开 SQL Server Management Studio,展开服务器,然后展开“SQL Server 代理”服务。
2. 右击“警报”,并选择“新建警报”选项。
3. 在“名称”框中,输入 WMI Alert。
4. 在“类型”列表框中,选择“WMI 事件警报”选项。
5. 确保 Namespace 是\\. \root\Microsoft\SqlServer\ServerEvents\MSSQLSERVER。
6. 在查询框中键入下列查询:

```
SELECT * FROM DDL_DATABASE_LEVEL_EVENTS
WHERE DatabaseName = 'AdventureWorks'
```

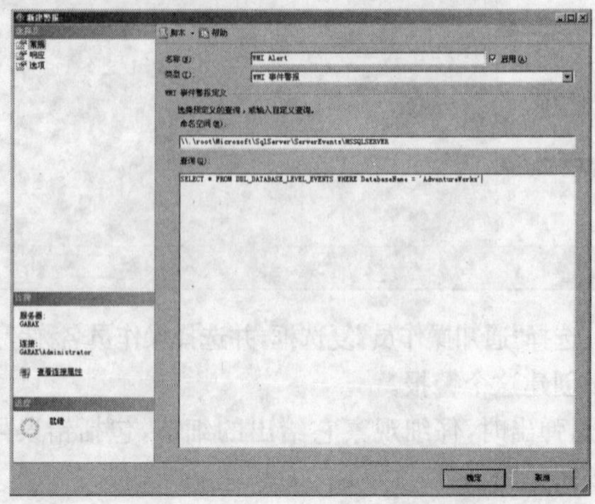

7. 选择“响应”选项卡，选择“通知操作员”复选框，并选择操作员名称旁边的 Net Send 复选框。
8. 在“选项”页面上，选择“警报错误文本发送方式”下面的 Net Send 复选框。单击“确定”按钮创建该警报。
9. 在 SQL Server Management Studio 中，单击“新建查询”按钮打开一个新的 SQL Server 查询窗口。
10. 键入并执行下列代码来激活这个新警报：

```
USE AdventureWorks
ALTER TABLE Person.Address ADD WMI_Test_Column VARCHAR(20) NULL
```

11. 当 Net Send 消息弹出时，仔细观察它给出的细节，包括错误号、描述和其他文本，然后单击“确定”按钮关闭消息。
12. 为了让 AdventureWorks 数据库恢复到正常状态，执行下列命令（请注意，这个 WMI 警报将再次激活）：

```
USE AdventureWorks
ALTER TABLE Person.Address DROP COLUMN WMI_Test_Column
```

13. 要禁用该警报，打开它，清除“已启用”复选框，然后单击“确定”按钮。

说明：如果已阅读过第 15 章“使用触发器”，可能已注意到 WMI 警报非常类似于 DDL 触发器。这是因为它们都使用了同一项 WMI 技术。

在了解操作员、作业与警报的概念之后，就可以学习用它们管理数据库的一种简化方法。下面将介绍这个方法：“维护计划向导”。

使用维护计划向导

需要执行许多任务才能使数据库一直都保持最佳的运行状态。像索引重组、数据库文件长度减小、数据库与事务日志备份这样的任务必须定期执行，才能使服务器保持正常运转。问题是这些任务的大部分都应该在下班以后执行。读者可能会说“没问题。我只要创建作业来执行它们就行”。虽然这是个正确的想法，但是必须为每个数据库都创建许多的作业，才能使那些数据库保持运转正常。要想完全避免为多个数据库创建多个作业的辛苦，可以使用“维护计划向导”。

这个向导可以用来为需要在数据库上定期执行的所有标准维护任务创建作业。描述这个向导的最佳方式是从头至尾地用它一遍，现在就开始。

在 SQL Server Management Studio 中，右击“管理”节点下的“维护计划”，选择“维护计划向导”——应该看到如图 17.1 所示的欢迎屏幕。单击“下一步”按钮。

在出现的第二个屏幕上，向导要求指定维护计划的名称和希望包括在维护计划中的服务器；可以选择已在 SQL Server Management Studio 中得到注册的任何服务器。在“名称”文本框中键入 Maintenance Plan 1，键入一段描述（任选），选择本地服务器，然后单击“下一步”按钮（请参见图 17.2）。

在“选择维护任务”屏幕上（如图 17.3 所示），向导要求选择数据优化的处理方法：

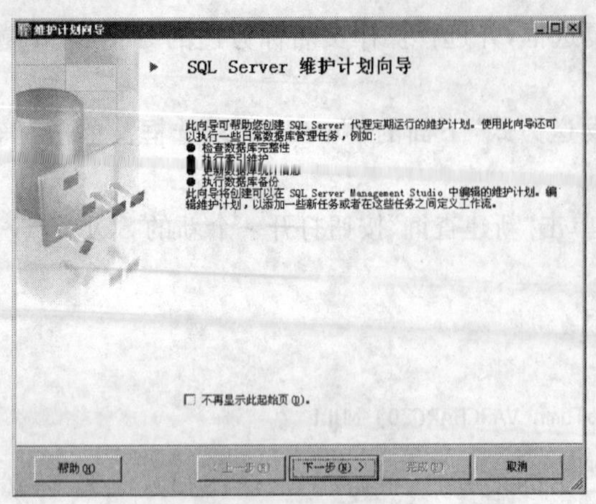

图 17.1 进入“维护计划向导”时首先看到欢迎屏幕

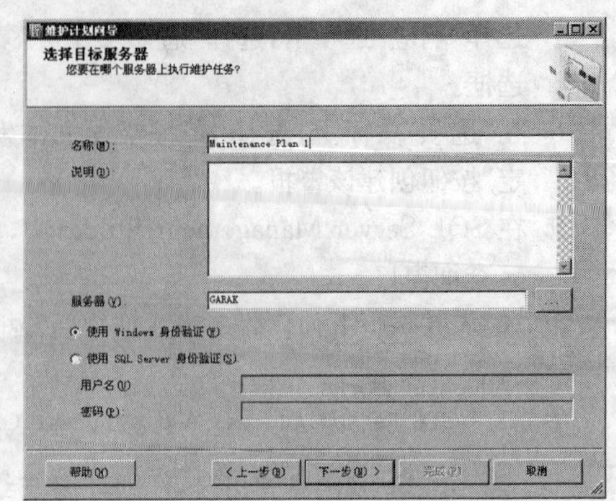

图 17.2 可以在本地或远程服务器上执行维护计划

- 检查数据库完整性;
- 收缩数据库;
- 重新组织索引;
- 重新生成索引;
- 更新统计信息;
- 清除历史记录;
- 执行 SQL Server 代理作业;
- 备份数据库(完整);
- 备份数据库(差异);
- 备份数据库(事务日志)。

在本例中,接受默认设置,并单击“下一步”按钮。

在下一个屏幕上(如图 17.4 所示),可以设置这些任务的执行顺序。保留默认设置,并单击“下一步”按钮。

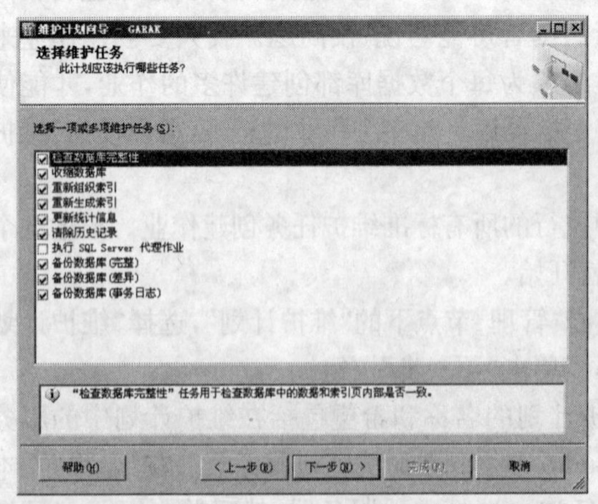

图 17.3 对可以执行的优化任务有很大的选择余地

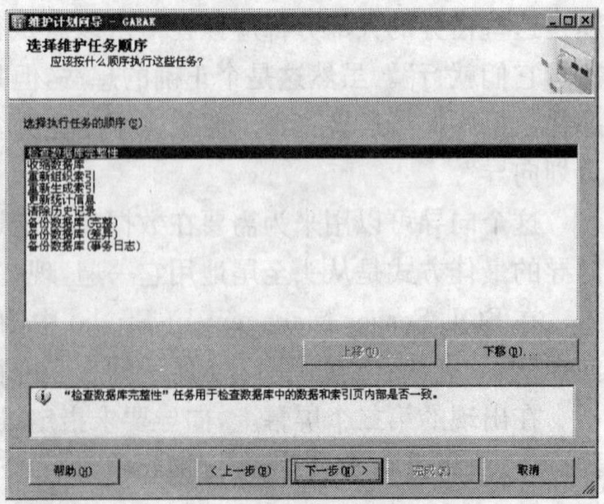

图 17.4 还可以设置优化任务的执行顺序

下一个屏幕允许选择希望包含在维护计划中的数据库。当单击“数据库”下拉列表时，其中会列出一些选项，如图 17.5 所示。

“所有数据库”　该选项将服务器上的所有数据库都包含在同一个维护计划中。

“所有系统数据库”　该选项只影响 master、model 和 MSDB 数据库。

“所有用户数据库”　该选项影响除了系统数据库之外的所有数据库(其中包括 AdventureWorks)。

“以下数据库”　该选项允许选择要包含在维护计划中的数据库。

在本例中，选择“所有数据库”选项，并单击“下一步”按钮。

在“定义收缩数据库任务”页面上(请参见图 17.6)，可以指定在数据库变得太大时应该怎样缩小数据库。可以定义何时缩小数据库，将数据库缩小多少，以及保留自由空间还是将它归还给 Windows。从下拉列表中选择“所有数据库”选项，然后单击“下一步”按钮。

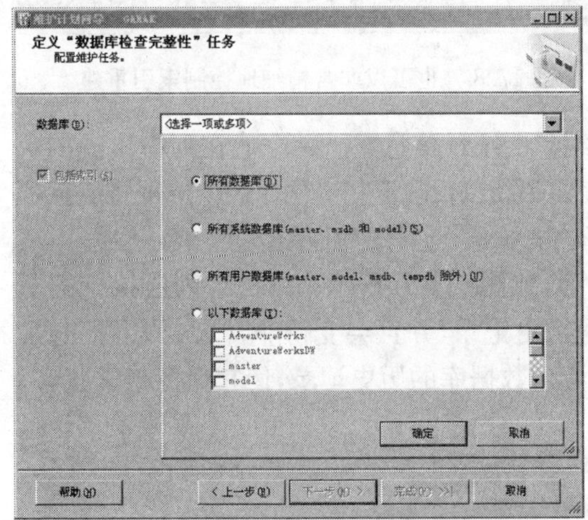

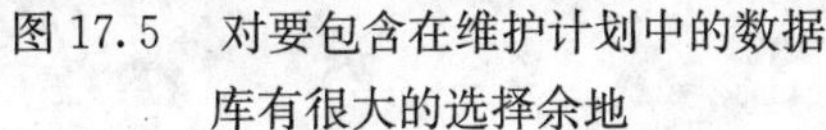
图 17.5　对要包含在维护计划中的数据库有很大的选择余地

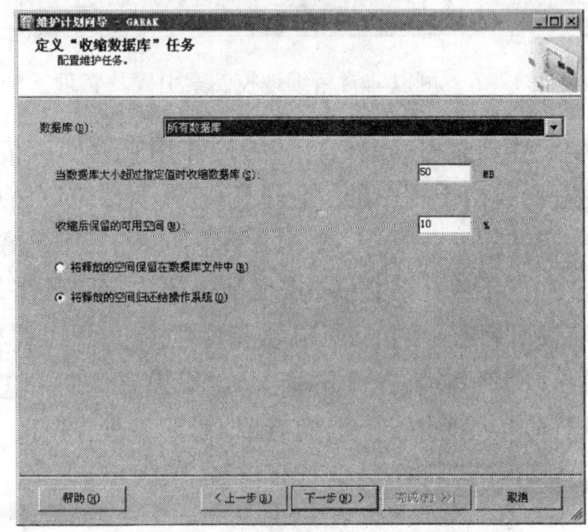

图 17.6　可以控制数据库应该何时和怎样缩小

在“定义重新组织索引任务”页面上(请参见图 17.7)，可以选择希望对哪个数据库中的哪个对象执行索引碎片整理。例如，可以只对 AdventureWorks 数据库中的 Person.Contact 表执行索引碎片整理，也可以对每个数据库中的所有表执行索引碎片整理，或者这两者之间的任一选择。在本例中，从“数据库”下拉列表中选择“所有数据库”选项，然后单击“下一步”按钮。

如图 17.8 所示，“定义重新生成索引任务”页面提供了许多用于重新索引数据库的选项。但是，它们有什么含义呢？SQL Server 数据库中的最小存储单位是称为页面的 8KB 单元。每个页的页尾可以保留少量的自由空间(称为填充因子)，用于将新数据插入到该页面上。该选项可以用来将这一自由空间归还给数据库文件中的页面。这项任务有两个主要选项：

- “使用默认可用空间重新组织页”选项用原始填充因子重新产生页面。
- “将每页的可用空间百分比更改为”选项创建一个新的填充因子。如果将它设置为 10，则页面将包含 10%的自由空间。

同样，从“数据库”下拉列表中选择“所有数据库”选项，接受默认设置，然后单击“下一步”按钮。

紧接着，出现“定义更新统计信息任务”页面，如图17.9所示。查询优化器使用统计信息

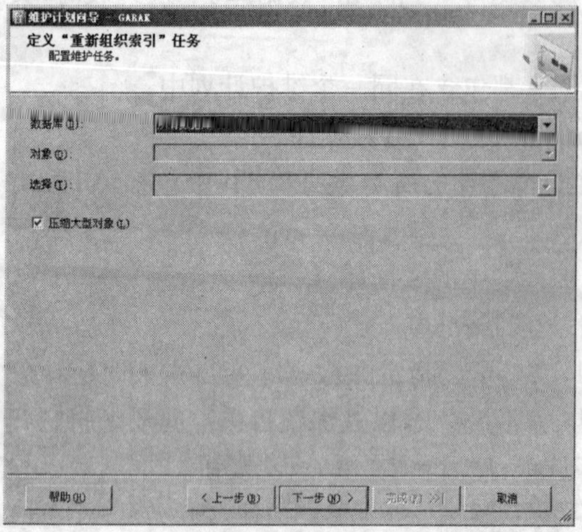

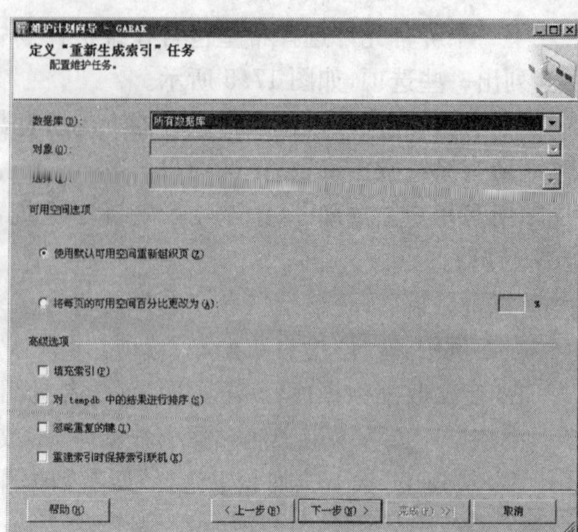

图 17.7　可以非常精细地控制索引碎片整理

图 17.8　也可以非常精细地控制索引重建

确定哪个索引(如果有的话)应该用来返回查询的结果。统计信息基于一个值在列中出现的次数,而且由于列中的值会是变化的,所以统计信息需要更新以反映那些变化。这个选项将更新那些统计信息。同样,从“数据库”下拉列表中选择“所有数据库”选项,然后单击“下一步”按钮。

接下来出现的是“定义清除历史记录任务”页面,如图 17.10 所示。维护计划所执行的所有任务都记录在 MSDB 数据库中。这个列表称为历史记录,并且会变得非常大(如果不时常清理的话)。在这个屏幕上,可以设置何时和怎样清理数据库的历史记录,使它保持正常状态。同样,接受默认设置,然后单击“下一步”按钮。

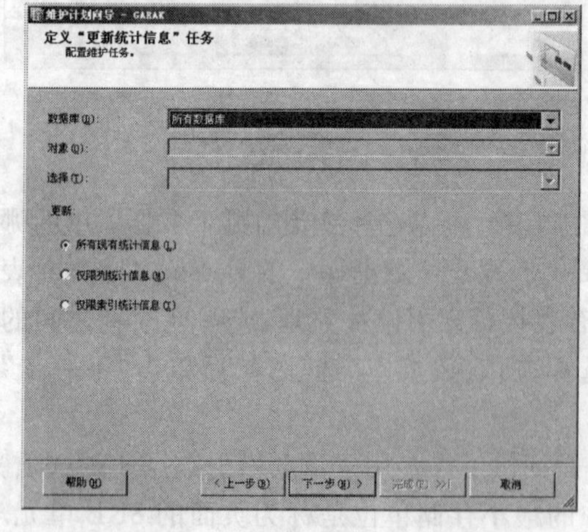

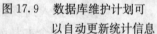

图 17.9　数据库维护计划可以自动更新统计信息

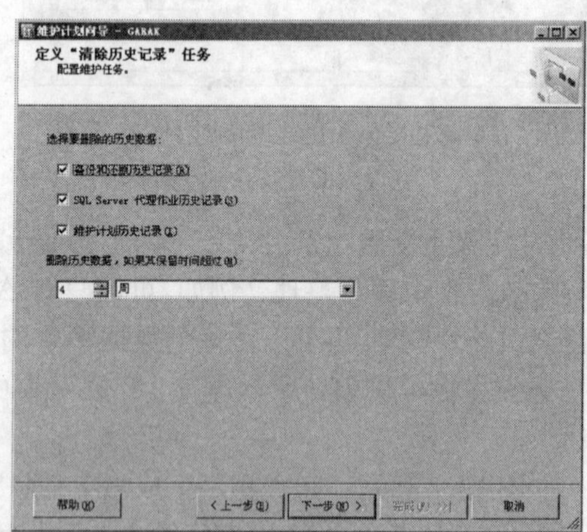

图 17.10　使用维护计划使历史记录表保持很小

接下来的 3 个屏幕允许控制完全、差异和事务日志备份的执行方式(完全备份页面如图 17.11 所示)。在这个页面上,可以选择哪些数据库将得到备份,以及它们将被备份到什么地方。接受默认设置,并单击“下一步”按钮。

在“选择计划属性”屏幕上(请参见图 17.12),可以将维护计划设置成自动或在要求时运行。通常,最好是将维护计划设置成自动运行,这样就不必亲自在场激活它。因此,单击“更改”按钮为该作业创建一个执行计划。也可以选择在维护计划运行时将得到通知的操作员。

设置完毕时，单击“下一步”按钮。

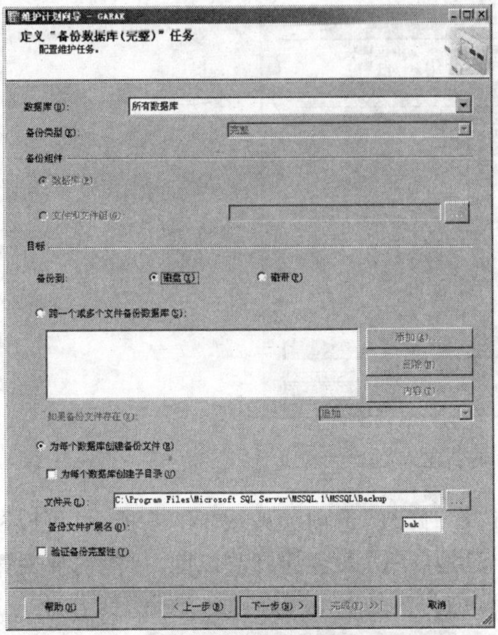

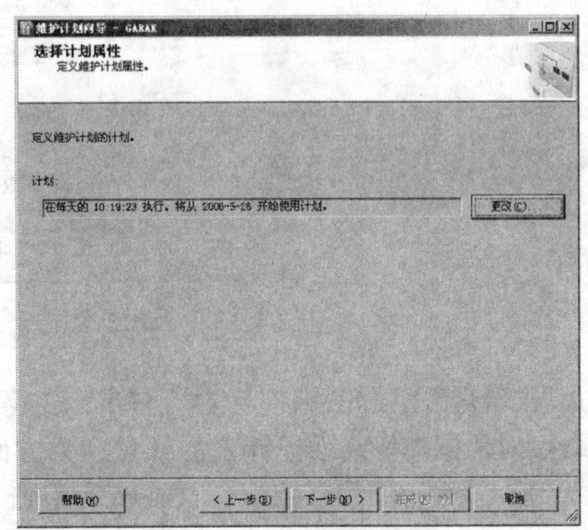

图 17.11　可以指定要备份什么以及将备份文件存放到什么地方

图 17.12　将维护计划安排在最恰当的时间运行

在“选择报告选项”页面上(请参见图 17.13)，可以在作业每次运行时将一个报表写到文本文件上，并且可以通过电子邮件将报表发送给操作员。在本例中，将报表写到 C:\，然后单击“下一步”按钮。

如图 17.14 所示，下一个页面上显示了待执行任务的汇总信息。单击“完成”按钮创建这个维护计划。

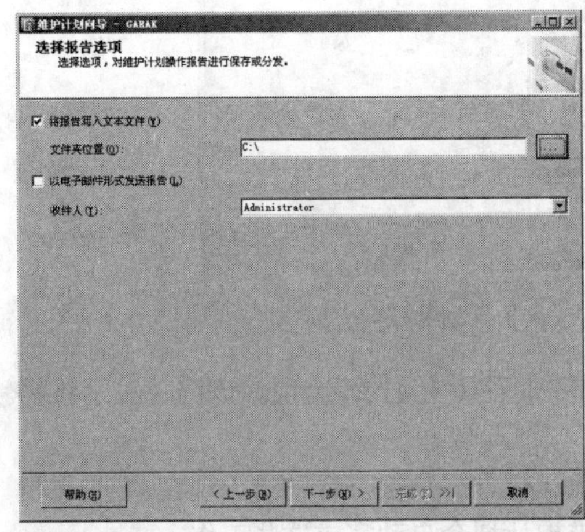

图 17.13　应当让向导在作业每次运行时编写报表

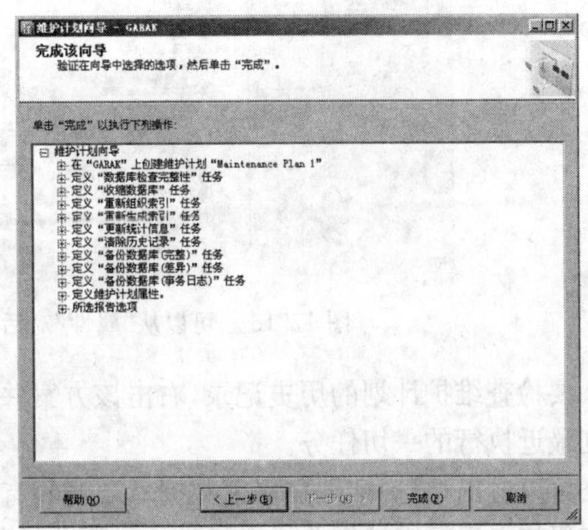

图 17.14　汇总屏幕显示维护计划的一个摘要

当 SQL Server 创建完维护计划后，单击“关闭”按钮(请参见图 17.15)。

如果在创建了维护计划之后的某个时候需要修改它，在 SQL Server Management Studio

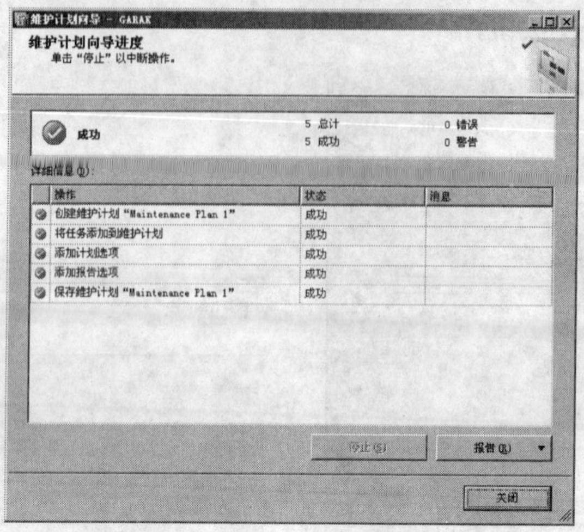

图 17.15　维护计划创建成功

中展开"管理"下面的"维护计划",右击该方案并选择"修改"选项。如图 17.16 所示,可以从"属性"对话框中修改维护计划的任意一个方面。但是,在做太多的修改以前,可能需要对第 22 章所讨论的 SQL Integration Services 有所了解,因为这是个 Integration Services 作业。

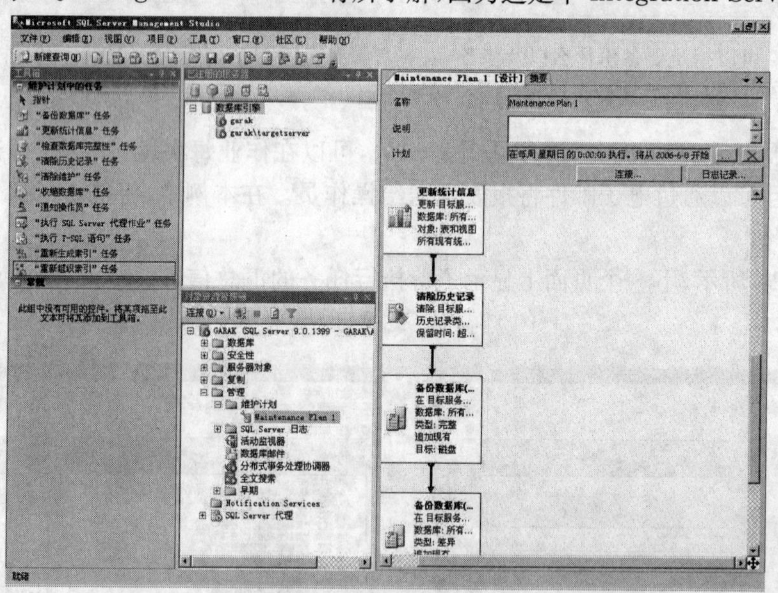

图 17.16　可以从"属性"对话框修改维护计划的任何方面

要检查维护计划的历史记录,右击该方案并选择"查看历史记录"选项。该选项显示维护计划最近执行的一切任务。

可以看出,维护计划在保证数据库顺畅和有效地运行方面是很有帮助的。现在,不必再担心加班加点运行维护作业或考虑先执行哪项任务,维护计划会自动完成这些工作。

小结

本章介绍了许多内容,但这些内容将节省管理员在服务器管理和报表制作方面的大量时间与精力。我们在本章中讨论了许多题目，其中包括：

自动化基础　本节介绍了自动化的 3 个主要构件：操作员、作业和警报。操作员是在问题需要关注时接到通知的个别人员，他们可以通过电子邮件、传呼机或 Net Send 消息接到通知。作业是一系列可以自动化成随时激活的任务与执行计划，它们可以包含 Transact-SQL 代码、可执行命令代码或脚本语言代码。

配置邮件支持　要配置邮件支持，首先需要创建一个 MailHost 数据库，并添加一个邮件配置文件和账户。在这些工作全部完成之后，就可以开始发送电子邮件。如果需要给操作员发送邮件，需要使 MSDB 成为 MailHost 数据库。

创建操作员　本节介绍了如何创建操作员，以及怎样将其配置成接收电子邮件、传呼机或 Net Send 消息。还可以将操作员配置成只在一天的某些时间可以接到消息。

创建作业　本节介绍了如何创建本地服务器作业和多服务器作业：

- 本地服务器作业只在本地系统上运行，它们可以配置成在任何时间运行任何类型的代码，也可以配置成在它们运行完毕、成功或失败时通知操作员。
- 多服务器作业创建在一台中央计算机(称为 MSX 或主服务器)上，然后分发到多台远程计算机(称为目标服务器)上执行。这些作业在多服务器环境中非常有用。

创建警报　警报在出现了错误时用来通知操作员。但是，并非所有错误都激发事件，只有那些已写到 Windows 事件日志上并配置了警报的错误才能向某人发出警报。本节介绍了如何创建基于标准 SQL Server 错误消息的警报，以及怎样创建能用于各种场合的用户定义错误消息。然后，讨论了如何创建和使用性能警报来防患于未然。另外，还介绍了如何创建 WMI 警报，以便能在 CREATE TABLE 或其他 DDL 语句之类的服务器事件出现时接到通知。

使用"维护计划向导"　需要在服务器上执行许多任务才能使服务器一直顺畅和有效地运行。需要备份数据库和事务日志，重新组织数据库文件内的索引和数据页面，以及定期检查数据库的完整性。与其设法记住做这些工作和做它们的顺序，倒不如使用"维护计划向导"自动化这些过程。

既然知道如何使系统上的各项任务自动化，就需要学会如何保护系统安全。下一章将深入探讨 SQL Server 安全性。

第 18 章　安全性与 SQL Server 2005

保护信息(或者说保卫公司数据的访问权)与保护现实中的建筑物十分相似。例如,请设想读者拥有一家公司和公司用做办公场地的一栋建筑物。不希望公众随便进出这栋办公楼,但员工应当能够进出。然而,还需要对员工能够出入的区域施加一些限制。由于只有会计才应该有权进出财务部,而且几乎任何人都不得随意进出公司领导的办公室,因此必须实施各种各样的安全系统。

保护 SQL Server 也是这样:没有获得授权的人都不得进入数据库服务器,而且一旦用户进入,各种安全系统必须防止他们窥视敏感区域。本章将讨论给 SQL Server 应用安全防护所使用的方法。

了解安全方式

继续前面的比喻,为了让员工能够进入办公楼,他们需要有某种钥匙,无论金属钥匙还是电子进入卡。同样,为了让用户能够进入 SQL Server,也需要给他们一把钥匙。这把钥匙的类型主要取决于锁(即身份验证方式)的类型。

身份验证方式指 SQL Server 如何处理用户名与密码。SQL Server 2005 提供了两种这样的身份验证方式:Windows 身份验证模式和混合模式。

Windows 身份验证模式

在使用这种方式时,用户可以到其计算机前,登录到 Windows 域上,然后使用 Kerberos 安全协议访问 SQL Server。虽然 Kerberos 协议的详细讨论超出了本书的范畴,但下面将简营介绍一下这个安全协议的工作方式:

1. 当用户登录时,Windows 执行一次 DNS 查找,寻找到一个密钥分发中心(Key Distribution Center,简称 KDC)。
2. 用户的计算机登录到 Windows 域上。
3. 密钥分发中心发布一个叫做票据授予票据(Ticket Granting Ticket,简称 TGT)的特殊安全令牌给用户。
4. 要访问 SQL Server,用户的计算机必须将这个票据递交给 SQL Server;如果该服务器接受这个票据,用户则获得访问权。

将 Kerberos 安全机制想象为去一趟赛马场骑马可能更容易理解。如果曾经去过赛马场并见过所有马道,或许知道进入马道需要一张入场券。要获得这张入场券,必须从赛马场大门口的售票处购买。一旦拿到了这张入场券,就可以将其交给管马员,以后就可以骑马了。

在 Kerberos 安全机制中,像 SQL Server 这样的服务就是想要进入的马道;但是,要使用这个服务,就需要递交一张票据。递交的这张票据就是登录时从 KDC 那里获得 TGT,因此可以将 KDC 理解为赛马场门口的售票处。一旦拿到了这张 TGT,就可以访问已拥有权限的任何服务,包括 SQL Server 2005。

Windows 身份验证方式的主要优点是用户不必记住多个用户名和密码。这极大地提高安全性,因为用户将密码写下来存放在不安全的地方(比如粘贴在监视器上)的可能性较小。这种方式还可以允许更充分地控制安全性,因为可以应用 Windows 密码策略;这些策略实行密码过期、要求一定的密码长度、保存密码的历史记录等事情。

这种方式的缺点之一是,只有获得 Windows 账户的用户才能打开与 SQL Server 的信任连接(请参见图 18.1)。换句话说,像 Novell 客户那样的用户就无法使用 Windows 身份验证方式,因为他们没有 Windows 账户。如果最终的结果是数据库系统存在这样的客户,则需要实现"混合模式"。

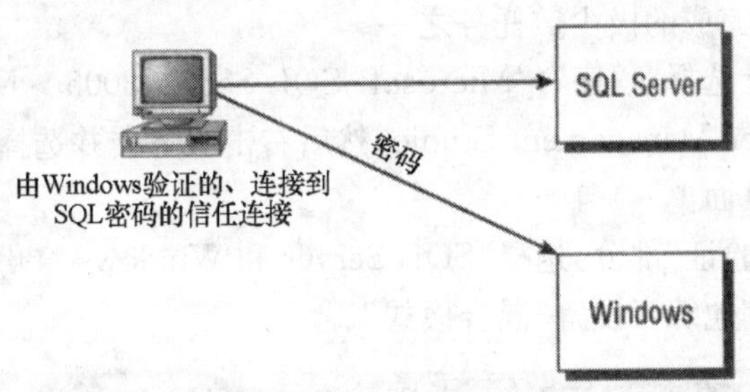

图 18.1 利用信任连接,SQL Server 委托 Windows 验证用户密码

混合模式

"混合模式"既允许 Windows 身份验证,又允许 SQL Server 身份验证。SQL Server 身份验证的工作方式如下:

1. 用户登录到他们的网络、Windows 以及其他系统。
2. 用户使用用户名与密码(不同于获得网络访问权的用户名与密码)打开与 SQL Server 的非信任连接(如图 18.2 所示)。这种连接之所以叫做非信任连接,是因为 SQL Server 没有委托操作系统验证用户的密码。
3. SQL Server 将用户键入的用户名和密码跟 syslogins 表中的某个登记项进行比较。

这种方式的主要优点是任何人都能使用"混合模式"获得 SQL Server 的访问权。因此,Mac 用户、Novell 用户、Banyan Vines 用户以及类似用户都能获得访问权。这也可以理解为第二层安全保护,因为若有人使用"混合模式"侵入了网络,这并不意味着他们同时自动侵入了 SQL Server。

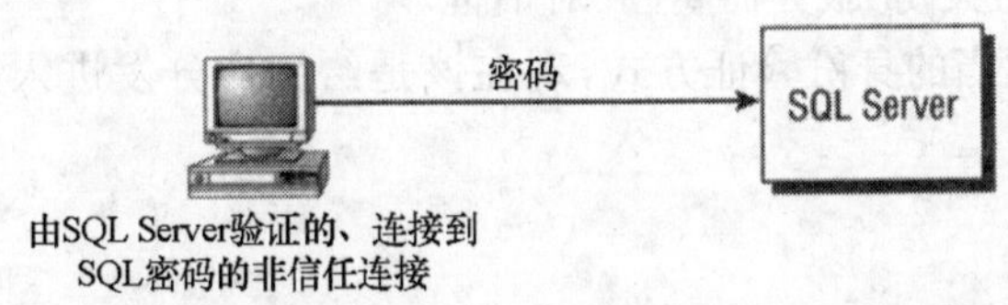

图 18.2 利用非信任连接,SQL Server 自己验证用户密码

具有讽刺意味的是,多个密码有利也有弊。请考虑这样一种情形:用户需要用一组用户名与密码登录到网络,同时又需要用一组完全不同的用户名与密码获得对 SQL Server 的访问权。当用户有多组凭据时,他们往往会将它们写下来,从而破坏了 DBA 辛辛苦苦建立起来的安全系统。

设置身份验证方式

作为数据库管理员,将来可能只在安装的时候才设置一次身份验证方式。只需要修改身份验证方式的另一次可能是在网络发生改变的时候。例如,如果已将 SQL Server 设置为“Windows 身份验证模式”,并且需要包含 Macintosh 客户,那么需要将身份验证方式改为“混合模式”。

非常有趣的是,虽然 SQL Server 中的大部分事情都可以通过 SQL Server Management Studio 或 Transact-SQL(T-SQL)来完成,但设置身份验证方式却是只能通过 SQL Server Management Studio 来完成的极少数任务之一。

1. 从“开始”菜单上选择“程序”➤ Microsoft SQL Server 2005 ➤ Management Studio 选项打开 SQL Server Management Studio,然后右击服务器并选择“属性”菜单命令。
2. 选择“安全性”页面。
3. 在“服务器身份验证”部分,选择“SQL Server 和 Windows 身份验证模式”单选项,这么做将为本章的其他练习设置“混合模式”。

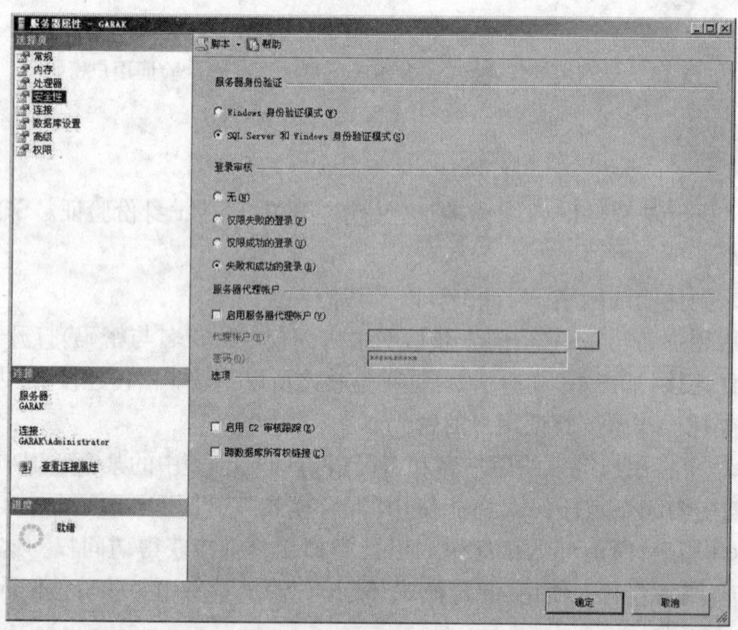

4. 单击“确定”按钮关闭“服务器属性”对话框。

既然已经设置了适当的身份验证方式,现在该是给用户分发进入办公楼的钥匙,即 SQL Server 登录的时候了。

SQL Server 登录

一旦已经决定了在办公楼上使用什么类型的锁(身份验证方式),就可以开始分发钥匙给员工,以便他们能够进入办公楼。真正的钥匙允许员工进入整栋大楼,但禁止使用楼内的任何资源(比如档案柜)。同样,SQL Server 钥匙(“登录名”)允许用户进入整个 SQL Server,但禁止使用里面的资源(比如数据库)。如果是 sysadmin 或 securityadmin 固定服务器角色(本章稍后讨论)的成员,则可以创建两种类型的登录之一:标准登录(比如前面比喻中的金属钥匙)

和 Windows 登录(比如较新型的电子出入卡)。

标准登录

本章前面曾经提过,只有获得 Windows 账户的客户才能建立与 SQL Server 的信任连接(其中 SQL Server 委托 Windows 验证用户的密码)。如果正在为其创建登录的用户(比如 Macintosh 或 Novell 客户)无法建立信任连接,则必须为他们创建标准登录。在下面的这些步骤中,我们将创建两个标准登录,供本章后面使用。

说明: 虽然可以用 Windows 身份验证方式创建标准登录,但是将无法使用它们。如果尝试使用它们,SQL Server 将不予理睬,而改用 Windows 凭据。

1. 打开 SQL Server Management Studio,并单击服务器图标旁边的加号(+)展开服务器。
2. 展开“安全性”文件夹,然后展开“登录名”文件夹。
3. 右击“登录名”文件夹,并选择“新建登录名”选项。
4. 选择“SQL Server 身份验证”单选项。
5. 在“登录名”文本框中,键入 SmithB。
6. 在“密码”文本框中,键入 Password1(请记住,密码是区分大小的)。
7. 在“确认密码”文本框中,再次键入 Password1。
8. 在“默认数据库”下面,选择 AdventureWorks 作为默认数据库。

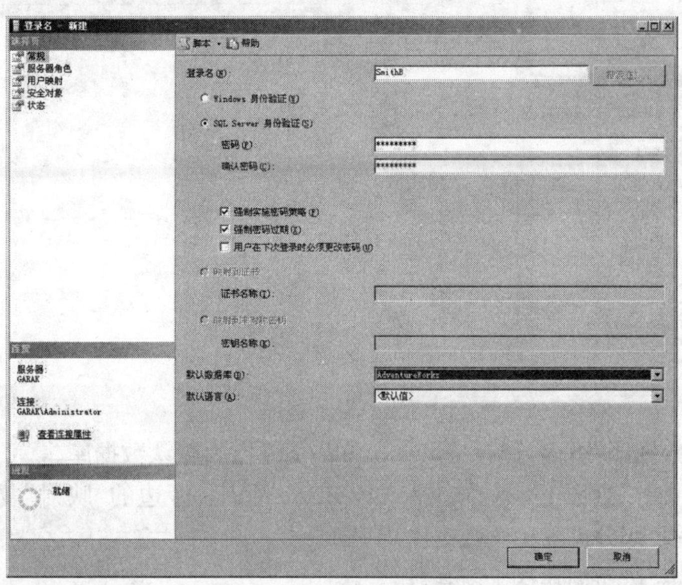

9. 在“用户映射”页面上,选择 AdventureWorks 旁边的“映射”复选框,以允许用户访问这个默认数据库。
10. 单击“确定”按钮,并留意目录窗格中的新建标准类型登录。
11. 右击“登录名”文件夹,并选择“新建登录名”选项。
12. 选择“SQL Server 身份验证”单选项。
13. 在“登录名”文本框中,键入 GibsonH。
14. 在“密码”文本框中,键入 Password1。
15. 在“确认密码”文本框中,再次键入 Password1。

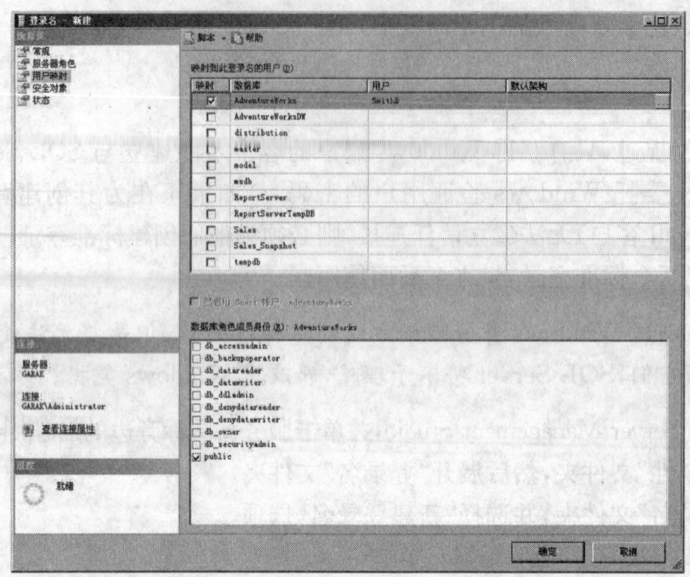

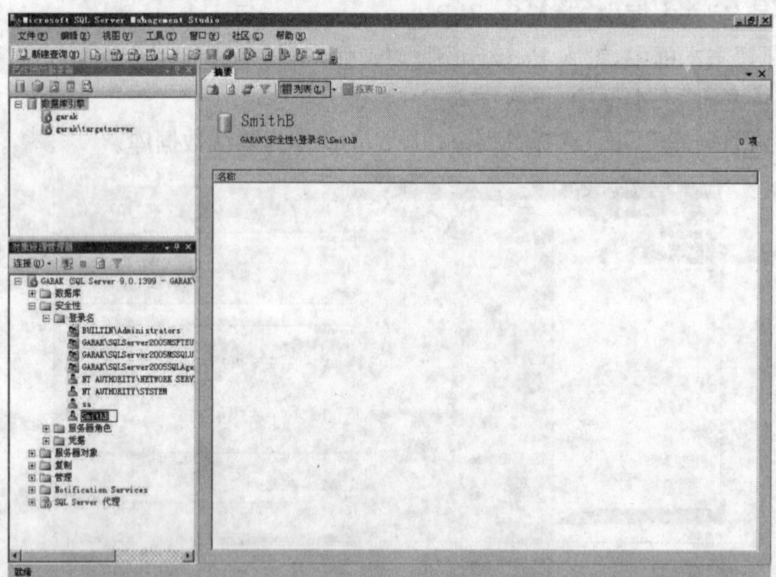

16. 在“默认数据库”下面，选择 AdventureWorks 作为默认数据库。
17. 在“用户映射”页面上，不要选择 AdventureWorks 旁边的“映射”复选框。我们将在本章的后面部分创建一个数据库用户。
18. 单击“确定”按钮创建这个新登录。
19. 屏幕上将会弹出一个对话框，并指出 GibsonH 无权访问选定的默认数据库。稍后，我们将给该用户授权，因此现在单击“确定”按钮继续。

现在，可以测试这些新建的登录，以确认它们是工作的。下面用 SmithB 登录名进行这项测试：

1. 在 SQL Server Management Studio 中，单击“新建查询”按钮打开一个新的 SQL Server 查询窗口。
2. 从“身份验证”下拉列表中，选择“SQL Server 身份验证”选项。
3. 在“登录名”文本框中，输入 SmithB。

4. 在“密码”文本框中，输入 Password1。

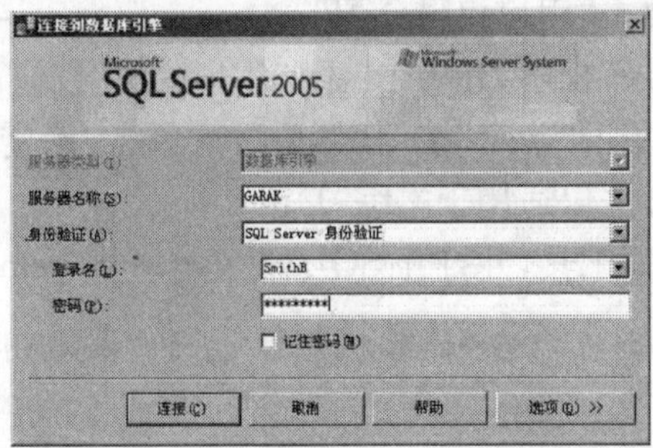

5. 单击“连接”按钮连接到 AdventureWorks 数据库。

Windows 登录

创建 Windows 登录与创建标准登录没有太大差别。虽然标准登录只适用于单个用户，但 Windows 登录却可以映射到下列各项：

- 单个用户；
- 管理员已经建成的 Windows 组；
- Windows 内部组(比如 Administrators)。

在创建 Windows 登录之前，必须先确定希望这个登录映射到上述 3 项之中的哪一项。一般说来，应该映射到已经建成的 Windows 组。这么做对以后的管理将有极大的帮助。例如，假设有一个 Accounting 数据库，并且财务部的全部 50 名会计都要求访问这个数据库。因此，可以选择为每名会计分别创建一个不同的登录，但将有 50 个需要管理的 SQL Server 登录。相反，如果为这 50 名会计创建一个 Windows 组，并将一个 SQL Server 登录映射到这个组，那么只有一个需要管理的 SQL Server 登录。

创建 Windows 登录的第一步是在操作系统中创建用户账户。下面的这些步骤将创建一些用户账户和用户组：

1. 打开“Active Directory 用户和计算机”，并单击“操作”➤“新建”➤“用户”(“Active Directory 用户和计算机”位于“开始”➤“程序”➤“管理工具”程序组中)。
2. 按照下列清单中的标准创建 6 个新用户：

用户名	部门	密码	必须更改	永不过期
MorrisL	IT	Password1	取消选择	选择
ThompsonA	Administration	Password1	取消选择	选择
JohnsonK	Accounting	Password1	取消选择	选择
JonesB	Accounting	Password1	取消选择	选择
ChenJ	Sales	Password1	取消选择	选择
SamuelsR	Sales	Password1	取消选择	选择

3. 当处于“Active Directory 用户和计算机”中时，创建一个名为 Accounting 的本地域安全(Domain Local Security)组。
4. 将刚才创建的、部门为 Accounting 的所有新用户都添加到这个组中。
5. 当仍处于“Active Directory 用户和计算机”中时，创建一个名为 Sales 的本地域安全组。
6. 将部门为 Sales 的所有新用户都添加到这个组中。

7. 从“开始”菜单上选择“程序”➤“管理工具”➤“本地安全策略”打开“本地安全设置”。
8. 展开“本地策略”并单击“用户权限分配”。
9. 双击“允许在本地登录”权限,并单击“添加用户或组”按钮。
10. 选择 Everyone 组,单击“确定”按钮,然后再次单击“确定”按钮(在生产计算机上,这不是最佳方法,该方法仅适用于本练习)。
11. 关闭“本地策略设置”工具,并打开 SQL Server Management Studio。

提示: 如果不能访问域,则可以在“计算机管理”下的“本地用户和组”中完成上述所有工作。

在创建了用户账户与组之后,就可以创建要映射到这些账户的 SQL Server 登录,步骤如下:

1. 打开 SQL Server Management Studio,并单击服务器图标旁边的加号展开服务器。
2. 展开“安全性”文件夹,然后展开“登录名”文件夹。
3. 右击“登录名”文件夹,并选择“新建登录名”选项。
4. 在“登录名”文本框中,键入 Sqldomain\Accounting(前面创建的本地组的名称)。
5. 在“默认数据库”下面,选择 AdventureWorks 作为默认数据库。

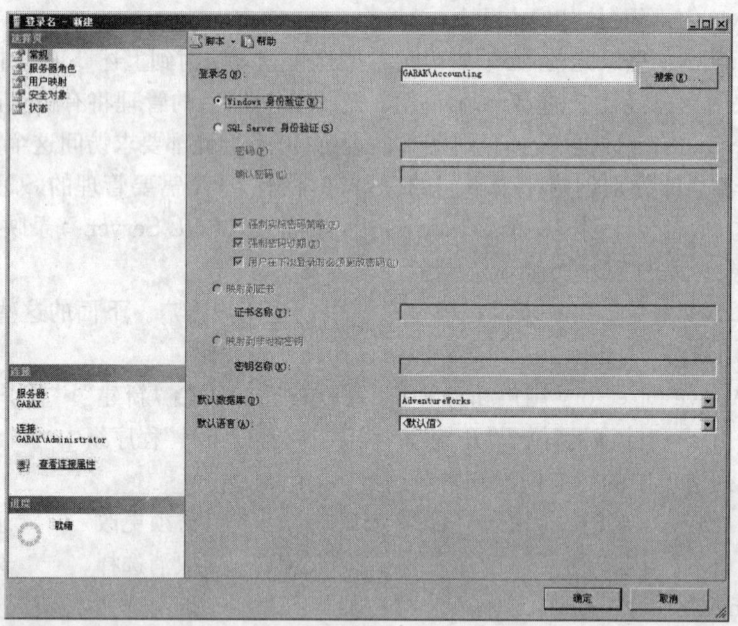

6. 在“用户映射”页面上,选择 AdventureWorks 旁边的“映射”复选框,以允许用户访问这个默认数据库。
7. 单击“确定”按钮创建这个登录。
8. 右击“登录名”文件夹,并选择“新建登录名”菜单命令。
9. 在“登录名”文本框中,键入 Sqldomain\Sales(前面创建的本地组的名称)。
10. 在“默认数据库”下面,选择 AdventureWorks 作为默认数据库。
11. 在“用户映射”页面上,选择 AdventureWorks 旁边的“映射”复选框,以允许用户访问这个默认数据库。
12. 单击“确定”按钮创建这个登录。

13. 右击“登录名”文件夹，并选择“新建登录名”菜单命令。
14. 在“登录名”字段中，键入 Sqldomain\RosmanID。
15. 在“默认数据库”下面，选择 AdventureWorks 作为默认数据库。

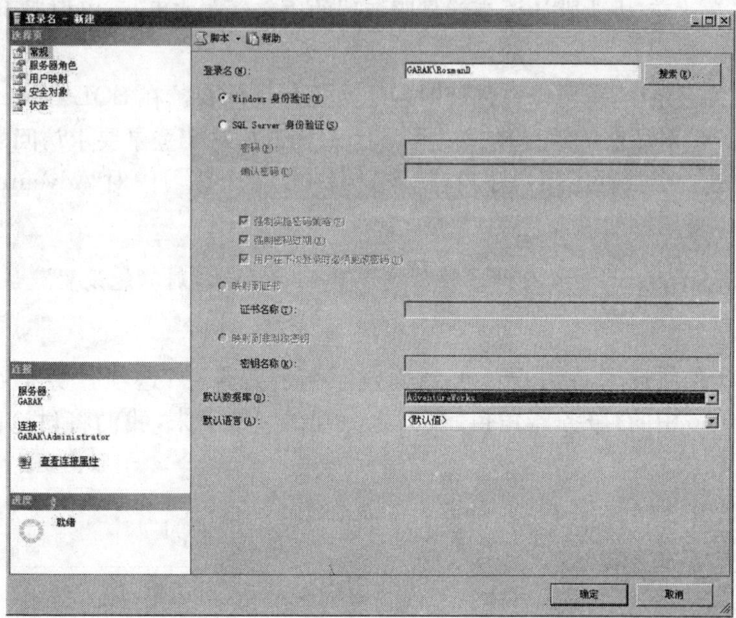

16. 在“用户映射”页面上，选择 AdventureWorks 旁边的“映射”复选框，以允许用户访问这个默认数据库。
17. 单击“确定”按钮创建这个登录。
18. 右击“登录名”文件夹，并选择“新建登录名”选项。
19. 在“登录名”字段中，键入 Sqldomain\MorrisL。
20. 在“默认数据库”下面，选择 AdventureWorks 作为默认数据库。
21. 在“用户映射”页面上，选择 AdventureWorks 旁边的“映射”复选框，以允许用户访问这个默认数据库。
22. 单击“确定”按钮创建这个登录。

既然有了要使用的一些 Windows 组和用户登录，现在就可以测试它们。首先，我们将作为刚才创建的组之一的成员进行登录，然后将作为一个具体的用户进行登录：

1. 从 Windows 中注销，并重新登录为 JonesB。
2. 在 SQL Server Management Studio 中打开一个新的 SQL Server 查询窗口，并从“身份验证”下拉列表中选择“Windows 身份验证”。
3. 关闭 SQL Server Management Studio，从 Windows 中注销，并重新登录为 RosmanID。
4. 在 SQL Server Management Studio 中打开一个新的 SQL Server 查询窗口，并从“身份验证”下拉列表中选择“Windows 身份验证”。

所有登录的共有元素

在刚才创建登录时，读者可能已经注意到，有些东西是所有登录所共有的。

第一件东西是默认数据库。当用户首次登录到 SQL Server 上时，他们连接这个默认的数据库。如果没有设置默认数据库,master 数据库就是这个默认的数据库——master 数据库并不是用户开始工作的最佳起点。应当将默认数据库改成一个不同的数据库。例如,如果正在处理会计用户,则可以用 Accounting 数据库作为默认数据库。另外,还可以设置默认语言,这个设置不需要经常改变,因为默认语言就是服务器的语言。在这里,可以根据用户的需要设置一种不同的语言。

在所有类型的登录中,都可以在创建时授予数据库访问权。在 SQL Server Management Studio“新建登录名”对话框的“用户映射”页面上,只需选择这个登录要求访问的数据库即可;这么做将自动创建一个数据库用户账户,就像我们在上一个练习中对 AdventureWorks 数据库所做的那样。

警告: 如果用 sp_grantlogin 存储过程创建 Windows 登录,则不能设置默认的数据库或语言。

此外,还可以在创建时将用户添加到固定服务器角色中;这项任务是在 SQL Server Management Studio 中的“服务器角色”页面上完成的。接下来,我们将讨论固定服务器角色——限定访问权限。

固定服务器角色

让我们回到前面的比喻。作为老板,当走进办公楼时,可以随心所欲地做任何事情(毕竟,老板拥有这栋大楼)。然而,当财务部的工作人员进入办公楼时,他们仅限于他们能做的事情。例如,他们不能带走其他工作人员的钥匙,但可以做其他管理工作,比如开支票。

这就是固定服务器角色的作用——限定用户一旦登录到 SQL Server 中就拥有的管理性访问数量。有些用户可能获准随心所欲地做任何事情,而其他用户也许只能管理安全性。用户可以指派给 8 个服务器角色之中的任意一个角色。下面从高到低描述了授给各个固定服务器角色的管理性访问权:

Sysadmin 这个服务器角色的成员有权在 SQL Server 中执行任何任务。给这个角色指派用户时应该特别小心,因为不熟悉 SQL Server 的用户可能会意外地造成严重问题。这个角色仅适合数据库管理员(DBA)。

Serveradmin 这些用户可以设置服务器级的配置选项,比如 SQL Server 可以使用多大内存或单帧可以通过网络发送多少信息。他们还可以关闭服务器。如果老板让自己的助理 DBA 成为这个角色的成员,则可以减轻自己的一些管理负担。

Setupadmin 这个角色的成员可以安装复制和管理扩展存储过程(用于执行 SQL Server 本身无法执行的操作)。也应当使助理 DBA 成为这个角色的成员。

Securityadmin 这些用户管理安全性问题,比如创建与删除登录、阅读审核日志以及给用户授予创建数据库的权限。这也是个适合助理 DBA 的角色。

Processadmin SQL Server 能够多任务化;也就是说,它可以通过执行多个进程做多件事情。例如,SQL Server 可以生成一个进程用于向高速缓存写数据,同时生成另一个进程用于从高速缓存中读取数据。这个角色的成员可以结束(在 SQL Server 中称为删除)进程。这是另一个适合助理 DBA 成员和开发人员的角色。开发人员尤其需要取消可能由设计不当的查询或存储过程所激活的进程。

Dbcreator　这些用户可以创建和修改数据库，这不仅是个适合助理 DBA 的角色，也可能是个适合开发人员的角色(但应该警告他们不要创建不必要的数据库和浪费服务器空间)。

Diskadmin　这些用户管理磁盘文件，比如镜像数据库和添加备份设备。助理 DBA 应该是这个角色的成员。

Bulkadmin　这个角色的成员可以执行 BULK INSERT 语句，这条语句允许他们从文本文件中将数据导入到 SQL Server 数据库中。助理 DBA 应该是这个角色的成员。

下面，我们将运用上面介绍的知识将一些用户指派给固定服务器角色，进而限定他们的管理特权：

1. 从“开始”菜单上选择“程序”➤ Microsoft SQL Server 2005，并从这个程序组中选择 SQL Server Management Studio 将其打开。展开“安全性”文件夹，然后展开“服务器角色”文件夹。
2. 双击 Sysadmin“服务器角色属性”。
3. 单击“添加”按钮，单击“浏览”按钮，选择 SqlDomain\MorrisL 旁边的复选框，单击“确定”按钮，然后再次单击“确定”按钮。

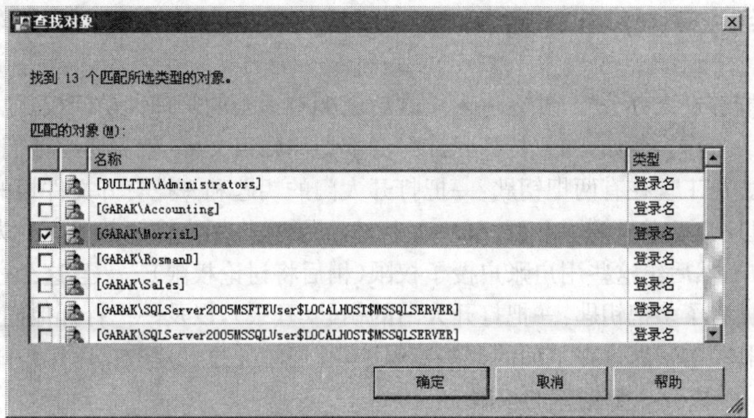

4. MorrisL 现在应该出现在“角色成员”列表中。

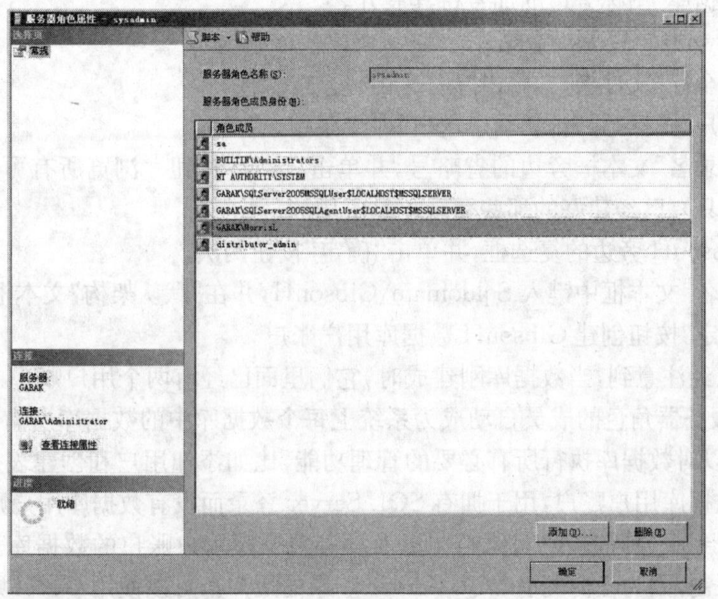

5. 单击“确定”退出“服务器角色属性”对话框。
6. 双击 Serveradmin“服务器角色属性”。
7. 单击“添加”按钮，键入 SqlDomain\GibsonH，然后单击“确定”按钮。
8. 单击“确定”按钮退出“服务器角色属性”对话框。

提示：如果不想让用户拥有任何管理性特权，就不要将他们指派给服务器角色。这将他们限定为普通用户。

提示：Builtin\Administrators 自动成为 sysadmin 服务器角色的成员，进而将 SQL Server 管理性特权指派给所有 Windows 管理员。由于并非所有 Windows 管理员都应该拥有这些特权，所以可能需要在 Windows 中创建一个 SQLAdmins 组，并将 SQL Server 管理员都添加到这个组中，然后让这个组成为 sysadmins 角色的成员。最后，应该从 sysadmin 角色中删除 Builtin\Administrators。

接下来，我们将通过创建数据库用户账户，给用户指派访问 SQL Server 数据库的访问权。

创建数据库用户账户

既然员工能够进入办公楼，并在进入楼内后就拥有适当的管理性访问权，他们就需要访问其他资源来完成工作。例如，如果打算允许财务部访问账目文件，就需要给他们一把钥匙——文件柜的钥匙。员工现在有两把钥匙：一把打开大门的钥匙和一把打开文件柜的钥匙。

同样，一旦用户已登录到了 SQL Server 上，就需要允许用户访问数据库。为此，需要创建数据库用户账户，然后给这些用户账户授予权限(稍后将讨论权限)。一旦这个过程结束，SQL Server 用户就拥有了多把钥匙：一把打开大门的钥匙(登录)，以及一把打开他们需要访问的每个文件柜(数据库)的钥匙。在下面的这些步骤中，我们将通过创建数据库用户账户，给用户授予访问 AdventureWorks 数据库的权限：

1. 打开 SQL Server Management Studio，并展开服务器。
2. 单击“数据库”图标旁边的加号将其展开。
3. 展开 AdventureWorks 数据库。
4. 展开“安全性”文件夹，并单击“用户”图标。
5. 右击“用户”图标，并选择“新建用户”命令菜单。
6. 单击“登录名”文本框旁边的省略号，并单击“浏览”按钮。浏览所有可用的名称；应该注意到，只有已经建好的那些登录才是可用的。
7. 选择 GibsonH 旁边的复选框，并单击“确定”按钮两次。
8. 在“登录名”文本框中键入 Sqldomain\GibsonH，并在“默认架构”文本框中键入 dbo。
9. 单击“确定”按钮创建 GibsonH 数据库用户账户。

也许读者已经注意到，当数据库刚建成时，它们里面已经有两个用户账户：DBO 和 Guest。sysadmin 固定服务器角色的成员自动成为系统上每个数据库中的数据库所有者(DBO)用户。这样，他们就可以对数据库执行所有必要的管理功能，比如添加用户和创建表。Guest 用户是个包罗万象的数据库用户账户，用于拥有 SQL Server 登录而没有数据库用户账户的用户。这些用户可以登录到服务器上，访问他们在里面没有数据库用户账户的数据库。Guest 账户的功能应当受到限制，因为任何拥有 SQL Server 登录的用户都可以使用 Guest 账户。

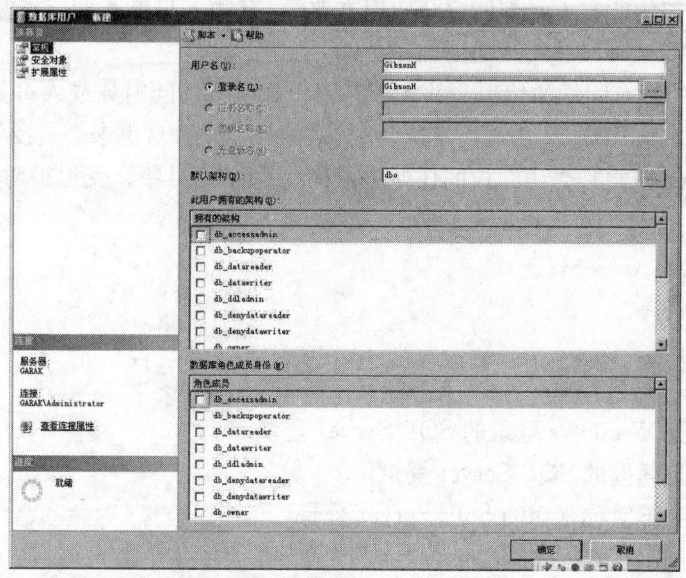

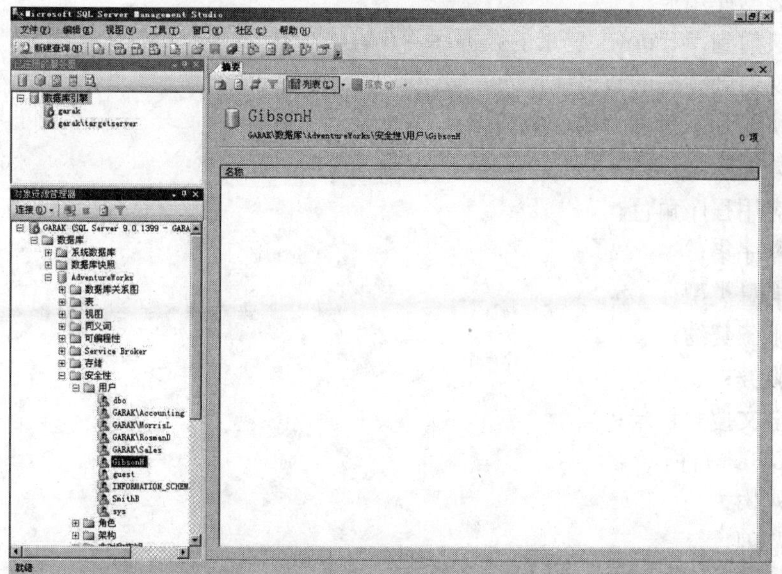

说明：无论 sysadmin 固定服务器角色的成员何时创建数据库对象（比如表），该对象都不归该登录所拥有，而是归 DBO 账户所拥有。例如，如果 GibsonH 创建了一个表，这个表并不称为 GibsonH. table，而是称为 dbo. table。

既然给每个人都创建了用户账户，就需要约束这些用户能够对数据库执行什么操作。这项任务是通过直接给用户指派权限或将用户添加到具有一组预定义权限的数据库角色来实现的。

了解权限

继续前面的公司比喻。让销售部人员走进财务部并开始亲自开大额支票简直是不可想象的。在当今的大多数公司中，销售部人员连看一看支票簿的权限都没有。再将这个比喻推进一步,并不是财务部的所有人员都能完全使用支票簿;有些人只能查阅支票簿,而其他人可以从支票簿中开支票。

SQL Server 中也有同样的情形。并非所有用户都应该访问财务或人事数据库,因为这些数据库含有敏感信息。即使是获准访问这些敏感数据库的用户,也未必被授予完全访问权限。

由 SQL Server 控制其受访问权的任何对象称为受保护对象。受保护对象可以分成以下 3 个范围:

- 服务器范围:
  - 服务器;
  - 端点;
  - SQL Server 登录;
  - 映射到 Windows 登录的 SQL Server 登录;
  - 映射到凭据的 SQL Server 登录;
  - 映射到不对称密钥的 SQL Server 登录。
- 数据库范围:
  - 数据库用户;
  - 映射到 Windows 登录的数据库用户;
  - 映射到凭据的数据库用户;
  - 映射到不对称密钥的数据库用户。
  - 数据库角色;
  - 应用程序角色;
  - 程序集;
  - 消息类型;
  - 服务契约;
  - 服务;
  - 全文搜索目录;
  - DDL 事件;
  - 架构。
- 架构范围:
  - 表;
  - 视图;
  - 函数;
  - 过程;
  - 队列;
  - 类型;
  - 规则;
  - 默认值;
  - 同义词;
  - 聚合。

所有这些对象都是通过应用权限受到保护的。

语句权限

在办公楼内，老板允许建造大楼的建筑工人进入并使用公司的文件、复印机和其他各种资源吗？不会，只给了他们最初建造大楼和后期维修的权限，而没有给他们使用公司的文件、复印机和其他各种资源的权限。

在 SQL Server 中，这样的约束类似于给建筑工人授予语句权限。语句权限与实际数据毫无关系；它们允许用户创建保存数据的结构。不随便授予这些权限是十分重要的，因为这么做可能会导致破坏所有权链（稍后讨论）和浪费服务器资源之类的问题。最好是只给 DBA、助理 DBA 和开发人员指派语句权限。下一组指令演示了应用下列语句权限的机制：

- 创建数据库；
- 创建表；
- 创建视图；
- 创建过程；
- 创建索引；
- 创建规则；
- 创建默认值。

说明：在创建新的数据库时，SQL Server 将会在 master 数据库内的 sysdatabases 系统表中添加一条对应的记录。因此，Create Database 语句只能在主数据库上被授权。

1. 为了给后面的练习准备 SQL Server，我们需要从公共角色中删除所有权限，因为现有权限将会干扰工作。在 SQL Server Management Studio 中打开一个新的 SQL Server 查询窗口，并执行下列查询：

```
USE AdventureWorks
REVOKE ALL from public
```

2. 关闭查询窗口，但不保存修改结果。
3. 在对象资源管理器中，展开服务器，然后展开“数据库”文件夹。
4. 右击 AdventureWorks 数据库，并选择“属性”命令菜单。
5. 在“数据库刷新”对话框中，选择“权限”页面。
6. 单击 Create Table 旁边的“授予”复选框给 RosmanD 授予 Create Table 权限。
7. 给 Accounting 授予 Backup Database 与 Backup Log 权限。
8. 如果 Guest 用户拥有授予的任何权限，则清除每个复选框删除那些权限。单击“确定”按钮应用修改结果。
9. 从 Windows 中注销，并重新登录为 JonesB。
10. 在 SQL Server Management Studio 中打开一个新的 SQL Server 查询窗口，使用“Windows 身份验证”方式建立连接，并键入下列查询：

```
USE AdventureWorks
CREATE TABLE Statement1
(column1    varchar(5)    not null,
column2    varchar(10)    not null)
```

11. 从“查询”下拉菜单中选择“执行”选项。应该注意到该查询执行不成功，因为 JonesB（Accounting 组的一个成员）没有创建表的权限。

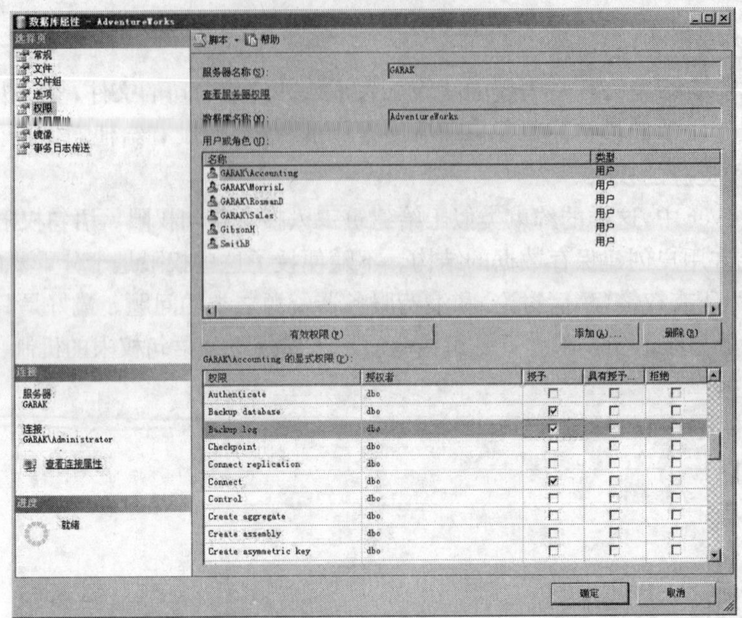

12. 关闭 SQL Server Management Studio,从 Windows 中注销并重新登录为 RosmanD。
13. 在 SQL Server Management Studio 中打开一个新的 SQL Server 查询窗口,再次键入并执行第 10 步中的代码。这次,该查询执行成功,因为 RosmanD 拥有创建表的权限。

对象权限

一旦有了保存数据的结构,就需要给用户授予开始使用数据库中数据的权限,这是通过给用户授予对象权限来实现的。利用对象权限,可以控制谁能够读取、写入或以其他方式操作数据。下面列出了 12 个对象权限:

Control 这个权限提供对象及其下层所有对象上的、类似于主所有权的能力。例如,如果给用户授予了数据库上的"控制"权限,那么他们在该数据库内的所有对象(比如表和视图)上都拥有"控制"权限。

Alter 这个权限允许用户创建(CREATE)、更改(ALTER)或删除(DROP)受保护对象及其下层所有对象。他们能够修改的惟一属性是所有权。

Take Ownership 这个权限允许用户取得对象的所有权。

Impersonate 这个权限允许一个用户或登录模仿另一个用户或登录。

Create 顾名思义,这个权限允许用户创建对象。

View Definition 这个权限允许用户查看用来创建受保护对象的 T-SQL 语法。

Select 当用户获得了选择权限时,该权限允许用户从表或视图中读取数据。当用户在列级别上获得了选择权限时,该权限允许用户从列中读取数据。

Insert 这个权限允许用户在表中插入新的行。

Update 这个权限允许用户修改表中的现有数据,但不允许添加或删除表中的行。当用户在某一列上获得了这个权限时,用户只能修改该列中的数据。

Delete 这个权限允许用户从表中删除行。

References　表可以借助于外部关键字关系在一个共有列上相互链接起来；外部关键字关系设计用来保护表间的数据。当两个表借助于外部关键字链接起来时，这个权限允许用户从主表中选择数据，即使他们在外部表上没有“选择”权限。

Execute　这个权限允许用户执行被应用了该权限的存储过程。

在下面的这些步骤中，我们将亲自体验一下怎样应用和测试对象权限：

1. 打开 SQL Server Management Studio，展开服务器，展开“数据库”，展开 AdventureWorks，然后展开“表”。
2. 右击 Person. Address 表，并选择“属性”菜单选项。
3. 在“权限”页面上，在“用户或角色”下面添加 ***Sqldomain*\Sales** 和 **SmithB**。
4. 单击 Select 旁边的“授予”复选框给 Sales 授予 Select 权限。
5. 单击 Select 旁边的 Allow 复选框给 SmithB 授予 Select 权限。
6. 如果 Guest 用户拥有已授予的任何权限，则清除每个复选框删除那些权限。

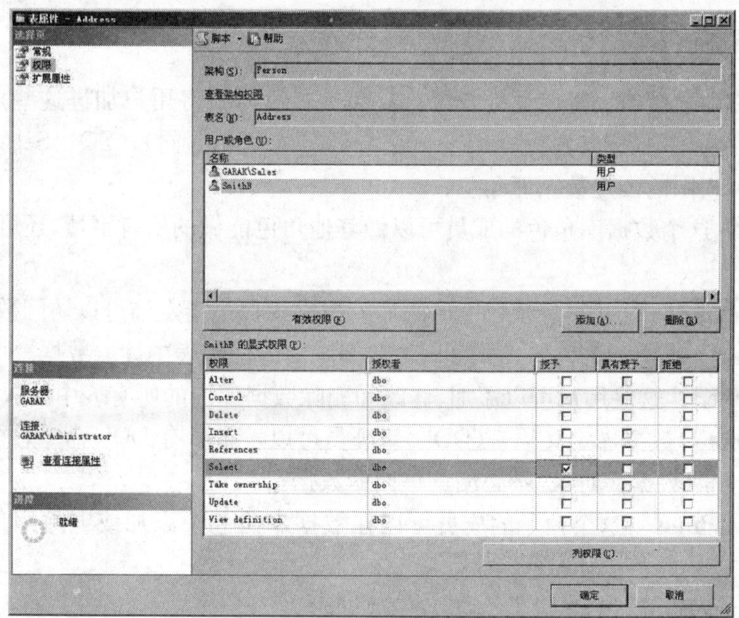

7. 单击“确定”按钮，并关闭 SQL Server Management Studio。
8. 从 Windows 中注销，并重新登录为 JonesB。
9. 在 SQL Server Management Studio 中打开一个新的 SQL Server 查询窗口，并使用“Windows 身份验证”方式建立连接。
10. 执行下列查询(它会执行失败，因为 Accounting 没有“选择”权限)。

```
USE AdventureWorks
SELECT * FROM authors
```

11. 关闭 SQL Server Management Studio，并对 ChenJ 重复第 8 步到第 10 步。这次，该查询执行成功，因为 ChenJ(Sales 组的成员)拥有“选择”权限。
12. 从 Windows 中注销，并重新登录为 Administrator。

虽然给个别用户授予权限时常是有用的，但更快、更好、更方便的办法是批量应用权限。这就需要了解数据库角色。

数据库角色

继续前面的公司比喻。会计需要签发公司支票。这个权限可以用两种方式之一来授予。第一,可以给每名会计分别提供一本从同一个账户中支取的支票簿,并授予从该支票簿中开支票的权限。在这种情况下,需要设法跟踪当月已经开出的全部支票,否则这种方法可能会造成可怕的后果。完成这项工作的最佳方法是让整个公司账户只使用一本支票簿,并给所有会计授予从这本支票簿中开支票的一个组权限。

在 SQL Server 中,当几个用户需要访问数据库的权限时,比较容易的方法是将所有权限作为一个组授给他们,而不是设法分别管理每个用户。这就是数据库角色应该起到的作用:给数据库用户组指派权限,而不是给每个数据库用户分别指派权限。共有 3 种类型的数据库角色:固定、自定义和应用程序。

固定数据库角色

固定数据库角色拥有已经应用的权限;也就是说,只需要将用户加进这些角色中,他们即可继承全部相关的权限(这与稍后介绍的自定义数据库角色不同)。SQL Server 中有几个可以用来授予不同权限的固定数据库角色:

Db_owner　这个数据库角色的成员可以做其他角色能做的所有事情,还可以做一些管理性操作。

Db_accessadmin　这些用户有权通过添加或删除用户来指定谁可以访问数据库。

Db_datareader　这个角色的成员可以从数据库内的任何表中读取数据。

Db_datawriter　这些用户可以添加、修改和删除数据库内的所有表中的数据。

Db_ddladmin　数据库定义语言(DDL)管理员可以发布所有 DDL 命令;这个角色允许他们创建、修改或删除数据库对象,不必浏览里面的数据。

Db_securityadmin　这个角色的成员可以在数据库角色中添加或删除用户,并管理语句权限和对象权限。

Db_backupoperator　这些用户可以备份数据库。

Db_denydatareader　这个角色的成员不能读取数据库中的数据,但可以执行架构修改(比如在表中添加列)。

Db_denydatawriter　这些用户不能修改数据库中的数据,但可以读取数据。

Public　这个组的用途是给用户授予数据库中的一组默认权限。所有数据库用户都自动连接这个组,并且不能被删除。

> **警告:**由于所有数据库用户都自动成为 Public 数据库角色的成员,因此给这个数据库角色指派权限时需要谨慎。

下面通过将用户添加到固定数据库角色中,来限定他们一旦进入到数据库中就拥有的管理性特权:

1. 打开 SQL Server Management Studio,展开服务器,展开“数据库”文件夹,然后展开 AdventureWorks 数据库。
2. 展开“安全性”,展开“角色”,然后展开“数据库角色”文件夹。

3. 右击 db_denydatawriter，并选择“属性”菜单选项。
4. 单击“添加”按钮。
5. 在“输入要选择的对象名称”文本框中键入 SmithB，并单击“确定”按钮。

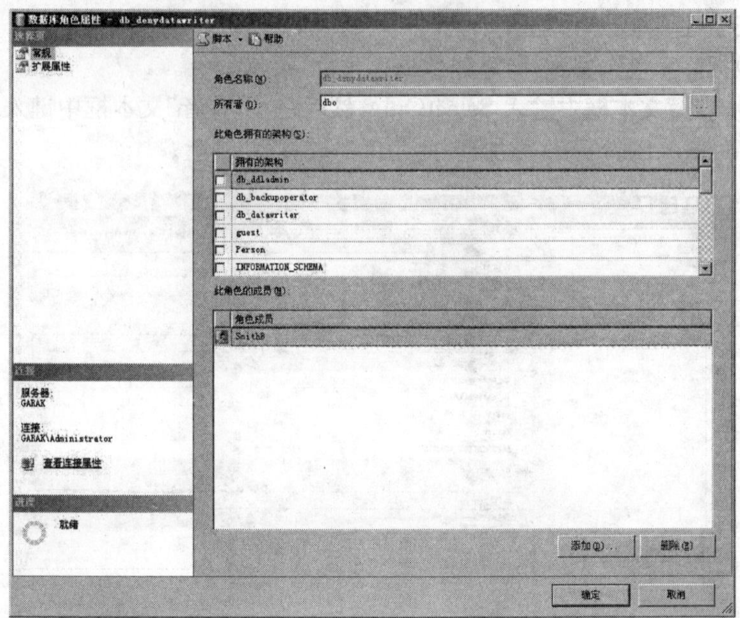

6. 再次单击“确定”按钮返回到 SQL Server Management Studio。
7. 右击 db_denydatareader，并选择“属性”选项。
8. 单击“添加”按钮。
9. 在“输入要选择的对象名称”文本框中键入 GibsonH，并单击“确定”按钮。
10. 在 SQL Server Management Studio 中打开一个新的 SQL Server 查询窗口，并使用“SQL Server 身份验证”方式建立连接。
11. 在“用户名”文本框中，键入 SmithB；在 Password 文本框中，输入 Password1。
12. 下列查询尝试更新 HumanResource. Department 表中的信息，但是它执行不成功，因为 SmithB 是 db_denydatawriter 角色的成员：

```
INSERT INTO HumanResources.Department (DepartmentID, Name, GroupName,
ModifiedDate) values (200, 'Test','TestGroup',GetDate())
```

13. 关闭查询窗口。

固定数据库角色包括了要求给用户指派权限的很多情形，但没有包括所有情形，因此还需要了解自定义数据库角色。

自定义数据库角色

当然，固定数据库角色有时不能满足安全需要。例如，有些用户可能只需要数据库中的“选择”、“更新”和“执行”权限。由于固定数据库角色之中没有一个角色提供这组权限，所以需要创建一个自定义数据库角色。在创建自定义数据库角色时，先给该角色指派权限，然后将用户指派给该角色；用户将继承给这个角色指派的任何权限。这不同于固定数据库角色，因为在固定角色中不需要指派权限，只需要添加用户。下面这些步骤解释了如何创建自定义数据库角色。

说明：自定义数据库角色可以成为其他数据库角色的成员，这种角色称为嵌套角色。

1. 打开 SQL Server Management Studio，展开服务器，展开“数据库”，然后展开AdventureWorks数据库。
2. 展开“安全性”，展开“角色”。
3. 右击“数据库角色”，并选择“新建数据库角色”菜单命令。
4. 在“角色名称”文本框中键入 SelectOnly，然后在“所有者”文本框中键入 dbo。
5. 将 *Sqldomain*\RosmanD 添加到“此角色的成员”列表上。

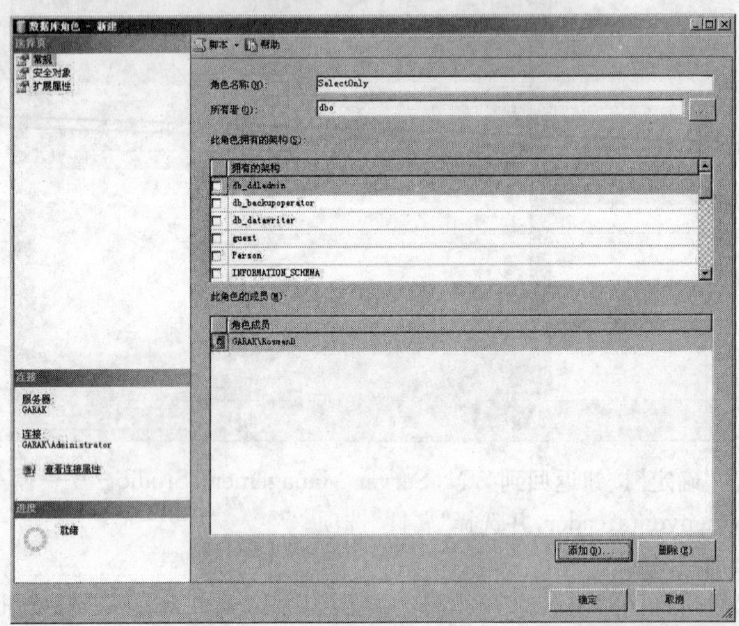

6. 在“安全对象”页面上，单击“添加”按钮，选择“特定对象”单选项，然后单击“确定”按钮。
7. 单击“对象类型”按钮，选择“表”，然后单击“确定”按钮。
8. 单击“浏览”按钮，选择 HumanResource. Department 复选框，然后单击“确定”按钮。
9. 在“HumanResource. Department 的显式权限”列表中，选择“选择”旁边的“授予”复选框，然后单击“确定”按钮。
10. 单击“确定”按钮创建这个角色，并返回到 SQL Server Management Studio。
11. 关闭所有程序，从 Windows 中注销，并重新登录为 RosmanD。
12. 在 SQL Server Management Studio 中打开一个新的 SQL Server 查询窗口，并使用“Windows 身份验证”方式建立连接。
13. 请注意，下列查询执行成功，因为 RosmanD 是新建的 SelectOnly 角色的成员：

```
USE AdventureWorks
SELECT * FROM HumanResources.Department
```

14. 请注意，下列查询执行失败，因为 RosmanD 是 SelectOnly 角色的成员，而这个角色只能进行选择操作：

```
INSERT INTO HumanResources.Department (DepartmentID, Name, GroupName,
ModifiedDate) values (200, 'Test','TestGroup',GetDate())
```

15. 关闭所有程序，退出 Windows 并重新登录为 Administrator。

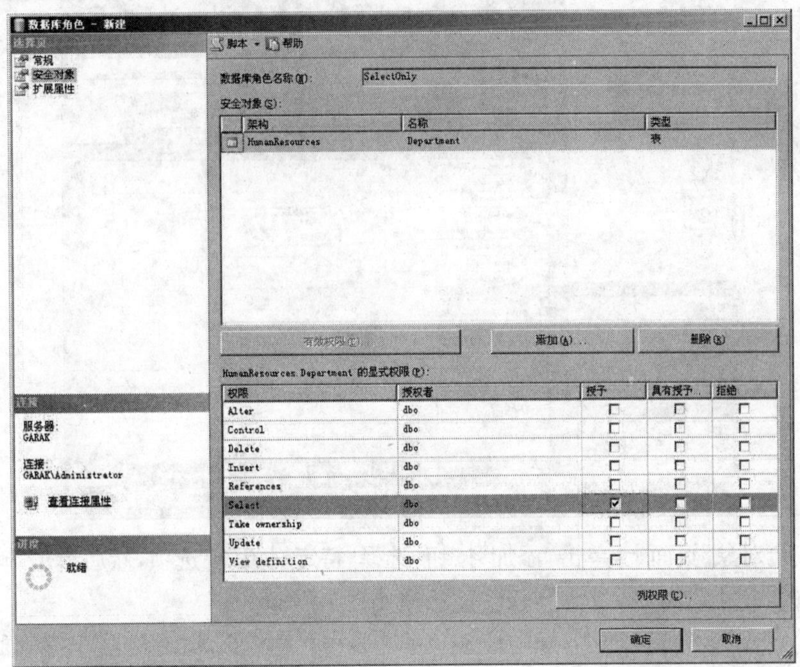

要介绍的最后一个数据库角色是应用程序角色，而且这个角色给用户授予极大的特权，用于控制哪些应用程序可以用来处理数据库中的数据。

应用程序角色

假设人力资源部使用一个自主开发的程序访问他们的数据库，并且不希望他们使用其他任何程序，以避免破坏数据。为此，可以使用一个应用程序角色来设置这个安全级别。利用这个特殊的角色，用户仅用他们的 SQL Server 登录和数据库账户将无法访问数据，他们必须使用适当的应用程序。下面演示了这个特殊角色的使用方法：

1. 创建一个应用程序角色，并给它指派权限。
2. 用户打开批准的应用程序，并登录到 SQL Server 上。
3. 为了启用该应用程序角色，应用程序执行 sp_setapprole 存储过程(在设计时已编写到应用程序中)。

一旦启用了应用程序角色，SQL Server 就不再将用户作为他们本身来看待，而是将用户作为应用程序来看待，并给他们指派应用程序角色权限。下面的这些步骤将创建并测试一个应用程序角色：

1. 打开 SQL Server Management Studio，展开“数据库”，展开 AdventureWorks，然后展开“安全性”。
2. 右击“应用程序角色”，并选择“新建应用程序角色”菜单命令。
3. 在“角色名称”文本框中，输入 EntAppRole。
4. 在“默认架构”文本框中，键入 dbo。
5. 在“密码”和“确认密码”文本框中，键入 Password1。

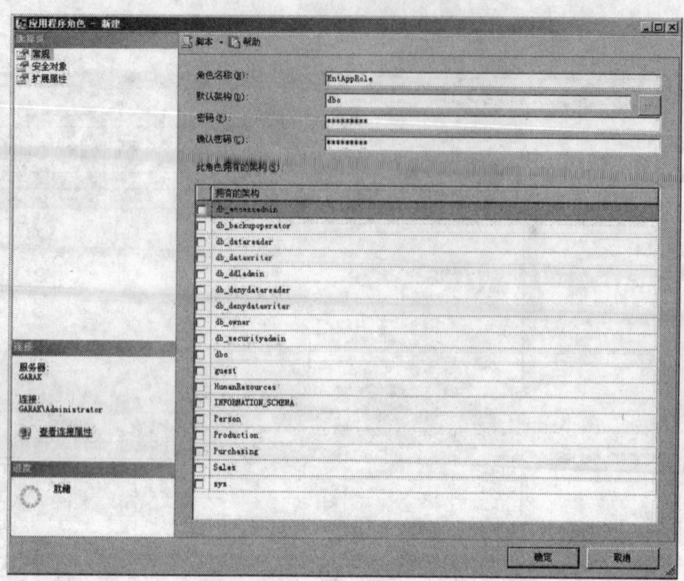

6. 在“安全对象”页面上,单击“添加”按钮,选择“特定对象”单选项,然后单击“确定”按钮。
7. 单击“对象类型”按钮,选择“表”,然后单击“确定”按钮。
8. 单击“浏览”按钮,选择 HumanResource. Department 复选框,然后单击“确定”按钮。
9. 在“HumanResource. Department 的显式权限”列表中,选择“选择”旁边的“授予”复选框,然后单击“确定”按钮。
10. 在 SQL Server Management Studio 中打开一个新的 SQL Server 查询窗口,并使用“SQL Server 身份验证”方式和 GibsonH 用户名与 Password1 密码建立连接。
11. 请注意,下列查询执行不成功,因为 GibsonH 是 db_denydatareader 数据库角色的成员,并由此而被否决了 Select 权限:

```
USE AdventureWorks
SELECT * FROM HumanResources.Departments
```

12. 要激活应用程序角色,执行下列查询:

```
sp_setapprole @rolename='EntAppRole', @password='Password1'
```

13. 清除查询窗口,而且不保存修改结果;重复第 11 步,但不用打开新的查询窗口,然后可以注意这次查询是成功的。这是因为 SQL Server 现在将用户看成 EntAppRole,而这个角色拥有“选择”权限。
14. 关闭查询窗口。

权限状态

SQL Server 中的所有权限都可以处在 4 种状态之一中:拒绝、撤消、授予、带授权选项的授权。

授予

“授予”状态允许用户使用某个特定的权限。例如,如果给 SmithB 指派了某个表上的 Select 权限,该用户就可以读取这个表内的数据。在“安全对象”页面上,如果某个权限旁边的

"授予"复选框处于选中状态，那么这个权限已被指派。

撤消

撤消的权限没有明确地被指派，但用户可以继承这个权限，如果该用户属于的角色已经被指派了这个权限。换句话说，如果撤消了 SmithB 的 Select 权限，该用户就无法再使用这个权限。但是，如果 SmithB 属于的角色已被指派了 Select 权限，那么该用户仍可以读取数据，就好像他已拥有了 Select 权限。在"安全对象"页面上，如果某个权限旁边的"授予"和"拒绝"复选框均处于取消复选状态，那么该权限已被撤消。

拒绝

如果拒绝了用户的某个权限，那么他们无论如何也无法取得这个权限。如果拒绝了 SmithB 在某个表上的 Select 权限，即使 SmithB 属于的角色拥有 Select 权限，该用户仍不能读取数据。在"安全对象"页面上，如果某个权限旁边的"授予"复选框处于取消复选状态，那么这个权限已被拒绝。

在下面的这些步骤中，我们将亲自体验一下如何修改权限的状态并观察各种效果：

1. 打开 SQL Server Management Studio，展开"数据库"，展开 AdventureWorks，然后展开"安全性"。
2. 展开"用户"，右击 SmithB，并选择"属性"菜单命令。
3. 在"安全对象"页面上，单击"添加"按钮，选择"特定对象"单选项，然后单击"确定"按钮。
4. 单击"对象类型"按钮，选择"表"，然后单击"确定"按钮。
5. 单击"浏览"按钮，选择 HumanResource. Department 复选框，然后单击"确定"按钮。
6. 在"HumanResource. Department 的显式权限"列表中，复选 Select 旁边的"授予"复选框，然后单击"确定"按钮。

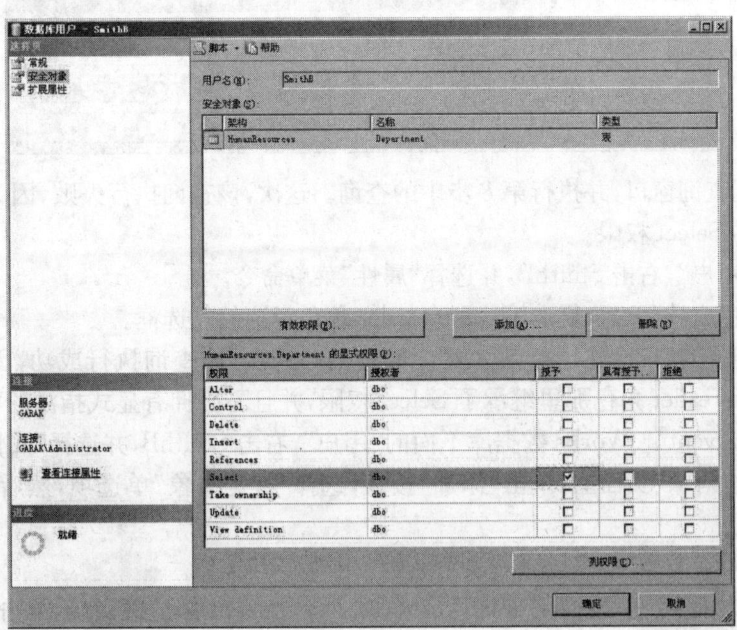

7. 在 SQL Server Management Studio 中打开一个新的 SQL Server 查询窗口，并使用

"SQL Server 身份验证"方式登录为 SmithB。

8. 键入并执行下列查询。该查询执行成功,因为 SmithB 拥有 HumanResource. Department 表上的 Select 权限:

```
USE AdventureWorks
SELECT * FROM HumanResources.Department
```

9. 展开"用户",右击 SmithB,并选择"属性"菜单命令。
10. 在"安全对象"页面上,单击"添加"按钮,选择"特定对象"单选项,然后单击"确定"按钮。
11. 单击"对象类型"按钮,选择"表",然后单击"确定"按钮。
12. 单击"浏览"按钮,选择 HumanResource. Department 复选框,然后单击"确定"按钮。
13. 在"HumanResource. Department 的显式权限"列表中,清除 Select 旁边的"授予"复选框,然后单击"确定"按钮。

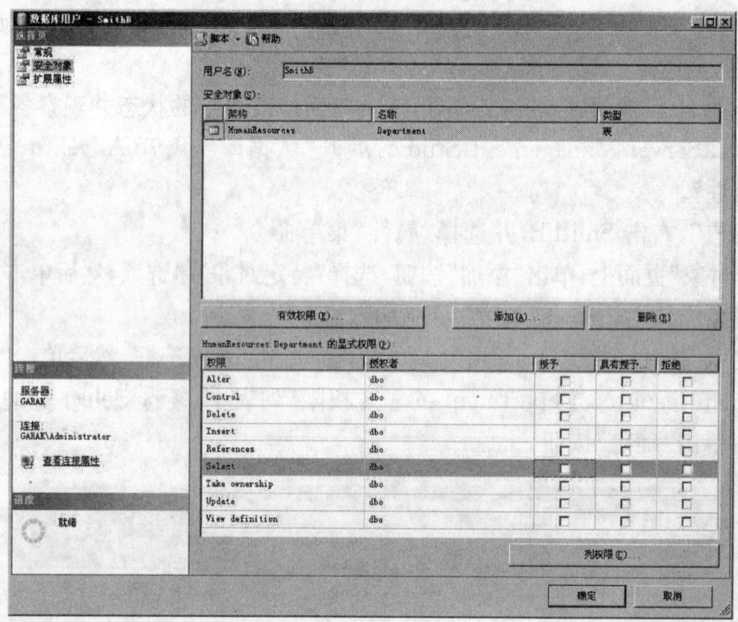

14. 返回到查询窗口,并执行第 8 步中的查询。这次,该查询执行失败,因为 SmithB 没有显式的 Select 权限。
15. 展开"用户",右击 SmithB,并选择"属性"菜单命令。
16. 在"角色成员"下面,复选 db_datareader 角色旁边的复选框。
17. 返回到查询窗口,并执行第 8 步中的查询。这次,该查询执行成功,因为 SmithB 从 db_datareader 角色那里继承了 Select 权限,并且不必拥有显式指派的 Select 权限。
18. 展开 AdventureWorks 数据库下面的"用户",右击 SmithB,并选择"属性"菜单命令。
19. 在"安全对象"页面上,单击"添加"按钮,选择"特定对象"单选项,然后单击"确定"按钮。
20. 单击"对象类型"按钮,选择"表",然后单击"确定"按钮。
21. 单击"浏览"按钮,选择 HumanResource. Department 复选框,然后单击"确定"按钮。
22. 在"HumanResource. Department 的显式权限"列表中,复选 Select 旁边的"拒绝"复选框,然后单击"确定"按钮。

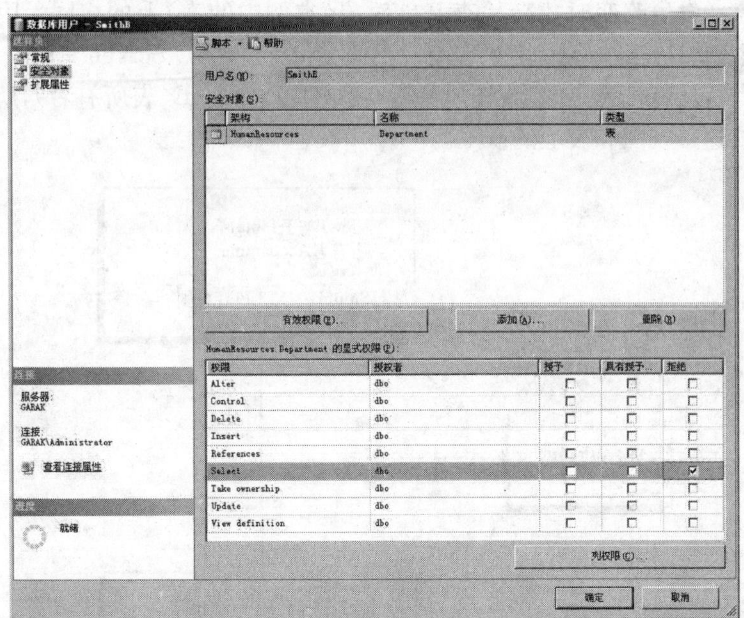

23. 返回到查询窗口，并再次执行第 8 步中的查询。这次，该查询执行不成功，因为已经明确地拒绝了 SmithB 的 Select 权限；因此，该用户再也不能从 db_datareader 角色那里继承 Select 权限。
24. 展开 AdventureWorks 数据库下面的“用户”，右击 SmithB，并选择“属性”菜单命令。
25. 在“安全对象”页面上，单击“添加”按钮，选择“特定对象”单选项，然后单击“确定”按钮。
26. 单击“对象类型”按钮，选择“表”，然后单击“确定”按钮。
27. 单击“浏览”按钮，选择 HumanResource. Department 复选框，然后单击“确定”按钮。
28. 在“角色成员”下面，取消复选 db_datareader 角色旁边的复选框。
29. 在“HumanResource. Department 的显式权限”列表中，取消复选 Select 旁边的“拒绝”复选框，然后单击“确定”按钮。

既然已经对何时和在何处应用权限有了比较充分的了解，下面我们将介绍权限应用不当时所产生的问题之一：断裂的所有权链。

所有权链

在现实生活中，人们拥有自己可以随心所欲地处置的对象，包括将它们借人或送人。SQL Server 也理解这个所有权概念。当用户创建对象时，他们就拥有该对象，并可以随心所欲地处理它。例如，如果 RosmanD 创建了一个表，他可以指派自己所选择的权限，进而给他认为值得的那些用户授予访问权。这是件好事，但需要考虑到所谓的所有权链。

借出的东西仍然属于物主；借东西的人必须经过物主许可才能转借给第三者。未经许可就转借他人的行为就像一条断裂的所有权链。

假设 RosmanD 创建了一个表，并将该表上的权限指派给了 Accounting（如图 18.3 所示）。然后，Accounting 的某个成员创建了一个基于该表的视图，并将 Select 权限指派给了 SmithB。SmithB 能从这个视图中选择数据吗？不能，因为这条所有权链已经被折断。SQL

Server 只在所有者发生改变时才会检查基础对象(本例中的表)上的权限。因此,如果 RosmanD 同时创建了这个表和视图,则不会有什么问题,因为 SQL Server 只检查这个视图上的权限。由于所有者从 Accounting(视图所有者)变成了 RosmanD(表所有者),所以 SQL Server 需要同时检查这个视图和表上的权限。

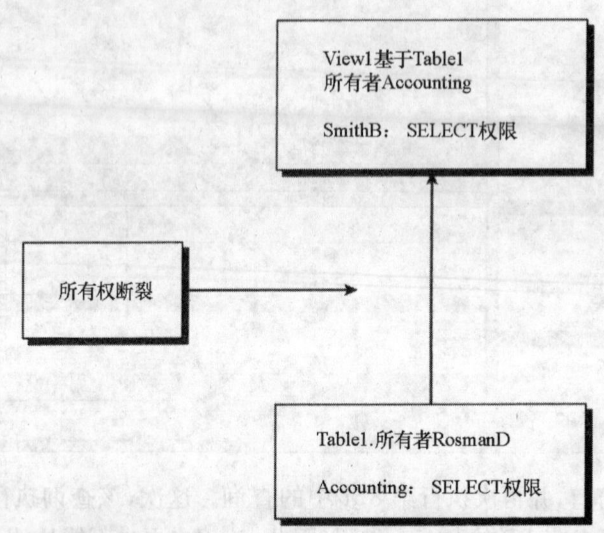

图 18.3　当相互依赖的对象属于不同的所有者时,这就称为一条断裂的所有权链

怎么才能避免断裂的所有权链呢?最容易想到的第一种方法是让每个需要创建对象的用户都成为 sysadmin 固定服务器角色的成员,然后他们创建的一切东西都属于 DBO,而不是属于当前登录名。例如,如果 MorrisL 是 sysadmin 固定服务器角色的成员,那么他在任何数据库中创建的一切东西都属于 DBO,而不是属于 MorrisL 登录名。尽管这在技术上是可以接受的,但并不是好方法,因为这种方法会给不需要服务器管理特权的人授予太大的这种特权。

避免断裂所有权链的一种较好方法是让所有需要创建对象的用户都成为 db_ddladmin 或 db_owner 固定服务器角色的成员。然后,如果他们需要创建对象,可以指定所有者为 DBO(比如'create table dbo. table_name')。这样,DBO 拥有数据库中的所有对象,而且由于所有权从不改变,所以 SQL Server 从不需要检查任何基础对象上的权限。

警告: 请注意,db_owner 角色的成员可以对数据库执行任何操作,而 db_ddladmins 角色的权限有限。因此,在大多数情况下,可能需要使用 db_ddladmins 角色。

提示: 当 db_owner 或 db_ddladmin 角色的成员作为另一个用户创建对象时,该成员可以是任意一个数据库用户,不一定是 DBO。

现在,我们对本地安全机制有了很充分的了解。然而,如果必须访问多个服务器上的数据,怎么办?接下来,我们将看一看怎样实现分布式环境中的安全保护。

N 层安全机制

现在,回到前面的公司比喻。假设公司不断壮大,已经占用了两栋办公楼。因此,员工需要同时利用这两栋办公楼中的资源,也就是说,需要给他们提供新办公楼的钥匙。

如果资源分布于多个 SQL Server 服务器上，会遇到同样的问题。用户可能需要访问多个，或者说 n 个服务器上的资源。这种情况尤其符合分布式查询(如图 18.4 所示)，这些查询要从多个服务器上的数据库中返回结果集。也许读者感到很奇怪，既然我们可以在服务器之间复制数据(第 27 章将详细讨论复制特性)，为什么还需要执行分布式查询呢？然而，执行这样的查询有许多实际的原因。请不要忘了，SQL Server 是设计用来存储 TB 级数据的，因此有些数据库可能会增长到几百兆字节的大小，而且在平常情况下，也不希望复制这么大的数据库。

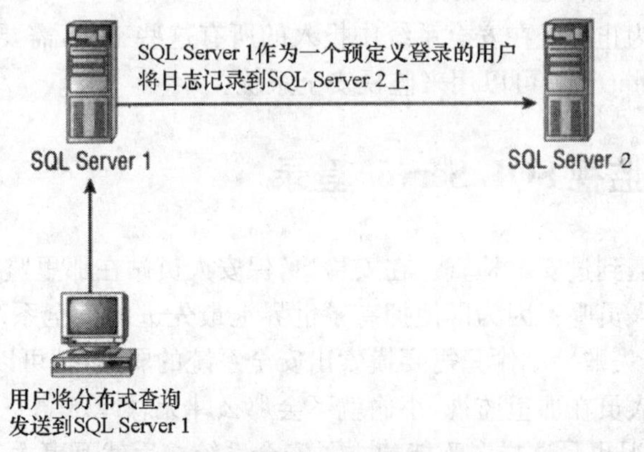

图 18.4　分布式查询涉及多个服务器上的数据

要将服务器配置成执行分布式查询，第一步是通知 SQL Server，它将通过运行 sp_addlinkedserver 存储过程跟其他数据库服务器进行对话。例如，要链接到一个名为 AccountingSQL 的服务器，这个存储过程看上去类似于下面这样：

```
sp_addlinkedserver @server='AccountingSQL', @provider='SQL Server'
```

然后，用户就可以通过在查询中指定两个不同的服务器来执行分布式查询。例如，下列查询将同时访问 SQLServer 服务器(用户登录到的服务器，或者说发送服务器)和 AccountingSQL 服务器(远程服务器)上的数据，并在同一个结果集中返回所需的数据：

这里的安全问题是，发送服务器必须代表要访问数据的用户登录到远程服务器上。SQL Server 可以用两种方法之一发送这个安全信息：安全账户委托或链接服务器登录映射。如果用户使用"Windows 身份验证"方式登录，并且查询中涉及的所有服务器都支持 Windows 域安全性，那么可以使用安全账户委托。使用方法如下：

1. 如果服务器在不同域中，必须保证已经有适当的 Windows 信任关系。远程服务器的域必须信任发送服务器的域。如果正在使用单纯的 Windows 域，那么这种信任关系自动建立。
2. 给发送服务器添加一个 Windows 登录，以便用户利用这个账户进行登录。
3. 给远程服务器添加这个相同的账户。
4. 在远程服务器的数据库中为这个登录创建一个用户账户并指派权限。
5. 当用户执行分布式查询时，SQL Server 将用户的 Windows 安全凭据发送给远程服务器，以获得访问权。

如果有使用标准登录访问 SQL Server 的用户，或者有些服务器不支持 Windows 域安全机制，则需要添加一个链接登录。添加方法如下：

1. 在远程服务器上，创建一个标准登录并指派必要的权限。

2. 在发送服务器上,利用 sp_addlinkedsrvlogin 存储过程将一个本地登录映射到远程登录。要将所有本地登录都映射到 RemUser 远程登录,键入下列代码:

```
sp_addlinkedsrvlogin @rmtsrvname='AccountingSQL', @useself=FALSE,
@locallogin=NULL, @rmtuser='RemUser', @rmtpassword='Password1'
```

3. 当用户执行分布式查询时,发送服务器利用 RemUser 用户名和 Password1 密码登录到 Accounting SQL(远程)服务器上。

考虑到我们迄今为止已经在安全系统中投入的所有这些工作,需要确信无人能以某种方式避开它。SQL Profiler 工具可以用来监视安全系统。

用 SQL Profiler 监视 SQL Server 登录

大多数人都曾经遇到过安全检查。在安检口,保安人员站在那里监视显示器和检查包裹。那里为什么还有保安人员呢?因为即使拥有了世界上最先进的安全系统,如果没有人不断监视,安全系统最终仍会失败。小偷只需要摸索出安全系统的弱点,就可以利用那些弱点侵入安全系统。如果有保安人员在那里监视,小偷就不会那么肆无忌惮。

SQL Server 的情况也是这样。不能建立了安全系统之后就万事大吉,必须像保安人员那样不断监视,以保证无人正在摸索安全系统的弱点并企图侵入。这项监视任务已经委托给 SQL Profiler。

说明:第 26 章将比较详细地讨论 SQL Profiler。

SQL Profiler 用来跟踪和记录 SQL Server 上的活动,这是通过执行跟踪来实现的(本节稍后讨论)。跟踪就是捕获的事件数据的记录,这些记录可以存储在一个数据库表中,而这个表是个可以在 SQL Profiler 中打开和阅读的跟踪日志文件。有两种类型的跟踪:共享和专用。共享跟踪是人人都可以查看的,而专用跟踪只能由创建它们的用户(或者说跟踪拥有者)查看。尽管安全跟踪应当是专用的,但优化与查询跟踪可以是共享的。

服务器上受到监视的操作称为事件,这些事件逻辑地组织成事件类。这些事件并非都和安全有关;事实上,其中的大多数事件与优化与查错有关。接下来的各小节将列出与安全性有关的重要类和事件。

Errors and Warnings 事件类

Loginfailed　这个类通知是否已有人尝试登录失败。如果注意到有人不断登录失败,要么用户忘了他们的密码,要么有人正试图使用这个账户侵入系统。

Server 事件类

ServiceControl　这个类监视 SQL Server 启动、停止和暂停。如果注意到停止和暂停,并且只有惟一的管理员,那么服务器本身出现了问题——或者有人已使用管理账户侵入了系统。

Objects 事件类

Object:Deleted　这个类通知是否有人删除了像表或视图那样的对象。从安全角度看,这是事后警报,因为破坏可能已经造成。但是,通过监视这个事件,如果再有东西被不正确地删除，就可以抓住肇事者。

下面，我们将看一看如何使用 SQL Profiler 监视失败的登录。步骤如下：

1. 从“开始”菜单上选择“程序”➤“性能工具”，并从这个程序组中选择 SQL Server Profiler 将其打开。
2. 选择“文件”➤“新建跟踪”选项，并使用“Windows 身份验证”方式建立连接。
3. 在“跟踪名称”文本框中，键入 **Security**。
4. 选择“空白”作为要使用的模板。
5. 选择“保存到文件”复选框，并单击“保存”按钮选择默认的文件名。
6. 选择“保存到表”复选框，使用“Windows 身份验证”方式建立连接，然后使用下列标准填写随后的对话框：
   - 数据库：AdventureWorks
   - 所有者：dbo
   - 表：Security
7. 单击“确定”按钮返回到前一个对话框。

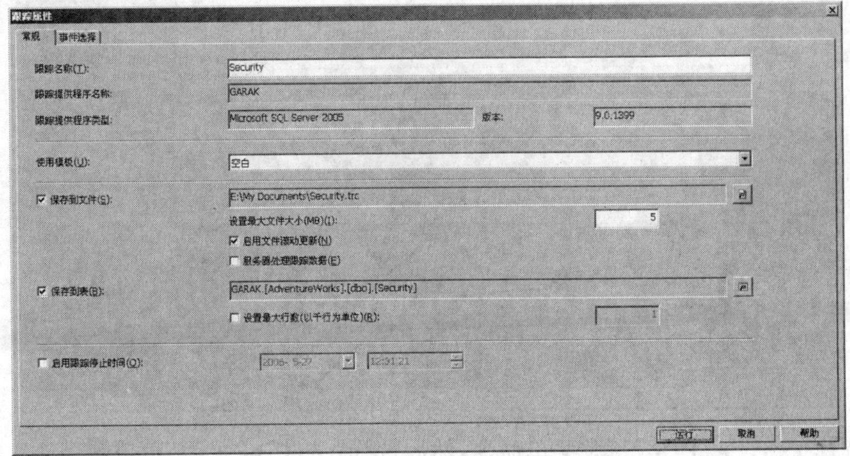

8. 选择“事件选择”页面。
9. 复选“显示所有事件”和“显示所有列”复选框。在“检查选定要跟踪的事件和事件列”文本框中，展开 Security Audit。选择 Audit Login Failed 复选框。

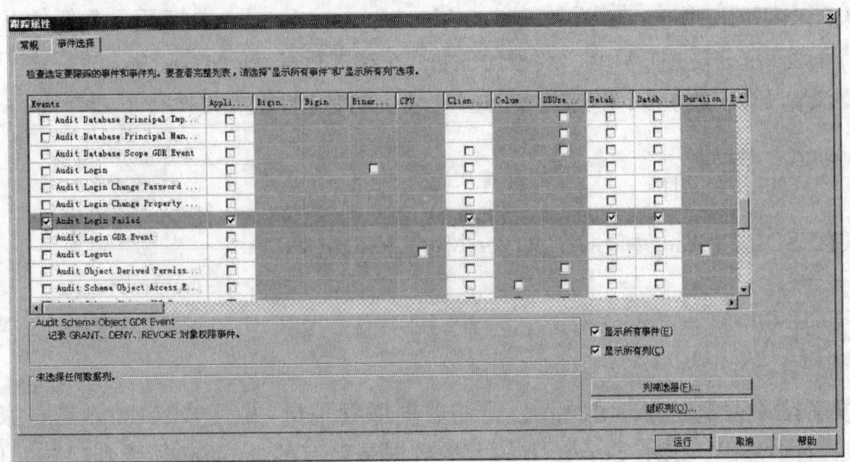

10. 单击“运行”按钮开始跟踪。
11. 要测试这个跟踪,让 SQL Profiler 保持打开,并在 SQL Server Management Studio 中打开一个新的 SQL Server 查询窗口。使用“SQL Server 身份验证”方式和 SmithB 用户名与 coconut 密码建立连接。连接将会失败,因为提供了错误的密码。
12. 返回 SQL Profiler,并会注意一次登录失败已被记录到用户 SmithB 的名下。
13. 返回到 SQL Server Management Studio,并使用 SmithB 用户名和 Password1 密码进行登录。登录将会成功,因为提供了正确的密码。
14. 关闭 SQL Server Management Studio,并返回到 SQL Profiler。应该注意到,这里没有 SmithB 用户成功登录的记录,因为只监视失败的登录。

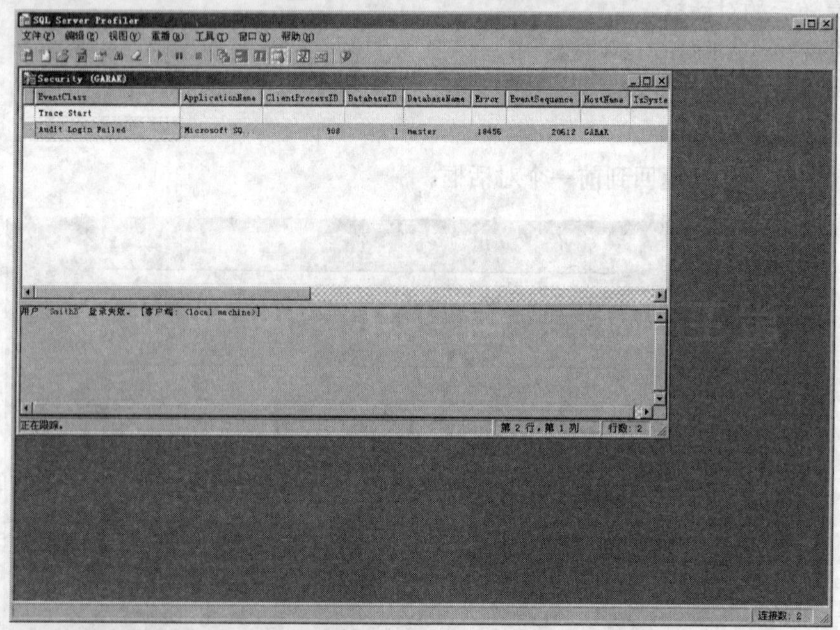

15. 选择“文件”➤“停止跟踪”菜单命令,然后选择“文件”➤“关闭”菜单命令。
16. 选择“文件”➤“打开”➤“跟踪文件”菜单命令。
17. 打开 Security.trc 文件,应该注意到刚才记录的所有事件均已得到保存,以便于以后浏览。
18. 关闭 SQL Profiler,在 SQL Server Management Studio 中打开一个新的 SQL Server 查询窗口,并使用“Windows 身份验证”方式进行登录。
19. 要浏览 SQL Profiler 创建的 Security 表中的数据,键入并执行下列查询:

```
USE AdventureWorks
SELECT * FROM security
```

20. 关闭 SQL Profiler 和 SQL Server Management Studio。

创建安全计划

假设读者刚刚受聘为 AlsoRann 公司的数据库管理员,并且 AlsoRann 是一家大量使用 SQL Server 的小公司。SQL Server 上的大量数据是私有的,因而必须受到保护。但是,意识到立即介入并无计划地给数据库应用权限将会造成一场混乱(如果不是一场灾难),因此需要采取一种更合理的方法:制定一个安全计划。

创建令人满意的安全计划始终是给任何一种类型的系统应用安全措施的第一步。下面是创建安全计划时需要考虑的几个要点:

用户类型　如果用户都支持信任连接,则可以使用 Windows 账户。如果有权在 Windows 中创建用户组,也许能够创建 Windows 组,然后为这些组创建登录,而不是创建个别账户。如果并不是所有用户都支持信任连接(比如 Novell 或 Macintosh),则需要使用"混合模式"的身份验证方式,并创建一些标准登录。

固定服务器角色　一旦给用户指派了进入 SQL Server 的权限,应该给他们指派多大的管理权限(如果有的话)? 如果用户需要管理权限,应该将他们指派给一个固定服务器角色;如果他们没有这个需求,就没有必要指派他们。

数据库访问　一旦用户登录,他们能访问哪些数据库? 每个用户在每个数据库中都需要一个用户账户的可能性是很大的。

访问类型　一旦用户有了数据库用户账户,他们在数据库中拥有多大权限? 例如,所有用户都能读取和写入数据吗? 或者是不是有一部分用户只能读取数据?

组权限　最好的办法通常是给数据库角色授予权限,然后将用户指派给那些角色。但是,每个系统中都有一些例外;可能需要直接授予用户某些权限,特别是需要拒绝其资源访问权限的用户。

对象创建　确定谁需要创建对象(比如表和视图)的权限,并将他们归并到 db_owner 或 db_ ddladmin 角色中。这使得用户能作为 DBO 而不是作为他们自己创建对象。这样也避免了断裂的所有权链。

Public 角色权限　请记住,所有数据库用户账户都是 Public 角色的成员,并且不能被删除。Public 角色所拥有的无论什么权限都被指派给每个用户。因此,应该限制 Public 角色上的权限。

来宾访问　是否想让没有数据库用户账户的用户能够通过"来宾"账户访问数据库。对于某些数据库,比如产品目录数据库,这可能是可接受的。但是,一般说来,这是有安全风险的,不应当用在所有数据库上。

表 18.1 列举了 AlsoRann 公司的员工及其安全需求

表 18.1　AlsoRann 公司的员工及其安全需求

姓名	NT 组	部门	网络	管理员	权限
SmithB	未知	Service	Novell	无	读,禁止写
GibsonH	未知	Development	Novell	Server Configuration	写,创建,禁止读
RosmanD	无	Administration	Windows	无	选择,插入,更新
MorrisL	无	IT	Windows	所有	所有
JohnsonK	Accounting	Accounting	Windows	无	读,写
JonesB	Accounting	Accounting	Windows	无	读,写
ChenJ	Sales	Sales	Windows	无	读,更新
SamuelsR	Sales	Sales	Windows	无	读,更新

可能注意到的第一件事情是存在两个 Novell 网络用户。这就是说,需要创建至少两个标

准登录并实现“混合模式”的身份验证方式。

需要注意到的第二件事情是有些用户，特别是 Accounting 与 Sales 部门已经被集体归并到 Windows 中。因此，可以为这些部门集体创建一个 Windows 组登录，而不是为它们的每个成员分别创建一个账户。由于 RosmanD 和 MorrisL 不是 Windows 组的成员，所以他们需要 Windows 用户登录。

接下来，需要考虑的是每个用户在整个系统上需要的管理权限。由于 GibsonH 要求能够配置服务器设置，比如内存使用量，所以应该将其指派给 serveradmin 固定服务器角色。由于 MorrisL 要求对整个系统的完全访问管理权限，所以应该将其指派给 sysadmin 固定服务器角色。

为了让我们的例子更容易理解，我们假设 AlsoRann 公司只有一个数据库。请考虑每个用户在该数据库上所需要的权限。作为一名客户服务代表，SmithB 要求读取数据的权限，但不要求写入数据的权限；db_denydatawriter 固定服务器角色完全满足这些要求，因此只需将其指派给这个角色即可。

作为一名开发人员，GibsonH 要求创建数据库对象的权限，但不应该能够读取数据。因此，将其指派给 db_ddladmin 固定服务器角色，以便他们能作为 DBO 创建对象，并避免断裂的所有权链。我们本来可以使 GibsonH 成为 db_owner 组的成员，并达到相同的效果，但是他们将能在数据库中做他们想做的任何事情，其中包括读取数据。

RosmanD 要求能够选择、插入和更新数据，但不应该能删除数据。没有任何一个固定服务器角色同时授予这 3 个权限。可以直接给 RosmanD 指派这 3 个权限，但是，如果将来招聘的员工中有要求相同权限的人，怎么办？比较好的办法可能是创建一个自定义的数据库角色，给该角色指派 Select、Insert 和 Update 权限，然后使 RosmanD 成为该角色的成员。Sales 组的情况也是这样，这个组要求读取和更新权限，并需要一个自定义的数据库角色。

对于 Accounting 部门，最容易的办法是将其指派给 db_datareader 与 db_datawriter 角色；这样，他们将自动获得数据库上的读取和写入权限。MorrisL 不需要成为任何角色的成员。因为他们是 sysadmin 固定服务器角色的成员，所以自动成为服务器上的每个数据库的 DBO。

当然，在现实生活中，安全计划不会这么简单。有来自不同网络的几百个甚至上千个用户等待处理，其中的每个人都需要不同的权限。总之，制定一个安全计划可能比实际的实现需要做更多的工作，但是不能没有这样的计划。

小结

SQL Server 2005 含有一个复杂的安全系统，可以用来帮助实现非常仔细的安全计划。SQL Server 可以在混合安全方式下工作，也就是说，Windows 用户与组被允许直接访问 SQL Server；也可以单独创建只驻留在 SQL Server 中的特有账户。如果 SQL Server 正运行在“Windows 身份验证”方式下，每个用户必须首先使用一个经过事先授权的 Windows 账户建立连接。

本章仔细分析了创建与管理登录、组、用户的过程，并介绍了如何使用 SQL Server Management Studio 或 T-SQL 创建标准登录与 Windows 用户或组登录，以及每种类型的登录适用于什么场合。如果有一个设计完善并兼顾增长因素的安全计划，管理用户群就会成为一项轻松的工作。

接着，本章介绍了要在服务器级别上限制对 SQL Server 的管理访问权，可以将用户指派给一个固定服务器角色。要限制具体数据库中的访问权，可以将用户指派给一个数据库角色；如果没有适合要求的固定数据库角色，则可以创建自定义的数据库角色。还可以通过创建应用程序角色来限制对具体应用程序的访问权。

SQL Server 2005 中的每个数据库都有各自的独立权限。本章考虑了两种类型的用户权限：用来创建和修改数据结构的语句权限，以及用来操纵数据的对象权限。请注意，不能将语句权限指派给其他用户。

接着，本章描述了数据库层次结构。我们讨论了从权力最大的用户（即 sysadmins）直到低级的数据库用户可以拥有的权限。

然后，介绍了所有权链。所有权链是在所有者将自己对象上的权限授给别人时形成的。另外增加创建相关对象的用户就会产生断裂的所有权链，断裂的所有权链会变得复杂和难以处理。因此，我们介绍了如何预测所有权链中处于不同位置的用户可以获得的各种权限，以及如何避免断裂的所有权链：可以将用户指派给 db_owner 或 db_ddladmin 数据库角色并让用户以 DBO 身份创建对象。

权限除了可以指派给数据库用户，还可以指派给数据库角色。在将用户指派给角色时，用户继承角色的权限，其中包括每个用户都是其成员的 Public 角色。惟一的例外是在用户已被拒绝了权限的时候，因为“拒绝”优先于其他任何一个权限，不管这个权限是在哪个级别上被授予的。

然后，我们介绍了远程和链接服务器，以及如何建立安全措施来执行远程查询工作。最后，介绍了 n 层安全机制和应用程序。

由于我们已经对安全和管理进行了比较充分的讨论，接下来准备介绍 SQL Server 编程。在下一章中，我们将讨论 SQL Server 与 Microsoft .NET 的集成。

第五部分　用 SQL Server 开发

这一部分包括：

- 第 19 章：集成 SQL Server 与 Microsoft .NET
- 第 20 章：ADO.NET 与 SQL Server
- 第 21 章：SMO 与 RMO 编程
- 第 22 章：集成服务

第19章　集成SQL Server与Microsoft .NET

许多年以来，T-SQL一直是SQL Server仅有的实际编程语言。如果想让SQL Server本身运行代码，则必须使用T-SQL或C++编写代码。后一种选择，即使用C++编写扩展存储过程已经超出了许多数据库管理员和开发人员的能力之外。

SQL Server 2005中的最大变化之一就是放宽了这个限制。SQL Server 2005与Microsoft的.NET公共语言运行时(Common Language Runtime，简称CLR)紧密地捆绑在了一起，而且能够执行使用任何一种CLR语言编写的代码。换句话说，现在可以使用包括Visual Basci、C#和许多其他语言在内的一批语言编写存储过程、触发器、用户定义函数以及用户定义类型。本章将介绍如何使用这些语言编写代码。

了解.NET和CLR

公共语言运行时是Microsoft .NET编程创新的核心部分之一，已经有好几年的历史。SQL Server现在充当CLR主机，因而能使从SQL Server内充分利用.NET。要理解其中的含义，需要对.NET有一定的了解。本节将描述.NET Framework的一些基础特性与创新：

- 公共语言运行时(CLR)；
- 托管执行；
- 公共类型系统(CTS)；
- 跨语言互用性；
- .NET Framework类库；
- 命名空间；
- 程序集；
- 应用程序域；
- 安全性。

公共语言运行时

公共语言运行时(CLR)是.NET Framework的核心。使用.NET语言编写的所有代码都是通过公共语言运行时执行的。在这一方面，公共语言运行时类似于以前的运行时，比如Visual Basic(VB)运行时。Visual Basic代码是通过Visual Basic运行时执行的，Visual Basic运行时将Visual Basic语言翻译成低级Windows API调用。

与VB运行时相比，公共语言运行时是一个更加积极的应用程序构件。事实上，公共语言运行时在代码执行中所起的作用是如此积极，以至于为公共语言运行时所编写的代码就叫做托管代码(Managed code)。这是因为公共语言运行时除了执行代码之外，还提供服务。例如，公共语言运行时负责替.NET应用程序照顾所有的内存管理和无用信息收集(重新使用由不再使用的对象所占用的内存)。

公共语言运行时负责实施由开发人员设计用来使.NET应用程序变得健壮的各种规则。

这些规则包括对数据类型、内存使用和应用程序安全的约束。由于上述所有管理都发生在公共语言运行时内，所以即使是编写很差的 .NET 代码也不可能包含许多常见的错误类型。例如，内存泄漏(里面的对象被实例化但从不被销毁)在托管代码中是不可能的，而且这种保护对开发人员来说是毫无代价的。他们不必编写任何代码就能确信自己的应用程序将不会包含内存泄漏。

说明：虽然内存泄漏是不可能的，但是系统何时调用 .NET 无用单元收集程序销毁多余对象则是没有任何保证的。因此，如果在极短的时间内在同一个很忙的服务器上创建了许多 .NET 对象，这些对象在利用完它们之后仍会占用内存很长的时间。

托管执行

将源代码转换成能够由公共语言运行时执行的应用程序的整个过程就称为托管执行。这个过程由 4 个步骤组成，并且要求必须完成，无论代码是独立的应用程序，还是从 SQL Server 中调用的 CLR 存储过程：

1. 利用 Visual Studio 之类的专业开发环境或文本编辑器之类的通用工具创建程序的源代码。
2. 使用 .NET 编译程序将源代码转换成一种叫做 Microsoft 中间语言(Intermediate Language，简称 MSIL)的形式。MSIL 文件一般有 .dll 或 .exe 文件扩展名；它们看上去像是能在操作系统上运行的可执行文件，但实际上，如果没有公共语言运行时，它们是不能运行的。MSIL 格式独立于任何特定的操作系统或硬件体系结构。无论为源代码使用了哪种编程语言，它总是编译成 MSIL。
3. 在运行 .NET 可执行文件时，.NET Framework 使用一个 JIT 编译程序将 MSIL 指令翻译成能由计算机的 CPU 执行的实际硬件指令。
4. 公共语言运行时将编译后的代码传递给 CPU，同时监视代码的运行来执行内存管理、安全检查和版本化支持之类的管理服务。

图 19.1 显示了托管执行过程的示意图。

从图 19.1 中可以看出，应用程序的 MSIL 版本包含除了执行应用程序功能的代码之外的信息。这个元数据是 MSIL 文件的一个单独部分，用于描述该文件的内容。公共语言运行时使用这个元数据来保证代码的正确运行。例如，元数据包含应用程序所暴露的各个数据类型的描述；公共语言运行时可以使用这些描述来保证它与其他应用程序正确地互操作。元数据还给 SQL Server 提供关于哪些操作在 SQL Server 存储过程内执行是安全的信息。

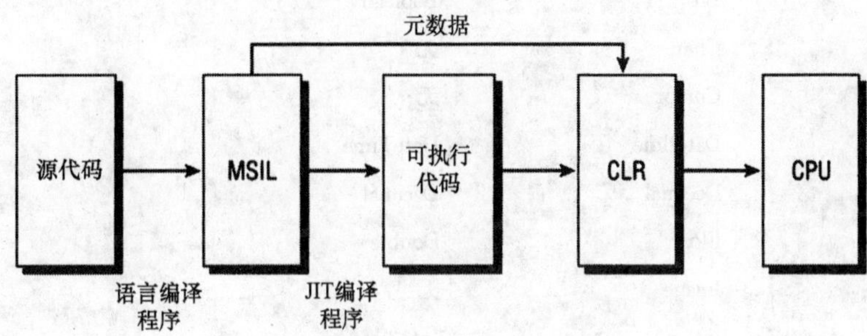

图 19.1　托管执行过程

公共类型系统

公共语言运行时定义公共类型系统(Common Type System，简称 CTS)。在 CTS 的最基本层面上，可以将它理解为定义托管代码可以使用的所有数据类型。它还定义创建、使用和给数据类型赋值的规则。

由于公共类型系统包含创建新数据类型的规则，所以开发人员并不受限于少量的数据类型。特别是，开发人员可以定义他们自己的值(比如 Visual Basic .NET 枚举)或他们自己的类，而且只要这些值或类符合公共类型系统的规则，它们将是公共类型系统可以接受的。只要开发人员正在使用 .NET 语言，定义 CTS 可接受数据类型的操作将是透明的。遵守 CTS 规则的事宜将由编译程序负责。

公共类型系统管理了许多类别的数据类型，其中包括如下这些类别：

- 内部值类型，比如 byte 或 Int32(32 位符号整数)；
- 用户定义值类型(例如，可以编写代码来定义一个复杂的数字类型)；
- 枚举；
- 指针；
- 来自 .NET Framework 类库的类；
- 用户定义类；
- 数组；
- 代表(指向函数的指针)；
- 接口。

公共类型系统管理的所有类型保证都是类型安全的。也就是说，公共语言运行时和公共类型系统保证数据类型的一个实例不会覆盖不属于它的内存。

要编写与 SQL Server 互操作的 .NET 代码，需要知道 SQL Server 数据类型与 .NET 数据类型之间的映射关系。表 19.1 列举了 SQL Server 数据类型及其等效的 .NET 数据类型。每种 .NET 语言(比如 C# 或 Visual Basic)还在这些通用的 .NET 数据类型上面实现了各自的数据类型。

表 19.1　数据类型映射关系

SQL Server 数据类型	.NET 数据类型
Binary	Byte[]
Bigint	Int64
Bit	Boolean
Char	无
Cursor	无
Datetime	DateTime
Decimal	Decimal
Float	Double
Image	无
Int	Int32
Money	Decimal

（续表）

SQL Server 数据类型	.NET 数据类型
Nchar	String,Char[]
Nchar(1)	Char
Ntext	无
Numeric	Decimal
Nvarchar	String,Char[]
Nvarchar(1)	Char
Real	Single
Smalldatetime	DateTime
Smallint	Int16
Smallmoney	Decimal
SQL_variant	Object
Table	ISQLResultSet
Text	无
Tinyint	Byte
Uniqueidentifier	Guid
Timestamp	无
Varbinary	Byte[]

Varchar 无 Xml 无跨语言互用性

由于公共语言运行时管理所有 .NET 代码，所以不管 .NET 代码是使用何种语言写成的，对于跨语言互操作性来说，.NET Framework 都是个理想的环境。也就是说，用一种 .NET 语言编写的代码可以轻松地从另一种 .NET 语言中使用。这种互操作性是普遍的。例如，可以用 VB .NET 定义一个类，然后在 C♯代码中调用这个类的方法，甚至从这个原始类中派生出的一个新类。

互操作性的关键是 MSIL 文件中所包含的元数据。由于这个元数据在所有 .NET 语言之间是标准化的，所以用一种语言编写的构件可以使用这个元数据找出调用用另一种语言编写的构件的正确方法。让承载于 SQL Server 内的公共语言运行时能够将 MSIL 代码作为 T-SQL 批处理的一部分来运行的也是这个元数据。

然而，并非每种 .NET 语言都能使用公共语言运行时的所有特性。例如，公共类型系统定义了一个 64 位无符号整数数据类型，但并非所有语言都允许使用该数据类型定义变量。为了缓解这个问题，.NET 定义了公共语言规范（Common Language Specification，简称 CLS）。公共语言规范是一套规则，用于规定每种 .NET 语言都必须支持的 .NET 语句结构的一个最小核心集合。如果编写了符合公共语言规范的构件，就可以确信用其他 .NET 语言编写的构件将能够使用这些构件。

.NET Framework 类库

除了公共语言运行时之外，.NET Framework 的另一个主要构件是 .NET Framework 类库。类库是一个预定义的类集合,其中的类可以用来访问公共功能。通过提供一个类库,.NET Framework 使开发人员在许多情况下不必再做重复的工作。

.NET Framework 类库是极其丰富的,包含了几百个类。这些类封装了下面这样的功能:

- 定义 CLR 数据类型的数据;
- 定义包括列表、队列和散列表在内的数据结构;
- 安装软件;
- 调试应用程序;
- 全球化软件;
- 读写数据;
- 与非托管代码进行互操作;
- 管理线程;
- 处理安全性。

警告: 如果对类、对象、属性和方法之类的概念不熟悉,则需要补上这些知识,然后才能开始使用 .NET。

命名空间

.NET Framework 类库中的类被组织在命名空间内,命名空间是完成类似功能的对象组。命名空间还包含结构、枚举、代表和接口之类的其他 .NET 实体。命名空间又被组织成分级结构。例如,ADO.NET 中使用的一个类被命名为 System.Data.SqlClient.SqlConnection。从该类中实例化的对象表示一条与某个 SQL Server 数据库的单独连接。这就是 System.Data.SqlClient 命名空间(处理访问 OLE DB 数据的一个类集合)内的 SqlConnection 类,SqlClient 类又被包含在 System.Data 命名空间(处理数据访问的一个类集合)内,Data 类又被包含在 System 命名空间(用于几乎所有 .NET Framework 类库命名空间的根命名空间)内。

.NET Framework 类库包含了差不多 100 个命名空间。完整地列出这些命名空间会耗尽本书的篇幅,而且(由于这样的清单已出现在了 .NET Framework SDK 文献中)也是毫无意义的。表 19.2 列出了一些重要的 .NET Framework 命名空间。

表 19.2 精选的 .NET Framework 命名空间

命名空间	内容
System.Collections.	包括列表、散列表、队列和目录在内的抽象数据结构
System.Data	ADO.NET 类的根命名空间
System.Data.Common	所有 .NET 数据库提供者所共享的类
System.Data.OleDb	OLE DB .NET 数据提供者
System.Data.SqlClient	SQL Server .NET 数据提供者
System.Data.SqlTypes	SQL Server 本机数据类型的实现
System.Diagnostics	调试与跟踪辅助程序
System.DirectoryServices	与 Windows"活动目录"的接口
System.Drawing.Printing	指针功能
System.Globalization	用于全球化应用程序的类
System.IO	读取和写入流与文件的类

（续表）

命名空间	内容
System. Messaging	应用程序间消息传递支持
System. Net	网络协议支持
System. Resources	资源文件支持
System. Runtime. Remoting	支持分布式应用程序
System. Runtime. Serialization	支持保存对象到文件或流上
System. Security	安全与权限功能
System. Web	支持与 Web 浏览器的通信
System. Windows. Forms	独立的用户界面构件
System. XML	使用 XML 的类

程序集

.NET 将代码分组为单元，这些单元就叫做程序集。程序集可以由单个文件组成，也可以由分布于多个文件上的构件组成。在任何情况下，只有一个文件包含程序集清单（Assembly manifest）；这个清单是元数据的一部分，列出本程序集的所有内容。

在编写 .NET 代码时，可以指定哪些文件将进入一个程序集，以及一个特定的程序集设计用来处理哪些其他程序集。在许多方面，公共语言运行时将程序集作为一个基本的管理单元来使用：

- 权限被整体地请求和授予。
- 数据类型保持它在一个程序集内的同一性。也就是说，如果在一个程序集内声明了一个名为 CustomType 的数据类型，该数据类型在这个程序集所包含的所有文件内将是完全一致的。
- 程序集清单指定哪些类型可以在本程序集的外面使用。
- 版本跟踪在程序集级别上进行。一个程序集可以指定它需要的另一个程序集的版本，但不能指定一个程序集内的个别文件的版本。
- 程序集被部署为一个单元。当应用程序请求一个程序集内所包含的代码时，它必须安装整个程序集。SQL Server 含有装载程序集的 T-SQL 命令。

.NET 还允许并排程序集。也就是说，可以让同一个程序集的两个版本安装在同一台计算机上，并且不同的应用程序可以同时使用它们。

应用程序域

应用程序域提供 .NET 中的第二级代码分组。应用程序域由一组一起装载的程序集组成。公共语言运行时实施应用程序域之间的隔离，因此运行于一个应用程序中的代码不能直接操纵另一个应用程序域中的对象。

说明： 公共语言运行时提供允许跨域调用的服务。因此，通过在应用程序域之间复制对象，或者通过构造一个转发调用的代理，就可以越过应用程序域边界来操纵对象。

应用程序域与 Windows 进程不同。在 Windows 层面上，单个应用程序（比如 Internet Explorer）内的所有代码运行在单个操作系统进程内。但是，在 .NET 层面上，单个进程内可以包含多个应用程序域。这使得多个由 .NET 产生的控件能够用在同一个 Web 页面上，同时又没有一个控件破坏另一个控件的任何危险。在 SQL Server 中,公共语言运行时的单个实例可以通过将每个进程的代码放置在它们各自的应用程序域内来承载多个进程的代码。

安全性

.NET 是第一个在设计时非常关注安全性的 Microsoft 开发环境。无法更改的一个事实是,随着越来越多的应用程序连接到 Internet,安全漏洞已经变得越来越至关重要,因为在 Internet 上,各种各样心怀恶意的人会想方设法地利用任何安全缝隙。

.NET Framework 同时实现了代码访问安全和基于角色的安全。代码访问安全设计用来保护操作系统免遭恶意代码的攻击,采用的方法是通过基于代码的源和代码正试图执行的操作给资源授予权限。可以将应用程序内的类及其成员标记成拒绝未知代码使用那些资源。

基于角色的安全允许基于用户提供的凭据授予或拒绝对资源的访问。在基于角色的安全中,用户的身份决定该用户属于的角色,权限被指派给角色。用户的身份可以通过他们的 Windows 登录凭据,或者通过仅供应用程序使用的一个定制方案来确定。

在 SQL Server 内使用 .NET 代码

从使用 .NET 编写的应用程序内可以使用 SQL Server 数据,但是 SQL Server 与 .NET 之间的集成比目前的这种使用要丰富得多(我们将在第 20 章中介绍用于从 SQL Server 中检索数据的各个 .NET API)。从 SQL Server 2005 开始,公共语言运行时的一个副本运行在 SQL Server 的里面;这称为公共语言运行时承载于 SQL Server 内部,因而使得 SQL Server 能够执行 4 种不同类型的 .NET 过程:

- 标量值用户定义函数;
- 表值用户定义函数;
- 用户定义过程;
- 用户定义函数。

在 .NET 代码内,还定义新的 SQL Server 类型。

承载于 SQL Server 内的 CLR

在编写独立运行的 .NET 应用程序并运行它们时,公共语言运行时使用操作系统的各个基本服务。例如,当 .NET 应用程序需要内存时,公共语言运行时向操作系统请求该内存。

当公共语言运行时承载于 SQL Server 中时,情况从根本上发生了变化。在这种情况下,由 SQL Server 而不是底层的操作系统给公共语言运行时提供基本的服务:

- 线程由 SQL Server 调度程序提供。也就是说,SQL Server 可以检测到涉及 .NET 代码的死锁,并抢占运行时间很长的线程。
- 公共语言运行时从 SQL Server 中获取内存分配。也就是说,SQL Server 可以使 .NET 代码保持在已经给 SQL Server 设定的总内存限额之内,而且 SQL Server 与公共语言运行时不会争夺内存。
- 公共语言运行时依赖 SQL Server 提供同步服务,使不同的线程能够得到有效的调度。

图 19.2 示意性地描绘了 .NET 代码与 SQL Server 之间的接口方式。本章后面将会介绍到,这种复杂性对开发人员是非常透明的。在开发人员创建了 .NET 代码并将它连接到 SQL

Server 之后，它可以与 T-SQL 代码在一起轻松地集成在同一个批处理内。

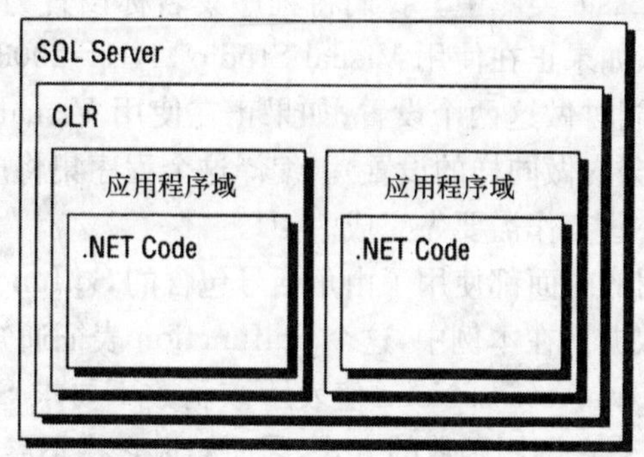

图 19.2　将公共语言运行时承载在 SQL Server 内

编写 CLR 用户定义函数

在学习了冷僻的基本理论之后，该是开始讨论一些实际问题的时候了。要在 SQL Server 内使用 .NET 代码，最容易的方法是使用一种 .NET 语言创建用户定义函数；然后，可以像调用 T-SQL 用户定义函数一样调用它们。在公共语言运行时中，可以创建 3 种类型的用户定义函数：

- 标量值用户定义函数（返回单个值）；
- 表值用户定义函数（返回整个表）；
- 用户定义聚合函数（行为类似于 SUM 和 MIN 之类的内部聚合函数）。

下面将介绍如何创建标量值与表值用户定义函数。需要创建用户定义聚合函数的可能性很小；如果需要，可以在"SQL Server 联机丛书"中查找到这方面的详细信息。

编写标量值用户定义函数

标量值用户定义函数返回单个标量类型，比如一个整数或字符串。这样的函数有零个或多个输入。它们被实现为 .NET 代码内的静态类方法。静态方法指不必创建类实例就能调用的方法。例如，下面这段 Visual Basic .NET 代码是一个暴露了两个静态函数的类（Shared 关键字将 Visual Basic .NET 中的类声明为静态的）：

```
Imports Microsoft.SqlServer.Server

Namespace Conversions
    Public Class Mass
        <SqlFunction(DataAccess:=DataAccessKind.None)> _
        Public Shared Function PoundsToKg( _
         ByVal Pounds As Double) As Double
            PoundsToKg = 0.4536 * Pounds
        End Function

        <SqlFunction(DataAccess:=DataAccessKind.None)> _
        Public Shared Function KgToPounds( _
         ByVal Kilograms As Double) As Double
            KgToPounds = 2.205 * Kilograms
        End Function
    End Class
End Namespace
```

为了将这些函数变成可从 SQL Server 中进行调用,第一步先将这段代码保存在了一个叫做 Conversions 的 Visual Basic 类库中。我们将程序集名称设置为 Conversions,并将根命名空间设置为一个空字符串(如果正在使用 Visual Studio .NET 2003 创建代码,可以在项目属性页面的"程序集"部分内同时做这两个设置;如果正在使用 Visual Studio 2005,可以在项目属性页面的"应用程序"部分内做同样的设置)。编译这个程序集将产生可以从 SQL Server 内调用的代码,但此前还有一些工作需要先完成。

请注意,每个函数声明的前面都使用了由角括号包含的 Sqlfunction 表征。这样的表征用来给 SQL Server 提供元数据。在本例中,这个 Sqlfunction 表征通知 SQL Server 将这些函数用作用户定义函数,包含 DataAccess. None 值表示该函数不要求 SQL Server 数据库的任何数据。SQL Server 可以优化它调用函数的方式,因而知道它将不需要提供额外的数据。

编译 .NET 代码

若要试验本章中的任何一个示例,都将需要能够编译 .NET 代码。有两种编译 .NET 代码的基本方法。

最容易的解决方案是使用 Visual Studio,这是 Microsoft 为 .NET 应用程序设计的集成开发环境(IDE)。Visual Studio 有许多种版本,从价格低廉的计算机业余爱好者版本到面向企业市场的昂贵版本。通过访问 http://msdn. microsoft. com/vstudio/站点,可以获得关于 Visual Studio 的较详细信息。

作为选择,也可以从 http://msdn. microsoft. com/netframework/站点上免费下载最新的 .NET Framework 软件开发工具箱(SDK),并使用任何一个文本编辑器创建源代码文件。.NET Framework SDK 包含了用于编译 .NET 代码和整个 .NET Framework 类库的工具。这是 .NET 运行时的一个超集,随同 SQL Server 一起安装。如果决定选择这种方法,还应该了解免费的 SharpDevelop IDE,该工具可以使开发 .NET 代码变得比使用文本编辑器编写代码更容易。可以在 www. icsharpcode. net/OpenSource/SD/站点上找到 SharpDevelop。

下一步是通知 SQL Server,这些函数已经存在,并且它可以调用它们。作为一项安全措施,SQL Server 不会执行任意 .NET 程序集中的代码。从 SQL Server 2005 开始,这项任务由 T-SQL 扩展来处理。首先,需要使用 CREATE ASSEMBLY 语句注册程序集:

```
CREATE ASSEMBLY Conversions
FROM 'C:\Conversions\bin\Conversions.dll'
```

注册程序集将使该程序集变得可供 SQL Server 使用,但不暴露该程序集的任何内容。就用户定义函数而言,需要对程序集中的每个函数都调用 CREATE ASSEMBLY 语句一次:

```
CREATE FUNCTION PoundsToKg(@Pounds FLOAT)
RETURNS FLOAT
AS EXTERNAL NAME Conversions.[Conversions.Mass].PoundsToKg
GO
CREATE FUNCTION KgToPounds(@Kilograms FLOAT)
RETURNS FLOAT
AS EXTERNAL NAME Conversions.[Conversions.Mass].KgToPounds
GO
```

CREATE FUNCTION 语句将 CLR 函数与 SQL Server 函数关联起来。SQL Server 函数不必和它们所调用的 CLR 函数同名，尽管在本例中它们是同名的。EXTERNAL NAME 从句指定要使用哪个函数，其格式为＜程序集．类．方法＞。其中，＜程序集＞是使用 CREATE ASSEMBLY 语句注册的名称，＜类＞是包括任何命名空间信息在内的完全类（本例中为 Conversions. Mass）。

提示：如果需要删除 CLR 函数或程序集，可以使用对应的 DROP FUNCTION 和 DROP ASSEMBLY 语句。

剩下的步骤只是调用这些函数。要调用 CLR 函数，可以使用和调用 T-SQL 用户定义函数相同的语法，只是始终在函数名的前面加上所有者名称。下面是个例子：

```
SELECT dbo.PoundsToKg(50), dbo.KgToPounds(40)
```

图 19.3 显示了在 SQL Server Management Studio 中执行这条语句的结果。

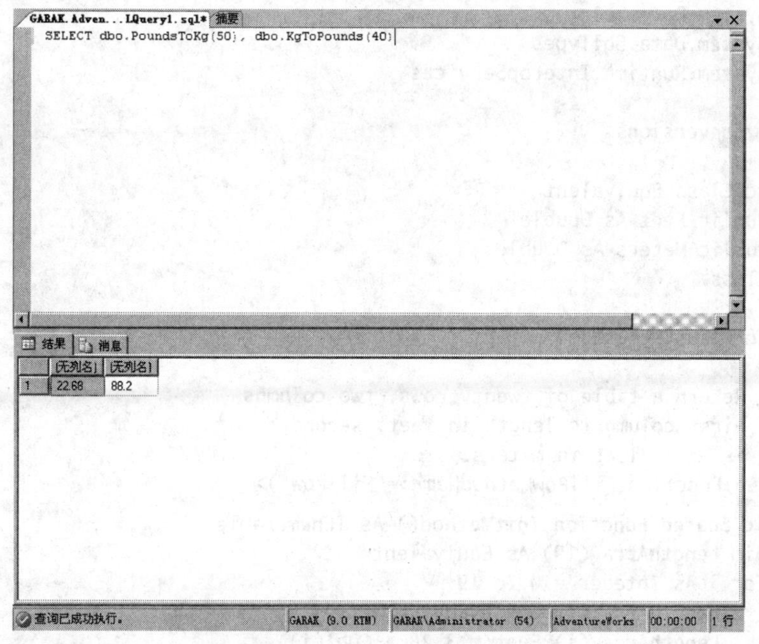

图 19.3 调用 CLR 用户定义函数

可以看出，公共语言运行时与 SQL Server 的集成是非常紧密的，单凭阅读这条语句是分别不出的，无论函数是用 T-SQL 编写的，还是用某种公共语言运行时语言编写的。

当然，用 Visual Basic 语言实现这些简单的转换函数并不是十分有意义，但充分演示了如何将所有东西关联在一起。SQL Server 自己也能够做乘法运算，而且用 T-SQL 实现这些函数会涉及更少的系统开销。但是，我们可以利用 .NET 语言做许多事情，而且这些事情在 T-SQL 中做起来是困难或不可能的。下面给出了需要从 SQL Server 中调用 .NET 代码的几个原因：

- 为了使用从 T-SQL 中访问起来很困难的系统资源，比如事件日志、WMI 或性能计数器；
- 为了使用高级的 .NET Framework 类，比如加密函数；
- 为了执行复杂的数学运算，也许会用到一个第三方数学库；
- 为了将 SQL Server 数据转移到网页或磁盘文件上，并且它们具有 SQL Server 自身很难生成的一种格式。

编写表值用户定义函数

表值用户定义函数返回整个表,而不是单个标量值。要用一种.NET 语言创建这样的函数,必须实现 IEnumerable 接口。这个接口可以提供极大的灵活性:所有.NET 数组和集合都实现这个接口,因此表值用户定义函数实际上可以用来返回任何东西给 SQL Server。正如程序清单 19.1 所显示的,必须给函数添加一个表征,用于指定 SQL Server 能够用来将各个行翻译成 SQL Server 数据类型的第二个过程。

为了演示创建表值用户定义函数的过程,我们创建了一个这样的函数,用于返回一个转换英尺到米的转换表。程序清单 19.1 包含了这个类在 Visual Basic 类库中的全部代码。

程序清单 19.1　Conversions. Length 类

```
Imports Microsoft.SqlServer.Server
Imports System.Data.Sql
Imports System.Data.SqlTypes
Imports System.Runtime.InteropServices

Namespace Conversions

    Public Class Equivalent
        Public Feet As Double
        Public Meters As Double
    End Class

    Public Class Length

        ' Return a table of twenty rows, two columns
        ' First column is length in feet, second
        ' is equivalent in meters.
        <SqlFunction(FillRowMethodName:="FillRow")> _
    Public Shared Function InitMethod() As IEnumerable
        Dim LengthArray(19) As Equivalent
        For i As Integer = 0 To 19
            LengthArray(i) = New Equivalent
            LengthArray(i).Feet = 3.28 * CDbl(i)
            LengthArray(i).Meters = CDbl(i)
        Next
        Return LengthArray
    End Function

    ' Interpret one row from the returned array into SQL columns
    Public Shared Sub FillRow(ByVal obj As Object, _
     <Out()> ByRef Feet As SqlDouble, _
     <Out()> ByRef Meters As SqlDouble)
        Dim LengthEntry As Equivalent
        LengthEntry = CType(obj, Equivalent)
        Feet = LengthEntry.Feet
        Meters = LengthEntry.Meters
    End Sub
End Class
```

要使用这个函数，必须先编译并使用 CREATE ASSEMBLY 语句注册程序集。然后，使用 CREATE FUNCTION 语句注册函数本身：

```
CREATE FUNCTION BuildLengthTable()
RETURNS TABLE
(Feet FLOAT, Meters FLOAT)
AS
EXTERNAL NAME Conversions.[Conversions.Length].InitMethod
```

在本例中，CREATE FUNCTION 语句必须包含表的描述。在注册了函数之后，就可以像调用其他任何一个表值用户定义函数一样调用它。例如，可以选择该函数中的所有数据：

```
SELECT * FROM dbo.BuildLengthTable()
```

图 19.4 显示了结果。

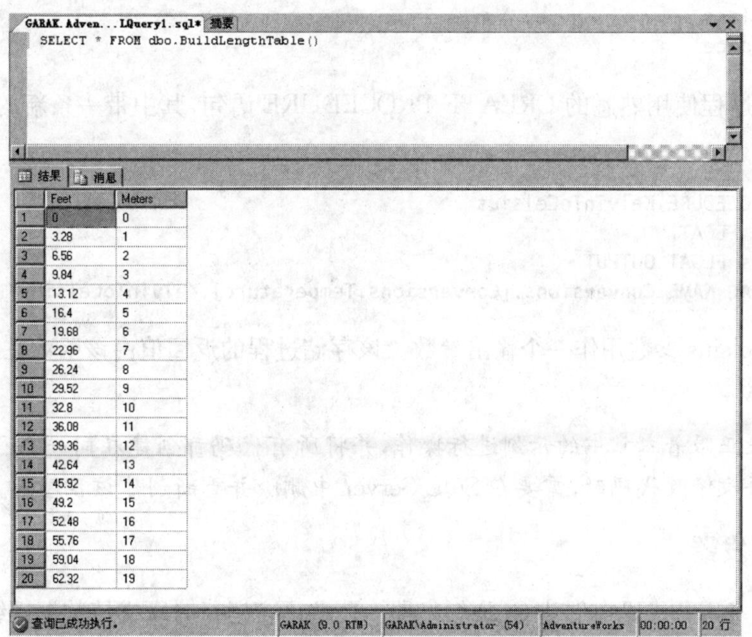

	Feet	Meters
1	0	0
2	3.28	1
3	6.56	2
4	9.84	3
5	13.12	4
6	16.4	5
7	19.68	6
8	22.96	7
9	26.24	8
10	29.52	9
11	32.8	10
12	36.08	11
13	39.36	12
14	42.64	13
15	45.92	14
16	49.2	15
17	52.48	16
18	55.76	17
19	59.04	18
20	62.32	19

图 19.4　调用 CLR 表值用户定义函数

编写 CLR 存储过程

CLR 存储过程与 CLR 函数非常相似，但具有几个比较高级的能力：

- CLR 存储过程可以有一个返回值；
- CLR 存储过程可以有输出参数；
- CLR 存储过程可以返回消息给客户程序；
- CLR 存储过程可以调用数据定义语言(DDL)和数据操纵语言(DML)语句。

消息和调用语句依赖于 SqlClient 命名空间。本章后面的“使用 Sql 命名空间”一节将讨论这些能力。本节将演示返回值和输出参数的使用方法。要用一种 .NET 语言创建存储过程，编写一个静态函数并给它加上 SqlProcedure 表征：

```
Imports System.Data.Sql
Imports Microsoft.SqlServer.Server

Namespace Conversions
    Public Class Temperature
        <SqlProcedure()> _
        Public Shared Function KelvinToCelsius( _
         ByVal Kelvin As Double, ByRef Celsius As Double) As Integer
            ' Temperature must be above 0K
            If Kelvin <= 0 Then
                Return 0
            Else
                Celsius = Kelvin - 273.15
                Return 1
            End If
        End Function
    End Class
End Namespace
```

注册存储过程使用熟悉的 CREATE PROCEDURE 语句,其中带一条新的 EXTERNAL NAME 从句:

```
CREATE PROCEDURE KelvinToCelsius
  @Kelvin FLOAT,
  @Celsius FLOAT OUTPUT
AS EXTERNAL NAME Conversions.[Conversions.Temperature].KelvinToCelsius
```

其中,@Celsius 参数用作一个输出参数。该存储过程的返回值由该函数在 .NET 代码中的整数值给出。

提示:如果正跟着本章中的示例进行操作,并将所有代码都创建在同一个程序集内,那么在每次修改代码时,需要在 SQL Server 中删除并重新创建该程序集。

编写 CLR 触发器

也可以用 .NET 代码来创建 CLR 触发器。公共语言运行时既支持数据操纵语言(DML)触发器,又支持数据定义语言(DDL)触发器。触发器用不带返回类型的静态函数表示;可以(但不是必须)只给 DML 触发器应用 SqlTrigger 表征。触发器可以使用一个名为 SqlTriggerContext 的特殊类来获得 INSERTED 和 DELETED 表,确定哪些列在 UPDATE 语句中被修改,或者获取与激活了触发器的 DDL 操作有关的详细信息。

例如,下面是一个触发器的代码框架,该触发器确定它被调用是为了响应一个 INSERT、UPDATE 还是 DELETE 操作,以及了解哪些列被更新:

```
Imports System.Data.Sql
Imports System.Data.SqlServer
Imports Microsoft.SqlServer.Server

Namespace Conversions
    Public Class Triggers
        Public Shared Sub TriggerSkeleton()
            ' Retrieve the trigger context
            Dim tc As SqlTriggerContext = _
```

```
            SqlContext.GetTriggerContext
            Select Case tc.TriggerAction
                Case TriggerAction.Insert
                    ' INSERT statement
                Case TriggerAction.Delete
                    ' DELETE statement
                Case TriggerAction.Update
                    ' UPDATE statement
                    Dim ColumnsUpdated As Boolean() = _
                     tc.ColumnsUpdated
                    For Each b As Boolean In ColumnsUpdated
                        If b Then
                            ' Corresponding column
                            ' was updated
                        End If
                    Next
            End Select
        End Sub
    End Class
End Namespace
```

SqlContext. GetTriggerContext 方法是 SQL Server 提供的一个静态方法。代码可以调用这个方法来获取调用该代码的触发器的上下文。然后,可以使用 TriggerContext 对象的各个属性查找关于触发器的更多信息,比如被更新的列。

说明:为了让这段代码工作,需要引用包含 System. Data. SqlServer 命名空间的 Sqlaccess. dll 动态链接库。这个库在 SQL Server 安装期间被安装在 BINN 子目录中。

要将这个触发器关联到操作上,使用 CREATE TRIGGER 语句:

```
CREATE TRIGGER TriggerSkeleton
ON MyTable
FOR DELETE, INSERT, UPDATE
AS EXTERNAL NAME Conversions.[Conversions.Triggers].TriggerSkeleton
```

编写 CLR 用户定义类型

和其他 CLR 对象不同(它们是熟悉的 SQL Server 对象的 .NET 实现),CLR 用户定义类型所表示的东西对 SQL Server 来说是崭新的。通过编写自己的用户定义类型,可以扩充 SQL Server 数据类型的范围。创建 CLR 用户定义类型的代码是相当复杂的,但最终结果是一个新的数据类型,可以像使用 int、float 和其他内部类型一样使用它。

CLR 用户定义类型是符合一些约束的 .NET 类:

- 它们必须带有 SqlUserDefinedType 表征。
- 它们必须带有 Serializable 表征。
- 它们必须实现 INullable 接口。
- 它们必须包含公开和静态的 Parse 和 ToString 方法,以用于转换到数据类型的字符串表示或反向转换。
- 它们必须将数据元素暴露为公开字段或公开属性。

本节将演示创建和使用一个简单用户定义类型的代码。程序清单 19.2 演示了怎样使用

Visual Basic 代码声明一个复杂的数字类型,该类型由一个实数部分和一个虚数部分组成。

程序清单 19.2　定义复数类型

```
Imports System
Imports System.Data.Sql
Imports System.Data.SqlTypes
Imports System.Runtime.Serialization
Imports Microsoft.SqlServer.Server

<Serializable(), _
 SqlUserDefinedTypeAttribute(Format.Native)> _
Public Structure Complex

    Implements INullable
    Private is_Null As Boolean
    Private m_Real As Double
    Private m_Imaginary As Double

' Track whether this instance is a null
Public ReadOnly Property IsNull() As Boolean _
   Implements INullable.IsNull
    Get
        Return (is_Null)
    End Get
End Property

' Return a string representation
Public Overrides Function ToString() As String
    If Me.IsNull Then
        Return "NULL"
    Else
        Return m_Real & "," & m_Imaginary
    End If
End Function

' Convert string representation to an instance
Public Shared Function Parse(ByVal s As SqlString) _
 As Complex
    If s.IsNull Then
        Return Nothing
    Else

        'Parse input string here to separate out parts
        Dim c As New Complex()
        Dim str As String = Convert.ToString(s)
        Dim parts() As String = str.Split(",")
        c.Real = parts(0)
        c.Imaginary = parts(1)
        Return (c)
    End If
End Function

' Return a null instance
Public Shared ReadOnly Property Null() As Complex
    Get
```

```
            Dim c As New Complex
            c.is_Null = True
            Return (c)
        End Get
    End Property

    ' Real part
    Public Property Real() As Double
        Get
            Return (m_Real)
        End Get
        Set(ByVal Value As Double)

                m_Real = Value
            End Set
        End Property

        ' Imaginary part
        Public Property Imaginary() As Double
            Get
                Return (m_Imaginary)
            End Get
            Set(ByVal Value As Double)
                m_Imaginary = Value
            End Set
        End Property

        ' Add this instance to another
        Public Function AddTo( _
         ByVal c As Complex) As Complex
            Dim res As New Complex
            res.Real = m_Real + c.Real
            res.Imaginary = m_Imaginary + _
             c.Imaginary
            Return res
        End Function

    End Structure
```

除了必需的代码骨架之外，这个类型定义还包括了一个名为 AddTo 的方法。在实践中，可能会在这样的类型中定义许多不同的方法，但定义它们的语法却只有一个。

注册用户定义数据类型是很容易的；一旦注册了包含程序集，就调用 CREATE TYPE 语句。我们将假设 Complex 类型在 Conversions 程序集内：

```
CREATE TYPE Complex
EXTERNAL NAME Conversions.Complex
```

需要注意的是，对于数据类型，外部名称是程序集名称加上类或结构名称。

一旦注册了用户定义类型，就可以像使用内部类型一样使用它。例如，可以使用该类型作为一个列的数据类型来定义一个表：

```
CREATE TABLE ComplexTest
 (ID int IDENTITY(1,1) PRIMARY KEY,
 C Complex)
```

一旦建成了这个表,就可以插入数据。要获得 Complex 类型的新实例,使用 CAST 或 CONVERT 语句将类型的字符串表示转换成实例。这两个函数都调入到类型代码的 Parse 函数中:

```
INSERT INTO ComplexTest(C)
VALUES(CAST('1,1' AS Complex))
GO

INSERT INTO ComplexTest(C)
VALUES(CAST('-1,-1' AS Complex))
GO
INSERT INTO ComplexTest(C)
VALUES(CAST('0,0' AS Complex))
GO
```

也可以在需要类型实例的其他语句中使用 CAST 或 CONVERT 语句获取类型实例。例如,可以在 UPDATE 语句中使用它们指定 Complex 类型列的新值。

要检索数据,可以使用一条简单的 SELECT 语句:

```
SELECT ID, C FROM ComplexTest
GO
```

然而,结果可能不是期望的,如图 19.5 所示。这是因为这条语句试图返回实际的数据存储格式,而该格式是 SQL Server 无法显示的。

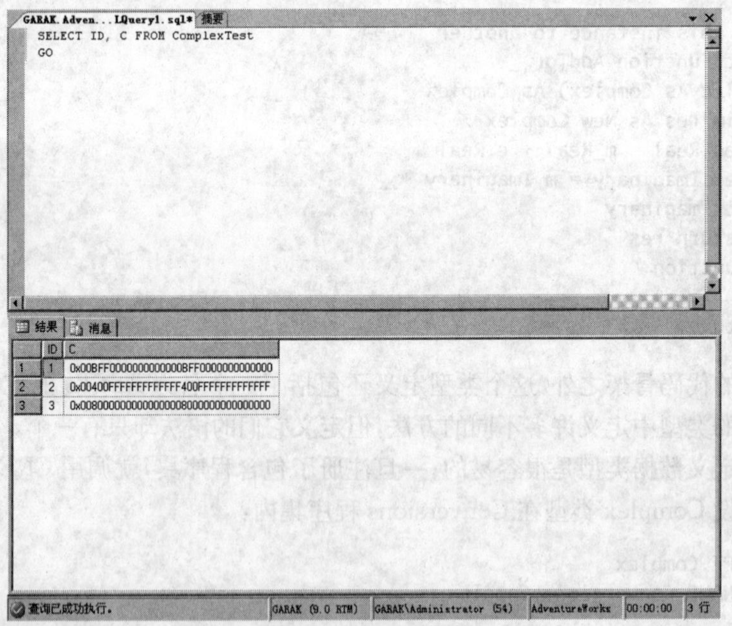

图 19.5　取自 CLR 类型的原始数据

这就需要用到类中的 ToString 方法。要从用户定义类型中取回人能理解的详细信息,需要像下列示例中那样指定 ToString 方法:

```
SELECT ID, C.ToString() AS Complex
FROM ComplexTest
```

图 19.6 显示了这条语句的结果。

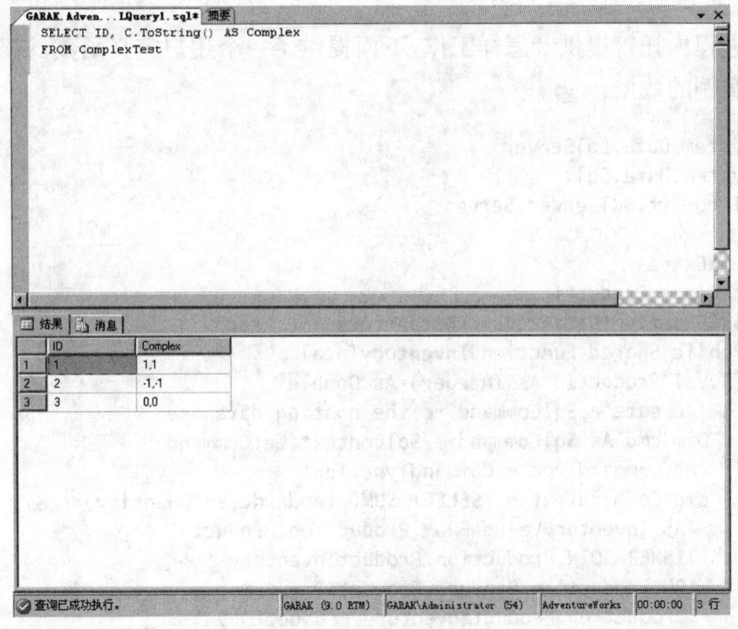

图 19.6　取自 CLR 类型的格式化数据

由于控制了 ToString 方法,所以可以随意获得该 CLR 类型的任何一种表示方式。例如,根据 3i+2j 模式做复数类型的字符串相加处理是很容易的。但是,必须记住修改 Parse 方法以便匹配起来。

最后,通过附加方法名称到具有适当数据类型的列上,可以调用任意一个公开方法。以前面介绍的这个类为例,下面这条 SQL 语句将把 1,1 加到表中的每一行上:

```
SELECT ID,
C.AddTo(CAST('1,1' AS Complex)).ToString() AS NewComplex
FROM ComplexTest
```

使用 Sql 命名空间

在 SQL Server 安装期间,它包含一个含有 System. Data. Sql 命名空间的 .NET 程序集。在我们创建 CLR 触发器时,已经见过这个命名空间的一个例子。System. Data. Sql 命名空间提供了 SqlTriggerContext 对象。这个命名空间也称为进程内托管提供者。这是个新的 ADO. NET 提供者,其任务是负责从公共语言运行时到 SQL Server 的反向通信。它并不直接与任何 SQL Server 进行通信(.NET 包含已有的 System. Data. SqlClient 命名空间就是为了这个目的)。相反,当将 CLR 代码装入到 SQL Server 中时(通过使用 CREATE ASSEMBLY 语句),这个进程内托管提供者允许直接连接到承载该代码的服务器。这个提供者可以用来从服务器上检索数据或发送数据给服务器。

说明:关于 ADO. NET 数据提供者的概述,请参见第 20 章。

使用进程内托管提供者

为了演示进程内托管提供者怎样工作,下面提供了一个用户定义函数,该函数使用来自调用它的服务器实例的数据。

```
Imports System.Data.SqlServer
Imports System.Data.Sql
Imports Microsoft.SqlServer.Server

Namespace AWExtras
    Public Class Production
        <SqlFunction(DataAccess:=DataAccessKind.Read)> _
         Public Shared Function InventoryTotal _
         (ByVal ProductID As Integer) As Double
            ' Create a SqlCommand to the hosting database
           Dim cmd As SqlCommand = SqlContext.GetCommand
           cmd.CommandType = CommandType.Text
           cmd.CommandText = "SELECT SUM(StandardCost*Quantity) " & _
             "AS InventoryValue FROM Production.Product " & _
             "INNER JOIN Production.ProductInventory " & _
             "ON Production.Product.ProductID = " & _
             "Production.ProductInventory.ProductID() " & _
             "WHERE(Production.Product.ProductID = " & _
            CStr(ProductID) & ") " & _
             "GROUP BY Production.Product.ProductID"
            ' Execute the command and return the result
           InventoryTotal = CDbl(cmd.ExecuteScalar())
        End Function
    End Class
End Namespace
```

这段代码用 SqlContext 对象开始它的工作,这个对象可以理解为一个直接往回连接到宿主数据库的 SqlConnection。在本例中,我们用 SqlContext 对象获得了一个 SqlCommand 对象,然后该对象执行一条 SELECT 语句来获得某个指定产品的总库存数量。这条 SELECT 语句的结果用做函数的返回值。下面是注册程序集和函数的 SQL 语句:

```
CREATE ASSEMBLY AWExtras
FROM 'C:\AWExtras\bin\AWExtras.dll'
GO
CREATE FUNCTION InventoryTotal(@ProductID int)
RETURNS float
AS EXTERNAL NAME AWExtras.[AWExtras.Production].InventoryTotal
GO
```

在注册了函数之后,就可以执行 SELECT dbo.InventoryTotal(775)之类的语句;这条语句从 AdventureWorks 数据库中返回第 775 号产品的总库存数量。

使用 SqlPipe 对象

Sql 命名空间中的第二个重要对象是 SqlPipe 对象。这是将数据直接从 CLR 代码中(而不是作为函数的返回值)发回到 SQL Server 的关键。SqlPipe 对象可以理解为类似于 ASP.NET Response 对象。放置在 SqlPipe 对象中的任何东西都会出现在 T-SQL 调用代码中的另一端。例如，在编写 CLR 存储过程时，可以使用一个 SqlPipe 对象将结果传回到 SQL Server 服务器。下面是如何使用 SqlPipe 对象的一个示例，也可以将其包含在 Production 类中：

```
<SqlProcedure()> _
Public Shared Sub SuggestProductNames()
    ' Generate some random names
    Dim a() As String = {"Shiny ", "Red ", "Titanium "}
    Dim b() As String = {"Rotary ", "Sonic ", "Polished "}
    Dim c() As String = {"Wheels", "Calipers", "Frame"}
    Dim Products(5) As String
    For i As Integer = 0 To 4
        Products(i) = a(Int(Rnd(1) * 3)) & _
         b(Int(Rnd(1) * 3)) & c(Int(Rnd(1) * 3))
    Next
    ' Get the pipe back to the hosting database
    Dim sp As SqlPipe = SqlContext.GetPipe
    ' Convert the data into rows and send it back
    ' First define the column schema
    Dim colschema() As SqlMetaData = _
    {New SqlMetaData("SuggestedName", _
     SqlDbType.NVarChar, 50)}
    ' Then define the table schema
    Dim tableschema As SqlMetaData = _
     New SqlMetaData("row", SqlDbType.Row, colschema)
    Dim newrec As SqlDataRecord
    ' Start sending records
    newrec = SqlContext.GetConnection.CreateRecord(tableschema)
    newrec.SetSqlString(0, Products(0))
    sp.SendResultsStart(newrec, True)
    ' Send the remaining records
    For i As Integer = 1 To 4
        newrec = SqlContext.GetConnection.CreateRecord(tableschema)
        newrec.SetSqlString(0, Products(i))
        sp.SendResultsRow(newrec)
    Next
    ' Tell the server we're done
    sp.SendResultsEnd()
End Sub
```

这段代码首先使用字符串处理与随机数函数构造随机的产品名称。然后，它从 SqlContext 对象中获得 SqlPipe 对象，进而给代码提供一个连回到调用数据库的传递途径。其余代码构造一个合成表并将它发回。这些 SqlMetaData 对象用来定义该表的行和列结构。下一步是使用 CreateRecord 方法一次一个地创建行，并将它们沿着 SqlPipe 对象发回。在本例中，我们正使用 SqlPipe 对象的 SendResultsStart、SendResultsRow 和 SendResultsEnd 方法通过该传递途径一次一行地发回结果集。图 19.7 显示了结果。

SqlPipe 类还有许多其他可用的方法。最有用的方法是 Send 方法，该方法可以接受一个 SqlDataReader、一个实现 ISqlRecord 的对象、一个 SqlError 对象或一个简单的字符串。这个 Send 方法允许将结果集、错误或消息发回到调用代码。

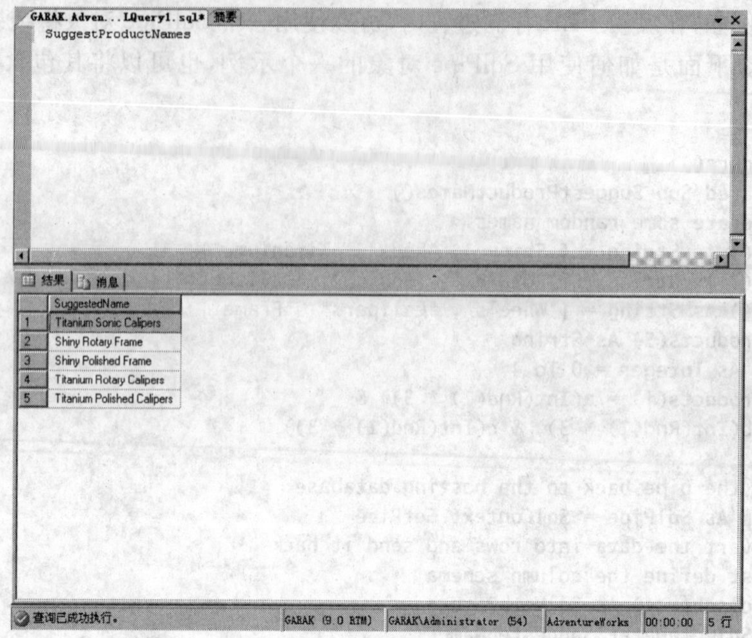

图 19.7 在 CLR 代码中创建的结果集

小结

本章介绍了 SQL Server 2005 是如何与 .NET 公共语言运行时密切交互的。在简要介绍了 CLR 体系结构之后,讨论了如何使用公共语言运行时和 .NET 语言创建用户定义函数、触发器、存储过程和数据类型之类的对象。还介绍了 System. Data. Sql 命名空间,以及它包含的帮助集成 .NET 和 SQL Server 的对象。这些能力展现了 SQL Server 开发的新前景。

下一章将介绍 SQL Server 和 .NET 的另一个方面:使用 ADO. NET 从外部 .NET 应用程序中检索和操作 SQL Server 数据。

第 20 章　ADO. NET 与 SQL Server

在涉及 SQL Server 的大多数应用程序中，并不是所有的开发工作都是在服务器本身上完成的。这就是客户/服务器计算的本质：工作分配在中央服务器与分布式客户之间。要从客户端应用程序中浏览与修改服务器端数据，需要使用客户数据访问库。

这几年，Microsoft 已经推出了许多可以使用 SQL Server 数据的客户数据访问库，其中包括 DB 库、数据访问对象(DAO)、远程数据对象(RDO)和 ActiveX 数据对象(ADO)。尽管所有这些库仍在使用之中，但 Microsoft 不再积极地开发它们，而是建议所有的新客户应用程序使用 ADO. NET 与服务器进行交互。

说明：ADO. NET 不是首字母缩略词；它就是这项技术的名称。

ADO. NET 是本书将要介绍的惟一客户数据访问库。即使读者过去一直使用另外一个数据访问库，也应当考虑迁移到 ADO. NET(它要求将客户代码移植到一种 . NET 语言)，以利用最新的技术成果。本章将首先描述 ADO. NET 对象模型，然后讨论能够利用 ADO. NET 做些什么。

说明：ADO. NET 的内容比本章所介绍的丰富得多。若要比较深入地了解这项技术，请参阅由 Jason Price 所著的“Mastering C# Database Programming”一书(由 Sybase 于 2003 年出版)，或者由 Evangelos Petroutsos 和 Asli Bilgin 所著的“Mastering Visual Basic . NET Database Programming”一书(由 Sybase 于 2003 年出版)。

ADO. NET 命名空间与类

ADO. NET 由分散在几个 . NET 命名空间内的几十个类组成。对于本书来说，这些命名空间中的 3 个对我们是重要的：

System. Data　这个命名空间包含表示内存数据的类。这些类独立于数据的源。也就是说，无论数据来自 SQL Server、Access 还是 XML 文件，都可以使用相同的类。这些类之中最重要的是 DataSct 类。

System. Data. SqlClient　这个命名空间包含直接连接到 SQL Server 的类。这些类直接作用于 SQL Server 数据库中的数据，或者作用于将 System. Data 类关联到 SQL Server 数据库的服务器。

System. Data. SqlTypes　这个命名空间包含其范围与语义跟 SQL Server 本机数据类型的范围与语义相匹配的类。例如，SQL Server money 型列中的任意一个值都可以用 System. Data. SqlTypes. SqlMoney 类的一个实例来表示。

图 20. 1 示意性地描述了这些命名空间及其部分类是怎样结合的。

System. Data. SqlClient 就是 ADO. NET 数据提供者的一个例子。其他数据提供者提供访问其他数据源的途径。例如，System. Data. OracleClient 命名空间与 Oracle 数据库打交道，而 System. Data. OleDb 命名空间与其他 OLE DB 数据源打交道。本章不打算讨论其他这些

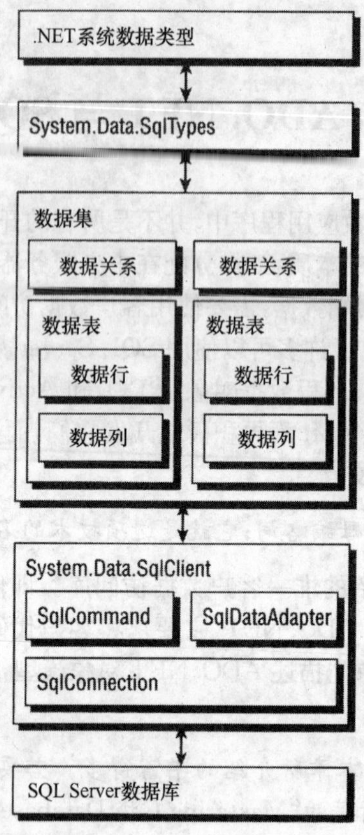

图 20.1 ADO.NET 对象

提供者,但它们的类与 SqlClient 命名空间中的那些类在工作方式上是相似的。因此,在需要的时候,从使用 SQL Server 中获得的知识将有助于使用其他这些命名空间。

了解 DataSet 对象

System.Data 命名空间中的关键类是 DataSet。要理解这个类,最容易的方法是将它想象成它可以代表内存中的一个完整关系型数据库。单个 DataSet 对象可以包含多个 DataTable 对象,而这些 DataTable 对象之间的关系可以由 DataRelation 对象来指定。其他对象可以用来实施惟一性约束和 DataTable 对象之间的外部关键字约束。

在 DataTable 对象内,还可以深入到个别的 DataRow 对象。DataRow 对象是最低层的详细信息,因而准许访问 DataSet 对象中存储的数据。作为选择,也可以使用 DataColumn 对象检索关于 DataTable 对象的列级元数据。

DataSet 对象的设计意图是用在断开连接的情况下。也就是说,即使与原数据库的连接已经切断,DataSet 对象的数据依然是有效的。也可以串行化(或者说转换)DataSet 对象(及其所有构成对象)到 XML 格式,以使构件之间的传输变得更容易。创建复杂的数据转移方案也是可能的,比如下面这个方案:

1. 在客户计算机上,通过连接到 SQL Server 填充一个 DataSet 对象。
2. 断开这个 DataSet 对象与 SQL Server 的连接。
3. 使用 XML 通过 Internet 发送 DataSet 对象到另一台客户计算机。

4. 在第二台客户计算机上编辑 DataSet 对象中的数据。
5. 再次将 DataSet 对象作为 XML 发回到原客户计算机。
6. 重新连接到数据库。
7. 提交 DataSet 对象断开期间所进行的修改结果。

了解 SQL Server 数据提供者

SQL Server 数据提供者包括直接与 SQL Server 打交道的 3 个关键类：

SqlConnection　这个类表示一条与单个 SQL Server 的连接。SqlConnection 类实现连接池；连接池帮助保持服务器负荷处于控制之下，同时又能让客户计算机快速获得可用的连接。

SqlCommand　这个类表示一条 T-SQL 语句或一个存储过程。SqlCommand 对象可以用来直接操纵 SQL Server 数据库中的数据。

SqlDataAdapter　这个类提供数据库与 DataSet 对象之间的一条双向管道。SqlDataAdapter 既能从数据库中检索数据，又能将数据修改提交给数据库。

了解 SQL Server 数据类型

SQL Server 数据类型与 .NET 本机数据类型未必是一一对应的。例如，SQL Server 中的 Money 数据类型可以包含从－922 337 203 685 477.5808 到＋922 337 203 685 477.5807 之间的准确值。使用一个 .NET 系统类型表示这个准确范围是不可能的；无任何完全匹配的数据类型。但是，System.Data..SqlTypes.SqlMoney 类可以包含这个准确的值范围，也就是说，可以轻松地使用 SqlMoney 对象来回转移到数据库。

SQL Server 数据类型与 .NET 系统数据类型之间还存在另一个差别。SQL Server 数据类型都是可空的，因此它们也可以表示数据库中的空值。.NET 系统数据类型，比如 Int32 或 Double 无法接受空值。

SQL Server 数据类型还配备了一组丰富的数学与转换函数，以便开发人员能从这些函数中将数据转移到 .NET 系统数据类型。

建立与管理连接

从 .NET 代码中跟 SQL Server 打交道的第一步是连接到数据库。要连接到数据库，需要实例化一个 SqlConnection 对象，然后调用该对象的 Open 方法。

建立连接字符串

要用 ADO.NET 创建一条与 SQL Server 数据库的连接，最容易的方法是使用一个产生连接字符串的构造器实例化一个 SqlConnection 对象。程序清单 20.1 演示了这是怎样实现的。

编译 .NET 代码

本章中的代码示例都使用 C#语言；C#是 Microsoft 于 2002 年作为原始 .NET 版本的一部分引进的编程语言。即使不了解 C#，但它的相似语言 C、C++和 Java 对大多数开发人员来说是相当容易理解的。

我们一直没有使用 Visual Studio. NET 创建这些示例，因此不必拥有该工具的副本也能使用它们。作为选择，也可以从 http://msdn. microsoft. com/netframework/站点上下载免费的 . NET Framework SDK。这个 SDK 包含整个框架，以及用于 C#和 Visual Basic . NET 语言的命令行编译程序。

要使用 C#命令行编译程序，选择"开始"➤"程序"➤"Microsoft . NET Framework SDK"➤". NET Framework SDK 命令提示符"。然后，调用 csc 编译程序，后跟源文件的名称。例如，要编译文件 20-1. cs 中的示例，可以键入下面这个命令行：

```
csc 20-1.cs
```

程序清单 20. 1　连接到 SQL Server 数据库

```
using System;
using System.Text;
using System.Data;
using System.Data.SqlClient;

namespace Chapter_20
{
    class _20_1
    {
        static void Main(string[] args)
        {
            string connStr =
                "Initial Catalog=AdventureWorks;" +
                "Data Source=(local);Integrated Security=SSPI;";
            SqlConnection con =
                new SqlConnection(connStr);
            con.Open();
            Console.WriteLine(con.ConnectionString);
            Console.ReadLine();
        }
    }
}
```

从程序清单 20. 1 中可以看出，SqlConnection 连接字符串就是一组由分号(;)分隔的"关键字=值"对。表 20. 1 列举了可以用在 SqlConnection 连接字符串中的关键字。

表 20. 1　SqlConnection 连接字符串关键字

关键字	描述
Application Name	提供给 SQL Server 的应用程序名称。默认为 . NET SqlClient Data Provider
AttachDBFilename 或 Initial File name	要附加为数据库的文件的名称。还必须在连接字符串中包含 Database 关键字
Connect Timeout 或 Connection Timeout	等待连接的秒数。默认为 15 秒
Connection Lifetime	连接可以在连接池中维持的秒数
Connection Reset	确定连接在从连接池中删去时是否复位。设置这个关键字为 false 将阻止使用 SQL Server 7. 0 时的额外往返

(续表)

关键字	描述
Current Language	要使用的 SQL Server 语言
Data Source 或 Server 或 Address 或 Addr 或 Network Address	SQL Server 的名称或 IP 地址
Encrypt	如果这个关键字设置为 yes 或 true,给客户与服务器之间的所有数据都使用 SSL 加密。默认为 false
Enlist	如果这个关键字设置为 true(默认值),连接被自动包含在调用线程的事务上下文内
Initial Catalog 或 Database	要使用的数据库的名称
Integrated Security 或 Trusted Connection	如果这个关键字设置为 yes、true 或 sspi,则使用集成的 Windows 身份验证模式。如果这个关键字设置为 false 或 no(默认值),则使用 SQL Server 账户验证模式
Max PooMax Pool Size	连接池中将保存的最大连接数量。默认值为 100
Min Pool Size	连接池中将保存的最小连接数量。默认值为 0
Network Library 或 Net	要使用的网络库的名称
Packet Size	跟 SQL Server 进行通信时要使用的信息包大小(以字节为单位)。默认值为 8192
Password 或 pwd	连接时要使用的密码
Persist Security Info	如果这个关键字设置为 true,连接后将密码保存在连接字符串中。默认值为 false
Pooling	设置这个关键字为 false 将关闭连接池。默认为 true
User ID	连接时要使用的 SQL Server 用户账户
Workstation ID	要向 SQL Server 发送数据的工作站的名称。默认为本地计算机名称

处理连接池

连接到数据库是个代价相当高的操作。SQL Server 必须验证连接的安全上下文,分配一个线程供连接在里面运行等。为了加快操作的速度,SqlConnection 命名空间实现了连接池(Connection pooling)。当通知 .NET 应用程序已经利用完 SqlConnection 对象时,.NET 并不立即从连接池中拆卸该连接并释放资源,而是将该连接保存在连接池中供将来使用。当请求另一条连接时,从连接池中返回一条连接会比从头创建一条连接快速得多。

SQL Server 数据提供者为应用程序中的每个惟一性连接字符串分别维护一个连接池。在为某个特定连接字符串打开第一条连接时,数据提供者立即创建这个连接池。如果已经指定了一个最小连接池大小,数据提供者还实例化出指定数量的连接。每次打开一条连接时,数据提供者都进行检查,以了解连接池中是否有一条可用的连接。如果有,那条连接立即被返回。如果没有,并且连接池含有少于最大数量的连接,数据提供者就创建一条新连接。如果连接池已满,并且没有可用的连接,申请新连接的请求存放在队列中,直至一条连接变得可用时为止。

当连接达到它们的指定寿命时,数据提供者就从连接池中删除它们。无效连接也被删除

(比如连接到以前已从网络中删去的某个服务器的连接),但是数据提供者并不立即做这项工作,直到它通过尝试发现那些连接已变得无效时,才会删除它们。

提示:要让连接池有效地工作,一旦利用完连接,应该立即将它们返回给连接池。这可以通过调用 SqlConnection 对象的 Close 或 Disponse 方法来完成。

使用 SqlCommand 对象

SqlCommand 对象表示单条 T-SQL 语句或单个存储过程。视基础语句而定,可以从 SqlCommand 对象中取回结果,也可以不取回结果。SqlCommand 对象同时提供对输入和输出参数的完全支持。

执行查询

程序清单 20.2 给出了使用 SqlCommand 对象在 SQL Server 数据库中执行查询的代码。

程序清单 20.2　使用 SqlCommand 对象执行查询

```
using System;
using System.Text;
using System.Data;
using System.Data.SqlClient;

namespace Chapter_20
{
    class _20_2
    {
        static void Main(string[] args)
        {
            string connStr =
                "Initial Catalog=AdventureWorks;" +
                "Data Source=(local);Integrated Security=SSPI;";
            SqlConnection con =
                new SqlConnection(connStr);
            SqlCommand cmd =
                new SqlCommand("UPDATE Person.Contact SET " +
                "MiddleName = 'Alfred' WHERE ContactID = 1", con);
            con.Open();
            cmd.ExecuteNonQuery();
            con.Close();
        }
    }
}
```

这段特定的代码使用了 SqlCommand 对象的一个构造器;该构造器接受两个参数:一个要执行的 SQL 字符串和一条用来执行命令的连接。要执行命令,必须首先打开相关的连接,然后调用 SqlCommand 对象的 ExecuteNonQuery 方法。然后,代码关闭连接并将该连接返回给连接池。

虽然 SQL 语句工作在的代码中没有任何指示,但通过使用 SQL Server Management Studio 检查 Person.Contact 表，可以验证这条 SQL 语句的结果，如图 20.2 所示。

GARAK.Adven...LQuery1.sql*　摘要

```
SELECT * FROM Person.Contact
```

结果　消息

	ContactID	NameStyle	Title	FirstName	MiddleName	LastName	Suffix	EmailAddress	EmailPromotion	Ph
1	1	0	Mr.	Gustavo	Alfred	Achong	NULL	gustavo0@adventure-works.com	2	39
2	2	0	Ms.	Catherine	R.	Abel	NULL	catherine0@adventure-works.com	1	74
3	3	0	Ms.	Kim	NULL	Abercrombie	NULL	kim2@adventure-works.com	0	33
4	4	0	Sr.	Humberto	NULL	Acevedo	NULL	humberto0@adventure-works.com	2	59
5	5	0	Sra.	Pilar	NULL	Ackerman	NULL	pilar1@adventure-works.com	0	1 (
6	6	0	Ms.	Frances	B.	Adams	NULL	frances0@adventure-works.com	1	99
7	7	0	Ms.	Margaret	J.	Smith	NULL	margaret0@adventure-works.com	0	95
8	8	0	Ms.	Carla	J.	Adams	NULL	carla0@adventure-works.com	0	10
9	9	0	Mr.	Jay	NULL	Adams	NULL	jay1@adventure-works.com	1	15
10	10	0	Mr.	Ronald	L.	Adina	NULL	ronald0@adventure-works.com	0	45
11	11	0	Mr.	Samuel	N.	Agcaoili	NULL	samuel0@adventure-works.com	0	55
12	12	0	Mr.	James	T.	Aguilar	Jr.	james2@adventure-works.com	1	1 (
13	13	0	Mr.	Robert	E.	Ahlering	NULL	robert1@adventure-works.com	0	67
14	14	0	Mr.	François	NULL	Ferrier	NULL	françois1@adventure-works.com	1	57
15	15	0	Ms.	Kim	NULL	Akers	NULL	kim3@adventure-works.com	2	44
16	16	0	Ms.	Lili	J.	Alameda	NULL	lili0@adventure-works.com	1	1 (
17	17	0	Ms.	Amy	E.	Alberts	NULL	amy1@adventure-works.com	1	72

查询已成功执行。　GARAK (9.0 RTM)　GARAK\Administrator (61)　AdventureWorks　00:00:05　19972 行

图 20.2　经 SqlCommand 对象更改过的数据

使用参数

也可以使用 SqlCommand 对象执行 SQL Server 存储过程。其中，SqlParameter 对象的使用是至关重要的。这个对象表示传给存储过程的单个参数，并且既可以用于输入参数，又可以用于输出参数。例如，假设在 AdventureWorks 数据库中创建了下列存储过程：

```
CREATE PROC procGetName
  @ContactID int,
  @Name nvarchar(100) OUTPUT
AS
  SELECT @Name = FirstName + ' ' + LastName
  FROM Person.Contact
  WHERE ContactID = @ContactID
```

然后，就可以使用程序清单 20.3 所示的代码执行该存储过程并显示输出参数的内容。

程序清单 20.3　使用带参数的 SqlCommand 对象

```
using System;
using System.Text;
using System.Data;
using System.Data.SqlClient;

namespace Chapter_20
{
    class _20_3
    {
        static void Main(string[] args)
        {
```

```
            string connStr =
                "Initial Catalog=AdventureWorks;" +
                "Data Source=(local);Integrated Security=SSPI;";
            SqlConnection con =
                new SqlConnection(connStr);
            SqlCommand cmd =
                new SqlCommand();
            cmd.Connection = con;
            cmd.CommandText = "procGetName";
            cmd.CommandType = CommandType.StoredProcedure;
            SqlParameter par=
                new SqlParameter("@ContactID", SqlDbType.Int);
            par.Value = 16;

            cmd.Parameters.Add(par);
            par =
                new SqlParameter("@Name", SqlDbType.NVarChar, 100);
            par.Direction = ParameterDirection.Output;
            cmd.Parameters.Add(par);
            con.Open();
            cmd.ExecuteNonQuery();
            Console.WriteLine(cmd.Parameters["@Name"].Value);
            con.Close();
            Console.ReadLine();
        }
    }
}
```

这段代码定义了两个 SqlCommand 对象,其中的每个对象都是通过指定它的名称和数据类型来构造的(而且对于可变大小的那个对象,还需要指定它的大小)。请注意,那些名称匹配于存储过程中的参数名称。代码设置了输入参数的 Value 属性,并使用 Direction 属性将另一个对象标记为输出参数。在执行查询之后,返回值可以从输出参数的 Value 属性中读取。

检索单个值

SqlCommand 对象还提供了一个名为 ExecuteScalar 的方法。这个方法设计用来简化从数据库中检索单个值,并从查询所构造的任何一个结果集中返回第一行的第一列中的值。程序清单 20.4 演示了一个示例。

程序清单 20.4 使用 ExecuteScalar 方法

```
using System;
using System.Text;
using System.Data;
using System.Data.SqlClient;

namespace Chapter_20
{
    class _20_4
    {
        static void Main(string[] args)
        {
```

```
            string connStr =
                "Initial Catalog=AdventureWorks;" +
                "Data Source=(local);Integrated Security=SSPI;";
            SqlConnection con =
                new SqlConnection(connStr);
            SqlCommand cmd =
                new SqlCommand("SELECT FirstName FROM "
                + "Person.Contact WHERE ContactID = 16");
            cmd.Connection = con;

            con.Open();
            string FirstName = cmd.ExecuteScalar().ToString();
            Console.WriteLine(FirstName.ToString());
            con.Close();
            Console.ReadLine();
        }
    }
}
```

需要注意的是,在使用这个方法时,除了结果集中的第一列和第一行之外的任何东西均被删去。

使用 SqlDataReader 对象

SqlCommand 对象适合用来执行查询和存储过程,但是在需要处理表中的所有数据时却无能为力。要获取表中的所有数据,可以求助于 SqlDataReader 对象。这个对象提供一个从检索数据的 SQL Server 语句中返回的游标,有时称为消防管游标(Firehose cursor)。这是个经过优化的记录集,目的是为了加快检索速度。SqlDataReader 对象返回的数据可以从结果的开头一次读取到末尾,并且总是只读的。

说明: 如果熟悉经典的 ADO,SqlDataReader 对象等效于 ADO 中的只向前和只读的 RecordSet 对象。

打开 SqlDataReader 对象

使用 SqlDataReader 对象的第一步是打开它。不能直接使用 new 关键字实例化 SqlDataReader 对象,必须使用 SqlDataReader 对象的 ExecuteReader 方法,如程序清单 20.5 所示。

程序清单 20.5　打开 SqlDataReader 对象

```
using System;
using System.Text;
using System.Data;
using System.Data.SqlClient;

namespace Chapter_20
{
    class _20_5
    {
        static void Main(string[] args)
        {
```

```
            string connStr =
                "Initial Catalog=AdventureWorks;" +
                "Data Source=(local);Integrated Security=SSPI;";
            SqlConnection con =
                new SqlConnection(connStr);

            SqlCommand cmd =
                new SqlCommand("SELECT * FROM Person.Contact");
            cmd.Connection = con;
            con.Open();
            SqlDataReader dr = cmd.ExecuteReader();
            Console.WriteLine(dr.HasRows);
            dr.Close();
            con.Close();
            Console.ReadLine();
        }
    }
}
```

假设 SqlCommand 对象的文本是一条返回行的语句,则可以使用 ExecuteReader 方法取回那些行,并将它们递交给 SqlDataReader 对象。正如下一节将要介绍的,这使得 SqlDataReader 对象能够检索指定的数据。在本例中,代码只调用了 HasRow 属性;该属性在 SqlDataReader 对象包含任何数据时返回 true。

警告: 在 SQL Server 的以前版本中,SqlDataReader 对象是个封锁对象;当让一个 SqlDataReader 对象保持打开状态时,不能执行其他任何使用了基础 SqlConnection 对象的操作。在 SQL Server 2005 中,一个叫做多活动记录集(Multiple Active RecordSets,简称 MARS)的新特性取消了这个限制。但是,关闭没有使用的对象以便它们的资源能被释放仍是个好习惯。

检索数据

从 SqlDataReader 对象中检索数据是个两步过程(在已经实例化了该对象之后)。首先,调用 Read 方法将下一行装入到 SqlDataReader 对象中。然后,调用一个或多个 Get 方法返回数据。程序清单 20.6 演示了一个示例。

程序清单 20.6　使用 SqlDataReader 对象检索数据

```
using System;
using System.Text;
using System.Data;
using System.Data.SqlClient;

namespace Chapter_20
{
    class _20_6
    {
        static void Main(string[] args)
        {
```

```
            string connStr =
                "Initial Catalog=AdventureWorks;" +
                "Data Source=(local);Integrated Security=SSPI;";
            SqlConnection con =
                new SqlConnection(connStr);

            SqlCommand cmd =
                new SqlCommand("SELECT * FROM Person.Contact");
            cmd.Connection = con;
            con.Open();
            SqlDataReader dr = cmd.ExecuteReader();
            dr.Read();
            Console.WriteLine(dr.GetString(5));
            while (dr.Read())
            {
                Console.WriteLine(dr.GetString(5));
            }
            dr.Close();
            con.Close();
            Console.ReadLine();
        }
    }
}
```

在读取操作完成后，只要 SqlDataReader 对象中还存在数据，Read 方法就返回 true。在将数据装入到 SqlDataReader 对象中之后，本例使用 GetString 方法从中取回一些数据。传给这个方法的数字参数是以零为起点的列号；就 Person.Contact 表的情况而言，第 6 列包含联系人的姓氏。图 20.3 显示了运行这个过程之后返回数据的结尾部分。

图 20.3　从 SqlDataReader 对象中返回的数据

在返回 SqlDataReader 对象中所包含的数据的许多方法之中，GetString 方法仅仅是其中的一个。表 20.2 列举了可以选用的各种数据检索方法。

表 20.2 SqlDataReader 对象的数据检索方法

方法	返回值
GetBoolean	布尔值
GetByte	单个字节
GetBytes	字节流,任选地从一个偏移位置开始
GetChar	单个字符
GetChars	字符数组,任选地从一个偏移位置开始
GetDateTime	DateTime 对象
GetDecimal	Decimal 对象
GetDouble	双精度值
GetFloat	浮点值
GetGuid	GUID 值
GetInt16	16 位整数值
GetInt32	32 位整数值
GetInt64	64 位整数值
GetSqlBinary	SqlBinary 对象
GetSqlBoolean	SqlBoolean 对象
GetSqlByte	SqlByte 对象
GetSqlDateTime	SqlDateTime 对象
GetSqlDouble	SqlDouble 对象
GetSqlGuid	SqlGuid 对象
GetSqlInt16	SqlInt16 对象
GetSqlInt32	SqlInt32 对象
GetSqlInt64	SqlInt64 对象
GetSqlMoney	SqlMoney 对象
GetSqlSingle	SqlSingle 对象
GetSqlString	SqlString 对象
GetSqlValueP	表示一个 SQL 变体的 Object
GetString	字符串值
GetValue	本机格式的数据

需要注意的是,对于几乎所有这些数据类型,都可以在自动执行到 .NET 系统数据类型(比如 GetInt16)的转换的方法与从 System.Data.SqlTypes 命名空间中返回类(比如 GetSqlInt16)的方法之间进行选择。如果正在检索要与其他 SQL Server 存储过程一起使用的数据,也许希望将数据保持为它的 SQL 本机类型;相反,自动转换则比较有用。

使用 DataSet 与 SqlDataAdapter 对象

如果只需要从 SQL Server 数据库中读取数据,SqlDataReader 对象比较适用(也比较快),但不允许修改已读取的任何数据。要修改这样的数据,需要使用 SqlDataAdapter 与 DataSet

对象。通常，使用这两个对象的总体过程看上去类似于下面这样：

1. 创建一个能处理相关数据的 SqlDataAdapter 对象。
2. 使用 SqlDataAdapter 对象的 Fill 方法将数据加载到 DataSet 对象中。
3. 添加、编辑或者删除 DataSet 对象中的数据。
4. 使用 SqlDataAdapter 对象的 Update 方法将修改结果发回到数据库。

不难看出，修改 DataSet 对象中的数据并不对数据库做任何修改。DataSet 对象本身只是数据的一种一般性的、内存中的、断开连接的表示。只有在使用 SqlDataAdapter 对象（或来自其他某个命名空间的另一个数据适配器）时，DataSet 对象才跟存储的数据进行交互。

建立 SqlDataAdapter 对象

SqlDataAdapter 类负责从数据库中将数据转移到 DataSet 对象，然后将修改结果转移到数据库。但是，它并不是依靠魔术做这件事情。必须先设置 SqlDataAdapter 对象的如下 4 个属性对它进行配置：

SelectCommand　该属性指定一个能够用来从数据库中检索记录的 SqlCommand 对象。

DeleteCommand　该属性指定一个能够用来从数据库中删除记录的 SqlCommand 对象。

InsertCommand　该属性指定一个能够用来给数据库添加记录的 SqlCommand 对象。

UpdateCommand　该属性指定一个能够用来对数据库中的现有记录进行更新的 SqlCommand 对象。

程序清单 20.7　建立 SqlDataAdapter 对象

```
using System;
using System.Text;
using System.Data;
using System.Data.SqlClient;

namespace Chapter_20
{
    class _20_7
    {
        static void Main(string[] args)
        {
            string connStr =
                "Initial Catalog=AdventureWorks;" +
                "Data Source=(local);Integrated Security=SSPI;";
            SqlConnection con =
                new SqlConnection(connStr);
            SqlDataAdapter da = new SqlDataAdapter();
            // Set up the SqlDataAdapter
            SqlCommand cmdS = new SqlCommand("SELECT UnitMeasureCode, " +
                "Name FROM Production.UnitMeasure", con);
            da.SelectCommand = cmdS;
            SqlCommand cmdI = new SqlCommand("INSERT INTO " +
                "Production.UnitMeasure(UnitMeasureCode, Name) " +
                "VALUES (@UnitMeasureCode, @Name)", con);
            cmdI.Parameters.Add(new SqlParameter("@UnitMeasureCode",
                SqlDbType.NChar, 3, "UnitMeasureCode"));
            cmdI.Parameters.Add(new SqlParameter("@Name",
                SqlDbType.NVarChar, 50, "Name"));
```

```
            da.InsertCommand = cmdI;
            SqlCommand cmdU = new SqlCommand("UPDATE " +
                "Production.UnitMeasure SET UnitMeasureCode = " +
                "@UnitMeasureCode, Name = @Name WHERE " +
                "UnitMeasureCode = @Original_UnitMeasureCode", con);
            cmdU.Parameters.Add(new SqlParameter("@UnitMeasureCode",
                SqlDbType.NChar, 3, "UnitMeasureCode"));
            cmdU.Parameters.Add(new SqlParameter("@Name",
                SqlDbType.NVarChar, 50, "Name"));
            cmdU.Parameters.Add(
                new SqlParameter("@Original_UnitMeasureCode",
                SqlDbType.NChar, 3, ParameterDirection.Input,
                false, 0, 0, "UnitMeasureCode",
                DataRowVersion.Original, null));
            da.UpdateCommand = cmdU;
            SqlCommand cmdD = new SqlCommand("DELETE FROM " +
                "Production.UnitMeasure WHERE " +
                "UnitMeasureCode = @UnitMeasureCode", con);
            cmdD.Parameters.Add(new SqlParameter("@UnitMeasureCode",
                SqlDbType.NChar, 3, ParameterDirection.Input,
                false, 0, 0, "UnitMeasureCode",
                DataRowVersion.Original, null));
            da.DeleteCommand = cmdD;
        }
    }
}
```

在这段代码中,需要重点注意的是 SqlParameter 对象的两个新构造器。它们直接将 SqlParameter 对象关联到结果 DataSet 对象中的列。这两个构造器之中的第一个接受参数名称、数据类型、大小和源列的名称:

```
cmdu.Parameters.Add(new SqlParameter("@Name",
    SqlDbType.NVarChar, 50, "Name"));
```

第二个构造器接受参数名称、数据类型、大小、可空性、精度、标量、列名称、行版本和默认值:

```
cmdD.Parameters.Add(new SqlParameter("@UnitMeasureCode",
    SqlDbType.NChar, 3, ParameterDirection.Input,
    false, 0, 0, "UnitMeasureCode",
    DataRowVersion.Original, null));
```

因此,即使列中的值已经发生变化,仍可以使用原始值作为传给存储过程的参数。DataRowVersion 枚举还允许指定列的当前、默认或推荐的值。

本例仅仅创建了这个 SqlDataAdapter 对象。下面,该是利用它做些事情的时候了。

填充 DataSet 对象

在创建了 SqlDataAdapter 对象之后,就可以调用它的方法从数据库中将数据传输给 DataSet 对象。程序清单 20.8 演示了这个过程,以及用来转储 DataSet 对象内容的一个简单方法。

程序清单 20.8　填充 DataSet 对象

```
using System;
using System.Text;
using System.Data;
using System.Data.SqlClient;

namespace Chapter_20
{
    class _20_8
    {
        static void Main(string[] args)
        {
            string connStr =
                "Initial Catalog=AdventureWorks;" +
                "Data Source=(local);Integrated Security=SSPI;";
            SqlConnection con =
                new SqlConnection(connStr);
            SqlDataAdapter da = new SqlDataAdapter();
            // Set up the SqlDataAdapter
            SqlCommand cmdS = new SqlCommand("SELECT UnitMeasureCode, " +
                "Name FROM Production.UnitMeasure", con);
            da.SelectCommand = cmdS;
            SqlCommand cmdI = new SqlCommand("INSERT INTO " +
                "Production.UnitMeasure(UnitMeasureCode, Name) " +

                "VALUES (@UnitMeasureCode, @Name)", con);
            cmdI.Parameters.Add(new SqlParameter("@UnitMeasureCode",
                SqlDbType.NChar, 3, "UnitMeasureCode"));
            cmdI.Parameters.Add(new SqlParameter("@Name",
                SqlDbType.NVarChar, 50, "Name"));
            da.InsertCommand = cmdI;
            SqlCommand cmdU = new SqlCommand("UPDATE " +
                "Production.UnitMeasure SET UnitMeasureCode = " +
                "@UnitMeasureCode, Name = @Name WHERE " +
                "UnitMeasureCode = @Original_UnitMeasureCode", con);
            cmdU.Parameters.Add(new SqlParameter("@UnitMeasureCode",
                SqlDbType.NChar, 3, "UnitMeasureCode"));
            cmdU.Parameters.Add(new SqlParameter("@Name",
                SqlDbType.NVarChar, 50, "Name"));
            cmdU.Parameters.Add(
                new SqlParameter("@Original_UnitMeasureCode",
                SqlDbType.NChar, 3, ParameterDirection.Input,
                false, 0, 0, "UnitMeasureCode",
                DataRowVersion.Original, null));
            da.UpdateCommand = cmdU;
            SqlCommand cmdD = new SqlCommand("DELETE FROM " +
                "Production.UnitMeasure WHERE UnitMeasureCode = " +
                "@UnitMeasureCode", con);
            cmdD.Parameters.Add(new SqlParameter("@UnitMeasureCode",
                SqlDbType.NChar, 3, ParameterDirection.Input,
                false, 0, 0, "UnitMeasureCode",
                DataRowVersion.Original, null));
            da.DeleteCommand = cmdD;
```

```
            // Fill the DatSet
            DataSet ds = new DataSet();
            da.Fill(ds, "Production.UnitMeasure");
            foreach (DataTable dt in ds.Tables )
            {
                Console.WriteLine("Table: " + dt.TableName);
                foreach(DataRow dr in dt.Rows )
                {
                    for (int i = 0; i < dt.Columns.Count; i++)
                    {
                        Console.Write(dr[i] + "  ");
                    }
                    Console.WriteLine();
                }
            }
            Console.ReadLine();
        }
    }
}
```

需要指定 DataSet 变量和应该为 DataSet 对象内的表使用的名称。在填充了 DataSet 对象之后,就可以使用一个混合的 foreach 与 for 循环访问 DataSet 内的每个 DataTable 中的每个 DataRow 上的每个数据项。图 20.4 显示了本例输出结果的结尾部分。

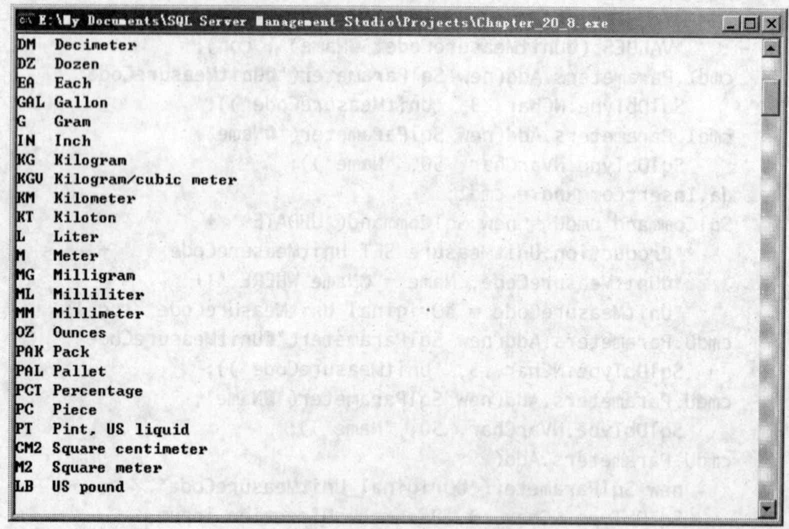

图 20.4 来自 DataSet 对象的数据

提示:在使用 SqlDataAdapter 对象填充 DataSet 对象时,不必调用 Connection. Open 和 Connection. Close 方法。SqlDataAdapter 类主动处理连接管理。

修改 DataSet 对象

在将数据加载到 DataSet 对象中之后,就可以自由地修改数据。如果以前曾经用过较早期的 Microsoft 数据访问 API,比如数据访问对象(DAO)或 ActiveX 数据对象(ADO),则可能会以为这是个相当复杂的过程,但事实不是这样。Microsoft 已经做了大量的工作来简化

ADO. NET 的数据访问过程，而数据修改恰恰就是真正体现这项简化的一个方面。

编辑数据

要编辑 DataSet 对象中的数据，定位到 DataSet 对象中的相应条目并修改它。程序清单 20.9 给出了一个示例。

程序清单 20.9　编辑 DataSet 对象中的数据

```
using System;
using System.Text;
using System.Data;
using System.Data.SqlClient;

namespace Chapter_20
{
    class _20_9
    {
        static void Main(string[] args)
        {
            string connStr =
    "Initial Catalog=AdventureWorks;" +
    "Data Source=(local);Integrated Security=SSPI;";
SqlConnection con =
    new SqlConnection(connStr);
SqlDataAdapter da = new SqlDataAdapter();
// Set up the SqlDataAdapter
SqlCommand cmdS = new SqlCommand("SELECT UnitMeasureCode, " +
    "Name FROM Production.UnitMeasure", con);
da.SelectCommand = cmdS;
SqlCommand cmdI = new SqlCommand("INSERT INTO " +
    "Production.UnitMeasure(UnitMeasureCode, Name) " +
    "VALUES (@UnitMeasureCode, @Name)", con);
cmdI.Parameters.Add(new SqlParameter("@UnitMeasureCode",
    SqlDbType.NChar, 3, "UnitMeasureCode"));
cmdI.Parameters.Add(new SqlParameter("@Name",
    SqlDbType.NVarChar, 50, "Name"));
da.InsertCommand = cmdI;
SqlCommand cmdU = new SqlCommand("UPDATE " +
    "Production.UnitMeasure SET UnitMeasureCode = " +
    "@UnitMeasureCode, Name = @Name WHERE " +
    "UnitMeasureCode = @Original_UnitMeasureCode", con);
cmdU.Parameters.Add(new SqlParameter("@UnitMeasureCode",
    SqlDbType.NChar, 3, "UnitMeasureCode"));
cmdU.Parameters.Add(new SqlParameter("@Name",
    SqlDbType.NVarChar, 50, "Name"));
cmdU.Parameters.Add(
                new SqlParameter("@Original_UnitMeasureCode",
    SqlDbType.NChar, 3, ParameterDirection.Input,
    false, 0, 0,
              "UnitMeasureCode", DataRowVersion.Original, null));
da.UpdateCommand = cmdU;
SqlCommand cmdD = new SqlCommand("DELETE FROM " +
    "Production.UnitMeasure WHERE UnitMeasureCode = " +
             "@UnitMeasureCode", con);
```

```
cmdD.Parameters.Add(new SqlParameter("@UnitMeasureCode",
    SqlDbType.NChar, 3, ParameterDirection.Input,
    false, 0, 0,
            "UnitMeasureCode", DataRowVersion.Original, null));
da.DeleteCommand = cmdD;

// Fill the DatSet
DataSet ds = new DataSet();
da.Fill(ds, "Production.UnitMeasure");

// Print the contents of the fourth row
DataRow dr = ds.Tables[0].Rows[3];
Console.WriteLine("Original: " + dr[0] + " " + dr[1]);

// Now change them
            dr[0] = "BKT";
            dr[1] = "Bucket";

            // Print the changed contents
            Console.WriteLine("Edited: " + dr[0] + " " + dr[1]);
            Console.ReadLine();
        }
    }
}
```

要修改 DataSet 对象中的数据,只需修改相应元素的值即可。在本例中,存储过程将新数据同时写入到第四行数据上的第一列和第二列中(同其他 .NET 集合的情形一样,列编号是从零开始的)。图 20.5 显示了输出结果。

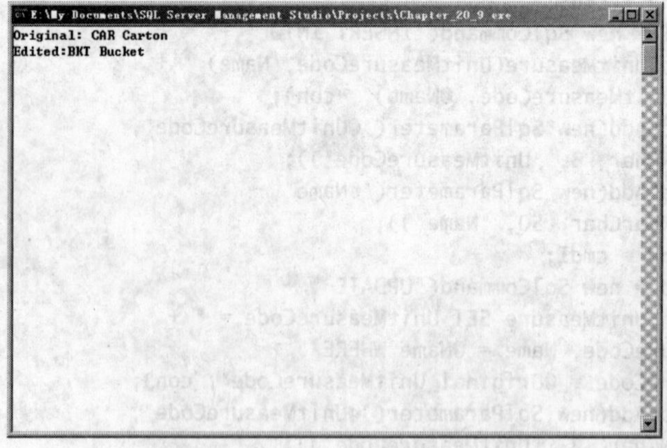

图 20.5　编辑 DataSet 对象中的数据

说明:如果第二次运行这个过程,将会看到做的修改不是永久性的。在重新运行这个过程时,从数据库中检索出的数据仍在那里。本章后面的“更新数据库”一节将讨论怎样保存修改结果。

添加新数据

一个 DataSet 对象就是一个由 DataTable 对象组成的集合,其中的每个 DataTable 对象又是一个由 DataRow 对象组成的集合。要给 DataSet 对象添加新数据，需要创建一个新的 DataRow 对象，并将它添加到相应的 DataTable 对象上。程序清单 20.10 显示了这个操作的模型。

程序清单 20.10　给 DataSet 对象添加新数据

```
using System;
using System.Text;
using System.Data;
using System.Data.SqlClient;

namespace Chapter_20
{
    class _20_10
    {
static void Main(string[] args)
{
    string connStr =
        "Initial Catalog=AdventureWorks;" +
        "Data Source=(local);Integrated Security=SSPI;";
    SqlConnection con =
        new SqlConnection(connStr);
    SqlDataAdapter da = new SqlDataAdapter();
    // Set up the SqlDataAdapter
    SqlCommand cmdS = new SqlCommand("SELECT UnitMeasureCode, " +
        "Name FROM Production.UnitMeasure", con);
    da.SelectCommand = cmdS;
    SqlCommand cmdI = new SqlCommand("INSERT INTO " +
        "Production.UnitMeasure(UnitMeasureCode, Name) " +
        "VALUES (@UnitMeasureCode, @Name)", con);
    cmdI.Parameters.Add(new SqlParameter("@UnitMeasureCode",
        SqlDbType.NChar, 3, "UnitMeasureCode"));
    cmdI.Parameters.Add(new SqlParameter("@Name",
        SqlDbType.NVarChar, 50, "Name"));
    da.InsertCommand = cmdI;
    SqlCommand cmdU = new SqlCommand("UPDATE " +
        "Production.UnitMeasure SET UnitMeasureCode = " +
        "@UnitMeasureCode, Name = @Name WHERE " +
        "UnitMeasureCode = @Original_UnitMeasureCode", con);
    cmdU.Parameters.Add(new SqlParameter("@UnitMeasureCode",
        SqlDbType.NChar, 3, "UnitMeasureCode"));
    cmdU.Parameters.Add(new SqlParameter("@Name",
        SqlDbType.NVarChar, 50, "Name"));
    cmdU.Parameters.Add(
        new SqlParameter("@Original_UnitMeasureCode",
        SqlDbType.NChar, 3, ParameterDirection.Input,
        false, 0, 0, "UnitMeasureCode",
        DataRowVersion.Original, null));
    da.UpdateCommand = cmdU;
    SqlCommand cmdD = new SqlCommand("DELETE FROM " +
        "Production.UnitMeasure WHERE UnitMeasureCode = " +
        "@UnitMeasureCode", con);
    cmdD.Parameters.Add(new SqlParameter("@UnitMeasureCode",
        SqlDbType.NChar, 3, ParameterDirection.Input,
        false, 0, 0, "UnitMeasureCode",
```

```
                DataRowVersion.Original, null));
            da.DeleteCommand = cmdD;

            // Fill the DatSet
            DataSet ds = new DataSet();
            da.Fill(ds, "Production.UnitMeasure");

            // How many rows in the first table?
            Console.WriteLine("The table has " +

                    ds.Tables[0].Rows.Count + " rows");

                    // Add a new row
                    DataRow dr = ds.Tables[0].NewRow();

                    // Fill in some data
                    dr[0] = "BKT";

                    dr[1] = "Bucket";

                    // Add it back to the table
                    ds.Tables[0].Rows.Add(dr);

                    // Print the new rowcount
                    Console.WriteLine("The table has " +
                    ds.Tables[0].Rows.Count + " rows");
                    Console.ReadLine();
                }
            }
        }
```

DataTable 对象的 NewRow 方法返回一个与 DataTable 对象的架构相匹配的 DataRow 对象。然后,就可以给这个新行填入数据,并使用 DataTable 对象的 Rows 集合的 Add 方法使该行成为 DataTable 对象的一部分。

删除数据

最后,删除数据只需一个方法调用即可,如程序清单 20.11 所示。在本例中,我们正在添加一个 DataRow 对象,然后立即删除了这个对象。

程序清单 20.11 从 DataSet 对象删除数据

```
using System;
using System.Text;
using System.Data;
using System.Data.SqlClient;

namespace Chapter_20
{
    class _20_11
    {
        static void Main(string[] args)
        {
```

```
            string connStr =
                "Initial Catalog=AdventureWorks;" +
                "Data Source=(local);Integrated Security=SSPI;";
            SqlConnection con =
                new SqlConnection(connStr);
            SqlDataAdapter da = new SqlDataAdapter();

    // Set up the SqlDataAdapter
    SqlCommand cmdS = new SqlCommand("SELECT UnitMeasureCode, " +
        "Name FROM Production.UnitMeasure", con);
    da.SelectCommand = cmdS;

    SqlCommand cmdI = new SqlCommand("INSERT INTO " +
        "Production.UnitMeasure(UnitMeasureCode, Name) " +
        "VALUES (@UnitMeasureCode, @Name)", con);
    cmdI.Parameters.Add(new SqlParameter("@UnitMeasureCode",
        SqlDbType.NChar, 3, "UnitMeasureCode"));
    cmdI.Parameters.Add(new SqlParameter("@Name",
        SqlDbType.NVarChar, 50, "Name"));
    da.InsertCommand = cmdI;

    SqlCommand cmdU = new SqlCommand("UPDATE " +
        "Production.UnitMeasure SET UnitMeasureCode = " +
        "@UnitMeasureCode, Name = @Name WHERE " +
        "UnitMeasureCode = @Original_UnitMeasureCode", con);
    cmdU.Parameters.Add(new SqlParameter("@UnitMeasureCode",
        SqlDbType.NChar, 3, "UnitMeasureCode"));
    cmdU.Parameters.Add(new SqlParameter("@Name",
        SqlDbType.NVarChar, 50, "Name"));
    cmdU.Parameters.Add(
        new SqlParameter("@Original_UnitMeasureCode",
        SqlDbType.NChar, 3, ParameterDirection.Input,
        false, 0, 0, "UnitMeasureCode",
        DataRowVersion.Original, null));
    da.UpdateCommand = cmdU;
    SqlCommand cmdD = new SqlCommand("DELETE FROM " +
        "Production.UnitMeasure WHERE UnitMeasureCode = " +
        "@UnitMeasureCode", con);
    cmdD.Parameters.Add(new SqlParameter("@UnitMeasureCode",
        SqlDbType.NChar, 3, ParameterDirection.Input,
        false, 0, 0, "UnitMeasureCode",
        DataRowVersion.Original, null));
    da.DeleteCommand = cmdD;

    // Fill the DatSet
    DataSet ds = new DataSet();
    da.Fill(ds, "Production.UnitMeasure");

    // How many rows in the first table?
    Console.WriteLine("The table has " +
        ds.Tables[0].Rows.Count + " rows");

    // Add a new row
    DataRow dr = ds.Tables[0].NewRow();

    // Fill in some data
    dr[0] = "BKT";
    dr[1] = "Bucket";
```

```
            // Add it back to the table
            ds.Tables[0].Rows.Add(dr);

            // Print the new rowcount
            Console.WriteLine("The table has " +
                ds.Tables[0].Rows.Count + " rows");

            // Now delete the last row in the table
            ds.Tables[0].Rows[ds.Tables[0].Rows.Count - 1].Delete();

            // Print the new rowcount
            Console.WriteLine("The table has " +
                ds.Tables[0].Rows.Count + " rows");

            Console.ReadLine();
        }
    }
}
```

其中,Rows 集合的 Delete 方法就做删除工作。

更新数据库

前面已经介绍了如何修改 DataSet 对象中的数据——但怎样才能让修改结果返回到数据库中呢？答案是调用相应 SqlDataAdapter 对象的 Update 方法,就像下面这样:

```
da.Update(ds, "Production.UnitMeasure");
```

Update 方法和原来的 Fill 方法接受相同的参数。然后,Update 方法接受 DataSet 对象中的所有修改结果并将它们写回到数据库中:

- 对于每个已删除的行,它调用由 SqlDataAdapter 对象的 DeleteCommand 属性所指定的查询。
- 对于每个新添加的行,它调用由 SqlDataAdapter 对象的 InsertCommand 属性所指定的查询。
- 对于每个编辑过的行,它调用由 SqlDataAdapter 对象的 UpdateCommand 属性所指定的查询。

如果忘了提供必需的 SqlCommand 对象之一,对数据库的相应修改将不发生。需要特别注意的是,DataSet 对象在它的整个生存期内并不始终保持与数据库的连接:可以使用 SqlDataAdapter 对象填充 DataSet 对象,借助于 XML 将该 DataSet 对象传送给另一台计算机,将修改结果持久到一个串行化的 XML 文件,借助于软盘将该文件发回到原计算机,然后重新构造该 DataSet 对象。即使在这种绕弯子的情形中,仍可以调用 Update 方法将修改结果写回到数据库中。

用户界面示例

为了将上述所有片断组装起来,我们设计了图 20.6 所示的简单窗体。

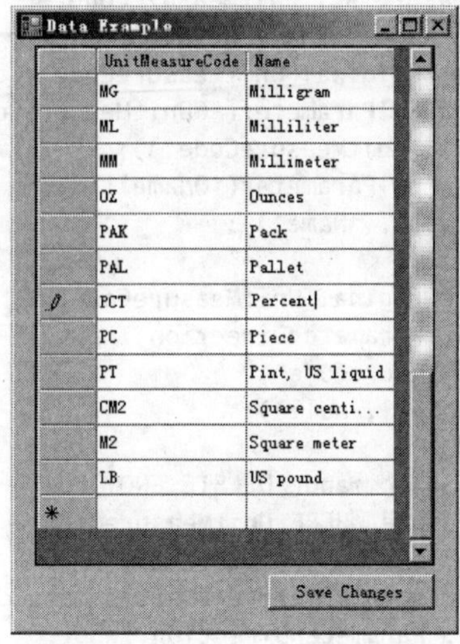

图 20.6　通过 ADO.NET 和 Windows 窗体编辑 SQL Server 数据

这个窗体是 Visual Studio 2005 创建的，接受一个 DataSet 对象，并将该对象显示在一个 DataGridView 控件上。这个 DataGridView 控件处理所有的用户界面交互。它包括下列内部功能：

- 单击任意一个单元格并键入可以编辑现有值。
- 单击某一行左侧的选择符并按 Delete 键可以删除这一行。
- 单击网格尾部的空行并键入可以创建一个新行。

这个窗体的代码类似于上面几个程序清单所显示的代码。程序清单 20.12 显示了加载这个窗体时运行的代码。

程序清单 20.12　将数据装入到用户界面上

```
SqlDataAdapter da = new SqlDataAdapter();

private void Form1_Load(object sender, EventArgs e)
{
    string connStr =
        "Initial Catalog=AdventureWorks;" +
        "Data Source=(local);Integrated Security=SSPI;";
    SqlConnection con =
        new SqlConnection(connStr);
    // Set up the SqlDataAdapter
    SqlCommand cmdS = new SqlCommand("SELECT UnitMeasureCode, " +
        "Name FROM Production.UnitMeasure", con);
    da.SelectCommand = cmdS;
    SqlCommand cmdI = new SqlCommand("INSERT INTO " +
        "Production.UnitMeasure(UnitMeasureCode, Name) " +
        "VALUES (@UnitMeasureCode, @Name)", con);
    cmdI.Parameters.Add(new SqlParameter("@UnitMeasureCode",
        SqlDbType.NChar, 3, "UnitMeasureCode"));

    cmdI.Parameters.Add(new SqlParameter("@Name",
        SqlDbType.NVarChar, 50, "Name"));
    da.InsertCommand = cmdI;
    SqlCommand cmdU = new SqlCommand("UPDATE " +
```

```
            "Production.UnitMeasure SET UnitMeasureCode = " +
            "@UnitMeasureCode, Name = @Name WHERE " +
            "UnitMeasureCode = @Original_UnitMeasureCode", con);
        cmdU.Parameters.Add(new SqlParameter("@UnitMeasureCode",
            SqlDbType.NChar, 3, "UnitMeasureCode"));
        cmdU.Parameters.Add(new SqlParameter("@Name",
            SqlDbType.NVarChar, 50, "Name"));
        cmdU.Parameters.Add(
            new SqlParameter("@Original_UnitMeasureCode",
            SqlDbType.NChar, 3, ParameterDirection.Input,
            false, 0, 0, "UnitMeasureCode",
            DataRowVersion.Original, null));
        da.UpdateCommand = cmdU;
        SqlCommand cmdD = new SqlCommand("DELETE FROM " +
            "Production.UnitMeasure WHERE UnitMeasureCode = " +
            "@UnitMeasureCode", con);
        cmdD.Parameters.Add(new SqlParameter("@UnitMeasureCode",
            SqlDbType.NChar, 3, ParameterDirection.Input,
            false, 0, 0, "UnitMeasureCode",
            DataRowVersion.Original, null));
        da.DeleteCommand = cmdD;

        // Fill the DatSet
        DataSet ds = new DataSet();
        da.Fill(ds, "UnitMeasure");

        // And show it on the UI
        dgvUnitMeasure.DataSource = ds;
        dgvUnitMeasure.DataMember = "UnitMeasure";
    }
```

需要注意的是,SqlDataAdapter 对象定义在了类级别上,目的是为了在加载代码已经完成运行时,它仍然能发挥作用。在填充了 DataSet 对象之后,代码通过设置 DataGridView 控件的 DataSource 和 DataMember 属性,将这个 DataSet 对象显示在用户界面上。然后,用户就可以按照自己的意图自由地编辑、添加或删除数据。单击 Save Changes 按钮将调用 SqlData Adapter 对象的 Update 方法,进而将 DataGridView 控件正用做其 DataSourc 的 DataSet 对象传回到数据库中:

```
    private void btnSaveChanges_Click(object sender, EventArgs e)
    {
        da.Update((DataSet)dgvUnitMeasure.DataSource, "UnitMeasure");
    }
```

小结

本章介绍了如何使用 ADO. NET 访问 SQL Server 2005 中的数据。我们在介绍了基本的 ADO. NET 命名空间和类之后,解释了怎样使用 SqlCommand 对象执行 T-SQL 语句和检索单片数据。然后,分析了非常适合用来快速检索数据的 SqlDataAdapter 对象,以及比较灵活的 DataSet 对象;DataSet 对象提供了一种将数据保存在内存中并编辑它的手段。

下一章将换到一个不同的编程题目:“SQL Server 管理对象”(SMO)和“复制管理对象”(RMO)。这两个 API 提供了可以用来从自定义代码中管理 SQL Server 的对象。

第 21 章　SMO 与 RMO 编程

上一章介绍的 ADO. NET 可以让应用程序以编程方式访问 SQL Server 上存储的数据。通过检索表和列的元数据，ADO. NET 甚至允许访问 SQL Server 上的一些架构信息。

然而，除了访问 SQL Server 上的数据和架构信息之外，也请想一想我们能够在 SQL Server Management Studio 中进行的所有活动。例如：

- 创建新登录与角色；
- 链接服务器和列出链接服务器上的表；
- 监视警报；
- 安装复制。

当然，还有许多叫得出名称的 SQL Server 活动。SQL Server Management Studio 提供了一个管理 SQL Server 操作的几乎所有方面的、丰富的、面向对象的环境。然而，如果没有向用户介绍过直接使用 SQL Server Management Studio 的威力和危险，同时又希望让用户能够执行那些操作之中的某些操作，怎么办？

解决办法是编写通过对象库与 SQL Server 进行通信的专用应用程序。SQL Server 带有几个适合用来完成此类任务的对象库。特别是，可以使用"SQL Server 管理对象"(SMO)处理普通的 SQL Server 管理，使用"复制管理对象"(RMO)处理与复制相关的任务。本章将介绍这两个对象库。

什么是 SMO

前面已经介绍过，SMO 代表"SQL Server 管理对象"(SQL Management Objects)。顾名思义，这个特殊的库有以下两大特点：

- 它包含 SQL Server 特有的许多对象。
- 它以管理功能而不是数据为目标。

如果想在代码中执行一些在 SQL Server Management Studio 中能够轻松地执行的操作，应该使用 SMO 对象库。事实上，SQL Server Management Studio 本身就使用 SMO 完成它的大多数功能，而且 SMO 最初就是为 SQL Server Management Studio 而设计的。但是，SQL Server 团队继续将这个库中的对象整理成文档，使其作为 SQL Server 支持的一部分可供每个人使用。

说明： SMO 取代了较早期的 SQL Server 分布式管理对象(DMO)库。DMO 是 SQL Server 7.0 和 SQL Server 2000 携带的对象库。SMO 中的大多数对象名称兼容于 SQL-DMO 中的对象名称，而且许多 SMO 代码类似于 SQL-DMO 代码。但是，SMO 是个.NET 库，而且较早期的 SQL-DMO 是个 COM 库。因此，如果正在升级较老式的代码，将需要改变编程环境。

有时，SMO 并不是最佳的解决方案。特别是，如果需要使用 SQL Server 上保存的数据，则应该考虑使用 ADO.NET 或其他数据访问库(比如较早期的经典 ADO)替代 SMO。虽然 SMO 能够在服务器上执行任意的 SQL 语句,但它并不是针对这个用途而设计的。

初看起来,SMO 会令人感到不知所措,因为它包含了大量形形色色的对象,并且这些对象带有几百个方法与属性。本章将介绍其中最重要的对象,并举例说明它们的使用方法。关于 SMO 对象、方法与属性的完整清单,请参考"SQL Server 联机丛书"中的 SQL Management Object 图书。

SMO 对象模型

虽然上一章刚刚演示了 ADO.NET 与 SQL Server,但 ADO.NET 还可以用来处理多种数据库。也就是说,ADO.NET 对象可以与计算机上的任何数据源打交道。相反,SMO 对象是专门而且仅为 SQL Server 而设计的。因此,SMO 对象模型模仿 Management Studio 中的对象布置方式也就不会令人感到惊奇了。

为了涵盖用户能够从 Management Studio 中执行的所有操作,SMO 包含了大量对象。其中的有些对象是非常偏僻的,以至于很少得到使用。例如,RemoteServiceBinding 对象表示一个单独用于 Service Broker 的远程绑定。为了不让本章的篇幅变得太大,我们不准备深入探讨每个对象,而是先简要介绍所有对象以提供一个综述,然后深入介绍几个比较有趣和有用的对象。

主要的 SMO 对象

对象分级结构一般表示为描述对象间关系的关系图。例如,上一章中的图 20.1 采取这种方法描述了 ADO.NET 对象模型。然而,SMO 对象模型非常庞大,以至于任何一张关系图都会占用许多页面。因此,我们改用列表形式并编译了表 21.1,其中列出了一些主要的 SMO 对象。表 21.1 应该对能用 SMO 管理的各种对象有个大致了解。

表 21.1　SMO 对象

对象	表现
Alert	警报
Backup	备份操作
BackupDevice	备份设备
Check	检查约束
Column	表或其他对象中的列
ConfigProperty	配置选项
Configuration	整个 SQL Server 的配置
Database	数据库
DatabaseActiveDirectory	数据库的 Active Directory 信息
DatabaseOptions	数据库级的设置
DatabaseRole	安全性角色
Default	默认值约束
ForeignKey	外部关键字约束

（续表）

对象	表现
FullTextCatalog	全文目录
FullTextIndex	单个全文索引
Index	索引
Information	不可配置的服务器信息(比如 SQL Server 版本)
Job	"SQL Server 代理"作业
LinkedServer	链接服务器
Login	SQL Sever 登录
Operator	"SQL Server 代理"操作员
Parameter	传给存储过程或用户定义函数的参数
RegisteredServer	用 Management Studio 注册的服务器
Restore	恢复操作
Server	SQL Server 的实例
ServerGroup	Management Studio 中的服务器组
ServiceBroker	数据库的 Service Broker
Settings	服务器级的可配置设置
SqlAssembly	SQL Server 使用的.NET 程序集
SqlMail	"数据库邮件"服务
StoredProcedure	存储过程
Table	表
Trigger	触发器
User	用户
View	视图

提示:在表 21.1 所列举的对象之中,有许多对象组合成一个对应的集合。例如,存在一个 ColumnCollection 对象,其中就包含了一个 Column 对象集合。

从表 21.1 中可以看出,大多数对象名和 SQL Server Management Studio 中所使用的对象名是对应的。例如,SQL Server Management Studio 中的每个数据库都包含一个列出全文目录的节点,而 SMO 也同样包含了一个 FullTextCatalogs 集合。

Server 对象

Server 对象表示 SQL Server 实例,它本身也是大多数 SMO 代码的开始对象。其他大多数对象都是 Server 对象的后代,也就是说,可以使用 Server 对象的属性检索它们。例如,一旦实例化了一个 Server 对象并将它连接到某个特定的服务器,就可以使用该 Server 对象的 Databases 属性确定该服务器上承载了多少个数据库,然后检索一个指向某个具体数据库的特定 Databases 对象。程序清单 21.1 显示了执行这些任务的样本代码。

程序清单 21.1　使用 Server 对象

```
using System;
using System.Text;
using Microsoft.SqlServer.Management.Smo;

namespace Chapter_21
{
    class _21_1
    {
        static void Main(string[] args)
        {
            Server s = new Server("(local)");
            Console.WriteLine(s.Databases.Count);

            Database d = s.Databases["AdventureWorks"];
            Console.WriteLine(d.Name);
            Console.ReadLine();
        }
    }
}
```

本例中,s 是个 Server 对象,该对象被实例化成指向同一台计算机(正在运行这段代码的计算机)上的 SQL Server。在创建了这个 Server 对象之后,代码首先检索该服务器上的数据库个数,然后给新建的 Database 对象指派一个特定的数据库。

说明:本章中的所有示例代码都是使用 C#编写的。可以使用 Visual Studio .NET 2005 或.NET Framework SDK 中的 csc 命令行编译程序编译这些代码。另外,还需要将引用设置成指向 Microsoft. SqlServer. ConnectionInfo 和 Microsoft. SqlServer. . Smo 库。当然,由于 SMO 实现为一个.NET 库集合,所以也可以从任何一种.NET 语言中使用 SMO 所暴露出的对象、方法和属性。

还可以用 Server 对象执行影响整个服务器的操作。例如,可以用这个对象的属性和方法删除数据库、设置服务器级的选项或者操纵 SQL Server 登录的默认超时值。

说明:在接下来的几小节中,我们将列出 Server 对象的属性、方法和事件。这些列表将全面概括用户能够直接使用 Server 对象执行的各种任务。

属性

表 21.2 列出了 Server 对象的属性。总的说来,我们不准备列出一些对象的全部属性,而是希望对 SMO 对象模型的丰富性有个感性的了解。

表 21.2　Server 对象的属性

属性	描述
ActiveDirectory	检索本服务器的 ActiveDirectory 对象
BackupDevices	检索本服务器的 BackupDeviceCollection
Configuration	检索本服务器的 Configuration 对象
Databases	检索本服务器的 DatabaseCollection

（续表）

属性	描述
DefaultTextMode	指定是否设置本服务器的默认文本方式
EndPoints	检索本服务器的 EndPointCollection
Events	检索本服务器的 ServerEvents 对象
FullTextService	检索本服务器的 FullTextService 对象
Information	检索本服务器的 Information 对象
InstanceName	本实例的名称
JobServer	检索本服务器的 JobServer 对象
Languages	检索本服务器的 LanguageCollection
LinkedServers	检索本服务器的 LinkedServerCollection
Logins	检索本服务器的 LoginCollection
Mail	检索本服务器的 SqlMail 对象
Name	本服务器的名称
ProxyAccount	检索本服务器的 ServerProxyAccount 对象
Properties	检索本服务器的一个 Property 对象集合
ReplicationServer	检索本服务器的复制服务
Roles	检索本服务器的 ServerRoleCollection
Settings	检索本服务器的 Settings 对象
State	检索本服务器的当前状态
SystemDataTypes	检索本服务器的 SystemDataTypeCollection
SystemMessages	检索本服务器的 SystemMessageCollection
Triggers	检索本服务器的 ServerDdlTriggerCollection
UserDefinedMessages	检索本服务器的 UserDefinedMessageCollection
UserOptions	检索本服务器的 UserOptions 对象

从表 21.2 中可以看出，Server 对象的属性几乎全部与返回其他对象有关。甚至连预计直接隶属于 Server 对象的属性，比如表示其配置的属性也推给了子对象。

方法

表 21.3 列出了 Server 对象的公开方法。

表 21.3　Server 对象的公开方法

方法	描述
Alter	提交属性修改操作
AttachDatabase	附加现有数据库
CompareURN	比较两个统一资源名称
DeleteBackupHistory	删除备份历史记录
Deny	拒绝权限，类似于 T-SQL DENY 关键字
DetachDatabase	分离数据库
DetachedDatabaseInfo	返回关于已分离数据库文件的信息

(续表)

方法	描述
EnumAvailableMedia	创建一个 DataTable 对象,其中列出 SQL Server 可以使用的介质
EnumCollations	创建一个 DataTable 对象,其中列出本实例支持的校勘
EnumDatabaseMirrorWitnessRoles	创建一个 DataTable 对象,其中列出本服务器或某个数据库的镜象证人角色
EnumDetachedDatabaseFiles	创建一个 DataTable 对象,其中列出分离的数据库文件
EnumDirectories	创建一个 DataTable 对象,其中列出相对于指定路径的目录
EnumErrorLogs	创建一个 DataTable 对象,其中列出错误日志
EnumLocks	创建一个 DataTable 对象,其中列出当前锁
EnumMembers	创建一个 DataTable 对象,其中列出角色的成员
EnumObjectPermissions	创建一个 DataTable 对象,其中列出指定对象上的权限
EnumPerformanceCounters	创建一个 DataTable 对象,其中列出 SQL Server 性能计数器
EnumProcesses	创建一个 DataTable 对象,其中列出本服务器计算机上正运行的进程
EnumServerAttributes	创建一个 DataTable 对象,其中列出服务器表征
EnumServerPermissions	创建一个 DataTable 对象,其中列出本服务器上的权限
EnumStartupProcedures	创建一个 DataTable 对象,其中列出启动过程
EnumWindowsDomainGroups	创建一个 DataTable 对象,其中列出当前 Windows 域
EnumWindowsGroupInfo	创建一个 DataTable 对象,其中列出关于某个 Windows 组的信息
EnumWindowsUserInfo	创建一个 DataTable 对象,其中列出关于某个 Windows 用户的信息
GetActiveDbConnectionCount	返回一个特定数据库的活动连接数量
GetDefaultInitFields	返回初始化一个指定对象时所使用的默认值
GetPropertyNames	获取一个指定对象的所有属性的名称
GetSmoObject	从对应 URN 中获取一个对象
Grant	授予权限,类似于 T-SQL GRANT 关键字
IsDetachedPrimaryFile	验证一个指定文件是不是一个分离的主文件
IsWindowsGroupMember	验证一个用户是不是在一个指定的 Windows 组中
KillAllProcesses	删除一个指定数据库所关联的所有进程
KillDatabase	删除与一个数据库的所有连接,并删除该数据库
KillProcess	停止服务器上的一个进程
ReadErrorLog	创建一个 DataTable 对象,其中包含一个错误日志的内容
Refresh	更新 Server 对象的属性
Revoke	撤消权限,类似于 T-SQL REVOKE 关键字
SetDefaultInitFields	设置取回一个对象时要初始化的一组属性

需要注意的是,虽然属性与方法都可以返回信息给用户,但两者之间存在差别。SMO 在下列 3 种情形中使用方法:

- 在 Server 对象被要求执行某个操作时(比如删除数据库);
- 在检索信息要求提供其他信息时(比如检查用户 ID 是不是属于某个特定 Windows 组)
- 在返回值由多片信息构成时(比如某个系统上所有分离数据库的清单)。

用来区分方法与属性的这些规则适用于所有 SMO 对象。

事件

表 21.4 列出了 Server 对象使之变得可用的事件。所有这些事件均可以在 Server 对象级

别上使用，但它们实际上是由 ServerConnection 对象提供的。

表 21.4　和 Server 对象有关的事件

事件	发生时间
InfoMessage	服务器返回一条信息消息
RemoteLoginFailed	连接到远程服务器的尝试失败
ServerMessage	服务器返回一条成功信息消息
StateChange	服务器进入新状态
StatementExecuted	SMO 提交待执行的 T-SQL 批处理

要使用这些事件，需要实例化 ServerConnection 对象，然后使用从该对象中派生出的 Server 对象。程序清单 21.2 显示了一个示例。

程序清单 21.2　使用 SMO 订阅 SQL Server 事件

```
using System;
using System.Text;
using Microsoft.SqlServer.Management.Common;
using Microsoft.SqlServer.Management.Smo;

namespace Chapter_21
{
    class _21_2
    {
        protected static void OnStatement(object sender,
            StatementEventArgs args)
        {
            Console.WriteLine(args.SqlStatement);
        }

        static void Main(string[] args)
        {
            ServerConnection sc = new ServerConnection("(local)");
            sc.StatementExecuted +=
               new StatementEventHandler(OnStatement);
            Server s = new Server(sc);
            // Do other work with the server
            // derived from this connection
            Console.ReadLine();
        }
    }
}
```

Configuration 对象

Configuration 对象及其子对象（均具有 ConfigProperty 类型）是 SMO 对象模型的另一个重要部分。利用这些对象，可以检索或设置服务器的配置选项——这些选项也可以使用 sp_configure 存储过程或 SQL Server Management Studio 的配置选项来设置。

Configuration 对象本身具有各种各样的属性，其中的每个属性对应于某个可配置的东西——比如 MaxServerMemory 和 PriorityBoost。这些属性每个都返回一个 ConfigProperty 类型的对象。ConfigProperty 对象的属性包括：

DisplayName　选项的名称；

Description　选项的冗长说明；

ConfigValue　选项的当前值；

Minimum　选项的最小允许值；

Maximum　选项的最大允许值；

RunningValue　服务器当前使用的值(如果 ConfigValue 属性已经发生修改,并且修改结果还没有提交给服务器,那么这个值会不同于 ConfigValue 属性)。

本章后面的“修改配置选项”一节将举例说明 Configuration 和 ConfigProperty 对象的使用方法。

Database 对象

SMO 对象模型中的重要对象之一是 Database 对象。这个对象表示整个数据库,并且提供一种既访问数据库中存放的其他对象又操纵数据库级属性的方法。表 21.5 显示了 Database 对象的一些重要属性与方法。这不是完整的清单。要了解这些对象的完整清单,请参考“SQL Server 联机丛书”中的 SMO 参考手册。

表 21.5　Database 对象的精选方法与属性

名称	类型	描述
ActiveConnections	属性	数据库中的活动连接数量
Alter	方法	更新数据库属性修改
CheckCatalog	方法	检查数据库目录的完整性
CheckPoint	方法	强制将脏页写回到磁盘
Create	方法	创建新数据库
DatabaseOptions	属性	返回数据库的 DatabaseOptions 对象
DataSpaceUsage	属性	获取数据库中的数据所使用的空间
ExecuteNonQuery	方法	在数据库中执行 T-SQL 批处理
ExecuteWithResults	方法	执行批处理并返回结果
GetTransactionCount	方法	获取数据库中打开的事务数量
IsFullTextEnabled	属性	如果数据库已启用了全文搜索,返回 True
LastBackupDate	属性	数据库最后一次被备份时的日期和时间
Owner	属性	返回数据库所有者的名称
Parent	属性	返回数据库的父 Server 对象
PrimaryFilePath	属性	返回主数据库主数据文件的路径和文件名
Rename	方法	重命名数据库
Script	方法	生成一个重建数据库的 T-SQL 脚本
SetOffline	方法	使数据库脱机
SetOnline	方法	将数据库返回到联机状态
StoredProcedure	属性	返回数据库的 StoredProcedureCollection
Tables	属性	返回数据库的 TableCollection
Views	属性	返回数据库的 ViewCollection

本章后面的“创建数据库”一节将介绍一个关于如何使用 Database 对象的示例。

DatabaseOptions 对象

SMO 通过 DatabaseOptions 对象提供一种允许设置数据库级属性的手段。每个 Database 对象都有一个 DatabaseOptions 子对象。在用户修改这个子对象的属性时，SQL Server 修改相应数据库的选项。这个子对象的属性包括：

AnsiNullDefault　该属性为 True 时，启用 SQL-92 空值行为；

AutoClose　该属性为 True 时，在最后一个用户退出时关闭数据库；

AutoCreateStatistics　该属性为 True 时，根据需要自动创建统计信息；

AutoShrink　该属性为 True 时，定期尝试收缩数据库；

AutoUpdateStatistics　该属性为 True 时，根据需要自动更新统计信息；

CloseCursorOnCommitEnabled　该属性为 True 时，在提交修改结果时关闭游标；

ConcatenateNullYieldsNull　该属性为 True 时，在字符串连接中传递空值；

LocalCursorsDefault　该属性为 True 时，提供批处理本地范围中创建的游标；

QuotedIdentifiersEnabled　该属性为 True 时，允许引号分隔符；

ReadOnly　该属性为 True 时，使数据库变成只读；

RecursiveTriggersEnabled　该属性为 True 时，允许触发器激活其他触发器。

本章后面的"修改配置选项"一节将介绍一个关于如何使用 DatabaseOptions 对象的示例。

StoredProcedure 对象

不难想象，StoredProcedure 对象表示单个 SQL Server 存储过程。这个过程可以是个系统存储过程，也可以是个用户定义存储过程。StoredProcedure 对象的属性与方法可以用来创建存储过程，设置存储过程的属性，执行存储过程等。

表 21.6 列出了 StoredProcedure 对象的主要方法与属性。这是个完整清单，因为这个对象不同于其他某些对象，它没有令人感到惊慌失措的复杂性。

表 21.6　StoredProcedure 对象的精选方法与属性

名称	类型	描述
Alter	方法	给存储过程指定新文本
AnsiNullsStatus	方法	当本存储过程引用了具有 ANSI 空值行为的表时，为 True
AssemblyName	属性	本存储过程依赖的任何一个 .NET 程序集的名称
ChangeSchema	方法	更改存储过程的架构
ClassName	属性	包含本存储过程的类
Create	方法	创建新的存储过程
CreateDate	属性	本存储过程的创建日期与时间
DateLastModified	属性	本存储过程的修改日期与时间
Deny	方法	拒绝指定用户的权限
Drop	方法	删除存储过程
EnumObjectPermissions	方法	返回本存储过程的权限清单
Events	方法	获取本存储过程的各个事件
ExecutionContextPrincipal	属性	返回本存储过程的执行上下文
ExtendedProperties	属性	返回本存储过程的 ExtendedPropertyCollection
ForReplication	属性	如果本存储过程被标记为复制，为 True

(续表)

名称	类型	描述
Grant	方法	给指定用户授予权限
ID	属性	SQL Server 用来跟踪本存储过程的惟一性标识符
IsEncrypted	属性	如果本存储过程经过加密,为 True
IsObjectDirty	方法	如果存在未保存的修改结果,为 True
IsSystemObject	方法	如果这是个系统存储过程,为 True
MarkDropped	方法	通知其他会话本存储过程将被删除
MethodName	属性	存储过程的方法名称
NumberedStoredProcedures	属性	获取本存储过程的 NumberedStoredProcedureCollection
Parameters	属性	获取本存储过程的 ParameterCollection
Parent	属性	获取包含本存储过程的数据库
ProcedureType	属性	获取存储过程类型
QuotedIdentifierStatus	属性	如果存储过程依赖于使用引号标识符的表,为 True
Recompile	属性	如果存储过程应该在执行前重新编译,为 True
Revoke	方法	反向 GRANT 或 DENY 的结果
Script	方法	生成本存储过程的 T-SQL 脚本
Startup	属性	如果本存储过程在服务器启动时运行,为 True
SystemObject	属性	如果这是个系统存储过程,为 True
TextBody	属性	存储过程的实际 T-SQL 文本
TextHeader	属性	存储过程标题
TextMode	属性	如果文本标题是可编辑的,为 True

本章后面的“创建与执行存储过程”一节将比较详细地介绍 StoredProcedure 对象。

Table 对象

Table 对象表示数据库中的单个表。Table 对象的子对象允许处理表中包含的其他所有东西:列、索引、关键字、约束等。图 21.1 显示了 Table 对象的部分子孙对象。本章后面的“创建表”一节将介绍如何在代码中使用这些对象之中的部分对象。

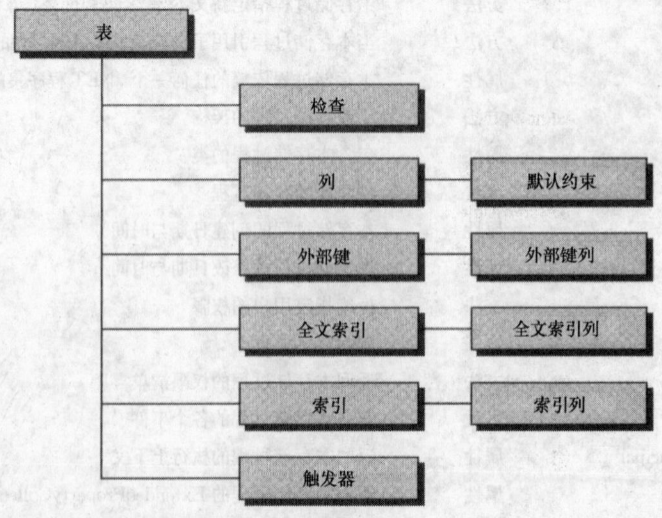

图 21.1　Table 对象及其子孙对象

Table 对象是相当复杂的，带有许多属性和方法。表 21.7 列出了 Table 对象的一些重要方法与属性。

表 21.7　Table 对象的精选方法与属性

名称	类型	描述
AnsiNullsStatus	属性	如果表使用了 ANSI 空值处理，为 True
DataSpaceUsed	属性	用于存放表数据的实际存储空间(以 KB 为单位)
EnumForeignKeys	方法	列出从表中派生出的所有外部关键字
ForeignKeys	属性	返回表的 ForeignKeyCollection
HasClusteredIndex	属性	如果表有群集索引，为 True
HasIndex	属性	如果表有任何索引，为 True
RebuildIndexes	方法	重建表的各个索引
Replicated	属性	如果表被复制，为 True
RowCount	属性	表中存放的行数
TruncateData	方法	从表中删除所有行的同时不记日志

Column 对象

Column 对象是 Table 对象的子对象。Table 对象包含一个 Columns 集合，而 Columns 又为表中的每一列包含一个 Column 对象。当然，可以使用 Columns 集合迭代表中的所有列，如程序清单 21.3 所示。

程序清单 21.3　列举表中的各个列

```
using System;
using System.Text;
using Microsoft.SqlServer.Management.Smo;

namespace Chapter_21
{
    class _21_3
    {
        static void Main(string[] args)
        {
            Server s = new Server("(local)");
            Database d = s.Databases["AdventureWorks"];
            // Retrieve the first table in the database
            Table t = d.Tables[0];
            // And iterate over its columns
            foreach (Column c in t.Columns)
                Console.WriteLine(c.Name);
            Console.ReadLine();
        }
    }
}
```

一般说来，Column 对象的属性比它的方法更常用。当接触越具体的对象时，这种现象就越常见。在代码中,可以使用属性来描述这些对象,而通过方法来处理对象的情况一般发生在比较大的对象身上。

表 21.8 列出了 Column 对象的一些主要方法和属性。

表 21.8 Column 对象的精选方法与属性

名称	类型	描述
BindDefault	方法	将默认值关联到本列
Collation	属性	本列的排列顺序
Computed	属性	如果这是个计算列,为 True
ComputedText	属性	用来产生一个计算列的值的 T-SQL 语句
DataType	属性	本列的数据类型的名称
Identity	属性	如果这是个标识列,为 True
IdentityIncrement	属性	标识列的递增量
IdentitySeed	属性	标识列的开始值
InPrimaryKey	属性	如果本列是主关键字的一部分,为 True
Nullable	属性	如果本列是可空的,为 True

Alert 对象

并不是所有的 SMO 对象都与数据直接相关联。Alert 对象就是这类助手对象当中的一个恰当例子。Alert 对象对应单个 SQL Server 警报。如果正在使用 SQL Server Management Studio,则可以在"SQL Server 代理"节点下的"警报"文件夹中发现警报。

说明:第 17 章比较详细地介绍了警报。

Alert 对象可以用来创建新警报或修改现有警报的属性。表 21.9 列出 Alert 对象的一些方法与属性。

表 21.9 Alert 对象的精选方法与属性

名称	类型	描述
Category	属性	本警报属于的类别
DatabaseName	属性	本警报监视的数据库
EnumNotifications	方法	列出本警报的所有通知
IsEnabled	属性	如果本警报是活动的,为 True
JobName	属性	本警报激活时运行的作业
MessageID	属性	激活本警报的错误号
Severity	属性	激活本警报的错误严重程度

样本 SMO 代码

前面介绍了 SMO 对象存在的原因,并解释了这些对象所实现的一些属性与方法。下面将举例说明这些对象的使用方法。本节将介绍 7 种技巧，它们代表了可以利用 SMO 执行的各种操作：

- 创建与连接 SQLServer 对象；
- 创建数据库；
- 修改配置选项；
- 创建表；
- 删除表；
- 创建与执行存储过程；
- 创建警报。

但是，在深入了解代码中之前，我们先来谈一谈为什么编写这种应用程序。SMO 主要适用于两种程序：通用的管理实用程序和用处有限但用户操作安全的实用程序。

有些开发人员的工作是改进和扩展 SQL Server 之类的应用程序。例如，假设有一种更好的表设计方法，也许就不会使用标准网格，而是想象一个拖放环境；在这个环境中，可以将预定义字段聚集起来构成表。一旦应用程序已经进展到用户界面可以工作的地步，就需要告诉 SQL Server 创建什么对象，以及给这些对象指定哪些属性。SMO 显然适合用作与 SQL Server 进行对话的这个接口，因为它包括了处理对象所需要的所有操作。

另一方面，用户可能偶尔需要在 SQL Server 上执行一些管理任务。也许，人事部负责将某个指定职位的新员工添加到授权的 SQL Server 操作员的清单上。未必需要将人事工作人员培训成熟练使用 SQL Server Management Studio，而是可以联合使用 SMO 与 Visual Basic 创建一个只能用于创建操作员的专用前端程序。这样，人事工作人员的培训更容易，服务器也更安全。

我们希望这两个例子和本章其余部分所介绍的代码能启发在自己的应用程序中运用 SMO 的灵感。

创建与连接 Server 对象

在使用 SMO 做其他任何事情之前，需要先建立一条与 SQL Server 的连接。怎样建立这条连接取决于本地安全设置。前面曾经介绍过，最简单的连接建立方法是使用集成安全性连接到本地 SQL Server：

```
Server s = new Server("(local)");
```

使用集成安全性连接到一个不同的服务器也同样容易：

```
Server s = new Server("ServerName");
```

如果没有使用集成安全性，情况会变得稍微复杂一点。在这种情况下，需要使用 ServerConnection 对象进行登录：

```
Server s = new Server();
ServerConnection sc = s.ConnectionContext;
sc.LoginSecure = false;
sc.Login = "UserName";
sc.Password = "Password";
```

其中，LoginSecure 属性通知 ServerConnection 对象（请注意，从 Server 对象的 ConnectionContext 属性中可以检索该对象)使用 SQL Server 登录名,而不是 Windows 登录名。从那里开始,可以设置登录的名称和密码。当然,通过提供服务器名称,也可以将这种方法用于远程服务器。

创建数据库

SMO 非常适合创建新对象。例如,通过使用 SMO,可以完全用代码来创建一个数据库,不必使用用户界面或明确执行一条 CREATE DATABASE 语句。事实上,与 SQL-DMO 相比,SMO 经历了长时间的发展才简化了数据库创建过程。利用 SQL-DMO,需要指定文件名和文件组,创建数据库,然后将它附加到服务器的数据库集合上。利用 SMO,整个过程已经缩短到两行代码,如程序清单 21.4 所示。

程序清单 21.4　创建新数据库

```
using System;
using System.Text;
using Microsoft.SqlServer.Management.Common;
using Microsoft.SqlServer.Management.Smo;

namespace Chapter_21
{
    class _21_4
    {
        static void Main(string[] args)
        {
            Server s = new Server("(local)");
            // Create a new database
            Database d = new Database(s, "NewDatabase");
            d.Create();
        }
    }
}
```

提示: 如果需要控制文件放置的细节,仍可以利用 DataFile 和 FileGroup 对象来获得。但是,这么做是没有必要的。

这就是使用 SMO 创建新数据库需要做的全部工作。和其他创建新数据库的方法一样,数据库最初是模型数据库的一个副本。可以用 SMO 在新数据库中增加表、视图、存储过程以及其他对象。

修改配置选项

前面曾经提过,可以设置数据库的几个配置选项来控制诸如空值的处理是不是依据 ANSI 规则或数据库是不是在最后一个用户退出时自动关闭之类的事情。在代码中,可以使用 SMO DatabaseOptions 对象来设置这些选项。

例如,假设正打算通过代码执行一个查询,并且这个查询依赖于正在设置的 CONCAT_NULL_YIELDS_NULL 数据库选项。为了确保这个查询将执行成功,将需要事先检查这个选项正处于打开状态。程序清单 21.5 演示了用 SMO 执行这项检查的方法。

程序清单 21.5　修改配置选项

```
using System;
using System.Text;
using Microsoft.SqlServer.Management.Common;
using Microsoft.SqlServer.Management.Smo;

namespace Chapter_21
{
    class _21_5
    {
        static void Main(string[] args)
        {
            Server s = new Server("(local)");
            // Retrieve the AdventureWorks database
            Database d = s.Databases["AdventureWorks"];
            // Get the options object
            DatabaseOptions dopt = d.DatabaseOptions;
            if (!dopt.ConcatenateNullYieldsNull)
            {
                dopt.ConcatenateNullYieldsNull = true;
                dopt.Alter();
            }
        }
    }
}
```

这一技巧同样可以用来设置任何数据库选项;这些选项均实现为 DatabaseOptions 对象的属性。本章前面关于 DatabaseOptions 对象的一节列出了所有适用的属性。

创建表

使用 SMO 创建表很简单。有一个用来创建对象的通用架构:

1. 创建新对象。
2. 设置对象的属性。
3. 将对象添加到相应的集合中。

在使用 SMO 创建表时,这种架构多次重复,因为要创建表就必需创建表中的各个列。下面是一段演示表创建过程的样本代码。当然,它从连接到一个服务器开始,并检索将要包含这个表的特定数据库:

```
Server s = new Server("(local)");
// Retrieve the AdventureWorks database
Database d = s.Databases["AdventureWorks"];
```

接着,代码实例化 Table 对象并给它指派一个名称:

```
// Make a new table
Table t = new Table(d, "TestTable");
```

新建的表带有一个空的 Columns 集合。如果这时试图将表添加到数据库上,则会收到一条错误消息,因为一个表必须有至少一列。要给表添加列,创建一个 Column 对象,设置它的

属性,并将它添加到 Table 对象的 Columns 集合中:

```
// Add a column
Column c = new Column(t, "CustomerID");
c.Identity = true;
c.IdentitySeed = 1;
c.IdentityIncrement = 1;
c.DataType = DataType.Int;
c.Nullable = false;
t.Columns.Add(c);
```

一旦将 Column 对象添加集合中,该对象立即成为表的一个永久部分。可以重复使用这个相同的 Column 对象给表增加另外的列:

```
// Add some more columns
c = new Column(t, "CustomerName");
c.DataType = DataType.VarChar(50);
c.Nullable = false;
t.Columns.Add(c);

c = new Column(t, "ContactName");
c.DataType = DataType.VarChar(50);
c.Nullable = true;
t.Columns.Add(c);
```

最后,在创建完表并准备将其存回到数据库中时,调用它的 Alter 方法提交修改结果:

```
// And create the table
t.Create();
```

删除表

删除表比创建表容易得多。只需调用 Table 对象的 Drop 方法即可:

```
Server s = new Server("(local)");
// Retrieve the AdventureWorks database
Database d = s.Databases["AdventureWorks"];
// Get the table
Table t = d.Tables["TestTable"];
// And drop it
t.Drop();
```

创建与执行存储过程

不难想象,创建存储过程包括创建一个对象、设置它的属性并将它添加到相应的集合中。程序清单 21.6 显示了一个示例。

程序清单 21.6　创建一个存储过程

```
using System;
using System.Text;
using Microsoft.SqlServer.Management.Common;
using Microsoft.SqlServer.Management.Smo;
```

```
namespace Chapter_21
{
    class _21_6
    {
        static void Main(string[] args)
        {
            Server s = new Server("(local)");
            // Retrieve the AdventureWorks database
            Database d = s.Databases["AdventureWorks"];

            // Create a new stored procedure in the database
            StoredProcedure sp =
                new StoredProcedure(d, "procInsertCust");

            // Define and add the parameters
            StoredProcedureParameter spp1 =
                new StoredProcedureParameter(sp,
                "@CustName", DataType.VarChar(50));
            sp.Parameters.Add(spp1);
            StoredProcedureParameter spp2 =
                new StoredProcedureParameter(sp,
                "@ContactName", DataType.VarChar(50));
            sp.Parameters.Add(spp2);

            // And define the body of the procedure

            sp.TextBody = "INSERT INTO TestTable " +
                "(CustomerName, ContactName) " +
                "VALUES (@CustName, @ContactName)";

            // Finally, save it to the database
            sp.Create();
        }
    }
}
```

需要注意的是，给存储过程提供信息有 3 种不同的方式：首先，创建 StoredProcedure 对象的原始语句需要包含存储过程的名称。其次，传给存储过程的参数提供为 StoredProcedureParameter 对象，这些对象必须附加到相应的集合中。最后，存储过程的主体是 StoredProcedure 对象的 TextBody 属性。程序清单 21.7 给出了这个存储过程的对应代码，以便可以看出所有部件是怎样结合在一起的。

程序清单 21.7　存储过程的 SQL 脚本

```
CREATE PROCEDURE [dbo].[procInsertCust]
    @CustName [varchar](50),
    @ContactName [varchar](50)
AS
INSERT INTO TestTable
    (CustomerName, ContactName)
    VALUES (@CustName, @ContactName)
```

也许，读者会以为执行存储过程就是调用 StoredProcedure 对象的一个方法，其实不然。

如果需要通过 SMO 执行存储过程,则可以使用 Database 对象的 ExecuteNonQuery 方法:

```
Server s = new Server("(local)");
// Retrieve the AdventureWorks database
Database d = s.Databases["AdventureWorks"];
d.ExecuteNonQuery("procInsertCust \"Microsoft\", \"Bill Gates\"");
```

说明:如果运行该代码来删除 TestTable,则需要先重建它,然后才能执行该存储过程。

创建警报

作为最后一个示例,让我们来看一看如何创建与数据没有直接关系的对象。尽管警报跟表和存储过程有极大的差别,但创建警报的架构与上述其他示例的架构差不多,如程序清单 21.8 所示。

程序清单 21.8　创建警报

```
using System;
using System.Text;
using Microsoft.SqlServer.Management.Common;
using Microsoft.SqlServer.Management.Smo;
using Microsoft.SqlServer.Management.Smo.Agent;

namespace Chapter_21
{
    class _21_8
    {
        static void Main(string[] args)
        {
            Server s = new Server("(local)");
            // Create a new alert
            Alert a = new Alert(s.JobServer, "Full AdventureWorks");

            // Associate the alert with a particular error
            a.MessageID = 9002;
            a.DatabaseName = "AdventureWorks";

            // And add it to the job list
            a.Create();
        }
    }
}
```

说明:Error 9002 是个 SQL Server 错误,表示数据库已满。

需要注意的是,这段代码将创建这个警报,但没有给它指派任何响应。可以按照类似架构创建 Operator 对象,然后使用 Alert 对象的 AddNotification 方法让操作员在警报发生时接到通知。

使用 RMO

和 SMO 一样,复制管理对象(RMO)提供了一组用托管代码实现的对象。RMO 对象专

门致力于复制管理、监视和同步等任务。利用RMO,可以执行下面这样的任务:

- 配置发布与订阅服务器;
- 启用和禁用发布;
- 创建发布和文章;
- 删除发布和文章;
- 管理复制拓扑结构;
- 同步订阅。

说明:要使用RMO,首先需要很好地掌握复制本身的基础知识。关于复制的较详细描述,请参见第25章。

和SMO一样,RMO提供了大量的对象,以便用户能够以程序方式操纵复制的每个方面。深入探讨RMO对象模型会占用整本书的篇幅,因此我们只准备演示几个示例,以便让读者对利用这些对象能做些什么有个感性的认识。例如,程序清单21.9演示了如何使用RMO创建一个新的文章。

程序清单21.9　创建文章

```
using Microsoft.SqlServer.Management.Common;
using Microsoft.SqlServer.Replication;

namespace Chapter_21
{
    class _21_9
    {
        static void Main(string[] args)
        {
            // Connect to the publishing server
            ServerConnection sc = new ServerConnection("(local)");
            sc.Connect();

            // Set up a new transactional article
            TransArticle ta = new TransArticle();
            ta.ConnectionContext = sc;
            ta.Name = "TestArticle";
            ta.DatabaseName = "AdventureWorks";
            ta.SourceObjectName = "TestTable";
            ta.SourceObjectOwner = "dbo";
            ta.PublicationName = "AWPublication";
            ta.Type = ArticleOptions.LogBased;

            // Create the article.
            ta.Create();
        }
    }
}
```

说明:这段代码中有许多的假设,其中包括发布与分发服务器已经存在,以及这个文章要被添加到的发布已经存在且被命名为AWPublication。

提示:要运行任何RMO代码,必须设置一个指向Microsoft.SqlServer.Rmo.dll的引用。

从程序清单 21.9 中可以看出,RMO 遵循和 SMO 基本相同的对象创建架构:要创建 SQL Server 对象,必须先创建新的 .NET 对象,接着适当地设置它的属性,然后调用 Create 方法。可以使用类似的代码创建新的发布。

下面是第二个示例,它演示如何以程序方式同步一个请求订阅,其中假设本地数据库是个订阅方:

```
// Connect to the subscribing server
ServerConnection sc = new ServerConnection("(local)");
sc.Connect();

// Create the pull subscription
TransPullSubscription tps =
    new TransPullSubscription();
tps.ConnectionContext = sc;
tps.DatabaseName = "AdventureWorks";
tps.PublisherName = "MyPublishingServer";
tps.PublicationDBName = "AdventureWorks";
tps.PublicationName = "AWPublication";

// And do the synchronization
tps.SynchronizeWithJob();
```

小结

本章介绍了 SQL 管理对象(SMO)和复制管理对象(RMO)库的基本知识。我们首先简要列出了 SMO 库所提供的大量对象,然后较深入地介绍了几个最重要的对象:

- Server 对象表示整个 SQL Server。
- Configuration 对象允许设置影响整个服务器的配置选项。
- Database 对象表示单个 SQL Server 数据库。
- DatabaseOptions 对象允许设置单个数据库中的数据库级选项。
- StoredProcedure 对象表示单个存储过程。
- Table 对象表示单个表。
- Column 对象表示表中的单个列。
- Alert 对象表示单个"SQL Server 代理"警报。

然后,介绍了如何在代码中使用这些对象的示例。演示了基本的 SMO 对象创建架构:先创建一个对象,设置它的属性,然后将它保存到对应的集合中;另外,还演示了复制编程的几个示例。

下一章将介绍另一个重要的 SQL Server 构件:SQL Server 集成服务(Integration Services)。利用 SQL Server 集成服务,可以用编程方式控制复杂的数据转移作业,并将 SQL Server 与其他数据源集成在一起。

第 22 章 集成服务

Microsoft SQL Server 设计用来帮助管理整个企业的数据，无论数据是不是存放在 SQL Server 数据库中。本章将介绍这个企业定位的一个关键构件：SQL Server Integration Services（SQL Server 集成服务，简称 SSIS）。它提供了帮助管理企业数据的工具和实用程序。

什么是集成服务

过去，SQL Server 7.0 和 2000 都携带了一个叫做数据转换服务（Data Transformation Services，简称 DTS）的构件。DTS 是个灵活的数据转移与转换工具，用于转移和转换来自多种 OLE DB 数据源的数据。它是 SQL Server 中所有最有用的工具之一。

尽管 DTS 有极高的名望，但有重要的缺陷。它需要更好的伸缩性就是其中的一个例子。另外，DTS 包在系统之间的传输不是很容易，也就是说，DTS 包是设计用来执行来自 SQL Server 系统的转换，不能轻松地重复用来执行来自其他系统的相同转换。DTS 还缺少高质量的错误处理与日志记录机制，并且管理起来不是非常容易。

SQL Server 2005 Integration Services（SSIS）以 DTS 为基础发展成了一个 Windows 版的企业 ETL 平台，并且能够与任何一个独立的企业级商业智能（BI）产品相媲美。需要特别指出的是，虽然 SSIS 是 DTS 的后继者，但那只是在相似性方面——SSIS 是个有着很大差别的产品。

SSIS 是用 .NET 托管代码编写而成的，并提供了一个全新的体系结构。它包含了一个新的图形设计器和一组经过极大增强或挑选的数据传输任务与转换。和以前的数据转换服务一样，SSIS 支持 100％的源与目标指定，也就是说，它能够独立地同时连接到源与目标数据源，不要求任意一个数据源是个 SQL Server 系统。

SSIS 是个完整的工作流引擎，并且已经将过去的 DTS 统一工作流分解成相互独立的控制流与数据流构件，因而在开发人员能够用控制流完成的任务方面提供了更强大的功能。Mircrosoft 声称，SSIS 比 DTS 快了 7 倍，主要的原因是高级的数据流体系结构允许并发处理和可分布式执行。

在 SSIS 内，Business Intelligence Developer Studio（BIDS）是用来设计和修改包的主要工具。BIDS 含有一个向导驱动的包设计器（Package Designer）；当然，只要愿意，也可以调用“SQL Server 导入和导出向导”。SQL Server Management Studio 允许数据库管理员轻松地管理包，并且对他们具有特殊的价值。

本章将介绍这些工具和用来使用 SSIS 的其他工具，首先从创建、配置和部署包的各种方法开始。但是，在开始介绍以前，首先简要回顾一下 SSIS 安装基础。

SSIS 安装真相

只有 SQL Server 2005 的企业、开发和标准版中包含 SSIS，而工作组和学习版中没有包含这个服务。在安装 SQL Server 2005 时，并不默认地安装 SSIS，必须选择它。SSIS 比较可爱的一个方面是它既可以和 SQL Server 2005 安装在同一个系统上，也可以安装在一个仅供

SSIS 专用的系统上。

单独安装 SSIS 的优点是:如果使用了许多包,可以将处理负荷分配给一个不同的平台,因而减轻主数据库系统上的工作压力。

SSIS 服务

SSIS 包含了 SQL Server Integration Services,这是个用来从 Management Studio 内管理 Integration Services 包的 Windows 服务。这个服务在安装 SSIS 时默认地安装,并设置成自动启动。和对待其他任何 Windows 服务一样,可以暂停或停止 Integration Services,还可以通过 Microsoft 管理控制台(MMC)插件中的服务插件将 Integration Services 的启动类型修改成自动、手工或禁用。

运行期间, Integration Services 允许管理员从 Management Studio 中执行下列操作:

- 启动和停止远程与本地存储包;
- 监视远程与本地运行包;
- 导入和导出包;
- 管理包存储器;
- 定制存储文件夹;
- 在 Integration Services 停止时,停止运行包;
- 查看 Windows 事件日志;
- 连接到多个 Integration Services 服务器。

如果只想设计和执行 Integration Services 包,Integration Services 则不必处于活动状态。可以使用"SQL Server 导入和导出向导"、"SSIS 设计器"、"包执行实用工具"和 dtexec 命令行实用程序来继续运行包。但是,Integration Services 必须处于活动状态,才能使用 Management Studio 列举和监视包,以及监视包存储器中保存的包。包存储器可以是 SQL Server 2005 实例中的 msdb 数据库,也可以是文件系统中的指定文件夹。

Business Intelligence Developer Studio

Business Intelligence Developer Studio(BIDS)是 SQL Server 2005 中的一个新增特性。这个新增的工作室是个开发环境,用于开发商业智能解决方案(换句话说,数据操纵),比如多维数据集、数据源、数据源视图、报表和数据转换包。所有项目都在解决方案的上下文中开发。解决方案其实就是容器,可以包含多个数据转换项目以及分析服务与报表项目。解决方案也是服务器独立的。理解解决方案的关键是全盘地考虑它们,而不是将它们想象为散布的实体。

默认情况下,BIDS 显示 4 个窗口:

- 用来创建和修改商业智能对象的设计器。这个设计器提供对象的一个代码视图和一个设计视图。
- 用来管理解决方案中的各个项目的"解决方案资源管理器"。
- 用来查看和修改对象属性的"属性"窗口。
- 用来列举商业智能项目可以使用的各个控件的"工具箱"窗口。

BIDS 还包含用于下列项目类型的模板,这些模板一般将用来开发商业智能解决方案:

- Analysis Services 项目;
- 导入 Analysis Services 9.0 数据库;

- Integration Servers 项目向导；
- 报表服务器项目向导；
- 报表模型项目；
- 报表服务器项目；

在使用SSIS创建我们的第一个解决方案之前，先让我们花些时间到处浏览并开始了解这个新的工作室。

设计器窗口

在BIDS的4个主要窗口之中，设计器窗口是迄今为止最重要的窗口，也是最终了解最全面的窗口。它还提供对象的一个图形视图。视正在使用哪个商业智能构件类型而定，BIDS将会显示经过定制的不同设计器，以满足当前特定构件的各项要求。例如，在数据源视图中（所有的项目类型中都包含这个视图），可以编辑现有数据源视图的架构和修改它的属性。SSIS设计器允许创建SSIS包，而报表设计器（顾名思义）用来创建和预览报表。

代码窗口（通常作为设计器窗口中的一个选项卡）显示定义当前对象的XML代码。在BIDS中，对象的代码与设计器视图可以同时打开。

设计器窗口可以将设计视图（如图22.1所示）和代码视图（如图22.2所示）同时显示为设计器窗口上的两个选项卡。

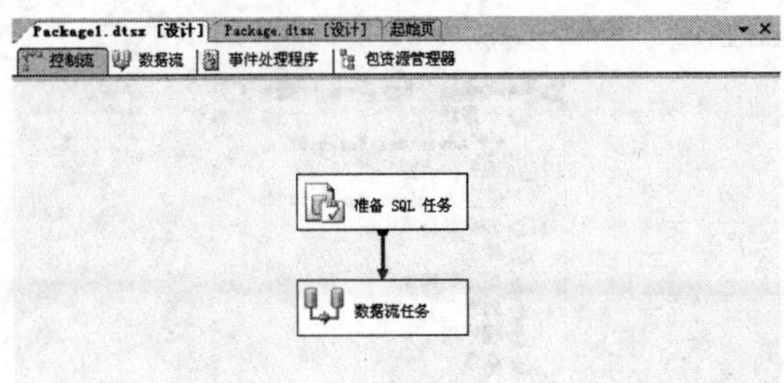

图22.1 典型Integration Services包的设计视图

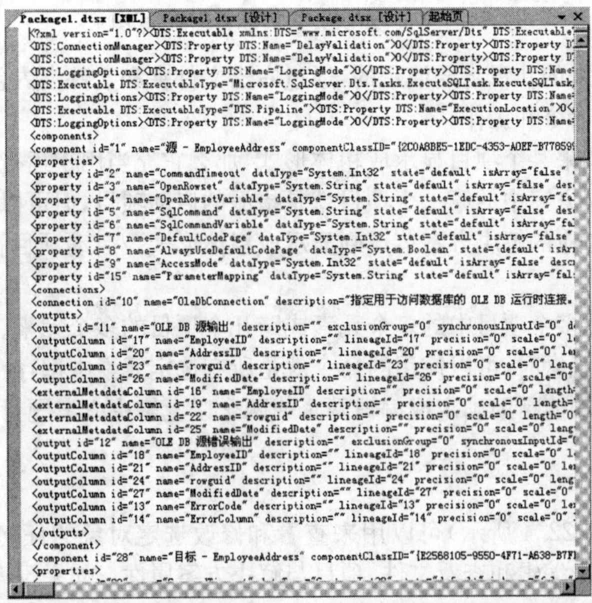

图22.2 典型Integration Services包的代码视图

解决方案资源管理器

“解决方案资源管理器”在外观上与 Management Studio 中的“对象资源管理器”有许多相似之处。当前可用的项目及其相关文件以一种组织有序的形式显示,因而能让用户迅速访问到所需要的内容和要使用的命令。一个小工具栏允许用户对树形视图中的某个选定元素执行常用命令。要访问“解决方案资源管理器”,选择“视图”菜单上的“解决方案资源管理器”菜单命令。

例如,在 Analysis Services 项目中,树形视图(如图 22.3 所示)对每个项目都是相同的。树的最上层是个解决方案节点,其下就是各个项目。每个项目都有一组相同的文件夹,但文件夹和节点名称显然是不同的,视解决方案类型而定。

- 数据源(Data Sources);
- 数据源视图(Data Source Views);
- 多维数据集(Cubes);
- 维度(Dimensions);
- 挖掘模型(Mining Models);
- 角色(Roles);
- 程序集(Assemblies);
- 杂项(Miscellaneous)。

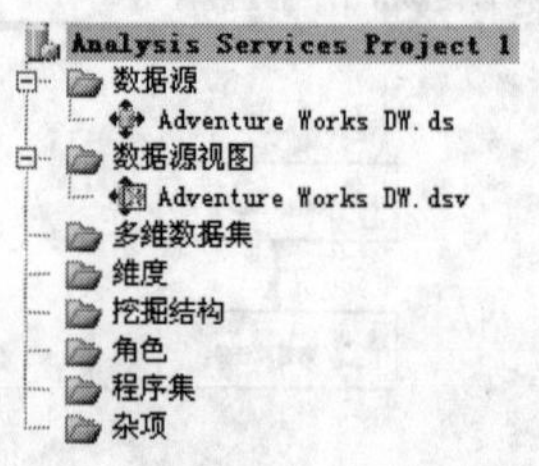

图 22.3 Analysis Services 解决方案的“解决方案资源管理器”视图

正如本章和接下来的几章将要演示的,通过右击文件夹和文件夹内包含的文件与对象,可以轻松地访问到标准命令和操作。

需要注意的是,如果某个项目显示成粗体形式,那么它充当用于运行和调试目的的启动项目。默认情况下,解决方案中的第一个项目就是指派的启动项目,但可以改变这个设置。如果存在多个启动项目,对应的解决方案节点则显示成粗体形式。启动项目在 Visual Studio 调试程序启动时自动运行。

另外,也可以选择多个项目中的多个元素或跨几个项目的多个元素。这样,就可以执行批操作。当选择了多个元素时,可以使用的命令就是所有选定元素中都存在的所有命令的集合。也可以使用多个选择功能帮助确定或编辑两个或两个以上解决方案题目的交叉属性。

属性窗口

“属性”窗口(如图 22.4 所示)可以用来查看和修改选定对象的任何设计时属性和事件。“属性”窗口也可以用来编辑和查看文件、项目与解决方案属性。如果没有看到“属性”窗口,可以通过“视图”菜单打开它。变淡的元素是只读的。

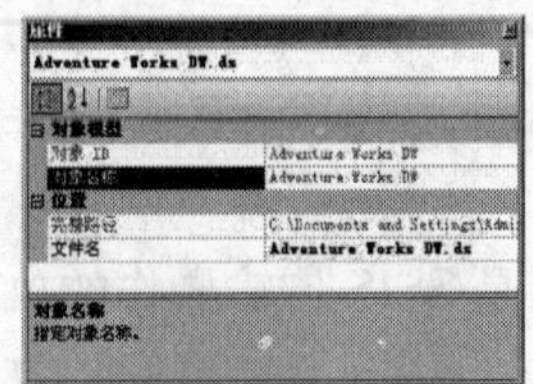

图 22.4　典型的属性窗口

工具箱

顾名思义，工具箱显示工具和项目中使用的其他元素。总是有一个“常规”选项卡，另外的选项卡包括“控制流项”、“维护计划中的任务”和“报表项”。这些选项是变化的，视正在使用中的设计器或编辑器而定。

其他窗口

BIDS 还提供了另外的窗口，它们用来处理断点、显示错误与状态消息、管理任务以及列举搜索结果。

断点通过“调试”菜单打开。选择“窗口”，然后选择“断点”。断点列表含有 3 列：

- 名称；
- 条件；
- 命中次数。

此外，还可以通过“列”按钮添加下面的列：

- 语言；
- 函数；
- 文件；
- 地址；
- 数据；
- 程序。

从“视图”菜单中或者按 Ctrl＋E 快捷键打开“错误列表”窗口。这个窗口可以用来检查当前解决方案的错误消息。“错误列表”窗口可以用来鉴别和找出在编辑或编译解决方案时检测出的问题。此外，双击任何一个 IntelliSense 通信将打开相应的编辑器，然后将插入点移到选定的位置。

输出窗口（通过“视图”菜单或 Ctrl＋Alt＋O 快捷键访问）显示这个集成开发环境（IDE）中的特性的状态消息。此外，有些 IDE 特性会将内容传递到特殊的输出窗口窗格。来自外部工具（比如 .bat 或 .com 文件）的输出（平常显示在 DOS 窗口中）也是可获得的。

“任务列表”窗口用来跟踪解决方案创建期间所指派的步骤和任务。要显示“任务列表”窗口，选择“视图”➤“任务列表”菜单命令。作为选择，也可以使用 Ctrl＋＋＋T 快捷键。在“任务列表”窗口中，可以检查 IntelliSense 内容，键入用户说明，分类和筛选任务列表，以及创建新的任务。

在“查找结果”窗口中，可以显示通过“在文件中查找”对话框执行文本搜索的结果。从“视图”菜单中，可以打开“查找结果 1”或“查找结果 2”窗口。

创建与设计包

包是一个经过组织的构件集合,是 SSIS 传输操作的执行单元,也是 SSIS 正常运转和允许开发人员操纵数据的要素。

形式最简单的包只包含数据的源目标和目的地。它可以包含任何转换,还可以包含任何构件(比如任务)来定义工作流或将由 SSIS 执行的操作序列。

由于前面已经比较详细地介绍了包是什么和包有什么作用,所以接下来准备介绍如何在 SSIS 中创建非常简单的包。随后,将介绍如何配置、部署和管理包。

当然,先从重要的事情开始。

创建项目

在创建包之前,必须先有存放包的项目。项目只是包含相关文件的容器。例如,创建一个特定 ETL 解决方案所需要的文件(其中包括包、数据源和数据源视图定义)都是同一个项目的一部分。

项目又存放在解决方案中。因此,可以先创建解决方案,然后给解决方案添加 Integration Services 项目。作为选择,也可以先创建项目,如果还不存在解决方案,BIDS 将会自动创建解决方案。解决方案可以包含多个不同类型的项目。

包在项目内开发。

Integration Services 项目管理数据源、数据源视图和包的对象定义。保存数据源、数据源视图和包的文件存放在 Integration Services 项目内的各自文件夹中。

创建项目的步骤包括如下这些:

1. 单击"开始"菜单,选择"程序"➤ Microsoft SQL Server 2005 ➤ SQL Server Business Intelligence Development Studio(BIDS)菜单项。
2. 选择"文件"➤"新建"➤"项目"菜单项,这将打开图 22.5 所示的 BIDS 项目对话框。

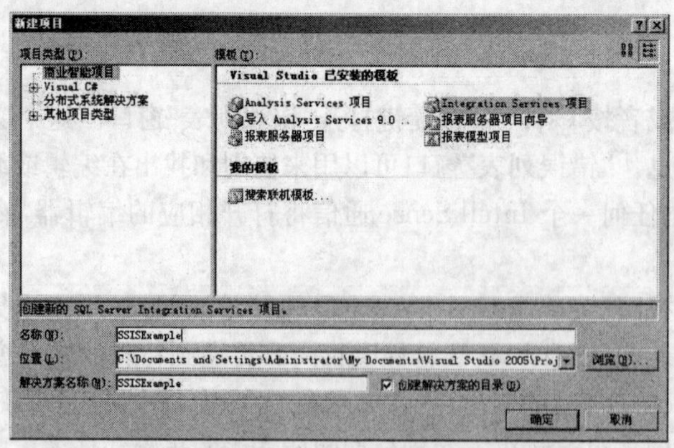

图 22.5 新项目对话框

3. 接着,选择 Integration Services 项目作为项目模板,并将项目的名称指定为 SSISExample,如图 22.5 所示。接受剩余的值,并单击"确定"按钮。

从图 22.6 中将会注意到,新项目由 4 个虚拟文件夹组成,其中每个文件夹分别有一个不同的用途。

数据源　包含可以由多个包引用的项目级数据源。

数据源视图　包含数据源视图；它们基于数据源并可以由源、转换和目的地引用。

SSIS 包　顾名思义，这是存放项目包的地方。

杂项　一个杂物袋，用于存放除了数据源、数据源视图或包文件之外的文件。

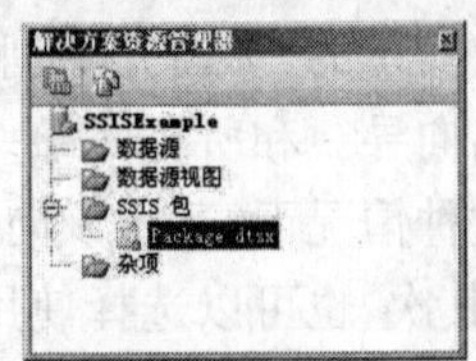

图 22.6　SSIS 项目文件夹树

关于 SSIS 项目文件的简单说明：无论何时给解决方案添加新项目或现有项目，BIDS 都会创建带 .dtproj、.dtproj.user 和 .database 扩展名的项目文件。

.dtproj 文件包含关于项目配置、数据源和包的信息。.dtproj.user 文件包含用户用来处理项目的首选参数，最后，*.database 文件包含 BIDS 打开 Integration Services 项目所需要的信息。

容器

在开始仔细探讨包之前，应该先熟悉 Microsoft 给 SSIS 添加的另一个新结构，即所谓的容器。Integration Services 容器的主要用途是将数据结构和控制流添加到包上，以及将服务添加到任务上。容器将相关任务组织成组并支持包中的重复控制流，以执行重复性任务或提供变量的作用域。除了任务之外，容器还可以包含其他容器。

在包中，容器可以用来：

- 重复任务；
- 将需要彼此一同成功或失败的任务和容器分成组。

Integration Services 提供 4 种类型的容器用于创建包：

Foreach 循环容器　通过使用一个枚举器重复运行一个控制流。

For 循环容器　通过测试一个条件重复运行一个控制流。

序列容器　将任务和容器分组为子控制流，即包控制流的子集。

任务主机容器　给单个任务提供服务。

包与事件处理程序也是容器类型。容器包含由可执行体和优先权约束构成的控制流。容器可以使用事件处理程序和变量。任务主机容器是个例外：由于任务主机容器封装单个任务，所以它不使用优先权约束。

可执行体　可执行体是容器级任务和容器内的任何容器。单个可执行体可以是 SSIS 所提供的任务和容器之一，也可以是个自定义的任务。

优先权约束　优先权约束将同一个父容器内的容器与任务链接成一个有序的控制流。可以将它们想象为 SSIS 交通警察。

事件处理程序　容器级事件处理程序响应由容器或容器所包含的对象所引起的事件。本章的后面将介绍怎样在包内使用事件处理程序。

变量　容器中使用的变量包括 Integration Services 所提供的容器级系统变量以及容器所使用的用户定义变量。

至此，我们已经全面分析了所有零碎的东西，并蜻蜓点水般介绍了一些关键元素，因此该是开始创建一些包的时候了。

使用导入和导出向导创建包

前面已经演示过创建项目是非常简单的，下面介绍创建包的各种方法。首先，最简单、最常用的包创建方法是使用导入和导出向导。和所有向导一样，这个向导以提问题的方式一次一步地帮助完成整个设计过程。在这种情况下，运行该向导的最终结果是一个执行两个数据库之间的单次传输操作的SSIS包。其次，也可以选择使用SSIS包设计器。这个设计器没有提供手把手的向导，但提供了组合多个SSIS任务并使用这些任务创建工作流的灵活性。

另外，还可以联合使用导入和导出向导和SSIS包设计器。一旦使用这个向导创建了包并复制了数据，就可以使用SSIS包设计器打开并编辑保存的包。SSIS包设计器还可以用来添加任务、转换和事件驱动逻辑。

导入和导出向导提供了创建Microsoft SSIS包的最简单方法。这个向导可以复制数据到多种数据源或复制来自它们的数据，其中包括：

- Microsoft SQL Server；
- 平面文件；
- Microsoft Office Access；
- Microsoft Office Excel；
- 其他OLE DB提供者。

此外，还可以使用ADO.NET提供者，尽管只能用做数据源。有4种方法可以用来启动导入和导出向导。

1. 单击“开始”菜单，选择“程序”➤ Microsoft SQL Server 2005 ➤ Business Intelligence Development Studio(BIDS)菜单项。
2. 如果还没有Integration Services项目，选择“文件”➤“新建项目”➤菜单命令，然后像前面描述的那样创建一个新的项目。如果已经有一个项目，选择该项目。
3. 右击“SSIS包”文件夹，然后单击“SSIS导入和导出向导”选项。

或者

1. 单击“开始”菜单，选择“程序”➤ Microsoft SQL Server 2005 ➤ Business Intelligence Development Studio(BIDS)菜单项。
2. 如果还没有Integration Services项目，选择“文件”➤“新建项目”菜单命令，然后像前面描述的那样创建一个新的项目。如果已经有一个项目，选择该项目。
3. 从菜单中选择“项目”，并单击“SSIS导入和导出向导”选项。

或者

1. 单击“开始”菜单，选择“程序”➤ Microsoft SQL Server 2005 ➤ SQL Server Management Studio菜单命令，并连接到“数据库引擎”服务器类型。
2. 展开“数据库”文件夹，然后选择并右击一个数据库。
3. 选择“任务”菜单命令，然后单击“导入数据”或“导出数据”。

或者

1. 从命令行提示符处，键入C:\Program Files\Microsoft SQL Server\90\Tools\Binn\VSSHELL\Common7\IDE\DTSWizard.exe。

无论选择哪种方法都将启动导入和导出向导，而且看到的第一个屏幕将是图 22.7 所示的欢迎屏幕。

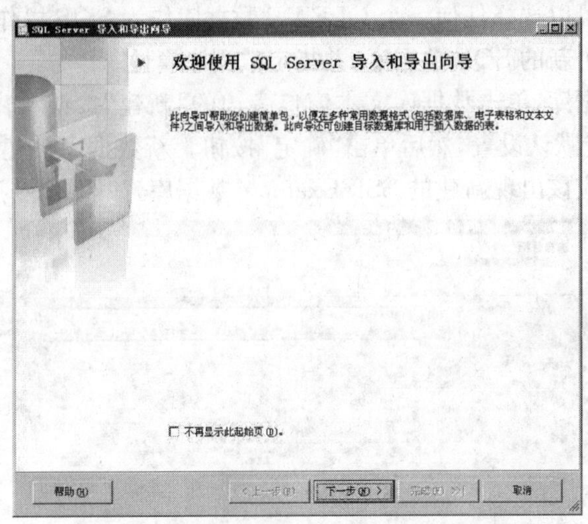

图 22.7　导入和导出向导中的欢迎屏幕

1. 单击欢迎屏幕上的"下一步"按钮。
2. "选择数据源"页面(如图 22.8 所示)由 3 个部分组成。在最上面，可以选择数据的来源。这个组合框可以用来选择系统上已安装的任何一个 OLE DB 提供者作为数据源。例如，可以选择从 SQL Server 数据库(默认设置)、Microsoft Access 数据库、Microsoft Excel 电子表格或 Oracle 数据库中复制数据，而这些仅仅是叫得出名字的几个数据源。

该页面的外观将是变化的，取决于选择了什么数据源。例如，如果选择 SQL Native Client 作为数据源，则需要选择一个服务器，提供身份验证信息，以及选择一个数据库。另一方面，如果选择使用 Microsoft Access 数据源，该页面的控件将变成提示用户提供文件名、用户名和密码，它们是打开 Microsoft Access 数据库时需要使用的信息。

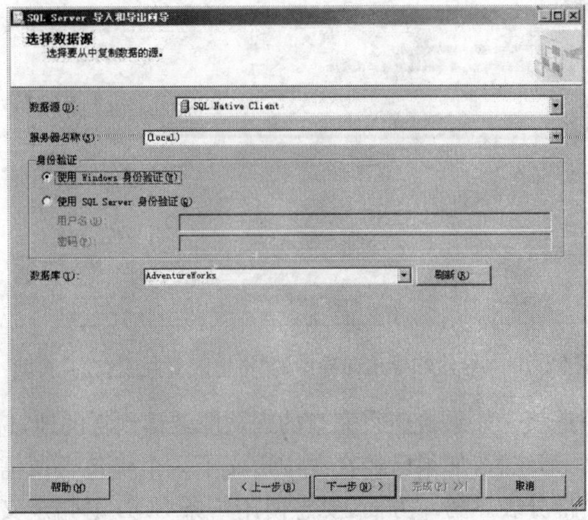

图 22.8　导入和导出向导中的"选择数据源"页面

1. 在选择了数据源之后，我们在本例中正使用 AdventureWorks 数据库，单击“下一步”按钮，向导显示“选择目标”页面。该页面是“选择数据源”页面的精确副本(除了标题之外)。同样，可以选择任何一个 OLE DB 数据库作为 SSIS 操作的目标数据库。也可以选择创建一个新的 SQL 数据库，并指定数据库属性。
2. 要创建新的数据库，单击数据库文本窗口旁边的“新建”按钮，将新数据库命名为 SSISExample，接受默认设置，然后单击“确定”按钮。新数据库被建成，并返回到“选择目标”屏幕，其中应该出现新建的 SSISExample 数据库，如图 22.9 所示。

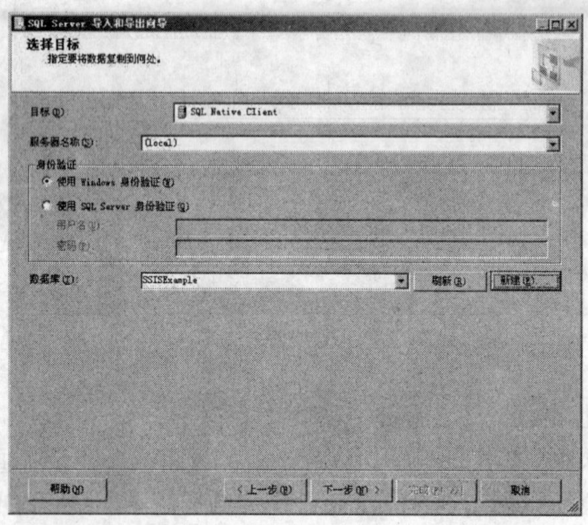

图 22.9　导入和导出向导中的“选择目标”页面

3. 单击“下一步”按钮打开“指定表复制或查询”页面，如图 22.10 所示。

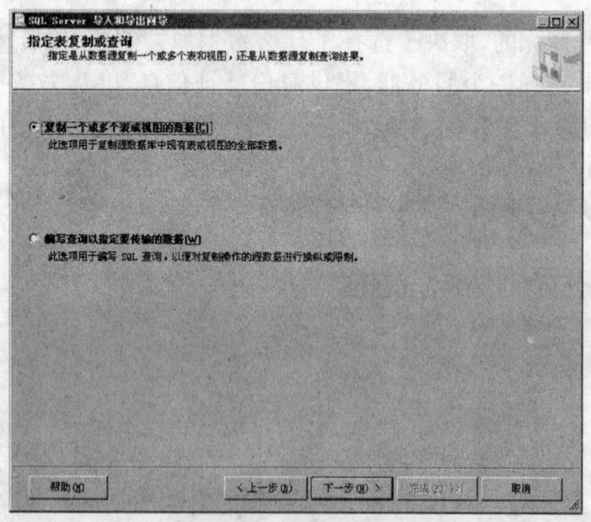

图 22.10　导入和导出向导中的“指定表复制或查询”页面

这个页面上有两个选项。如果希望将完整的表从源转移到目的地，选择“复制一个或多个表或视图的数据”选项。请注意，如果已经在源中定义了一个仅包含所需数据的视图，仍可以使用这个选项复制一个部分表。另一方面，要想使用一条 SQL 语句定义要复制的数据，选择“编写查询以指定要传输的数据”选项。

4. 向导中的下一个页面取决于在“指定表复制或查询”页面上的选择。如果选择了复制表和视图，并指定了 AdventureWorks 数据库，则会看到图 22.11 所示的“选择源表和源视图”页面。

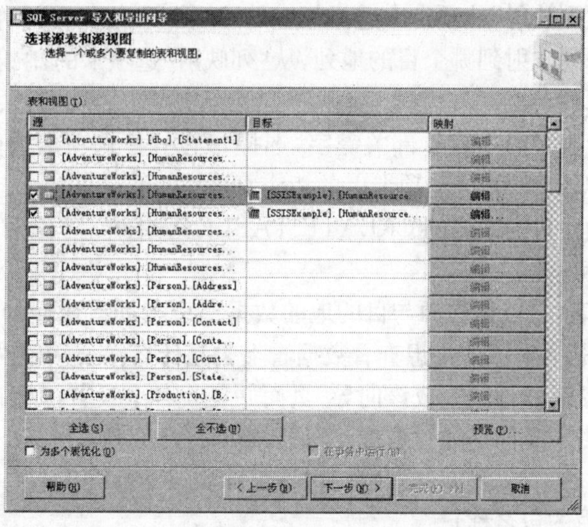

图 22.11 导入和导出向导中的“选择源表和源视图”页面

这个页面可以用来执行许多与选择数据有关的操作。

- 要将表和视图包含在待传输的数据中，复选表名或视图名旁边的复选框。
- 要指定数据的目的地表，从“目标”列内的下拉列表中选择该表。这个列表包含目的地数据库中的所有表。它将目的地表默认为和任意一个选定的源表同名的表(如果可能的话)。
- 要查看源表中的数据，选择该表并单击“预览”按钮。SQL Server 将显示一个对话框，其中包含来自该表的多达 200 行的数据。

5. 要定制数据从源到目的地的传输方式，选择源与目的地表，并单击“映射”列中的“编辑”按钮。这将打开“列映射”对话框，如图 22.12 所示。

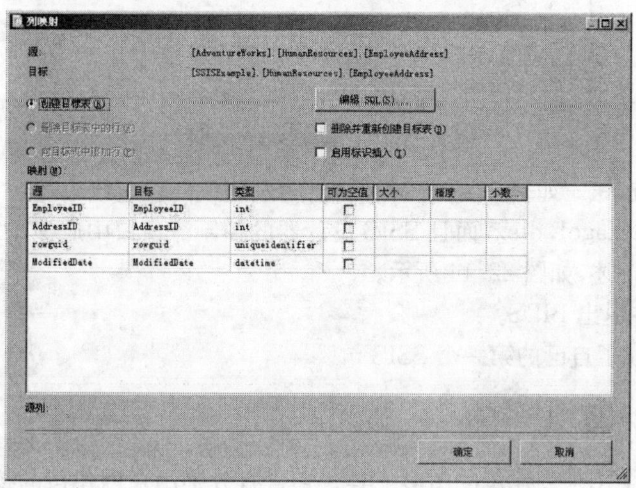

图 22.12 “列映射”对话框

"列映射"对话框可以用来定制数据从源数据库到目的地数据库的传输方式。对于任何一个表,这个对话框都可以用来执行下列操作:

- 要决定是否从零开始创建目的地列,从目的地表中删除行,或者将行附加到目的地表的尾部,并在"列映射"选项卡中选择相应的选项。
- 要修改哪个源列映射到哪个目的地列,从"列映射"选项卡的"映射"部分内的下拉列表中选择这个源列。
- 要创建目的地表上的主或外部关键字,选择"列映射"选项卡上的"创建目标表"单选项,然后复选 Constraints 选项卡上的相应复选框。
- 要定制用来创建目的地表的 CREATE TABLE 语句,单击"编辑 SQL"按钮,然后修改这条 SQL 语句。

一旦修改完列和表(自然是在源与目的地的数据类型与固有属性的限制之内),立即返回到"选择源表和源视图"页面。如果想查看数据看上去是什么样子,单击"预览"按钮。

6. 单击"下一步"按钮打开"完成该向导"页面并复查各个设置,如图 22.13 所示。请注意第三个条目,由于我们是通过右击 SSISExample 项目中的"SSIS 包"文件夹来启动导入和导出向导的,所以我们所创建的包将保存到该文件夹中,并具有 Package1. dtsx 名称(缺乏想象力的包名称)。

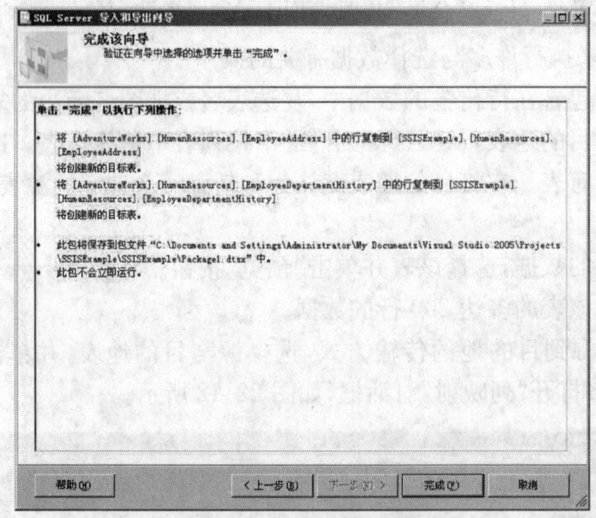

图 22.13　"完成该向导"页面

7. 单击"完成"按钮。如果一直跟着我们操作,刚建成的包应该出现在"SSIS 包"文件夹中并显示为 Package1. dtsx,而且 SSIS 设计器的控制流窗口中应该出现该包的各个进程的一个图形描述,如图 22.14 所示。
8. 关闭项目,并退出 BIDS。

恭喜!已经建成了自己的第一个 SSIS 包。

使用 SSIS 设计器创建包

SSIS 设计器是个用来创建包的图形工具。它含有分别用来创建包的控制流、数据流和事件处理程序的设计表面,还提供了可以用来给包添加功能和特性的对话框、窗口和向导。

作为 SSIS 设计器工作面的 5 主要选项卡是"控制流"、"数据流"、"事件处理程序"、"执行

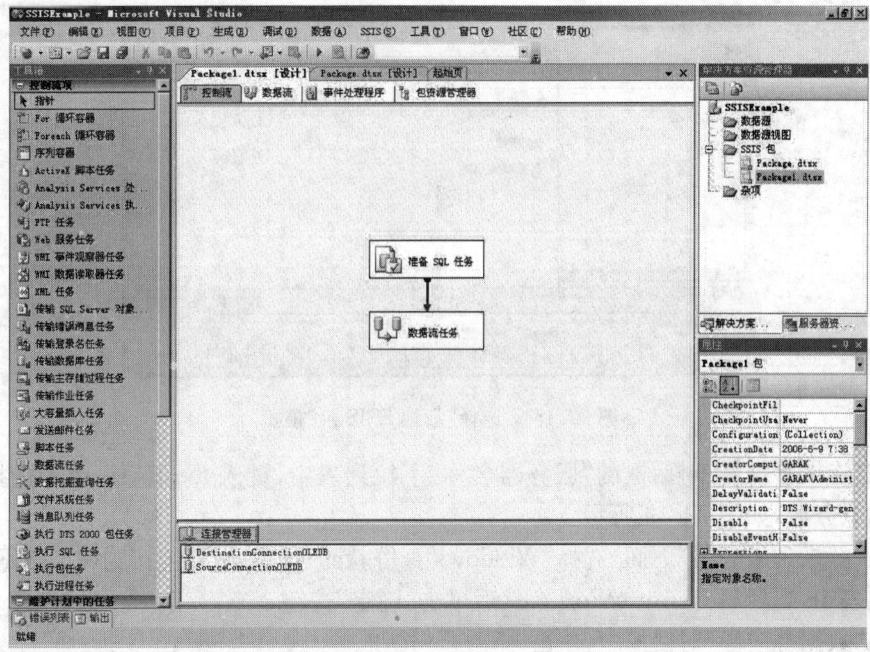

图 22.14 显示新包的 SSIS 设计器

结果"和"包资源管理器"。本章的后面将经常使用这些选项卡之中的前 3 个和它们所提供的视图。顾名思义,"执行结果"选项卡将打开一个显示操作执行结果的窗口。最后一个选项卡,即"包资源管理器"是另一个新的 SSIS,并为设计器中显示的包提供一个分级的树形视图。

在继续设计包以前,需要先对 SSIS 设计器和 Integration Services(管理与监视包的服务)做个简短说明。如果只想在 SSIS 设计器中创建或修改包,Integration Services 不必处于运行状态。但是,如果在 SSIS 设计器打开期间停止了这个服务,就再也无法打开 SSIS 设计器所提供的各种对话框,而且必须关闭 SSIS 设计器,退出,然后重新打开 BIDS、Integration Services 和包。

下面介绍如何使用 SSIS 设计器创建新的 SSIS 包。为了清楚起见,我们将创建一个将数据从 AdventureWorks 数据库中的一个表传输到另一个表的简单包。事实上,这个创建过程与使用导入和导出向导创建包的过程十分相似:

1. 从 Windows 任务栏上,选择"开始"➤"程序"➤ Microsoft SQL Server 2005 ➤ Business Intelligence Development Studio(BIDS)菜单命令。
2. 选择前面创建的 SSISExample 项目。如果愿意,可以选择"文件"➤"新建项目"菜单命令,并创建一个新的 Integration Services 项目。
3. 在"解决方案资源管理器"窗格中,右击 SSISExample 项目,然后从弹出的菜单中选择"添加"➤"新建项"菜单命令。
4. 从"添加新项－SSISExample"对话框中,选择"新建 SSIS 包"模板。在"名称"文本框中,键入 SSISExample2. dtsx,如图 22.15 所示。
5. 在"解决方案资源管理器"中,展开 SSISExample 文件夹,右击"数据源"文件夹,然后从上下文菜单中选择"新建数据源"菜单命令启动"数据源向导"。在"欢迎使用数据源向导"页面上,单击"下一步"按钮。
6. 在"选择如何定义连接"页面上,单击"新建"按钮。

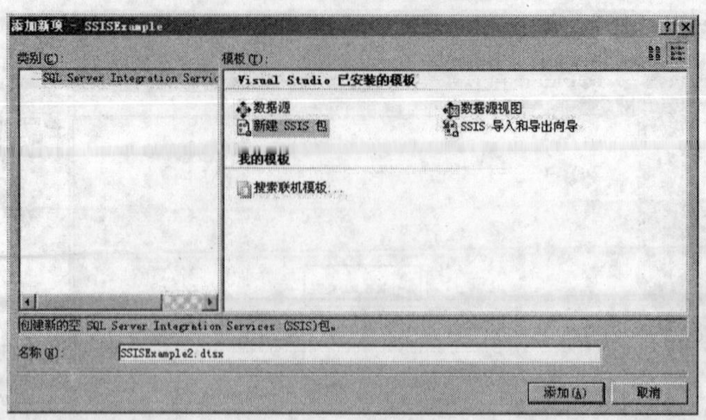

图 22.15　选择"新建 SSIS 包"模板

7. 在"连接管理器"对话框的"服务器名称"下拉列表中,键入 localhost,或者选择要使用的服务器,如图 22.16 所示。
8. 在"登录到服务器"下面,选择"Windows 身份验证"选项。在"连接到一个数据库"下拉列表中,选择 AdventureWorks,然后单击"确定"按钮。
9. 在"数据源向导"对话框中,单击"下一步"按钮。
10. 在"完成向导"页面上,检查连接字符串属性,并单击"完成"按钮。

说明:使用数据源的好处是能够跨多个包引用它们。在单个包中,可以选择是创建与数据源的连接,还是直接指向数据源。

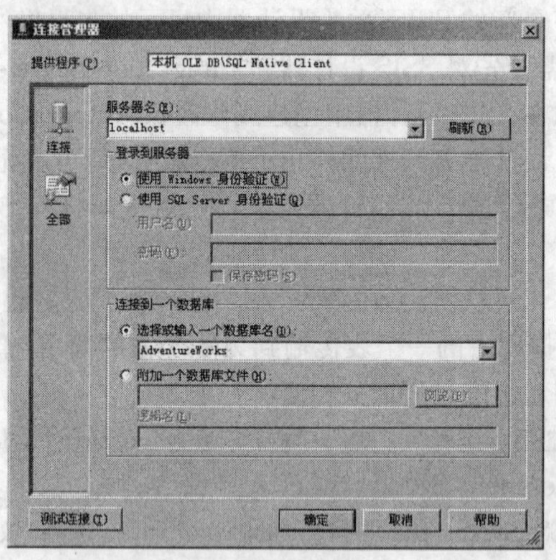

图 22.16　连接管理器

11. 要从数据源中创建一个新连接,在 BIDS 屏幕的中下部分,右击"连接管理器"框。选择"新建 OLE DB 连接"菜单命令。
12. 在图 22.17 所示的"配置 OLE DB 连接管理器"对话框中,反白显示 localhost. AdventureWorks 数据连接,然后单击"确定"按钮。这个操作添加一条指向 AdventureWorks 数据连接的新连接。然后,这个数据源就可以在包任务上使用。
13. 确认已经选择了"控制流"选项卡(可在设计表面的最上面发现)。
14. 选择"视图"➤"工具箱"菜单命令打开"工具箱"窗口,如果该窗口是不可见的。

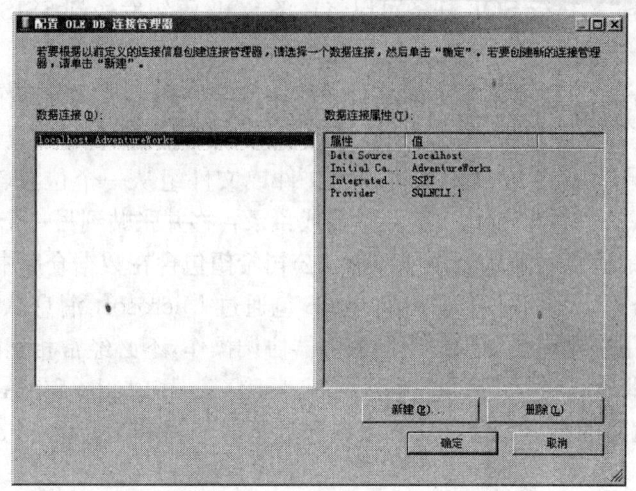

图 22.17　“数据连接”对话框

插入控制流任务

1. “工具箱”窗口的“控制流项”列表中显示了 3 种不同类型的控制流容器，以及一个控制流任务列表。稍后，我们将再回到那些容器。

使用向导创建包与使用 SSIS 设计器创建包的主要差别在于，设计器可以用来给包添加任务。任务就是服务器能够完成的一种功能。任务明显给 SSIS 包增添了巨大的灵活性。SQL Server 2005 提供了 25 个不同的控制流任务：

“ActiveX 脚本任务”　该任务运行一个 ActiveX 脚本来完成某个指定的操作。

“Analysis Services 执行 DDL 任务”　该任务运行 T-SQL DDL 语句。关于 Analysis Services(分析服务)的较详细信息，请参见第 26 章。

“Analysis Services 处理任务”　该任务允许 SSIS 刷新 Microsoft 分析服务服务器多维数据集中的数据。

“大容量插入任务”　大容量插入任务使用 SQL Server 的 BULK INSERT 功能将外部数据快速转移到表中。这是将数据加载到 SQL Server 上的最快方法。但是，在批量插入任务中不能进行任何数据转换或有效性检查，因此该任务不适合还没有符合正确格式的数据。

“数据流任务”　该任务在数据源之间复制并传输数据。

“数据挖掘查询任务”　数据挖掘查询任务允许 SSIS 通过运行一个查询从 Microsoft 分析服务器数据挖掘模型中抽取结果。

“执行 DTS 2000 包任务”　执行 DTS 2000 包任务运行以前使用 SQL Server 2000 工具开发的包。通过使用该任务，可以将 SQL Server 2000 DTS 包包含在 SQL Server 2005 数据转换解决方案中。单个包可以同时包含运行包任务和运行 DTS 2000 包任务，因为每种类型的任务使用运行时引擎的一个不同版本。

“执行包任务”　执行包任务允许一个 SSIS 包将另一个 SSIS 包作为子例程来调用。这个任务还可以用来将被调用包作为事务的一部分来对待，以便能将多个包的结果作为一个单元来提交或回退。

“执行进程任务”　执行进程任务通知 SSIS 启动一个外部程序、批处理文件或脚本。还可以提供一个超时值和外部程序所需要的任意多个命令行参数。

"执行 SQL 任务" 执行 SQL 任务可以将一条 SQL 语句发送到 SSIS 包中的任何一条连接以供执行。

"文件系统任务" 文件系统任务对文件系统中的文件和目录执行操作。文件系统任务允许一个包创建、转移或删除目录和文件。它还可以用来设置文件和目录属性。

"FTP 任务" FTP 任务可以用来将一个文件或文件组从一个位置转移到另一个位置。例如,可以将文件从一个 Internet FTP 服务器或目录转移并张贴到另一个 Internet FTP 服务器或目录。该任务最适合用来从公司外部引入公司希望包含在数据仓库中的数据。

"消息队列任务" 消息队列任务允许 SSIS 包通过 Microsoft 消息队列(MSMQ)发送消息。这个任务设计用来允许公司内的不同服务器协调操作,不必经常相互协商。

"脚本任务" 脚本任务运行通过使用 Microsoft Visual Studio for Application(VSA)环境和 VB. NET 所编写的脚本。这种代码是在包运行时编译和运行的 Microsoft Visual Basic . NET 定制代码。

"发送邮件任务" 发送邮件任务将电子邮件作为 SSIS 包的一部分发送。这个任务和 SSIS 工作流特性结合起来可以用来通知操作员包的成功或失败,也可以用来发送消息来响应包在运行时所产生的事件。例如,这个任务可以通知数据库管理员关于 FTP 任务的成功或失败。

"传输数据库任务" 传输数据库任务允许 SSIS 将整个数据库从一个 SQL Server 转移动或复制到另一个 SQL Server。

"传输错误消息任务" 传输错误消息任务将错误消息从一个 SQL Server 复制到另一个 SQL Server。这个任务可以用来将执行 SSIS 包期间所产生的所有错误消息都收集到一个统一的地方。

"传输作业任务" 传输作业任务将作业从一个 SQL Server 上的 msdb 数据库传输到另一个 SQL Server 上的 msdb 数据库。

"传输登录名任务" 传输登录名任务将登录名从一个 SQL Server 传输到另一个 SQL Server。

"传输 SQL Server 对象任务" 传输 SQL Server 对象任务将整个对象从一个 SQL Server 传输到另一个 SQL Server。当处于 SQL Server 本机方式中时,这个任务能够转移 SSIS 向导可以转移的同类型对象。

"传输主存储过程任务" 传输主存储过程任务允许 SSIS 将存储过程从一个 SQL Server 上的主数据库复制到另一个 SQL Server 上的主数据库。

"Web 服务任务" Web 服务任务运行 Web 服务方法。Web 服务可以用来将 Web 服务方法返回的值写到变量中。此外,它还可以用来将 Web 服务方法返回的值写到文件上。

"WMI 数据读取器任务" WMI 数据读取器任务使用 Windows 管理规范(WMI)查询语言来运行从 WMI 中返回关于计算机系统的信息的查询。例如,可以使用这个任务查询一台本地或远程计算机上的 Windows 事件日志,并将该信息写到文件或变量中。与此相似,可以获取关于硬件、软件应用程序和安装了什么版本的信息。

"WMI 事件观察器任务" WMI 事件观察器任务使用 WMI 查询语言(WQL)事件查询指定相关事件来监视 WMI 事件。一般说来,当服务器上的可用内存低于指定的百分比时,使用这个任务运行一个删除文件的包;或者使用这个任务查找一个应用程序的安装,然后运行一个使用该应用程序的包。

"XML 任务" 这个任务使用 Extensible Stylesheet Language Transformations(XSLT)

样式表和 XPath 表达式访问 XML 文档中的数据或给 XML 文档应用操作。

数据工作流与维护任务也是内部任务。除了内部任务之外，SSIS 还可以使用由独立开发商创建的定制任务。创建定制任务是个高级题目，不在本书讨论之列。

虽然每种任务类型都有各自的属性，但将任务插入到 SSIS 包中的总体过程在任何情况下都是相同的：要么从“任务”菜单中选择任务，要么在“任务”工具栏中找出并单击任务的图标（或者单击并将它拖到设计表面）。无论哪种情况，屏幕上都会弹出一个属性对话框，并提示用户键入完成该任务所必需的信息。例如，图 22.18 显示了一个数据流任务的属性对话框（该任务在两个数据源之间复制并转换数据）。

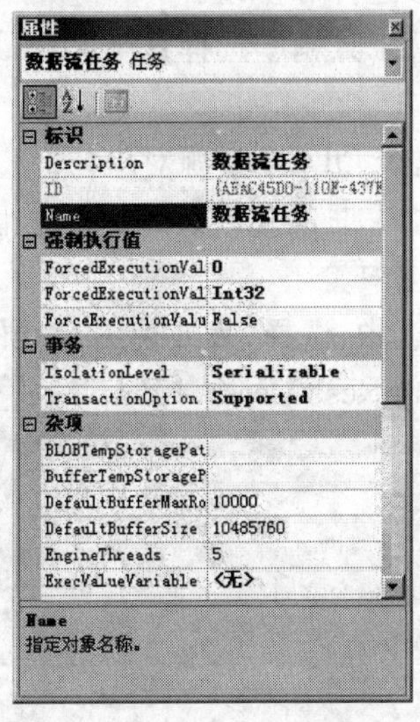

图 22.18　数据流任务的属性对话框

由于这是个非常简单的示例，所以我们将要插入的惟一任务就是这个数据流任务。但是，应该随意试验，将各种任务移到控制流编辑器中并观察它们的个别属性。

1. 从“控制流项”列表中，将一个数据流任务拖放到控制流编辑器中。设计器看上去应该类似于图 22.19。

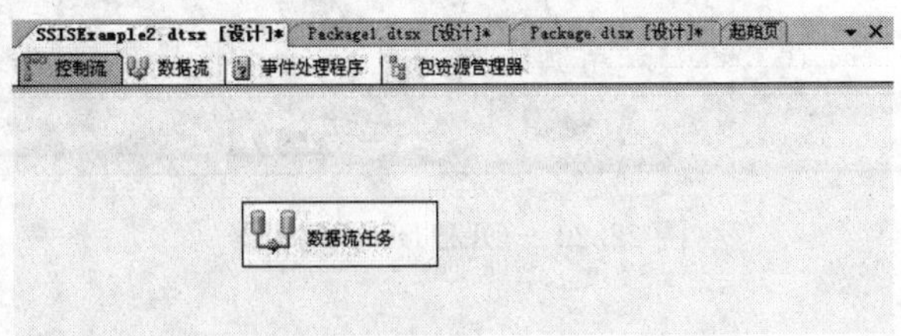

图 22.19　控制流编辑器

2. 在控制流编辑器中，双击这个数据流任务；该操作也选取“数据流”选项卡并打开数据流编辑器。

选择数据流源

需要注意的是，工具箱的内容已经变化到用来处理数据流的选项。工具箱分成 3 个组：“数据流源”、“数据流转换”和“数据流目标”。

6 种基本的数据流源类型是：

- DataReader 源;
- Excel 源;
- 平面文件源;
- OLE DB 源;
- 原始文件源;
- XML 源。

每种数据流源类型都有它自己的属性,而且在许多情况下,比如 OLE DB 源将有它自己的类型列表。这个类型列表可以被选择和修改。

1. 要添加一个 OLE DB 源,从工具箱中选择这个 OLE DB 源,并将它拖放到数据流编辑器上。
2. 在数据流编辑器中,双击这个 OLE DB 源对象。
3. 在"OLE DB 源编辑器"对话框的"OLE DB 连接管理器"下拉列表中,确保 localhost. AdventureWorks 被选中。
4. 在"数据访问模式"下拉列表中,选择"表或视图"选项。
5. 在下拉菜单中,选择[HumanResources].[Employee],如图 22.20 所示。

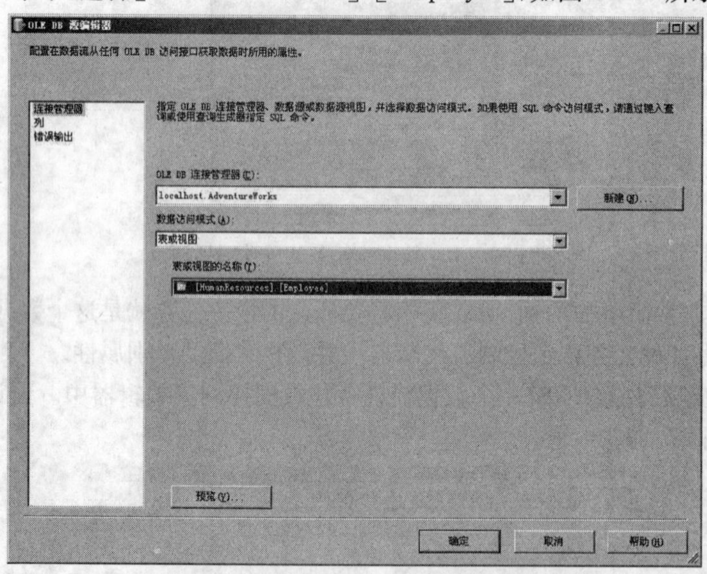

图 22.20　OLE DB 源编辑器

在数据流中插入转换

SSIS 转换控制着数据在从源转移到目的地时有什么变化。SSIS 提供了大量的内部转换,而且允许创建自定义转换。创建自定义转换也是个高级题目,不在本书讨论之列。共有 28 个内部标准转换。

"聚合" 执行聚合运算转换,比如执行 AVERAGE、SUM、COUNT 等聚合运算的转换。

"审核" 提供关于环境的信息,比如能被添加到数据流上的包、计算机和操作员的名称。

"字符映射表" 给字符数据应用字符串函数。

"条件性拆分" 计算数据并将数据发送到不同的输出。

"复制列" 通过复制输入列创建新的输出列。

“数据转换” 将输入列的数据类型转换到一个不同的数据类型。

“数据挖掘查询” 运行数据挖掘预测查询。

“派生列” 从表达式的结果中创建一个输出列。

“导出列” 将数据从数据流中插入到文件中。

“模糊分组” 标准化输入列数据中的值。

“模糊查找” 使用模糊匹配从一个参考表中查找值。

“导入列” 从文件中读取数据并将它添加到数据流中。

“查找” 使用精确匹配从一个参考表中查找值。

“合并” 合并两个经过排序的数据集。

“合并联接” 使用 FULL、LEFT 或 INNER JOIN 操作连接两个数据集。

“多播” 分布输入数据到多个输出。

“OLE DB 命令” 对数据流中的每一行运行 SQL 命令。

“百分比抽样” 使用一个指定抽样大小的百分比创建一个样本数据集。

“透视” 依据一个输入列值转移输入数据。

“行计数” 计算输入行数并将结果存储在一个变量中。

“行抽样” 通过指定样本中的函数创建一个样本数据集。

“脚本组件” 使用脚本提取、转换或加载数据。

“渐变维度” 协调更新与插入行到 OLAP 维度中。

“排序” 排序输入数据，并将排序后的数据复制到转换输出。

“字词提取” 从文本中提取术语。

“字词查找” 查找一个参考表中的术语，并计算从文本中提取出的术语个数。

“Union All” 合并多个数据集。

“逆透视” 依据一个输入列值取消转移数据。

为了简单起见，下面仅介绍如何给包添加一个排序转换并将该转换配置成对员工表的出生日期进行排序。

1. 展开“数据流转换”文件夹。将“排序”对象拖放到数据流编辑器上。
2. 在数据流编辑器中，单击“OLE DB 源”对象，并将绿色数据流箭头拖放到“排序”框上。
3. 双击“排序”对象打开“排序转换编辑器”。选择 BirthDate 按年龄排序员工的列表。设置“排序类型”为升序，如图 22.21 所示。应该注意到，“排序”的许多方面是可以加以控的，至少对本步中的任何转换而言是这样。
4. 单击“确定”按钮返回到数据流编辑器。

选择数据流目的地

当然，数据必须有个要去的地方。不难想到的是，有许多数据流目的地——总共 11 个。

“数据挖掘模型定型” 培训数据挖掘模型。

“DataReader 目标” 使用 ADO.NET DataReader 接口暴露数据流中的数据。

“处理维度” 加载并处理 SQL Server 2005 分析服务维度。

“Excel 目标” 将数据写到 Excel 文件。

“平面文件目标” 将数据写到平面文件。

“OLE DB 目标” 使用 OLE DB 提供者加载数据。

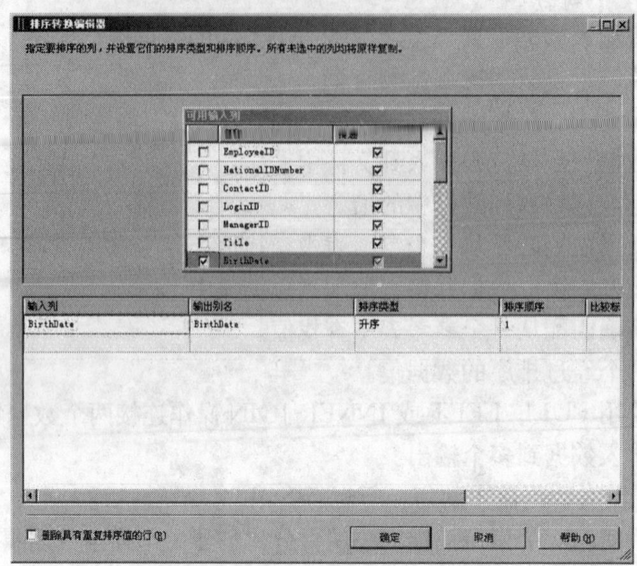

图22.21　排序转换编辑器

“处理分区”　加载并处理分析服务分区。

“原始文件目标”　将数据写到文件。

“记录集目标”　创建ADO记录集。

“SQL Server目标”　将数据批量插入到SQL Server 2005表或视图中。

“SQL Server Mobile目标”　将行插入SQL Server移动版数据库中。

要指定数据的目的地，继续在数据流编辑器中进行。

1. 在工具箱的“数据流项”列表中，将一个“OLE DB目标”对象拖放到数据流编辑器中。
2. 在数据流编辑器中，单击“排序”对象，并将绿色数据流箭头拖放到“OLE DB目标”对象上。
3. 在数据流编辑器中，双击“OLE DB目标”对象。
4. 在“OLE DB目标编辑器”对话框的“OLE DB连接管理器”下拉列表中，确认localhost.AdventureWorks已处于选中状态。
5. 在“表或视图的名称”下拉列表中，单击“新建”按钮。编辑CREATE TABLE语句，使目的地表的名称是[dbo].[SSISExample2]。
6. 单击“映射”选项卡并确认源到目的地列映射。
7. 单击“确定”按钮。数据流窗口应该类似于图22.22所示的窗口，其中带有一个OLE DB源对象、一个排序转换和一个OLE DB目的地。
8. 选择“文件”➤“全部保存”菜单命令。

至此，我们已经用SSIS设计器成功地创建了一个SSIS包。暂时让设计器保留在打开状态，接着将介绍如何保存SSIS包。然后，将介绍如何运行SSIS包。

保存包

在BIDS中，用SSIS设计器创建的SSIS包将作为XML文件保存在文件系统中，并使用.dtsx作为文件扩展名。作为选择，也可以将SSIS包的副本保存在SQL Server 2005内的msdb数据库中，或者保存到包存储器中。包存储器指的是文件系统中由Integration Services

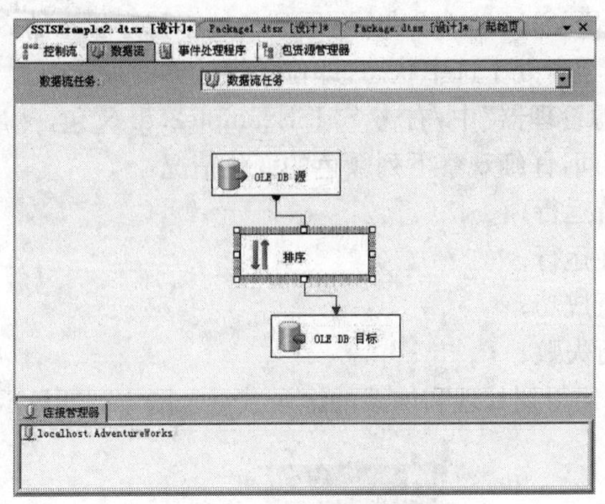

图 22.22　数据流窗格

管理的文件夹。

如果将 SSIS 包保存到文件系统中，随后可以使用 Integration Services 将包导入到 SQL Server 或包存储器中。

要保存包到文件系统中，执行下列操作：

1. 在 Business Intelligence Development Studio 中，打开相应的 SSIS 项目——它包含要保存到文件中的 SSIS 包。
2. 在“解决方案资源管理器”中，单击要保存的 SSIS 包。
3. 在“文件”菜单上，选择“保存选定项”菜单命令。

运行包

在创建了包之后，几乎肯定要运行它，这毕竟是创建包的目的。包可以立即运行，也可以安排在某个指定的时间运行。

有许多运行 SSIS 包的方法。包可以从 SSIS 设计器中，通过 SSIS dtexec 实用程序，从 SQL Server Management Studio 内，或者作为“SQL Server 代理”作业中的步骤来运行。

下面将仔细分析上述每种包运行方法，首先从使用 BIDS 开始，因为刚才创建的包正在 BIDS 中耐心地等待运行。

在 SSIS 设计器中运行包

最常用的包运行方法是从 BIDS 的 SSIS 设计器构件中运行包，这主要是因为 BIDS 是开发、调试和测试包的最理想环境。如果从 SSIS 设计器中运行包，包总是立即运行。

提示：如果同一个解决方案有多个项目，则应该在运行包以前，先将包含待运行包的项目设置为启动项目。

在包运行期间，SSIS 设计器在“进度”选项卡上显示包的运行进度。从这个选项卡上，可以查看包的开始与结束时间以及包的任务和容器。在包运行完毕之后，运行时信息在“执行结果”选项卡上保持可用状态。

正如本章稍后将要介绍的，可以启用 SSIS 包的日志记录功能，因而可以将运行时信息记录到日志文件中。

要运行刚才创建的 SSISExample2 包,返回到仍处于打开状态的 SSIS 设计器。

1. 确认“数据流”选项卡处于选中状态,即位于设计器的最前面。
2. 在“解决方案资源管理器”中,右击 SSISExample2. dtsx 包,然后单击“执行包”菜单命令。在包运行期间,仔细观察下列颜色的变化情况:
   - 灰色表示等待运行;
   - 黄色表示正在运行;
   - 绿色表示运行成功;
   - 红色表示运行失败;

   另外需要注意已经得到处理和加载的记录数量。图 22. 23 显示了完成流程。

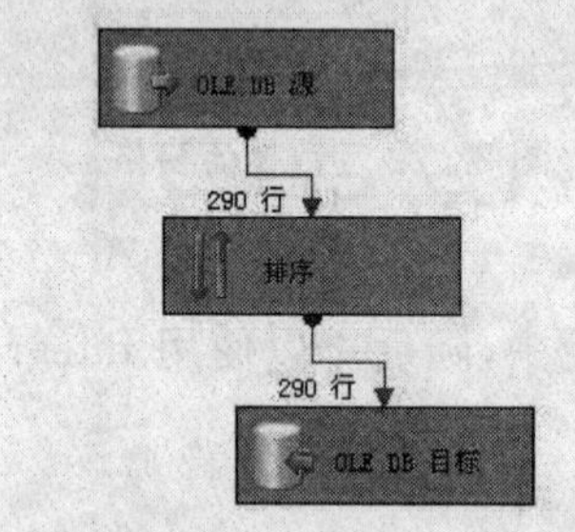

图 22. 23　在成功完成以后,对象是绿色的,并且图表包含受影响行的数量

3. 当包完成它的运行时,选择“调试”➤“停止调试”菜单命令,或者单击窗格下方的链接返回到设计方式。

使用 DTEXEC 实用程序运行包

DTEXEC 命令提示符实用程序除了可以用来运行 SSIS 包,还可以用来配置它们(使用 DTEXEC 作为配置工具不在本书的讨论范围之内)。

DTEXEC 实用程序允许访问所有包配置与运行特性,比如连接、属性、变量、日志记录和进度指示器。DTEXEC 实用程序还允许从 3 个数据源中装载包:Microsoft SQL Server 数据库、SSIS 服务和文件系统。

1. 打开命令提示符窗口。
2. 键入 DTEXEC/,后跟 DTS、SQL 或文件选项与包路径,其中包括包名称。
3. 如果包加密级别是 EncryptSensitiveWithPassword 或 EncryptAllWithPassword,则使用 Decrypt 选项提供密码。如果没有提供密码,DTEXEC 将提示键入密码。
4. 添加所需的任何附加命令行选项。
5. 按回车键。

使用 Management Studio 运行包

必须先导入 SSIS 包,才能从 Management Studio 内运行这些包。

导入包

要导入包,执行下列操作:

1. 打开 Management Studio。
2. 在“视图”菜单上，选择“对象资源管理器”菜单命令。
3. 在“对象资源管理器”中，选择“连接”➤ Integration Services 菜单命令。

警告：如果无法建立连接，请确认 Integration Services 已经启动。

4. 展开“已存储的包”文件夹。选择 MSDB 文件夹，并右击它。
5. 选择“导入包”菜单命令打开“导入包”。在本例中，我们打算导入前面创建的 SSISExample2 包。
6. 在“包位置”下拉框中，选择“文件系统”选项。
7. 单击“包路径”旁边的省略号按钮，并导航到 SSISExample2. dtsx 文件。
8. 接受默认包名，本例为 SSISExample2。对话框看上去应该类似于图 22.24。

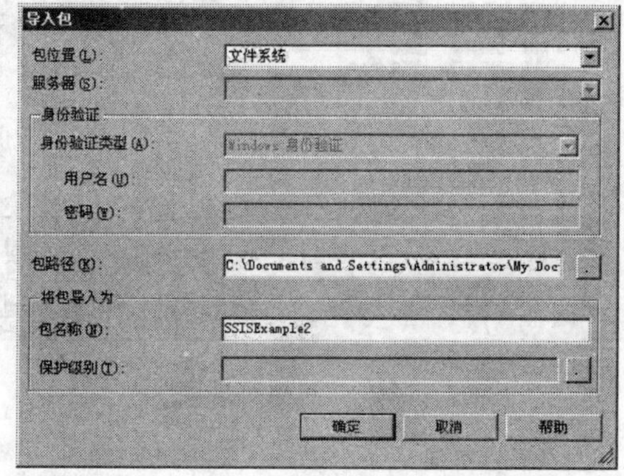

图 22.24 “导入包”对话框

9. 单击“确定”按钮。SSISExample2 包被导入。

运行包

1. 要运行 SSISExample2 包，右击该包，并从上下文菜单中选择“运行包”菜单命令。然后，“执行包实用工具”出现在屏幕上(如图 22.25 所示)。

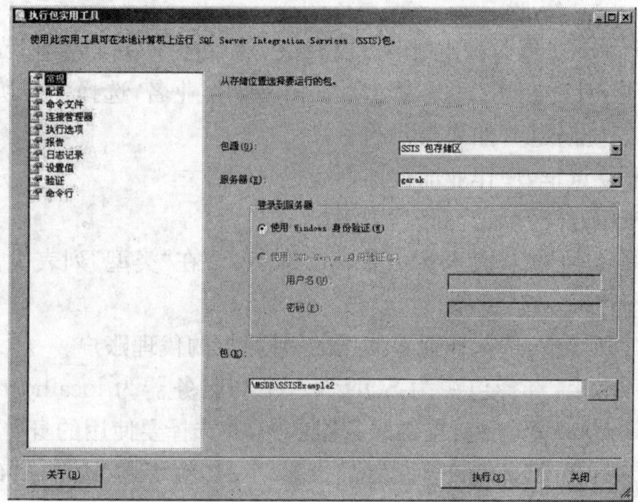

图 22.25 “执行包实用工具”

2. “执行包实用工具”可以用来配置许多设置,其中包括“配置”、“命令文件”、“连接管理器”、“执行选项”、“报告”、“日志记录”、“设置值”、“验证”和“命令行”,本章的稍后部分将比较详细地讨论其中的一些设置。
3. 屏幕上出现“包执行进度”窗格,并显示运行进度(如图 22.26 所示)。
4. 当包运行完毕时,单击“关闭”按钮两次。

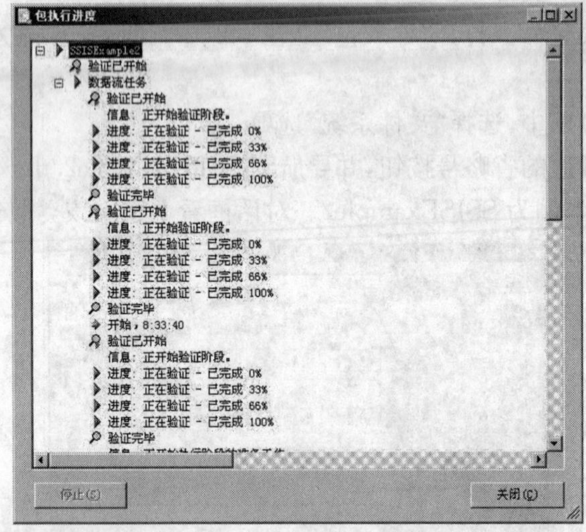

图 22.26 “包执行进度”

作为经过计划的“SQL Server 代理”作业运行包

本书前面的一些章节已经介绍过,在 SQL Server 2005 中,通过在 Management Studio 中创建“SQL Server 代理”作业,可以将事件安排在指定的时间运行。

同样,SSIS 包也可以安排在某些指定的时候运行,或者安排成定期地运行。

1. 在 Management Studio 中,打开要在里面创建新作业的 SQL Server 实例;或者打开包含现有作业的 SQL Server 实例,以便在该作业中添加一个运行包的步骤。在本例中,我们将创建一个新作业。
2. 展开“SQL Server 代理”,右击“作业”文件夹,然后选择“新建作业”菜单命令。
3. 在“常规”选项卡上(如图 22.27 所示),提供一个作业名,选择一个所有者和作业类别,然后添加一段作业说明(如果需要的话)。
4. 选择“已启用”复选框,使作业能被计划运行时间。
5. 单击“步骤”按钮,然后单击“新建”按钮。
6. 在“步骤名称”文本框中,键入 SSISExampleStep。在“类型”列表中,选择“SQL Server Integration Services 包”选项。
7. 在“运行身份”列表中,选择作业将使用的、带凭据的代理账户。
8. 在“常规”选项卡上,选择包源为 SQL Server 和服务器为 localhost,指定 SQL Server 中保存的 SSISExample2 包,提供服务器名称,并选择要使用的身份验证方式。
9. 在其余选项卡上,可以指定许多另外的设置。一切就绪之后,单击“确定”按钮。
10. 要安排作业运行时间,选择“计划”。单击“新建”按钮。指定一个名称、重现类型以及其他选项。当感到满意之后,单击“确定”按钮两次退出。

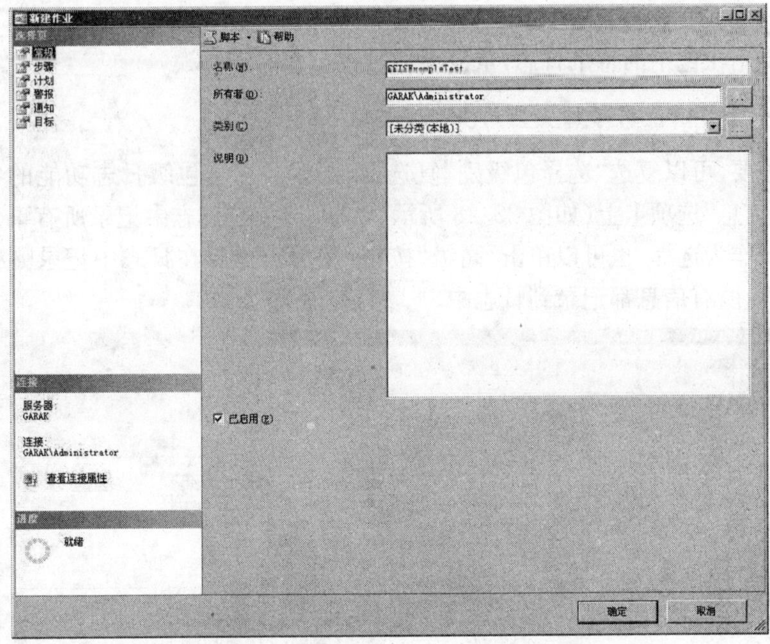

图 22.27　“新建作业步骤”窗口

SSISExample2 包将像指定的那样运行。

其他设计操作

在前面的包设计过程中可以注意到，整个包设计环境是极其丰富和变化的。除了内部的任务、转换、数据源与目的地以及它们的可配置变量之外，还有差不多几百万种(即使没有几十亿种)排列。

除了我们在创建和运行这几个简单的示例包时所看到的极少数功能，SSIS 设计器还提供了许多另外的功能。

实现“日志记录”

SSIS 拥有几个日志记录功能，并且可以在运行时事件出现时将日志项写到日志文件中。可以只对单个包启用日志功能，也可以选择对包含该包的任一任务或容器启用日志功能。Integration Services 支持许多不同的日志提供者，并允许创建自定义的日志提供者。在 SSIS 设计器中，可以使用“配置 SSIS 日志”对话框定义日志选项。

1. 在 BIDS 中，打开包含所需包的 Integration Services 项目。
2. 在 SSIS 菜单上，选择“日志记录”菜单命令。
3. 在“提供程序类型”列表中，选择一个日志提供者，然后单击“添加”按钮。
4. 在“配置”列中，选择一个与选定日志提供者相对应的连接管理器，或者单击“＜新建连接＞”创建一个具有对应类型的新连接管理器：
    - 对于文本文件，使用一个文件连接管理器；
    - 对于 SQL 事件探查器，使用一个文件连接管理器；
    - 对于 SQL Server，使用一个 OLE DB 连接管理器；
    - 对于 Microsoft Windows 事件日志，什么也不做。SSIS 将自动创建该日志。

• 对于 XML 文件,使用一个文件连接管理器。

对于要用在包中的每个日志,重复上述过程。

说明:单个包可以使用每种类型的多个日志。

5. 如果需要,可以复选"选择包级别"复选框,选择要用于包级日志功能的各个日志。在"详细信息"选项卡上(如图 22.28 所示),可以选择在日志中记录所有事件或记录个别事件。作为选择,也可以单击"高级"按钮,然后选择要在日志中记录哪些信息。默认情况下,所有信息都记录到日志中。

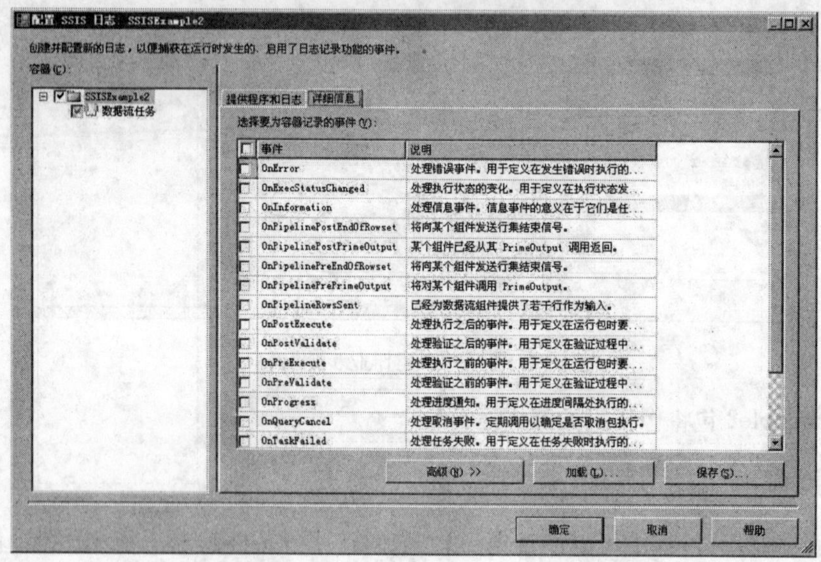

图 22.28　"配置 SSIS 日志"对话框的"详细信息"选项卡

6. 在"详细信息"选项卡上,单击"保存"按钮。"另存为"对话框出现。查找到用来保存日志配置的文件夹,键入新日志的文件夹,然后单击"保存"按钮。
7. 单击"确定"按钮。
8. 选择"文件"菜单上的"保存选定项"菜单项保存更新后的包。

校验点

校验点允许 SSIS 从故障发生的地点重新启动失败的包,而不是重新运行整个包。将包配置成使用校验点可以促使包将关于包运行的信息写到校验点文件中。当失败的包重新运行时,校验点文件被检查,以确定从哪里重新启动包。如果包运行成功,校验点文件则被删除,然后在包下一次运行时被重建。

1. 在 BIDS 中,打开包含待配置包的 Integration Services 项目。
2. 在"解决方案资源管理器"中,双击这个包。
3. 单击"控制流"选项卡,然后右击控制流设计表面背景中的任意一个地方,并选择"属性"菜单命令。
4. 将 SaveCheckpoints 属性设置为 True,如图 22.29 所示。
5. 在 CheckpointFileName 属性中,键入校验点文件的名称。
6. 设置 CheckpointUsage 属性。将它设置为 Always 选项表示总是从校验点重新启动包。如果希望仅在校验点文件变得可用时重新启动包，则使用 IfExists 选项。

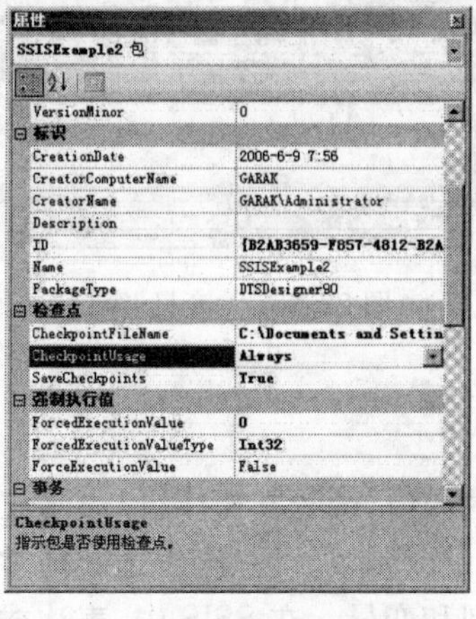

图 22.29 显示校验点的包属性页面

7. 要配置包可以从中重新启动的任务和容器，右击所需的任务或容器，并选择“属性”菜单命令。
8. 对于每个选定的任务和容器，将 FailPackageOnFailure 属性均设置为 True。
9. 单击“文件”菜单上的“保存选定项”菜单命令保存更新后的包。

变量

SSIS 引进了给包使用变量的能力。变量可以用来提供包中的对象之间以及父包与子包之间的通信手段。变量还可以用在表达式和脚本中。

有两种类型的变量：系统和用户定义变量。系统变量由 SSIS 提供。无论何时创建了新包，给现有包添加了容器或任务，或者创建了事件处理程序，SSIS 都可以包含一组系统变量，用于包含如下这样的信息：正在运行包的计算机的名称以及包开始运行的时间。所有系统变量都是只读的。

用户定义变量由用户定义，并且可以有多种使用方式，其中包括用在脚本、For 循环容器所使用的表达式、派生列、条件性拆分和优先权约束中，以及用在更新属性值的属性表达式中。

要给包添加变量，执行下列操作：

1. 在 BIDS 中，打开要使用的 Integration Services 包。然后，在“解决方案资源管理器”中双击这个包将其打开。
2. 要定义变量的作用域，执行下列操作之一：
   - 如果设置了包的作用域，单击“控制流”选项卡的设计表面上的任意一个地方。
   - 如果将作用域设置成了一个事件处理程序，选择“事件处理程序”选项卡的设计表面上的一个可执行体或事件处理程序。
   - 如果设置了任务或容器的作用域，打开“控制流”或“事件处理程序”设计表面，并单击要使用的任务或容器。
3. 在 SSIS 菜单上，单击“变量”菜单命令打开“变量”窗口，如图 22.30 所示。
4. 在“变量”窗口中，单击“添加变量”图标。新变量被添加到列表上。通过选择要修改的列，可以修改变量的值。
5. 要保存更新后的包，选择“文件”菜单上的“保存选定项”菜单命令。

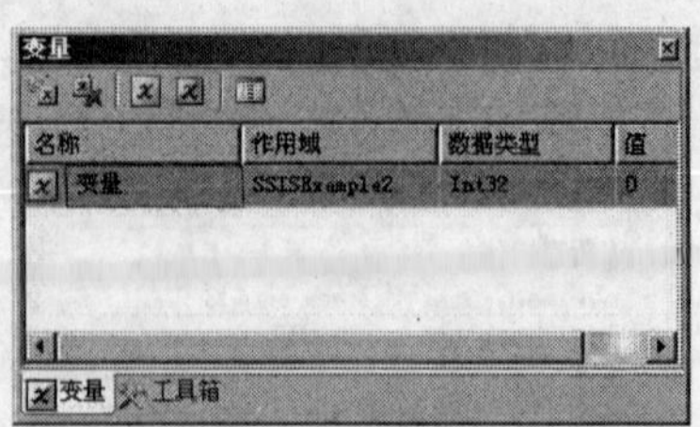

图 22.30 “变量”窗口

表达式

表达式是由符号(标识符、字面值、函数和操作符)构成并得出单个数据值的一个组合。简单的表达式可以是单个常量、变量或函数。但是,表达式通常是十分复杂的,并使用多个操作符和函数以及引用任意数量的列和变量。在 SSIS 中,表达式可以用来定义情况语句的条件,创建和更新数据列中的值,给变量赋值,在运行时更新或填充属性,定义优先权约束中的约束,以及提供 For 循环容器所使用的表达式。

只有下列元素才能使用表达式:

- 条件性拆分转换;
- 派生列转换;
- 变量;
- 优先权约束(但表达式必须得出真或假);
- For 循环容器。

表达式还可以用来更新包、容器(比如 For 循环和 Foreach 循环)、任务、连接管理器、日志提供者和 Foreach 枚举器的属性值。例如,利用属性表达式,可以将字符串“Localhost.AdventureWorks”赋给“执行 SQL 任务”的 ConnectionName 属性。

表达式生成器(可以在“条件性拆分转换编辑器”、“派生列转换编辑器”对话框和“表达式生成器”对话框中获得)是个用来构造表达式的图形工具。

例如,要创建“派生列”中的表达式,可以使用下列步骤:

1. 在 BIDS 中,打开包含所需包的 Integration Services 项目,然后在“解决方案资源管理器”中双击这个包将其打开。
2. 在 SSIS 设计器中,单击“控制流”选项卡,找到要在其中实现表达式的数据流,然后单击包含这个数据流的任务。
3. 单击“数据流”选项卡,并从工具箱中将“派生列”拖放到设计表面上。
4. 将源或一个转换的绿色连接器拖到“派生列”。
5. 双击该转换打开它的对话框。
6. 在左窗格中,展开“变量”并访问系统和用户定义变量,然后展开“列”并访问转换输入列。
7. 在右窗格中,展开“数学函数”、“字符串函数”、“日期/时间函数”、“NULL 函数”、“类型转换”和“运算符”可以访问 SSIS 表达式语言所提供的这些函数、类型转换和操作符。
8. 在“派生列转换编辑器”对话框中(请参见图 22.31),将变量、列、函数、操作符和类型转换拖到“表达式”列中。也可以直接在“表达式”列中键入表达式。
9. 单击“确定”按钮退出该对话框。

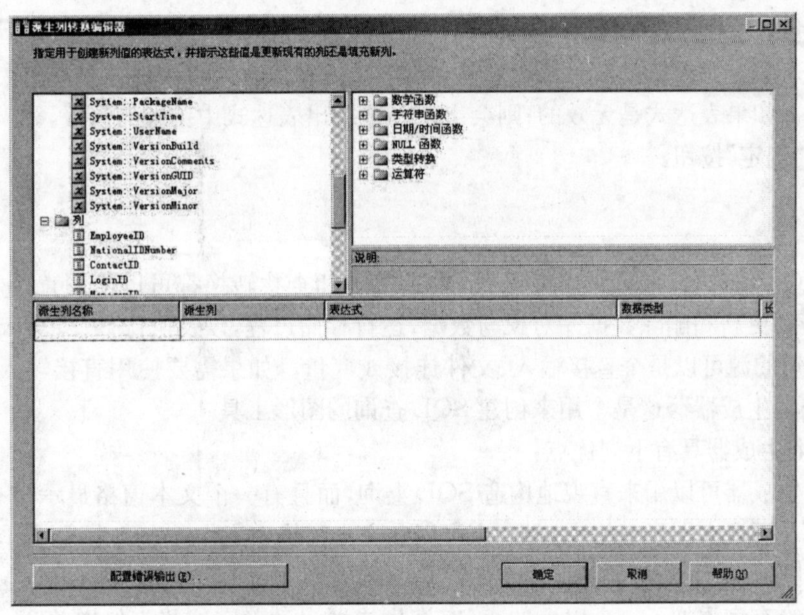

图 22.31 “派生列转换编辑器”对话框

说明:如果表达式是无效的,会出现一个指出表达式中语法错误的警报。

10. 要保存更新后的包,选择“文件”菜单上的“保存选定项”菜单命令。

属性表达式

属性表达式可以用来动态地更新运行时的属性值。例如,属性表达式可以更新“发送邮件任务”给电子邮件地址使用的“收件人”行。

使用属性表达式的另一种方式是定制包的每个部署实例的配置。这样,就可以针对不同的环境动态地更改包的属性。

说明:属性表达式不适用于数据流构件的属性。

属性表达式可以使用系统或用户定义变量。单个属性只能使用单个属性表达式,而单个属性表达式只能应用于单个属性。但是,可以创建多个一致的属性表达式,并将它们赋给不同的属性。

要创建属性表达式,可以使用下列步骤。

1. 在 BIDS 中,打开包含所需包的 Integration Services 项目。然后,在“解决方案资源管理器”中,双击这个包将其打开。
2. 如果该元素是个任务或循环,双击它,然后单击编辑器中的“表达式”。
3. 右击该元素,然后选择“属性”菜单命令。单击表达式省略号(…)按钮。
4. 在“属性表达式编辑器”中,选择“属性”列表中的属性,然后做下列操作之一:
   - 在“表达式”列中键入一个表达式,单击“确定”按钮。
   - 单击属性的表达式行中的省略号(…)按钮。
5. 在“表达式生成器”中,展开“变量”访问系统与用户定义变量。
6. 在右窗格中,展开“数学函数”、“字符串函数”、“日期/时间函数”、“NULL 函数”、“类型转换”和“运算符”访问 SSIS 表达式语言所提供的这些函数、类型转换和操作符。

7. 将变量、列、函数、操作符和类型转换拖到"表达式"框中,或者直接在"表达式"框中键入表达式。如果单击"计算表达式",则可以查看表达式的计算结果,并做任何必要的修改。如果表达式是无效的,则会出现一个指出表达式中错误的警报。
8. 单击"确定"按钮。

查询

"执行 SQL 任务"、OLE DB 源、OLE DB 目的地和查找转换都可以使用查询。这些 SQL 语句可以创建、更新和删除数据库对象与数据,运行存储过程,以及执行 SELECT 语句。

SQL 语句的源可以是个直接输入、文件连接或变量。如果需要使用直接输入,SSIS 设计器则提供"查询生成器",这是个用来创建 SQL 查询的图形工具。

使用查询生成器具有下列优点:

- 查询生成器可以用来直观地构造 SQL 查询,而且有一个文本窗格显示该查询的 SQL 文本。可以在图形窗格中工作,也可以在文本窗格中工作。查询生成器自动同步这两个视图,使查询文本与图形表示始终是一致的。
- 如果给查询添加了一个以上的表,查询生成器自动确定这些表怎样关联,并构造适当的 JOIN 命令。
- 可以使用 T-SQL SELECT 语句返回数据,或者创建更新、添加或删除数据库中记录的查询。
- 可以运行查询,然后立即查看并编辑结果。

如果不想使用查询生成器,可以在任务或数据流构件对话框中或者在属性窗口中键入查询来提供直接的输入。

事件处理程序

SSIS 引进的另一个新特性是激发并处理事件的功能。因此,在离开包设计的整个话题之前,我们需要返回来较仔细看一看包事件处理程序。

事件处理使得包能够响应容器和任务在运行时可能引起的事件。这些事件可以由包元素激发以发出不同状态的信号,其中包括错误条件、任务何时启动、任务何时完成或变量状态的改变。

可以创建定制的事件处理程序,让它们在事件出现时运行指定的工作流来响应这些事件。例如,可以创建一个事件处理程序,让它在任务失败时发出一条电子邮件消息。

事件处理程序类似于包。和包相同的是,事件处理程序可以提供变量的作用域,并包含一个控制流和一个任选的数据流。可以创建针对包、Foreach 循环容器、For 循环容器、序列容器和所有任务的事件处理程序。

SSIS 设计器中的"事件处理程序"选项卡的设计表面用来创建事件处理程序。下面介绍如何给前面创建的 SSISExample2 包添加一个事件处理程序。

1. 在 BIDS 中,打开 SSISExample 项目。在"解决方案资源管理器"中,双击 SSISExample2 包将其打开。
2. 单击"事件处理程序"选项卡。
3. 在"可执行文件"列表中,选择新建事件处理程序要针对的可执行体。
4. 在"事件处理程序"列表,选择要创建的事件处理程序。

5. 单击“事件处理程序”选项卡的设计表面上的那条链接。
6. 添加“发送邮件任务”。如果需要，可以添加多个任务，并用一个优先权约束将它们连接起来(通过将该约束从一个控制流对象拖到另一个控制流对象)。
7. 配置“发送邮件任务”。双击该选项卡并进行所需的设置。图 22.32 显示了一个例子。

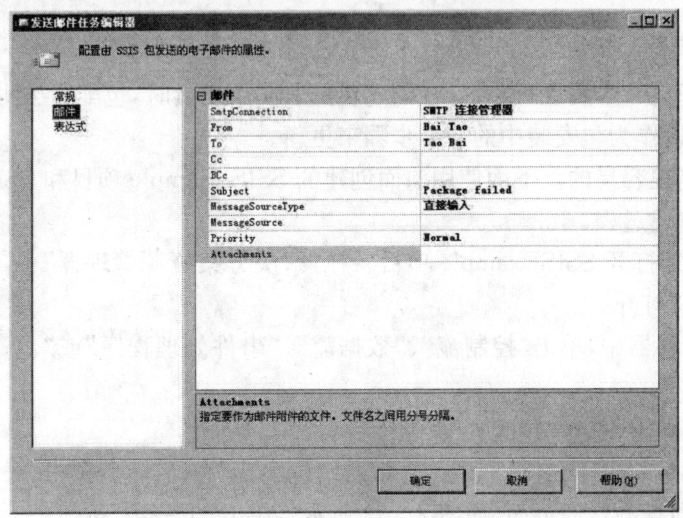

图 22.32　发送邮件任务编辑器

8. 选择“文件”菜单上的“保存选定项”菜单命令保存更新后的包。现在，如果在包运行时出现了错误，一个电子邮件将从 Bai Tao 的账户发送给 Tao Bai，并带有标题“Package Failed”。

部署包

由于我们已经创建了一些包，通过运行它们确认了它们都能正常工作，而且保存了它们，下一步工作就是部署它们，使它们变得可供使用。幸运的是，SSIS 提供了许多可以用来完成这项任务的工具和向导，从而使部署包到任何计算机上变得非常简单和轻松。

SSIS 包可以使用部署实用工具、Management Studio 中的各种导入与导出包特性或者通过保存包的副本进行部署。但是，只有这个部署实用工具可以部署多个包，其中包括包依赖关系(比如配置)和包含支持信息的文件(比如技术文档)。

配置

在创建包的部署实用工具以前，可以先创建包配置。包配置用来更改包元素在运行时的属性。在部署包时，这些包配置被自动包含。

包配置用于更新属性在运行时的值。例如，可以更新变量的值或连接管理器的连接字符串。

包配置使包变得更加灵活。例如，利用包配置，可以让包从开发环境转到生产环境更容易；在将包部署到许多不同的服务器时，包配置还可以帮助设置值。

SSIS 支持几个存放包配置的不同地点，这些地点也称为配置类型：

- XML 配置文件；

- 环境变量;
- 注册表项;
- 父包变量;
- SQL Server 表。

说明:SQL Server 表和 XML 配置文件可以包含多个包配置。

每个包配置都是一个属性/值对。在创建包部署实用工具时,包配置被明确地包含。在安装包时,包配置可以作为包安装中的一个步骤来更新。

创建包配置是很容易的。下面使用前面创建的 SSISExample 项目和 SSISExample2 包举例说明包配置的创建过程。

1. 在 BIDS 中,打开 SSISExample 项目。在"解决方案资源管理器"中,双击 SSISExample2 包将其打开。
2. 在 SSIS 设计器中,单击"控制流"、"数据流"、"事件处理程序"或"包资源管理器"选项卡。
3. 在 SSIS 菜单上,选择"包配置"菜单命令。
4. 在"包配置组织程序"对话框中,选择"启用包配置"选项,然后单击"添加"按钮。
5. 在包配置向导的欢迎页面(如图 22.33 所示),单击"下一步"按钮。

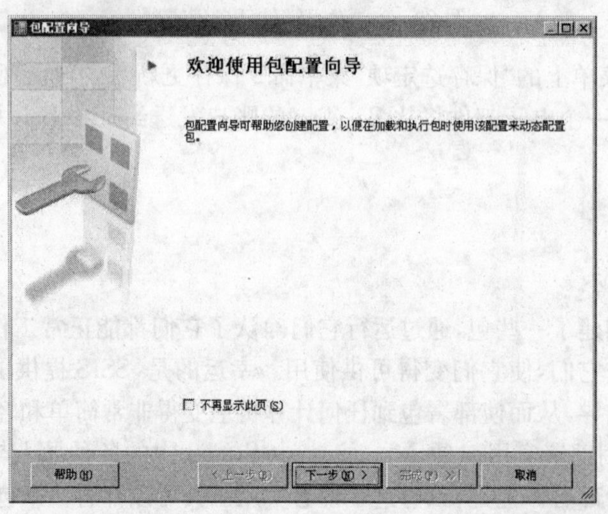

图 22.33　包配置向导的欢迎屏幕

6. 在"选择配置类型"页面上,指定配置类型——本例中为 XML 配置文件。然后,设置与该配置类型相关的属性。在这个页面上,我们将指定包配置文件为 SSISExampleXMLConfig.xml。
7. 在"选择要导出的属性"页面上,通过单击相应的框,选择要包含在包配置中的那些包对象的属性。单击"下一步"按钮。
8. 在"完成向导"页面上,键入该配置的名称,然后单击"完成"按钮。
9. 查看"包配置组织程序"对话框中的配置,如图 22.34 所示。
10. 单击"关闭"按钮结束向导。

这就是创建包配置所必需的步骤。这个配置将在包运行时随同包一起得到部署。

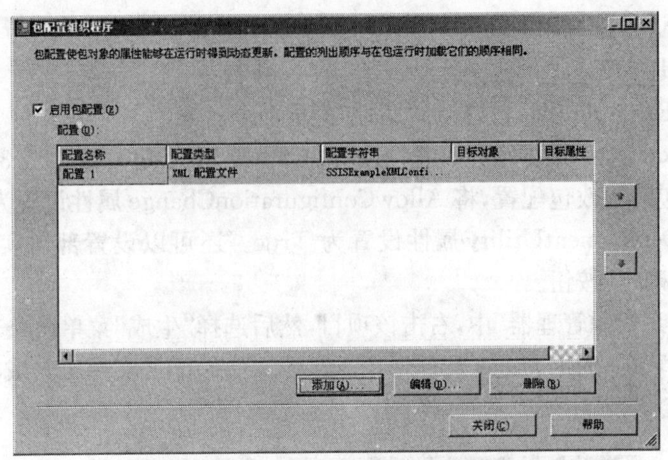

图 22.34 “包配置组织程序”对话框

创建部署实用工具

前面曾经提过,包可以使用部署实用工具、Management Studio 中的各种导入和导出包特性或者通过保存包的副本来部署。但是,这些都是局限性很大的部署,而且考虑到对 SSIS 的各种修改,它们勉强称得上部署。只有部署实用工具可以部署多个包,其中包括包依赖关系(比如配置)和包含支持信息的文件(比如技术文档)。

包部署过程有两个主要步骤。第一步是创建用于 Integration Services 项目的部署实用工具。这个部署实用工具包含要部署的包。

第二步是运行包安装向导来安装那些包到文件系统或 SQL Server 2005 实例上。

部署实用工具其实就是一个文件夹,其中包含部署一个项目中的包到目标服务器上所需要的各个文件。部署实用工具在包含项目的源计算机上创建。

创建部署实用工具的第一步是配置用来创建一个部署实用程序的生成过程,然后生成项目。在生成项目时,该项目中的所有包和包配置都被指定为包含。如果需要在部署中包含另外的文件,比如 ReadMe 文件,则将那些文件放在该项目的“杂项”文件夹中(这个文件夹是 Integration Services 项目的主要文件夹之一)。在项目生成期间,这些文件也被自动包含。

通过设置部署实用工具的相关属性来定制怎样部署项目中的包,可以不同地配置每个项目部署。要访问项目的属性,右击该项目并选择“属性”菜单命令。可以配置下列部署实用工具属性:

AllowConfigurationChange 指定包配置在部署期间能否更改。

CreateDeploymentUtility 指定在项目生成期间是否创建包部署实用工具。这个属性必须为 True 才会创建一个部署实用程序。

DeploymentOutputPath 部署实用工具相对 Integration Services 项目的目录位置。

在生成 Integration Services 项目时,将产生一个名为 SSISDeploymentManifest. xml 的清单文件,并连同项目包和包依赖关系的副本一起添加到项目内的 bin\Deployment 文件夹中,或者添加到 DeploymentOutputPath 属性中所指定的位置。清单文件列举项目中的包、包配置和任何杂项文件。

下面将演示如何使用 SSISExample 项目和 SSISExample2 包创建一个部署实用工具。

1. 在BIDS中,打开SSISExample项目。在“解决方案资源管理器”中,双击SSISExample2包将其打开。
2. 右击SSISExample项目,并选择“属性”菜单命令。
3. 在“SSISExample属性页”对话框中,单击“部署实用工具”,如图22.35所示。
4. 要在部署包时更改包配置,将AllowConfigurationChange属性设置为True。
5. 将CreateDeploymentUtility属性设置为True。还可以设置部署实用工具的存放位置。单击“确定”按钮。
6. 在“解决方案资源管理器”中,右击该项目,然后选择“生成”菜单命令。
7. 注意“输出”窗口的生成进度和任何生成错误。如果部署实用工具成功地生成,底端状态栏中则会出现“生成成功”字样。

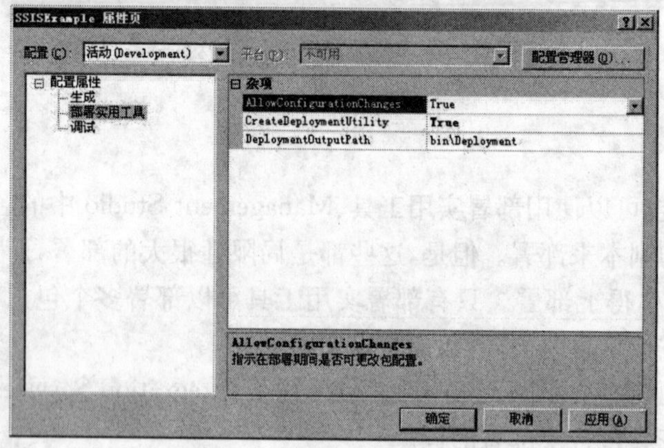

图22.35 部署实用工具属性页

安装包

在生成了部署实用工具之后,下一步是通过复制部署文件夹到目标计算机来安装包。路径已经指定在Integration Services项目的DeploymentOutputPath属性中。默认路径是相对于Integration Services项目的bin\Deployment。

要将包安装到文件系统或SQL Server的实例上,最容易和最常用的方法是调用包安装向导。这个向导逐步指导用户将包安装到文件系统或SQL Server上。需要注意的一点是,包的基于文件的依赖关系总是安装到文件系统上,无论选择了什么目的地。如果将包安装到文件系统上,依赖关系则安装在为包指定的同一个文件夹中。如果安装到SQL Server实例上,则可以指定用来存放基于文件的依赖关系的文件夹。

包安装向导的另一个漂亮特性是,如果包包含想要修改的、用在目标计算机上的配置,则可以在使用这个向导期间更改这些属性的值。

说明:除了使用包安装向导安装包之外,还可以使用DTUTIL命令行实用程序复制并转移包。

警告:在运行包安装向导之前,必须先将在生成部署实用工具时创建的部署文件夹复制到目标计算机上。

部署包到文件系统上

1. 打开目标计算机上的部署文件夹。
2. 双击清单文件(即 SSISExample. SSISDeploymentManifest)启动包安装向导。
3. 在"部署 SSIS 包"页面上,选择"部署到文件系统"选项。也可以选择"安装后验证包"选项来确认目标计算机上的包。
4. 在"选择安装文件夹"页面上,指定要将包和包依赖关系安装到的文件夹。
5. 如果包包含配置,在"配置包"页面上,通过更改"值"列表中的值可以编辑可更改的配置。
6. 如果选择了安装后确认包,检查已部署包的确认结果。

部署包到 SQL Server 实例上

1. 打开目标计算机上的部署文件夹。
2. 双击清单文件(即 SSISExample. SSISDeploymentManifest)启动包安装向导。
3. 在"部署 SSIS 包"页面上,选择"部署到 SQL Server"选项。也可以选择"安装后验证包"选项来确认目标计算机上的包。
4. 在"指定目标 SQL Server"页面上,指定要将包安装到的 SQL Server 实例,并选择一种身份验证方式。如果选择"SQL Server 身份验证",则必须提供一个用户名和密码。
5. 在"选择安装文件夹"页面上,指定要将包依赖关系安装到的、文件系统中的文件夹。
6. 如果包包含配置,在"配置包"页面上,通过更改"值"列表中的值可以编辑配置。
7. 如果选择了安装后确认包,检查已部署包的确认结果。

迁移 DTS 2000 包

SSIS 提供了几个相关选项,用于保持用户以前用 SQL Server 2000 数据转换服务(DTS)所实现的全部成果。选项包括迁移 DTS 包到 SQL Server 2005 格式,使用 SQL Server 2000 DTS 运行时运行 DTS 包,以及使用"执行 DTS 2000 包任务"将 DTS 包集成到 SSIS 中。

将 DTS 包迁移到 SSIS 格式是向导驱动的,总体说来也相当简单的。在使用包迁移向导时,比较令人满意的好处之一是它保持原始 DTS 包完整无缺和没有变化,以防万一。

要迁移的任务:

- 执行 SQL 任务;
- 大容量插入任务;
- FTP 任务;
- 执行进程任务;
- 发送邮件任务;
- 复制 SQL Server 对象任务;
- 执行包任务。

不迁移的任务:

- ActiveX 脚本任务;
- 动态属性任务;
- Analysis Services 任务。

必须手工转换的任务:

- 自定义任务;
- 传输数据库任务;
- 数据驱动的查询任务;
- 数据抽取任务;
- Parallel Data Pump;
- 转换数据任务。

如果包中的所有任务都能映射 SSIS 中的新任务,迁移包的数据结构与 DTS 包的数据结构非常相似。当然,如果任务没有直接映射 SSIS 任务,迁移将修改包结构。

其他包元素,比如优先权约束、连接和变量被迁移到 SQL Server 2005 中的等效元素。包密码不随同包一起被迁移。但是,SSIS 支持 DTS 包和"执行 DTS 2000 包任务"中的包密码。

SQL Server 2000 msdb 数据库、Meta Data Services 或结构化存储文件中保存的 DTS 包可以被迁移。这些包可以作为 .dtsx 文件被迁移到文件系统中,或者被迁移到 SQL Server 2005 msdb 数据库中。

使用包迁移向导

包迁移向导可以从 Management Studio 和 BIDS 中运行。

从 Management Studio 中运行包迁移向导

1. 单击"开始"➤"程序"➤ Microsoft SQL Server 2005 ➤ SQL Server Management Studio。
2. 在"连接到服务器"对话框中,选择"服务器类型"列表中的"数据库引擎",然后单击"连接"按钮。
3. 展开"管理"➤"早期"➤ Data Transformation Services 文件夹,右击该文件夹并选择"迁移向导"菜单命令。

从 BIDS 中运行包迁移向导

1. 单击"开始"➤"程序"➤ Microsoft SQL Server 2005 ➤ Business Intelligence Development Studio。
2. 单击"文件"➤"打开项目"菜单命令,查找到要从中运行该向导的 Integration Services 项目。
3. 右击"SSIS 包"文件夹,然后单击"迁移 DTS 2000 包"菜单命令。

比较好的习惯是打开所有已迁移的包,并检查是否有什么问题,特别是确认失败。应当始终记住,即使不进行迁移,仍可以在 SSIS 中运行任何 DTS 包。

管理包

通过连接到 Integration Services,可以从 SQL Server Management Studio 中管理和维护包。一旦连接到了 Integration Services,就会立即看到两个顶级的文件夹:“正在运行的包”和“已存储的包”。

监视运行包

“正在运行的包”文件夹列出当前正在服务器上运行的包。这是个只读文件夹,没有任何子文件夹,并且是不可扩展的。如果没有任何包正在运行,该文件夹是空的。

如果需要查看个别运行包的信息,单击该包。“摘要”页面将显示包的版本和说明之类的信息。如果对所有运行包都感兴趣,单击“正在运行的包”文件夹。运行包的执行持续时间之类的信息也将出现在“摘要”页面上。

提示:刷新该文件夹将显示最新信息。

右击“正在运行的包”文件夹的运行包并选择“停止”菜单命令,可以停止这个包。

管理包存储

“已存储的包”文件夹列出包存储器中保存的、经 Integration Services 注册过的所有包。包存储器或要么是文件系统中的文件夹,要么是个 SQL Server 数据库。

一开始,“已存储的包”文件夹默认地包含两个文件夹:File System 和 MSDB。File System 文件夹列出文件系统上的特定文件夹中所保存的包,其中这些特定文件夹由 Integration Services 的配置文件所指定。默认文件夹是 Packages 文件夹,位于%Program Files%\Microsoft SQL Server\ 90\DTS 目录中。MSDB 文件夹列出服务器上的 msdb 数据库中所保存的包。

在根包存储器文件夹中,可以添加定制的文件夹(默认情况下,根包存储器文件夹是 File-System 和 MSDB)。定制文件夹可以反映所需要的包组织方式,比如按功能、名称或其他某个标准。也可以在定制文件夹中添加定制的子文件夹,因而创建一个满足商务需求的文件分级结构。很明显,可以删除或重命名所有定制的文件夹。不能重命名或删除 File System 和 MSDB 文件夹,除非更改 Integration Services 配置文件中所指定的根文件夹——超出本书讨论范围的一个题目。

导入和导出包

Integration Services 包可以保存在 msdb 数据库中,也可以保存在文件系统上。利用 Integration Services 提供的导入和导出特性,可以将包从一种存储类型复制到另一种存储类型。还可以利用不同的名称将包导入到同一种存储类型上,以创建包的副本。DTUTIL 命令行程序也可以用来导入和导出包。

前面讨论如何从 Management Studio 中运行包时,曾介绍过怎样在 Management Studio 中导入包。导出包也不是很困难。另外,导入和导出包也是一种简单化的包部署方法。

要导出包,可以使用下列步骤:

1. 打开 SQL Server Management Studio,并连接到 Integration Services。
2. 在"对象资源管理器"中,展开"已存储的包"文件夹。
3. 展开那些子文件夹找到要导出的包。
4. 右击该包,并选择"导出包"菜单命令,然后选择 SQL Server 选项(MSDB)或者"文件系统"选项,然后完成相应的变量。图 22.36 显示了用来导出包到文件系统的对话框。

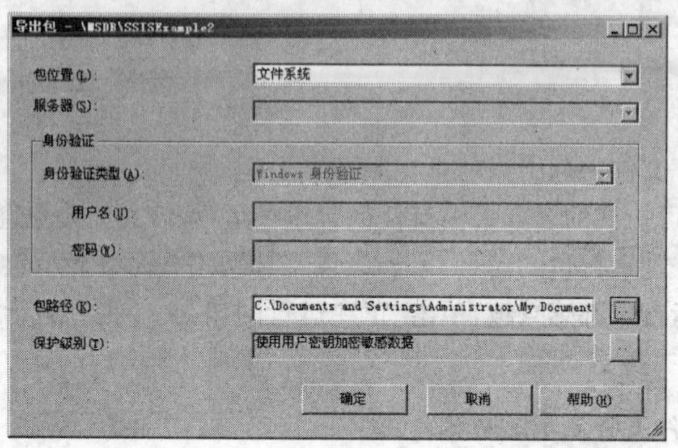

图 22.36 "导出包"对话框

5. 要更改包的保护等级,单击省略号(…)按钮,然后使用"包保护级别"对话框选择一个不同的保护等级。如果选择了"使用密码加密敏感数据"或"使用密码加密所有数据"选项,则需要键入并确认一个密码。
6. 单击"确定"按钮结束该向导。

小结

本章介绍了 SQL Server Integration Servers(SSIS)。SSIS 提供了一种基于 OLE DB 的、在不同数据源之间转移数据并在转移期间操纵数据的、非常灵活的方法。SSIS 还提供了允许用户将它集成到工作流解决方案中的许多其他功能。

本章介绍了两种创建 SSIS 包的方法:导入和导出向导以及 SSIS 包设计器。另外,还介绍了可以用来设计与配置包的许多方法,以及可以在创建包时利用的许多选项。最后,介绍了使用 Management Studio 帮助管理包以获得最大效果的几种方法。

下一章将讨论如何在 SQL Server 应用程序中使用加锁机制。

第六部分　高 级 课 题

这一部分包括：

- 第 23 章：加锁技术
- 第 24 章：监视与优化 SQL Server 2005
- 第 25 章：复制
- 第 26 章：分析服务
- 第 27 章：通知服务
- 第 28 章：报表服务
- 第 29 章：服务中介
- 第 30 章：故障诊断

第23章　加锁技术

SQL Server 2005的关键特性之一是从一开始就设计成支持许多用户同时使用同一个数据库。正是这个支持导致了对加锁机制的需要。加锁指的是数据库服务器在某个时候将数据行、索引页面之类的资源仅保留给单个用户使用的能力。本章将探讨加锁机制在多用户数据库中必不可少的各种原因,并介绍SQL Server加锁机制的实现细节。

为什么加锁

多用户数据库需要将用户封锁在其数据之外的能力似乎是自相矛盾的。让每个用户都能访问他们的数据,以便他们能尽可能快地完成工作,然后让下一个用户使用数据,这不是更有意义吗呢?令人遗憾的是,这个办法行不通,因为处理数据常常需要许多操作,而这些操作又要求一切东西都保持一致。本节将讨论利用加锁技术解决的各种具体问题:

- 丢失的更改结果;
- 没有提交的依赖关系;
- 不一致的分析;
- 虚幻的读取。

本节还将介绍并发性,并解释开放式与保守式并发性之间的差别。

丢失的更改结果

经典的数据库问题之一是丢失的更改结果。假设Joe正在与XYZ公司的财务部打电话,而正在键入客户地址变更信息的Mary,碰巧在大致相同的时候发现XYZ公司地址卡上有一项更改。Joe和Mary在他们的计算机上同时显示Customers表中代表XYZ公司的那条记录。Joe达成了提高XYZ公司信用额度的协议,并在他的计算机上做了修改,然后将修改结果存回到SQL Server数据库中。几分钟后,Mary更改完了XYZ公司的地址,并保存了她的修改结果。令人遗憾的是,Mary的计算机并不知道新信用额度的事情(它读取的是Joe提高信用额度前的原信用额度),因此Joe的修改结果被覆盖得无影无踪了。

无论什么时候,只要两个独立的事务选择了某个表中的同一行并基于原来选择的数据更改它,就会出现丢失更改结果的情况。解决这个问题的一种办法是将第二个更改操作封锁在外面。在上一例子中,如果Mary没有首先检索Joe的修改结果就无法保存她的更改结果,那么新信用额度和新地址最终都会保存到Customers表中。

没有提交的依赖关系

没有提交的依赖关系有时也叫做脏读(Dirty read)。在读取一条仍处于被更改期间的记录时,就会出现这个问题。例如,假设Mary正通过一个程序键入XYZ公司地址的变更信息,而且这个程序在Mary每键入完一个字段时就保存该字段。她键入了一个错误的街道地址,后来发觉并回头纠正它。但是,Mark在能够键入正确的地址以前,打印了该公司的一张地址标签。尽管 Mary 最终键入了正确的数据，但她已经从该表中读取了错误的数据。

解决脏读问题的一种方法是锁定正处于被写入期间的数据，使别人在修改结束之前无法读取它。

不一致的分析

不一致的分析问题与没有提交的依赖关系问题有关。不一致的分析是由不可重复的读取造成的。当一个进程正在读取数据而另一个进程正在写入同一个数据时，就会发生不可重复的读取。

假设 Betty 正在更新公司每个部门的月销售数据，因而将新的数字键入到 Sales 表的行中。尽管她将需要一次保存的所有修改结果都放在了屏幕上，但 SQL Server 将所有修改结果都写到数据库中仍需要一定的时间。如果 Roger 在这个数据正被保存期间查询整个公司的月总销售额，那么这个总额将会包括一些新数据和一些旧数据。如果他稍后再查询一次，那么总额将会包括所有新数据，而且会给出一个不同的结果。因此，原先的读取是不可重复的。

如果在数据被写入期间禁止读取，就可以避免不一致的分析。

幻读

加锁能帮助解决的最后一个问题是幻读。当一个应用程序以为它有个稳定的数据集，而其他应用程序正将行插入到该数据中时，就会发生幻读。假设 Roger 正在执行一个包含 3 月份所有销售额的查询。如果他在一行中两次请求 3 月 15 日的销售额，应该得到相同的结果。但是，如果 Mildred 当时正在插入 3 月 15 日的数据，而 Roger 的应用程序读取新数据，那么 Roger 第二次可能得到一个不同的答案。新数据就称为虚幻数据，因为它在原先被读取时并没有出现，但后来却神秘地出现了。

如果阻止一些进程将数据插入到另一个进程正在使用的数据中，就可以避免幻读。

开放式与保守式并发性

数据库领域内有两个主要的加锁策略。这两个策略称为并发性控制方法，因为它们控制用户何时可以使用其他用户也在操纵的资源。

对于开放式并发性控制，服务器假设资源冲突是不可能发生的。在这种情形中，资源(比如表中的行)仅当修改结果即将保存时才被锁定，从而最大限度地缩短了资源的锁定时间。但是，这会增大另一个用户修改资源的可能性。例如，用户在尝试保存修改结果时可能会发现，表中的数据不是原先读取的数据，需要读取新数据，然后再次做修改。

对于保守式并发性控制，资源在被请求时立即锁定，并在 整个事务期间一直锁定。这避免了开放式并发性控制的许多问题，但增大了进程间发生死锁的可能性。本章稍后将讨论死锁问题。

在任何情况下，SQL Server 几乎都采用保守式并发性控制。如果使用游标而不是查询打开表，那么使用开放式并发性控制是可行的。第 8 章已经介绍过如何在 T-SQL 中使用游标。还可以通过在 T-SQL 语句中指定某个快照隔离级别来使用开放式并发性控制。本章稍后将会讨论这种方法。

隔离级别

ANSI SQL 标准针对事务定义了 4 个不同的隔离级别。这些隔离级指定事务对不正确数据的容错程度。按最低到最高的次序排列，这 4 个隔离级别如下：

- 未提交读；
- 已提交读；
- 可重复读；
- 可序列化。

比较低的隔离级别会提高并发性，并缩短等待其他事务的时间，但会增大读取错误数据的可能性。比较高的隔离级别会降低并发性，并加长等待其他事务的时间，但会降低读取错误数据的可能性。

当隔离级别最高时，事务是完全序列化的，也就是说，它们是完全彼此独立的。如果一组事务是序列化的，那么这些事务可以按任何顺序执行，数据库最终将总是处于一致状态。

SQL Server 事务的默认隔离级别是“已提交读”，但正如本章稍后将要介绍的，可以针对具体的事务调整这个默认设置。

说明：第 8 章已经讨论过定义事务的属性和管理事务的 T-SQL 语句。

除了 ANSI 标准所规定的隔离级别之外，SQL Server 还支持另外两个隔离级别：“已提交读(快照)”和“快照”。这两个级别利用行版本化机制来获得开放式并发性。表 23.1 显示了使用每个隔离级别时仍会出现的数据库问题，其中的“是”项表示指定的问题会出现。

表 23.1 隔离级别与数据库问题

隔离级别	丢失更新	脏读	不可重复读取	幻读
未提交读	是	是	是	是
已提交读	是	否	是	是
已提交读(快照)	是	否	是	是
可重复读	否	否	否	是
快照	否	否	否	否
可序列化	否	否	否	否

加锁机制

要了解 SQL Server 怎样管理锁，以及怎样正确地解释 SQL Server Management Studio 中显示的加锁信息，就需要弄清楚几个专业概念。本节将介绍这些概念的基本含义，其中包括加锁粒度、加锁方式、锁升级和动态加锁。

加锁粒度

加锁粒度指的是任一给定时刻 SQL Server 锁定的资源规模。例如，如果用户准备对表中的某一行进行修改，那么仅锁定这一行可能才是合理的。但是，如果同一个用户准备对同一个事务中的多个行进行修改，那么让 SQL Server 锁定整个表可能是比较合理的。表锁定的加锁粒度大于行锁定的加锁粒度。

SQL Server 2005 可以支持锁的 9 级加锁粒度：

RID锁　RID代表行标识符(ID)。RID锁仅给表中的单个行应用一个锁。

键锁　锁有时应用于索引,而不是直接应用于表。键锁仅锁定索引内的单个行。

页锁　单个数据页面或索引页面包含8KB的数据。

盘区锁　在内部,SQL Server将页面组织成8个相似页面(数据页面或索引页面)的组,这些页面组就叫做盘区(Extent)。因此,盘区锁将锁定64KB的数据。

HOBT锁　HOBT代表堆或B树。这是个特殊锁,用来保护没有群集索引的表中的索引或数据页面。

分配单元锁　分配单元锁可以锁定表内某一特定类型的数据,比如所有正规数据、所有大对象数据或者所有可变长数据。

表锁　表锁将锁定整个表。

文件锁　文件锁将锁定整个数据库文件。

DB锁　在异常条件下,SQL Server可能会锁定整个数据库。例如,在将一个数据库置于单用户方式进行维护时,DB锁可以用来防止其他用户进入数据库。

锁粒度越小,数据库中的并发性就会越高。例如,如果用户锁定单行而不是整个表,那么其他用户仍可以使用同一个表中的其他行。折中方案是越小的锁粒度一般需要越多的系统资源致力于跟踪锁和锁冲突。除了这些锁类型之外,还有一个元数据锁,用于防止更改表的元数据(或者说架构)。这个锁类型不适合列举在上述锁分级结构中,因为它不增加数据量。

锁定方式

所有锁并不是生来就是相等的。SQL Server知道有些操作需要对数据的完全和绝对访问权,而其他操作只是希望发出它们可能会修改数据的信号。为了提供更灵活的加锁行为和减少加锁的总资源使用量,SQL Server提供了下列类型的锁(每种类型在SQL Server Management Studio中分别有一个缩写):

共享锁(S)　共享锁用来保证资源是可读取的。当一个事务在某个资源上保持着一个共享锁时,其他任何事务不能修改该资源中的数据。

更新锁(U)　更新锁预示一个事务打算修改某个资源。更新锁必须升级到排他锁之后,该事务才能进行实际修改。在单个特定资源上,每次只能有单个事务持有更新锁。这个约束帮助防止发生死锁(本章稍后将讨论死锁问题)。

"排他"锁(X)　如果一个事务在某个资源上持有排他锁,其他任何事务都不能读取或修改该资源中的数据。这个约束使得持有该锁的事务可以安全地修改数据。

"大容量更新"锁(BU)　SQL Server在批量复制数据到表中时放置一个大容量更新锁,前提是TABLOCK提示已被指定为批量复制操作的一部分,或者已用sp_tableoption存储过程设置了批量加载选项上的表锁。大容量更新锁允许任一进程将数据批量复制到表中,但不允许其他任何进程使用表中的数据。

键范围锁　键范围锁锁定由使用了"可序列化"隔离级别的单个查询所读取的行范围。它保证其他事务不能将行插入到这个行范围中。键范围锁有几种不同的形式,视查询正在执行哪些操作而定。

本章稍后将介绍如何在T-SQL中使用加锁提示来指定应该为特定操作明确采用什么样的加锁方式。

决定能否在资源上指派锁的因素之一是资源上是否已经存在另外的锁。下面是SQL

Server 用来决定能否在资源上指派锁的主要规则:

- 如果资源上存在 X 锁,则不能在该资源指派其他任何锁。
- 如果资源上存在 U 锁,则可以在该资源上指派 S 锁。
- 如果资源上存在 S 锁,则可以在该资源上指派 S 或 U 锁。
- 如果资源上存在 BU 锁,则可以在该资源上指派 BU 锁
- 键范围锁一般不能与其他锁一起使用。

锁升级

SQL Server 不断监视锁的使用情况,以便在锁粒度与专用于加锁的资源之间保持平衡。如果单个事务在某个资源上指派了大量粒度较小的锁,则 SQL Server 可能会将这些锁升级为粒度较大的较少量锁。

例如,假设一个进程开始请求从某个表中读取行,SQL Server 就在相关的行 ID 上放置一个共享锁。如果该事务读取一个数据页面上的大多数行,SQL Server 就放弃那些行 ID 上的共享锁,并改为在整个页面上放置一个共享锁。如果事务继续读取行,那么 SQL Server 最终将会放置表级的共享锁,而放弃页面级和行 ID 级的共享锁。

最终目标是在需要监视的锁数量与尽可能地保持其他进程能够使用数据的要求之间求得平衡。SQL Server 维持它自己的动态锁升级阈值,而且用户既不能查看,也不能修改这些阈值。但是,应当了解的一点是,所获得的锁有时可能会比请求的锁有更高的级别。

动态加锁

SQL Server　的加锁机制是动态的。对于应用程序开发人员来说,这意味着他们几乎不必担心加锁问题。作为生成查询执行计划的一部分,SQL Server 决定在执行查询时要采用的锁类型。这同时包括两个方面:加锁方式和加锁粒度。锁升级也是 SQL Server 采用的动态加锁策略的一部分。

动态加锁机制的设计目的是为了让数据库管理员和此类用户的生活变得更轻松。管理员不必不断监视锁(但是正如下一节将要介绍的,不断监视锁也是可能的),也不必手工设立锁升级阈值。用户不必指定查询的加锁方式(但在特殊情况下可以使用锁定提示来指定)。

SQL Server 的动态加锁机制通常是面向性能的。通过为特定的操作使用最适合的锁级别(表锁、页面锁或行锁),SQL Server 可以最大限度地减少与加锁相关的系统开销,从而提供总体性能。

查看当前锁

数据库管理员也许会发现,调查服务器上正处于使用中的锁是很必要的。也许用户正抱怨性能太差,而管理员怀疑有些应用程序请求了太多锁;也许资源被锁定,而无法找出是哪个进程拥有该锁。好在 SQL Server 提供了几个有用的工具,可以用来了解 SQL Server 加锁系统上正在发生的事情。本节将演示 sys. dm_tran_locks 动态管理视图的用法,并介绍如何使用 SQL Server Management Studio 查看加锁情况。

使用 sys. dm_tran_locks 视图

如果需要快速了解 SQL Server 内的加锁情况,可以查询 Management Studio 中的 sys.

dm_tran_locks 动态管理视图。在默认情况下,任何一个拥有 VIEW SERVER STATE 权限的用户均可以查询 sys. dm_tran_locks 视图。

sys. dm_tran_locks 视图返回的结果集包括如下这些列:

resource_type 正被锁定的资源类型。这可以是 DATABASE、FILE、PAGE、KEY、EXTENT、RID、APPLICATION、OBJECT、METADATA、HOBT 或 ALLOCATION_UNIT。

resource_subtype 有些资源有子类型;在这样的情况下,这个列包含子类型的附加标识信息。

resource_database_id 包含当前锁的当前数据库的 SQL Server 数据库 ID。要了解服务器上对应于数据库名称的数据库 ID,可以执行 SELECT * FROM master. sysdatabases。

resource_description 资源的附加文本标识信息。

resource_associated_entity_id 正被锁定对象的 SQL Server 对象 ID。要了解该对象的名称,可以执行 SELECT object_name(ObjId)。

resource_lock_partition 分区的标识符,如果这是个经过分区的资源;否则,为零。

request_mode 锁模式。

request_type 始终为 LOCK。

Status 锁请求状态。GRANTED 表示锁已被指派;WAIT 表示锁已被另一个进程持有的锁所阻止;CONVERT 表示锁正试图改变模式(比如共享变为更新),但这个改变被另一个进程持有的锁所阻止。

request_reference_count 该资源已经被锁定了的多长时间。

request_lifetime 仅供内部用户使用。

request_session_id 拥有该资源的会话 ID。

request_exec_context_id 拥有该资源的运行上下文 ID。

request_request_id 拥有该资源的批处理 ID。

request_owner_type 这可以是 TRANSACTION、CURSOR、SESSION、SHARED_TRANSACTION_WORKSPACE 或 EXCLUSIVE_TRANSACTION_WORKSPACE。

request_owner_id 如果该请求由一个事务拥有,这是事务 ID。

request_owner_guid 如果该请求由一个分布式事务拥有,这是该事务的 MSDTC 标识符。

request_owner_lockspace_id 仅供内部用户使用。

lock_owner_address 跟踪该请求的数据空间的内存地址。

sys. dm_tran_locks 视图有两个主要用途。首先,数据库管理员认为服务器上可能有死锁问题,需要了解服务器上的所有锁。如果 sys. dm_tran_locks 视图的输出包含许多状态为 WAIT 或 CONVERT 的锁,应该怀疑存在死锁问题。

其次,sys. dm_tran_locks 视图可以帮助了解一条特定 SQL 语句所放置的实际锁,因为我们可以检索一个特定进程的锁。例如,请考虑下列 T-SQL 批处理:

```
USE AdventureWorks
BEGIN TRANSACTION
INSERT INTO Production.Location ([Name], CostRate, Availability)
 VALUES ('Dump', 0.00, 1)
SELECT * FROM sys.dm_tran_locks WHERE request_session_id = @@spid
ROLLBACK TRANSACTION
```

在设置了要使用的数据库之后,这个批处理首先开始一个事务,因为锁只有在当前事务运行期间才能被保持住。通过让事务保持打开,可以在 SQL Server 释放锁之前检查它们。下一条语句(INSERT)是实际请求锁的语句。下一条语句是 sys. dm_tran_locks 视图显示当前事务的锁而使用的形式。@@spid 系统变量取得当前事务的 spid。最后,批处理回退事务,因而不对数据库做实际的修改。

图 23.1 显示了运行这个批处理的结果。可以看出,甚至连单条 SQL 语句也可能需要锁定许多资源才能正确地执行。就 INSERT 语句的情况来说,该表的索引必须被锁定才能插入新行。

结果　消息

	resource_type	resource_subtype	resource_database_id	resource_description	resource_associated_entity_id	resource_lock_parti
1	DATABASE		8		0	0
2	PAGE		8	1:610	72057594044612608	0
3	PAGE		8	1:1741	72057594049593344	0
4	OBJECT		8		1333579789	0
5	KEY		8	(3d00bea5ced4)	72057594044612608	0
6	KEY		8	(b100db26968a)	72057594049593344	0

图 23.1　使用 sys. dm_tran_locks 视图调查锁

使用 SQL Server Management Studio

也可以用 SQL Server Management Studio 显示加锁信息。当然,用 SQL Server Management Studio 显示的所有信息也可以通过 sys. dm_tran_locks 视图和其他 T-SQL 语句来获得,但是也许会发现 SQL Server Management Studio 中的图形视图更方便。SQL Server Management Studio 中的加锁信息显示在一个单独的"活动监视器"窗口中。要打开这个窗口,展开 Management Studio 中的"管理"节点并查找到"活动监视器"节点,然后双击"活动监视器"节点。"活动监视器"窗口中显示 3 种类型的信息:

- 进程信息;
- 按进程分类的锁;
- 按对象分类的锁。

图 23.2 显示了一个测试服务器上的部分加锁信息。

"进程信息"节点显示服务器上每个当前运行进程的如下信息:

"进程 ID"　SQL Server 指派给该进程的进程 ID。这个列还显示一个表示进程当前状态的图标。

"用户"　拥有该进程的 SQL Server 用户。

"数据库"　当前数据库,其中包含该进程正在使用的数据。

"状态"　这个值可以是 Background(后台)、Sleeping(休眠)或 Runnable(可运行)。后台进程一般是不需要用户介入的自动化作业。休眠进程正在等待一条命令。可运行进程正积极地操纵数据。

"打开的事务"　该进程中包含的打开事务数量。

"命令"　该进程执行的最新 SQL Server 命令。

"应用程序"　该进程向 SQL Server 注册的应用程序名称(如果有的话)。

"等待时间"　该进程等待另一个进程结束的时间量(以毫秒为单位)。

"等待类型"　显示一个进程是否正在等待另一个进程结束。

"资源"　该进程正等待的资源(如果有的话)的名称。

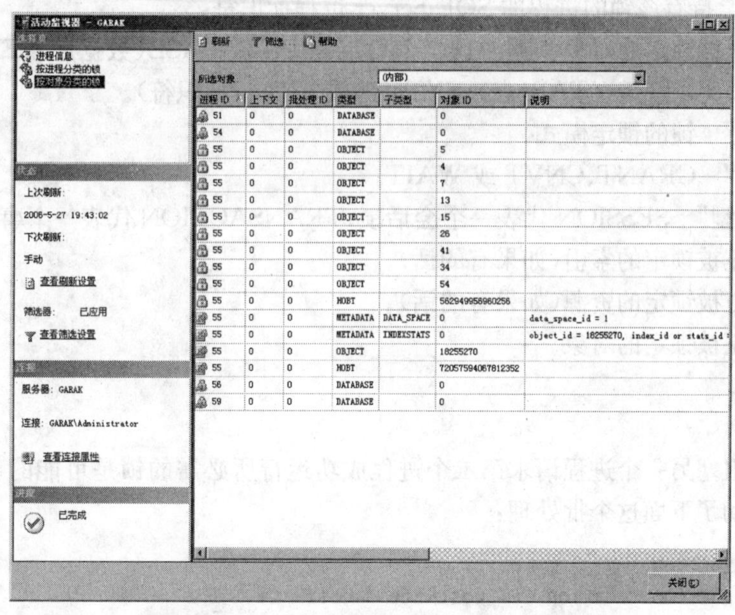

图 23.2 在"活动监视器"中显示锁信息

CPU 该进程占用的 CPU 时间量(以毫秒为单位)。

"物理 IO" 该进程已执行的物理输入或输出操作的数量。

"内存使用量" 该进程正使用的内存量(以 KB 为单位)。

"登录时间" 该进程连接到 SQL Server 的日期和时间。

"上一批" 该进程最后一次向 SQL Server 发送命令的日期和时间。

"主机" 正在运行该进程的服务器。

"网络库" 该进程正在用来连接到 SQL Server 的网络库。

"网络地址" 该进程的物理网址。

"阻塞者" 正在阻塞该进程的另一个进程的进程标识符(如果有的话)。

"阻塞" 该进程正阻塞的另一个进程的 spid(如果有的话)。

"执行上下文" 同一个进程中的每个子线程都将有一个完全相同的执行上下文 ID。

"按进程分类的锁"节点显示一个组合框,以便用户从中选择当前在服务器上持有锁的某个进程。在选择了一个进程时,"活动监视器"窗口显示下列信息:

"对象" 当前正被锁定的对象。

"类型" 正被锁定的对象类型。这个值可以是 DATABASE(数据库)、FIL(文件)、IDX(索引)、PG(页面)、KEY(键)、TAB(表)、EXT(盘区)或 RID(行标识符)。

"请求模式" 锁的锁定模式。

"请求状态" GRANT、CNVT 或 WAIT。

"所有者类型" SESSION 代表一个会话锁;TRANSACTION 代表一个事务锁。

"索引" 正被锁定的索引(如果有的话)。

"资源" 正被锁定的资源(如果有的话)。

"进程 ID" 持有该锁的进程的 SQL Server 进程标识符。

"按对象分类的锁"节点显示一个组合框,以便用户从中选择当前在服务器上被锁住的某个对象。在选择了一个进程时,"活动监视器"窗口显示下列信息:

“进程 ID” 持有该锁的进程的 SQL Server 进程标识符。

“类型” 正被锁定的对象类型。这个值可以是 DATABASE(数据库)、FIL(文件)、IDX(索引)、PG(页)、KEY(键)、TAB(表)、EXT(区)或 RID(行标识符)。

“请求模式” 锁的锁定模式。

“请求状态” GRANT、CNVT 或 WAIT。

“所有者类型” SESSION 代表一个会话锁;TRANSACTION 代表一个事务锁。

“索引” 正被锁定的索引(如果有的话)。

“资源” 正被锁定的资源(如果有的话)。

“对象” 正被锁定的对象。

死锁

一个进程阻塞另一个进程请求第二个进程成功运行所必需的锁是可能的。例如,假设一个应用程序启动了下面这个批处理:

```
BEGIN TRANSACTION
UPDATE Production.Location SET CostRate = CostRate * 1.1
COMMIT TRANSACTION
```

过了一会儿(第一个进程提交它的事务之前),第二个进程启动了下面这个批处理:

```
BEGIN TRANSACTION
UPDATE Production.Location SET CostRate = CostRate * 2
COMMIT TRANSACTION
```

假设这时服务器上没有发生其他事件,那么第一个进程将请求并收到 Location 表上的排他锁。第二个进程也将请求 Location 表上的排他锁,但由于每次只有一个进程可以拥有同一个表上的排他锁,因此 SQL Server 将不指派这个锁,而是将第二个进程的锁请求置入 WAIT 状态。当第一个进程完成更新时,第二个进程将被指派它的锁,并能完成它的更新。

阻塞是锁定资源的必然结果。在本例中,这两个进程都能完成它们的工作。SQL Server 使用加锁机制保证它们按一种有序的方式工作。

死锁指的是这样一种情形:多个进程同时请求其他进程正持有的锁。例如,假设第一个事务如下:

```
BEGIN TRANSACTION
UPDATE Production.Location SET CostRate = CostRate * 1.1
UPDATE Production.Product SET ReorderPoint = ReorderPoint * 2
COMMIT TRANSACTION
```

同时,第二个应用程序提交下面这个批处理:

```
BEGIN TRANSACTION
UPDATE Production.Product SET ReorderPoint = ReorderPoint + 1
UPDATE Production.Location SET CostRate = CostRate * 2
COMMIT TRANSACTION
```

如果定时是正确的(或者从读者的角度来看是错误的),那么这两个批处理会导致下列事件序列:

1. 第一个应用程序提交批处理＃1。

2. 第二个应用程序提交批处理＃2。

3. 第一个应用程序请求并取得 Production. Location 表上的排他锁。

4. 第二个应用程序请求并取得 Production. Products 表上的排他锁。

5. 第一个应用程序请求 Production. Products 表上的锁，并且这个锁请求被置于 WAIT 状态，因为第二个应用程序已经拥有 Production. Products 表上的锁。

6. 第二个应用程序请求 Production. Location 表上的锁，并且这个锁请求被置于 WAIT 状态，因为第一个应用程序已经拥有 Production. Location 表上的锁。

这就是一个死锁。两个应用程序都无法完成各自的事务，因为每个应用程序都在等待对方释放锁。如果不采取某种措施来改变这种情形，那么这些锁将会永久保持下去，而且两个应用程序都将停滞不前。

死锁不一定只涉及两个应用程序。涉及 3 个或 3 个以上事务的应用程序形成一个死锁链也是可能的，其中每个事务都等待其他事务之一所持有的锁被释放，进而所有应用程序都被相互锁死。

SQL Server 能够自动检测和消除死锁。该服务器定期扫描所有进程，以了解哪些进程正等待锁请求得到满足。如果同一个进程在两次连续扫描中都在等待，则 SQL Server 开始比较详细地查找死锁链。

如果 SQL Server 发现存在死锁情形，它就自动解决死锁。为此，SQL Server 确定哪个事务撤销起来是成本最低的，并认定这个事务为死锁肇事者。然后，SQL Server 自动回退这个事务已完成的所有工作，并返回错误 1205："你的事务(进程 spid)已由另一个进程锁死并已选为死锁肇事者。请重新运行你的事务"。

如果愿意，也可以通知 SQL Server 你的事务应该被优先选为死锁肇事者，即使该事务不是回退起来成本最低的事务。这可以通过在批处理中发出下列语句来实现：

```
SET DEADLOCK_PRIORITY LOW
```

要最大限度地减少应用程序中出现死锁的可能性，应当遵守下列规则：

- 总是按相同顺序访问对象。例如，如果上述死锁例子中的第二个事务在更新 Production. Products 表之前已经更新了 Production. Location 表，就不可能发生死锁。两个进程之中的一个同时锁定然后释放这两个表，而另一个进程也做同样的事情。
- 使事务尽可能短。请记住，锁总是在事务运行期间被保持。应用程序在对象上保持锁的时间越长和锁住的对象越多，它与另一个应用程序形成死锁的可能性就会越大。这个规则的一个结论是不应该锁定一个对象并等待用户输入。在用户思考期间，成百上千个其他进程可能正试图使用该对象，因为计算机工作的速度比人工作的速度快得多。
- 用 T-SQL 定制应用程序的加锁行为，让它使用尽量低的隔离级别且只保持必要的锁。下一节将介绍如何定制应用程序的加锁行为。

定制加锁行为

尽管 SQL Server 在自动和对应用程序开发人员透明地处理锁方面做得非常出色，但并不是对每个应用程序都很完美。有时，开发人员希望定制 SQL Server 给他们的应用程序使用的加锁行为。有 4 种定制加锁行为的方法：

- 将事务标记为优先死锁肇事者；

- 设置一个锁超时；
- 设置一个事务隔离级别；
- 提供一个加锁提示。

本章前面介绍了使用 SET DEADLOCK_PRIORITY LOW 将事务标记为优先死锁肇事者。本节将介绍在应用程序中定制加锁行为的其他方法。

设置锁超时

默认情况下,没有针对 SQL Server 事务的锁超时设置。也就是说,如果事务因等待另一个事务释放锁而受阻(不是死锁),受阻事务将无限期地等待。这种行为不一定是理想的,虽然它最大限度地增加了受阻事务最终完成的可能性。

如果喜欢,可以在事务中设置锁超时。为此,使用下列 T-SQL 语句：

```
SET LOCK_TIMEOUT timeout_period
```

SET LOCK_TIMEOUT ＜超时周期＞

其中,提供的锁超时以毫秒为单位。例如,要设置 2 秒的锁超时周期,可以使用下面这条语句：

```
SET LOCK_TIMEOUT 2000
```

SQL Server 还提供了一个全局变量:@@lock_timeout,以便应用程序可以检索当前锁超时设置。图 23.3 显示了在 T-SQL 批处理中使用 SET LOCK_TIMEOUT 和@@lock_timeout 的方法。

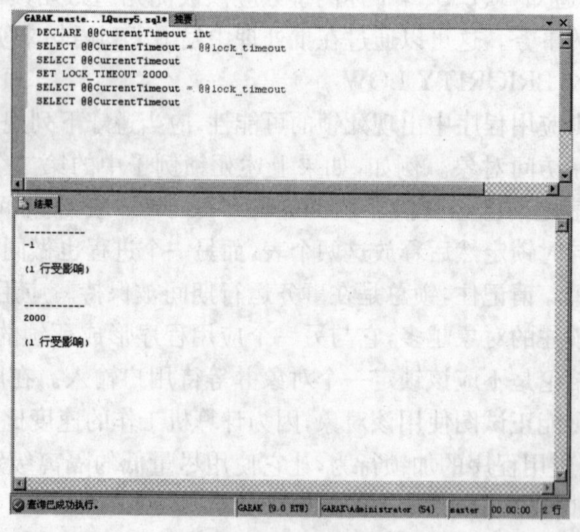

图 23.3 设置锁超时

提示：如果当前没有锁超时设置(也就是说,如果应用程序将不定期地等待一个锁),那么 @@lock_timeout 变量返回－1。

设置事务隔离级别

本章前面曾介绍过,SQL Server 默认为“已提交读”事务隔离级。如果应用程序要求一个不同的事务隔离级,则可以使用 SET TRANSACTION ISOLATION LEVEL 语句修改当前对话的事务隔离级别:

```
SET TRANSACTION ISOLATION LEVEL
  { READ UNCOMMITTED

 | READ COMMITTED
 | REPEATABLE READ
 | SNAPSHOT
 | SERIALIZABLE
 }
```

这条 SQL 语句中的每个选项均按 SQL 标准中的定义设置相应事务隔离级别。在技术上,每个选项的作用如下:

READ UNCOMMITTED 会话在读取数据时没有发布一个共享锁或遵从排他锁。从这个会话中读取未提交(脏)数据是可能的。行在事务期间会出现和消失。

READ COMMITTED 这是 SQL Server 的默认事务隔离级别,共享锁在数据读取期间一直被保持,以避免脏读。其他事务仍可以修改数据,因此在使用这个事务隔离级别时,发生不可重复读取和虚幻读取是可能的。

REPEATABLE READ 会话对它读取的所有数据发布一个排他锁,所以其他用户在事务期间无法修改这个数据。但是,表本身没有被锁定,因此其他用户可以插入新行,进而导致虚幻数据。

SNAPSHOT 指定该会话的数据在事务期间将与该数据在会话开始时的版本是一致的。其结果就好像该会话获得了要使用的数据的一个快照,而且其他会话不能修改这个快照。必须先将 ALLOW_SNAPSHOT_ISOLATION 数据库选项设置成 ON,才能开始一个使用了 SNAPSHOT 隔离级别的事务。

SERIALIZABLE 会话对它读取的所有数据发布一个范围锁。范围锁是一种特殊类型的排他锁,它不仅锁定现有数据,而且阻止新数据被插入。这个隔离级别保证数据在当前对话使用它期间是不变的,但这个级别提供了产生并发性问题和与其他对话形成锁死的最大可能性。

要了解会话的当前事务隔离级别,可以使用 DBCC USEROPTIONS 语句。

警告: 事务隔离级别是针对每个对话,而不是针对每个事务而设置的。如果针对一个事务将事务隔离级别设置为 REPEATABLE READ 或 SERIALIZABLE,则应该在该事务结束时,显式地将事务隔离级别返回到 READ COMMITTED。

加锁提示

如果需要控制个别 SQL 语句的加锁,而不是整个连接的加锁,则可以使用表级加锁提示。加锁提示可以用在 SELECT、UPDATE、INSERT 和 DELETE 语句中。第 6 章与第 7 章详细介绍了这些语句的语法。

SQL Server 2005 支持下面这些表级加锁提示：

HOLDLOCK 保持一个共享锁，直到整个事务完成时为止。通常，共享锁在被锁对象不再需要时立即被释放。这个提示相当于 SERIALIZABLE 事务隔离级别。

NOLOCK 语句在读取数据时不发布共享锁或遵从排他锁。这个提示允许脏读，相当于 READ UNCOMMITTED 事务隔离级别。

PAGLOCK 在平常使用单个表锁的地方强制使用多个页面锁。

READCOMMITTED 对当前语句使用 READ COMMITTED 事务隔离级别。数据库根据 READ_COMMITTED_SNAPSHOT 数据库选项是不是为 ON 来确定使用锁还是行版本控制。

READCOMMITTEDLOCK 对当前语句使用 READ COMMITTED 事务隔离级别。数据库总是使用锁。

READPAST 通知 SQL Server 跳过任何被锁行来完成当前事务。这个提示只适用于 READ COMMITTED 隔离级别，并只跳过 RID 锁，而不跳过页面、盘区和表锁。被锁行在语句的结果中被简单地忽略。

READUNCOMMITTED 对当前语句使用 READ UNCOMMITTED 隔离级别。

REPEATABLEREAD 对当前语句使用 REPEATABLE READ 隔离级别。

ROWLOCK 在平常使用页面或表锁的地方强制使用多个行锁。

SERIALIZABLE 对当前语句使用 SERIALIZABLE 隔离级别。

TABLOCK 强制使用表级锁，而不是行级或页面级锁。

TABLOCKX 强制使用表级排他锁，这个锁在事务期间阻塞任何其他事务使用这个表。

UPDLOCK 在读取表时强制使用更新锁而不是共享锁。这个提示降低并发性，但保证用户随后可以更新数据，而不必担心其他用户在中间更改数据。

XLOCK 指定事务应该在它所用的所有数据上获得并保持排他锁，直到该事务被提交时为止。

应用程序锁

SQL Server 2000 在早期版本中所支持的那些锁类型上增加了一个新的锁类型：应用程序锁。应用程序锁指的是由客户代码(比如 T-SQL 批处理或 Visual Basic 应用程序)，而不是由 SQL Server 自己创建的锁。应用程序锁允许开发人员使用 SQL Server 管理多个客户之间的资源争夺问题，即使在资源本身不是由 SQL Server 管理的时候。

开发人员为什么需要使用应用程序锁，而不是在应用程序中编写他们的加锁代码呢？SQL Server 锁管理器是经过彻底测试的代码，并设计用来支持几千个用户。在使用 SQL Server 锁管理器时，他们可以保证应用程序的加锁使用他们所熟悉的相同加锁规则。另一个好处是，他们获得了使用 SQL Server Management Studio 监视锁和检测死锁的能力。

本节将介绍两个处理应用程序加锁的存储过程：sp_getapplock 与 sp_releaseapplock。

sp_getapplock 存储过程

要创建应用程序锁，代码需要调用 sp_getapplock 存储过程：

```
sp_getapplock [@Resource =] 'resource_name',
 [@LockMode =] 'lock_mode'
 [,[@LockOwner =] 'lock_owner']
 [,[@LockTimeout =] 'value']
[,[@DbPrincipal =] 'database_principal]
```

这个存储过程接受 5 个变元：

@Resource 任意一个资源名。由应用程序提供这个资源名并保证其惟一性。也就是说，如果两个应用程序请求资源 wombat 上的锁，则 SQL Server 认为他们指的是同一个资源。资源名最长可达 255 个 Unicode 字符。

@LockMode 可以是 Shared、Update、Exclusive、IntentExclusive 或 IntentShared。

@LockOwner 可以是 Transaction(默认)或 Session。

@LockTimeout 以毫秒为单位的超时值。如果将该变元设置为 0，设置一个无法立即获得的锁的尝试将返回一个错误，而不是等待这个锁。

@DbPrincipal 一个用户、角色或应用程序角色。该函数的调用者必须在@DbPrincipal 或者说 dbo 中才能运行该存储过程。

和任何其他锁一样，应用程序锁与某个特定数据库相关联。因此，假设一个应用程序正使用 AdventureWorks 样本数据库中的数据和一个名为 suppliers. txt 的文本文件，则可以按如下方式调用 sp_getapplock 存储过程：

```
USE AdventureWorks
sp_getapplock @Resource = 'suppliers.txt',
 @LockMode = 'Exclusive'
```

从 sp_getapplock 存储过程中返回的值取决于 SQL Server 锁管理器内部发生的情况。这个存储过程可以返回下面这些值：

0 锁被授予。

1 锁在释放了其他不兼容锁之后被授予。

−1 请求超时。

−2 请求被取消。

−3 请求被选为死锁肇事者。

−999 提供的参数是无效的。

如果给@LockOwner 参数提供 Transaction 值，或者没有给这个参数提供值，那么在代码提交或撤销事务时，锁被释放。如果给@LockOwner 参数提供 Session 值，SQL Server 则在退出时释放任何未完成的锁。

sp_releaseapplock 存储过程

要释放应用程序锁，代码需要调用 sp_releaseapplock 存储过程：

```
sp_releaseapplock [@Resource =] 'resource_name'
 [,[@LockOwner =] 'lock_owner']
[,[@DBPrincipal =] 'database_principal]
```

resource_name 与 lock_owner 参数必须与 sp_getapplock 过程调用中的对应参数一致(尽管数据库所有者可以是不同的)。如果省略@LockOwner 参数，则其默认为 Transaction(因此只有释放 Session 锁时才要提供这个参数)。

如果锁被顺利释放,这个存储过程返回 0;如果锁无法被顺利释放,这个存储过程返回 −999。通常,这里的错误表示正尝试释放实际不存在的锁。

要释放上一节中使用 sp_getapplock 过程调用创建的应用程序锁,可以使用下列 T-SQL 语句:

```
USE pubs
sp_releaseapplock @Resource = 'authors.txt'
```

小结

本章介绍了 SQL Server 加锁技术。我们解释了加锁技术对保护数据完整性为什么是必不可少的,以及 SQL Server 的加锁机制。然后,介绍了如何查看 SQL Server 中的当前锁,如何防止死锁,以及如何定制 SQL Server 的加锁行为。最后,介绍了如何使用 SQL Server 自身的锁管理器处理应用程序中的对象加锁。

下一章将探讨如何使用其他方法优化 SQL Server 应用程序的性能。

第 24 章　监视与优化 SQL Server 2005

假设读者是一家大公司的执行总裁，总裁的工作是保证公司运转顺畅，而且每件事情都要高效完成。怎么做到这一切呢？可以仅凭推测工作，因而随意指派任务，然后认为它们将会顺利地完成。如果采用这种方式经营公司，不难想象随后出现的各种混乱。什么事情都没有完成。有些部门有太多的事情要完成，而其他部门根本没有事情可做，公司最终将会倒闭。

比较好的方法是要求各个部门经理提供报表，并根据这些报表做决策。例如，可能发现财务部有太多的工作，需要增加人力。基于这份报表，可以招聘新的会计。可能还发现，由于销售部一直业绩不佳，致使生产部几乎无事可做；根据这份报表，可以激发销售人员努力地工作，使生产部有事可做。

现在，读者不是负责整个公司的运转，而是负责 SQL Server。在这里，也需要保证每件事情都高效地完成。同样，可以仅凭推测工作并随意指派任务，但这会造成灾难。需要让自己的部门经理提供报表：这里的经理是 CPU、磁盘子系统、数据库引擎等。一旦掌握了这些报表，就可以相应地分配任务和资源。

大多数系统管理员不做监视和优化工作，因为他们觉得没有这个时间。他们的大部分时间都用在了救火上——排查突然出现的各种故障。可以肯定地说，如果系统管理员多花点时间监视和优化系统，那些问题可能永远都不会出现。因此，进行监视和优化是主动查错，而不是被动查错。

本章将讨论从 SQL Server 中获取所需报表的各种方法与工具。同监视与调整的情况一样，我们将从最基本的内容开始，然后逐渐向上；因此，我们将先介绍工具（系统监视器，Management Studio 查询编辑器和 SQL Profiler），然后转到修复话题。

使用系统监视器

要保证公司正常运转，就需要保证公司的基础部门正各司其职。需要一个紧密合作和工作有效的管理团队——每个成员都主动承担各自重任的一个团队。

就 SQL Server 的情形来说，这个管理团队就是计算机系统本身。如果计算机系统没有内存、处理器、快速磁盘、网络子系统之类的可用系统资源，SQL Server 就无法正常工作。如果这些系统不紧密合作，则整个系统无法正常运转。例如，如果内存使用过度，磁盘子系统就会慢下来，因为内存必须非常频繁地将数据写到页面文件（位于磁盘上）。为了防止发生此类事情，就需要从这个子系统中获得报表；为此，可以使用系统监视器。

系统监视器是 Windows 携带的一个工具，并位于“开始”菜单的“管理工具”文件夹内。其中有 4 个可供使用的视图：

图表　这个视图显示一个系统性能图表。随着值的变化，图表将相应地急上或急下。

报表　报表视图看上去和书面报表一样，除了这里面的值随着系统的使用情况而变化之外。

警报　利用警报视图，可以通知系统监视器在某个值逼近水平值时，也许在 CPU 使用量几乎太(但还不非常)高时发出警告。这种类型的警告让管理员在潜在的问题变成实际故障之前有时间解决它们。

日志 这个视图的作用是保存日志记录。利用日志视图,可以监视系统一个时间周期,并在以后的某个时候查看这个信息,而不是实时查看它(默认设置)。

利用上述每个视图,可以监视对象和计数器。对象是系统的某个部分,比如处理器或物理内存。计数器显示对象使用程度的统计信息。例如,Processor 对象之中的%Processor Time 计数器将显示处理器花费在工作上的时间量。表 24.1 列出了常用计数器及其推荐值。

表 24.1 System Monitor 中的常用计数器和值

对象	计数器	推荐值	用处
Processor	% Processor Time	小于 75%	处理器花费在工作上的时间量
Memory	Pages/Sec	小于 5	数据在内存与磁盘之间转移的每秒次数
Memory	Available Bytes	大于 4MB	可用物理内存量,这个值应较低,因为 Windows 用尽量多的内存作为文件缓存
Memory	Committed Bytes	小于物理内存	使用的内存量
Disk	% Disk Time	小于 50%	磁盘忙于读和写的时间量
Network Segment	% Network Utilization	小于 30%	正在使用中的网络带宽量

警告:要查看 Network Segment: % Network Utilization,必须在"控制面板"➤"网络"➤"服务"选项卡中安装"网络监视器代理"。

下面将使用系统监视器做一些练习:

1. 以 Administrator 登录到 Windows。
2. 从"开始"菜单选择"程序"➤"管理工具"➤"性能"。
3. 在工具栏上,单击"添加"按钮(看上去像个加号)打开"添加计数器"对话框。

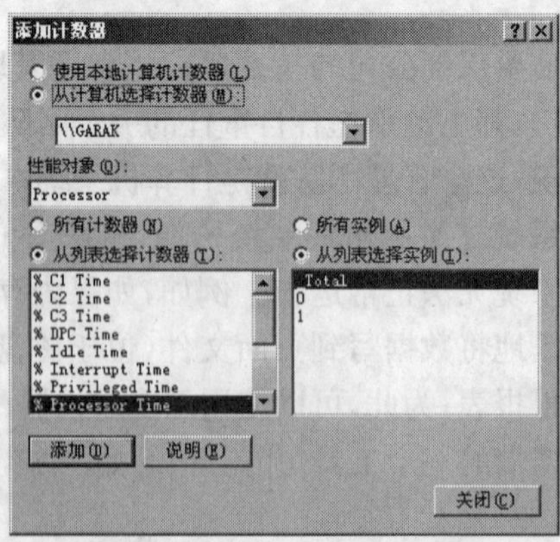

4. 在"性能对象"框中,选择 Memory。
5. 在"计数器"框中,选择% Processor Time 并单击"添加"按钮。
6. 单击"关闭"按钮,并观察屏幕上正在生成的图表。

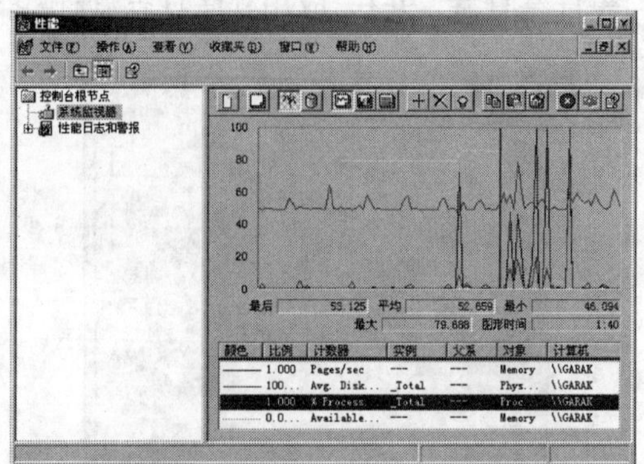

7. 按 Ctrl＋H 快捷键，并注意到当前计数器变白。这使图表变得更容易解读。
8. 在工具栏上，单击“查看报表”(看上去像个白纸)按钮，并观察相同的数据在报表视图中怎样显示。

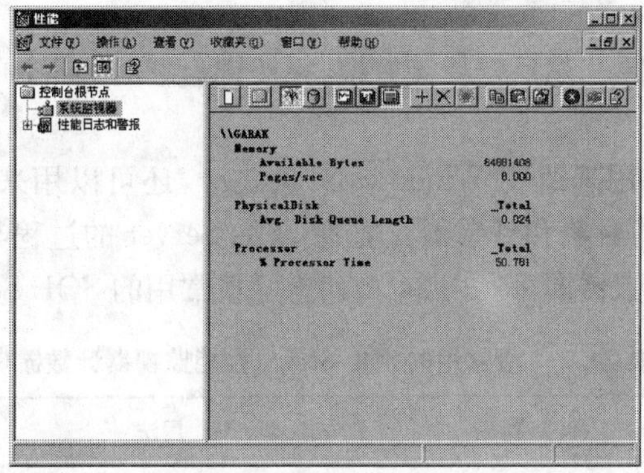

9. 在左窗格中，展开“性能日志和警报”，右击“警报”，然后选择“新建警报设置”菜单命令。
10. 在“名称”框中，键入 Test Alert，并单击“确定”按钮。
11. 在选择“警报设置”对话框的“注释”字段中，键入 Test Alert。
12. 单击“添加”按钮。
13. 选择 Processor 对象和％Processor Time 计数器，然后单击“关闭”按钮。
14. 从“将触发警报，如果值是”下拉列表中，选择“低于”，在“限制”字段中键入 70，然后单击“确定”按钮。如果处理器 70％的时间不忙，这将产生一个警报。在现实生活中，这会设置成超过 70％，因而在问题刚变得严重时就发出警报。
15. 单击“确定”按钮创建该警报。

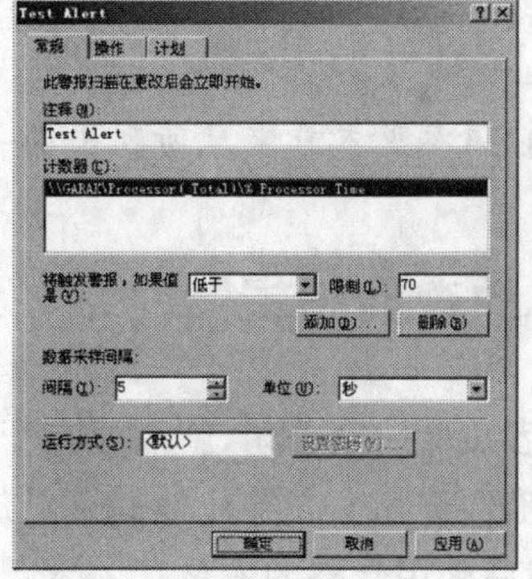

16. 要查看警报，打开“事件察看器”，并在“应用程序日志”查找它们。

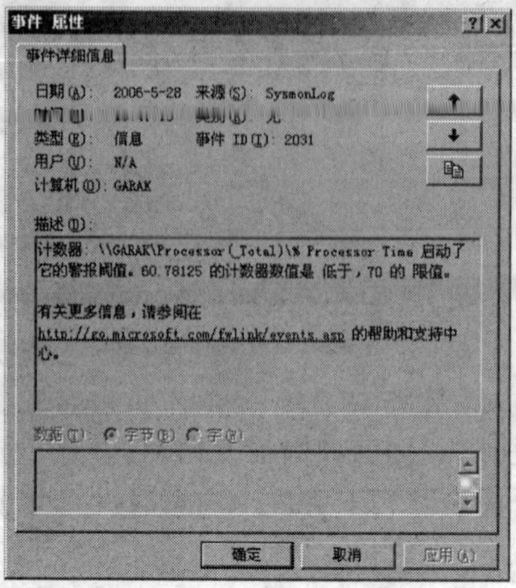

17. 观察刚才产生的警报，然后选择该警报，并按键盘上的 Delete 键。

18. 退出系统监视器。

系统监视器除了可以用来监视 Windows 对象之外，还可以用来监视 SQL Server，因为 SQL Server 提供它自己的对象和计数器。监视 SQL Server 的过程与 Windows 中相同——只需添加不同的对象和计数器即可。表 24.2 列出了最常用的 SQL Server 计数器。

表 24.2 最常用的 SQL Server 性能监视器计数器

对象	计数器	用法
SqlServer:Buffer Manager	Buffer Cache Hit Ratio	正从缓存中而不是从磁盘上读取多少数据
SqlServer:Buffer Manager	Page Reads/Sec	从磁盘上读取数据的速度(页数/每秒)
SqlServer:Buffer ManagerPage	Page Writes/Sec	向磁盘上写入数据的速度(页数/每秒)
SqlServer:General Statistics	User Connections	用户连接数量。每个连接将占用一些内存
SQLServer:Memory Manager	Total Server Memory(KB)	已动态分配给 SQL Server 的总内存量
SQLServer:SQL Statistics	SQL Compilations/Sec	编译速度(次数/每秒)

由于系统资源正紧密合作，所以现在可以创建查询。与其随意创建查询并希望它们运行快速，倒不如先来了解如何使用 Management Studio 的“查询编辑器”同时创建查询与启动优化过程。

说明：如果发现任何资源问题，请参见本章末尾所列出的一些解决方法。

使用 Management Studio 的查询编辑器

返回到前面的比喻。如果读者负责一家公司，就需要有干工作和让公司正常运转的员工。如何招聘员工呢？不能到大街上随便选几个人并让他们来上班，而是需要保证他们是合格的，因此需要面试有希望的应聘者，然后聘用合格的人员。

在 SQL Server 中，可以把查询看成员工，因为查询用来从数据库中获取数据，并将数据显示给用户。就像面试有希望的应聘者来了解他们是否有资格胜任其工作一样，需要“面试”查询来了解它们是否有资格用在生产中。负责这项工作的工具就是 Management Studio 的“查询编辑器”。

迄今为止，我们一直在使用 Management Studio 的“查询编辑器”键入查询和查看结果，但它还有其他功能。这个工具不仅可以用来键入查询，还可以用来分析查询，以了解它们占用多少资源以及运行得多快。Management Studio 的“查询编辑器”通过计算每一步的执行时间来实现这些目的；这个过程包括分析命令的语法和检查命令的错误，将数据加载到内存中，在数据上执行查询等。如果想直观地了解 SQL Server 对查询所做的每件事情，可以通知 Management Studio 的“查询编辑器”显示查询执行计划。这个计划将显示一系列图标来表示整个执行过程。

下面这些步骤演示了如何使用“查询编辑器”分析查询：

1. 从“开始”菜单上选择“程序”➤ SQL Server 2005 ➤ SQL Server Management Studio，并使用 Windows 或 SQL Server 身份验证模式建立连接。
2. 单击“新建查询”按钮，并选择“数据库引擎”打开查询编辑器。使用 Windows 或 SQL Server 身份验证模式建立连接。
3. 从“查询”菜单中选择“查询选项”菜单命令。
4. 从“高级”页面上，复选 Set Statistics Time 选项，这将显示查询使用的 CPU 时间量；然后复选 Set Statistics IO 选项，这将显示查询使用的磁盘 I/O 量。单击“确定”按钮应用这些选项并返回到“查询编辑器”。

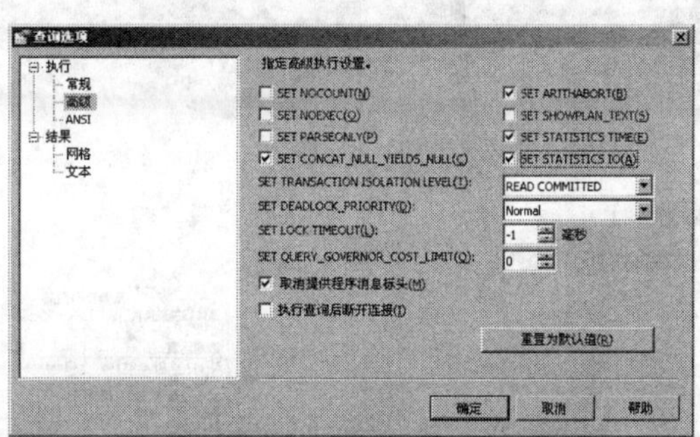

5. 从“查询”菜单上选择“包括实际的执行计划”菜单命令，以了解 SQL Server 如何执行查询的图形表示。
6. 在查询窗口工具栏上，从“可用数据库”列表框中选择 AdventureWorks 表项将 AdventureWorks 设置为默认数据库。
7. 在查询窗口中，键入下列查询：

```
SELECT * FROM Person.Address
```

8. 在屏幕的底部，选择“消息”选项卡，并注意“执行时间”和“分析和编译时间”，然后单击结果窗格下方的“执行计划”选项卡（如图 24.1 所示）。
9. 在“执行计划”窗格中，将鼠标指针在每个图标上都停留一会儿，并可注意到它们都带有工具提示，这些提示有助于更充分地了解每个执行步骤（如图 24.2 所示）。
10. 关闭“查询编辑器”。

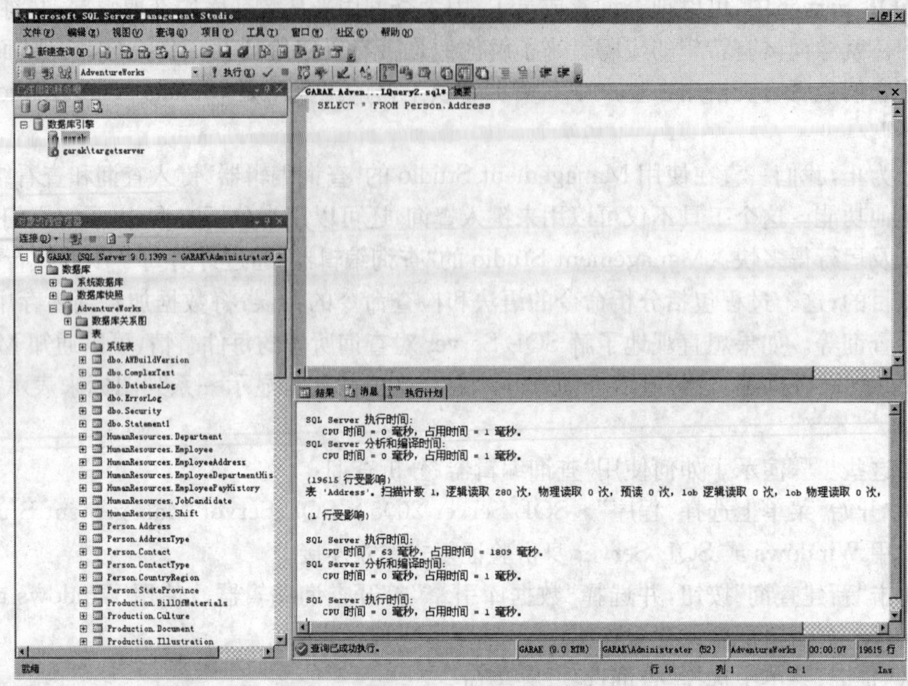

图 24.1　结果窗格中的执行时间

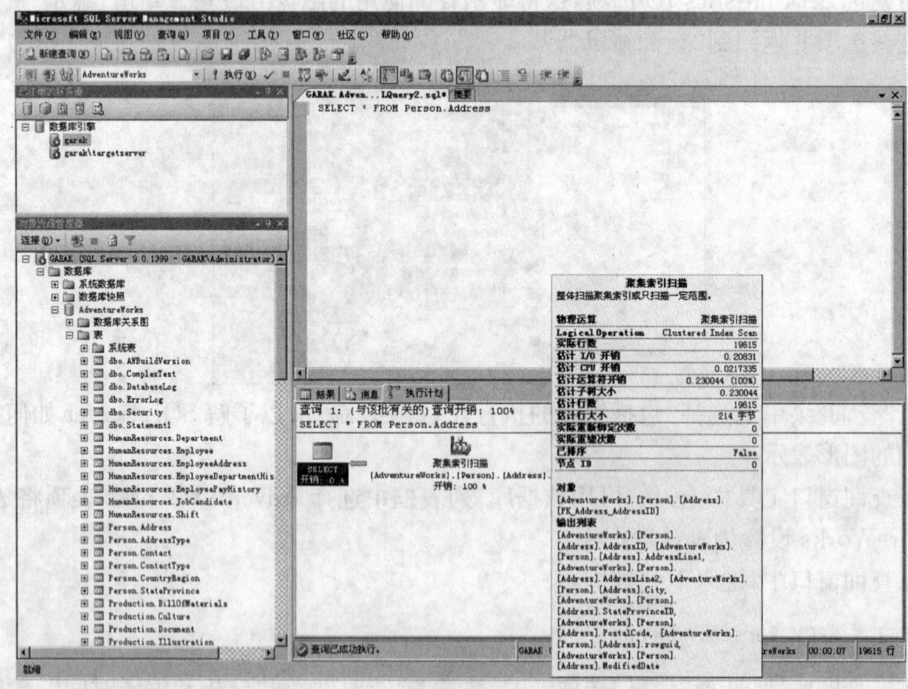

图 24.2　带工具提示的"执行计划"窗格

提示：通过键入查询并从"查询"菜单上选择"显示估计的执行计划"菜单项命令，可以了解 Server 打算如何运行这个计划但又不实际执行它。这对运行时间可能很长的查询会非常有用。

那么，这些数字究竟是什么意思呢？在图 24.1 的“消息”窗格中，可以看到有几行显示了“SQL Server 执行时间”；这些行告诉用户 SQL Server 执行这条实际的命令花费了多少时间(以毫秒为单位)。“分析和编译时间”告诉用户 SQL Server 检查该查询的语法错误和将其分解成以便于处理的较小块花费了多少时间(以毫秒为单位)。

位于“消息”窗口中间的那一行告诉用户 SQL Server 使用硬盘上的资源花费了多少时间。“扫描计数”告诉用户 SQL Server 读取每条记录时需要多少个表(或索引)。“逻辑读取”告诉用户有多少个数据页面来自内存，而“物理读取”表示有多少个数据页面来自硬盘本身。当 SQL Server 试图预先准备下一条记录，因而通过提前读取尝试将该记录加载到内存中时，发生“预读”。

图 24.1 中的所有这些文本消息也出现在图 24.2 所示的图形执行计划中。图形执行计划更容易理解，并且比文本消息含有更丰富的信息。例如，在将鼠标指针停留在某个图标上时(这也是获取工具提示的方法，如图 24.2 所示)，将会看到大量信息；这个信息准确地告诉用户执行查询的一个具体步骤所需要的 CPU 时间和磁盘 I/O 次数。

当分析完毕之后，就会对如何创建查询和优化查询速度有更充分的了解(本章稍后将讨论优化问题)，但是还没有完全了解。要想完全了解查询对常使用的反应情况，就需要在一定的工作压力下监视它们——这就是我们需要 SQL Profiler 的原因。

使用 SQL Profiler 监视查询

在经营公司时，一旦管理团队工作协调，就可以将注意力集中到其余工作人员身上。在这个比喻中，“查询编辑器”像是正在面试应聘者；需要确信他们有适当的技能，能够适应管理团队，而且将胜任他们应承担的工作，然后才会雇佣他们。和新员工一样，也需要定期地监视新查询(对于查询，需要每天都监视)。

SQL Profiler 可以用来监视与记录数据库引擎中正在发生什么事情。这是通过执行跟踪来实现的；跟踪就是记录，其中包含关于事件的、已捕获的数据。跟踪存放在表中、跟踪日志文件上或者同时存放在这两个地方，而且可以是共享的(可供每个人浏览)或私有的(仅供所有者浏览)。

正受到监视的操作称为事件，并可以是数据库引擎中发生的任何事情，比如登录失败和查询结束。这些事件在 SQL Profiler 中被逻辑地分组成事件类，以便查找和使用起来更容易。在这些事件当中，有些适用于维护安全性，有些适用于排查问题，但大多数适用于监视与优化查询。可利用的事件类如下：

Cursors 游标是用来一次一行地处理多个数据行的对象。这个事件类可以用来监视游标使用所产生的事件。

Database 这是个事件集合，用来监视数据文件和日志文件在长度方面的自动变化。

Error and Warning 这个类中的事件用来监视错误和警告，比如失败的登录或语法错误。

Locks 在用户访问数据时，数据被锁定，以使其他用户无法修改别人正在读取的数据。这个事件类可以用来监视数据上被放置的锁。

Objects 监视这个事件类可以了解对象(比如表、视图、索引等)是何时打开、关闭或以某种方式修改的。

Performance 这个事件集合显示 Showplan 事件类，还显示数据操纵操作员所产生的事件类。

Scans 这个事件类可以用来扫描表和索引,也就是说,SQL Server 必须读取对象中的每条记录来查找用户所需要的数据。这个类中的事件用来监视这样的对象扫描。

Security Audit 这些事件用来监视安全对象。像失败的登录、密码修改和角色修改之类的事件被包含在这个类别中。

Server 这个类别包含用来监视服务器控制与内存修改事件的类。

Sessions 当用户连接到 SQL Server 时,这个用户就被说成已经启动了与服务器的会话。这个事件类用来监视用户会话。

Stored Procedures 存储过程是服务器上存储的 Transact-SQL 代码集合,随时可以运行。这个事件类用来监视由存储过程的使用所触发的事件。

Transactions 事务是作为一个单元来看待的一组 Transact-SQL 命令,也就是说,它们要么全部应用于数据库,要么全部不应用于数据库。这个事件类用来监视 SQL Server 事务(包括记录了事务的事务日志上所发生的任何事情),以及通过"分布式事务协调程序"所完成的事务。

TSQL 这个事件类用来监视从客户传递到数据库服务器的任何 Transact-SQL 命令。

User Configurable 如果 SQL Profiler 中的其他事件不满足开发人员的要求,他们可以创建自己的事件并使用这些用户可配置事件做监视,这个事件类对自主开发的定制应用程序是特别有用的。

OLEDB OLEDB 是开发人员用来连接到 SQL Server 的一个接口。这个事件类可以用来监视 OLEDB 特有的事件。

Broker Service Broker 是 SQL Server 2005 中的一个新构件,用来提供异步消息排队和接发。Broker 事件类适用于监视由 Service Broker 产生的事件。

Full text 全文索引机制通过允许搜索短语、词尾变化单词、加权结果等提供了查询 SQL Server 方面的灵活性。这些索引由一个单独的服务(msftesql)控制。这个事件类可以用来监视由全文服务及其索引所产生的事件。

Deprecation 这几年中,SQL Server 中的许多命令遭到了批评。这样的例子之一是 DUMP 语句;这条语句在 SQL Server 的早期版本中用来备份数据库与日志,但现在不再是有效的命令。Deprecation 事件类帮助跟踪正在使用遭受批评的函数和命令的过程与程序并更新它们。

Progress Report 这个事件类帮助监视长运行命令(比如联机索引操作)的进度。

在创建跟踪时,跟踪基于一个跟踪模板。跟踪模板就是一个可以用来自动创建跟踪的预定义跟踪定义;开发人员也可以修改它来满足他们的特定需要。可利用的跟踪模板如下:

"空白" 这是个没有任何配置的空白跟踪模板。它可以用来创建完全独特的跟踪定义。

SP_Counts 这个模板可以用来了解有多少个存储过程已启动,它们是从哪个数据库 ID 中调用的,以及哪个 SPID(服务器进程标识符)调用了该存储过程。

Standard 这个模板记录登录与注销、跟踪时刻的现有连接、完成的远程过程调用(RPC)以及完成的 Transact-SQL 批处理。

TSQL 这个模板与 Standard 模板记录相同的事件,除了这个模板只显示 EventClass、TextData、SPID 和 StartTime 数据列之外。它适用于跟踪什么查询正在运行,它们何时运行,以及谁正在运行它们。

TSQL_Duration　这个模板设计用来跟踪什么查询正在运行和它们占用了多长时间。这个模板特别适用于查找性能很差的查询与存储过程。

TSQL_Grouped　这个模板用来查找哪些应用程序正连接到 SQL Server，以及谁正在使用这些应用程序。这个模板跟踪正在运行的查询，并依次按应用程序名、Windows 用户名、SQL Server 用户名和进程标识符将这些查询进行分类。

TSQL_Replay　跟踪文件可以在服务器上重放，也就是说，跟踪文件中的每个操作可以重新执行，就好像它正来自某个用户。这个模板特别适用于在服务器上重放来寻找某个故障的起因和其他某个意外事件。

TSQL_SPs　这个模板用来查找谁正在运行存储过程以及这些存储过程正在做什么。

Tuning　这个模板用来创建专用于“数据库引擎优化顾问”的跟踪文件，详情请参见本章稍后的介绍。

下面将通过创建一个用于监视对象打开与关闭的跟踪做一些实际的操作练习：

1. 从“开始”菜单上转到“程序”下的 Microsoft SQL Server 2005 菜单，并单击 Profiler。
2. 从“文件”菜单上选择“新建跟踪”，然后单击“连接”打开“跟踪属性”对话框。
3. 使用正确的身份验证方式连接到默认服务器实例。
4. 在“跟踪名称”框中输入 Monitor。
5. 使用 TSQL_Replay 面板(稍后将重放这个跟踪)。
6. 复选“保存到文件”复选框，并单击“保存”按钮接受默认的名称和存放位置。让“启用文件滚动更新”保留在复选状态，并让“服务器处理跟踪数据”框保留在取消复选状态。

说明： 当“服务器处理跟踪数据”框处于复选状态时，SQL Server 处理该跟踪。这样会减慢服务器性能，但事件不会丢失。如果取消复选这个框，客户处理该跟踪。这样会产生较快的服务器性能，但在服务器负荷很大的情况下有些事件可能会丢失。

7. 复选“保存到表”复选框，登录到默认服务器实例，并填入下列信息：
   - 数据库：AdventureWorks；
   - 所有者：dbo；
   - 表：Monitor。

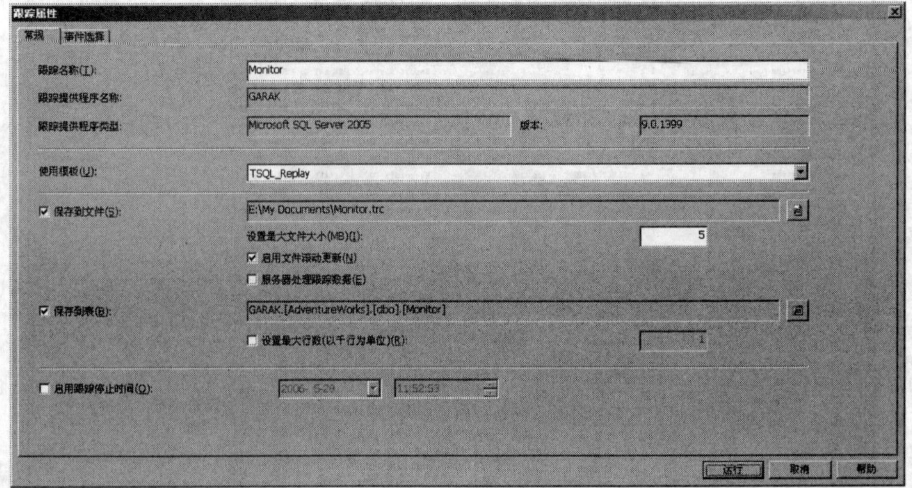

8. 单击“事件选择”选项卡。复选“显示所有事件”复选框。
9. 在 Events 网格中,展开 Security Audit(如果它还没有展开),并复选 Audit Database Object Access Event 左侧的复选框。这将监视对象,比如表的打开与关闭。

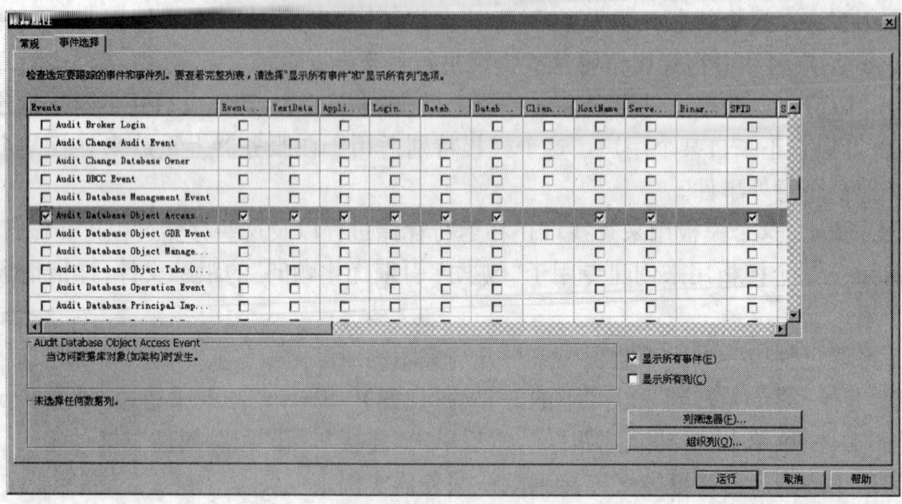

10. 单击“运行”按钮开始跟踪。
11. 让 Profiler 运行,并在 Management Studio 中打开一个新的 SQL Server 查询窗口。
12. 执行下列查询:

```
USE AdventureWorks
SELECT * FROM Person.Contact
```

13. 切回到 Profiler,并单击“暂停”按钮(双蓝线)。在 Profiler 窗口中,观察收集到的数据量。

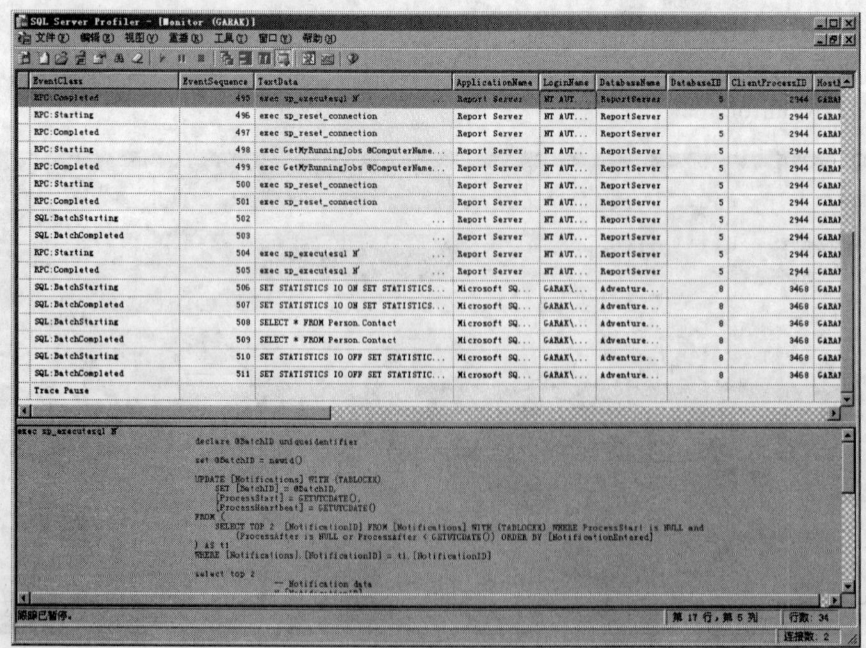

14. 关闭 Profiler 与"查询编辑器"。

如果查看跟踪结果的尾部,应该看到刚才在第 12 步中执行的 SELECT 查询。在记录了一个跟踪之后,该跟踪中的每件东西都可以重新执行,就好像它正来自某个用户。这是个叫做重放的过程。

重放跟踪文件

当侦探正设法查找嫌疑犯时,他们要做的第一件事情是尽可能逼真地重现现场。这么做有助于发现以其他任何方式都找不到的具体细节。当 SQL Server 上发生故障时(比如服务器瘫痪),也需要尽可能逼真地重现导致该事件的现场,这可以通过使用 Profiler 重放跟踪文件来实现。

将保存的跟踪文件装载到 Profiler 中就可以以服务器为背景重放跟踪文件,并可以用这种方式确切地发现问题出在什么地方。特别有用的一项试验是,不必一次播放整个跟踪文件,而是可以单步播放来确切查找问题出在什么地方,甚至可以以不同的服务器为背景重放保存的跟踪文件,以免在此过程中使生产服务器瘫痪。下面这些步骤将尝试上述过程:

1. 打开 Profiler,从"文件"菜单上选择"打开"➤"跟踪文件"菜单命令。
2. 在"打开文件"对话框中选择 Monitor,然后单击"打开"按钮。
3. 在跟踪窗口的工具栏上,单击"单步执行"按钮(指向一条灰线的蓝色箭头)。这将一次一步地播放。
4. 登录到默认的 SQL Server 实例。
5. 在接着出现的"重播配置"对话框中,可以选择创建一个输出文件名,用于存放所有错误消息和输出以便日后检查。让其保持为空白。
6. 在"基本重播选项"页面上,可以选择启用按事件的记录顺序重放事件的调试特性,或者禁用同时重放多个事件的调试特性。选择按事件的记录顺序重放事件的单选项,然后单击"确定"按钮。

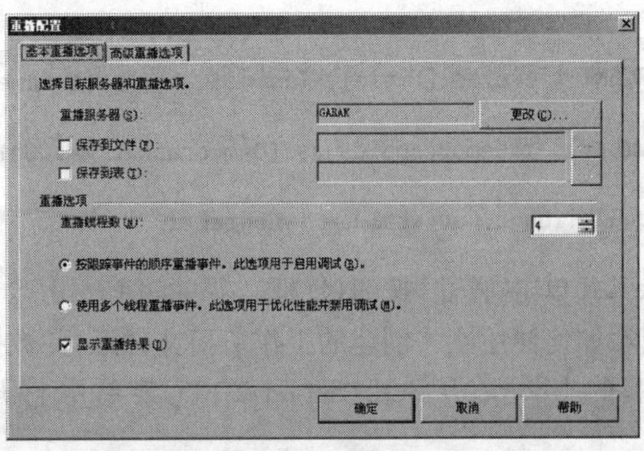

7. 向下滚动并选择包含 SQL:BatchCompleted 的第一行。
8. 在工具栏上,单击"运行至光标处"按钮(指向双括号的箭头)。这将执行当前位置到选定事件之间的所有步骤。
9. 单击"启动重播"按钮(黄色箭头)完成重放跟踪文件。步骤之间有一个时间间隔,因为前面选择了 Maintain Interval 复选框。
10. 关闭 Profiler。

Profiler 是个监视数据库活动和报表问题的优秀工具,但还有其他功能。Profiler 还携带另外一个向导,用于帮助进一步提高查询的性能,这个向导就是"数据库引擎优化顾问"。

使用数据库引擎优化顾问

如果交响乐队中的乐器走调,整个交响乐听起来就会变味,而且效果也会受损。同样,如果某个 SQL Server 数据库走调,它会使整个系统变慢。也许创建一个索引用错了的列,也许用户随着时间的推移开始查询不同的数据,这些情况都要求创建新的索引。如果情况真是这样,那么数据库需要调整。

在运行"数据库引擎优化顾问"之前,需要先获得一个工作负荷。为此,可以在 Profiler 中运行和保存一个跟踪(通常是用 Tuning 模板创建一个跟踪)。最好的办法是在数据库活动高峰期间获取这个工作负荷,以保证给向导提供一个准确的工作负荷。首先,需要创建一个可以用于"数据库引擎优化顾问"的工作负荷文件,步骤如下:

1. 从"开始"菜单上转到"程序"下的 Microsoft SQL Server 2005 菜单,然后单击 Profiler。
2. 从"文件"菜单中选择"新建跟踪"菜单命令,然后单击"连接"打开"跟踪属性"对话框。
3. 使用适当的身份验证方式连接到默认的服务器实例。
4. 在"跟踪名称"框中键入 Tuning。
5. 使用 Tuning 模板。
6. 复选"保存到文件"复选框,并单击"确定"按钮接受默认的名称与存放位置。让"启用文件滚动更新"框保留为复选状态,并让"服务器处理跟踪数据"框保留为取消复选状态。
7. 单击"运行"按钮开始该跟踪。
8. 让 Profiler 运行,并在 Management Studio 中打开一个新的 SQL Server 查询窗口。
9. 执行下列查询:

```
USE AdventureWorks
SELECT TOP 100 PERCENT title as [Title], lastname as [Last Name], firstname as
[First Name],
phone as [Phone Number], i.demographics as [Demographic XML Data] from
Person.Contact c
join Sales.Individual i on c.ContactID = i.ContactID
```

10. 切回到 Profiler,并单击"停止"按钮(红框),并关闭 Profiler。

下面这些步骤将演示如何使用刚才创建的工作负荷文件运行"数据库引擎优化顾问":

1. 从"开始"菜单上的 Microsoft SQL Server 2005 菜单中打开"数据库引擎优化顾问"。
2. 使用适当的身份验证方式连接到默认的服务器实例。这将在"数据库引擎优化顾问"中创建一个新的会话。
3. 在"会话名称"文本框中,键入 Tuning Session。
4. 在"常规"部分,单击浏览按钮(它看上去像个双筒望远镜),并查找到刚才创建的 Tuning. trc 跟踪文件。
5. 在"选择要优化的数据库和表"网格中,复选 AdventureWorks 旁边的复选框。

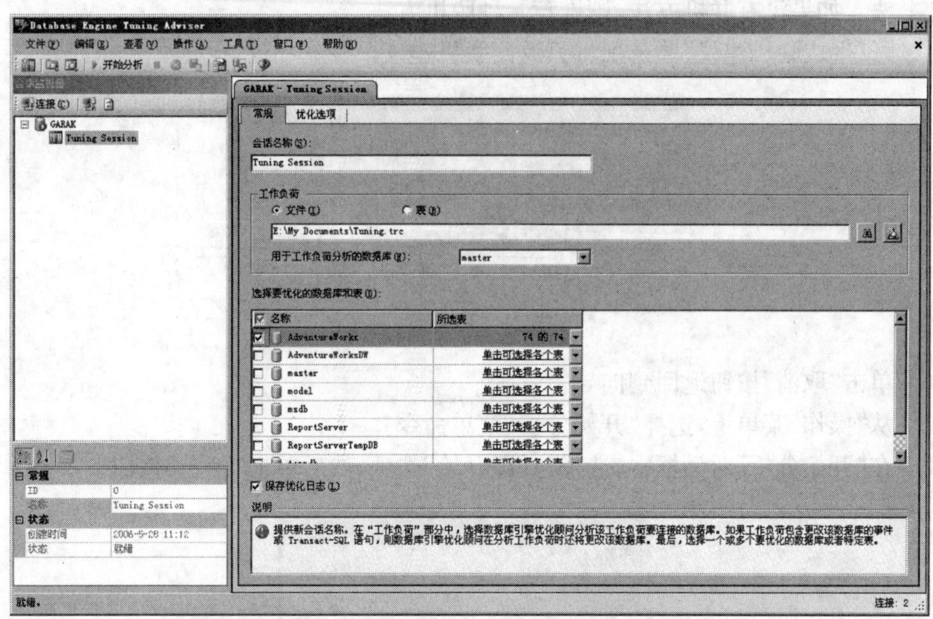

6. 切换到"优化选项"选项卡。从该选项卡上，可以通知向导对数据库做什么物理修改；具体地说，可以让向导创建新索引（群集和非群集）并分区数据库。
7. 让"限制优化时间"选项保留为复选状态，并设置默认时间；这防止向导占用太多的系统资源。
8. 保留"在数据库中使用的物理设计结构"、"使用的分区策略"和"在数据库中保留的物理设计结构"部分的默认设置。

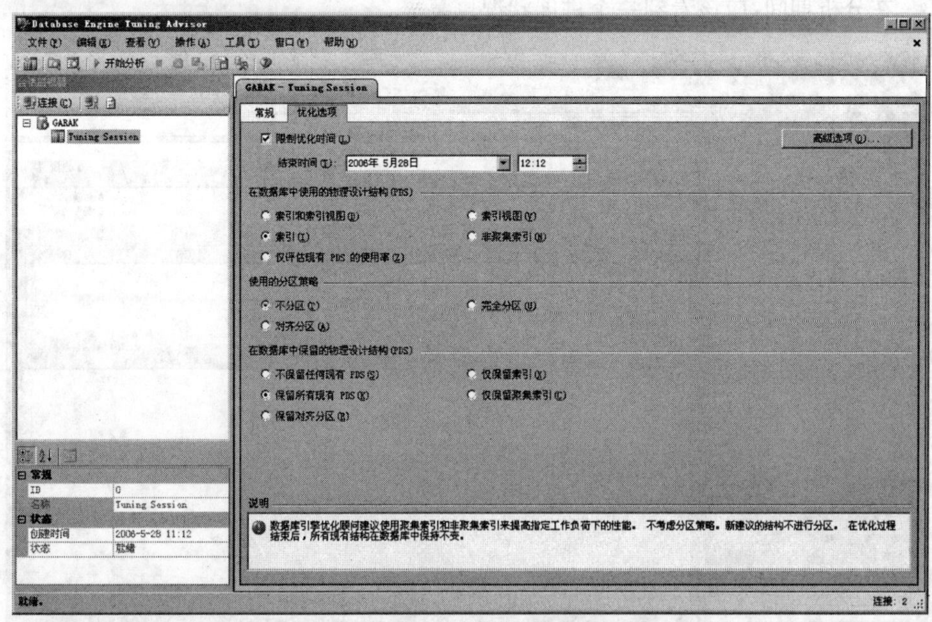

9. 单击"高级选项"按钮。从那里，可以设置下面这些选项：
   - "定义建议所用的最大空间"单选项设置由推荐的物理性能结构所使用的最大空间量。
   - "所有建议均为脱机建议"单选项将产生可能要求让数据库脱机以实现修改的建议。
   - "如果可能，则生成联机建议"单选项将返回联机建议，即使存在一种更快的脱机方法。如果没有联机方法,则推荐一种脱机方法。

- "仅生成联机建议"单选项将只返回联机建议。

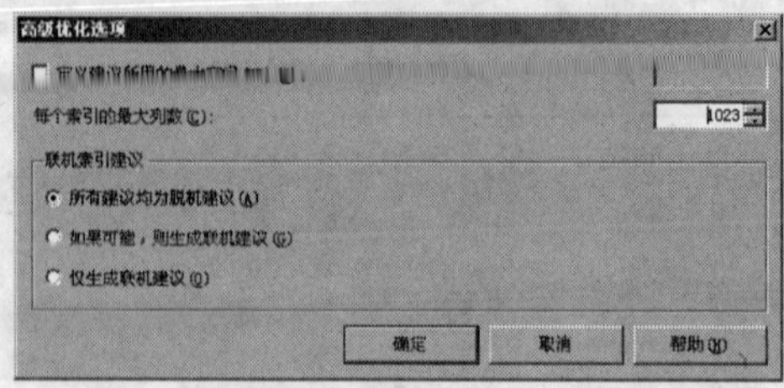

10. 单击"取消"按钮返回到向导。
11. 从"操作"菜单上,选择"开始分析"菜单命令。
12. 在"开始分析"对话框中,选择"立即开始"选项,然后单击"确定"按钮。

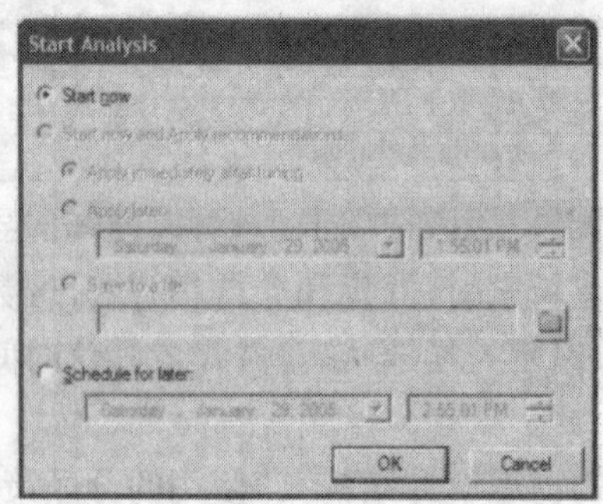

13. 在分析期间,应该看到一个进展状况屏幕。

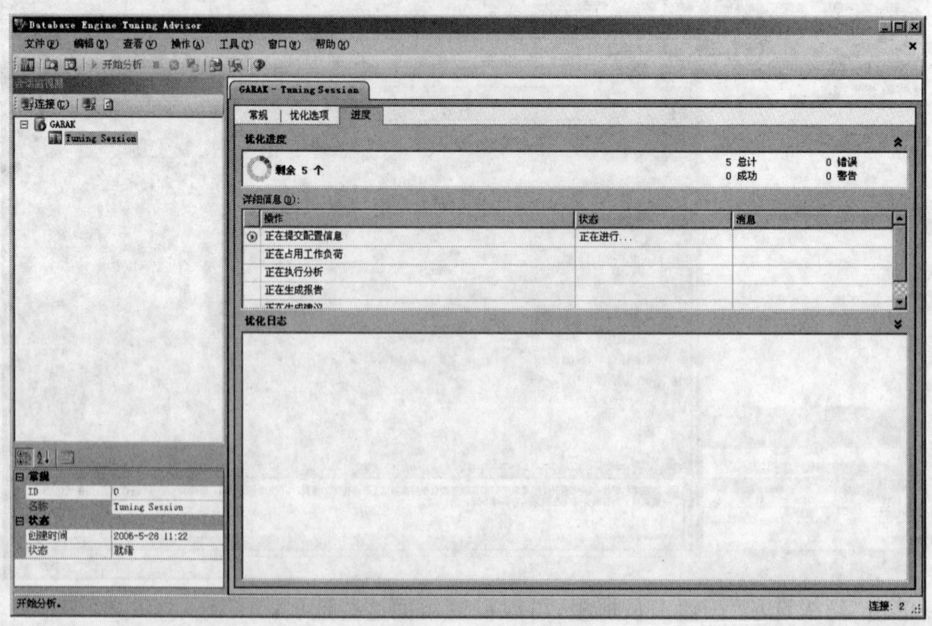

14. 在分析结束后,应该看到建议屏幕。但是,对于本例所使用的这个工作负荷文件,也许看不到任何建议。

15. 也可以检查报表屏幕查找关于分析过程的较详细信息。

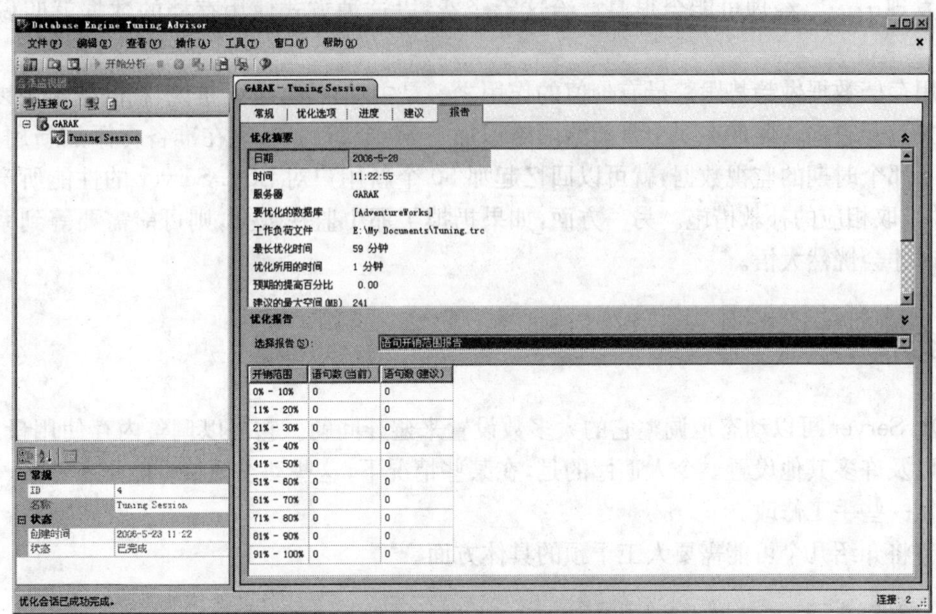

16. 关闭"数据库引擎优化顾问"。

提示与技巧

如果想从 SQL Server 的监视工具中获得最佳结果,则需要了解和利用正确的技巧,否则得到的最终结果将不是希望或需要的结果。

设置测量基准

如果不知道标准是什么(即测量基准应该做的事情),就无法知道系统是否正运转得比平常慢。测量基准给出 SQL Server 在正常条件下占用的资源(内存,CPU 时间等)。在将系统投入到生产中以前,应当先建立测量基准,以便获得可供日后比较读数的标准数据。

创建准确的测量基准所需要的第一件东西是个测试网络,测试网络应该只包含要使用的 SQL Server 和一两台客户计算机。限制参加测试的计算机数量是因为所有网络都有广播通信量。这些通信量将由网络上的所有计算机来处理,并且可能会干扰计算结果——时大时小。如果预算没有考虑到测试网络的建设费用,则可能需要考虑在下班后关掉尽量多的计算机来创建测量基准。

然后,就可以开始创建基准。本章开始处提到的 Windows 计数器,以及预设的 SQL Server 计数器都应该提供一个可供日后比较读数的准确基准。然后,可以转到下一个技巧。

数据存档与趋势跟踪

尽管丢掉 SQL Server 监视记录的后果不像税务官来查账时没有发票和账目那么严重,但仍需要将监视记录保存起来,或者说存档。这么做的主要原因之一是申请增加备份设备。例如,在申请经费购买用于 SQL Server 的附加内存时,如果提不出系统需要内存的证据,也许就得不到这笔经费。但是,如果拿出几个月的报表,并说“跟踪 SQL Server 一段时间后,我们已经发现……”,经理可能会很愿意给这笔经费,以这种方式使用存档的数据就叫做趋势跟踪。

使用存档数据做趋势跟踪最有价值的作用之一是主动查错,也就是说,在问题出现以前预先考虑并避开它们。假设在 3 个月前给网络添加了 50 个新用户,现在准备再添加新用户,如果保存了那个时期的监视数据,就可以回忆起那 50 个新用户对 SQL Server 的性能所产生的影响,并采取相应的补救措施。另一方面,如果扔掉了那个监视数据,则可能需要等到系统快要瘫痪时才会恍然大悟。

优化技术

SQL Server 可以动态地调整它的大多数设置来避开问题。它可以调整内存使用量、派生的线程以及许多其他设置。令人遗憾的是,在某些情况下,这些动态调整可能是不够的——可能需要做一些手工修改。

本节将介绍几个可能需要人工干预的具体方面。

查询与存储过程

当响应速度变慢时,首先要确定的是能否用存储过程代替本地查询。存储过程与本地代码在两个方面存在差别。首先,存储过程存放在 SQL Server 上,因此不要求网络传输,从而避免了通信拥挤。其次,存储过程在服务器上经过了预编译,从而节省了系统资源,而本地代码在到达系统时必须编译。

总之,存储过程是个好办法。但是,如果需要使用本地查询,则应当考虑它们的编写方法,因为构造不合理的查询会极大地降低系统速度。例如,如果只需要表中的一半数据,但查询返回整个表,则应当考虑改写该查询。WHERE 从句的不恰当使用也会使查询的速度变慢。应当确保 WHERE 从句引用经过了索引的列,以获得最优性能。

Tempdb

Tempdb 是不是大得足以处理查询施加在它上面的负荷? Tempdb 可以理解为 SQL Server 使用的草图板。在执行查询时,SQL Server 使用这个草图板记录结果集的有关情况。如果 Tempdb 用完了空间以至于无法做这样的记录,系统响应速度就会慢下来。Tempdb 的大小应该在最大数据库长度的 25%到 40%之间(例如,如果最大数据库长度为 100MB, Tempdb 的大小就应该在 25MB 到 40MB 范围之内)。

查询调控器

SQL Server 能够运行用户通知它的任何查询,即使该查询编写得不好。要改变这种行为,可以使用“查询调控器”。这不是独立的工具,而是数据库引擎的一部分,由“使用查询调控器防止查询长时间进行”设置控制。这个设置通知 SQL Server 不要运行长于 x 的查询(其中 x 是个大于 0 的值)。例如,如果“使用查询调控器防止查询长时间进行”设置为 2,那么运行时间估计超过 2 秒的查询将禁止运行。SQL Server 可以估计查询的运行时间,因为它跟踪了表和索引中的记录数与结构的统计信息。“使用查询调控器防止查询长时间进行”可以用 sp_ configure 'query governor cost limit', '1' 命令来设置(这段代码中的 1 可能是比较高的)。"使用查询调控器防止查询长时间进行"也可以在 Management Studio 的"服务器属性"对话框的"连接"选项卡上进行设置。

说明: 如果"使用查询调控器防止查询长时间进行"设置为 0(默认值),所有查询均允许运行。

设置跟踪标志

跟踪标志用来临时改变一个特定的 SQL Server 行为。就像电灯开关可以用来开灯和关灯那样,跟踪标志可以用来打开或关闭 SQL Server 中的一个行为。跟踪标志用 DBCC TRACEON 命令打开,用 DBCC TRACEOFF 关闭。打开跟踪标志 1204 的命令看上去类似于 DBCC TRACEON(1204)。表 24.3 列出了一些可利用的跟踪标志。

表 24.3　跟踪标志的用处

跟踪标志	用处
107	这个跟踪标志命令服务器将带小数点的数解释为 float 类型而不是 decimal 类型
240	这个跟踪标志打印扩展存储过程动态链接库的版本信息。如果编写自定义的扩展存储过程,这个跟踪标志可用于查错
1204	这个标志指出死锁涉及的锁类型和受到影响的命令
1205	这个标志返回受死锁影响的各条命令的较详细信息
1704	这个标志在临时表被创建或删除时打印信息
2528	这个跟踪标志通过 DBCC CHECKDB、DBCC CHECKFILEGROUP 与 DBCC CHECKTABLE 命令禁用对象的并行检查。如果知道服务器负荷在这些命令运行时将会增加,则可能需要打开这些跟踪标志,使 SQL Server 每次只检查一个对象,从而减少给服务器施加的负荷。但是,在普通情况下,应该让 SQL Server 确定并行程度
3205	这个标志将关闭磁带备份的硬件压缩
3604	在打开或关掉跟踪标志时,这个跟踪标志将向客户发送输出
3605	在打开或关掉跟踪标志时,这个跟踪标志向错误日志发送输出
7505	这个标志在 dbcursorfetchx 调用致使游标位置指针前进到游标集末尾时启用返回码的 6.x 处理

Max Async I/O

不言而喻,SQL Server 需要能够向磁盘写数据,因为数据库文件存放在磁盘上。但是,它向磁盘写数据的速度是否够快呢?如果有多个连接到同一个控制器的硬盘、多个连接到多个控制器的硬盘或者一个使用带区特性的 RAID 系统,答案也许是"否"。在默认情况下,SQL Server 中的最大异步输入/输出(Max Async I/O)线程数量是 32。换句话说,SQL Server 可以同时有 32 个待处理的读请求和 32 个待处理的写请求。因此,如果 SQL Server 需要将某个数据写到磁盘上,它可以同时向磁盘发送该数据的多达 32 个块。如果使用了一个功能强大的磁盘子系统,则应该加大 Max Async I/O 设置。

应该将这个设置加大到什么值取决于硬件;因此,如果想加大这个设置,必须监视服务器。具体地说,需要监视 Physical Disk: Average Disk Queue 性能监视计数器,该计数器应该小于 2(请注意任何队列都应小于 2)。如果调整了 Max Async I/O 设置,并且 Average Disk Queue 计数器上升到 2 以上,那么 Max Async I/O 设置的值太高,并需要降低。

说明: 需要将 Average Disk Queue 计数器除以物理驱动器个数来得出准确的计数。也就是说,如果有 3 个硬盘,而计数器为值 6,那么将 6 除以 3,每个盘的计数器值为 2。

惰性编写器

“惰性编写器”是个 SQL Server 进程,负责将内存数据缓存中的信息写到磁盘文件上。如果“惰性编写器”无法在数据缓存中保持足够的自由空间用于新请求,系统就会慢下来。为了保证不发生这种情形,就需要监视 SQL Server: Buffer Manager - Free Buffers 性能监视器计数器。“惰性编写器”设法将这个计数器保持在 2 以上。如果它小于等于 2,则说明有问题,可能是磁盘子系统出了问题。为了证实这一点,需要检查 PhysicalDisk - Avg. Disk Queue Length 性能监视器计数器,并验证每个物理盘不超过 2(见前面介绍)。如果队列太长,“惰性编写器”无法有效地从内存将数据转移到磁盘上,并且自由缓冲区就会减少。

RAID

冗余磁盘阵列(RAID)用来保护数据和加快系统速度。在没有使用 RAID 的系统中,要写到磁盘上的数据仅写到单个磁盘。在使用了 RAID 的系统中,同样的数据会写到多个磁盘,从而提供容错功能和提高 I/O 速度。有些 RAID 形式可以在 Windows 中廉价地实现,但这会使用处理器和内存之类的系统资源。如果有足够的经费,则应该考虑单独购买一个 RAID 控制器或存储区网络(SAN)设备,以分担 Windows 的处理负担。下面是最常用的 RAID 类型:

RAID 0 带区集 这个级别提供改进的 I/O,但不提供容错功能。

RAID 1 镜象 这个级别提供容错功能和读速度改进。它还可以实现为双工方式,即为每个磁盘分别使用不同控制器的镜像。

RAID 0+1 镜象的带区 这是不带奇偶校验并重复在另一组磁盘上的带区集。这个级别需要一个第三方控制器,因为 Windows 没有本机地支持这个 RAID 级别。

RAID 5 带奇偶校验的带区集 这个级别提供容错功能和改进的 I/O。

增加内存

Windows Server 操作系统可以支持大内存量。2003 标准版支持 4GB 内存,企业版支持 32GB 内存,而数据中心版支持多达 64GB 内存。这对 SQL Server 来说是个好消息,因为它和大多数服务器产品一样也喜欢大内存量。要考虑的另一个特性是“地址窗口化扩展”,简称为 AWE。简单地说,AWE 允许应用程序快速访问 4GB 以上的内存,同时又使用指向该内存的 32 位指针。这就是说,如果启用了 AWE,SQL Server 2005 可以使用一个巨大的内存缓存。要启用针对 SQL Server 的 AWE。运行 sp_configure 存储过程,并设置 AWE enabled 为 1,然后重新启动 SQL Server。

手工配置内存使用量

尽管 SQL Server 可以动态地给它自己分配内存,但是让它做这项工作未必是最好的。这方面的一个合适例子是当需要在运行 SQL Server 的同一个系统上运行另一个 BackOffice 产品，比如 Exchange 的时候。如果 SQL Server 不受限制，它会占用大量内存，以至于没有给 Exchange 留下任何空间。相关的约束是“最大服务器内存”设置；通过调整这个设置，可以阻止 SQL Server 占用太多的内存。例如，如果将其设置为 102 400，即 100×1024(MB 级)，那么 SQL Server 将决不会使用比 100MB 多的内存。

也可以设置“最小服务器内存”选项，这个设置通知 SQL Server 决不能使用比设置量少的内存；这个设置应该和“设置工作集长度”选项一起使用。Windows 使用虚拟内存，也就是说，内存中一段时间未得到过访问的数据会被存放到磁盘上。“设置工作集长度”选项阻止 Windows 从内存将数据转移到磁盘上，即使 SQL Server 处于空闲状态。这可以提高 SQL Server 的性能，因为它不再需要从磁盘上读取数据(从磁盘上读数据比从内存中读数据慢 100 倍左右!)。如果决定使用这个选项，则应将“最小服务器内存”和“最大服务器内存”选项设置为相同大小，并将“设置工作集长度”选项改为 1。

小结

本章强调了监视与优化的重要性。监视的好处是能在用户发现问题以前先发现它们；如果没有监视，就没有办法知道系统工作得好坏。

性能监视器可以用来同时监视 Windows 与 SQL Server。一些比较重要的计数器是 PhysicalDisk：Avg. Disk Queue Length(应该小于 2)和 SQLServer：Buffer Manager：Buffer Cache Hit Ratio(应该尽量高)。

在将查询投入到生产中以前，“查询编辑器”可以用来了解查询对系统产生的影响。在查询已经投入了广泛使用以后，SQL Profiler 可以用来监视它们，并且适合用来监视安全性和用户活动。一旦使用 SQL Profiler 将查询使用的有关信息记录到跟踪文件上，就可以运行“数据库引擎优化顾问”来优化索引。

一旦创建了所有日志与跟踪，就需要将它们存档。各种日志文件日后可以用做预算证据，以及用来做趋势跟踪。

本章还介绍了怎样使速度变慢的系统恢复正常的一些技巧。可以在磁盘工作得太慢时修改 Max Async I/O 设置；可以在 SQL Server：Buffer Manager-Free Buffers 性能监视器计数器命中 0 时升级磁盘子系统。RAID 也可以加快 SQL Server 速度。如果经费允许，应该单独购买一个控制器来减轻 Windows 的处理负担。如果手头拮据，可以使用 Windows RAID 1 实现容错和加快速度。

既然知道如何优化服务器并让它保持最佳的运行状态，在 SQL Server 上执行所有任务就会轻松得多。这对下一章将要讨论的题目更为有利——复制。

第 25 章 复 制

由于种种原因,许多公司有多个数据库系统,特别是有多个办公地点或多个部门而且它们拥有各自服务器的较大型公司。不管原因如何,这些服务器之中有许多需要复制对方的数据库。例如,如果人力资源部有两个服务器(一个在纽约,而另一个在新加坡),则需要在每个服务器上保持每个数据库的一个副本,使所有人力资源部人员都能看到相同的数据。解决这个问题的最佳方法是使用复制。

复制(Replication)是专门为了在服务器之间拷贝数据和其他对象(比如视图、存储过程和触发器)并保证这些副本保持最新的任务而设计的。本章将介绍复制的内部工作原理。首先,我们将讨论一些用来描述各种复制构件的术语。在了解这些术语之后,我们就可以讨论 SQL Server 在复制过程中起到的各种作用了。接着,转到复制的类型与模型的讨论,最后做几个复制练习。

了解复制

复制的惟一目的就是在服务器之间拷贝数据。这么做有以下几个比较充分的理由:

- 如果公司有多个办公地点,则可能需要将数据转移到比较靠近数据使用者的地方。
- 如果多个人需要同时使用同一个数据,复制是给他们提供这种访问的适当方法。
- 复制可以将读数据与写数据的功能分开。这个特性在联机事务处理(OLTP)环境中特别有用,因为读数据会对系统造成很大的工作负荷。
- 有些地点可能有不同的数据处理方法和规则(这个地点也许是姊妹公司或子公司)。复制可以用来给这些地点提供设立各自的数据处理规则的自由度。
- 移动销售人员可以将 SQL Server 2005 安装在他们的便携电脑上,并在电脑中保存库存数据库的一个副本。这些用户可以通过拨号连接到公司网络并执行复制,以更新库存数据库的本地副本。

也许还能提出在公司内使用复制的其他理由,但无论怎样,都需要熟悉发布方/订阅方概念。

发布方/订阅方隐喻

Microsoft 使用发布方/订阅方隐喻让复制的理解和实现变得更为容易。这个隐喻有点像报社或杂志社。报社拥有城市居民想要阅读的信息,因此将这个数据印刷到报纸上,并让送报员分发给已经订阅报纸的客户。如图 25.1 所示,SQL Server 复制采用了基本相同的方式,因为它也有发布方、分发方和订阅方。

发布方 在 SQL Server 术语中,发布方是拥有数据的原始副本的服务器——类似于报社拥有需要印刷和分发的原始数据。

分发方 正如报社需要送报员将报纸分发给已经订阅了报纸的客户,SQL Server 需要称为分发方的特殊服务器收集来自发布方的数据,并将这个数据分发给订阅方。

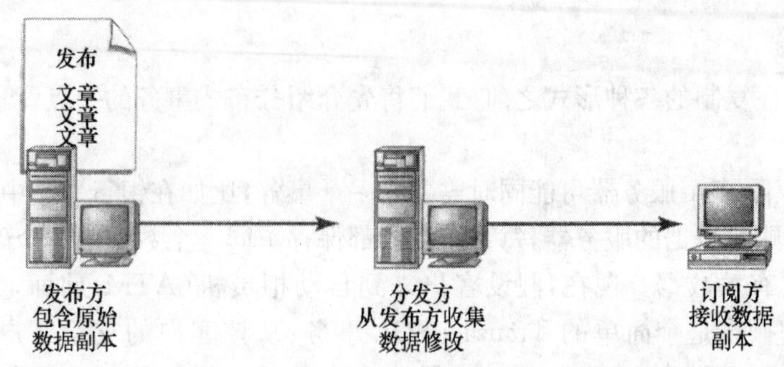

图 25.1 SQL Server 可以在复制中发布、分发和订阅发布

订阅方 订阅方是需要发布方上所保存数据的一个副本的服务器。订阅方类似于需要阅读新闻的客户。

说明:SQL Server 可以是这 3 种角色的任意一种组合。

这个比喻还可以延伸一步。所有信息不是被堆积成一个巨型卷,并被弃之不顾,而是被分解成各种发布和文章,使查找所需要的信息变得更加容易。SQL Server 复制也有这个优点:

文章 文章就是需要被复制的表数据。当然,不一定复制表中的所有数据。文章可以被水平分区,也就是说,并非发布表中的全部记录;文章也可以被垂直分区,也就是说,并非发布所有列。

发布 发布是文章的集合,也是订阅的基础。订阅可以由一个或多个文章组成,但必须订阅发布,而不是订阅文章。

在了解了 SQL Server 可以在复制中扮演的 3 个角色,以及数据被发布为存放在发布中的文章后,接下来需要了解各种复制类型。

复制类型

控制发布传到订阅方的分发方式是很重要的。例如,如果报社没有控制发行方式,许多人在需要报纸时可能得不到它们,或者其他人可能免费得到了报纸。在 SQL Server 中,也要控制发布的分发方式,使数据在订阅方需要它时到达订阅方手中。

有 3 种基本的复制类型:事务性、快照和合并,本章稍后将比较详细地讨论它们。在选择复制类型时,有以下几个需要考虑的关键因素:

自治性 这是指订阅方对它们所收到的数据有多大程度的独立性。有些服务器可能需要数据的一个只读副本,而其他服务器可能要求能够修改它们所收到的数据。

等待时间 是指订阅方没有从服务器上得到最新数据副本能够忍耐多长时间。有些服务器没有从发布方得到新数据可以忍耐几个星期,而其他服务器可能要求一个非常短的等待时间。

一致性 最受欢迎的复制形式也许是事务性复制,其中事务从发布方的事务日志中被读取,通过分发方被转移,然后被应用于订阅方上的数据库。这是事务一致性介入的地方。有些订阅方可能要求所有事务按它们原有的顺序被应用于服务器,而其他订阅方可能只需要这些事务之中的一部分。

在仔细考虑这些因素之后,就可以选择最适合特定需求的复制类型了。

背景:分布式事务

在讨论事务性复制的各种形式之前,我们将先介绍分布式事务的一点背景,并简单地回顾一下它们。

在某些情况下,多个服务器可能同时需要同一个事务,比如在银行领域中。假设一家银行有多个存放客户账户数据的服务器,每个服务器都保存了同一个数据的一个副本,而且所有服务器都可以修改有关数据。现在,假设客户来到自动柜员机(ATM)前面,并从其账户中取钱。这个取钱的操作是个简单的 Transact-SQL 事务:从该客户的支票账户记录中减钱,但需要注意,多个服务器拥有这个数据。如果这个事务只对银行的一个服务器做这项修改,那么该客户可以去全城的每一台 ATM 机上取得足够养老的现金,而银行对他一点办法也没有。

为了避免这种情形,就需要让这个完全的事务同时到达所有订阅方。该事务要么被应用于所有服务器,要么不被应用于其中的任何一个服务器。这种类型的复制称为分布式事务或两步提交(2PC)。从技术上看,这不是一种复制形式;2PC 使用 Microsoft 分布式事务协调程序(DTC),并由 Transact-SQL 代码的编写方式控制。平常的单服务器事务看上去类似于下面这样:

```
BEGIN TRAN
TSQL CODE
COMMIT TRAN
```

分布式事务看上去类似于下面这样:

```
BEGIN DISTRIBUTED TRAN
TSQL CODE
COMMIT TRAN
```

利用分布式事务可以将同一个事务同时应用于所有必要的服务器,或者不应用于其中的任何一个服务器。换句话说,这种复制类型有很低的自治性、很短的等待时间,以及很高的一致性。

事务性复制

在事务性复制中,只有单个事务被复制。当数据修改要被立即复制时,或者当事务必须是原子事务时(要么全部应用,要么全部不应用),事务性复制是首选类型。另外,使用事务性复制时,主关键字是必需的,因为每个事务被分别复制。正如下面将要描述的,有 3 种关键的事务性复制类型:标准、带更新订阅方和对等。

标准事务性复制

对 SQL Server 数据库的所有数据修改都是事务,不管它们有没有显式的 BEGIN TRAN 命令和对应的 COMMIT TRAN 命令(如果没有显式的 BEGIN…COMMIT 命令,SQL Server 将假设这条命令)。所有这些事务都存放在一个与数据库相关联的事务日志中。使用事务性复制时,事务日志中的每个事务都会被复制。这些事务在日志中标记为复制(因为并不是所有事务都可能被复制),然后它们被拷贝到分发方,并存放在分发数据库中,直到它们被拷贝给订阅方时为止。

惟一的缺点是,事务性复制的订阅方必须将数据作为只读数据对待,也就是说,用户无法修改他们收到的数据。这就像订阅报纸一样，如果看到报纸上的广告中有拼写错误，你不能用钢笔修改它并认为这是做好事，因为别人根本看不到你的修改，第二天照样会看到这个拼写错误。因此，事务性复制有高的一致性、低的自治性和中等的等待时间。

带更新订阅方的事务性复制

这种复制与标准事务性复制差不多，但有一个重要差别：订阅方可以修改它们收到的数据。这种类型的复制可以理解成 2PC 与事务性复制的混合，因为它使用分布式事务协调程序和分布性事务来完成其工作。

有两种类型的可更新订阅：立即和队列。立即更新指的是数据立即发生更新。为了让这种更新在订阅方发生，发布方与订阅方之间必须存在一条连接，以用于更新订阅方处的数据。在队列更新中，发布方与订阅方之间不必存在一条连接，而且更新可以在任意一方脱机时进行。

当数据在订阅方处进行更新时，更新结果在下一次连接时发送给发布方。然后，发布方在其他订阅方变得可用时，将该数据发送给它们。立即更新使用 2PC 来完成。使用队列更新时，事务可以在发布方与订阅方之间的网络连通时进行更新。

由于更新结果是异步地(指不是同时)发送给发布方的，所以同一个数据可能已经由发布方或其他订阅方修改过，从而导致在应用更新结果时出现冲突。所有冲突都是通过创建发布时所定义的一个冲突解决政策来检测和解决的。

可更新订阅可以通过 Management Studio 的“新建发布向导”来启用，也可以通过一个存储过程来启用。通过该向导创建的发布同时具有默认地启用的立即更新与队列更新。如果通过存储过程创建发布，则可以启用任意一个或两个选项。在这两种方法中，始终可以切换更新方式。

对等事务性复制

事务性复制还使用对等复制来支持订阅方的数据更新。这种方法是针对这样一些应用程序而设计的：它们可能会对参加到复制中的任何一个数据库的数据都进行修改。这方面的一个例子是联机购物应用程序，这些程序对每个订单或交易都修改一次数据库(比如更新邮寄列表、修改库存等)。

标准(只读)复制或带更新订阅的复制与对等复制之间的一个关键差别是，后者不是分级的。所有节点都是对等的，并且每个节点都发布和订阅同一个架构和数据。因此，每个节点都包含完全相同的架构和数据。

快照复制

事务性复制只将变化的数据拷贝给订阅方，而快照复制在每次复制时都将整个发布拷贝给订阅方。本质上，它在每次复制时拍摄数据的一个快照，并将其复制给订阅方。这种复制类型适用于只需要数据的只读副本而不经常要求更新的服务器。事实上，它们可以用几天甚至几个星期的时间等待更新的数据。

这种复制类型的一个恰当例子是将它用在拥有产品目录数据库的超市连锁店中。总部保存并发布数据库的主副本，并且数据修改都发生在发布数据库里。如果必要，订阅方可以用几天时间等待产品目录的更新结果。

订阅方处的数据也应该看成是只读的，因为所有数据在每次发生复制时均将被覆盖。这种复制类型有高的等待时间、高的自治性和高的一致性。

快照使用"快照代理"创建并存放在发布方的快照文件夹中。"快照代理"运行在分发方的SQL Server代理服务下面,并可以通过Management Studio来管理。

说明:快照复制主要用来建立数据和数据库对象的初始集合,以用于合并与事务性发布。

合并复制

这是迄今为止使用起来最复杂的复制类型,但也是最灵活的复制类型。合并复制允许对发布方的数据和所有订阅方的数据做修改。然后,这些修改被复制到所有其他订阅方,直到系统最终趋于统一——所有服务器都具有相同数据的状态。

合并复制的最大问题是冲突,这个问题在多个用户同时修改各自数据库副本中的同一条记录时出现。例如,如果佛罗里达的用户修改某个表中的第25条记录,同时纽约的用户也修改该表中的第25条记录,那么在发生复制时,第25条记录上就会出现冲突,因为同一条记录在两个不同的地方进行了修改,从而SQL Server有两个要选择的值。冲突解决方法的优先级通过"新建订阅向导"或在Management Studio中指定。也可以使用Management Studio的"复制冲突查看器"工具检查并解决冲突(本章稍后将讨论如何设置)。如果你能发现如何应用SQL Server方法解决全世界的冲突,很可能将获得诺贝尔和平奖。

合并复制通过给参与复制过程的所有服务器上的数据库添加触发器和系统表来完成其工作。当其中的任何一个服务器上发生修改时,触发器触发,并将修改的数据存放在一个新的系统表中,该数据一直驻留在这个新表中直到发生复制。这种复制类型有最高的自治性、最高的等待时间和最低的事务一致性。

然而,上述这一切是如何发生的呢?复制背后的驱动力量是什么?下面将介绍使复制运转起来的5个代理。

复制代理

上一节列出的任何一种订阅类型要么是推送订阅,要么是请求订阅。推送订阅在发布方处配置和控制。这种订阅方法很像你在邮件中收到的产品目录:发布方确定你何时得到产品目录,因为发布方知道产品目录中的信息何时发生了变化。复制中的推送订阅也是这样:发布方确定何时将修改结果发送给订阅方。

请求订阅比较像杂志订阅。你填写订单向杂志社请求订阅,杂志不会自动发送给你。请求订阅采用与此基本相同的工作方式,因为订阅方也要向发布方请求订阅;除非订阅方要求,否则发布方不发送发布。

无论采用这两种订阅方法之中的哪一种,数据都用5个代理从发布方转移到分发方,最后转移到订阅方:

"日志读取器代理" 这个代理主要用在事务性复制中。它在发布方处读取发布数据库中的事务日志,并查找已标为复制的事务。在找到这样的事务时,日志阅读器代理将事务复制到分发服务器上,该事务一直存放在分发数据库中,直到它转移给订阅方。这个代理运行在分发方上的推送和请求订阅中。要启动这个代理,在命令行上键入logread.exe即可。

"分发代理" 这个代理将分发数据库表中的快照(用于快照与事务性复制)和事务从发布方转移到订阅方。在推送订阅中,这个代理运行在分发方上;但在请求订阅中,它运行在订阅方上。因此,如果有大量订阅方,则可能需要考虑使用请求订阅方法,以减轻分发服务器上的工作负荷。要启动这个代理，在命令行上键入 distrib. exe 即可。

"快照代理"　这个代理的名称会让人以为它只适用于快照复制，其实它适用于所有 3 种复制类型。这个代理在发布方上建立发布的副本，然后将副本拷贝到分发方，副本存放在分发工作文件夹(\\distribution_server\Program Files\Microsoft SQL Server\MSSQL $ (instance)\REPLDATA)中，或者将副本放在可移动盘(比如光盘或 Zip 驱动器)上，直到副本能拷贝给订阅方时为止。在快照复制中，这个代理在每次发生复制时运行；在其他类型的复制中，这个代理不那么经常运行，并用来保证订阅方拥有发布的当前副本，其中包括最新的数据结构。无论在推送订阅还是请求订阅中，这个代理都运行在分发方上。在分发方上，这个代理运行在 SQL Server 代理服务下面，并可以通过 Management Studio 来管理。也可以在命令行上键入 snapshot. exe 命令调用这个代理。

"合并代理"　这个代理控制合并复制。它从所有订阅方以及发布方那里获得修改结果，并将修改结果与所有参与复制的其他订阅方合并。在推送订阅中，这个代理运行在分配方上，但是在请求订阅中，它运行在订阅方上。要调用这个代理，在命令行上键入 replmerg. exe 即可。

"队列读取器代理"　这个代理(与快照复制和允许队列更新的事务性复制一起使用)读取 SQL Server 队列或 Microsoft 消息队列中的消息。然后，将相关消息应用于发布方。要启动这个队列，在命令行上键入 qrdrsvc. exe 即可。一旦选择了所需的复制类型，就可以挑选要使用的物理模型。

复制模型

SQL Server 可以在复制中扮演 3 个角色：发布方、分发方和订阅方。要想成功地实现复制，需要先知道将这些服务器放在方案中的什么地方。Microsoft 有几个标准的复制模型，它们应该能让这项决策工作更容易完成。

单发布方/多订阅方

在这个模型中，有一个保存原始数据副本的统一中央发布服务器，以及多个需要数据副本的订阅方。这个模型非常适合于事务性复制或快照复制。

何时使用这个模型的一个恰当例子是，公司总部维护一个产品目录数据库，而分公司需要产品目录数据库的副本。公司总部发布数据库，分公司订阅该发布。如果有大量订阅方，则可以创建一个请求订阅，以减轻分发服务器上的工作负担，从而使复制速度更快。图 25.2 应该有助于形象化这个概念。

多发布方/单订阅方

在这个模型中，有单个订阅服务器和多个发布数据的发布服务器。如图 25.3 所示，这个模型适合下列情形。

假设你为一家销售汽车配件的公司工作，并需要跟踪所有地区分公司的库存。所有地区分公司的服务器可以发布其库存数据库，公司总部的服务器可以订阅这些数据库。这样，总部人员就可以知道地区分公司的配件何时快要用完，因为总部有每个分公司的库存数据库的副本。

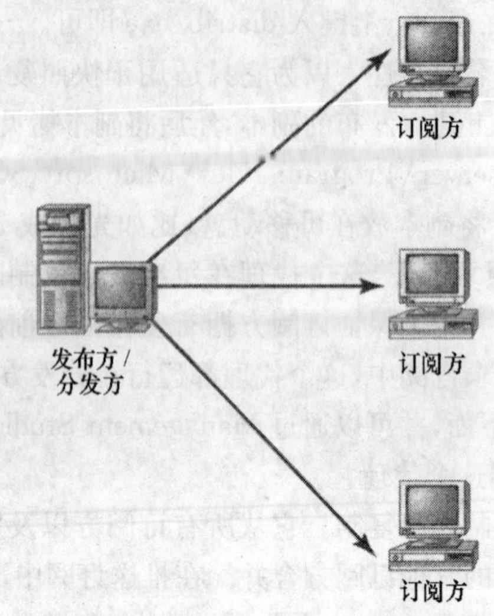

图 25.2　多个订阅方可以订阅一个统一的发布方

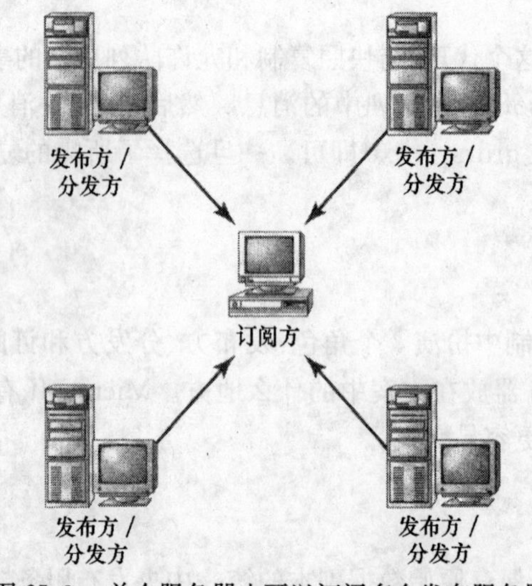

图 25.3　单个服务器也可以订阅多个发布服务器

多发布方/多订阅方

在这个模型中,每个服务器既是发布方,又是订阅方(如图 25.4 所示)。这个模型的名称很容易让人认为它只适用于合并复制,但情况并非如此,这个模型也适用于其他复制。

例如,假设你正在为一家录像带租赁公司工作。每个录像带商店都要求知道其他录像带商店的库存,以便客户在需要某个指定录像带时,能被立即带到具有所要录像带的录像带商店。为此,每个录像带商店都需要发布其录像带库存,也需要订阅其他录像带商店的发布。这样,录像带商店的店主就能知道其他录像带商店的库存。如果这是用事务性复制实现的,等待时间将会很小,因为发布在每次事务发生时均会更新。

远程分发方

在许多情况下,发布服务器也充当分发方,而且这也是可行的。但是,在有些时候,专门使用一个服务器执行分发任务更为有利。例如,请考虑下列情形(如图 25.5 所示)。

许多跨国公司需要将数据复制到他们所有的海外分支机构。例如,总部在纽约的一家公

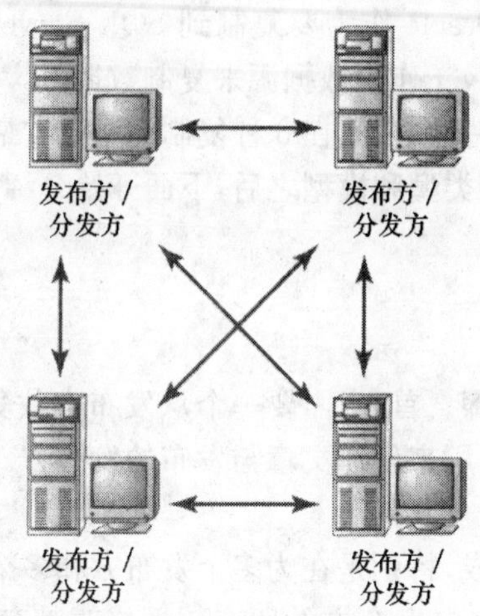

图 25.4 服务器可以既是发布方,又是订阅方

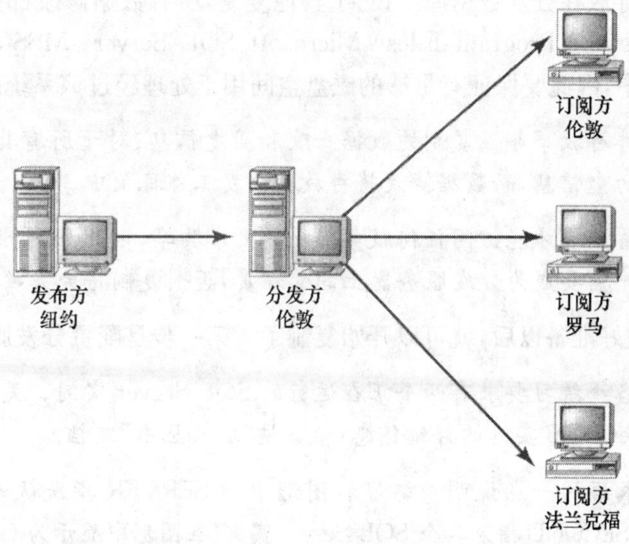

图 25.5 服务器可以专门致力于分发任务

司需要将数据复制到伦敦、法兰克福、罗马等地方。如果纽约的服务器既是发布方,又是分发方,那么这个复制过程将涉及 3 个昂贵的长途电话:分别连接到这 3 个订阅方。但是,如果在伦敦设立一个分发方,则纽约的发布方只需给伦敦的分发方打个长途电话即可。然后,分发方就会建立与其他欧洲服务器的连接,从而节省服务器之间的长途电话费。

异构复制

并不是所有复制都发生在 SQL Server 服务器之间。有时,需要 Sybase、Oracle、Access 或其他数据库服务器上的重复数据。异构复制指的是这样一个复制过程:它将 SQL Server 上的数据复制到其他类型的数据库系统或反之。在这种复制类型中,对订阅方的惟一要求是订阅方必须支持 OLE DB。如果目标支持 OLE DB,那么它就可以成为 SQL Server 推送订阅的接收方。

说明: 在 SQL Server 2005 中,Oracle 是一个完全受支持的发布方,可用在事务性复制与快照复制中,但不能用在合并复制中。创建并使用 Oracle 发布方本质上和创建并使用 SQL Server 发布方是相同的。

利用异构复制,可以使用 Oracle 作为要复制到 SQL Server、IBM、Oracle 和 Sybase 数据库的数据源,或者使用 SQL Server 作为数据源来复制数据。

事务性复制具有异构复制特性,因而在 3 种复制类型中它最适合上述这样的情况。

在全面介绍了复制的概念、类型和模型之后,下面开始介绍如何复制。

安装复制

安装与配置复制有几个步骤。首先,需要一个从发布方收集数据修改并将它们拷贝到订阅方的分发方。然后,需要一个用来创建文章与发布的发布方。最后,需要一个接收这些发布的订阅方。

分发方将有许多工作要完成,特别是在为多个发布方和多个订阅方提供服务的时候,因此要给它提供大量内存。另外,来自发布方的所有数据修改都存放在两个地方:对于事务性复制,所有数据修改都存放在分发数据库中;对于其他复制,所有数据修改都存放在分发工作目录(\distribution_server\Program Files\Microsoft SQL Server\MSSQL $ (instance)\MSSQL\ReplData)中,因此要保证有足够的磁盘空间用于处理经过该系统的所有数据修改。

说明: 分发数据库存放事务性复制的数据修改和历史信息;对于所有其他复制,分发数据库只保存历史信息,而数据修改将存放在分发工作目录中。

警告: 由于只有管理员才能访问任何服务器上的 C$ 共享,因此 SQLServerAgent 服务所使用的账户需要成为分发服务器上的管理员,否则复制将会失败。

在分发服务器做好准备以后,就可以开始复制了。第一步是配置分发服务器(稍后开始)。

说明: 本章中的各个练习要求有两个正在运行的 SQL Server 实例。关于如何安装第二个 SQL Server 2005 实例的详细信息,请参见"联机丛书"文档。

说明: 关于专用术语的一点说明。练习和图形中的 SERVER 指默认的 SQL Server 实例"Garak"。SECOND 指第二个 SQL Server 实例,在图形中显示为 Garak\SECOND。

1. 在"开始"菜单上,从"程序"下的 Microsoft SQL Server 2005 菜单中选择 Management Studio 将其打开。
2. 选择默认的 SQL Server 实例(SERVER)。然后,在对象资源管理器中,右击"复制"节点并选择"配置分发"菜单项。这将启动"配置分发向导"。单击"下一步"按钮。

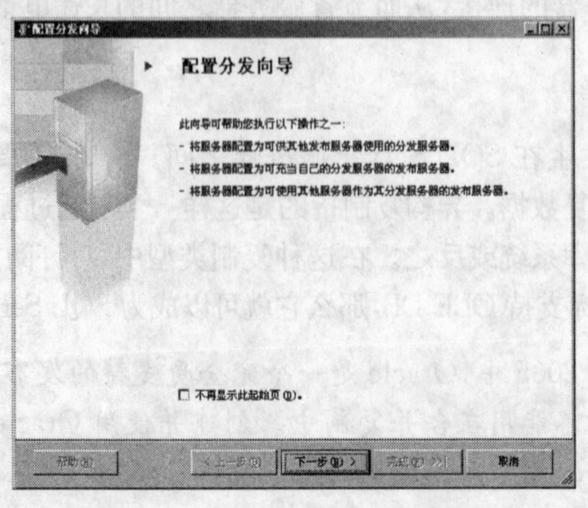

3. 在第二个页面上，向导要求选择一个分发服务器，这是存放分发数据库和分发工作文件夹的地方。我们将使用本地服务器，因此选择“'SERVER'将充当自己的分发服务器；SQL Server 将创建分发数据库和日志”单选项。然后，单击“下一步”按钮。

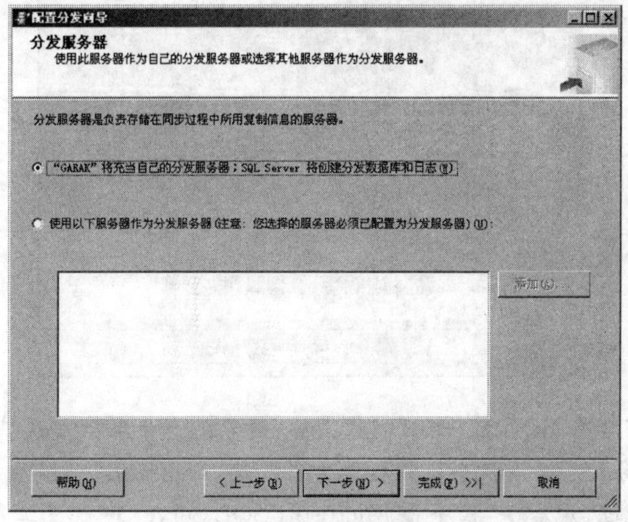

4. 如果没有将 SQL Server 代理服务配置成自动启动，将会弹出一个对话框，并询问是否自动启动 SQL Server 代理服务。通常，应该选择“是，将 SQL Server 代理服务配置为自动启动”。请注意，如果以前已将 SQL Server 代理服务配置成自动启动，该对话框将不出现。

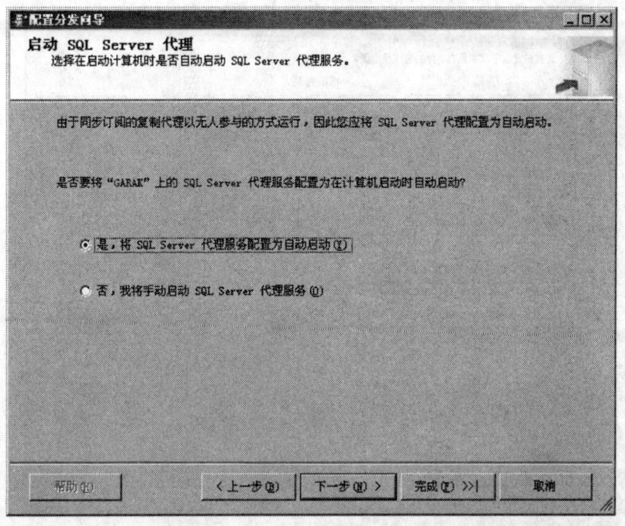

5. 下一个页面要求指定一个根位置，用来存放从使用该分发服务器的发布服务器上返回的快照。需要指定一个到达快照文件夹的网络路径，以便分发与合并代理能够访问其发布的快照。还需要使用一个到达快照文件夹的网络路径来同时支持推送与请求订阅。在本地计算机上创建一个网络共享，并在文本中引用它。例如，在 C 盘中创建一个名为 ReplData 的文件夹，并在“快照文件夹”文本中键入\SERVER\ReplData。单击“下一步”按钮继续。

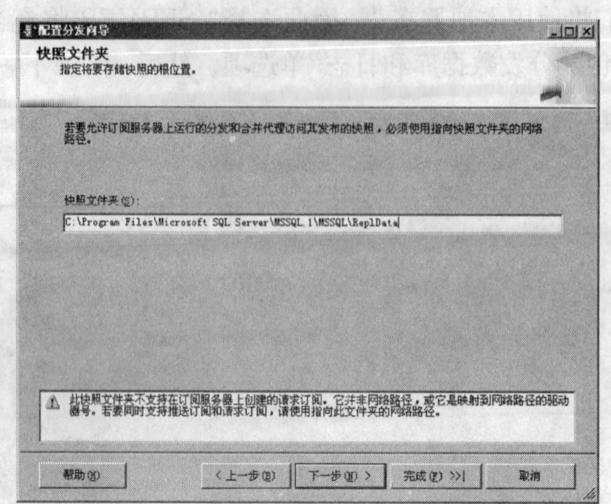

警告: 如果没有启用"SQL Server 代理"服务,配置将会失败。默认情况下,"SQL Server 代理"服务处于禁用状态。要启用这个服务,必须使用"外围应用配置器"。这个向导可以通过"开始"➤"程序"➤ Microsoft SQL Server ➤"配置工具"➤"SQL Server 外围应用配置器"菜单命令启动。

6. 在下一个页面上,需要提供分发数据库的信息:名称、数据文件位置和事务日志位置。为了恢复起见,最好是让数据文件与事务日志位于不同的物理硬盘上,但对本练习来说,接受所有默认设置,然后单击"下一步"按钮继续。

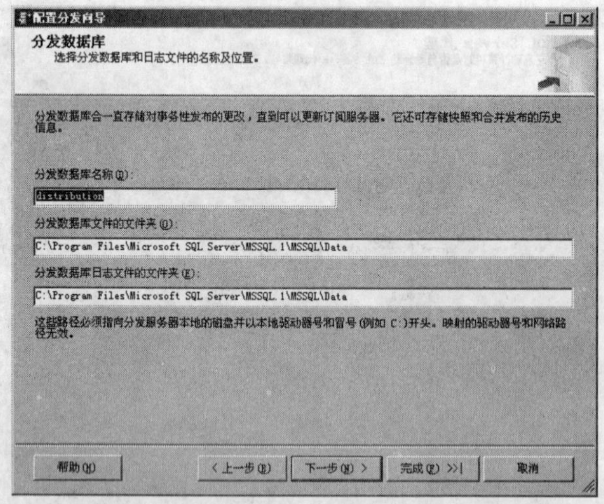

7. 下一个页面用来启用发布服务器。启用发布服务器意味着允许它们使用这个服务器作为分发服务器。这将防止未经授权的服务器给这个分发服务器增加负担。在本练习中,选择 SERVER 和 SECOND 服务器。单击"下一步"按钮。

警告: 如果 SECOND 服务器没有出现在列表中,单击"添加"按钮,并选择"添加 SQL Server 发布服务器"。然后,连接到 SECOND 服务器。一旦连接建成,SECOND 服务器就会立即出现在这个列表中。

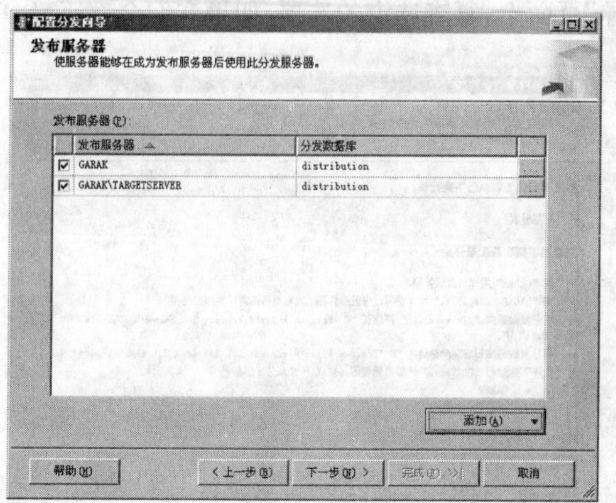

8. 下一个页面提醒你指定远程发布服务器所使用的密码，当该发布服务器在自动连接到分发服务器执行复制管理时将使用该密码。应该键入一个满足或超过域密码政策的深奥密码。单击“下一步”按钮转到“向导操作”页面。

9. 在“向导操作”页面上，要求指定在向导结束时执行什么操作。可以选择“配置分发”或“生成包含配置分发的步骤的脚本文件”复选框，也可以同时选择或不选择这两者。

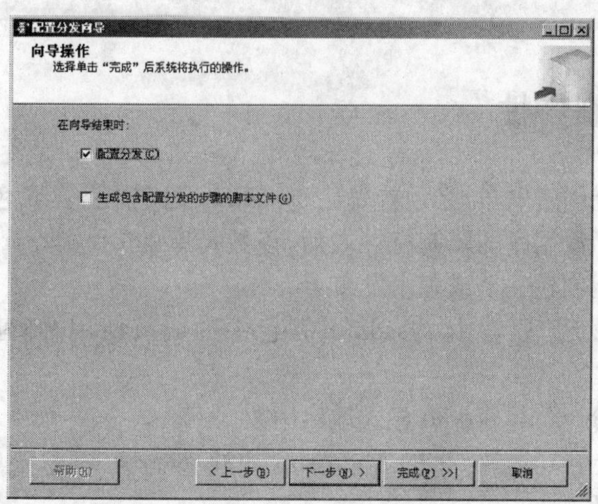

10. 在“完成该向导”页面上,复查选定的选项,如果它们全都正确,单击“完成”按钮。

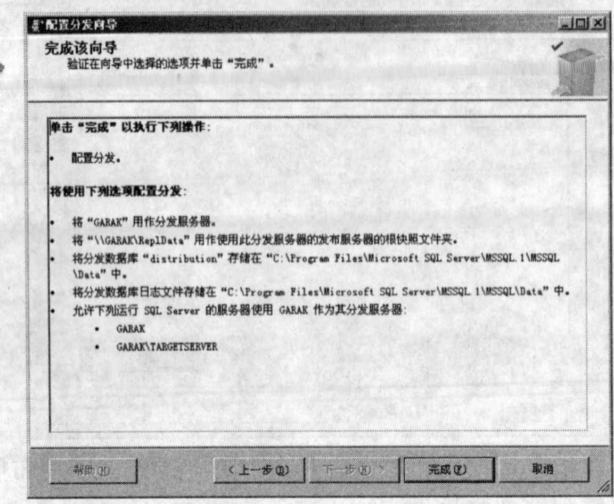

11. 打开“正在配置”页面。SQL Server 列举出它在配置复制期间执行的任务,并在配置完毕时发出通知。需要注意的是,第 6 步中指派的任何发布服务器都已经启用。可以单击“报告”按钮查看、保存、拷贝报表到剪贴板上,也可以将报表作为电子邮件发出。单击“关闭”按钮结束向导。

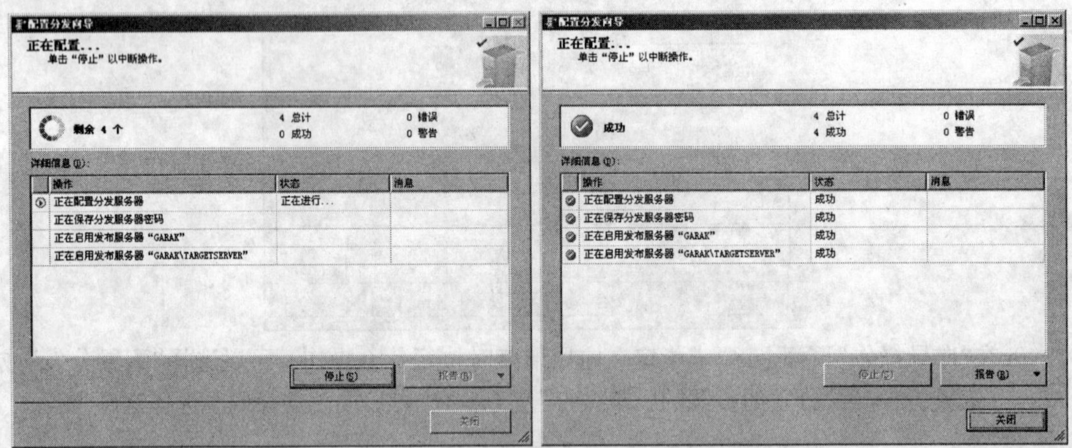

启用数据库的复制特性

为了能在数据库上创建发布,必须首先让 sysadmin 固定服务器角色中的成员启用数据库的复制特性。在启用了数据库的复制特性之后,该数据库的 db_owner 固定数据库角色中的用户就可以在数据库上创建一个或多个发布了。

在发布顺利建成以后,通常由 sysadmin 角色中的成员使用“新建发布向导”启用数据库。

也可以通过 Management Studio 显式地启用数据库。

1. 在“开始”菜单上,从“程序”下的 Microsoft SQL Server 2005 菜单中选择 Management Studio 将其打开。

2. 选择默认的 SQL Server 实例，然后在对象资源管理器中右击“复制”节点。
3. 选择“发布服务器属性”菜单命令打开“发布服务器属性”页面的“常规”选项卡。

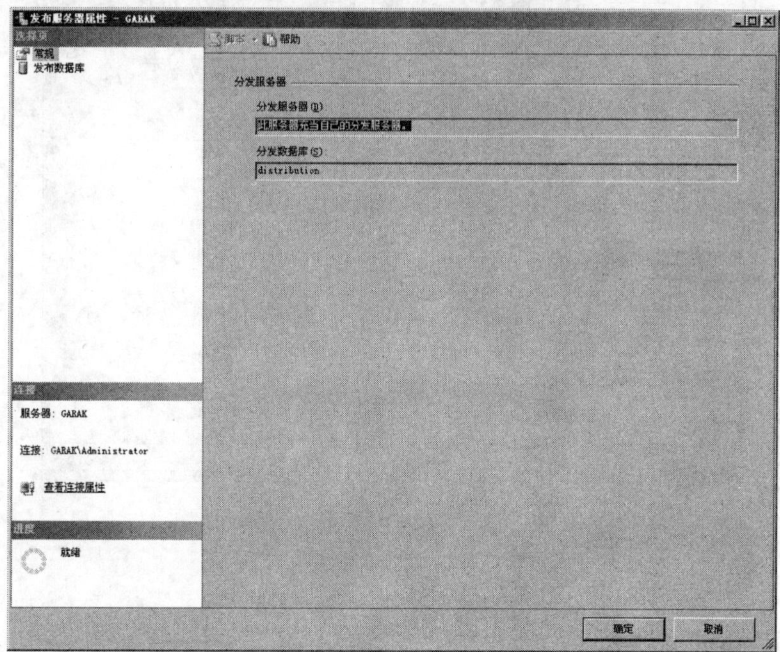

4. 选择左窗格中的“发布数据库”。一个新窗口被打开，并列出可用的数据库和两个名为“事务性”和“合并”的复选框列。

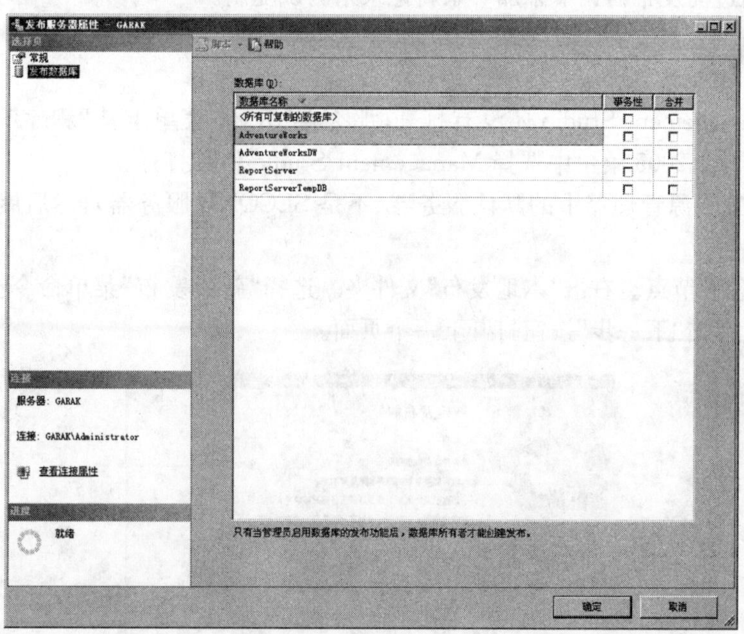

5. 对于想要复制的每个数据库，选择对应的“事务性”和(或)“合并”复选框。必须选择“事务性”复选框才能启用数据库的快照复制特性。在本例中，我们启用 AdventureWorks 样本数据库。单击“确定”按钮。

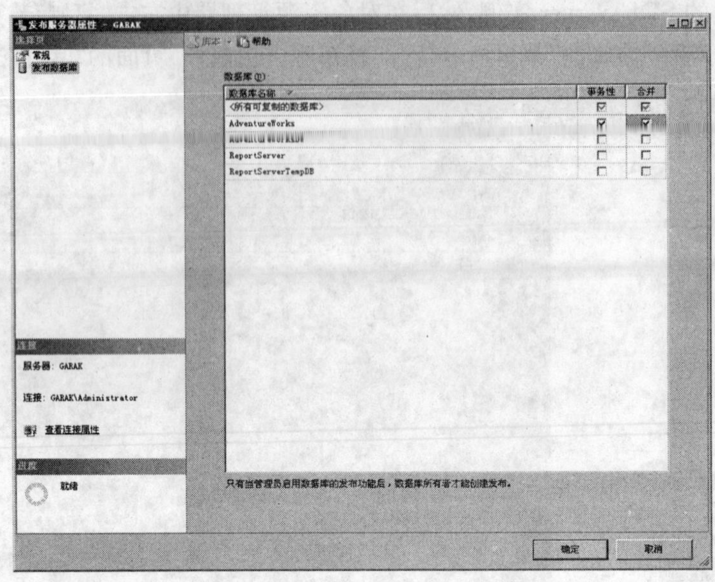

警告:启用数据库并不发布该数据库。

创建并订阅快照发布

本节将配置 AdventureWorks 数据库上的快照发布。然后,让 SECOND 服务器订阅这个发布。最后,通过向发布的文章添加一条新记录来测试复制。

创建快照发布

1. 如果 Management Studio 还没有打开,那么在"开始"菜单上从"程序"下的 Microsoft SQL Server 2005 菜单中选择 Management Studio 将其打开。
2. 单击对象资源管理器中的默认服务器(不是 SECOND 服务器),然后展开其中的文件夹。
3. 展开"复制"节点。右击"本地发布"文件夹。选择"新建发布"菜单命令打开"新建发布向导"。单击"下一步"按钮打开下一个页面。

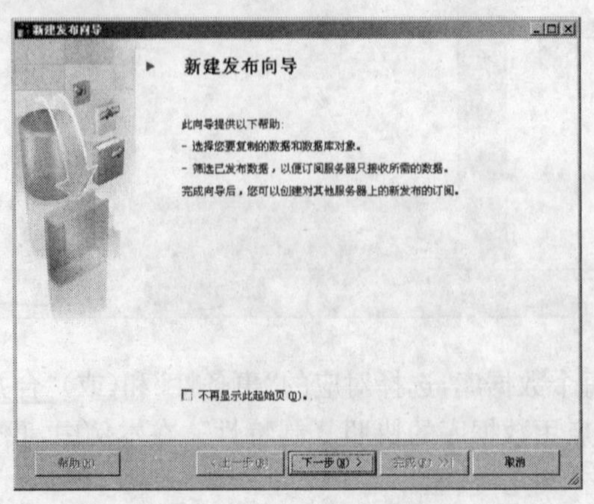

4. 在向导的“发布数据库”页面上，向导列出服务器上的数据库。通过反白显示 AdventureWorks 数据库来选中它。单击“下一步”按钮转到下一个页面。

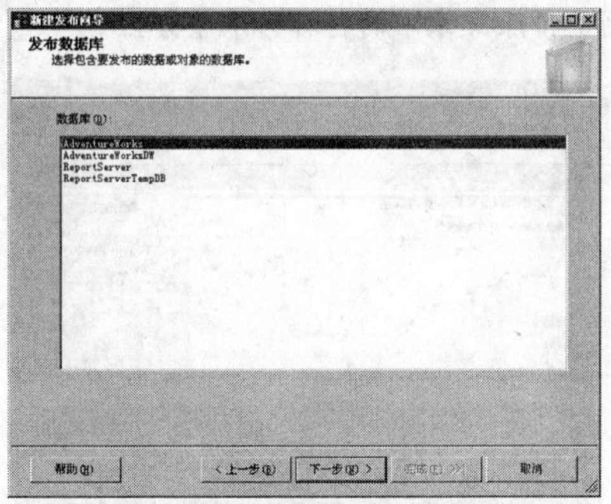

5. 在“发布类型”页面上，有一个发布类型列表，其中列出了 SQL Server 2005 中支持的 4 种发布类型。下面的列表框提供每种发布类型的一段简短说明。通过反白显示“快照发布”来选中它。然后，单击“下一步”按钮。

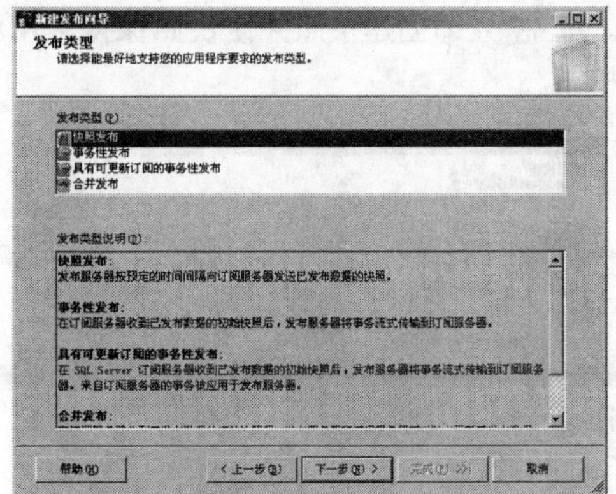

6. 在“项目”页面上，向导要求选择希望发布哪些对象。展开“表”选项，并选择 Address (Person)旁边的复选框将它用于发布。请注意，展开 Address (Person)表后，还可以从该表中选择或取消选择要发布的列(从文章中取消选择或删除列称为垂直分区)。单击“下一步”按钮。

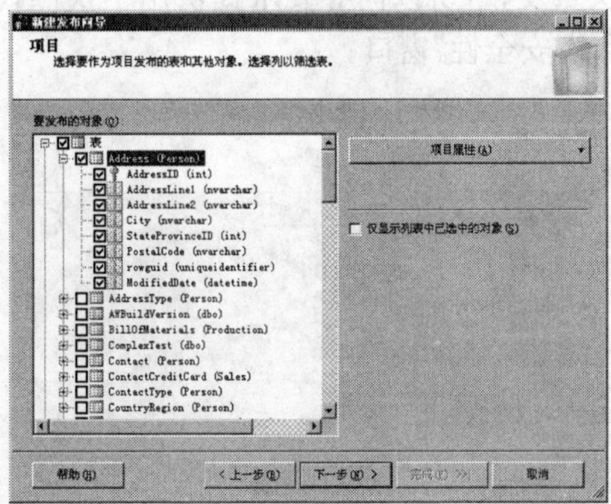

说明：通过单击“项目属性”按钮，可以设置选定的文章或选定的数据库对象类型的所有文章的属性。

7. 在下一个页面上,需要决定是否添加筛选器来排除多余行。在本例中,我们不打算添加筛选器。单击“下一步”按钮。

说明:通过筛选从复制中排除文章中的行称为水平分区。

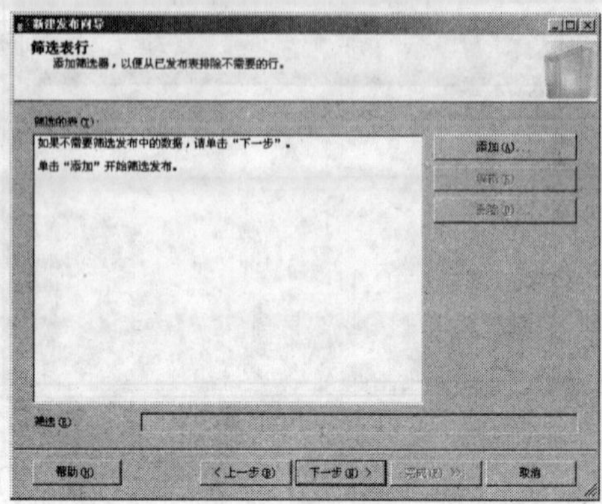

8. 下一个页面要求指定何时运行“快照代理”。可以选择立即运行它,也可以将它安排在指定时间运行。如果需要修改快照属性,不应该立即运行“快照代理”,而是在修改了发布属性之后运行它。选中“立即创建快照并使快照保持可用状态,以初始化订阅”复选框。单击“下一步”按钮。

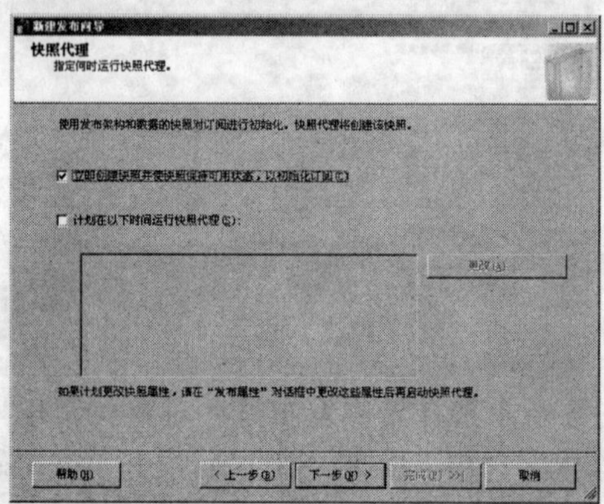

9. 在下一个页面上,向导要求提供一个账户,涉及这种发布类型的代理将运行在这个账户下。由于这是一个快照发布,所以向导要求提供用于快照代理的账户。单击“安全设置”按钮打开“快照代理安全性”窗口。

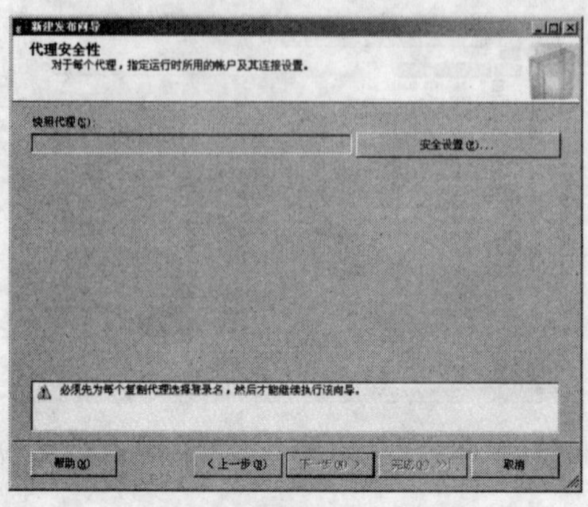

10. 在这个窗口中，指定要使用的账户，以及是通过模仿该进程账户还是使用某个指定的 SQL Server 登录来连接到发布服务器。

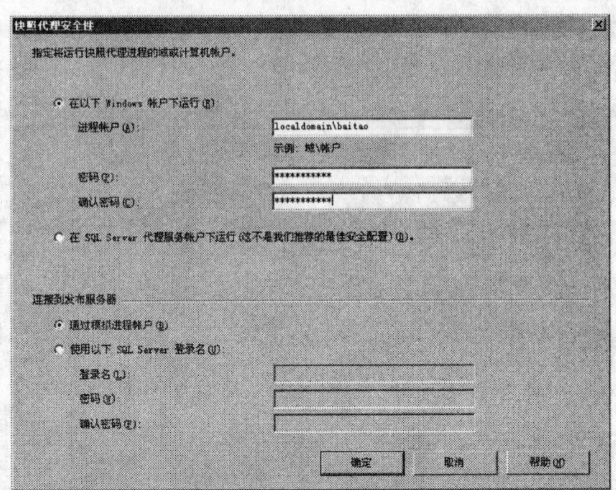

11. 单击“确定”按钮。在“代理安全性”页面上，单击“下一步”按钮。
12. 在下一个页面上，需要选择在单击“完成”按钮时执行什么操作。可以选择立即创建发布，使用创建发布的步骤生成一个脚本文件，也可以同时选择或不选择这两者。在本例中，选择“创建发布”复选框，然后单击“下一步”按钮。

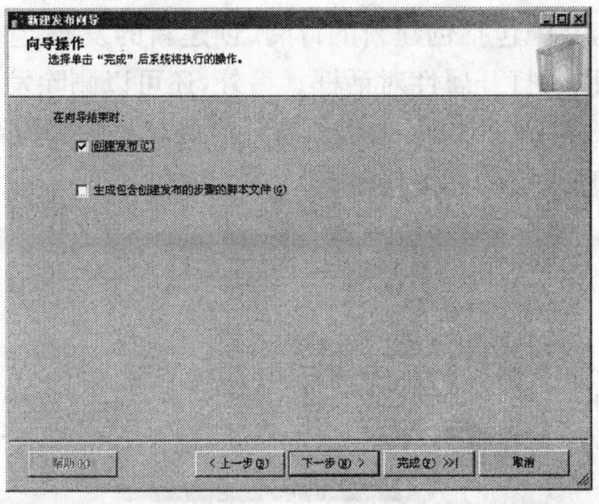

13. 下一个页面要求提供发布的名称。在本例中，我们将使用 SnapshotPublicationExercise。检查下面的操作列表以确认各项设置，然后单击“完成”按钮。

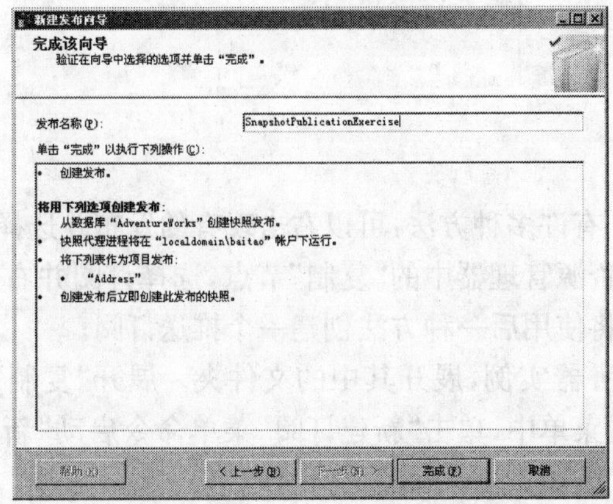

14.“正在创建发布”页面打开，发布正在创建。在发布建成之后，向导发出发布创建成功的消息。单击“关闭”按钮结束向导。

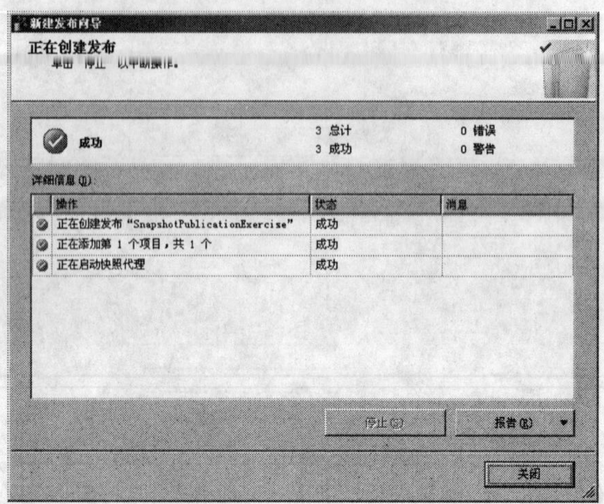

15. 在对象资源管理器中，确认新建发布位于“复制”节点下的“本地发布”文件夹中。在这里应该看到一个粉红色的图书图标(一般说来，在单击“关闭”按钮时，将转到这个文件夹)，这是用于快照发布的图标(其他类型是不同的颜色)。请注意，右击发布可以立即访问到许多选项，其中包括创建新的订阅、创建新的发布、生成脚本、重新初始化所有订阅、生成快照，以及打开属性对话框。另外，还可以删除发布或刷新视图。第9章曾经介绍过，Management Studio的强大特性之一就是它的设计允许从这种类型的弹出菜单中顺利地管理或启动相关任务。

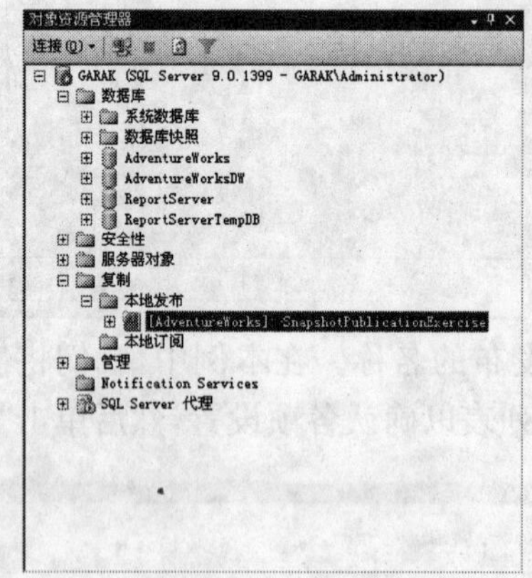

创建快照订阅

启动“新建订阅向导”有许多种方法：可以右击现有的发布并选择“新建订阅”菜单命令；或者在服务器上，单击对象资源管理器中的“复制”节点，选择订阅并右击，然后单击“新建订阅”选项。在本练习中，我们将使用后一种方法创建一个推送订阅。

1. 打开SECOND服务器实例，展开其中的文件夹。展开“复制”节点并右击“本地订阅”文件夹。从弹出的菜单中，单击“新建订阅”菜单命令启动“新建订阅向导”。单击开始页面上的“下一步”按钮。

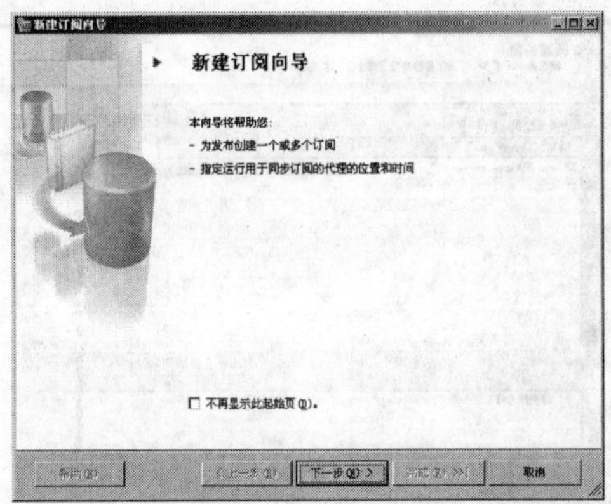

2. 在“发布”页面上，需要选择能够从中查找到发布的发布服务器。如果还没有连接到发布服务器，则需要选择该服务器并建立连接。在本例中，连接到SERVER服务器，并选择SnapshotPublicationExercise。单击“下一步”按钮。

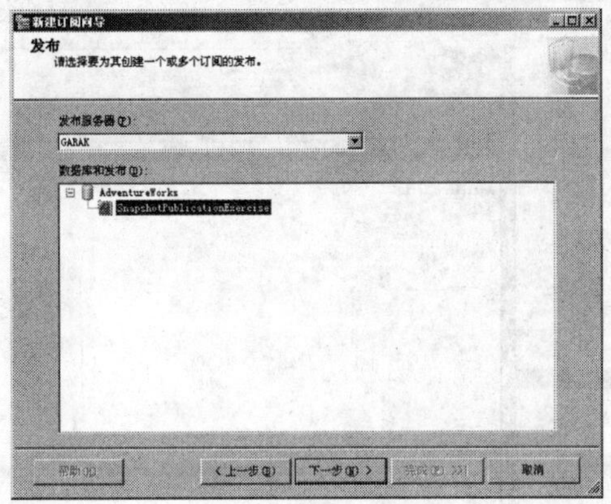

3. 下一个页面要求指定“分发代理”运行在什么地方。可以选择让这个代理运行在分发服务器上(对于推送订阅)或者在订阅服务器上(对于请求订阅)。如果想混合地让代理运行在不同地点(并运行为不同类型)，则需要多次运行这个向导。在本例中，确保“在分发服务器SERVER上运行所有代理(推送订阅)”单选框处于选中状态，然后单击“下一步”按钮。

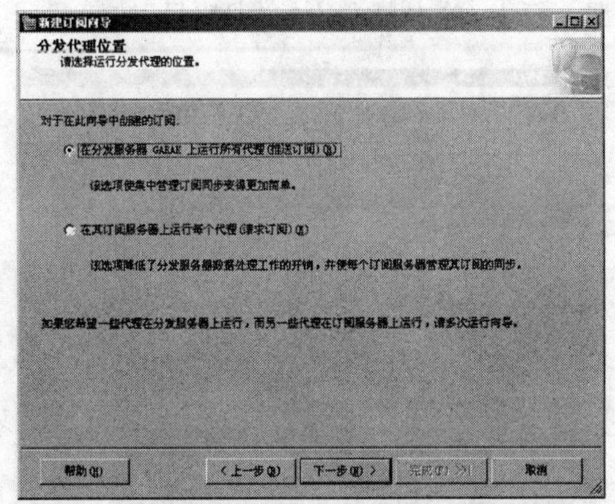

4. 现在，向导要求选择订阅服务器并指定订阅数据库。复选SECOND复选框，并在“订阅数据库”列中，从下拉列表中选择“新建数据库…”。

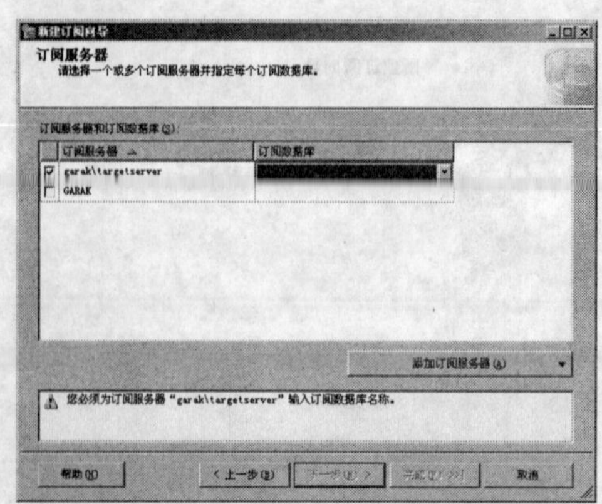

5. 一个新窗口被打开。在"数据库名称"文本框中,键入 ReplicationExercises。接受其余的默认设置。

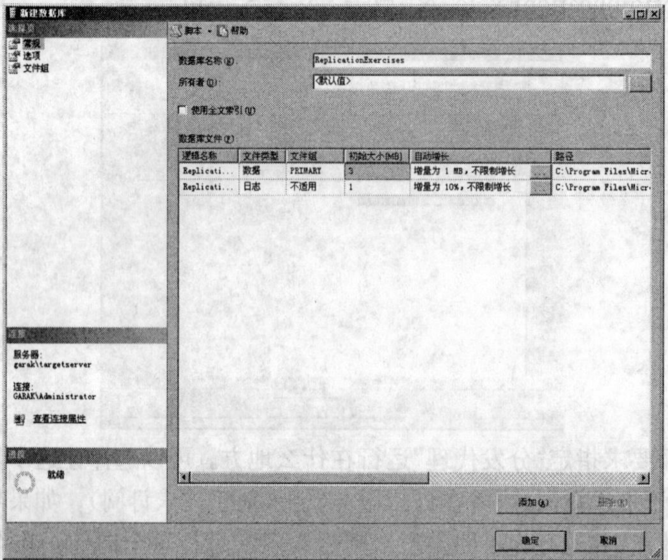

6. 单击"确定"按钮返回到"订阅服务器"页面,然后单击"下一步"按钮。
7. 在"分发代理安全性"页面上,需要指定供"分发代理"使用的账户和连接选项。为此,在包含 SECOND 的那一行上,单击最右边的"省略号"按钮。

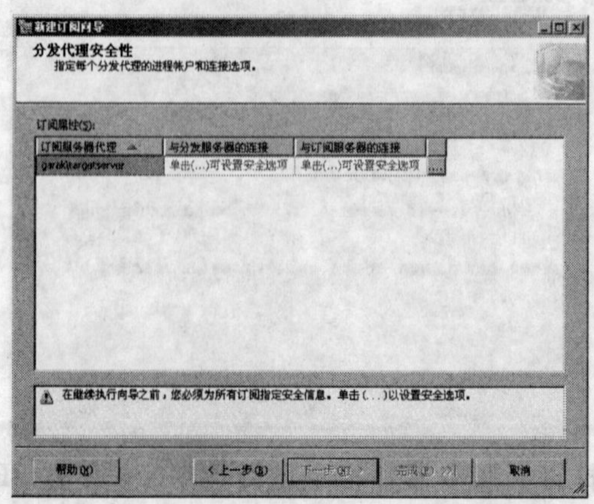

8. 在“分发代理安全性”对话框中，指定一个包括域或计算机账户的进程账户，这个进程在同步期间将运行在指定的进程账户下。另外，还可以指定同时用来连接到分发服务器和订阅服务器的账户。

在本例中，我们使用一个拥有管理员权限的域账户。

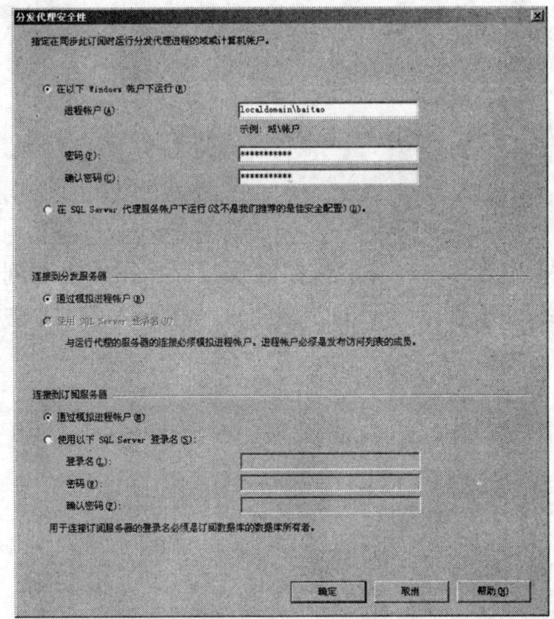

9. 在完成这些设置之后，单击“确定”按钮返回到“分发代理安全性”页面。请注意，连接方法已经添加上。单击“下一步”按钮。

10. 在“同步计划”页面上，可以使用一个预设时间计划，也可以自定义一个的时间计划。“连续运行”选项表示每当数据发生变化时，服务器将立即检查数据更新并将它们拉回来。“定义计划…”选项允许为更新操作挑选一个特定的时间，而“仅按需运行”选项将命令 SQL Server 不自动复制数据修改——你将需要手工启动复制。在本练习中，选择“仅按需运行”选项。单击“下一步”按钮。

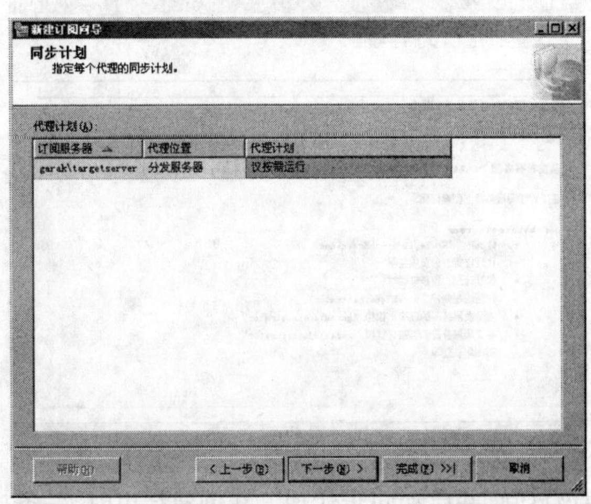

11. “初始化订阅”页面要求指定何时使用发布数据和架构初始化该订阅。在本练习中，接受默认值“立即”。单击“下一步”按钮。

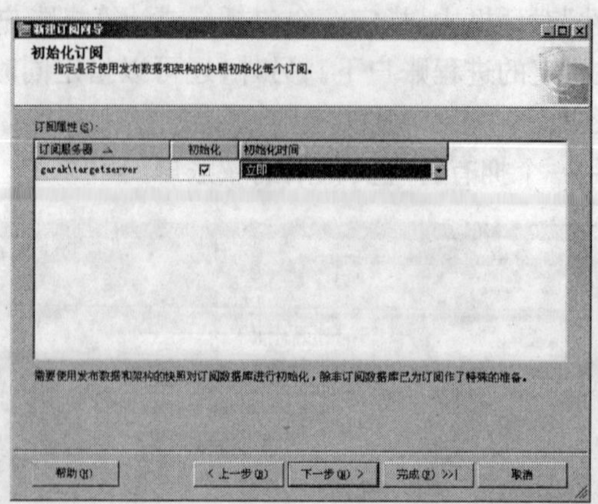

12. 然后，向导要求指定当单击“完成”按钮时执行什么操作。和创建发布时一样，可以选择立即创建订阅，使用创建订阅的步骤生成一个脚本文件，也可以同时选择这两者。接受默认值，然后单击“下一步”按钮。

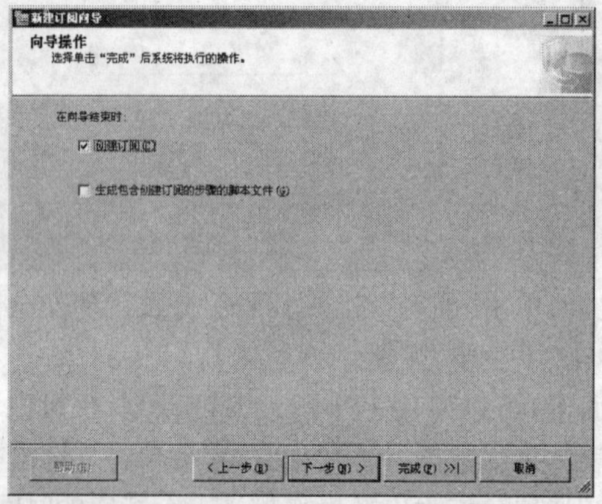

13. “完成该向导”页面以摘要形式列出你在向导中选择的各个操作。如果对那些值和选项感到满意，单击“完成”按钮创建指定的订阅。

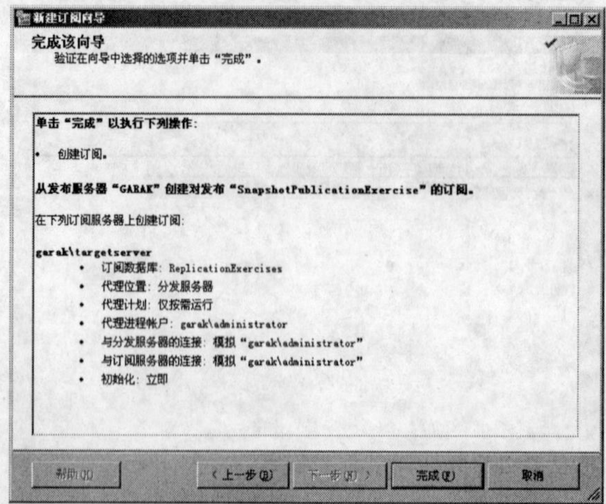

14. 然后，向导创建该订阅，并启动同步代理。在创建结束时，一条执行成功的消息出现在页面中。单击“关闭”按钮退出向导。

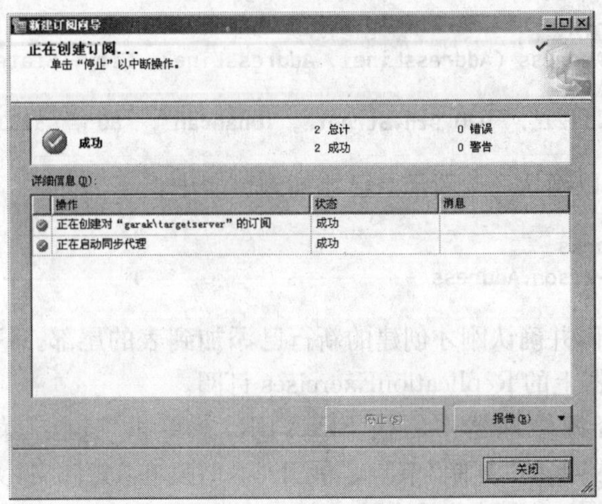

15. 要确认该订阅已经建成，转到 SERVER 服务器，打开对象资源管理器，然后展开"复制"节点。单击"本地发布"文件夹，并展开[AdventureWorks]：[SnapshotPublicationExercise]发布，可以看到新建的订阅[SECOND].[ReplicationExercises]（也许需要刷新该文件夹视图）。

    请注意，如果打开 SECOND 实例，展开"复制"节点，然后打开"本地订阅"文件夹，还会发现一个名为[ReplicationExercises]-[SERVER].[AdventureWorks]：SnapshotPublicationExercise 的订阅。在 SECOND 的"数据库"文件夹中，还应该看到向导在生成新订阅期间创建的新数据库 ReplicationExercises。

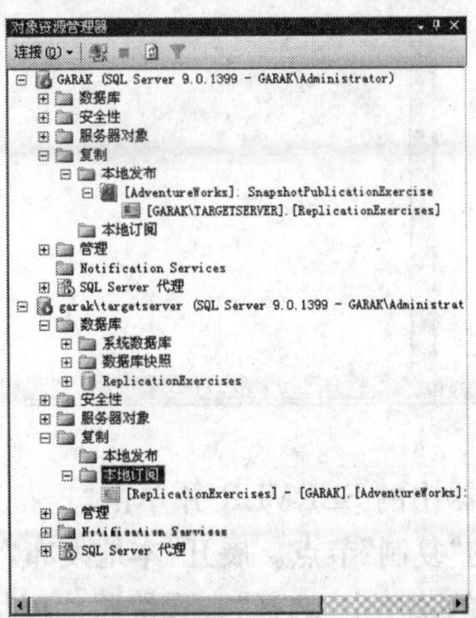

测试快照复制

既然我们已经创建了一个发布和一个推送订阅，下面就通过将订阅推送给 SECOND 服务器实例来测试这个新配置，以确认复制已实际发生。为此，我们需要在 AdventureWorks 数据库的 Address 表中做一些修改。

1. 关闭任何打开的对话框，并返回到 Management Studio。
2. 右击默认的 SERVER 实例，并选择"新建查询"菜单命令。
3. 键入并执行下列代码以修改 AdventureWorks 数据库的 Address 表中的数据：

```
USE Adventureworks
INSERT Person.Address (AddressLine1, AddressLine2, City, StateProvinceId,
PostalCode)
VALUES ('Suite 1121', '920 9th Street', 'Dhahran', '80', '31311')
```

4. 执行下列代码,以确认一条新记录已添加到该表中:

```
USE AdventureWorks
SELECT * FROM Person.Address
```

5. 滚动到表的底部,并确认刚才创建的新行已添加到表的尾部。这些修改需要"推送"给SECOND服务器上的ReplicationExercises订阅。
6. 为此,在对象资源管理器中右击SERVER,并单击"连接"菜单命令。然后,展开SERVER服务器上的"复制"节点。展开"本地发布"文件夹,并右击SnapshotPublicationExercise。在弹出的菜单中,选择"启动复制监视器"菜单命令。
7. 在"复制监视器"打开以后,打开SERVER,并选择[AdventureWorks].SnapshotPublicationExercise。右击并从弹出的菜单中选择"生成快照"菜单命令。

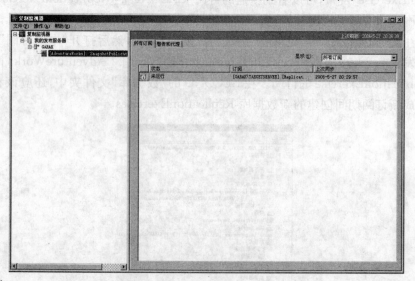

或者

通过右击对象资源管理器中的SERVER并单击"连接"菜单命令,也可以生成一个快照。展开SERVER上的"复制"节点。展开"本地发布"文件夹,并右击SnapshotPublicationExercise。在弹出的菜单中,选择"查看快照代理状态"菜单命令。

在"查看快照代理状态"窗口中,单击"启动"按钮。一个新快照将会生成。

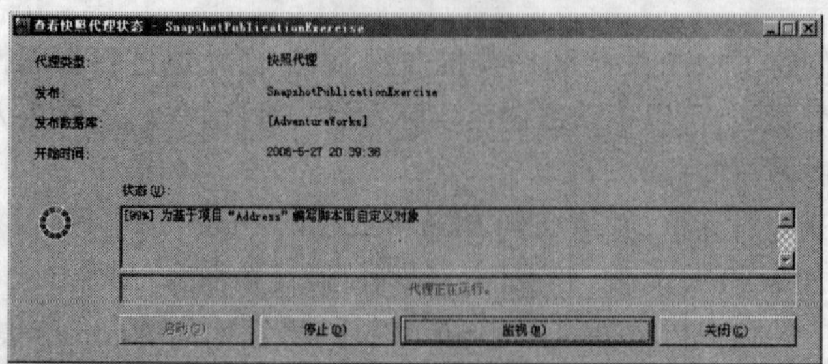

提示:在“查看快照代理状态”窗口中,单击“监视”按钮可以访问“复制监视器”。

8. 右击订阅,并选择“查看同步状态”菜单命令。在“查看同步状态”窗口中,单击“启动”按钮开始同步和复制。在执行完毕时,单击“关闭”按钮。

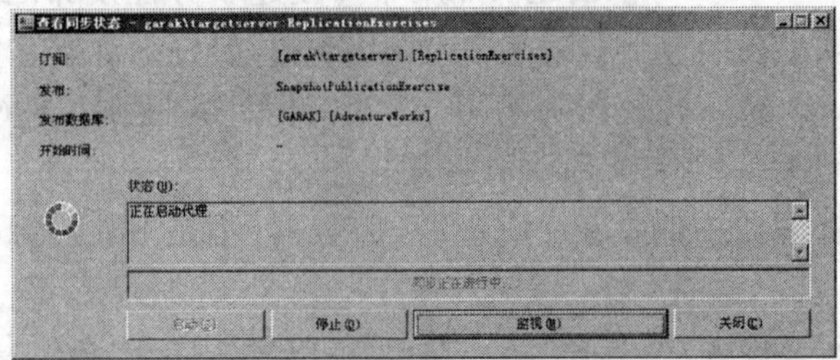

或者

右击订阅,并选择“复制监视器”菜单命令。打开 SERVER,并选择[AdventureWorks]. SnapshotPublicationExercise。右击[SECOND]. ReplicationExercises 订阅,并选择“开始同步”菜单命令开始同步和复制。

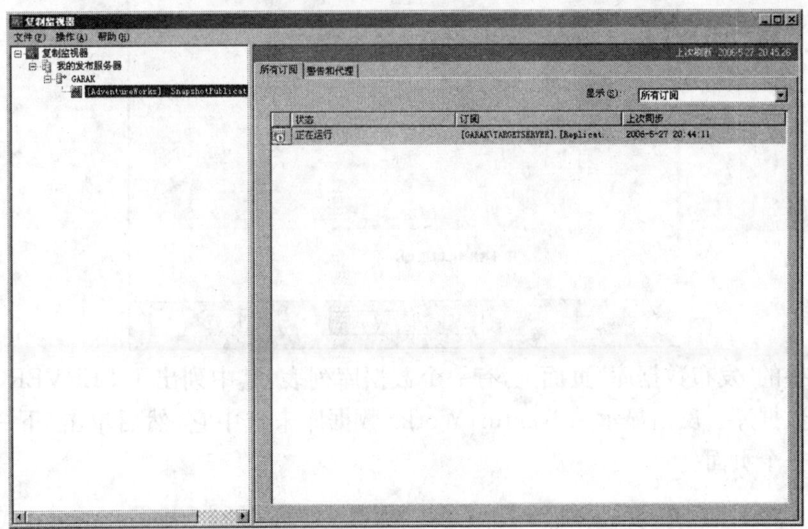

9. 要确认复制已经发生,连接到 SECOND 服务器。单击工具栏上的“新建查询”按钮(或者右击 SECOND 并选择“新建查询”菜单命令)。

10. 在查询窗口中,键入并执行下列代码:

```
USE ReplicationExercises
SELECT * FROM Address
```

11. 滚动到表的底部,应该看到刚才添加的新记录。

至此,我们已经顺利地创建了一个快照发布与订阅,以及通过一个推送订阅对复制进行测试。下面将开始介绍事务性复制。

创建和订阅事务性发布

在本节中,我们将在 AdventureWorks 数据库上配置一个“标准”(不带可更新订阅)的事务性发布。然后,让 SECOND 服务器订阅这个发布。最后,通过给发布的文章添加一条新记录来测试复制。

创建事务性发布

如果使用 Management Studio,创建快照发布与创建事务性发布之间其实没有很大的差别。但是,常言道“麻烦出在细节上”,因此在差别出现时,要仔细观察它们。

1. 如果 Management Studio 还没有打开,选择“开始”➤“程序”➤ Microsoft SQL Server 2005,然后选择 Management Studio 将其打开。
2. 单击对象资源管理器中的默认 SERVER 服务器(不是 SECOND 服务器),并展开“复制”节点。
3. 右击“本地发布”文件夹,并选择“新建发布”菜单命令打开“新建发布向导”。单击“下一步”按钮打开下一个页面。

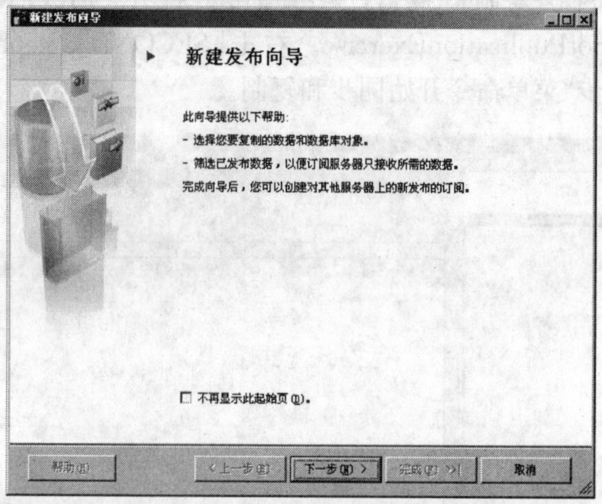

4. 在向导的“发布数据库”页面上,有一个数据库列表,其中列出了 SERVER 服务器上的所有数据库。反白显示 AdventureWorks 数据库来选中它,然后单击“下一步”按钮转到下一个页面。

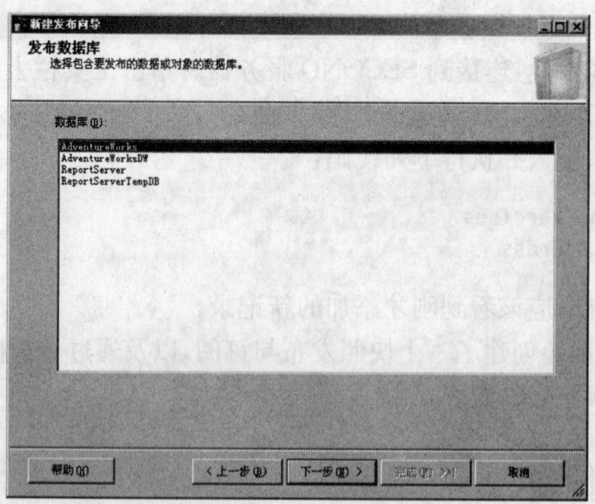

5. 在“发布类型”页面上,有一个发布类型列表,其中列出了 SQL Server 2005 中支持的 4 种发布类型。下面的列表框提供每种发布类型的一段简短说明。通过反白显示“事务性发布”类型来选中它。然后,单击“下一步”按钮。

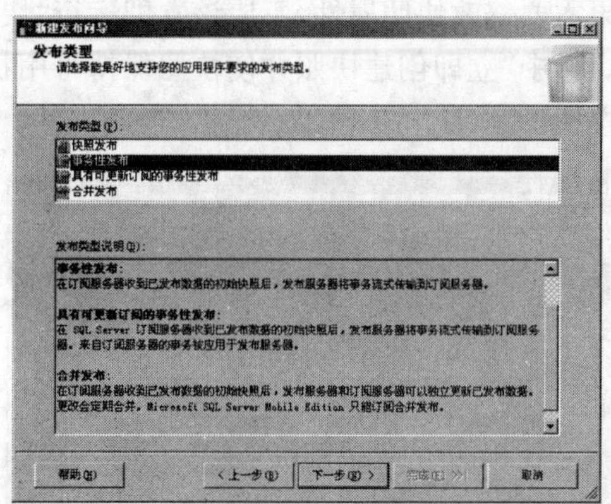

6. 在“项目”页面上，向导要求选择希望发布哪些对象。展开“表”选项，并选择 CreditCard 旁边的复选框将它用于发布。请注意，展开 CreditCard 表后，还可以从该表中选择或取消选择要发布的列(从文章中取消选择或删除列称为垂直分区)。单击“下一步”按钮。

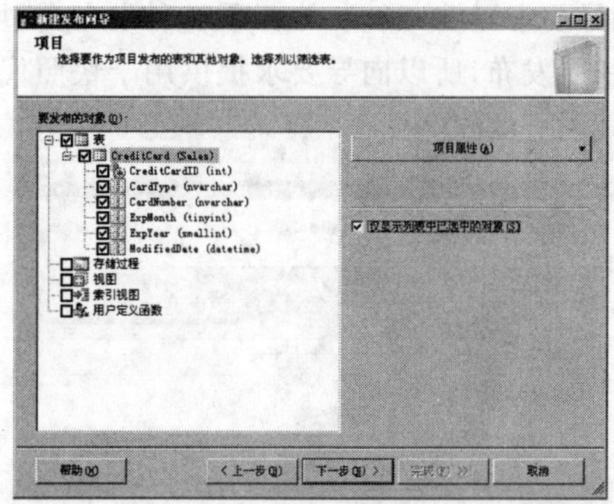

说明：通过单击“项目属性”按钮，可以设置选定的文章或选定的数据库对象类型的所有文章的属性。

7. 在下一个页面上，需要决定是否添加筛选器来排除不想要的行。在本例中，我们不打算添加筛选器。单击“下一步”按钮。

说明：通过筛选从复制中排除文章中的行称为水平分区。

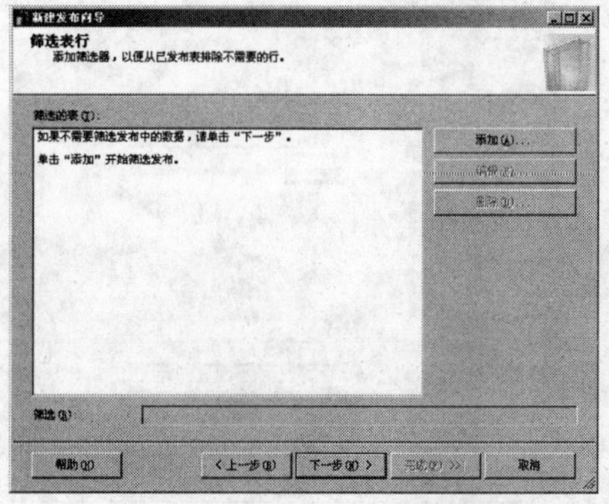

8. 下一个页面要求指定何时运行“快照代理”。可以选择立即运行它，也可以将它安排在

指定时间运行。如果需要修改快照属性,不应该立即运行“快照代理”,而是在修改了发布属性之后运行它。选中“立即创建快照并使快照保持可用状态,以初始化订阅.”复选框。单击“下一步”按钮。

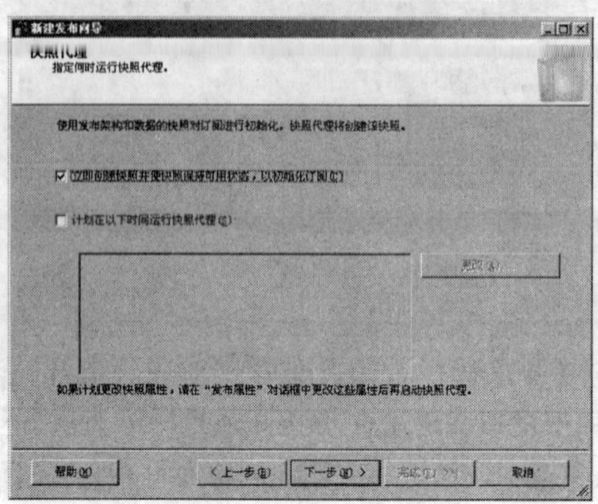

9. 在下一个页面上,向导要求提供一个账户,涉及这种发布类型的代理将运行在这个账户下。由于这是一个快照发布,所以向导要求提供用于快照代理的账户。单击“安全设置”按钮打开“快照代理安全性”窗口。

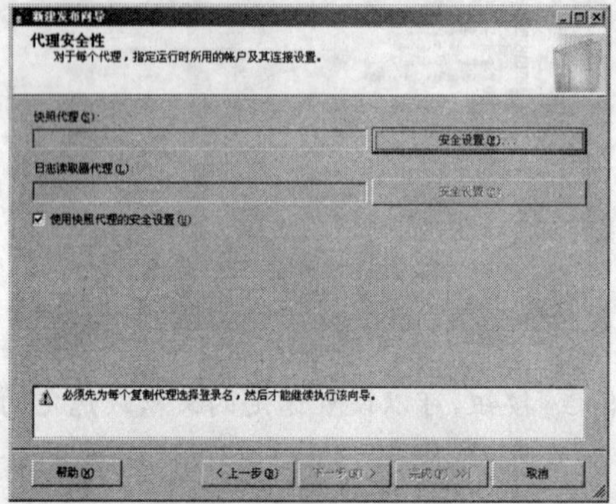

10. 在这个窗口中,指定要使用的账户,以及是通过模仿该进程账户还是使用某个指定的SQL Server登录来连接到发布服务器。在本例中,我们使用一个具有管理员权限的域账户。

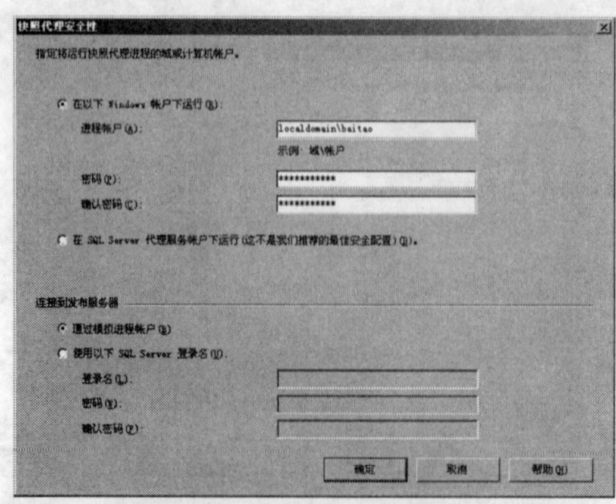

11. 单击“确定”按钮。在“代理安全性”页面上，单击“下一步”按钮。

在下一个页面上，需要选择在单击“完成”按钮时执行什么操作。可以选择立即创建发布，使用创建发布的步骤生成一个脚本文件，也可以同时选择或不选择这两者。在本例中，保留“创建发布”复选框处于选中状态，并单击“下一步”按钮。

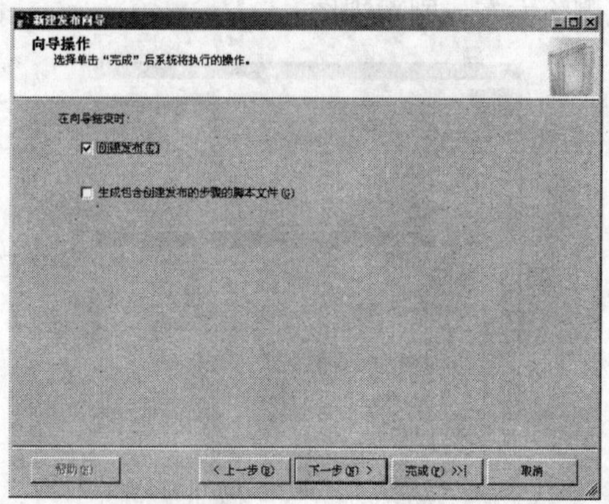

12. 下一个页面要求提供发布的名称。在本例中，我们将使用 TransactionalPub- licationExercise。检查下面的操作列表以确认各项设置，然后单击“完成”按钮。

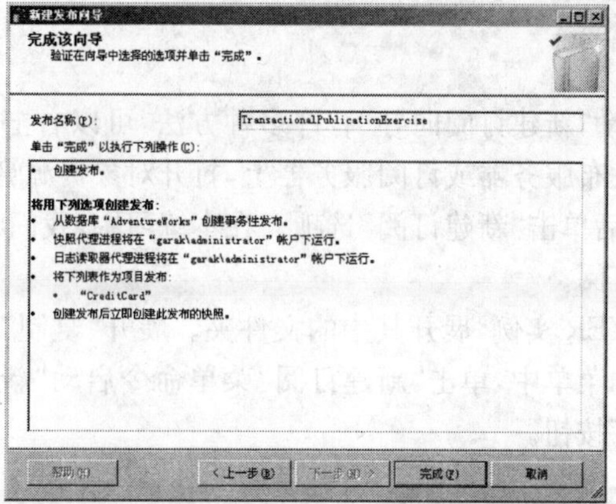

13. “正在创建发布”页面打开，发布正在创建。在发布建成之后，向导发出发布创建成功的消息。单击“关闭”按钮结束向导。

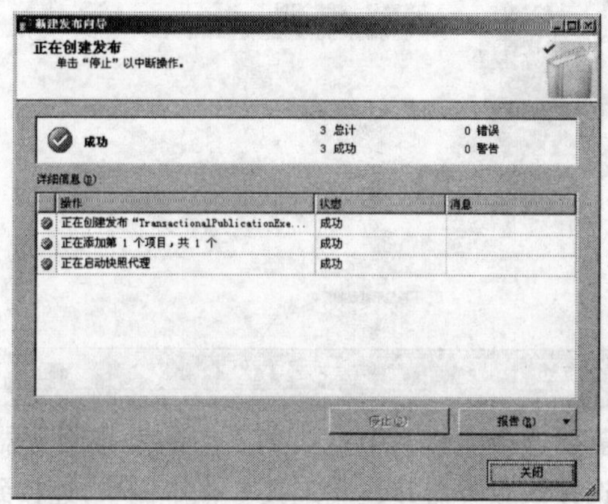

14. 在对象资源管理器中,确认新建发布位于“复制”节点下的“本地发布”文件夹中。在这里应该看到一个蓝色的图书图标,这是用于事务性复制的图标(其他类型是不同的颜色)。请注意,右击发布可以立即访问到许多选项,其中包括创建新的订阅、创建新的发布、生成脚本、验证订阅有效性、重新初始化所有订阅、生成快照,以及打开属性对话框。另外,还可以删除发布或刷新视图。

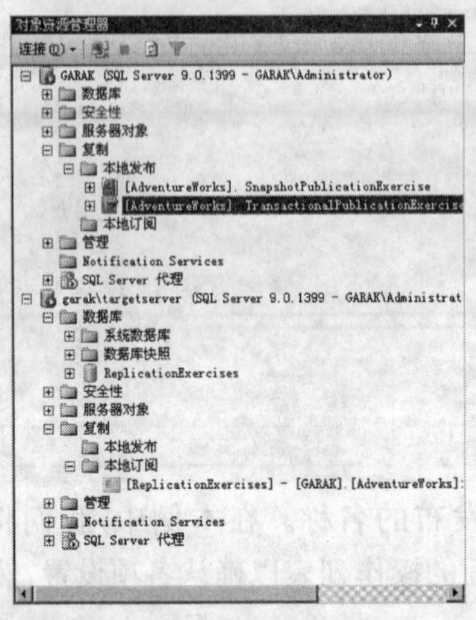

创建事务性订阅

前面曾经解释过,启动“新建订阅向导”有许多种方法:可以右击现有的发布并选择“新建订阅”菜单命令;或者在发布服务器或订阅服务器上,打开对象资源管理器中的“复制”节点,选择“本地订阅”并右击,然后单击“新建订阅”选项。在本练习中,我们将从发布服务器上使用后一种方法创建一个推送订阅。

1. 打开默认的 SERVER 实例,展开其中的文件夹。展开“复制”节点,并右击“本地订阅”文件夹。从弹出的菜单中,单击“新建订阅”菜单命令启动“新建订阅向导”。单击开始页面上的“下一步”按钮。

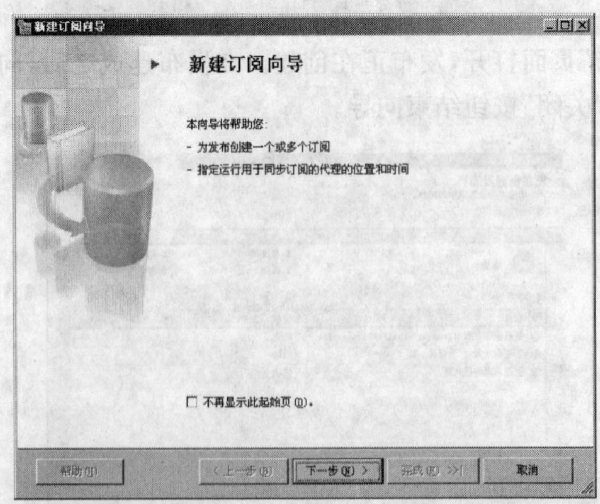

2. 在“发布”页面上,需要选择能够从中查找到发布的发布服务器。如果还没有连接到发布服务器,则需要选择该服务器并建立连接。在本例中,连接到 SERVER 服务器,并选择 TransactionalPublicationExercise。单击“下一步”按钮。

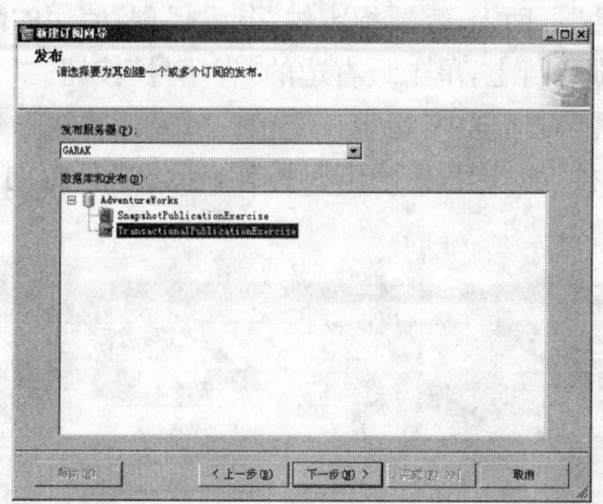

3. 下一个页面要求指定“分发代理”运行在什么地方。可以选择让这个代理运行在分发服务器上(对于推送订阅)或者在订阅服务器上(对于请求订阅)。如果想混合地让代理运行在不同地点(并运行为不同类型),则需要多次运行这个向导。在本例中,确保“在分发服务器 SERVER 上运行所有代理(推送订阅)”单选框处于选中状态,然后单击“下一步”按钮。

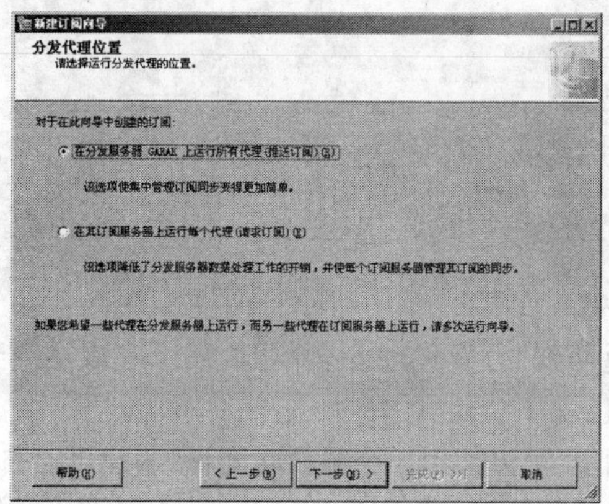

4. 现在,向导要求选择订阅服务器并指定订阅数据库(如果 SECOND 服务器没有出现在列表中,需要单击“添加订阅服务器”按钮并连接到 SECOND)。复选 SECOND 复选框。在“订阅数据库”列中,从下拉列表中选择 ReplicationExercises 数据库(在前一个订阅中建成)。如果还没有可利用的订阅数据库,则必须按照本章前面的“创建快照订阅”一节中所介绍的第 5 步和第 6 步创建一个订阅数据库。

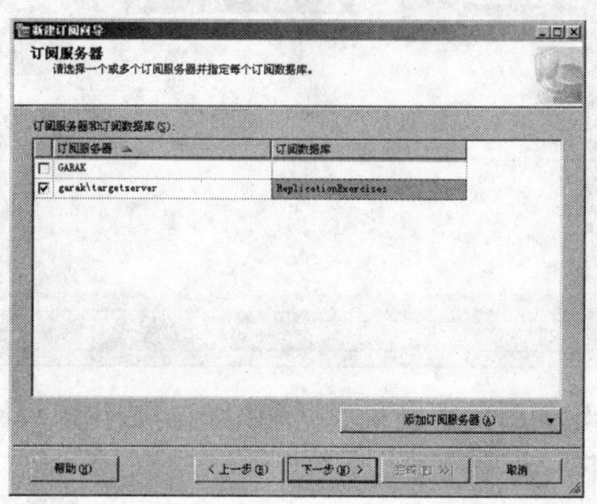

5. 在“分发代理安全性”页面上,需要指定供“分发代理”使用的账户和连接选项。为此,在包含 SECOND 的那一行上,单击最右边的“省略号”按钮。
6. 在“分发代理安全性”对话框中,指定一个包括域或计算机账户的进程账户,这个进程在同步期间将运行在指定的进程账户下。另外,还可以指定同时用来连接到分发服务器和订阅服务器的账户。

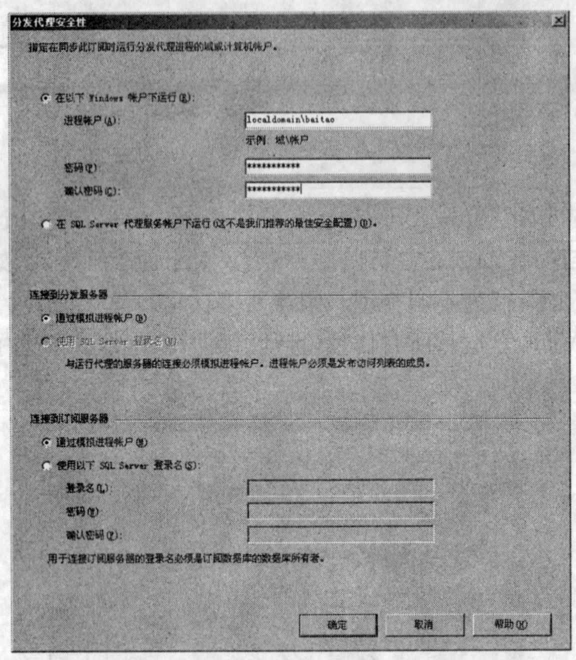

7. 单击“确定”按钮返回到“分发代理安全性”页面。应该注意到,连接方法已经添加上。单击“下一步”按钮。
8. 在“同步计划”页面上,可以使用一个预设时间计划,也可以自定义一个时间计划。默认的“连续运行”选项表示每当数据中发生变化时,服务器将立即检查数据更新并将它们拉回来。保留当前设置:“连续运行”。单击“下一步”按钮。

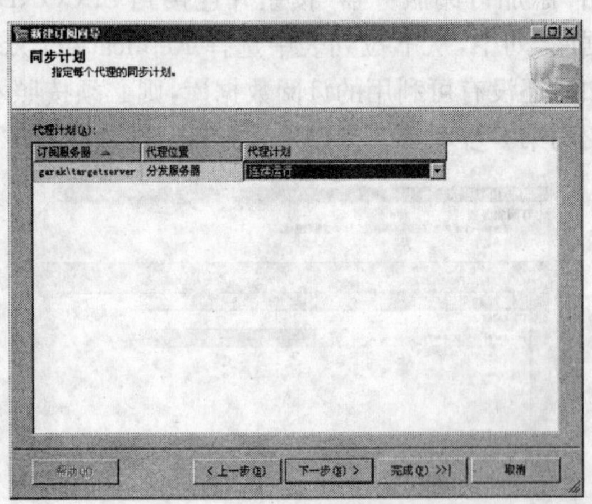

9. 下一个页面要求指定何时使用发布数据和架构初始化该订阅。在本练习中,接受默认值“立即”。单击“下一步”按钮。

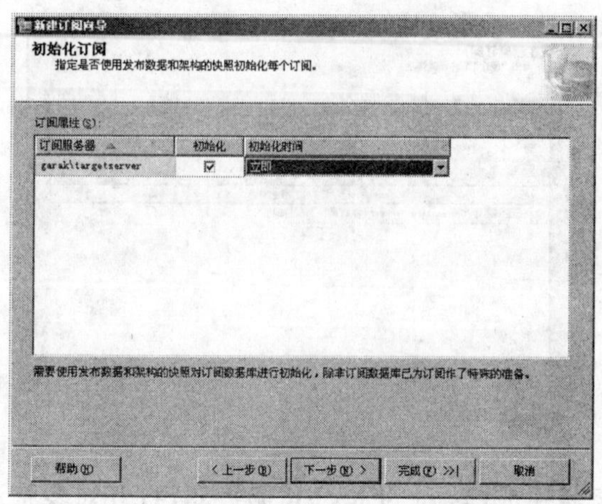

10. 然后，向导要求指定当单击“完成”按钮时执行什么操作。和创建发布时一样，可以选择立即创建订阅，使用创建订阅的步骤生成一个脚本文件，也可以同时选择这两者。接受默认值立即创建该订阅，然后单击“下一步”按钮。

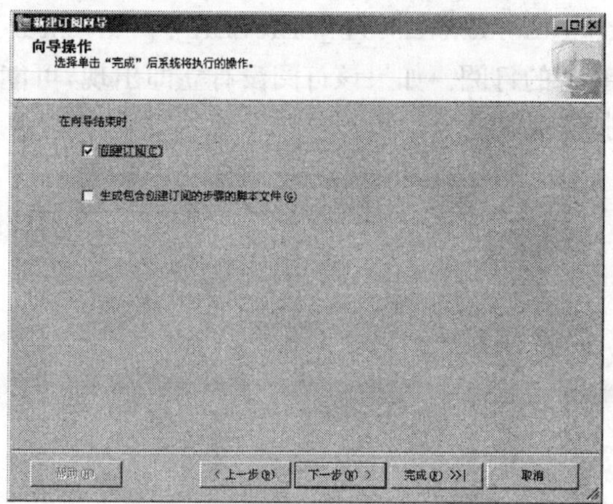

11. 下一个页面以摘要形式列出你在向导中选择的各个操作。如果对那些值和选项感到满意，单击“完成”按钮创建指定的订阅。

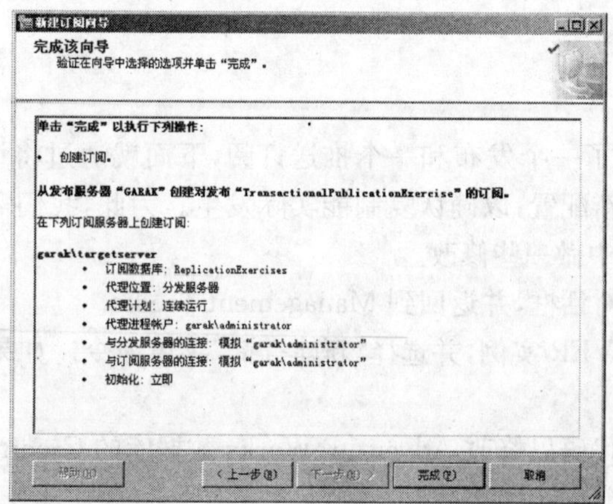

12. 然后，向导创建该订阅，并启动同步代理。在创建结束时，一条创建成功的消息出现在页面中。单击“关闭”按钮退出向导。

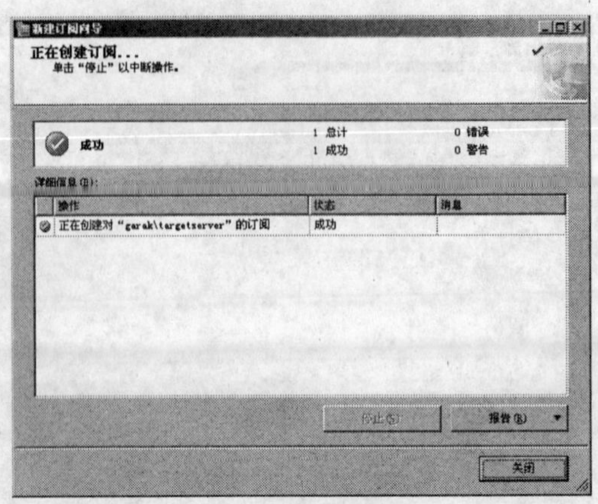

13. 要确认该订阅已经建成,转到 SERVER 服务器,打开对象资源管理器,然后展开“复制”节点。单击“本地发布”文件夹,并展开[AdventureWorks]:TransactionalPublicationExercise 发布,可以看到新建的订阅[SECOND].[ReplicationExercises]。请注意,如果打开 SECOND 实例,展开“复制”节点,然后打开“本地订阅”文件夹,还会发现一个名为[ReplicationExercises]-[SERVER].[AdventureWorks]:TransactionalPublicationExercise 的订阅。如果该订阅没有立即出现,可能需要右击“本地订阅”文件夹,并选择“刷新”菜单命令。

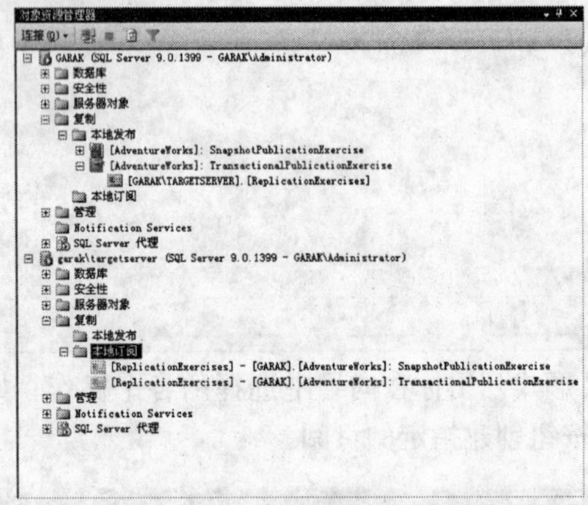

测试事务性复制

既然我们已经创建了一个发布和一个推送订阅,下面就通过将该订阅推送给 SECOND 服务器实例来测试这个新配置,以确认复制能实际发生。为此,我们需要在 AdventureWorks 数据库的 CreditCard 表中做一些修改。

1. 关闭任何打开的对话框,并返回到 Management Studio。
2. 右击默认的 SERVER 实例,并选择“新建查询”菜单命令。如果看到建立连接的提示,建立连接。
3. 键入并执行下列代码以修改 AdventureWorks 数据库的 CreditCard 表中的数据:

```
USE AdventureWorks
INSERT Sales.CreditCard (CardType,CardNumber, ExpMonth,ExpYear)
VALUES ('TazzieCharge', '00966506839735', '11', '2010')
```

4. 执行下列代码，以确认一条新记录已添加到该表中：

```
USE AdventureWorks
SELECT * FROM Sales.CreditCard
```

5. 滚动到表的底部，并确认刚才创建的新行已添加到表的尾部。

   由于前面已经将订阅的同步时间计划设置为“连续运行”，所以这个推送订阅会立即发生。要确认数据修改已经复制到 ReplicationExercises 数据库的 CreditCard 表中，执行下列操作。

6. 右击 SECOND 服务器。单击工具栏上的“新建查询”按钮(或者右击 SECOND 并选择“新建查询”菜单命令)。在得到提示时，连接到 SECOND 服务器。

7. 在查询窗口中，键入并执行下列代码：

```
USE ReplicationExercises
SELECT * FROM Sales.CreditCard
```

8. 滚动到表的底部，应该看到刚才添加的新记录。

	CreditCardID	CardType	CardNumber	ExpMonth	ExpYear	ModifiedDate
19106	19225	Vista	11111178843993	5	2006	2003-08-13 00:00:00.000
19107	19226	Distinguish	55553227085740	10	2007	2004-03-06 00:00:00.000
19108	19227	Distinguish	55552440672685	5	2008	2004-05-29 00:00:00.000
19109	19228	Vista	11117061659942	5	2007	2004-05-04 00:00:00.000
19110	19229	Vista	11113316231269	8	2006	2003-10-26 00:00:00.000
19111	19230	Distinguish	55555952112799	4	2005	2004-02-27 00:00:00.000
19112	19231	SuperiorCard	33338727611909	9	2007	2003-09-10 00:00:00.000
19113	19232	Distinguish	55551883899215	1	2006	2003-08-19 00:00:00.000
19114	19233	SuperiorCard	33335458414079	1	2005	2003-12-03 00:00:00.000
19115	19234	Vista	11114074915665	1	2007	2003-10-31 00:00:00.000
19116	19235	ColonialVoice	77774511327745	1	2006	2003-06-01 00:00:00.000
19117	19236	Vista	11112645284978	10	2008	2004-02-21 00:00:00.000
19118	19237	SuperiorCard	33336254511031	5	2005	2004-07-21 00:00:00.000
19119	19238	TazzieCharge	00966506839735	11	2010	2006-05-27 21:16:36.403

至此，我们已经顺利地创建了一个事务性发布与推送订阅。但是，如果想允许订阅服务器更新它接收到的信息并将该信息发回到发布服务器，怎么办？为此，需要创建一个带可更新订阅的事务性复制。

创建和订阅带更新订阅的事务性复制

这种复制类型几乎和事务性复制完全相同，两者之间只有一个重要差别：订阅服务器可以修改它们接收到的数据。这种复制类型可以理解成是 2PC 与事务性复制的混合，因为它使用 Microsoft 分布式事务协调程序(DTC)和分布式事务完成其工作。

在本练习中，我们将创建一个带可更新订阅的事务性发布，在创建文章时使用垂直分区，创建一个请求订阅，然后测试并使用订阅的可更新性质修改订阅服务器上的表(该表将复制到发布服务器)。请集中注意力并仔细阅读本节，我们将只做一次这样的练习。

创建带可更新订阅的事务性发布

也许有人会认为，创建带可更新订阅的事务性发布与创建事务性发布之间不会有太大差别。其实，这种复制类型需要一些不同于创建快照或事务性发布的步骤。

1. 如果 Management Studio 还没有打开，选择“开始”➤“程序”➤ Microsoft SQL Server 2005，然后选择 Management Studio 将其打开。
2. 单击对象资源管理器中的默认服务器(不是 SECOND)，展开其中的文件夹，然后打开“复制”文件夹。
3. 右击“本地发布”文件夹，并选择“新建发布”菜单命令打开“新建发布向导”。单击“下一步”按钮打开下一个页面。

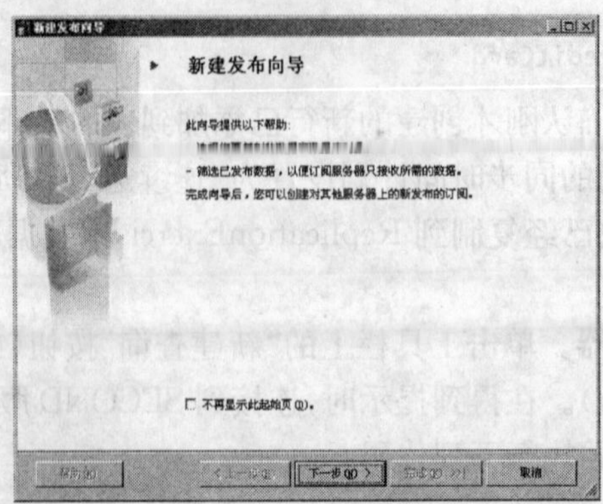

4. 在向导的“发布数据库”页面上，有一个数据库列表，其中列出了 SERVER 服务器上的所有数据库。反白显示 AdventureWorks 数据库来选中它，并单击“下一步”按钮转到下一个页面。

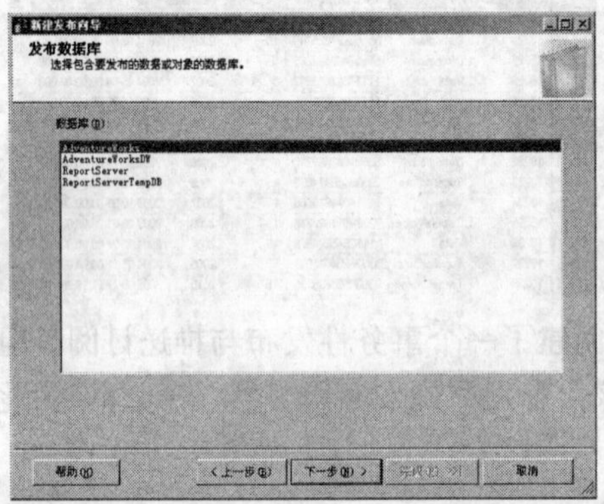

5. 在“发布类型”页面上，有一个发布类型列表，其中列出了 SQL Server 2005 中支持的 4 种发布类型。下面的列表框提供每种发布类型的一段简短说明。通过反白显示“具有可更新订阅的事务性发布”类型来选取它。然后，单击“下一步”按钮。

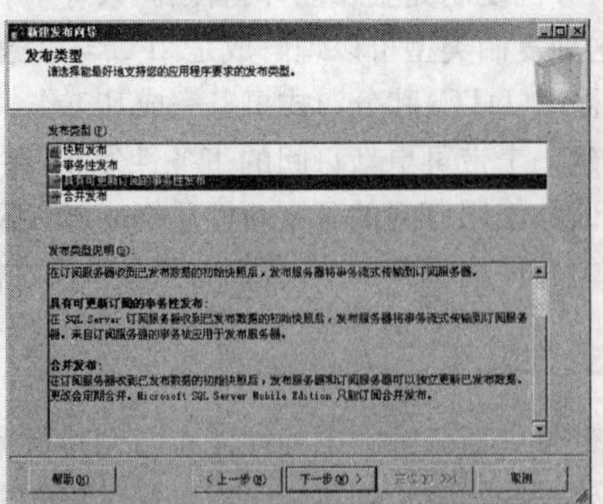

6. 在“项目”页面上，向导要求选择希望发布哪些对象。展开“表”选项，并选择 Vendor 旁边的复选框将它用于发布。请注意，展开 Vendor 表后，还可以从该表中选择或取消选择要发布的列(从文章中取消选择或删除列称为垂直分区)。取消选择 ModifiedDate 列来创建一个垂直分区。

也可以选中“仅显示列表中已选中的对象”复选框来减少视图中的混乱。单击“下一步”

按钮。

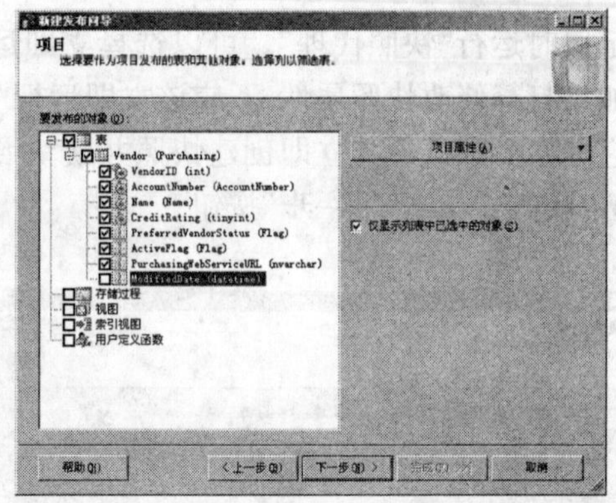

说明:通过单击"项目属性"按钮,可以设置选定的文章或选定的数据库对象类型的所有文章的属性。

7. 在下一个页面上,将会看到一个关键问题摘要,其中的问题可能会也可能不会影响应用程序并需要修改。在本例中,向导提供了一个警告,其中指出一个 Uniqueidentifier 列将添加到该表上,因为该表还没有这样的列。这将会导致表大小的增大,而且会使任何一条没有列列表的 INSERT 语句运行失败。

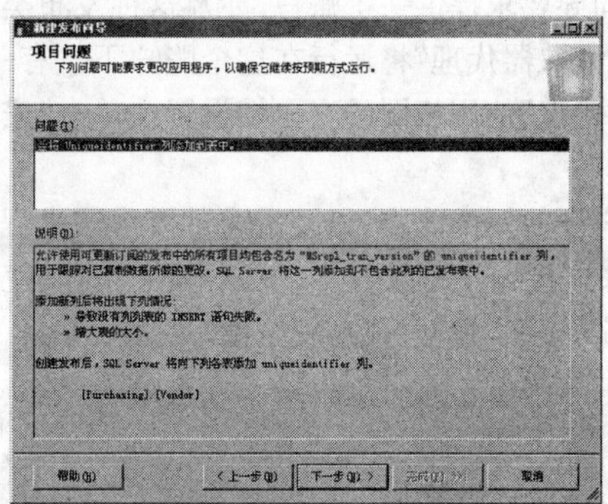

8. 在下一个页面上,需要决定是否添加筛选器来排除不想要的行。在本例中,我们不打算添加筛选器。单击"下一步"按钮。

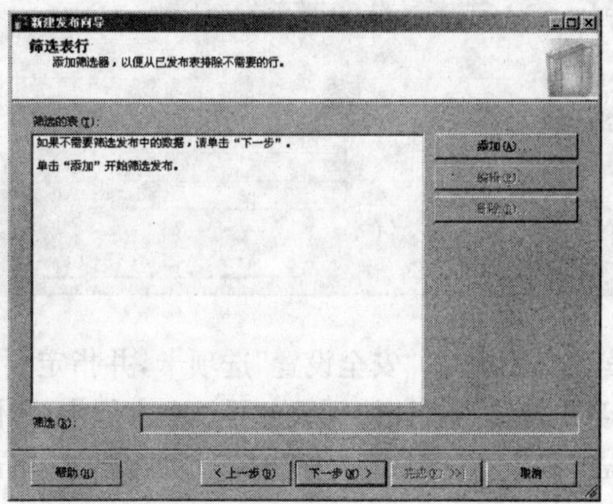

说明:通过筛选从复制中排除文章中的行称为水平分区。

9. 下一个页面要求指定何时运行“快照代理”。可以选择立即运行它,也可以将它安排在指定的时间运行。如果打算修改快照属性,不应该立即运行“快照代理”,而是在修改了发布属性之后运行它。接受默认值,“立即创建快照并使快照保持可用状态,以初始化订阅”复选框处于选中状态。单击“下一步”按钮。

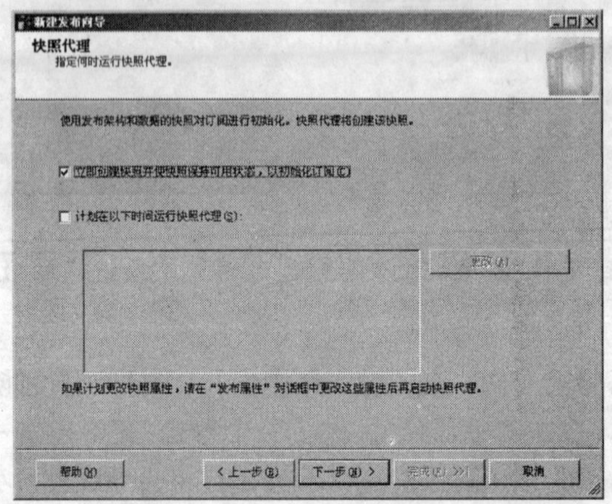

10. 在下一个页面上,向导要求提供一个账户,涉及这种发布类型的“快照代理”、“日志读取器代理”和“队列读取器代理”将运行在这个账户下。有一个复选框允许为“快照代理”和“日志读取器代理”使用相同的安全性设置。单击“安全设置”按钮打开“快照代理安全性”窗口。

11. 在这个窗口中,指定要使用的账户,以及是通过模仿该进程账户还是使用某个指定的SQL Server登录来连接到发布服务器。在本例中,我们使用一个具有管理员权限的域账户。单击“确定”按钮,返回“代理安全性”页面。

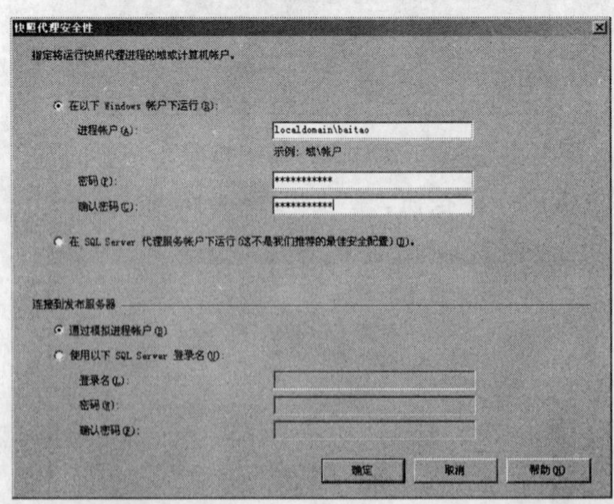

12. 单击针对“队列读取器代理”的“安全设置”选项卡,并指定要用来运行该代理的账户,以及将使用什么身份验证方式连接到服务器。在本例中,我们使用一个具有管理员权限的域账户。单击“确定”按钮。在“代理安全性”页面上,单击“下一步”按钮。

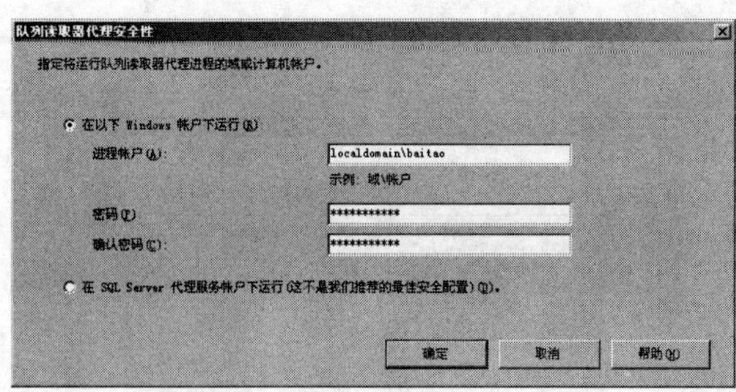

13. 在下一个页面上,需要选择在单击“完成”按钮时执行什么操作。可以选择立即创建发布,使用创建发布的步骤生成一个脚本文件,也可以同时选择或不选择这两者。在本例中,保留“创建发布”复选框处于选中状态,然后单击“下一步”按钮。

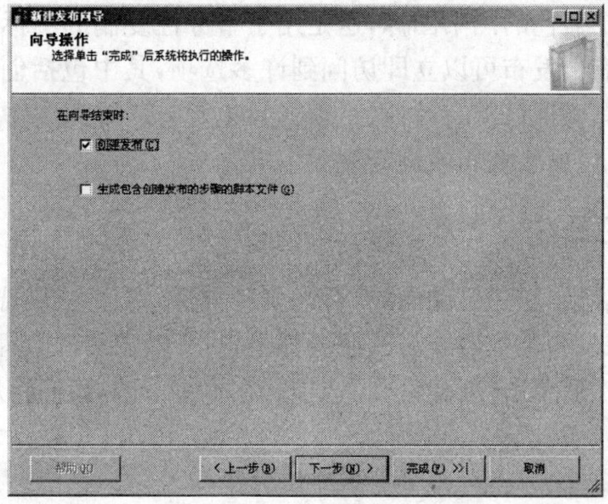

14. 下一个页面要求提供该发布的名称。在本例中,我们将使用 TransRepUpdPub- Exercise。检查下面的操作列表以确认各项设置,然后单击“完成”按钮。

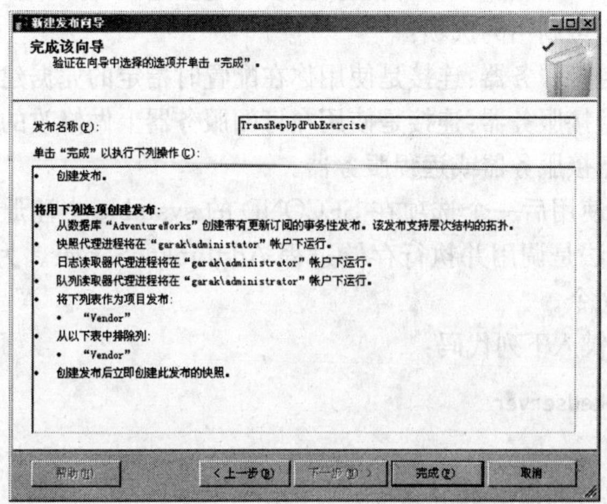

15. “正在创建发布”页面打开,发布正在创建。在发布建成时,向导发出发布创建成功的消息。单击“关闭”按钮结束向导。

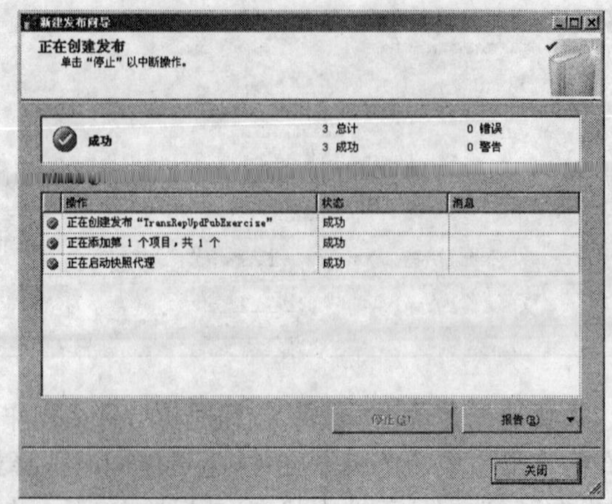

16. 在对象资源管理器中,确认新建发布位于"复制"节点下的"本地发布"文件夹中。在这里应该看到一个蓝色的图书图标,这是用于事务性复制的图标(其他类型是不同的颜色)。请注意,右击发布可以立即访问到许多选项,其中包括创建新的订阅、创建新的发布、生成脚本、验证订阅有效性、重新初始化所有订阅、生成快照,以及打开属性对话框。另外,还可以删除发布或刷新视图。

创建事务性可更新订阅

前面曾经解释过,启动"新建订阅向导"有许多种方法:可以右击现有的发布并选择"新建订阅"菜单命令;或者在发布服务器或订阅服务器上,打开对象资源管理器中的"复制"节点,选择"本地订阅"并右击,然后单击"新建订阅"选项。在本练习中,我们将从发布服务器上使用后一种方法。

开始以前:关于安全性的说明

在配置立即更新订阅时,需要指定订阅服务器上的一个账户,该账户用来建立与发布服务器的连接。然后,在订阅服务器上触发的触发器利用这些连接将数据修改传递给发布服务器。这种类型的连接有 3 个可利用的选项:

- 复制所创建的链接服务器:连接是使用你在配置时指定的凭据建立的。
- 复制所创建的链接服务器:连接是使用在订阅服务器上做修改的用户的凭据建立的。
- 你已经定义的链接服务器或远程服务器。

在本例中,我们将使用后一个选项在 SECOND 的 systable 中注册 SERVER。要进行这样的注册,最简单的方法是调用并执行存储过程 AddLinkedServer。为此,右击 SECOND 并选择"新建查询"菜单命令。

在打开的窗口中,键入下列代码:

```
EXECUTE sp_addlinkedserver
@server = 'SERVER'
```

其中,SERVER 是发布服务器的名称。

创建订阅

1. 打开默认的 SERVER 实例,展开其中的文件夹。展开"复制"节点,打开"本地发布"文件夹，并右击[AdventureWorks]：TransRepUpdPubExercise 发布。从弹出的菜单中，单击“新建订阅”菜单命令启动“新建订阅向导”。然后，单击开始页面上的“下一步”按钮。

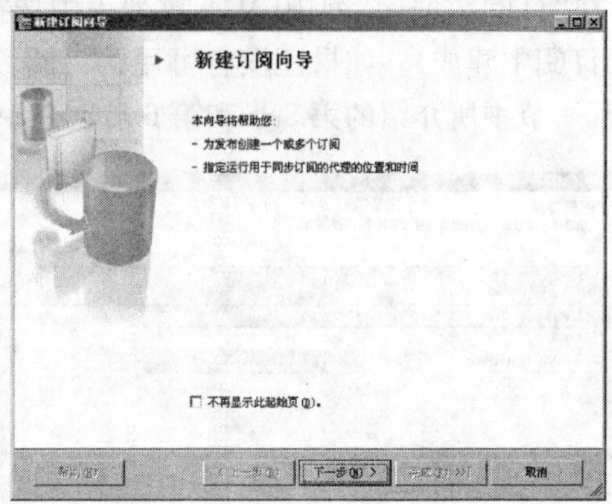

2. 在“发布”页面上，需要选择能够从中查找到发布的发布服务器。如果还没有连接到发布服务器，则需要选择该服务器并建立连接。在本例中，连接到 SERVER 服务器，并选择 TransRepUpdPubExercise。单击“下一步”按钮。

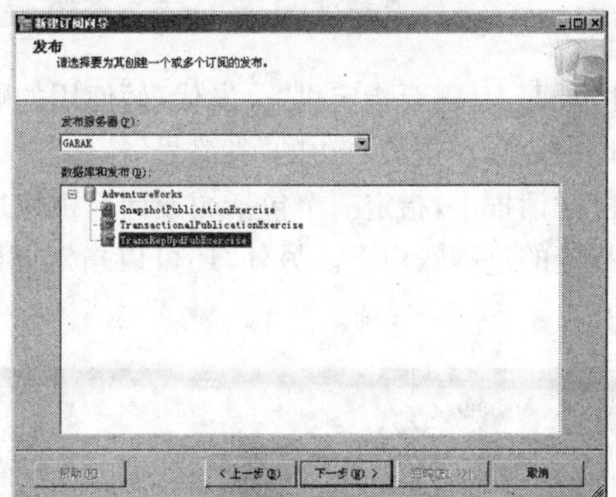

3. 下一个页面要求指定“分发代理”运行在什么地方。可以选择让这个代理运行在分发服务器上（对于推送订阅）或者运行在它的订阅服务器上（对于请求订阅）。如果想混合地让代理运行在不同地点（并运行为不同类型），则需要多次运行这个向导。在本例中，确保“在其订阅服务器上运行每个代理（请求订阅）”单选框处于选中状态，然后单击“下一步”按钮。

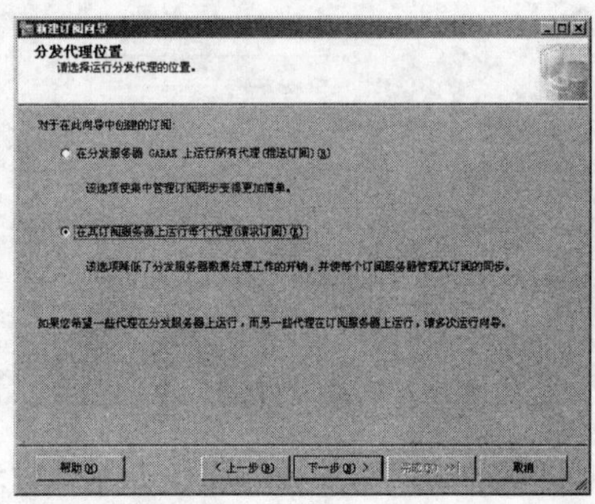

4. 现在,向导要求选择订阅服务器并指定订阅数据库。复选 SECOND 复选框。如果 SECOND 服务器没有出现在列表中,需要单击“添加 SQL Server 订阅服务器”按钮并连接到 SECOND。在“订阅数据库”列中,从下拉列表中选择 ReplicationExercises 数据库(在前面的快照订阅中建成)。如果还没有可用的订阅数据库,则必须按照本章前面的“创建快照订阅”一节中所介绍的第 5 步和第 6 步创建一个订阅数据库。

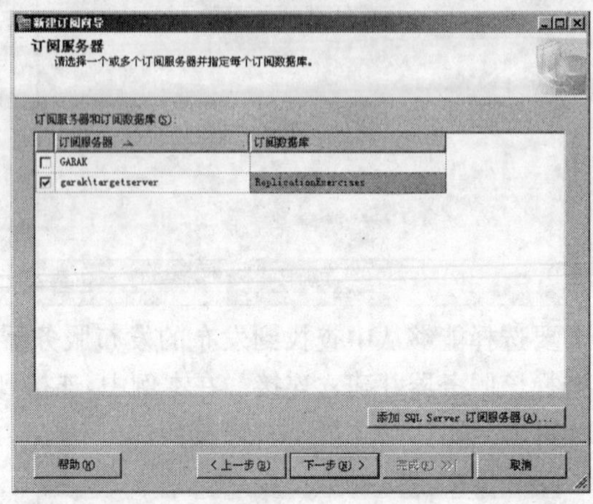

5. 在“分发代理安全性”页面上,需要指定供“分发代理”使用的账户和连接选项。为此,在包含 SECOND 的那一行上,单击最右边的“省略号”按钮。
6. 在“分发代理安全性”对话框中,指定一个包括域或计算机账户的进程账户,这个进程在同步期间将运行在指定的进程账户下。另外,还可以指定同时用来连接到分发服务器和订阅服务器的账户。

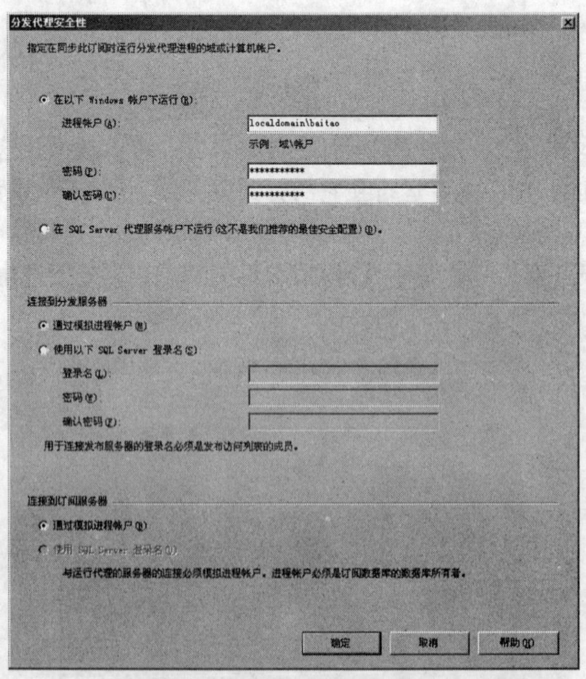

7. 单击“确定”按钮返回到“分发代理安全性”页面。应该注意到,连接方法已经添加上。

单击“下一步”按钮。

8. 在“同步计划”页面上，可以使用一个预设时间计划，也可以自定义一个时间计划。默认的“连续运行”选项表示每当数据中发生变化时，服务器将立即检查数据更新并将它们拉回来。保留当前设置：“连续运行”。单击“下一步”按钮。

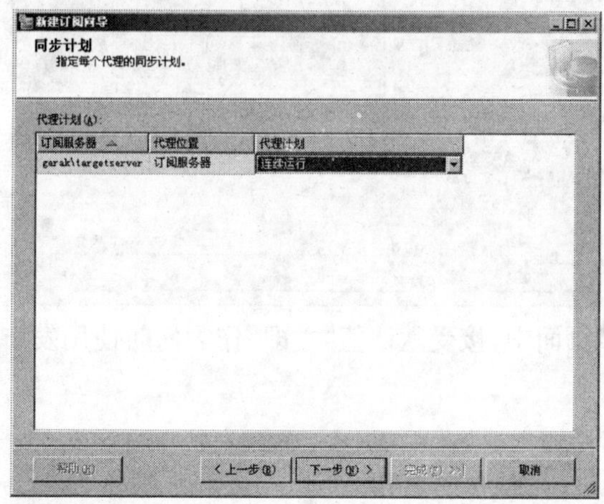

9. 下一个页面允许选择数据修改在发布服务器上何时提交。可以选择同时提交修改或排队修改并在可能时提交。
   - “同时提交更改”创建一个立即的更新订阅。订阅服务器对它们的本地数据副本进行修改，并且那些修改使用 Microsoft 分布式事务协调程序发回到发布服务器。发布与订阅服务器之间必须存在一条信任连接。
   - “对更改进行排队并在可能时进行提交”创建一个队列化的更新订阅。这类似于立即更新订阅，因为它允许用户对复制的数据副本进行修改。但是，和立即更新订阅不同的是，这些数据修改可以存放在一个中间主机上，直至它们提交时为止。这在客户要求能够对数据进行修改，但它们之间存在一条非信任网络连接时是很有用的。

在本练习中，接受默认值“同时提交更改”。单击“下一步”按钮。

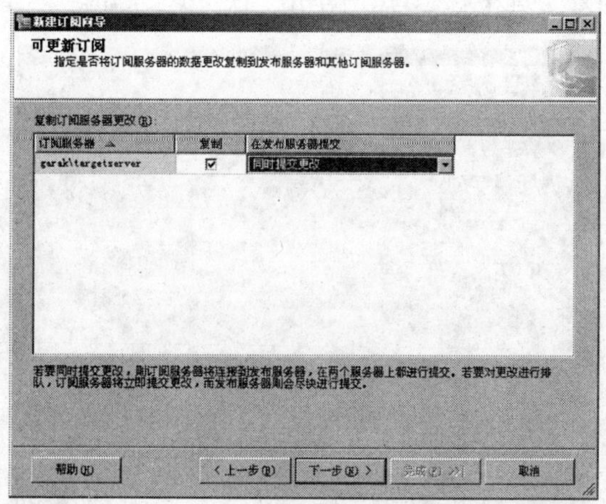

10. 在“用于可更新订阅的登录名”页面上，选择“使用您指定的链接服务器或远程服务器”单选项。这将使向导使用我们在开始本练习前创建的 SERVER 连接。

11. 在“初始化订阅”页面中，接受默认值“立即”作为何时使用发布数据与架构初始化订阅的设置。

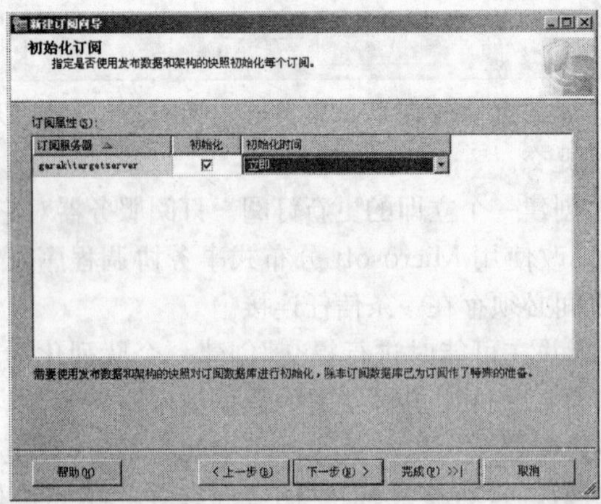

12. 在下一个页面上，需要指定当单击“完成”按钮时执行什么操作。可以选择立即创建订阅，使用创建订阅的步骤生成一个脚本文件，也可以同时选择或不选择这两者。保留“创建订阅”选项处于选中状态，然后单击“下一步”按钮。

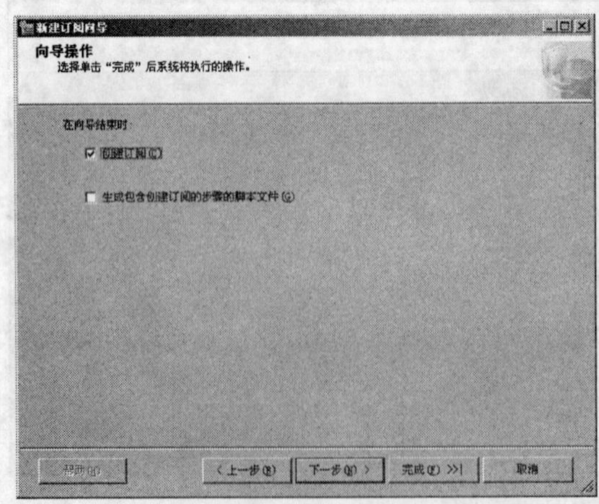

13. 下一个页面以摘要形式列出你在向导中选择的各个操作。如果对那些值和选项感到满意，单击“完成”按钮创建指定的订阅。

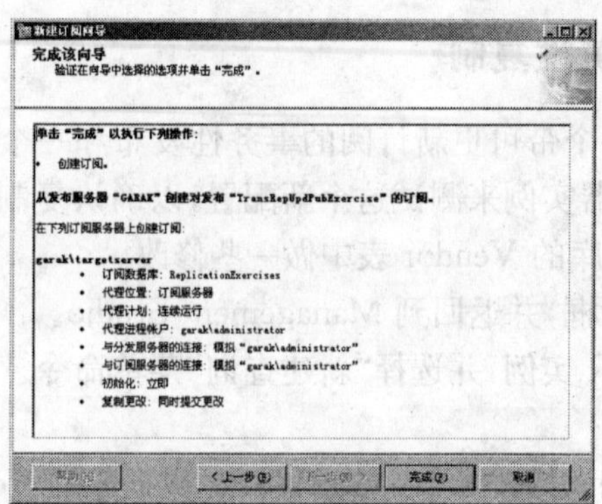

14. 然后，向导创建该订阅，并启动同步代理。在创建结束时，一条创建成功的消息出现在页面中。单击"关闭"按钮退出向导。

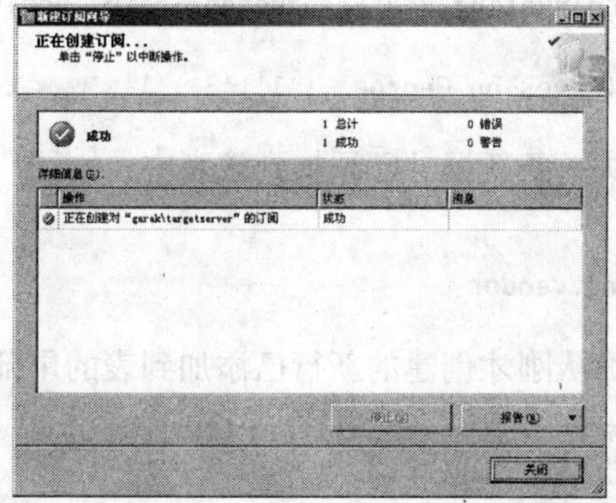

15. 要确认该订阅已经建成，转到 SERVER 服务器，打开对象资源管理器，然后展开"复制"节点。右击"本地发布"文件夹，并展开[AdventureWorks]: TransRepUpdPubExercise 发布，可以看到新建的订阅[SECOND]. [ReplicationExercises](可能需要右击文件夹并从弹出菜单中选择"刷新"菜单项来刷新该发布)。
打开 SECOND 实例，展开"复制"节点，然后打开"本地订阅"文件夹并查找一个名为[ReplicationExercises]-[SERVER]. [AdventureWorks]: TransRepUpdPubExercise 的订阅。另外，还会在 Replication_Exercises 数据库中发现两个新表。一个表是文章 Purchasing. Vendor，而另一个表是个包含冲突信息的表 Purchasing. conflict_TransRepUdpPubExercise_Vendor。

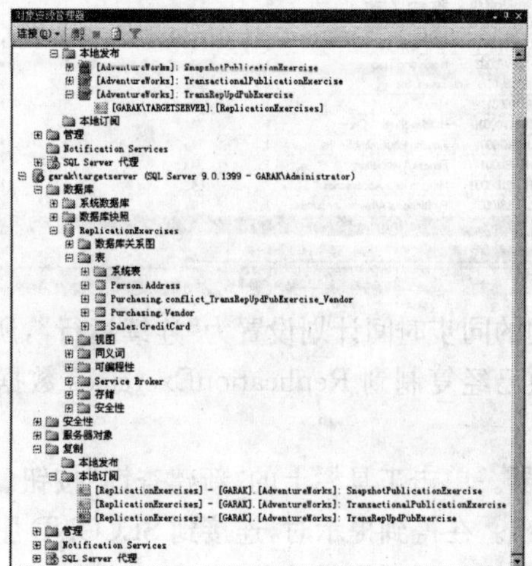

测试带可更新订阅的事务性复制

既然我们已经创建了一个带可更新订阅的事务性发布和一个请求订阅，下面就通过将该订阅拉回到 SECOND 服务器实例来测试这个新配置，以确认复制能实际发生。为此，我们需要在 AdventureWorks 数据库的 Vendor 表中做一些修改。

1. 关闭任何打开的对话框，并返回到 Management Studio。
2. 右击默认的 SERVER 实例，并选择“新建查询”菜单命令。如果看到建立连接的提示，建立连接。
3. 键入并执行下列代码以修改 AdventureWorks 数据库的 Vendor 表中的数据：

```
USE AdventureWorks
INSERT Vendor
(AccountNumber,Name,CreditRating,PreferredVendorStatus,ActiveFlag,PurchasingWe
bServiceURL)
VALUES ('TUTHILL0901','Waves on George', '1','3','1','www.trevallyn.com')
```

4. 执行下列代码，以确认一条新记录已添加到该表中：

```
USE Adventureworks
SELECT * FROM Purchasing.Vendor
```

5. 滚动到表的底部，并确认刚才创建的新行已添加到表的尾部。

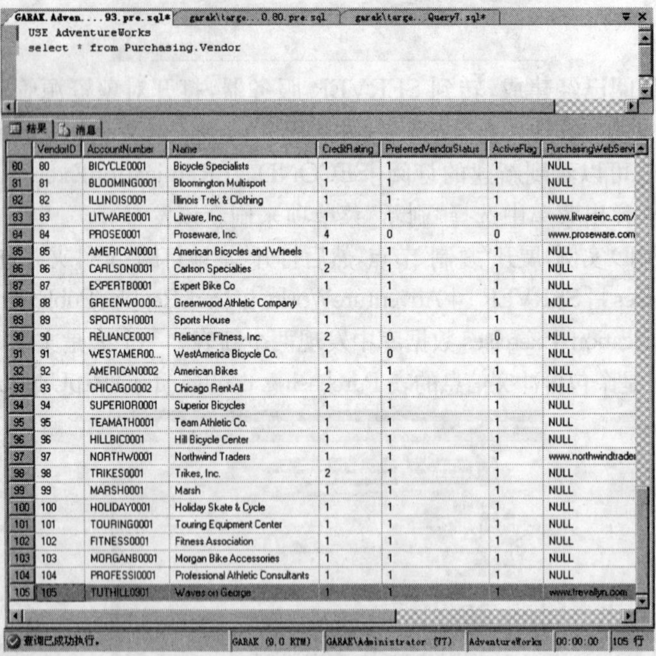

由于前面已经将订阅的同步时间计划设置为“连续运行”，所以这个请求订阅会立即发生。要确认数据修改已经复制到 ReplicationExercises 数据库的 Vendor 表中，执行下列操作。

6. 右击 SECOND 服务器。单击工具栏上的“新建查询”按钮(或者右击 SECOND 并选择“新建查询”菜单命令)。在得到提示时，连接到 SECOND 服务器。
7. 在查询窗口中，键入并执行下列代码：

```
USE ReplicationExercises
SELECT * FROM Purchasing.Vendor
```

8. 滚动到表的底部，应该看到刚才添加的新记录。

```
USE ReplicationExercises
SELECT * FROM Purchasing.Vendor
```

	VendorID	AccountNumber	Name	CreditRating	PreferredVendorStatus	ActiveFlag	PurchasingWebServi
80	80	BICYCLE0001	Bicycle Specialists	1	1	1	NULL
81	81	BLOOMING0001	Bloomington Multisport	1	1	1	NULL
82	82	ILLINOIS0001	Illinois Trek & Clothing	1	1	1	NULL
83	83	LITWARE0001	Litware, Inc.	1	1	1	www.litwareinc.com/
84	84	PROSE0001	Proseware, Inc.	4	0	0	www.proseware.com
85	85	AMERICAN0001	American Bicycles and Wheels	1	1	1	NULL
86	86	CARLSON0001	Carlson Specialties	2	1	1	NULL
87	87	EXPERTB0001	Expert Bike Co	1	1	1	NULL
88	88	GREENWOO00...	Greenwood Athletic Company	1	1	1	NULL
89	89	SPORTSH0001	Sports House	1	1	1	NULL
90	90	RELIANCE0001	Reliance Fitness, Inc.	2	0	0	NULL
91	91	WESTAMER00...	WestAmerica Bicycle Co.	1	0	1	NULL
92	92	AMERICAN0002	American Bikes	1	1	1	NULL
93	93	CHICAGO0002	Chicago Rent-All	2	1	1	NULL
94	94	SUPERIOR0001	Superior Bicycles	1	1	1	NULL
95	95	TEAMATH0001	Team Athletic Co.	1	1	1	NULL
96	96	HILLBIC0001	Hill Bicycle Center	1	1	1	NULL
97	97	NORTHW0001	Northwind Traders	1	1	1	www.northwindtrader
98	98	TRIKES0001	Trikes, Inc.	2	1	1	NULL
99	99	MARSH0001	Marsh	1	1	1	NULL
100	100	HOLIDAY0001	Holiday Skate & Cycle	1	1	1	NULL
101	101	TOURING0001	Touring Equipment Center	1	1	1	NULL
102	102	FITNESS0001	Fitness Association	1	1	1	NULL
103	103	MORGANB0001	Morgan Bike Accessories	1	1	1	NULL
104	104	PROFESSI0001	Professional Athletic Consultants	1	1	1	NULL
105	105	TUTHILL0901	Waves on George	1	1	1	www.tevallyn.com

下面，让我们来看一看当对订阅服务器上的数据库做修改时会发生什么情况。

9. 右击 SECOND 服务器。单击工具栏上的“新建查询”按钮（或者右击 SECOND 并选择“新建查询”菜单命令）。在得到提示时，连接到 SECOND 服务器。

10. 在查询窗口中，键入并执行下列代码来修改 ReplicationExercises 数据库的 Vendor 表中的数据：

```
USE ReplicationExercises
INSERT Purchasing.Vendor
(AccountNumber,Name,CreditRating,PreferredVendorStatus,ActiveFlag,PurchasingWe
bServiceURL)
VALUES ('MAASH0001','Maashingaidze Widgets','1','2','1', 'www.maashwidgets.com')
```

11. 要确认这些修改已应用于 ReplicationExercises 数据库的 Vendor 表，执行下列代码：

```
USE ReplicationExercises
SELECT * FROM Purchasing.Vendor
```

12. 要证明该更新已经生效，连接到 SERVER 服务器，然后在一个新的查询窗口中键入并执行下列代码：

```
USE Adventureworks
SELECT * FROM ReplicationExercises
```

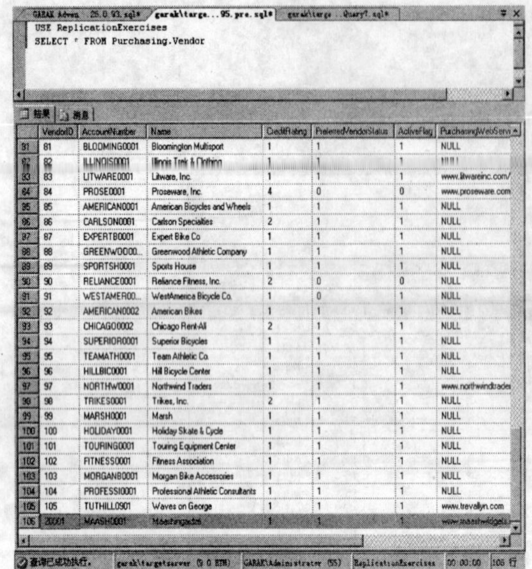
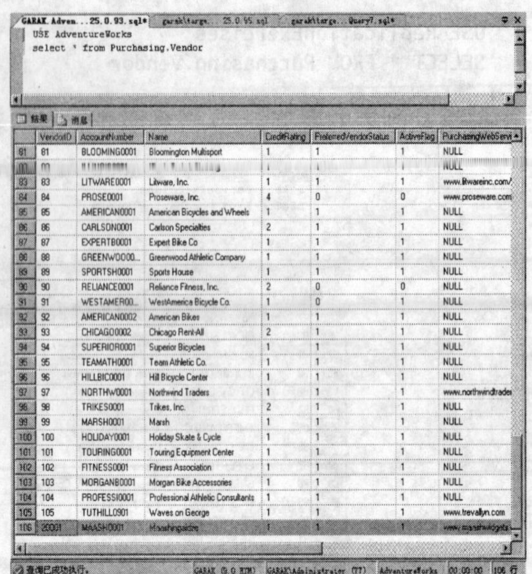

至此,我们已经顺利地创建了一个带可更新订阅的事务性发布和一个请求订阅,还顺利更新了订阅服务器的数据库表的副本并将它复制到发布服务器(在发布服务器中,数据库表的副本可以被复制到其他订阅服务器)。

创建和订阅合并复制

如果发布方和所有订阅方都要求能够对它们各自的本地数据副本进行修改,并让这些数据修改复制到复制布局中的所有其他订阅方,则使用合并复制。为了演示这个过程是如何工作的,我们将在 AdventureWorks 数据库上配置一个合并发布。然后,让 SECOND 服务器订阅这个发布。最后,将修改两个数据库中的同一条记录,并了解如何处理随后发生的冲突。

说明: Microsoft SQL Server 移动版只能订阅合并发布。

创建合并复制

1. 如果 Management Studio 还没有打开,选择"开始"➤"程序"➤ Microsoft SQL Server 2005,然后选择 Management Studio 将其打开。
2. 单击对象资源管理器中的默认 SERVER 服务器(不是 SECOND 服务器),展开其中的文件夹,然后打开"复制"文件夹。
3. 右击"本地发布"文件夹,并选择"新建发布"菜单命令打开"新建发布向导"。单击"下一步"按钮转到下一个页面。
4. 在向导的"发布数据库"页面上,有一个数据库列表,其中列出了 SERVER 服务器上的所有数据库。反白显示 AdventureWorks 数据库来选中它,并单击"下一步"按钮转到下一个页面。
5. 在"发布类型"页面上,有一个发布类型列表,其中列出了 SQL Server 2005 中支持的 4 种发布类型。下面的列表框提供每种发布类型的一段简短说明。通过反白显示"合并发布"类型来选取它。然后,单击"下一步"按钮。

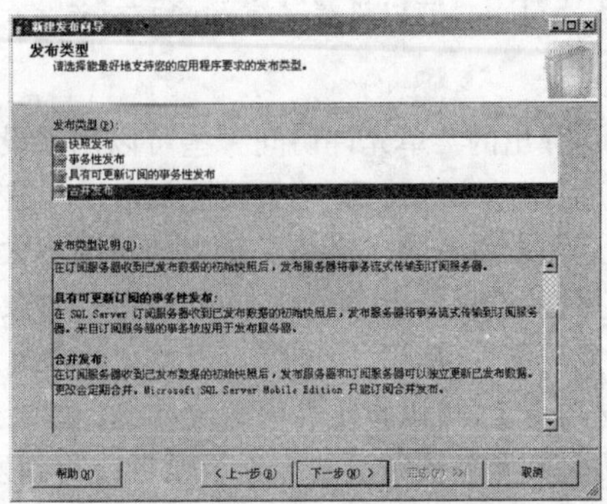

6. 接下来，向导要求指定这个发布的订阅服务器将使用的 SQL Server 版本。选择 SQL Server 2005。

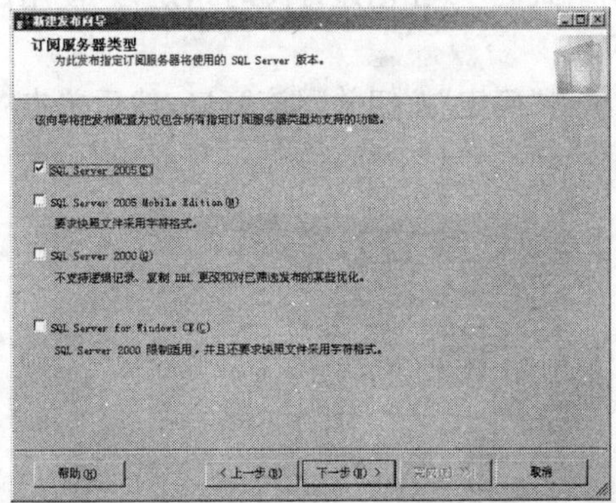

7. 在“项目”页面上，向导要求选择希望发布哪些对象。展开“表”选项，并选择 CountryRegion (Person)表旁边的复选框将它用于发布。请注意，有一些列带有环内绿星的标记。这些标记表示对应的列必须发布(而且不能取消选择)。这些列包括：
   - 主关键字列；
   - 外部关键字约束涉及的列；
   - 没有设置 IDENTITY 属性、不允许空值和没有默认值的列；
   - 行向导列(合并复制中必需的列)。

另外，还可以选择“仅显示列表中已选中的对象”复选框来减少视图中的混乱。单击“下一步”按钮。

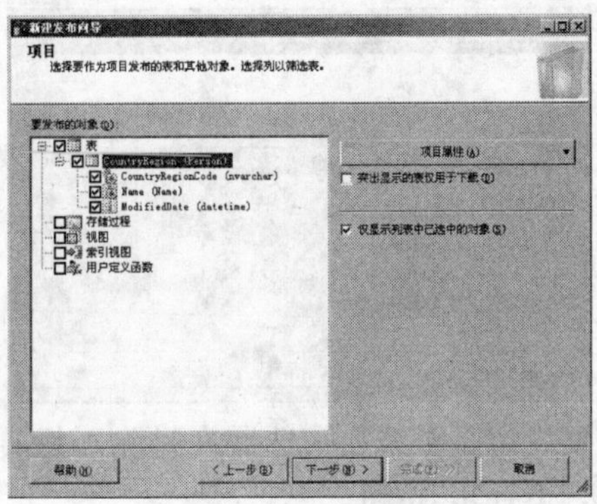

说明:通过单击"项目属性"按钮,可以设置选定的文章或选定的数据库对象类型的所有文章的属性。

8. 如果右击一个"项目",弹出的菜单允许访问一些可以用来设置附加属性的窗口。选择"设置此表项目的属性"菜单命令打开"项目属性"窗口。虽然这个窗口在其他发布类型中也是可获得的,但选项数量有限。合并发布中的情况不太一样。"项目属性"对话框有两个选项卡。在"属性"选项卡上,可以访问到许多与对象将怎样拷贝到订阅服务器有关的设置,目标对象的属性、标识、范围管理以及合并修改。

   在"冲突解决程序"选项卡上,可以指定如何解决冲突。如果选择使用默认的解决器,冲突的解决方法基于为订阅服务器预设的优先级设置或写到发布服务器的第一个修改,视所用的订阅类型而定。另外,还可以选择使用一个定制服务器。这个服务器是你将添加解决器所需要的任何输入的地方。另一个选项是允许订阅服务器解决冲突,如果该服务器打算使用请求式同步(在创建订阅时指定)。使用"允许订阅服务器在按需同步时交互式解决冲突"。

   保留所有设置不变,单击"确定"按钮关闭该窗口,然后单击"下一步"按钮转到"项目问题"页面。

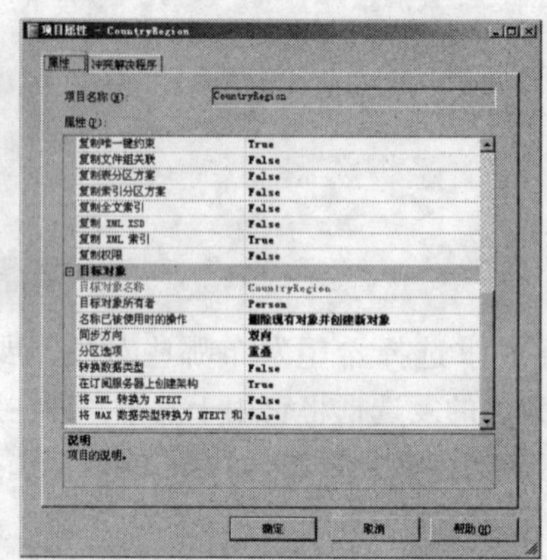

9. 在下一个页面上,将会收到一个信息性页面,其中指出一些要求进行的修改。在本例中,SQL Server 将为 Sales. CreditCard 表同时添加一个带有惟一性索引的 uniqueidentifier 列和 ROWGUIDECOL 属性。单击"下一步"按钮。

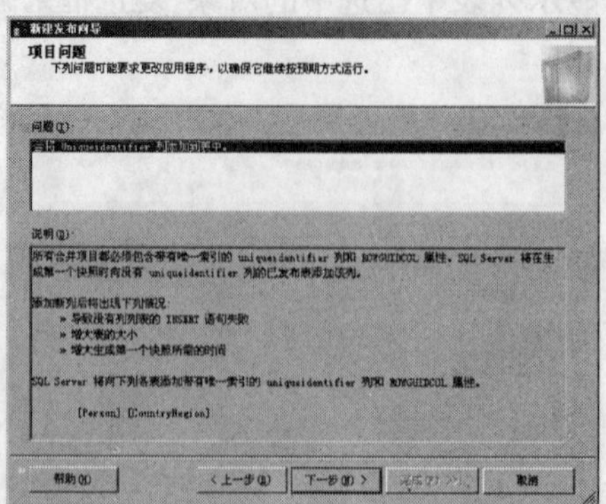

10. 在下一个页面上,需要决定是否添加筛选器来排除不想要的行。在本例中,我们不打算添加筛选器。单击"下一步"按钮。

说明：通过筛选从复制中排除文章中的行称为水平分区。

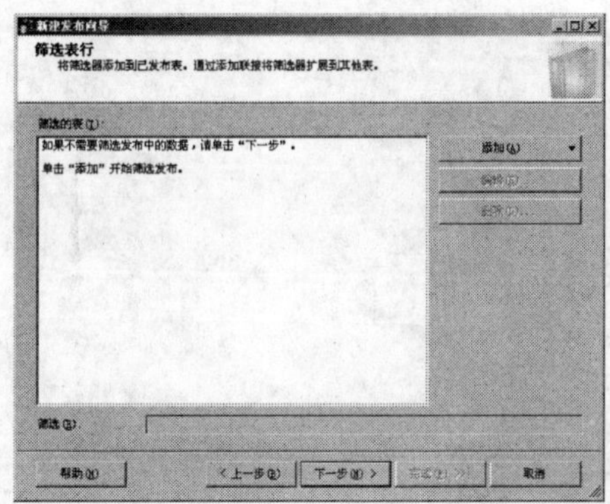

11. 下一个页面要求指定何时运行“快照代理”。可以选择立即运行它，也可以将它安排在指定时间运行，或者同时指定这两者。这么做可以确保订阅服务器始终是最新的。接受默认值，并单击“下一步”按钮。

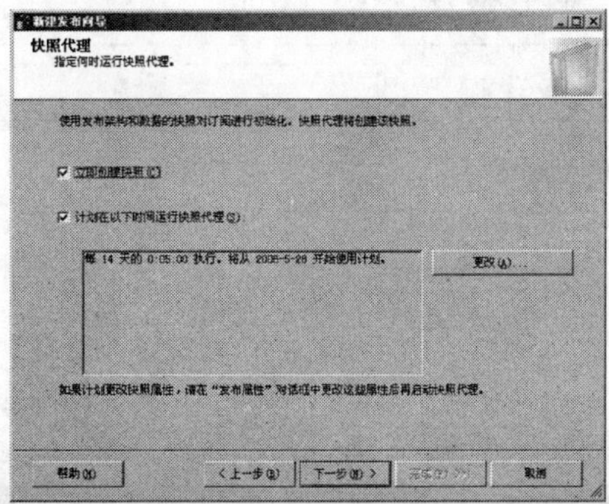

12. 现在，向导要求提供一个账户，“快照代理”将运行在这个账户下。单击“安全设置”按钮打开“快照代理安全性”窗口。在这个窗口中，指定要使用的账户，以及是通过模仿进程账户还是使用某个指定的 SQL Server 登录来连接到发布服务器。在本例中，我们使用一个具有管理员权限的域账户。单击“确定”按钮。然后，单击“代理安全性”页面上的“下一步”按钮。

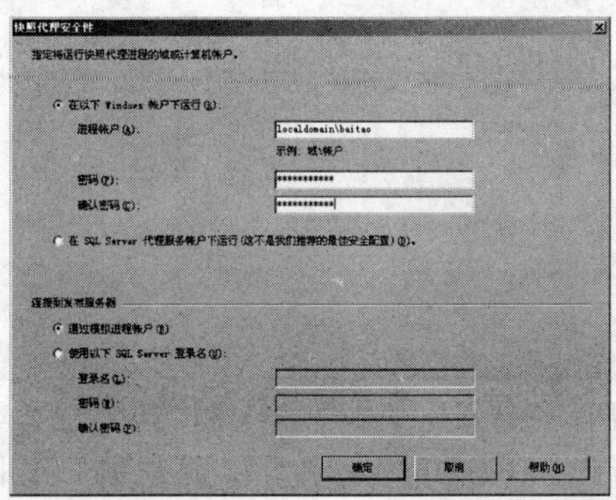

13. 在下一个页面上，需要指定在单击“完成”按钮时执行什么操作。可以选择立即创建发布，使用创建发布的步骤生成一个脚本文件，也可以同时选择或不选择这两者。在本例中，保留“创建发布”复选框处于选中状态，并单击“下一步”按钮。

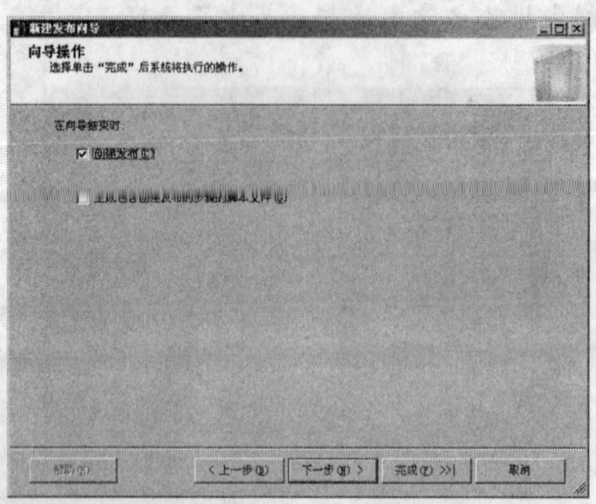

14. 下一个页面要求提供这个发布的名称。在本例中,我们将使用 MergeExercise。检查下面的操作列表以确认各项设置,然后单击"完成"按钮。

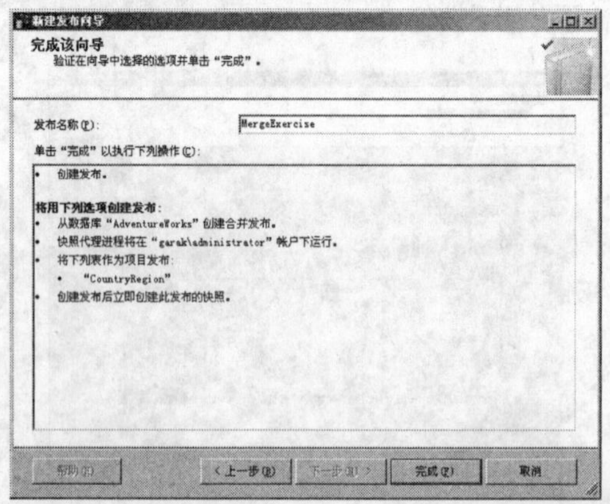

15. "正在创建发布"页面打开,发布正在创建。在发布建成之后,向导发出发布创建成功的消息。单击"关闭"按钮结束向导。

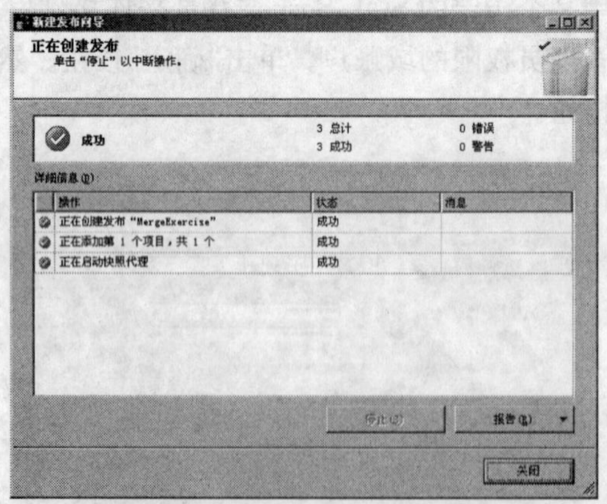

16. 在对象资源管理器中,确认新建发布位于"复制"节点下的"本地发布"文件夹中。在这里应该看到一个带蓝绿箭头的黄色图书图标,这是用于合并复制的图标(其他类型是不同的颜色)。请注意,右击发布可以立即访问到许多选项,其中包括创建新的订阅、创建新的发布、生成脚本、验证订阅有效性、重新初始化所有订阅、生成快照,以及打开属性对话框。另外,还可以删除发布或刷新视图。

创建合并订阅

前面曾经解释过，启动“新建订阅向导”有许多种方法：可以右击现有的发布并选择“新建订阅”菜单命令；或者在发布服务器或订阅服务器上，打开对象资源管理器中的“复制”节点，选择“本地订阅”并右击，然后单击“新建订阅”选项。在本练习中，我们将从发布服务器上使用后一种方法创建一个推送订阅。

1. 打开默认的 SERVER 实例，展开“复制”和“本地发布”文件夹，右击 AdventureWork：MergeExercise 发布，并从弹出的菜单中选择“新建订阅”菜单命令。“新建订阅向导”启动。单击开始页面上的“下一步”按钮。
2. 在“发布”页面上，需要选择能够从中查找到发布的发布服务器。如果还没有连接到发布服务器，则需要选择该服务器并建立连接。在本例中，连接到 SERVER 服务器，并选择 MergeExercise。单击“下一步”按钮。
3. 下一个页面要求指定“合并代理”运行在什么地方。可以选择让这个代理运行在分发服务器上(对于推送订阅)或者运行在它的订阅服务器上(对于请求订阅)。大多数合并订阅都请求订阅，因为合并订阅服务器平常是脱机的。在本例中，确保“在其订阅服务器上运行每个代理(请求订阅)”单选框处于选中状态，然后单击“下一步”按钮。

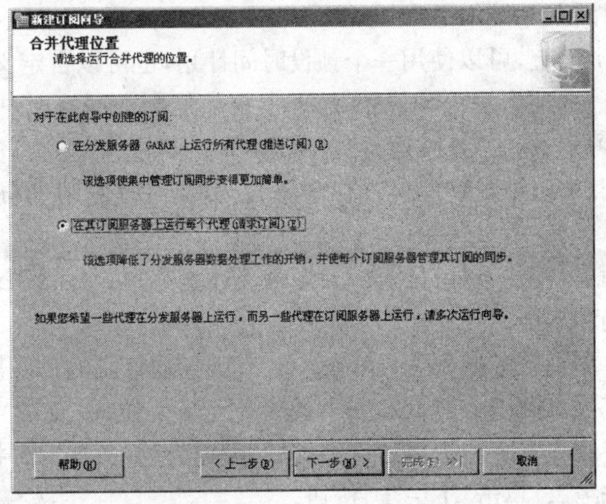

4. 现在，向导要求选择订阅服务器并指定订阅数据库。复选 SECOND 复选框(如果 SECOND 服务器没有出现在列表中，需要单击“添加 SQL Server 订阅服务器”按钮并连接到 SECOND)。在“订阅数据库”列中，从下拉列表中选择 ReplicationExercises 数据库(在快照订阅练习中建成)。如果还没有可利用的订阅数据库，则必须按照本章前面的“创建快照订阅”一节中所介绍的第 5 步和第 6 步创建一个订阅数据库。
5. 在“合并代理安全性”页面上，需要指定供“合并代理”使用的账户和连接选项。为此，在包含 SECOND 的那一行上，单击最右边的“省略号”按钮。
6. 在“合并代理安全性”对话框中，指定一个包括域或计算机账户的进程账户，这个进程在同步期间将运行在指定的进程账户下。另外，还可以指定同时用来连接到分发服务器和订阅服务器的账户。在本例中，我们使用一个域账户。

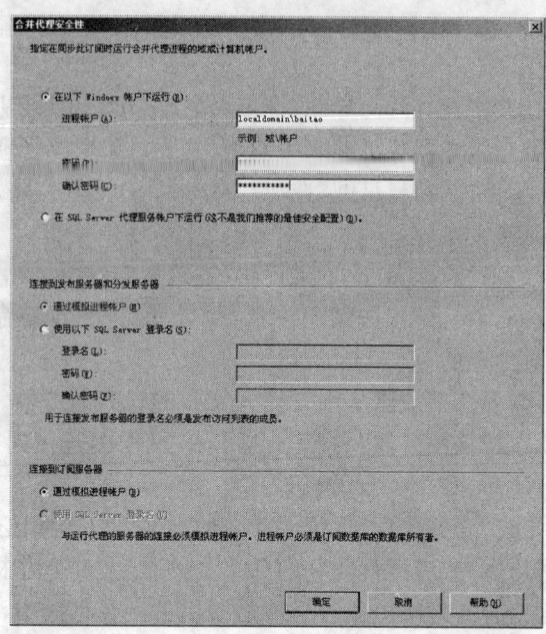

7. 单击"确定"按钮返回到"合并代理安全性"页面。应该注意到,连接方法已经添加上。单击"下一步"按钮。
8. 在"同步计划"页面上,可以使用一个预设时间计划,也可以自定义一个时间计划。默认的"仅按需运行"选项将设置 SQL Server 不自动复制数据修改——你将需要手工启动复制。在本练习中,选中"连续运行"。单击"下一步"按钮。
9. 在"初始化订阅"窗口中,接受默认值"立即"以确定何时使用发布数据与架构的快照初始化订阅。
10. 在下一个页面上,需要选择订阅类型:服务器还是客户。在 SQL Server 2000 中,这些类型称为全局和本地。

    合并复制平常用在服务器到客户环境中。有服务器订阅的订阅服务器可以(1)将数据重新发布到其他订阅服务器,(2)充当备用的同步伙伴,以及(3)根据你设置的一个优先级解决冲突。在本练习中,将"订阅类型"设置为"服务器",并接受 75.00 的默认"冲突解决的优先级"。单击"下一步"按钮。

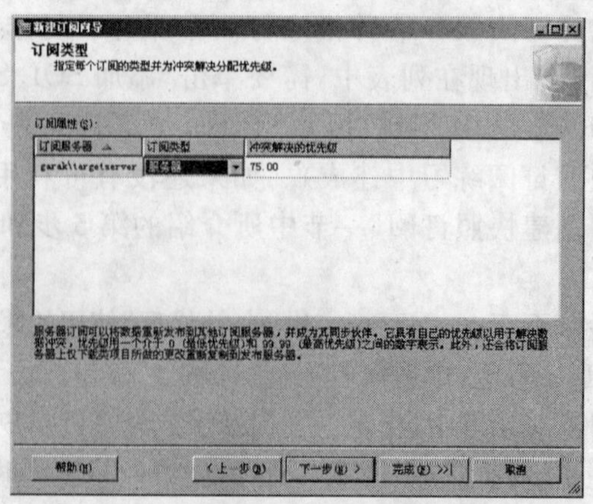

11. 在下一个页面上，需要指定当单击“完成”按钮时执行什么操作。可以选择立即创建订阅，使用创建订阅的步骤生成一个脚本文件，也可以同时选择或不选择这两者。保留默认设置，并单击“下一步”按钮。
12. 下一个页面以摘要形式列出你在向导中选择的各个操作。如果对那些值和选项感到满意，单击“完成”按钮创建指定的订阅。

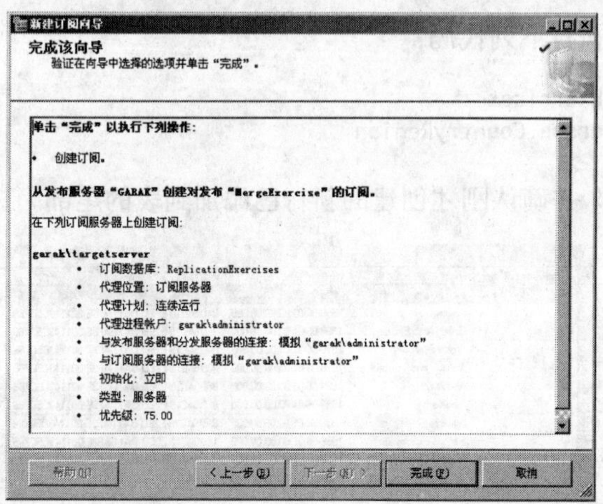

13. 然后，向导创建该订阅，并启动同步代理。在创建结束时，一条创建成功的消息出现在页面中。单击“关闭”按钮退出向导。
14. 要确认该订阅已经建成，转到 SERVER 服务器，打开对象资源管理器，展开“复制”文件夹，然后单击“本地发布”文件夹。展开[AdventureWorks]：MergeExercise 发布，可以看到到新建的订阅[SECOND].[ReplicationExercises](如果该订阅没有立即出现，可能需要右击“本地订阅”文件夹，并选择“刷新”菜单命令)。

    打开 SECOND 实例，展开“复制”节点，然后打开“本地订阅”文件夹查找一个名为[ReplicationExercises]-[SERVER].[AdventureWorks]：MergeExercise 的订阅。另外，也会在 ReplicationExercises 数据库中发现一个包含这个文章的新表(即 Person.Contact)。

测试合并复制

既然我们已经创建了一个带可更新订阅的合并发布和一个请求订阅，下面就通过将该订阅拉回到 SECOND 服务器实例来测试这个新配置，以确认复制能实际发生。为此，我们需要在 AdventureWorks 数据库的 CountryRegion 表中做一些修改。

1. 关闭任何打开的对话框，并返回到 Management Studio。
2. 右击默认的 SERVER 实例，并选择“新建查询”菜单命令。如果看到建立连接的提示，建立连接。
3. 键入并执行下列代码以修改 AdventureWorks 数据库的 CountryRegion 表中的数据：

```
USE AdventureWorks
INSERT Person.CountryRegion (CountryRegionCode,Name)
VALUES  ('AC', "Alpha Centauri')
```

4. 由于前面已经将订阅的同步时间计划设置为“连续运行”，所以请求订阅会立即发生。

要确认这条新记录已添加到该表中，需要同时检查 ReplicationExercises 和 AdventureWorks 数据库。为此，在相关服务器上创建并执行下列代码：

在 SERVER 上执行下列代码：

```
USE AdventureWorks
SELECT * FROM Person.CountryRegion
```

在 SECOND 上执行下列代码：

```
USE ReplicationExercises
SELECT * FROM Person.CountryRegion
```

5. 滚动到表的底部，并确认刚才创建的新行已添加到表的尾部。

结果 | 消息

	CountryRegionCode	Name	ModifiedDate	rowguid
1	AC	Alpha Centauri	2006-05-28 08:43:40.827	224C6F01-E3ED-DA11-AF3E-001143C5C766
2	AD	Andorra	1998-06-01 00:00:00.000	84D5AC19-E2ED-DA11-AF3E-001143C5C766
3	AE	United Arab Emirates	1998-06-01 00:00:00.000	5FD6AC19-E2ED-DA11-AF3E-001143C5C766
4	AF	Afghanistan	1998-06-01 00:00:00.000	80D5AC19-E2ED-DA11-AF3E-001143C5C766
5	AG	Antigua and Barbuda	1998-06-01 00:00:00.000	88D5AC19-E2ED-DA11-AF3E-001143C5C766
6	AI	Anguilla	1998-06-01 00:00:00.000	86D5AC19-E2ED-DA11-AF3E-001143C5C766
7	AL	Albania	1998-06-01 00:00:00.000	81D5AC19-E2ED-DA11-AF3E-001143C5C766
8	AM	Armenia	1998-06-01 00:00:00.000	8AD5AC19-E2ED-DA11-AF3E-001143C5C766
9	AN	Netherlands Antilles	1998-06-01 00:00:00.000	14D6AC19-E2ED-DA11-AF3E-001143C5C766
10	AO	Angola	1998-06-01 00:00:00.000	85D5AC19-E2ED-DA11-AF3E-001143C5C766
11	AQ	Antarctica	1998-06-01 00:00:00.000	87D5AC19-E2ED-DA11-AF3E-001143C5C766
12	AR	Argentina	1998-06-01 00:00:00.000	89D5AC19-E2ED-DA11-AF3E-001143C5C766
13	AS	American Samoa	1998-06-01 00:00:00.000	83D5AC19-E2ED-DA11-AF3E-001143C5C766
14	AT	Austria	1998-06-01 00:00:00.000	8DD5AC19-E2ED-DA11-AF3E-001143C5C766
15	AU	Australia	1998-06-01 00:00:00.000	8CD5AC19-E2ED-DA11-AF3E-001143C5C766

测试合并冲突

在一个合并发布正常工作和一个请求订阅运行之后，就可以同时对发布与订阅服务器上的相同记录进行修改了。在下面这些步骤中，我们将打开两个新查询，并将它们分别连接到一个 SQL Server 实例，然后测试数据的复制。

1. 右击 SERVER 并选择"新建查询"菜单命令打开第一个查询窗口。
2. 键入下列代码，但还不执行它：

```
USE AdventureWorks
UPDATE Person.CountryRegion
SET Name = 'Alfalfa Centauri'
WHERE CountryRegionCode = 'AC'
```

3. 右击 SECOND 并选择"新建查询"菜单命令打开第二个查询窗口。如果看到建立连接的提示，建立连接。键入下列代码，但还不执行它。这段代码将修改订阅服务器上的相同数据：

```
USE ReplicationExercises
UPDATE Person.CountryRegion
SET Name= 'Aleph Centauri'
WHERE CountryRegionCode = 'AC'
```

4. 在"查询编辑器"的 SECOND 副本中执行这个查询。
5. 切换到与 SERVER 相连接的那个查询，并执行那个查询。
6. 等待 5 分钟左右(让服务器有时间完成复制)，切换到与 SECOND 相连接的那个查询，然后键入并执行下列代码来了解数据修改是否得到复制：

```
USE ReplicationExercises
SELECT * FROM Person.CountryRegion
WHERE CountryRegionCode = 'AC'
```

7. 当在连接到 SECOND 的那个查询中看到 Alfalfa Centauri 值时，关闭“查询编辑器”的两个副本——复制是成功的。

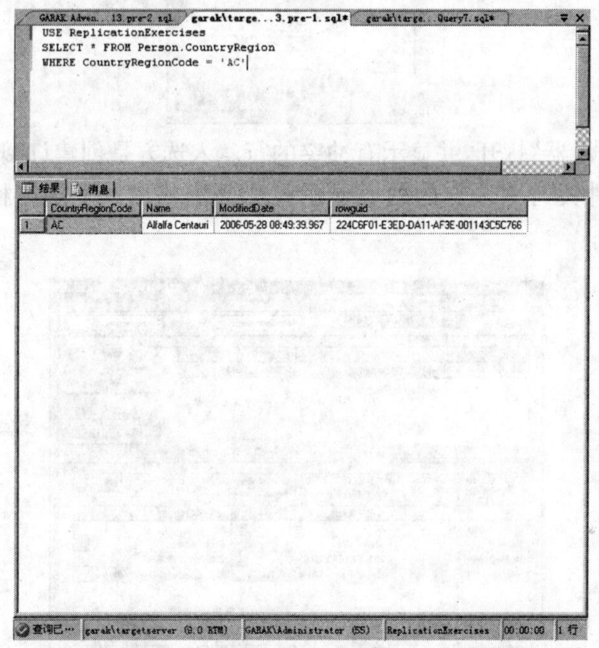

但是，现在有一个很大的问题；请注意，订阅服务器现在包含的是在发布服务器上通过连接到 SERVER 的那个查找键入的值，而不是在订阅服务器上键入的值。这种现象就叫做冲突，并可以在 Management Studio 中加以处理。

有两种类型的冲突分解方法。

在此处所使用的默认方法中，解决方法依据一组预设的标准（内部或自定义）立即安排并应用。在这种情况下，冲突解决器是基于优先级的，因为它处在服务器之间。在客户订阅中，写到发布服务器的第一个修改获胜。

在交互式冲突解决方法中，必须在请求式同步期间手工解决所有冲突。也可以选择编辑冲突的数据。将 Management Studio 配置成使用交互式冲突解决方法可以通过许多途径：

- 创建发布时，在“项目”属性窗口的“冲突解决程序”选项卡上；
- 创建发布以后，在“发布属性”对话框的“项目”页面上；
- 通过订阅服务器上的“订阅属性”对话框。

在本练习中，我们将使用默认方法并基于创建 MergeExercise 发布时所指定的那些设置。

8. 在 Management Studio 中，展开默认服务器，并选择“数据库”文件夹下的 AdventureWorks。
9. 展开“复制”和“本地发布”文件夹。右击[AdventureWorks]:MergeExercise 发布。
10. 从弹出的菜单中，选择“查看冲突”菜单命令。

11. “选择冲突表”对话框打开。选择CountryRegion(1),并单击“确定”按钮。

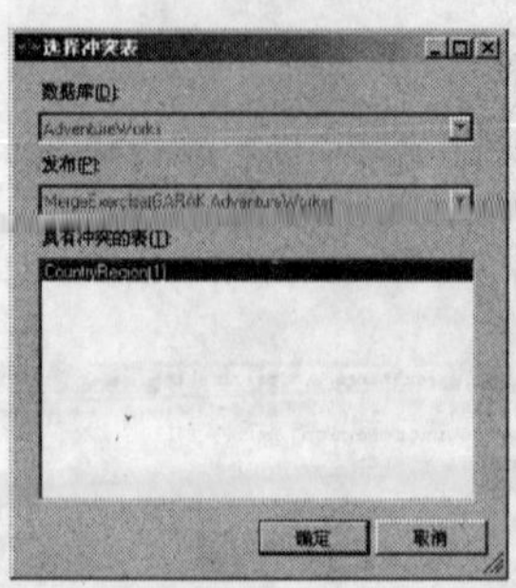

12. “复制冲突查看器”打开,并显示有冲突的行。入选方是创建订阅时设置的优先级最高的服务器。冲突与落选方的列表显示在中间窗格内。下层窗格提供冲突的详细信息。

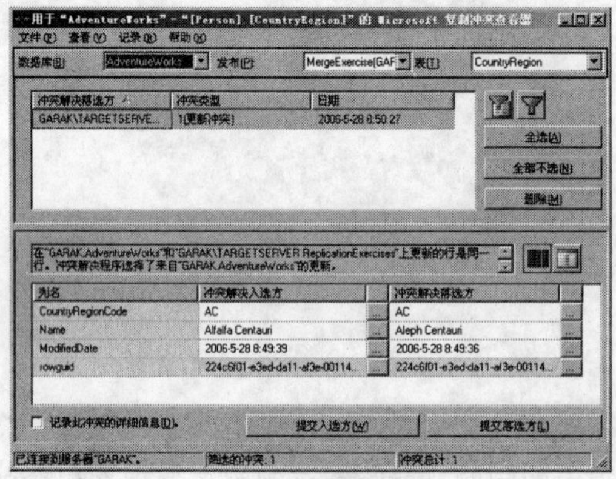

13. 请注意每个列值右边的省略号。单击它将打开一个独立的窗口;在这个窗口中,可以编辑该列中的值。不能修改的值和列将显示成淡灰色的。

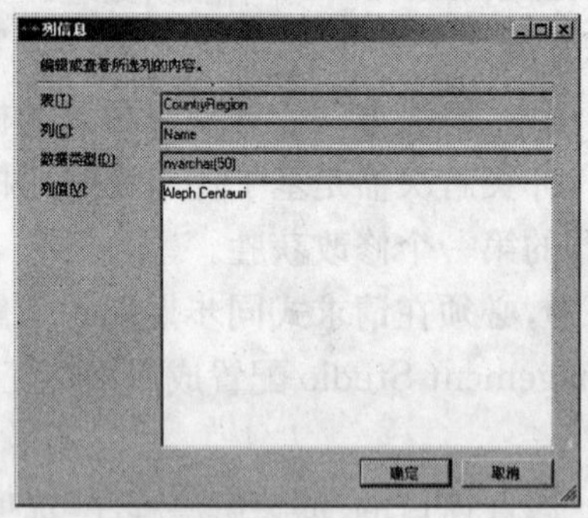

14. 对话框的底部有两个可供选择的按钮。
   - “提交入选方”将使来自获胜服务器的修改变成永久的。
   - “提交落选方”将使用“冲突解决落选方”下面显示的数据覆盖自动解决的数据。
   - 需要注意的是,如果要应用的数据不同于从任一服务器实例上键入的数据,可以通过“列信息”窗口简单地编辑入选方或落选方,然后通过“提交入选方”或“提交落选方”按钮应用该值。

15. 在本例中,我们将应用来自入选方SECOND上的ReplicationExercises数据库的数据。为此,单击“提交落选方”按钮。

16. 一旦完毕，关闭"复制冲突查看器"，并切换到与 SECOND 服务器相连接的那个查询。

17. 键入并执行下列代码来确认第二个更新仍在：

```
USE ReplicationExercises
SELECT * FROM Person.CountryRegion
WHERE CountryRegionCode = 'AC'
```

18. 现在切换到与 SERVER 服务器相连接的那个查询，然后键入并执行下列代码：

```
USE AdventureWorks
SELECT * FROM Person.CountryRegion WHERE CountryRegionCode = 'AC'
```

应该注意到，AdventureWorks 数据库已用来自第二个数据库的数据（即我们在"复制冲突查看器"中选择使其变得永久的那个数据）进行过更新。

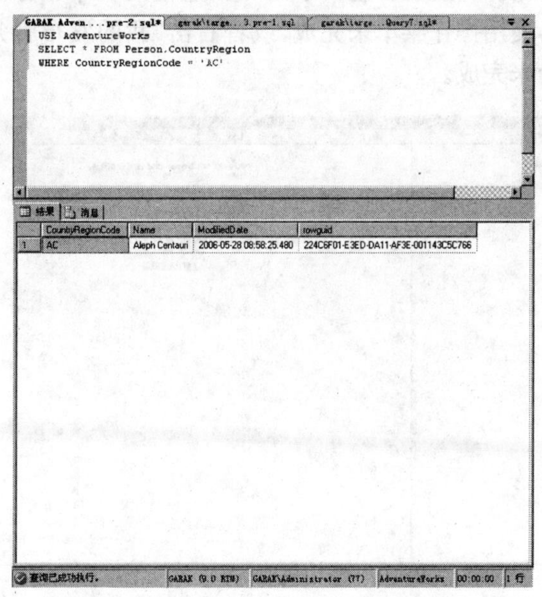

19. 关闭 Management Studio。

至此，我们顺利地建成了一个合并发布与订阅，它们允许订阅与发布服务器上的用户同时更新同一个数据。在同时更新这两个服务器上的同一个数据（AC CountryRegionCode 记录）时，具有最高优先级的服务器（SERVER）将暂时在冲突中获胜。为了确认在冲突之后正确的数据进入了数据库，我们打开了"Microsoft 复制冲突查看器"，并通知 SQL Server 将哪个数据保存到数据库中，因而在本例中选择了站在落选方一边并保存订阅服务器的输入。

至此，我们已经顺利地创建了快照、事务性、带可更新订阅的事务性和合并发布，并已经将它们推送和拉回到订阅服务器。我们解决了冲突，并探讨了帮助理解复制如何实现的种种细节。但是，如果复制停止工作，怎么办？这就是我们需要复制监视器的原因。

使用复制监视器

无论哲学家还是失意的上班族都曾经说过，我们完全受机器的摆布。复制的情形尤其如此，因为复制过程涉及那么多的计算机。只要这些计算机之中有一台出现了故障，或者有一条网络连线断裂，复制就会停止。作为 SQL Server 数据库管理员，你必须能够发现这些问题的起因并让复制返回到联机状态。这就是复制监视器的用处。

复制监视器可以在 Management Studio 和任意一个 SQL Server 实例(无论它是个分发服务器、发布服务器还是订阅服务器)之中找到。它设计用来访问整个复制的总体健壮状况，以及用来提供发布与订阅服务器的相关相信，使管理员能够发现问题和改善复制性能。

下面将介绍如何用各种复制监视器工具解决实际问题：

1. 选择"开始"➤"程序"➤ Microsoft SQL Server 2005，然后选择 Management Studio 将其打开。
2. 在 SERVER 服务器上，右击"复制"文件夹。并选择"启动复制监视器"菜单命令(请注意，也可以从任意一个 SQL Server 实例中启动复制监视器，无论该实例是什么角色)。
3. 如果这是首次打开复制监视器，它要求添加要监视的发布服务器。可以通过单击右窗格中的那个链接，使用操作菜单来完成，或者右击"我的发布服务器"节点并选择"添加发布服务器"命令来完成。

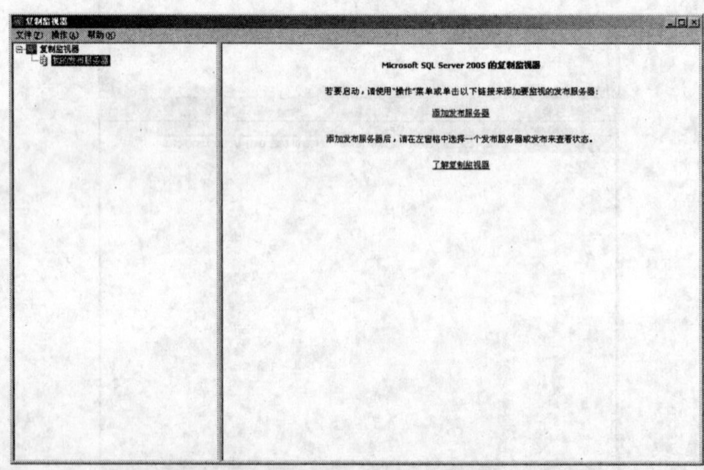

说明：通过右击发布并选择"启动复制监视器"菜单命令，也可以启动复制监视器。

4. 如果需要，选择这些方法之一，并打开"添加发布服务器"对话框。

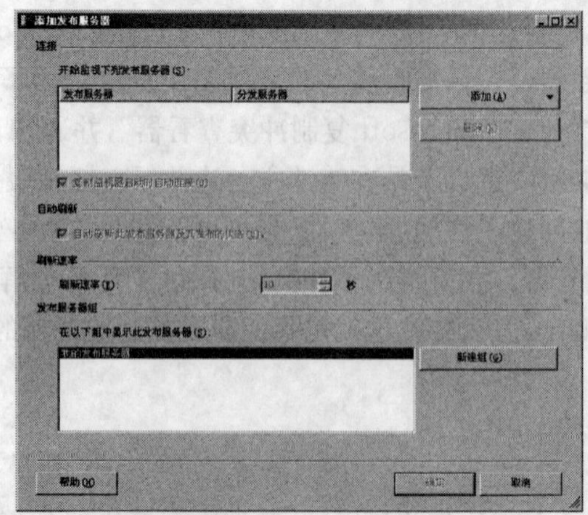

5. 在“添加发布服务器”对话框中单击“添加”按钮，再单击“添加 SQL Server 发布服务器”。在“连接到服务器”对话框中输入该发布服务器的名称，然后选择身份验证类型。单击“连接”。发布服务器和分发服务器的名称显示在“开始监视下列发布服务器”中。
6. 设置该页面上的其他选项，其中包括在复制监视器启动时是否自动连接，是否自动刷新发布服务器的状态和刷新频率，以及是否将发布服务器放到一个组中。需要注意的是，这个组仅用于管理目的，目的是为了让复制监视器中的发布服务器查找与组织变得更容易。离开复制监视器的上下文，这个组就没有任何意义。接受默认设置，并单击“确定”按钮。

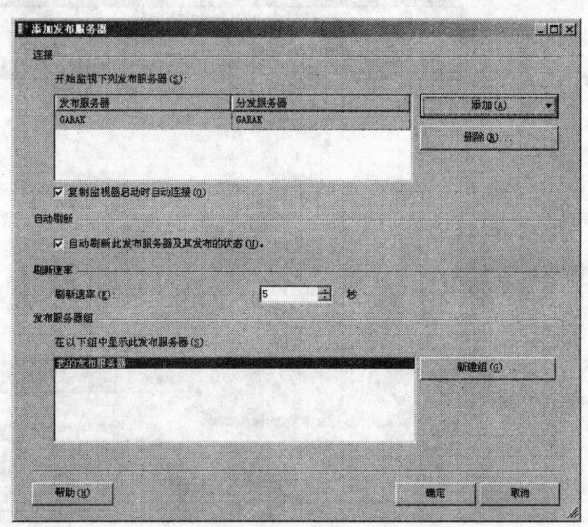

7. 在复制监视器的左窗格中，可以注意到 SERVER 已经添加到“我的发布服务器”文件夹中。展开它将会发现来自前面练习的[AdventureWorks]:MergeExercise 发布（其他发布可能也会出现，取决于你在练习的最后是否删除了它们——它们出现在那里是没有必要的）。

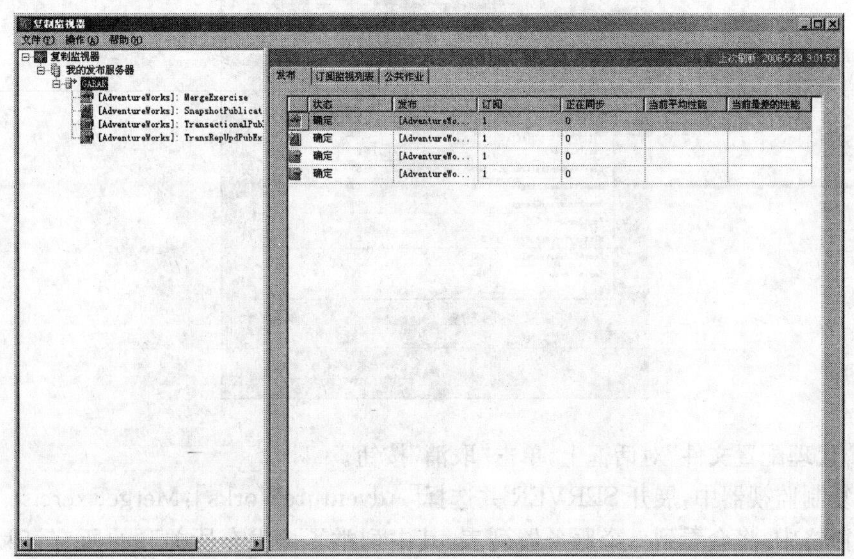

8. 右击发布服务器 SERVER,并选择“代理配置文件”菜单命令,这将打开“代理配置文件”对话框。滚动每个代理页面,并注意每个代理所关联的所有配置文件。还应该注意的是,可以为该类型的所有新代理设置默认值。此外,还可以设置性能配置文件值,并通过单击页面右下角的“更改现有代理”按钮将它们应用于所有的现有代理。选择“合并代理”页面。

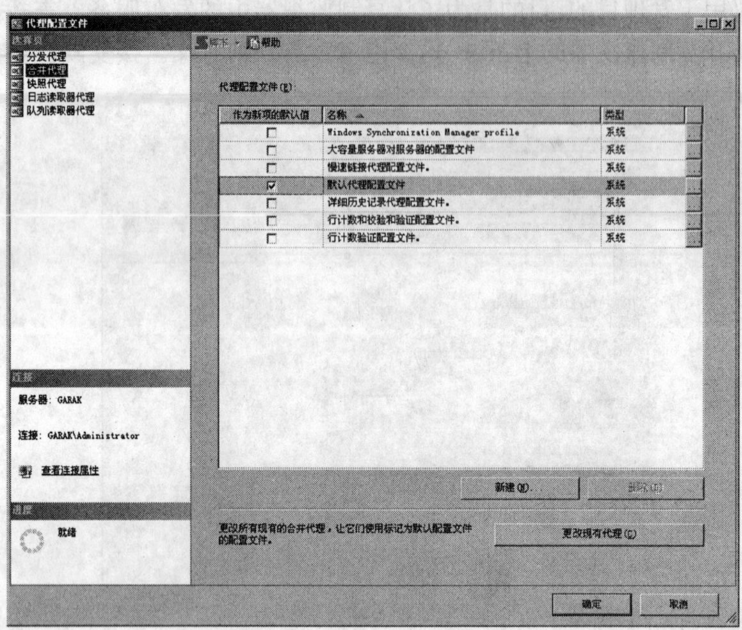

9. 应该注意到,每个配置文件在最右边都有一个省略号按钮(“类型”列的右侧)。单击“默认代理配置文件”右边的省略号按钮,打开“属性”对话框。请仔细观察所有可用的选项,然后单击“关闭”按钮。

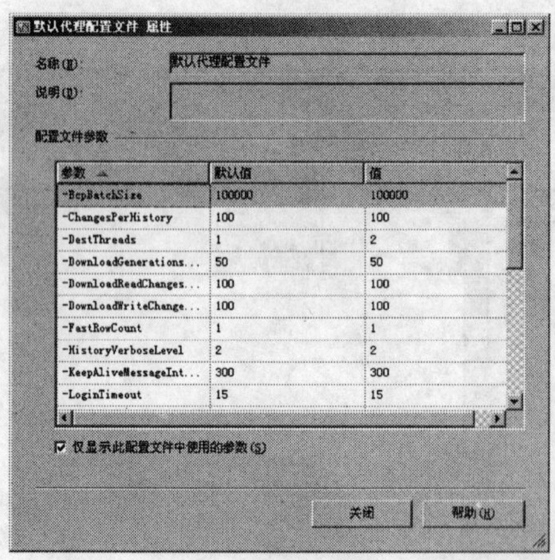

10. 在“代理配置文件”对话框上,单击“取消”按钮。
11. 在复制监视器中,展开 SERVER 并选择[AdventureWorks]:MergeExercise 发布。在右窗格中,将会看到一个服务器列表,其中列举了该发布所关联的所有订阅服务器。有两个选项卡:“所有订阅”和“警告和代理”。

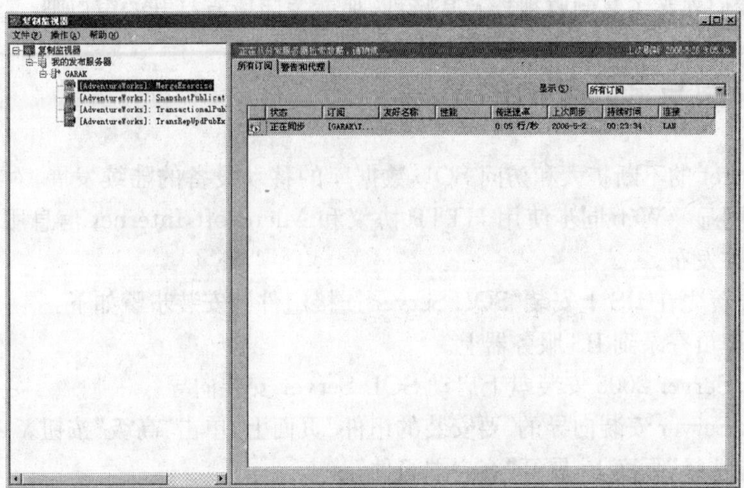

12. 在“警告和代理”页面上，可以启用和设置订阅类型(本例中为合并订阅)所关联的一个阈值。浏览那些选项和设置，然后单击“所有订阅”选项卡。

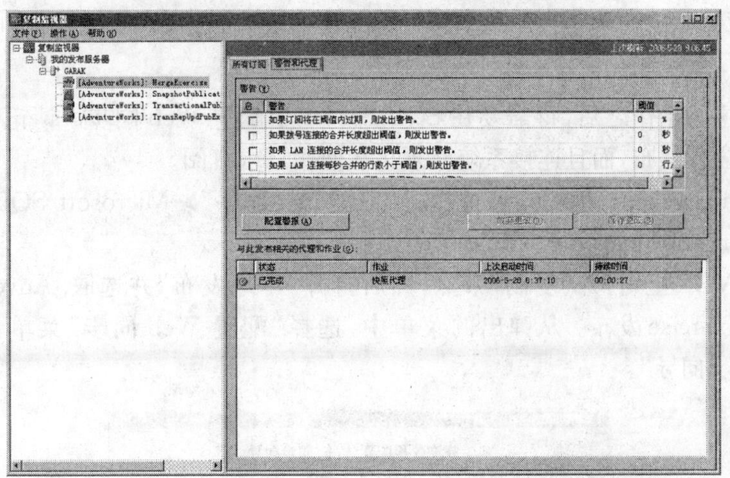

13. 选取并右击为 MergeExercise 发布创建的订阅。单击“查看”下拉列表框查看这个订阅的同步历史记录和已处理过的文章。还可以查看错误。

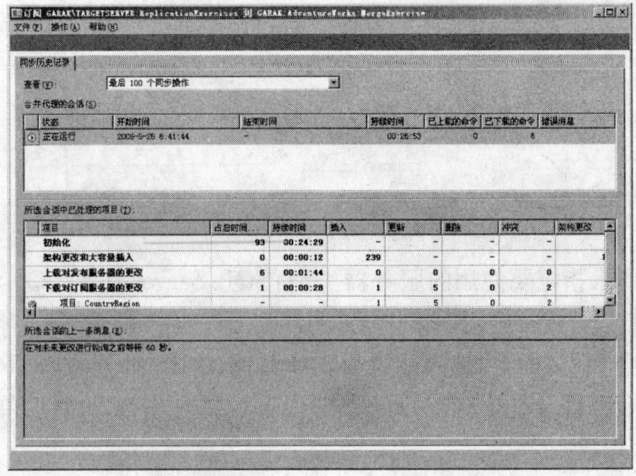

14. 既然我们熟悉了复制监视器及其特性，那就关闭所有打开的窗口吧。

配置请求订阅与合并复制的 Web 同步

随着 Internet 的不断扩大和访问 SQL 数据库的移动设备的陆续发展，对 Web 同步的需求变得越来越明显。Web 同步使用 HTTP 协议和 Microsoft Internet 信息服务器(IIS)同步请求订阅与合并发布。

为此，需要首先在 IIS 上安装"SQL Server 连接组件"，安装步骤如下：

1. 作为管理员登录到 IIS 服务器上。
2. 从 SQL Server 2005 安装盘上启动 SQL Server 安装向导。
3. 在 SQL Server 安装向导的"要安装的组件"页面上，单击"高级"按钮。
4. 在"功能选择"页面上，展开"客户端组件"节点。
5. 单击"连接组件"，然后单击"整个功能将安装到本地硬盘上"。
6. 结束该向导，然后重新启动计算机。

警告：证书服务必须安装在服务器上，而凭据必须安装在要配置 Web 同步的 Web 站点上。

在做完这些工作之后，将需要在 SQL Server 上配置 Web 同步。请记住，Web 同步只能用于合并发布，而且连接系统必须正在使用请求订阅。

7. 打开 Management Studio(通过选择"开始"➤"程序"➤ Microsoft SQL Server 2005 ➤ SQL Server Management Studio)。
8. 在 SERVER 上，打开"复制"节点，然后打开"本地发布"并选取[Adventure Works]：MergeExercise 发布。从弹出的菜单中，选择"配置 Web 同步"菜单命令启动"配置 Web 同步向导"。

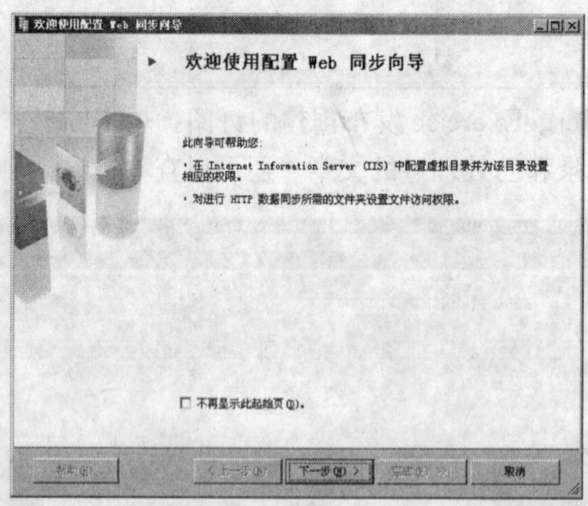

9. 下一个页面要求指定要使用的服务器类型：SQL Server 还是 SQL 移动版。选择 SQL Server。单击"下一步"按钮。
10. 在"Web 服务器"页面上，选择要用来同步订阅的 IIS 服务器(SERVER)。然后，选择"创建新的虚拟目录"单选项。展开 SERVER，展开"网站"，然后单击"默认网站"。单击"下一步"按钮。

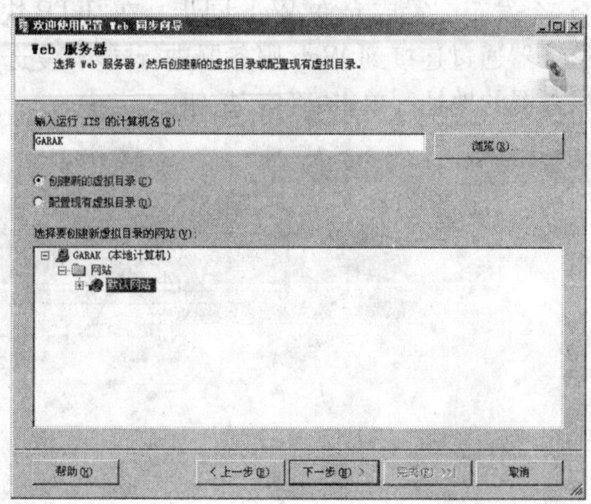

警告:如果选定站点上没有安装证书,单击"下一步"按钮将会产生一个错误,而且这个过程将无法继续进行。

11. 在下一个页面上,在"别名"文本框中键入一个代表虚拟目录的别名。在本例中,我们将使用 WebSyncExercise。在"路径"文本框中键入一个到达虚拟目录的路径:C:\Inetpub\ wwwroot\WebSyncExercise。单击"下一步"按钮。

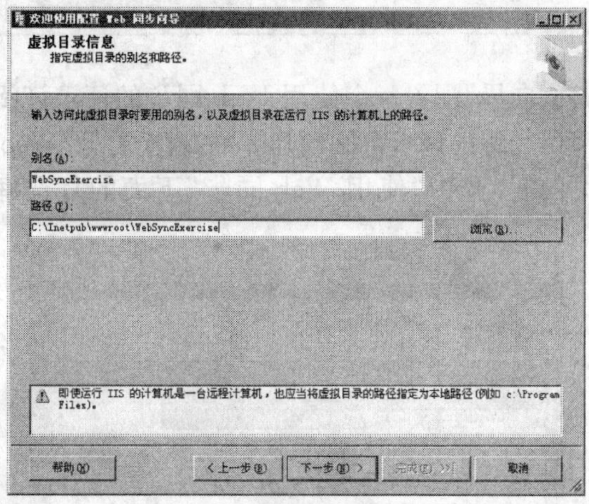

12. 两个对话框被打开,并询问是否希望创建一个新文件夹,以及是否复制 SQL Server Isapi.dll。在这两个对话框上都单击"是"按钮。
13. 在"需经身份验证的访问"页面上,清除掉除了"基本身份验证"之外的所有框。在"默认域"文本框中,键入 IIS 服务器的域。单击"下一步"按钮。
14. 在"目录访问"页面上,单击"添加"按钮。然后,添加订阅服务器建立与 IIS 服务器的连接要使用的账户。必须在运行"新建订阅向导"时在向导的"Web 服务器信息"页面上指定这个(些)账户。单击"确定"按钮,然后单击"下一步"按钮。
15. 现在,键入我们在本章前面创建快照发布时创建的快照共享文件夹的网络路径(比如\SERVER\repldata)。单击"下一步"按钮。
16. 复查各个选择,然后单击"完成"按钮。
17. 接下来,通过右击[AdventureWorks]:MergeExercise 发布并从弹出的菜单中选择"属性”菜单命令,将这个发布配置成允许 Web 同步。在“FTP 快照和 Internet”页面上,选中“允许订阅服务器通过连接到 Web 服务器进行同步”复选框。键入订阅服务器应该连接到 Web 服务器的地址。单击“确定”按钮。

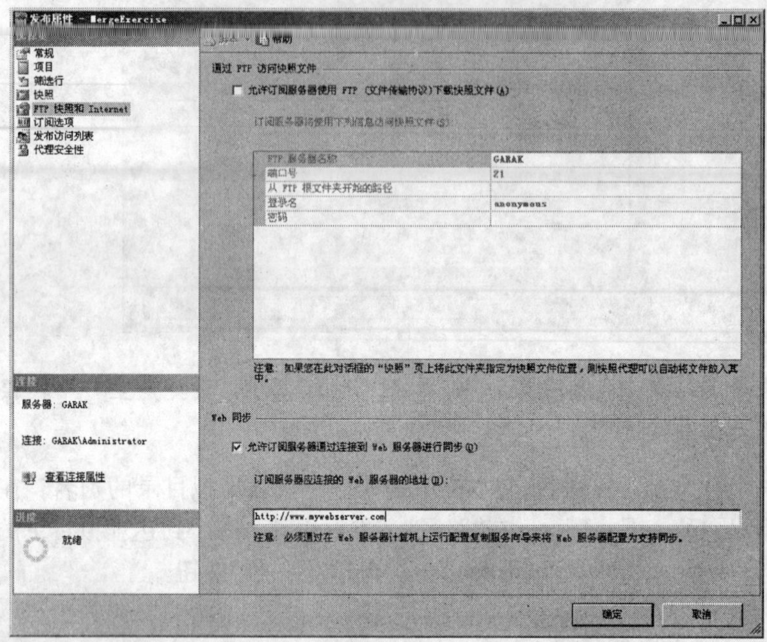

18. 通过运行“新建订阅向导”配置一个使用 Web 同步的请求订阅。按照本章前面的“创建合并订阅”一节所介绍的请求订阅创建步骤,直至打开“Web 同步”页面。
19. 在“Web 同步”页面上,选中“使用 Web 同步”下面的复选框(在本例中,我们使用 SECOND)。

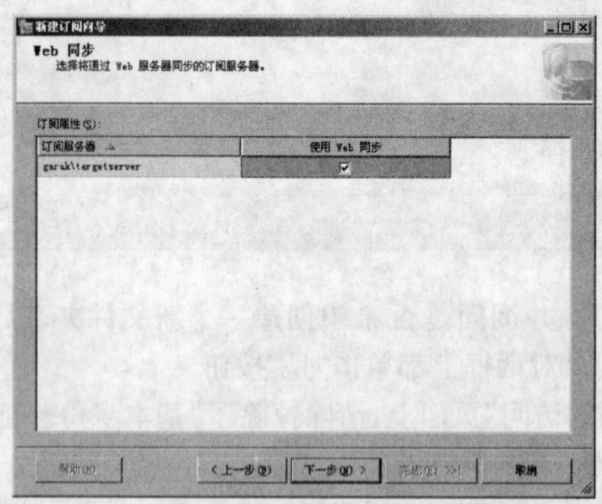

20. 在“Web 服务器信息”页面上,接受发布服务器上所用的默认地址,或者键入另一个 FQDN。只能选择通过“配置 Web 同步向导”或 IIS Manager 在 IIS 服务器上启用的身份验证类型。Microsoft 推荐使用“基本身份验证”。SSL 对这两种类型是必需的。单击“下一步”按钮并结束向导。

说明:建议将 Web 同步订阅的订阅类型设置为客户。

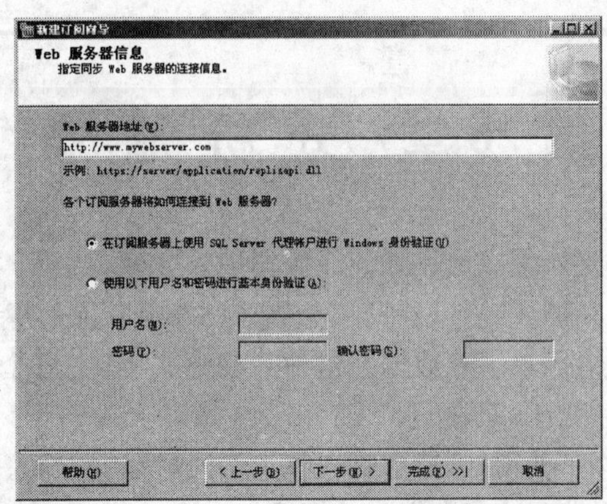

至此,我们已经顺利地配置了一个合并发布与请求订阅的 Web 同步。

前面介绍的内容非常丰富,利用这些信息和复制,可以立即让你的数据库接近你的用户。

小结

本章讨论了许多话题。首先,介绍了所有术语和运行复制所必需的构件以及配置复制的机制。

接着,介绍了复制的用处——让数据接近用户。这也许是不可避免的,因为用户离数据太远,他们需要自己的数据副本来制作报表,或者我们没有考虑到的其他各种原因。

然后,介绍了让复制运转起来而需要熟悉的专业术语。发布方/订阅方隐喻用来描述复制怎样工作。发布方包含数据的原始副本;订阅方接受数据的副本;分发方用来收集来自发布方的数据修改,并将其拷贝到订阅方。

有多种可用的复制类型,使用哪种类型取决于几个因素:等待时间、自治性和一致性。在选择使用哪种类型之前,需要确定订阅方需要数据副本的速度、频率和准确性,然后就可以从事务性、合并或快照复制中挑选。也可以将事务性发布配置成使用通过更大自治性的可更新订阅。

接着,仔细讨论了实际配置所有 3 种主要复制类型的机制:快照、事务性(包括标准和带可更新订阅)以及合并。然后,介绍了复制监视器的使用和机制。最后,简要介绍了 Web 同步在复制中的作用。

下面,我们准备讨论 SQL Server 2005 所携带的联机分析处理(OLAP)服务。

第 26 章　分 析 服 务

本书的大部分篇幅一直将重点放在如何让数据进入 SQL Server 数据库，然后如何从数据库中取出相同的数据方面。例如，可以开发一个从客户表中取得销售订单的应用程序，随后可以运行查询来检索订单和给订单填充数据。这种活动模式(其中单个操作只涉及数据库的少量部分)有时称为联机事务处理，简称 OLTP。

但是，数据库还有另外一种用处，特别是在收集了大量数据以后。假设公司已经接到 1 千万个销售订单，而且你希望发现这些数据中的模式。也许，缅因州的人常常喜欢购买蓝色包装的产品。只要知道这一个事实，就可以利用它帮助打开市场。

这种高级数据聚合(寻找数据库中的模式并摘要数据库中的内容)称为联机分析处理，简称 OLAP。Microsoft SQL Server 2005 包含了一个叫做 Microsoft SQL Server 2005 Analysis Services 的单独程序。Analysis Services 可以用来对 SQL Server 和其他 OLE DB 数据库执行 OLAP 分析。

本章将首先讲述 OLAP 的基本概念，然后讨论它在 Analysis Services 中是怎样实现的。另外，还要讨论如何在客户端应用程序中使用 OLAP 帮助检索数据的聚合信息。

说明：本书不打算涵盖 Analysis Services 或 Analysis Services 服务器的所有细节。本章只提供这个复杂产品的入门知识；要想比较详细地了解这个产品，应该参考“联机丛书”和该产品携带的一套优秀辅导教程。

了解 OLAP

OLAP 的基本概念是相当简单的。假设你有大量的数据，比如 100 亿行的 Web 站点跟踪信息，其中含有用户的 IP 地址、用户单击了什么内容、他们何时单击的、他们正在用哪个浏览器等。现在，假设你希望了解 2005 年 3 月到 4 月期间有多少人单击了某个特定的标语广告。为此，你可以编写一个相当简单的查询来获取所需的信息。问题是 SQL Server 可能会花费很长的时间翻遍所有的信息才能找出你所需要的信息。

此外，如果该数据不是在单个 SQL Server 表中，而是分散在整个公司内的多种数据库中，怎么办？分布式异构查询虽然简洁，但速度比较慢。

在了解了月度数字之后，如果想要深入分析周数字或日数字，怎么办？这甚至更费时间，而且需要编写更多的查询。

这些就是 OLAP 派上用场的地方。OLAP 的基本概念是用现在增加的存储空间换取以后查询的速度。Microsoft SQL Server 2005 包含了用来制定这种折中方案的 SQL Server 2005　Analysis Services。

另外需要说明的一点是，虽然 OLAP 与数据仓库密切相关，但它们是不相同的。数据仓库或者说为方便查询和分析而经过故意结构化的数据库，确实采用了类似的技术，也采用了类似的方法，但不应该将这种相似性误认为是相同的。例如，OLAP 技术可以直接应用于操作性数据;相似地,数据仓库也可以,即使没有一个 OLAP 实现。

本章稍后将讲解如何用 Analysis Services 从数据中提取摘要信息。但是,首先需要熟悉一些新的术语。

分析服务术语

本节将介绍 Analysis Services 的关键概念和术语,它们包括:

- 多维数据集
- 维度
- 度量值(Measure)
- 事实数据表(Fact table)
- 维度表(Dimension table)
- 级别(Level)
- MOLAP
- ROLAP
- HOLAP
- 分区(Partition)
- 虚拟多维数据集

多维数据集及其部件

Analysis Services 中的基本存储与分析单元是多维数据集。多维数据集是一个数据集合,其中的数据沿多个维度被聚合起来使查询执行得更快。例如,销售数据多维数据集可以是沿一个商店维度和一个客户维度被聚合起来的数据集合,因而这个多维数据集在按商店或销售向一类客户询问关于销售的问题时反应快速。

多维数据集有维度和度量。维度来自维度表,而度量值来自事实数据表。

维度表包含摘要操作所依据的层次数据。一个恰当的例子是 Customers 表,我们可以依据 Country、State 和 City 列分类这个表;另一个例子是 Orders 表,我们可以依据发票的 Year、Month、Week 和 Day 列分类这个表中的详细信息。

每个多维数据集都有一个或多个维度,其中每个维度基于一个或多个维度表。维度代表商务数据分析所依据的类别,如上例中的地区或时间。典型情况下,维度有一个自然层次结构,以便较低层的结果能够累积成较高层的结果,如城市聚合成州,而州聚合成国家。能够从单个维度中检索出的每个摘要类型称为一个层次,因此我们在一个地理维度中谈及城市层或州层。

事实数据表包含要摘要的基本信息。这个信息可以是订单详细信息、工资记录、击球平均次数或其他任何一个可以总计和平均的数据。我们在合计查询中用在 Sum 或 Avg 函数中的任何一个表都非常适合用做一个事实数据表。

每个多维数据集可以包含一个或多个要分析的度量值,其中每个度量值基于事实数据表中的一列(或一个计算表达式)。例如,包含击球平均成功率数据的多维数据集可以用来了解两个队在连续 3 年内的总击中次数。

当然,事实数据表与维度表是相关联的,如果使用维度表归类事实数据表中的信息,两者之间的关系是非常令人惊讶的。有两个用来关联这两个表的基本 OLAP 模式:星型模式和雪花型模式。在星型模式中,每个维度表直接关联到事实数据表;而在雪花型模式中,有些维度表间接地关联到事实数据表。例如,如果多维数据集包含 tblOrderDetails 作为事实数据表,使用 tblCustomers 与 tblOrders 作为维度表,并且 tblCustomers 关联到 tblOrders,而 tblOrders 又关联到 tblOrderDetails,那么正在使用的是一个雪花型模式。

说明:除了星型模式和雪花型模式之外,还有其他模式类型,如父子模式和数据挖掘模式。但是,星型模式和雪花型模式是多维数据集中最常用的模式类型。

MOLA、ROLAP 与 HOLAP

Analysis Services 提供了 3 种在大小与速度之间产生折中方案的方式:多维 OLAP(MOLAP)、关系型 OLAP(ROLAP)和混合 OLAP(HOLAP)。

MOLAP 将所有数据和所有聚合数据复制到 Analysis Services 服务器,它们以一种优化的多维格式存放在该服务器上。MOLAP 在这 3 种类型中提供最佳的查询性能,因为在查询时全部内容都驻留在 Analysis Services 服务器上。另一方面,MOLAP 也占用最多的空间,并且需要最长的准备时间。MOLAP 有 5 种子类型:低等待时间、中等待时间、预定、自动和标准。它们之间的差别与每种类型在查询性能与最新数据的可用性之间放置的相对值有关。

ROLAP 将原始数据保留在原来存储这些数据的关系型表中。它另外使用一组关系型表保存和检索服务器用来计算多维数据集的聚合数据。ROLAP 最适合不经常被查询的大型数据集,因为它能最大限度地降低存储需求和前期处理时间。

顾名思义,HOLAP 是上面这两种方法的混合。原数据仍保留在关系型表中,但聚合数据以一种优化的多维格式存放在服务器上。HOLAP 在存储需求和时间方面介于 ROLAP 与 MOLAP 之间。

分区与虚拟多维数据集

单个多维数据集可以分割成多个分区,不同的分区可以按不同的方式保存。事实上,为一个大型度量值组中的不同分区配置不同的存储方式是个好习惯。例如,在同一个多维数据集中,可以将地理维度保存为 ROLAP 格式,而将时间维度保存为 MOLAP 格式。同一个多维数据集的分区甚至不必存放在同一个服务器上,因此可以将较旧或不常用的数据转移到另一个服务器上。

像分区是多维数据集的子集一样,虚拟多维数据集是多维数据集的超集。虚拟多维数据集可以用来检索跨多个多维数据集的信息。例如,如果有一个击球命中率信息多维数据集和一个投球信息多维数据集,则可以创建一个虚拟多维数据集来分析投球状态对击球命中率平均值的影响。

使用分析服务

本节将演示使用 SQL Server 2005 Analysis Services 执行数据分析的实际步骤。为此,我们将使用 SQL Server 2005 所携带的 AdventureWorks Data Warehouse(DW)样本数据库。

Business Intelligence Development Studio

从第 22 章的介绍中可以看出,Business Intelligence Development Studio(BIDS)是一个有用的

工具，它可以用来创建 Analysis Services 解决方案和项目(以及其他类型的项目和解决方案)。

BIDS 携带了两个先前就存在的 Analysis Services 模板："Analysis Services 项目"和"导入 Analysis Services 9.0 数据库"，如图 26.1 所示。后者可以用来读取现有 Analysis Services 数据库的内容，并能创建基于它的项目。

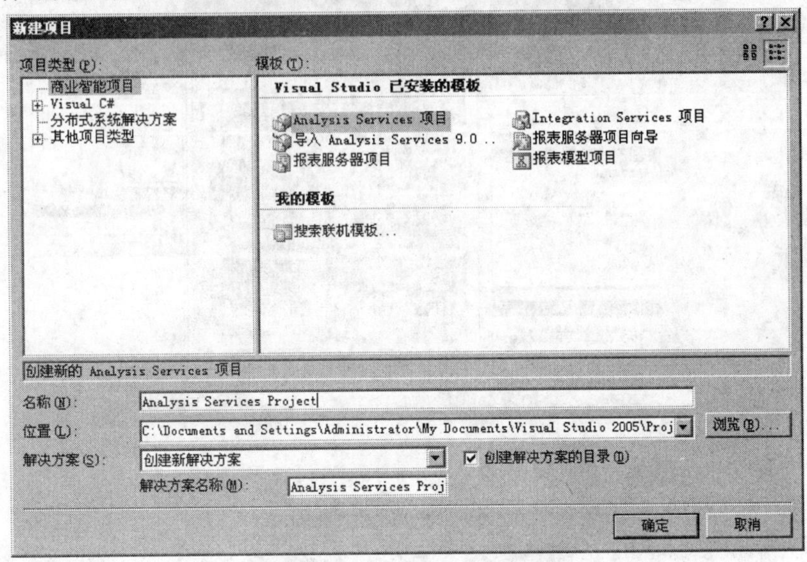

图 26.1　Business Intelligence Development Studio 的"新建项目"窗格

Management Studio

在开始添加数据库之前，我们先简单介绍一下 Management Studio 在 Analysis Services 中所起的作用。前面曾经提过，BIDS 设计用来开发窗体式应用程序或解决方案与项目形式的应用程序，以及像多维数据集、维度和数据源之类的构造。

另一方面，Management Studio 实际上是为数据库对象的管理与开发而设计的。从 Analysis Services 的角度来看，Management Studio 的功能是管理和配置现有对象。同样，在应用使用了 SQL Server 数据库的解决方案时，应该使用 Management Studio。换句话说，Analysis Services 中的一条经验法则是：使用 BIDS 创建和开发，使用 Management Studio 管理。

和其他所有经验法则一样，上述这条经验法则不是非常精确，因为 Management Studio 和 BIDS 都提供能被组织到解决方案中的项目。在 Management Studio 中，这些 Analysis Services 活动被保存为 Analysis Services 脚本，而在 BIDS 中保存为 Analysis Services 项目。应该使用原来的创建工具打开任何一个项目。

创建分析服务项目

最后，转入正题并打开 BIDS 创建新的 Analysis Services 项目。我们将要创建的这个项目基于 SQL Server 2005 所携带的 AdventureWorks Data Warehouse 样本数据库。另外，我们将使用 Analysis Services 的标准项目模板创建这个项目。

1. 单击"开始"➤"程序"➤ Microsoft SQL Server 2005 ➤ Business Intelligence Development Studio 打开它。请注意，默认视图从左到右分别是：一个用于工具箱的选项卡、一个用于设计器/代码窗口的开阔空间、解决方案资源管理器和属性窗口。

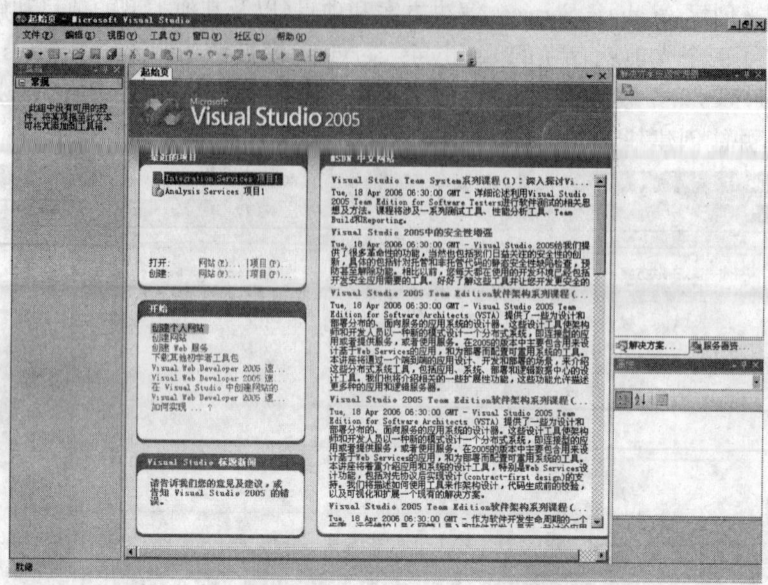

2. 单击“文件”➤“新建项目”菜单命令。

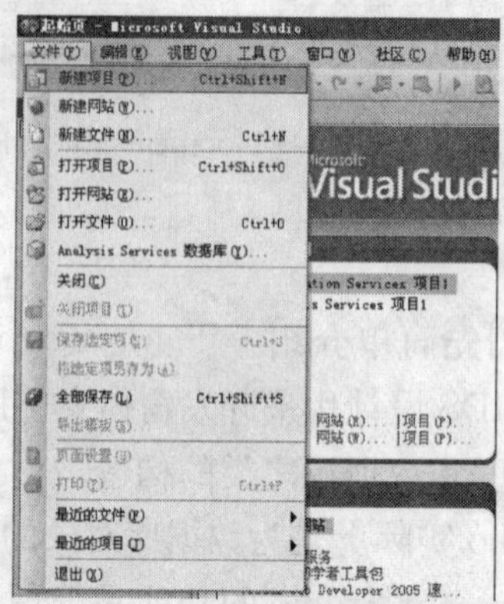

3. 如上所述,BIDS带有针对多种不同项目类型的预置模板。选取“Analysis Services 项目”模板,并将它命名为AdventureWorksExercise(请注意,这也会更改解决方案名称)。接受默认位置,并单击“确定”按钮。

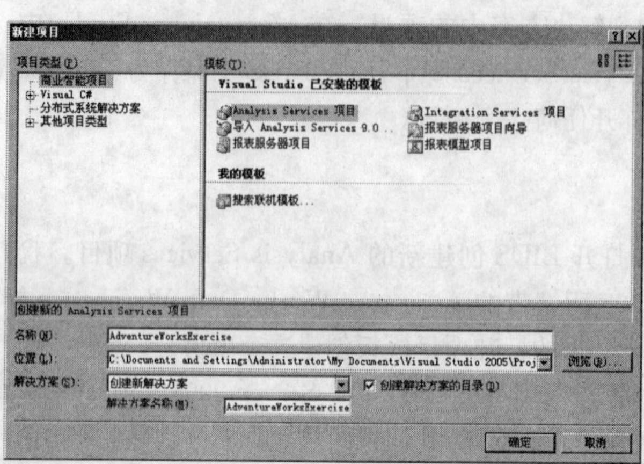

4. 稍等片刻之后，视图返回到 BIDS，但此时还看不到解决方案资源管理器中包含 AdventureWorksExercise 解决方案。这个解决方案包含 AdventureWorksExercise 项目。但是，也许已经注意到该项目的 8 个文件夹是空的——没有数据的项目是什么？随着时间的推移就会逐渐明白。
5. 第一步是定义要用来提取数据和元数据的数据源。在本练习中，我们将使用 AdventureWorksDW 数据库。该数据库应该总是出现在 SQL Server 实例中。如果没有，则必须使用安装过程将这个样本数据库添加到 SQL Server 实例中。

说明：在比较讲究的项目中，也许会定义多个数据源。

6. 在解决方案资源管理器中，右击"数据源"文件夹，并选择"新建数据源"菜单命令启动"数据源向导"。

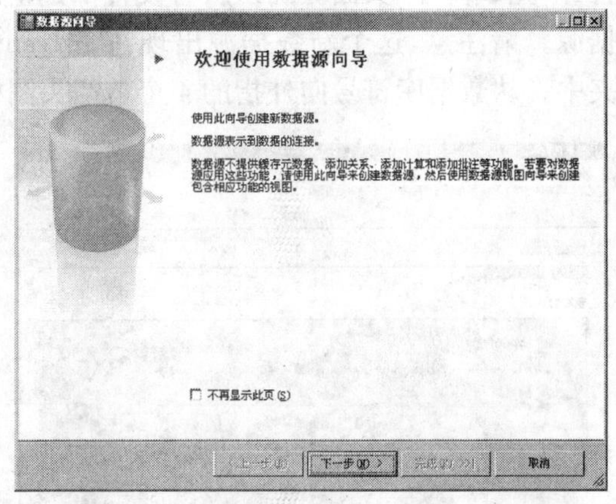

7. 单击"下一步"按钮。在"选择如何定义连接"页面中，向导要求定义一个基于现有或新建连接的数据源。作为选择，也可以使用先前在当前解决方案中定义的数据源作为基础定义一个数据源。如果愿意，也可以选择来自另一个 Analysis Services 项目的数据源。单击"新建"按钮打开"连接管理器"。
8. 在"提供程序"列表框中，选择".Net 提供程序\SqlClient Data Provider"选项。在"服务器名"列表框中，键入 localhost。然后，选中"使用 Windows 身份验证"单选框。在"选择或输入一个数据库名"中，选择下拉列表中的 AdventureWorksDW。单击"确定"按钮。

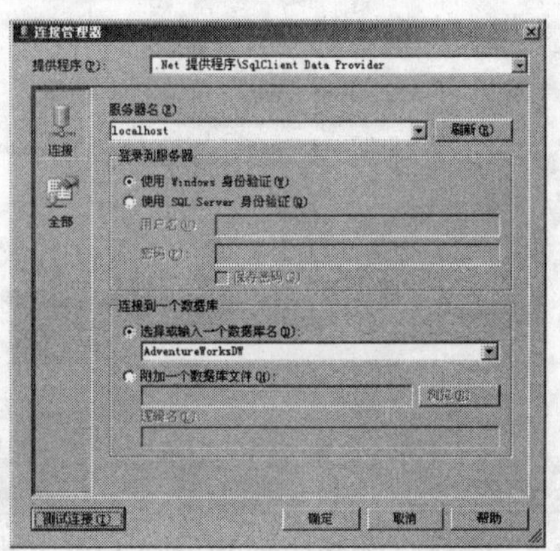

9. 单击"下一步"按钮转到"模拟信息"页面。指定将用来连接到数据源的凭据。

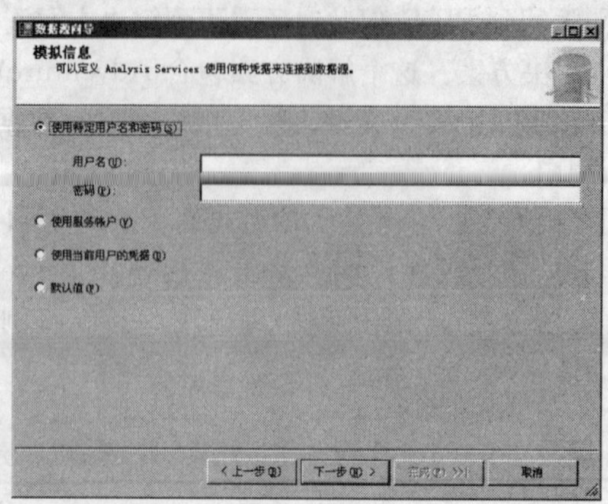

10. 单击“完成”按钮打开“完成向导”页面。确认所有设置都是正确的,然后单击“完成”按钮创建这个新数据源。请注意,这个新数据源出现在 AdventureWorksExercise 项目的“数据源”文件夹中。从数据库符号向外指的 4 个蓝箭头图标用来表示数据源。

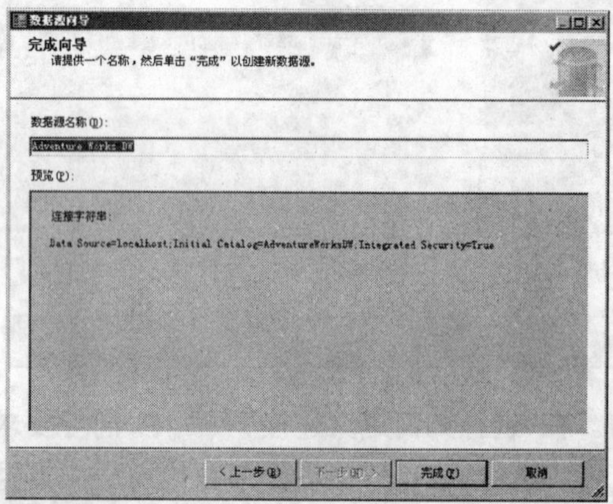

11. 在定义了一个数据源以后,接下来是定义一个数据源视图。数据源视图提供元数据的一个统一视图;以后,这个视图将由多种工具和应用程序用来访问该元数据。右击“数据源视图”文件夹,并选择“新建数据源视图”菜单命令启动“数据源视图向导”。单击“下一步”按钮。

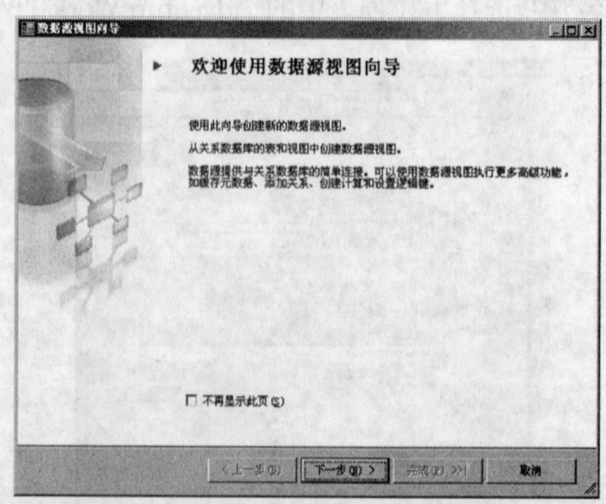

12. 在“选择数据源”页面上,选择 Adventure Works DW。请注意,也可以从这个页面中单击“新建数据源”按钮启动“数据源向导”。单击“下一步”按钮。

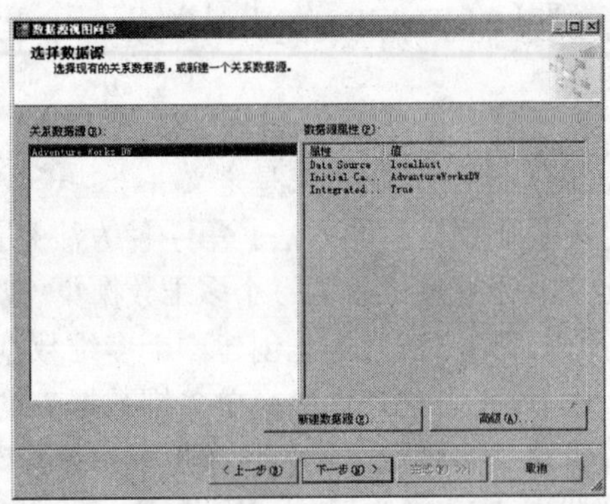

13. 在"选择表和视图"页面上,选择 FactInternetSales 表,并单击"〉"按钮。然后,单击"添加相关表"按钮添加所有与 FactFinance 有关系的表。平时,你可能会选择这么做或者应用筛选器,但为了简单起见,我们在本练习中不考虑这些。单击"下一步"按钮。

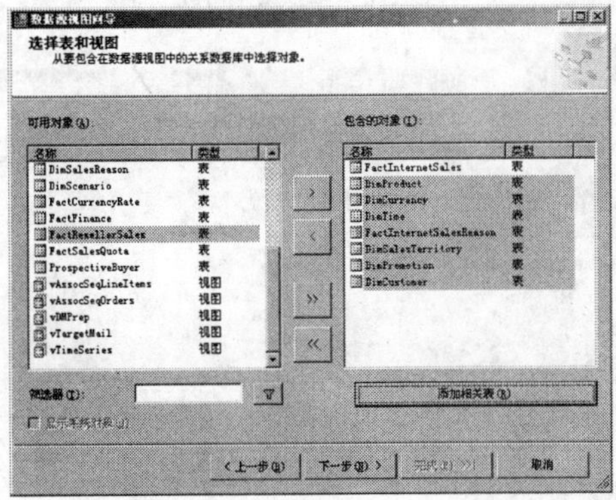

14. 在"完成向导"页面上,可以为这个视图提供一个名称并复查其他选择。接受默认的名称,并单击"完成"按钮结束向导。请注意,解决方案资源管理器的"数据源"文件夹中现在含有一个文件。还可以注意到,设计器窗口现在含有一个数据源关系图和一个表列表。一个新的"关系图组织程序"窗格允许你创建表间关系的新关系图。

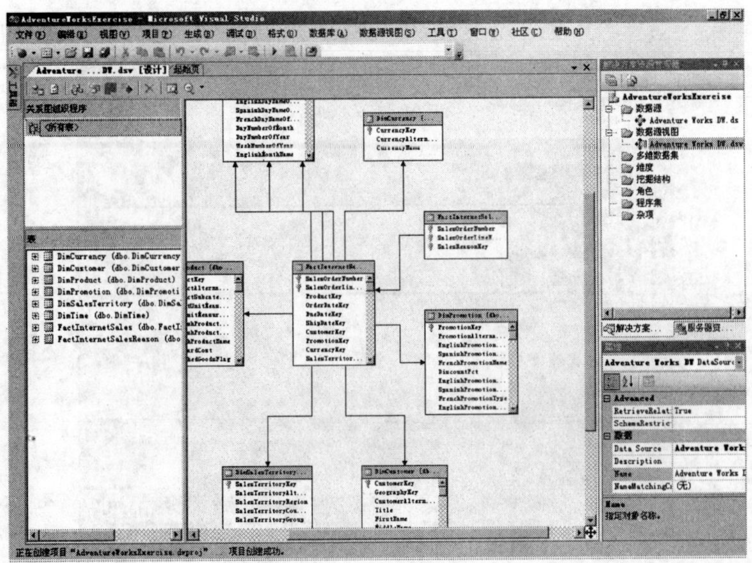

至此,我们已经顺利地添加了 AdventureWorks DW 的一个数据源和一个数据源视图。

创建多维数据集

在创建了数据源和数据源视图之后,接下来是定义一个基于数据源视图的 Analysis Services 多维数据集。有两种定义多维数据集的方法。第一种方法是,定义独立于任何多维数据集的维度;定义完毕后,再定义基于这些维度的一个多维数据集(或多个多维数据集)。

第二种方法(也是本节所采用的方法)是,先创建一个多维数据集,然后使用"多维数据集向导"定义这个多维数据集及其维度。这是创建简单多维数据集的首选方法。第一种方法适用于涉及多个多维数据集并且这些多维数据集包含大量不同数据库维度的复杂应用程序。

1. 在解决方案资源管理器中,右击 AdventureWorksExercise 项目下的"多维数据集"文件夹,并选择"新建多维数据集"菜单命令打开"多维数据集向导"。

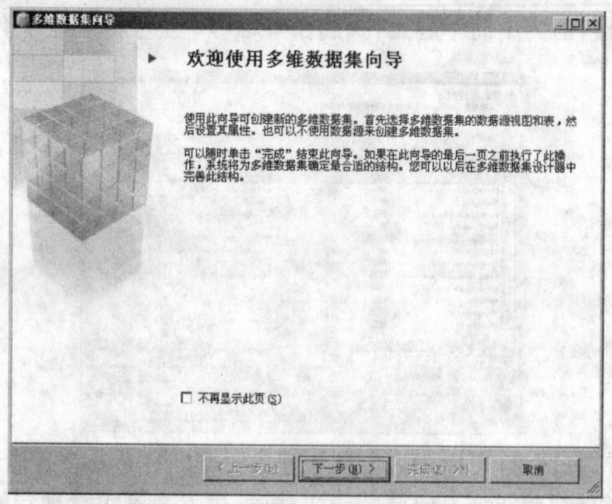

2. 单击"下一步"按钮打开"选择生成方法"页面。请注意,默认设置是"使用数据源生成多维数据集"。确保"自动生成"复选框选中,以及"创建属性和层次结构"出现在下拉列表框中。

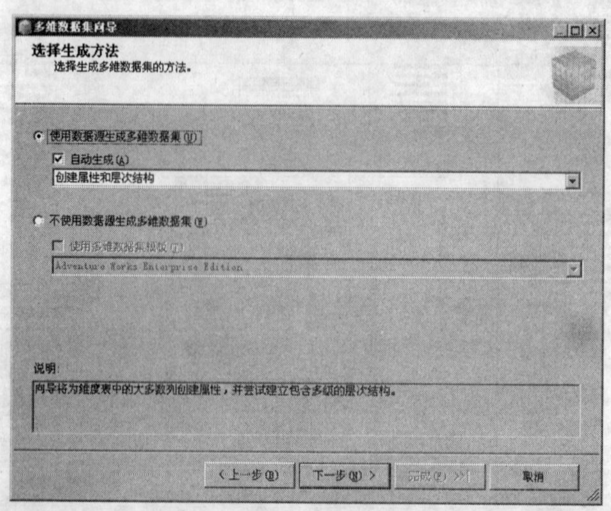

3. 单击"下一步"按钮。在"选择数据源视图"页面上，可以看到 Adventure Works DW 数据源视图。如果已经创建了多个数据源视图，它们也会出现在该页面上。但是，由于只有一个已建成的数据源视图，所以选择 Adventure Works DW。单击页面上的"完成"按钮向导将借助于"自动生成"的帮助定义多维数据集。但是，我们现在单击"下一步"按钮，以便查看 IntelliCube 的选择并进行任何必要的修改。

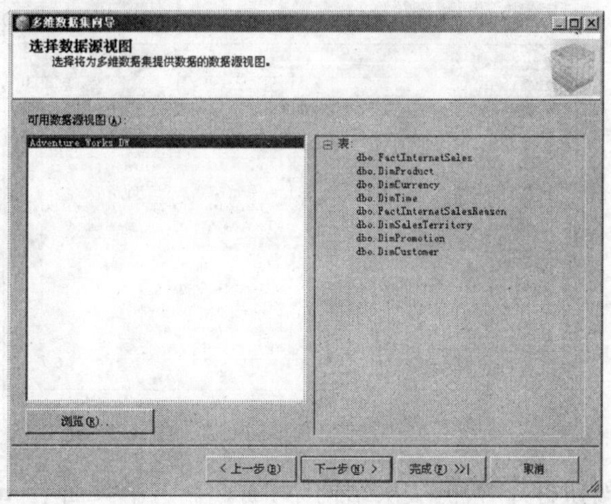

4. 单击"下一步"按钮打开"检测事实数据表和维度表"页面。"多维数据集向导"会扫描数据源视图中的表，以标识出事实数据表和维度表。

5. 单击"下一步"按钮。"标识事实数据表和维度表"页面显示由 IntelliCube 确定的事实数据表和维度表的选择。在本练习中，它已标识其中的两个表为事实数据表，而其余的表为维度表。事实数据表包含我们感兴趣的度量值；维度表包含关于那些度量值的信息。例如，一个事实数据表可能包含可用房屋的数量，而一个维度表就会包含房间的数量或房屋的颜色。可以超越这些选择，但很少这么做。每个事实数据表与维度表之间都必须有一种关系，否则将会产生错误。一个表既是事实数据表又是维度表也是有可能的。最后，可以指定一个时间维度表，并使用它将时间属性与指定维度表中的列关联起来。这种关联对基于时间的 MDX 计算（比如 YTD）是必需的。

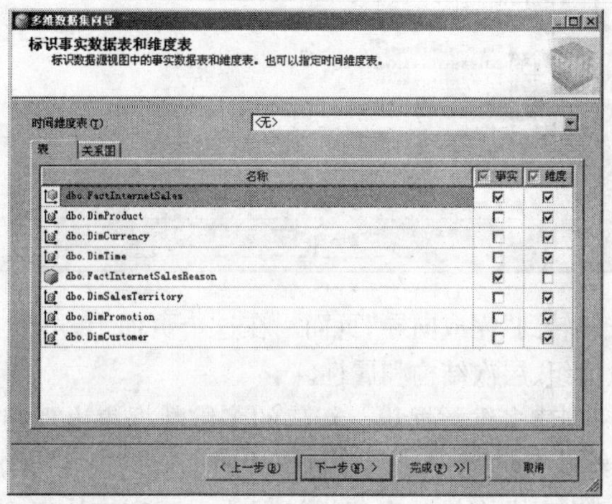

6. 单击"下一步"按钮转到"选择度量值"页面。在这个页面中，从事实数据表中选择包含

待聚合数据的列。这些列必须是数字的,本练习接受默认度量值。

警告: 不应该选择表中的任何外部关键字作为度量值;这些字段将用来关联事实数据表与维度表。

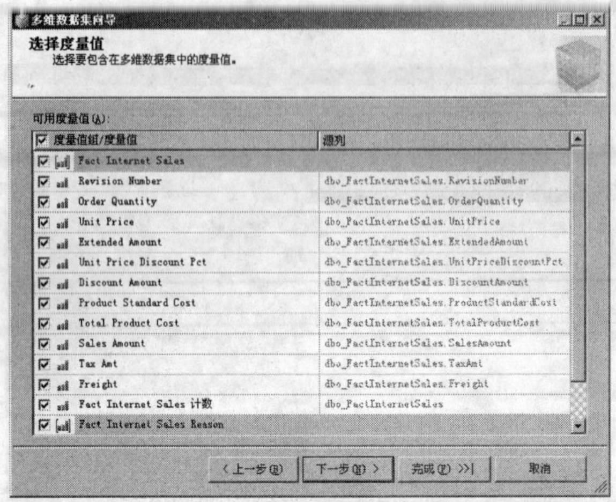

7. 单击“下一步”按钮打开“检测层次结构”页面。在这个页面上,IntelliCube 通过取样每一列中的记录扫描维度并检测要建立的层次结构,前提是这些记录之间存在一个多对一(层次)关系。
8. 单击“下一步”按钮打开“查看新建维度”页面,其中显示已检测到的维度的数据结构。可以展开维度节点来显示属性与层次节点,并可以再次展开这些节点。如果必要,可以通过展开这些节点并清除相应复选框来删除维度中的列。

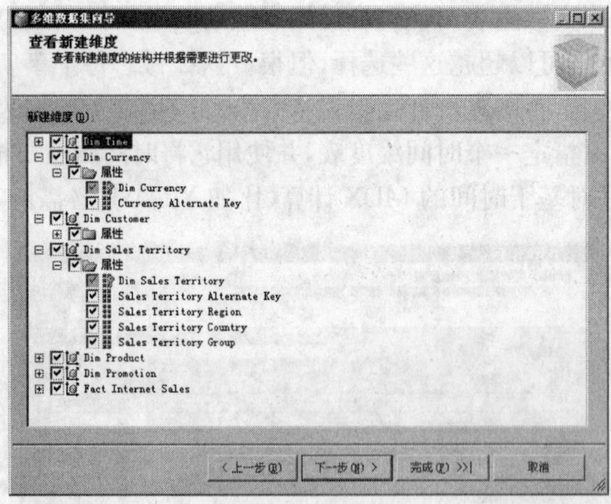

9. 单击“下一步”按钮转到“完成向导”页面。在这个页面上,可以在“预览”窗格中检查维度、度量值、度量值组、层次结构和属性。
10. 单击“完成”按钮创建多维数据集。新建的多维数据集出现在 AdventureWorksExercise 项目的“多维数据集”文件夹中,而相关的维度出现在“维度”文件夹中。另外,这个多维数据集还出现在多维数据集设计器中。还应该注意到,数据源视图设计器在 BIDS 内的另一个选项卡上仍是打开的。

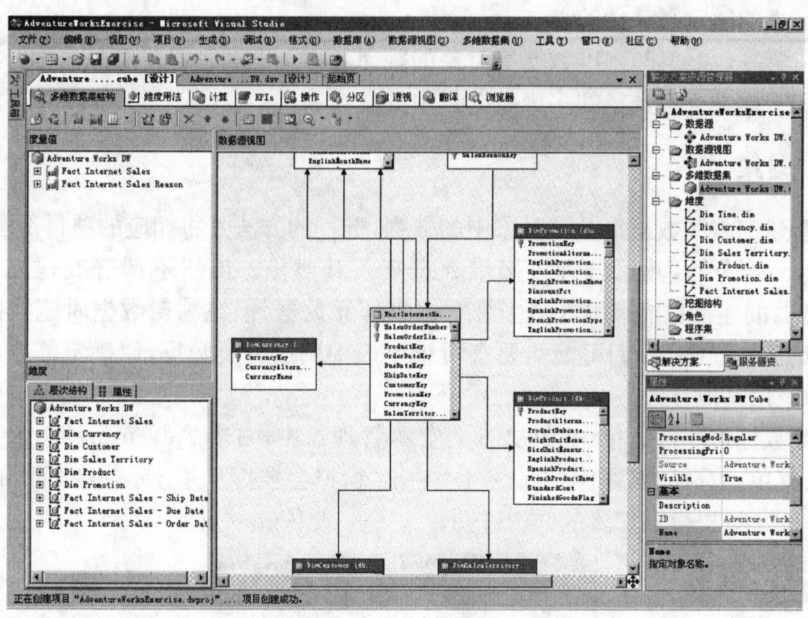

使用多维数据集设计器

多维数据集设计器可以用来编辑和修改多维数据集的属性。从图 26.2 中可以看出,多维数据集设计器含有 9 个选项卡,其中每个选项卡都提供多维数据集的一个不同视图:

"多维数据集结构" 用来修改多维数据集的体系结构。

"维度用法" 用来定义维度与组之间的关系和粒度。这对于有多个事实数据表的情况是非常有用的,尤其是必须指定度量值应用于一个还是多个维度的情况。

如果选择"度量值组"下面列举的一个维度表,并单击对应的省略号按钮,则可以定义关系类型,并可以选择"粒度"属性。单击"定义关系"页面上的"高级"按钮允许编辑赋值。

需要说明的是,右击任何对象都会弹出一个菜单,通过这个菜单可以添加多维数据集的维度、新建链接对象以及打开属性对话框,还可以进行剪切、复制、删除和重命名操作。

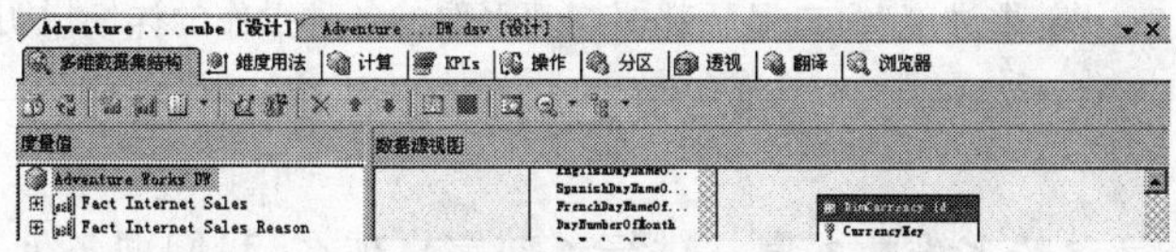

图 26.2　多维数据集设计器包含 9 个提供不同视图的选项卡

"计算" 用来创建新的计算、重新排序与检查现有计算,以及执行任何计算的单步调试。还可以利用这个视图定义基于现有值的成员和度量值。

KPIs (关键性能指示器)用来创建或修改选定多维数据集中的 KPI。KPI 用来确定一个值的有关信息,比如规定的值是超过还是达不到目标,或者某一趋势对一个值正逐渐有利还是正逐渐有害。

"操作" 用来创建或编辑像穿过或报表制作那样的操作。操作是任何给客户应用程序提供上下文敏感信息、命令和终端用户可访问报表的东西。

"分区" 允许将多维数据集部件存放在具有不同属性(比如聚合定义)的不同位置。这个视图用来创建或编辑选定多维数据集的分区。

"透视" 是创建和修改透视的地方。透视是多维数据集的一个定义子集,基本上是用来降低多维数据集的感觉复杂性的。

“翻译”　管理（和创建）多维数据集对象的翻译名称。例如月份或产品名称。

“浏览器”　用来查看选定的多维数据集中的数据。

部署多维数据集

要查看新建的多维数据集及其对象中的数据，惟一的方法是将相应的项目部署到一个 Analysis Services 服务器，然后处理该多维数据集及其对象。虽然不部署或建立与 Analysis Services 服务器的连接也能编辑许多多维数据集和元数据，但在编辑数据时能实际看见数据是极其有帮助的。例如，我们可能需要查看维度表中的已分类数据，以确定需要改变分类顺序，还是需要应用其他参数。

部署多维数据集非常简单：在解决方案资源管理器中，右击 AdventureWorksExercise 项目，在弹出的菜单中选择“部署”菜单命令。“输出”窗口会被打开并显示指令，而“部署进度”窗口（如图 26.3 所示）提供该部署的详细说明。

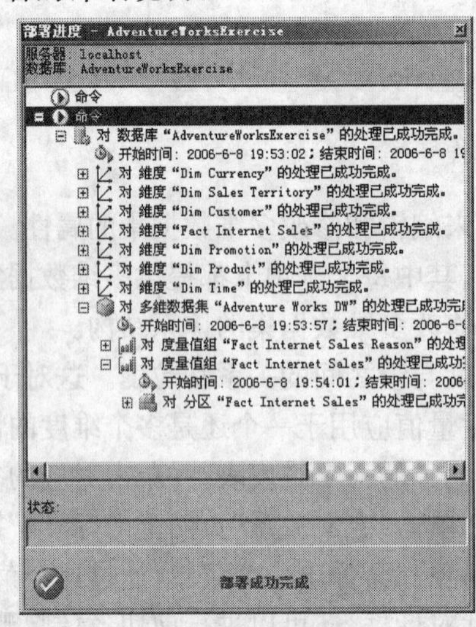

图 26.3　“部署进度”窗口显示部署期间采取的各种操作的详细说明

处理多维数据集

前面创建了一个简单的多维数据集并进行了部署。现在，我们准备处理这个多维数据集。处理多维数据集将使 Analysis Services 预先计算包含多维数据集中数据的聚合。基本概念是，当通知 Analysis Services 处理一个多维数据集时，用户正在请求它处理选定多维数据集的所有度量值组内的部分或全部分区。要处理多维数据集，可以在解决方案资源管理器中简单地右击它，并选择“处理”菜单命令（也可以在 Management Studio 下的 Analysis Services 服务器中右击这个多维数据集）。

“处理多维数据集”页面会被打开。在这个页面上，需要选择“对象名称”、“类型”和“处理选项”，它们用来定义使用方法。

如果这是首次创建多维数据集，应该选择“处理全部”选项。其他选项包括：

- 处理默认值；
- 处理数据；

• 处理结构；
• 处理索引；
• 处理增量；
• 不处理；
• 处理脚本缓存。

请注意，“处理增量”选项在应用于未处理分区时和“处理全部”选项是完全相同的。

单击“运行”按钮后，多维数据集处理过程开始，并显示一个状态窗口“处理进度”(如图26.4所示)。该窗口准确显示处理过程正采取什么步骤。当处理结束时，可以关闭这个窗口和“处理多维数据集”页面返回到BIDS。

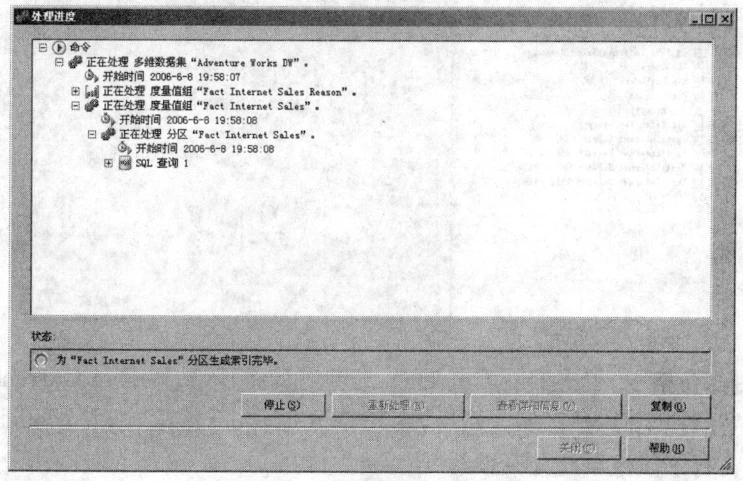

图26.4　正在处理多维数据集

浏览多维数据集

在处理完多维数据集之后，就可以使用它分析数据了。请记住，这正是我们创建多维数据集的首要原因。从BIDS内查看多维数据集的数据有多种方法，但下面先介绍一种简单的方法：

1. 在解决方案资源管理器的“多维数据集”文件夹中，选取多维数据集，右击它，并从弹出的菜单中选择“浏览”菜单命令。这将在多维数据集设计器中打开“浏览器”视图。

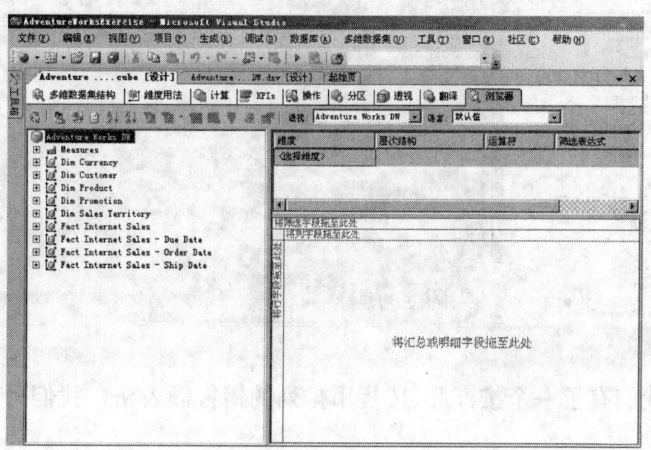

2. 在最左边的窗格(叫做"元数据"窗格)中,展开 Measures(度量值)文件夹,再展开 Fact Inernet Sales 文件夹。然后,将 Sales Amount 度量值拖放到"将汇总或明细字段拖至此处"区域。

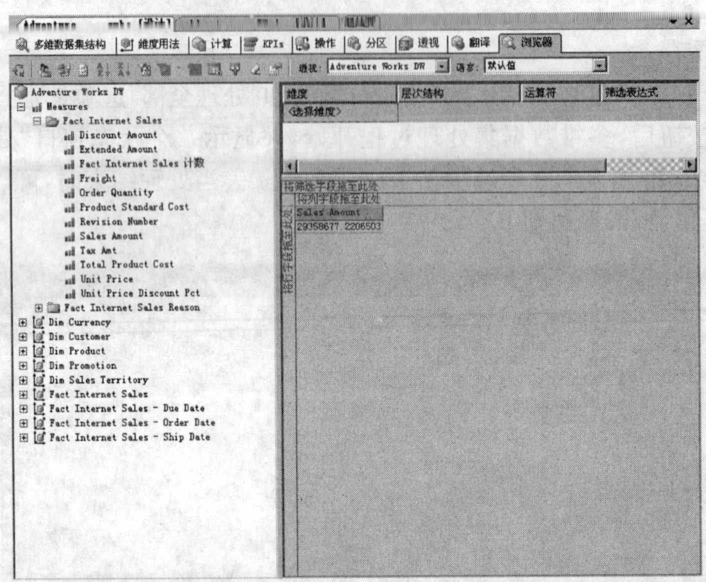

3. 在"元数据"窗格中,单击 Dim Currency 维度将其展开,选取 Dim Currency 并将它拖放到"将列字段拖至此处"区域。然后,展开 Dim Product 维度,选取 Model Name 并将它拖放到"将行字段拖至此处"区域。

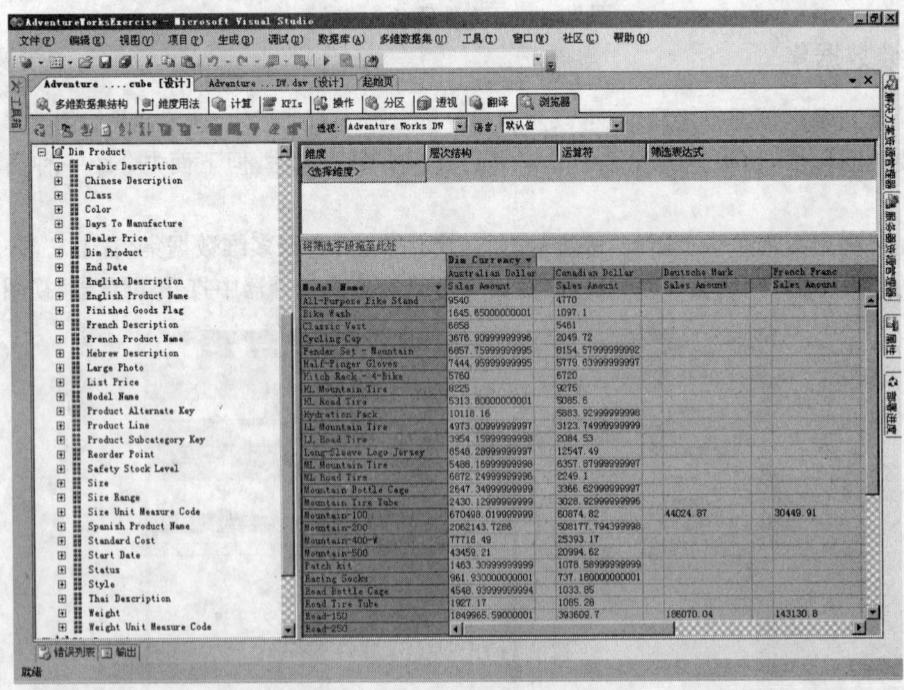

4. 可以看出,我们有了一个按产品、按货币排列的销售额表格。我们可以进一步对数据进行操作:

- 要筛选显示的数据，将产品拖到“将筛选字段拖至此处”区域即可。
- 单击字段名称右侧的三角形，然后清除不想显示的层次和成员旁边的复选框。
- 右击“将汇总或明细字段拖至此处”区域内的度量值将提供用来查看数据的其他选项。选择“显示为”选项将允许同时指定实际数值和百分比。

可以看出，多维数据集浏览器非常灵活，这种灵活性又展现了数据多维数据集本身的灵活性。多维数据集中的任意一段给定数据(比如从 HL Mountain Tires 的澳大利亚元销售额中得出的数量)可以通过编写一个特定的查询从原始 SQL Server 数据库中得出。但是，Analysis Services 替我们做的只是让所有类似查询的结果变得可以一次获得，没有任何附加的处理。

使用维度向导

创建维度是 Analysis Services 中的一项常见任务，而且有多种可用的创建方法。正如前面介绍过的，一种方法是在使用“多维数据集向导”创建多维数据集时快速创建这个多维数据集中的所有维度。但是，如果在其他时候需要创建一个维度，怎么办？在 BIDS 中创建维度的最快速而又最轻松的方法是使用“维度向导”。

有下列几种维度创建情况：

- 基于现有数据源视图的标准维度；
- 不使用现有数据源视图的标准维度；
- 基于时间维度表的时间维度；
- 基于日期范围产生维度的服务器时间维度；
- 链接维度。

本章将介绍如何创建所有这些维度。

创建使用现有数据源视图的标准维度

1. 在解决方案资源管理器中，右击“维度”文件夹，并从弹出的菜单中选择“新建维度”菜单命令，打开“维度向导”。

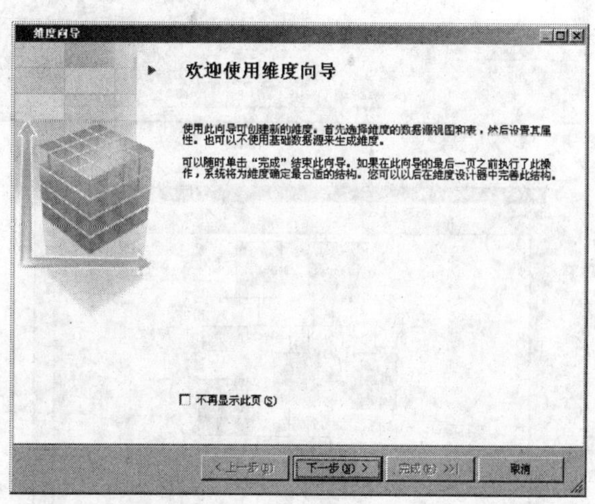

2. 单击“下一步”按钮。在“选择生成方法”页面中，可以选择创建使用或不使用数据源的维度。确认“使用数据源生成维度”单选框处于选中状态；取消选择该选项表示维度结构将基于维度表、它们的列、表列之间的任何现有关系。选中“自动生成”复选框将创建维度表中的属性列，并生成多个层次结构。接受默认值“创建属性和层次结构”，然后单击“下一步”按钮。

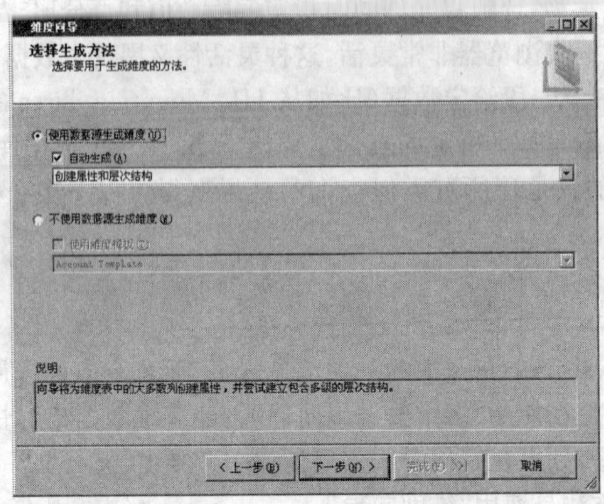

3. 接下来是指定要使用的数据源视图。选择 Adventure Works DW。要显示某个数据源视图的架构，请单击“浏览”按钮。

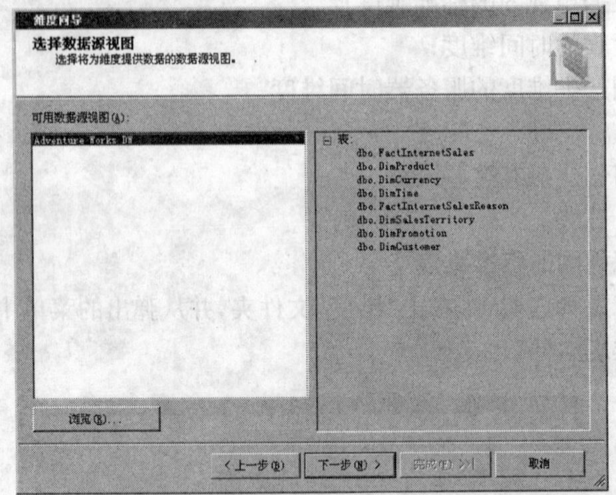

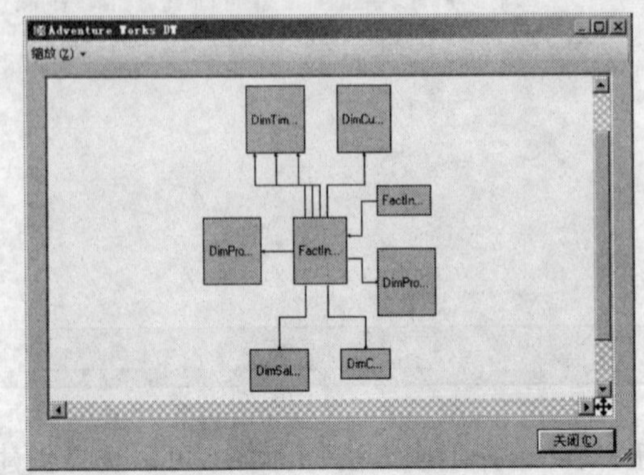

维度表可以基于 5 种主要的架构类型：

“星型架构”　在维度信息仅被包含在单个表中时使用。

“雪花型架构”　在维度信息分散在多个表中时使用。例如，可能有一个产品表和一个产品类别表，并且想聚合一个包含产品与目录的维度。

“父子维度”　在有一个包含多个信息层次的表时使用，表通常带有一个自连接。例如，可能有一个地区表，其中的每个地区都能关联到同一个表中的一个父地区。

“虚拟维度”　在维度基于另一个维度的属性时使用。

“挖掘模型”　用来创建一个使用了数据预测的数据挖掘维度。

为了简单起见，本例中的维度使用一个基本的星型架构表示，也就是说，维度所包含的信息仅来自直接关联到事实数据表的同一个表。

4. 单击“下一步”按钮转到“选择维度类型”页面。有 3 种可利用的维度类型。

“标准维度”　根据除了时间与日期之外的任何属性聚合数据的维度。

“时间维度”　基于某个表中的值按时间与日期聚合数据的维度，其中该表内的属性关联到另一个维度表的对应列。

“服务器时间维度”　基于某个范围按时间与日期聚合数据的维度。这种维度类型的数据在服务器上创建和保存，而不是来自数据源视图中的表。这种维度类型的属性具有根据指定时间周期（比如月、周、天或年）定义属性的时间属性约束。

选择“标准维度”，并单击“下一步”按钮。

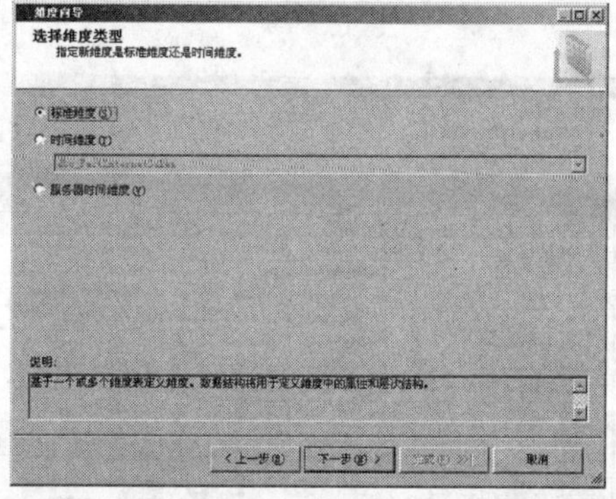

5. 单击“下一步”按钮打开“选择主维度表”页面。“主表”中的记录一般对应于维度的叶成员。例如，可以指定一个员工表对应于一个员工维度；另外，还可以指定一个或多个标识主表记录的关键字列。在本练习中，我们选择 dbo. FactInternetSales 表，并接受 SalesOrderNumber 和 SalesOrderLineNumber 作为关键字列的指派。

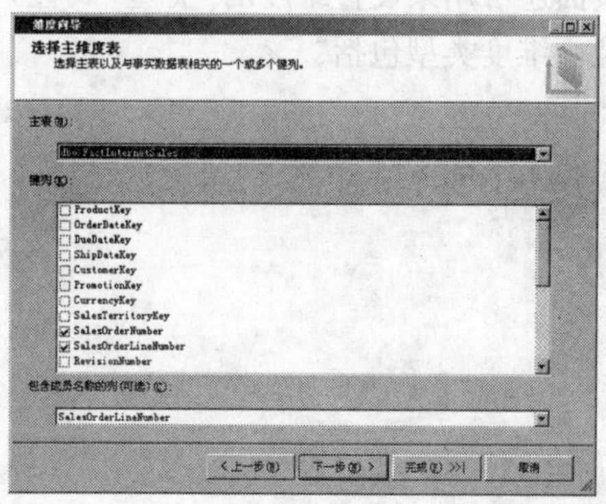

6. 单击“下一步”按钮打开“选择相关表”页面。在这个页面上,可以检查直接或间接地关联到主维度表的表列,可以选择希望将哪些相关表包含在该维度的架构中。选定的任何一个表列都可以作为属性添加到维度中。在本练习中,我们选择 dbo. DimProduct 和 dbo. DimCustomer。

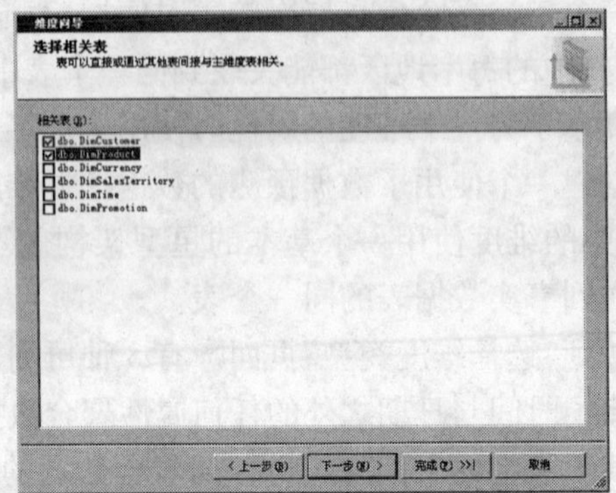

7. 在选择了相关的表并单击了“下一步”按钮之后,接下来,可以选择要用做维度属性的列。可以看出,所有相关表中的列都是可以选到维度中或从维度中删除的。对于列表中的每个属性,还可以指定名称、关键字列和名称列。在本例中,浏览整个列表,并只保留以下被标记的属性:English Product Name、Color、Model Name、English Description、First Name、Last Name、Marital Status、English Occupation 和 Currency Name。单击“下一步”按钮。

8. 在“指定维度类型”页面上,可以指定维度要包含的信息类型,还可以标出指定维度类型的标准属性。这个页面还可用来设置维度的“类型”属性,以及已标识为标准类型的任何属性的“类型”属性。维度类型包括:

- Accounts
- BillofMaterials
- Channel
- Currency
- Customers
- Geography
- Organization

- Products
- Promotion
- Quantitative
- Rates
- Regular
- Scenario
- Time

可以看出，这个页面对表的定制来说是一个非常强大的工具，也是一种为任何现有维度指派标准属性类型的方法。在本例中，简单地接受默认值 Regular，然后单击“下一步”按钮。

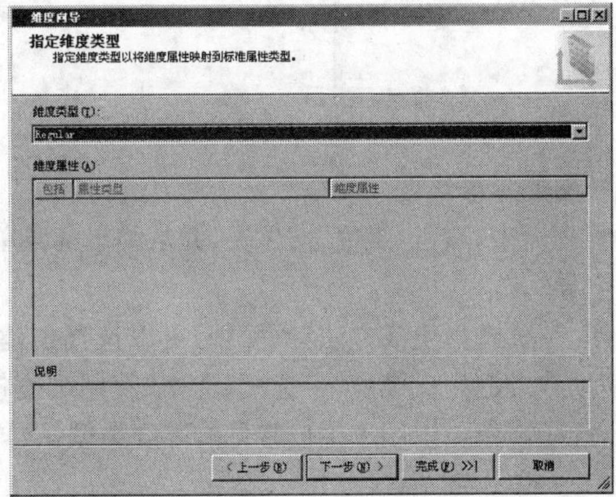

9. 一旦打开“检测层次结构”页面，维度向导会立即扫描这个新建维度来查找关系，并产生任何必要的层次结构。在这个简单的练习中，没有关系，因此单击“下一步”按钮。在“查看新建层次结构”页面上，直接单击“下一步”按钮。

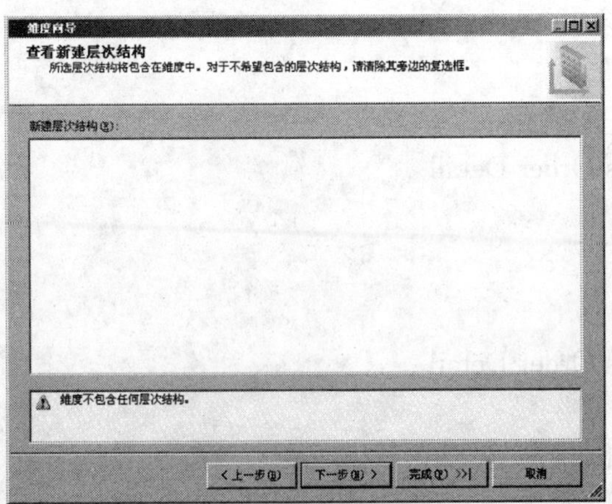

10. 在“完成向导”页面上，重命名维度为 Dim AdventureWorksExercise，并单击“完成”按钮结束向导和维度创建。虽然不是必需的，但是在不同表类型的名称前面放置描述性前缀是个好习惯，比如给维度表加前缀 Dim 或给事实数据表加前缀 Fact。维度设计器可以用来进行任何必要的修改。

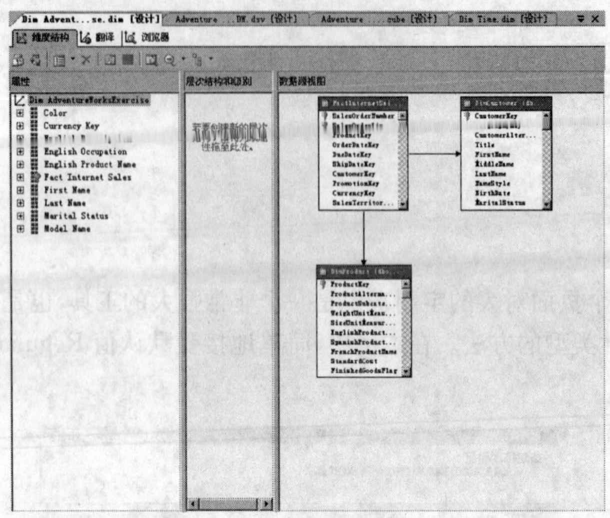

创建不使用现有数据源视图的标准维度

1. 在解决方案资源管理器中,右击“维度”文件夹,并从弹出的菜单中选择“新建维度”菜单命令,打开“维度向导”。
2. 单击“下一步”按钮。在“选择生成方法”页面中,可以选择创建使用或不使用数据源的维度。选中“不使用数据源生成维度”单选框;选中“使用维度模板”复选框将提供访问几个模板的途径,这些模板可以用来生成常见的维度类型:
   - Account
   - Customer
   - Date
   - Department
   - Destination Currency
   - Employee
   - Geography
   - Internet Sales Order Detail
   - Organization
   - Product
   - Promotion
   - Reseller Sales Order Detail
   - Reseller
   - Sales Channel
   - Sales Detail
   - Sales Summary Order Details
   - Sales Territory
   - Scenario
   - Source Currency
   - Warehouse

在本例中,选择 Customer Template。

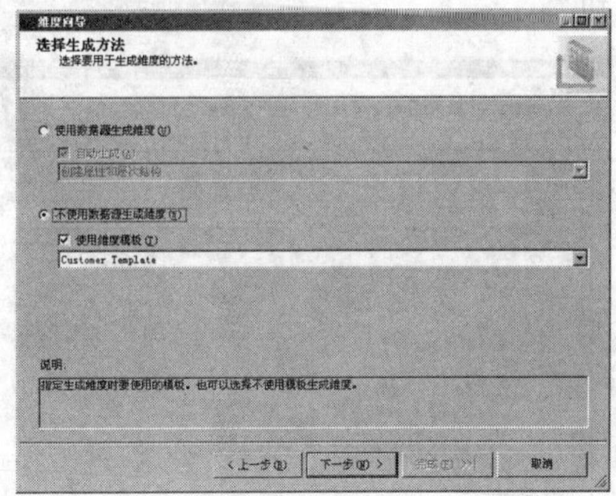

3. 单击“下一步”按钮转到“指定维度类型”页面。“维度类型”已经变成灰色的,因为我们在前一个步骤中选择了 Customer Template。从“维度属性”列表中,可以通过选中或清除复选框来选择要包含在新建维度中的属性。通过选择“维度属性”列中的维度属性名称,可以编辑它。接受所有默认值,并单击“下一步”按钮。

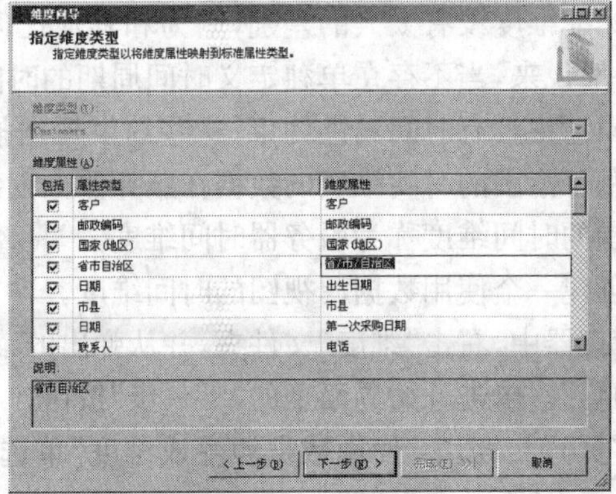

4. 在“指定维度键和类型”页面中,指定维度的关键字属性。如果没有选择要包含在表中的任何属性,向导会自动组合维度名与“ID”创建一个关键字属性。目前,只需接受默认关键字属性“客户”即可。向导还要求指定这是不是一个变化的维度。可变维度的成员随着时间的变化而转移到层次结构内的不同位置。选中这个复选框允许 Analysis Services 跟踪这些变化。保留复选框处于取消复选状态,然后单击“下一步”按钮。

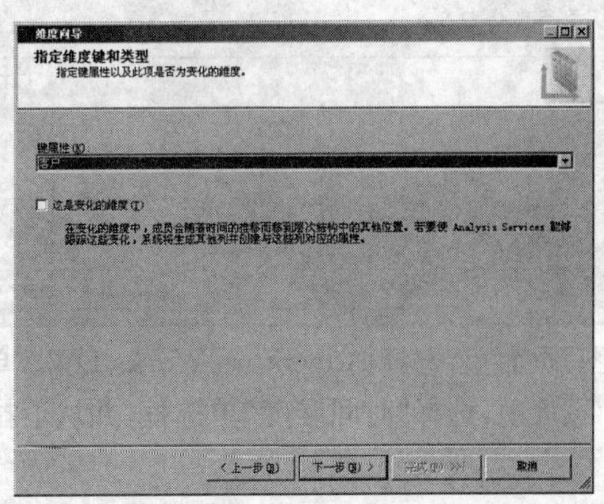

5. 在“完成向导”页面上，复查各项设置。另外，将新建表命名为 Dim CustomerExercise，然后单击“完成”按钮。

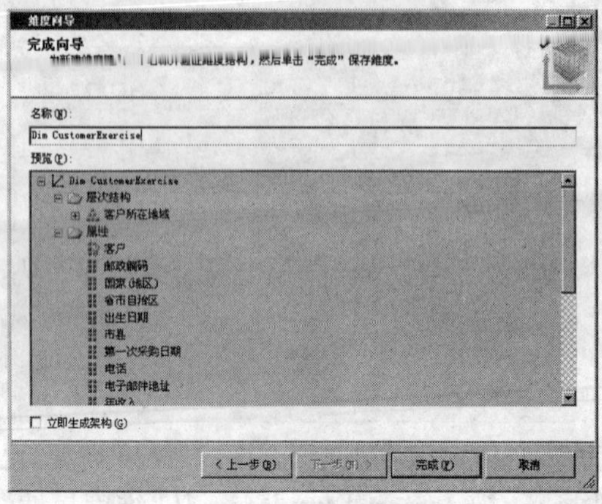

创建时间维度

前面曾经提过，时间维度或者基于数据源视图中的一个表，或者基于一个日期范围。也就是说，时间维度实际上与标准维度没有太大的差别，因为和其他任何标准维度一样，它的属性也关联到维度表的列。一般说来，当不存在单独定义时间周期的时间表时，使用基于范围的时间维度。在这种情况下，属性将具有时间属性约束；这些约束根据指定时间周期(比如年、月、周或天)定义属性。由于基于范围的时间维度的数据在服务器上创建和保存，而不是来自数据源的任何表，所以基于范围的时间维度称为服务器时间维度。

在本练习中，我们将创建一个使用数据源视图的时间维度。

1. 在解决方案资源管理器中，右击“维度”文件夹，并从弹出的菜单中选择“新建维度”菜单命令，启动“维度向导”。单击开始界面上的“下一步”按钮。
2. 在“选择生成方法”页面上，选中“使用数据源生成维度”单选框。确认“自动生成”复选框处于复选状态。单击“下一步”按钮。

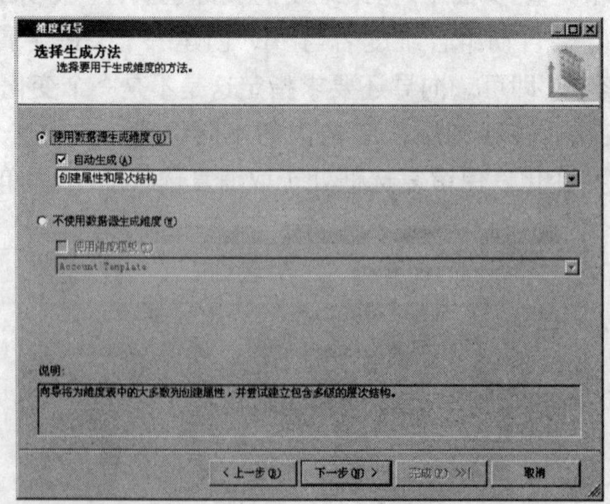

3. 在“选择数据源视图”页面上，选择 Adventure Works DW。单击“下一步”按钮。
4. 在“选择维度类型”页面上，选择“时间维度”单选框，并从下拉列表框中选择 dbo_Dim-Product 选项。

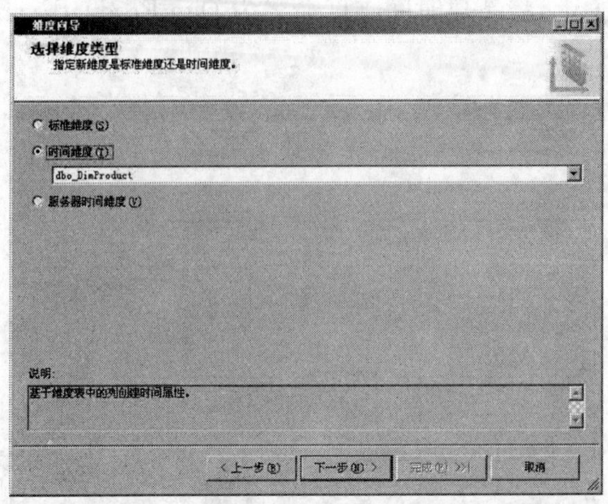

5. 单击“下一步”按钮。在“定义时间段”页面上，指定定义时间周期的列。选取“日期”，并通过下拉列表选择 StartDate。选取“未定义的时间”，并通过下拉列表选择 EndDate。我们建立的这两个关系由向导用来推荐层次结构，以及为新建时间维度中的对应属性设置“类型”属性。

6. 单击“下一步”按钮转到“查看新建层次结构”页面。单击“下一步”按钮。

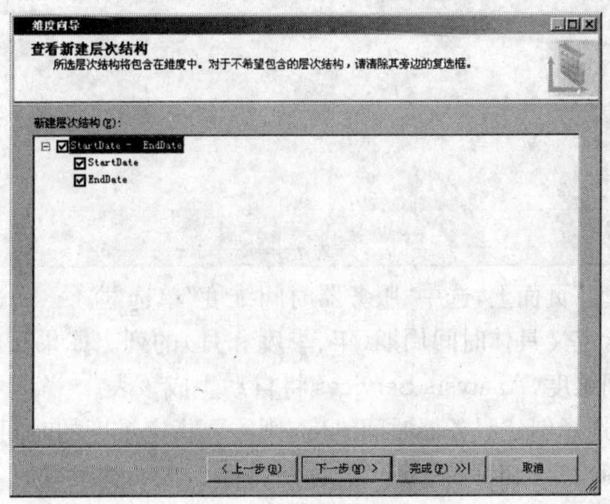

7. 在“完成向导”页面上,将新建时间维度命名为 Dim ProductExample,然后单击“完成”按钮。

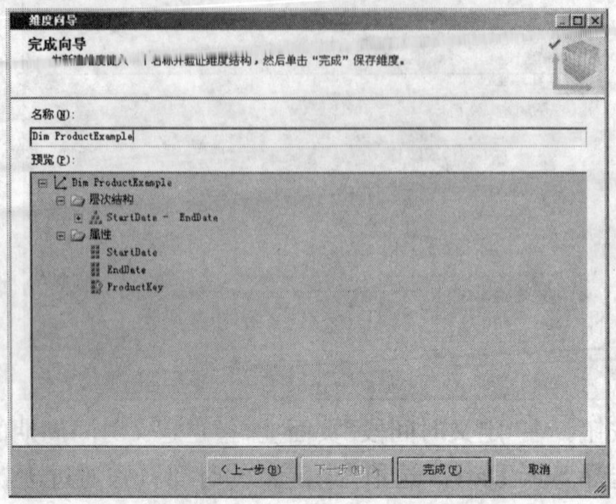

创建服务器时间维度

通过创建标准时间维度或服务器时间维度,可以创建不使用数据源视图的时间维度。向导为创建每种类型的维度提供相似的步骤。

1. 在解决方案资源管理器中,右击“维度”文件夹,并从弹出的菜单中选择“新建维度”菜单命令,启动“维度向导”。单击开始界面上的“下一步”按钮。
2. 在“选择生成方法”页面上,选中“不使用数据源生成维度”单选框。确认“使用维度模板”复选框处于取消复选状态。单击“下一步”按钮。

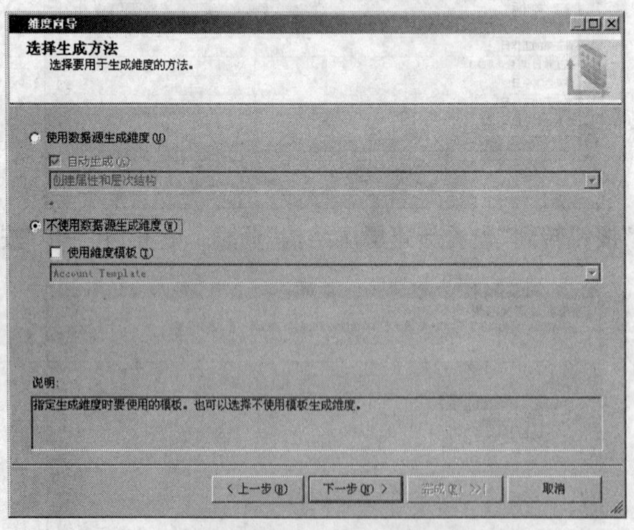

3. 在“选择维度类型”页面上,选中“服务器时间维度”单选框。

   时间维度表包含定义具体时间周期(年、季度和月)的列。如果正在创建一个不使用数据源的标准时间维度,Analysis Services 将自动生成该表。

   但是,如果已经选择创建服务器时间维度,则需要指定维度的时间周期以及开始与结束时间。向导使用指定的时间周期产生时间属性。在处理维度时,Analysis Services 在服务器上产生并保存支持指定日期和周期所必需的数据。

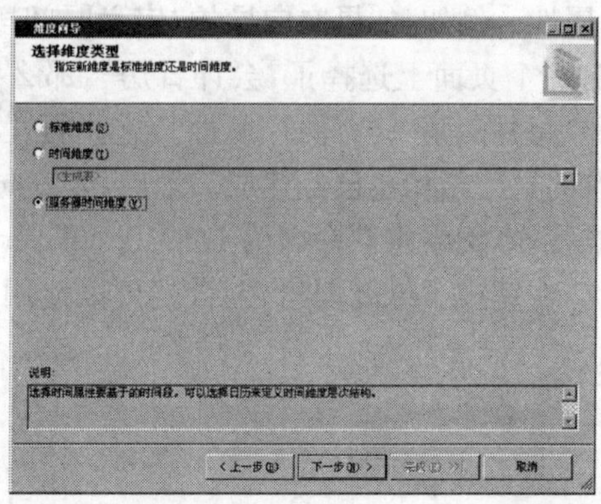

4. 在下一个页面上，指定定义时间周期的各个列。在创建服务器时间维度时，需要指定要包含在维度中的日期范围。这里的默认值是从 2003 年 1 月 1 日到 2006 年 12 月 31 日。此范围之外的任何事务要么不出现，要么以维度中的未知成员出现，这取决于维度的 UnknowMember 属性设置。另外，可以修改数据所使用的周日期的第一天(默认值为星期日)。还可以选择应用于数据的时间周期。可以使用那些选择之中的任意一个，但必须总是选择“日期”时间周期，因为“日期”属性是这个维度的关键字属性，并且必须使用该属性。同时选择“日期”和“月份”。在“时间成员名称所用的语言”右侧的下拉列表框中可以选择用来标记维度成员的语言。单击“下一步”按钮。

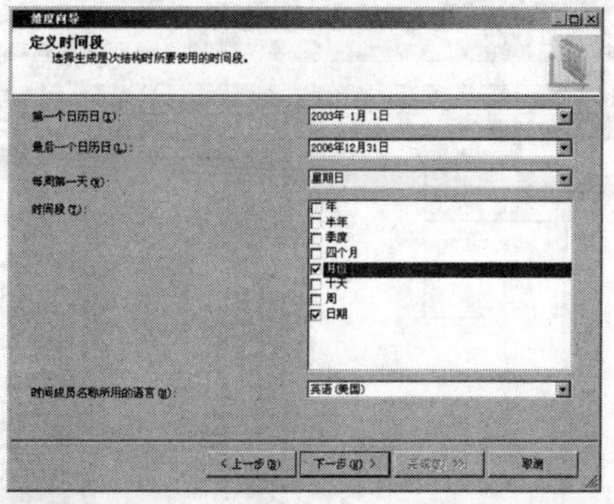

5. 在“选择日历”页面上，可以将如下日历之中的任何一个加到自动创建的 12 月阳历上：“会计日历”、“报表(或营销)日历”、“生产日历”和“ISO 8601 日历”。这里选择“会计日历”。请注意，可以指定“起始日和月份”以及“会计日历命名约定”。单击“下一步”按钮。

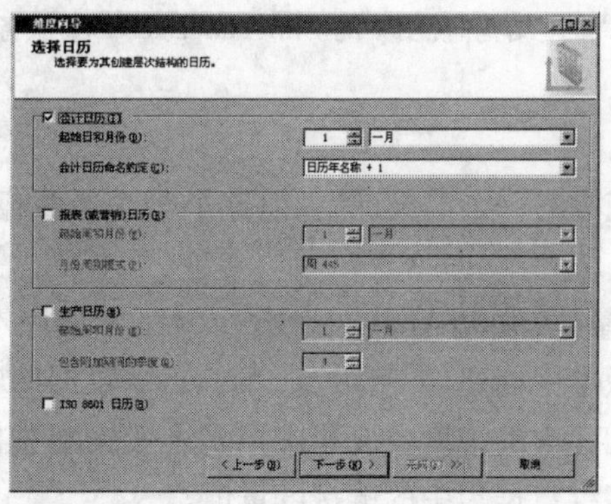

6. 视我们在向导的“定义时间段”页面上指定了哪个时间周期而定,刚才做出的日历选择将决定维度中创建的属性。例如,如果在向导的“定义时间段”页面上选择了“日期”和“月份”时间周期,在前一个页面上选择了“会计日历”,那么维度中将创建财政日历的“会计月”、“会计日”和“每月的某一会计日”属性。这些属性将显示在“完成向导”页面中。请注意,日历特有的层次结构也已经建成。最后,复查向导所创建的属性和层次结构,并命名这个时间维度,本例中将它命名为 Dim TimeExercise2。单击“完成”按钮结束向导并创建该维度。在完成了维度创建之后,就可以使用维度设计器对它进行修改了(如图 26.5 所示)。

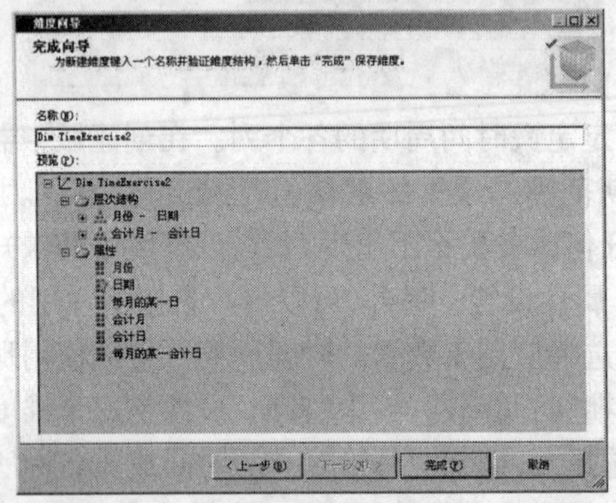

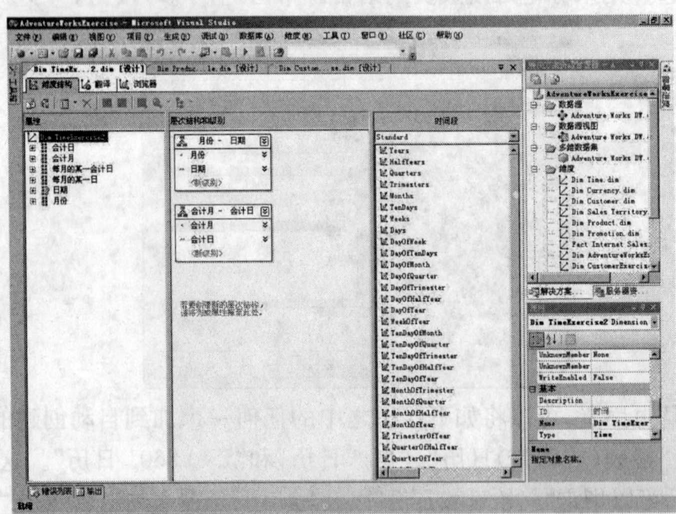

图 26.5 “维度结构”视图中的 Dim TimeExercise2 服务器维度表

创建链接维度

链接维度是超出本章范围的一个高级课题,但这个概念是我们在此略微谈及的一个重要概念。

链接维度(以及链接度量值)取代 Analysis Services 的早期版本中所使用的虚拟与链接多维数据集。当导入在早期版本中创建的 Analysis Services 数据库时,虚拟多维数据集中以另一个数据库中的维度为基础建立的维度变成非虚拟多维数据集中的链接维度,而虚拟多维数据集中的度量值组变成新多维数据集中的链接度量值。

链接维度基本上是以另一个数据库中保存的维度为基础而建立的,所指另一个数据库或者位于同一个服务器上,或者位于一个完全不同的服务器上。链接维度的优点是,你可以在一个统一的数据库上创建和维护一个维度,同时又可以让许多数据库的用户使用它。

说明:维度反写技术对链接维度是无效的。

说明:不能修改链接维度,除非修改源维度。

1. 要启动"链接对象向导",可以右击"维度"文件夹,并从弹出的菜单中选择"新建链接维度"菜单命令。该向导将引导你完成创建一个链接维度所必需的步骤。单击"下一步"按钮。

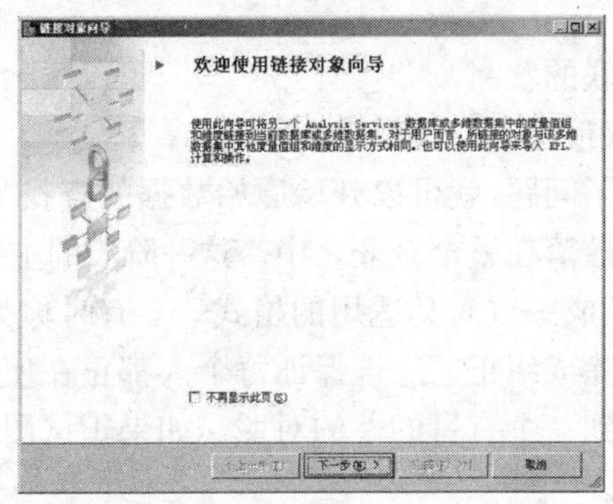

2. 在"选择数据源"页面上,选择"Analysis Services 数据源",并选择一个数据源,或者使用"数据源向导"(可以从"链接对象向导"中启动)创建一个新数据源。
3. 在"选择对象"页面上,指定要链接到的或者从可用对象列表中导入的对象。不能链接到远程数据库中的链接维度。
4. 最后一步的前一步是复查"完成链接对象向导"页面。如果链接一个与现有维度同名的维度,向导会自动附加一个序号。单击"完成"按钮结束向导并创建该维度,建成后的维度将出现在"维度"文件夹中。
5. 请记住,不能修改链接维度的数据结构,所以它在"维度生成器"视图中是可见的。在处理了链接维度以后,可以使用"浏览器"视图查看它,还可以为维度创建一个翻译名并重命名它。

数据挖掘

虽然将数据合并到多维数据集中是数据分析过程中的一个良好开端,但这回答不了所有可能的问题。例如,单独聚合的数据将无法发现模式。假设你有几百万行的销售额数据,并希望知道特定的商店是否比其他商店更符合女性购物者的需求,或者某个特定的产品宣传是不是和销售额的提高相关。通过构造多维数据集并仔细研究,可以得到这些问题的部分答案,但是要发现模式,一种较好的解决办法是采用数据挖掘。

数据挖掘是一个查看多维数据集中的数据并查找模型的自动过程。这个模型搜索可以基于许多种算法;作为开发人员,你可以指定对自己来说很重要的各种因子。

开始前

创建挖掘模型是个直截了当的过程,但和许多事情一样,如果按照老木匠的格言去做,成功的可能性是最大的。每当木匠准备加工一块特别好的木料时,他们都是“比量两次,砍一斧”。换句话说,在创建模型之前所使用的步骤和规划会决定解决方案的成果和模型的效用。

用来规划模型的方法应该遵循以下这些步骤:

问题定义 这个步骤听起来也许是很明显的,但常常是模型开发中最容易忽视的方面。就像木匠必须知道项目类型之后才能选择要为项目使用什么样的木料一样,在开始建立模型之前,需要彻底搞清楚你正在设法解决的问题。另外,还需要对数据(包括它的局限性)有个全面的了解,并且需要规定最终目标。应该提出的问题种类如下:

- 正设法预测什么特征?
- 正关注何种类型的关系?
- 数据是怎样分布的?
- 列或表是怎样彼此关联的?
- 模型用于预测,还是仅仅用于寻找模式和联系?

数据准备 一旦搞清楚了问题,就可以开始原始数据的查找与收集过程。这些数据可能会而且在现实生活中通常会散落在整个企业之中。这一阶段的主要任务是收集与问题有关的所有数据,并将这个数据整理成一致而又适用的格式——有时称为“清理数据”。这个阶段可以包括确认数据错误已被消除或纠正。应该保证每个人都正在使用同一个标准,或者保证它们之间虽然有转换但已考虑到一个有目的性的对照。如果正试图比较纽约与伦敦的薪金,则需要保证使两种货币标准化。

了解数据 如果不了解数据集的数据结构,如何知道要求什么?如何确认添加哪些列?如果不了解数据就试图建立模型,结果将是个无用的练习。

建立和验证模型的有效性 不管用的模型是不值得花时间去部署的。最佳的方法是将原始数据随意地分解成培训(模型建立)和测试(验证有效性)数据集。培训数据用来建立模型。建立预测查询并针对测试数据集运行它们,然后测试准确性。由于已经知道预测的结果(因为数据来自用来培训模型的同一个数据集),所以可以评估模型的准确性是不是在可接受的范围之内。

部署模型 在获得了具有一定程度的可接受效用的模型之后,将它部署到一个生产环境中。这并不是这一过程的结束,这一过程才刚刚开始。模型现在正使用在决策支持过程中,而且随着越来越多的数据进入公司,模型也必须相应地更新。基本上,从部署模型的那一刻起,它们就开始逐渐变得陈旧。要克服这个问题,需要开发一个重新处理模型的过程以保证和增强它们的效用。

使用数据挖掘向导

建立一个完整数据集并解释上述整个过程已完全超出了本书的范畴。事实上,这个过程的详细解释需要一本书的篇幅。但是,应该熟悉创建新的挖掘结构和新的挖掘模型所必需的步骤。这两者之间有本质上的差别。挖掘结构是一个数据结构,基于从 OLAP 或关系型数据的分析中得出的信息。挖掘模型用来建立预测。在下面这个简单的练习中,我们的目标是让读者熟悉数据挖掘向导。在现实生活中,需要在这项任务中投入大量的准备和检查精力。

1. 在解决方案资源管理器中,右击“挖掘结构”文件夹,并从弹出的菜单中选择“新建挖掘结构”菜单命令,启动“数据挖掘向导”。单击“下一步”按钮。

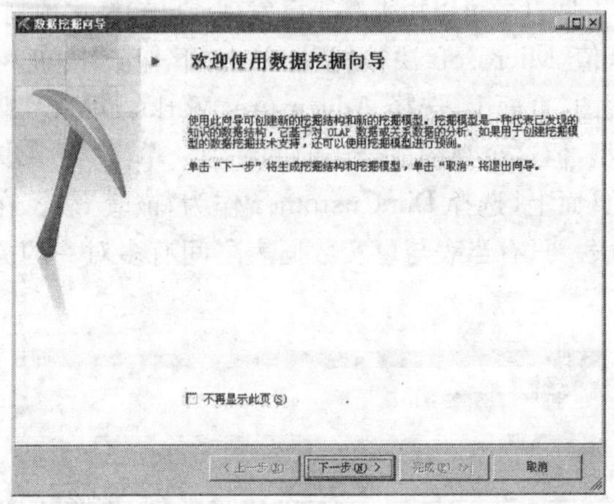

2. 在“选择定义方法”页面上，可以指定使用现有关系数据库或数据仓库来定义挖掘结构。在本练习中，接受默认的“从现有关系数据库或数据仓库”单选项，以便基于来自现有关系数据库的表和列定义这个挖掘结构。单击“下一步”按钮。

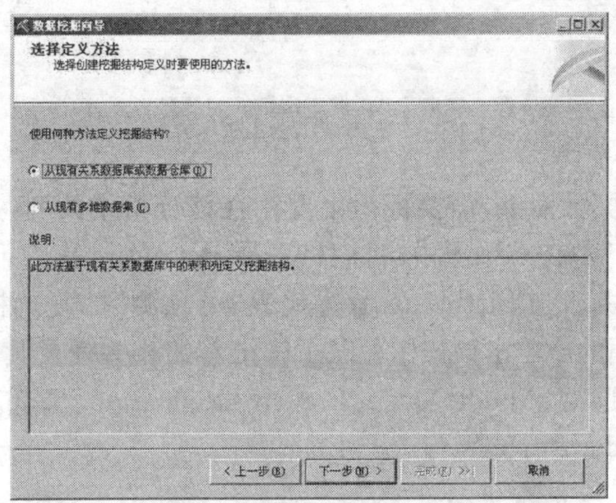

3. 在“选择挖掘技术”页面上，向导要求从下列选项之中做出选择。

“Microsoft 关联规则” 这个规则用来寻找可能要共同出现在事务中并可以用来根据其他对象在事务中的存在率预测单个对象存在率的对象。

“Microsoft 聚类分析” “聚类分析”用来寻找自然分组的数据。如果只需要了解共同出现的因素，这项技术是最适用的。

“Microsoft 决策树” “决策树”可以用来产生预测并从分析结果中创建虚拟维度。

“Microsoft 线性回归” 使用基于现有数据的线性回归统计预测结果。

“Microsoft 逻辑回归” 使用基于现有数据的逻辑回归统计预测结果。

Microsoft Na? ve Bayes Na? ve Bayes 是一个非常适用于预测建模的分类算法，只要属性是离散的或者经过离散化。假定属性是可预测的，所有输入属性都将被假设成是独立的。

“Microsoft 神经网络” “神经网络”最适合用来分类离散属性，还可以在希望预测多个属性时用来分类连续属性的回归。

“Microsoft 顺序分析和聚类分析” “顺序分析和聚类分析”可以用来基于已知特征预测事件在某一序列中的可能排序。

"Microsoft 时序"　"时序"可以用来基于已发现或已知模式预测未来与事件相关的事件。在本例中,接受默认值"Microsoft 决策树"。单击"下一步"按钮。

4. 在"选择数据源视图"页面上,选择 Adventure Works DW 视图。虽然你已花费了相当多的时间准备模型,但这个视图适合当前的练习。单击"下一步"按钮。
5. 在"指定表类型"页面上,选择 DimCustomer 作为"嵌套"表。在本练习中,我们不打算使用任何嵌套的表。只有当表与事实数据表之间有多对一的关系时,这个表才能是个嵌套表。

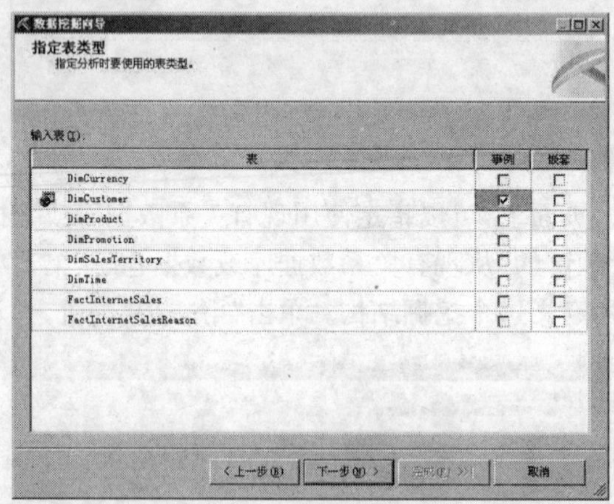

6. 在"指定定型数据"页面上,需要标识出要用在该分析中的列,并指定它们是"键"、"输入"还是"可预测"。在本练习中,我们将选择 BirthDate 作为可预测属性,以了解其他什么因素与它有关。当 BirthDate 旁边代表"可预测"的复选框处于选中状态时,"建议"按钮变成可用的。单击该按钮可以了解推荐的相关列及其相关性得分。在本练习中,清除以下复选框:MiddleName、French Occupation、Spanish Occupation、English Occupation、Gender 和 HouseOwner Flag。

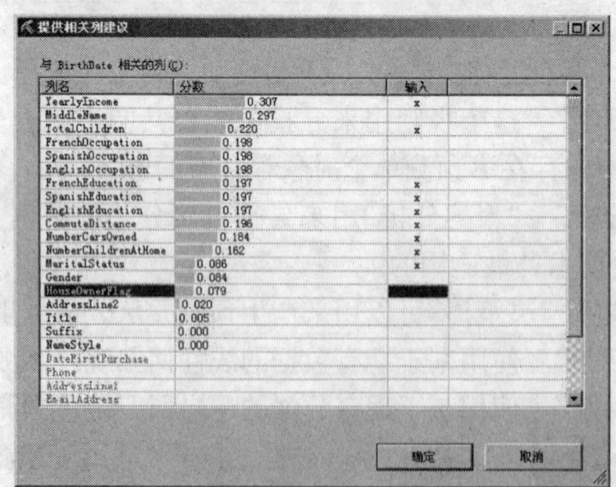

单击"确定"按钮。请注意,推荐的输入值在"指定定型数据"页面上也用同样的标记标出。单击"下一步"按钮。

7. 在"指定列的内容和数据类型"页面上,可以更改任意一个选定列的内容与数据类型。不做任何修改,单击"下一步"按钮。
8. 在"完成向导"页面上,将新建挖掘结构命名为 Mining CustomerExercise。单击"完成"

按钮结束向导并生成挖掘结构。

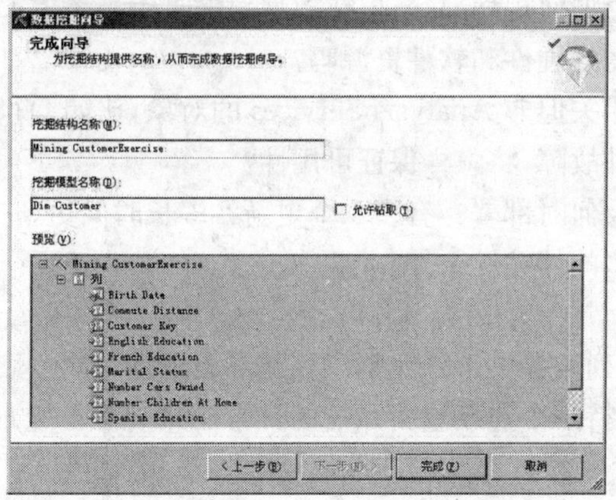

9. 在挖掘结构生成完毕之后，应该通过右击并选择“处理”菜单命令来处理模型。此前，可能需要先处理项目。在模型处理完毕之后，就可以打开设计器视图，并查看模型了。图 26.6 显示了“挖掘模型查看器”中打开的一个数据挖掘模型。模型中使用的不同阴影表示输入数据与显示在“挖掘图例”窗格中的被预测因素有多大程度的相关性。

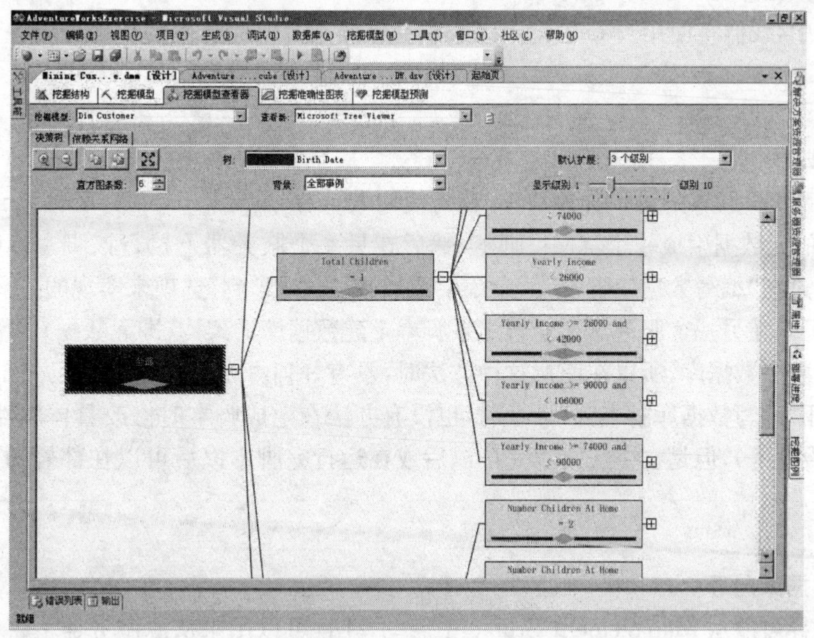

图 26.6　查看数据挖掘结构

部署分析服务

在 BIDS 中完成了 Analysis Services 项目的开发、在测试环境中测试了项目、解决了各种结构缺陷以及消除了错误之后，应该庆贺一番。另外，如果想保住饭碗的话，最好是将项目部署到生产环境中。

规划部署

在部署到生产环境中以前，需要先做一些规划，而且正如前面讨论的，在实际执行之前花费几个月时间评估和规划部署始终是值得的。请记住“比量两次,砍一斧”。

本章不准备详细讨论如何规划部署,但在规划部署时应当考虑下列问题:

- 目标服务器有必需的硬件和软件资源吗?
- 将怎样部署其他相关但非 Analysis Services 的对象,比如 DTS、报表或架构?
- 如果有硬件或软件故障,将怎样保证可用性?
- 需要部署什么以及何时部署? 有多少个更新? 多长时间更新一次?
- 需要考虑何种类型的伸缩性条件?
- 安全性怎样?

需要注意的是,上述列表并不十分完整。开始部署以前,应该规划、评估、重新规划,然后重新评估。此外,应该坚持一个连续重新评估的日常工作规程。它最终将会节省你的时间与资源。

必须决定的最后一件事情是,使用哪个工具将 Analysis Services 数据库部署到生产环境内的 Analysis Services 服务器上。Analysis Services 携带了 3 个执行这项任务的工具:

- XML 脚本;
- Analysis Services 部署向导;
- 同步数据库向导。

在本例中,我们将使用“Analysis Services 部署向导”,但此前先简单地介绍一下另外两种方法。

使用 XML 脚本

在使用 XML 脚本的第一种方法中,首先使用 Management Studio 为现有 Analysis Services 数据库的元数据生成一个 XML 脚本,然后在另一个服务器上执行该脚本重建初始数据库。这是通过在“编写数据库脚本为”命令中选择“CREATE 到”选项来实现的。

然后,可以在另一个服务器上运行结果脚本重建数据库的架构(即元数据)。警告:由于这种脚本生成整个数据库,所以在使用这种方法时,没有任何办法动态地更新已经部署的对象。另外,在使用“编写数据库脚本为”命令时,也没有办法在生成脚本时修改具体属性(比如数据库名、安全设置等),但是在生成脚本完毕以后或在运行完脚本以后可以在部署的数据库中手工修改。

使用同步数据库向导

这个向导可以从 Management Studio 中启动,并且可以用来从源服务器上将元数据与数据复制到目标服务器上,以同步任意两个 Analysis Services 数据库之间的元数据与数据。

此外,这个向导还可以用来从中间服务器上将数据库部署到生产服务器上。另一种用处是使用中间服务器上产生的数据库修改,同步生产服务器上的数据库。换句话说,DBA 可以在一个中间服务器上执行所有的多维数据集与维度处理,而用户同时仍可以查询生产服务器上的资源。一旦同步过程结束,用户被自动切换到新的元数据与数据。该向导还可以用来生成以后用来同步数据库的脚本。

在 Management Studio 中,连接到一个 SQL Server 实例,右击“数据库”文件夹,然后选择“同步”菜单命令即可启动“同步数据库向导”。

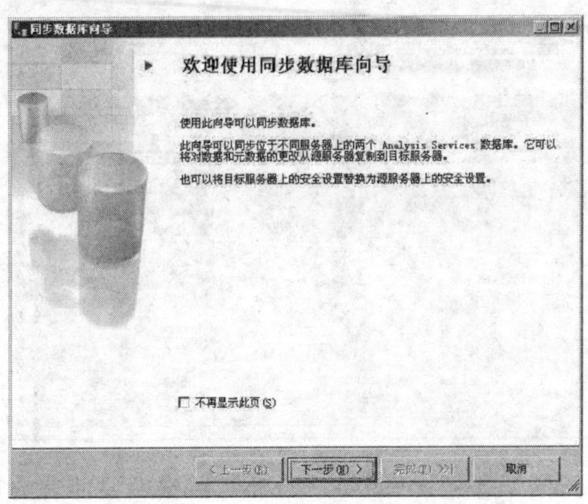

使用分析服务部署向导

有两种方法运行这个向导。第一种方法是在命令行上输入 Microsoft. AnalysisServices. Deployment. exe(该文件位于 C:\Program Files\Microsoft SQL Server\90\Tools\Binn\VSShell\Common7\IDE 文件夹中),然后按回车键运行。利用/A 开关,可以指定应答文件方式。

在应答文件方式中,可以修改原来在 BIDS 中创建 Analysis Services 项目时生成的输入文件。

使用/S 开关将以无声方式运行这个向导。输出方式(用/O 开关调用)将使这个向导基于输入文件生成一个供以后执行的 XMLA 部署脚本。

也许有很多使用命令提示符方法的正当理由,但启动这个向导最容易的方法是交互地调用这个向导。交互地使用这个向导的过程如下:

1. 选择"开始"➤"程序"➤ Microsoft SQL Server 2005 ➤ Analysis Services ➤"部署向导"菜单命令,启动"Analysis Services 部署向导"。

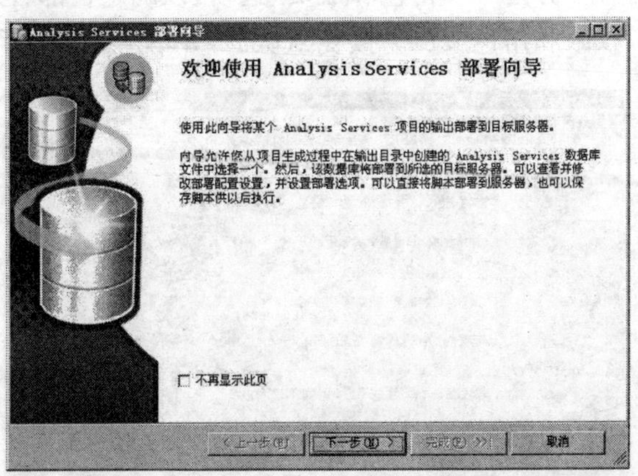

2. 在下一个页面中,指定到达要使用的 *. asdatabase 文件的路径。在本练习中,使用 AdventureWorksExercise 示例(位于 C:\Documents and Settings\%用户名%\My Documents\Visual Studio 2005\Projects\AdventureWorksExercise\AdventureWorks-Ex-ercise\bin\ AdventureWorksExercise. asdatabase 文件夹中)。单击"下一步"按钮。

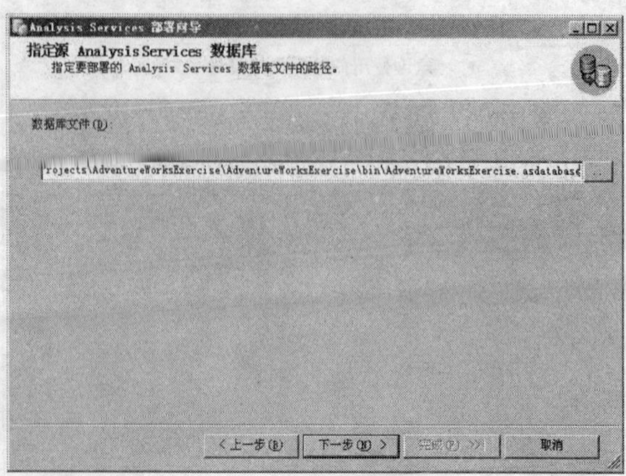

3. 在“安装目标”页面中，指定 Analysis Services 数据库要部署的目标服务器和数据库。如果该数据库不存在，向导将自动创建它。否则，它将被覆盖。指定 localhost 作为服务器并指定 AdventureWorksExercise 作为数据库。单击“下一步”按钮。

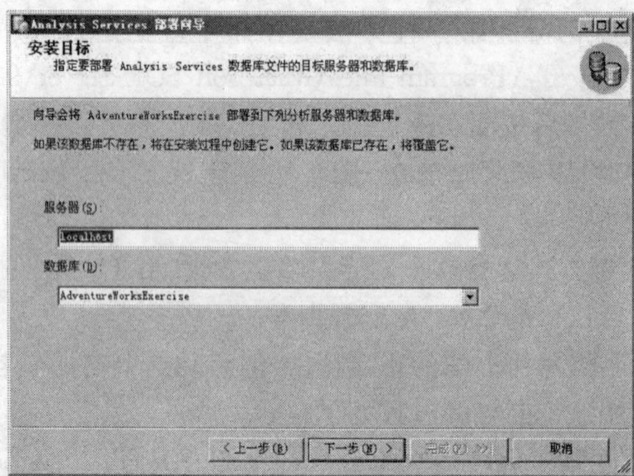

4. 现在，向导要求指定“分区”与“角色和成员”选项，以确定在部署过程中如何处理现有的分区、安全角色、权限和角色成员。接受默认值，并单击“下一步”按钮。

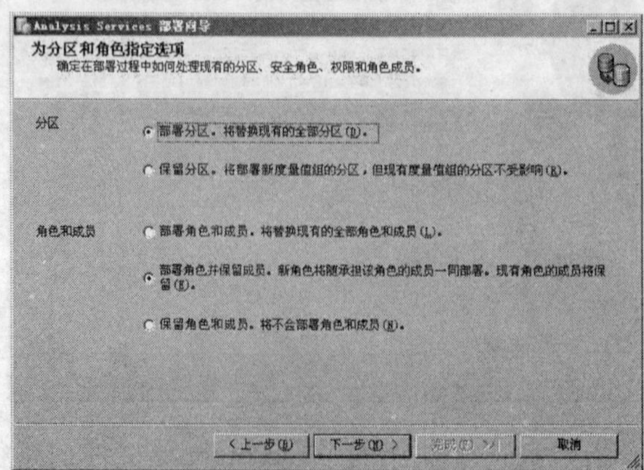

5. 接下来，可以设置每个对象的配置属性。由于这是一个新部署，所以不做任何更改。单击“下一步”按钮。

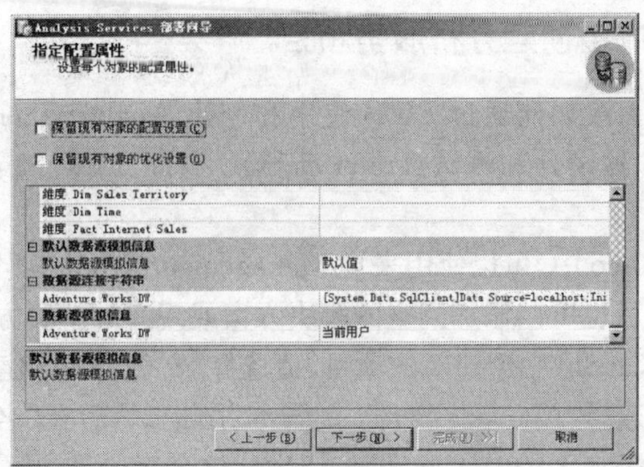

6. 在"选择处理选项"页面中，接受"默认处理"作为对象在数据库中的处理方式。如果标记"在一个事务中包含所有处理"复选框，所有处理都将作为单个事务来处理。单击"下一步"按钮。
7. 现在，向导要求确认部署应该继续。如果标记"创建部署脚本"复选框，它将生成XMLA脚本文件并将它写到指定位置供以后使用或复查。
8. 单击"下一步"按钮。如果标记了"创建部署脚本"复选框，向导将生成和保存脚本文件到指定的位置，而且部署以这样一个概念结束：你以后将调用该脚本。

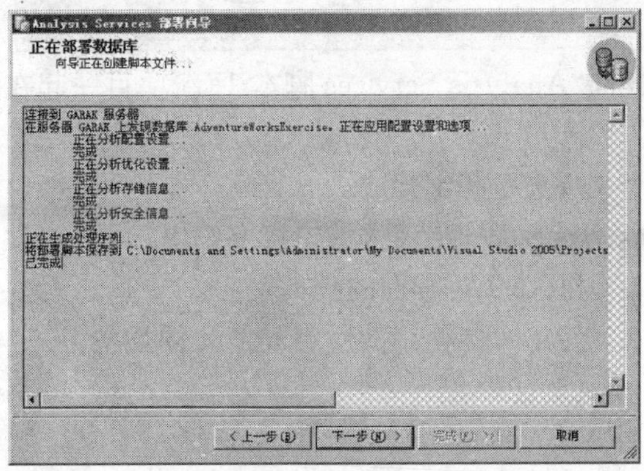

9. 如果保留该复选框处于取消复选状态，那么部署在单击"下一步"按钮时立即发生。可以跟踪对话窗口中的进度。一旦数据库部署完毕，单击"下一步"按钮打开"部署完成"页面。单击"完成"按钮关闭向导。

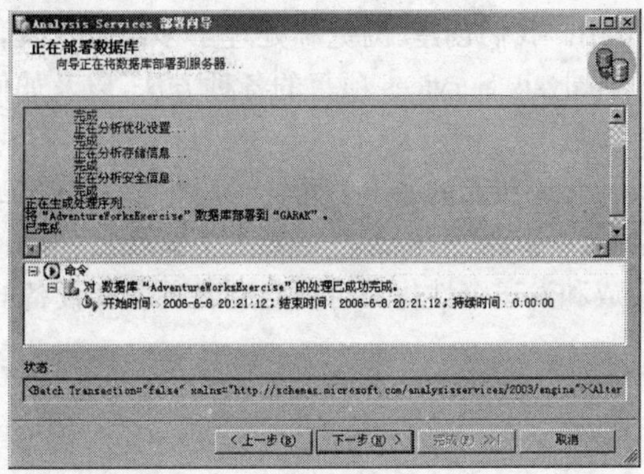

在 Management Studio 中创建分析服务项目

虽然我们一直主要关注如何通过 BIDS 使用和创建 Analysis Services 项目,但 Management Studio 也提供了一种设计和测试 Transact-SQL 查询、MDX 查询和 XML for Analysis (XMLA)脚本的方法。

在 Management Studio 中,可以使用来自 Management Studio 项目组的模板创建 Analysis Services 项目。该项目也可以添加到空的解决方案或现有的解决方案中。

要在 Management Studio 中创建新的项目,请选择"文件"➤"新建"➤"项目"菜单命令,打开"新建项目"对话框。选择"Analysis Services 脚本"图标,然后在"名称"文本框中将项目命名为 Analysis Services 脚本 1。单击"确定"按钮生成这个新项目和解决方案。

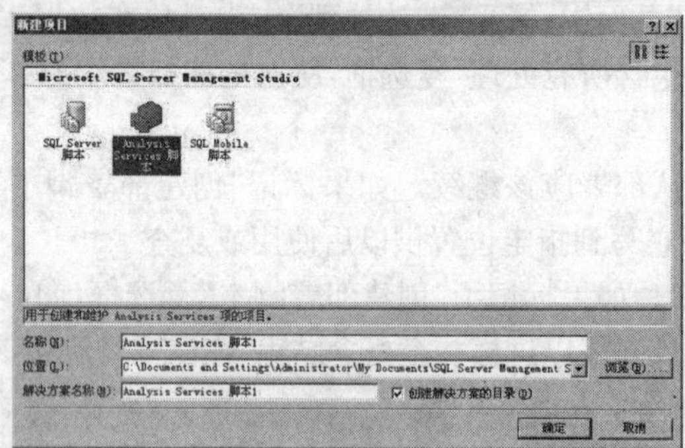

一个新的解决方案连同"Analysis Services 脚本 1"新项目一起在解决方案资源管理器中建成。

用做对象容器的 3 个文件夹也相继建成:

- **"连接"** 包含 Analysis Services 连接的连接字符串;
- **"查询"** 包含 MDX 和 XMLA 查询的脚本;
- **"杂项"** 包含解决方案中可能使用的所有其他文件类型。

小结

本章介绍了联机分析处理(OLAP)和 SQL Server 2005 提供的用来做这种分析的工具。主要工具是 Microsoft SQL Server 2005 Analysis Services,这是一个功能齐全的 OLAP 分析产品。本章还介绍了 OLAP 的基本术语,并讨论了如何使用 Business Intelligence Development Studio 开发基本的应用。我们创建、浏览和处理了多维数据集,并解释了不同的维度类型。另外,还介绍了部署 Analysis Services 项目的各种方法,以及如何从 Management Studio 中创建 Analysis Services 项目。

这仅仅是 Analysis Services 功能的冰山一角。

下一章将介绍 SQL Server 2005 中初次亮相的一个新产品:Notification Services,这个产品用来开发和部署允许生成和发送个性化及时消息到各种各样设备的应用程序。

第 27 章　通 知 服 务

Microsoft SQL Server Notification Services 并没有包含为 SQL Server 2000 的一部分，而是在 2003 年作为一个免费附件引入的，并冠以版本 2.0。在 SQL Server 2005 中，Notification Services 已包含为这个软件包的一部分。

顾名思义，Notification Services 是一个意图明确的平台，用来开发和部署能够根据用户要求生成和发送通知给用户的应用程序。更简单地说，Notification Services 就是检查指定数据上是否已经发生了任何事件，如果已经有任何用户预订了在事件发生时接到通知，就给该用户发送通知的服务。将 Notification Services 之类的技术集成到 SQL Server 2005 中是个合理的迁移和高明的设计决策。这是因为几乎所有通知都基于数据变动（或增加），比如股票价格达到某一个搜索阈值。

正如本章稍后所介绍的，通知是个性化的及时消息，能够发送给各种各样的设备。例如，用户可能希望通过电子邮件/SMS 接到通知，或者在一家特定公司的股票价格上升或下跌到某一个预定界限时接到通知。再比如，用户可能希望他或她的移动电话播放一段音乐或发送一条关于班机延误或特殊票价的消息。

通知可以在触发事件发生时生成和发送给用户；通知也可以按照用户通过他或她的订阅所指定的预定时间表生成和发送给用户。

通知可以发送给各种各样的设备，比如移动电话、个人数字助手（PDA）、Microsoft Windows Messenger 或电子邮件账户，这些只是叫得出名称的几种设备。由于这些类型的设备通常都由用户连续持有，所以通知非常适合发送高优先级或时间关键的信息。

我们想要接到环境变化通知的情形差不多有几千种。Notification Services 的意图就是让我们能够轻松地配置和实现它们。

体系结构

Notification Services 体系结构很简单，也很灵活，因此我们再也不必为实现轮询事件、时间调度、格式化和传递之类的通知特性而煞费苦心。这些特性已经内建到 Notification Services 之中，以简便集成和开发。

在深入讨论 Notification Services 之前，应该先熟悉与 Notification Services 有关的关键概念和术语。

- 事件是订阅方感兴趣的一段信息或影响指定数据的一个已发生操作。
- 订阅方是在事件发生时接到通知的人或应用程序。
- 订阅是由订阅方提出的一个指定申请，用于描述他或她希望何时和接到什么样的通知（例如，订阅方指定他或她希望在某一股票价格下跌 5 个百分点时得到通知）。
- 通知是一条消息，用于包含与订阅有关的信息。通知可以包含关于某一场球赛的最后比分或某支股票的最新行情的消息，也可以包含关于老板的时间表中已经出现了某个职位空缺的消息。

简单了解通知服务如何工作

从图 27.1 中可以看出，Notification Services 的工作方式相当简单。订阅方创建对某个 Notification Services 应用的订阅数据(可以使用 SMO 添加)。事件借助于事件提供者的帮助通过直接或间接的收集机制被填充到事件表中。一旦事件被填充到事件表中，Notification Services(可以配置成立即或者按照时间计划进行操作)便启动处理规则。规则(订阅的一部分)由产生器进行核对，以了解是否有任何事件匹配于它们。如果找到匹配的事件，Notification Services 就创建通知并填写通知表。一旦通知进入通知表，Notification Services 就立即处理每个通知，格式化该通知，然后使用指定的通道立即或者在基于配置的预定时刻发送该通知。这些步骤分解如下：

- 订阅方创建与应用程序有关的订阅。
- 应用程序收集事件。
- Notification Services 使用 Transact-SQL 查询、比较订阅与事件。
- 当事件与订阅匹配时，Notification Services 生成通知。
- Notification Services 随后格式化这个通知并将它发送给一个传递服务。

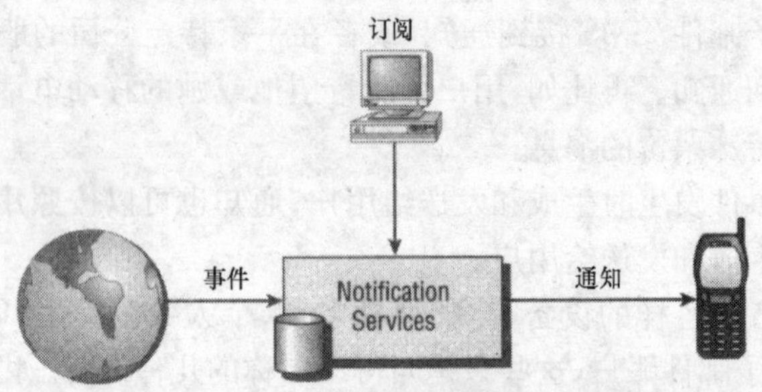

图 27.1　通知产生方式的简化关系图

详细了解通知服务如何工作

在概括性地介绍了 Notification Services 的工作方式之后，下面比较详细地探讨一些细节。对这个过程了解得越透彻，以后学习起来将越容易。

前面介绍过，Notification Services 应用程序收集事件和订阅、产生通知，然后将通知分发给外部传递服务，比如简单邮件传输协议(SMTP)服务器、移动电话或另一条通道。

为此，Notification Services 将订阅方和订阅数据存放在一个或多个 SQL Server 数据库中。订阅管理对象(Notification Services API 的一部分)可以用来创建一个管理订阅方和订阅数据的自定义订阅管理应用程序。

利用事件提供者，Notification Services 现在可以收集事件数据并将其保存在应用程序的数据库中。例如，文件系统事件观察器提供者监视一个存放 XML 事件数据的目录。利用这个事件提供者，可以将 XML 事件存放在这个目录中。该事件提供者读取 XML 事件，并将它们传递给应用程序数据库。本章稍后将使用该过程产生事件。事件提供者可以由事件提供者宿主构件运行，也可以独立于 Notification Services 服务器单独运行。

接着，产生器比较订阅与事件，并产生通知。产生器按照为应用程序定义的时间间隔运行。开发人员编写 Transact-SQL 查询，这些查询确定订阅的估算方式和进入到通知中的信息。

分发方格式化通知，并使用一个或多个传递服务将它们发送给订阅方。应用程序开发人员利用 XSLT 之类的内容格式化器指定原始数据到格式化通知的转换方式。

Notification Services 平台使用NS$instance_name服务运行通知应用程序。这个服务(Notification Services 引擎的主要构件)运行 3 个内部功能部件:事件提供者、产生器和分发方。图 27.2 显示了 Notification Services 是怎样实现这个体系结构的。

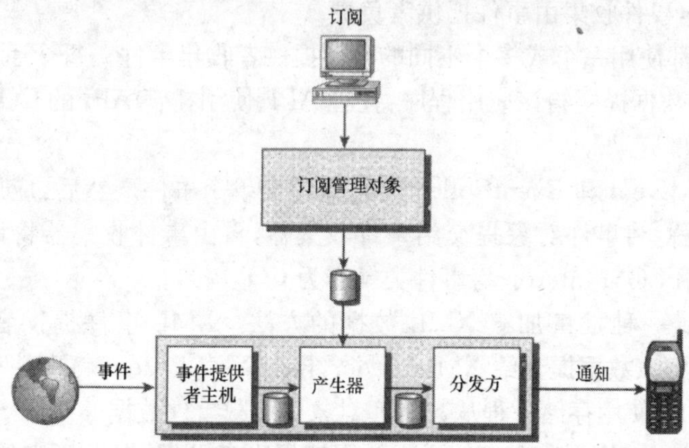

图 27.2 通知的产生方式

订阅管理体系结构

为了能够将订户订阅的杂志发送给订户,杂志社需要知道订户是谁,订户想要什么杂志,以及将杂志发送到哪里。同样,在通知能够发出之前,Notification Services 应用程序需要知道订阅方的情况,订阅方需要获得什么数据,以及将该信息发送到哪里。杂志使用发行部门处理订阅方、订阅和订阅方设备数据。

应用程序开发人员编写一个处理订阅管理的自定义订阅管理应用程序。这个应用程序(可以是 Web 应用程序或标准的 Windows 应用程序)将订阅方、订阅和订阅方设备数据写到适当的数据库中。开发人员使用订阅管理对象处理它们。

Notification Services 还将订阅方和订阅方设备数据同时保存在一个中央 Notification Services 数据库中。订阅数据存放在应用程序特有的数据库中。这个存储体系结构允许所有应用程序共享任何全局订阅方数据,同时又分开存储每个应用程序的订阅数据。

当 Notification Services 应用程序正在运行时,该应用程序使用订阅数据产生通知,然后使用订阅方数据格式化通知并分发它们,如图 27.3 所示。

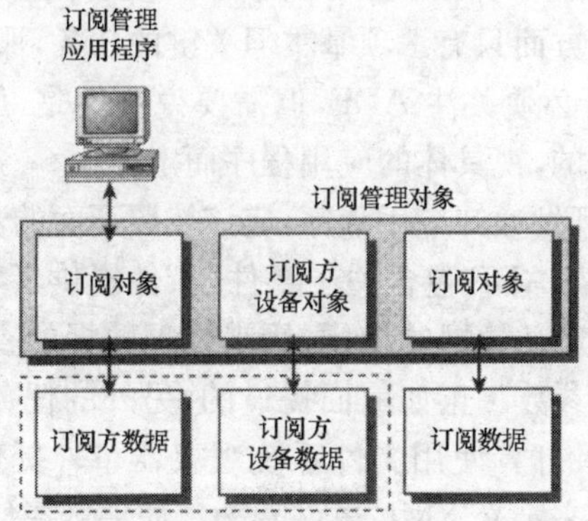

图 27.3 订阅管理应用程序怎样使用订阅管理对象与 Notification Services 进行通信

事件收集体系结构

事件收集包括从一个或多个事件源(比如 XML 文件、应用程序或数据库)中获得事件数据。然后,将信息提供给一个通知应用程序,由应用程序评估并决定是否产生通知。在 Notification Services 中,事件收集由事件提供者负责。

每个应用程序都使用一个或多个不同的事件提供者收集事件。每个事件提供者都使用 4 个事件 API 之一将数据提交给该应用程序:托管 API、使用托管 API 的 COM API、XML API 和 SQL Server API。

托管 API 使用 Event 和 EventCollector 对象提交单个事件。然后,应用程序利用事件表中的各个字段的名称,将事件对象提交给事件收集器,再由事件收集器将该数据写到事件表中。COM API 使用 COM interop 将事件类暴露为 COM 接口。

XML API 提供一种批量加载 XML 数据的方法。XML 事件提供者从事件源中收集 XML 文档或流,并将该数据提交给 XMLLoader,再由 XMLLoader 将事件写到事件表中。

SQL Server API 使用存储过程从数据库对象中加载事件数据。使用 SQL Server 事件提供者的两种典型方法是,使用一个存储过程调用该提供者,以及根据指定的时间表运行查询。该事件提供者接收结果集,并使用 API 存储过程将其写到事件表中。

你可以选择使用刚才列举的任何一个 API 创建自定义的事件提供者。另一种比较容易的方法是使用随同 Notification Services 一起提供的标准事件提供者之一。这些事件提供者可以从受监视文件夹中提取 XML 数据、查询 SQL Server 数据库,以及查询 Analysis Services 多维数据集。

事件提供者或者是受承载的,或者是非受承载的。受承载的事件提供者由 Notification Services 内的一个叫做事件提供者宿主的构件运行。事件提供者宿主和产生器构件使用同一个时间表;这个时间表定义在应用程序定义文件中。

非受承载的事件提供者运行为外部应用程序,并按照它们自己的时间表提交事件。例如,由 Internet 信息服务(IIS)承载的、暴露 Web 事件提交方法的事件提供者就是非受承载的事件提供者。另外需要注意的是,承载于自定义进程内的事件提供者也是非受承载的事件提供者。

通知服务编程框架

Notification Services 使用了一个使应用程序开发变得更快速、更简便的编程框架。其实,开发人员在应用程序开发方面只有一项基本但关键的任务,那就是创建应用程序定义文件(ADF)。一般说来,开发人员必须关注 ADF,但需要说明的是,虽然这里没有提及另外的任务,但这些任务可能也是必需的,视具体的应用程序而定。

如果打算使用标准构件开发通知应用程序,应该按照下面的步骤进行:

在 ADF 中定义应用程序　ADF 包含关于事件、事件提供者、订阅、通知和应用程序设置的信息。ADF 允许开发人员定义数据的结构、用来处理数据的查询、通知的格式化与传递方式以及用于应用程序的操作参数。正如前面提过的,另外的任务也可能是必需的,这取决于 ADF 中的数据项。例如,如果打算使用文件系统观察器事件提供者,则必须创建一个 XML Schema 定义语言(XSD)文件来定义 XML 事件架构。如果选择使用 XSLT 格式化通知,则必须创建一个 XSLT 文件将通知数据转换成易懂的消息。

使用 Notification Services API 创建订阅管理应用程序 Notification Services API 提供了许多类(用于托管代码)和接口(用于非托管代码),以简化订阅方与订阅数据的收集与提交。

在完成了这两部分之后,准备测试和部署应用程序。为此:

1. 创建一个配置文件用来配置一个 Notification Services 实例。这个实例就是 Notification Services 的一个命名配置,用来承载一个或多个应用程序。配置文件定义这个实例的名称,命名由这个实例承载的各个应用程序,以及配置用于这个实例的数据库、协议和传递通道。
2. 创建、注册和启用一个 Notification Services 实例:使用 NSControl Create 命令创建这个实例,然后使用 NSControl Register 命令进行注册。NSControl Create 命令用于创建实例和应用程序数据库。NSControl Register 命令用于注册实例;并且可以任选地用来创建 NS$instance_name 服务,这个服务运行 Notification Services 引擎和用来监视实例的性能计数器。
3. 激活这个订阅管理应用程序。

提示: 正如本章稍后将要介绍的,可以使用 Management Studio 轻松地完成所有这些任务,进而省掉额外的工作。

通知服务构件

Notification Services 应用程序的用途是产生要传递给订阅方的通知。Notification Services 应用程序运行在基于 Notification Services 引擎和 SQL Server 的平台上。许多应用程序还使用 IIS 承载它们的订阅管理应用程序或客户事件提供者,尽管这不是必需的,也没有提供为 Notification Services 的一部分。

Notification Services 应用程序由 6 个主要构件组成:

- **Notification Services 平台** 由 Notification Services 引擎(包含提供者宿主、产生器和分发方构件)和 Notification Services SQL Server 数据库组成。这个平台保存系统数据并提供通知生成与分发功能。
- **两个元数据文件** 配置文件(描述 Notification Services 实例的配置信息)以及应用程序定义文件(ADF)(定义 Notification Services 应用程序的数据与结构)。当 NSControl Create 运行时,它使用这些文件设置 Notification Services 实例和应用程序,包括 SQL Server 表与其他对象。
- **订阅管理应用程序** 用来管理订阅方和订阅数据,以及在 Notification Services 中添加、更新和删除它们。
- **一个或多个事件提供者** 收集事件数据并将其提交给 Notification Services。
- **一个或多个内容格式化器** 在原始通知数据生成后获取它,并相应地格式化它以便在目标设备上进行显示。
- **一个或多个传递协议** 创建通知消息,并将消息传递给外部传递服务,然后由该服务将消息传递给目标设备。

Notification Services 使用数据库处理来管理大量数据、订阅、事件和通知。

开发方面的配置考虑

在规划和开发 Notification Services 应用程序以前,应该先了解 4 种最常用的配置。每种配置都有各自的优缺点,而且了解它们将有助于根据雇主要求提供的解决方案有效地规划应用程序。

在单服务器配置中,所有构件(包括 SQL Server、Notification Services 引擎和用于订阅管理应用程序的 Web 服务器构件)都运行在单个服务器上,通常是一个 2-CPU 或 4-CPU 服务器。应该考虑为运行在企业内部网中的小型 Notification Services 应用程序使用这种配置。建议不要将这种配置应用于 Internet 应用程序,这主要是因为将 Web 服务器与数据库放置在同一个服务器上会引起严重的安全问题。

在远程数据库服务器配置中,为了提高安全性和性能,所有东西都分摊到两个服务器上。SQL Server 数据库和所有 Notification Services 引擎构件(提供者宿主、产生器和分发方)运行在一个服务器上,这个服务器一般是一个 2-CPU 或 4-CPU 服务器。另一个服务器担当运行订阅管理应用程序的 Web 服务器。当需要将订阅管理应用程序放置在企业防火墙外面的 Web 服务器上时,应该考虑将这种配置用于小型 Internet 应用程序。当应用程序所需要的资源超过单个服务器的能力时,这种配置也可以用于中型企业内部网应用程序。应用程序所需要的资源非单个服务器的能力可以满足。

对于大型企业内部网应用程序和大中型 Internet 应用程序,最常用的配置是按比例伸缩的配置。所有构件都分摊到至少 3 个服务器上:一个服务器运行 SQL Server,另一个服务器运行 Notification Services 引擎构件,而一个或多个 Web 服务器运行订阅管理应用程序。

最后,如果担心可用性,则可以在一个叫做高可用性配置的配置中使用 SQL Server 故障转移群集技术。这个配置允许将多个服务关联起来,使数据库在万一出现故障的情况下能够从一个服务器上将故障转移到另一个服务器上。此外,Notification Services 引擎构件(运行在分开的另外一个服务器上)有一个附加的备份服务器,以用于这些应用程序功能的故障转移。推荐将这个配置用于要求高可用性的大型企业内部网应用程序和大中型 Internet 应用程序。

应用程序创建的综述

虽然我们在大多数时候可以利用 SQL Server 所携带的样本代码和其他可利用的样本代码来帮助开发自定义的应用程序,但仍应该对 Notification Services 应用程序开发方面的基本原理有所了解。接下来的几小节将概括性地介绍应用程序开发所必需的步骤。

在开发 Notification Services 应用程序时,一般遵循下面这些步骤:

1. 必要时,创建一个配置文件来定义将要承载该应用程序的 Notification Services 实例。
2. 通过创建一个定义应用程序的 ADF 来设计该应用程序。
3. 指定一个或多个事件类。请注意,每个事件类分别对应于应用程序所使用的一类特定事件。
4. 指定一个或多个通知类。
5. 指定一个或多个订阅类。指定订阅类将包括创建规则,这通过编写产生通知或更新事件表的 Transact-SQL 语句来实现。
6. 创建一个或多个通知产生规则(在应用程序定义文件内的一个订阅类中)。这些规则将比较事件数据与订阅数据来产生通知。
7. 使用 nscontrol 实用程序生成应用程序。这可以通过 Management Studio 来实现,也可以通过直接从命令行上运行 nscontrol 来实现。这个实用程序用来获取应用程序定义文件中指定的所有信息,然后生成应用程序所需要的 SQL Server 数据库和表。例如,对于每个已定义的事件类,创建一个对应的事件表;对于每个已定义的订阅类,创建一个对应的订阅表。

8. 编写一些简单的脚本来测试通知产生规则，并确认它们正在像预期的那样产生通知。对于这一步，可以使用 NoOp. xslt 文件、标准 XSLT 内容格式化器及标准文件传递协议来轻松地产生通知。
9. 使用 Notification Services API 创建或修改订阅管理应用程序，将关于订阅方、订阅设备和订阅数据的信息提交给系统。
10. 利用 Notification Services 所携带的标准事件提供者，或者通过开发一个适合具体需要的自定义事件提供者，定义一个事件提供者。可以任选地创建一个或多个供标准 XSLT 内容格式化器使用的 XSLT 文件，或者使用一个为满足具体商务需要而创建的现有自定义内容格式化器。
11. 确认应用程序定义文件中的各项应用程序设置，以优化应用程序性能和管理系统资源耗用。
12. 最后，测试并在测试成功后部署该应用程序。

说明：如果需要，可以开发一个适合具体需要的自定义传输协议。

创建实例配置文件

除了应用程序定义文件(ADF)之外，每个 Notification Services 实例还由一个配置文件来定义。这个配置文件包含与该实例有关的信息、与该实例的应用程序和指向应用程序定义的指针有关的信息以及与传输通道和协议相关的信息。在部署实例时，配置文件中的数据将用来创建一个实例数据库。

说明：配置文件必须符合 ConfigurationFileSchema. xsd 架构。这个架构位于 Notification Services XML Schemas 文件夹中。

每个 Notification Services 实例都有一个配置文件。这个文件包含与实例有关的信息、与实例的应用程序有关的信息以及与传输通道和协议有关的信息。

<NotificationServicesInstance>是顶级节点。

可以给配置文件中的每个元素硬编码配置文件值，也可以给它们使用参数。如果在配置文件中使用参数，则可以在<ParameterDefault>节点中为参数定义默认值。

用于指定配置文件版本编号的<Version>节点由 4 个元素组成：<Major>、<Minor>、<Build>和<Revision>。

用于保存配置文件的历史记录的<History>节点由 4 个元素组成：<CreationDate>、<CreationTime>、<LastModifiedDate>和<LastModifiedTime>。

<InstanceName>节点用来定义实例的惟一名称。实例名称的用途如下：实例数据库被命名为 instance_nameNSMain，应用程序数据库名是 instance_name 和 application_name 的连接。正如本章稍后将要介绍的，应用程序名在<Application>节点中定义，而运行 Notification Services 实例的 Windows 服务被命名为 NS $ instance_name。

在配置文件内，必须使用<SqlServerSystem>元素来指定哪个 SQL Server 2005 实例将存储实例与应用程序数据。

说明：在默认实例中，这个值是承载 SQL Server 2005 数据库的计算机的名称。对于命名的 SQL Server 实例，<SqlServerSystem>值必须符合 computer\instance_name 格式。

<Database>节点是任选的。如果没有指定该节点，数据库引擎将使用模型数据库作为模板创建实例数据库，这个实例数据库可能不是最合适的，除非你已经修改了模型数据库。

<Applications>节点包含所有<Application>节点作为元素。每个<Application>节点都有一组定义应用程序设置的子元素，比如应用程序名、一个指向应用程序文件的基本目录以及传给应用程序定义文件的应用程序参数。

在<Protocols>节点中，指定实例支持的自定义协议。Notification Services 提供了两个标准协议：SMTP 和 File。如果应用程序使用这两个协议，开发人员就不必定义实例配置文件的<Protocols>部分的协议。自定义协议要求使用这个节点。每个自定义协议都应该有一个名称、一个类名和一个程序集名。

<DeliveryChannels>节点指定一个或多个通道（某个传输协议的实例）。<DeliveryChannel>节点可以提供服务器名、用户名和密码之类的信息。<EncryptArguments>元素用来加密传输通道和事件提供者的变元，这些变元存放在实例数据库与应用程序数据库中。通过将<EncryptArguments>元素中的值设置为 true（默认情况下，这个值是 false），可以打开变元加密。

说明：如果打开变元加密，在运行 NSControl Create 命令或 NSControl Register 命令时必须提供一个加密密钥。

样本实例配置文件

```
<?xml version="1.0" encoding="utf-8"?>
<!--Microsoft Notification Services "Configuration File"-->

<NotificationServicesInstance xmlns:ns="http://www.microsoft.com/
MicrosoftNotificationServices/ConfigurationFileSchema" xmlns="http://
www.microsoft.com/MicrosoftNotificationServices/ConfigurationFileSchema"
xmlns:xsi="http://www.w3.org/2001/XMLSchema-instance" xsi:schemaLocation="http://
www.microsoft.com/MicrosoftNotificationServices/ConfigurationFileSchema http://
localhost/NotificationServices/ConfigurationFileSchema.xsd">

<!--Default Parameters-->
<ParameterDefaults>
    <Parameter>
        <Name>BaseDirectoryPath</Name>
        <Value>
        C:\Program Files\Notification Services\%InstanceName%
        </Value>
    </Parameter>
    <Parameter>
        <Name>System</Name>
        <Value>MyServer</Value>
    </Parameter>
```

```
</ParameterDefaults>

<!--Version-->
<Version>
    <Major>2</Major>
    <Minor>0</Minor>
    <Build>162</Build>
    <Revision>1</Revision>
</Version>

<!--History-->
<History>
    <CreationDate>2001-09-22</CreationDate>
    <CreationTime>10:30:00</CreationTime>
    <LastModifiedDate>2002-4-22</LastModifiedDate>
    <LastModifiedTime>22:30:00</LastModifiedTime>
</History>

<!--Instance Name-->
<InstanceName>%InstanceName%</InstanceName>

<!--SQL Server machine name-->
<SqlServerSystem>%System%</SqlServerSystem>

<!--Database-->
<Database>
    <NamedFileGroup>
        <FileGroupName>primary</FileGroupName>
        <FileSpec>
            <LogicalName>PrimaryFG1</LogicalName>
            <FileName>%BaseDirectoryPath%\Primary.mdf</FileName>
            <Size>10MB</Size>
            <MaxSize>14MB</MaxSize>
            <GrowthIncrement>15%</GrowthIncrement>
        </FileSpec>
    </NamedFileGroup>
    <NamedFileGroup>
        <FileGroupName>MyFileGroup</FileGroupName>
        <FileSpec>
            <LogicalName>MyLogicalName</LogicalName>
            <FileName>%BaseDirectoryPath%\MyLogicalName.mdf</FileName>
            <Size>55MB</Size>
            <MaxSize>100MB</MaxSize>
            <GrowthIncrement>15%</GrowthIncrement>
```

```
        </FileSpec>
    </NamedFileGroup>
    <NamedFileGroup>
        <FileGroupName>MyDefault2</FileGroupName>
        <FileSpec>
            <LogicalName>MyLogicalDefault2</LogicalName>
            <FileName>%BaseDirectoryPath%\MyDefault2.mdf</FileName>
            <Size>1MB</Size>
            <MaxSize>3MB</MaxSize>
            <GrowthIncrement>15%</GrowthIncrement>
        </FileSpec>
    </NamedFileGroup>
</Database>

<!--Applications-->
<Applications>
    <Application>
        <ApplicationName>Stock</ApplicationName>
        <BaseDirectoryPath>
        %BaseDirectoryPath%\Stock
        </BaseDirectoryPath>
        <ApplicationDefinitionFilePath>
        StockADF.xml
        </ApplicationDefinitionFilePath>
        <Parameters>
            <Parameter>
                <Name>DBSystem</Name>
                <Value>%System%</Value>
            </Parameter>
            <Parameter>
                <Name>NSSystem</Name>
                <Value>%System%</Value>
            </Parameter>
        </Parameters>
    </Application>
</Applications>

<!--Protocols-->
<Protocols>
    <Protocol>
        <ProtocolName>SMS</ProtocolName>
        <ClassName>Protocols.SMSProtocol</ClassName>
        <AssemblyName>SMS.dll</AssemblyName>
    </Protocol>
```

```
</Protocols>

<!--Delivery Channels-->
<DeliveryChannels>
  <DeliveryChannel>
    <DeliveryChannelName>EmailChannel</DeliveryChannelName>
    <ProtocolName>SMTP</ProtocolName>
    <Arguments>
      <Argument>
        <Name>User</Name>
        <Value>%User%</Value>
      </Argument>
      <Argument>
        <Name>Pwd</Name>
        <Value>%Pwd%</Value>
      </Argument>
    </Arguments>
  </DeliveryChannel>
  <DeliveryChannel>
    <DeliveryChannelName>CustomSMSChannel</DeliveryChannelName>
    <ProtocolName>SMS</ProtocolName>
    <Arguments>
      <Argument>
        <Name>User</Name>
        <Value>%User%</Value>
      </Argument>
      <Argument>
        <Name>Pwd</Name>
        <Value>%Pwd%</Value>
      </Argument>
    </Arguments>
  </DeliveryChannel>
</DeliveryChannels>

<!--Argument Encryption Flag -->
<EncryptArguments>false</EncryptArguments>

</NotificationServicesInstance>
```

创建应用程序定义文件

应用程序定义文件(ADF)对于每个通知应用程序来说都是必需的。ADF 保存用来定义应用程序的所有元数据,其中包括应用程序接受为输入的事件订阅的结构以及通知的框架。ADF 还设置关于指派的应用程序应该如何发挥作用的说明。

基本上需要设置 4 个主要的设置与元数据子集:应用程序设置、事件元数据、订阅元数据和通知元数据。下面将分别讨论这些子集。

应用程序设置

应用程序设置用来指定像处理发生时(或者在请求时或者按时间表)承载 Notification Services 的计算机那样的数据项。应用程序设置还文档化应用程序定义文件的关键元数据,其中包括该文件的修改设置。

这个信息包含在应用程序定义文件的若干节内。"应用程序设置"节包含以下节点:

- <Parameter Default>节点用来定义应用程序参数。请注意,也可以定义配置文件中的参数,并且这些定义优先于应用程序定义文件中的那些定义。
- <Version>节点允许跟踪版本信息,并有 4 个必需的子元素:<Major>、<Minor>、<Build>和<Revision>。
- <History>节点允许了解应用程序定义文件的创建时间和最后一次修改时间。它有 4 个必需的子元素:<CreationDate>、<CreationTime>、<LastModifiedDate>和<LastModified- Time>。
- <Database>节点是任选的。如果需要使用除了默认值 SQL Server 之外的设置创建应用程序数据库,则使用该节点。如果没有指定该节点,数据库引擎将使用 SQL Server 默认值。如果选择不指定应用程序数据库信息,还必须从应用程序定义文件中取消<Database>节点。有 4 个任选的子元素:<NamedFileGroup>、<LogFile>、<DefaultFileGroup>和<Collation- Name>。
- <Generator>设置决定哪个服务器承载产生器和产生器在处理应用程序时可以使用的线程数量。
- <Distributor>包含关于哪个服务器承载分发器、它多长时间运行一次以及它在处理工作项目时可以使用多少个线程的设置。
- <ApplicationExecution Settings>用来维护关于应用程序的执行信息。它包含 10 个任选的子元素:

  <QuantumDuration>
  <ChronicleQuantumLimit>
  <SubscriptionQuantumLimit>
  <ProcessEventsInOrder>
  <PerformanceQueryInterval>
  <EventThrottle>
  <SubscriptionThrottle>
  <NotificationThrottle>
  <DistributorLogging>
  <Vacuum>

事件元数据

Notification Services 要求应用程序接受的每个事件都必须得到定义。为此,需要在应用程序定义文件中将它们文档化为事件类。在使用 NSControl Create 命令设置通知应用程序时,事件类信息用来实现 SQL Server 对象(比如表和索引);这些对象将管理该事件类的数据。

还必须使用应用程序定义文件文档化应用程序所使用的任何事件提供者。

上述这些都是通过在应用程序定义文件中创建事件类来实现的。对于正在开发的每个应用程序,可以定义一个或多个事件类。

事件类信息存放在应用程序定义文件的/EventClasses/EventClass内。必须给每个所需的事件类都创建一个<EventClass>节点。

定义事件类的步骤如下:

1. 命名这个事件类。
2. 定义事件类中的各个字段。事件提供者使用这些定义验证其事件数据的有效性。此外,这些字段还用来为SQL Server中存放事件数据的表提供架构。
3. 如果愿意,可以指定该事件表应该创建到的SQL Server文件组。如果没有指定,事件表被自动创建在存放应用程序数据库的默认文件组中。
4. 如果需要索引该事件表,提供在事件表上创建一个或多个索引的T-SQL语句。
5. 如果希望在应用程序中利用事件年史表,定义一个年史编写规则,并将它关联到这个事件类。还将需要定义一个或多个年史表,并将它们关联到这个事件类。

说明: Notification Services存储过程NSDiagosticEventClass可以用来收集关于事件类的信息。

要定义事件提供者,可以按照下列步骤进行操作:

1. 命名这个事件提供者。
2. 如果正在定义一个受承载的事件提供者,无论标准还是自定义,都必须文档化这个事件提供者的类名。这一步对非承载事件提供者不是必需的。
3. 如果正在定义一个自定义受承载的事件提供者,记录这个事件提供者的程序集名。这一步对非承载事件提供者或标准事件提供者不是必需的。
4. 如果正在定义一个受承载的事件提供者,标识出运行Notification Services提供者功能的服务器。这一步对非承载事件提供者不是必需的。
5. 如果正在定义一个定期的受承载事件提供者,这一步只对定期的受承载事件提供者是必需的。这一步对事件驱动或非承载的事件提供者不是必需的。
6. 如果正在定义一个需要变元的受承载事件提供者,定义在事件提供者每次被初始化时应该传递给它的各个变元。这一步对不需要任何变元的事件提供者或对非承载事件提供者不是必需的。

说明: Notification Services存储过程NSDiagosticEventProvider和NSEventBatchDetails可以用来收集关于事件提供者和已提交事件的信息。

标准事件提供者

Notification Services携带了两个内部的标准事件提供者,以帮助开发人员快速开发和部署Notification Services应用程序。

"文件系统观察器事件提供程序":监视一个操作系统目录,当在该目录中加入一个XML文件时触发。它将文件内容读取到内存中,然后通过EventLoarder将事件信息写到事件表中。

"SQL Server事件提供程序":(1)或者使用开发人员定义来轮询一个数据库表以查询该

表上发生的修改和添加的 T-SQL 查询。然后,通过 Notification Services 提供的存储过程来创建基于这个已更新或新添数据的事件,并将这些事件写到事件表中。(2)或者使用一个静态或动态 MDX 查询从 Analysis Services 多维数据集中收集数据,并将数据作为事件提交给应用程序。

订阅元数据

订阅确定订阅方接收到什么通知和何时接收到这些通知。此外,订阅还可以保存与这些通知的目标设备有关的信息。例如,订阅方可以在上班期间让新闻警报发送到她或他的直接消息收发服务,在上下班期间让交通警报发送到她或他的移动电话。

如前所述,可以开发一个订阅管理应用程序作为 Notification Services 系统的一个构件,用来收集关于订阅方、订阅和订阅设备的信息。通过在应用程序定义文件中创建订阅类,可以定义 Notification Services 应用程序将接受的各种订阅类型。可以为正在开发的每个 Notification Services 应用程序定义一个或多个订阅类。

要定义订阅类,可以按照下列步骤进行操作:

1. 命名这个订阅类。
2. 定义这个订阅类包含的各个字段。这些字段将验证订阅管理应用程序所提供的任何订阅数据的有效性。Notification Services 还使用它们创建 SQL Server 订阅表来保存订阅数据。SQL Server 表创建发生在系统管理员使用 NSControl Create 或 NSControl Update 命令将该应用程序添加到 Notification Services 上的时候。
3. 如果不打算使用默认文件组(应用程序数据库所在的同一个文件组),则可以给订阅表指派 SQL Server 文件组。
4. 要索引订阅表(可选),提供在订阅表上创建一个或多个索引所需要的 T-SQL 语句。
5. 如果定义与这个订阅类相关联的事件规则,将有一个<EventRules>节点。请注意,必须在<EventRules>或<ScheduledRules>节点中定义至少一个通知产生规则,才能产生通知。
6. 如果打算定义与这个订阅类相关联的预定规则,将有一个<ScheduledRules>节点。如果想要产生通知,必须在<EventRules>或<ScheduledRules>节点中定义至少一个通知产生规则。
7. 如果希望或需要在应用程序中有订阅年史表,定义一个或多个订阅年史表并将它们关联到这个订阅类。这些订阅年史表保存供应用程序中使用的订阅数据。

说明:需要为已定义的每个订阅类都创建一个<SubscriptionClass>节点。

通知元数据

这时应该明白,Notification Services 的核心就是根据进入该系统的订阅和事件产生通知。它是利用一个订阅产生规则来完成这项任务的。订阅产生规则用来比较订阅信息与事件数据。

如上所述,订阅类既能提供事件驱动的订阅,又能提供定期的订阅。在创建订阅类时,必须创建用来处理这两种订阅类型之中的一种或两种的订阅产生规则,这取决于应用程序。一个特定的订阅无论是事件驱动的还是定期的,都决定该订阅的通知何时产生和传出,以及什么表用来提供通知产生规则中所使用的事件数据。

通知产生功能使用原始数据填充订阅表。在这个产生器完成功能之后,那些批处理立即变得可让分发方功能格式化。通知格式化功能聚合通知数据(由通知字段和接收人信息构成),然后针对这个数据的目标设备和指定地区适当地格式化这个数据。

此外,还需要指定用来传输格式化后的通知的通道。所有这些信息都在应用程序定义文件的 NotificationClass 中定义。

要定义通知类,可以按照下列步骤进行操作:

1. 命名这个通知类。
2. 定义这个通知类中的各个字段。这些字段提供可以发送给订阅方和用来创建 SQL Server 通知表(保存通知数据)的数据。
3. 如果不打算使用默认文件组(应用程序数据库所在的同一个文件组),可以给通知表指派 SQL Server 文件组。
4. 向内容格式化器声明这个通知类就是要使用的类(内容格式化器获取原始通知数据,并适当地格式化它以供显示)。
5. 指定这个通知类是否使用摘要传输。摘要传输是指通知产生规则为同一个订阅方一次产生的所有通知都作为单个通知来分组和处理。
6. 如果正使用 Notification Services 企业版,指定这个通知类是否使用多播传输。多播传输是指共享相同数据并处于相同分发方工作项内的所有通知仅格式化一次,然后将这个格式化后的数据发的给所有订阅方。
7. 如果正使用 Notification Services 企业版,给这个通知类的通知指定一个通知批处理大小。
8. 指定一个或多个用来传输通知的传输协议,其中包括指定这个传输协议创建消息所需要的头部或通知特有的其他消息。
9. 给这个通知类的通知指定一个使用截止时间。

使用 Management Studio 部署和管理通知服务

本章前面已经介绍了关于 Notification Services 的大量知识,几乎所有内容都与开发有关。但是,要让 Notification Services 变得有价值,必须得成功地部署它的所有构件。要部署 Notification Services,最简单的方法是通过 SQL Server Management Studio。SQL Server 2005 Notification Services 包含了一组样本应用程序,我们将通过它们演示各种步骤。在下面的例子中,我们将使用 Stock 样本。它提供事件驱动和定期的订阅。默认情况下,这些 Notification Services 样本被安装在 C:\Program Files\Microsoft SQL Server\90\Tools\ Samples\1033\ Engine\Notification Services 目录中。

说明:在运行 Stock 样本以前,确认你已经安装了 Notification Services。

1. 选择"开始"➤"程序"➤ Microsoft SQL Server 2005 ➤ SQL Server Management Studio。在得到连接提示时,连接到一个 SQL Server 2005 实例。
2. 在对象资源管理器中,右击 Notification Services 文件夹,并选择"新建 Notification Services 实例"菜单命令打开对话框。
3. 单击"浏览"按钮,然后从 Stock 样本的根文件夹中选择 appConfigure. xml 文件:C:\Program Files\Microsoft SQL Server\90\Samples\Notification Services\Stock\ InstanceConfig. xml。
4. 在"参数"框内的 SampleDirectory 字段中,键入 C:\Program Files\Microsoft SQL

Server\90\Samples\Notification Services\Stock\。

5. 在 NotificationServicesHost 字段中,键入本地服务器名(在本例中,我们将使用一个名为 GARAK 的服务器)。
6. 在名称为 SqlServer 的字段中,键入 SQL Server 实例的名称(在本例中,同样是 GARAK)。
7. 标记"创建实例后将其启用"复选框,然后单击"确定"按钮。

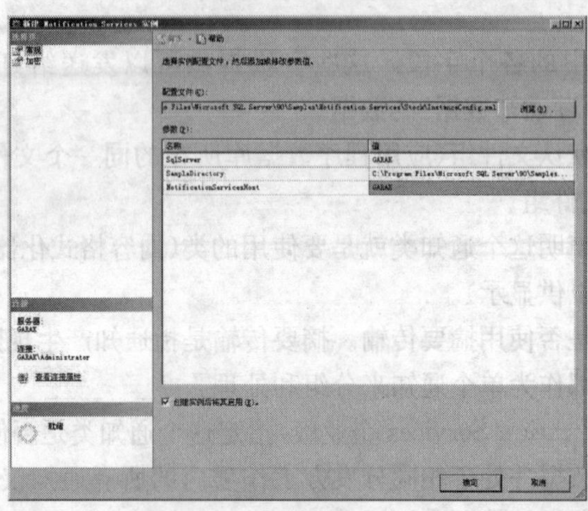

8. 在顺利地创建了实例之后,单击"关闭"按钮。
9. 由于 Notification Services 实例已经建成和启用,所以需要注册这个 Notification Services 实例,并创建运行 Notification Services 所需要的 Windows 服务。打开 Notification Services 文件夹,右击 StockInstance,指向"任务",然后选取"注册"。
10. 在"注册实例"对话框中,标记"创建 Windows 服务"复选框。这是本计算机上运行 Notification Services 实例的 Windows 服务。
11. 在"服务登录"下面,键入一个 Windows 账户和密码。这必须是一个本地、域或内部 Windows 账户,并且是本地计算机上 Users 组的成员。该服务将在这个 Windows 账户下面运行。如果使用 Windows 身份验证方式访问 SQL Server,该 Windows 服务也将使用这个账户连接到 SQL Server(Microsoft 推荐使用 Windows 身份验证)。

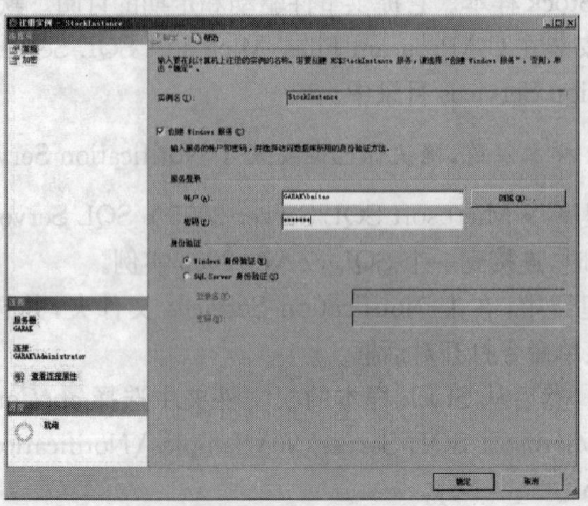

12. 单击“确定”按钮。当 Notification Services 注册完实例时,单击“关闭”按钮。
13. 在对象资源管理器中,展开“安全对象”文件夹。如果需要为该 Windows 服务创建一个新的数据库登录账户,右击“登录名”并选择“新建登录名”菜单命令,然后创建这个登录账户。要使用 Windows 身份验证方式,请选择“Windows 身份验证”单选框,并键入刚才注册实例时所指定的同一个 Windows 账户。

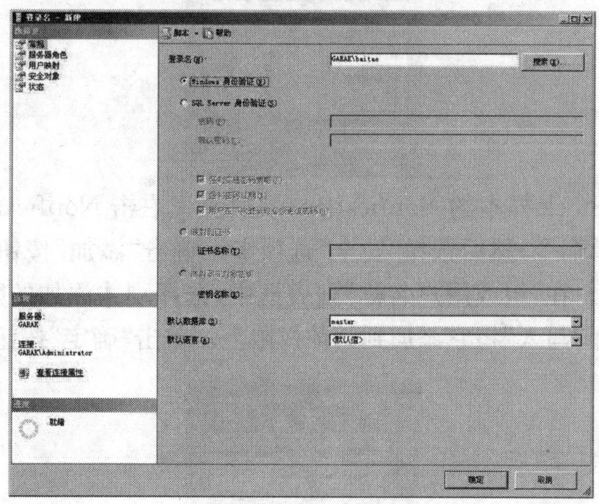

说明:如果该登录已经存在,只需右击登录 ID,选择“属性”菜单命令,然后在“登录属性”对话框中选择“用户映射”即可。如果该登录是新建的,那么在“登录属性”对话框的左窗格中选择“用户映射”。

14. 在“映射到此登录名的用户”区域,标记“映射”复选框来选取 StockInstanceNSMain。
15. 在“数据库角色成员身份:StockInstanceNSMain”区域,选择 NSRunService。
16. 在“映射到此登录名的用户”区域,标记“映射”复选框来选取 StockInstanceStock。
17. 在“数据库角色成员身份:StockInstanceStock”区域,选择 NSRunService。单击“确定”按钮应用这些权限。

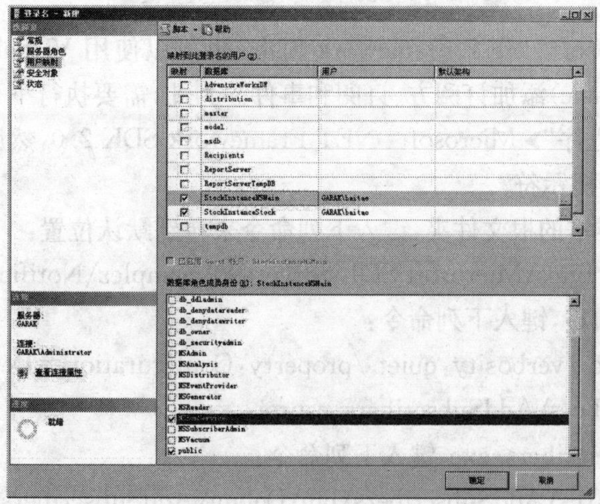

18. 在继续下去以前,我们需要配置 Events 文件夹的安全性。为此,使用 Windows 资源管理器导航到 Stock 样本的 Events 文件夹。右击 Events 文件夹,选择“共享和安全”

菜单命令,然后选择“安全”选项卡。单击“添加”按钮,添加 Windows 账户所使用的账户,然后给该账户指派“读取”和“修改”权限。单击“确定”按钮应用修改结果。

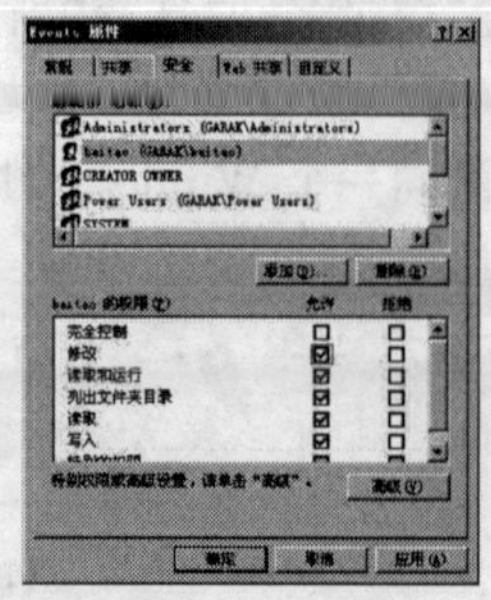

19. 接着,导航到 Stock 样本的 Notifications 文件夹。右击 Notifications 文件夹,选择“共享和安全”菜单命令,然后选择“安全”选项卡。单击“添加”按钮,添加 Windows 账户所使用的账户。在“组或用户名称”列表框中,选择刚才添加的账户。在“xx 的权限”列表框中,选择“写入”将它添加到其他权限上。单击“确定”按钮应用修改结果。

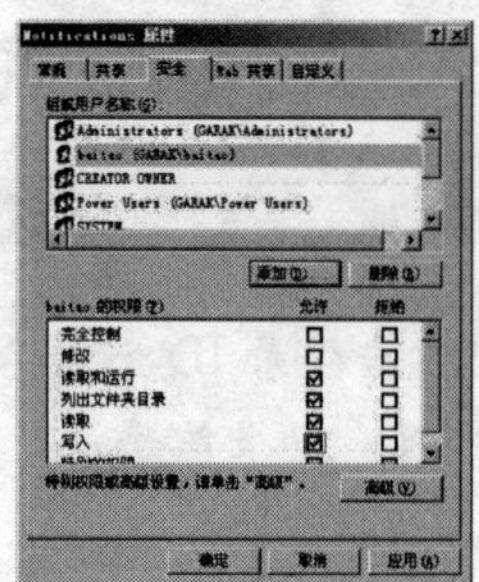

20. 在对象资源管理器中,打开 Notification Services 文件夹。右击 StockInstance,然后选择“启动”菜单命令(在 Windows Server 2003 中,操作系统将提醒你确认希望启动与实例有关的所有 Windows 服务,单击“是”按钮)。

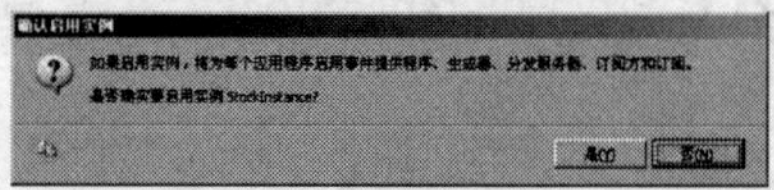

我们将使用 Microsoft .NET Framework SDK(也可以使用 Visual Studio 2005)和 C#(也可以使用 Visual Basic)添加订阅方、订阅和事件。为此,需要执行下列步骤:

1. 选择“开始”➤“程序”➤ Microsoft .NET Framework SDK 2.0,然后单击“.NET Framework SDK 命令提示符”。
2. 要到达 Stock 样本的根文件夹,键入下列命令来转到默认位置:
   cd C:\Program Files\Microsoft SQL Server\90\Samples\Notification Services\Stock\
3. 要创建订阅方项目,键入下列命令:
   msbuild /nologo /verbosity:quiet /property:Configuration=Debug AddSubscribers\cs\AddSubscribers\AddSubscribers.csproj
4. 要运行 AddSubscribers.exe,键入下列命令:
   AddSubscribers\cs\AddSubscribers\bin\Debug\AddSubscribers.exe
5. 要创建订阅项目,键入下列命令:
   msbuild /nologo /verbosity:quiet /property:Configuration=Debug AddSubscriptions

\cs\ AddSubscriptions\AddSubscriptions. csproj

6. 要运行 AddSubscriptions. exe，键入下列命令：
AddSubscriptions\cs\AddSubscriptions\bin\Debug\AddSubscriptions. exe
7. 要创建 NonHostedEventProvider 项目，键入下列命令：
msbuild /nologo /verbosity：quiet /property：Configuration＝Debug NonHostedEventProvider\vb\NonHostedEventProvider\NonHostedEventProvider. csproj
8. 要运行 NonHostedEventProvider. exe，键入下列命令：
NonHostedEventProvider\cs\NonHostedEventProvider\bin\Debug\NonHostedEventProvider. exe

---

使用 Visual Studio 2005

如果正使用 Visual Studio 2005，请执行下列步骤：
打开选择的解决方案文件(Stock. sln 或 Stock_VB. sln)。
运行 AddSubscribers 项目添加订阅方。
运行 AddSubscriptions 项目添加订阅。
运行 NonHostedEventProvider 项目添加一个使用非承载事件提供者的事件。

---

9. 要测试样本并产生通知，在 Windows 资源管理器中，导航到 Stock 样本的根文件夹，然后将 EventData. xml 文件复制到 Events 子文件夹。复制完成后，文件系统观察器事件提供者将从文件中读取数据，将数据提交给应用程序，然后将文件扩展名改为. done。

说明：如果在读取或提交数据时存在错误，该事件提供者将把文件扩展名改为. err。要了解该错误的附加信息，需要查看 Windows 事件查看器。

10. 给 Notification Services 一分钟左右的时间产生通知，然后导航到 Stock 样本的 Notifications 文件夹。会发现一个名为 FileNotifications. txt 的文件，该文件包含这个应用程序发送的所有通知。

小结

本章介绍了大量基础知识，如果觉得混乱和慌张，先不要太担心。需要记住的重点是 Notification Services 设计用来响应用户关于数据变化的指定请求。使用 Notification Services 的话说，Notification Services 根据订阅方的个别订阅给他们发送事件的通知。另外，本章还回顾并确定了 Notification Services 设计的基本简单性，使得这个服务为设计人员和开发人员提供了最大的灵活性。新增的特性允许我们将通知发送到各种各样的设备，甚至允许基于一天的时间定制那些通知。

本章还介绍了基本的体系结构，以及在开发自定义的通知应用程序时必须关心的两个主要文件：配置与应用程序定义文件。最后，创建并部署了一个 Notification Services 实例，这个过程是相当简单的，仅涉及几个基本的步骤。

第28章　报表服务

从本书前面的介绍中可以看出，SQL Server 2005 在帮助我们收集、存储、分析、调整、操纵、转换、重构以及执行与数据处理有关的几乎任何其他任务方面都做得非常出色。如果这就是数据和存放数据的数据库的全部有效使用，那么我们已经学完了。

然而，为了让信息具有一定的价值，信息需要被共享，一般以报表的形式出现。如果数据库处在一个商业环境中，它们也许包含关于销售、金融、生产、运输或者其他十几个领域之中的任何一个领域的信息。这些信息(有时称为商业智能)对企业是很重要的。事实上，如果商业智能无法变成一种有意义的形式提供给需要知道那些数据的人或根据那些数据制定决策的其他人，那么商业智能完全是一种能源的浪费。

最理想的情况是，我们应该有一种手段，用来保证我们能够从数据库中以格式、时限、安全和输出的多种不同组合提取信息，并以最小的争议将信息呈现给尽可能广泛的受众。

这就是 SQL Server Reporting Services 的用途。Reporting Services 提供一个环境，在这个环境中，我们可以从许多不同的数据源中创建许多种不同类型的报表。在建成报表后，就可以将这些报表部署到一个报表服务器上，然后由这个服务器在一个经过结构化的、安全可靠的环境中将这些报表变成可通过 Internet 加以利用的报表。"商业智能"与管理人员、工作人员、合作伙伴以及客户的这种轻松共享提供了公司级、国家级和全球性的交流。它使得我们能够使用来自关系型和多维度数据源的数据，并从那些数据中创建和管理自由式、表格式、矩阵式和图形式报表。这些报表可以基于来自 SQL Server、Analysis Services、Oracle 和任何.NET 的数据提供者(比如 ODBC)的数据。我们可以创建自定义的报表，也可以使用预定义的模型和数据源。

本章将讨论 Reporting Services，以及如何利用这些服务帮助最大化商业智能的优点。

报表服务的用途

从上面的介绍中可以发现，Reporting Services 在许多情况下都是一个宝贵的工具。在商业环境(或其他任何一个正在使用数据库的环境)中，Reporting Services 可以用来准备和分发信息给需要利用报表帮助制定决策以及评估风险和商机的用户，无论是日常报表还是特别报表。

让我们通过几个例子看看典型商业报表有什么需求。为了本讨论起见，我们将仔细分析一家虚构的卫生提供商 Gideon Healthcare 的各种需求。这家公司经营一家横跨美国东北和中西部地区的连锁医院。

Gideon Healthcare 的药厂供应部使用一个订单输入系统，该系统每隔 8 个小时更新一次库存数据库。但是，采购主任担心这个更新频率可能是不够的，因为大型订购或卫生事件的趋势突然改变了现有的可用存货，进而给各个采购主任造成了维持适当库存水平的压力。这些采购主任申请了一个新系统，要求这个新系统给主任们提供一个最新报表并将这个报表立即发送到他们的计算机，而且他们的计算机能够在上班时间更新库存数据库，使他们可以根据需要修改 1 小时内有变化的采购订单。报表应该尽可能快地同时发送到主任们的两台计算机。

使这件事情变得有点复杂的原因是 Gideon Healthcare 的药品仓库设在宾夕法尼亚，而库存系统则位于新罕布什尔。

另外，还要有人负责维护公司人力状况的信息，特别是各个药厂聘用的临时员工。这个信息在数据库中每日更新一次。涉及人力使用情况与预报的报表在公司总部每周打印一次，并通过邮件发给每个人力资源部主任。这些人事主任希望能够比较及时地获得人力数据，以便他们能够确定临时员工并有效地安排他们休假。这个报表应该可以从美国的任何地方通过 Internet 访问到，而且基于数据库中的数据。

公司的执行总裁有她自己的一套要求。她要求每天早晨 8 点钟给她提供公司关键方面的信息，比如决算表、库存状态、销售情况、人力水平和股票价格。这些信息需要符合一种适合打印出来的格式，以便它能够在每天早晨 9 点钟的例会上与高级管理人员共享。

从这些非常简单的示例中可以看出，人们实际上可能申请或需要无数种方式的报表。总的说来，报表往往分成两种类型。标准的定期报表以一种标准格式按一个标准时间表定期地出现，比如公司执行总裁要求的那种报表。第二种类型的报表是根据具体需要创建的特别报表。正如稍后将要介绍的，Reporting Services 包含了允许创建和细化这两种报表的工具，并且这些工具具有很大的灵活性。

最后，如果你是开发人员或高级用户，则可以利用 Reporting Services 技术将报表创建特性结合到自定义的应用程序中：或者通过 API 和编程，或者通过使用 Visual Studio 2005 中包含的 ReportViewer 控件（如果应用程序不需要报表服务器及其特性）。

报表综述

在深入探讨报表的创建和使用之前，需要对报表的基本知识有个全面了解。在开始实际创建报表以前，先了解这些特性、术语和工具将有助于创建更好的报表，以及更有效、更高效地管理 Reporting Services。

报表生存周期

每个报表都有一个报表生存周期，这个周期包括 3 个不同的活动：

报表创建 这是第一个阶段，指的是定义报表、报表属性、用户与报表的交互方式以及报表“感官效果”的过程。

要创建报表，第一步是连接到一个数据源并获取数据。这一步可以通过创建一个报表模型来指定要处理的数据，或者通过连接字符串和查询来完成。接着，创建报表布局。这可以通过使用先前存在的模板，或者通过从零开始创建自定义模板来实现。最后，预览报表，并在觉得满意时将报表部署到报表服务器上。

正如下面将要详细介绍的，Reporting Services 包含两个主要的创作工具，选择哪个工具取决于报表有什么要求和报表创作者的专业知识。“报表设计器”运行在 Visual Studio 内，因而是这两个工具中比较灵活、功能比较强大的一个，它适用于数据处理专业人员；但“报表向导”自动化了这个过程的绝大部分。“报表生成器”支持从关系型数据源中创建特别报表，适用于特别了解其数据的用户，但不一定适用于数据处理专业人员。

报表管理 一旦创建了报表并将它们发布到了报表服务器上，就需要管理它们，以及管理文件夹、资源、连接等相关对象。Reporting Services 允许从一个中央位置，即报表服务器上利用一组标准化工具执行这些管理——SQL Server Management Studio 或报表管理器。利用这些工具,可以执行大量任务,其中包括:

- 定义安全;
- 设置属性;
- 计划活动时间表;
- 启用服务器特性;
- 创建共享时间表和共享数据源。

Reporting Services 既允许用户管理报表,又允许报表服务器管理员管理报表。用户在 My Reports 中执行管理,这是用户可以发布和管理自定义报表的个人工作区。管理员可以管理整个报表服务器文件夹命名空间。

报表传输　报表生存周期的最后一项活动主要关注以两种形式将报表传输给终端用户:或者以书面形式,或者让用户能够访问到这些报表。Reporting Services 提供了访问和传输报表的两种基本方法。

请求式访问指的是用户在需要报表时,利用报表查看工具(比如报表管理器、SharePoint Web Part 或浏览器)通过搜索报表服务器文件夹分级结构来访问所需的报表。在 Gideon Healthcare 示例中,人事主任正要求创建请求式访问的报表。

另一种访问是基于订阅的。报表服务器管理员创建报表,然后这个报表在某个事件激活时自动传输到一个目的地。在 Gideon Healthcare 示例中,基于订阅的访问是采购主任要求的访问。这也是公司执行总裁要求的访问,她的情况是每天的指定时间。利用发送通知的形式,报表可以传输到电子邮件或共享文件夹中。

查看报表有许多种可以利用的选择,其中包括 HTML、MHTML、XML、CSV、TIFF、PDF 和 Excel。

关键术语

在开始实际创建报表以前,先熟悉与报表有关的关键术语也是很重要的。下一节将比较全面地介绍 Reporting Services 中的各种可用工具。你也许会发现,学习专用术语在某种程度上比使用这项技术困难。

报表定义　这是报表的蓝图,通常使用“报表设计器”或“报表生成器”创建。报表定义包括报表运行时需要提供的查询、格式和其他设计元素的相关信息。报表的定义使用 XML 格式,并保存在带有 RDL(报表定义语言)扩展名的文件中。

发布的报表　在 RDL 文件建成之后,将其发布到报表服务器上。报表发布可以通过利用“报表设计器”部署 RDL 文件,在“报表生成器”中保存它,然后经由“报表管理器”或 Management Studio 上载它来实现。发布的报表用一种中间格式保存,这种格式可以让用户能快速地访问这些报表。只有在“报表生成器”中创建和保存的报表才能被编辑和存回到报表服务器中。

渲染的报表　为了让发布的报表是可查看的,这些报表必须经过报表服务器处理。处理后的结果报表就称为渲染的报表,并以一种适合查看的格式包含数据和布局信息。报表的渲染是通过打开报表服务器上的已发布报表,或者通过渲染和发送报表到收件箱或共享文件夹以回复订阅来进行的。渲染的报表不能被编辑和存回到报表服务器上。

参数化的报表　这种类型的报表利用输入值来完成。Reporting Services 既支持查询参数(在数据处理期间用来选择或筛选数据),又支持报表参数(在报表处理期间一般用来筛选大型记录集)。

链接的报表 这种报表类型一般在需要创建现有报表的附加版本时使用。链接报表保持原始的报表布局和数据源属性,但兼顾原始报表的所有其他设置中的变化,比如安全、参数、订阅等。

报表快照 顾名思义,这种报表类型包含的数据是在某一时刻捕获的。这些报表通常是按时间表生成的,并保存在报表服务器上。它们有许多种用途,比如维护报表历史记录,为高度易失的数据创建标准化数据集,以及通过脱机运行它们来提高性能。

报表模型 用于通过"报表生成器"创建特别报表。报表模型提供基础数据库的用户友好描述。在使用"模型设计器"创建和发布报表模型到报表服务器上之后,报表模型允许用户创建他们自己的报表,用户不必具有如何创建查询、数据源连接、安全以及报表设计的其他专业方面的知识。报表模型可以理解为允许用户按部就班地生成报表的工具。

文件夹分级结构/报表服务器文件夹命名空间 可以交换地使用。这个术语指的是标识所有报表、文件夹、模型、共享数据源对象以及报表服务器上存储和管理的各种资源的命名空间。这个命名空间由预定义文件夹和用户定义的虚拟文件夹组成,如图 28.1 所示。这个命名空间可以通过 Web 浏览器或基于 Web 的应用程序来访问。

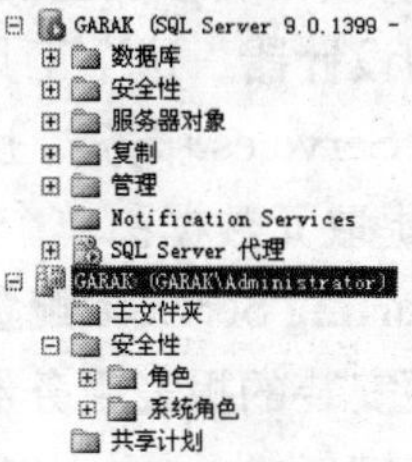

图 28.1 正显示预定义文件夹的报表服务器文件夹命名空间

关键构件

本节将介绍 Reporting Services 中的关键构件和工具。这些构件和工具包括:

- 报表服务器;
- 报表管理器;
- 报表设计器;
- 报表生成器;
- 模型设计器;
- Reporting Services 配置工具;
- 报表服务器命令提示符实用程序。

此外,Reporting Services 还支持各种编程接口,其中包括 Windows 管理规范(WMI)、简单对象访问协议(SOAP)和 URL 端点。

报表服务器 "报表服务器"是 Reporting Services 的主要处理构件。报表服务器的主要功能是处理报表,并让报表变成可以按请求或通过订阅进行访问。报表服务器也是管理和维护各种报表的地方。

报表管理器 是一个基于 Web 并运行在 Internet Explorer 内的访问与管理工具。"报表管理器"可以用来通过 HTTP 管理远程报表服务器,也可以用来查看和导航报表。使用"报表管理器"执行的关键任务包括浏览报表服务器文件夹、查看报表及其属性、订阅报表,以及访问 My Reports 文件夹(在个别用户的情况下)。它还可以用来管理报表服务器的文件夹分级结构,以及执行许多其他管理与维护任务,其中包括创建时间表和数据驱动的订阅。

说明:也可以使用 Management Studio 来管理报表,并使用 SQL Server Configuration

Manager 来维护报表服务器。

报表设计器 “报表设计器”基于 Visual Studio，并通过 BIDS 来访问。“报表设计器”可以用来创建表格、矩阵或自由形式的报表；前两种形式的报表也可以使用“报表向导”来创建。“报表设计器”的使用对象是 IT 专业人员和应用程序开发人员。

报表生成器 “报表生成器”是一个特别的报表创作工具，适用于需要简单、有效地生成特殊报表而又不必了解数据源结构的终端用户。终端用户可以基于一组叫做报表模型的模板快速生成和预览报表。“报表生成器”采用了一个容易使用的拖放式界面。创建报表不一定非使用 Visual Studio 不可，但由于“报表生成器”报表是使用 RDL 保存的，因此以后可以使用 Visual Studio 编辑和修改它们。

模型设计器 这个工具用来创建“报表生成器”中使用的报表模型。“模型设计器”连接到 Analysis Services 服务器上的数据源视图，或者连接到 SQL Server 关系型数据库(2005 或 2000)来提取元数据。单个报表中当前只能引用单个数据源视图。

Reporting Services 配置管理器 这个工具用来配置本地或远程报表服务器实例。使用纯文件选项安装的报表服务器必须用它来配置。“Reporting Services 配置管理器”可以用来执行下列关键任务：

- 创建和配置虚拟目录；
- 配置服务账户；
- 创建和配置报表服务器数据库；
- 管理加密密钥和初始化报表服务器；
- 配置电子邮件传输。

报表服务器命令提示符实用程序 有 3 个可以用来管理报表服务器的命令行实用程序。

rsconfig 实用程序用来配置与报表服务器数据库的报表服务器连接。它还加密连接值。

rskeymgmt 实用程序是一个多用途的加密密钥管理工具，可以用来备份、应用和重建对称密钥。此外，这个工具还可以用来将共享的报表服务器数据库附加到报表服务器实例上。

rs 实用程序用来运行对报表服务器数据库进行操作的 Visual Basic .NET 脚本。

创建报表

本节将介绍用 SQL Server 2005 Reporting Services 创建(或者说创作)报表所涉及的实际步骤。为此，我们将使用 SQL Server 携带的 AdventureWorks DW 样本数据库。前面曾经提过，有两个报表创作工具：报表设计器和报表生成器。

使用报表设计器

“报表设计器”创建报表的方式有 3 种。用户可以从空白报表开始，并添加他们自己的查询与布局。第二种方式是使用“报表向导”自动创建基于供给信息的表格式或矩阵式报表。最后一种方式是从 Microsoft Access 中导入现有报表。大多数时候，我们将使用“报表向导”，因为它简单和易于使用。

使用报表向导创建报表

1. 从“开始”➤“程序”➤ Microsoft SQL Server 2005 中，启动 Business Intelligence Devel-

opment Studio(BIDS)。

2. 选择“文件”➤“新建项目”，打开“新建项目”对话框。
3. 确认左窗格中的“商业智能项目”已被选中，右窗格中的“报表服务器项目向导”也已被选中。
4. 在“名称”文本框中，键入 ReportWizardExample，接受默认的“位置”和“解决方案名称”，然后单击“确定”按钮。

“报表向导”应该自动启动。

提示： 如果“报表向导”没有自动启动，可以通过打开“项目”菜单并选择“添加新项”菜单命令启动这个向导。作为选择，也可以右击解决方案资源管理器中的项目，并从弹出菜单中选择“添加”➤“新建项”菜单命令。这两种方法都将打开“添加新项”对话框。然后，选取“报表向导”，并单击“添加”按钮启动“报表向导”。

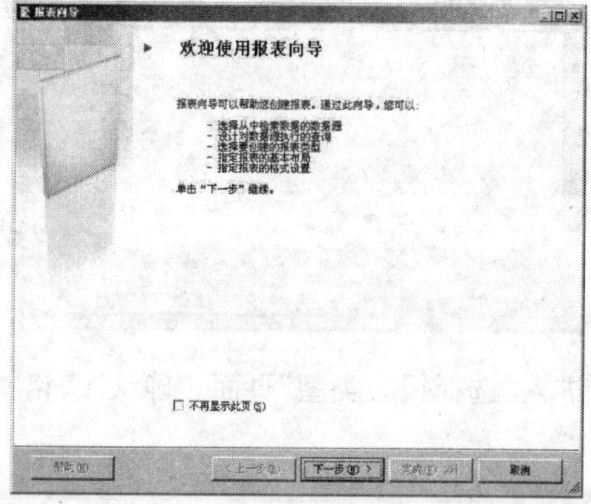

5. 在“欢迎使用报表向导”页面上，单击“下一步”按钮转到“选择数据源”对话框。选中“新建数据源”单选框，并确认类型设置为 Microsoft SQL Server。然后，单击“编辑”按钮打开“连接属性”对话框。
6. 在“服务器名”文本框中，键入 localhost；或者使用下拉按钮选取一个服务器。
7. 在“登录到服务器”中，确认“使用 Windows 身份验证”单选框被选中。
8. 在“连接到一个数据库”中，确认“选择或输入一个数据库名”单选框已被选中，并选择 AdventureWorksDW 数据库。“测试连接”按钮可以用来确认服务器和数据库的连接是否已建成。

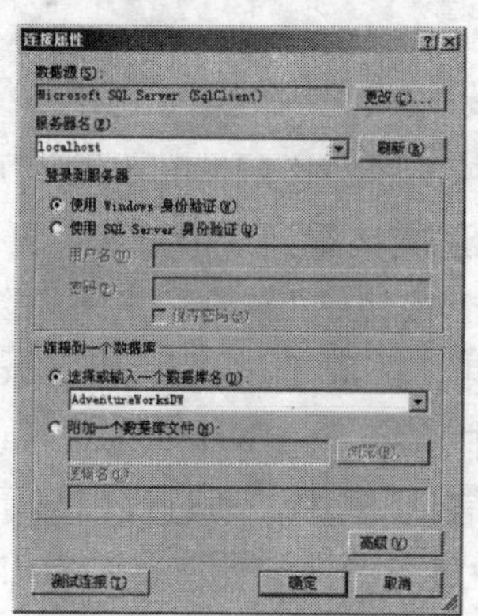

9. 单击“确定”按钮返回到“选择数据源”对话框。确认本地服务器和 AdventureWorks-DW 数据库已出现在连接字符串中。单击“下一步”按钮。

10. 在“设计查询”页面中,可以使用“查询生成器”设计查询。在本例中,我们将使用一个非常简单的查询来提供关于职员休假时间与病假时间的信息。为此,键入下列代码:

```
USE AdventureWorksDW
SELECT FirstName,LastName, DepartmentName,VacationHours, SickLeaveHours FROM
DimEmployee
```

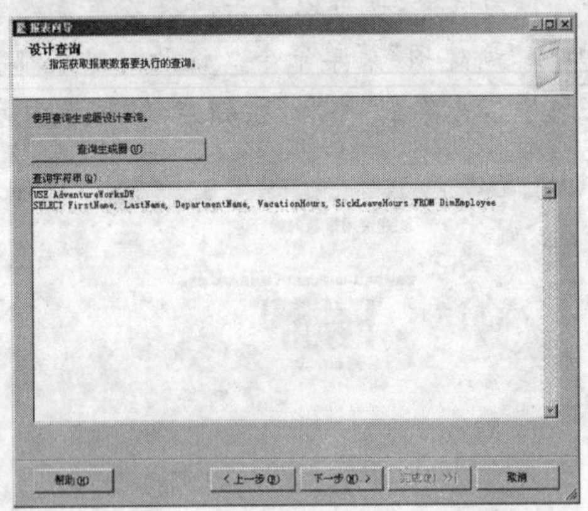

11. 单击“下一步”按钮进入“选择报表类型”页面。确认“表格格式”单选框被选中,然后单击“下一步”按钮。

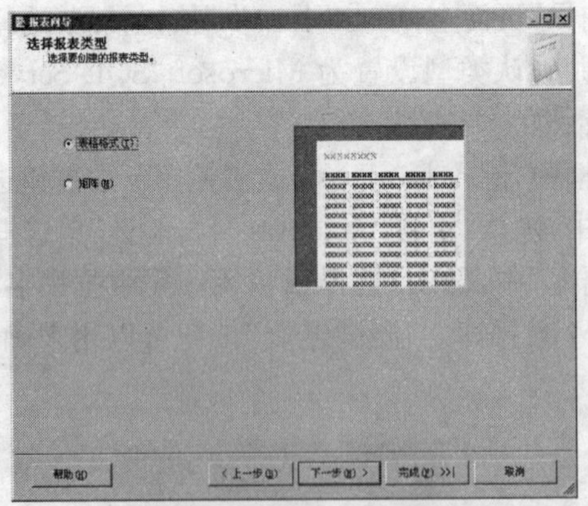

12. 在“设计表”页面中,应该在页面左边的“可用字段”中看到从 AdventureWorksDW 数据库中选定的 5 个字段。还应该看到 3 个按钮:“页面”、“组”和“详细信息”,它们用来指定要添加的字段;第 4 个按钮是“删除”,用来删除字段。在本例中,我们想按部门分组员工休假与病假信息。选取 DepartmentName 字段,然后或者单击“组”按钮,或者将它拖到“组”框中。将 FirstName、LastName、VacationHours 和 SickLeave-Hours 字段添加到“详细信息”框中。通过反白显示字段并进行拖动,可以修改它们的顺序。重新排列列表中显示的详细信息,使 LastName 第一个出现。单击“下一步”按钮。

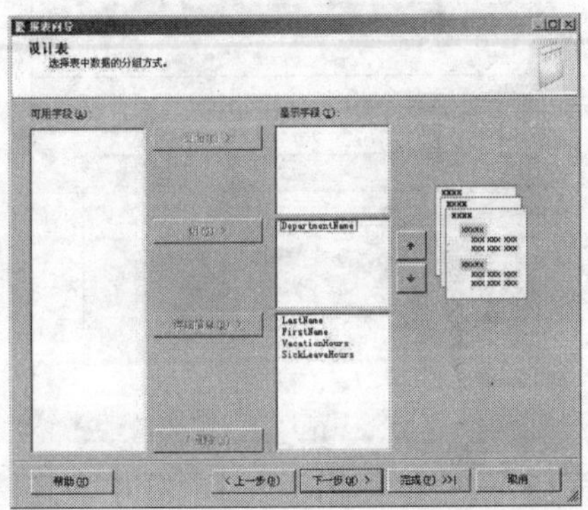

13. 在“选择表布局”页面中，可以选择多个选项，其中包括是否“启用明细”，以及是否“包括小计”。在本例中，简单地单击“下一步”按钮。

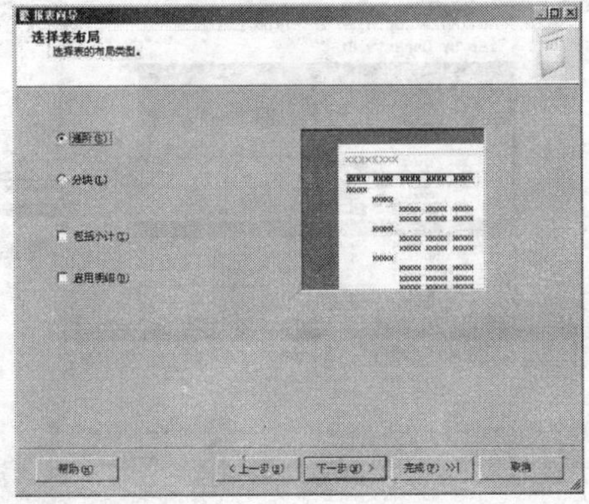

14. 在“选择表样式”页面中，选择“正式”。单击“下一步”按钮。

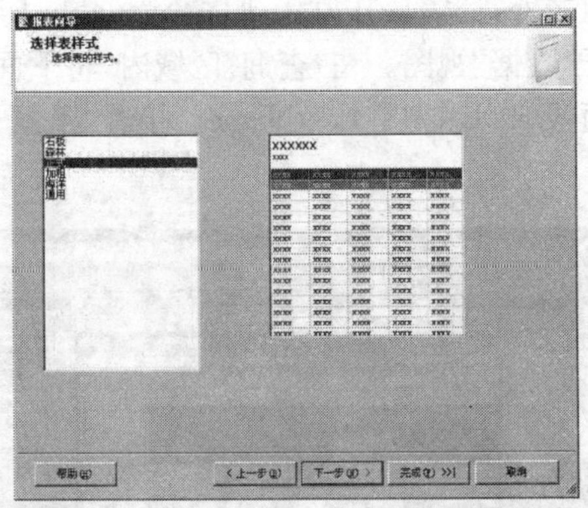

15. 在“选择部署位置”对话框中，接受报表服务器的默认位置和服务器上部署文件夹的默认位置。单击“下一步”按钮。
16. 在“完成向导”页面上，将报表命名为 Available Employee Vacation and Sick Time by Department。复查“报表摘要”的内容以确认各项是正确的。标记“预览报表”复选框，然后单击“完成”按钮。

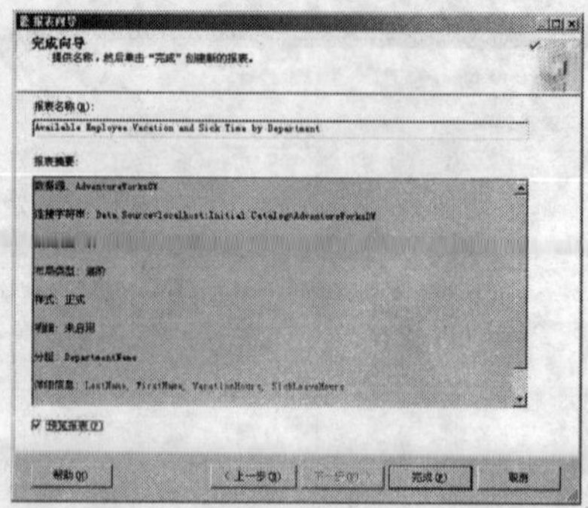

17. 几分钟后,报表处理完毕,一个预览出现在 BIDS 中。还应该注意到,在解决方案资源管理器中,报表已经添加到 ReportWizardExample 下的“报表”文件夹中。

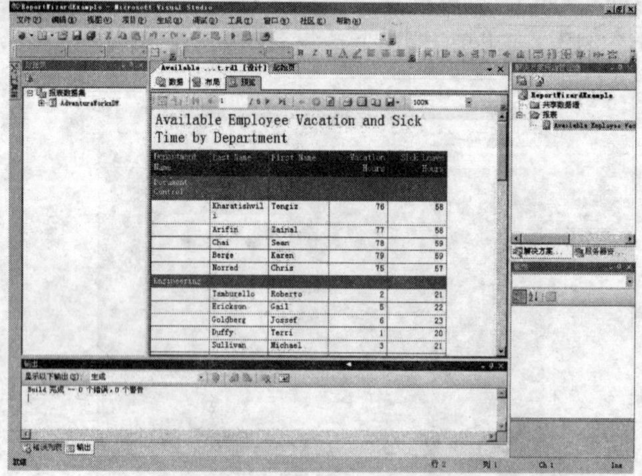

修改报表

使用“报表设计器”修改报表非常简单,可以对基础查询和报表布局进行修改。

1. 假设除了按部门分组之外,还需要按姓氏排序 Available Employee Vacation 报表。单击“数据”选项卡打开“数据”视图。在“查询”区域内,将下面一行语句添加到上面第 10 步中的查询的最后面:ORDER BY LastName。接着,重新运行该查询,然后打开预览并观察修改结果。

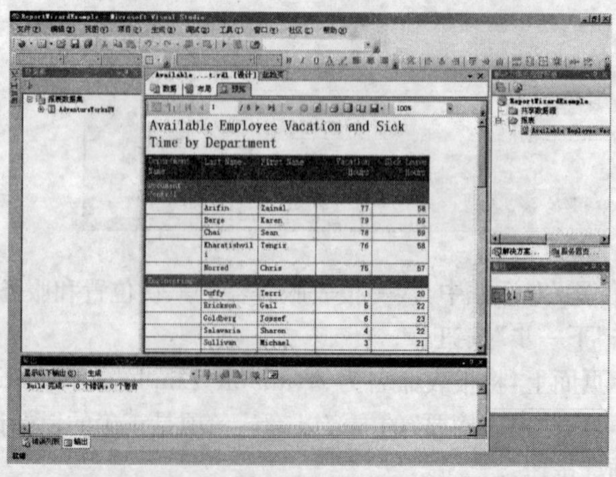

2. 修改报表布局也是相当简单的。选择“布局”选项卡，然后选择报表的“主体”部分。将光标移到 VacationHours 和 SickLeave 上方横条内的表列分割线上。当光标变成一个双箭头时，调整 VacationHours 列的宽度，使它同时显示 Vacation 和 Hours(1.4 英寸左右)。
3. 单击标题，并将它从 Available Employee Vacation and Sick Time by Department 改成 Employee Vacation and Sick Time。修改完毕后，报表布局看上去应该类似于下图所显示的样子。

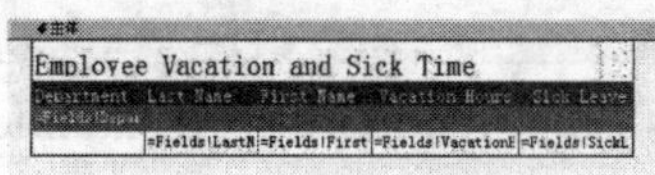

4. 还可以使用个别属性对话框调整和修改个别字段与报表构件。这些属性包括：
   - Display name
   - Associated tool tips
   - Visibility
   - Navigational elements
   - Font type、size、color、weight、decoration
   - Sorting
   - Actions
   - Placement on the Page
   - Alignment
   - Background and foreground colors

事实上，并不真正存在报表的元素，存在的仅仅是数据展示或美学。即便如此，仍可以通过操纵或修改来满足用户的要求。

使用报表设计器创建报表

“报表向导”也许能够解决用户的大部分要求，但它存在局限性。例如，“报表向导”不能用来创建自由格式的报表。在这样的情况下，就需要使用“报表设计器”来创建报表。这个工具可以用来创建具有许多种不同格式和元素的报表，比如：

- 文本框
- 表
- 矩阵
- 列表
- 图像
- 子报表
- 图表

本节将使用“报表设计器”创建一个简单的自由格式报表。

1. 从“开始”➤“程序”➤ Microsoft SQL Server 2005 中启动 BIDS。
2. 从“文件”菜单中，选择“新建项目”菜单命令，打开“新建项目”对话框。
3. 确认左窗格中的“商业智能项目”已被选中，右窗格中的“报表服务器项目”也已被选中。
4. 在“名称”文本框中，键入 ReportProjectExample，接受默认的“位置”和“解决方案名称”,然后单击“确定”按钮。

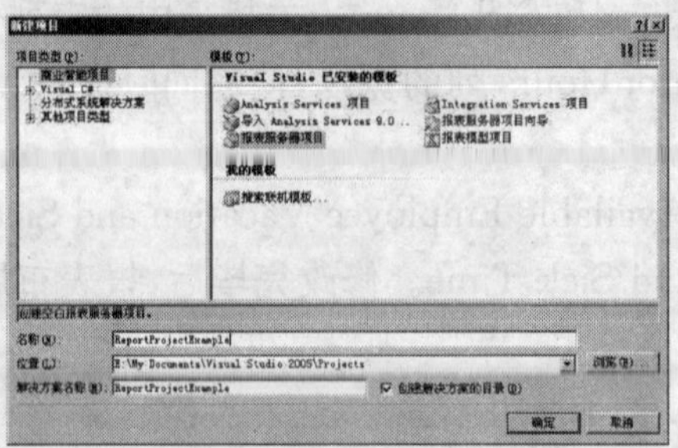

5. 在解决方案资源管理器中,右击 ReportProjectExample,并从弹出的菜单中选择“添加”➤“新建项”菜单命令。
6. 在“添加新项”对话框中,选择“报表”。

警告:确保选择“报表”,而不是选择“报表向导”。

7. 在“名称”文本框中,键入 ReportProjectExample.rdl,并单击“添加”按钮。

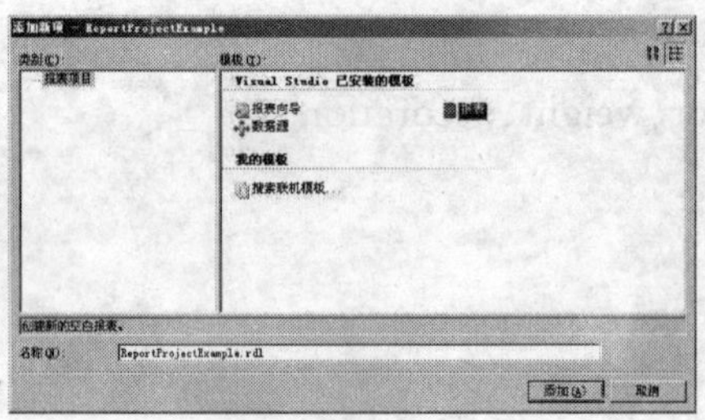

8. 为了创作一个报表,需要存在相关联的数据。我们将把 AdventureWorksDW 数据库关联到这个报表。在“报表设计器”窗口的顶端,首先确认“数据”选项卡被选中。
9. 在“数据集”下拉列表中,选择“<新建数据集…>”表项打开“数据集”对话框。单击“数据源”右侧的省略号按钮打开“数据源”对话框。接受默认名称,并保证 Microsoft SQL Server 出现在“类型”下面。然后,单击“编辑”按钮。
10. 在“服务器名”下拉列表框中,键入 localhost;或者使用下拉按钮选择一个服务器。
11. 在“登录到服务器”中,确认“使用 Windows 身份验证”单选框被选中。
12. 在“连接到一个数据库”中,确认“选择或输入一个数据库名”单选框已被选中,并选择 AdventureWorksDW 数据库。“测试连接”按钮可以用来确认与服务器和数据库的连接是否已经建成。

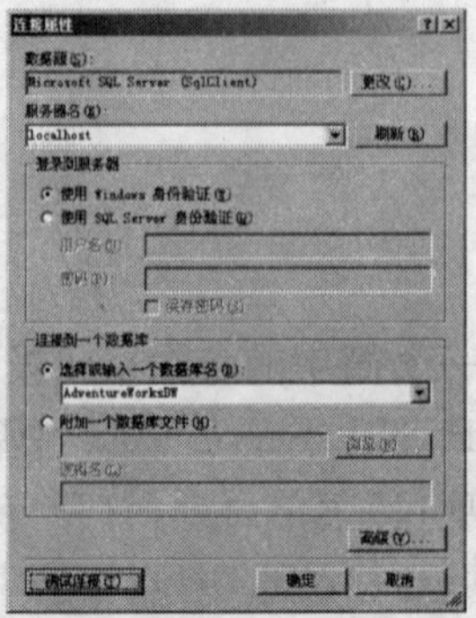

13. 单击“确定”按钮返回到“数据源”对话框。确认本地服务器和 AdventureWorksDW 数据库已出现在连接字符串中。单击“确定”按钮返回到“报表设计器”。
14. 现在,我们将创建一个操纵数据集的简单查询。在本例中,我们将使用上述“报表生成器”示例中的同一个查询。

```
USE AdventureWorksDW
SELECT FirstName,LastName, DepartmentName,VacationHours, SickLeaveHours FROM
DimEmployee
```

15. 现在,准备创建报表布局。在报表设计器窗口中,单击“布局”选项卡在“布局”窗口中显示空白报表网格。通过将光标移到某一条边或底边上,并在光标变成双箭头时单击和拖动,可以调整报表网格的大小。

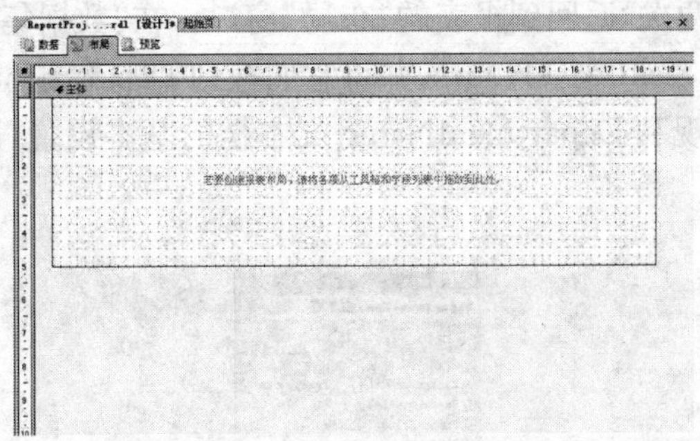

16. 选择“视图”➤“工具箱”菜单命令打开“工具箱”视图。还应该保证“数据集”视图是活动的,以便能够访问该字段。如果该视图不是活动的,选择“视图”➤“数据集”菜单命令或按 Ctrl+Alt+D 键打开它。
17. 在本例中,我们将创建一个简单的列表格式报表,用来按部门显示休假与病假时间。在“工具箱”视图中,选择“列表”项,并双击它。然后,展开该控件,使它和网格有同样的宽度,并有 8 个网点左右的高度。
18. 从“数据集”视图中选择 DepartmentName 字段,并将它放置在布局的左边。

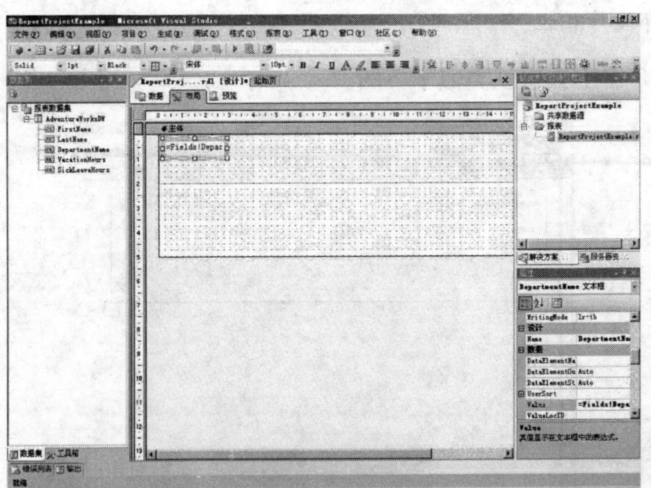

19. 在“列表”框内右击。从弹出菜单中选择“属性”菜单命令。在“列表属性”对话框中,选择“常规”选项卡,单击“编辑详细信息组”按钮。
20. 在“分组和排序属性”对话框的“表达式”列表中选择=Field! DepartmentName. Val-

ue,使这些值按部门进行汇总。

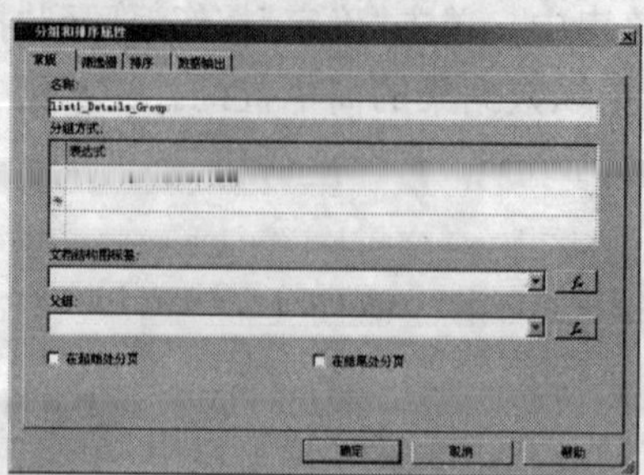

21. 在"排序"选项卡中,选择＝Field! DepartmentName. Value 和 Ascending 方向,使部门名称按字母顺序进行排序。
22. 单击"确定"按钮两次,返回到报表的"布局"窗口。在"数据集"视图中,选择 VacationHours,然后选择 SickLeaveHours,并将它们拖到 DepartmentName 框的右侧。
23. 要更改字体的外观和 DepartmentName 文本框的基本设置,选取该文本框,然后单击"属性"图标。

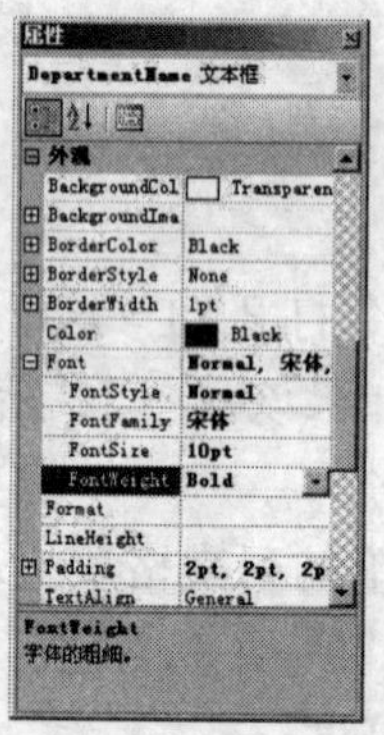

提示: 通过选取控件,右击,然后从弹出的菜单中选择"属性"菜单命令,还可以修改许多但并非全部设计属性。

报表"布局"窗口看上去应该类似于下图。

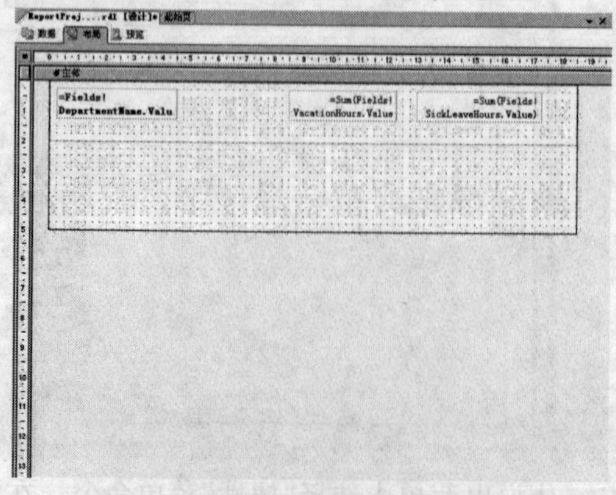

24. 在继续下去以前,从菜单栏中选择"文件"➤"全部保存"菜单命令。
25. 单击"预览"选项卡,效果看上去应该类似于下图。

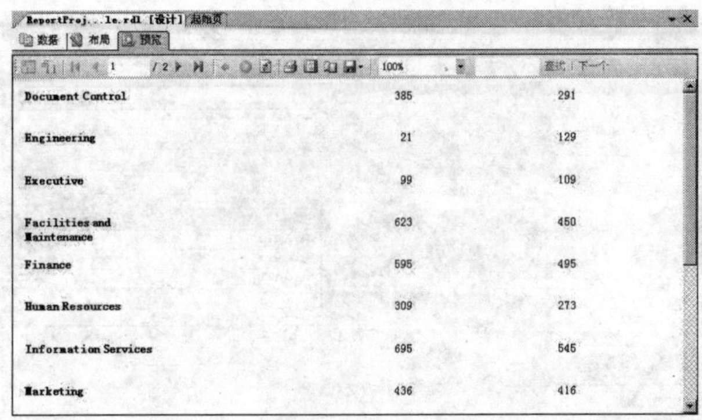

可以看出，这个报表缺少许多应有的特性，比如列标题等。创建和使用这些元素取决于具体的需要和它们在个别报表设计中怎样体现。添加各种设计元素不是很困难，但所有这些特性的详细介绍不在本书的范畴之内。

创建参数化报表

也可以给报表添加参数，以控制报表包含什么数据。报表参数可以用来将值传递给基础查询和筛选器，或者用做计算报表内数据的变量。报表参数可以用来添加对报表的排序方法。一般说来，在用户运行报表时，报表给用户显示一个用来填写值的框，但报表也可以使用一个自动应用的默认值，因而无需任何直接的用户输入。需要说明的是，不能在预览模式下完成下面这个练习。

要给 ReportProjectExample 报表添加参数，可以按照下列步骤进行操作：

1. 从菜单栏上选择“报表”➤“报表参数”菜单命令。单击“添加”按钮。
2. 在“名称”文本框中键入 ParameterExample1。
3. 在“数据类型”下拉列表框中，可以使用下拉按钮从 Boolean、DateTime、Integer、Float 和 String 中挑选。保留 String 设置。
4. 接着，在“提示”文本框中键入 Text Next to Parameter Text Box。当用户运行该报表时，这个字段中的文本将显示在参数文本框的旁边。
5. 通过选择“允许空白值”，允许该参数包含空白值。
6. 在“可用值”部分，选择“无查询”单选框。这个设置允许提供一个静态的值列表，以便用户可以从该列表中挑选一个值。如果选择了“来自查询”单选框，这个设置将提供一个由查询返回的动态列表。

   “标签”属性包含要显示给用户的文本，而“值”是要传递给报表服务器的参数值。创建 3 个标签：Example 1、Example 2 和 Example 3，并给它们分别指派值 1、2 和 3。

说明：如果选中了“来自查询”单选框，显示给用户的将是用于“数据集”、“值字段”和“标签字段”的文本框。通常，用于这个选项的数据集是专门为特定报表参数而创建的。

7. 在“默认值”部分，可以选择下列 3 个选项之一：
   - “无查询”设置提供一个静态的默认值；
   - “来自查询”设置提供一个由查询返回的动态默认值；
   - “空值”设置不提供任何默认值。

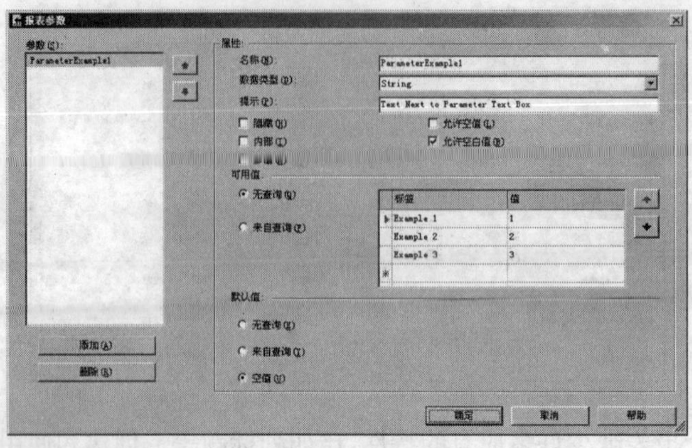

8. 单击“确定”按钮。

至此,我们已经顺利地添加了一个报表参数。由于在本章的剩余部分,我们不打算在这个报表中使用参数,所以你需要确认这个新参数是存在的,并删除它。

1. 从菜单栏中选择“报表”➤“报表参数”菜单命令。
2. 确认 ParameterExample1 出现在列表中。反白显示它并单击“删除”按钮。
3. 单击“确定”按钮。
4. 关闭 BIDS。

说明:在创建包含查询参数的查询时,报表参数基于查询参数的名称自动生成。

导入 Microsoft Access 报表

使用“报表设计器”创作报表的另一种方法是,导入 Microsoft Access 数据库内的现有报表。除了能够使用早已存在的报表之外,还可以使用“报表设计器”修改已导入的报表。

1. 从“开始”➤“程序”➤ Microsoft SQL Server 2005 中启动 BIDS。
2. 打开一个现有项目,或者创建一个用来导入报表的新项目。要创建新的项目,选择“文件”➤“新建项目”菜单命令,打开“新建项目”对话框。
3. 选择“报表服务器项目”,给新项目指派一个名称,指定默认的“位置”和“解决方案名称”,然后单击“确定”按钮。
4. 在“项目”菜单上,指向“导入报表”菜单项,然后单击 Microsoft Access。作为选择,也可以在解决方案资源管理器中右击项目,并选择➤“导入报表”➤ Microsoft Access 菜单命令。

警告:除非已经在装有“报表设计器”的计算机上安装了 Microsoft Access XP 或较新版本,否则将不显示“导入报表”选项。

5. 在“打开”对话框中,选择包含待导入报表的 Microsoft Access 数据库(.mdb)或项目(.adp),然后单击“打开”按钮。任何错误都将出现在“任务列表”窗口中。
6. 在导入过程结束时,来自 Microsoft Access 数据库的报表出现在解决方案资源管理器中。下列插图显示了从 NorthWind 数据库(.mdb)中将报表导入到 AccessImport 报表项目中的结果(NorthWind 是 Microsoft Office 2003 携带的样本数据库)。

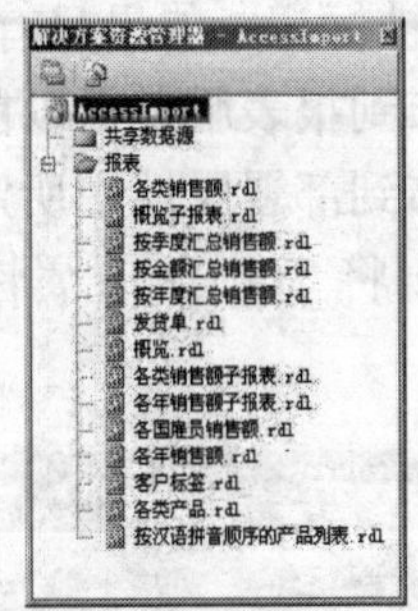

7. 在将报表添加到报表项目上之后，如果愿意，可以修改该报表，也可以将它部署到报表服务器上。

说明: Reporting Services 不支持任何 Access 报表对象。没有转换成功的元素显示在“任务列表”窗口中。

发布报表到报表服务器

在对报表或报表项目感到满意之后，就可以从 BIDS 中将它们发布到报表服务器上了。事实上，能够让用户访问到报表的惟一途径就是将它们发布到一个报表服务器上。

发布报表由两个不同的步骤组成:生成和部署。在生成报表或报表项目时，它们只生成，但不部署或显示。如果希望在部署报表到报表服务器上以前先检查报表中的错误，这个特性非常有用。

在本例中，我们将发布刚才使用“报表向导”创建的 Available Employee Vacation and Sick Time 报表。首先生成这个报表，然后将它部署到报表服务器上。

1. 从“开始”➤“程序”➤ Microsoft SQL Server 2005 中启动 BIDS。选择“报表服务器项目向导”项目，或者选择“文件”➤“打开项目”➤ ReportWizardExample. sln。
2. 在解决方案资源管理器中，右击 ReportWizardExample 项目，并从弹出的菜单中选择“属性”菜单命令。
3. 将“配置”设置为 Production。
4. 确认 TargetReportFolder 值已设置为 ReportWizardExample。必须拥有目标文件夹上的发布权限才能将报表发布到该文件夹上面。
5. 在 TargetServerURL 中，键入 http://localhost/reportscrver。单击“应用”按钮。

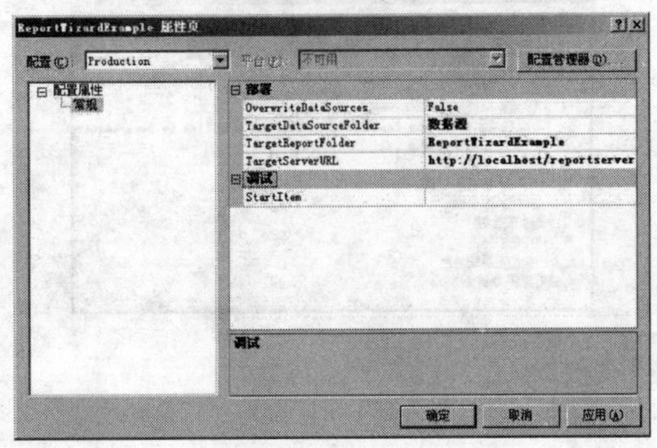

6. 单击“配置管理器”按钮。将“活动解决方案配置”设置为 Production。
7. 在“项目上下文”中，确认 ReportWizardExample 报表的“配置”设置是 Production。确

认“生成”和“部署”复选框已经被标记。如果只有“生成”复选框被标记,“报表设计器”生成报表项目,并在预览和发布到报表服务器以前检查错误。如果“部署”复选框被标记,“报表设计器”会将报表发布到部署属性中所定义的报表服务器。如果“部署”复选框没有被标记,“报表设计器”则将 StartItem 属性中指定的报表显示在本地预览窗口中。

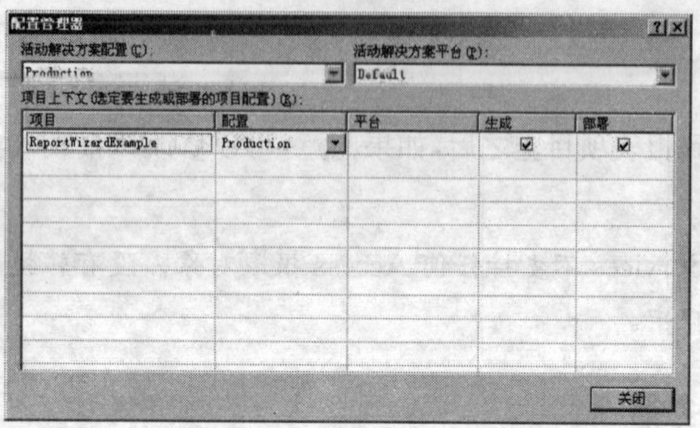

8. 单击“关闭”按钮,单击“确定”按钮。
9. 从菜单栏中选择“生成”➤“部署 ReportWizardExample”菜单命令;作为选择,也可以右击该报表,并从弹出的菜单中选择“部署”菜单命令。
10. 部署期间的状况将显示在“输出”窗口中。

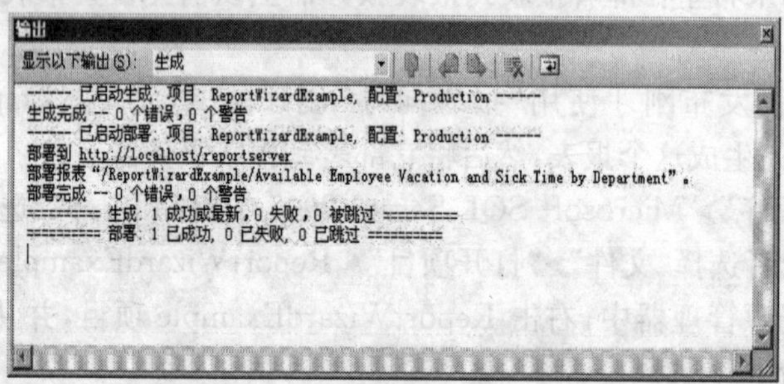

11. 请注意,一旦部署过程结束,报表就出现在它自己的文件夹中(这个文件夹在 Management Studio 的对象资源管理器窗口中)。正如本章稍后将要介绍的,这个报表也可以由其他终端用户通过 Web 浏览器来访问和查看。

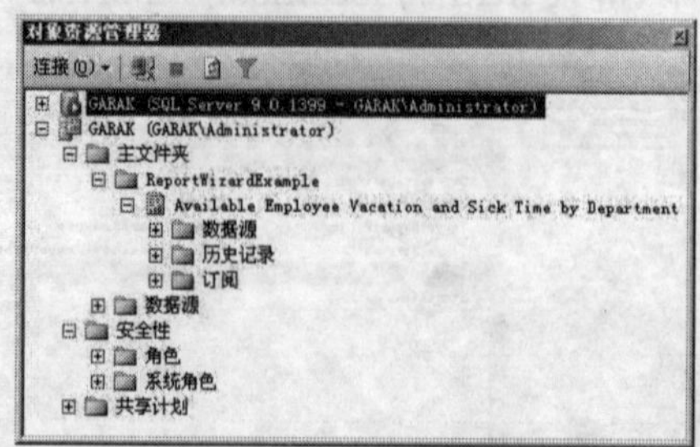

创建报表模型

报表创建过程中使用的另一个工具是“报表生成器”,适合终端用户使用。终端用户不必是开发人员或者精通基础数据结构,但必须熟悉数据并有理由创建特别报表。

一般说来,用户创建报表是通过从预定义的报表模型中将字段拖到预设计的报表布局模板上来完成的。

要在"报表生成器"中创建报表,需要至少一个可用的报表模型。报表模型项目包含数据源的定义(.ds 文件)、数据源视图的定义(.dsv 文件)以及报表模型(.smdl 文件)。本节将创建一个叫做 ModelExample 的报表模型。

1. 从"开始"➤"程序"➤ Microsoft SQL Server 2005 中启动 BIDS。
2. 从"文件"菜单中选择"新建项目"菜单命令,打开"新建项目"对话框。
3. 确认左窗格中的"商业智能项目"已被选中,右窗格中的"报表类型项目"也已被选中。
4. 在"名称"文本框中,键入 ModelExample,接受默认的"位置"和"解决方案名称",然后单击"确定"按钮。

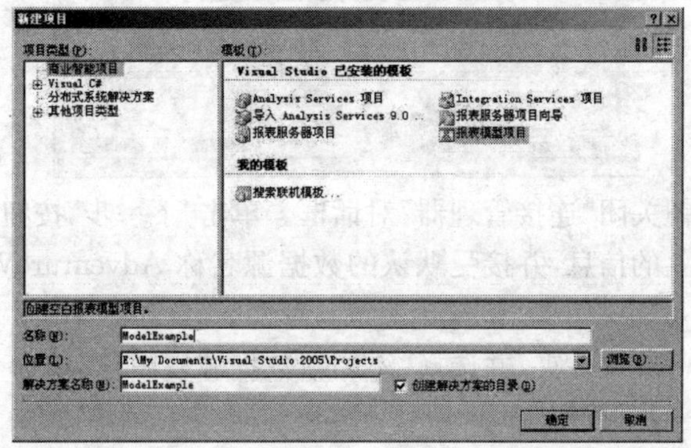

5. 这个"报表模型"项目模板自动建成,并且解决方案资源管理器中增加了"数据源"、"数据源视图"和"报表模型"文件夹。
6. 右击"数据源"文件夹,选择"添加新数据源"菜单命令启动"数据源向导"。单击欢迎界面上的"下一步"按钮。
7. 在"选择如何定义连接"页面中,确认"基于现有连接或新连接创建数据源"单选框处于选中状态,然后单击"新建"按钮打开"连接管理器"对话框。

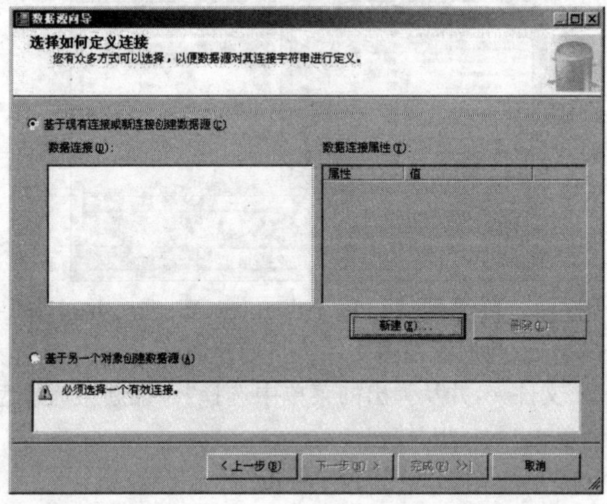

8. 在"服务器名"文本框中,键入 localhost。

9. 在"连接到一个数据库"部分,从"选择或输入一个数据库名"下拉列表框中选择 AdventureWorks 表项。

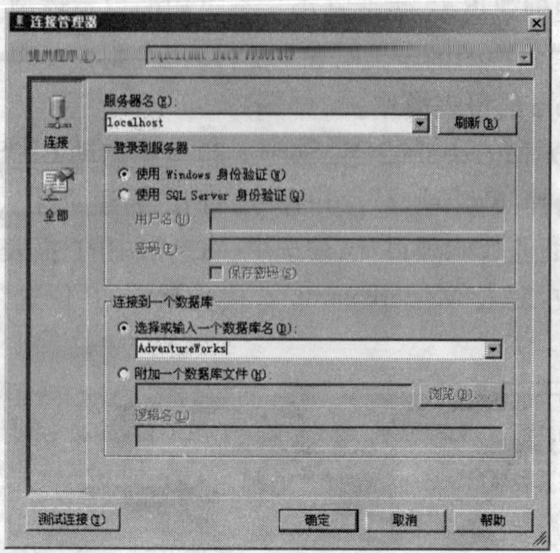

10. 单击"确定"按钮关闭"连接管理器"对话框。单击"下一步"按钮转到"完成向导"页面。复查这个页面上的信息,并接受默认的数据源名称 AdventureWorks。单击"完成"按钮。
11. 右击"数据源视图"文件夹,并选择"添加新数据源视图"菜单命令启动"数据源视图向导"。单击"下一步"按钮。
12. 选择 AdventureWorks 数据源,然后单击"下一步"按钮。
13. 在"选择表和视图"页面中,选择 Production. Product 和 Sales. SalesOrderDetail。单击"添加相关表"按钮添加相关表 Sales. SpecialOfferProduct 和 Sales. SalesOrderHeader 表。

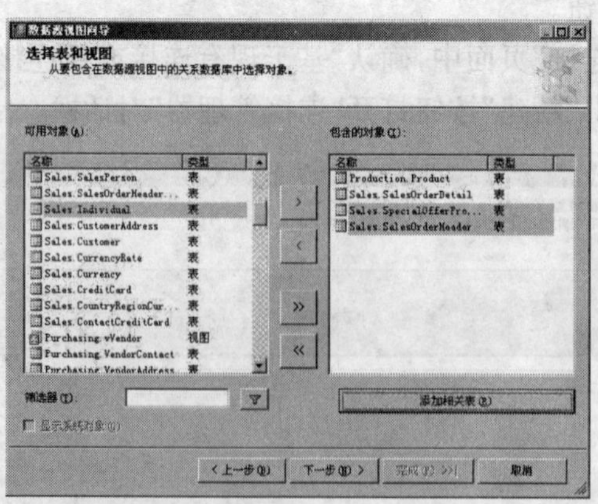

14. 单击"下一步"按钮。接受默认名称 AdventureWorks,并单击"完成"按钮。向导关闭,AdventureWorks 数据源视图文件将自动建成。
15. 右击"报表模型"文件夹,并从弹出的菜单中选择"添加新报表模型"菜单命令启动"报表模型向导"。单击"下一步"按钮。
16. 选择 AdventureWorks 数据源视图,并单击"下一步"按钮。
17. 在"选择报表模型生成规则"页面中,查看各种规则。请注意,这是两遍之中的第一遍。在第一遍中,"报表模型向导"创建叫做实体的对象;第二遍细化模型。接受默认值,并单击“下一步”按钮。

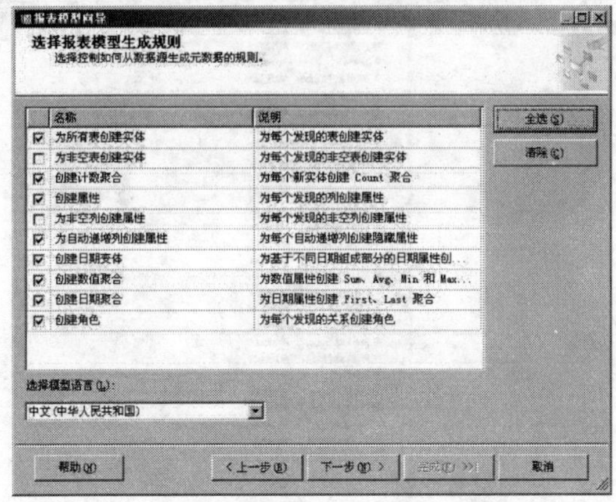

18. 由于“报表模型向导”依赖正确的数据库统计信息来产生模型内的一些设置，所以应该选择“在生成前更新模型统计信息”选项。然后，单击“下一步”按钮。

提示：无论是第一次还是每当数据源视图发生变化时运行“报表模型向导”，始终都应该选择“在生成前更新模型统计信息”选项。

19. 在“完成向导”页面上，将报表模型命名为 AW ModelExample。这个模型名称是终端用户识别模型的手段，因此应该具有足够的描述性，使它的用途一目了然。单击“运行”按钮产生报表模型。

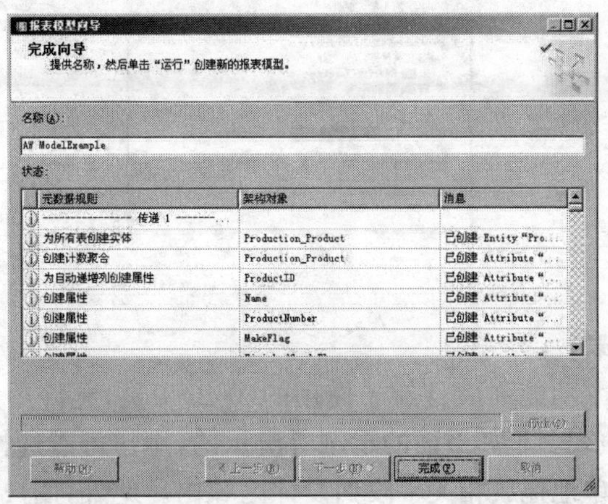

20. 单击“完成”按钮关闭“报表模型向导”。

在转到下一步以前，我们先回顾一下 AW ModelExample 报表模型。请注意，模型内的所有实体和文件夹现在都显示出来了。选择实体将显示出该实体内所包含的字段、文件夹和角色的列表。在选择了模型名称时，可以通过右击来添加实体、透视和文件夹。在选择了实体时，可以通过右击来添加一个文件夹、源字段、表达式和角色。另外，还可以通过“属性”对话框更改属性（比如分类顺序）。还可以在实体中添加和删除角色，以及在报表模型中添加实体。还可以通过右击实体并从弹出的菜单中选择“删除”菜单命令删除不想要的实体。

说明：基于表达式的属性前缀一个磅符号（#），标准属性则由一个“a.”指出。

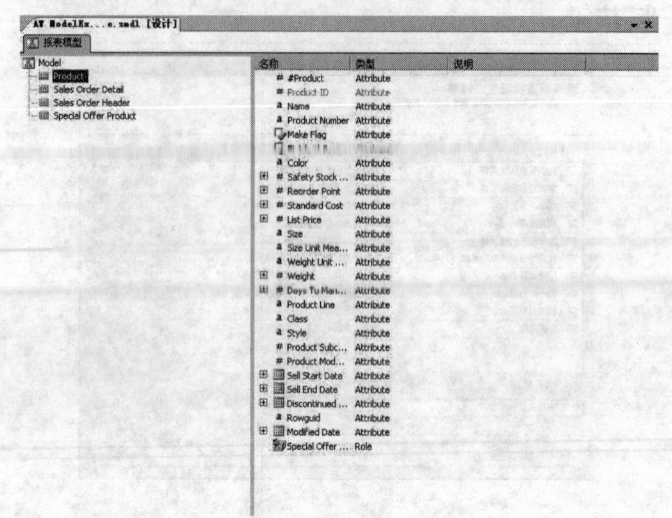

21. 从前一个示例中已经得知,为了让终端用户可以访问报表或报表模型,必须将它发布到报表服务器上。在解决方案资源管理器中,右击 AW ModelExample 报表模型,并选择"部署"菜单命令。然后,该模型将通过使用我们配置 BIDS 时指定的 TargetServerURL 被发布到报表服务器上。如果遇到任何错误或警告,它们显示在"输出"窗口内。一旦模型部署完毕,模型连同模型中所使用的新建数据源就会出现在"报表服务器"内的"模型"文件夹之中,如下图所示。

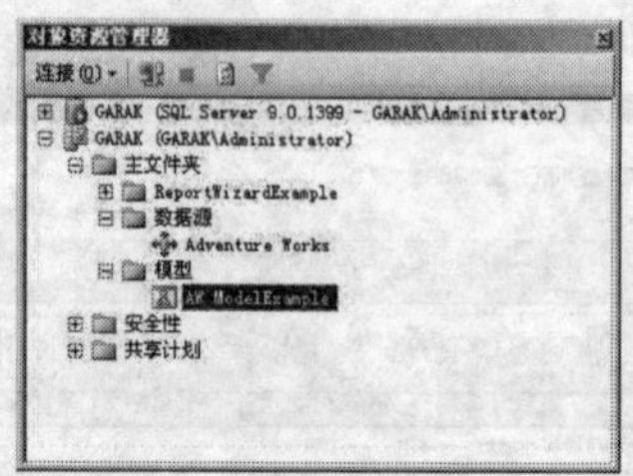

使用报表生成器创建报表

"报表生成器"是一个功能强大且易于使用的 Web 工具,允许用户基于报表模型创建表格、矩阵或图表格式的报表。正如下面的示例所演示的,用户可以选择一个报表布局模板,并且这个模板允许用户简单地拖放相关字段到设计区域内。此外,用户还可以通过应用公式来筛选、分组、排序或修改数据,可以指定参数。当然,还可以使用颜色、字体和其他设计元素格式化报表,可以将报表保存到服务器上或导出为一种不同的文件类型(比如 PDF 或 Excel)。"报表生成器"可以在任何一台客户计算机上使用。

在本例中,我们将创建一个简单的、按产品和年份排序的、矩阵格式的销售表格。

1. 要打开"报表生成器",需要启动"报表管理器"。打开 Internet Explorer,在地址栏中键入 http://＜Web 服务器名＞/reports,其中＜Web 服务器名＞是报表服务器的名称。
2. 打开"报表管理器"。选取"报表生成器",当客户第一次调用"报表生成器"时,相关文件和文档将下载到客户计算机上。

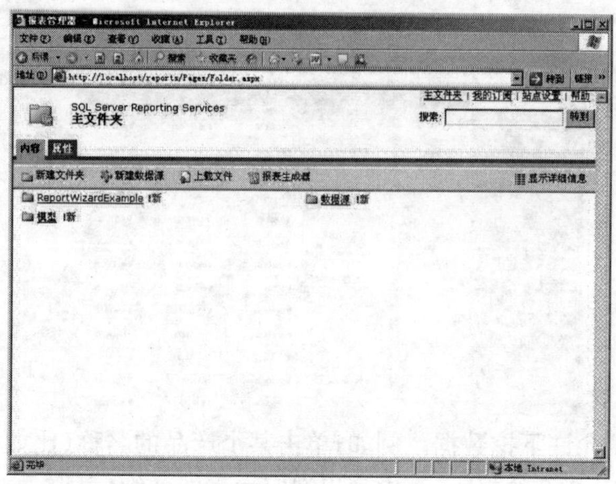

3. 在“报表生成器”打开后，从“新建”列表中选择 AW ModelExample。
4. 从“报表布局”选项组中选择“矩阵”布局。单击“确定”按钮。
5. 选择 Product 实体。在“字段”窗格中，选择 Name，并将它拖到矩阵上的“拖放行组”区域内。应该注意到，“资源管理器”窗格已经变成一个树形视图，其中显示已定义的实体角色，根级为 Product 实体，Special Offer Product 为子对象，而 Sales Order Detail 和 Sales Order 为更低一级的子对象。
6. 单击 Sales Order Detail，并将“Line Total 的总计”聚合属性拖到矩阵上的“拖放总计”区域内。由于这些值是货币形式的，所以右击“Line Total 的总计”字段，并从弹出的菜单中选择“格式”菜单命令。在“数字”选项卡上，选择货币样式；在“对齐”选项卡上，将“水平”设置为“居中”。
7. 选择 Sales Order 实体，并展开 Order Date 文件夹。将“Order Date 年”属性拖到“拖放列组”区域内。右击“总计”左侧的数字，并将“水平”对齐方式设置为“居中”。添加标题 Product Sales Orders by Year，并调整表单元的大小。现在，表应该类似于下面的插图。

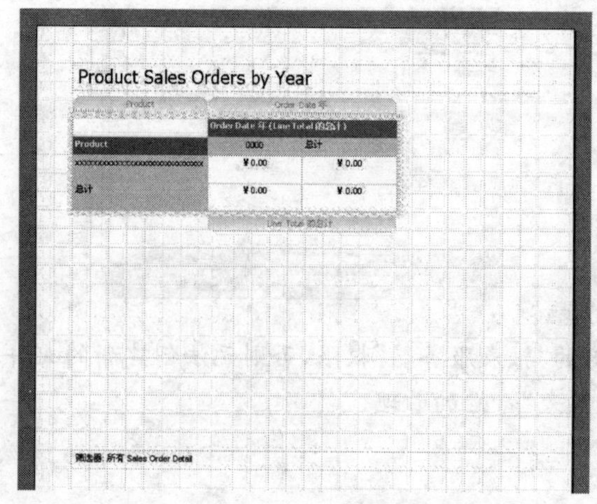

8. 单击工具栏上的“运行报表”图标。
9. 完成后的报表显示出来，而且应该类似于下图所示的报表。

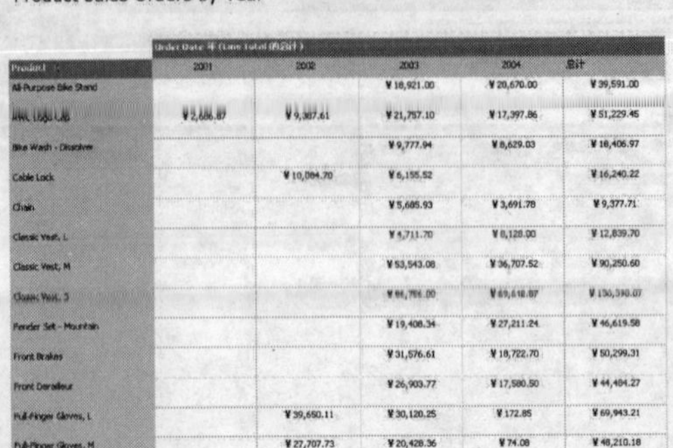

Product Sales Orders by Year

Product	2001	2002	2003	2004	总计
All-Purpose Bike Stand			¥18,921.00	¥20,670.00	¥39,591.00
AWC Logo Cap	¥2,686.87	¥9,387.61	¥21,757.10	¥17,397.86	¥51,229.45
Bike Wash - Dissolver			¥9,777.94	¥8,629.03	¥18,406.97
Cable Lock		¥10,084.70	¥6,155.52		¥16,240.22
Chain			¥5,685.93	¥3,691.78	¥9,377.71
Classic Vest, L			¥4,711.70	¥8,128.00	¥12,839.70
Classic Vest, M			¥53,543.08	¥36,707.52	¥90,250.60
Classic Vest, S			[illegible]	[illegible]	[illegible]
Fender Set - Mountain			¥19,408.34	¥27,211.24	¥46,619.58
Front Brakes			¥31,576.61	¥18,722.70	¥50,299.31
Front Derailleur			¥26,903.77	¥17,580.50	¥44,484.27
Full-Finger Gloves, L		¥39,650.11	¥30,120.25	¥172.85	¥69,943.21
Full-Finger Gloves, M		¥27,707.73	¥20,428.36	¥74.08	¥48,210.18

10. “报表生成器”允许下挖数据。例如，单击某个产品的名称(比如 Cable Lock)，“报表服务器”将产生一个新的报表，其中列出选定元素的详细信息。

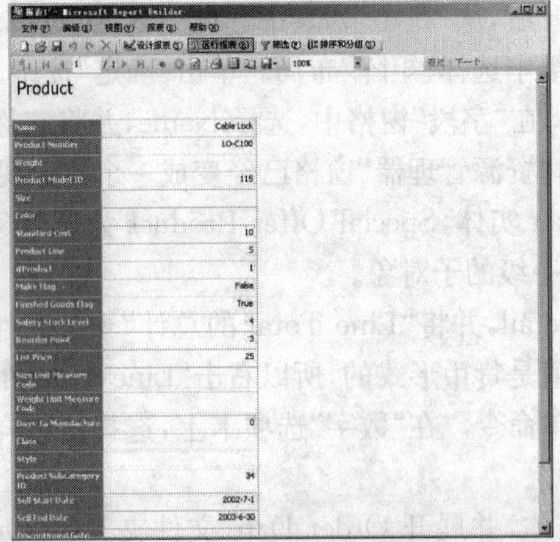

11. 要保存一个特别报表(实际上正将它上载到报表目录上)，选择“文件”➤“另存为”菜单命令。在“名称”文本框中，键入 ProductSalesOrdersByYear，选择报表将要上载到的“报表服务器主文件夹”文件夹，然后单击“保存”按钮。

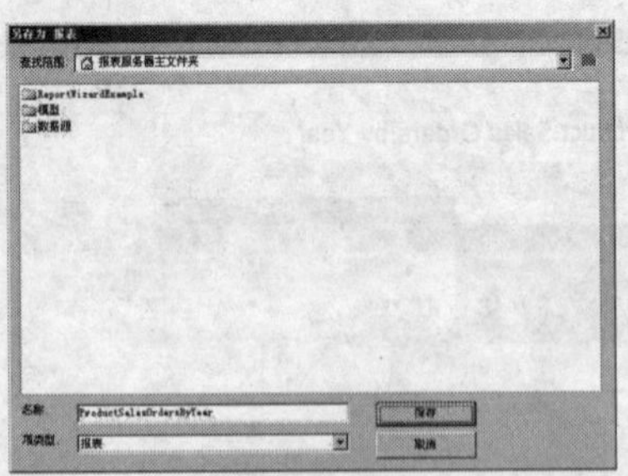

警告：除非拥有足够的“报表服务器”权限，否则无法创建新的文件夹。本章稍后将讨论文件夹和“我的报表”特性的管理。

报表管理

一旦创建并发布了报表，很快就会发现需要管理和维护报表与报表服务器。SQL Server

2005 中有两个工具可以用来处理发布的报表和报表服务器上的其他内容：Management Studio 和报表管理器。

“报表管理器”允许使用基于 Web 的工具管理单个报表服务器实例。Management Studio 处理一个或多个报表服务器实例，以及一起部署到同一个系统上的其他 SQL Server 构件。这两个工具拥有几乎相同的功能特性。两者都允许创建、删除、保护和修改同一个报表服务器文件夹分级结构中的元素。这两个工具还可以用来查看报表、设置分发时间表、管理报表处理、定义数据连接、创建订阅等。

第 9 章已经比较详细地介绍了 Management Studio 的使用方法，因此我们不打算花费太多的时间介绍如何用它管理报表和报表服务器，而是将注意力集中在管理员和用户(假设他们拥有适当的权限)可以使用的一个工具上：报表管理器。

发布样本报表

首先，我们将需要一些待处理的报表。虽然可以使用本章前面创建的那些报表，但本练习将使用 SQL Server 2005 携带的那些样本报表。

1. 从“开始”➤“程序”➤ Microsoft SQL Server 2005 中启动 BIDS。
2. 从“文件”菜单中选择“打开项目”。要使用的文件 AdventureWorks Sample Reports. rptproj 默认地安装在 C:\Program Files\Microsoft SQL Server\90\Samples\ Reporting Services\Report Samples\AdventureWorks Sample Reports 文件夹中。选择该文件，然后单击“打开”按钮。

说明：要安装这些样本文件，需要执行 SQL Server 的定制安装。

3. 选择“生成”➤“配置管理器”菜单命令，并将“活动解决方案配置”设置为 Production。

4. 从“调试”菜单中，选择“启动调试”菜单命令或按 F5 键生成并部署那些报表。一旦发布完毕，将会在 Internet Explorer 中打开。单击报表名称可以在“报表查看器”中打开这个报表，但暂时不要这么做。

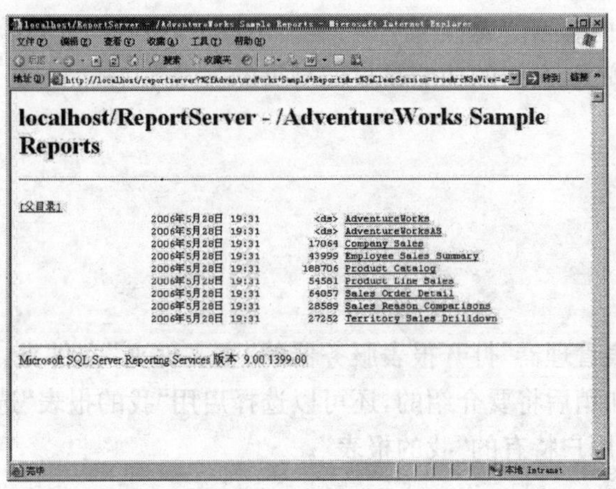

说明：默认情况下，那些 AdventureWorks 样本报表已配置成发布到本地计算机上的报表服务器上。

5. 这时，那些报表已经发布到报表服务器上，本例中发布到一个叫做 AdventureWorks Sample Reports 的文件夹中。

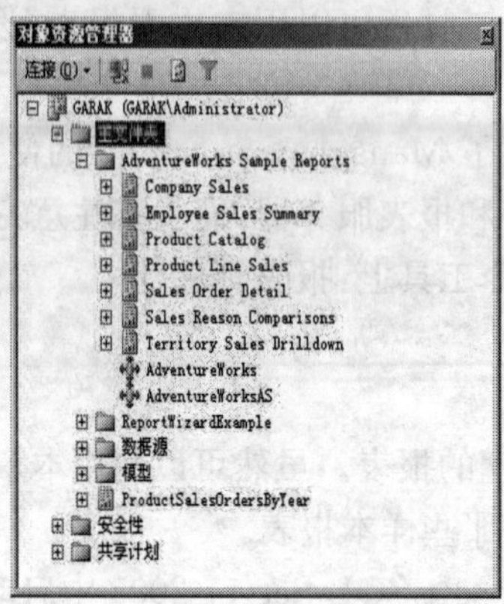

6. 关闭所有打开的文件和程序。

使用报表管理器管理报表

前面曾经提过，要从上述“报表生成器”示例中启动“报表管理器”，打开 Internet Explorer，在地址栏中键入 http://＜Web 服务器名称＞/reports，其中＜Web 服务器名称＞是报表服务器的名称。

“报表管理器”主页含有许多熟悉的元素。

右上角有 4 个超级链接。从左边数第一个链接“主文件夹”用来转到“报表管理器”主页；“我的订阅”可以打开一个可以用来管理个人订阅的页面；在“站点设置”下，可以配置站点安全、“我的报表”、日志与访问链接，以及管理共享时间表与作业。“帮助”用来打开一个独立的“报表管理器”帮助文件。

这些超级链接下面是一个用于查找报表服务器内容(比如文件夹和报表)的“搜索”框。请注意，有两个选项卡：“内容”和“属性”。

工具栏中有 5 个按钮，它们的功能是显而易见的：

- 新建文件夹；
- 新建数据源；
- 上载文件；
- 报表生成器；
- 显示详细信息。

默认情况下，“报表管理器”打开报表服务器的“主文件夹”文件夹，并显示其中的文件夹、报表和其他对象。正如稍后将要介绍的，还可以选择启用“我的报表”选项；如果启用，“报表管理器”的默认视图将是用户特有的“我的报表”。

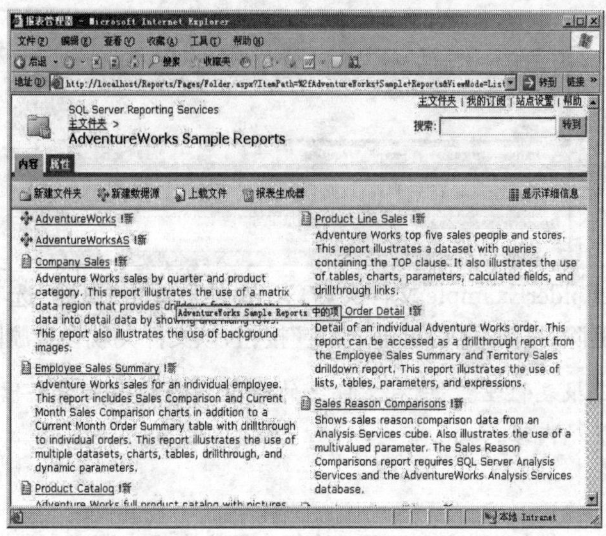

处理文件夹

“报表管理器”可以用来查看、创建、修改和删除文件夹。

1. 要查看某个文件夹的内容，单击该文件夹名称。如果已经编写了解说或注释，它们也将出现。

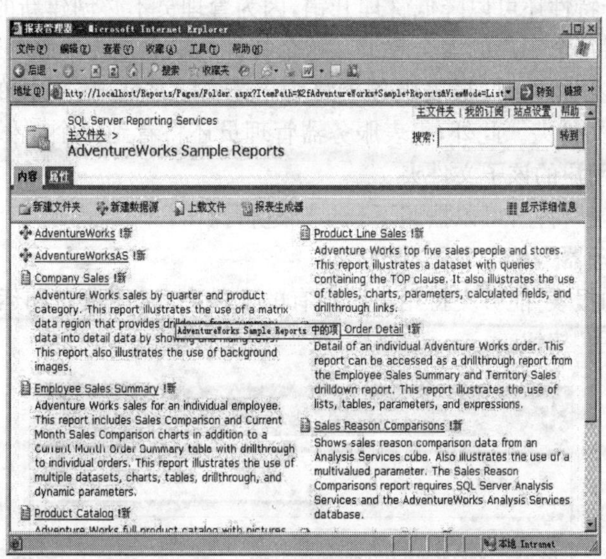

2. 要创建文件夹，导航到存放新建文件的目录，并单击“新建文件夹”按钮。键入一个名称和一段描述。单击“确定”按钮。通过创建一个叫做 CreateFolderSample 的文件夹练习一下实际操作。
3. 现在修改 CreateFolderSample 文件夹。单击将其打开，然后单击“属性”选项卡。首先显示的是各个“常规”属性。将名称改为 CreateFolderExample；在“说明”框中，键入 This is an exercise。请注意，我们将使用这个页面上的按钮删除和转移该文件夹。单击“在列表视图中隐藏”框将阻止该文件夹出现在“报表管理器”中。单击“应用”按钮，然后单击“主文件夹”。修改过的文件夹应该类似于下图所示的文件夹。

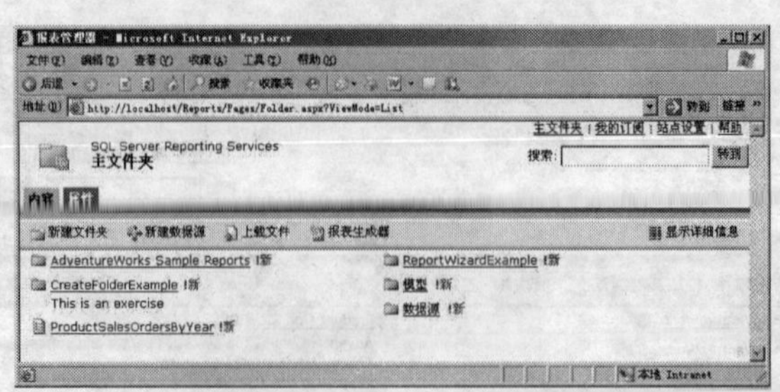

4. 要删除 CreateFolderExample 文件夹，打开它，然后单击“属性”选项卡显示各个“常规”属性。单击“删除”按钮，然后单击“确定”按钮，该文件夹就会被删除。

说明: 请记住，在“报表管理器”中对文件夹的修改只影响报表服务器上的虚拟文件夹，并不影响其基础内容。

我的报表

Reporting Services 含有一个特性，用于给每个用户在报表服务器数据库中分配个人存储空间。这个特性允许用户将他们拥有的报表保存在各自的私人文件夹中，这个特性就是“我的报表”。

默认情况下，“我的报表”特性是禁用的。如果打算允许用户控制他们自己的信息，或者允许用户能够处理不打算供公众消费的报表(比如工资数据)，那么启用“我的报表”特性通常是个好习惯。使用这个特性还可以降低管理开销，因为管理员不必创建新的文件夹，或者不必逐个地制定和应用针对每个用户的安全政策。这个特性的缺点是耗费服务器资源。

在激活“我的报表”特性时，报表服务器将为单击 My Reports 链接的每个域用户分别创建一个 My Reports 文件夹。此外，报表服务器管理员还将看到一个叫做 Users Folders 的文件夹，其中包含每个用户的该子文件夹。

要启用“我的报表”特性，可以按照下列步骤进行操作：

1. 打开“报表管理器”，单击“站点设置”。
2. 标记“使‘我的报表’能够支持用户所拥有的文件夹，以便发布和运行个性化报表”复选框。单击“应用”按钮。

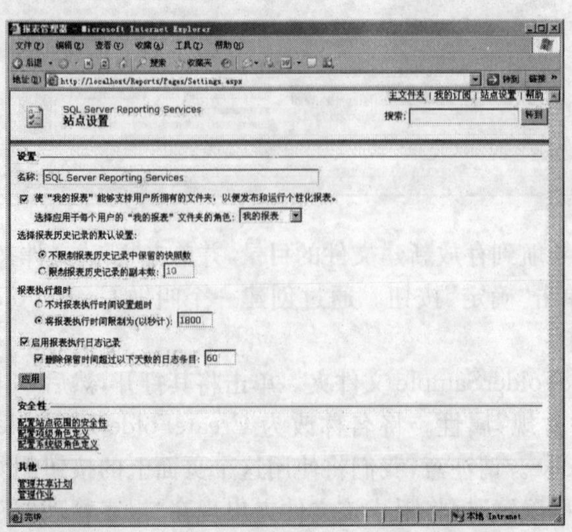

说明："我的报表"角色定义决定"我的报表"工作区内能够执行什么操作和任务。

管理发布的报表

从上面的介绍中可以看出，使用"报表管理器"管理文件夹及其内容是非常容易的。这种易使用性和灵活性同样适用于处理已发布的报表。本节将介绍如何使用"报表管理器"：

- 查看、转移和删除报表；
- 配置报表属性；
- 创建链接报表；
- 创建参数化报表；
- 通过创建报表快照创建报表历史记录；
- 打印报表；
- 导出报表。

查看、转移和删除报表

要想利用一个已经发布的报表中的信息，需要能够查看它。有时，可能需要将它转移到一个不同的地方，或者彻底删除它。

1. 打开"报表管理器"，单击 AdventureWorks Sample Reports 文件夹。
2. 单击 Company Sales 报表，该报表在一个新窗口中打开。

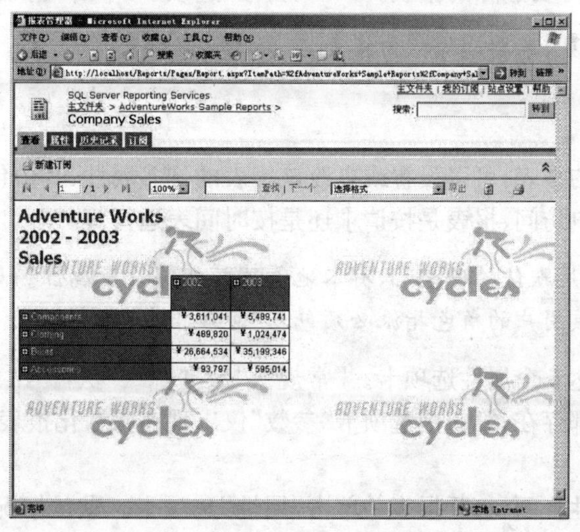

说明：除了"报表管理器"和 Management Studio 之外，还可以使用像 Internet Explorer 那样的 Web 浏览器通过一条与报表服务器的直接连接来查看报表。可以通过键入报表的 URL 地址打开它，或者浏览报表服务器，然后检查报表服务器文件夹分级结构来选择要查看的报表。这也是用来显示我们在本节开始时部署的样本报表的方法。

3. 要转移报表，单击"属性"选项卡。单击"移动"按钮。反白显示树中的 My Folders，并单击"确定"按钮。Company Sales 报表将被转移到 My Reports 文件夹。

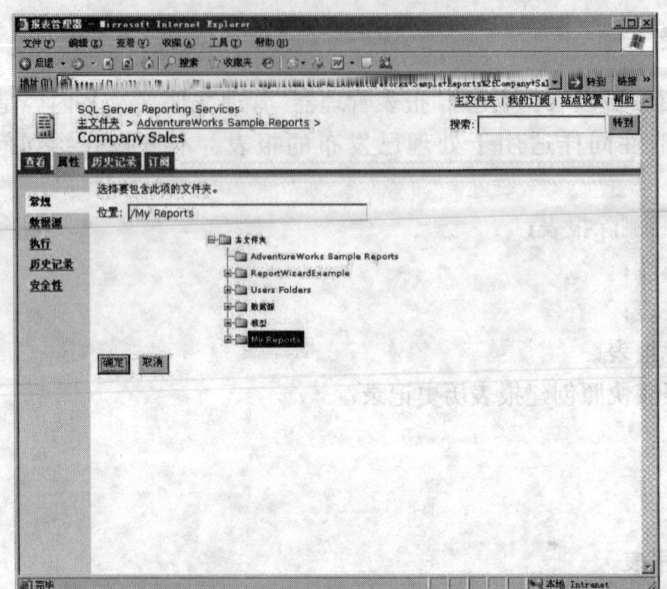

4. 确认 Company Sales 报表出现在 My Reports 文件夹中之后,将它移回到 AdventureWorks Sample Reports 文件夹。
5. 要删除报表,打开要删除的报表。单击"属性"选项卡,单击"删除"按钮即可。

警告:为了本章起见,不要删除任何报表。

配置报表属性

对于每个已发布的报表,可以设置或更改该报表的许多属性,其中包括报表的名称、描述、数据源、参数信息、用户访问、报表是按请求还是按时间表运行等。

说明:如果正在使用默认的安全,只有本地管理员能够设置属性。如果正在使用自定义的角色指派,该用户的角色指派必须包括"管理报表"任务。

每个报表都有多达 6 个属性选项卡。"常规"、"数据源"、"执行"、"历史记录"和"安全性"选项卡在每个报表中都存在;第 6 个选项卡"参数"仅出现在参数化报表中。

常规属性

要访问"常规"属性页面,打开报表并单击"属性"选项卡。默认情况下"常规"属性页面处于打开状态。

- 在"属性"部分,可以修改报表名称以及添加或修改描述。
- 选中"在列表视图中隐藏"复选框将阻止报表显示在列表视图中(也是默认的页面布局)。
- 在"报表定义"部分,如果需要对报表定义进行本地修改,即修改结果不保存到报表服务器上,那么可以单击"编辑"按钮。作为选择,也可以单击"更新"按钮将报表定义更新为取自某个. rdl 文件的报表定义。

警告:在更新报表定义时,需要在更新完毕后复位各种数据源设置。

- 可以使用“删除”或“移动”按钮删除或转移报表。
- 单击“应用”按钮将应用对报表的任何修改。

创建链接报表

假设你打算建立报表的一个或多个辅助版本,并且这些版本维持原报表的布局和数据源属性,但允许修改原报表的其他所有设置,比如安全、参数、订阅等。这样的报表就称为链接报表,并且通过“常规”属性页面创建。

1. 打开链接报表要基于的原始报表。
2. 选择“属性”➤“常规”。
3. 单击“创建链接报表”按钮。指定新名称和相应的描述。如果需要将链接报表存放到一个不同的地方,单击“更改位置”按钮。

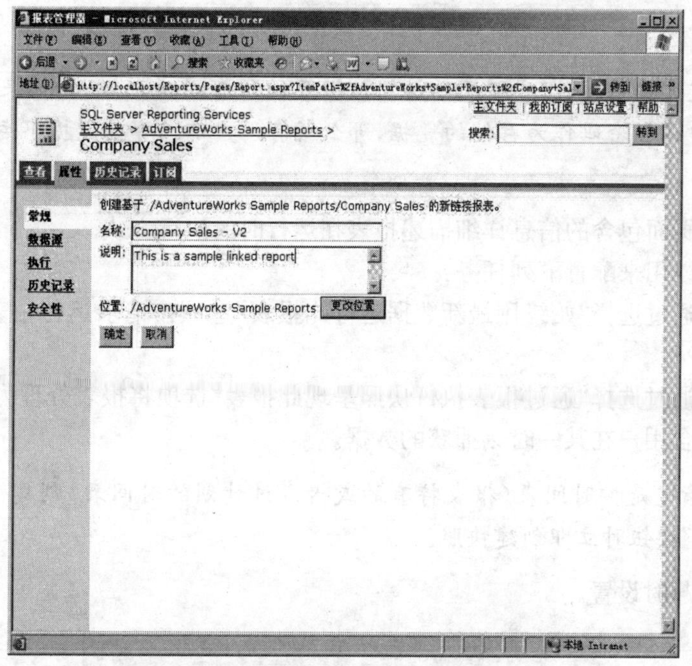

提示:链接报表图标显示为 。

数据源属性

“数据源”属性页面上的选项用来指定报表中包含的各个连接的详细信息。虽然单个报表一般只包含单个连接,但是如果它包含多个数据集,则可以支持多个连接。

“数据源”属性页面可以用来:

- 在报表特有的数据源连接与共享的数据源之间切换;
- 选择现有的共享数据源;
- 指定凭据信息。

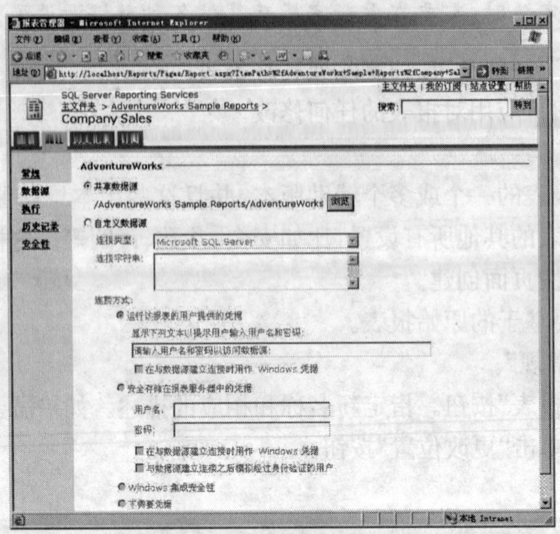

说明：在指定凭据信息时，它适用于访问该报表的所有用户。例如，如果指定了一个特定的用户名和密码作为存储的凭据，那么所有用户都在那些凭据下运行该报表。

执行属性

"执行"属性页面包含的信息详细描述报表在运行时的执行方式。

这个页面可以用来配置下列任务：

- 允许用户通过选择"始终用最新数据运行此报表"选项按请求运行报表，以及配置缓存选项。
- 允许用户通过选择"通过报表执行快照呈现此报表"选项将报表处理为定期的快照。报表快照包含用户在某一时刻捕获的数据。

说明：可以指定是按时间表(报表特有的或者经过计划的时间表)创建快照，还是在单击"应用"按钮时立即创建快照。

- 报表执行超时设置。

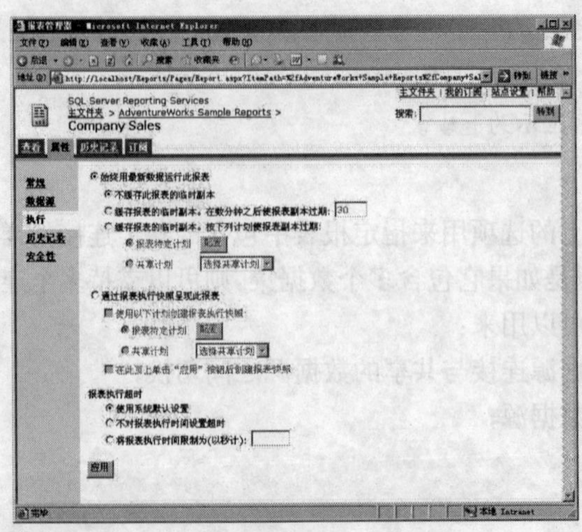

历史记录属性

“历史记录”属性页面可以用来将报表快照添加到报表历史记录中，以及设置报表历史记录中保存的报表快照数量。

有以下几个可用选项：

- 选择“允许手动创建报表历史记录”复选框允许用户在需要时将快照添加到报表历史记录中。它还使得“新建快照”按钮出现在“历史记录”页面上。
- 要复制报表快照到报表历史记录中，标记“在历史记录中存储所有报表执行快照”复选框即可。
- 通过标记“使用以下计划将快照添加到报表历史记录中”复选框，可以选择为快照使用一个时间表并指定该时间表是报表特有的还是基于一个共享时间表。
- 最后，可以选择要保存的快照数量。如果选择“限制报表历史记录的副本数”选项，一旦达到限额，较旧的副本将被删除。

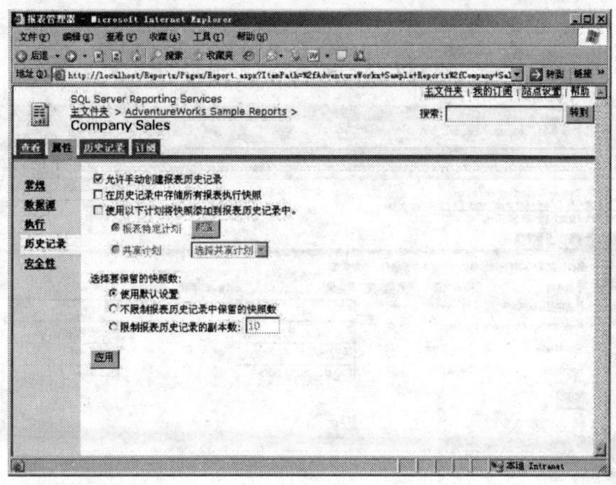

报表历史记录

要查看报表历史记录，单击视图窗口上方的“历史记录”选项卡。如果已经在“执行”属性页面上标记了“通过报表执行快照呈现此报表”选项，则“新建快照”按钮会出现。单击报表快照即可打开它们。还可以通过选中相应的复选框并单击“删除”按钮来删除它们。

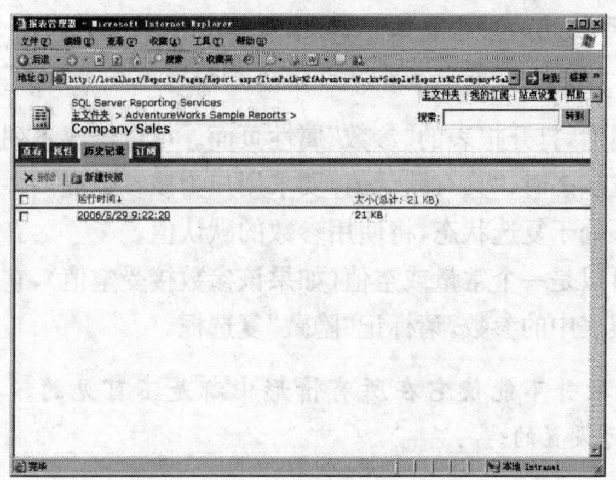

安全性属性

在“安全性”属性页面上,可以执行下列操作:

- 编辑用户和用户组的现有角色指派;
- 创建新的角色,
- 将设置还原成父安全。

本章后面的“Reporting Services 安全”一节将专门讨论基于角色的安全的完整话题——Reporting Services 安全的基础模型。

参数属性

“参数”属性页面只在访问参数化报表时出现。当然,可以设置的属性取决于报表定义中所指定的参数。还有其他一些限制和警告。要了解典型的“参数”属性页面,可以执行下列步骤:

1. 从“报表管理器”中,打开 AdventureWorks Sample Reports 文件夹中的 Product Line Sales 报表。
2. 单击“属性”选项卡,选择“参数”打开“参数”属性页面。

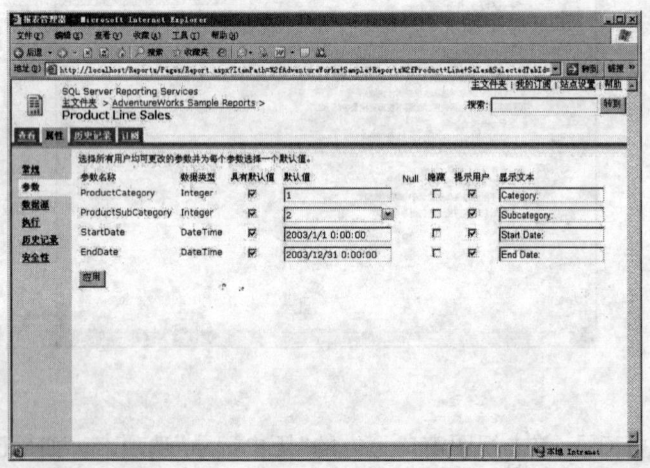

说明: 并非所有参数在所有情况下都能修改。始终能修改的参数是显示文本和确定该参数对用户是否可见的那个属性。但是,默认值参数不是所有情况下都能修改,如果该值派生自一个查询,那么该参数的旁边会出现文本字符串“基于查询”。

3. 要设置参数的属性,打开报表的“参数”属性页面。可以修改下列属性:

- 在处于取消复选状态时,“具有默认值”要求用户为该参数提供一个值,然后报表才能被处理。如果该框处于复选状态,将使用参数的默认值。
- “默认值”属性可以是一个常量或空值(如果该参数接受空值),它不能设置为表达式。
- 如果需要隐藏报表中的参数,请标记“隐藏”复选框。

说明: 隐藏某个参数并不能使它在所有情形中都是不可见的。参数在订阅中和通过 URLs 仍是可设置的。

警告: 如果隐藏某个参数,必须在报表定义中或者在“参数”属性页面上提供一个默认值。

- 如果“提示用户”处于标记状态，那么用户需要为参数键入或选择一个不同的有效值。每当“隐藏”被禁用时，“提示用户”就会被启用。
- 使用“显示文本”键入要出现在参数提示旁边的文本。这个文本框可以用来键入一个标签或一组操作说明。这个属性在用户选择了“提示用户”时被激活。

说明：不能删除、重命名、重新排序已发布报表中的参数或者更改参数的数据类型。此外，也不能更改参数名称。要更改这两个属性之中的任意一个，必须修改报表定义。

使用 Management Studio 管理报表

上一节讨论的重点是使用“报表管理器”管理已发布的报表及其文件夹。下一节将关注怎样使用“报表管理器”通过订阅、时间表、打印和导出来传送报表。但是，在做这些事情以前，我们需要先了解如何使用另一个熟悉的管理工具管理报表：Management Studio。

这两个工具在功能上几乎是完全相同的，一个关键的差别是 Management Studio 不仅可以用来管理一个或多个报表服务器，还可以用来管理共同部署在同一个系统上的其他 SQL Server 构件，比如 Analysis Services 和 Notification Services。

当然，你可以用 Management Studio 来创建、删除、保护和修改同一个报表服务器文件夹分级结构中的元素。这些工具还可以用来查看报表、设置分发时间表，以及管理报表处理、数据连接和订阅。

本书的第 9 章已经比较全面地介绍过 Management Studio，因此本节的重点将放在如何用 Management Studio 管理已发布的报表上面。

1. 从“开始”➤“程序”➤ Microsoft SQL Server 2005 中，打开 SQL Server Management Studio。
2. 通过选择“对象资源管理器”➤“连接”➤ Reporting Services，连接到报表服务器。
3. 报表服务器被打开，并显示出报表服务器文件夹分级结构。
4. 展开“主文件夹”文件夹，然后展开 AdventureWorks Sample Reports 文件夹。

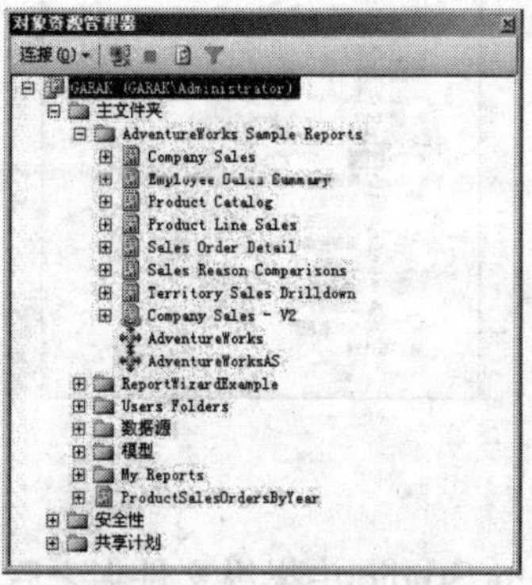

处理文件夹

报表服务器有 4 个默认的根文件夹：“主文件夹”、“安全性”、“共享计划”和“作业”。

“主文件夹”是报表要发布到的默认文件夹，并自动包含“数据源”和“模型”子文件夹。如果启用了“我的报表”选项，“主文件夹”文件夹下面将自动为每个用户生成一个 My Reports

文件夹。此外,报表服务器管理员还将看到一个叫做 Users Folders 的文件夹,其中包含每个用户的该子文件夹。

为了管理报表服务器上的"主文件夹"文件夹下面的文件夹的属性,可以从弹出的菜单中执行下列 9 项任务:

- 创建新文件夹并设置名称之类的基本属性;
- 创建新的数据源并设置名称、描述和连接;
- 将文件导入到文件夹中;
- 将该文件夹转移到树的另一个部分;
- 将脚本发送到一个新窗口、文件或剪贴板;
- 重命名文件夹;
- 删除文件夹;
- 刷新文件夹树;
- 打开文件夹的属性对话框,以执行下列操作:
  - 设置名称;
  - 编写描述;
  - 设置权限;
  - 隐藏/取消隐藏文件夹出现在列表视图中。

说明:不能更改"主文件夹"文件夹的名称。

"安全性"根文件夹包含两个子文件夹:"角色"和"系统角色"。每个文件夹都包含一组角色。从本章稍后的介绍中将会看出,角色是报表服务器安全的关键元素。右击这两个子文件夹可以访问到允许创建新角色(或系统角色)、删除角色或刷新文件夹的菜单命令。

其余两个根文件夹,即"共享计划"和"作业"设计用来保存这两类元素。本章稍后将讨论"共享计划"和"作业"文件夹。

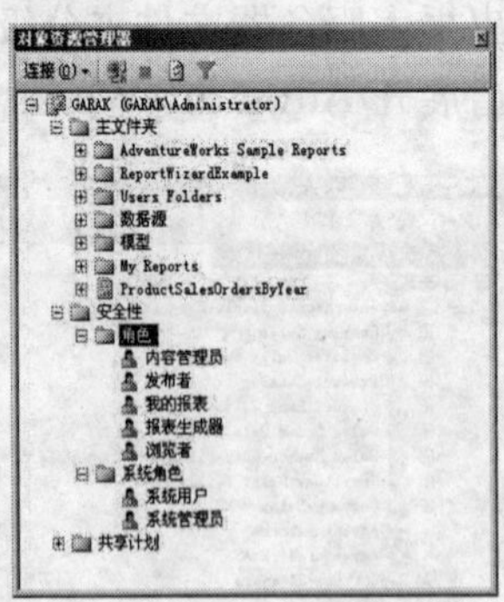

处理已发布的报表

在介绍了如何在 Management Studio 中操纵文件夹之后,现在讲解怎样管理和维护报表。如果还没有做如下操作,那么选择并展开"主文件夹"文件夹,然后选择 AdventureWorks Sample Reports 文件夹,最后展开 Product Line Sales 报表显示出 3 个文件夹:"数据源"、"历史记录"和"订阅"。

右击 Product Line Sales 文件夹,在弹出的菜单包含下列选项:

- "编辑报表"用来提取并保存报表定义文件(. rdl 文件)的一个副本。

- “查看报表”用来运行报表并在“报表查看器”中打开它。

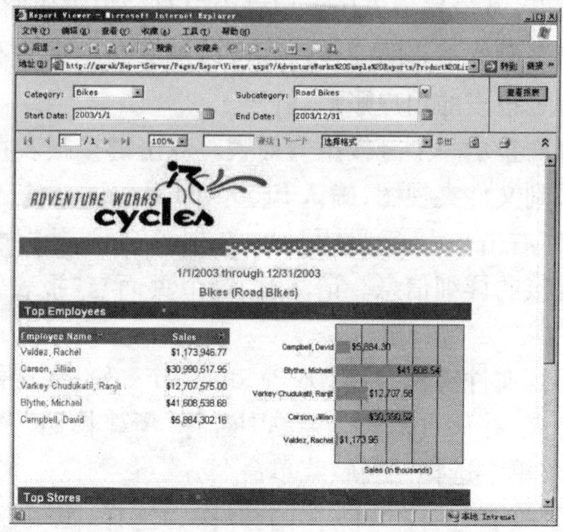

- “替换报表”用来将当前报表定义换成另一个报表定义。
- “新建链接报表”用来创建新的链接报表。
- “移动”用来转移报表。
- “脚本”用来将脚本的一个副本发送到一个新窗口、文件或剪贴板。
- “重命名”用来给报表指派一个不同的名称。
- “删除”用来删除报表。
- “刷新”用来刷新报表树。
- “属性”用来打开报表的属性对话框。

“报表属性”对话框包含 6 个属性页面：“常规”、“参数”、“执行”、“历史记录”、“权限”和“链接报表”。

- 在“常规”属性页面上，可以修改名称和描述，以及选择隐藏还是取消隐藏报表。
- “参数”属性页面可以用来编辑“名称”、“数据类型”、“具有默认值”、Null、“默认值”、“提示用户”和“提示字符串”属性。这个页面仅当报表包含参数时才会出现。
- 在“执行”属性页面上，可以配置报表在运行时的执行方式。

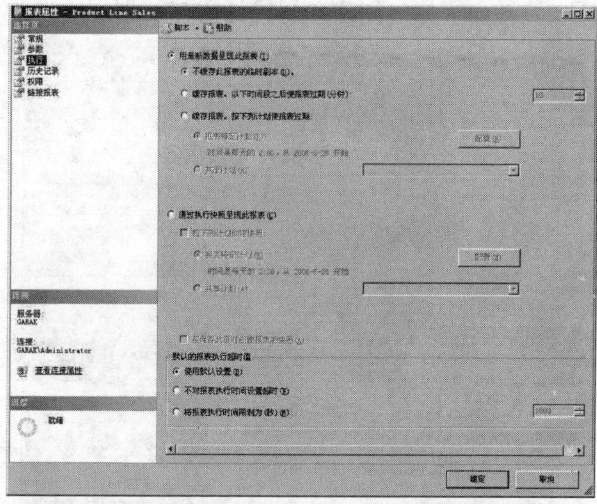

- “历史记录”属性页面可以用来配置报表历史记录的创建选项、计划要添加到报表历史记录中的报表快照,以及设置报表历史记录中保存的报表快照数量。
- “权限”属性页面用来设置报表的安全性。可以继承来自父文件夹的角色,也可以指定每个组的角色和特定报表的用户账户。
- “链接报表”属性页面显示一个链接报表列表。双击链接报表将打开它的属性对话框。

关闭属性对话框返回到文件夹视图,确认 Product Line Sales 文件夹已被选中和展开。接着,展开“数据源”文件夹。右击 AdventureWorks 数据源,并选择“属性”菜单命令;这个页面显示报表中包含的各个连接的详细信息。请注意,这个页面与“报表管理器”中的“数据源”属性页面完全相同。

单击“确定”按钮返回到文件夹视图,确认 Product Line Sales 文件夹已被选中和展开。

单击“历史记录”文件夹,并从右键快捷菜单中选择“新建快照”菜单命令创建一个新的报表快照,然后从右键快捷菜单中选择“刷新”菜单命令。

双击该报表快照将在“报表查看器”中打开它。作为选择,也可以右击该报表快照并从弹出的菜单中选择“查看快照”菜单命令。要删除该快照,请选择“删除”菜单命令。

确认 Product Line Sales 文件夹已被选中和展开。然后,右击“订阅”文件夹,并注意弹出式菜单中的 4 个菜单项:

- 新建订阅
- 新建数据驱动的订阅
- 删除所有订阅
- 刷新

在出现一个订阅时,右击该订阅将打开一个弹出式菜单,其中包含下列菜单项:

- 新建订阅
- 新建数据驱动的订阅
- 删除
- 刷新
- 属性

选择“属性”菜单项将打开属性对话框,其中包含 3 个页面:“常规”、“制定计划”和“参数”。本章后面的“报表传递”一节将介绍如何创建和配置订阅与计划。

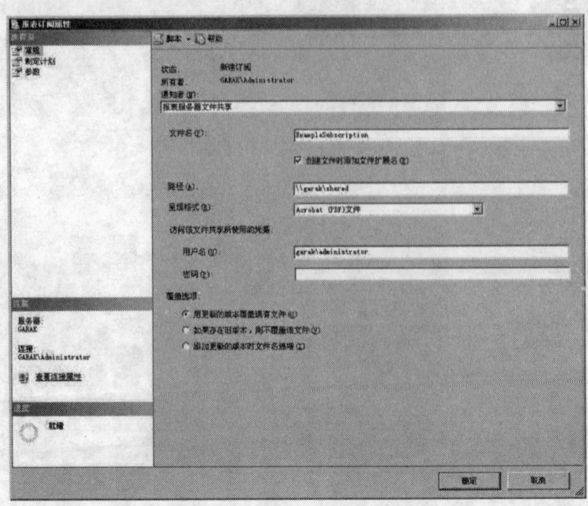

这就是本节的全部内容。不难看出，无论 Management Studio 还是“报表管理器”，都可以用来管理报表和报表服务器。既然已经掌握了创建报表的技巧，又学会了在报表发布后怎样管理它们，现在该是关注报表生存周期的第 3 个也是最后一个部分的时候了：报表传递。

报表传递

本节将介绍什么是订阅以及如何创建订阅。我们还将讨论如何打印报表，以及如何将它们导出为其他格式。从前面几节对报表管理的介绍中可以看出，Management Studio 和报表管理器都可以用来执行这些任务。

订阅

前面一直只关注用户用来接收报表的技术。他们通过 Management Studio 和报表管理器登录到报表服务器上，查找所需的报表，然后执行它。作为选择，他们也可以调用“报表生成器”创建和执行特别报表，然后该报表被传送给他们。这些方法都是请求技术的形式。Reporting Services 也支持报表传递的推送技术。在这种情形下，Reporting Services 独自执行报表，并将完成的报表发送给用户，这称为报表订阅。

Reporting Services 支持两种类型的订阅：

- 标准订阅指的是要求将某个特定报表传递给某个特定用户或用户组的请求。每个标准订阅都有一组用于报表表示和传递的报表参数与选项。标准订阅通常是一个自助式操作，几乎不需要专业知识：用户查找他或她所需要的报表，然后创建订阅，进而设置时间表和传递选项。
- 数据驱动的订阅比较复杂一些，通常由报表服务器管理员或在编写查询和使用参数方面具有专业经验的其他人员创建。和标准订阅不同的是，表示、参数和参数值都是在运行时从数据源中收集的。例如，数据驱动的订阅可以用来使每个输出随着一个列表中的每个收件人而变化。

Reporting Services 支持两种类型的传递方式：电子邮件和文件共享。开发人员还可以创建辅助的传输扩展将报表发送到其他地方，但这个课题不在本书的范畴之内。

电子邮件传递方式将电子邮件发送到指定的地址，其中这个地址或者作为 HTML 或者作为一个附属文档嵌入，而且这个附属文档可以是一个 XML、CSV、TIFF、PDF 和 Excel 文档。要使用这种传递方式，必须将报表服务器配置成使用电子邮件传递方式。

文件共享传递方式在文件共享上的指定文件夹内创建一个包含报表的文件。它还可以用来将报表放置在由另一个应用程序（比如 Microsoft SharePoint Portal Services）管理或索引的文档存储器上。

创建使用文件共享传递方式的标准订阅

有两个可以用来创建标准订阅的工具：报表管理器和 Management Studio。

使用报表管理器

1. 打开“报表管理器”，打开 AdventureWorks Sample Reports 文件夹中的 Product Line Sales 报表。

2. 单击“新建订阅”按钮。
3. 从“传递者”下拉列表框中，选择“报表服务器文件共享”。
4. 键入 StandardSubscriptionExample 作为文件名。
5. 在“路径”中，指定要让报表传输到的文件共享。
6. 在“呈现格式”中，从下拉列表框中选择“Acrobat (PDF)文件”。如果愿意，也可以选择另外一种格式。
7. 指定对文件共享有足够访问权限的用户名与密码。这些凭据将在该订阅每次运行时使用。
8. 从“覆盖选项”中选择一个适当的选项。这些选择包括“用更新的版本覆盖现有文件”，“如果存在旧版本，则不覆盖该文件”，以及“添加更新的版本时文件名递增”。
9. 在“订阅处理选项”部分，选择“预定报表运行完成时”单选项。单击“选择计划”按钮打开“计划详细信息”窗口。
10. 选择“一次”，并键入一个运行报表的时间。然后，单击“确定”按钮。
11. 接受“报表参数值”部分的各个参数值，并单击“确定”按钮。

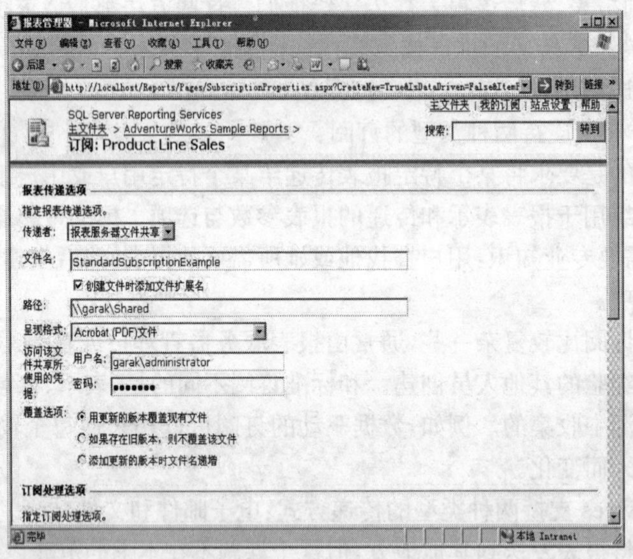

提示：通过单击“我的订阅”超级链接，并选择要处理的订阅，可以访问、编辑和删除个人创建的任何一个订阅。

使用 Management Studio

1. 在 Management Studio 中打开“报表服务器”，并导航到“主文件夹”/AdventureWorks Sample Reports 下面的 Product Line Sales 报表。
2. 展开 Product Line Sales 树。
3. 右击“订阅”文件夹，并从弹出的菜单中选择“新建订阅”菜单命令。
4. 遍历“常规”、“制定计划”和“参数”属性页面，并像在“报表管理器”中那样指定各种设置。单击“确定”按钮。

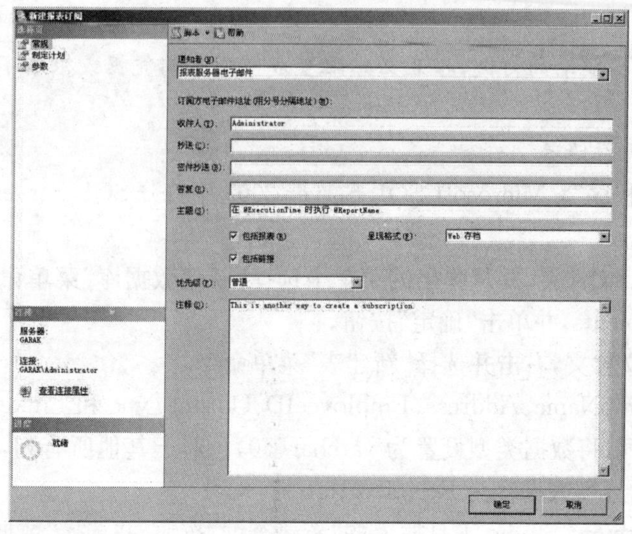

配置报表服务器的电子邮件传递方式

要使用电子邮件传递方式，在报表服务器安装期间必须已配置了电子邮件传递方式。如果在安装期间没有配置，则需要使用“Reporting Services 配置”。

1. 从“开始”➤“程序”➤ Microsoft SQL Server 2005 ➤“配置工具”中，选择“Reporting Services 配置”。
2. 连接到报表服务器。
3. 选择“电子邮件设置”。
4. 键入发件人地址和 SMTP 服务器的名称。
5. 单击“应用”按钮接受配置。任何错误都要注意。单击“退出”按钮关闭该工具。

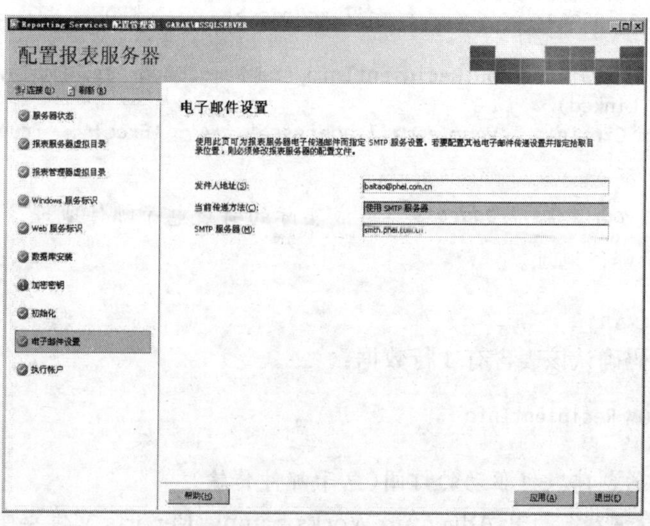

创建通过电子邮件传递的数据驱动订阅

要创建数据驱动的订阅，必须知道如何编写查询或命令来获得该订阅的数据。还必须拥有一个数据存储器，其中包含要用于该订阅的源数据(即订阅方的名称和每个订阅方所关联的传输设置)。

警告:要创建数据驱动的订阅,报表必须配置成使用存储凭据或根本不使用凭据。

创建收件人数据存储器

1. 从“开始”➤“程序”➤ Microsoft SQL Server 2005 中打开 SQL Server Management Studio。
2. 右击“数据库”文件夹,并从弹出的菜单中选择“新建数据库”菜单命令。将新建数据库命名为 Recipients,并单击“确定”按钮。
3. 导航到“表”文件夹,右击并选择“新建表”菜单命令。
4. 添加 5 列:EmpName、Address、EmployeeID、OutputType 和 Linked。对于 EmpName 和 Address 列,将数据类型设置为 varchar(50)。对于其他所有列,使用默认的数据类型 nchar(10)。将表保存为 RecipientInfo。
5. 单击 Management Studio 工具栏上的“新建查询”按钮,并选择“数据库引擎”。
6. 展开可用数据库列表,并选择 Recipients。
7. 在查询窗口中,使用下列代码添加 4 行数据:

```
INSERT INTO Recipients.dbo.RecipientInfo(EmpName, Address, EmployeeID,
OutputType, Linked)
VALUES ('Mike Gunderloy', '<your e-mail address>', '1', 'IMAGE', 'True')

INSERT INTO Recipients.dbo.RecipientInfo (EmpName, Address, EmployeeID,
OutputType, Linked)
VALUES ('Joe Jorden', '<your e-mail address>', '2', 'MHTML', 'True')

INSERT INTO Recipients.dbo.RecipientInfo (EmpName, Address, EmployeeID,
OutputType, Linked)
VALUES ('Dave Tschanz', '<your e-mail address>', '3', 'PDF', 'True')

INSERT INTO Recipients.dbo.RecipientInfo (EmpName, Address, EmployeeID,
OutputType, Linked)
VALUES ('Tom Cirtin', '<your e-mail address>', '4', 'Excel', 'True')
```

警告:务必将＜*your e-mail address*＞换成实际的有效电子邮件地址。可以给每行使用同一个电子邮件地址。

8. 单击“执行”按钮。
9. 使用下列代码确认该表含有 4 行数据:

```
SELECT * FROM RecipientInfo
```

使用报表管理器创建数据驱动的订阅(电子邮件传输)

1. 打开“报表管理器”,打开 AdventureWorks Sample Reports 文件夹中的 Company Sales 报表。
2. 单击“订阅”。单击“新建数据驱动订阅”开始创建这个数据驱动订阅。
3. 键入 Data-Driven Subscription Example。
4. 在“指定通知收件人的方式”下拉列表框中选择“报表服务器电子邮件”选项。

说明:如果“报表服务器电子邮件”选项没有出现,则需要按照上面的方法将报表服务器配置成使用电子邮件传输方式。

5. 在“指定包含收件人信息的数据源”下面,标记“仅为此订阅指定”选项。单击“下一步”按钮。
6. 确认连接类型已设置为 Microsoft SQL Server。
7. 在“连接字符串”文本框中,键入 Data Source = localhost;Initial Catalog=Recipients。
8. 指定该报表的用户凭据——本例中是你的域用户名和密码。单击“在与数据源建立连接时用做 Windows 凭据”,然后单击“下一步”按钮。
9. 在“查询”中,键入 SELECT * FROM RecipientInfo。单击“验证”按钮。在该查询通过了验证时,单击“下一步”按钮转到“指定 Report Server E-mail 的传递扩展插件设置”页面。

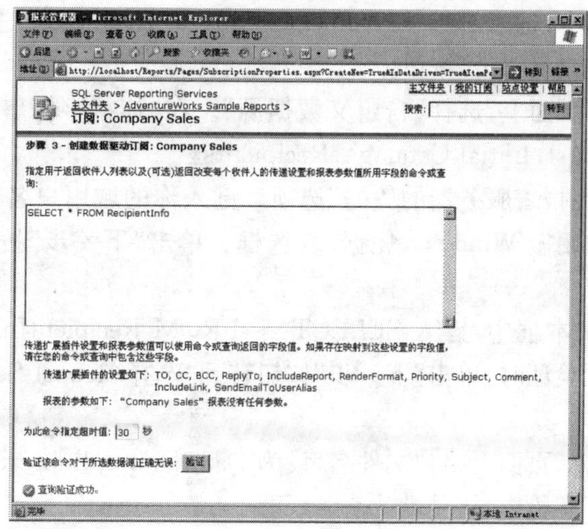

10. 在“收件人”选项中,选择“从数据库获取该值”设置,然后选择 Address。
11. 接受“抄送”、“密件抄送”和“答复”选项的无值设置。
12. 接受“包括报表”的默认值。可以选择发送报表和一个超级链接(利用“包括链接”选项)、仅发送报表、仅发送超级链接或者不发送两者中的任意一个。
13. 在“呈现格式”选项中,选择“从数据库获取该值”设置,并选择 OutputType。
14. 接受“优先级”、“主题”和“注释”选项的默认值。
15. “包括链接”选项决定是否发送带报表 URL 的超级链接。选择“从数据库获取该值”选项,并选择 Linked。
16. 单击“下一步”按钮打开“指定报表参数值”页面。
17. 单击“下一步”按钮。选择“根据为此订阅创建的计划选项”。
18. 单击“下一步”按钮。在“计划详细信息”部分,单击“一次”并指定一个时间。
19. 单击“完成”按钮生成这个订阅,并返回到报表的订阅页面。从那里,可以打开该订阅进行编辑,也可以删除它。

使用 Management Studio 创建数据驱动的订阅(文件共享传输)

1. 在 Management Studio 中打开“报表服务器”,并导航到“主文件夹”/AdventureWorks Sample Reports 下面的 Product Line Sales 报表。

2. 展开 Company Sales 树。
3. 右击“订阅”文件夹,并从弹出的菜单中选择“新建数据驱动的订阅”菜单命令启动“数据驱动订阅向导”。单击“下一步”按钮。

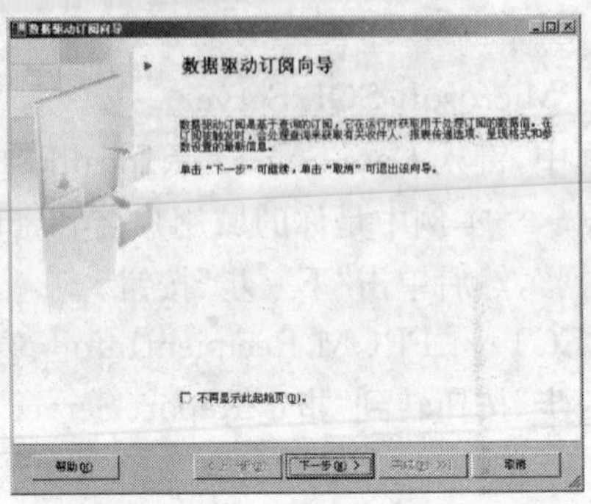

4. 在“说明”文本框中,键入 Data-Driven Subscription Example2。接受“报表服务器文件共享”方法。单击“下一步”按钮。
5. 在“传递数据源”页面上,选择“自定义数据源”。在“连接字符串”文本框中,键入 Data Source = localhost;Initial Catalog=Recipients。
6. 选择“安全存储在报表服务器的凭据”选项。键入你的域用户名与密码。标记“在与数据源建立连接时用做 Windows 凭据”复选框。单击“下一步”按钮打开“传递查询”页面。
7. 在“命令文本”文本框中,键入 SELECT * FROM RecipientInfo。单击“验证”按钮。在该查询通过了验证时,单击“下一步”按钮转到“选择 Report Server FileShare 的传递设置”页面。
8. 在“扩展插件设置”页面上,将“文件名”设为 Data-Driven Subscription Example2。
9. 在“文件扩展名”字段中,接受默认值。
10. 在“路径”字段中,使用 UNC 名称指定到达文件共享的路径。
11. 在“呈现格式”中,选择“查询结果字段”设置,并为这个设置值选择 OutputType。
12. 键入一个对文件共享拥有写权限的用户名。
13. 键入密码。
14. 在“写入模式”字段中,设置如果遇到一个同名的文件要采用哪个操作:OverWrite 还是 AutoIncrement。单击“下一步”按钮。

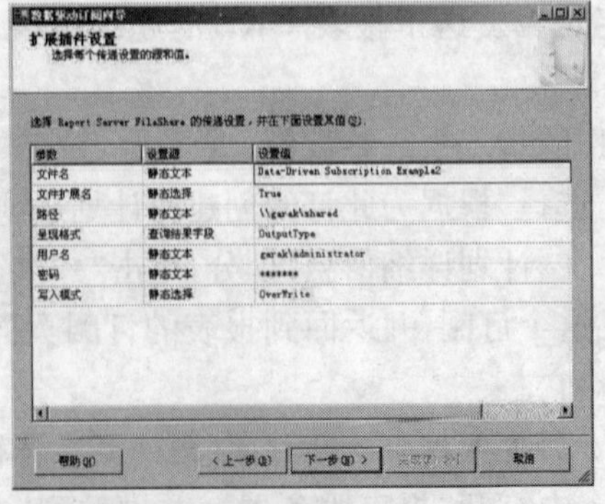

15. 在这个页面上,指定任何相关的“参数值”。Company Sales 报表没有任何用户提供的

参数。单击“下一步”按钮。

16. 选择“设置计划”。在“类型”下拉列表框中，选择“一次”选项。指定“开始时间”，并单击“确定”按钮。单击“完成”按钮。

共享计划

从前面介绍的这些示例中可以看到，每当可以选择为某个特性（比如一个快照或订阅）创建计划时，对话框中就会提供一个使用共享计划的选项。

共享计划允许用户在多个地方（比如在不同的报表、快照和订阅中）使用一个统一的计划。在有许多事件需要使用同一种定时方法时，共享计划非常有用的。例如，需要运行和传输 10 个报表给不同的经理，以便这些报表在星期一早晨的上班时刻到达他们的收件箱内。

使用报表管理器创建共享计划

1. 打开“报表管理器”，单击“站点设置”链接。

说明：如果“站点设置”链接是不可用的，这表明你还没有获得使用它们的必要权限。

2. 单击“其他”部分中的“管理共享计划”链接。
3. 单击“新建计划”。
4. 在“计划名称”文本框中，键入 SharedScheduleExample。
5. 在“计划详细信息”选项中，可以设置频率：使用这个报表的各个对象将在哪些天的哪些时间运行。将该时间表设置为每周星期一和星期三上午 7 点整运行。
6. 在“开始日期和结束日期”部分，可以指定开始和结束该时间表的日期。默认值是该报表的创建日期，无停止日期。接受这些值，并单击“确定”按钮。

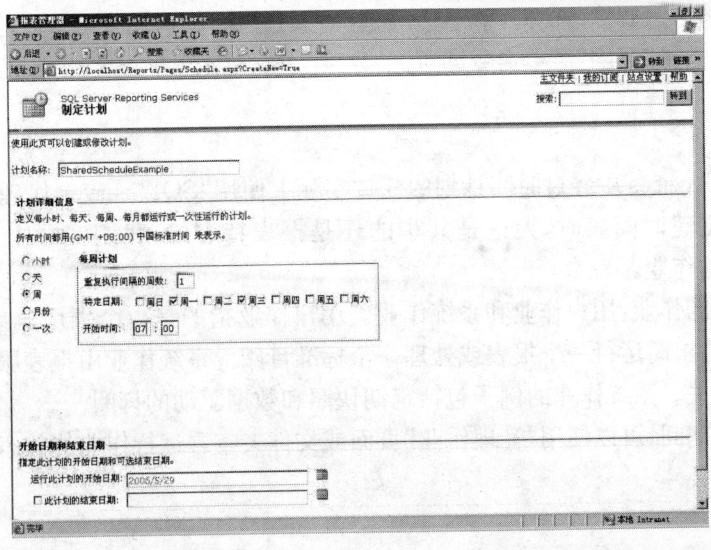

7. 这个标准时间表将出现在“共享计划”页面上；这个页面可以从“站点设置”➤“管理共享计划”中访问到。要修改时间表，单击进行修改即可。从这个页面上，还可以删除时间表。

使用 Management Studio 创建共享计划

1. 打开 Management Studio,然后打开一个报表服务器。
2. 右击"共享计划"文件夹,并从弹出的菜单中选择"新建计划"菜单命令打开"新建共享计划"属性对话框的"常规"页面。
3. 在"名称"文本框中,键入 SharedScheduleExample2。指定运行该时间表的频率和时间。

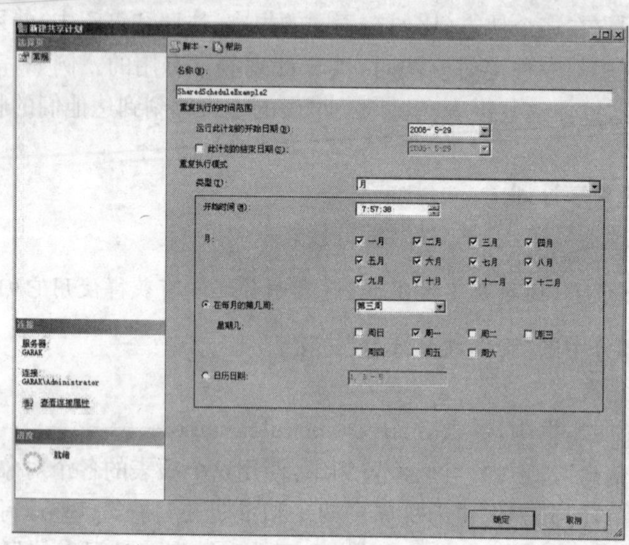

4. 单击"确定"按钮。新建的共享时间表将出现在"共享计划"文件夹中。要修改现有的共享时间表,右击要修改的时间表,然后选择"属性"菜单命令即可。要删除共享时间表,右击它并选择"删除"菜单命令即可。

作业

Reporting Services 中经过时间计划的任务实际上使用"SQL Server 代理"处理它们的操作。事实上,在创建时间表时,无论是共享的还是报表特有的,我们实际上正在创建"SQL Server 代理"中的作业。

有两种类型的作业:用户作业和系统作业。用户作业指的是由个别用户或订阅启动的任何作业,比如在请求时运行一个报表或处理一个标准订阅。系统作业由报表服务器启动,与调用它们的用户无关。系统作业的例子包括定期快照和数据驱动的订阅。

在作业执行期间,可以使用"管理作业"页面或文件夹查看运行作业的状态,也可以取消作业。

使用报表管理器打开"管理作业"页面

1. 打开"报表管理器",单击"站点设置"超级链接。
2. 单击"其他"部分内的"管理作业"超级链接。
3. "管理作业"页面将被打开并显示服务器上正在运行的任何作业。

使用 Management Studio 管理作业

1. 打开 Management Studio，打开一个报表服务器。
2. 单击"作业"文件夹，只有正在运行的作业出现在文件夹中。

打印报表

除了传输到收件箱和文件共享之外，报表传递的另一种方法是采用古老的方式——打印。由于所有打印都是在客户端上完成的，所以用户有一个可利用的标准打印对话框，并可以控制要使用的打印机和打印选项。

1. 打开"报表管理器"，导航到 Product Line Sales 报表，然后打开该报表。
2. 单击工具栏上的"打印"图标。用户第一次打印 HTML 报表时，报表服务器将尝试安装打印操作所必需的一个 ActiveX 控件。单击"安装"按钮。

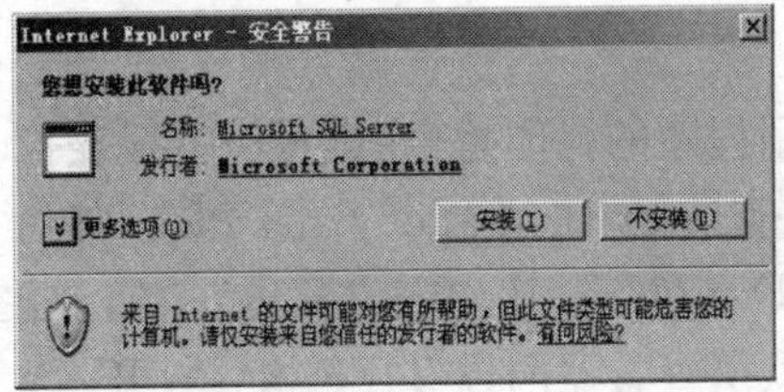

3. 在"打印"对话框中，选择一台打印设备。单击"确定"按钮。

导出报表

Reporting Services 允许用户将基于浏览器的报表导出到另一个应用程序。如果顺利地导出了报表，自然就可以在该应用程序内处理该报表、将它保存为该应用程序内的文件，以及在该应用程序内打印它。

Reporting Services 本机地支持的导出格式包括：

- CVS
- Excel
- MHTML(Web 存档)
- PDF
- TIFF
- XML

导出报表

1. 打开"报表管理器"，导航到 Product Line Sales 报表，然后打开该报表。
2. 在工具栏上的"选择格式"下拉列表框中选择"Acrobat (PDF)文件"选项。

说明：要将报表导出到另一个应用程序，该应用程序必须安装在执行本导出的计算机上。

3. 单击"导出"按钮，报表就会在目标应用程序中打开。

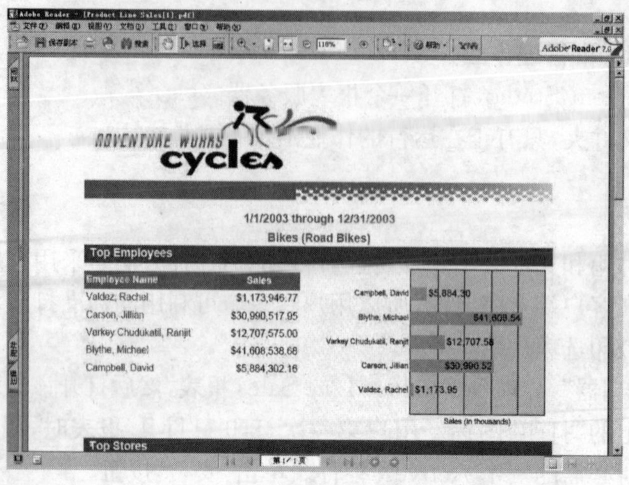

打印报表到另一个应用程序

如果需要利用另一个应用程序的打印特性,也可以将报表打印到该应用程序。

1. 打开“报表管理器”,导航到 Product Line Sales 报表,然后打开该报表。
2. 在工具栏上选择“TIFF 文件”选项,单击“导出”按钮。在“文件下载”对话框中,单击“打开”按钮。报表在默认查看器内以 TIFF 格式打开。

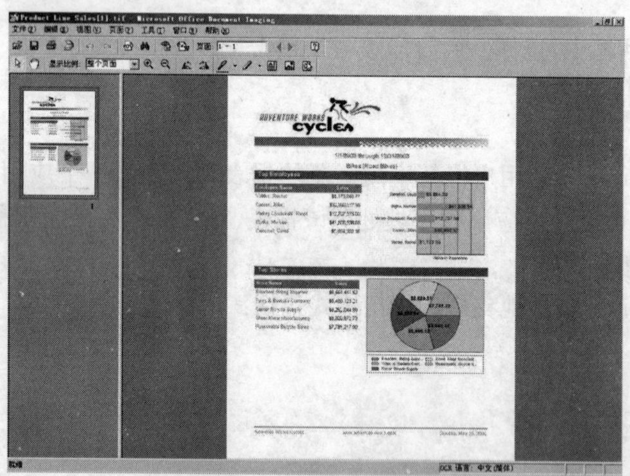

3. 选择“文件”➤“打印”菜单命令或者单击“打印”图标,用新格式将报表发送到一台打印设备。

Reporting Services 安全

对已经创建和发布到报表服务器上的报表加以保护的原因是显而易见的。这些报表以一种可理解的格式包含了企业数据库中的信息摘要,因此你可能不希望让每个人都能访问它们,而是希望将查看或修改特定报表的能力仅局限于某些人,也可能希望保护个别报表或包含报表、快照和模型的整个文件夹。

Reporting Services 使用 Windows 身份验证方式和基于角色的安全模型来确定哪些用户或用户组能够执行操作和访问报表服务器上的材料和对象。

用户或组能够执行的操作称为任务。共有25个任务，比如“查看报表”、“管理报表”、“管理数据源”等。

所有任务都是预定义的。也就是说，用户不能修改任务或创建自定义的任务。有两种类型的任务：对象级任务是在文件夹、报表、报表模型、快照、资源以及报表服务器所管理的其他对象上完成的任务；系统级任务是在系统级别上完成的任务，比如管理作业与共享时间表。

每个任务都由一组预定义的权限组成，这些权限给用户提供访问特定报表服务器功能的途径。如果用户没有获得对某个功能的必要访问权限，该功能将不会显示为一个选项。例如，如果用户没有读取订阅的权限，那么他们在“报表管理器”中将看不到与订阅有关的页面，或者在 Management Studio 内的相关文件夹中将看不到与订阅有关的选项。

用户作为任务的一部分被间接地授予权限，而任务只有在被指派给角色时才能工作。

在基于角色的安全模型中，所有用户和组都被指派给一个或多个角色。角色决定用户能够执行什么任务，以及能在什么上下文中执行任务。

实际上，我们在日常生活中天天都在利用角色。作为有驾照的司机，你才能开汽车上路。你的父母角色才使得你对培养孩子有发言权，以及要求他们执行某些任务。作为员工，你才有权进出公司的办公大楼和利用公司的某些资源。

下面将介绍如何使用角色。

角色

如上所述，执行任务的各项权限已经按类别分组成角色。Reporting Services 包含了几个预定义的角色。此外，我们还可以创建自定义的角色，并针对最适用于手头工作的某个角色创建一个包含任意任务组合的组。

预定义角色

预定义角色及其对应的权限如下：

“浏览者”角色　能够查看和运行报表，但不能创建文件夹或上载新报表。这个角色包含下列任务：

- 管理个别订阅；
- 查看文件夹；
- 查看模型；
- 查看报表；
- 查看资源。

“内容管理员”角色　适用于需要管理文件夹、报表和资源的用户。报表服务器计算机上的本地管理员组的所有成员被自动指派给这个角色。内容管理员可以执行任何对象级任务，但不能执行任何系统级任务。这个角色包含下列任务：

- 消费报表；
- 创建链接报表；
- 管理所有订阅；
- 管理个人订阅；
- 管理数据源；
- 管理文件夹；

- 管理模型;
- 管理报表历史记录;
- 管理报表;
- 管理资源,
- 设置对象的安全策略;
- 查看数据源;
- 查看文件夹
- 查看模型;
- 查看报表;
- 查看资源。

"报表生成者"角色 这个角色允许用户加载报表到"报表生成器"中,以及查看和导航文件夹分级结构。它包含下列任务:

- 消费报表;
- 管理个人订阅;
- 查看文件夹;
- 查看模型;
- 查看报表;
- 查看资源。

说明: 要在"报表生成器"中创建和修改报表,用户还必须拥有一个包含"执行报表定义"任务的系统角色指派。

"发布者"角色 这个角色可以创建文件夹和上载报表,但不能更改安全设置或管理订阅与报表历史记录。这个角色最适合在"报表设计器"中创作报表并将它们发布到报表服务器上的用户。它包含下列任务:

- 创建链接报表;
- 管理数据源;
- 管理文件夹;
- 管理模型;
- 管理报表;
- 管理资源。

"我的报表"角色 这个角色只适合与个人用户的 My Reports 文件夹一起使用。这个角色允许用户在他或她所拥有的 My Reports 文件夹上执行下列任务:

- 创建链接报表;
- 管理数据源;
- 管理文件夹;
- 管理个人订阅;
- 管理报表;
- 管理资源。
- 查看数据源;
- 查看文件夹;

- 查看报表；
- 查看资源。

“系统管理员”角色 系统管理员有权完成管理报表服务器所必需的任何任务。报表服务器计算机上的本地管理员组的成员被自动指派给这个角色以及“内容管理员”角色。系统管理员可以执行下列任务：

- 执行报表定义；
- 管理作业；
- 管理报表服务器属性；
- 管理报表服务器安全；
- 管理角色
- 管理共享时间表。

“系统用户”角色 系统用户可以查看报表服务器的基本信息，但不能做任何修改。这个角色还包含必要的“执行报表定义”任务，以便用户能在“报表生成器”中创建和报表。它包含下列任务：

- 执行报表定义；
- 查看报表服务器属性；
- 查看共享时间表。

自定义角色

利用“报表管理器”或 Management Studio 从角色定义中删除或添加任务，可以创建或修改包括预定义角色在内的任何一个角色；还可以删除角色。惟一要注意的是，虽然角色定义可以包含或者对象级或者系统级任务，但不能在同一个角色定义中组合这两种类型的任务。

使用报表管理器创建系统级角色定义

1. 打开“报表管理器”，然后单击“站点设置”超级链接。
2. 单击“配置系统级角色定义”超级链接。
3. 单击“新建角色”。
4. 在“名称”文本框中键入 SystemLevelRoleExample。如果愿意，可以添加一段说明。
5. 给该角色定义选择一个或多个任务。

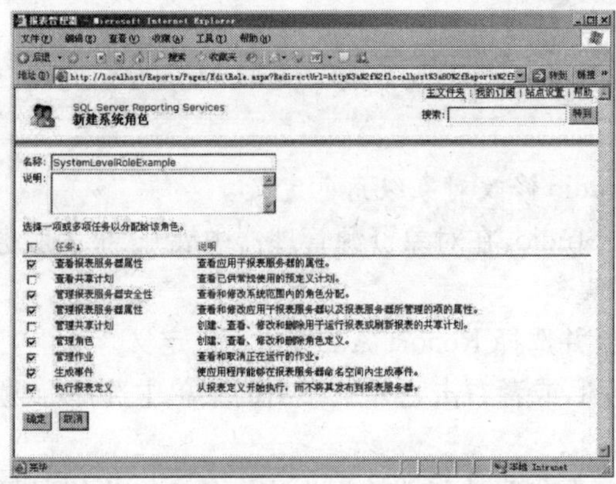

6. 单击“确定”按钮将这个角色定义保存到报表服务器上。一旦保存完毕,拥有创建角色分配权限的任何用户都能使用这个角色定义。

使用报表管理器修改系统级角色定义

1. 打开“报表管理器”,然后单击“站点设置”超级链接。
2. 单击“配置系统级角色定义”超级链接。
3. 单击刚才创建的 SystemLevelRoleExample 角色定义。
4. 修改任务列表或说明。请注意,不能更改名称。
5. 如果需要删除这个角色定义,请单击“删除”按钮。
6. 单击“确定”按钮将角色定义中的修改结果保存到报表服务器上。一旦保存完毕,拥有创建角色分配权限的任何用户都能使用这个角色定义。

使用 Management Studio 创建对象级角色定义

1. 打开 Management Studio,在对象资源管理器中展开“报表服务器”文件夹。
2. 展开“安全性”文件夹。
3. 右击“角色”文件夹,并选择“新建角色”菜单命令打开“新建用户角色”对话框。
4. 在“名称”文本框中,键入 Report Analyst。如果愿意,可以添加一段说明。
5. 在“任务”字段中,复选希望这个角色的成员执行的那些任务。
6. 单击“确定”按钮。角色定义出现在“角色”文件夹中。

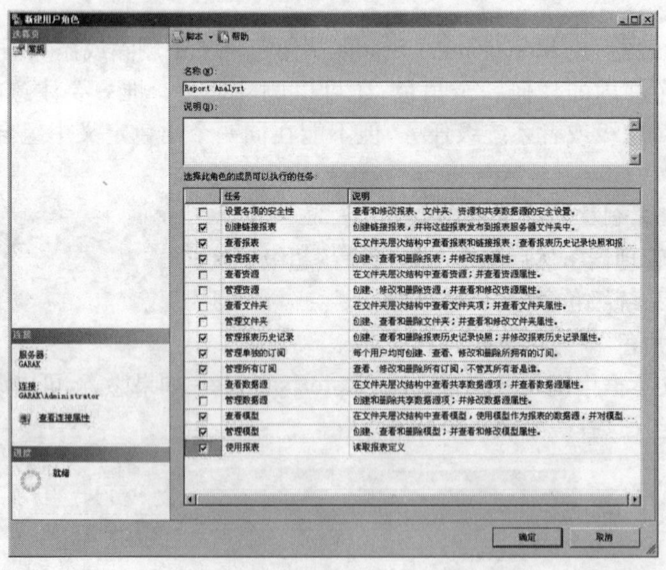

使用 Management Studio 修改对象级角色定义

1. 打开 Management Studio,在对象资源管理器中展开“报表服务器”文件夹。
2. 展开“安全性”文件夹。
3. 右击“角色”文件夹,并选择 Report Analyst 角色定义。
4. 双击 Report Analyst,或者右击它并从弹出的菜单中选择“属性”命令打开“用户角色属性”对话框。
5. 在“任务”字段中,复选或取消复选希望为这个角色修改的那些任务。也可以修改说明,但不能更改名称。

6. 单击“确定”按钮。更新后的角色定义保存到“角色”文件夹中。

要删除角色定义，导航到该定义，右击它，然后选择“删除”菜单命令即可。

角色分配

角色只有用在角色分配中时才会生效。然后，角色分配控制用户能够看到什么内容，以及他们能够执行什么任务。

每个角色分配都包含3个部分。可保护对象是我们希望为其控制访问权的对象，包括文件夹、资源、报表模型、共享数据源和报表。下一个部分是要求能够获得授权(通常通过Windows安全)的用户或组账户。最后一个部分是角色定义，用来描述用户能够在可保护对象上执行的任务集。

默认情况下，所有文件夹(“主文件夹”文件夹除外)、报表和其他可保护对象从父文件夹中继承它们的角色分配。

使用报表管理器管理角色分配

下面将介绍如何使用“报表管理器”创建和修改用户与系统角色分配。

使用报表管理器创建角色分配

1. 打开“报表管理器”，导航到“主文件夹”文件夹。
2. 单击“属性”选项卡打开“主文件夹”文件夹的“安全性”页面。
3. 单击“新建角色分配”按钮。请注意，单击“新建角色”按钮可以打开“新建角色”页面。如果不打算使用任何一个现有角色定义，这个按钮是有用的。
4. 在“组或用户名”文本框中，键入一个有效用户或组的名称。它必须具有如下格式：“域名\\域用户名”或者“计算机名\\计算机用户名”，其中“域名”指的是域，“域用户名”是该域中的一个有效用户或组；“计算机名”是本地计算机名，而“计算机用户名”是一个本地用户或组。
5. 复选代表“发布者”角色的复选框。也可以选择要应用的多个角色。

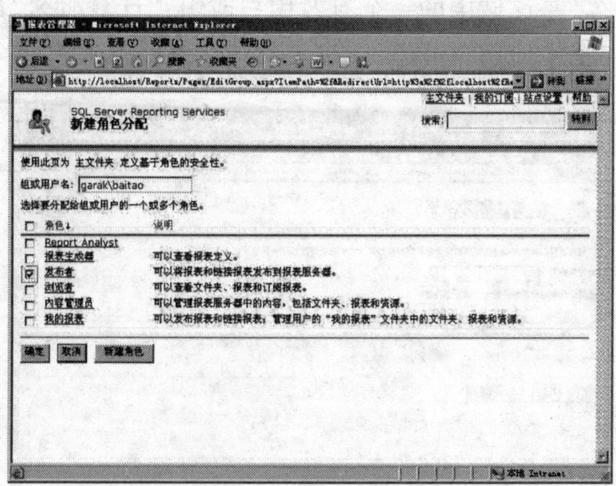

6. 单击“确定”按钮保存这个新角色分配并返回到“安全性”页面。

使用报表管理器修改角色分配

1. 打开“报表管理器”,导航到“主文件夹”文件夹。
2. 单击“属性”选项卡打开“主文件夹”文件夹的“安全性”页面。
3. 单击刚才新建的安全角色分配旁边的“编辑”按钮。
4. 在“编辑角色分配”页面上,选中“浏览者”复选框添加该角色。
5. 请注意,除了“应用”按钮外,还可以单击“新建角色”按钮。单击“删除角色分配”按钮可以删除角色分配。

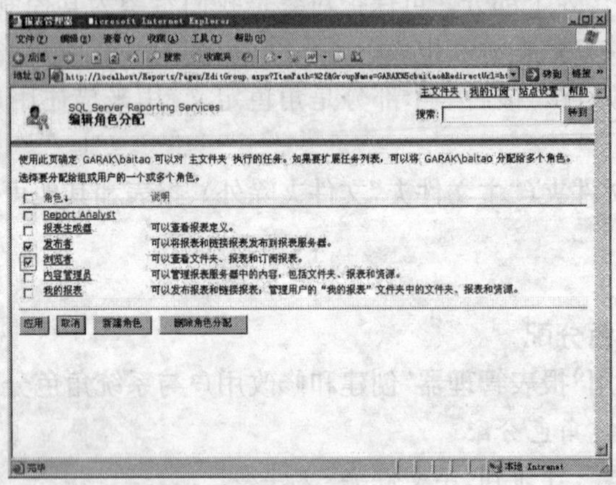

6. 单击“应用”按钮将修改结果保存到报表服务器上,并返回到“安全性”页面。新的角色同时包含了“发布者”和“浏览者”角色。

使用报表管理器创建系统角色分配

1. 打开“报表管理器”,然后单击“站点设置”超级链接。
2. 在“安全性”部分,单击“配置站点范围的安全性”超级链接打开“系统角色分配”页面。单击“新建角色分配”按钮。
3. 在“组或用户名”文本框中,键入打算为其分配系统角色的一个有效用户或组的名称。它必须有如下格式:“域名\\域用户名”或者“计算机名\\计算机用户名”,其中“域名”指的是域,“域用户名”是该域中的一个有效用户或组;“计算机名”是本地计算机名,而“计算机用户名”是一个本地用户或组。

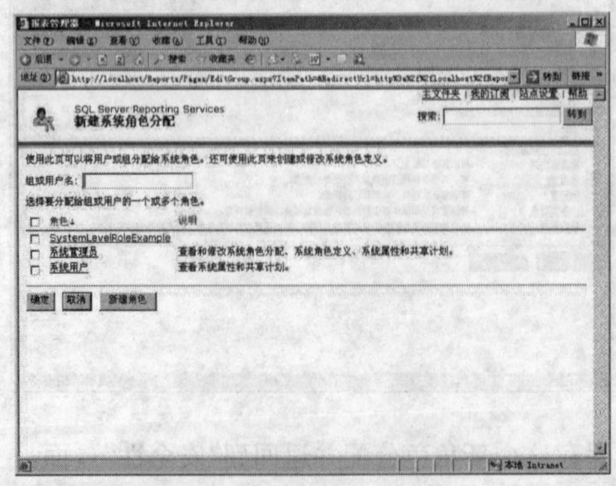

4. 选取一个或多个要使用的系统角色定义。

5. 单击"确定"按钮将新建的系统角色保存到报表服务器上,并返回到"系统角色分配"页面。

使用报表管理器修改系统角色分配

1. 打开"报表管理器",然后单击"站点设置"超级链接。
2. 在"安全性"部分,单击"配置站点范围的安全性"超级链接打开"系统角色分配"页面。单击刚才新建的安全角色旁边的"编辑"按钮。
3. 在"编辑系统角色分配"页面上,复选或取消复选这个角色分配中刚才使用的至少一个角色。
4. 单击"应用"按钮。请注意,单击"新建角色"按钮可以打开"新建系统角色"页面。单击"删除角色分配"按钮可以删除角色分配。

使用 Management Studio 管理角色分配

下面将介绍如何使用 Management Studio 创建和修改用户与系统角色分配。

使用 Management Studio 创建角色分配

1. 打开 Management Studio,在对象资源管理器中展开"报表服务器"文件夹。
2. 右击"主文件夹"文件夹,并选择"属性"菜单命令打开"权限"页面。
3. 单击"添加组或用户"按钮打开"添加组或用户"对话框。
4. 键入打算为其分配角色的一个有效用户或组的名称。它必须有如下格式:"域名\域用户名"或者"计算机名\计算机用户名",其中"域名"指的是域,"域用户名"是该域中的一个有效用户或组;"计算机名"是本地计算机名,而"计算机用户名"是一个本地用户或组。
5. 单击"确定"按钮。
6. 复选希望分配给这个用户或组的一个或多个角色。单击"确定"按钮将新建的角色分配保存到报表服务器上。

使用 Management Studio 修改角色分配

1. 打开 Management Studio,在对象资源管理器中展开"报表服务器"文件夹。
2. 右击"主文件夹"文件夹,并选择"属性"菜单命令打开"权限"页面。
3. 选择刚才新建的角色分配,并通过复选或取消复选来修改刚才分配的角色。
4. 单击"确定"按钮。
5. 复选希望分配给这个用户或组的一个或多个角色。单击"确定"按钮将新角色分配保存到报表服务器上。如果打算删除选定的角色分配,请单击"删除"按钮。
6. 单击"确定"按钮将对角色分配的修改结果保存到报表服务器上。

使用 Management Studio 创建系统角色分配

1. 打开 Management Studio。
2. 右击报表服务器并选择"属性"菜单命令。
3. 打开"权限"页面。

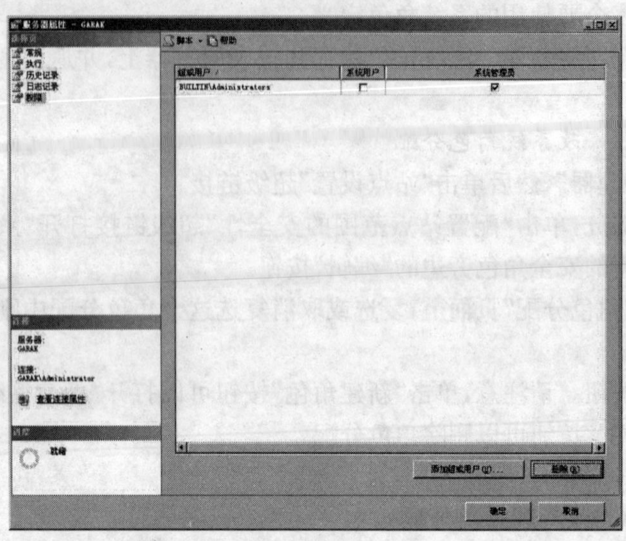

4. 单击“添加组或用户”按钮打开“添加组或用户”对话框。
5. 键入打算为其分配系统角色的一个有效用户或组的名称。它必须有如下格式:“域名\域用户名”或者“计算机名\计算机用户名”,其中“域名”指的是域,“域用户名”是该域中的一个有效用户或组;“计算机名”是本地计算机名,而“计算机用户名”是一个本地用户或组。
6. 单击“确定”按钮将新建的系统角色分配保存到报表服务器上。

使用 Management Studio 修改系统角色分配

1. 打开 Management Studio。
2. 右击报表服务器并选择“属性”菜单命令。
3. 打开“权限”页面。
4. 选择刚才新建的系统角色分配,并通过复选或取消复选来进行修改。如果打算删除某个角色分配,选取它并单击“删除”按钮即可。
5. 单击“确定”按钮将对系统角色分配的修改结果保存到报表服务器上。

报表服务配置工具

“Reporting Services 配置”工具可以用来配置一个已完成的报表服务安装。例如,如果安装报表服务器时使用了纯文件选项,则需要使用这个工具配置报表服务器,使它能够使用。如果使用了默认安装过程,则可以使用这个工具验证或修改服务器设置。

“Reporting Services 配置”可以用来配置本地或远程报表服务器实例。要配置报表服务器,必须在报表服务器计算机上拥有本地系统管理员权限。

要启动报表服务配置,可以按照下列步骤进行:

1. 选择“开始”➤“程序”➤ Microsoft SQL Server 2005 ➤“配置工具”➤“Reporting Services 配置”。
2. 选取要配置的报表服务器实例。单击“查找”按钮。单击“连接”按钮。

报表服务配置设置

“Reporting Services 配置”工具提供了 10 个用来访问设置与配置信息的选项。它们都出现在该工具的左边。图标指示该选项经过配置、没有经过配置、任选还是推荐配置。

警告:配置无效的设置是有可能的。应该总是验证 Reporting Services 安装。

“服务器状态”　这个页面提供实例属性信息,其中包括实例名称、实例 ID、实例是否经过初始化以及 Reporting Services 是否正在运行。单击“停止”按钮可以停止 Reporting Services 服务,而单击“启动”按钮则可以运行 Reporting Services 服务。

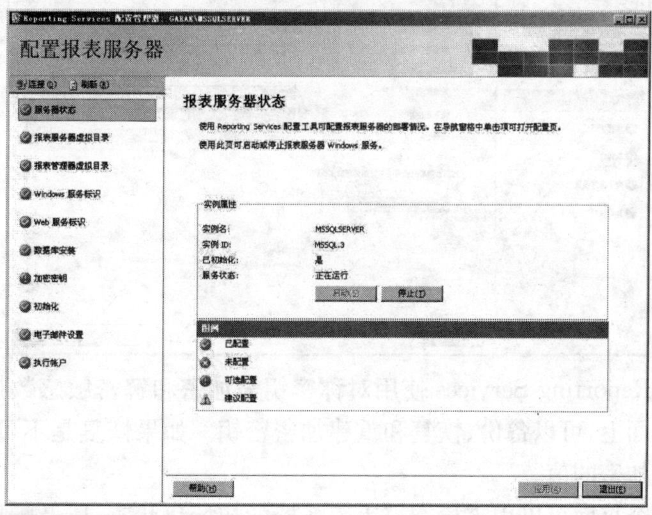

“报表服务器虚拟目录”　这个页面用来显示报表服务器指定的虚拟目录。单击“新建”按钮可以打开“创建新的虚拟目录”对话框。

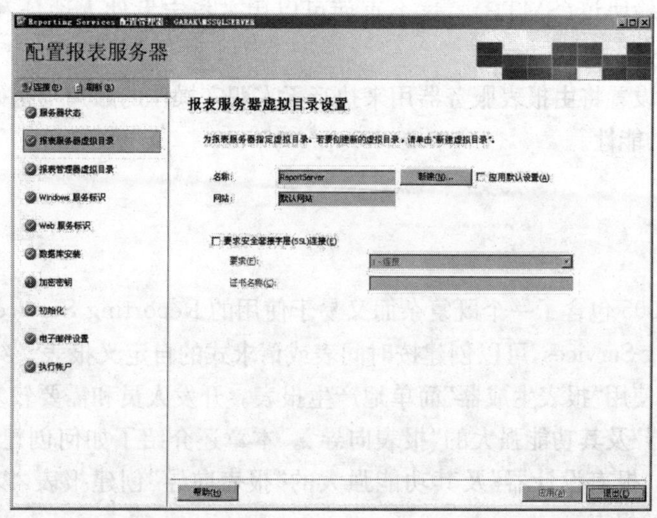

“报表管理器虚拟目录”　这个页面用来为“报表管理器”指定虚拟目录。

“Windows 服务标识”　这个页面用来更新报表服务器的 Windows 服务账户。可以指定一个用来运行 Reporting Services 的内部账户或 Windows 账户。

“Web 服务标识”　在这个页面上,可以同时为“报表服务器”和“报表管理器”指定用来运行报表服务器 Web 服务的应用程序池。

“数据库安装”　在这个页面上,可以创建和配置一条连接到报表服务器数据库的连接(如果该连接还不存在)。另外,也可以连接到一个现有的数据库:通过指定这个数据库并提供正确的连接凭据。

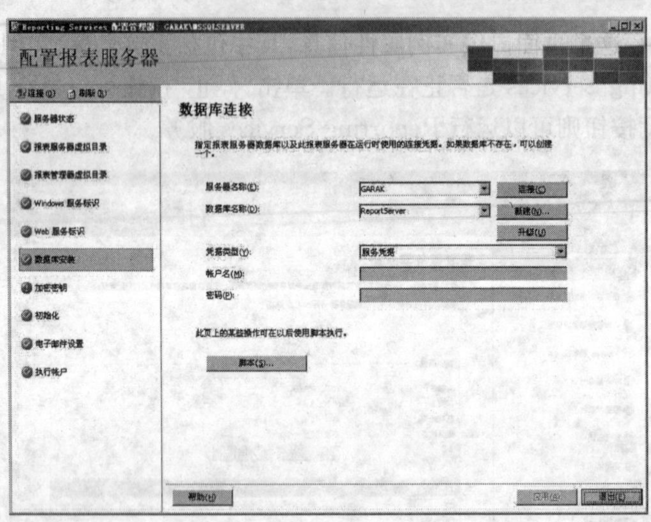

“加密密钥”　Reporting Services 使用对称密钥来加密和解密敏感数据,比如凭据、账户和连接。在这个页面上,可以备份、恢复和重建加密密钥。如果恢复是不可能的,也可以从这个页面上删除经过加密的值。

“初始化”　这个页面可以用来检查报表服务器的初始化状态,以及配置一个按比例放大的部署。按钮可以用来初始化服务器或删除它。

“电子邮件设置”　前面已经介绍过,报表订阅可以传递到电子邮箱。为了实现此功能,必须配置简单邮件传输协议(SMTP)。这个页面可以用来指定发件人地址和使用哪个 SMTP 服务器传递电子邮件。

“执行帐户”　设置将由报表服务器用来执行无人职守操作的账户与密码。如果没有指定账户,会失去一些功能性。

小结

SQL Server 2005 包含了一个既复杂而又易于使用的 Reporting Services 构件。

利用 Reporting Services,可以创建按时间表或请求式的自定义报表。终端用户没有广泛的专业知识也可以使用“报表生成器”简单地产生报表。开发人员和需要较复杂报表的用户可以使用“报表设计器”及其功能强大的“报表向导”。本章还介绍了如何创建参数化报表,并仔细分析了如何使用“报表设计器”及其功能强大的“报表向导”创建报表,以及如何导入来自 Microsoft Access 的报表。

报表模型是使用“报表生成器”的必要前提。本章介绍了如何创建报表模型,以及怎样运用它们和“报表生成器”创建报表。由于发布报表是让用户能够访问报表的惟一途径,所以作为发布报表到报表服务器上的关键步骤,本章介绍了如何生成和部署报表。

“报表管理器”和 Management Studio 都可以用来管理已发布的报表，因此本章介绍了怎样使用这两个工具管理文件夹，以及查看、修改和删除报表，而且介绍了如何设置报表属性和创建报表快照。

本章介绍了标准和数据驱动的订阅传递方法，以及如何使用它们通过电子邮件或文件共享将报表传递给用户，还介绍了如何创建共享计划和管理作业，并讨论了如何打印报表和将报表导出为不同的格式。

安全是保护报表服务器上数据的一个重要方面。本章介绍了 Reporting Services 所采用的基于角色的安全模型，以及怎样使用角色和角色分配来保护数据。

最后，本章简单介绍了“Reporting Services 配置”工具。Reporting Services 是非常健壮且无所不包的，我们在许多方面仅仅涉及了这个一流工具的一点皮毛。

下一章将讨论 SQL Server 2005 中的另一个新增工具：Service Broker（服务中介）。

第29章 服务中介

如果这是第一次听说 Service Broker(服务中介),请放心它与股票市场没有任何关系。Service Broker 是 SQL Server 2005 中引进的另一项功能强大的新技术,其使用对象主要是开发人员。

Service Broker 为 SQL Server 2005 添加了有保证的异步队列支持。异步队列技术为 SQL Server 2005 提供了高度的伸缩性,因为它使得应用程序能够响应的请求数量大于其平台能够实际处理的请求数量。

例如,假设一个网站正准备在上午 12 点 01 分准时向市场提供最热门的儿童图书,同时假设有 2 万个用户在那一时刻尝试在那个服务器上订购图书。除非该服务器能够使用异步队列技术,否则它很快就会被淹没,因为它必须设法启动足够多的线程来处理所有传入的请求。在这种情况下,所有请求将按照收到的顺序被捕获到队列中。现在,Web 服务器不再有被淹没的危险,而是能够以其最大的工作效率处理队列中的输入项(本例中为图书订单)。因此,在总和大于各个部分的累加和的典型情况下,借助于异步队列技术,服务器能够处理的用户连接数量将会大于用其他方式能够处理的用户连接数量。

异步队列技术不仅在操作系统的输入/输出子系统中早已存在,而且在 SQL Server 2005 数据库引擎的内部操作中也早已存在。Service Broker 在 SQL Server 2005 中的添加也给终端用户数据库应用程序提供了处理异步队列技术的能力。

本章将比较详细地介绍 SQL Server Service Broker 所提供的各种新特性。首先,我们将概括这个新的子系统及其核心构件,然后介绍怎样创建 Service Broker 应用程序的基本内容。同时,介绍如何创建消息类型和队列,怎样使用 T-SQL 命令使消息传递应用程序能够为队列添加消息和接收队列中的消息。最后,将介绍 Service Broker 子系统中的一些管理特性。

了解服务中介

正如上面已经提过的,Service Broker(服务中介)是 SQL Server 2005 的一个新特性,是针对数据库开发人员而设计的。其基本思想是,给这些开发人员提供一个辅助工具,以帮助他们开发安全、可靠和可伸缩的应用程序。它的关键好处之一是:由于 Service Broker 是数据库引擎的一部分,所以管理用它开发的应用程序自然成为正常数据库管理的一部分,不需要进行其他任何特殊的管理。换句话说,实现消息接发应用程序的系统级细节交给 Service Broker 负责,并且可以独立地进行管理。

Service Broker 为 SQL Server 添加了执行异步队列的能力,这种新的队列能力完全是事务性的。事务可以接纳队列事件,而且既能被提交,又能被后退。开发人员可以利用新的 SQL 语句访问 Service Broker。

Service Broker 既可以用于使用了单个 SQL Server 实例的应用程序,又可以用于使用了多个实例的应用程序。就单个 SQL Server 实例的情形而言,Service Broker 允许数据库应用程序使用异步编程技术明显缩短交互时间和提高总吞吐量。

此外,使用 Service Broker 开发的队列应用程序可以跨多个 SQL Server 系统,而且仍可以提供有保证的消息传输——即使传输到远程队列。在队列之间传送的消息量可以非常大,最大可达 2GB。Service Broker 负责将大消息分解成较小的消息块所需要的机制;这些较小的消息块通过网络发送到另一端,然后在那里组装成原来的大消息。

说明: Service Broker 既有 32 位版本,又有 64 位版本。

由于 Service Broker 的缘故,SQL Server 现在是一个用来开发松耦合、异步数据库应用程序的平台。一般说来,大型的数据库应用程序都含有一个或多个用做队列的表。

队列的作用是存储消息。当消息到达时,Service Broker 将消息插入到队列中。应用程序通过发送消息到 Service Broker 队列和接收来自该队列的消息进行相互交流。一旦消息进入到队列中,它就停留在队列中,直到截止时间已经到期或者它已经被取走。

使用表作为队列可以帮助提高性能和伸缩性,但维持事务准确性却很困难。正如本章稍后将要介绍的,Service Broker 通过将队列实现为内部数据库对象解决了创建表队列的复杂性问题。内建在数据库内核中的队列处理代码负责处理加锁、排序和多线程化过程,而这些处理在大多数自主开发的数据库队列中常常会产生问题。

为了按比例扩大异步数据库应用程序,Service Broker 在两个 SQL Server 实例之间包含了可靠的事务性消息接发。Service Broker 采用了一种在两个服务之间单次和顺序地传输消息的对话机制,因而防止了重复的消息。

Service Broker 在保证服务间的高可用性方面也发挥着重要作用。例如,如果服务器 A 已配置成发送消息到服务器 B,并且发生了网络故障,那么服务器 A 就会将未读取的消息保存在队列中,直到截止时间已经到期或者服务器 B 再次变得可用。

为了保证应用程序总是处在运行状态以处理接收到的消息,Service Broker 还包含了一个激活特性(稍后介绍);这个特性随着队列工作负荷的加重而加大处理存储过程的数量,并随着队列工作负荷的减轻或变空而减少存储过程的数量。

T-SQL 数据定义与操纵语言

T-SQL 增加了几条新语句,以便用来控制 Service Broker 消息接发与数据库存储过程的本机集成。表 29.1 概括了用来创建 Service Broker 对象的新增 DLL 语句。

表 29.1　用于 SQL Server Service Broker 对象的 T-SQL DDL 语句

T-SQL DDL	描述
ALTER MESSAGE TYPE	更改消息类型
ALTER QUEUE	更改队列
ALTER REMOTE SERVICE BINDING	更改远程服务绑定的属性
ALTER ROUTE	更改路由
ALTER SERVICE	更改服务
CREATE CONTRACT	在数据库中创建新的契约
CREATE MESSAGE TYPE	创建新的消息类型
CREATE QUEUE	在数据库中创建新的队列

(续表)

T-SQL DDL	描述
CREATE REMOTE SERVICE BINDING	创建将远程服务与用户凭据关联起来的绑定
CREATE ROUTE	在数据库中创建新的路由
CREATE SERVICE	在数据库中创建新的服务
DROP CONTRACT	从数据库中删除契约
DROP MESSAGE TYPE	从数据库中删除消息类型
DROP QUEUE	从数据库中删除队列
DROP REMOTE SERVICE BINDING	从数据库中删除绑定
DROP ROUTE	从数据库中删除路由
DROP SERVICE	从数据库中删除

服务中介程序除了新增的 DDL 语句之外，还有一组新增的 T-SQL 语句可以用来处理 Service Broker 应用程序中的消息。表 29.2 列举了这些数据操纵语言(DML)语句。

表 29.2 用于 SQL Server Service Broker 消息的 T-SQL DML 语句

T-SQL DML	描述
BEGIN CONVERSATION TIMER	启动计时器。当计时器期满时，Service Broker 将消息存放到队列上
BEGIN DIALOG CONVERSATION	启动新的对话
END CONVERSATION	结束对话所使用的会话。请注意，要结束对话，必须结束会话
GET CONVERSATION GROUP	为队列中的下一条消息提供会话组标识符
GET TRANSMISSION STATUS	描述会话的上一个传输错误
MOVE CONVERSATION	将会话转移到新的对话
RECEIVE	从队列中接收消息
SEND	发送消息到队列

消息接发

前面已经讨论了消息接发的许多内容，它毕竟是 Service Broker 存在的整个理由。下面将介绍消息接发的一些关键构件和属性，以及它们怎样帮助交换消息。

会话

不难想像，Service Broker 的设计是围绕着发送和接收消息的基本任务而展开的。正如我们从日常生活中所体验到的，会话就是消息的可靠和有序的交换。在 Service Broker 中，所有会话都是对话。

对话是两个端点之间的双向会话。端点是队列消息的发源地或目的地，可以接收和发送消息。对话始终建立在发起者与目标之间。发起者是发布 BEGIN DIALOG CONVERSATION 命令的端点。第一条消息总是从发起者去往目标，但一旦会话开始，两者之间可以发送任意多条消息。

契约是两个服务之间或两个端点之间的契约，端点(起发者或目标)可以通过契约在会话中发送特定消息类型的消息。每个对话都必须遵守契约的规则。每个契约都包含一个或多个消息类型,并且这些类型可以用在两个服务之间的对话会话期间,或者用在两个端点之间(当使用同一个服务时)。此外,每个服务还定义成带有一个或多个契约。

契约或者在创建服务时或者在启动对话时指定。一旦服务已经建成,就没有必要指定服务可以使用哪些契约。另一方面,对话有它们自己的相关契约,并且这些契约在创建对话时指定。

说明: 独白是单个端点与许多个接收者端点之间的单向会话,类似于发布—订阅消息接发模型,而且在 SQL Server 2005 中是无效的。

对话中的所有消息都是经过排序的,并总是按照它们的发出顺序进行传输。这个顺序在单个或多个事务、输入与输出线程以及崩溃与重启动之间都保持不变。每条消息还包含一个会话句柄,用于标识关联的对话。

会话组

另一个核心构件(即会话组)是一种将用于某个特定任务的所有对话进行分组的方法。例如,在本章开始部分的图书订购示例中,订购某一种图书所需要的所有事务可以逻辑地分组到一个统一的会话组中。然后,这个会话组被实现为一个会话组标识符,而这个标识符将作为所有消息的一部分被包含在这个会话组内的所有对话中。

会话组的主要价值在于,它为相关联的队列提供了一种加锁机制。这个锁用来在同一个会话组内的所有会话之间保持消息顺序和消息状态。换句话说,当从该会话组中的任何一个对话中接收到一条消息时,系统就使用接收事务所持有的一个锁将这个组锁住。在接收事务的生存周期内,只有持有该锁的线程能够接收到从这个会话组内的任何一个对话中发出的消息。

说明: 可以使用 GET CONVERSATION GROUP 命令锁定一个会话组。

从实际的角度来看,这指的是不必让应用程序回避可能由同一个订单在多个线程上的同时处理所引起的问题。

会话组的另一个重要用途是,在一个会话组中的所有会话之间保持状态。如果一个进程随着时间的推移涉及许多消息,那么没有任何强制性措施可以使应用程序的一个实例在整个期间都一直保持运行。再次使用图书订购示例说明这一点,会话组允许我们将订单处理所涉及到的任何一个全局状态保存在数据库中,并在该订单所关联的下一条消息被接收到时检索出这个状态。会话组标识符通常用做状态表中的主关键字。

异步队列事务性消息接发

如果对数据库开发不熟悉,也许不知道这个忙乱究竟是为了什么。

下面以联机购买一本图书为例加以说明。在理想情况下,你登录到 Internet 上,订购这本图书,提供你的信用卡号码,一旦出版商确认了你的付款,就会立即将图书邮寄给你。但是,以这种方式做这件事情既不是最有效的,也不是最经济的。这正是异步队列消息接发派上用场的地方。

不难想像,队列允许灵活地安排工作时间表,这通常意味着性能和伸缩性方面的显著提供。仍以前面描述的图书订购为例。订单系统需要处理订单的某些部分,比如订单标题、承诺期限和订单线路,然后才能考虑完成订单。但是,订单的其他部分,比如开发票、发运和库存量在系统提交订单以前不必处理。如果系统能够用一种有保证但异步的方式处理订单中可以推迟的部分,公司就可以更快速地处理订单的核心部分。具体地说,在做图书发运准备的同时,书面工作又没有落后。

异步队列消息接发还允许更有效地进行并行活动。例如,系统可以同时(即并行地)检查你的信用卡和图书的可用性,从而改善了总体响应时间。从系统的角度看,队列还允许在系统之间更均匀地分配处理,进而提供更好的负荷平衡。

典型的 Service Broker 消息处理事务包含以下步骤:

1. 开始事务。
2. 接收来自会话组的一条或多条消息。
3. 从状态表中检索会话的状态。
4. 处理消息,并根据消息内容对应用程序数据做一项或多项更新。
5. 发出一些 Service Broker 消息——或者响应传入消息或者将消息传给处理传入消息所需要的其他服务。
6. 读取并处理来自这个会话组的更多消息(如果有的话)。
7. 用会话的新状态更新会话状态表。
8. 提交事务。

Service Broker 只支持事务性消息接发,因为事务性消息接发(即作为事务发送和接收的消息)是保证消息被单次和有序地处理以防止重复性消息的惟一方法。

例如,假设在处理你的图书订单期间,订单应用程序半途发生了故障,那么当程序重新启动时,它如何才能知道它在发生故障时正在处理的订单是否处理完毕呢?如果这笔费用已经发出,并且它又重新处理这张订单,那么你可能会再次买单。很明显,处理这种情况的惟一安全的办法是让消息接收成为更新数据库的同一个事务的一部分。这样,如果系统发生故障,数据库更新和消息队列在故障发生前都处在同一个条件中;也就是说,不会遭到伤害,不会遭到不公正对待,也不必给信用卡公司打电话。

最后,Service Broker 不仅仅是一个消息接发系统。虽然 Service Broker 的消息接发特性可能有价值,但许多 Service Broker 应用程序根本不需要消息接发。即使数据库应用程序不是分布式的,执行异步队列数据库操作的能力仍是有用的。

激活

为了保证应用程序能永远运行以接收消息,Service Broker 包含了一个激活特性。激活的作用就是让开发人员能够创建一个与指定的输入队列关联起来的存储过程。这个存储过程的作用是自动处理来自这个指定队列的消息。在每条新的消息传入时,关联的存储过程自动执行和处理传入的消息。如果该存储过程遇到错误,它会抛出一个异常并自动再循环。

Service Broker 检查输入队列的状态,以了解存储过程在与上传的消息保存一致方面的情况。如果队列中有正在等待处理的消息,Service Broker 就随着队列工作负荷的加重而加大处理存储过程的数量,并随着队列工作负荷的减轻或者变空而减少处理存储过程的数量。

说明: Service Broker 是每个 SQL Server 数据库的一部分,并且默认地启用。通过执行 ALTER DATABASE [数据库名称] SET DISABLE_BROKER 命令,可以禁用指定数据库的 Service Broker;通过 ALTER DATABASE [数据库名称] SET ENABLE_BROKER 命令,可以启用指定数据库的 Service Broker。

消息传输

默认情况下，Service Broker 消息传输从数据库建成那一刻起在数据库中一直是活动的。当消息传输还没有被激活，或者说被关闭时，消息停留在传输队列中。

要激活数据库中的 Service Broker，只需像下面这个示例中那样简单地设置数据库的 ENABLE_BROKER 选项即可：

```
USE master ;
GO
ALTER DATABASE AdventureWorks SET ENABLE_BROKER ;
GO
```

要禁用指定数据库的 Service Broker 消息传输特性，只需像下面这个示例中那样简单地设置数据库的 DISABLE_BROKER 选项即可：

```
USE master ;
GO
ALTER DATABASE AdventureWorks SET DISABLE_BROKER ;
GO
```

端点与联网

虽然激活 Service Broker 能够将消息传输给数据库，但是除了在特殊情况下之外，Service Broker 在传输或接收的方式方面考虑不周。事实上，在默认情况下，Service Broker 并不通过网络发送或接收消息。因此，必须创建一个 Service Broker 端点，才能发送和接收来自 SQL Server 实例之外的消息。

要创建一个 Service Broker 端点(并激活 Service Broker 联网)，可以使用一条 T-SQL 语句并指定端口号和身份验证级别，例如：

```
USE master;
GO
CREATE ENDPOINT ExampleEndPoint
    STATE = STARTED
    AS TCP ( LISTENER_PORT = 3133 )
    FOR SERVICE_BROKER (AUTHENTICATION = WINDOWS KERBEROS) ;
GO
```

Service Broker 将通过网络发送和接收消息，同时任何 Service Broker 端点都处在 STARTED 状态之中。要停止这个端点，可以取消激活 Service Broker 联网，或者暂停 Service Broker 联网。

暂停 Service Broke 联网将阻止 Service Broker 传送或接收来自 SQL Server 实例之外的消息，但是对该实例内发生的存储传送没有影响。要暂停 Service Broker 联网，更改所有 Service Broker 端点将状态设置为 STOPPED 即可：

```
USE master;
GO
ALTER ENDPOINT ExampleEndPoint
    STATE = STOPPED ;
GO
```

要重新运行 Service Broker 联网,更改所有 Service Broker 端点将状态设置为 STARTED 即可:

```
USE master;
GO
ALTER ENDPOINT ExampleEndPoint
    STATE = STARTED ;
GO
```

考虑因素之一是:如果有任何一个 Service Broker 端点处于 STARTED 状态之中,那么 Service Broker 将通过网络发送和接收消息,因此取消激活 Service Broker 联网的惟一方法是通过删除所有端点:

```
USE master;
GO

DROP ENDPOINT ExampleEndPoint
GO
```

但是,不要执行上面这条语句,因为我们仍将需要使用 ExampleEndPoint。

消息转发

消息转发允许 SQL Server 实例接受来该实例之外的消息,并将该消息一个传一个地发送给其他实例。这个过程可以理解为数据库的调用转发。

由于消息转发在 Service Broker 端点上配置,所以需要像上面描述的那样激活 Service Broker 联网。一旦激活了 Service Broker 联网,只需像下列示例中那样更改端点并指定被转发消息的最大容量(以 MB 为单位)即可:

```
USE master;
GO

ALTER ENDPOINT ExampleEndPoint
    FOR SERVICE_BROKER (MESSAGE_FORWARDING = ENABLED,
                        MESSAGE_FORWARD_SIZE = 15 );
GO
```

要关闭消息转发,简单地更改端点取消激活它即可:

```
USE master;
GO
ALTER ENDPOINT ExampleEndPoint
    FOR SERVICE_BROKER (MESSAGE_FORWARDING = DISABLED) ;
GO
```

消息传输

Service Broker 传输基于 TCP/IP 协议,并且与 TCP/IP 和 FTP 所使用的体系结构非常相似。Service Broker 消息传输由两个协议组成:类似于 TCP 的 Binary Adjacent Broker 协议(BABP)和对话协议(是一个类似于 FTP 的较高层协议并驻留在 BABP 上面)。

BABP 提供基本的消息传输。由于是双向和多路传输的,所以它能够处理针对多个对话的消息传输。它的主要作用是通过网络尽可能快地发送消息。

对话协议处理对话的端对端通信,并像按顺序一次传送一个的传输系统一样处理消息排序。它还处理消息的发送和肯定应答。它还负责消息的身份验证和加密。对话协议的另一个特性是它提供对称故障处理,即两个节点同时接到任何消息传送失败的通知。

服务中介编程

至此,我们已经介绍了关于 Service Broker 的许多知识。那么,怎样将这些知识运用于实践呢?本节将介绍如何创建所需的 Service Broker 对象,并将它们用在一个非常简单的应用程序中。

创建服务中介应用程序

开发 Service Broker 应用程序可以分成下列几个简单的步骤来进行:

1. 确定所需的消息类型和相关的有效性验证。
2. 确定所需的各种契约并决定消息序列。
3. 创建所需的队列。
4. 创建所需的服务并将它们绑定到适当的队列。
5. 发送消息并读取它们。

创建 SQL Server Service Broker 应用程序的第一步是创建一个或多个消息类型,用来描述将要发送的消息:

```
USE AdventureWorks
CREATE MESSAGE TYPE HelloMessage
VALIDATION = NONE
```

第一个参数用来命名消息类型,VALIDATION 关键字表示任何一种类型的消息主体都是可接受的。

一旦创建了消息类型,就需要创建一个契约来指定谁能够发送什么类型的消息:

```
CREATE CONTRACT HelloContract
(HelloMessage SENT BY INITIATOR)
```

契约还描述能够使用一个特定对话接收的消息。第一个参数用来命名契约。SENT BY 从句用来指派哪些消息与该契约相关联以及那些消息来自何处。

由于通信发生在两个端点之间,所以我们需要创建两个队列,一个用于发送方,另一个用于接收方:

```
CREATE QUEUE HelloReceiverQueue
CREATE QUEUE HelloSenderQueue
```

如果需要使用 ACTIVATION 关键字自动激活一个存储过程来读取队列的内容,可以修改上面的代码。但是,要调用的存储过程在创建队列时必须存在,否则会产生错误。MAX_QUEUE_READERS 关键字指定 Service Broker 将自动激活的读取器的最大数量;当需要在一个不同的用户上下文中执行激活的存储过程时,可以使用 EXECUTE AS 选项。

```
CREATE QUEUE HelloReceiverQueue WITH ACTIVATION
(STATUS=ON,
PROCEDURE_NAME = HelloReceiverProc,
MAX_QUEUE_READERS=10,
EXECUTE AS SELF)
```

由于我们目前还没有一个名为 HelloReceiverProc 的存储过程,因此需要确保你正在为本例键入的代码如下:

```
CREATE QUEUE HelloReceiverQueue
```

一旦创建好这些队列,就可以使用 SELECT 语句显示它们的内容了,进而可以像对待标准数据库表一样对待队列。运行 SELECT 语句是检查正在开发之中的 Service Broker 应用程序是否工作的一种好方法,例如:

```
SELECT * FROM HelloReceiverQueue
```

既然队列已经建好,下一步就是创建所需的服务,并将它们绑定到队列上:

```
CREATE SERVICE HelloSenderService
  ON QUEUE HelloSenderQueue (HelloContract)
CREATE SERVICE HelloReceiverService
  ON QUEUE HelloReceiverQueue (HelloContract)
```

可以看出,使用 CREATE SERVICE 语句就可以创建服务。其中,第一个参数命名该服务;ON QUEUE 从句标识关联到该服务的队列,然后标识关联到该服务的契约。

如果服务之一位于远程系统上,还需要创建一个远程服务。CREATE ROUTE 语句实质上给 Service Broker 提供了去哪里查找远程服务的系统地址。

在创建了这些必要的 Service Broker 对象之后,就可以准备在应用程序中使用它们。通过发送一条消息开始这两个服务之间的会话:

```
DECLARE @HelloSendDialog UNIQUEIDENTIFIER
DECLARE @message NVARCHAR(100)

BEGIN
  BEGIN TRANSACTION;
  BEGIN DIALOG @HelloSendDialog
        FROM SERVICE HelloSenderService
        TO SERVICE 'HelloReceiverService'
        ON CONTRACT HelloContract
  -- Send a message on the conversation
  SET @message = N'Hello, This is an example';
  SEND  ON CONVERSATION @conversationHandle
        MESSAGE TYPE HelloMessage (@message)
  COMMIT TRANSACTION
```

在程序清单的开始处,我们创建了一个名为 HelloSenderDialog 的变量,用来包含一个惟一的标识符,这是一个将由某个 Service Broker 对话指派的标识符。

接下来,启动一个事务。以前曾经说过,将 Service Broker 执行的所有操作封装在一个事务中是个好习惯,这样可以同时提交或回退对队列的所有修改。

BEGIN DIALOG 语句用来打开一个 Service Broker 对话。在声明对话时,始终需要指定两个端点。FROM SERVICE 选项标识消息的发送方，而 TO SERVICE 选项标识目标端点。其中，发送方被命名为 HelloSenderService，而目标被命名为 HelloReceiverService。ON CONTRACT 选项指定用于该对话的契约。

两个 SEND 操作在执行时发送两条消息到目标服务；然后，目标服务将接收这两条消息，并将它们添加到该服务所关联的队列中。最后，提交该事务。

由于本例没有关联的存储过程，所以要从 HelloReceiverQueue 中检索消息，需要执行下列代码：

```
RECEIVE CONVERT(NVARCHAR(max), message_body) AS message
 FROM ReceiverQueue
```

可以看出，接收消息的语法类似于 SELECT 语句。关键差别是 RECEIVE 语句从队列中读取消息并删除它，这也叫做破坏性读取(destructive read)。像前面描述的那样使用 SELECT 语句检索队列是非破坏性的，因为没有任何内容被删除。

在下一小节中，我们将介绍如何通过存储过程从队列中检索消息。

创建队列读取存储过程

在前面创建 Service Broker 应用程序时，我们曾经介绍过如何在激活程序时创建目标队列 HelloReceiverQueue。在那个示例中，关联的存储过程在消息到达该队列时自动启动。该存储过程的代码实际上是十分基本的：

```
CREATE PROC HelloReceiverProc
AS
DECLARE @HelloSendDialog UNIQUEIDENTIFIER
DECLARE @message_type_id int
DECLARE @message_body NVARCHAR(1000)
DECLARE @message NVARCHAR(1000)
DECLARE @ResRequestDialog UNIQUEIDENTIFIER
while(1=1)
BEGIN
    BEGIN TRANSACTION
        WAITFOR   (RECEIVE TOP(1)
       @message_type_id = message_type_id,
       @message_body = message_body,
       @ResRequestDialog = conversation_handle
        FROM HelloReceiveQueue), TIMEOUT 200;

       if (@@ROWCOUNT = 0)
       BEGIN
          COMMIT TRANSACTION

          BREAK
       END

       IF (@message_type_id = 2) -- End dialog message
          BEGIN
             PRINT ' Dialog ended '
               + cast(@HelloSendDialog as nvarchar(40))
          END
       ELSE
          BEGIN
```

```
            BEGIN TRANSACTION
               BEGIN DIALOG @HelloSendDialog
               FROM SERVICE HelloSenderService
                  TO SERVICE 'HelloReceiverService'
                  ON CONTRACT HelloContract
                  WITH LIFETIME = 2000;

               SELECT @message = 'Received:' + @message_body;

                SEND ON CONVERSATION @HelloSendDialog
                MESSAGE TYPE HelloMessage (@message);

                PRINT CONVERT(varchar(30), @message)
            COMMIT TRANSACTION
         END CONVERSATION @HelloSendDialog
   END
   COMMIT TRANSACTION
END
```

存储过程的最顶端声明了要包含响应对话标识的变量,后跟 3 个用来从正被读取的队列中取回信息的变量。然后,开始了一个循环,这个循环将从队列中读取全部选项。在这个循环的里面,开始了一个事务,并用一条 RECEIVE 语句接收信息。其中,TOP(1)从句用来限定该存储过程一次只接收一条消息,但通过删除该从句,可以检索队列中的全部消息。这条 RECEIVE 语句填充了 3 个变量:@amessage_type_id 变量标识消息的类型,这条消息一般是一条用户定义消息或者一条 End Dialog 消息;@message_body 变量包含实际消息的内容,而@ResRequestDialog变量包含一个标识发送对话的句柄。

然后,检查结果集以便了解是否已实际接收到消息。如果没有,则提交上一个事务并结束该存储过程。否则,检查消息类型 ID 以便了解该消息是一条用户消息还是一条 End Dialog 消息。如果它是一条用户消息,则处理消息内容。首先,打开一个与 HelloSenderService 的对话。这个对话用来发送消息到 HelloReceiverQueue,并指定 HelloContract 来约束将获准传入的消息类型。

一旦打开了对话,就通过连接“Received”字符串与收到的消息内容来修改该消息,然后使用 SEND 语句将该消息发送到 HelloRecevierQueue。最后,结束对话会话,并提交事务。

管理服务中介

由于 Service Broker 集成在数据库引擎内,所以大多数管理任务都是正常数据库管理的一部分,而且 Service Broker 在管理性开销方面的需求也很小。本节将介绍 Service Broker 特有的各种任务。

管理应用程序与队列

就已经投入到生产环境中的应用程序来说,日常管理是正常数据库维护的重要组成部分。基本上有 3 种类型的非日常任务:将 Service Broker 应用程序投入到生产环境中、执行应用程序的日常维护以及移走(即卸载)应用程序。

安装应用程序

正如前面已介绍过的,"安装"应用程序只不过是使用开发人员创建的安装脚本。这些脚本包含了用来创建消息类型、契约、队列、服务以及用于服务的存储过程的 T-SQL 语句。在某些情况下,开发人员可能会提供一组用于目标服务的脚本和另一组用于启动服务的不同脚本。

SQL Server 管理员审查和执行这些脚本。管理员还配置安全主体、证书、远程服务绑定以及使应用程序在生产环境中正常工作所需要的路由。

作为安装过程的一部分,开发人员和数据库管理员都应该规划并用文档说明卸载应用程序的过程。

转移应用程序

转移 Service Broker 应用程序通常要求将包含该应用程序的数据库转移到另一个 SQL Server 实例。这个数据库包含该应用程序的 Service Broker 对象、存储过程、证书、用户以及传出路由。

在转移 Service Broker 应用程序时,重要的是需要记住,必须更新任何一个与正在转移的服务进行会话的服务。在每个为正在转移的服务而包含了路由的数据库中,应该使用 ALTER ROUTE 语句将路由更改为使用新的网络地址。

由于端点和传输安全性应用于服务器实例,而不是应用于具体的数据库,所以将数据库捆绑到新实例上并不影响该实例的端点或传输安全性。但是,如果要转移的服务通过网络发送或接收消息,应该确保新实例有一个端点,而且该实例的任何传输安全性已按应用程序的要求进行过配置。

启动与停止应用程序

要临时停止服务,更改应用程序使用的队列,使队列状态为 OFF:

```
ALTER QUEUE  HelloSendQueue WITH STATUS = OFF ;
```

在队列状态为 OFF 时,Service Broker 将不传送新消息给该队列,也不允许应用程序接收来自该队列的消息,实际上是停止了应用程序,并给尝试接收消息的应用程序发送一条错误消息。

当有一条针对已停止队列的消息到达时,这条消息将被保存在数据库的传输队列中,直到目标队列变成可用状态时为止。Service Broker 并不认为针对已停止队列而到达的消息是错误的。在目标队列变成可用状态时,Service Broker 就将传输队列中的消息传送给服务队列。这个传送使用正常的消息重试逻辑。消息在传输队列中被标记为延迟,并被定期地重试。

停止队列并不复位该队列中的消息的会话计时器或对话生存周期计时器。如果在队列停止期间这两个计时器之中有任意一个到期,Service Broker 就在队列重新启动时产生适当的消息。

要重新启动应用程序,更改队列使队列状态为 ON:

```
ALTER QUEUE  HelloSendQueue WITH STATUS = ON ;
```

这条语句运行完毕,如果队列有一个指定的激活存储过程,并且队列包含消息,那么一旦队列启动，Service Broker 就会立即启动这个激活存储过程。由于队列现在是可用的，所以 Service Broker 也为队列停止期间可能已到期的会话计时器和对话生存周期计时器产生适当的消息。

如果应用程序没有使用激活特性，则需要使用为该应用程序而定义的启动存储过程重新启动该应用程序。

备份/恢复服务中介应用程序

Service Broker 服务的备份和还原过程与该服务运行在里面的数据库集成在一起。如果该服务包含除数据库之外的构件，比如外部应用程序，这些构件必须分开备份和还原。

卸载应用程序

当数据库继续被承载在同一个实例内，但不再提供 Service Broker 应用程序所实现的服务时，应该卸载这个应用程序。删除数据库将删除该数据库内的所有 Service Broker 对象。

卸载 Service Broker 应用程序最简单的方法是，使用一系列 DROP 语句。要从 Adventure- Works 中卸载我们在前面创建的 HelloMessage 应用程序，执行下列代码：

```
USE AdventureWorks
DROP SERVICE HelloSender
DROP SERVICE HelloReceiver
DROP QUEUE HelloSenderQueue
DROP QUEUE HelloReceiverQueue
DROP CONTRACT HelloContract
DROP MESSAGE TYPE HelloMessage
```

毒性消息

毒性消息指的是包含应用程序无法顺利处理的信息的消息。毒性消息不一定是讹误的消息或无效的请求。事实上，Service Broker 包含了检测讹误消息的消息完整性检查功能，而且大多数应用程序一般都验证消息内容的有效性，进而废弃任何包含非法请求的消息。因此，许多毒性消息在它们创建的时候实际上是有效消息，但后来变得不能处理。

Service Broker 携带了自动毒性消息检测功能。当包含 RECEIVE 语句的事务回退 5 次时，Service Broker 就禁用该事务从中接收过消息的所有队列，进而将队列状态设置为 OFF。同时，创建一个 Broker：Queue Disabled 事件。

在队列遭到禁用时让 SQL Server 代理发送警报给管理员是个不错的主意。开发人员应该在应用程序中包含检测队列何时遭到 Service Broker 禁用的能力，以及检查队列中的消息来查找毒性消息的能力。一旦应用程序找出毒性消息，它应该立即将队列状态设置为 OFF，并用一个错误结束该消息的会话。

虽然应用程序应该跟踪并无需干预就能自动删除毒性消息，但有时手工删除毒性消息可能是必不可少的。

毒性消息的手工删除可能会有严重的后果，其中最严重的后果是中断重要的会话。应该总是确保在从队列中删除毒性消息以前检查该消息。

要查看可疑消息的内容，最简单的方法是启动一个事务，接收消息正文，显示消息正文，然后回退这个事务。直到确定可疑消息是毒性消息时才回退事务是很重要的。

服务中介安全性

在 SQL Server 实例之间发送消息的应用程序可以使用传输安全性、对话安全性或者同时使用这两者。这两种类型的安全性提供不同的保护措施。

对话安全性为指定服务之间的会话提供端对端加密和身份验证。换句话说，消息在从对话中第一次发出时是经过加密的，而且直到该消息到达它的端点时才被解密。消息内容在通过任何中间路段转发时一直保存加密状态。

在创建对话时，可以使用 WITH ENCRYPTION 从句保护它们。在需要时，创建一个会话密钥并使用它加密用该对话发送的所有消息。为了实现对话安全性，Service Broker 使用了基于证书的身份验证，其中发送用户的证书随同消息一起发送。

由于 SQL Server Service Broker 的异步性质，安全信息存储在消息头部，并由接收服务在检索消息时检索。这种设计使得 SQL Server Service Broker 应用程序避免了建立一条连接来验证消息身份的麻烦。

对话安全性应该用于传输保密或敏感数据或通过非可信网络发送消息的应用程序。对话安全性也可以帮助会话中的参与方标识会话中的其他参与方。

传输安全性防止与 Service Broker 端点的未授权网络连接，并任选地提供点对点加密。这是防止数据库接收多余消息的一种手段。由于传输安全性适用于网络连接，所以传输安全性自动适用于去往或来自 SQL Server 实例的会话。然而，需要注意的是，传输安全性并不提供端对端加密，也不为个别会话提供身份验证。

系统配置选项

有几个可以用 sp_configure 系统存储过程进行设置的系统配置选项。这些系统配置选项的设置将影响 Service Broker 子系统的行为。表 29.3 列举了适用于 SQL Server Service Broker 的 sp_configure 选项。

表 29.3 sp_configure 选项

sp_configure	**参数描述**
broker tcp listen port	定义 Service Broker 用于网络连接的端口
broker authentication mode	设置将用于连接的远程身份验证类型。1 表示将不使用任何身份验证。2 表示支持身份验证。3 表示身份验证是必需的。默认值是 3
broker forwarding size limit	设置保存待转发消息的最大磁盘空间(以 MB 为单位)。默认值是 10
10broker message forwarding	设置容许的消息转发类型。1 表示禁止转发。2 表示允许本域的转发。3 表示允许外部转发。默认值是 1

服务中介目录视图

SQL Server 2005 提供了几个新的系统视图，以便用户能够检索 Service Broker 对象及其当前状态的相关信息。表 29.4 列举了 Service Broker 目录视图。

表 29.4 Service Broker 目录视图

系统视图	描述
sys.conversation_endpoints	列出当前处于活动状态的会话端点
sys.remote_service_bindings	列出服务与将要执行服务的用户之间的关系
sys.routes	列出已建好的路由
sys.service_contract_message_usage	列出契约与消息类型之间的关系
sys.service_contract_usage	列出契约与服务之间的关系
sys.service_contracts	列出已建好的所有契约
sys.service_message_types	列出已建好的消息类型。系统消息类型首先列出,然后是用户定义消息
sys.service_queues	列出已建好的队列
sys.services	列出已建好的服务
sys.transmission_queue	列出要发送且正在排队的消息
sys.conversation_groups	列出已建好的会话组
sys.service_broker_endpoints	列出 Service Broker 内已建好的端点

小结

本章介绍了 Service Broker,这是 SQL Server 2005 中的另一项新技术。正如本章介绍的,Service Broker 是一个用来开发异步队列数据库应用程序的强有力的工具。

Service Broker 是通过以会话为中心的异步事务性消息接发机制来实现这一切的,而会话又包含了消息、对话、队列和契约。

本章介绍了消息接发机制的各种关键元素,其中包括怎样激活消息传送、消息转发以及 Service Broker 联网。我们还学习了如何创建简单的 Service Broker 应用程序,以及如何创建从服务队列中检索消息的存储过程。

最后,我们学习了 Service Broker 只需要少量管理的基本内容,由于它与数据库引擎的紧密集成,Service Broker 的许多管理任务是 SQL Server 2005 管理的重要组成部分。

接下来,我们将转到 SQL Server 2005 的故障诊断,这也许是任何一名成功的数据库管理员所必备的最重要的技能之一。

第 30 章 故 障 诊 断

虽然 Microsoft 已经开发了市场上最好的数据库系统之一，但仍会有出现问题的时候。这些问题也许来自硬件故障、用户错误乃至 SQL Server 本身。不管问题的根源在哪里，作为数据库管理员，你的工作就是找出并解决问题。

虽然我们不可能介绍 DBA 可能会遇到的每种问题，但准备讨论一些比较常见的问题并提供一些解决办法，以帮助你尽快地让服务器运转起来。但是，在深入探讨具体的领域之前，需要先讨论一些适用于普通问题的故障诊断方法。

常规故障诊断

如果只是随意地为 SQL Server 应用一些修理就希望问题能够得到解决，其结果是可想而知的：情况会变得混乱，问题也永远得不到解决。令人惊奇的是，许多人却真的这么干，因为他们不肯花时间或者不知道如何查找问题的真正根源。要解决问题，第一步必然是确定问题的起因，而查找问题起因的最好办法是阅读错误日志。

SQL Server 2005 中的错误日志存放在两个地方。第一个地方是 SQL Server 错误日志。可以用下列步骤访问 SQL Server 2005 的错误日志：

1. 从“开始”➤“程序”➤ Microsoft SQL Server 2005 中打开 Management Studio。
2. 在对象管理器中展开服务器，然后展开“管理”节点。
3. 在“管理”节点下展开“SQL Server 日志”。
4. 在“SQL Server 日志”下应该看到当前日志和多达 6 个档案。双击当前日志打开它。
5. 在日志文件查看器中，应该看到一些消息。其中的许多消息是信息性的，但有些消息会是错误消息。要找出错误，只需阅读每个错误右边的说明即可。

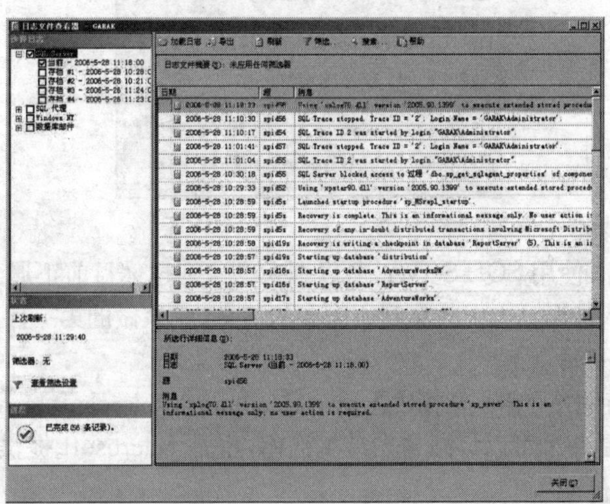

6. 单击错误之一，并在右窗格的下半部分阅读错误消息的更多详细信息。
7. 要从此处查看档案日志，复选该日志旁边的选项。

8. 要查看 Windows 事件日志，复选该日志旁边的选项。

9. 要筛选日志，单击工具栏上的筛选按钮，并键入筛选标准，然后单击“确定”按钮。

可以查找到 SQL Server 错误消息的第二个地方是 Windows 应用程序日志。要访问 Windows 应用程序日志，可以按照下列步骤进行操作：

1. 从“开始”➤“管理工具”中选择“事件查看器”。
2. 在事件查看器中单击“应用程序”日志图标。
3. 在右边的目录窗格中，将会看到一些消息。其中的一些消息与其他应用程序有关，而且许多是信息性的。我们主要对描述中提到 SQL Server 的黄色或红色图标感兴趣。

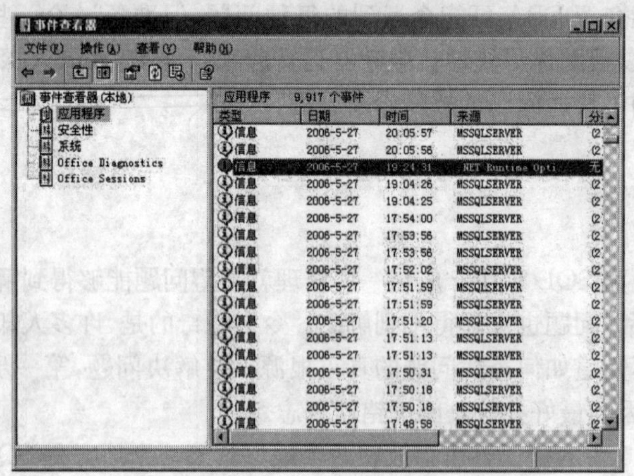

4. 双击消息之一阅读它的详细信息。

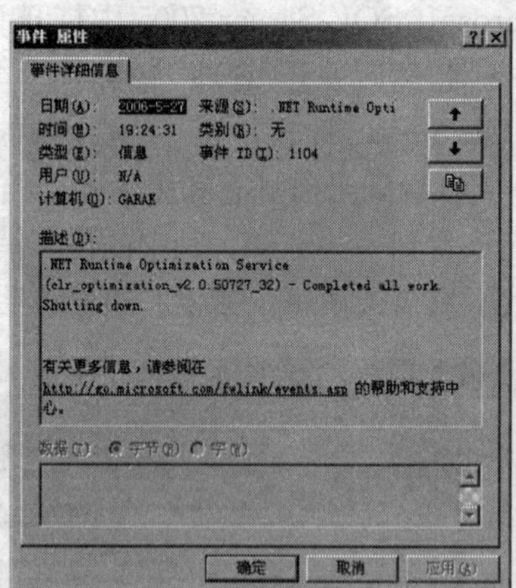

5. 关闭事件查看器。

由于有非常多的人使用 SQL Server，所以别人已遇到过你目前正遇到的同样问题是很有可能的。因此，一旦从错误日志中收集到所需要的信息，应该做的第一件事情是调查研究。做这项调查可以访问下列站点：

• Microsoft 支持网站(编写本书时是 http://support.microsoft.com)。

• TechNet。这是一个可以订阅的光盘文档库，也是 Microsoft 提供的一项服务，因此请向他们咨询当前的定价。

• 其他网站。许多网站致力于帮助专业支持人员让其服务器保持正常运转——只需使用一个搜索引擎查找它们即可。

一旦获得所需要的信息，就可以开始故障诊断过程。下面首先从诊断安装故障开始。

诊断安装故障

如果安装期间遇到问题，则可以先检查几个常见问题：

• 必须作为管理员登录才能顺利地安装 SQL Server。

• 确保有足够的磁盘空间安装 SQL Server，这是一个简单但很常见的问题。

• 如果正在为服务使用域账户，应确保有正确的权限且不要无意中按下 Caps Lock 键（这是一个简单但很常见的问题）。

• 如果安装程序无法从光盘上读取数据，应确保光盘是干净的。指纹和其他污迹都会影响光盘阅读器。

如果仍有安装方面的问题，则需要阅读%Program Files%Microsoft SQL Server\90\Setup Bootstrap\LOG\Sumary. txt 文件。这是一个特殊的日志文件，其中记录了安装程序在安装期间采取的所有操作的一览表。另外，Files 子目录中的一些文件还包含了与每个程序有关的详细记录。Files 子目录中的日志有一个命名约定：SQLSetup[[XXXX]][s]_[COMPUTERNAME]_[PRODUCTNAME]_[Y]. log，这个约定应该使查找适当的日志变得很容易。

• XXXX ＝ 安装的计数值，其中最后执行的安装有最高的值。

• COMPUTERNAME ＝ 正在上面执行安装的计算机。

• PRODUCTNAME ＝ 产品名称(. msi 文件的名称)。

• Y ＝ 如果某个 Microsoft Windows 安装程序文件(. msi)在单个安装执行期间安装了多次，这个值不断增加，并附加到日志名后面。这个值主要用于 Microsoft XML Core Services (MSXML)。

因此，SQLSetup0001_NYSQLServer_RS. log 表示 Reporting Services 服务在一台名为 NYSQLServer 的计算机上的第一次安装；而 SQLSetup0001_NYSQLServer_NS. log 则表示 Notification Services 服务在一台名为 NYSQLServer 的计算机上的第一次安装。

一旦安装了 SQL Server，就可能会遇到数据库方面的问题。下面来看一看如何诊断数据库故障。

诊断数据库故障

如果在访问数据库或数据库中的某个对象方面遇到麻烦，则要做的第一件事情是检查权限。确保正尝试访问数据的用户拥有访问所需数据的权限。如果权限没有问题，则需要检查其他两个方面：来自 SQL Server 的数据库完整性和硬盘上的数据文件完整性。要检查 SQL Server 上的数据库完整性，请使用 DBCC。

使用 DBCC

如果 SQL Server 能够读取数据库，但在访问数据库的某些部分时仍遇到问题，则需要使用 Database Consistency Checker(DBCC)验证数据库的完整性。SQL Server 使用这个工具检查和修复数据库的逻辑与物理一致性。DBCC 有几个可供选择的选项，视手边的问题而定：

DBCC CHECKALLOC SQL Server 将数据和对象存放在 8KB 的页面上，8 个连续页面

组成一个盘区。有时,页面可能分配得不正确;运行 CHFCKALLOC 可以修复页面的错误分配。

DBCC CHECKCATALOG 这个选项验证数据库中系统表之间的一致性。具体地说,它通过检查确保 syscolumns 表中的每个数据类型在 systypes 表中都有一个相应的登记项,而且 sysobjects 表中的每个表和视图在 syscolumns 表中都有一个登记项。

DBCC CHECKCONSTRAINTS 约束用来防止用户在数据库中键入不适当的数据。如果某些数据不符合约束,则可以使用 CHECKCONSTRAINTS 找出违反约束的行。一旦找出这些行,就可以将它们删除。

DBCC CHECKDB 这是 CHECKALLOC 与 CHECKTABLE 的一个父集,也是最安全的修复选项,因为它执行最广泛的修复:

- 运行 CHECKALLOC;
- 对数据库中的每个表运行 CHECKTABLE;
- 验证数据库中的 Service Broker 数据;
- 运行 CHECKCATALOG;
- 验证数据库中经过索引的所有视图的内容都是有效的。

DBCC CHECKFILEGROUP 这个选项与 CHECKDB 选项执行相同的测试,差别在于 CHECKFILEGROUP 只检查单个文件组及其相关表。

DBCC CHECKIDENT 标识列包含的数字值随着每条新记录的添加而不断递增。如果标识值因某种缘故而丢失,CHECKIDENT 选项则可以修复标识值。

DBCC CHECKTABLE 这个选项对表和经过索引的视图执行物理一致性检查,并执行下列测试与修复:

- 确保所有索引和数据页面都链接正确;
- 验证索引的排序顺序是正确的;
- 验证所有指针都是一致的。

CHECKALLOC、CHECKDB 与 CHECKTABLE 有一些共有的选项,这些选项可以用来控制错误修复方式和修复过程中允许丢失的数据量:

REPAIR_ALLOW_DATA_LOSS 这是最全面的修复选项。它执行另外两个选项所执行的所有检查。它还增加了行的分配和再分配,以纠正分配错误、结构上的行与页面错误以及讹误文本对象的删除。使用这个选项有丢失数据的风险(正如其名称所暗示的)。为了减少这个风险,可以将这个选项作为一个事务来执行,使所做的修改可以回退。

除了这个选项之外,CHECKDB 与 CHECKTABLE 还有另外一个共有选项:

REPAIR_REBUILD 这个选项执行次要、快速的修复(比如检查非群集索引中的多余关键字),以及一些比较慢的修复(比如重建索引)。使用这个选项不会有丢失任何数据的危险。

DBCC 通过查询编辑器运行。由于 CHECKBD 是最常用的选项,因此我们将通过下面这些步骤对 AdventureWorks 数据库运行 DBCC:

1. 从"开始"➤"程序"➤ Microsoft SQL Server 2005 中打开 SQL Server Management Studio。
2. 使用 Windows 或 SQL Server 身份验证方式进行登录。
3. 单击"新建查询"按钮,选择"数据库引擎查询",并使用 Windows 或 SQL Server 身份验证方式建立连接。
4. 键入下列命令,并单击工具栏上的"执行"按钮执行:

```
DBCC CHECKDB ('AdventureWorks')
```

5. 应该看到一系列通知测试结果的消息。仔细阅读这些消息，然后关闭查询窗口。

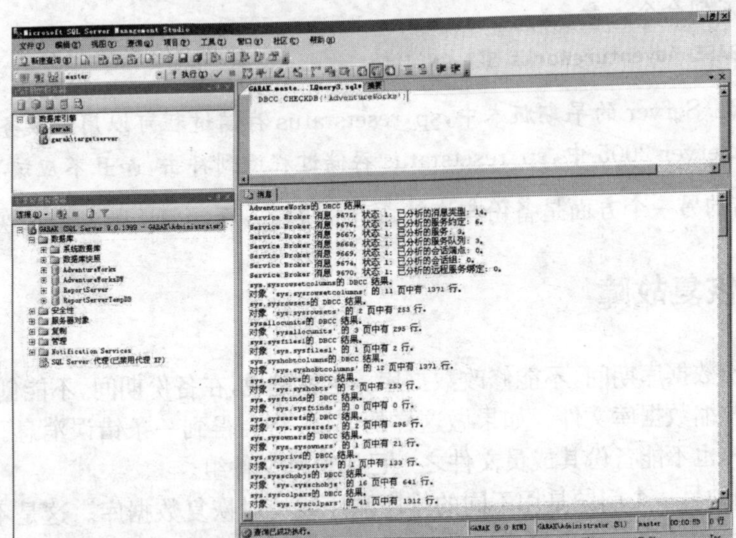

提示：应该创建一个包含修复与一致性检查的数据库维护计划。这样，就能确保定期地运行 DBCC。

DBCC 适用于可读取的数据库文件，但是在 SQL Server 无法读取硬盘上的数据库文件时，就会遇到麻烦。SQL Server 会将数据库标记为停机，并完全拒绝访问。因此，需要知道如何复位停机的数据库。

修复停机的数据库

当 SQL Server 无法从硬盘上读取数据库所关联的数据文件时，SQL Server 会将数据库标记为停机。在 Management Studio 中找出这样的数据库是很容易的，因为该数据库旁边的加号图标会消失。如果尝试获取数据库的相关信息，则会收到一条错误消息，指出该数据库不能被读取。要修复停机的数据库，必须查出它的停机原因，然后解决这个问题。有许多问题会引起数据库停机：

不正确的 NTFS 权限 服务执行登录所使用的服务账户必须拥有访问磁盘上数据库的权限。

磁盘上的讹误文件 硬盘有不断转动的部件，并且它们用电磁方式存储信息，因而意味着它们在一段时间以后注定会发生故障。在出现这样的问题时，磁盘开始产生坏扇区，从而造成数据讹误。如果坏扇区碰巧包含了数据库文件的一部分，SQL Server 则将数据库标记为停机。

已删除的文件 如果有人有意或无意地删除了数据库所关联的文件，SQL Server 则将数据库标记为停机。

已更名的文件 如果文件已改变了名称，SQL Server 将无法读取它，并将数据库标记为停机。

一旦找到了问题的起因并进行了修复，就可以重新启动 SQL Server 服务了，而且数据库在自动恢复过程结束时应该被标记为可用。如果在修复该问题之后数据库仍被标记为停机，则需要使用 ALTER DATABASE 命令复位数据库状态。例如,要复位 AdventureWorks 数据库,可以使用下列命令:

```
ALTER DATABASE AdventureWorks SET ONLINE
```

提示:在 SQL Server 的早期版本中,sp_resetstatus 存储过程可以用来服务数据库。但在 SQL Server 2005 中,sp_resetstatus 存储过程遭到抨击,而且不应该再使用它。

可能会出错的另一个方面是备份与恢复。下面来看一看如何诊断备份与恢复故障。

诊断备份与恢复故障

首先,在备份数据库期间,不能修改数据库。也就是说,在备份期间,不能创建或删除数据库文件,也不能收缩数据库文件。如果做这样的尝试,将会得到一条错误消息。另外,不能备份已脱机的文件,也不能备份其成员文件之一已脱机的文件组。

可能会遇到的另一个问题是用不同的排序顺序或校对恢复数据库。这是不允许的,而且会产生错误(Windows 事件查看器中通常为 3120 或 3149)。如果必须用不同的排序顺序或校对恢复数据库,则应该用所需的排序顺序或校对安装 SQL Server 的第二个实例,还原数据库,然后使用 DTS 将数据库传输到 SQL Server 的第一个实例(因为 DTS 可以在具有不同排序顺序或校对的服务器之间执行转换)。

如果接收到错误 3143,这表明正尝试从具有有效 Microsoft 磁带格式的磁带上执行恢复,但磁带上不存在 SQL Server 备份。这可能是因为 Microsoft“备份”与 SQL Server 使用了同一种格式。要保证正在恢复有效的 SQL Server 备份,应该使用 RESTORE HEADERONLY 命令并阅读磁带的内容。

如果接收到错误 3227,这表明正尝试从多个卷集上恢复备份,但正尝试处理的卷已经处理过。要纠正这个错误,插入还没有恢复过的磁带。

错误 3242 表示正尝试从不包含有效 SQL Server 磁带格式的磁带上执行恢复。如果使用了 Backup Exec 或 Legato 之类的第三方备份系统,则可能会发生这种情形。要纠正这个错误,应该从用来创建备份的软件中恢复磁带。

事务日志备份的恢复顺序必须一致于它们的备份顺序。如果顺序中间存在空隙(比如从备份 1 跳到备份 3),则会接收到错误 4305。要避免这个问题,应该按备份的顺序恢复事务日志备份。

在恢复数据库时,必须指定 RECOVERY 或 NO-RECOVERY 选项。这两个选项通知 SQL Server 是否允许用户在恢复完成之后回到数据库中。如果正处在最后一个恢复上,选择 RECOVERY 选项。如果还有要恢复的备份,则选择 NORECOVERY 选项。如果选择了 RECOVERY 选项,然后尝试恢复另一个备份,则会收到错误 4306。

提示:通过在“联机丛书”中执行搜索,可以查找到大多数错误号的描述。

需要密切关注的另一个方面是客户端连接性。

诊断客户端连接性故障

如果客户在连接到 SQL Server 时遇到问题,要做的第一项检查是证实客户在系统中是否有一个登录账户。如果没有登录账户,用户访问就会被拒绝。假如用户既有登录账户,又有访问所需数据库的数据库用户账户,则需要从其他方面查找原因。

首先,使用 Ping 命令确认客户计算机能够与网络上的服务器进行通信。如果使用客户计算机的地址(TCP/IP 例子为 192.168.2.200)执行 Ping 命令一切正常,那么可以尝试使用远程计算机的名称执行 Ping 命令(比如 ping server1)。这将确认客户计算机能将远程计算机的地址解析到主机名(比访问地址简单的一种访问方法)。

如果这两种方法都正常工作,并且仍无法访问服务器,则需要通过检查来确认客户与服务器都有一个已启用的公用网络库。SQL Server 使用系统上安装的网络协议,但条件是关联的网络库必须已经启用。因此,如果客户与服务器计算机上都安装了 TCP/IP 协议,但这两台计算机之中有一台上没有启用 TCP/IP 网络库,那么它们将无法进行通信。

要解决这个问题,可以采用两种方法:将客户配置成使用与服务器相同的网络库,或者将服务器配置成使用与客户相同的网络库。要配置客户,使用 SQL Configuration Manager 中的“SQL Native Client 配置”工具,如图 30.1 所示(可在“开始”➤“程序”➤ Microsoft SQL Server 程序组中找到)。要配置服务器,使用 SQL Configuration Manager 中的“SQL Server 2005 网络配置”工具,如图 30.2 所示(可在“开始”➤“程序”➤ Microsoft SQL Server 程序组中找到)。

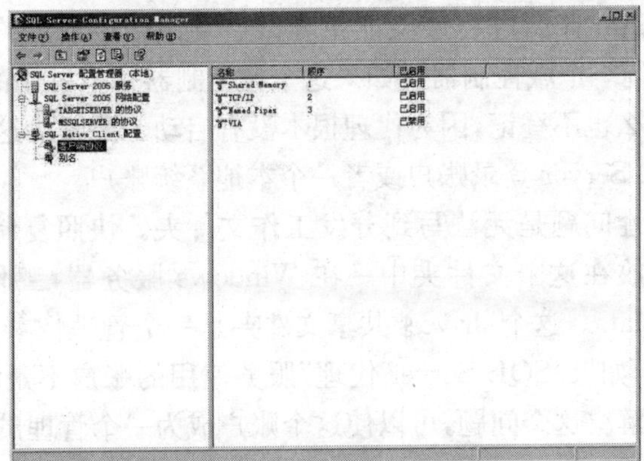

图 30.1 使用“SQL Native Client 配置”工具配置客户计算机上的网络库

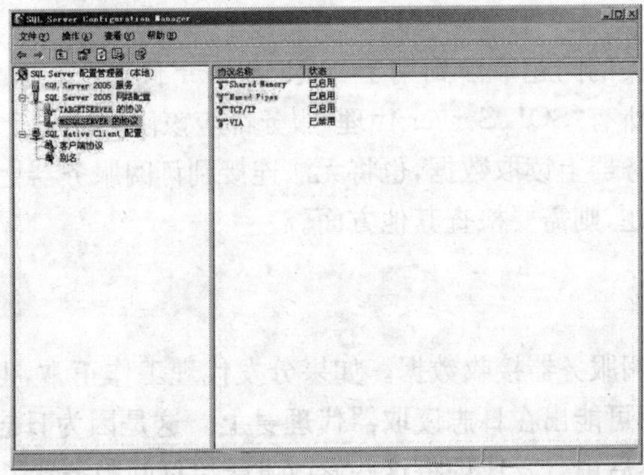

图 30.2 使用“SQL Server 2005 网络配置”工具配置服务器上的网络库

说明:关于这两个网络配置工具的详细讨论,请参见第 3 章“SQL Server 概述”。

需要关注的另一个领域是复制。

诊断复制故障

复制是 SQL Server 的一个复杂构件，因而时常容易出错。有几个问题可能会出现。在遇到复制问题时，要查看的第一个地方是"复制监视器"上的分发服务器。

复制使用一系列代理将数据从发布服务器传输到订阅服务器："日志读取器代理"、"分发代理"、"快照代理"和"合并代理"。如果这些代理之中有任何一个出现了问题，分发服务器上的复制监视器就会在可疑代理上显示一个红色的 X 图标(这也许是计算领域内真正用 X 标记表示问题的惟一地方)。在找出可疑代理之后，可以右击该代理，并查看历史记录和会话详细信息，这些信息应该显示出问题是什么。在找到了问题之后，就可以诊断和修复它了。有几个需要注意的方面，第一个方面是安全性。

复制与安全性

安全性是复制故障的一个常见原因。这样的问题查找起来非常困难，因为它并不出现在代理历史记录中。当代理启动时，它实际上正在启动作业。当这个作业启动完毕时，SQL Server 就运行 xp_logininfo 存储过程来验证正尝试启动该作业的账户是否有这个权限。为此，SQL Server 必须查询一个域控制器。如果这个域控制器是不可用的，该作业将不启动，而且在代理历史记录中什么也不登记，因为代理根本没有启动。要解决这个问题，作业的所有者应该是一个标准的 SQL Server 登录账户或者一个本地系统账户。

另一个常见的安全性问题是无法写到分发工作文件夹。快照复制特别容易出现这种问题，因为所有快照都存放在这个文件夹中。在 Windows 服务器，工作目录是\\computer\drive $\ MSSQL\Repldata。这个 drive $ 共享文件夹是一个管理性共享文件夹，因而只有管理员才能访问它。因此，如果"SQL Server 代理"服务使用的账户不是域上的管理员账户，复制将会发生故障。为了解决这个问题，可以使这个账户成为一个管理员账户。

提示：SQL Server 服务不需要管理性访问权限；只有 SQL Server 代理服务需要管理性访问权限。

另一个与安全性相关的问题牵涉到用于"SQL Server 代理"服务的服务账户。复制中所包含的所有服务器上的所有"SQL Server 代理"服务都应该使用同一个域账户，否则分发服务器将无法连接到发布服务器上读取数据，也将无法连接到订阅服务器上写数据。

如果安全性没有问题，则需要检查其他方面。

订阅方没有获得数据

其他问题会妨碍订阅服务器接收数据。如果分发代理工作正常，但没有一个订阅服务器能获得任何数据，则问题可能出在日志读取器代理身上。这是因为日志读取器代理必须从发布服务器上读取修改，然后由分发代理将这些修改发送给订阅服务器。因此，如果日志读取器代理工作不正常，则分发代理没有要发送的内容，而且订阅服务器将得不到任何新数据。要解决这个问题，需要检查下列事项：

- 确认分发服务器与发布服务器之间的网络连接工作正常。

• 确认分发服务器与发布服务器上的 SQL Server 代理服务使用了同一个域账户。
• 证实分发数据库的事务日志未满，否则日志读取器代理将无法把修改写到分发数据库。

如果有些订阅服务器接收到数据，但其他一些订阅服务器接收不到数据，则问题出在分发过程中。执行下列检查：

• 检查分发服务器中的代理历史记录——查找暗示故障服务器的错误消息。
• 确认订阅服务器处于联机状态。
• 检查与订阅服务器的网络连接，特别是 T1 和模拟线路之类的广域网连接。
• 证实订阅数据库处于联机状态——证实它没有被标记为“脱机”、没有被标记为 Single 或 Restricted 以及没有被标记为“只读”。
• 证实分发服务器与订阅服务器正为 SQL Server 代理服务使用同一个域账户。

停机的服务器也会对复制有不利影响。如果复制方案中所包含的服务器之一停机，则需要知道如何复位服务器。

恢复服务器

如果订阅服务器之一停机，则分发服务器上的复制监视器中会显示一些错误，而且订阅服务器将与发布服务器失去同步。这实际上不是什么大问题，因为 SQL Server 擅长跟踪它从复制中离开的地方。如果订阅服务器停机，只需让它重新联机即可，而且它将重新开始复制。如果它停机 24 小时以上，则应该为它建立一个新快照，以便以后完全还原它。

如果丢失了发布服务器，订阅服务器将得不到任何新数据。同样，SQL Server 擅长跟踪它从复制中离开的地方。日志读取器代理使用发布服务器上数据库的事务日志中的指针跟踪它离开的地方，十分类似于我们用书签标记从书中的什么地方离开。这使得日志读取器可以在发布服务器重新联机时正确找到它离开的地方。如果必须从备份中恢复已发布的数据库，这些指针将会失去同步，而且应该创建新的快照来重新同步各个订阅服务器。

丢失分发服务器会更加麻烦，因为没有分发服务器，复制会完全暂停。但是，和发布服务器与订阅服务器一样，分发服务器也是自修复的。只要让它重新联机，它就会重新正常工作。问题是这必须发生在 24 小时(默认值)内，因为分发服务器上有一个故障保险机制，用于防止分发服务器将旧事务复制给订阅服务器。如果分发服务器停机时间长于这个时间期限，则分发数据库中的所有事务都将超时，并且无任何内容可复制。如果真发生了这样的情况，只需为所有订阅服务器创建一个新的快照即可，而且复制将会重新运转起来。

SQL Server 中可能需要关注的另一个方面是作业与警报。

诊断作业与警报故障

作业用来自动化 SQL Server 中的任务。作业实际上是一系列步骤，这些步骤将一个跟着一个地发生以完成一项任务。警报在服务器有了问题时用来通过电子邮件、传呼机或 Net Send 消息警告管理员关注服务器。如果作业不工作，则应该执行下列检查：

• SQL Server 代理服务必须正在运行，作业才能工作。如果这个代理没有运行，启动它。
• 确认作业、作业的每一步和作业的每个计划都已经启用。
• 确认作业的所有者拥有运行作业的所有必要权限。
• 检查作业的逻辑——确认所有步骤都按正确的顺序启动。

如果警报没有激活,执行下列检查:

- 确认警报已经启用。
- 证实警报所关联的错误消息都被写到了 Windows 事件日志上,否则警报将不被激活。
- 由于 SQL Server 代理服务负责触发警报,这个代理服务必须正在运行。

如果已将警报配置成在它们激活时通过电子邮件或传呼机发出通知,则需要确保电子邮件连接正在工作。因此,下面来看一看如何诊断邮件连接性故障。

诊断邮件连接性故障

SQL Server 有使用新的"数据库邮件"功能发送和接收邮件的能力。和复杂系统的其他任何部件一样,它也会时常发生故障。当发生故障时,有几件东西需要检查。

首先,查看可疑数据库是不是一个数据库邮件主机,因为只有邮件主机才能发送邮件。使用一个简单的查询就能确认这件事情:

```
IF EXISTS (SELECT * FROM sys.services
WHERE name = 'iMailResponderService')
PRINT DB_NAME() + N' is a mail host database.' ;
ELSE
PRINT DB_NAME() + N' is not a mail host database.' ;
GO
```

如果数据库是一个邮件主机,并且仍不能发送邮件,则需要检查邮件配置文件。首先,通过检查确认指定的邮件配置文件在当前数据库中是否存在。其次,证实用户是否拥有使用可疑邮件配置文件的权限。要检查权限,运行 sysmail_help_principalfile_sp 存储过程。

另一个问题出现在尝试发送邮件,但邮件根本没有实际发出,而只是停留在队列中的时候。要诊断这个问题,需要查看邮件主机数据库中的 sysmail_log 表,应该看到一个登记项指出外部数据库邮件程序已经被激活。如果没有该登记项,则需要查看 Service Broker 在邮件主机数据库上是不是已经启用。下列代码可以用来做这项检查:

```
SELECT is_broker_enabled FROM sys.databases WHERE name = DB_NAME();
```

如果服务中介还没有启用(由 0 值表示),则需要激活该数据库中的服务中介。下面演示了如何激活 AdventureWorks 数据库中的服务中介:

```
USE master;
GO
ALTER DATABASE AdventureWorks SET ENABLE_BROKER;
GO
```

如果服务中介已经启用,则需要检查 sysmail_mailitems 表来了解消息的状态。

- 消息状态 0 表示消息还没有得到外部数据库邮件程序的处理。这种情况会发生在服务器由于资源约束或 SMTP 服务器停止响应的缘故而落后于邮件处理的时候。
- 消息状态 1 表示外部数据库邮件程序已顺利地将消息传送到 SMTP 服务器;进一步的诊断工作应该在 SMTP 服务器上完成。
- 消息状态 2 表示外部数据库邮件程序不能传送消息。最常见的原因是不正确的目标电子邮件地址。下列代码演示了如何查找从 AdventureWorks 数据库中发送到用户

RosmanD 且具有消息状态 2 的电子邮件。

```
USE AdventureWorks;
GO

SELECT items.subject,items.last_mod_date, l.description

 FROM dbo.sysmail_mailitems as items
 JOIN dbo.sysmail_log AS l
 ON items.mailitem_id = [log].mailitem_id

 WHERE items.recipients LIKE '%RosmanD%'  OR
 items.copy_recipients LIKE '%RosmanD%' OR
 items.blind_copy_recipients LIKE '%RosmanD%'
 AND sent_status = 2 ;
 GO
```

现在,我们将看一看如何诊断服务本身的故障。

诊断服务故障(SQL Server 与 SQL Server Agent)

如果这两个服务之中的任意一个因故没有启动,则可以执行几项检查来纠正错误:

- 确认账户在本地计算机上拥有作为服务进行登录的正确权限。这是通过"本地安全策略"指定的。
- 确认服务账户是不受登录时间限制的。
- 证实服务的密码还没有过期。
- 确认服务账户拥有下列访问权限:
  - 对 MSSQL 目录的完全访问;
  - 对存放系统数据库的目录的完全访问。

如果服务仍不能启动,则需要改到另一个账户并测试服务。

小结

故障诊断的艺术性多于科学性。在大多数情况下,根本无法给出硬性的规则,只能提供去哪里查看的建议,这也是本章一直介绍的内容——在服务器不运转时需要做些什么的一些建议。

首先,本章介绍了去哪里查找错误消息,以便能够做调查研究。错误除了保存在 SQL Server 日志上,还记录在 Windows 事件查看器应用程序日志中。

接着,介绍了服务器万一无法安装时的几个提示。确认有安装 SQL Server 的权限,并记住检查安装日志文件寻找错误。

接着,介绍了数据库访问的故障诊断。在 SQL Server 能够访问数据文件时,DBCC 非常适合用来修复数据库故障。如果 SQL Server 无法访问数据文件,数据库则被标记为停机。当诊断出并修复了引起数据库被标记为停机的原因后,可能需要运行 ALTER DATABASE 命令将数据库改回到可使用状态。

接着,介绍了与诊断备份与恢复故障有关的几个提示。在执行这些操作时,会突然出现一些错误消息，因此应该密切关注它们。另外，在备份期间不要尝试执行任何不应该执行的操作。

接着，介绍了客户端连接性的故障诊断。确认客户和服务器计算机正使用相同的网络协议，并且它们要么在同一个网络上要么有一个路由器适当地连接它们。如果它们仍无法连接，使用 SQL Configuration Manager 确认它们正使用相同的网络库。

本章还介绍了与诊断复制故障有关的一些提示。复制是 SQL Server 最复杂的部分之一，因此经常会出现各种问题。确认服务器有网络连接性、它们正为 SQL Server 代理服务使用同一个服务账户，而且正在使用的账户是个管理员账户。

作业和警报也会产生一些问题。确认 SQL Server 代理服务正在运行。对于作业，确认作业、作业的每一步和作业的每个计划都已经启用。对于警报，确认警报已经启用，而且已经将警报所关联的错误消息都写到了 Windows 应用程序日志中。

然后，介绍了如何测试邮件连接性。确认数据库被安装为一个邮件主机、数据库中存在一个有效的配置文件，以及用户拥有使用该配置文件的权限。还应该检查 sysmail_log 和 sysmail_mailitems 系统表寻找错误和消息状态。

最后，介绍了在服务万一不启动时需要执行的检查。通过检查确认服务账户有正确的权限，并且它们不受登录时间的限制。服务账户需要有一个永不过期的密码，因此要确认密码是有效的。

附录 A　Transact-SQL 参考

本书介绍了 Transact-SQL(简称 T-SQL)语句的许多示例。几乎每个 SQL Server 操作都可以使用 T-SQL 从查询编辑器之类的图形界面中执行,甚至使用 SQLCMD 从命令行上执行,其中包括设置作业与警报之类的操作。

本附录列出了本书明确讨论过的所有 SQL 语句。对于每条语句,我们包括了完整的语法,以及一个指出比较详细地讨论该语句的章节的交叉参考。

创建数据库

CREATE DATABASE 语句(第 10 章):

```
CREATE DATABASE database_name
    [ ON
        [ <filespec> [ ,...n ] ]
        [ , <filegroup> [ ,...n ] ]
    ]
[
    [ LOG ON { <filespec> [ ,...n ] } ]
    [ COLLATE collation_name ]
    [ FOR { ATTACH [ WITH <service_broker_option> ]
          | ATTACH_REBUILD_LOG } ]
    [ WITH <external_access_option> ]
]
[;]

<filespec> ::=
[ PRIMARY ]
(
    [ NAME = logical_file_name , ]
    FILENAME = 'os_file_name'
        [ , SIZE = size [ KB | MB | GB | TB ] ]
        [ , MAXSIZE = { max_size [ KB | MB | GB | TB ] | UNLIMITED } ]
        [ , FILEGROWTH = growth_increment [ KB | MB | % ] ]
) [ ,...n ]

<filegroup> ::=
FILEGROUP filegroup_name
    <filespec> [ ,...n ]

<external_access_option> ::=
    DB_CHAINING { ON | OFF }
  | TRUSTWORTHY { ON | OFF }

<service_broker_option> ::=
    ENABLE_BROKER
  | NEW_BROKER
  | ERROR_BROKER_CONVERSATIONS
```

游标语句

DECLARE CURSOR 语句(第 8 章):

```
DECLARE cursor_name [INSENSITIVE][SCROLL] CURSOR
 FOR select_statement
 [FOR {READ ONLY | UPDATE [OF column_name [,...n]]}]
DECLARE cursor_name CURSOR
 [LOCAL | GLOBAL]
 [FORWARD_ONLY | SCROLL]
 [STATIC | KEYSET | DYNAMIC | FAST_FORWARD]
 [READ_ONLY | SCROLL_LOCKS | OPTIMISTIC]
 [TYPE_WARNING]
 FOR select_statement
 [FOR UPDATE [OF column_name [,...n]]]
```

OPEN 语句(第 8 章):

```
OPEN {[GLOBAL] cursor_name} | cursor_variable_name}
```

FETCH 语句(第 8 章):

```
FETCH
[[ NEXT | PRIOR | FIRST | LAST
  | ABSOLUTE {n | @n_variable}
  | RELATIVE {n | @n_variable}
 ]
 FROM
]
{{[GLOBAL] cursor_name} | @cursor_variable_name}
[INTO @variable_name [,...n]]
```

CLOSE 语句(第 8 章):

```
CLOSE {{[GLOBAL] cursor_name} | cursor_variable_name}
```

DEALLOCATE 语句(第 8 章):

```
DEALLOCATE {{[GLOBAL] cursor_name} | @cursor_variable_name}
```

数据库选项

ALTER DATABASE 语句(第 5 章):

```
ALTER DATABASE database_name
SET
{SINGLE_USER | RESTRICTED_USER | MULTI_USER} |
{OFFLINE | ONLINE | EMERGENCY} |
{READ_ONLY | READ_WRITE} |
CURSOR_CLOSE_ON_COMMIT {ON | OFF} |
CURSOR_DEFAULT {LOCAL | GLOBAL} |
AUTO_CLOSE { ON | OFF } |
```

```
AUTO_CREATE_STATISTICS { ON | OFF } |
AUTO_SHRINK { ON | OFF } |
AUTO_UPDATE_STATISTICS ON | OFF } |
AUTO_UPDATE_STATISTICS_ASYNC { ON | OFF }
ANSI_NULL_DEFAULT { ON | OFF } |
ANSI_NULLS { ON | OFF } |
ANSI_PADDING { ON | OFF } |
ANSI_WARNINGS { ON | OFF } |
ARITHABORT { ON | OFF } |
CONCAT_NULL_YIELDS_NULL { ON | OFF } |
NUMERIC_ROUNDABORT { ON | OFF } |
QUOTED_IDENTIFIERS { ON | OFF } |
RECURSIVE_TRIGGERS { ON | OFF } |
RECOVERY { FULL | BULK_LOGGED | SIMPLE } |
PAGE_VERIFY { CHECKSUM | TORN_PAGE_DETECTION | NONE }[,...n]
```

sp_dbcmptlevel 语句(第 5 章):

```
sp_dbcmptlevel [[@dbname=] 'database_name']
 [,[@new_cmptlevel=] version]
```

sp_dboption 语句(第 5 章):

```
sp_dboption [[@dbname=] 'database_name']
 [, [@optname=] 'option_name']
 [, [@optvalue=] 'option_value']
```

删除记录

DELETE 语句(第 7 章):

```
DELETE
[FROM]
{
 table_name [WITH (table_hint [...n]])
 | view_name
 | OPENQUERY | OPENROWSET | OPENDATASOURCE
}
[FROM table_source]

[WHERE search_conditions]
[OPTION query_hints]
```

TRUNCATE TABLE 语句(第 7 章):

```
TRUNCATE TABLE table_name
```

全文搜索

CONTAINSTABLE 语句(第 8 章):

```
CONTAINSTABLE (table_name, {column_name | *},
```

```
 '<search_condition>' [,top_n])

<search_condition>::=
{
 <generation_term> |
 <prefix_term> |
 <proximity_term> |
 <simple_term> |
 <weighted_term>
}
| {(<search_condition>)
 {AND | AND NOT | OR}
 <search_condition> [...n]
 }

<simple_term> ::=
word | "phrase"

<prefix_term> ::=
{"word*" | "phrase*"}

<generation_term> ::=
FORMSOF(INFLECTIONAL | THESAURUS), <simple_term> [,...n])

<proximity_term> ::=
{<simple_term> | <prefix_term> }
{{NEAR | ~} {<simple_term> | <prefix_term>}} [...n]

<weighted_term> ::=
ISABOUT (
{{
  <generation_term> |
  <prefix_term> |
  <proximity_term> |
  <simple_term>
 }
[WEIGHT (weight_value)]
} [,...n])
```

FREETEXTTABLE 语句(第8章):

```
FREETEXTTABLE (table_name, {column_name | *},
 'freetext' [, LANGUAGE language_term][,top_n])
```

插入记录

INSERT 语句(第7章):

```
INSERT [INTO]
{
 table_name [WITH (table_hint [...n])]
 | view_name
 | OPENQUERY | OPENROWSET | OPENDATASOURCE
}
```

```
{
 [(column_list)]
 {
  VALUES
  ( { DEFAULT | NULL
    | expression }[,...n] )
  | derived_table
  | execute_statement
 }
}
| DEFAULT VALUES
```

SELECT INTO 语句(第 7 章):

```
SELECT select_list
INTO new_table_name
FROM table_source
[WHERE condition]
 [GROUP BY expression]
HAVING condition]
[ORDER BY expression]
```

检索记录

SELECT 语句(第 6 章):

```
SELECT [ALL | DISTINCT]
 [{TOP integer | TOP integer PERCENT} [WITH TIES]]
 <select_list>
[INTO new_table]
[FROM {<table_source>} [,...n]]
[WHERE search_condition ]
[GROUP BY [ ALL ] group_by_expression [,...n]
        [WITH { CUBE | ROLLUP }]

[HAVING search_condition]
[ORDER BY { order_by_expression | column_position [ASC | DESC]]
[OPTION ( <query_hint> [ ,...n ])]
```

行集

OPENQUERY 语句(第 8 章):

```
OPENQUERY(linked_server, 'query')
```

OPENROWSET 语句(第 8 章):

```
OPENROWSET ('provider_name',
 'datasource';'user_id';'password',
 'query')
```

OPENDATASOURCE 语句(第 8 章):

```
OPENDATASOURCE(provider_name, connection_string)
```

OPENXML 语句(第 8 章):

```
OPENXML(idoc, rowpattern, [flags])
  [WITH (SchemaDeclaration | TableName)]
```

事务

BEGIN TRANSACTION 语句(第 8 章):

```
BEGIN TRANS[ACTION] [transaction_name | @name_variable]
 [WITH MARK ['description']]
```

COMMIT TRANSACTION 语句(第 8 章):

```
COMMIT TRANS[ACTION] [transaction_name | @name_variable]
COMMIT [WORK]
```

ROLLBACK TRANSACTION 语句(第 8 章):

```
ROLLBACK TRANS[ACTION]
 [transaction_name |
 @name_variable |
 savepoint_name |
 @savepoint_variable]
ROLLBACK [WORK]
```

SAVE TRANSACTION 语句(第 8 章):

```
SAVE TRANS[ACTION] {savepoint_name | @savepoint_variable}
```

更新记录

UPDATE 语句(第 7 章):

```
UPDATE
{
 table_name [WITH (table_hint [...n])]
 | view_name
 | OPENQUERY | OPENROWSET | OPENDATASOURCE
}
SET
{
 column_name = {expression | DEFAULT | NULL}
 | @variable = expression
 | @variable = column = expression
```

```
| column_name { .WRITE (expression , @Offset , @Length)
} [,...n]
{
 [FROM {table_source} [,...n]]
 [WHERE search_condition]
}
[OPTION (query_hint [,...n])]
```

用户定义函数

CREATE FUNCTION 语句(第 5 章)：

```
CREATE FUNCTION [owner_name].function_name
(
 [{@parameter_name data_type [=default_value]} [,...n]]
)
RETURNS data_type
[AS]
{BEGIN function_body END}
```

欢迎与我们联系

为了方便与我们联系，我们已开通了网站（www.medias.com.cn）。您可以在本网站上了解我们的新书介绍，并可通过读者留言簿直接与我们沟通，欢迎您向我们提出您的想法和建议。也可以通过电话与我们联系：

电话号码：（010）68252397。

邮件地址：webmaster@medias.com.cn